DE ONTDEKKI

Harry Mulisch

DE ONTDEKKING VAN DE HEMEL

Roman

2001
DE BEZIGE BIJ
AMSTERDAM

Eerste druk oktober 1992
1ste tot en met 24ste duizendtal
Tweede druk oktober 1992
25ste tot en met 34ste duizendtal
Derde druk november 1992
35ste tot en met 46ste duizendtal
Vierde druk december 1992
47ste tot en met 66ste duizendtal
Vijfde druk april 1993
67ste tot en met 75ste duizendtal
Zesde druk november 1993
76ste tot en met 85ste duizendtal
Zevende druk september 1994
86ste tot en met 99ste duizendtal
Achtste druk april 1995
100ste tot en met 102de duizendtal
Negende druk april 1995
103de tot en met 110de duizendtal
Tiende druk augustus 1995
111de tot en met 116de duizendtal
Elfde druk november 1995
117de tot en met 125ste duizendtal
Twaalfde druk maart 1996
126ste tot en met 139ste duizendtal
Dertiende druk december 1996
140ste tot en met 144ste duizendtal
Veertiende druk januari 1997
145ste tot en met 149ste duizendtal
Vijftiende druk paperback februari 1997
150ste tot en met 199ste duizendtal
Zestiende druk augustus 1997
200ste tot en met 202de duizendtal
Zeventiende druk paperback augustus 1997
203de tot en met 228ste duizendtal
Achttiende druk paperback oktober 1997
229ste tot en met 239ste duizendtal
Negentiende druk oktober 1997 (in *De Romans*)
240ste tot en met 241ste duizendtal
Twintigste druk januari 1998
242ste tot en met 252ste duizendtal
Eenentwintigste druk maart 1998
253ste tot en met 263ste duizendtal
Tweeëntwintigste druk juni 1998
264ste tot en met 273ste duizendtal
Drieëntwintigste druk november 1998
274ste tot en met 283ste duizendtal
Vierentwintigste druk maart 1999
284ste tot en met 293ste duizendtal
Vijfentwintigste druk juli 1999
294ste tot en met 306de duizendtal
Zesentwintigste druk gebonden juli 1999
307de tot en met 309de duizendtal
Zevenentwintigste druk gebonden februari 2000
310de tot en met 364ste duizendtal
Achtentwintigste druk gebonden juni 2000
365ste tot en met 384ste duizendtal
Negenentwintigste druk gebonden november 2000
385ste tot en met 404de duizendtal
Dertigste druk gebonden mei 2001
405de tot en met 414de duizendtal
Eenendertigste druk paperback september 2001
415de tot en met 464ste duizendtal

Omslagontwerp Martin Ogolter
Illustratie omslag Giovanni Battista Piranesi, detail van het pantheon van *Vedute di Roma*, ca 1765
Druk Wöhrmann Zutphen
ISBN 90 234 7092 3 CIP

EERSTE DEEL
Het begin van het begin

Proloog

– Ogenblik!

– *Wat is er?*

– Opdracht volbracht. De zaak is rond.

– *Welke zaak?*

– Ja, neemt u mij niet kwalijk. Het allerbelangrijkste. De hoofdzaak.

– *De hoofdzaak? Waar heb je het over?*

– Over het testimonium.

– *Ach, natuurlijk! Lieve hemel, het is toch verschrikkelijk. Onafgebroken wijd je je aan de wezenlijke dingen, al je vermogens geef je er aan, – en dan komt het moment, dat je ze eenvoudig vergeet, of dat je ze even in een handomdraai afhandelt.*

– Misschien moest u langzamerhand eens wat meer delegeren.

– *Misschien moest jij je plaats ook dan weten, wanneer je confidenties te horen krijgt. Meer delegeren! Je schijnt nog niet te weten wat ons boven het hoofd hangt. Waarom denk je dat dit project op stapel is gezet? Vertel, hoe lang ben je met dit dossier bezig geweest?*

– Ruim zeventig jaar mensentijd.

– *Laat maar horen.*

– Waar zal ik beginnen?

– *Dat weet je zelf het beste. Eerst in het kort maar iets over het voorspel.*

– Ik heb zelden zo'n gecompliceerd programma onder handen gehad. Goddank laten wij de gebeurtenissen over het algemeen op hun beloop, en bij vroegere opgaven had ik veel meer tijd tot mijn beschikking. Maar omdat de affaire om een of andere reden voor het eind van het millennium de wereld uit moest zijn, beschikte ik nu over ten hoogste vier generaties om aan te landen bij iemand, die de opdracht kon uitvoeren. Met een min of meer normale gang van zaken was er absoluut niet uit te komen op zo'n korte termijn. De opdracht konden we in beginsel natuurlijk aan elke willekeurige Vonk geven, maar dat zou zinloos zijn geweest. Het probleem was, dat hij, wilde hij werkelijk onze afgezant zijn, zich die opdracht ook nog moest kunnen herinneren als hij zich eenmaal in de geest en het vlees zou bevinden. Dat wil zeggen, hij moest op dat buitensporige idee kunnen komen, en bovendien moest hij de wil en de moed hebben, het uit te voeren. Ik zeg 'hij', want voor een 'zij' leek het mij niets. Onder de oneindige menselijke mogelijkheden, waarover wij hier beschikken, bevond zich natuurlijk een Vonk die aan die voorwaarden voldeed, maar hoe kregen we hem op aarde? Eerst moesten wij dus die ene DNA-sequentie vaststellen waarmee hij zich kon manifesteren. Ik hoef u niet te vertellen, dat de opgerolde dubbelspiraal DNA met de informatie voor een mens, die hermetische caduceus die in de kern van elk van zijn honderdduizend miljard cellen zit, niet meer dan een honderdduizendste gram weegt, maar dat zij, uitgerold, ongeveer even lang is als de mens zelf: het aantal mogelijke volgorden op moleculair niveau is dus een onverdragelijk getal. Geschreven in de drie-letterwoorden van het vierletteralfabet wordt een mens bepaald door een genetisch verhaal, waarmee het equivalent van vijfhonderd bijbels gevuld kan worden. Daar zijn de mensen zelf intussen ook achter gekomen.

– Zo is het. Zij hebben ons diepzinnigste concept ontsluierd, namelijk dat leven uiteindelijk lezen is. Zij zijn zelf het Boek der boeken. In hun jaar 1869 ontdekten die verdraaide wezens het DNA in de celkern, en wij maakten onszelf toen wijs dat dat weinig te betekenen had, want dat ze nooit de ingeving zouden krijgen dat dat zuur een code be-

helsde, en dat ze die in elk geval nooit zouden kunnen breken, – maar honderd mensenjaar later hadden ze het genetische geheimschrift tot in de finesses ontcijferd. Met diezelfde code hebben wij ze veel te slim gemaakt.

– Maar honderd mensenjaar later had ook ik de zaak voor elkaar. Om te beginnen slaagden wij er in, de geheime naam van onze man op te schrijven, – maar dat was nog niets, vergeleken met wat ons vervolgens te doen stond. We moesten immers ook de overgrootouders, de grootouders en de ouders vinden die de gewenste combinatie binnen zo'n vijftig jaar konden produceren. In zijn ondoorgrondelijke wijsheid, die ook hemzelf wel eens zal bevreemden, heeft de Chef het nu eenmaal zo ingericht, dat wij in ons Oneindige Licht een Vonk hebben voor elke mogelijke combinatie van een zaadcel en een eicel. Bij iedere zaadlozing werpt een man driehonderd miljoen spermatozoa uit: ten opzichte van één vrouwelijke eicel is dat al een even groot aantal mogelijke mensen, waaraan dus even veel Vonken beantwoorden. Maar er is ook een Vonk vereist voor elke combinatie van elk spermatozoön uit elke lozing van elke man uit heden, verleden en toekomst met elke eicel van elke vrouw in heden, verleden en toekomst. Dat was nodig omdat ook hier niemand kon weten, wanneer de mens iets zou uitvinden dat zijn leven met honderden of duizenden jaren zou verlengen. Er is dus ook een Vonk voor één bepaald spermatozoön uit één bepaalde zaadlozing van Julius Caesar, die met één bepaalde eicel van Marilyn Monroe had kunnen versmelten. En elk spermatozoön in de ontelbare zaadlozingen van de mogelijke zoon uit die mesalliance had zich vervolgens kunnen verbinden met elke eicel van de ontelbaar mogelijke dochters van John F. Kennedy en Cleopatra, of die van een willekeurige steenhouwer onder Cheops met die van een toiletjuffrouw van over tienduizend jaar, – en al die mogelijkheden en hun nakomelingen hadden zich weer kunnen verbinden met alle andere mogelijkheden en hun mogelijke nakomelingen in ruimte en tijd, en zo voort en zo verder zonder einde. Zo zijn er naast de Vonken voor de combinaties van alle spermatozoa – die eeuw in eeuw uit onafgebroken met duizenden liters worden uitgestoten – met alle eicellen uit alle tijden ook nog die van de alternatieve, zich hyperoneindig vervorkende en vertakkende generaties van wat had kunnen zijn: ziedaar de Logos Spermatikos – het Absoluut Oneindige Licht!

– *Mag ik vragen of je mij dit allemaal vertelt om mij iets te leren?*

– Heilig, heilig, nog eens heilig! Ik spreek omdat ik nog steeds sprakeloos ben bij de gedachte aan ons Licht.

– *Dat siert je. Vermoedelijk wil je zeggen dat het veel is.*

– Ja, zo kun je het ook formuleren.

– *Maar het is je dus gelukt.*

– Vraag alleen niet, hoe. Het decoderen van het genoom, de volledige, geheime naam van een mens, is voor de mensen zelf nu alleen nog een kwestie van geld, een dollar per nucleotide om precies te zijn, dus van drie miljard dollar, en overal op aarde wordt aan dat project gewerkt. Met hun biotechnologie zullen zij de genetische essentie van een bepaalde eicel en van zo'n bepaalde celkern met een staart binnen afzienbare tijd veel sneller en eenvoudiger kunnen fabriceren dan wij die kunnen selecteren met onze romantische, rijkelijk ouderwetse fokkerij, – maar het moest zo nodig vóór het jaar tweeduizend.

– *Precies. En zou ook dat er misschien iets mee te maken kunnen hebben? Gaat je nu misschien een licht op? Ook wij hebben pas zo'n vijfenzeventig mensenjaar geleden tot ons afgrijzen ontdekt, hoe snel de technische vaardigheden daar beneden toenamen en wat de mensen er mee zouden gaan doen, – niet alleen op biotechnologisch gebied, maar op alle andere gebieden ook. Binnen afzienbare tijd is er alleen nog een sterfhuisconstructie over van onze organisatie, waarna de hemel ten slotte als een boek zal worden toegerold. Vertel op, hoe heb je het voor elkaar gekregen?*

*

– Ondanks alle problemen zag ik zeventig mensenjaar geleden opeens een mogelijkheid, de gewenste Vonk niet in vier maar al in drie generaties in de geest en het vlees te krijgen.

– *Kijk eens aan. Je creatieve gave is nog groter dan ik dacht.*

– Alleen, zonder kleerscheuren zou het niet gaan. Ik moest er iets verschrikkelijks voor gebruiken.

– *Namelijk?*

– De Eerste Wereldoorlog.

– *Ja, dat is een aspect van dezelfde zaak. Onze ongerustheid over de technologische wending, die de mensengeschiedenis meer en meer nam, werd door die zinloze slachting definitief bevestigd.*

– Ik heb er dus nog een zin aan weten te geven. Als volgt. Van de noodzakelijke sequentie aminozuren terugrekenend naar een mogelijke grootvader van vaderskant, kwamen mijn 301655722 employés op mijn aanwijzingen uit bij een oostenrijker, een zekere Wolfgang Delius, zonder speciale bedoelingen geboren in 1892. De grootmoeder van vaderskant bleek uitsluitend een zekere Eva Weiß te kunnen zijn, ook zonder speciale bedoelingen geboren, maar pas in 1908, in Brussel.

– *«Weiß» klinkt niet erg vlaams. Moet het niet «De Witte» zijn?*

– Haar ouders waren duitstalige joden uit Frankfurt en Wenen. Een diamantairsfamilie.

– *Vroom?*

– Totaal agnostisch. Die lachten om ons.

– *Hm.*

– Geloof is ook niet zo eenvoudig voor mensen, daar kunnen wij ons nauwelijks een voorstelling van maken. Voor ons bestaat geen geloof, alleen weten.

– *Ja ja, ik kan wel merken dat jij aan de uiterste rand van het Licht opereert. Misschien moet jij je een beetje hoeden voor al te veel begrip. Ga nu maar verder.*

– In april 1914 kreeg ik uw aanwijzing, en al in juni sprong in Sarajevo een student naar voren, een zekere Gabriël Princip, en schoot de oostenrijkse aartshertog neer. Bij het horen van die voornaam en die achternaam zult u enige binnenpret niet kunnen onderdrukken. Hij was een aanhanger van Nietzsche, de huiveringwekkendste van alle gasten.

– *Ook de naam «Nietzsche» lijkt mij niet zonder bijbetekenis. Nitschewo. Dat was die nihilist die destijds het praatje rondstrooide, dat de Chef dood was. Enfin, hij was niet ver van de waarheid af, – maar dat de baas niet dood kan gaan, is nu juist de afschuwelijkste inperking van zijn almacht. Hij bestaat bij de gratie van de paradox, maar bij diezelfde gratie moet hij eeuwig bestaan, eeuwig sterven.*

– Binnen een paar maanden was de slachting in volle gang. Ik kon dat spektakel niet alleen gebruiken om Wolfgang Delius en Eva Weiß met elkaar in contact te brengen, maar ook in verband met de volgende generatie, waaraan nederlanders te pas moesten komen.

– *Nederlanders? Raken we zo niet erg ver van huis?*

– Het was de enige manier. De duitse en oostenrijkse generale staven haalden het oude plan-Schlieffen uit de kast, dat voorzag in de schending van de nederlandse en de belgische neutraliteit, om zo met een omtrekkende beweging Frankrijk te kunnen binnenvallen. Maar voor mijn project was de nederlandse neutraliteit even essentieel als de schending van de belgische, en via delicate inblazingen in het brein van Moltke heb ik voor elkaar gekregen, dat het plan alleen wat België betreft werd uitgevoerd.

– *Mijn geheugen voor mensenzaken is langzamerhand een zeef. Moltke?*

– Generaal-veldmaarschalk von Moltke, de duitse opperbevelhebber. Wolfgang Delius, – of, zoals hij naar de gewoonte in zijn contreien zelf placht te zeggen: Delius Wolfgang, – die juist een titel aan een weense handelsacademie had behaald, werd beroepsmilitair en hij vocht aan het italiaanse, het russische en het franse front. In Brussel werd hij ingekwartierd bij de familie Weiß, waar zijn toekomstige vrouw nog met een pop op de grond zat. Met die pop oefende zij als het ware al. Delius was een knappe jonge officier van de bereden artillerie, hooggedecoreerd en met zilveren sporen aan zijn laarzen, maar met iets buitengewoon sombers in zijn oogopslag, dat iedereen toeschreef aan zijn oorlogservaringen en dat daar ook wel iets mee te maken had, maar niet alles. Er zat een nog diepere, oorspronkelijke somberheid in hem. In zijn ransel, zoals dat heet, had hij Stirners *Der Einzige und sein Eigentum.* Weiß, al lang blij dat hij weer te midden van land- en taalgenoten was, reed intussen met de militaire gouverneur in een open auto over de Boulevard Anspach, en dat ontging de brusselaars niet. De oorlog had zijn dienst gedaan, en toen Duitsland en Oostenrijk capituleerden, kwam Weiß, volgens mijn plan, in ernstige moeilijkheden. De dag na de wapenstilstand werden al zijn bezittingen geconfisqueerd, en om aan arrestatie te ontkomen moest hij hals over kop vluchten met zijn gezin. Naar Nederland dus, waar ik ze hebben moest, want er was geen andere mogelijkheid. Inmiddels trok Delius, te paard aan het hoofd van zijn afdeling, richting Duitsland.

– *Maar zij kenden elkaar nu.*

– De basis was gelegd. Terug in een koud, hongerend Wenen, kwam Delius aan de slag als leraar handelsrekenen aan een particuliere school voor jongedames, maar hij bleef in briefwisseling met Weiß. Die ging het in Amsterdam al snel weer voor de wind. In het begin van de jaren twintig liet hij zijn jongere vriend overkomen en gaf hem een voorlopige baan als boekhouder bij zijn diamantfirma. Met steun van Weiß richtte Delius niet veel later zelf een onderneming op, voor handelsbemiddelingen met Duitsland en Oostenrijk. Binnen een paar jaar groeide het uit tot een niet onaanzienlijk kantoor, hij liet zich naturaliseren, en in 1926 trouwde Wolfgang Delius met Eva Weiß, de zestien jaar jongere dochter van zijn weldoener. Dat kind was toen achttien en meteen het jaar daarop kreeg zij een baby, – maar ten gevolge van een schrijffout op mijn afdeling stierf dat engelachtige jongetje al na twee weken de wiegedood. Het werd een afschuwelijk huwelijk, het spijt mij dat ik het zeggen moet. Het doordrong mij weer eens van ons eigen voorrecht, man noch vrouw te zijn. Maar het was noodzakelijk voor hun tweede zoon, die in 1933 werd geboren en die ik nodig had als vader van onze man op aarde.

– Waarom was dat huwelijk afschuwelijk?

– Zonder uw instructie had het nooit plaats mogen vinden. Iedereen op aarde trouwt altijd de verkeerde, dat is bekend, maar zelden hebben twee mensen slechter bij elkaar gepast dan deze. Op een of andere manier moeten de jonge vrouw en haar veel oudere man elkaar onherstelbaar gekwetst hebben – niet zo zeer door iets bepaalds te zeggen of te doen of na te laten, maar door wie zij waren. Uiteindelijk zijn zij getrouwd omdat wij dat wilden, maar zelf hadden zij daar natuurlijk geen weet van. Voor haar werd de doorslag misschien juist gegeven door die interessante, duistere achtergrond in de blik van zijn helblauwe ogen, die zich ten slotte tegen haar zou keren; voor hem juist door dat vrije in haar, dat hij ten slotte niet verdragen kon. Haar geest was tien keer zo licht en zo snel als de zijne. Die van hem was zwaar en verwrongen als een ankertouw in een scheepsschroef – zoals die van bijna alle oostenrijkers sinds 1918, stikkend van haat en zelfhaat in de sadosachermasochtorte van hun aan stukken gereten Dubbelmonarchie, die, dank zij de razernij van een andere oostenrijker, een paar jaar later helemaal niet meer zou bestaan. 's Avonds wilde zij uitgaan, maar hij verdiepte zich liever in Max Stirner. Terwijl zij met haar joodse vrienden en vriendinnen van haar eigen leeftijd pret maakte in de stad, las de germaan met een monocle in zijn oog over het individu als de Enige, en over zijn eigendom: de wereld. Volgens Stirner hoefde niemand zich iets te laten voorschrijven door wie of wat dan ook: het unieke ego was soeverein, tot en met de misdaad. Als zij 's nachts thuiskwam, vond zij hem soms schreeuwend in zijn slaap, vechtend tegen de italianen, met zijn kussen. Misschien had zij er iets aan kunnen doen, eer het fataal werd, maar dat deed zij niet. Misschien omdat zij daar te jong voor was; misschien ook, omdat zij uiteindelijk nog veel meer een *Einzige* was dan hij. In 1939 verliet Eva haar Wolfgang, met medeneming van haar zesjarige zoon.

*

– Mooi zo. En nu over de aanstaande moeder.

– Daar hoefde ik gelukkig niet zo omslachtig te werk te gaan. Het leverde eigenlijk nauwelijks problemen op, en al helemaal geen internationale. Het betrof hier dus nederlanders, en bij die brave neringdoenden gaat het allemaal wat minder heftig toe. Ik ontken niet, dat dat ook komt doordat ik ze buiten de Eerste Wereldoorlog heb weten te houden; de Tweede was eigenlijk hun eerste sinds de zestiende eeuw, tegen Spanje, dat toen trouwens ook werd geregeerd door een halve oostenrijker. Als ook de Tweede Wereldoorlog aan hun neus voorbij was gegaan, waren zij net zulke ontevreden maagden geweest als de zwitserse dalbewoners.

– Ik ben er niet zeker van, dat die benadering een prettige indruk op mij maakt.

– Als u wilt, neem ik haar terug en poneer het tegenovergestelde.

– Dat hoeft nu ook weer niet.

– Ik moest alleen een beetje bijsturen om haar in het leven te roepen. Weer uitgaande van degene die wij uiteindelijk moesten hebben, in combinatie met het erfelijk materiaal van Delius junior, ontdekten wij als mogelijke grootvader van moederskant een custos van het Nederlandsch Historisch Natuurwetenschappelijk Museum in Leiden: een zekere Oswald Brons, zonder speciale bedoelingen geboren in 1921. De noodzakelijke grootmoeder van moederskant, Sophia Haken, bleek stom toevallig in de buurt te wonen, in Delft, waar zij in 1923 geboren was, ook zonder speciale bedoelingen. In verband met zijn leeftijd was Brons aan het eind van de oorlog min of meer ondergedoken in het museum; vaak sliep hij er ook, in de zaal met dat surrealistische toestel van Kamerlingh Onnes, waarmee helium vloeibaar is gemaakt, en dat precies lijkt op een gedrocht op het rechter zijpaneel van Jeroen Bosch' *Tuin der lusten*, het muzikale inferno, en ook op de bovenste figuur van Marcel Duchamps *Grote glas*.

– Wat zeg je toch allemaal?

– Let er maar niet op. Door al dat genetische gepruts schiet er nog steeds een spoel heen en weer in mij, als bij een weefgetouw.

Eind 1944, in de laatste oorlogswinter, plachten de duitse bezetters op het station van Leiden, pal ten zuiden van het Academisch Ziekenhuis, regelmatig treinen met V2-raketten te parkeren, - in de hoop, dat dat de engelsen zou weerhouden van luchtaanvallen. Van een lanceerbasis in de omtrek werden zij op Londen afgevuurd. Maar op een decembermiddag, om twaalf uur, werd het station toch zwaar gebombardeerd; kort daarop circuleerde in Delft het valse bericht, dat het ziekenhuis in brand stond. Ofschoon verzwakt door de honger en ondanks de kou fietste Sophia onmiddellijk naar Leiden om te zien of haar beste vriendin, een collega-verpleegster, niets was overkomen. Toen zij het museum passeerde, een paar honderd meter ten zuiden van het station, kwam de tweede aanval en zij zocht dekking in een portiek. Maar omdat de engelsen onder mijn gunstige invloed bang waren het ziekenhuis te raken, regende het plotseling bommen om haar heen. Eén verwoestte een vleugel van het museum, waar de messing telescopen uit de achttiende en de negentiende eeuw uitgestald stonden. In de chaos van vuur, kabaal, stof, geschreeuw in het nederlands en het duits, brandweer, ambulances, politie, liep zij Oswald Brons tegen het lijf. Verdwaasd, met gescheurde kleren en overdekt met schrammen, doolde hij over de puinhopen met een kolossale lens in zijn armen, als een baby, en zij ontfermde zich over hem.

– Kleine ingreep. Gunstige invloed. Hoeveel doden?

– Vierenvijftig.

– Beetje bijsturen, nietwaar?

– Ja, hoor eens, wat wilt u nu eigenlijk? Ik heb het niet bedacht, al dat gemanipuleer, ik voer alleen uw cherubijnse wil uit. Bovendien heb ik voorkomen, dat het ziekenhuis in de as werd gelegd. Het lijkt zo makkelijk om de natuurlijke loop der dingen te beïnvloeden, maar de werkelijkheid is net water: vloeibaar en beweeglijk, maar alleen met heel veel geweld heel weinig samen te persen. Als een mens er van grote hoogte op valt, is het zo hard als de rots waar Mozes water uit sloeg.

– Ach, onze Mozes... Daar raak je een gevoelige snaar.

– Neemt u mij niet kwalijk.

– *Wanneer kwam hun dochter ter wereld?*

– In 1946, met de geboortegolf.

– *Wanneer leerde zij de jonge Delius kennen?*

– In mei 1967.

– *Vertel mij dan van dat moment af het hele verhaal. Liefst zonder commentaar. Doe het maar uitvoerig en gedetailleerd, zodat ik kan kiezen als ik er op mijn beurt verslag van doe.*

– Voor een goed begrip is het beter om iets eerder te beginnen.

– *Wanneer?*

– Op maandag 13 februari 1967, om twaalf uur in de avond.

– *Dus eigenlijk 14 februari.*

– Ja, de mensentijd is één grote paradox.

– *Welk jaar hebben ze daar beneden nu?*

– 1985.

– *Begin maar. Ik luister.*

I
Het familiefeest

Precies om middernacht zorgde ik voor kortsluiting. Wie door de stille haagse laan liep, diep in zijn kraag weggedoken tegen de vrieskou (maar zo iemand was er niet op dat moment), zag in het vrijstaande herenhuis opeens alle lichten doven, alsof daarbinnen een reusachtige kaars werd uitgeblazen. Voor de buurtbewoners straalde de villa een enigszins sombere glorie uit: daar woonde de legendarische minister van staat, de streng gereformeerde Hendrikus Quist. In de volle benedenkamers, waar het feest aan de gang was, werd de plotselinge duisternis en het wegzakken van de muziek in een peilloze krocht met gelach begroet.

'Uurtje voor de jongelui!' riep een al niet meer zo jonge vrouwenstem.

'Wie is er hier technisch?'

'Ik doe het wel even. Waar liggen de stoppen, grootmoeder?'

'Op de elektriciteitsmeter, in het kastje naast de keldertrap.'

'Iemand moet ergens mee geknoeid hebben, er komt toch niet zo maar kortsluiting.'

'Ik ga even op zolder kijken, bij de kleintjes.'

'Au!'

'Iemand heeft die ellendige broodrooster natuurlijk weer gebruikt. Coba?'

'Ja, mevrouw?'

'Heb jij die broodrooster gebruikt?'

'Nee, mevrouw.'

'Kijk eens of er nog kaarsen liggen in het buffet.'

'Ja, mevrouw.'

Alleen de straatlantaren wierp nog wat licht naar binnen. In de donkere serre aan de achterkant verhief zich nu een grote gestalte uit een rieten fauteuil. Met het glas in zijn hand overzag hij de tientallen schimmen.

'Nee, moeder!' riep hij luid en benadrukte ieder woord: 'Dit heeft niets met broodroosters te maken. Het is begonnen!'

'Wat is begonnen?'

'*Het!*' Hij riep het met zijn hoofd in zijn nek, extatisch, als een geïllumineerd mysticus.

'Begint hij weer,' zei een mannenstem. 'Ga zitten en houd op met drinken.'

'Het!'

'Ja ja. Het. 't Is goed, hoor.'

'Juist! Het is goed. Het is ook donker en buiten vriest het. Het werd tijd dat het eindelijk begon, maar nu is het goddank zo ver. Het zij zo. *Amen* – opdat christenhonden het ook begrijpen.'

'Onno, je bent onverdragelijk.'

Maar hij werd juist geïnspireerd door de weerstand die hij opriep. Hij wist dat hij zich aanstelde, maar hij werd meegesleept door zijn eigen woorden.

'Hoort mijn oor de onwelluidende stem van mijn oudste broer? De bigotste der calvinisten? Wat is vreselijker dan een oudste broer te zijn? Dat zal ik nu langs de wal mijner tanden laten ontsnappen: een oudste broer te hebben! Vader, snoer dat loze onderwerp de mond!'

'Ik weet niet of je het nog weet,' zei een vrouw in het donker, 'maar wij vieren hier vaders verjaardag. Hij wordt vijfenzeventig, weet je nog? Dit is bedoeld als een feestje.'

'En is dat niet mijn jongste zuster? *The fair Ophelia?* Ja, ik weet het nog, ik weet het nog. Zelf ben ik drieëndertig – doet iemand dat misschien ergens aan denken in dit gezelschap van dwepers en zeloten? Ik weet alles nog, want ik vergeet nooit iets. Is dit niet al de tweede keer binnen een week dat wij vaders verjaardag vieren? Vader, waar zijt gij? Ik zoek u, maar ik kijk door een spiegel in een duistere rede. U eergisteren aan het hoofd van de tafel, daar in Kasteel de Wittenburg: aan uw rechterhand de koningin, aan uw linkerhand de kroonprinses; aan het andere eind, tien minuten gaans verder, onze arme moeder, ingeklemd tussen de prins en de premier; en daar tussenin het hele kabinet, zesentachtig oud-ministers, honderdachtenzestigduizend generaals, prelaten, bankiers, politici en industriëlen zo ver het oog reikte; en ook jullie hier, al die pascha's en grootviziers en aangetrouwde moguls en satrapen. *Hic sunt monstra.* Als alleen maar mijn verschrikkelijke oudste broer er niet was, commissaris van de koningin in die achterlijke provincie, waarvan de naam mij steeds ontschiet.'

'Nu heb ik er genoeg van, ik ga hem op zijn smoel slaan!'

'Hou je in, Diederic. Wat ben je toch een vervelende vent, Onno. Zelf zat je heel timide te praten met freule Bob in je smoking.'

'Ach god, freule Bob, die schat. Ik heb haar seksueel voorgelicht. Alles was gloednieuw voor haar.'

Onno genoot. Het was vooral zijn eigen generatie die zich tegen hem keerde. De vorige zei niet veel; de volgende, die nog op het gymnasium zat, amuseerde zich vol bewondering. Zo moest je zijn. Zo moest je durven zijn.

'Ik kan nergens kaarsen vinden, mevrouw.'

Een jongen kwam binnen met een zaklantaarn, die zwakker licht verspreidde dan een kaars.

'De stoppen zijn op.'

Hij zette haar op tafel, waardoor de gezichten van een paar oude dames, die daar op ronde, bruine kletskoppen knabbelden en hun likeur dronken, veranderden in die van transsylvaanse heksen. Maar de ogen begonnen nu aan het donker te wennen, zodat het toch was alsof het geleidelijk lichter werd. Onno had nog steeds de pose van een veldheer, die het slagveld overziet.

'Ga even naar hiernaast, Coba,' zei zijn moeder, 'naar mevrouw Van Pallandt. Misschien kan die ons helpen. Maar alleen als er nog licht brandt.'

'Ja, mevrouw.'

'Nog geen twee maanden is de geboortedag van de Here Jezus achter de rug,' riep Onno, 'en al geen kaars meer te vinden in dit antirevolutionaire bastion!'

'Kan er misschien een eind komen aan dat hemeltergende gezwets?' vroeg de man van zijn oudste zuster. 'Donder toch op, kerel. Ga naar Amsterdam, waar je thuishoort.'

'Ja, de hemel zij geprezen dat ik in Amsterdam woon, en niet in Nederland.'

'Je hoeveelste rum-cola is dat, Onno?'

'Dit vocht,' zei Onno en hief zijn glas, 'noemen wij geen rum-cola in Amsterdam. In Amsterdam noemen wij dit een *cuba libre*, maar daar komen jullie nog wel achter in Nederland. Daarom breng ik nu een heildronk uit op *el líder máximo. Patria o muerte – venceremos!*' In één teug dronk hij zijn glas leeg.

'Leve Che Guevara!' riep een jongen.

'Zeg, Maarten, ben je misschien gek geworden?'

'Nu komt de aap uit de mouw.'

'Wacht u voor dien aap! Die aap zal korte metten maken met jullie en jullie vreselijke Nederland. Straks is Coba hier de baas, en dan is het de ex-commissaris van de ex-koningin die kaarsen moet halen bij de buren, die dan ook niet meer Van Pallandt heten, maar weet ik veel – Gortzak, of een andere eerlijke naam uit de arbeidersklasse. Jullie zijn Nederland. Zonder Quists zou Nederland helemaal niet bestaan. Wat een zegen zou dat zijn voor het mensdom.'

'Onno –'

'Negeren. Gewoon negeren, dan houdt hij vanzelf op.'

'Jij bent anders ook een Quist, hoor.'

'Ik? Ik een Quist? Wat een onvergeeflijke belediging. Ik ben een bastaard,' zei hij plechtig, 'een koekoeksjong – dat is wat ik ben.'

'Dat haal je de koekoek,' zei een van zijn tantes aan de tafel met de zaklantaren, die steeds meer aan kracht verloor.

'En wie mag die koekoek dan wel zijn?' vroeg zijn oudste zuster.

'Dat zullen moeder en ik nooit verklappen. Nooit! Waar of niet, moeder? Dat hebben wij gezworen.'

'Wat hebben wij gezworen?'

'Ja, nu houdt u zich van den domme. Herinnert u zich niet die beeldschone prins uit dat verre land, die op een wit paard naar Nederland kwam?'

'Waar heeft hij het toch over?'

'Volgens mij is die figuur niet helemaal *compos mentis* meer.'

Onno legde zijn hand op zijn hart.

'Over het zevende gebod, vrouw.'

'Had die prins misschien een zwarte baard?' vroeg zijn andere broer, die hoogleraar strafrecht in Groningen was. 'Ging hij soms gekleed in een groen uniform met een pistool?'

Onno stokte, zette toen zijn glas weg, legde beide handen tegen de muur en begon te schokken van het lachen.

'Dat vindt hij leuk hoor, die praatjesmaker.'

'Moeder!' riep Onno met verstikte stem. 'Ze weten het! Het is uitgekomen!'

'Wat is uitgekomen?'

'Dat u vader bedrogen hebt met Fidel Castro.'

'Ik vader bedrogen? Hoe haal je het in je hoofd? Ik ken die man niet eens.'

'Grapje, To, grapje.'

'Rare grapjes worden hier gemaakt. Ik heb vader nooit bedrogen.'

'Mij hebt u bedrogen!' riep Onno, richtte zich op en hief een schuddende wijsvinger, als een profeet. 'Met vader! Door mij te verwekken!'

Op dat ogenblik doemde zijn jongste zuster voor hem op, twee hoofden kleiner dan hij, en pakte zijn hand. Als een logge circusbeer liet hij zich apart nemen.

'Nu moet het echt uit zijn, Onno,' zei zij zacht. 'Er zijn grenzen.'

'Wie heeft jou dat wijsgemaakt?'

'Ik vind het allemaal best, ik kan tegen een stootje, maar je brengt moeder in verlegenheid. Die kan jouw eigenaardige gevoel voor humor niet volgen.'

'Eigenaardige gevoel voor humor?' herhaalde hij. 'Ik meen het allemaal. Begrijpt niemand dat dan? Zelfs jij niet? Als zelfs jij mij niet begrijpt, wie begrijpt mij dan? O, waar is hij die mij begrijpt!'

'Schei toch uit, je bent gewoon aan het provoceren, en daar heb je lol in.'

'Natuurlijk, natuurlijk, maar ik meen het ook. Ik meen ook wat ik niet meen.'

'Ja, zo lust ik er nog een paar.'

'Nee, zo lust jij er helemaal niet nog een paar. Als ik stervende ben zal ik op mijn knieën naar je toe kruipen, maar ook jij begrijpt er niets van. Niemand begrijpt mij!' riep hij pathetisch en plotseling weer op volle sterkte.

'Zo is het,' zei de man van zijn oudste zuster. 'Ga daarom maar gauw terug naar je cryptogrammen, dan zullen wij hier in Nederland wel zorgen dat je rustig kunt blijven puzzelen.'

Onno legde een hand achter zijn oor.

'Beluister ik daar een schrille toon? Komt dat misschien doordat niemand wil geloven, dat zeker miezerig procureur-generaaltje uit de provincie de zwager is van de grote, onvergetelijke, *wereldberoemde* Onno Quist?'

Terwijl hij met beide vuisten op zijn borst trommelde, ging de deur open en liet een kudde kinderen door, voorop een klein meisje van een jaar of zeven. Zij was in een wit nachthemd tot op haar blote voeten en riep:

'Wie is die dronken man?'

Met een blik van afgrijzen nam Onno hen in ogenschouw.

'Addergebroed! Moeten dat ook weer allemaal ministers en rechters en ambassadeursvrouwen worden? O God, neem die kindertjes en gooi ze tegen de rotsen te pletter! Anders houdt het nooit op.'

'Oom Onno! Oom Onno!'

'Ik ben niemands oom. Hoe durven jullie? Ik ben uitsluitend mijn eigen oom. Onbegrepen, door iedereen uitgelachen en in een hoek getrapt, zweef ik eenzaam en geweldig in de ijle sferen van het Gans Andere.'

'Ik word langzamerhand niet goed van die pias,' zei de commissaris van de koningin. 'Vader, kunt u er geen eind aan maken?'

Het werd stil. Ook Onno zweeg plotseling. Ver weg, in de voorkamer, bij de pluchen overgordijnen, zat Quist. Onno kon hem niet zien, hij keek in zijn richting, met rondtastende ogen, zoals wanneer men een zwakke ster op het netvlies probeert te krijgen.

'Ach,' zei Quist, – 'dat komt allemaal best in orde met die jongen.'

Toen Onno dit hoorde, zette hij zijn glas in de vensterbank en zocht tussen de zware meubels en de uitgestrekte benen zijn weg naar de voorkamer, – een tocht, waarbij de gemiddelde leeftijd van de gasten geleidelijk toenam. Aan het andere eind van de suite zat zijn vader als een duister rotsblok in de fauteuil met de oorkleppen: een uiterste, tot stilstand gekomen zwerfsteen, voortgedreven door de eindmorene van zijn tijdperk. Naast hem de eikenhouten lessenaar met de massale Statenbijbel uit de zeventiende eeuw, zo groot als een koffer, met zilverbeslag en twee zware sloten. Hij zat met zijn rug naar de straatlantaren, zodat Onno zijn gezicht niet kon zien. Hij liet zich op zijn knieën zakken en drukte zijn lippen op de hoge, zwarte schoenen van zijn vader. Het leer was warm van de voeten die het verborg. Hij kwam overeind, en op plotseling luchtige toon zei hij:

'Adieu, allemaal. Ik ga naar huis.'

'Hoe laat is het?' vroeg zijn moeder. 'Er rijdt nu toch geen trein meer?'

'Ik ga liften.'

'Wat een onzin, je kunt hier slapen.'

Zijn zwager lachte.

'Ik zou er niet over piekeren, zo'n sinistere figuur mee te nemen, midden in de nacht.'

'Wij hebben ook nog wel een bed,' zei zijn oudste zuster. 'Dan rijd je met ons mee. We gaan allemaal naar huis, het is al half één.'

'Ik ga naar Amsterdam, ik heb nog een afspraak.'

'Stel je niet aan, je hebt helemaal geen afspraak.'

'Laat hem nu maar,' zei de procureur-generaal.

Waren de beledigingen al vergeten? Blijkbaar beschouwde zijn familie hem als een natuurverschijnsel: na de storm worden de afgewaaide takken opgeruimd, en daarmee basta. Hij spreidde zijn armen ten afscheid en ging zachtjes fluitend naar de vestibule.

'Hier kun je niets vinden,' zei zijn jongste zuster, in haar handen de vrijwel gedoofde zaklantaarn, 'in deze egyptische duisternis.'

Terwijl hij in de stapels jassen begon te graaien, knarste de sleutel in het slot.

'Hemeltje, u gooit alles door elkaar,' zei Coba en trok in het voorbijgaan zijn jas te voorschijn.

'Zal ik je even naar de Wassenaarseweg brengen met de auto?' vroeg zijn zuster, terwijl zij zijn jas weer losknoopte en nu symmetrisch dichtknoopte. 'Het is ruim een half uur lopen.'

'Ik vind het lekker om even te wandelen.'

'Je bent rusteloos.'

Hij gaf een kus op haar voorhoofd en ging naar buiten. Toen hij het tuinhek sloot, sprongen overal in huis de lichten aan.

*

Stil lag Den Haag in de nacht. Er reden nauwelijks nog auto's. De huizen waren lichter van kleur dan die in Amsterdam, maar bijna alle ramen waren donker. De ambtenaren sliepen – en droomden dat zij de onrust in de hoofdstad, die nu al jarenlang duurde, krachtig de kop in drukten, met tanks op de straathoeken en duikbommenwerpers die raketten op de universitaire instituten afvuurden, waarna zij werden benoemd tot regeringscommissaris van de gepacificeerde stad.

In zijn zware, lange winterjas liep Onno naar de uitvalsweg richting Leiden. Ofschoon het vroor droeg hij geen handschoenen, maar hij deed zijn handen niet in zijn zakken; hij hield ze op zijn rug, waar ze geleidelijk paars van de kou werden, zonder dat hij het merkte. Hier, waar hij zijn hele jeugd had doorgebracht, kende hij elke steen, maar nostalgische gevoelens wekte dat niet in hem op. Bovendien keek hij niet om zich heen, zo min als hij terugdacht aan de voorbije avond. Een beetje voorover gebogen, met een wat moeizame gang op zijn lompe, nooit gepoetste schoenen, liep hij door de verlaten straten, terwijl hem onafgebroken een rond kleitablet voor ogen stond, – soms de ene kant, soms de andere.

Het leek of hij opeens een ander mens was. Hij hield zijn tong aan de linkerkant van zijn mond tussen zijn kiezen en kauwde er zachtjes op, zoals altijd wanneer hij nadacht. Er lag iets slaperigs over zijn gezicht, maar dat kwam niet van vermoeidheid of door de alcohol, het was de slaperigheid van het denken. Denken is nooit actie, voorwaarts, er op los, zoals mensen denken die niet weten wat denken is; het heeft niet de aard van de lianenkappende woudloper, maar eerder die van iemand die zich ontspannen in een warm bad laat glijden.

Het tablet had de afmeting van een dessertbord. Beide kanten vertoonden een patroon, dat nog het meest leek op een hinkelbaan, zoals kinderen die met krijt op straat tekenen: een spiraal, met de klok mee van buiten naar binnen draaiend, eindigend in een middelpunt. Het leek ook op een labyrinth, maar dat was het nu juist niet; men kon er onmogelijk in verdwalen, er was één weg en die leidde naar het centrum. De baan was verdeeld in hokken, gevuld met primitieve tekens, zoals een gehelmd hoofd, een aantal mensen- en dierenfiguren in profiel, een bijl, iets als een draagbare kooi en tal van andere afbeeldingen. Onno keek naar de rebus, waarvan hij de 242 tekens en de 45 syllaben in de 61 compartimenten beter kende dan zijn eigen lichaam, en die op een andere manier toch ook wel een labyrinth was, – terwijl tegelijk steeds nieuwe samenhangen in zijn geest ontstonden, verdwenen, gewijzigd weer opdoken, zich verbonden met andere linguïstische gegevens en tekens, filistijnse, lycische, semitische...

Er hing nu een grote stilte om hem heen.

2
Hun ontmoeting

Toen Onno Quist zijn ouderlijk huis verliet, was in een andere, aanzienlijk minder statige buurt van Den Haag een man van dezelfde leeftijd in vier, vijf luid uitgeschreeuwde golven klaargekomen.

'Goedendag!' hijgde hij, tegelijk verbaasd en prijzend, toen het was weggeëbd. 'Ik dank u.'

Hij lag op de grond en met gesloten ogen streelde hij de vrouw, die bovenop hem in elkaar was gezakt als een half leeggelopen ballon, en op een of andere manier klopte er iets niet. Hij voelde een been waar eigenlijk geen been kon zijn, haar hoofd bevond zich op een plek waar hij eerder een voet verwachtte. Hij streelde over een welving die vermoedelijk de aanzet van een borst was, maar misschien ook die van een bil, haalde gelaten zijn wenkbrauwen op, zuchtte diep en soesde weg...

Een paar uur eerder had hij haar ontmoet in Rotterdam. Studenten van de Economische Hogeschool hadden daar een 'revolutionair carnaval' georganiseerd; op een prikbord in Leiden, waar hij werkte, had hij de aankondiging gelezen. Hij woonde in Amsterdam, maar omdat hij niets te doen had was hij later op de avond, na zijn werk, naar het feest gereden. Daverende muziek in versierde zalen, overal werd gedanst, zelfs de trappen zaten vol. In een geïmproviseerd cubaans restaurant, 'Moncada', at hij een homp vlees, en in een vlaamse bierkroeg, 'In de Racebroek', bestelde hij een sinaasappelsap. In een zijzaal was een 'Occulte Markt' ingericht: aan schragen boden allerlei personages met tarotkaarten, horoscopen, pendels, glazen bollen en I Tjing-gerei gratis hun diensten aan. In het gedrang speurde hij naar meiden, met wie iets te ondernemen zou zijn, maar iedereen was in gezelschap, had zich verkleed – tientallen jongens met baretten à la Che Guevara – en vermaakte zich; de ontspannen, onerotische sfeer begon hem al gauw de keel uit te hangen. De mens was niet voor zijn plezier op de wereld, vond hij, er moest geneukt worden, – en na een uur besloot hij zijn auto maar weer op te zoeken. Hij was moe, maar ook daaraan mocht niet toegegeven worden; in Amsterdam zou nog wel iets te regelen zijn.

Op weg naar de uitgang kwam hij weer door de zaal met de tovenaars en de toverheksen, maar daar was het intussen vrijwel leeg. Naar mate de stemming was gestegen, was de belangstelling voor het hogere verdwenen; de meesten waren al bezig hun bovenzinnelijke instrumentarium in te pakken. Alleen bij de kraam van een juffrouw in een paarse trui zat nog een meisje, haar hand met de palm naar boven in die van de juffrouw, als een heilige die haar stigmata toont.

Het was een aantrekkelijk meisje. Zij was niet ouder dan een jaar of negentien, haar blonde haren in een paardestaart. Met leugenachtige belangstelling bleef hij staan en luisterde naar wat de chiromante te zeggen had. Met een dunne stift zette zij streepjes, kruisjes en cirkeltjes bij veelbetekenende capriolen van de handlijnen, wat hem deed denken aan markeringen op astronomische foto's. Over het algemeen scheen het patroon een goed beeld op te leveren, maar zekere zijwaartse takken van de levenslijn bleken toch zorgen te baren: dat duidde op een ernstige ziekte omstreeks het veertigste levensjaar; ook tralies op de zonneheuvel kon men beter niet hebben. Het meisje keek naar haar hand en knikte begrijpend.

'Ik vind het nogal schandalig, wat u daar zit te doen,' zei hij plotseling, – in de eerste plaats natuurlijk om zich aan te dienen bij het meisje, maar hij meende het ook. 'Hopelijk vindt zij het allemaal onzin, want dat is het, maar intussen zit het wel in haar hoofd, dat dreigement van u met die ziekte. Twintig jaar lang.'

De twee vrouwen keken naar hem op: het meisje met een geamuseerde blik, de wichelaarster met een morose oogopslag boven haar halve leesbril. Zij was van zijn eigen leeftijd, iets ouder misschien; dik, donkerbruin haar lag in vreemdsoortige wrongen over haar hoofd, alsof een enorme hagedis zich daar had genesteld, een leguaan. Er was iets in haar gezicht dat hem opeens vastgreep. In haar trui zag hij haar kleine borsten, daartussen een hanger met een plat, metalen handje, – en op hetzelfde ogenblik wist hij, dat hij niet met haar cliënte naar bed wilde maar met haar.

'Schande,' zei hij, terwijl hij haar bleef aankijken.

Misschien had het meisje de omslag gezien; zij stond op, groette vriendelijk en ging weg.

'Ik geloof dat wij een hartig woordje met elkaar spreken moeten,' zei hij streng.

Toen zij opstond om in te pakken, bleek dat zij heel tenger was: haar beestachtige kruin kwam nog niet tot zijn schouders. Zonder iets te zeggen trok zij haar jas aan en ging naar buiten. Zich afvragend hoe hij dat zwijgen moest doorbreken, volgde hij haar naar de parkeerplaats. Toen zij de sleutel in het portier van een kleine auto had gestoken, draaide zij zich plotseling naar hem om en maakte een uitnodigend gebaar. Hij schoot in de lach.

'Ik heb zelf zo'n ding, ik rijd wel achter je aan.'

In zijn donkergroene sportauto met het witte linnen dak, die veel harder wilde, sukkelde hij even later over de weg naar Den Haag, onafgebroken met een halve erectie van de situatie.

'Een waarzegster!' riep hij ter hoogte van Delft en sloeg op zijn houten stuur. 'Dat mankeerde er nog maar aan!' Hij voelde zich in zijn element en begon te zingen, een lied van Mahler: *Wenn mein Schatz Hochzeit macht, fröhliche Hochzeit macht...* Tranen sprongen in zijn ogen. Melancholie, geilheid, muziek, alles overweldigde hem plotseling, terwijl hij naar de rode achterlichten keek.

'Ik leef!' riep hij. 'Ik leef!'

2 HUN ONTMOETING

Zij woonde in een fantasieloos flatgebouw, ruw neergeplant in een straat met negentiende-eeuwse arbeiderswoningen. Ook toen zij over de galerij aan de achterkant liepen, bleef zij zwijgen. In een klein, warm appartement stak zij kaarsen en wierookstokjes aan, en gaf hem een fles wijn met een etiket dat hem geen vertrouwen inboezemde. Terwijl hij de fles tussen zijn knieën nam en het staal in de kurk zette, vulde sitarmuziek de kamer.

'Vanzelfsprekend,' zei hij. 'Ravi Shankar.'

Zij stootten aan en dronken, terwijl zij elkaar aan bleven kijken. De wijn smaakte hem niet en hij zette zijn glas weg. Wat nu? Hij zat in een te kleine fauteuil, zij op de bank. Hij kwam overeind, knielde voor haar neer en legde zijn rechterhand open in haar schoot.

'Zo, en laat nu maar eens zien wat je kunt.'

Hij voelde de warmte van haar dijen, maar zij legde zijn hand opzij als een boek dat zij niet wilde lezen en nam zijn linker. De hand lag als een gevonden voorwerp in de hare; haar kleine hand was warmer dan de zijne, wat hem nog meer opwond. Nog steeds had zij geen woord gesproken; zij wisten zelfs niet van elkaar hoe zij heetten. Na een blik op zijn korte, enigszins misvormde duim te hebben geworpen, begon zij weer met een stift kruisen en cirkels te tekenen, – maar opeens stokte zij en keek hem geschrokken aan. Ook hij schrok nu. In haar blik stond iets geschreven, waaraan hij niet zou geloven maar dat hij toch niet wilde horen. Hij trok zijn hand terug en legde hem op haar heup, legde de andere in haar nek, drong met zijn vingers in haar dikke haar en trok haar hoofd een beetje naar zich toe, wat zij gewillig liet gebeuren. Hij gromde even, en sprong toen plotseling naar voren, over haar heen, terwijl zij meteen haar benen spreidde. Op hetzelfde ogenblik kronkelden en beten zij als vechtende honden, trokken de kleren van elkaars lijf, joelden, schreeuwden, werden gegrepen door een draaikolk en meegesleurd naar een diepte, waaraan geen herinnering pleegt te resten...

Met een schok werd hij wakker. Langer dan een minuut had hij niet geslapen. Hij draaide zijn hoofd opzij. Boven het langzaam dalende gloeien van een wierookstokje boog een dun, wit askegeltje steeds verder naar voren en brak af.

'Ik moet er vandoor,' zei hij.

Weer bestudeerde hij de topologische toestand van de handlijnkundige. Het zag er naar uit, dat zij ook een slangenmens was; de houding was onmogelijk, als op een tekening van Escher, de wrongen waren losgeraakt en als gestolde lava lag het haar over haar schouders en rug, maar het kon ook haar borst zijn. Zonder dat zij wakker werd, wurmde hij zich onder haar vandaan en opende een deur, waarachter hij de slaapkamer vermoedde. Hij tilde haar op, zij was zo licht als een kind; voorzichtig legde hij haar op het bed en trok de dekens over haar heen. Zij was niet wakker geworden. Omdat hij zich gejaagd voelde, alsof hij haast had, nam hij geen douche; in de keuken waste hij zich met koud water, droogde zich af met een klamme theedoek, kleedde zich snel aan en keek zoekend rond. In de boekenkast van blond zweeds hout stond een prentbriefkaart met een afbeelding van Jan van Eycks *Arnolfini-bruiloft*: misschien vanwege de hand van de zwangere bruid, die met de palm naar boven in die van de bruidegom lag. De achterkant was onbeschreven. Uit zijn binnenzak trok hij een geel potlood met een gummetje aan de achterkant, haalde uit een zijzak van zijn blazer een kleine puntenslijper, sleep secuur de punt in een asbak en schreef: '*Dit vergeet ik nooit. – Max.*' Even overwoog hij of hij zijn telefoonnummer zou vermelden, maar hij deed het niet. Zorgvuldig zette hij de kaart op haar kleine bureau tegen een gladgeslepen, dooraderde roze steen, misschien bezield door magische krachten, misschien eenvoudig een souvenir van een zuidelijk strand. Vervolgens blies hij de kaarsen uit, liet de wierook branden en trok zachtjes de deur achter zich dicht.

Tot in alle uithoeken had de bevrediging hem schoongespoten. Hij moest denken aan een vakantie in Venetië, toen na een onweer opeens violette bergen te zien waren aan de horizon. Zijn vermoeidheid was verdwenen en met de Eerste van Schubert op de radio – vermoedelijk de Berliner Philharmoniker, onder Böhm –

reed hij op goed geluk door de lege, winterse straten. Hij was vrij! Hij wilde nu niets meer! Dit was even verrukkelijk als het neuken zelf, of als vooraf de zekerheid dat het ging gebeuren. Of was het zelfs nog verrukkelijker? Was de reden dat hij elke dag met een vrouw naar bed wilde, elke dag een andere, uiteindelijk misschien alleen het bereiken van dit doel: dat hij het korte tijd niet wilde? Wat zou hij dan een gelukkige grijsaard worden. Maar zo was het natuurlijk niet; tegen die tijd zou hij willen, dat hij wilde wat hij dan niet meer kon. Het geluk was niet de vrijheid van ketenen, maar de bevrijding van ketenen. Ketenen waren onmisbaar voor het geluk!

Hij had geen idee waar hij was, maar door zo goed mogelijk rechtuit te rijden moest hij toch bij de rand van de stad uitkomen. Zo groot was Den Haag niet. Opeens herkende hij een kruispunt. Op het verlaten trottoir stond een grote man in een lange jas, die zijn hand opstak.

*

Een rover, dacht hij, zou zo toch wel niet opereren, om één uur 's nachts in de vrieskou. Hij gaf een lichtsignaal, zwenkte met een snelle beweging naar de kant en stopte. In de spiegel zag hij de man op een sukkeldraf naderbij komen; hij deed de radio uit, leunde opzij en draaide het portierraam aan de andere kant open.

Onno, diep gebukt, keek in het smalle, fanatieke gezicht van Max. Het deed hem aan een ibis denken, de egyptische *Ibis religiosa*, met zijn dunne hals en zijn gebogen snavel; er ging iets gevaarlijks van uit, als van een bijl. Max, van zijn kant, keek in het volle, heerszuchtige gelaat van Onno. Klassiek, zonder welving, ging het voorhoofd over in de rechte neus; daaronder stond een al even klassieke, kleine mond met gewelfde lippen, nauwelijks breder dan zijn neusvleugels. Het kwam hem vaag bekend voor.

'Waar moet u heen?'

'Gaat u richting Amsterdam?'

'Stap maar in.'

Onno deed een stap terug en nam de auto afkeurend in ogenschouw.

'Maar onder protest!'

'Ik smeek u,' zei Max geamuseerd.

Toen hij er na enige moeite in zat, of liever: lag, gaf Max vol gas en de auto sprong weg als een renpaard.

'Mooi karretje,' zei Onno met een gezicht, waaruit sprak dat hij zijn weldoener voor niet goed wijs hield.

Max schoot in de lach.

'O, dat is nog niets. Als ik groot ben, koop ik een witte, open Rolls Royce. Dan ga ik in een witte bontjas op de achterbank zitten, met aan het stuur een beeldschone vrouw.'

Met een scheve mond moest nu ook Onno een beetje lachen en draaide zijn hoofd opzij. Hij had al een begin van een onderkin.

'Waarom koopt u niet meteen een kinderwagen?'

Max keek hem even aan. Zij hadden elkaar gevonden - dit was het moment. Wisten zij het allebei? Met die paar woorden was een brug geslagen. Max wist zich door Onno doorzien, zoals nooit eerder, net als Onno zich door Max begrepen voelde, omdat zijn agressieve ironie niet op weerstand was gestuit, zoals altijd, maar was opgevangen in een lach die iets onkwetsbaars had. Zij hadden elkaar herkend. Een beetje verlegen met de situatie zwegen zij gedurende een paar minuten. Toen zij de plechtige allee door Wassenaar achter zich hadden gelaten en op de donkere autoweg kwamen, trok Max op tot honderdzestig en zei:

'Ik heb het gevoel of ik u ergens van ken. Stond uw foto laatst niet in de krant?'

'*Natuurlijk* stond mijn foto laatst in de krant,' zei Onno op een toon alsof hem werd gevraagd of hij lezen kon.

'Naar aanleiding waarvan?'

'Dat weet u niet meer? Dat bent u alweer vergeten?'

'Ik beken dat ik te kort schiet.'

'Mijn foto stond in de krant,' zei Onno pontificaal, 'omdat ik in Uppsala een eredoctoraat kreeg.'

'Mag ik u alsnog feliciteren? En waarvoor was dat?'

'Dat weet u dus ook niet meer. Zeg, wat weet u eigenlijk?'

'Haast niets.'

'Dat was omdat ik het etruskisch begrijpelijk heb gemaakt. De grootste geesten ter wereld waren daartoe niet in staat, zelfs professor Massimo Pellegrini in Rome was er te stom voor, dus heb ik het maar gedaan.'

Max knikte. Hij herinnerde het zich nu. De grote man in rok, met gespeelde verbazing de bul in ontvangst nemend van een dame met een baret op haar hoofd, alsof het een complete verrassing voor hem was.

Onno keek opzij.

'En u?' vroeg hij, 'wat doet u voor de kost? Ik kan mij niet herinneren, uw foto ooit in de krant te hebben gezien.'

'Wat een schoft bent u,' lachte Max. 'Ik doe sterrenkunde.' Met zijn hoofd duidde hij naar rechts. 'Daar. In Leiden.'

Onno keek naar de stad aan de rand van de kale velden.

'Moet u hier dan niet afslaan?'

'Goddank woon ik in Amsterdam. Daar heb ik een auto voor.'

Onno stak zijn hand uit en zei:

'Onno Quist.'

Max drukte de hand.

'Delius Max.'

3
Thuisbrengen

Nooit gaf Onno antwoord op belangstellende vragen naar zijn ontdekking. 'Lees dat maar na,' placht hij te zeggen, 'in de Journal of Near Eastern Studies. Ik maak geen overuren.' Maar nu, op Max' vraag hoe hij dat schrift ontcijferd had, legde hij geduldig uit dat er geen sprake was van ontcijferen, aangezien het sinds jaar en dag leesbaar was. Het bestond in grote trekken uit het griekse alfabet, maar het was geen grieks, het was onbegrijpelijk. Het was zoals wanneer iemand die geen grieks kende, het griekse alfabet leerde en dan zou proberen de Ilias te lezen. De etrusken waren een italisch volk, doceerde hij, dat in het huidige Toscane leefde: *Tusci* noemden de romeinse veroveraars hen. Het latijn zat vol etruskische leenwoorden, zoals *persona* voor 'masker', maar verder was alleen van een paar woorden de betekenis bekend, zoals van die voor 'god', 'vrouw', 'zoon'. Het probleem was, dat een lange *bilingue* ontbrak, zoals Champollions Steen van Rosette, met eenzelfde tekst in het etruskisch en in een bekende taal. Zij hadden dus iets met de grieken te maken, en tegelijk had hun taal niets te maken met het grieks. Zij schreven hun taal fonetisch met griekse letters, zoals gymnasiasten uit de eerste klas met hun naam deden, en zoals nederlanders deden met latijnse letters. Het volk kwam omstreeks de negende eeuw voor Christus dus ergens vandaan, waar ook grieken waren. Maar – en dat was de beslissende inval – het was natuurlijk ook mogelijk, dat de grieken ooit hun alfabet van de etrusken hadden overgenomen, om daarmee fonetisch hun eigen taal te schrijven: grieks dus. Dat was natuurlijk te gek om los te lopen; maar langs die weg, gesteund door allerlei archaeologische overwegingen, kwam hij terecht bij de kretische talen: lineair-B uit de vijftiende eeuw voor Christus, vijftien jaar geleden door wijlen zijn collega Michael Ventris ontcijferd, en lineair-A uit de achttiende eeuw, – waarachter weer semitische oorsprongen schuilgingen...

'Kortom, mijn beste Watson,' zei hij, toen zij Schiphol passeerden, 'door combineren en deduceren en een hoop geluk en wijsheid kwam ik er achter. De hooggeleerde Pellegrini beschouwt mij weliswaar nog steeds als een fantast en een charlatan, maar dat wijst voornamelijk op zijn autistische aard.'

'Wat heb je gestudeerd?'

'Rechten.'

'Rechten?'

'Dat is een familiekwaal.'

'Maar al die talen...'

'Liefhebberij. Ik ben een amateur, net als de grote Ventris, die was architect van huis uit. Als het moet, leer ik een taal in een maand. Ik kon al lezen toen ik drie was.'

'Hoeveel talen beheers je dan?'

'In tellen ben ik slecht. Dat lijkt mij meer iets voor jou. Hoeveel sterren zijn er?'

'We hebben ze nog niet allemaal geteld. Het aantal is trouwens niet constant. Alleen al in ons eigen melkwegstelsel zijn er zo'n honderd miljard. Even veel als de mens hersencellen heeft.'

'*Speak for yourself.*'

'Verder zijn er ook rond honderd miljard extragalactische stelsels bekend, even veel als ik hersencellen heb, dus reken maar uit. Een één met tweeëntwintig nullen. Hoeveel talen zijn er?'

'Een schijntje. Rond tweeënvijftighonderd.'

'Kun je ook hiëroglyphen lezen?'

'Wat voor hiëroglyphen?'

'Egyptische.'

'Niks aan. Spreken ook. *Paut neteroe her resch sep sen ini Asar sa Heroe men ab maä kheroe sa Ast auau Asar.* Hetwelk is, overgezet zijnde: «De paut van de goden verblijden zich over de komst van Osiris' zoon Horus, opgericht in het hart, wiens woord absoluut is, zoon van Isis, erfgenaam van Osiris».'

'Toe maar. Wat betekent *paut*?'

'Ja, dat is nu even moeilijk, vervelend dat je dat vraagt. Volgens de meeste kenners slaat het op de oersubstantie, waarvan de goden zijn gemaakt; maar eigenlijk is het nog ingewikkelder, want in het Dodenboek zegt de scheppergod: «Ik bracht mijzelf voort uit de oersubstantie, die ik maakte». Maar laat ik je niet vermoeien met zulke archaïsche paradoxen.'

'Ze komen mij nogal modern voor,' zei Max. 'Waar woon je? Dan zet ik je voor de deur af.'

Beiden bleken in het centrum te wonen, niet ver van elkaar. Terwijl zij de stad in reden, vertelde Onno dat hij hiëroglyphen al kon lezen toen hij elf was. Dat had hij zichzelf bijgebracht met een oud engels leerboekje, voor een kwartje gekocht op de markt, zodat hij, met een woordenboek, tegelijk ook engels leerde. Dat was in de laatste oorlogswinter gebeurd, waarin, zei hij, honger en kou hem definitief hadden geknakt, – en meteen vroeg hij zich af, waarom hij zoiets vertelde aan een wildvreemde. Thuis, als jongen, sprak hij niet over zijn taalstudies. Hij dacht dat iedereen dat kon, die even de moeite nam. Zo was dat altijd met talent: een schrijver kon zich ook niet voorstellen, dat iemand niet kon schrijven. Dat het toch niet zo gewoon was, besefte hij pas na de oorlog, toen zij eens op vakantie waren in Finland. Zij zaten in hun hotel in Hämeenlinna, daar ergens tussen die depressieve meren en naaldbossen, en de avond voor hun vertrek was het eten koud, of juist warm. Zijn vader riep de gerant, die vervolgens deed of hij de ober een uitbrander gaf; maar in werkelijkheid zei hij, dat hij zich maar niets moest aantrekken van die krenterige kaaskoppen, want morgen waren zij toch opgelazerd naar hun stompzinnige tulpen en windmolens. Waarop hij, Onno, hem vroeg of hij misschien niet goed bij zijn hoofd was om zo over zijn gasten te spreken, en of hij misschien wilde dat zijn schedel werd ingeslagen met een hollandse klomp. Iedereen sprakeloos. Hij kon fins praten! Na drie weken! Een oegrische taal! En toen hij het perplexe gezicht van zijn vader zag, dacht hij: – Ik ben je de baas, excellentie.

'Ben je een zoon van *die* Quist?' vroeg Max verrast.

'Ja, *die* Quist.'

'Was hij voor de oorlog niet premier of zoiets?'

'Zou je misschien wat minder losjes over mijn vader willen spreken, Delius Max? De vier jaren van het kabinet-Quist behoren tot de donkerste van de menselijke beschaving. Het nederlandse volk zuchtte onder het theocratische schrikbewind van meneer mijn vader, over wie ik geen kwaad woord wil horen, – en zeker niet uit de mond van iemand met zo'n ridicule automobiel.'

'Hij heeft ons in elk geval thuisgebracht,' zei Max en stopte. 'Zelf kun jij helemaal niet autorijden, als je het mij vraagt.'

'Natuurlijk niet! Waar zie je mij voor aan? Voor een chauffeur? Er zijn dingen die je niet mag kunnen. Wat je bij voorbeeld ook niet mag kunnen, is eten opscheppen met een vork en een lepel tussen de vingers van één hand, want dan ben je een ober. Dat kan jij natuurlijk ook, maar een heer als ik is niet gewend om zelf op te scheppen. Een heer als ik doet dat heel klungelig met twee handen en dan nog laat ik de helft op het tafellaken vallen, want zo hoort het.'

Bij het licht van de lantarens in de smalle straat konden zij elkaar nu beter zien. Onno vond, dat Max er eigenlijk veel te verzorgd uitzag om serieus genomen te kunnen worden; hij droeg het soort angelsaksische bourgeois outfit, met blazer en ruitjeshemd, dat hem ook bij zijn broers en zwagers zo tegenstond. Max, op zijn beurt, vond dat Onno geen slecht figuur zou slaan als orgeldraaier; ook zaten bij zijn oren en onder zijn kin verscheidene plekken, die hij bij het scheren had overgeslagen. Misschien was hij bijziend, kippig geworden van het turen naar ideogrammen.

Onno stelde voor, naar Max' huis te rijden; dan liep hij wel terug. Tevreden constateerden zij, dat er nog mensen op straat waren en dat overal in de huizen nog licht brandde, terwijl in Den Haag alle leven volledig was uitgewist. Bij het hoge hek langs het park sloot Max zijn auto af en trok zijn jas aan; Onno zag dat hij ook nog bruine peau de suède schoenen droeg. Hij wilde afscheid nemen, maar nu was het Max die zei:

'Kom, ik loop een eind met je op.'

Uit de richting van het Leidseplein klonken politiesirenes: er was weer iets gaande, misschien de naweeën van een demonstratie tegen de amerikanen in Vietnam.

'Ben jij ook eredoctor aan de universiteit van Uppsala?' informeerde Onno. 'Zoals ik?'

'Zo ver heb ik het nog niet gebracht.'

'Jij bent *geen* eredoctor aan de universiteit van Uppsala?' riep Onno ontzet en bleef staan. 'Kan iemand als ik dan eigenlijk wel met jou praten?' Plotseling veranderde hij van toon, terwijl hij Max bleef aankijken. 'Weet je dat jouw gezicht helemaal niet klopt? Je hebt staalharde, uiterst onsympathieke blauwe ogen, maar tegelijk een belachelijk weke mond, waarmee ik mij niet graag zou vertonen.'

Max keek naar hem op. Onno was bijna een hoofd groter dan hij.

'Dat klopt,' zei hij na een ogenblik van aarzeling.

'Nee, dat klopt dus *niet*.'

'Het klopt dat het niet klopt.'

'En die neus van jou kan maar beter helemaal met de mantel der liefde worden bedekt.'

'Jachthonden hebben altijd lange neuzen, want daar kun je beter mee ruiken. Je moet het niet persoonlijk opvatten, maar een pekinees ruikt niks. En overigens, ik ben geen *doctor cum grano salis*, zoals jij, maar een echte, met een proefschrift en zo.'

'Ik hoor het al. Jij bent een van die stumpers, die denken dat de prestatie een groter verdienste is dan het talent. Waarop ben je gepromoveerd?'

'Op waterstoflijnwerk.'

'Wat is dat in hemelsnaam?'

'Dat kun jij niet begrijpen. Daar moet je heel knap voor zijn.'

Max meldde dat hij astronoom was aan de sterrenwacht in Leiden. Onlangs had hij een aanbod gekregen, *fellow* te worden aan het Mount Palomar Observatorium in Californië, waar een leidse collega van hem het tegenwoordig voor het zeggen had, de ontdekker van de quasars; maar hij interesseerde zich meer voor radio-astronomie, waarmee je het onzichtbare kon zien, zelfs overdag. Optische astronomen waren bleke nachtwakers, en als er een wolk verscheen konden zij weer op hun fiets stappen en tegen de wind in naar huis trappen; bovendien had hij 's nachts wel wat beters te doen. Regelmatig ging hij naar Dwingeloo, in Drenthe, naar de radiotelescoop daar. Bij Westerbork werd nu een reusachtige Synthese Radio Telescoop gebouwd, bestaande uit twaalf spiegels, waarvan er een klaar was. Dat werd het grootste instrument ter wereld, waarvan hij zich veel voorstelde.

'Trouwens, net zei je dat het met jou eigenlijk allemaal in de oorlog is begonnen – bij mij is dat misschien ook wel zo. Midden in de stad was het firmament toen zo helder als nu alleen nog op zee, of op Mount Palomar. Ik zat op een gegeven ogenblik in een soort internaat, bij de paters. Als die 's nachts in de kapel de metten zongen, werd ik soms wakker en ging uit het raam hangen. Ik denk dat die stille nachten en die sterren en dat gregoriaans en die oorlog toen de basis hebben gelegd voor mijn beroepskeuze, om het zo maar eens te noemen. Misschien omdat die sterren niets met de oorlog te maken hadden.' Bij het woord 'sterren' keek hij even omhoog, maar daar hing nu de weerschijn van de stad tegen een grauw wolkendek.

'Je bent dus rooms van huis uit. Of ben je het nog steeds?'

'Van huis uit ben ik niets.'

'Hoe kwam je dan in die inrichting terecht?'

Max zweeg. Hij sloeg de kraag van zijn camelkleurige *British Warm* op en deed de revers over elkaar, die hij met zijn gehandschoende hand bleef vasthouden. De paters, beneden in de kapel:

'*Kyrie eleison, kyrie eleison,*
Christe eleison, Christe eleison.'

Aan de hemel de Grote Beer, Cassiopeia, de Poolster – waarin de as van het hemelgewelf draaide. Waar was zijn moeder?

Hij keek naar Onno.

'Zal ik het je vertellen?'

Onno zag dat hij een zenuw had geraakt.

'Als het niet voor mijn oren bestemd is, wil ik het niet horen.'

Ook Max verwonderde zich nu over zichzelf. Niet dat hij iets te verbergen had, maar het was ook niet iets om over te converseren. Met zijn collega's en vrienden sprak hij er nooit over, om te zwijgen over zijn vriendinnen, en ook zelf dacht hij er eigenlijk zelden aan. Het was zoiets als met het talent, waarover Onno had gesproken: elk mens was natuurlijk uniek, en dat ontdekte hij pas wanneer een ander verliefd op hem werd, of wanneer nooit iemand verliefd op hem werd, – maar ook uitzonderlijke omstandigheden konden vanzelfsprekend lijken, eenvoudig omdat zij waren zoals zij waren; en ook in dat geval ontstond het besef van hun uitzonderlijkheid pas wanneer anderen ze uitzonderlijk vonden. Ook tot een koningszoon drong het pas later door, dat niet voor iedereen in het hele land de vlaggen werden uitgestoken als hij jarig was.

De grachten waren bevroren. In de schemerige diepten werd nog geschaatst; zwijgende gestalten gleden met hun handen op hun rug voorbij, krassend remmend bij de bruggen, waaronder het ijs onbetrouwbaar was. Terwijl zij door hun stad liepen, langs het Rijksmuseum, over de bruggen met hun bizarre zandstenen en gietijzeren decoraties van zeemonsters, die over de duinen waren gekropen, vertelde Max hoe zijn ouders – door toedoen van de Eerste Wereldoorlog – in Amsterdam terecht waren gekomen, hoe zij tot elkaar kwamen, hoe zij uit elkaar gingen, waarna hij met zijn moeder in Zuid ging wonen, achter het Concertgebouw. Zijn vader wilde hen nooit meer zien, en toen de Tweede Wereldoorlog kwam moest er iets noodlottigs in hem zijn gevaren. Hij kwam weer in contact met voormalige, oostenrijkse vrienden uit de Eerste, die inmiddels, na de *Anschluß*, groot-duitse generaals en SS-Obersturmbannführer waren geworden. Hij, Max, wist het eigenlijk allemaal maar van horen zeggen; hij had zich nooit er in verdiept. Misschien moest zijn vader een bewijs leveren van zijn pro-duitse gezindheid. Hij was nog steeds getrouwd met een joodse vrouw, had 'rassenschande' gepleegd, zelfs een kind bij haar verwekt: misschien moest dat eerst rechtgezet worden. Inmiddels speelde hij een vooraanstaande rol in de handelsrelaties met de bezetter, zijn kantoor groeide uit tot een semi-overheidsinstelling, in feite gespecialiseerd in roof, vooral ook van joodse goederen, en via een advocaat liet hij Eva Delius-Weiß weten, dat hij een scheiding wenste. Maar daar ging zij niet op in: haar huwelijk met een ariër vormde een extra bescherming tegen deportatie, misschien nog meer dan het kind dat zij van hem had. Eigenlijk behelsde dat aandringen op een scheiding al een verkapte moordaanslag op zijn vrouw. Zoals na de oorlog bleek, schakelde hij ten slotte zijn vroegere kameraden in.

Op een ochtend in 1942, vertelde Max, hij werd dat jaar negen, haalde de conciërge hem uit de klas; in de kamer van de directeur stond een marechaussee met een hoge pet, laarzen en een witte tres over zijn schouder. Hij kreeg te horen dat zijn moeder plotseling met onbekende bestemming was vertrokken, hij moest meekomen en zijn spullen uitzoeken. Toen hij bij zijn huis arriveerde, stond voor de deur al een verhuisauto, met in enorme letters de naam *Puls* er op, dat herinnerde hij zich nog precies; een paar verhuizers droegen de piano naar buiten. Binnen liepen mannen met lijsten rond, die alles registreerden, behalve natuurlijk de dingen die zij in hun zak staken. Duitsers waren nergens te zien, alleen twee agenten van de gemeentepolitie. Alles was overhoop gehaald, in zijn moeders slaapkamer stonden alle laden en kasten open, haar kleren lagen in een stapel op de grond. Hij kreeg vijf minuten om zijn bezittingen te verzamelen, daarna werd hij naar een of ander rooms-katholiek college gebracht. In zijn onschuld zei hij dat hij naar zijn vader wilde: hij wist nog niet, dat hij gif was voor zijn vader. Zijn grootouders, de enige familie die hij verder nog bezat in Nederland, zaten ergens ondergedoken, hij wist niet waar - zo min als hij wist, dat zijn vader inmiddels ook hun adres had verraden, en dat zij net als zijn moeder via het doorgangskamp Westerbork op transport gesteld werden naar Auschwitz, van waar geen van hen terugkeerde. De collaborateur was veranderd in een oorlogsmisdadiger. Alles wat Weiß heette moest verdelgd worden, - en god weet, wie allemaal nog meer uit het spectrum daarvan. Max vertelde, dat de paters hem na een paar weken onderbrachten bij een kinderloos, al wat ouder katholiek echtpaar, dat zelfs niet van hem verlangde dat hij een kruis sloeg voor het eten. Een enkele keer fietste hij nog wel eens langs zijn vroegere huis: de voordeur en de ramen waren dichtgemetseld, met bakstenen. Van zijn vader hoorde hij pas weer na de oorlog, toen hij terechtstond, - en daarna nog eenmaal: een kort krantenbericht over zijn executie.

*

'Goeie god!' riep Onno. 'Ben jij een zoon van *die* Delius? Er moet jou veel vergeven worden, geloof ik.'

Zij stonden weer in de Kerkstraat. Kleine, smalle huizen met houten trappen naar de deur van de bel-etage; stenen treden de grond in, naar de deuren van de souterrains.

'Mijn grootvader was fout in de Eerste Wereldoorlog,' zei Max, 'mijn vader in de Tweede, en om de familietraditie hoog te houden zal ik dus fout moeten zijn in de Derde.' Terwijl hij een sigaret opstak, draaide hij zijn hoofd even opzij om de kuiten van een passerende vrouw te inspecteren.

'Zie ik goed,' vroeg Onno, 'dat jij het hebt over de dood van je moeder, dan een twijfelachtig grapje maakt en vervolgens een vrouw nakijkt? Wat ben jij voor iemand?'

'Iemand dus, die een vrouw nakijkt als hij het heeft over de dood van zijn moeder. Ik had het trouwens ook over de dood van mijn vader.'

Onno wilde iets zeggen, maar hij deed het niet. Het was hem onbegrijpelijk, hoe iemand zo koel over zulke ervaringen kon spreken. Hij dacht aan zijn eigen moeder, vergast in een vernietigingskamp, en aan zijn vader, na de oorlog gefusilleerd door een vuurpeloton – maar die voorstelling nam geen gestalte aan. In werkelijkheid zat zijn vader anderhalf jaar als gijzelaar in een soort VIP-afdeling van het concentratiekamp Buchenwald, waar hij met andere vooraanstaande figuren plannen maakte voor het naoorlogse Nederland, – te beginnen met het instellen van een 'Bijzondere Rechtspleging' en de herinvoering van de doodstraf voor het ergste uitschot. Ook zijn broers hadden allebei in het verzet gezeten. Hij keek naar Max en voelde zich overgeleverd. Het was natuurlijk uitgesloten dat hij nu zijn hand zou uitsteken, afscheid nemen en naar binnen gaan.

'Ik breng je wel terug,' zei hij.

Minutenlang liepen zij zwijgend naast elkaar door de winternacht, omgeven door het oude geweld dat Max had opgeroepen, onverhoeds als een vuistslag. Ook Max voelde zich overgeleverd. Hij had zijn paradoxale geschiedenis op een andere manier verteld dan de paar keer, dat hij dat eerder had gedaan. Vertelt iemand hetzelfde aan verschillende mensen, dan vertelt hij het op verschillende manieren, die onderling verschillen zoals die mensen van elkaar verschillen, – maar nu scheen het hem toe of hij het verhaal, dat hij was, voor het eerst aan zichzelf had verteld. Dat had hem in dezelfde mate lichter gemaakt als Onno zwaarder. Om iets te zeggen, wees hij naar het brood, dat hier en daar aan de voet van bomen was gestrooid.

'Er zijn nog goede zielen op de wereld.'

Onno had er op gewacht dat Max het zwijgen zou verbreken, maar hij voelde zich niet gerechtigd, naar details van zijn geschiedenis te informeren.

'Zal ik jou eens wat vertellen? Jouw vader is onder verantwoordelijkheid van mijn vader genaturaliseerd. Dat was tijdens zijn kabinetsperiode, in de jaren twintig.'

Met een lach keek Max Onno aan.

'Dat schept wel een heel mooie band tussen ons. Leeft hij nog?'

'*Natuurlijk* leeft mijn vader nog. Nooit zal mijn vader niet leven.'

'Vertel hem dat dan maar eens. De grootste blunder uit zijn hele loopbaan.'

Onno wilde zeggen, dat ook zijn eigen vader dus eigenlijk de kogel verdiende, maar hij beheerste zich; hij was er niet zeker van of het ook hem was toegestaan, zo nonchalant hiermee om te springen, want hoe dik was die ijskorst eigenlijk bij die man? Lag daaronder misschien nog iets heel anders?

'Als jouw moeder joods was,' zei hij, 'dan ben jij dus zelf ook een jood.' Meteen trof het hem onaangenaam, dat woord 'jood' uit zijn eigen mond te horen. Misschien mochten alleen joden het gebruiken, na alles wat er was gebeurd, misschien rustte er een taboe op, – maar anderzijds: moest hij zich alsnog de mond laten snoeren door de fascisten?

'Volgens de rabbijnen wel. Volgens de nazi's was ik goddank maar een halfjood, anders had ook ik het niet overleefd. Een mens vraagt zich overigens af: welke helft? De bovenste? De onderste? Links? Rechts?'

'De nazi's waren biologen. Voor hen was jij een soort verdunde jood; er was bij jou vijftig procent arisch water bij de joodse wijn gedaan.'

'Heet dat niet «versnijden»?' vroeg Max met een lach. 'Weet je trouwens waarom dat zo is – dat je volgens de orthodoxen alleen een jood bent met een joodse moeder, en helemaal geen jood wanneer je alleen een joodse vader hebt?'

'Zeg het eens.'

'Dat heeft ook iets met de biologie te maken. Omdat een man er nooit voor honderd procent zeker van kan zijn, dat hij de echte vader van zijn kind is. Een moeder kan er eventueel ook niet zeker van zijn, wie de vader is, maar één ding is altijd voor honderd procent zeker: dat zij de moeder is.'

'Dat duidt op een diep inzicht in de wezenlijke leugenachtigheid van de vrouw als zodanig.'

Max schoot in de lach.

'Ben je soms getrouwd? Heb je kinderen?'

Onno was blij dat de donkere wolk verjaagd werd.

'Kinderen! Ik kinderen! Zo wreed ben ik nu ook weer niet. Nu en dan woon ik bij een vriendin, als je het weten wilt. Ook een goede ziel, die brood strooit.' Hij besloot, niet naar Max' erotische status te vragen, want ook die was vermoedelijk te verschrikkelijk om aan te horen. 'Overigens, zei je niet dat je negen werd in 1942? Dan zijn we even oud. Wanneer ben je jarig?'

'Zevenentwintig november.'

'Ik zes november. Ik beschouw jou dus van nu af als mijn jongere vriend, die nog veel van mij kan leren. Of wacht eens...' zei hij en bleef staan. 'Ik ben drie weken te vroeg geboren: dan zijn we dus op dezelfde dag verwekt!'

Verrast keken zij elkaar aan.

'Op hetzelfde moment!' riep Max.

Beiden, zowel de automobilist als de lifter, kregen het gevoel of zij nu de verklaring hadden gevonden voor hun schok der herkenning – alsof zij elkaar nooit niet gekend hadden. Plechtig reikten zij elkaar de hand.

'Alleen de dood kan ons nog scheiden,' zei Max op de verheven toon, die hij associeerde met Winnetou en Old Shatterhand. Op hetzelfde ogenblik dacht hij ook aan de bloedsvermenging in die indianenboeken: elk gaf een snee in zijn vinger, waarna de wonden tegen elkaar werden gedrukt. Het lag op de punt van zijn tong om te zeggen: 'We moesten eigenlijk...' – maar hij deed het niet.

Zij stonden weer bij zijn huis in de statige Vossiusstraat en spraken af, dat zij elkaar de volgende dag zouden bellen. Max bood aan, hem met de auto naar huis te brengen, maar dat sloeg Onno af. Terwijl hij zijn sleutels te voorschijn haalde, keek Max hem na voor het geval hij zou omkijken en zwaaien, maar dat gebeurde niet. Terwijl hij de huissleutel zocht in zijn sleutelbos, zag hij in de palm van zijn linkerhand weer de cirkels en kruisen.

4
Vriendschap

Als zij niet in het buitenland waren voor hun werk, ging er de volgende maanden geen dag voorbij waarop zij elkaar niet zagen. Nooit had Max iemand als Onno ontmoet, Onno nooit iemand als Max, – als zelfbenoemde tweeling hielden zij niet op zich te verheugen over elkaar. Elk voelde zich de mindere van de ander, elk was knecht en tegelijk heer, waardoor een soort oneindigheid ontstond, als tussen twee spiegels die zich in elkaar spiegelen. Door hun onafscheidelijke verschijning op straat, in de cafés en de kroegen, werd over hen soms gesproken als over 'homo-intellectuelen'. Zij waren omgeven door onbegrip en achterdocht, want het was bedreigend: twee volwassen mannen, die kennelijk geen homo's waren, niets met elkaar gemeen leken te hebben, en die op een raadselachtige manier juist daarom bijkans symbiotisch in elkaar opgingen. Waren zij maar flikkers, dan was er niets aan de hand, dan vormden zij eenvoudig een verliefd stel. Maar nu confronteerden zij iedereen met een gemis, dat soms een onaangenaam mengsel van afgunst en agressie baarde: dan was de ene een overjarige student, die het ontgroenen niet kon laten, de ander een arrogante kwal. Om het te neutraliseren, gaven zij het volmondig toe en deden er nog een schepje bovenop. De vraag, wat dat was tussen hen, zouden zij pas later bespreken – toen het er niet meer was, toen al die dagen in hun herinnering ineengevloeid waren tot één eeuwig-onvergetelijke dag. Ook de grieken, wist Onno, die de grondslag hadden gelegd van de westerse cultuur, bezaten geen woord voor 'cultuur'. De woorden kwamen pas als de zaak was verdwenen.

Elk van hen had natuurlijk een kring vrienden, die ook elkaar nu leerden kennen, maar tegelijk vervreemdden Max en Onno van hen, dreven bij hen vandaan, hen in een gemeenschappelijk hoofdschudden achterlatend. Meestal ontmoetten zij elkaar aan de leestafel in Café Américain, onder de Jugendstillampen en omgeven door muurschilderingen met scènes uit Wagneropera's. Max had dan vaak al in Leiden gegeten, of thuis snel iets klaargemaakt, terwijl Onno nog aan zijn diner zat, - dat wil zeggen, naast zijn krant stond altijd weer een bord met vier of vijf vleescroquetten, waarbij hij vier of vijf glazen melk dronk. Groente at hij nooit: 'Sla is voor konijnen', placht hij te zeggen. Tot zijn lichaam scheen hij in geen enkele verhouding te staan, misschien was het daarom zo geweldig aanwezig; zijn maaltijden waren even slonzig als zijn ongepoetste tanden en zijn kleren. Toen zijn gezicht eens droop van het zweet, zei Max: 'Onno, je hebt koorts,' - waarop Onno over zijn voorhoofd wreef, naar zijn glinsterende handpalm keek en zei: 'Verdomd, je hebt gelijk!' - om het de volgende seconde te vergeten. Max, daarentegen, zat op gezette tijden in de wachtkamer van zijn communistische huisarts te staren naar een grote foto van stakende belgische arbeiders met alpinopetten, oog in oog met een zwaarbewapend peloton rijkswachters, terwijl hij nooit iets mankeerde, afgezien van een druiper nu en dan; en hoe groot zijn zelfbedachte doodsangst ook was, zijn das vloekte nooit met zijn sokken.

Eenmaal begon Max over de dood, wat Onno onmiddellijk mateloos irriteerde:

'Over de dood praten is tijd verknoeien. Zo lang je leeft ben je niet dood, en als je niet meer leeft ben je alleen dood voor anderen.'

Maar zo bedoelde Max het niet. Hij zei dat hij er enerzijds van was overtuigd, op een dag onder verschrikkelijke pijnen te zullen sterven aan een hartaanval, maar anderzijds was hij mogelijkerwijs onsterfelijk. Iedereen kon zijn levensverwachting namelijk wetenschappelijk bepalen door de leeftijden waarop zijn ouders waren gestorven bij elkaar op te tellen en dan door twee te delen. Maar allebei zijn ouders waren een gewelddadige dood gestorven; was dat niet gebeurd, dan waren zij misschien onsterfelijk geweest. En omdat, volgens Cantor, oneindig plus oneindig gedeeld door twee ook oneindig was, was daarmee het gestelde dus bewezen.

'Uiterst pijnlijke denkfout voor een exact geleerde,' zei Onno. 'In werkelijkheid heb jij dus vijftig procent kans om te worden vermoord en vijftig procent kans om terechtgesteld te worden, - dat wil zeggen, het is honderd procent zeker dat jij gewelddadig aan je eind zult komen.'

Als de croquetten op waren wandelden zij de stad in, waar de winterse kou uit de lucht was verdwenen. Soms gingen zij eerst naar de bioscoop, naar een James Bond-film, of naar de nieuwste Stanley Kubrick, *2001: A Space Odyssey*, waarin een computer, genaamd 'HAL', de macht overnam in het ruimteschip. Toen zij op straat kwamen, - in de uitgeloogde toestand waarin men dan buiten op de werkelijkheid stoot, als op een grijze vijl, - vroeg Onno waarom die computer volgens Max 'HAL' heette. Vanwege de associatie met 'hell', opperde Max. Verdraaid, daar had Onno nu weer niet aan gedacht. Maar of Max nu eens van de letters H, A en L één letter verder wilde tellen in het alfabet.

'I,' zei Max, 'B, M. IBM!' riep hij. '*Chapeau!*'

Onno trok een bescheiden gezicht.

'Het is een gave.'

Terwijl zij ergens een kop koffie dronken, met het gekrijs van Little Richard op de juke-box, beweerde Onno dat zijn oog voor dat soort dingen een gevolg was van zijn calvinistische opvoeding: het kwam door het lezen in de bijbel, 'zijnde de ganse Heilige Schrift'. De waarheid kon voor hem alleen in het geschrevene liggen, en niet, bij voorbeeld, gezien worden door een telescoop. Dat hogere lezen hadden de calvinisten gemeen met de joden; katholieken lazen nooit in de bijbel, bezaten er meestal zelfs geen, katholieken waren analfabeten. Beelden en plaatjes, dat is wat zij begrepen. Bovendien hadden de calvinisten meer op met het Oude Testament dan met het Nieuwe, zoals de roomsen, - die, toppunt van primitiviteit, die teksten dan ook nog *zongen.* Toen de joden werden vervolgd, gingen de calvinisten daarom ook veel vaker in het verzet dan de katholieken, die trouwens de uitvinders waren van het antisemitisme, - net zo vaak als de communisten, die de waarheid ook uit een boek hadden, namelijk van Marx, ook een jood.

Het was Max of hij dit soort redeneringen van zijn vriend door de lucht zag zwieren als de lange zweep van een dompteur. En vervolgens inspireerden zij ook hem:

'Is het je wel eens opgevallen,' vroeg hij, 'dat het gebied van het protestantisme samenvalt met het glaciale gebied in de ijstijd? In Nederland loopt die grens precies door het midden: waar het ijs lag is het protestantse territorium, tot in Hammerfest, en waar het gras groeide het katholieke, tot in Palermo. En waar woonde Calvijn?' schoot hem plotseling te binnen. 'In Zwitserland! Het enige protestantse land in het katholieke gebied waar nog steeds gletschers zijn!'

'Ik ril,' zei Onno. 'De rillingen lopen over mijn rug. Alleen iemand die geen nederlander is, kan zo'n schandelijke ontdekking doen. *Vade retro, Satanas!* Jij hoort hier helemaal niet thuis.'

'Waar hoor ik dan thuis?'

Onno zwaaide met een arm.

'In het wereldruim. Jij bekijkt Nederland vanuit het wereldruim, als een astronaut; maar ik zit er middenin, bevroren in het calvinistische ijs, als een mammoet. Breek mij de bek niet open. Nederland is van mij, en niet van zo'n verdwaalde centraal-europese houtvester als jij.'

Het was waar. Max kon zich er geen voorstelling van maken, hoe men zich voelde als men deel uitmaakte van een volk, een natie, een ras, een godsdienst, - kortom, wanneer men niet alleen was. Hij was nederlander, oostenrijker, jood, ariër, dat alles tegelijk en daarom niets van dat alles. Hij hoorde uitsluitend bij diegenen, die ook nergens bij hoorden.

'Ik voel mij net zo nederlands,' zei hij, 'als Spinoza zich gevoeld moet hebben.'

'Waarom juist Spinoza?'

'Om een aantal redenen. Ook omdat hij lenzenslijper was.'

Maar hun onafgebroken stroom theorieën, grappen, beschouwingen en anekdoten vormde niet hun eigenlijke gesprek: dat vond daaronder plaats, zonder woorden, en het ging over henzelf. Soms werd het langs een omweg zichtbaar, zoals in vroeger dagen vissers op de Noordzee een school haringen ontdekten aan haar zilverige weerschijn tegen de wolken.

In een café in de krantenwijk, vol journalisten van de ochtendbladen, en ook nog van de avondbladen, waar hij zijn eerste rumcola bestelde, vertelde Onno hem eens over het Gilgamesch-epos: het oudste verhaal van de mensheid, in de vorige eeuw ontcijferd door collega Rawlinson, even ver vóór Christus geschreven als zij nu na Christus leefden. De pyramide van Cheops stond er al, zei Onno, want die stond er als het ware altijd al; maar Mozes, de trojaanse oorlog, alles moest nog komen. Dat allereerste verhaal was het relaas van een vriendschap. De babylonische koning Gilgamesch droomde van een onrustbarende bijl, waar hij verliefd op werd en waar hij 'op ging liggen als op een vrouw'. Zijn moeder, kennelijk doorkneed in de leer van Freud, duidde die bijl als een man, waarop hij zou gaan liggen als op een vrouw. En even later was hij er: Enkidu, een getemd natuurmens, met wie hij er op uit trok en het monster Chuwawa doodde. Maar die daad leidde uiteindelijk ook tot de dood van Enkidu. In zijn wanhoop ging Gilgamesch op zoek naar het elixer van de onsterfelijkheid, maar toen ook dat hem ten slotte ontstolen werd, door een slang, legde hij zich als een Candide *avant la lettre* bij het onvermijdelijke neer en vond zijn levensvervulling als bouwmeester van de muren van Uruk.

'Schitterend,' zei Max. 'Waarom weet ik dat allemaal niet? Waarom leest niet iedereen dat?'

'Omdat niet iedereen mij kent.'

'Vreselijk lot moet dat zijn, jou niet te kennen.'

'De gedachte alleen al lijkt mij ondragelijk.'

'Ik heb ook heel lang in die hel geleefd.'

Met de vooraf berekende precisie van iemand die te veel gedronken heeft, liet een man zich in een stoel aan hun tafeltje vallen.

'Mag ik horen waar *les boys* het over hebben?'

Met afkeer keek Onno in het cynische gezicht van de journalist.

'*Natuurlijk* niet. Dat zou jou fataal confronteren met je afgrondelijke nietswaardigheid, dagloner die je bent. Jouw historisch besef reikt niet verder dan het avondblad van gisteren, maar wij - wij overzien *aeonen*! Herberg!' riep hij naar de bodybuilder die hier de ober was. 'Grote bestelling! Nog een cuba libre en een vers uitgeperste sinaasappel!'

Max boog zich vertrouwelijk naar de man tegenover hem.

'Persoonlijk mag ik je wel,' zei hij zacht. 'Maar hoe komt het toch, dat verder iedereen zo'n hekel aan jou heeft?'

De man bleef hem even aanstaren, om de belediging te verwerken. Toen schoot hij naar voren en pakte Max bij zijn revers; misschien wilde hij hem over de tafel trekken, maar terwijl Max hulpeloos in zijn greep zat, sprong Onno overeind en voltrok dat lot nu aan de journalist zelf, waarbij Max van zijn stoel tuimelde. Terwijl hij de man met zijn linkerhand op de tafel gedrukt hield, hief hij zijn rechterhand hoog in de lucht, als voor de dodelijke karateslag in de nek, keek door het stilgevallen café en zei:

'Hij heeft zich vergrepen aan mijn vriend - hij moet sterven!'

Max wist niets van Gilgamesch en Enkidu, ofschoon in diezelfde tijd en op diezelfde plaats ook de astronomie was ontstaan; maar hij wist iets van een ander soort mannen, zoals Loeb en Leopold. Terwijl zij die dag - of een andere - in een café met rode activisten hadden gedebatteerd en na middernacht weer door de stad liepen, over het plein met de vervallen synagogen, vertelde hij over die twee amerikaanse rechtenstudenten, boezemvrienden, achttien en negentien jaar oud, telgen uit vermogende families in Chicago. Zij lazen Nietzsche, *Thus Spoke Zarathustra, Beyond Good and Evil*, en zij kwamen tot de slotsom dat zij *Übermenschen* waren, ontstegen aan alle menselijke wetten. Om dit te sanctioneren, besloten zij in 1924 een volmaakte misdaad te plegen, zonder motief, – behalve dan het motief, dat zij hadden. Zij vermoordden een jongen van veertien, maakten zijn gezicht onherkenbaar met zoutzuur, verborgen zijn lijk in een rioolbuis en gingen dineren in een chic restaurant. Maar Leopold, een vogelkenner, had zijn bril verloren en het kwam allemaal aan het licht. Elk kreeg levenslang plus negenennegentig jaar. Loeb, de charmeur van de twee, werd later gedood bij een gevecht in de gevangenis; Leopold, het brein, kwam een jaar of tien geleden vrij, en was nu tweeënzestig als hij nog leefde.

Onno zei niets. Hij begreep meteen waar Max het eigenlijk over had. Na de avond van hun ontmoeting hadden zij niet meer over zijn vader gesproken; het zou wel weer te voorschijn komen, maar Onno vond dat het niet aan hem was, dat ogenblik te bepalen. Max, van zijn kant, begreep natuurlijk wat Onno begreep, maar ook hij raakte het niet aan. In plaats daarvan zei hij:

'Wie zullen *wij* eens vermoorden, Onno?'

Hij kreeg geen antwoord. Onno snoof diep de nachtlucht op en zei:

'Ik ruik een vermoeden van voorjaar.'

Knersend en vonken sproeiend naderde over het verlaten plein een slijpwagen over de tramrails. Toen hij langs kwam, riepen zij 'Bravo!' en applaudisseerden voor het tafereel, waarop de wagen stopte en een van de werkmannen hen uitnodigde, mee te rijden. In het ijzeren interieur, vol zwaar en smerig gereedschap, bleek ook al een andere passagier te zitten: een verlopen meisje, vol drank of iets anders, dat op een kist onverstaanbare woorden voor zich uit sprak. Toen Onno Max naar haar zag kijken, zei hij streng:

'En daar blijf jij van af, weerzinwekkende.'

Met een gevoel of hij een vrijwillig offer bracht, leek dat ook Max raadzaam in dit geval.

'Hotsik, koetsier!' riep Onno tot de bestuurder.

Slijpend en vonkend zette de wagen zich in beweging. Onno

ging wijdbeens staan, plantte zijn handen in zijn zij, hief zijn kin, en met een heldhaftige blik als die van Bismarck riep hij uit:

'Ik ben de god van de stad!'

Zo zag Max hem het liefst, zulke momenten zou hij nooit vergeten. Voor de arbeiders van het vervoerbedrijf was hij natuurlijk een rare snijboon, zoals die vaker 's nachts op straat rondhingen, maar Max begreep dat hij niet in het wilde weg wat bralde, maar dat hij werkelijk een god personifieerde, met dat vuur aan zijn voeten, een pythisch orakel op een kist en omgeven door drie of vier synagogen, – en Onno wist dat Max dat begreep, als enige.

En bleek om vier uur 's nachts plotseling, – in café Het Sterretje, omgeven door louche taxichauffeurs, hoeren, pooiers, dieven en moordenaars, – dat Onno nooit Kafka's *Brief an den Vater* had gelezen, dan gingen zij naar Max' huis om dat verzuim te herstellen.

*

Toen Onno voor het eerst de drie trappen had beklommen en Max' appartement zag, zei hij, nog in de deuropening:

'Nu weet ik zeker, dat jij krankzinnig bent.'

'In orde. Laten wij eens en voor altijd de rollen verdelen: ik ben gek en jij bent dom.'

'Afgesproken!'

Met de eerste oogopslag had Onno gezien, dat daar niets stond of lag, zoals het toevallig was neergezet of terechtgekomen. Niet dat het er esthetisch leeg was, of angstig opgeruimd; het was er eerder vol, met boeken en mappen ook op de grond en op de kleine vleugel, maar nooit lag een groter boek op een kleiner, of een map op een boek, niets leek ergens anders te kunnen liggen, – als op een schilderij. Die harmonische compositie strekte zich ongedwongen uit tot alles in de suite; ook van een bepaalde stijl was geen sprake, er waren moderne dingen, antieke, halfantieke, maar alles paste bij elkaar en nergens stootte het oog op een belediging, zoals iets van gekleurd plastic, of een reclamefolder, of zelfs maar een balpen. Ook de schrijftafel lag vol boeken en paperassen, maar alles zorgvuldig gerangschikt, evenwijdig, haaks, zonder dat het een manische indruk maakte. Wat Onno 'krankzinnigheid' noemde, was bewondering voor iets dat hij zelf totaal miste in zijn dagelijks leven.

De menselijke natuur is dusdanig conservatief, dat men bij iemand altijd daar gaat zitten, waar men ook de eerste keer zat. Onno liet zich dus neer in de olijfgroene chesterfield fauteuil, kreeg een fles bacardi en een literfles cola naast zich neergezet, daarbij een schaal met ijsblokjes, en Max ging naar zijn 'ereplank' op de schoorsteenmantel. Tussen twee bronzen boekensteunen, gelauwerde satyrs met bokkepoten, stonden de tien of vijftien boeken, die op een bepaald moment het hoogste vertegenwoordigden voor hem. Nu en dan vonden er wisselingen plaats, maar wat er altijd stond was zijn vaders exemplaar van *Der Einzige und sein Eigentum*, gesigneerd *Wolfgang Delius - Im Felde 1917*, dat zijn pleegouders met alleen nog wat kleren in 1946 uit de strafgevangenis in Scheveningen toegestuurd hadden gekregen; al zijn andere bezittingen waren verbeurd verklaard en verdwenen. Ook Kafka's *Hochzeitsvorbereitungen auf dem Lande* stond op de ereplank, met daarin zijn *Brief an den Vater*, die hij nooit verzonden had.

Die twee daar midden in de nacht, die drie eigenlijk, met hun vaders! Urenlang, steeds onderbrekend voor hun eigen commentaren, las Max de brief accentloos voor. Kafka, die zijn huid afstroopte, trouwen wilde, niet trouwen kon in de slagschaduw van zijn verwekker, die al vroeg had aangekondigd hem 'te zullen verscheuren als een vis' - steeds als er zoiets verschrikkelijks kwam, zakte Onno verder onderuit in zijn stoel, alsof hij getroffen werd door een salvo, net zo lang tot hij euforisch schuddend op de grond lag. Max was ten slotte opgestaan met het boek en vuurde de woorden loodrecht uit de hoogte op hem af, terwijl Onno riep:

'Genade! Vader! Niet het ergste! Ja, ik zal zelfs het *sacrificium intellectus* voor u brengen, ja, eeuwig zal ik u aanbidden, als de minste der schepselen, ik, worm, niet waard uw voeten te kussen, verpletter mij, opdat gerechtigheid geschiede!'

Met een knal sloeg Max het boek dicht en drukte het tegen zijn maag van het lachen. Uniek, onsterfelijk waren zij! Niemand zou het ooit begrijpen, maar het was ook niet nodig dat iemand het begreep. Onno hees zich weer in zijn stoel en schonk zijn glas nog eens half om half tot de rand toe vol. Max zei, dat die brief de sleutel was tot Kafka's hele werk. Alleen via dit schrijven kon *Der Prozess* begrepen worden. Josef K.!

'Jij bent nu wel zo geniaal geweest om de herkomst van «HAL» te achterhalen, maar ik heb ontdekt waar dat «Josef» vandaan komt. «K.» staat natuurlijk voor Kafka, en de man die meteen aan het begin van de roman zijn kamer binnenkomt om hem te arresteren heet Franz, net als Kafka zelf; maar waarom heet K. zelf Josef, en niet Max, naar zijn vriend Brod, of Moritz?'

'Franz Joseph!' riep Onno.

'Zo is dat. De arresteerder, zijn arrestant en Kafka zelf vormen de drieëenheid van *Seine kaiserliche und königliche, apostolische Majestät*.'

De nacht schreed voort, de aarde draaide om haar as, en zij spraken over het probleem waarom een vlag in de wind – een strakke luchtstroom – *wappert*; en waarom de golven in Max' haar zich niet met de groei mee verplaatsten maar op dezelfde plek bleven, net omgekeerd als bij de zee, waar de golven horizontaal voortbewogen maar het water op dezelfde plek bleef; en over de oorlog, over Adolf Hitler, die zij het '*A.H.-Erlebnis*' noemden; en over de tweelingdochters van Max Planck, de grondlegger van de quantummechanica: de ene beviel van een dochter en stierf in het kraambed, de andere zorgde voor het kind en trouwde met de weduwnaar, kreeg twee jaar later zelf een dochter van hem en stierf ook in het kraambed, – bovendien sneuvelde zijn ene zoon in de Eerste Wereldoorlog, terwijl zijn tweede in de Tweede werd gefusilleerd. De constante van Planck!

Later zou het hun misschien spijten, dat zij geen aantekening hadden gehouden van die dagen; maar als zij er aantekening van hadden gehouden, zou het niet zo geweest zijn als het was. Onno had dan misschien niet verteld, wat hij tegen de ochtend vertelde: dat zijn moeder had gehoopt, dat hij een meisje zou zijn. Hij was een nakomertje en tot zijn vierde jaar had hij met lange pijpekrullen rondgelopen, in roze jurkjes met strikjes. Maar de bewijzen daarvan had hij systematisch vernietigd; niet alleen was er in het fotoalbum van zijn ouders geen schattig kiekje meer van te vinden, ook de albums van zijn broers en zusters had hij onder slinkse voorwendsels gezuiverd.

Knikkend bleef Max hem aankijken.

'Vertel dan nu,' zei hij, 'wat je *echt* nooit aan iemand zult vertellen.'

Hoeveel Onno ook gedronken had, altijd bleef er een punt bestaan waar hij nuchter was. Hij zette zijn glas weg.

'Ontzettend! Als student woonde ik op kamers, waar ik probeerde de wijsbegeerte van de wetsidee in mijn hoofd te krijgen. Naast mij woonde een ongehuwde moeder, een meisje met een baby die onafgebroken huilde. God weet wat mij bezielde. Op een winteravond rende ik getergd bij haar naar binnen, zij zat aan tafel kleertjes te naaien, de baby krijste. Ja, om een vader natuurlijk! Er stond nog zo'n ouderwetse kolenkachel, roodgloeiend. Ik griste het wurm uit zijn wieg, hield het met mijn rechterhand aan een enkel omhoog, greep met mijn linkerhand de pook, tilde het deksel van de kachel en hield het kind met zijn hoofd omlaag boven de gloed. Ik zei niets, ik keek haar alleen aan. Zij was verstard, zij zag er uit als een foto van zichzelf. Ook de baby was voor het eerst stil. Ontzettend! Daarvoor had ik gearresteerd moeten worden en in de gevangenis geworpen.'

Hij liet Max' ogen niet los.

'Zo,' zei hij. 'Dat weet je nu dus. Maar je hebt mij dit niet zo maar gevraagd, want je wist dat de tegenvraag zou komen. Je hebt het gevraagd, omdat jij zelf wilt vertellen, wat je nooit aan iemand zult vertellen. Biecht maar op.'

Max knikte.

'Toen mijn pleegvader vorig jaar op zijn sterfbed lag,' zei hij enigszins toonloos, 'kreeg ik een brief van mijn pleegmoeder. Ik zag ze nog maar zelden, want je schijnt het iemand nooit te vergeven als hij goed voor je is geweest. Zij schreef, dat hij mij nog eenmaal wilde zien eer hij stierf.'

'Hou maar op,' zei Onno.

De alcohol was op slag uitgewerkt. Na een tijdje stond Max op en zette het boek van Kafka op zijn plaats. Besluiteloos bleef hij staan, en stak toen in een opwelling een kaars aan die op de eettafel stond. Hij draaide zich om, keek op zijn horloge en zei:

'Het is zeven uur. Ik heb trek. Laten we gaan ontbijten in het American Hotel. Ik krijg trouwens behoefte aan een tedere escapade. Misschien zit er een *early bird*, je weet maar nooit.'

5
Buiten spelen

Siamese tweelingen ontleenden hun benaming aan de gebroeders Eng en Chang, die in de vorige eeuw drieënzestig jaar hadden geleefd: om Onno te amuseren had Max het opgezocht in zijn encyclopedie. Aangezien zij aan de borst waren samengegroeid, heetten zij in de medische terminologie een *thoracopagus*, – waarop Onno meteen wist dat zijzelf dan, aangezien zij met de inborst aan elkaar waren gegroeid, een *mentopagus* waren.

Het gevolg was, dat zij elkaars levens begonnen te veranderen.

Eind maart logeerde Onno weer een paar dagen bij zijn vriendin; zoals altijd had hij zijn vuile was meegenomen. Zij woonde boven een meestal gesloten prullariawinkel aan een stille zijgracht, in een smal, zeventiende-eeuws huis met een gevelsteen: De Eenhoorn. Een paar jaar geleden had hij haar ontmoet op het Kunsthistorisch Instituut, waar zij bibliothecaresse was. Hij was onmiddellijk verliefd op haar geworden, omdat zij er precies zo uitzag als hij zich een bibliothecaresse voorstelde, en zoals zij er zelden uitzagen: groot, slank, met opgestoken haar en een streng, hollands gezicht, als de regentes van een weeshuis op een schilderij van Frans Hals, maar dan jonger.

Nu en dan ruimde zij het souterrain op waarin hij huisde als een hamster in zijn hol. Van tijd tot tijd verdiende hij iets met het schrijven van artikelen en het houden van voordrachten, maar echt nodig was dat niet; hij gaf weinig uit en kon rondkomen van een toelage uit zijn toekomstig erfdeel. Tijdens een familiediner had een zesjarig neefje hem eens gevraagd: 'Oom Onno, wat wil jij later worden?' Nadat men uitgelachen was, had iedereen hem afwachtend aangekeken, waarop hij had gezegd: 'Die vraag is te goed om met een antwoord te verknoeien'. Als hij had gewild, was hij al lang docent aan een of andere universiteit in binnen- of buitenland, herhaaldelijk kwamen er aanbiedingen; maar hij voelde er niets voor om zijn manier van leven op te geven. Hij zag zichzelf als een achttiende-eeuwse kamergeleerde; het didactische bedrijf beschouwde hij als vulgair. Professoren waren naar zijn mening zoiets als zwemleraren – en wie had ooit een zwemleraar in het water gezien? Dat had nog nooit iemand gezien, want zwemleraren konden helemaal niet zwemmen, die hadden alleen praatjes aan de kant; maar hij was iemand die het water doorkliefde, met niets en niemand ontziende vlinderslag.

Het begon op een zonnige zaterdagmiddag, de lente was met een grandioze spagaat uit de coulissen te voorschijn gesprongen, de ramen waren opgeschoven en zachte lucht vulde de kamer. Onno had wat papieren meegenomen naar De Eenhoorn, maar het werk vlotte al sinds weken niet. Als een gestrand schip lag zijn grote lichaam op de divan.

'Die misselijke Pernier,' steunde hij. 'Ik wou dat hij dat kreng in 1908 meteen aan gruzelementen had laten vallen. Maar ja, dan had hij ze gelijmd. Er zit daar ergens een heel volk verstopt, met helmen en bijlen, maar het blijft zitten waar het zit en verroert zich niet.'

Helga nam haar leesbril af en keek op uit haar boek.

'Waarom laat je het niet een tijdje rusten? Pak iets anders aan.'

'Weet je wel wat je zegt, mens? Ik weet precies wie hier allemaal aan werken, die pakken ook niks anders aan. Wat lees je daar?'

Alsof zij het niet wist, keek zij op het omslag.

'*Progress in Library Science.*'

'Dat boek, lieve Helga, is *gedrukt*, nietwaar? En al die boeken waar het over gaat, zijn ook gedrukt, nietwaar? Iedereen denkt, dat het drukken met losse stempels duizend jaar geleden in China is uitgevonden, maar weet je wie het hebben uitgevonden?' Hij wapperde met een foto van de Diskos van Phaistos. 'De mensen die dit hebben gemaakt. Vierduizend jaar geleden! Dit is gestempeld! Als dat dus zulke pre-alfabetische genieën waren, dan zal hier toch ook wel iets interessants staan, nietwaar? En dan moet ik toch de eerste zijn die het kan lezen, nietwaar? De ellende is, dat we alleen dit ene specimen hebben, terwijl je toch geen stempels maakt voor één tablet. Er moeten er veel meer zijn, maar op Kreta is verder niets gevonden. Er is trouwens niets minoïsch aan, moet je zien, die malle draagstoel hier, wat is dat voor ding? Wat betekent het? We moeten het verderop zoeken, maar waar? In welke familie?'

'Maar heb je dan geen enkel aanknopingspunt?'

'Ik zal je uitleggen, in wat voor positie ik verkeer.' Hij pakte een krant van de grond en maakte even een krabbel in de kantlijn. 'Schrijf eens het volgende getal op: drieëntachtigmiljard-honderdeenennegentigmiljoen-vierentwintigduizend-vijfhonderdzevenenzestig.' En toen zij het genoteerd had op het vel, waarop zij aantekeningen maakte: 'Stel je nu een aboriginal cryptograaf in het australische oerbos voor, die niet eens weet dat dat cijfers zijn; hij ziet alleen elf onbegrijpelijke tekens: 8 3 1 9 1 0 2 4 5 6 7. Ze zijn allemaal verschillend, behalve tweemaal het teken 1. Wat kan hij daaruit opmaken? Helemaal niets. Dat is het punt, waar ik nu ben. Stel, hij krijgt de geniale inval dat het cijfers zijn, hoe moet hij er dan achter komen dat het de alfabetisch gerangschikte, nederlandse telwoorden van «een» tot «tien» zijn? Aan het begin de a van «acht», aan het eind de z van «zeven». Hoe moet hij er achter komen, dat het telwoord «acht» de naam is van het cijfer 8? Hij kent het tientallig stelsel niet eens, laat staan nederlands. Hoe, in hemelsnaam, moet hij er achter komen dat hij hier doctor Quists onvergetelijke *Vertelling van a tot z* voor zich heeft? Wat is de sleutel? En toch moet en zal hij er achter komen! *Wat zegt u?*' riep hij plotseling luid naar de foto. 'Hallo! Is daar iemand? Ik kan u niet verstaan! De verbinding is zo slecht!' Hij wierp de foto van zich af en legde zijn handen op zijn gezicht. 'Ik zit helemaal verstopt.'

Met een wijsvinger tussen de bladen deed Helga haar boek dicht.

'En hoe komt het, dat je zo verstopt zit?' vroeg zij met iets zangerigs in haar stem.

'Ik weet het niet,' zei hij met gespeelde huilerigheid, 'ik weet het niet. Misschien kun je maar één keer in je leven een echte ontdekking doen.'

'Zou het misschien ook kunnen komen van die doorwaakte nachten met je nieuwe vriendje?'

De pose verdween van Onno's gezicht; hij ging overeind zitten en keek haar aan.

'Dat meen je niet.'

'Dat meen ik wel. Ben je je er eigenlijk van bewust, wat een overspannen toestand dat is?'

'Helga!' zei hij ontzet. 'Wat bedoel je?'

'Ik weet niet wat jij nu bedoelt, ik weet alleen dat je volkomen vastzit sinds je hem kent. Je hebt geen idee, hoe je veranderd bent de laatste tijd.'

'In welk opzicht dan?'

Zij legde het boek weg en kruiste haar armen.

'Volgens mij ben je met je gedachten meer bij hem dan bij je werk. Je komt pas thuis als ik naar het instituut ga. Hoe doet hij dat trouwens? Hij is toch sterrenkundige? Moet hij 's nachts niet naar de sterren kijken?'

'Ik hoef ook niet naar het museum in Heraklion om naar die tekens te kijken? En ik kan toch uitslapen?'

Hij kwam van de divan en ging voor het raam staan. Natuurlijk dacht hij minder aan zijn werk, maar was dat zo slecht? Het denken kon daardoor niet degenereren tot tobben, en dat was veel schadelijker voor het denken dan niet denken. Zijn uitwisseling met Max was toch in zekere zin al dat 'andere', dat hij had aangepakt. Zij was natuurlijk jaloers.

'Ben je soms jaloers?'

'Ik wil dat het goed met je gaat.'

Hij zuchtte diep en draaide zich om.

'Luister. Wat er tussen Max en mij is, kan *nooit* tussen jou en mij zijn; en wat er tussen jou en mij is, kan *nooit* tussen Max en mij zijn. Dat is kristalhelder, daar hoeft verder geen woord over vuilgemaakt te worden. Eerlijk gezegd vind ik, dat wij al te veel woorden vuilgemaakt hebben.'

Zij stond op, deed een paar stappen, bleef staan en zei:

'Onno, pas op.'

'Waarvoor moet ik in hemelsnaam oppassen?' vroeg hij verbaasd.

Zij maakte een hulpeloos gebaar.

'Dat weet ik niet.'

'Aha,' zei hij en ging naar haar toe, 'de vrouwelijke intuïtie.' Onhandig drukte hij haar tegen zich aan. 'Helaas. Vrouwen hebben alles, verstand, gevoel, wil, maar alleen mannen hebben intuïtie. Daarom bestaat er geen vrouwelijke schepping van enig gewicht, en dat komt niet doordat zij altijd in de keuken hebben moeten staan, want ook de beste koks zijn mannen. Met weerzin moet het vastgesteld worden. Maar zij kunnen één ding dat mannen niet kunnen, en dat is mannen baren. Dat is ruimschoots voldoende.'

Zij maakte zich los.

'Waarom begin je meteen weer te zwatelen als ik probeer met je te praten?'

'Je weet toch wat Napoleon heeft gezegd? Dat al zijn oorlogen een bagatel waren, vergeleken met de oorlog die op een dag tussen de mannen en de vrouwen zal uitbreken. Ik zweer daarom nu de heilige eed, dat ik tegen die tijd de eerste geslachtsverrader word, al weet ik dat het mij duur te staan zal komen.'

'Goed, Onno. Laat maar. Je bent onmogelijk.' Met twee handen frommelde zij op haar achterhoofd de losgelaten haarslierten onder de spelden. 'Zullen we naar het Vondelpark gaan?'

Op dat moment weerklonk buiten een kreet:

'Hoeoit Onno!'

Zij wierpen even een blik naar elkaar en gingen elk uit een raam hangen. Met zijn handen in zijn zakken en een tijdschrift onder zijn arm leunde Max tegen de telefooncel aan de rand van het water.

'Mevrouw?' riep hij met geïmiteerde, zeurderige jongensstem naar Helga. 'Mag Onno buiten komen spelen?'

Onno en Helga keken elkaar weer aan, nu voor de gevel langs, buiten het huis om. De catastrofe. Op hetzelfde moment wisten zij allebei, dat dit het einde was – dat Max plotseling in zijn onschuld het hart van hun verhouding had blootgelegd.

*

Na een kwartier kwam Onno eindelijk buiten.

'Moest je eerst je huiswerk nog maken?' vroeg Max.

Onno keek hem niet aan. Woedend liep hij naast hem.

'Wat jij je vrienden aandoet... Het is uit. Jouw schuld. Ik heb de huissleutel op tafel gelegd.'

'Mijn schuld? Wat heb ik dan gedaan?'

'Dat gaat je niet aan. Ik praat niet meer met jou.' Hij bleef staan en bekeek hem vol afkeer. 'Weet je wat het met jou is?' En toen Max zijn blik vragend beantwoordde: 'Weet jij dat niet?'

'Niet dat ik weet.'

'*Weet* jij dat niet? Dan zal ik het je zeggen: jouw intuïtie bevalt mij niet. Jouw intuïtie bevalt mij *helemaal* niet.'

Max had geen idee, waarop hij zinspeelde; hij wist nauwelijks iets af van Onno's verhouding tot Helga. Zij spraken nooit over vrouwen, zo min als over auto's, geld of sport. Hoogstens over *das Weib an sich*, zoals Onno zich placht uit te drukken, – en over hun eigen vriendinnen al helemaal niet. Max niet over de zijne, omdat hij zichzelf de tijd niet gunde ze te leren kennen, – en omdat Onno het bovendien te walgelijk zou vinden om er naar te luisteren, – en

Onno niet over Helga, omdat men dat niet deed. De paar keer dat Max haar had ontmoet, hadden zij vrijwel geen woord gewisseld, – niet omdat hij haar niet mocht, maar omdat zij voor zijn gevoel tot een andere wereld behoorde. Uit zichzelf zou zij hem nooit opgevallen zijn, al had hij een uur tegenover haar in de trein gezeten; en aan haar merkte hij, hoe volledig hij van Onno verschilde. Hij kon zich geen vrouw voorstellen, waarop zij beiden hun oog zouden laten vallen.

Nooit was hij in Helga's appartement geweest; ook bij zich thuis, in de Kerkstraat, ontving Onno Max niet. Hij placht te zeggen, dat de mensheid was verdeeld in gasten en gastheren, en dat hij zelf van nature nu eenmaal tot de eerste categorie behoorde; bovendien kwam dat voordeliger uit. Dat is wat hij zei, maar het was niet de reden. Dat hij Max in zijn ouderlijk huis zou introduceren en aan zijn familie voorstellen, aan zijn vader, was even ondenkbaar, ofschoon men in Den Haag natuurlijk al lang – met opgetrokken wenkbrauwen – vernomen had van zijn eigenaardige vriendschap met de zoon van Delius, en natuurlijk had men dat personage eigenlijk wel eens willen taxeren. Nee, de reden was dat ook in hemzelf een gebied was waar hij niemand toeliet, niet alleen Max niet, niet alleen Helga niet, ook zichzelf niet. Daar, in een onherbergzame streek, bevond zich een kluizenaarshol, een kartuizerkluis, waar een loden zwijgen heerste, – iets dat dreigend op hem leek te wachten en waar hij liever niet aan dacht en waar hij nooit met Max over had gesproken.

Klagend liep hij langs het water, met neerhangende schouders, als een gebroken man.

'Wat moet ik nu? Je hebt mijn leven verwoest. Ik woon niet, jij woont, ik heb alleen een schamele beschutting tegen regen en wind. Wie zorgt er nu voor mijn bewassing? Je hebt mij definitief te gronde gericht en dat is natuurlijk altijd je bedoeling geweest. Ik zal eindigen in de goot, met woeste haren en een baard en met een krankzinnige blik in mijn ogen bedelend om een aalmoes. Wat kwam je eigenlijk doen, schoft?'

'Ik kom nooit om iets te doen,' zei Max, 'maar nu heb ik groot nieuws. Ik was net bij de tandarts en in de wachtkamer lag een oud nummer van Time. Daar staat een belangrijk artikel over ons in.'

'Over ons,' herhaalde Onno. 'In Time.'

Max vouwde het blad open en wees op een herdenkingsartikel van de Rijksdagbrand, die de zevenentwintigste februari vierendertig jaar geleden was geweest.

'Wat is daarmee?'

'Man! Ik ben toch op 27 november 1933 geboren, en jij had toch ook op 27 november geboren moeten worden? We hebben toch vastgesteld, dat we een twee-eiige eenling zijn! Begrijp je het dan niet? Negen maanden! We zijn tijdens de Rijksdagbrand verwekt! Terwijl Van der Lubbe in Berlijn de gordijnen in brand stak, kropen in Den Haag en Amsterdam onze ouders op elkaar!'

Onno bleef staan, strekte zich in zijn volle lengte uit en spreidde in triomf zijn armen, terwijl een brede lach over zijn gezicht trok.

'Dood, waar is uw prikkel?' riep hij. 'Ik kan het leven weer aan!'

6
Nog een ontmoeting

Twee maanden later – het feest van hun vriendschap vertoonde nog steeds geen tekenen van inzinking – had Onno een ontmoeting met een collega uit Jeruzalem, in het Rijksmuseum van Natuurlijke Historie in Leiden. Met de ontcijfering was hij nog geen stap verder gekomen, en de israeli was net zo nieuwsgierig naar zijn vorderingen als andersom. Toen hij later op de middag uit het kolossale gebouw kwam, zat Max buiten in de zon te wachten, in een vreemdsoortig klein plantsoen naast het aanpalende natuurwetenschappelijk museum, – met gesloten ogen en zijn hoofd in zijn nek. Zij hadden afgesproken, dat hij hem de sterrenwacht zou laten zien.

Onno sprak zijn minachting uit voor leeghoofden die zonnebaadden, – zijn eigen witte, gereformeerde vlees had nog nooit de zon gezien, – maar Max zei dat dat tot zijn vak behoorde: de zon was ten slotte een ster. Zij liepen de stad in om eerst ergens koffie te drinken. Opgelucht vertelde Onno dat Landau, zijn belangrijkste concurrent, kennelijk ook geen vorderingen had gemaakt; dus die dreiging was voorlopig weggenomen. De kleine stad, met haar lage huizen, bevatte hen op een andere manier dan Amsterdam: zij voelden iets van vertedering, zoals iemand uit Londen of New York in Amsterdam moest ervaren.

'Wij lopen hier nu,' zei Max, 'en terwijl ik op je wachtte, moest ik denken aan twee andere mannen, die hier ook gelopen hebben.'

'Iedereen heeft hier gelopen. Einstein ook.'

'Met Lorentz, ja, en met De Sitter; maar die bedoel ik niet.'

Hij bedoelde Freud en Mahler. Voor zo ver hij zich herinnerde uit biografieën, was dat in de zomer van 1908 geweest. Freud logeerde in een pension in Noordwijk, van waar hij naar Italië zou reizen, toen er een telegram uit Wenen kwam: Mahler zat in de problemen, hij leed aan impotentie en kon niet meer naar bed met zijn vrouw, Alma, – die later ook nog Franz Werfel, Walter Gropius en Oskar Kokoschka gek zou maken. Hij moest onmiddellijk geholpen worden. Mahler nam de trein naar Leiden, waar hij Freud ontmoette in een hotel. Gedurende vier uur wandelden zij vervolgens door de stad, Mahler werd onderworpen aan een soort Eerste Hulp-analyse, die ook nog resultaat gehad scheen te hebben.

Een klein meisje maakt een touw vast aan een lantarenpaal, zij begint het touw te draaien, een tweede meisje beweegt haar bovenlichaam een paar keer in hetzelfde ritme vooruit en achteruit, springt in het vergeestelijkte ei en er wordt touwtjegesprongen, – zo soepel speelde Onno, voortwandelend, op de anekdote in.

'Zo zo, *Herr Obermusikdirektor*, u lijdt dus aan overpotentie. In mijn psychoanalyse heb ik hiervoor de term «astronomische satyriasis» *geprägt*. Dit is een ziektebeeld dat zelfs deskundigen, die toch vertrouwd zijn met de nachtzijde van de menselijke natuur, de grootst mogelijke afkeer inboezemt.'

'Maar als ik het nu lekker vind,' zei Max klaaglijk. 'Genees mij, *Herr Professor*. Ik wil het niet meer lekker vinden. Ook ik wil monogaam zijn, net als u, of impotent, wat bent u eigenlijk? Ik zal uw honorarium verdubbelen.'

'Dat u meteen over geld begint, wijst op een anaalerotische fixatie, die voor mijn innerlijk oog taferelen oproept, waarvoor zelfs Dante terug zou deinzen. Hoor ik goed, dat u het lekker vindt? Dit kan toch niet waar zijn.'

'Ja!'

'Een enkele keer staat zelfs de ervaren alpinist vis-à-vis afgronden, waarvan hij zegt: «Nee, dit is te gek». Als ik dit aan mijn vriend Ferenczi vertel, dan zal hij zeggen: «Je kunt mij nog meer wijsmaken, Sigi, maar zoiets geeft het niet».'

'Maar het geeft mij!'

'Dat het u geeft, is inderdaad het ultieme *mysterium tremendum ac fascinans.* Ik heb veel meegemaakt in mijn praktijk, de Kleine Hans, de Wolfman, *alles Vollidioten*, maar een verschijnsel als u ontneemt mij het laatste restje geloof in de mens. Uit uw stuitende manier van leven maak ik op, dat u in uw *Sexualhysterie* eigenlijk alle vrouwen wilt bespringen, waarbij uw liederlijke panbronst zich in machteloze razernij beperkt ziet tot de levende. Die uit het verleden zijn al aan uw buitensporige neus voorbij gegaan, en die uit de toekomst zullen er aan voorbij gaan. Het liefst zoudt u alle vrouwen in ruimte en tijd met één klap bezitten, in de gestalte van de vrouw der vrouwen: de oervrouw. Is het juist als ik veronderstel, *mein Lieber*, dat de voornaam van uw moeder Eva is?'

'*Donnerwetter!*' lachte Max. 'Die zit! Nu begrijp ik waarom mijn *Nervenarzt* mij heeft aangeraden, u te consulteren.' Hij had Onno de naam van zijn moeder ooit verteld, maar de wending die hij nu maakte gaf hem toch een lichte schok.

'Ik kijk dwars door u heen, *Herr Generalkapellmeister.*'

'Maar als Eva dan mijn moeder is, *verehrter Herr Doktor*, ben ik dan Kaïn of Abel?'

Nu leek Onno even van zijn stuk gebracht, maar dat duurde niet lang. Hij bleef staan en riep:

'De Heer zal uw offer niet aanzien, zevenvoudig vervloekte! Alleen het mijne zal aangezien worden!'

Terwijl hij dit zei, met het aplomb waarvan alleen hij het geheim bezat, viel Max' oog op een omslag in de etalage van een tweedehandsboekwinkel. Zij stonden in een smalle straat achter de Pieterskerk, die als de Jungfrau uitrees boven de lage huizen van de oude binnenstad.

'Moet je kijken. Als je over de duivel spreekt, trap je op zijn staart.' Hij wees naar een exemplaar van Alma Mahlers *Mein Leben.*

'Kom,' zei hij en legde zijn hand op de deurklink, 'dat krijg je van mij. Als honorarium voor je analyse.'

*

In een wereld vol oorlog, hongersnood, onderdrukking, bedrog, verveling, wat is daarin – afgezien van de eeuwige onschuld der dieren – een beeld van de hoop? Een moeder met een pasgeboren kind op haar arm? Maar het kind eindigt misschien als een moordenaar, of als een vermoorde, zodat het hoopvolle beeld alleen een voorafschaduwing was van een *pietà*: een moeder met haar pasgestorven kind op haar schoot. Nee, het beeld van de hoop is iemand die langskomt met een muziekinstrument in een foedraal. Het draagt niet bij aan de onderdrukking, ook niet aan de bevrijding, maar aan wat daaronder voortgaat. De jongen op zijn fiets, een gitaar in verschoten kunstleer op zijn rug, het meisje dat met een gebutste vioolkist op de tram wacht. De heilige hallen onder concertpodia, waar orkestmusici overal op tafels en stoelen en op de grond hun foedralen openen en hun glanzende en blinkende instrumenten opnemen, waarna afdrukken van die instrumenten achterblijven: negatieve klarinetten, dwarsfluiten, fagotten met hun mondstukken en hulpstukken, uitgespaard in zacht, verstevigd fluweel; en terwijl de ruimte zich geleidelijk vult met de gedempte kakofonie van alle instrumenten, rondscharrelend rondom de *a*, als mussen en meeuwen en spreeuwen en lijsters om een homp brood, staan de deksels van de manshoge behuizingen van de contrabassen geopend als deuren naar een andere wereld...

Of de jonge vrouw, die na de repetitie haar cello in zijn kist vlijt en het deksel sluit?

Zij neemt de uit elkaar gevallen partituur van de muziekstandaard en rangschikt de bladen, tot het titelblad netjes bovenop ligt: *Pohádka*. Steil, bijkans japans zwart haar met een pony omlijst haar bleke gezicht tot een zuiver vierkant; zijdeachtig zwaaiend volgt het elke beweging van haar hoofd, om steeds weer in mathematische orde tot rust te komen. Haar gezicht is strak, de lippen een beetje geknepen, als van iemand die weet wat zij wil. Haar pianist, een gezette man met sluik, rossig blond haar en een uitgestreken gezicht, zit voorover, zijn armen gekruist op de vleugel, zijn kin er op rustend en kijkt naar haar diepbruine ogen onder de donkere, scherp getekende wenkbrauwen.

'Waar denk je aan, Ada?'

Zijn studio, een grote, rechthoekige ruimte in een voormalig schoolgebouw, is gevuld met zijn verzamelingen: rijen oude koffergrammofoons in een stelling aan de muur, verstofte trompetten, violen en andere muziekinstrumenten, overladen boekenplanken, zware tafels van de rommelmarkt met partituren van oude salonmuziek, reeksen 78-toerenplaten in beschadigde papieren hoezen, versleten perzische tapijten op de vloer en een paar grote bruinleren fauteuils om in te gaan zitten, een boek te nemen en niets meer met de buitenwereld te maken te hebben.

'Dat de coda nog steeds niet deugt. Zo kunnen we absoluut niet te voorschijn komen.'

Zij is jonger dan hij, pas sinds kort van het conservatorium, waar hij pianoles geeft; maar het is duidelijk dat zij de leiding heeft van het duo, dat zij vormen. Hij is een goed pianist, wat hemzelf minder interesseert dan veel andere dingen, zoals de archaeologie van de amusementsmuziek. Hij heeft een ensemble opgericht voor de uitvoering er van, waarnaar wordt geluisterd met een lacherigheid, die niet overeenkomt met de manier waarop zij het spelen. Zelf kan hij trouwens niet lachen, – althans, hij lacht nooit; hij heeft zijn persoonlijkheid opgebouwd rondom het besluit, nooit te lachen. Daar wordt vaak om gelachen, ofschoon men zelden huilt om iemand die nooit huilt. Eerzucht om het ver te brengen als pianist ontbreekt hem; dat hij ook met Ada optreedt, heeft minder te maken met de muziek dan met Ada, en zij weet dat. Maar zij laat het zich aanleunen. Zij zijn een paar keer opgetreden, voor studentenverenigingen, maar dat heeft al geleid tot een gunstige bespreking in de krant. Als soliste ziet zij voor zichzelf grootse perspectieven, internationale, waar celloconcerten een rol in spelen, beroemde dirigenten, podia in Parijs en Milaan. Rostropovitsj! Pablo Casals!

'Zullen we straks een hapje eten in de stad?'

Zo'n vraag heeft zij verwacht, en zij neemt hem kwalijk dat hij haar weer in verlegenheid brengt. Hij moet langzamerhand toch weten, dat zij niet te vinden is voor iets in die richting. Zij kan natuurlijk zeggen dat zij niet met hem naar bed wil, maar dan zal hij antwoorden dat hij dat ook niet gevraagd heeft, terwijl het natuurlijk nergens anders op neerkomt. Hij zal haar wel frigide vinden, en misschien is zij dat ook, – ondanks haar eenentwintig jaar heeft zij nog nooit met een man geslapen, – maar het moet toch mogelijk zijn, met iemand te werken zonder dat het dadelijk zulke consequenties heeft. Of moet zij hun samenwerking eigenlijk verbreken als de zaken zo liggen als zij liggen? Wat zij als volgende stap wil, is een trio, of een kwartet; de literatuur voor violoncello en piano is te klein om lang mee door te kunnen gaan. Wat zij zoekt zijn *muzikaal* gemotiveerde mensen; maar zo lang zij die niet heeft gevonden, heeft zij hem nog nodig.

'Vind je het erg als ik gewoon naar huis ga, Bruno? Ik wil liever nog wat studeren.'

'Dat sluit elkaar toch niet uit? Eten moet je toch.'

Zij knikt.

'Dat is waar. Maar je weet hoe het gaat.'

'Hoe gaat het dan?'

Zij wil dit gesprek helemaal niet. Zo is het natuurlijk in huwelijken na tien jaar, als de een niets meer in de ander ziet: aandringen, hoop, vertwijfeling, – met aan de horizon een dreiging van geweld.

'Laat mij nu maar.' Zij is klaar om te vertrekken, haar ene hand in het hengsel van het foedraal, haar andere gebald tot een ongelukkige vuist, met de vier vingers om haar duim, opdat niemand zal zien dat zij op haar nagels bijt, terwijl het daaraan nog veel beter te zien is. 'Tot morgen.'

6 NOG EEN ONTMOETING

Met de cellokist als een sarcofaag in haar armen daalt zij de trap af naar de straat. Bruno's studio is niet ver van haar ouderlijk huis, waar zij nog steeds woont, en onderweg komt haar plotseling een beeld voor ogen uit een droom van de afgelopen nacht: een weidse baai, met boven de zee een smalle, hoge, amberkleurige wolk in de vorm van een oeroude, verwrongen boomstam, die langzaam van gestalte verandert... Zij probeert het vast te houden, zich meer te herinneren, – nog even ziet zij een glimp van een zwarte, vreemdsoortig in de breedte uitgerekte gestalte met een puntmuts en een lange lans, – maar dan maakt de claxon van een remmende auto en een naar een voorhoofd wijzende vinger er een eind aan.

Zij loopt over het pad achterom en gaat door de keukendeur naar binnen, waar haar moeder het bleke, onthoofde lichaam van een kip insnoert met een witte draad. Zij is lang en slank, iets groter dan haar dochter, met een gedisciplineerd rechte rug. Onder zwart, opgestoken haar kijken haar eigen ogen haar aan, maar met een killere blik, argwanender, zonder dat daar een speciale reden voor is.

'Hoe ging het?'

'Goed.'

'Kop thee?'

'Graag.'

Zij wil de trap op gaan, maar haar moeder zegt:

'Je kunt nu niet naar boven, papa is je kamer aan het schilderen.'

Geërgerd haalt Ada haar voet van de onderste tree.

'Wat is dat nou weer voor flauwe kul? Heb ik daar soms om gevraagd?'

'Wees toch niet altijd zo onaardig, hij doet het voor jou, hoor. Ga maar zo lang beneden zitten, over een uurtje is hij klaar.'

'Hoe komt hij er opeens bij om mijn kamer te gaan schilderen? Heeft hij niks beters te doen?'

'Dat moet je hem vragen, dat weet ik ook niet. Hij ging naar boven en zei, dat je kamer nodig een kwastje moest hebben.'

'Gek is lastig,' zegt Ada en sjouwt haar instrument naar de achterkamer, waar zij eten en wonen.

Zij zal blij zijn als zij hier weg is en over haar eigen leven kan beschikken. Het ergste zijn de goede bedoelingen, want die maken je machteloos. Haar moeder is een kreng, maar haar vader is een brave vrijdenker, waarin geen kwaad steekt. Stak er maar wat kwaad in hem, dan kon hij het kwaad ten minste begrijpen. Zijn vrouw bij voorbeeld. Haar liefste wens is nu een woning voor zichzelf, waar zij zich helemaal kan afzonderen. Zij wil repeteren, reizen, optreden, triomfen vieren, – maar dan steeds terugkeren naar haar appartement, met afgezette deurbel en telefoon, radio en televisie uitgeschakeld, of zelfs afwezig, om zich helemaal te wijden aan de muziek en het lezen van poëzie, of om urenlang domweg niets te doen en na te denken, zonder dat iemand plotseling zo nodig haar kamer moet verven. Maar voorlopig heeft zij daar het geld niet voor; ook haar vader kan maar net rondkomen.

Zij schrikt op als haar moeder thee en een plak cake bij haar neerzet.

'Waar denk je aan, Ada?'

'Aan niets.'

'Hoe was het met Bruno?'

'Goed.' Geërgerd merkt zij dat haar moeder naar haar blijft kijken. 'Wat is er?'

'Waarom ga je niet een keer met hem uit? Het is zo'n aardige jongen.'

'Hè, mam, bemoei je er alsjeblieft niet mee. Ga jij soms ooit met papa uit?'

'Nou, wees maar niet dadelijk zo geïrriteerd. Het zou heel goed voor je zijn om je eens te ontspannen.'

'Laat dat nu maar aan mij over.'

Als haar moeder de kamer uit is, slaat zij de partituur open en bestudeert met een potlood in haar hand de noten. Zij houdt de bladen even ondersteboven en ook dan ziet zij, dat het schitterend is. Het is niet eenvoudig zo, dat zij 'hoort' wat zij ziet, zij ziet eerder wat de toehoorder ziet als hij luistert: een structurele schoonheid, die als partituurblad in de ruimte bestaat, maar als gehoorde muziek alleen in de tijd. Daarom houdt zij ook niet zo van romans, die in stilte gelezen worden, maar wel van gedichten, die ook een klank moeten krijgen. Niet, dat zij dit alles woordelijk zo denkt; maar wat zich in haar geest afspeelt terwijl zij naar de noten kijkt, nu en dan met haar linkerhand de imaginaire maat slaand, berust er op – zoals een kind zijn taal kan spreken zonder de grammatica te kennen.

Zij legt de partituur op de grond, tilt de violoncel uit het foedraal en schroeft de pen er aan. Terwijl zij de strijkstok spant, gaat zij naar de tussendeur en schuift hem met een schouder open; de kleine ruimte benauwt haar. Zij neemt het instrument tussen haar benen, stemt, en met haar ogen zijwaarts op de noten begint zij te spelen, tegelijk horend wat Bruno nu niet speelt, en dat hier en daar neuriënd.

*

Max deed de winkeldeur open, en zonder de klink los te laten stokte hij. Luisterend stak hij zijn wijsvinger op.

'Janáček,' zei hij na een paar seconden. 'Dat is geen plaat. Daar zit iemand te spelen.'

Een bel heeft niet weerklonken. Hij legde zijn vinger op zijn lippen en zacht gingen zij naar binnen. Het zingen van de cello hing in de smalle ruimte, volgestort met boeken. Zij vulden niet alleen de ruw getimmerde kasten tot de zoldering, maar stonden ook links en rechts en in het midden in hoge stapels, – een rimboe van boeken, met smalle paden er tussendoor. Onno bleef staan, maar Max drong naar voren, treden op, treden af, langs stapels, dozen, tijdschriften, *Architectuur*, *Meisjesboeken*, *Judaïca*, *Reisgidsen*, een hoek om, weer een paar treden op, – en hij zag Ada zitten in de achterkamer: in een wijde witte bloes met lange manchetten en een kleine, opstaande kraag, met afgewend hoofd, de cello tussen haar gespreide benen. Elegant stond haar linkervoet iets naar voren; haar wijde zwarte rok was opgeschoven en hij zag een smalle knie en dan de overgang van haar kousen naar het lichte vlees van haar dijen.

Ik word gek, dacht hij. Ik wil ook zo bevingerd en bestreken worden door die vrouw.

Zij had hem niet gezien. Op zijn tenen ging hij terug en fluisterde:

'De plicht roept. Ik zie je straks in De Vergulde Turk.'

Onno knikte meewarig.

'Adieu, ongelukkige.'

Max' hart bonkte. Elke keer was het zo nieuw als de eerste. Hij ging nu zo staan, dat hij niet gezien kon worden. Maar terwijl hij luisterde en naar haar keek, veranderde er iets in hem. Zijn opwinding verdween niet, maar het was of zich daarachter langzaam een ruimte opende, zoals wanneer in het theater het doek opgaat. Omdat zij zo volledig in zichzelf verzonken was, leek het of de muziek eigenlijk uit hoorbare stilte bestond, een gevormde stilte, zoals een meetkundige figuur, die zij om zich heen optrok. Nu en dan stopte zij even en zocht met de punt van de strijkstok iets in de partituur: dan viel er een stilte in de stilte. Haar zwart ingelijste gezicht; het roodachtig glanzende hout van de getailleerde klankkast tussen haar benen, haar linkerhand aan de hals; naast haar de openstaande kist. Een dichtregel van Mallarmé schoot hem te binnen: *Musicienne du silence*... Waarom schoot hem een dichtregel van Mallarmé te binnen? Hij wilde met haar slapen, maar dat was niets bijzonders, dat was dagelijkse kost, – het was bijzonder dat hem een dichtregel van Mallarmé te binnen schoot. Anders schoten hem nooit dichtregels van Mallarmé te binnen. Als hij wilde kon hij er natuurlijk wel een paar opgraven, zoals *Un coup de dés n'abolira pas le hasard* – maar dat was eigenlijk meer een titel; het deed denken aan wat Einstein had gezegd, misschien hier in Leiden: '*Der liebe Gott würfelt nicht*'.

Verscholen tussen de boeken keek hij naar haar. Boven zijn hoofd hoorde hij gestommel. Wilde hij nog iets anders dan een of twee keer met haar naar bed?

6 NOG EEN ONTMOETING

In een opwelling stond hij plotseling in de kamer.

Zij schrok zo hevig van zijn verschijning, dat haar lichaam schokte. Met grote ogen staarde zij hem aan. Die reactie van haar lichaam, als iets dat sterker was dan zijzelf en waaraan zij was overgeleverd, verstrikte hem nog meer in haar.

'Ik wil een boek kopen,' zei hij, 'maar er kwam niemand. Dus heb ik jou maar afgeluisterd. *Ein Märchen*.'

Zo luidde de titel van het stuk: dat wist hij blijkbaar. Maar nog verbaasder was zij over de ongedwongen manier, waarop hij tegen haar sprak. Mannen waren altijd een beetje bang voor haar, zoals zijzelf voor haar moeder, maar deze scheen daar geen last van te hebben.

'Afluisteren is anders heel onbeleefd.'

Max schoot in de lach.

'En dat zegt een *musicienne*! De geluidsinstallatie als afluisterapparatuur!'

Met een vleesmes in de hand kwam haar moeder de kamer in: een knappe, volslanke vrouw, waar iets strengs van uit ging; zij had een brede onderkaak en een strakke mond. In een zwart nonnengewaad zou daar een abdis staan.

'Hoor ik nu stemmen?'

Met haar strijkstok wees Ada naar Max.

'Er is een klant.'

'Dag mevrouw.'

Hij kreeg een misprijzende blik van donkere ogen onder zwarte wenkbrauwen, die aan de zijkanten iets opgetrokken waren.

'Doet de bel het dan niet?' Zij verontschuldigde zich en riep in de gang naar boven: 'Oswald! Iemand in de zaak!'

'Gezellige winkel,' zei Max, terwijl hij het trapje af ging en rondkeek. 'Maar jij woont hier, jij grasduint hier natuurlijk nooit.'

'Mijn vader weet meestal wel, wat ik wil hebben.'

Zijn oog viel op een kunstboek met kleurenfoto's: de verblindende, met juwelen ingelegde gouden eieren van Fabergé, die de tsaar met pasen aan de tsarina placht te schenken.

‘Ken je Fabergé?’ vroeg hij zonder op te kijken.

‘Is dat een componist?’

De manier waarop zij onmiddellijk antwoordde, overtuigde hem er van dat hij op de goede weg was.

‘Zoiets. Een edelsmid.’

Terwijl hij in het boek bladerde, verscheen de boekhandelaar. Een onopvallende man van tegen de vijftig, met golvend grijsblond haar, iets kleiner dan zijn vrouw; alleen zijn mond leek op die van zijn dochter. Ook hij verontschuldigde zich, daarstraks had de bel het nog gedaan. Max zei, dat hij het boek van Fabergé wilde hebben en ook dat van Alma Mahler in de etalage. Schutterig lachend keek de antiquaar naar zijn handen; misschien wilde meneer het zelf even pakken. Ook op zijn gezicht zat verf. Terwijl Max er heen ging, las hij op de winkelruit:

TAAIRAUQITNA
‘DIEHTOZ RED FOL’

Hij toonde de prijzen op de schutbladen en zei, dat het niet ingepakt hoefde te worden. Nadat hij had betaald, keek hij weer naar de achterkamer. Het meisje zat nog in dezelfde houding met haar cello en beantwoordde zijn blik. Hij ging naar haar toe en reikte haar het boek van Fabergé.

‘Voor jou. Cadeau voor de coda.’

Nee, werkelijk, zij begon te blozen. Zij legde de cello weg en stond op om het aan te nemen.

‘Wat aardig…’ zei zij met een lach. De twee voortanden in haar bovenkaak waren iets breder en langer dan de andere.

Max wendde zich tot haar vader.

‘Mag ik uw dochter ontvoeren voor een kop koffie?’

In zijn pogingen de kassa niet te besmeuren, was het tafereel enigszins aan hem voorbij gegaan. Hij mompelde, dat zij dat zelf moest beslissen.

Max stak zijn hand uit.

'Delius Max.'
Ada legde de hare er in.
'Ada Brons.'

7
De sterrenwacht

De Vergulde Turk was vlakbij, in de Breestraat. Ironisch, als een cavalier van de oude stempel, had Max haar op straat zijn arm aangeboden; zij had haar hand er in gelegd en zo wandelde zij nu plotseling tot haar eigen verbazing door de stad, met een wildvreemde koutend over Janáček. Het was te hopen, dat Bruno haar niet zag. Max waarschuwde haar voor zijn vriend, die op hem zat te wachten: een beestmens, die zij maar met een korreltje zout moest nemen.

In het grote café heerste namiddagdrukte; achterin bralde een groep studenten in blazers, met glazen bier in hun handen. Zij vonden Onno aan de leestafel, alweer met een glas melk en een half verorberde croquet naast zijn krant.

'Alsjeblieft,' zei Max en legde het boek bij hem neer. '*Mein Leben*. Voor jou.'

'Juist.' Onno keek op om hem te bedanken en zag dat hij in gezelschap was.

'Onno Quist,' zei Max. 'Ada Brons.'

Op hetzelfde ogenblik liet ergens een ober een dienblad vol serviesgoed vallen, gevolgd door applaus en bravogeroep van de studenten. Onno kwam overeind en gaf haar een hand, waarna hij Max even aankeek met een blik, die weinig verschilde van die waarmee Max naar zijn croquet had gekeken. Zij trokken stoelen bij, en even zag het er naar uit dat Onno uit morele verontwaardiging in zijn krant zou blijven lezen; maar dat deed hij dan toch niet. Hij leunde achterover, sloeg een been over het andere, zodat het blauwwitte vlees boven zijn te korte sok zichtbaar werd, en vroeg als een zelfingenomen plattelandspsychiater:

'Kennen jullie elkaar al lang?'

'Wij hebben elkaar nooit *niet* gekend,' zei Max en keek naar Ada, in afwachting van een teken van instemming.

Toen dat niet kwam, begon zij Onno te bevallen.

'Ik begrijp niet, dat een verstandig meisje als jij het een eeuwigheid uithoudt met zo'n personage als dit hier. Maar misschien heeft hij een geheime kant, die hij altijd voor mij verborgen heeft weten te houden. Wat zul je van me gebruiken?'

'Mineraalwater graag.'

'Water,' herhaalde Onno en vertrok zijn gezicht van afschuw. 'Water is om je tanden mee te poetsen.'

'Zo is het,' zei Max. 'Denk jij daar maar eens vaker aan.'

Ada wist niet wat zij moest zeggen. Zij moest wennen aan de stijl van die twee figuren. Hun toon was nogal studentikoos, maar toch anders dan zij van de leidse corpsstudenten gewend was, voor wie de toon tegelijk de enige inhoud was van de conversatie. Misschien was de toon eigenlijk jongensachtig: de dolle overdrijving van kleine jongens in het speelkwartier van de lagere school. Als dat zo doorging, leken zij haar een vermoeiend stel. Zij plaagden elkaar natuurlijk omdat zij dol op elkaar waren. In die Onno zat een hoop geweld; Max was anders, lichter: als Onno rots was, dan was Max water. De manier waarop hij haar had meegetroond was onweerstaanbaar geweest, maar wel wat routineus, dat had hij natuurlijk al honderden keren gedaan; ook zag hij er een beetje te verzorgd uit. Of was dat werelds? Zelf was zij natuurlijk een stijve trut. Zij praatten alweer met elkaar, over hun geheime kanten, die elkaar in vervaarlijkheid overtroffen; voor spek en bonen zat zij tussen hen in. Zij vonden haar natuurlijk kleinburgerlijk, en daar hadden zij gelijk aan, zij schoot te kort: dadelijk zou zij een handkus krijgen, een flitsend aforisme ter overdenking, en zij kon verdwijnen... Plotseling begonnen haar ogen te branden, zij mompelde een excuus en ging naar de w.c.

Met de deur op slot ging zij op de bril zitten. Wat gebeurde er met haar? Tien minuten kende zij hem en nu al zat zij te huilen bij het idee, dat zij hem misschien niet meer zou zien. Niets wist zij van hem, behalve dat hij muzikaal op de hoogte was; zij had hem zelfs nog niet kunnen vragen, of hij zelf in de muziek zat. Was zij dus verliefd? Of misschien alleen maar labiel, omdat zij ongesteld moest worden? Iedere ongesteldheid betekende: *weer geen kind*; maar zij was pas ongesteld geweest. Wat was het dan? Knap was hij niet, ook niet lelijk, wel heel ongewoon. Misschien lag het aan zijn oogopslag, zijn blik, waarmee hij haar zo direct en onvertroebeld had aangekeken. Hij was zo onverwacht in haar leven verschenen als een vallende ster, een meteoor in de dampkring, – die gloeide uit en dan mocht je een wens doen. Haar wens was, dat hij niet zou uitgloeien! Het denkbeeld dat zij straks naar huis zou moeten, naar haar cello en haar ouders, en dat dan alles weer zou zijn zoals het altijd was geweest, was plotseling ondragelijk. Maar dan moest zij nu snel maken dat zij terug ging, eer zij verdwenen waren!

Nadat zij was opgestaan, leunde Max met een hand op de zitting van haar stoel naar Onno over en zei:

'Ik ga jou niet vragen hoe je haar vindt, want daar heb jij geen verstand van.'

Met een geluid of hij moest braken, keek Onno naar Max' hand op de warme zitting.

'Ik heb jou precies in de gaten, smeerlap.'

Was het alleen dat? Of was het misschien anders dan Onno dacht, of dan hij zelf dacht?

'Heb je je wel eens afgevraagd,' vroeg Max, 'hoe het komt, dat je een stoel waarop net iemand anders heeft gezeten warm vindt, maar nooit je eigen stoel als je even bent opgestaan?'

'Interessante vraag. En waardoor komt dat?'

'Daar is over gepubliceerd. Dat komt doordat iedereen zijn individuele warmte voortbrengt. Warmte is niet eenvoudig warmte, zoals men vroeger dacht, niet eenvoudig de brownse beweging van onbezielde moleculen, maar iedereen geeft een warmte af, waarvan de aard een functie is van zijn onverwisselbare persoonlijkheid. En dat is bewijsbaar. Als wij nu opstaan, ik kijk de andere kant op en jij verwisselt onze stoelen, of juist niet, dan zal ik zeggen wat jouw stoel was.'

'Krankzinnige!' riep Onno. 'Sta onmiddellijk op!'

Max stond op en wendde zich af. Ongerust gadegeslagen door theedrinkende dames, begon Onno met hun stoelen te schuiven en er misleidende schijnbewegingen mee te maken.

'Zo,' zei hij met een uitnodigend gebaar, 'ga maar zitten. Wat was mijn stoel?'

Max duidde naar Ada, die tussen de tafeltjes naderde.

'We moeten weg, anders is er niemand meer. Sterrenwachten zijn 's nachts altijd gesloten. Ga je mee?' vroeg hij haar.

'Waarheen?'

'Verrassing.'

Terwijl zij tussen hen in over het Rapenburg wandelde, langs het water van de eerbiedwaardige academische gracht, kwam zij enigszins te weten in wiens gezelschap zij was, – zij het via het oplossen van kleine puzzels en woordspelingen over hemelbestormers en enigmatici. Bij het Academiegebouw sloegen zij rechtsaf en kwamen in de hortus botanicus, waar zij voor het laatst als kind was geweest, met haar vader. Alsof Max dat aanvoelde, nam hij haar hand in de zijne. Het was mei, veel bomen en struiken waren al groen; de naaldbomen straalden met hun exotische vormen melancholiek hun tropische oorsprong uit, zoals zwarten ook in het noorden zwart zijn, maar zonder de diepe glans die zij in de afrikaanse hitte hebben. De bordjes bij elke boom en elke plant ontlokten Onno de opmerking, dat zij zich hier blijkbaar in het paradijs bevonden, waar Adam aan de opdracht tot naamgeving had voldaan.

'De mens is geschapen als hovenier!' riep hij met een weids gebaar.

Aan het eind van de tuin verscheen de sterrenwacht: een hoofdgebouw van twee verdiepingen, bekroond door de koepel, links en rechts vleugels van lage bijgebouwen, – alles in lichte kleuren, stilistisch het midden houdend tussen een negentiende-eeuws havenkantoor en een renaissancistische kerk. Aan de achterkant waren nog twee kleinere koepels. Maar al die kijkers, meldde Max, waren inmiddels relicten geworden die alleen nog in het weekend gebruikt werden door verenigingen van sterrenkundige amateurs; licht en stof van de stad maakten serieuze waarnemingen onmogelijk. Zelf verwerkten zij er alleen nog de metingen van de radiotelescoop.

Binnen werd hij begroet door collega's, die in het trappenhuis bezig waren ponsbanden te ontwarren: op de tweede verdieping hield iemand ze vast, terwijl anderen aan de balustrade van de eerste verdieping en op de begane grond probeerden de slierten bruine spaghetti uit de knoop te halen. Zij werden straks ingelezen op het Centraal Rekeninstituut, waar iemand ze op de fiets heen moest brengen.

'Kun jij het straks niet even doen in je pijlsnelle bolide, Max?'

'Natuurlijk.'

Ook in de collegezaal was het een ravage: de vorige dag was de bibliotheek door het plafond gezakt, studenten en technici waren bezig de boeken uit de berg planken en kalk te halen.

'Zo voel ik mij ook wel eens,' zei Onno.

Op de gang riep een dame door een open deur, dat Floris voor hem had gebeld uit Dwingeloo: hij had de H 166 α-recombinatielijn op 1424.7 MHz gemeten.

'Dank je, Til.'

Max leidde hen rond, gaf uitleg bij de oude instrumenten en vertelde Ada, dat alle materie van haar lichaam was aangemaakt in sterren, – waarop hij haar hand nam en er galant een kus op drukte.

'Als je maar niet denkt,' zei Onno, 'dat dat ook geldt voor mijn materie, want die is aangemaakt door mevrouw mijn moeder.'

In de cijferkamer kregen zij een onderzoekend knikje van een rijzige, aristocratische heer van tegen de zeventig, met een kalende schedel en een scherpgetekend gezicht. Max leek even geïntimideerd. Dat was de directeur, vertelde hij toen zij de trap naar de eerste verdieping op gingen, – die niet alleen had aangetoond dat het Melkwegstelsel draaide, maar ook dat het een spiraalstructuur had.

In zijn kamer, die uitzag op de hortus, vertelde hij over het onderzoekprogramma waaraan hij zelf bezig was, over de verdeling van neutrale waterstof in het centrale deel van het Melkwegstelsel, maar daar begreep Ada niets van. Zij keek naar de ordelijke stapels mappen op de planken achter zijn bureau en naar de schema's en formules op het groene schoolbord. Dat dat dezelfde man was die haar daarstraks had meegetroond, was haar een raadsel, – en zij vroeg zich af of zij ooit kijk op mensen zou krijgen. Zwijgend luisterde zij naar hun gesprek.

Op hoge toon had Onno geïnformeerd of er in dit gebouw, waar kennelijk alles misging, misschien ook werd getwijfeld aan Gods scheppingsdaad. Met een verontschuldigend gebaar zei Max, dat sinds drie jaar helaas vaststond, dat er vijftien tot twintig miljard jaar geleden weliswaar een wereldbegin was geweest, maar dat dat werd gevormd door een *Big Bang*: de explosie van een mathematisch punt van oneindige dichtheid en oneindig hoge temperatuur, waaruit niet alleen alle energie en materie voortkwamen, maar ook ruimte en tijd. De echo van die ontploffing was in 1964 waargenomen.

'Vóór die godslasterlijke Big Bang van jou was er dus niets,' zei Onno.

'Precies. Ook geen tijd.'

'Er is dus niets ontploft.'

'Zo zou je het kunnen zeggen.'

'Dus was er geen Big Bang. Ziezo. Het hoongelach over die bespottelijke theorie zal nog jarenlang door de astronomie schallen. Luister jij maar niet naar die dwaas,' zei Onno tot Ada. 'Hemel en aarde zijn op vrijdag één april van het jaar vierduizendvier vóór Christus geschapen door God, om kwart over tien in de ochtend, en daarna zag hij dat het goed was. Althans niet onaardig voor een beginneling.'

Max lachte.

'Jij bent in staat om op puur logische gronden gelovig te worden.'

'Ja!' riep Onno extatisch uit. 'God is de logica! De logica is God! Ja, dat geloof ik – omdat het absurd is.'

'Herinner je je nog, wat je mij ooit hebt verteld over de «paut» van de goden? Dat van de scheppergod, die zichzelf schiep uit zijn schepping?'

'Ik vertel jou nooit meer iets, want je zult het altijd tegen mij gebruiken.'

'Leer jij nu maar eens die koudwatervrees voor paradoxen af. Zal ik jou eens zeggen, wat er misschien staat op die diskos van jou?'

'Nu ben ik toch werkelijk benieuwd.'

'Daar staat: *Wat hier staat, is onleesbaar.*'

'Heel goed,' grijnsde Onno, 'heel goed. Misschien is hij gemaakt door Epimenides, die zei dat alle kretenzers liegen.'

Het duizelde Ada. Het was haar of zij getuige was van een intellectuele floretwedstrijd: de gemaskerde vechters heen en weer springend, tussen hen in het blinkende flitsen van de wapens, te snel om te volgen. Hoe kon zij dat ooit bijbenen? Maar misschien was dat ook niet nodig, misschien zelfs ongewenst; misschien moest het gereserveerd blijven voor henzelf.

Toen Max Floris in Dwingeloo belde, over de jongste metingen, ging Onno voor het raam staan, stopte zijn handen in zijn zakken en zei half tot zichzelf, half tot haar:

'Dit is helemaal geen hortus botanicus, dit is een *hortus conclusus*, als je weet wat dat is.'

'Het spijt me, ik heb alleen conservatorium.'

'De «gesloten tuin», waarin een eenhoorn leeft. Dat is zo'n verschrikkelijk wild dier, dat het alleen gevangen kan worden door middel van een maagd, want dan vlijt hij zijn kop in haar schoot. In de iconologie staat dat voor de onbevlekte ontvangenis.' Hij draaide zich om, lachte tegen haar en zei: 'Pas jij maar op, meisje.'

*

Dat zij mee naar Amsterdam zou gaan, sprak blijkbaar voor iedereen vanzelf, ook voor haar. Toen Max vroeg of zij niet even naar huis moest bellen, zei zij:

'Welnee.'

'Rekenen je ouders dan niet op je met eten?'

'Misschien wel.'

Zijn auto stond op het voorplein, de leuningen werden naar voren geklapt en zij moest maar zien hoe zij overdwars achter de twee stoelen een plaats vond. Er was een stevige wind opgestoken, en nadat de trommels met ponsbanden waren afgeleverd bij het Rekeninstituut, waar de computer stond, reden zij de stad uit. Onderweg informeerde Onno voorzichtig of hij er geen probleem mee had, dat hij te zijner tijd naar Westerbork zou moeten als de spiegels daar klaar waren.

'Is het in de buurt van het vroegere doorgangskamp?'

'Het is op het terrein van het kamp,' zei Max, terwijl hij voelde dat zich iets verstrakte in zijn wangen. 'Daar zitten nu ambonezen.'

'Wanneer is het zo ver?'

'Vermoedelijk eind volgend jaar.'

Onno knikte.

'Sterbork,' zei hij. 'Dwing.'

Zij keken elkaar even aan en zwegen.

Nadat Onno in de Kerkstraat was afgezet, gingen Max en Ada eten in een italiaans restaurant, L'Arca, waar men bij het binnenkomen de eigenaar een hand gaf. Onder een zoldering van namaakdruiventrossen en lege chiantiflessen spraken zij over Onno, over haar ouders, over haar werk, – en toen zij haar mes in de spaghetti wilde zetten, leerde hij haar hoe het moest, ook zonder haar toevlucht te nemen tot de lepel. Vervolgens ging zij met hem mee naar huis.

Alles verliep met de onverbiddelijke precisie van een variatie van Bach. Zij wist dat het nu opeens zo ver was. Nu ging het gebeuren, en dat was ook wat zij wilde – wat zij van het eerste moment af gewild had. Natuurlijk had zij er wel eens vriendjes op na gehouden, ook tot vrijpartijen had het wel geleid, zweterig geworstel op een bed, studentenhanden die in haar broekje probeerden te glippen, muzikantenknieën die zich tussen haar dijen probeerden te wringen; maar het eind kwam altijd wanneer iemand onderwijl met bevende vingers zijn gulp probeerde open te knopen, wat het begin was van hijgerige ruzies met verwarde haren en verkreukelde kleren, met soms tot besluit een klap in haar gezicht. Nooit was het er echt van gekomen. De gedachte daaraan riep eerder een vage weerzin bij haar op dan een gevoel van verlangen. Dat mannen er steeds op uit waren lag in hun natuur, in hun positieve, naar buiten gekeerde bouw: een penis was als de vinger van een handschoen, maar een vagina was als een naar binnen getrokken handschoenvinger, en dat ook sommige vrouwen seksueel geobsedeerd waren was haar een raadsel. Het was toch het verschil tussen op bezoek gaan en bezoek krijgen: je kon desnoods bij iedereen op visite, maar je liet toch niet iedereen bij je binnen! Moest je eigenlijk wel ooit iemand over de vloer laten komen? Zonder er veel gedachten aan te wijden, had zij zich er al min of meer bij neergelegd, dat zij nooit een gast in zich zou ontvangen, – en nu was zij plotseling gast en gastvrouw tegelijk bij iemand, die zij nog geen halve dag kende. Wat was het? Zijn geur? De zachte structuur van zijn huid?

'Maak het je gemakkelijk,' zei Max, nadat hij de gordijnen had dichtgetrokken en in de groene fauteuil was gaan zitten.

Hij was geraffineerd. De meeste mannen waren dom en gingen zelf op de bank zitten, zodat later het probleem ontstond hoe zij hun damesbezoek naast zich moesten krijgen. Zij had nu de keuze tussen de andere fauteuil en de bank. Als zij in de andere fauteuil ging zitten, zouden zij alle twee op een onnatuurlijke manier naar de buitengewoon lege bank staren, en dan had zij weliswaar aangegeven wat zij in beginsel niet wilde, aangezien zij zo fatsoenlijk was, maar ook waar haar gedachten waren. Als zij op de bank ging zitten kon dat betekenen, dat zij absoluut niet aan zulke malle dingen dacht, maar hij kon dan ook makkelijker naast haar komen zitten met zijn fotoalbum of zijn postzegelverzameling. Anders dan zijn vriend Onno, die vermoedelijk geen orgaan had voor zulk soort dingen, registreerde hij het natuurlijk allemaal precies. Zij was benieuwd naar zijn verleidingskunsten; hopelijk maakte hij zich niet belachelijk.

Met haar hoofd in horizontale stand liep zij even langs zijn uitgebreide, chronologisch geordende platencollectie en keek naar een reproductie van Magritte aan de muur: een man die in de spiegel keek en zichzelf op de rug zag. Op de vleugel sloeg zij een *a* aan, de hogere *d* en dan weer de *a*.

'Een poëtisch thema,' knikte Max. 'Jammer alleen, dat de *m* en de *x* niet op het toetsenbord staan. Die vind je alleen in de allerhoogste boventonen van een Stradivarius.'

'Zo zie jij jezelf dus,' zei Ada en ging op de bank zitten.

'Onno zou zeggen: «Ik verkeer in de ultieme, metafysische regionen van het volstrekt onkenbare».'

'En wat zou je zelf zeggen?'

'Niets.'

Zij werd getroffen door een plotselinge verandering in zijn oogopslag, zoals in de winter een bril beslaat bij het betreden van een warme kamer. Het was haar niet duidelijk wat er gebeurde, maar zij voelde dat er iets was aangeraakt dat misschien ook hijzelf niet helemaal begreep. Zij beantwoordde zijn blik en er viel een stilte in de kamer; buiten waaide het, in de verte weerklonk zacht het drietonige signaal van een ambulance.

'Zullen we ons uitkleden,' vroeg hij, 'en in bed gaan liggen?'

Zij knikte.

'Goed.'

Zo eenvoudig was dat dus. Zelfs geen kus was nodig ter inleiding, terwijl het toch niet koud en zakelijk was, – een kus was misschien zelfs kouder en zakelijker geweest: het eenvoudige was tegelijk het ingewikkelde. Zij herinnerde zich een gedicht van Brecht, op een melodie van Eisler, over *das Einfache, daß schwer zu machen ist*, een soort liefdeslied aan het adres van het communisme; nu ging het niet over het communisme, maar er hing misschien toch een liefdeslied in de lucht.

Max liet haar in de badkamer, legde een witte badjas over de rand van de kuip en deed de deur achter zich dicht. Er waren geen ramen, door het ventilatierooster in het plafond hoorde zij de harde wind. Ook hier heerste de besliste maar niet pijnlijke orde, die haar in de kamer al was opgevallen; de flessen en potten waren niet naar grootte gerangschikt, maar wel naar soort, alle doppen zaten op hun plaats en de tube tandpasta was niet veranderd in een overreden slang, maar opgerold tot het juiste punt. Zij kleedde zich uit en ging even voor de manshoge spiegel staan, – zich gelukkig prijzend dat zij niet de taferelen kon zien, die zich ongetwijfeld eerder in dat glas hadden voorgedaan. Haar smalle lichaam met de kleine borsten en de omgekeerde zwarte pyramide, waar zij zo vaak met onzekere gevoelens naar had gekeken, leek opeens veranderd in iets gewijds: het stond op het punt om te dienen waarvoor het *ook* was gemaakt. Binnen zette Max het *Vorspiel* van *Tristan und Isolde* op, wat haar een nogal zwaarmoedige keuze leek. Zij legde haar rechterhand op haar hart en haar linker op haar buik, terwijl zij het gevoel kreeg of zij op een parelmoeren schaal stond.

Ontvangen door Wagners grondzeeën kwam zij de kamer in. Max lag in bed; met zijn hoofd op zijn gekruiste armen lachte hij haar toe.

'Of ben je anti-duits? Hoor je liever Purcell?'

'Mijzelf ken ik al.'

'Hoe bedoel je?'

'Dat ik liever jou leer kennen.'

Toen zij aarzelend de ceintuur van de badjas begon los te knopen, legde hij zijn handen over zijn ogen tot zij naast hem onder het laken lag. Op een elleboog richtte hij zich op en keek haar aan. Zij zag dat hij eigenlijk iets wilde zeggen, maar ofschoon hij niets zei leek het even later of hij het toch had gezegd, en drukte toen zijn mond op de hare, terwijl hij haar stevig in zijn armen nam en half over haar heen gleed. Zij begon te trillen en fluisterde:

'Wees voorzichtig, doe me geen pijn...'

Meteen begreep Max, dat het de eerste keer was voor haar. Hij moest haar dus ontmaagden, en bij ieder ander had hij nu een voorwendsel bedacht om er een eind aan te maken. Hoofdpijn. Morgen vroeg op. Alle keren dat hij eerder die taak op zich had genomen, was hem dat opgebroken: maandenlang bleven de in vrouwen veranderde meisjes aanbellen en opbellen, ook wanneer hij ze eigenlijk al was vergeten. Wie een vrouw ontmaagdde, nam in haar leven een plaats in die alleen was te vergelijken met de dokter die haar ter wereld had gebracht, of met degene die haar hielp bij het sterven. Maar nu, met Ada, kwam het niet in zijn hoofd op om te stoppen.

Als haar cello had zij hem tussen haar benen, – en langzaam, millimeter na millimeter, dan weer terug, dan weer verder, voelde zij hem in zich dringen, terwijl het tegelijk was alsof hij om haar heen kwam en zij steeds verder in hem verdween. Toen zij voelde dat hij haar hymen raakte, klemde zij zich angstig aan hem vast, terwijl zij er een voorstelling van kreeg: iets als een oog, als het diafragma van een fototoestel. Zij wilde om haar moeder roepen, maar plotseling was hij er doorheen en vulde haar volledig op. Snikkend en lachend begon zij hem te kussen, terwijl hij niet meer bewoog. Diep in haar buik voelde zij zijn bloed kloppen, kennelijk probeerde hij zijn opwinding de baas te blijven; toen dat dreigde te mislukken, verdween hij uit haar, ging naast haar liggen en sloeg een arm om haar schouder.

'Misschien moeten we het voor vandaag hierbij laten.'

Zijn vaderlijke toon verblufte haar, maar zij was hem dankbaar. Zij zei niets, de plaat was afgelopen en zij luisterde naar het gieren van de wind in de bomen voor het huis. Daar lag zij nu plotseling in een amsterdams bed met een sterrenkundige, die een streep had gehaald door jarenlange muizenissen en een nieuwe periode van haar leven had ingeleid. Zij kroop dichter tegen hem aan en zuchtte diep.

Ook hij luisterde naar de wind. Hij zag het huis: licht en warm van binnen, er buiten de natte, kille nacht.

'Wat denk je,' vroeg hij, 'als wij nu het dak op gaan en ik druk uit mijn vulpen een druppel inkt en ik laat hem tegen een blad papier waaien: hoe groot is dan de kans, dat daar in mijn handschrift op komt te staan: *Ik wil niet, dat Ada bij mij blijft?*'

'Dat kan niet.'

'De kans is niet nul, maar vermoedelijk is het heelal te klein om alle inkt te bevatten eer het gebeurt.'

8
Een idylle

In de weken die volgden, zagen zij elkaar dagelijks in Leiden, waar zij tussen de middag door de hortus botanicus wandelden, koffie dronken in de kantine van de sterrenwacht of 's avonds in de stad wat aten bij de chinees. In het weekeinde nam hij haar mee naar Amsterdam, soms met de cello achterin. Die zaterdagen en zondagen bewerkstelligden een rust in hem, die nieuw was. Hij had een paar keer eerder verhoudingen gehad van langere duur, maar die hadden niets veranderd aan zijn onrust; ook als die vriendinnen bij hem waren, wilde hij het liefst weg, de straat op, het café in, – niet om te drinken, want dat deed hij niet, of om ontspannen met iemand te kletsen, want dat deed hij even min, maar om iets nieuws te zoeken. De gedachte dat ergens in de stad een vrouw liep, of alleen aan een cafétafel zat, terwijl hij thuis zijn tijd zat te verdoen met zijn vriendin, was onverdragelijk. Soms verscheen zo'n vrouw hem zelfs in een soort visioen: hij zag precies hoe zij er uitzag en waar zij zat, in welk café, aan welk tafeltje. Het was gebeurd, dat hij dan met een voorwendsel het huis uit ging en er heen holde; maar als zij er niet bleek te zitten, kwam dat uitsluitend doordat hij net te laat was, – waarna hij buiten nog op zijn tenen ging staan en naar links en naar rechts de straat af tuurde.

Natuurlijk was hij nu niet op slag veranderd in een monogaam minnaar: van maandag tot vrijdag ging zijn tijdrovende erotische leven op de oude voet voort. Maar in het weekend, als Ada er was, viel die obsessie van hem af. Niet dat hij dan ontspannen voor de televisie hing, of een detective las, of een huiselijk klusje opknapte, want wat 'zich ontspannen' betekende, had hij nooit begrepen en zou hij ook nooit begrijpen. Dat hij ooit een spelletje zou doen, of iets aan sport, of maar een wandeling zou maken, was ondenkbaar. Op vakantie nam hij uitsluitend studiemateriaal mee, liet geen kerk of museum onbezichtigd; en lag hij in de zon, dan was dat niet zo zeer omdat hij dat aangenaam vond, maar omdat er bruin geworden moest worden: het was minder zonnebaden dan de belichting volgens een nauwgezet schema van zijn hele lichaam, ook zijn zijden en de binnenkant van armen en benen. Ook dat was werken – want als hij niet werkte of achter de vrouwen aan zat, keek hij in een dreigende leegte, die meer was dan alleen verveling. Maar als hij achter de vrouwen aan zat, wilde hij eigenlijk werken, en als hij werkte wilde hij eigenlijk achter de vrouwen aan, met het gevolg dat hij nooit rust had. Als iemand daar iets van zei, placht hij te antwoorden: 'De eeuwige rust komt toch wel – daar hoef ik geen voorschot op te nemen'. Maar nu, met Ada, vrijde hij op een ontspannen, bijkans burgerlijke manier, waarna hij niets meer wilde en waar hij zich wel eens zorgen over maakte. Was hij bezig te degenereren in de richting van het huwelijk? Op zijn aandringen slikte Ada nu de pil.

Ook zijn gesprekken met Onno behoorden tot zijn bezetenheid, maar met Ada was het anders. Verliefd was hij niet. Verliefd was hij in zekere zin op alle vrouwen, behalve nu juist op Ada. Wanneer hij een vrouw aankeek, had hij vaak het gevoel of hij met zijn blauwe ogen de bodem van haar ziel kon zien, als in een heldere baai; en misschien was dat zo, misschien ervoeren de vrouwen het ook zo en lag hier de sleutel tot zijn galante successen, waarom hij benijd en gehaat werd in de cafés. Maar als hij Ada aankeek, leek dit zijn afstand tot haar juist te vergroten. Hij begreep niets van haar, voor hem had zij de ondoordringbare blik van een wezen uit een andere wereld, en precies dat was het wat hem aan haar bond. Hij onderging haar aanwezigheid in zijn huis niet zoals die van een hond, die geen geheimen heeft voor de mens, maar als die van een kat, die zelf een geheim is, - en in dezelfde mate voelde hij zich vrij en onbedreigd. En zoals een hond bij een mens hoort, maar een kat bij een huis, zo vervloeide zij met de orde in zijn appartement en werd een deel er van. Honden rennen tafeltjes omver, graven kussens uit de fauteuils en dragen met opgeheven hoofd dingen de kamer uit; katten raken zelfs niet aan wat zij aanraken - behalve wanneer soms de nagels in het vloerkleed geslagen worden. Als zij een boek op tafel legde, lag dat precies zo als hij het zelf neergelegd zou hebben: met de titel naar boven, niet op een ander boek dat kleiner was, niet scheef, en volgens de gulden snede tussen de asbak en de rand van de tafel, en evenwijdig aan die rand. Nooit zou zij de krant niet opvouwen. Als hij opkeek van zijn schrijftafel en haar op de bank zag zitten, gedichten van Rilke lezend, zat zij precies zo als zij moest zitten. Dat had hij nog nooit meegemaakt, dat iemand hetzelfde natuurlijke orgaan voor verhoudingen had, zonder zich te dwingen en zonder dat het verwerd tot benepen netheid.

Zij spraken weinig, en ook dat beviel hem. *Musicienne du silence.* Kletsen kon je met iedereen, vond hij, samen zwijgen zonder dat het pijnlijk werd was heel wat zeldzamer. Alleen als Onno er was, werd er onafgebroken gepraat. Had hij iets te doen aan zijn schrijftafel, dan hield Onno lange gesprekken met Ada, op enigszins vaderlijke toon, want dat was de enige manier waarop hij zijn sympathie kon uiten, - of misschien was het eigenlijk meer de toon van een schoonvader. Ada viel het elke keer op, dat ook Max veel meer tegen haar zei als Onno er was: het leek of zij in Onno's aanwezigheid een ander werd voor hem. Zonder Onno had hij haar bij voorbeeld nooit zo geduldig uitgelegd, dat in de moderne natuurkunde het waargenomene niet meer los kon worden gezien van de waarnemer, aangezien de waarnemer het waargenomene veranderde door het waar te nemen. Max wist, dat dat soort dingen haar niet in het minst interesseerde, maar toch deed hij het: voor Onno dus eigenlijk – en zij had hem liever zoals hij was zonder hem.

Zelf was zij even min erg spraakzaam. Urenlang kon zij in het open raam zitten en uitkijken over het Vondelpark, waar de kinderen en de honden werden uitgelaten, hippies in oosterse gewaden zingend en met bloemen versierd voorbij dansten en altijd dezelfde jongen zich op een gazon oefende in het jongleren, maar alleen de kunst van het bukken onder de knie kreeg. Aan de overkant, vanuit het park vrijwel onzichtbaar achter struiken en bomen, bevond zich een laag gebouw met rouwkamers, waar verscheidene keren per dag lijkwagens voorreden en huilende mensen in en uit gingen. Om een of andere reden vond zij dat panorama volledig bij Max passen: ook in hem voelde zij zo'n schrille combinatie van leven en dood. Hij had eigenlijk altijd een goed humeur, maar het leek of dat alleen zo opviel omdat het zich tegen een donkere achtergrond aftekende, zoals bij de juwelier diamant getoond wordt op zwart fluweel.

Pas toen Max er eens naar vroeg, vertelde zij iets over haar ouders, over hun ontmoeting tijdens het bombardement van Leiden, en hoe zij later hun antiquariaat opzetten. Zij had nooit het gevoel gehad dat zij het kind was van die twee mensen, zo volledig anders dan zij, maar eerder dat zij hun pleegkind was, een vondeling, die eigenlijk niets met hen te maken had. Niet dat zij romantische gedachten in die richting koesterde, want zij hoefde maar in de spiegel te kijken en zij zag haar moeder.

'Het omgekeerde zal ook wel voorkomen,' zei Max, – 'dat iemand denkt dat zijn ouders zijn ouders zijn, terwijl dat niet zo is.'

Na die ene keer had hij haar ouders niet meer ontmoet. Ook hij vond dat hij niets met hen te maken had, en Ada vroeg hem er niet om, – al hadden haar ouders een paar keer laten merken, dat zij haar vriend graag eens zouden ontmoeten. Hij wist dat zij hem dankbaar was, dat hij haar althans twee dagen per week uit dat huis haalde. En wat zijn eigen ouders betreft, als zij hem er naar had gevraagd, zou hij haar zijn geschiedenis hebben verteld; toen zij dat niet deed, liet hij het zo.

8 EEN IDYLLE

Huiselijk geluk hing in de lucht! Het was zijn gewoonte door de kamers te ijsberen als hij nadacht, maar nooit deed hij dat wanneer hij niet alleen was; Ada was de eerste, die hem er niet van weerhield. Dat ijsberen was niet eenvoudig heen en weer lopen, zo min als het dat bij gekooide ijsberen of leeuwen is, – maar het werd bepaald door een nauwkeurig geometrisch stramien, dat hemzelf vaag bewust was en waar hij geen voetbreed van afweek. Het werd gevormd door de onzichtbare lijnen, die van zijn meubels uitgingen: de verlengden van de zijden en van de diagonalen en middenloodlijnen. Zijn stoelen, tafels en kasten, gecombineerd met de deellijnen van kamerhoeken, waren de brandpunten van een gecompliceerd netwerk, als een denkbeeldige tuin in de Lenôtre-stijl, dat hem de gelegenheid gaf zijn voeten op tal van plaatsen neer te zetten, maar niet op alle. En terwijl hij ijsbeerde, met zijn handen op zijn rug, betrapte hij zich soms er op dat hij nadacht over de toekomst. Als over een paar jaar de installatie in Westerbork klaar was, moest hij vermoedelijk nog vaker naar Drenthe dan nu. Die troosteloze avonden daar, mijlenver in de omtrek niets te doen. Biljartende boerenkinkels, rare meiden die hij nauwelijks verstond en waar niets mee te ondernemen viel, want dan werd je met hooivorken en rieken vermoord. Zou het dan niet mooi zijn als Ada nu en dan meekwam? Zij konden ergens een *pied à terre* huren, bij de plaatselijke notaris, en dat naar hun smaak inrichten. Ada had natuurlijk ook haar werk, maar met de auto was je binnen een uur, anderhalf uur in Amsterdam...

Sinds het tot Bruno was doorgedrongen, dat Ada een vriend had, bleek hij regelmatig verhinderd om te repeteren; daarom studeerde zij nu een nieuw stuk van Xenakis voor solo-cello in: *Nomos alpha.* Dat hinderde Max niet bij zijn werk, – in tegendeel: dat ook zij iets deed, ontsloeg hem van de plicht om langzamerhand toch eens iets te zeggen. Een enkele keer musiceerden zij ook samen. In de oorlog had zijn moeder hem nu en dan pianoles gegeven, later hadden zijn pleegouders hem naar een muziekschool gestuurd, maar veel stelde zijn spel niet voor; de vleugel had hij in een opwelling gekocht, tijdens een veiling, - misschien alleen om te zien, hoe hij zijn huis zou worden binnengedragen, waarmee weer iets rechtgezet was. De enkele keer dat hij met Ada speelde, gebeurden er twee totaal verschillende dingen. Zij had het conservatorium in Den Haag doorlopen, zij was iemand van het vak, die wist dat het bij muziekmaken niet ging om het uitdrukken van emoties, maar om het oproepen er van: dat kon alleen slagen als het professioneel gebeurde, dat wil zeggen onbewogen, zoals een chirurg zijn werk deed - wat voor theatrale grimassen dirigenten en solisten vaak ook plachten te trekken als zij wisten, dat zij bekeken werden; thuis of tijdens repetities trokken zij die gezichten nooit, orkestmusici deden het even min, want het waren toehoordersgezichten. Max daarentegen was zo zeer geen muzikant, dat het hem vrijwel onmogelijk was muziek te maken, - niet omdat het hem niets deed, maar omdat het hem te veel deed. Hij bezat een uitgebreide discotheek, vier meter platen van Machaut en Dufay tot Boulez en Riley, maar voor zichzelf zette hij eigenlijk nooit iets op. Als hij op zijn vleugel een toon aansloeg, en vervolgens de octaaftoon, greep hem dat al te veel aan: zelfs dat opende al een peilloze schacht in hem, waarvan hij hoogtevrees kreeg. Als de pianostemmer er was, deed hij of hij de krant doorkeek; in werkelijkheid werd hij verscheurd door emoties, bijkans nog meer dan wanneer er een groot solist aan het werk was, want nu was het de harmonie zelf die weerklonk, in reincultuur, zonder tussenkomst van een componist - zoals thuis het deeg altijd lekkerder was dan de cake; maar daar mocht niet van gesnoept worden, al zei hij duizend keer dat hij geen cake hoefde. Melk, eieren, boter, meel en suiker - in de oven werd dat goddelijke mengsel weliswaar veranderd in een kookkunstwerk, maar tegelijk ook verknoeid. Tientallen keren herhaalde hij met Ada de eerste vier maten van Schuberts vierhandige Fantasie in f op de piano: wat gebeurde daar? Er werd een bedje gespreid, er weerklonken een paar simpele tonen - en meteen was de absolute schoonheid bereikt, het allerhoogste, het alleringewikkeldste en alleronbegrijpelijkste in de gestalte van het allereenvoudigste. Ook na de honderdste keer had het niets van zijn glans verloren en niets van zijn geheim prijsgegeven.

'Wat is het?' riep Max vertwijfeld uit. 'Wat is het in godsnaam? Opeens doet het me ergens aan denken. Ja, ik weet het: aan Mendelssohns *Hebriden*.' Hij stond op, trok de plaat te voorschijn en legde haar op de draaitafel. 'Hier, moet je luisteren, ergens bij maat honderdvijftien.' Hij stak zijn wijsvinger op. 'Hoor je het? Dat is toch bijna hetzelfde, in net zo'n bedje!'

Ada kuste hem op zijn wang.

'Je hebt een meedogenloos gehoor,' zei zij.

Hij sloeg zijn arm om haar schouders.

'Met jou kan ik hier ten minste over praten, al heb jij ook geen flauw idee, maar dat heeft niemand. Weet je wat Onno een keer zei, toen ik over muziek begon? Hij schudde zijn grote kop met van die bevende wangen en zei: «Muziek is voor meisjes». Wel, dat meisje is er dan nu. Dat heeft hij goed aangevoeld.'

'Waarom zou muziek alleen voor meisjes zijn?'

'Je moet hem niet zo letterlijk nemen. Toen ik eens een ijsje kocht, zei hij: «IJs is voor pastoors». Muziek bestaat niet voor hem, hij vindt het klank zonder betekenis. Voor hem hebben alleen woorden betekenis. Wat hij tegen de muziek heeft, is denkelijk de vluchtweg die zij voor veel mensen vertegenwoordigt, een soort ontsnappingsclausule. Zo van: de muziek, dat is er ook nog. Misschien vindt hij muziek eigenlijk laffe troost. Hij heeft me trouwens eens verteld, dat het griekse *mousikè technè* – de «kunst van de muze» – in de middeleeuwen werd afgeleid van het oud-egyptische woord moys, dat «water» betekent. Daarmee werd Mozes de uitvinder van de muziek, want zijn naam zou volgens dezelfde foute etymologie «uit het water gered» betekenen. Je weet wel, het biezen mandje, waarin hij als zuigeling werd gevonden in de Nijl. Diezelfde Mozes, die water uit de rots sloeg en God in Genesis hemel en aarde liet scheppen met het woord, waarna zijn geest op de wateren zweefde. Alles klopt altijd. Jij beoefent dus eigenlijk de mozaïsche kunst.'

'Vast wel. Laat me je duimen eens zien.'

Hij legde zijn handen in de hare: zij waren goed gevormd, net als de rest van zijn lichaam, niet te breed en niet te slank, maar zijn duimen waren allebei kort en spatelvormig.

'Daar zuig ik het allemaal uit,' zei hij.

'Van wie heb je dat?'

'Geen idee. Misschien van mijn vader. Misschien ook van mezelf. Daardoor kan ik net een octaaf aanslaan, maar verder kom ik niet. Hoe heet toch weer die pianist, die zijn handen liet opereren om grotere accoorden te kunnen pakken en toen niet meer spelen kon?'

'Geen idee,' zei Ada en legde zijn handen in zijn schoot. 'En waarom is ijs voor pastoors?'

'Omdat die zichzelf moeten verwennen natuurlijk, aangezien niemand anders dat doet.'

Ada bleef hem even aankijken en knikte.

'Je houdt van hem, hè?'

'Natuurlijk houd ik van hem.'

Max' ogen werden plotseling een beetje vochtig. Met verbazing zag Ada het gebeuren. Zij wist niet wat zij er van denken moest, maar opeens kreeg zij een gevoel of zij de moeder was van die twee.

'Zeggen jullie alles tegen elkaar?'

'Alles.' Gelukkig vroeg zij niet, of hij meer van hem hield dan van haar. 'We vertellen elkaar zelfs, wat wij nooit aan iemand zouden vertellen. Dat is de vriendschap.'

9
De demonen

Toen de zon haar solstitium in de Kreeftskeerkring bereikte, bij het begin van de zomer dus, werd in Amsterdam een politiek-muzikale manifestatie georganiseerd, ter afsluiting van het onrustige seizoen en in blijde verwachting van nog onrustiger tijden. Sinds het oproer van het vorige jaar was Amsterdam, om met Onno te spreken, bezet door binnengerukte nederlandse troepen; geüniformeerde boerenzoons van christelijke komaf beheersten tijdelijk de stad, en aan de orde was nu haar bevrijding, waarna de onherroepelijke omverwerping van Nederland door Amsterdam zou volgen. Onder de organisatoren van het feest was blijkbaar iemand, die ooit een uitvoering van Ada en Bruno had gehoord, want ook zij waren uitgenodigd. Het zou haar eerste optreden in Amsterdam zijn, en al betrof het dan geen echt concert, het was toch een hele eer. Ada zag er tegenop haar soort muziek te spelen voor het publiek, dat daar te verwachten viel; maar zij moesten het er natuurlijk op wagen, en zij kreeg Bruno zo ver om de draad weer op te nemen. Iedereen zou er zijn, verzekerde Max haar. De politiek was het nieuwe volksvermaak, zoals dat sinds de oorlog niet meer had bestaan en zoals het niet gauw weerom zou komen; hij schatte de periode op 22 jaar: 1945, 1967, 1989... Vooraf ging Ada met de andere musici eten, Max zou zij na afloop in de artistenfoyer zien en dan bleef zij bij hem slapen.

Onno ging ook mee. Sinds hij op dood spoor zat met de Diskos van Phaistos, was hij zich geleidelijk meer voor politiek gaan interesseren; ten slotte hield ook Chomsky zich tegenwoordig meer bezig met politiek dan met taalkunde, dus hij was in goed gezelschap. Zijn instinctieve sympathie lag bij de anarchistische provocateurs en revolutionairen, net als die van Max, maar van huis uit wist hij dat die geen schijn van kans maakten met hun rabiate opvattingen. Nederland haatte radicaliteit; dat soort theorieën was in de moerasdelta van de Rijnmonding gelokaliseerd en onschadelijk gemaakt in de theologie, de praktijk was mercantiel loven en bieden, – Max, met zijn gevaarlijke uitheemse inborst, hoefde zich daar geen enkele illusie over te maken: Erasmus maakte hier de dienst uit, er was in Nederland maar één weg en dat was de middenweg. En in de politiek ging het om de macht, en om niets anders. Wat bleef er dan over? De sociaaldemocraten waren al net zo verstard als de christelijke partijen. Een splinterpartij als die van de communisten of de sociaalpacifisten dan? Maar dat was toch, neem me niet kwalijk, een ander slag mensen. Wel was er een nieuwe links-liberale partij opgericht, die een paar maanden geleden, bij tussentijdse verkiezingen, groot succes had geboekt en al met zeven man in de Tweede Kamer zat; maar ofschoon zij geleid werd door hetzelfde soort mensen als hijzelf, van dezelfde generatie ook, vond Onno die club te a-historisch; bovendien verdacht hij haar er van, uitsluitend formeel-staatkundige hervormingen te willen doorvoeren om sociaal-economische te voorkomen.

'Je gaat toch niet *echt* in de politiek, Onno?' vroeg Max, terwijl zij op weg waren naar de bijeenkomst.

Onzeker keek Onno hem aan.

'Zou het mijn noodlot zijn?'

'Noodlot? Dat bepaal je toch zelf?'

'Denk je? Jij bent in elk geval totaal ongeschikt voor de politiek, want daarvoor moet je uit een groot gezin komen. Het vak krijg je onder de knie in de strijd op leven en dood met je broers en zusters. Als je die leerschool van intrige en bedrog en intimidatie niet hebt doorlopen, wordt het nooit wat. Ik ben dus uitstekend gekwalificeerd, maar jij bent enig kind, jij hebt nooit hoeven vechten om de gunst van je ouders.'

'Dat heeft een haartje gescheeld. Ik heb een ouder broertje gehad, dat is de wiegedood gestorven.'

'Net iets voor jou. Jij duldt niemand om je heen. Maar zoals de zaken nu staan, ben jij alleen nog maar geschikt voor koning. Wie weet, als het zo doorgaat komt die betrekking ook nog vacant.'

'Dan zal ik jou onmiddellijk benoemen tot formateur van mijn eerste en enige kabinet, want daarna schaf ik de democratie af en roep de absolute monarchie uit.'

Onno kromde zijn rug en vouwde smekend zijn handen.

'*Euere kaiserliche und königliche, apostolische Majestät*, zoudt u niet misschien toch –'

'Dit is mijn laatste woord, de audiëntie is beëindigd, daar is de deur. Of liever: daar is het raam.'

'Sire, moet ik werkelijk...'

'Spring!'

'Verdomd,' zei Onno en richtte zich op, 'ik weet niet of je het weet, maar dat is de boheemse *defenestratie* die nu in jouw verziekte geest omhoog borrelt. In het Hradčany in Praag werden onwelgevallige politici altijd al uit het raam gegooid.' Misprijzend keek hij plotseling naar Max' elegante zomerpak met pochette. 'Voor een subversieve samenscholing ben jij wel heel slecht gekleed.'

'Robespierre volgde ook de mode van het Ancien Régime.'

'Ja, tot zijn hoofd van zijn kanten kraag werd gehakt.'

'En jij hebt je trui binnenstebuiten aan. Je ziet er belachelijk uit met dat etiket in je nek.'

'Jij zou zoiets met opzet doen.'

In de zijstraten stonden donkerblauwe politiebussen met gewapende provincialen, als geduldige katten wachtend naast het muizengat; bij de draaideur was groot gedrang. De theaterzaal, een provisorisch omgebouwd veilinglokaal, was versierd met rode vlaggen en posters van Marx, Lenin, Bakoenin, Mao, Ho-Tsji-Minh en natuurlijk *El Che*, de held der helden, die zijn cubaanse ministerspost had opgegeven en nu in de rimboe van vermoedelijk Bolivia deelnam aan de guerrilla, die moest leiden tot de bevrijding van het latijnsamerikaanse continent. Er heerste de genoeglijke drukte, waar iedereen langzamerhand verslaafd aan was. Tussen de gietijzeren pilaren van de overdekte wandelgang rondom stonden kramen, waar de revolutie in alle smaken en uitvoeringen werd aangeprezen: Moskou-getrouwe communisten, afgescheiden communisten, trotzkisten, anarchisten, maoïsten, de Socialistische Jeugd, de Rode Jeugd, de Studenten Vakbeweging, het Medisch Comité Nederland-Vietnam, Provo, de Vereniging Nederland-USSR, Nederland-DDR, Nederland-Polen, Nederland-Roemenië... Nederland-Heelal! De chicste stal op de jaarbeurs van de omwenteling was ongetwijfeld die van het Comité van Solidariteit met Cuba, want daar beschikte men over Ernesto Che Guevara zelf, wiens portret in de stad zelfs de etalages van betere herenmodezaken opsierde. Met een mengeling van spot en ontzag keek men naar de bekende schrijver, de illustere schaakgrootmeester en de vooraanstaande componist, die daar op eenvoudige keukenstoelen zaten en in gesprek waren met twee donker gekleurde mannen, zonder baard en sigaar weliswaar, maar ongetwijfeld cubanen. Ook waren overal spiedende kerels te zien met vertrouwenwekkende, opruiende, extreem-linkse lectuur onder de arm, maar wier kapsel en gelaatstrekken andere taal spraken: rechercheurs, Binnenlandse Veiligheidsdienst, spionnen van de reactie. Ook de gangpaden waren ten slotte gevuld met half over elkaar liggend publiek, en geleidelijk begon zich de metafysische zoetheid van hennepdampen te verspreiden.

De avond werd geopend door een gevierd studentenleider, Bart Bork, een socioloog, die het amerikaanse imperialisme veroordeelde en aanspoorde tot actie. Terwijl hij sprak waren zijn onderste oogleden op een vreemde, loerende manier opgetrokken tot zijn pupillen, wat een nogal bedreigende indruk maakte, maar iedereen kon zich er in schikken, aangezien die dreiging uitsluitend de vijanden des volks betrof. Hij sprak te lang, zoals vrijwel iedereen altijd, maar applaus beloonde hem, – waarna een ensemble muziek van Charles Ives speelde en vervolgens de zaal tot geestdrift bracht met militante melodieën van Hanns Eisler, hier na een doornroosjeslaap van veertig jaar wakker gekust door de tijdgeest.

Daarop verscheen een gast uit Berlijn achter de katheder, Rudi Dutschke zelf, en toen werd een andere toon aangeslagen. Hij was een jaar of zevenentwintig, klein, frêle, maar zoals een anker in de zeebodem slaat nam de fanatische blik van zijn donkere ogen onmiddellijk de hele zaal in zijn greep. Naast hem, voor een afzonderlijke microfoon, stelde een gezette dame van middelbare leeftijd zich op, die zijn moeder kon zijn en hem strak aankeek. Met een rauw stemgeluid begon hij te spreken, staccato, voor de vuist weg, na elke paar zinnen met zichtbaar ongeduld wachtend op de vertaling: het was duidelijk, dat het afremmen van zijn gedachten hem meer inspanning kostte dan het vormen er van. Met een theoretische furie die de praktische hollanders vreemd was, Marcuse, Rosa Luxemburg, Plechanov citerend, deed hij uit de doeken dat de radicale sociale verandering, subjectief niet gewild door de massa's, objectief steeds noodzakelijker werd. De laatkapitalistische arbeidersklasse, nog steeds uitgebuit tot en met het verlies van haar identiteit, berustte bewusteloos in haar relatieve welvaart en in de formeel-democratische structuren, die uitsluitend dienden om de gewelddadige aard van het imperialisme te verhullen. Hoe moest dan de buitenparlementaire oppositie van studenten en intellectuelen in de metropolen – die immers niet deelnam aan het produktieproces – haar isolering doorbreken en haar noodzakelijke massabasis scheppen? Hij vroeg het met een sierlijk gebaar van zijn smalle, sensitieve hand; de vertaalster imiteerde ook dat met haar beringde vingers. Die bevond zich uitsluitend in de Derde Wereld. Uitsluitend daar bevond zich het nieuwe proletariaat, niet verminkt door vals bewustzijn, – en alleen uit solidarisering met de bevrijdingsbewegingen in Azië, Afrika en Latijns Amerika, met als katalysator de huidige volkerenmoord in Vietnam, kon een praxis ontstaan als radicale negatie van het wereldkapitalisme, wat tegelijk de aanzet kon zijn van een nieuwe anthropologie, waarbij dan ook de pervertering van de revolutie in de Sovjet-Unie en haar satellieten vermeden kon worden, alwaar immers de dictatuur van het proletariaat eerst degenereerde tot de dictatuur van de bolsjewistische partij, vervolgens tot die van het bureaucratische staatsapparaat, en ten slotte tot die van één man, Stalin, met bijbehorende onderdrukking, brutaliteit, folter en wreedheid; dit alles als een demonstratie van het onderscheid – door Marx al gemaakt in zijn *Ökonomisch-philosophische Manuskripte* – tussen despotisch communisme en democratisch communisme.

Het was te snel gegaan voor de vertaalster, zij stamelde alleen nog wat over 'pervertering', 'Stalin', maar men had hem ook zo begrepen. Hij kreeg krachtige bijval, waarvoor hij zelfs niet met een hoofdknik bedankte, kwam het podium af om zich bij zijn kameraden op de eerste rij te voegen, – en plotseling was er een incident. Het ging zo snel, dat Max noch Onno het had kunnen volgen. Opeens was de duitse ideoloog onzichtbaar, tegen de grond gewerkt door een schreeuwende en trappende man, anderen schoten toe en de zaal kwam overeind. In het tumult riep iemand dat hij die kerel kende, een beruchte fascist uit Amsterdam-West, die hij gisteren nog bij de belgische grens had gezien, maar volgens een ander was het een partijcommunist uit Oost-Groningen.

'Als je twee zulke vijanden kunt hebben,' zei Onno laconiek, 'moet je gelijk wel onmetelijk zijn.'

Max' gedachten waren bij Ada, die zodadelijk moest optreden. Hij overwoog of hij naar achteren zou gaan om voor te stellen, dat het duo zou ruilen met het orkest dat het slot van de avond zou verzorgen, maar toneelknechten schoven al een vleugel het podium op en zetten een stoel en een muziekstandaard neer. Terwijl de nog steeds luidkeels scheldende aanvaller met pijnlijk verdraaide armen naar een zijdeur werd getransporteerd, verschenen Bruno en Ada met haar cello. Die aanblik had onmiddellijk een kalmerende uitwerking en iedereen ging zitten, voor zo ver men althans niet staan moest; de gastspreker scheen gelukkig weinig letsel opgelopen te hebben, want hij bleef in de zaal. Ada, nu in spijkerbroek en een wit overhemd uit Max' garderobe, nam de cello tussen haar benen en ordende de partituur, - zij zette de strijkstok op de snaren, keek Bruno aan, hief haar hoofd voor de inzet...

Janáček. Meteen bij de eerste klanken was het Max alsof er een scheur viel in al dat politieke en tijdelijke hier, een spleet, waardoor iets eeuwigs zichtbaar werd - alsof hij zich omdraaide in Plato's grot. Onno had gelijk met zijn opvatting over de muziek, zij was niet van deze wereld; en hij dacht aan wat de duitse activist nu dacht, zojuist nog geschopt en geslagen. Misschien aan Lenins woorden: 'Ook ik zou ontroerd willen worden door de Appassionata, maar het is geen tijd om ontroerd te worden door de Appassionata, het is een tijd om koppen af te hakken'. De muziek - misschien niet die van Eisler, maar die van Schubert of Janáček - was blijkbaar de stem van de zwartste reactie, aartsvijand van de progressieve mensheid, volksvijand nummer één. De zaal, daarnet nog in heftige beroering, luisterde als getraind concertpubliek. Velen hoorden ongetwijfeld voor het eerst in hun leven zoiets: terwijl thuis op de radio zulke saaie muziek meteen werd weggedraaid en vervangen door iets leuks, ontvingen zij nu de artistieke ridderslag.

Trots keek Max naar Ada, hoe zij boog en nog een keer teruggeroepen werd met Bruno.

'Wees jij maar heel zuinig op dat meisje,' zei Onno. 'Dat verdien jij helemaal niet.'

Iets daarvan was waar, vond Max. De hele avond al dwaalden zijn ogen af naar een achterhoofd op de derde rij, met weerbarstig krullend rood haar; de vrouw wie het toebehoorde scheen dat te voelen, want nu en dan keek zij opzij, niet direct naar hem, maar toch zo dat hij zich in de rand van haar gezichtsveld moest bevinden, want hij zag dat zij niet keek naar wat zij zag, maar dat zij zag waar zij niet naar keek: hem namelijk. Daar was niets aan te verhelpen. Dat moest gebeuren, of hij wilde of niet.

Vleugel en lessenaar waren verdwenen, en achter een lange tafel nam het forum plaats. Het bestond uit de linkse elite van het Cuba-

Comité, de schrijver, de schaker en de componist, aangevuld met een voornaam ogende oude dame, die in de spaanse burgeroorlog verpleegster was geweest bij de roden en nog steeds de nederlandse nationaliteit niet terug had gekregen. Voorzitter was een algemeen geacht journalist en publicist, ook niet meer zo jong, vroeger anarchist en nu wederom. Elk legde een korte verklaring af, waarna een discussie ontstond over de onderwerpen, die de rabiate duitser eigenlijk al uitputtend had behandeld. De oude dame vestigde de aandacht op het feit, dat het eerste belang van de farmaceutische industrie in een kapitalistische economie uiteraard was, dat de patiënten niet genazen, en het was duidelijk welke consequenties dat had voor de kwaliteit van de geneesmiddelen en dus voor de volksgezondheid, – waarop de seriële componist zijn handen boven zijn hoofd hief en de chinese geneeskunst loofde, die onder de bezielende leiding van Voorzitter Mao zelfs bij zware operaties kon afzien van narcose.

Op dat ogenblik kon Onno zich plotseling niet inhouden en riep:

'Hystericus! Jij bent binnen tien jaar zo rechts als een amerikaanse generaal!'

'Dat spreek ik tegen,' lachte de componist, – waarop Onno ging staan en waardig verklaarde:

'Ik wens niet te worden tegengesproken, ik wens te worden neergeslagen.'

De stemming begon er nu in te komen. Ook de schrijver kreeg een interruptie te verwerken. Toen hij met niet al te veel overtuiging zijn zorg uitsprak, dat de arbeiders de intellectuelen in de steek lieten, riep iemand:

'Donder toch op, man! Ga suikerriet kappen op Cuba.'

'Ik *heb* suikerriet gekapt op Cuba.'

'Ja, een tweehonderdvijftigste seconde – voor de fotograaf.'

Met een superieure glimlach leunde de schrijver achterover en deed er het zwijgen toe.

'Wat een kwal,' zei Max.

Onno knikte.

'Je lijkt wel wat op hem.'

Op dat moment stond in de zaal iemand op en zei met dreunende stem:

'Ik ben een arbeider!'

Alle hoofden draaiden zijn kant op. Inderdaad. Daar stond hij. Geen twijfel mogelijk: een arbeider. Zware industrie vermoedelijk. Hoogovens. Op zijn hoofd een alpinopet met een steeltje, zijn doorgroefde gezicht verwoest door de uitbuiting, zijn handen enigszins geopend naast zijn heupen, bereid ieder karwei te klaren. Hier en daar werd geapplaudisseerd; de oude dame boog zich over haar microfoon en nodigde hem uit, achter de tafel plaats te nemen. De voorzitter probeerde het nog te verhinderen, maar de arbeider was al op weg, met geheven kin, een diepe minachting uitstralend voor iedereen die geen arbeider was.

'Dat is een gek,' zei Onno. 'Dat zie je zo. Die heeft van zijn leven nog geen poot uitgestoken.'

Iedereen met ervaring wist, dat de avond nu in het honderd ging lopen. De arbeider keurde geen van de forumleden een blik waardig; hij trok de microfoon van de oude dame naar zich toe en begon met starre blik uiteen te zetten, dat de jezuïeten onder de straten en pleinen van Amsterdam een onderaards netwerk van gangen hadden aangelegd, om van daaruit op een dag meedogenloos toe te slaan. Ontelbare brieven had hij daarover geschreven aan het gemeentebestuur, aan de regering, aan de koningin, aan de Verenigde Naties, maar nooit...

'Ik dank u voor uw heldere betoog,' viel de voorzitter hem in de rede. 'En nu een heel ander onderwerp: de recente overval van Israel op –'

'Hou je mond jij als ik spreek,' zei de arbeider, zonder zelfs zijn hoofd opzij te draaien. Terwijl de forumleden elkaar verbluft aankeken en de stemming onder het publiek steeds uitgelatener werd, ging hij onverstoord verder: 'Het is niet toevallig, dat de generaal van de jezuïeten een nederlander is. Hij heeft zijn hoofdkwartier in

Spanje, dat sinds de Tachtigjarige Oorlog en de Inquisitie –'

Nu stond wederom iemand op in de zaal en riep:

'Schei toch uit, man, met die onzin!' Hij was het bewijs, dat ook veel vlees kon bijdragen tot geestelijk overwicht, want zelfs de arbeider zweeg nu. De overmatig dikke, kale man, een bekend restaurateur, wendde zich met uitgestrekte armen tot het publiek, dat hem met toejuichingen aanvuurde. 'Wat moeten we met die flauwe kul? Iedereen weet toch dat Amsterdam het Tweede Jeruzalem is, begenadigd met de verscherpte hyperbiogeometrische ethica van Dante, Goethe en koningin Esther met haar zesendertig essenen en zesendertig tsadikim, en met de nieuwe alles-vernieuwende messiaans-pythagorese wereldwiskunde, de oerwiskunde van de alwijsheid van de voorwereld, als uitleg van het Oude en het Nieuwe Testament, zijnde de nieuwe joodse harmoniewetten van de priemgetallen en priemtweelingen van Mozes, David en Salomo, – de nieuwe bio-algebra, bio-geometrie en bio-weeghconst van Willem de Zwijger, Spinoza, Erasmus, Simon Stevin, Christiaan Huyghens, Descartes en Rembrandt, en de nieuwe beeldende wiskunde van Teilhard de Chardin, Mondriaan, Steiner, Thomas van Aquino, Mersenne, Fermat, Aristoteles, Nicolaus Cusanus, Wittgenstein, Weinreb –'

Maar hij kreeg geen gelegenheid zijn lijst te voltooien: achter in de zaal vloog plotseling een deur open, waardoor de aanvaller van daarstraks weer naar binnen stormde.

'Waar is die vuile rotmof?' schreeuwde hij, verwilderd om zich heen kijkend. 'Geef hem hier en hij krijgt een doodschop!'

Daarmee werd plotseling een kritieke grens overschreden: de zaal kapseisde en verzonk in daverend gelach. De voorzitter kruiste zijn armen, leunde achterover en keek gelaten naar het pandemonium.

'Het is niet toevallig,' hervatte nu de arbeider onbewogen zijn onthullingen, 'dat prinses Irene drie jaar geleden rooms is getrouwd met een franse gluiperd die koning van Spanje wil worden.'

'Augustinus!' riep de restaurateur. 'Einstein! Euclides!'

'Geef hier die schoft! Ik sla zijn kop er af!'

'Prinses Beatrix moet koningin van Israel worden!'

'Goed idee! Republiek! Republiek!'

En kort daarop bewees de leiding een goede inval te hebben gehad, want blazend op saxofoons, trompetten, klarinetten, fagotten, tuba's traden van twee kanten de musici uit de coulissen – met een luide maar langzame, vreemdsoortig-oriëntaalse melodie, terwijl tegelijkertijd achter uit de zaal, over het middenpad, een man met een schaap op weg bleek naar het podium.

'Een schaap! Een schaap!'

Het was niet duidelijk wat er bedoeld werd, iets met een symbolisch offer misschien, maar de schok was groot, – en het kon zijn dat Max de enige was, die opeens tranen in zijn ogen had bij de aanblik van dat verschrikt trappelende dier, de peilloze ernst daarvan, en de innigheid waarmee het verbonden was met de boer die het leidde, en die misschien al wist dat het straks zou sterven aan een shock.

10
De zigeuners

In het gedrang na afloop zag Max kans, nog snel een afspraak te maken met de roodharige op de derde rij, waarna hij naar de artistenfoyer achter het toneel ging. Ook andere publieke figuren hadden zich daar toegang weten te verschaffen. Bij de bar stond een lange, hoogblonde jongeman in een regenjas en met een paraplu: de 'regenmaker' van de voormalige provo-beweging, die langs magische weg voor neerslag zorgde als dat de politie kon hinderen; lachend luisterde hij naar een bleke jongen met een verband om zijn voorhoofd: met een tandartsboor had hij een gaatje in zijn schedel gemaakt, zodat hij, naar hij in interviews verklaarde, door die nieuwe fontanel onafgebroken zo high was als een baby. De schrijver zat nog nahikkend van het lachen aantekeningen te maken. In het voorbijgaan hoorde Max hem tegen de schaker zeggen, dat zij nog wel eens terug zouden denken aan deze tijd; maar de grootmeester boog zich afwezig over een zakschaakspel, waarmee hij misschien een variant doorspeelde voor zijn komende match met Smyslov, in Palma de Mallorca.

Ada zat aan een grote ronde tafel met Bruno, een paar andere muzikanten, de componist uit het forum, studentenleider Bart Bork en Onno. Hij kuste haar en ging naast haar op dezelfde stoel zitten.

'Gefeliciteerd,' zei hij. 'Jullie waren de enigen, die de zaal echt plat hadden. Ben je moe?'

'Doodmoe. Ik wil niet zo lang blijven.'

Max stak zijn hand op naar Bruno, die hem met uitgestreken gezicht toeknikte. Zij hadden elkaar een paar keer ontmoet, maar zonder dat het tot een gesprek was gekomen.

Onno lichtte de componist toe waarom hij, als een tweede Richard Wagner, over tien jaar zo rechts zou zijn als een amerikaanse generaal, en dat hij, als alle maoïsten, op zijn sterfbed de Heilige Moederkerk zou omarmen, aangezien dat was wat hij eigenlijk zocht: de Heilige Vader.

'Kameraad Konijn is voor jou maar een opstapje.'

'Kameraad Konijn?'

'Dat is wat *mao* betekent in het chinees. Maar troost je, dat is daar ook de naam van een sterrenbeeld. Ik daarentegen,' zei hij, 'word na de revolutie president van de nederlandse volksrepubliek, en in die functie ga ik op staatsbezoek naar Peking.'

Met enigszins voorovergebogen hoofd keek Bork hem vanuit zijn ooghoeken aan.

'Na de revolutie,' zei hij langzaam, 'word jij strandjutter op Ameland.'

Geschokt beantwoordde Onno zijn blik. Daar zat iemand die iets meende. Het was of hij de opmerking in zich weg voelde zakken, zoals een in de gracht gegooide revolver door het troebele water naar de modder daalt. Ging het *die* kant op? Stel je voor, die Bart Bork kreeg het voor het zeggen! En als het allemaal niet doorging, wat toch het waarschijnlijkste was, Nederland kennende, wat zouden figuren als hij dan ondernemen? Hoe zouden zij dat verwerken? Nu werden zij nog gedragen door massale, goedgehumeurde welwillendheid – maar als dat wegviel en zij waren plotseling alleen? Wat deden zij dan in hun wanhoop? Veranderden zij dan in terroristen? Hij was geschrokken. Moest hij niet inderdaad in de politiek gaan om ook daar iets aan te doen?

'Onno, help eens even.'

Max, Ada en Bruno waren opgestaan en praatten met een van de beide cubanen. Opgelucht schakelde deze van zijn moeizame, amerikaanse engels over op het spaans, of liever op het slordige latijnsamerikaans dialect in zijn cubaanse variant. Hij was zeer onder de indruk van het duo en nu wilde hij het adres hebben van de nederlandse muzikantenbond; misschien deed zich eens de gelegenheid van een uitnodiging voor, maar de *compañera* wilde alleen haar eigen adres geven. Zijn machtsinstinct had hem blijkbaar gezegd, dat hij bij Ada moest zijn en niet bij Bruno. Via Onno legde Ada uit, dat zij niets met een dergelijke instantie te maken had, zo zat het muziekleven in Nederland niet in elkaar, en met enige bevreemding noteerde de cubaan nu haar naam en adres.

'Dat zou mooi zijn,' zei Max, toen hij verdwenen was.

'Ik ken dat,' zei Bruno. 'Daar hoor je nooit meer iets van. Die wil alleen maar de bink uithangen.'

'Denk je nu echt,' vroeg Ada, 'dat wij een uitnodiging krijgen om naar Cuba te komen? Er zijn duizenden betere duo's.'

'Maar die treden niet op bij linkse manifestaties.'

'Moet het allemaal nog zien, ik wil er helemaal niet aan denken. Vind je het goed als we naar huis gaan?'

Er werden al stoelen op tafels gezet, iedereen maakte aanstalten om op te stappen. Bruno zei, dat hij nog de stad in ging: er trad een zigeunerorkest op dat hij wilde horen. Ada keek naar Max.

'Ik zie aan je gezicht dat je mee wilt. Ga gerust, ik ga toch slapen.'

'Mag ik ook mee, mag ik ook mee?' jengelde Onno als een kleine jongen, met opgestoken wijsvinger.

'Ja, schat,' zei Max, 'jij mag ook mee.'

'Zeg!' riep Onno. 'Ben jij helemaal krankzinnig geworden!'

Max gaf Ada de huissleutel, en terwijl hij haar strak aankeek zei hij:

'Ga de stoeptreden op en tel tot vier. Helemaal rechts vind je dan een halve baksteen, die los zit. Til hem op, leg de sleutel neer en doe de steen op zijn plaats.'

*

Het zigeunerorkest speelde in een donkere bar achter het Rembrandtplein. Bruno bleek de muzikanten te kennen. Hij begroette de *primas*, die, gevolgd door de tweede viool, tussen het publiek door liep, en zwaaide naar de cimbalist en de bas in de hoek. De tweede violist hief vragend zijn instrument omhoog, waarop Bruno het van hem overnam en zich ontpopte als een zwierige *Stehgeiger*, die geen moeite had met de csárdás en zelfs niet met het roepen van 'Hop hop!'

Meteen toen Max de klanken hoorde, smolt er iets in hem. Niemand hoefde hem iets te vertellen over de status van deze muziek en haar verhouding tot, bij voorbeeld, *Die Große Fuge*: dat werd al uitgedrukt door die glimmende hemden met hun wijde mouwen. Maar tegelijkertijd verschool zich iets er in, dat ook bij Beethoven niet voorkwam, en ook niet bij Bach, en dat hij al ervoer wanneer hij thuis op zijn vleugel de zigeunertoonladder speelde, de harmonische met haar verhoogde vierde toon: die middeneuropees-joods-zigeunerachtige *snik*, die hem weerloos maakte.

Er werd nu een langzaam nummer gespeeld, de primas boog zich bij hun tafel over hem en Onno heen, als de vrienden van zijn vriend. Hij was een jaar of vijftig; in zijn abnormaal grote, vlezige gezicht waren de bovenste oogleden dik en zwaar van melancholie, als luifels, zodat hij ze nauwelijks boven de pupillen uit kon tillen. Voor zijn oren groeide zijn zwarte haar door tot zijn onderkaak: een *façon*, die in Max' studententijd 'neuklatten' werd genoemd, aangezien het vrouwvolk zich daaraan vast kon houden tijdens de werkzaamheden. Onno, die minder de muziek maar weer de bedreiging met het strandjutterschap hoorde, wendde zich gegeneerd af en stak een sigaret op, – maar Max, onafgebroken de blik van de violist beantwoordend, moest plotseling aan zijn vader denken.

Ook die had naar deze muziek geluisterd, ter plekke, in oostenrijks-hongaarse contreien, Wenen, Praag, Boedapest, toen hij van

Nederland alleen nog vaag had gehoord, zoals zijn zoon nu van IJsland: iets ver weg, Ultima Thule, waar hij bij gelegenheid wel eens een paar dagen wilde doorbrengen. In zijn getailleerde, bordeauxrode, habsburgse uniform met de siersabel, aan elke arm een uitdagende vriendin, een fles tokayer op tafel, had hij in 1914 naar de vader van deze violist geluisterd in een of ander Café Hungaria, zijn gedachten rondrennend binnen de sombere heksenkring, waaruit zij zich nooit konden bevrijden, terwijl inmiddels Oostenrijk de oorlog verklaarde aan Servië – *Serbiën muß sterbiën!* – en in Brussel de moeder van zijn zoon voor het eerst naar school ging...

Toen het nummer uit was, bestelde Max een fles witte wijn voor het orkest, en hij vroeg Bruno welke taal de leider sprak: hij wilde hem iets zeggen. Volgens Bruno waren het alleen een paar woorden duits.

'Onno?'

'Als je maar niet denkt, dat ik de vijfenzestigduizend dialecten van die lui beheers.'

Hij probeerde het in het hongaars, maar dat leidde tot niets, waarop hij het over een andere boeg gooide, en plotseling brak het gezicht van de violist open in een brede lach. Hij legde een hand op Onno's schouder en wendde zich in dezelfde taal tot zijn vrienden, die 'Bravo!' en 'Hop hop!' riepen.

'Wat sprak je nu?' vroeg Max.

'Geen idee. Een soort servokroatisch, geloof ik. Hij verstaat het in elk geval. Wat wou je hem zeggen?'

Op dicteersnelheid zei Max:

'Zeg hem, dat ik zigeuners heilig acht omdat zij het enige volk op aarde zijn, dat nooit een oorlog heeft gevoerd.'

Onno deed wat hem gevraagd werd en de lach verdween van het grote gezicht.

'Dat was het?'

'Nee. Zeg hem dat zij, omdat zij als enigen geen moordenaars zijn, door iedereen voor dieven worden uitgemaakt, maar dat wij hun zelfs hun dood hebben ontstolen.'

'Wat bedoel je daarmee?'

'Dat zij net zo vergast en uitgeroeid zijn als de joden, maar dat dat weggemoffeld wordt om ze te kunnen blijven chicaneren, ook in Nederland.'

'Weet je zeker dat ik dat moet zeggen?'

'Ja.'

De uitwerking was verpletterend. Met zijn instrument onder zijn arm bleef de violist Max aankijken, terwijl zijn ogen volstroomden met tranen. Hij draaide zich om en riep met verstikte stem iets naar de anderen, dat Onno vertaalde als: 'Roma! Verzamelen!' Ook de bassist kwam nu, en ook de cimbalist met zijn instrument, waarvoor gasten moesten opstaan en tafels opzij geschoven moesten worden; de tweede violist nam zijn instrument weer over van Bruno. Even later had het orkest zich in een halve cirkel om Max gegroepeerd, waarop zij voor hem begonnen te spelen en te zingen – in hun eigen taal, zoals Onno vermoedde: een of andere nieuw-indische variant van het hindi, zo te horen, met ontleningen aan het iraans, het armeens, nieuwgrieks, zuidslavisch en de hemel mocht weten wat nog meer.

Men kan iemand die op een stoel zit omringen en vernietigen met bedreigingen, met slaag, met elektriciteit, maar hier werd iemand afgebroken met dankbaarheid in de vorm van muziek. Max huilde – voor de tweede keer die avond. Met een verontschuldigend gebaar keek hij even naar Onno, die zag dat de muzikanten hem nu meedogenloos terugdrongen naar zijn oorsprongen, zonder te beseffen wat zij deden. Het was Onno totaal vreemd wat er gebeurde, een muzikaal schandaal was het, liefst zou hij er onmiddellijk een eind aan maken, maar dat was natuurlijk uitgesloten. Aan de andere kant nam zijn affectie voor Max nog grotere proporties aan. Wat was dat voor man, die met een paar woorden een kitscherig strijkje in een achterafstraat veranderde in een ensemble, dat een *Missa Solemnis* voor de doden celebreerde? Hij keek naar Bruno, en zag op diens gezicht een uitdrukking die zei: Ada komt hem toe.

Na afloop van de litanie hief Max zijn handen op in een ritueel gebaar van dank. De muzikanten trokken zich terug, hij nam een slok van zijn sinaasappelsap en zei omgewoeld:

'Het is vandaag precies eenentwintig jaar geleden, dat mijn vader werd geëxecuteerd.'

Toen Bruno dat hoorde, stond hij op en ging weg. Onno wilde zijn glas naar zijn mond brengen, maar hij zette het weer neer. Daar had je het. De zigeuners waren op de kern gestoten. Nu moest er heel omzichtig gemanoeuvreerd worden, - maar hij kon zich toch niet weerhouden om te vragen:

'Heb je een kaars voor hem aangestoken?'

'Ik denk er nu pas aan.'

'Kun je je nog herinneren, dat je het te horen kreeg?'

'Nauwelijks. Ik was twaalf. Ik geloof ook niet dat het me veel deed. Op mijn zesde had ik hem voor het laatst gezien.'

Onno knikte. Wat nu? Max was er over begonnen - hij mocht er nu niet mee alleengelaten worden.

'Heb je de kranten uit die dagen wel eens opgeslagen? Heb je je in zijn proces verdiept?'

'Dat is nooit in mijn hoofd opgekomen. Ik weet vrijwel niets van hem, zelfs niet waar hij precies geboren is, of op welke dag. Ik heb altijd het gevoel gehad, dat ik het mijn moeder niet kon aandoen om mij voor mijn vader te interesseren.' Nadenkend keek hij naar de *primas*, die inmiddels weer tussen de tafeltjes door liep, zich vioolspelend over dames boog en diepe blikken in decolletés liet dalen, terwijl heren die wisten hoe het hoorde, bankbiljetten in de lengte opvouwden en als stembiljetten in zijn wijde mouwen lieten glijden. Bruno was bij de cimbalist gaan zitten. 'Is het je wel eens opgevallen, dat mensen vaak veel weten van dingen waar ze weinig mee te maken hebben, maar weinig van de dingen waar ze veel mee te maken hebben? Mensen die in kampen hebben gezeten, weten niets van de structuur van Himmlers *Reichssicherheitshauptamt*, maar ik weet het tot in details, ik kan het je zo uittekenen. Maar ik heb geen idee, hoe bij ons de Eerste Kamer wordt gekozen.'

'Dat zal ik je dan wel eens uitleggen.'

'Natuurlijk. Maar jij bent erfelijk belast.'

'Een waar woord. Jij niet, natuurlijk.'

'Jij weet alles van talen, maar wat heb je daarmee te maken? Ik weet alles van sterren, maar wat heb ik daarmee te maken?'

'Ogenblik. Je bent toch niet zo onnozel dat je denkt, dat jij meer te maken hebt met de Eerste Kamer dan met het *Reichssicherheitshauptamt*?'

Max zweeg. Het gesprek verwarde hem nog meer. Vijf jaar geleden had hij van dag tot dag het Eichmannproces in Jeruzalem gevolgd: die man met het asymmetrische gezicht in zijn glazen kooi, als een mechanische pop uit een verhaal van E.Th.A. Hoffmann; van de stroom boeken die toen over het nazidom verscheen had hij er een dozijn gelezen. Natuurlijk had hij daarbij ook aan zijn vader gedacht, en aan diens eigen proces; maar zelfs het besef dat er nog kranten uit 1946 bestonden, was niet in hem opgekomen. Op een of andere manier leefde hij in de veronderstelling, dat dat allemaal in het verleden verdwenen was, vermalen door de tijd. Zelfs van het proces Loeb-Leopold wist hij meer. Maar alles was er natuurlijk nog!

Hij keek op.

'Zal ik je eens wat zeggen? Morgen wil ik het zien. Eens moest het er toch van komen. Op het Persinstituut hebben ze al die oude kranten natuurlijk. Ik zou graag willen, dat je meegaat.'

Onno dacht even na.

'Misschien kunnen we het ook iets grondiger aanpakken. Ik denk dat zijn dossier tegenwoordig in het Rijksinstituut voor Oorlogsdocumentatie ligt. Als wij daar eens heen gingen?'

'Is dat openbaar, denk je?'

'Natuurlijk niet. Maar jij bent toch de vreselijke zoon van die vreselijke vader? Bovendien ben je de zoon van je vermoorde moeder. Als ze weerspannig zijn, schakel ik mijn afzichtelijke broer in, of desnoods mijn vader zelf, en dan wil ik ze nee horen zeggen. Maar omdat ze dat allemaal weten, is het eigenlijk al gebeurd voordat het gebeurd is.'

*

Zij namen afscheid van Bruno, en Max bracht Onno tot zijn voordeur, waar zij afspraken dat Onno hem de volgende ochtend om tien uur zou afhalen. Max zou 's ochtends vrijaf nemen. Het leek hun beter, het instituut niet van te voren op te bellen voor een afspraak, want dat zou aangegrepen kunnen worden om de zaak op de lange baan te schuiven.

Op weg naar huis voelde Max even aan zijn pols, – te snel, maar niet onregelmatig. Morgen ging hij zijn verleden opruimen. Hij bezat zelfs geen foto's van zijn ouders, alles was verloren gegaan bij hun arrestaties. Zijn moeder kon hij zich nog goed herinneren: een jonge, vrolijke vrouw, in kamers, aan de piano, op straat, in het park, op het linker borstpand van al haar kleren een davidster genaaid, met in honende, quasi-hebreeuwse letters het woord *Jood*. Hij herinnerde zich dat zij lachend zei, met een soort armzalige triomf: 'Hij is helemaal niet geel, hij is oranje!' Maar zijn vader stond hem in niet meer dan één, verstarde scène voor de geest. Op *Heiligabend* – dat in Nederland onbekend was, maar dat zij in centraaleuropese trant plachten te vieren – had hij opdracht gekregen, in zijn kamer te blijven tot de kerstboom was versierd en de kaarsen waren aangestoken. Zijn vader was even min gelovig als zijn moeder; het enige christelijke aan zo'n heidens-germaans zonnewendesymbool als een versierde boom met lichtjes, had hij later beseft, was dan ook het ruw getimmerde houten kruis, dat hem overeind moest houden, – maar dat werd nu juist weggemoffeld onder rood crêpepapier, waarop de cadeaus kwamen te liggen. Misschien was er ruzie, of ongeduld, of irritatie, in elk geval dacht hij dat hij geroepen werd. Hij ging de kamer in, en daar etste het zich in zijn geheugen: zijn vader naast de kerstboom, staande op een stoel; in zijn hand de glinsterende ster voor de top; in zijn lichtende blauwe ogen, uit peilloze hoogte op hem neerkijkend, een blik zo koud als vloeibare lucht...

In het portiek bij zijn voordeur tastte hij in zijn zak naar de huissleutel, en herinnerde zich toen dat hij hem aan Ada had meegegeven. Hij ging twee stoeptreden af en tilde de halve baksteen op. In de donkere holte glansde de sleutel, zoals Ada nu boven in zijn bed lag te slapen.

II
Het proces

Ada was een paar keer half ontwaakt, ook toen Max naast haar kroop, – en toen de zon al op de gordijnen scheen, raakte zij verstrikt in een gecompliceerde droom: –

Op de achterbank van een auto ligt een oude, vermagerde man in haar armen, tegen haar wang voelt zij zijn witte stoppelbaard. Zij probeert hem van zich af te duwen, maar het probleem is, dat de bovenste knoop van zijn verkreukelde regenjas een knoop van de jas van de moordenaar is, en tegelijk een knoop van haar eigen jas. Het draait er op uit, dat zij de kerker in moet die zich onder het Saturnusplein uitstrekt; wie het eenmaal weet, kan het zien aan de vorm van het plein. In een grote, duistere ruimte vol trappen, hangbruggen, gewelven, balustrades, neerhangende kabels en kettingen moet zij in een kooi van houten latten, maar dan zit het tribunaal al klaar. De opperrechter in het midden toont een rechthoekig, zilveren medaillon, of misschien is het een doosje met een kleinood, even later begint een groep vrome joden in gebedskledij klaaglijk te zingen. Daarmee heeft religieuze verwarring haar intrede gedaan. Plotseling heeft zij een glas champagne in haar hand en een zegenende priester in habijt denkt, dat het tot de eredienst behoort; dan moet zij een lange, steile trap naar boven beklimmen, maar om een of andere reden kan zij de treden niet op. Als zij zich omdraait, ziet zij een oude vrouw in boeddhahouding over een diagonale baan door de ruimte schuiven, of zweven, voor de zoveelste keer vertellend over de geheimen van het verleden...

Zij werd wakker van Max' strelende hand op haar buik. Hij had een erectie maar was nog half in slaap: die erectie telde niet, die zou hij ook zonder haar gehad hebben. Hij kreunde.

'Eerst koffiezetten,' zei zij en keek op haar horloge. 'Zeg, het is al bijna half tien, moet je niet naar Leiden?'

'Ik neem een ochtend vrij.'

Zij trok de gordijnen open en ging naakt naar de kleine keuken. Over de bomen scheen de ochtendzon naar binnen, beneden in het park had een jogger zijn hiel op de rugleuning van een bank gelegd en probeerde nu zichzelf doormidden te breken. De geur van koffie en roosterend brood, vogelgezang in de bomen, verder weg het ruisen van het verkeer. Alles was in orde. Binnen had Max de radio aangezet voor het nieuws; zij hoorde hem opbellen, naar de sterrenwacht vermoedelijk. Straks zou hij haar naar Leiden brengen en dan zou zij hem weer een paar dagen alleen tussen de middag zien. Elke keer als hij met zijn auto om de hoek was verdwenen, kreeg zij het gevoel of hij er nooit was geweest en er ook nooit meer zou zijn, - maar waar lag de bron van dat gevoel van afwezigheid: in hem of in haar?

Toen zij met het ontbijt de kamer in kwam, zat hij in kleermakerszit op het bed, wat haar vaag deed denken aan iets dat zij had gedroomd, maar dat kon zij niet achterhalen. Snel als een windvlaag zag zij zijn blik over haar lichaam glijden, waardoor zij zelf pas besefte dat zij zo naakt was als hij; maar zelfs naakt leek hij nog steeds beter gekleed dan zij ooit zou zijn. Hij had een atletisch figuur, nergens door sport of ander geweld misvormd tot proporties die bedoeld waren om vrouwen te imponeren, maar die uitsluitend indruk maakten op mannen; zijn huid was zo zacht en fluwelig als die van een kind.

Met gekruiste benen zaten zij tegenover elkaar op het bed, het dienblad tussen hen in, smeerden marmelade, beten in toast, dronken koffie, lepelden eieren, terwijl hij nu en dan op een vanzelfsprekende manier zijn hand even tegen haar vagina legde, alsof dat bij de handelingen van het ontbijt hoorde. De erectie, die hij geleidelijk kreeg, beviel haar beter dan de vorige – al verbaasde zij zich ook nu weer over de afmetingen, die de dingen in dit ondermaanse konden aannemen. Terwijl hij vertelde over de zigeuners, vlijde zij zacht haar handen om zijn koele scrotum, alsof zij het woog.

'*Seid umschlungen, Millionen,*' zei zij.

Zijn blik brak een beetje, maar kennelijk had hij besloten zich niet te haasten.

'Ze kwamen allemaal om mij heen staan...' zei hij met iets dronkens in zijn stem. 'Ik zat als het ware in het brandpunt van een holle spiegel...'

Hij stokte. Zij hielden nu allebei hun handen in elkaars kruis, en Ada voelde dat hij voelde hoe vochtig zij werd. Terwijl hij haar bleef aankijken kromde zijn rug zich iets, alsof het pijn deed; zij begon te glimlachen. Hij zette het dienblad op de grond en gleed steunend en met wegdraaiende ogen over haar heen, zijn tong en zijn penis diep in haar verzinkend.

'Langzaam,' hijgde hij, 'langzaam...'

Hij zei het tegen zichzelf, want zij wilde niets liever. Traag bewogen hun lichamen over het bed, andante maestoso, – het was haar of zij in zee op de golven deinden, geleidelijk onder water zakkend, waar dezelfde beweging heerste maar steeds meer afgesloten van de buitenwereld, van de lucht, het licht, – zonder geluid, steeds donkerder blauw, violetter...

De bel ging.

Het net werd opgehaald. Max' beweging stopte; hij leunde op zijn ellebogen en keek op zijn horloge.

'Laat toch bellen,' fluisterde Ada met gesloten ogen.

'Dat is Onno. We hadden afgesproken.' Snel maakte hij zich van haar los, haar armen gleden van hem af en hij ging naar de intercom in de gang. 'Onno?' hoorde zij hem roepen. 'Ik kom er aan. Eén minuut.' Haastig kwam hij de kamer in en deed de kleerkast open. Toen hij haar zag liggen, nog met gespreide benen, zei hij: 'Maak jezelf maar klaar,' – en verdween naar de badkamer.

Ada verstarde. Wat had hij gezegd? Zij kon niet geloven dat hij gezegd had, wat zij had gehoord. Had hij werkelijk gezegd, dat zij zichzelf maar klaar moest maken? Had hij dat gezegd? Dat zij zichzelf klaar moest maken? Met grote ogen van verbijstering keek zij naar het plafond, niet in staat zich te verroeren. Was het denkbaar, dat hij zo bot was geweest?

'Max...' begon zij, toen hij aangekleed in de kamer verscheen, – maar gejaagd drukte hij een kus op haar voorhoofd en zei: 'Ik zie je tussen de middag, dan vertel ik het je wel, tot straks.'

Even later hoorde zij de snelle roffel waarmee hij de trap af rende; vervolgens, zachter, de roffel op de volgende trap; op de laatste trap kon zij hem niet meer horen; door het open raam kwam toen de slag van de voordeur.

Stilte.

Verdwaasd ging zij op de rand van het bed zitten. Nog steeds was het niet helemaal tot haar doorgedrongen, maar zij wist dat dit het einde was. Dit was nooit meer goed te maken: het was of zij opeens de tronie van Mr. Hyde had gezien op het gezicht van haar Dr. Jekyll. *Maak jezelf maar klaar.* Zij wist niet wat zij gingen doen, die twee, maar had dat niet een kwartier kunnen wachten? Had hij Onno niet even naar het café kunnen sturen? Die haast kwam niet door een of andere urgentie, maar omdat het *Onno* was die aanbelde. Hij kon *Onno* niet laten staan, hij was panisch dat hij zich dan misschien voorgoed van hem zou afwenden. Onzin natuurlijk, maar zelfs dat was misschien nog te begrijpen. Ook was het niet zo, dat zij niet kon verdragen dat Onno in bepaalde opzichten belangrijker voor hem was dan zij; maar de hondse manier waarop hij op haar ziel had getrapt, was onverdragelijk. Een klap in haar gezicht was minder erg geweest.

De badkamer was nog warm en vochtig van zijn douche. In het stromende water leek het even of het van haar af viel, maar terug in de kamer was het er weer. *Maak jezelf maar klaar.* Alsof het ging om het klaarkomen. Zelf was hij ook niet klaargekomen. Plotseling nijdig begon zij zich aan te kleden, – maar toen zag zij hem weer uit het niets op de treden uit het antiquariaat verschijnen. Hield zij van hem? Daar was zij niet zeker van; misschien was het dus niet zo. Misschien wist je het zeker als je van iemand hield, maar dan had zij nog nooit van iemand gehouden, en misschien moest zij zich er bij neerleggen, dat dat ook nooit zo zou zijn. Alleen dat zij van muziek hield, wist zij zeker. Toch had zij misschien wel een kind van hem willen hebben. Een enkele keer had zij met de gedachte gespeeld te stoppen met de pil, waarna zij wel verder zou zien. Het denkbeeld van een kleine Max, of Maxima, ronddribbelend door de kamer, maakte haar week als een uit elkaar vallend klontje suiker in een kop hete thee: daarvan zou zij in elk geval gehouden hebben. Maar ook haar muzikale carrière kwam dan op losse schroeven te staan, dus van een kind kon geen sprake zijn. Allicht wist zij dat hij ook andere meiden beklom, – de tekenen daarvan in zijn appartement, de blonde haren, de peuken met lippenstift in de vuilnisbak, ontgingen haar natuurlijk niet. Maar dat kon haar niet zo veel schelen, want zij wist ook, dat hij die vrouwen al vergeten was eer hij ze had gezien. Alleen, nu was er iets onherroepelijks gebeurd.

Zij keek rond. Het was afgelopen. Zij ging aan zijn lege, opgeruimde schrijftafel zitten en trok de laden open, waarin hij zijn 'kantoorboekhandel' had, zoals hij het noemde: papier in alle formaten en uitvoeringen, tientallen schriften en cahiers, van minuscule aantekenboekjes tot machtige folianten met verstevigde hoeken, bloknoots in alle denkbare soorten, ook met geel en lichtblauw papier uit de Verenigde Staten, blanco, gelinieerde, geruite systeemkaarten in zorgvuldig gerangschikte pyramiden, genoeg voor een heel leven. 'Wat het papier betreft,' had hij eens gezegd, 'zie ik de Derde Wereldoorlog met vertrouwen tegemoet.' Zij nam een eenvoudig vel schrijfmachinepapier en legde het op het blad. Uit de pennenbak nam zij een geel potlood met een gummetje er aan en staarde nadenkend naar de museale rij instrumenten op de rand van zijn bureau: de magneet, het prisma, de zandloper, de zakspiegel, het liniaal, de loupe, het kompas, de stemvork...

*

De ambtenaren van het Rijksinstituut voor Oorlogsdocumentatie keken vreemd op, toen zij opeens een Quist en een Delius voor zich bleken te hebben. Toch was het niet vreemder dan het feit, dat hun eigen buurman aan de Herengracht het duitse Goethe Institut was. In elk geval leek het hun een zaak voor de directeur zelf. Via eikenhouten trappenhuizen en marmeren gangen, ontsierd door stellages met mappen, werden Max en Onno naar zijn stille kamer aan de achterkant gebracht, met uitzicht op de zeventiende-eeuwse, geometrisch aangelegde tuin.

Hij zat te schrijven in een bloknoot en keek op. Zij kenden zijn gezicht. Op de televisie had hij een paar jaar geleden een reeks programma's over de duitse bezetting gemaakt; nu was hem opgedragen, die periode van dag tot dag te boekstaven, wat twintig dikke delen zou gaan beslaan. Aan zijn droefgeestige gezicht was te zien, dat hij niets niet wist van de oorlog, die hij zelf in Londen had doorgebracht; dat rouwproces, dat drie keer zo lang als de oorlog zou gaan duren, had hij op zich genomen omwille van zijn tweelingbroer, die niet naar Engeland had kunnen ontkomen en was vergast. In een paar korte zinnen vertelde Max zijn eigen geschiedenis, die weer anders was.

'Het komt er op neer,' besloot hij, 'dat mijn vader de kogel heeft gekregen, omdat hij mijn moeder de dood in heeft gejaagd.'

'Ik weet het, meneer Delius, ik weet het.'

'Maar hij blijft toch mijn vader. Ik zou graag zijn dossier eens inzien.'

De directeur knikte.

'En waarom wilt u dat juist nu?'

Moest hij hem vertellen over de zigeuners? Maar ook dat was natuurlijk niet de reden.

'Misschien omdat de tijd gekomen is.'

'Wel,' zei de directeur, 'ik zie eigenlijk niet in wat er tegen zou zijn. We leven trouwens in een tijd van openheid en democratisering, als ik het goed begrepen heb. En u, meneer Quist, wat is uw rol hierin? Mag ik u trouwens nog feliciteren met uw eredoctoraat? Wij doen eigenlijk allemaal hetzelfde, nietwaar?'

Onno was even sprakeloos.

'U vergeet dus nooit iets.'

'Daar is men historicus voor.'

'Ik ben hier uitsluitend als vriend.'

'Dat is mij voldoende,' zei de directeur en nam de telefoon. 'Adriaan? Ik heb hier de heren Delius en Quist. – Wat zeg je? – Ja, inderdaad. Het gaat om de zaak Wolfgang Delius. Neem even tijd en wees ze behulpzaam, ik stuur ze nu naar je toe.'

Max had zijn vaders voornaam niet genoemd; het schokte hem, deze zo vanzelfsprekend uit de mond van de directeur te horen. Zij kregen uitgelegd waar zij heen moesten, en bij het afscheidnemen zei de directeur tot Onno:

'De groeten aan uw vader.'

Toen de deur dicht was, zei Onno zacht:

'Nu belt hij *weer*. Nu worden er instructies gegeven.'

'Wat voor instructies?'

'Over wat wij niet te zien mogen krijgen.'

'Wat kan er dan erger zijn dan wat wij al weten?'

'Niets. Maar er zijn natuurlijk ook andere reputaties in het geding, niet iedereen is gefusilleerd.'

Uit de blikken die zij op de gangen ontmoetten, bleek dat het bericht van hun aanwezigheid zich al door het gebouw had verspreid. De ambtenaar, Adriaan voor de directeur, legde de hoorn op de haak toen zij binnenkwamen: een gedrongen, iets gebogen man van in de vijftig, met een rond gezicht en een borende blik, die zich voorstelde als 'Oud'. Zonder verdere plichtplegingen vroeg hij hun plaats te nemen, vervolgens ging hij naar de kelder voor de stukken.

Naast elkaar zaten zij aan een lange tafel met overzichtelijke stapels paperassen. Onno liet zijn ogen over de kasten vol dossiers met codenummers dwalen, die tot het gestucte plafond reikten, en zei dat een paar mensen daar graag een lucifer bij zouden houden; maar Max was stil. Hij besefte, dat hij een eindpunt naderde. Voor het laatst zouden dadelijk de papieren op tafel komen. Maar nu hij hier was, wilde hij helemaal niet meer alles weten, hoe het precies in zijn werk was gegaan, hoe dat tijdens het proces was gereconstrueerd, wat de getuigen zeiden en wat zijn vader misschien nog meer had misdreven; zelfs het vonnis hoefde hij niet te lezen. Het was gegaan zoals het was gegaan. Het enige dat hij wilde zien was iets concreets, iets onmiddellijks, waaruit bleek dat hij bestaan had, – misschien eigenlijk alleen een foto.

Oud kwam binnen met zes decimeterdikke ordners tegen zijn borst, gevolgd door een jongeman met een nog hogere stapel verstofte archiefmappen en dozen onder zijn kin. Nadat het tegenover hen uitgestald was, ging Oud er als een marktkoopman achter zitten, maakte een demonstratief gebaar en zei:

'Zegt u het maar.'

Daar lag het – als vuil schuim in een leeggelopen badkuip.

Bijzonder Gerechtshof
's-Gravenhage

las Max op een omslag. Het liefst was hij nu opgestaan en weggegaan; alleen omdat Onno er was, bleef hij zitten. Op zijn beurt had deze zich voorgenomen, iedereen te overbluffen en de zaak in eigen hand te nemen, – maar de hoeveelheid materiaal verlamde hem; ook was hij een beetje bang voor de man die er achter zat, met zijn dreigende, christofore initialen: *alfa* en *omega*.

Toen hij Max zag aarzelen, zei Oud:

'Ik weet de weg in dit dossier, ik was destijds betrokken bij het vooronderzoek. Wilt u de stukken zien, waarin u zelf ter sprake komt?'

Max huiverde.

'U hebt hem dus gekend.' Hij wilde zeggen 'mijn vader', maar dat kreeg hij niet uit zijn mond.

'Gekend... Ik geloof niet, dat iemand hem ooit heeft gekend. Maar ik heb hem een paar keer meegemaakt, ja.'

'Wat heeft hij over mij gezegd?'

'Hijzelf? Hij heeft nooit iets gezegd – niet over u en niet over iets anders. Tijdens zijn hele detentie heeft hij zijn mond niet opengedaan, en tijdens de zittingen ook niet. Verhoren was er niet bij.'

'Maar hoe is hij dan...'

Max hoefde zijn vraag niet af te maken. Oud knikte, sloeg een ordner open, maakte de klem los en legde even later zijn vlakke hand op een getypte brief: grijze regels met weinig spatie, een handtekening die half onder de pols uit kwam.

'Hier vraagt uw vader aan een zekere generaal von Schumann, van de Wehrmacht, die later in Stalingrad is gesneuveld, of hij geen stappen kan ondernemen die hem definitief verlossen van zijn jonge vrouw. Die generaal was een persoonlijke vriend van hem, want hij spreekt hem aan met *Du.* Hij noemt het trouwens uitdrukkelijk een *Freundesdienst.*'

Max wendde zijn hoofd af. Dat mocht hij helemaal niet zien. Hij hoopte, dat Oud hem niet zou vragen of hij de brief wilde lezen, zodat hij hem in zijn handen zou moeten houden. Uit zijn ooghoeken zag hij hem bladeren.

'Hier is de brief van Schumann aan Rauter, de *Höhere SS- und Polizeiführer* in Den Haag, ook met *Du.* Het waren allemaal vrienden onder elkaar,' zei Oud en zocht verder. 'Hij heeft nog getuigd in uw vaders proces, zelf werd hij pas drie jaar later terechtgesteld. Ja, hier hebben we zijn aanwijzing voor de Sicherheitsdienst in Amsterdam, met adres en al. En dit is de lijst van de amsterdamse SD van die dag, met een v'tje voor de naam van uw moeder, ten teken dat het was afgehandeld. Wat uw grootouders betreft, die niet door uw bestaan beschermd werden, heeft hij een veel directere weg bewandeld. Moet ik dat ook opzoeken?'

Max slikte en schudde zijn hoofd.

'Maar wat zit er dan in al die andere mappen?' vroeg Onno.

'Dat gaat over nog weer andere mensen,' zei Oud met een onbewogen gezicht. 'En verder vooral over roof en plundering.'

Er viel een stilte. Max zag weer de piano die het huis uit werd gedragen, de stapel kleren in zijn moeders slaapkamer. Om hem te helpen het moment door te komen, vroeg Onno of er een verklaring bestond voor Delius' consequente zwijgen.

'Was dat uit schuldgevoel? Omdat hij zijn mond fataal voorbij had gepraat in die brief? Ezra Pound schijnt tegenwoordig ook niet meer te spreken om zo'n reden.'

'Volgens de procureur-generaal,' zei Oud, 'was het alleen maar een laatste redmiddel om onder de bewijslast uit te komen. Maar toen werd er op een dag iets vreemds gevonden in zijn cel.' Hij zocht in een van de archiefdozen en trok een dikke gele dienstenvelop te voorschijn. 'Dit,' zei hij, haalde er een sigarettendoosje uit en gaf het aan Max.

Het was van het merk *Sweet Caporal*, vergeeld en leeg. Verwonderd nam Max het aan en draaide het om. Op de achterkant stond met groene vulpeninkt iets geschreven.

'*Es gibt nur mich,*' las hij. '*Was es nicht gibt, das kann nicht sterben.*'

'Dat klinkt naar de melodie van Wittgenstein,' zei Onno. '*Wovon man nicht sprechen kann, darüber muß man schweigen.* Ook zo'n gefrustreerde oostenrijker.'

Max hoorde het niet. Nooit eerder had hij het handschrift van zijn vader gezien. Het was onhollands, scherper, hoekiger. Ditzelfde doosje had hij in zijn hand gehouden, daar in zijn scheveningse cel, en dit had hij er op geschreven, op zijn knie misschien, zittend op de rand van zijn brits.

Maar het was niet van Wittgenstein, zei Oud, het was van Delius; van Wittgenstein, zijn generatiegenoot, had hij beslist nooit gehoord, die kwam pas tegenwoordig in de mode. In een psychiatrisch rapport werd die notitie aangevoerd als bewijs, dat de aangeklaagde sterk verminderd toerekeningsvatbaar was: hij verkeerde in de waan, dat alleen hijzelf werkelijk bestond en dat al het andere illusie was, projectie; in die optiek kon hij niet schuldig zijn aan moord, want er leefde verder niemand, alleen hijzelf kon sterven. Ook zijn rechters en zijn ondervragers bestonden niet. Zelfs zijn beul zou paradoxalerwijs niet bestaan. Zo'n patiënt moest dus worden ontslagen van rechtsvervolging en ter beschikking gesteld van de regering. Maar volgens de aanklager was het wederom alleen maar de doortrapte manoeuvre van een intelligente misdadiger, ten einde zijn gerechte straf te ontlopen. Giltay Veth daarentegen, de toegewezen verdediger, die ook geen woord uit hem had kunnen krijgen, was er dieper in gedoken. Hij voerde aan, dat zich in Delius' cel het beruchte boek van Max Stirner bevond, een duits filosoof uit de eerste helft van de vorige eeuw, propagandist van een extreem, amoreel egoïsme, wiens *Einzige* een voorloper was van Nietzsche's *Übermensch.* Na Hitlers ondergang was Delius blijkbaar nog een stap verder gegaan en was terechtgekomen in het echte, metafysische solipsisme. Over dit onderwerp had Giltay vervolgens advies ingewonnen bij twee vooraanstaande buitenlandse filosofen: Russell uit Cambridge en Heidegger uit Freiburg im Breisgau.

'Heidegger?' zei Onno verrast. 'Heeft u dat daar?'

Oud had een andere ordner opengeslagen en zette zijn vinger op een briefkaart.

'Hier schrijft Russell: *Solipsism, although not my cup of tea, is a perfectly legitimate philosophical position. Not taking it serious would imply a defamation of philosophy as such. In my opinion, therefore, your client should be executed without hesitation.* Dit heeft Giltay nooit overgelegd, zoals u zich kunt voorstellen; het is kennelijk per abuis tussen deze akten terechtgekomen. Hij produceerde alleen de brief van Heidegger. Hier. *Der Ausdruck Solipsismus leitet sich ab von* solus ipse: *«ich allein». Den Anfang dieses seinsvergessenen Gedankens findet man nicht in der Antike, er wäre bei Descartes anzusetzen. Dessen Universal-Zweifel, der an allem zweifelte, nur nicht an sich selbst, führte zu der jedem Schuljungen geläufigen Formel* cogito ergo sum. *Der solipsistische Standpunkt ergibt sich, wenn das* cogito ergo sum *zu* ergo solus ego sum *verschärft wird. Das aber liegt in der Konsequenz des Cartesianismus. Diese zurückzuweisen bedeutet die gesamte nachcartesianische Philosophie zu verneinen. Mit einem Todesurteil Ihres verehrten Herrn Klienten, wäre somit dem Wesen nach die gesamte Philosophie gerichtet.'*

Maar ja. Volgens de officier, zei Oud, was Heidegger zelf een filosofische delinquent, namelijk een nazi van de bovenste plank, die indirect alleen zichzelf wilde ontlasten, want ook hij voelde de bui natuurlijk hangen. In hun vonnis namen de rechters ten slotte het standpunt in, dat iemand die zijn vrouw en zijn schoonouders de dood in joeg per definitie niet normaal was; dat geen enkele moordenaar normaal was; maar dat dit niet kon betekenen, dat moordenaars zich op hun daad als op een verzachtende omstandigheid konden beroepen, want dat zou het einde van de rechtspleging inhouden, dat wil zeggen een terugval van de menselijke beschaving in de barbarij, - kortom het soort samenleving, dat zojuist ten koste van vijfenvijftig miljoen doden was voorkomen.

'Zeer juist,' knikte Onno.

In de hoeken van de sigarettendoos zat hier en daar nog wat zwartgeworden tabaksgruis. Max schoof haar dicht en zag haar even later in de envelop verdwijnen.

'Heeft u daar misschien ook een foto van mijn vader?'

Oud haalde zijn wenkbrauwen op.

'Zou eigenlijk moeten,' zei hij met twijfel in zijn stem en begon te zoeken. 'In elk geval in zijn paspoort...'

'Weet je eigenlijk waar het graf van je vader is?' vroeg Onno met gespeelde achteloosheid.

'Nee,' zei Max en keek naar Oud.

Deze sloeg even zijn ogen op en maakte een kort, verontschuldigend gebaar. Ten slotte vond hij alleen een wazige krantenfoto van de rechtszaal, uit de verte genomen. Max zag een onherkenbare gestalte, geflankeerd door een marechaussee met een witte tres. Misschien dezelfde die hem vier jaar eerder uit de klas had gehaald.

*

Onno had een afspraak met een paar politici en Max ging meteen naar huis. Hij voelde zich moe en had er behoefte aan, met Ada te praten. Zij wist van niets, zij was geboren in het jaar dat zijn vader was doodgeschoten; natuurlijk had bij haar ouders een herinnering kunnen ontwaken bij het horen van de naam Delius, die weinig voorkwam in Nederland, maar het was lang geleden en er waren veel processen in die dagen, waarvan de meeste spectaculairder waren dan dat van zijn vader. Zij moest het nu maar eens weten, ook omdat hij zich die ochtend niet erg chic had gedragen.

Meteen toen hij de kamer in kwam, voelde hij dat er iets niet in orde was. Haar cello, die altijd bij de vleugel stond, was ook verdwenen. Op zijn bureau lag haar brief:

Lieve Max,

Als je thuiskomt, ben ik weg. Misschien zul je het niet meteen begrijpen, maar als je even nadenkt, kom je er wel achter. Ik heb een fijne tijd met je gehad, waarvoor ik je dankbaar ben en die ik nooit zal vergeten. Je hebt veel voor mij betekend en ik misschien ook een beetje voor jou. Als wij elkaar nog eens tegenkomen, hoop ik dat dat als goede vrienden zal zijn.

Voor altijd, je Ada

Langzaam legde hij het blad neer. De onverwachte toon van afscheid, het definitieve van de zinnen drong diep in hem door; maar tegelijk wist hij, dat hij niets zou ondernemen om het ongedaan te maken. Zo was het nu dus, de episode was voorbij. Hij ging zitten en trok de onderste lade van zijn bureau open, om te doen wat hij van plan was geweest in haar aanwezigheid. Hij hoefde alleen maar te pakken wat hij hebben wilde, zonder te kijken: de orde, die hij om zich heen had geschapen, leverde hem een extra jaar van zijn leven op, dat anderen verspilden met zoeken.

Hij legde een ouderwetse vulpen en een brillenkoker voor zich neer. De vulpen was dik, van gevlamd, donkerblauw eboniet, dat dof en levenloos was geworden; de koperen clip en de sierringen waren mat en roestig. Voorzichtig draaide hij hem open en bekeek de gouden pen, zwart geworden van oeroude inkt. Hij deed de bureaulamp aan en bestudeerde de pen nauwkeurig met zijn loupe, – en hij zag wat hij had gehoopt: in de inktresten schemerde een diepgroene gloed, als algen in een rottende vijver. Hij draaide de dop er op, maar de sluiting was dol; toch voelde hij aan een heel lichte weerstand het einde van de schroefdraad.

De brillenkoker was van goedkoop, beige papier-maché. Hij trok hem open en haalde de bril er uit. Het montuur was van licht, doorzichtig celluloid; de vette, smerige glazen waren positief geslepen. Hij wilde hem even opzetten, maar toen hij de stelen openvouwde, brak alles in verpulverende stukken uit elkaar, de glazen vielen er uit en er lag opeens alleen nog wat afval op Ada's brief. Zijn gezicht vertrok. Met zijn linkerhand pakte hij de prullenmand en veegde met zijn rechteronderarm alles er in.

12
De driehoek

Max had het ook aan Oud kunnen vragen, want het stond natuurlijk in de processtukken, maar hij wilde dat spookhuis niet meer betreden. Bij het ministerie van Justitie kwam hij met enige moeite te weten, dat zijn grootouders van vaderskant in Praag waren getrouwd en dat zijn vader, met kalendarische discipline, op zijn sterfdag was geboren: 21 juni 1892, in Bielitz, Oostenrijk-Hongarije. Blijkbaar had niemand er aan gedacht, dat het zijn verjaardag was toen hij tegen de muur werd gezet. In Kattowitz had hij de lagere school bezocht, vervolgens het gymnasium in Krakau, tot hij op zijn negentiende in Wenen ging studeren. Sinds zijn bezoek aan het Rijksinstituut voor Oorlogsdocumentatie dacht Max na over een suggestie van Onno: deze zomer zijn vakantie nu eens niet aan een stompzinnig strand in Frankrijk door te brengen, maar in het gebied van zijn vaderlijke oorsprong, – waarna hij dat alles misschien eindelijk *ad acta* kon leggen. Anderzijds: wat het verleden betrof, heerste in die stadjes natuurlijk net zo'n massief zwijgen als in Brussel, waar zijn moeder was geboren. Maar toen hij thuis zijn atlas opsloeg, deed hij een schokkende ontdekking. De drie plaatsen van zijn vaders jeugd – nu in het zuiden van Polen gelegen, bij de tsjechische grens, en genaamd Bielsko, Katowice en Kraków – vormden een zuivere gelijkbenige driehoek, die als een pijlpunt precies naar het oosten wees. En in het midden, exact op het snijpunt van de drie hoekdeellijnen, lag Oświęcim: Auschwitz.

Hij ging per trein – net als zijn moeder. Zij had vermoedelijk een zuidelijker route gevolgd, via Leipzig en Dresden; zijn doorreisvisum door de DDR stuurde hem eerst naar West-Berlijn, Bahnhof Zoo, waar hij 's morgens vroeg aankwam en zijn koffer in bewaring gaf. In de ochtendzon slenterde hij wat over de Kurfürstendamm, kocht bij een kiosk een Baedeker en nam een taxi naar de verwoeste Rijksdag, waar hard gewerkt werd aan de restauratie. Het gebouw was blootshoofds: de grote middenkoepel – Bismarcks helm – was verdwenen; maar toen hij zich omdraaide, zag hij aan het andere eind van de grote vlakte het nieuwe congrescentrum liggen, dat nauwkeurig de vorm had van Hitlers pet. Ook dat was dus in evenwicht gebracht. Hij wijdde een gedachte aan Van der Lubbe, die hier met een vreugdevuur hun conceptie had gevierd, en wandelde door het park langs de Muur, die zwijgend haar bonte boodschappen uitschreeuwde. Bij de chaos van worstkarren, souvenirkramen en geparkeerde autobussen, waar eens de Potsdamerplatz was, klom hij op een houten stellage en keek tussen de fotograferende en elkaar verdringende toeristen naar de mateloze kaalslag aan de andere kant, waarin de achthoekige vorm van de Leipziger Platz lag als de hoefafdruk van een reusachtig monster. Een paar honderd meter verderop was de plek te zien, waar dat monster als laatste leven dat van zichzelf had genomen.

's Middags haalde hij zijn koffer uit het depot en ging met de S-Bahn naar Oost-Berlijn. Toen al had hij het gevoel of hij sinds weken van huis was. In de Bahnhof Friedrichstraße werd hij door Vopo's gedurende anderhalf uur aan het ene loket na het andere bureaucratisch gesard met formulieren en nog eens formulieren. Paspoort, visum, al zijn geld op tafel, onmiddellijk die zonnebril afzetten! Maar hij besefte ook, dat hij niet alleen van de ene helft van een stad naar de andere ging, niet alleen van het ene land naar het andere, maar van de ene wereld naar de andere. Hij bekeek het afgezette Brandenburger Tor en wandelde Unter den Linden af, waar een verademende rust hing. Het verschil tussen West- en Oost-Berlijn was dat tussen het Amsterdam van 1967 en dat van 1947. Overal tegen de verveloze gevels uitsluitend ideologische reclame, spreuken op rode spandoeken: *Künstler und Kulturschaffende, begeistert mit eurer Kunst die Werktätigen für den Sieg des Sozialismus.* Voorbijgangers wierpen blikken op zijn franse zomerpak, zijn italiaanse schoenen, zijn amerikaanse overhemd en zijn engelse das; nu en dan sprak iemand hem aan, die marken wilde wisselen tegen een koers van vier op één.

Aan het eind van de allee, tegenover het inspringende plein waar in 1933 de boekverbranding had plaatsgevonden, ging hij de Neue Wache in: een klein, neoclassicistisch gebouw met een zuilenportaal, waar twee roerloze soldaten de ginnegappende blikken van een groep nieuwsgierigen weerstonden. Binnen brandde in een kristallen kubus een eeuwige vlam boven de urnen van de onbekende soldaat en de onbekende verzetsstrijder. *Den Opfern des Faschismus und Militarismus* stond in gouden letters tegen de zijwand. Maar voor meditatie kreeg hij geen tijd; met zachte hand werd de hal ontruimd en toen hij buiten kwam, naderde met marsmuziek en krakende laarzen de aflossing van de wacht over Unter den Linden. De bevelen, de paradepas, lichamen die aan elkaar vast leken te zitten, de huiveringwekkende pruisische precisie waarmee vijftig geweerkolven als één kolf op het plaveisel beukten, het hele ondoordringbare ceremonieel ontlokte de berlijners voornamelijk gegrinnik, – en de enige die zijn ogen vochtig voelde worden was hijzelf, want het was weliswaar militaristisch, maar toch ook bedoeld voor de offers van het fascisme.

Met de gids in zijn hand dwaalde hij verder door de stad en het was hem of hij tot zijn knieën door de geschiedenis waadde. In de verlaten Otto-Grotewohlstraße, eens Wilhelmstraße, staarde hij ten slotte minutenlang naar een zonbeschenen gazon, waar de Rijkskanselarij had gestaan. Een uitpuilende tumor gaf de plaats aan waar de toegang tot de bunker was geweest; daar beneden, diep in de aarde, had het monster tot besluit zijn eerste schot sinds de

Eerste Wereldoorlog gelost: in zijn mond. Max knikte instemmend. Zo komt snoeplust te pas, dacht hij.

*

De nachttrein naar Katowice werd tot zijn vreugde nog getrokken door een sissend stampende, archaïsch fluitende locomotief. Aan de poolse grens werd urenlang stilgestaan, steeds andere ambtenaren in andere uniformen liepen door de gang en schoven de coupédeur open; de trein reed achteruit, vooruit, botste op andere wagons, reed het station uit, het station weer in, terwijl buiten wachttorens te zien waren, schijnwerpers, jeeps met militairen, een laars half uit de auto. Hij voelde zich volmaakt tevreden. Eindelijk was alles anders. Bij het spaarzame licht probeerde hij te lezen in een artikel van engelse collega's over de ontdekking van een nieuw soort radiobron, een 'pulsar'; zij waren zo onvoorzichtig geweest te bekennen, dat zij zelfs aan een buitenaardse beschaving hadden gedacht. Maar zijn hoofd stond niet naar de technische details. Tot dusver had hij vooruit gereden, nu reed hij achteruit Polen in, zodat hij het gevoel had dat hij terugging naar huis. Herhaaldelijk kwam de conducteur terug met steeds zwartere wisselkoersen van de złoty, maar het leek hem raadzaam er niet op in te gaan; de boerin op de bank tegenover hem, een hoofddoek om en een snuivende big in een mand op haar schoot, scheen niets te horen. Bij Gliwice begon iedereen op te staan en zijn spullen bij elkaar te zoeken, – Max wist dat dit het vroegere Gleiwitz was, aan de voormalige duits-poolse grens, waar Hitler een 'incident' had geënsceneerd als voorwendsel om de volgende dag Polen binnen te vallen: hier was het allemaal pas goed begonnen.

Hij nam zijn intrek in een vervallen familiehotel in het centrum van Kraków. Had Lysenko dan toch gelijk? Waren ook ervaringen erfelijk? Het was hem of hij thuiskwam. Toen hij zijn balkondeuren aan de stille, begroeide binnenplaats openzette, werd hij omvangen door een onbekende, onbeschrijflijk vertrouwde geur van bruinkool, gepaard aan een temperatuur die precies overeen moest komen met die van zijn huid: het was of zijn lichaam zich verwijdde tot de muren van de omringende gebouwen. Naderhand, in de stad, probeerde hij het besef tot zich door te laten dringen dat ook zijn vader hier had gelopen, een schooltas van stijf leer op zijn rug, maar het nam geen gestalte aan. Het gymnasium zag er uit als alle gymnasia, met ionische zuilen en boven de ingang een tympanon. In een café, waar hij een glas water bij de koffie kreeg, keek hij in het telefoonboek of er nog een Delius in de stad woonde, een neef of nicht misschien; maar alle duitstaligen waren natuurlijk al na de Eerste Wereldoorlog naar de oostenrijkse torso vertrokken. Misschien dat in Praag, Wenen of Boedapest, waar hij vervolgens heen wilde, nog Delii huisden. De rest van de dag bracht hij door als toerist, bewonderde de kathedraal, stond aan de tombes van poolse koningen, liep met wollen overschoenen over het parket van honderd zinloze zalen in het slot Wawel.

De volgende ochtend ging hij in alle vroegte met de boemeltrein langs de noordelijke zijde van de driehoek terug naar Katowice. Onder een bedekte lucht vlakke velden van troosteloze verlatenheid, armelijke dorpen, kinderen die op het erf van houten boerderijen naar de trein wuifden, sombere bossen, geleidelijk overgaand in een zwart industrielandschap van mijnen en fabrieken en dan een onafzienbaar spoorwegemplacement met goederentreinen. Gedurende een paar uur dwaalde hij doelloos door de stille straten, snoof de zware, dampige geur van kolen en zwavel op en keek naar de vrouwelijke straatvegers. Zou ooit zijn eigen kind eens zo door Amsterdam en Leiden lopen? Hij betrapte zich er op, dat hij meteen ook aan Ada dacht. Betekende dit, dat hij terug moest naar haar? Na haar vertrek had hij geen contact meer met haar gehad, was haar eigenlijk al half vergeten, – stel je voor, zij zou hem opbellen met de boodschap, dat zij zwanger van hem was? Wat zou hij doen? Maar dat was onmogelijk, daar zorgde de pil voor. Hij zette deze gedachten van zich af en ging terug naar het station. Over de basis van de driehoek bracht de trein hem naar Bielsko-Biala, vijftig kilometer zuidelijker. Maar ook in dat stadje, waar zijn grootmoeder geschreeuwd had bij de geboorte van zijn vader, hoorde hij geen echo. Het gevoel van vertrouwdheid, dat hem aanvankelijk had bezield, was geweken. Misschien had Lysenko toch niet helemaal gelijk. Een uur later reed hij alweer langs de zuidelijke zijde van de driehoek terug naar Kraków, keek naar de kraaien op de akkers, naar de paarden en boerenkarren op de landwegen, en vroeg zich af of hij wel naar Onno had moeten luisteren.

*

De derde dag nam hij weer de trein richting Katowice; in Trzebinia moest hij overstappen en reed met kloppend hart de driehoek in, naar Oświęcim, op het snijpunt van de bissectrices. Ook daar, onder een nevelig witte hemel, uitgestrekte emplacementen met rangerende treinen, machinisten die zich bij hun vuren uit stampende locomotieven bogen en achteruit keken, langs de eindeloze rijen gesloten veewagons. Een taxi bracht hem binnen vijf minuten naar de ingang van het kamp.

Roestbruine gebouwen, schemerend tussen de bomen. De hoge, vierkante schoorsteen van het crematorium. *Arbeit macht frei.* Somber keek hij naar de smeedijzeren zinsnede boven het hek; was dit nationaalsocialistisch cynisme, zoals hij altijd begrepen had, of stond het er al toen dit nog een oostenrijks-hongaarse cavaleriekazerne was, gesitueerd bij de voormalige grens van het Habsburgse rijk met dat van de Hohenzollerns? Misschien had zijn vader nog deel uitgemaakt van het garnizoen, dat hier gelegerd was. Er hing een klamme, windstille hitte. Aan een kraam at hij een gekruide worst op een snee zwart brood, kocht aan een andere kraam wat brochures en ging naar binnen. Hij had het gevoel of hij op een of andere manier bij zichzelf ten achter was – dat zijn lichaam hier nu liep over het aangeharkte grint, maar dat hij zelf hier nog lang niet liep, dat het nog tientallen jaren zou duren eer hij hier werkelijk zou lopen. Wachttorens. Dubbele rijen gebogen, betonnen palen met prikkeldraad aan isolatoren. Doodskoppen met gekruiste beenderen. *Halt! Stoj!* Het was kleiner dan hij had verwacht. Een stil dorp van drieëndertig bakstenen gebouwen, in drie rijen van elf, waar tienduizenden doodgeslagen waren, doodgeschoten, doodgespoten, doodgemarteld, waar met gas was geëxperimenteerd op gewonde russische krijgsgevangenen en zieken uit hospitalen in de omtrek, maar dat nog steeds niet de eigenlijke plaats was. Stenen, muffe kelders, donkere holen, ijzeren ringen aan muren, kettingen, roestige operatietafels. Een paar blokken waren ingericht als museum. Hij keek naar een infernaal terrarium van twintig meter lang en drie meter diep, gevuld met vrouwenhaar, dat een uniforme matgrauwe kleur had aangenomen. Was daar het haar van zijn moeder bij? Een ander terrarium met afgetrapte kinderschoenen, met brillen, met tandenborstels, met kunstledematen. Daar lag het. Was het misschien zo, vroeg hij zich af, dat uiteindelijk niets er iets toe deed? Was alles mogelijk en kon alles gedaan worden, aangezien het op een dag toch onherroepelijk terzijde zou worden gelegd? Zelfs in de hemel zou de eeuwige zaligheid alleen genoten kunnen worden bij de gratie van misdadig geheugenverlies. Moesten de gelukzaligen daarvoor niet gestraft worden met de hel? Alles was voor alle eeuwigheid verknoeid, – niet alleen hier, ook bij duizend eerdere en latere gelegenheden, waaraan niemand meer dacht. De hemel was onmogelijk, alleen de hel bestond eventueel. Wie aan God geloofde, dacht hij en keek naar de reusachtige vitrine met speelgoed, moest terechtgesteld worden – tegen de zwartgeteerde executiewand, die hij naast Blok II had gezien.

Hij voelde dat hij bezig was, zichzelf iets aan te doen. Aan de kraam buiten het kamp dronk hij een glas lauw mineraalwater, bladerde in de brochures, tuurde naar de cijfers en plattegronden, en ging op weg naar een gehucht een paar kilometer verderop, waar het vernietigingskamp Auschwitz II lag. Hij had een taxi kunnen bellen, maar omdat over deze weg ook ongetelde duizenden naar hun dood waren gedreven, vond hij dat hij moest lopen, als een christen over de Via Dolorosa. Verlaten strekte de smalle straat zich uit tussen de stoppelvelden met hier en daar berkenbossen, waarachter torens van mijnschachten en fabrieksschoorstenen oprezen. Het was benauwd; zwetend en een beetje gebogen keek hij naar de keien waarover hij liep, terwijl om hem heen niet alleen het landschap verzonk, maar geleidelijk ook alles wat hem bond: Amsterdam, Onno, zijn vriendinnen, zijn collega's, en ook zijn werk, de sterrenwacht, de absurde diepten van het heelal. Alleen hijzelf bleef over, zoals hij daar nu liep over de straatstenen tussen Oświęcim en Brzezinka, in het middelpunt van zijn duivelsdriehoek. Zonder aan iets speciaals te denken, werd hij steeds meer vervuld van het besef dat hij er was, dat hij bestond, hier, nu, dat hij hier nu was die hij was: waarom? Was hij misschien die vraag, dat geheim zelf? Was de vraag het antwoord en het antwoord de vraag? Afwisselend zag hij zijn schoenen naar voren komen, en opeens nam hij de aswenteling van de aarde waar: hij moest lopen om op dezelfde plaats te blijven. Maar na een tijdje begon de draaiing geleidelijk toe te nemen, zodat hij sneller moest lopen om het te compenseren, even later kreeg hij het gevoel of hij voorover zou vallen, – duizelig bleef hij staan en keek op. Hij stond op een kruising met een zanderige landweg vol karresporen. Een paar honderd meter verder was een brug over een spoorlijn, – en nog weer een kilometer verder, laag en breed uitgestrekt in het nevelige zonlicht, lag het toegangsgebouw van Auschwitz-Birkenau: *anus mundi.*

Verstard bleef hij er naar kijken. Daar was het. Met zijn kleine toren boven de poort leek het op een monsterachtige roofvogel, die daar met gespreide vlerken was neergestreken. Er boven was de hemel dag en nacht rood geweest van de brandende mannen, vrouwen en kinderen; overal rondom moesten nog sporen van hun as liggen in de akkers. Er was geen verkeer; de stilte was alleen gevuld met vogelgekwetter en fluitende locomotieven in de verte, het rook naar warme grassen, vermengd met een ondefinieerbare chemische geur. Roerloos in zijn meedogenloze symmetrie keek het gebouw hem aan. Toen hij er heen begon te lopen, zag hij aan de overkant van het kruispunt een klein Mariabeeld, opgesteld in een soort vogelhuisje. De madonna had wat verdorde takjes in haar handen en haar ogen waren naar boven gedraaid met die blik, die hij zo vaak – als hij zich oprichtte – onder zich op zijn hoofdkussen had gezien. Op hetzelfde moment werd hij overspoeld door razernij. Zonder zich te bedenken of eerst om zich heen te kijken, rende hij er heen, griste het houten beeld van zijn voetstuk, pakte het bij het hoofd en slingerde het zo ver hij kon de struiken in.

Terwijl hij zijn ogen niet meer afwendde, liep hij met kloppend hart verder, over de spoorbrug, en zag het kamp met elke stap dichterbij komen: een Zwart Gat, waaruit niets kon ontsnappen. Dit was het altaar, de eigenlijke krachtcentrale van het fascisme. Bestond ergens op aarde een plek, waar in dezelfde mate het goede was verricht als hier het kwade? Als de hel dit filiaal op aarde had, waar was dan dat van de hemel? Zo'n plek bestond niet, want alleen de hel bestond en niet de hemel. Deze plek was het nauwkeurige tegendeel van het paradijs, ook in zover het paradijs *niet* had bestaan. Pas nu viel hem op, dat er twee ingangen waren in het gebouw van roodachtige baksteen: een in het midden, waardoor de rails van het enkelspoor liepen, links daarvan een voor het andere verkeer. Honderden meters naar links en naar rechts dubbele rijen betonnen palen met elektrisch prikkeldraad, vier meter hoog, op korte afstanden onderbroken door wachttorens. Door de middelste poort, gevormd als de opening van een crematoriumoven, wilde hij het kamp in lopen, maar het was of opeens met een slag een onzichtbare muur neerviel: hij mocht daar niet binnengaan. De vervloekte grond, waar miljoenen mensen waren vermoord, was heilig geworden: die mocht hij niet betreden.

Op de drempel keek hij naar het omgewoelde areaal van puin en onkruid. Het was de rommel van een inderhaast verlaten slaapkamer, met een onopgemaakt bed, alle laden en kasten open en overal kleren op de grond. Er was niemand. Binnen splitsten de rails zich, en dan nog eens; in de lange ruimten ertussen hadden de selecties plaatsgevonden tussen degenen die onmiddellijk moesten sterven en degenen voor wie dat pas later was weggelegd. Links van de *Lagerstraße* stonden rijen houten barakken, rechts alleen nog de stenen schoorstenen er van. Ver weg, aan het eind van de rails, zag hij links en rechts de ruïnes van de opgeblazen crematoria en gaskamers; de achterzijde van de rechthoekige offerschaal was te ver om goed te zien. Hij hurkte neer en legde zijn rechterhand op de verroeste rails. Hierover was zij naar binnen gereden. Het was hem of de bewegingloze stilte haar intocht in hem hield, – niet hij ging het kamp in, maar het kamp hem. Slachters en slachtoffers, iedereen was verdwenen – zijn vader evenzeer als zijn moeder: wat was hijzelf anders dan de personificatie van het kamp in zijn geheel?

Hij besloot, langzaam om de viereneenhalf miljoen vierkante meters heen te lopen. Op elke vierkante meter stond een dode.

13
Opruiming

In dezelfde uren, waarin Max zijn poolse ommegang van acht kilometer maakte, overwon Ada haar aarzeling en belde Onno om te vragen, waar zijn vriend uithing. Max had zich natuurlijk ploertig gedragen tegenover haar, maar aan de andere kant was er nu eenmaal die malle boezemvriendschap; misschien had er die ochtend werkelijk iets belangrijks op hun programma gestaan, – al had hij haar dat dan wel even kunnen zeggen. In elk geval was hij niet uit haar gedachten verdwenen, en ook zij had misschien wat drastisch gereageerd.

Onno's stem klonk verrast, maar hij kon haar niet van dienst zijn.

'Ergens in Polen, of in Tsjechoslowakije, of in Hongarije, – je weet toch wat voor vlees je in de kuip hebt. Vreselijk allemaal.'

Wat voor vlees zij in de kuip had? De zin van die opmerking ontging haar.

'Wanneer komt hij terug?'

'Over een week of drie, geloof ik.'

'Heeft hij het nog over mij gehad?'

'Ik kreeg de indruk, dat het hem speet dat het misgelopen is tussen jullie. Mij trouwens ook. Je had een gunstige invloed op die gek. Dat kwam natuurlijk door de louterende werking der muziek. Hoe is het met je duo?'

'Dat bestaat eigenlijk niet meer. Bruno zag het niet meer zitten. Ik heb net auditie gedaan voor het Concertgebouworkest.'

'En?'

'Dat krijg ik nog te horen.'

'Hoezo dat ineens?'

'Ik moet geld verdienen, ik wil het huis uit. En jij? Ga jij niet met vakantie?'

'Ik? Met vakantie? Dacht je werkelijk, dat ik mij overgeef aan zulke kleinburgerlijke genoegens? Schande! Jij bent toch ook niet met vakantie?'

'Omdat ik het mij niet permitteren kan.'

'Waar bel je nu vandaan?'

'Uit het Concertgebouw.'

'O.K. Laten we een kop koffie drinken bij Keyzer, op de hoek. Ik kom er aan. Dan zal ik mijn verzengende licht eens laten schijnen over die boheemse paardendief van jou.'

Aan haar tafeltje bij het raam zag zij hem van het Museumplein komen en oversteken. Max zou haar onmiddellijk hebben gezien, vermoedelijk nog eerder dan zij hem; maar Onno keek volledig in zichzelf verzonken naar de straatstenen, met zijn gedachten in elk geval ergens anders dan waar hij was. Zijn grote, logge gestalte boezemde haar een vage, fysieke afkeer in, maar tegelijk werd zij er door vertederd. Zij kon zich geen groter tegenstelling indenken dan die tussen Max en Onno: Max, wie niets ontging, die overal tegelijk was, en Onno die altijd geconcentreerd was op een punt en voor wie de rest van de wereld nooit bestond.

Het scheen hem plezier te doen dat hij haar zag. Voor het eerst kreeg zij zelfs een onhandige kus op haar wang.

'Waar liep je zo diep aan te denken?'

'Wil je dat echt weten?'

'Als het niet geheim is...'

'Het is ontzaglijk geheim, maar ik zal het je vertellen. Aan een magisch kwadraat.' Hij pakte een krant van de leestafel, ging tegenover haar zitten en schreef in de marge:

m a x
a d a
x a m

'Kijk jij maar eens goed naar die kruisiging. Ik vroeg mij af wat die diagonale *xdx* en *mdm* betekenen, maar daar ben ik nog niet helemaal uit. *Mdm* is vermoedelijk een afkorting van «madman», maar waar staat *xdx* voor? Iets uit de differentiaalrekening misschien, maar daar is Max beter in dan ik. Vertel, hoe gaat het met je? De laatste keer dat wij elkaar hebben gezien was op die idiote avond, waar jij gespeeld hebt.'

'Dit is ook voor het eerst, dat ik weer in Amsterdam ben.'

'Wat is er gebeurd tussen jullie, dat het zo plotseling uit was? Het leek zo'n idylle.'

'Heeft hij je dat niet verteld?' vroeg Ada verwonderd.

'Ik heb het hem niet gevraagd.'

Kennelijk, dacht Ada, vertelden zij toch niet alles aan elkaar, zoals Max had beweerd.

'Dan zeg ik het liever ook niet.'

Onno knikte en roerde in zijn koffie.

'Daar zitten we dan nu. Max is op zoek naar zijn wortels, en wij zitten hier als de twee wezen.'

'Wat voor wortels heeft hij daar dan?'

Ongelovig keek Onno haar aan.

'Heeft hij daar nooit over gesproken?'

'Hij sprak nooit zo veel.'

Onno overlegde of het geoorloofd was, dat *hij* dat zou vertellen. Omdat het niet zo was dat Max zijn geschiedenis geheim wilde houden, en omdat hij vond dat Ada het recht had om het te weten, vertelde hij de feiten – van de oorlog tot en met hun bezoek aan het Rijksinstituut voor Oorlogsdocumentatie.

Toen Ada dit laatste hoorde, ging haar een licht op. *Maak jezelf maar klaar.* Tegelijkertijd bleef zij er van overtuigd, dat hij niet zo gereageerd zou hebben als hij door een ander was afgehaald voor dat instituut: het kwam doordat het Onno was, die aanbelde, – Onno, die misschien weg zou gaan als er niet onmiddellijk werd opengedaan en dan nooit, nooit meer terug zou komen. Maar ook dat begreep zij nu opeens: ooit waren zijn ouders weggegaan en nooit teruggekomen. Zwijgend dronk zij haar koffie. Max was opeens een ander geworden, – zoals wanneer zij 's ochtends de gordijnen opentrok en het vertrouwde uitzicht bleek in de nacht ondergesneeuwd: alles was hetzelfde en alles was anders. Op een manier die haar zelf verbaasde, had zij hem gemist daar op haar stille achterkamer in Leiden, niet lichamelijk, want dat betekende nog steeds niet veel voor haar, maar eenvoudig zijn aanwezigheid. Alleen, nu bleek die aanwezigheid tegelijk een afwezigheid te zijn geweest; al die weken had hij haar niet waardig bevonden, te tonen wie hij eigenlijk was. Of was het onredelijk om zo te oordelen over iemand met ervaringen, waar zij zich geen voorstelling van kon maken? Stel je voor, haar eigen vader zou haar moeder hebben laten vermoorden en dan zelf doodgeschoten zijn... ondenkbaar. Max en zij verschilden niet meer dan dertien jaar, maar voor haar was die hele oorlog, waar haar ouders het ook altijd over hadden – en waaraan zij haar bestaan had te danken – een gebeurtenis uit het grijze verleden. Uiteindelijk kwam het er op neer, dat zij overbodig was voor Max. Dat gevoel had zij al die tijd ook gehad, en nu wist zij waaruit het voortkwam. Zij had een juist besluit genomen door bij hem weg te gaan, zij het misschien om de verkeerde reden. Hij zat op slot, en hij was niet bereid geweest haar de sleutel te geven die Onno op zak bleek te hebben.

'Wil je weer bij hem terug?' vroeg Onno.

'Dat kan nu niet meer. Niet omdat jij me dit verteld hebt, maar omdat hij het me *niet* heeft verteld.' Zij zag dat Onno zich ongemakkelijk voelde en zich afvroeg, of hij misschien toch een fout had gemaakt. 'En jij?' vroeg zij om hem te helpen. 'Hoe gaat het met jou? Schiet je op met je ontcijfering?'

'Praat mij daar niet van. Elke ochtend als ik wakker word, staart het bankroet van mijn leven mij met holle ogen aan.'

'Overdrijf je niet een beetje?'

'Een beetje? Wil je mij wel eens niet beledigen! Ik overdrijf verschrikkelijk!'

'Dus het gaat je eigenlijk heel goed?'

Een scheve lach trok over zijn gezicht.

'Nee, Ada, maar ik sla mij er doorheen.'

Het trof haar, dat hij haar naam noemde. Had Max ooit haar naam genoemd als hij tegen haar sprak? Het noemen van iemands naam tijdens een gesprek had iets van een kleine liefkozing, een aai over het haar, – had zij zelf ooit Max' naam genoemd?

Onno vertelde dat hij, zo lang hij geen vinger achter de Diskos van Phaistos kon krijgen, besloten had om bij wijze van tijdpassering dan maar Nederland te veranderen. Nu was het daar het moment voor, dat kwam zo gauw niet weerom. Daarom was hij onlangs lid geworden van de sociaaldemocratische partij, – geen club van hemelbestormers, toegegeven, een beetje een gênante partij eigenlijk, maar uiteindelijk de enige die kans maakte op echte macht en waarin men zich min of meer kon vertonen als beschaafd mens. Als eerste moest nu die partij zelf veranderd worden; hij maakte deel uit van Nieuw Links, een kleine maar selecte groep muiters, journalisten en dat soort dubieuze figuren, die op korte termijn de hegemonie van het vermolmde sociaaldemocratische regentendom gingen breken, al die slaafse volgelingen van Amerika met hun communistenhaat en hun perverse liefde voor de roomsen. Tegelijk moest voorkomen worden, dat zekere sinistere studentenleiders aan de macht kwamen; ook dat kon de oude garde niet meer. Kortom, het grootste deel van zijn tijd bracht hij tegenwoordig door met vergaderen.

'Volgens mij doe je het ook om je broers te pesten. Wat vindt je vader er van?'

'Daar heb je het weer,' lachte Onno. 'Vertel nooit iets aan een vrouw, want zij zal het misbruiken om je te begrijpen. Diep in zijn hart vindt hij het vast prachtig, dat een Quist nu ook een rol speelt bij de rooien, maar hij zal eerder zijn tong af bijten dan dat toe te geven. En de socialisten vinden het ook wel mooi om er een Quist bij te hebben. Met de serene waardigheid, die zo kenmerkend voor mij is, laat ik mij dat aanleunen. In de politiek moet je de wapens gebruiken die je hebt, net als in de liefde. Alles binnen de grenzen van het fatsoen natuurlijk.'

'Je ziet Max nu dus minder dan vroeger.'

'Ja,' zei hij, 'ik zie Max wat minder dan vroeger.' Hij stak een sigaret op en zei: 'Ik denk niet dat ik het je kan uitleggen, want ik begrijp het zelf eigenlijk niet, maar tot het einde van mijn levensdagen zal ik hem dankbaar zijn voor het feit, dat hij bestaat.'

'Dat geldt voor hem ook, wat jou betreft. Dat weet ik.' Zij bleef hem even aankijken. 'Maar waarom leg je opeens zo'n plechtige verklaring af?'

'Uit saturnische melancholie.'

'Is er dan iets vervelends gebeurd tussen jullie?'

'Welnee. Het heeft alleen iets met de tijd te maken. We kennen elkaar nu een half jaar, en de laatste weken betrap ik mij er op, dat me steeds een zin van Hegel te binnen schiet als ik aan die eerste maanden denk: *Das war also ein herrlicher Sonnenaufgang.* Dat schreef hij nog als oude reactionair over de franse revolutie, die hem als jongeman had geïnspireerd, – toen iedereen alleen nog maar sprak over de gruwelen van de jacobijnse terreur. Maar nog twee maanden geleden schoot die zin mij nooit te binnen, en dat dat nu wel gebeurt, met dat omineuze imperfectum, is natuurlijk een teken dat er iets aan het veranderen is. Ik zie hem minder door mijn politieke besognes, maar misschien is het ook een beetje andersom, als je begrijpt wat ik bedoel. Enfin, het oude verhaal, niets bijzonders: op de actie volgt de reflectie, op de verliefdheid het huwelijk. We zullen eeuwig goede vrienden blijven – ook al heeft die schoft mijn vriendin afgepikt.'

'Je vriendin afgepikt?' herhaalde Ada, meer geschrokken dan verbaasd. 'En je zei, dat er niets vervelends was gebeurd. Wanneer was dat dan?'

Onno lachte en zei, dat het altijd beter was hem niet al te letterlijk te nemen. Geamuseerd vertelde hij over zijn verhouding met Helga, waaraan Max een eind had gemaakt door een straatvriendje uit te beelden. Eigenlijk was het natuurlijk een groot drama geweest. Het was als met het toneelstuk in Hamlet, zei hij, *the play within the play*, waarin de koning met zijn misdaad wordt geconfronteerd, - met dit verschil, dat het bij Shakespeare met overleg werd geënsceneerd door een listige stiefzoon, maar dat Max het in zijn speelse onschuld had gedaan.

'En wie ruimt tegenwoordig je kamer op?'

'Niemand,' zei Onno met komisch verstikte stem en vertrok zijn gezicht, alsof hij zodadelijk in snikken zou uitbarsten. 'Niemand. Ik ben alleen op de wereld.'

'Arme jongen,' zei Ada met een lachje. 'Zal ik jouw kamer dan maar eens opruimen?'

'Ja, mevrouw,' knikte Onno op een manier, die in kinderboeken met 'ijverig' omschreven placht te worden, - 'graag, mevrouw.'

'Zullen we dan maar gaan?'

Onderzoekend keek hij op.

'Bedoel je dat nog steeds als grap?'

'Helemaal niet. Ik wil wel eens zien hoe je woont, ik heb zo veel over je gehoord...'

'Max heeft ook nooit gezien hoe ik woon, of liever: niet woon.'

'Ik ben Max toch niet.'

Zij keken elkaar aan. Alles was plotseling aan het veranderen - als een omwaaiende boom, met wortels die uit de aarde werden getrokken, vol krioelend gedierte. Nee, zij was Max niet, maar ook hij was Max niet, - en tegelijkertijd was zij wel Max, en hij ook.

*

Terwijl Max in Polen zijn rouwende rechthoek rondom het megaschavot aflegde, was Ada sprakeloos over wat zij opeens aanrichtte en Onno over wat hij liet gebeuren. Hij torste haar cello over het Museumplein en zei, dat hij nu eindelijk begreep waarom Max het had uitgemaakt. Door de tunnel van het Rijksmuseum liepen zij naar de Kerkstraat. Hij ging de vier treden van het souterrain af, opende de deur van de vroegere leveranciersingang en liet haar binnen.

'Dit kan dus absoluut niet,' zei hij, terwijl hij haar voorging over de gescheurde marmeren platen van de donkere gang. Een van de muren ging bijkans schuil achter de opgestapelde rode en groene petroleumblikken.

'Hoezo niet? Mag je geen damesbezoek ontvangen van je hospita?'

'Mijn hospita is zelf een onbeschrijflijke smeerlap. 's Nachts moet ik altijd de deur op slot doen.'

'Je doet net of ik je gevraagd heb, met me naar bed te gaan.'

'Is dat dan niet zo?'

'Misschien wel, ja,' zei Ada tot haar eigen verbazing.

Onno bleef staan en sloeg zijn ogen ten hemel.

'Wat hebben wij nog getuigen van noode? Hier is het definitieve bewijs voor de afgrondelijke zedeloosheid van de vrouw als zodanig! Zelfs het wonder der muziek kan dat blijkbaar niet verhelpen.'

Ada hoorde zichzelf praten, luchtig, werelds; zij herkende zichzelf nauwelijks, het was of zij zichzelf in een kroningsgewaad in de spiegel zag. Zij voelde dat zij meester was van de situatie, – zij, provinciaaltje uit Leiden, hier in Amsterdam bij een internationaal bekend geleerde uit een vooraanstaande familie. Zij was de baas. Bij Max was zij nooit de baas geweest, zelfs de gedachte aan zoiets was niet bij haar opgekomen; hij had haar minzaam geduld, zoals iemand een kat op zijn schoot duldt, tot hij haar met een milde beweging van zich af schuift. Maar nu had de kat een vogel in haar bek.

Op de drempel van Onno's kamer stokte zij. Het was inderdaad beter, dat Max dit nooit te zien had gekregen. De wanorde was totaal. Onder het smalle raam in de voorkamer, waardoor voorbijgangers op het trottoir niet verder dan tot hun knieën te zien waren, stond een schrijftafel, decimeters hoog volgetast met papieren, opengeslagen boeken, tijdschriften, verwarde kranten, folders, stencils, bankafschriften, enveloppen, rekeningen, alles door elkaar en gegarneerd met overvolle asbakken, een lege melkfles, een opengebroken pak suiker, een draagbare radio, een stuk oranje geworden boter op zilverpapier, – en over de grond en langs de muren met kromstaande boekenplanken, een doorgezakte bank en een oliekachel zette dit alles zich voort tot in de achterkamer, waar het tot een einde kwam bij een matras, waarvan de lakens de kleur hadden van het eeuwenoude vernis op de muurschilderingen in de Sixtijnse Kapel.

'Ja,' zei Ada, terwijl zij naar binnen ging, 'als iets dus absoluut niet kan, dan is dit het.'

'Vind je het soms niet netjes hier?'

'Wat zal ik zeggen? Het ziet er anders uit dan bij je vriend.'

'Maar ik,' zei Onno, 'leef ook niet in het gevoel, dat ik ieder moment overhaast moet kunnen vluchten. Voor hem is elk ogenblik alles mogelijk, en dan moet hij meteen kunnen vinden wat hij mee wil nemen. Ik kan nooit iets vinden.'

Ada raapte een antieke bruine foliant met een gehavende leren rug van de grond en las hardop de titel voor, die in een dozijn lettertypen was gedrukt: '*Vollständiges Hebräisch-chaldäisch-rabbinisches Wörterbuch über das alte Testament, die Thargumim, Midraschim und den Talmud, mit Erläuterungen aus dem Bereiche der historischen Kritik, Archäologie, Mythologie, Naturkunde etc. und mit besonderer Berücksichtigung der Dicta messiana, als Bindemittel der Schriften des alten und neuen Bundes.* Spannend boek?' vroeg zij, opkijkend.

'Spannender dan je denkt. Dit is het soort boeken, dat de kabouters voor mij samenstellen. 's Nachts, als ik slaap.'

Als bladwijzer zat er een moderne brochure in: *Socialisme & Democratie.* Terwijl zij het voorzichtig op een stapel legde, moest zij plotseling aan de winkel van haar vader denken, wat haar een huiselijk gevoel gaf. Zij deed het raam open en haar oog viel op twee glanzende foto's, die met punaises tegen het kozijn waren geprikt: een soort hinkelbaan, met de klok mee van buiten naar binnen draaiend.

'Is dat hem?'

'Dat is hem.'

Neuriënd, met een air alsof zij eenvoudig las wat er stond, liet zij haar ogen over de tekens dwalen. Onno keek naar haar frêle gestalte in het tegenlicht, oog in oog met dat ding, waardoor hij nu al zo lang werd gekweld. Waarom ook eigenlijk niet? dacht hij. Het was uit met Max, en die was daar niet kapot van geweest; bovendien had hij in haar tijd ook allerlei andere vriendinnen er op na gehouden. Zelf was hij niet zo'n fanaticus die geil er op af ging, hij had zich altijd laten verleiden, ook met Helga was dat zo geweest. Het gebeurde niet zo vaak, dat iemand haar zinnen op hem zette; maar als het gebeurde, dan was hij niet alleen weerloos, dan ervoer hij de wil van de ander als zijn eigen liefde voor haar. En dat was het dan ook. Hij was verliefd op Ada – zoals zij daar stond met haar zwarte haar en naar het geheimschrift keek. Maar hij moest zichzelf tijd gunnen. Hij had haar nooit zonder Max gezien, niet alleen niet lijfelijk, ook niet in zijn voorstelling: zij was een deel van hem, en dat moest eerst verdwijnen. Het stond vast, dat hij niet à la Max vandaag al met haar het bed in zou duiken. Daarvoor moest het trouwens eerst verschoond worden.

Zij draaide zich om en nam de kamer weer in ogenschouw. Er was maar één min of meer mooi ding te zien: een overladen bewerkte chinese kist van donker hout, met handvatten en een koperen slot; toen zij het deksel optilde en een blik sloeg op de afgedankte kleren en schoenen, steeg er een zware kamfergeur uit op.

'Wat is het systeem hier?' vroeg zij op de toon van iemand die aan het werk gaat. 'Zodat ik weet hoe ik moet opruimen.'

'Er is hier geen systeem. Hier heerst de woeste wanorde van het genie.'

Maar dat was niet helemaal waar. Zij ging naar de achterkamer, waar tussen de uitpuilende boekenkast en de afzichtelijk smerige wastafel, tegenover het bed, een groot aantal vellen ruitjespapier tegen het behang was geprikt: zorgvuldig ingedeeld in genummerde horizontale kolommen, en verticale met opschriften als *Mannelijk? Vrouwelijk? Nominatief. Mogelijke 'accusatieven'. Orthografische varianten. Consonant 2c vóór 24?* Verspreid over de kolommen stonden schrifttekens, zo te zien niet alleen die van de Diskos van Phaistos, sommige groepen omkaderd met rode of groene inkt, voorzien van bijschriften, – alles exact en overzichtelijk. Op zijn verfrommelde hoofdkussen lag Machiavelli's *Il principe*; het raam zag uit op een donkere, betegelde binnenplaats.

Ada raapte wat kleren op en vroeg:

'Heb je een wasmachine?'

'Boven staat er een die ik mag gebruiken, maar ik ben bang voor dat kreng. Het hele huis dreunt als hij draait, soms gaat hij zelfs door de keuken wandelen.'

'Is er een stofzuiger en dat soort spul? Emmers en dweilen en zo? Zeep misschien zelfs?'

'Verdomd, Ada, wou jij hier werkelijk opruimen? Ben jij zo'n Hercules?'

'Ga jij nu maar een paar uur weg, de stad in.'

'Enfin, je doet maar.' Hij gaf een kus op haar voorhoofd. 'Als je maar nergens aankomt.'

14
Restitutie

Wie terugkomt van een reis, draagt de afgelegde afstanden nog met zich mee als gespreide vleugels – tot hij de sleutel in zijn voordeur steekt. Dan vouwen zij zich op, en hij is weer in zijn huis als in het middelpunt van een onoverschrijdbare stalen ring aan de horizon. Op het moment dat hij de deur achter zich dichtdoet, kan hij zich al niet meer voorstellen dat hij ooit weg geweest is. Alles is zoals het was: de vestibule, de trap, de leuningen. Max verzamelde de kranten en de post en ging langzaam naar boven. Hij deed de ramen open, pakte zijn koffer uit, deed zijn was in de mand en nam een douche. Vervolgens keek hij de post door, sorteerde de kranten tot een chronologische stapel, die van de dag van zijn vertrek bovenop, en begon er ongeduldig in te bladeren. Alleen in Wenen had hij gedurende een paar dagen westerse kranten kunnen inzien; verder was het zelfs niet bij hem opgekomen, dat er toch nieuws moest zijn. Maar na het doornemen van de eerste week geloofde hij het wel: wat gebeurd was, was gebeurd, wat niet gebeurd was, was niet gebeurd. Wel wist hij, dat hij nu nog jarenlang mensen in leven zou wanen, die in die weken gestorven waren.

Hij nam de telefoon op zijn schoot en begon het nummer van Onno te draaien, maar bij het vierde cijfer stokte hij. Plotseling wist hij het niet meer. Hij legde de hoorn neer en staarde voor zich uit: nu bood zich een keuze aan tussen drie of vier nummers. Honderden keren had hij het gedraaid, maar er bleef hem niets anders over dan het beschaamd op te zoeken. Blijkbaar was hij vermoeider dan hij dacht.

'Quist.'

'Onno, met Max.'

'Max! Sinds wanneer ben je terug?'

'Ik kom net aan uit Boedapest.'

De tijd tussen het moment, waarop hij zelf 'Max' zei en dat waarop Onno 'Max' riep, duurde een fractie van een seconde langer dan hij had verwacht, een minieme aarzeling: er was iets aan de hand.

'Wat ga je doen? Wil je naar bed?'

'Ben je gek, ik heb gevlogen. Kom langs.'

Toen Onno een half uur later in de groene chesterfield fauteuil ging zitten, was er weer iets onzekers in zijn gedrag; maar Max vond niet dat hij daarover moest beginnen als een zorgzame moeder wie niets ontging. Terwijl hij verslag deed van zijn reis, scheen het hem al toe of hij een droom vertelde. Diezelfde ochtend nog was hij van zijn hotel aan de Lenin Körút naar het magistrale parlementsgebouw gelopen, om daar een laatste blik op de Donau te werpen, met aan de overkant de oude burchtheuvel met zijn paleizen en kerken en citadellen, - al dat ontzagwekkende *Europa*, dat hij ook in Wenen en vooral in Praag had gezien, en dat hem even vreemd-vertrouwd was als het austriakische accent van het duits, dat hij in al die landen had gehoord. Terwijl hij vertelde over zijn dagen in Berlijn en in de poolse stadjes, kon hij zich nauwelijks voorstellen dat hij daar werkelijk was geweest. Birkenau verscheen voor zijn ogen, roerloos in de nevel. Hij wilde vertellen over zijn urenlange rondgang om het kamp, maar hij viel stil.

'Je bent somber, Max.'

Max knikte en keek naar zijn nagels.

'Je had in elk geval gelijk dat ik moest gaan. Alleen, mijn banden met Nederland zijn er niet door versterkt.'

'Zou je kunnen wonen daarginds?'

'Onzin. Ik ben hier geboren, nederlands is mijn taal, hier ben ik opgegroeid en hier heb ik mijn vrienden. En mijn vriendinnen, niet te vergeten. Maar goed, dat zou niet het grootste probleem vormen, zeker niet in Wenen of Boedapest. Wat dat betreft, kom je daar niets te kort.'

'Ja ja,' zei Onno, 'bespaar me dat.'

'Overigens, in Wenen heb ik nog een Delius in het telefoonboek gevonden.'

'En die heb je toen niet gebeld.'

'Zo is dat.'

Onno knikte. Hij voelde zich ongemakkelijk en na een korte stilte informeerde hij naar Max' indruk van de toestand achter het ijzeren gordijn.

'Hoe bedoel je?'

'Hoe bedoel je «Hoe bedoel je»?'

'Hoe bedoel je hoe bedoel je hoe bedoel je. Ja, wat wil je dat ik zeg? Grote sovjetsterren aan de gebouwen, standbeelden van Lenin, portretten van allerlei plaatselijke stamhoofden, spandoeken met spreuken, die een polyglot als jij kan lezen, maar ik niet. Alles armelijk en groezelig, overal een gruwelijk arrogante bureaucratische bedoening, zoals bij ons op het stadhuis of het postkantoor of het arbeidsbureau.'

'Het natuurlijke element van de ambtenarij is de dictatuur,' zei Onno instemmend. 'In een dictatuur is iedereen ambtenaar.'

'In Praag had niemand ooit van Kafka gehoord. Maar tegelijk is iedereen veel vriendelijker dan hier. Er wordt daar een hoop goeds onderdrukt, denk ik, maar vermoedelijk ook een hoop slechts.'

'Dus moet het maar zo blijven?'

'Dat soort dingen moet je mij niet vragen. Het fascisme heeft er in elk geval geen schijn van kans, volgens mij, en dat is de hoofdzaak. De rest is luxe.'

'Het stalinisme ook?'

'Waar wil je heen, Onno? De grote boeven waren Hitler en

Mussolini, en die zijn de wereld uit geholpen door Churchill, Roosevelt en Stalin. Zo zie ik dat.'

'Daar ben ik ook bang voor.'

'O.K.,' zei Max. 'Ik begrijp best waar je me hebben wilt, maar nu ga ik jou eens testen. God roept jou voor zijn troon en zegt: «Mijn zoon, ik heb besloten dat de wereld voor alle eeuwigheid geregeerd zal worden in de geest van Hitler of in die van Stalin. Jij moet beslissen, wie van de twee het zal worden, – met de bijzondere bepaling, dat als je niet wenst te kiezen tussen die twee boeven, of als je weigert in te gaan op zulke immorele spelletjes, dat het dan Hitler wordt». Wat zeg je dan?'

'Dan zeg jij dus «Stalin»,' zei Onno.

'Zonder een seconde te aarzelen.'

'En waarom aarzel je niet?'

'Omdat Stalin de onmenselijkheid van het rationalisme vertegenwoordigt en Hitler die van het irrationalisme. En naar mijn aard sta ik aan de kant van het rationalisme. Hitler was een onberekenbare gek, maar Stalin rekende alles uit, hij was dus ook zelf berekenbaar.'

'Denk je dat werkelijk? Wat ben je toch een kind. Geen wonder dat alle vrouwen op je vallen. Wat was trouwens het verschil voor hun slachtoffers? Sterft het lekkerder in dienst van de rede?'

'Nee, voor het individu maakt het niet uit. Iedereen sterft zijn unieke dood.'

Onno bleef hem even aankijken.

'Zal ik jou eens wat vertellen? Jij bent helemaal niet in het oostblok geweest. Jij bent uitsluitend in Hitlers Grootduitse Rijk geweest, en verder misschien nog in Franz Josephs Dubbelmonarchie.'

Max glimlachte.

'Laten we zeggen, dat ik de continuïteit van de geschiedenis vertegenwoordig. En men stelt vast, dat je geen antwoord hebt gegeven op Gods vraag. Het stalinisme zal verdwijnen en de wereld zal voor eeuwig in de geest van Hitler worden bestuurd. Het einde van de beschaving komt in zicht. Er opent zich een kloof tussen ons.'

'Misschien is er toch nog een derde mogelijkheid.'

'Daar heeft God niets over gezegd.'

Onno knikte.

'Misschien is het verstandiger om te stoppen met deze conversatie.'

Er was iets in zijn toon waardoor ook Max dat beter leek.

'O.K. Maar een cuba libre drink je hopelijk nog wel.' Hij stond op om hem in te schenken. 'Vertel op, wat heb jij uitgevoerd?'

Onno sloeg zijn benen van elkaar en andersom weer over elkaar. 'Ik druk mijn onuitwisbare stempel op de vaderlandse politiek. Wij zijn bezig een strategie te ontwerpen om op het partijcongres voor de erkenning van de DDR te werven. Dat zal je genoegen doen.'

'Onno... ik ben er niet zeker van of je me wel goed begrijpt. Lees je nog wel eens wat anders dan de krant?'

'Ja, ik weet hoe je er over denkt. Het gaat dan ook niet om de DDR, maar om Nederland.'

'Doe toch iets nutteloos', zoals het een heer betaamt.'

Onno knikte.

'We zullen nog wel zien, wie van ons beiden uiteindelijk het meest heer is.' En na een korte stilte: 'Ik ben blij dat je terug bent, zodat ik mij naast het maatschappelijk relevante geleuter van mijn kameraden uit de arbeidersbeweging weer kan laven aan jouw schandelijke opvattingen.' Hij nam zijn glas rum-cola in ontvangst en begon ongemakkelijk in zijn stoel te draaien. 'Maar ik moet je ook iets vreselijks bekennen.' Toen hij zag dat Max schrok, en werkelijk iets vreselijks verwachtte, zei hij: 'Er heeft zich tussen Ada en mij iets heel moois ontwikkeld.'

In de dagen dat de scheikunde nog een avontuurlijke wetenschap was, kon het gebeuren dat het voegen van de ene vloeistof bij de andere leidde tot volkomen onbegrijpelijk gebruis, kleurverandering en temperatuurstijging: zo viel Onno's bericht in Max' geest. Het was of hij Ada's gestalte ook ruimtelijk zag verschijnen:

schuin, van hem naar Onno, als een schaakstuk, de zwarte koningin.

'Wat een verrassing, Onno. Sinds wanneer?'

'Sinds een week of twee.'

Max kon nog niet goed wijs uit zichzelf. Hij was blij voor Onno, maar tegelijk kon hij zich geen voorstelling maken van die twee bij elkaar, in bed; daar wilde hij zich ook geen voorstelling van maken, maar tegelijk stond haar naakte lichaam hem voor ogen, terwijl hij naar Onno keek.

'Gefeliciteerd. Je had het niet beter kunnen treffen.'

'Ik had je natuurlijk om haar hand moeten vragen, maar je was er niet.'

'Nee. Je had me weggestuurd.'

'Zeg, je denkt toch niet –'

'Natuurlijk niet.'

Max lachte. Hij wilde vragen hoe en waar zij elkaar ontmoet hadden, maar dat ging hem niet aan. Dat was niet meer van hem. Als Onno het niet uit zichzelf vertelde, wilde hij het ook niet weten. Pas nu werd hij getroffen door het besef, dat het dus definitief was afgelopen tussen hem en Ada, – terwijl het toch al lang afgelopen was. Geen van beiden had meer iets van zich laten horen. Maar de vraag, of hij iets door zijn vingers had laten glippen, moest nu ook niet meer gesteld worden; als dat al zo was, dan was het zijn eigen schuld, en in elk geval was het onherroepelijk.

Onno zette zijn glas weg, liet zich op zijn knieën vallen en vouwde zijn handen.

'Heb ik je zegen?'

'Het is toch een eerste eis van hoffelijkheid onder beschaafde mensen, dat je je vrienden je vrouw aanbiedt.'

Onno hees zich weer in zijn stoel.

'Dat is waar. Ik dank u beleefd. Beschouw het maar als restitutie voor Helga.'

*

Al na een paar weken, de zomer liep op zijn eind, was Max eigenlijk vergeten dat de verhoudingen ooit anders waren geweest. De eerste keer dat hij Ada weer zag, was na een uitvoering van het Concertgebouworkest. Zij had haar aanstelling gekregen, en het seizoen werd geopend met de Zevende van Bruckner. Braaf zat hij naast Onno in de volle zaal en keek naar het kolossale orgel, dat er uitzag als de torahschrijn in een oriëntaalse synagoge. Het Adagio met zijn onverbiddelijke cellopassage ploegde hem open. Hij ging nooit naar concerten, het greep hem te veel aan, en nu was het nog heviger dan anders, – niet alleen omdat hij nu ook naar Ada luisterde, maar vooral omdat hij sinds zijn reis kwetsbaarder was geworden, als iemand na een operatie. Onno probeerde onderwijl de tijd door te komen met lezen in de programmatoelichting: in het Adagio had de kleine oostenrijker zijn emotie over de dood van Wagner verwerkt, – en Onno dacht: Adagio, Ada-Gio, Giove, Iuppiter, Zeus, Ada en de Oppergod: daar zat zij op het podium, rechts, onderhevig aan de wil van de dirigent.

Om de muziek nader te komen, had hij – tijdens vergaderingen in het amsterdamse partijhoofdkwartier, in cafés en in achterafzaaltjes van hotels in de bossen – zich een leerboek over harmonieleer eigen gemaakt; wat 'cis-moll' betekende hoefde niemand hem meer uit te leggen, maar ook dat had niet geholpen. Toen een andere samenzweerder hem eens vroeg, waarom hij niet luisterde, had hij zonder op te kijken van het boek gezegd: 'Ik lees niet met mijn oren,' – waarop de strenge vrager door het gelach van de anderen pijnlijk werd gedegradeerd in de hiërarchie, misschien voor de rest van zijn politieke loopbaan. Wel had Onno ontdekt, dat hij over een absoluut gehoor beschikte.

Na afloop van het concert gingen zij naar een kroeg achter het Concertgebouw, ingericht met meubilair van de uitdrager, zo vol als een tram op het spitsuur: groezelige artisten uit de buurt, gescheiden vrouwen, studenten, concertgangers, orkestleden in rok en lange jurk. Toen Ada binnenkwam en zich naar hen toe worstelde, hadden Max en zij elkaar opgewekt begroet, in een soort gespannen ontspannenheid, met kussen op de wang, alsof het nooit anders was geweest, en zonder te zinspelen op de verandering, al was het maar met een oogopslag.

'Leuk je weer te zien! Goede reis gehad?'

'Heel bijzonder.'

'Hoe vond je het vanavond?'

'Schitterend. Nog gefeliciteerd met je aanstelling.'

'Marijke!' riep zij naar een collega. 'Jij ook een kleintje pils?'

Hij kende haar nauwelijks terug. Zij praatte en lachte, schoot anderen aan, stelde hen voor, verdween met hen in de drukte, dook weer op, hing aan Onno's arm, maakte afspraken, zwaaide naar vertrekkenden en leek volkomen gelukkig. Wat hij niet wist, was dat ook hij een ander voor haar was geworden, sinds Onno haar over hem verteld had.

'Loop je met ons op?' vroeg Onno, toen zij afgerekend hadden.

'Ik blijf nog wat hangen,' zei hij, met een blik in de richting van Marijke. 'Wel thuis.'

*

Zoals Onno Ada vroeger nooit zonder Max had gezien, ontmoette Max haar nooit meer zonder Onno. Maar zo vaak zagen zij elkaar niet. Onno werd meer en meer in beslag genomen door de partij, vooral 's avonds; over het algemeen placht de politiek huwelijken en verhoudingen te ruïneren, – al waren er, die juist in de politiek gingen om niet thuis te hoeven zijn, – maar ook Ada had haar repetities en uitvoeringen. Zelf moest Max nu wekelijks naar Dwingeloo.

Steeds vaker werd hij 's ochtends wakker met een dof onbehagen, dat hij niet van zichzelf kende. Eigenlijk begon het al voordat hij goed en wel was ontwaakt, nog in de halfslaap: een donker pessimisme, dat zich vooral uitstrekte tot zijn werk. Twijfels over de juistheid van zijn onderzoekprogramma, zwaarwegende argumenten, die hij zich niet meer kon herinneren als hij zijn ogen had opgeslagen, maar de somberheid bleef hangen als de stank na een brand. Sprong hij vroeger na een paar seconden uit bed om de douche open te draaien, nu bleef hij nog minutenlang liggen, terwijl hij zich afvroeg wat er aan de hand was. Hij haalde zijn werk voor de geest, maar daar was niets mis mee, – met hemzelf was iets mis. In de loop van de ochtend klaarde het op, maar als hij naar het oosten moest en anderhalf uur in zijn auto zat, keerde de neerslachtigheid soms terug. Het was geen echte depressie, waarvoor deskundigen geraadpleegd en pillen geslikt moesten worden, want hij vermoedde dat het een aanwijsbare oorzaak had: zijn reis. Wat de eerste weken overheersend was geweest in zijn herinnering – barokke paleizen en kathedralen op heuvels, heiligenbeelden op praagse bruggen, de weense Hofburg, zigeunermuziek 's avonds in boedapester hotels in Jugendstil, of in armelijke cafés met namen als 'Fixmatros' – had steeds meer plaatsgemaakt voor het onbeweeglijk uitgestrekte gehenna in het centrum van zijn satanische triangel. Dat peilloze onding was dieper in hem naar binnen gedrongen dan hij had gedacht – misschien had hij toch niet naar Onno moeten luisteren. Misschien moest hij met vakantie, om te herstellen van zijn vakantie. Tien dagen Canarische Eilanden, overwoog hij, zouden hem goeddoen, – maar hij wist ook, dat hij niet zijn reisbureau zou bellen om het in orde te maken.

*

Ada trok al snel bij Onno in. De bovenburen van de bel-etage waren vertrokken en hij had hun verdieping er bij gehuurd, zodat hij plotseling beschikte over een echte woning met een eigen keuken en een voordeur. Het souterrain bleef zijn werkruimte, Ada kreeg de nieuwe voorkamer, de achterkamer werd hun slaapkamer, en voor de kleine zijkamer zou ook nog wel een bestemming gevonden worden.

'Daar komt ons kind!' had Onno uitgeroepen. 'Dat afgrijselijke wurm, dat mij uit mijn slaap zal houden met zijn weerzinwekkende gekrijs, zodat ik mij helaas genoodzaakt zal zien het te bedelven onder een hoofdkussen.'

Maar hij wilde helemaal geen kind, en Ada even min. Nadat zij, goedkeurend gadegeslagen door Onno, gedurende een paar weken had geschrobd, geboend, gewit en geschilderd, wilde zij eenvoudig de verhuiswagen uit Leiden laten voorkomen; maar dat ging Onno te ver. Hij vond, dat daar toch een gesprek met haar ouders aan vooraf moest gaan. Niet, dat dat van enige invloed zou zijn, maar ten slotte was zij hun enige kind, en het gaf geen pas dat hij dat zonder woord inpikte. Hij had zelfs nooit kennis met hen gemaakt!

'Stel, je bent zelf moeder en je kind verdwijnt opeens met de noorderzon!'

'En jouw ouders dan? Moet je me dan ook niet voorstellen aan jouw ouders? Ik pik jou toch ook in?'

'Goeie god, weet je wel wat je zegt? Als die horen dat ik ongetrouwd ga samenwonen, krijgen ze een beroerte. Ik heb Helga ook nooit aan ze voorgesteld, ik moet altijd alles stiekem doen.'

Voor Ada was het allemaal niet nodig. Onno had haar ouders al eerder willen ontmoeten, hij was nieuwsgierig naar ze, vooral naar haar moeder: volgens hem moest je altijd naar de moeder van een vrouw kijken, als je wilde weten hoe zij zelf zou worden. Vooral die opmerking had een rol gespeeld bij het voorkomen van een ontmoeting; het idee dat zij net zo zou worden als haar moeder, vervulde Ada met walging. Zij haatte haar moeder en zij schaamde zich voor haar vader, die altijd de verkeerde dingen zei. Aan de andere kant waardeerde zij het in Onno. Alles bij elkaar had Max eenmaal naar haar ouders geïnformeerd; zij waren overbodig voor hem, net als uiteindelijk zij zelf. Bij Onno had zij dat gevoel van overbodigheid niet, in tegendeel: zij had de indruk dat hij niet meer zonder haar kon, al was hij er de man niet naar om dat te zeggen. De vraag, of hetzelfde ook voor haar gold, liet zij niet tot zich toe.

Zij wist te vermijden, dat hij naar Leiden ging en daar de kleinburgerlijke behuizing van haar ouders te zien kreeg: de eerstvolgende maandagmiddag, toen het antiquariaat gesloten was, kwamen zij naar Amsterdam. In de Kerkstraat schudden Oswald en Sophia Brons Onno de hand met de onwennigheid van sollicitanten. Brons leek hem een brave sul, maar voor haar moeder was hij onmiddellijk een beetje bang: zij keek hem aan met een blik alsof hij een ding was, een stoel die niet op zijn plaats stond. Vervolgens namen zij de lege kamers in ogenschouw, en Onno zag dat zij naar alles keek met die blik: het was eenvoudig de manier waarop zij keek. In het souterrain, van een wildernis veranderd in een redelijk onderhouden tuin, wees haar vader naar de tabellen, die nog op hun oude plaats hingen, en vroeg:

'Doe je helemaal niets meer aan sterrenkunde, Onno?'

'Je haalt weer alles door elkaar, papa,' zei Ada geërgerd. 'Dat was Max, mijn vorige vriend.'

'Zo duidelijk heb je ons ook niet op de hoogte gehouden, Ada,' zei haar moeder, met een blik naar Onno. 'We moesten ieder woord uit je trekken.'

'De moderne jeugd,' knikte Onno. 'Dat doet maar.'

'Hoe oud ben je zelf?' informeerde Brons.

'Wat een gemene vraag. Ik schat dat ik even veel ouder ben dan Ada als u dan ik.'

'Thuis zal ik het eens uitrekenen. Maar toch zeg je «u» tegen mij.'

'Ik kan mijn schoonvader toch zeker niet tutoyeren! Dat zou het hele maatschappelijk bestel ondermijnen.'

Onder Ada's donkere, scherp getekende wenkbrauwen keek haar moeder hem aan.

'Zijn jullie van plan te trouwen?'

'Mama, alsjeblieft...'

'Waarom mag ik dat niet vragen?'

'Omdat ik dat vervelend vind. Alsof trouwen het hoogste is. Tegen de tijd dat we gaan trouwen, krijg je het wel te horen; voorlopig zijn we het niet van plan, nee.'

Als alles was ingericht zouden zij terugkomen, – en op voorstel van Sophia Brons gingen zij theedrinken in de Bijenkorf, waar zij wat inkopen wilde doen.

Terwijl Ada en haar moeder verloren gingen in de geparfumeerde, spiegelende doolhoven van het warenhuis, vonden Onno en Oswald Brons in de cafetaria een tafeltje aan het raam. Onwennig, omgeven door dames, keken zij uit over de drukke Dam. De brede treden van het nationaal monument, een geërecteerde pyloon van prae-freudiaanse onschuld, waren overdekt met zittende en liggende hippies in bonte kleuren, bewaakt door rondslenterende politieagenten in zwarte uniformen en twee marechaussees te paard. Brons zei dat dat gehang daar toch eigenlijk een ontwijding was van de gevallenen, waarop Onno een gebaar maakte dat daar iets voor te zeggen viel, maar dat anderzijds... Aan de overkant van het plein, aan de voet van het koninklijk paleis, – dat van Onno en zijn medestanders weer stadhuis moest worden, zoals het tijdens de republiek was geweest, – zaten kinderen op straat en keken naar een voorstelling in een rode poppenkast.

Tot Onno's schrik legde Brons een hand op zijn arm.

'Onno, kijk me aan. Beloof je me, dat je goed voor Ada zult zorgen?'

'Dat beloof ik,' zei Onno op ironisch-plechtige toon, alsof hij beëdigd werd.

Hij wilde zijn arm wegtrekken, maar dat was natuurlijk uitgesloten. De hand bleef er op liggen, zodat hij even later haar warmte voelde. Ongemakkelijk keek hij in de trouwhartige ogen van de antiquaar. Het was duidelijk dat hij iets wilde zeggen, maar dat het hem moeite kostte te beginnen; misschien had hij het voorbereid en probeerde hij het zich nu te herinneren.

'Ada,' zei hij, 'is namelijk een heel moeilijk meisje, vooral voor zichzelf. Als kind al was ze heel gesloten, vriendinnen heeft ze eigenlijk nooit gehad. Dat wilde ze wel, maar om een of andere reden riep ze altijd agressie op, zonder dat zij het bewust er naar maakte. Op school werd er constant tegen haar samengespannen door andere meiden, achter haar rug werd gekletst, altijd werden er onzinverhalen over haar rondgestrooid.'

'Hoe kwam dat?'

'Geen idee. Tot haar zestiende of zeventiende zat ze in een soort slaperige cocon, ze keek je aan op een manier dat je je afvroeg, of ze je eigenlijk wel zag. En ze leerde niet alleen slecht, we hadden de indruk dat ze helemaal niet begreep wat dat eigenlijk was, leren. Ze ging van de ene school naar de andere, maar het haalde allemaal niets uit.'

Hij trok zijn hand weg en wachtte even tot de thee voor hen was neergezet. Waar kwam toch die asymmetrie vandaan? vroeg Onno zich af; waarom was de liefde van ouders voor hun kind vanzelfsprekend en het omgekeerde niet? Waarom had 'Eert uw vader en uw moeder' een gebod te zijn en 'Eert uw kind' niet?

'Maar dat is allemaal in orde gekomen,' zei hij.

'Dat wel. Maar toch... De natuur,' vervolgde Brons, 'was al net zo agressief tegen haar. Tot haar achtste of tiende had ze onafgebroken problemen met haar oren, om de haverklap moesten ze doorgestoken worden. Dat hield gelukkig op, maar toen kreeg ze problemen met haar ogen. Op een gegeven ogenblik bleek ze bijziende en verziende tegelijkertijd, als ik het goed begrepen heb. Dan weer zó'n bril, dan weer zó'n bril. Dat is gelukkig ook in orde gekomen, misschien omdat bijziendheid en verziendheid elkaar uiteindelijk opheffen; maar intussen was zij wel honderd keer naar de oogarts geweest. Daarbij kwam dan nog, dat zij altijd ongelukken aantrok. Fietsen, pats, voortanden afgebroken. Schaatsen, pats, iemand schaatste over haar hand, rang, pezen doorgesneden. Gelukkig was het haar rechterhand. Ik moet er niet aan denken wat er van haar was geworden, als zij geen cello meer had kunnen spelen. Want dat is wat haar uiteindelijk er doorheen heeft geholpen: de muziek. Echt begrepen heb ik het nooit, ik ben absoluut niet muzikaal, ik kan nog geen requiem van een weense wals onderscheiden.'

'Dat onderscheid bestaat misschien ook niet.'

'Ja, zie je wel, jij begrijpt het, anders was je niet met Ada.'

'Hoe komt u er bij?' zei Onno. 'Ik begrijp er ook niets van. Het woord is de dag, de muziek de nacht. Uw dochter is een raadsel voor mij. Maar misschien zit het begrip de liefde alleen maar in de weg. Begrijpt u uw vrouw, als ik vragen mag?'

'Hè?' vroeg Brons en keek hem aan, met plotseling iets stars in zijn ogen. 'Wat bedoel je?'

'Niets eigenlijk. Ik wil alleen maar zeggen, dat vermoedelijk niet alleen niemand iets begrijpt van andermans huwelijk, maar ook niet van dat van zichzelf. Ik heb mij bij voorbeeld wel eens afgevraagd, wat mijn vader eigenlijk in mijn moeder zag, maar ik zou het niet weten, eerlijk gezegd. En hijzelf vermoedelijk ook niet. Maar misschien is precies dat de liefde.'

Plotseling stonden Ada en haar moeder bij hun tafeltje. Onderzoekend keek Ada van Onno naar haar vader. Wat hadden zij besproken? Was dat zo georganiseerd door haar moeder?

Onno stond op en keek in het sfinxengezicht van Sophia Brons.

'Wij hebben de ontwikkelingen op de effectenbeurs besproken,' zei hij. 'Ik heb besloten, *à la baisse* te speculeren.'

15
De uitnodiging

Ook toen het huis in de Kerkstraat was ingericht en Onno eindelijk 'woonde', werd Max daar niet uitgenodigd. Omdat Ada liever niet meer in de Vossiusstraat kwam, ontmoetten zij elkaar meestal ergens in de stad. Op een avond hadden zij afgesproken aan de bar van de Lucky Star, een dancing die de sociale bouillabaisse bevatte die sinds een paar jaar op het vuur stond in Amsterdam: intellectuelen, dichters, schrijvers, componisten, activisten, politici, ex-provo's, vermengd met frivole industriëlen, uitgestreken modeontwerpers, giechelende society kappers en geaccepteerde onderwereldfiguren, dat alles met hun vrouwelijke of mannelijke aanhang sudderend in de soep van danslustige jonge mensen uit de arbeidersbuurten. Max luisterde naar *California Dreamin'* van The Mama's & Papa's op de juke-box en keek naar de meisjes, die voor hun jongens uit naar de dansvloer liepen, met een vreemdsoortige motoriek van één arm: die bewoog niet min of meer gestrekt van voren naar achteren, maar was gebogen in een rechte hoek, waarbij de bovenarm vrijwel bewegingloos bleef, terwijl de onderarm met neerhangende hand een horizontaal cirkelsegment van ongeveer vijfenveertig graden beschreef. Boven de dansvloer draaide een bol, ingelegd met zeshoekige stukjes spiegelglas; weerkaatst licht van een paar spotjes draaide in talloze kleine nevelvlekken rond over de muren en de mensen, nu en dan trof een felle flits zijn ogen. Misschien, dacht hij, hing ook ergens in het wereldruim zo'n ding.

Toen Onno uit het donkerrode, splijtende gordijn bij de ingang verscheen en hem zag zitten, haalde hij een brief uit zijn binnenzak en zwaaide er mee boven zijn hoofd.

'Ga jij eens weg,' zei hij streng tegen een lijkbleke jongeman, die op de kruk naast die van Max zat, en tot zijn eigen verbazing gebeurde er wat hij had bevolen. 'Wat denk je? Brief uit Cuba.'

'Dus toch!' zei Max verrast.

Het schrijven was gericht aan *compañera* Ada Brons, – wat volgens Onno niet 'kameraad' betekende, want dat was *camarada*, maar 'makker', 'metgezel'.

'Dat is net het verschil,' zei hij.

De brief was gesteld in slecht engels en afkomstig van het *Instituto Cubano de Amistad con los Pueblos.* In oktober werd in Havana gedurende tien dagen een kamermuziekfestival gehouden, waaraan werd deelgenomen door tal van ensembles uit Oost- en West-Europa en Latijns Amerika. Reis per Cubana en verblijf in Hotel Nacional was voor rekening van de ICAP; in verband met de precaire deviezenpositie, als gevolg van de noordamerikaanse blokkade, helaas geen honorarium.

'Fantastisch! Alleen, dat duo bestaat toch niet meer?'

'Het zal weer bestaan,' zei Onno beslist.

'Dus ze doet het?'

'Natuurlijk. Ten minste, als ze weg mag van het orkest; als een communistenvreter het voor het zeggen heeft in het bestuur, zal het moeilijk worden. Ze heeft vanavond gespeeld, en na afloop zou ze proberen iemand te pakken te krijgen. Ik zie haar dadelijk boven de Bamboo. Maar er is een kleine moeilijkheid,' zei Onno en zette zijn vinger onder de datum. 'Die brief heeft er twee maanden over gedaan om het christelijke avondland te bereiken. Dat is het ultieme probleem van de Derde Wereld: de communicatie.'

'Heeft ze de ambassade al gebeld?'

'Als ze verlof krijgt van die vreselijke regenten, gaan we er morgen meteen heen. Bellen vertrouw ik niet: dan bellen ze je terug na afloop van het festival.'

'Je kunt morgenochtend met mij meerijden, als je wilt; ik breng jullie wel naar Den Haag.'

'Kom op, laten we gaan.'

Boven de Bamboobar, waaruit het geschetter van een dixielandband kwam, was de club van de nieuwe links-liberalen gevestigd; maar ook de sociaaldemocraten van de rebellenclub waren er te vinden, want iedereen kende iedereen en het lidmaatschap van dezelfde generatie was voorlopig sterker dan dat van verschillende partijen. Bovenaan de steile trap stond de droefgeestige hongaarse portier, na de opstand van elf jaar geleden uit Boedapest gevlucht. Ada was net binnengekomen, zei hij met een gezicht waaruit sprak, dat ook dat er uiteindelijk niets toe deed.

Het was vol; zachte muziek van Dave Brubeck. In het voorbijgaan hoorde Onno iemand zeggen: 'Als ik een christendemocratisch politicus een hand heb gegeven, tel ik altijd mijn vingers na'. Het was de eigenaar van de bar, een vooraanstaand journalist en een van de oprichters van de linkse liberalen.

'*Wished I said it myself*,' zei Onno over zijn schouder, – waarop de ander fijntjes glimlachend naar hem opkeek en zei:

'*You will*, Onno, *you will*.'

Ada stond achterin. Naar alle kanten groetend, ging Onno naar haar toe.

'En?'

'Gelukt,' zei zij en wisselde kussen uit met Max, zonder hem aan te kijken. 'Als ik daar maar niet rondbazuin, dat ik lid ben van het Concertgebouworkest.'

'En Bruno?'

'Je weet hoe hij is. Hij deed heel koel en zei dat hij die dagen misschien vrij kon maken, maar hij sprong natuurlijk een gat in de lucht.'

'Koen!' riep Max naar de man achter de bar. '*La Veuve!*'

Met opgetrokken wenkbrauwen keek Onno hem aan.

'Sinds wanneer drink jij?'

'Sinds nu. Dit moet toch gevierd worden. Cuba! Moet je je toch voorstellen!'

De koeler met champagne werd bij hen neergezet en zij stootten aan.

'Op de vriendschap der volkeren!' zei Onno en kuste Ada vanuit zijn hoogte op haar kruin.

'En als wij nu eens,' zei Max, zonder het gedacht te hebben eer hij het zei, 'meegingen?'

Maar meteen wist hij, dat dit natuurlijk de oplossing was. Daar ver weg, in de subtropen, zou de zon misschien de poolse nevelen doorbreken die nu al sinds weken om hem heen hingen. Veewagons, selecties, vergassingen, daarginds op dat rode eiland zou die zwarte poel misschien... niet gedempt kunnen worden, want dat was onmogelijk met iets oneindigs, maar misschien zou er een schijnsel op vallen waardoor de mensheid toch niet als een hopeloze mislukking afgeschreven hoefde te worden. Niet, dat Cuba het gezochte filiaal van de hemel zou zijn, maar misschien zou er een vermoeden van zoiets hangen.

Onno en Ada keken elkaar aan.

'Ja, waarom eigenlijk niet?' zei Ada. 'Wat let jullie?'

Onno schudde zijn hoofd.

'Hoe stel je je dat voor? Het is al over drie weken. We moeten visa hebben en weet ik wat allemaal. We kunnen toch terroristen zijn die Fidel Castro willen vermoorden. Dat lukt nooit op zo'n korte termijn met die bolsjewistische bureaucraten, en dan ook nog uit de Derde Wereld. Een brief doet er al twee maanden over.'

'Ik heb ook geen visum.'

'Maar je hebt een uitnodiging.'

'Luister,' zei Max. 'We kunnen het toch proberen. Als we morgen nu eens met ons drieën naar de ambassade gaan. We leggen onze paspoorten op tafel en we zeggen, stempel het er nu maar in, want wij zijn vrienden van de cubaanse revolutie.'

'Hoe komt het toch,' vroeg Onno zich af, 'dat ik, toch een van de verstandigste mensen die ik ken, – en nu druk ik mij nog bescheiden uit, – zo'n stompzinnige vriend heb? Zo zit de wereld niet in elkaar, man!'

Plotseling voelde Max zich volkómen zeker van zijn zaak. Hij nam een slok, boog zich naar voren en zei:

'Ik weet niet hoe de wereld in elkaar zit, Onno, maar misschien is dat mijn kracht. Als je het mij vraagt zit zij helemaal niet in elkaar, net zo min als de inhoud van een vuilnisbak. Volgens mij is de wereld – althans op aarde – één reusachtig, geïmproviseerd rommeltje, dat om onverklaarbare redenen nog steeds min of meer functioneert. De mens hoort eigenlijk helemaal niet thuis in het heelal; maar nu hij er eenmaal is, is in allerlei opzichten alles mogelijk. De geschiedenis heeft dat trouwens bewezen, dacht ik zo; en jij als politicus zou dat moeten weten. Maar als je al begint met te zeggen: zo zit de wereld in elkaar, en dit is mogelijk en dat is onmogelijk – dan kun je beter terugkeren naar de Diskos van Phaistos. Het blijft allemaal mensenwerk, gemodder dus, en daarom moet je misschien altijd eerst maar eens doen wat je hartje je ingeeft en jezelf niet bij voorbaat blokkeren met overwegingen, die de anderen misschien naar voren brengen, maar misschien ook niet.'

Was het de champagne? Zijn woorden hadden in elk geval doel getroffen. Verbluft keek Onno Ada aan en zei:

'Het lijkt wel of ik op mijn kop krijg. Maar hij heeft gelijk. Laten we het proberen, wat kan ons gebeuren, misschien is 't het ei van Columbus *in politicis*. Trouwens,' zei hij, terwijl hij de fles rinkelend uit het ijs trok, 'toen Columbus Amerika ging ontdekken, kwam hij allereerst aan op Cuba, waarvan hij dacht dat het El Dorado was, waarover Marco Polo had geschreven.'

*

Toen zij de volgende ochtend Den Haag binnenreden, Ada overdwars achterin, wees Max haar de plek waar hij in februari was gestopt om Onno mee te nemen.

'*Stille nacht,*' begon Onno te zingen, – '*heilloze nacht...*'

'O, dank je,' zei Ada. 'Als hij toen niet was gestopt, had je mij ook niet leren kennen.'

'Waar,' zei Onno, 'waanzinnig waar. Maar ook ik heb daar een cruciale rol in gespeeld, want als ik die dag geen afspraak had gehad in Leiden, had Max jou niet leren kennen.'

'En dat,' zei Max tot Ada, 'hebben wij te danken aan je vader.'

'Aan mijn vader?'

'Als hij niet *Mein Leben* van Alma Mahler in de etalage had gelegd, waren wij de Lof der Zotheid niet binnengegaan.'

'*Alma Mater,*' knikte Onno. 'Maar uiteindelijk zit *mijn* vader er natuurlijk achter. Als het hem niet had behaagd, die eerste dag jarig te zijn, was er helemaal niets gebeurd.'

'En ook niet als ik geen carnaval was gaan vieren in Rotterdam,' zei Max. 'Het leven hangt van toevalligheden aan elkaar. Hoewel... wat te denken van Schönberg, de uitvinder van het twaalftoonsysteem? Die had een panische angst voor het getal dertien. In zijn composities nummerde hij de maten vaak twaalf, twaalf-a, veertien. En wat denk je? Hij stierf op een vrijdag de dertiende.'

'Die man was dus hysterisch,' lachte Onno. 'Alle componisten zijn hysterisch.'

'Helemaal niet,' zei Ada, 'hij voorvoelde hoe het zou gaan. Volgens mij is alles voorbestemd. Het staat allemaal in de lijnen van de hand.'

Terwijl hij op de weg bleef kijken, vergrootte Max zijn ogen even; maar het leek hem beter om te verzwijgen waaraan hij nu moest denken.

'Ach,' zuchtte Onno hartstochtelijk, 'wat zou dat prachtig zijn.'

'In tegendeel,' zei Max, 'dan was er niets aan. Voorbestemming is trouwens onmogelijk in dit heelal, in verband met de constante van Planck. Die maakt alles onzeker.'

'God heeft in zijn oneindige wijsheid ook de constante van

Planck geschapen,' riep Onno met opgestoken wijsvinger. 'De constante van Planck is de openbaring Gods in de natuur. Daardoor hebben wij een vrije wil en kunnen wij zondigen. Waartoe zijn wij op aarde? Wij zijn op aarde om te zondigen en zo God te verheerlijken.'

Ofschoon zij geen afspraak hadden, en Ada alleen op de kanselarij hoefde te zijn, bleek de cubaanse ambassadeur bereid hen te ontvangen, - wat natuurlijk iets te maken had met de naam 'Quist'. Tot Max' teleurstelling was hij geen baardige woesteling met een sigaar tussen zijn kiezen en een koppel met een pistool op zijn schrijftafel, maar een verfijnde heer van ver in de zeventig, in een donkergrijs pak met vest. Hij had dun wit haar en de aristocratische bleekheid van een hoge functionaris aan het voormalige spaanse hof. Ada's visum vloeide automatisch voort uit de invitatiebrief en de pianist moest zich ook maar komen melden; vandaag nog zou hij de ICAP telegrafisch van hun komst op de hoogte stellen, hun vliegtickets konden zij over een paar dagen hier afhalen.

Nadat een secretaresse Ada had meegenomen voor de formaliteiten, vertelde de ambassadeur Onno, dat hij zijn vader een paar keer had ontmoet bij officiële gelegenheden. Met de meeste dienstjaren in Nederland was hij deken van het corps diplomatique, en dat was ook de reden waarom Havana elk jaar weigerde, hem met pensioen te laten gaan; in zijn functie kon hij contacten onderhouden met allerlei collega's, die van hun regeringen geen woord mochten wisselen met een cubaanse ambassadeur. Hij deed het graag voor Fidel, destijds in New York had hij het geld ingezameld voor zijn expeditie met de Granma, die tot de revolutie had geleid, - maar langzamerhand zou hij toch liever op Cuba genieten van zijn oude dag, waarmee hij natuurlijk niets ten nadele van Nederland wilde zeggen. Hoogstens wat betreft het klimaat.

Onno rook zijn kans.

'Ja,' zei hij. 'Het moet schitterend zijn daar. Als het niet zo kort dag was, waren wij liefst ook gegaan.'

'U wilt in gezelschap van uw vriendin ons mooie eiland bezoeken?' vroeg hij met gespeelde verbazing. 'Waarom gaat u niet liever een andere keer?'

'Hoe bedoelt u?'

'Op Cuba hebben wij ook mooie vrouwen.'

Ontzet keek Onno hem aan.

'Maar meneer de ambassadeur! Ik ben mijn vriendin onwankelbaar trouw! Ik zou het mijzelf nooit vergeven als er zoiets verschrikkelijks gebeurde.'

De ambassadeur glimlachte mild.

'Meneer Quist, wat op tienduizend kilometer afstand gebeurt, is niet gebeurd.' Hij liet Onno aan zijn lot over en richtte zich tot Max. 'En u - waarom zou u Cuba willen bezoeken?'

'Die reden heeft u mij eigenlijk zojuist gegeven. Tot nu toe wilde ik uitsluitend mee als vriend des huizes.'

De ambassadeur knikte.

'Het nieuwe Cuba heeft de vriendschap hoog in het vaandel. Cuba heeft vrienden nodig om te overleven.' Hij keek een tijdje van de een naar de ander. 'Uw paspoorten heeft u natuurlijk toevallig bij u?'

*

Ada en Bruno zouden ondergebracht worden in Hotel Nacional; zelf konden zij hun hotel volgens de ambassadeur het beste op het vliegveld van Havana regelen, - en na het sinistere bonzen van de stempels, dat overal ter wereld al ontelbare keren over leven en dood had beslist, kwam voor hen alle drie de tijd in een versnelling. De vlucht met de Cubana, waarvoor Ada en Bruno eerst naar Praag moesten, bleek volgeboekt. Verder vloog in Europa alleen de Iberia op Havana, - alleen het fascistische Spanje doorbrak de blokkade van het communistische Cuba. Volgens Onno kwam dat doordat het het moederland was van de voormalige kolonie. Het volkskarakter was altijd sterker dan de ideologie: Franco was een spaanse koning, Fidel Castro een latijnsamerikaanse *caudillo*, de Gaulle de zoveelste Lodewijk, Stalin tsaar aller russen, Mao keizer van China en koningin Juliana een hollandse stadhoudster. Zijn politieke vrienden, die de regenten weg wilden hebben, zouden dus ook zelf eindigen als regenten, want aan Holland viel niet te ontkomen, – maar die profetie moest Max als vertrouwelijk beschouwen.

'En jij?'

'Ik? Ik zal de afgrijselijkste regent van allemaal worden. Alle goedwillenden zullen *beven* voor mij!'

Het duo verrees uit zijn as en Ada en Bruno moesten een programma samenstellen en repeteren. Omdat het te omslachtig was voor Ada om dagelijks naar Leiden te gaan met de cello, en omdat Onno geen piano bezat, stelde Max zijn appartement ter beschikking, waar hij toch niet was overdag. Ada aarzelde om het aanbod te accepteren, maar omdat niemand gebaat was met een weigering, ging zij er op in. Zij kreeg de sleutel, en de eerste keer betrad zij de kamers met het gevoel van iemand die een sterfhuis bezoekt: alles onaangeroerd, alles nog zoals het was bij leven. Maar met Bruno er bij, die meteen achter de vleugel ging zitten, verdween dat snel.

Als hij 's avonds thuiskwam en hij trof die twee musicerenden aan, en vaak ook Onno, op zijn vaste plaats in paperassen lezend, maakte een vaderlijk gevoel van tevredenheid zich van hem meester. Een gelukkig gezin! Overdag in Leiden verheugde hij zich er al op om naar huis te gaan. Soms werd zijn komst nauwelijks opgemerkt; maar die overbodigheid op zijn eigen erf hinderde hem niet, – in tegendeel: tot zijn eigen verwondering vervulde het hem met welbehagen. Waar kwam die onthechting vandaan? Soms stonden er zelfs dingen niet op hun plaats! Hij ging ergens zittten, nam een boek over Cuba en begon te lezen alsof hij *hun* gast was. Hij luisterde naar de muziek, keek uit zijn ooghoeken naar Onno en overwoog, dat de idylle binnenkort afgelopen zou zijn: de kinderen het huis uit en 's avonds zou alles dan weer zo zijn als hij het 's ochtends had achtergelaten.

Ada, de cello tussen haar dijen, voelde soms zijn blik op zich gevestigd, maar die beantwoordde zij niet. Het was zoals het was. Zij hoorde nu bij Onno, en zo zou het blijven, en zij wist dat hij dat wist. Maar wat haar niet beviel, was dat er toch nog iets leek te smeulen bij hem, ondanks zichzelf, - of maakte zij zich dat maar wijs? Smeulde het misschien bij haar? Zij keek naar Onno in zijn groene leunstoel: een kind in de gestalte van een reus.

'Ben je nog bij de les?' vroeg Bruno.

16
Het congres

Ofschoon Ada en Bruno drie dagen eerder waren vertrokken, zouden zij toch maar een dag eerder aankomen: in Praag moesten zij twintig uur wachten op aansluiting, bovendien vlogen de cubanen nog in oude russische turboproptoestellen, over Schotland en Newfoundland. Max en Onno gingen via Madrid, met alleen een tussenlanding op de Azoren.

Overal in het vliegtuig zagen zij bekende gezichten, artistieke en intellectuele beroemdheden uit heel Europa, schrijvers, schilders, filosofen, die zij herkenden van foto's; ook veel noord- en zuidamerikanen, die als gevolg van de blokkade deze omweg moesten nemen. Van de stewardess hoorden zij, dat er een of ander cultureel congres werd gehouden in Havana. Onno las de franquistische partijkrant en Max keek uit het raam naar het gesloten wolkendek. Stevige cumuli als witte bergen, met in hun dalen lichtgrijze meren, die ook namen hadden kunnen hebben, - zo had de aarde er ook uit kunnen zien. Naar mate zij zuidelijker kwamen, werd de bewolking dunner - tot opeens, in een blauwe verstarring, de zee zichtbaar werd. Hij soesde weg en in het geluid van de motoren hoorde hij schitterende symfonieën, voornamelijk uit drieklanken bestaande en die hij naar wens kon besturen...

Land in zicht! *Fasten your seat belts.* Beneden had iemand ontelbare lucifers rechtop in de aarde geplant, die allemaal hun lange, scherpe schaduwen dezelfde kant op wierpen: palmen. Zij beschreven een boog over de baai en de witte stad en landden op de luchthaven José Martí. Overal aan de rand van het vliegveld stond afweergeschut; tegen de verkeerstoren een reusachtig portret van Che Guevara, – dat apostolische gezicht met de baret, dat hier, waar het thuishoorde, plotseling een heel ander karakter had. Er onder stond in letters van een meter hoog:

HASTA LA VICTORIA SIEMPRE

Toen de deuren opengingen, stroomde de oktoberhitte het toestel in als een golf warm water. Bovenaan de trap bleef Onno even staan en keek om zich heen.

'Juist!' riep hij. 'El Dorado! Wij zijn niet meer bij de kaaskoppen!'

De zon stond laag en oranje aan de horizon, maar nog steeds straalde zij een geweld uit als nooit in het noorden. Max legde even de palm van zijn linkerhand op het beton, dat nog zo heet was als een kookplaat: een spiegelei zou er binnen een minuut gaar op zijn.

In de koele, airconditioned aankomsthal begeleidde een orkestje de chaos met guaracha's. Er was ook een machine van Aeroflot uit Moskou gearriveerd, overal vielen aankomers en afhalers elkaar in de armen, zonder dat goed duidelijk werd waar de douane en de paspoortcontrole zich bevonden. Wel waren er veel militairen in groene uniformen en met vechtpetten, sommigen bepaalden zich tot meewiegen op de muziek. Obers liepen rond met grote dienbladen vol ingeschonken glazen; toen zij iets namen en wilden betalen, schudde hij vriendelijk zijn hoofd.

Een zwart meisje in soldatenuniform, met stug, ontkroesd haar, kwam naar hen toe en vroeg, welke delegatie zij waren. Onno zei dat zij helemaal geen delegatie waren, maar twee eenvoudige toeristen uit Holland die kamers zochten, liefst in Hotel Nacional. Zij vroeg om hun paspoorten en bestudeerde de visa, die op losse, aangeniete velletjes stonden, omdat zij anders niet meer in de Verenigde Staten zouden worden toegelaten. Met haar wijsvinger gleed zij over een lijst.

'Ik heb uw namen hier niet.'

'Dat klopt dus,' zei Onno.

'Nee, dat klopt niet. Holland, zegt u? Gaat u daar even zitten.'

Zij verdween met de paspoorten, de ritssluiting van haar naadloos passende broek precies tussen haar bloeiende billen. Onno maakte van de gelegenheid gebruik om Ada te bellen. Max keek om zich heen en zuchtte diep. Dit was precies wat hij gewild had: iets totaal anders, iets waarmee hij niets te maken had. Voor hem was de reis al een succes. Overal hingen welkomstborden voor de deelnemers van de *Primera Conferencia de La Habana*, ook grote portretten van bebaarde revolutionairen van het eerste uur, maar niet van Fidel Castro; een spreuk in rode letters wist hij te vertalen als: *Wanneer het buitengewone het dagelijkse wordt, is er een revolutie aan de gang.* Hij keek naar de lachende muzikanten op het kleine podium en dacht aan de grimmige toestanden bij de oosteuropese grenzen. Had dit daar eigenlijk wel iets mee te maken?

Onno kwam terug met de groeten van Ada; in de lobby zou zij op hen wachten. Ook het zwarte meisje dook weer op.

'Alles in orde. Komt u mee?'

Hun paspoorten kregen zij nog niet terug. Zij moesten hun bagage uitzoeken en zonder verdere controle kwamen zij op het rommelige voorplein, waar de hitte hen ontving als een zinderend blok dat op de aarde lag. In een paroxysme van kleuren ging de hemel zich inmiddels te buiten aan een zonsondergang, zoals die in Europa alleen door een krankzinnige belichtingstechnicus verzonnen kon worden, waarop onmiddellijk ontslag zou volgen. Daaronder heerste de verkeerssituatie van een kermistent met botsautootjes: rammelende amerikaanse limousines, geen jonger dan tien jaar, vervallen, zwarte rookwolken uitbrakende bussen, elke chauffeur met zijn hand op de claxon.

'Jesús!' riep het meisje en wenkte.

Een gebutste zwarte Chrysler kwam knetterend naar hen toe; de voorruit was gebarsten en er ontbrak een spatbord. Zij gaf de kleine mulat achter het stuur een envelop met bescheiden en zei hem, *los compañeros* naar Hotel Habana Libre te brengen.

'Maar wat is dat voor hotel?' vroeg Onno. 'Wat kost het?'

'Maak u geen zorgen, er is gebeld. Alles is geregeld. U bent gast van de revolutie.'

Onno wilde nog iets zeggen, maar met een engelachtige glimlach van tanden zo wit als de onschuld verdween zij in het luchthavengebouw. Zij legden hun bagage in de laadbak, en toen Jesús met een klap het deksel dichtsloeg, viel de openstaande linker voordeur op straat. Hij vloekte, spuwde de sigaret van zijn lippen, begon te lachen en samen met Onno tilde hij ook het portier achterin. Hij droeg een grauw T-shirt met gaten, een vormeloze broek, sandalen aan zijn blote voeten. Ratelend als een oude koffiemolen zette de auto zich in beweging, terwijl op het dashboard alle wijzers flegmatisch in de nulstand bleven staan. Max en Onno zochten een plaats tussen de veren van de opengescheurde zitting, en even later reden zij de straat naar Havana op. Omdat Cuba blijkbaar niet gesteld was op schemertoestanden, was het daar plotseling al vrijwel nacht. Links en rechts van de weg liepen zwarte en blanke scholieren, arbeiders, vrouwen die zich met waaiers koelte toewuifden.

'Wij zijn nu dus,' zei Max met wapperende haren, 'de nederlandse delegatie van het culturele congres. Als we willen, krijgen we onze reiskosten ook nog vergoed.'

'Ja, en dat kan dus helemaal niet. Wat moeten we zeggen als ze ons vragen, wat voor cultuurdragers wij zijn?'

'*Compañeros!*' hief Max retorisch aan. 'Ook de revolutionaire inzichten over ontstaan en ontwikkeling van het heelal zijn in overeenstemming met de dialectische wetten van Marx en Engels! God weet,' zei hij op andere toon, 'misschien is het trouwens wel zo. Je had een beroemd sovjetbioloog, Oparin, een echte marxist, die baanbrekende publikaties over het ontstaan van het leven op zijn naam heeft, – en wat voor het ontstaan van het leven geldt, geldt op een analoge manier misschien ook voor het ontstaan van het heelal.'

'Jij hebt je kletspraatje dus voor elkaar. Maar ik? Wat moet ik zeggen?'

'Dat je de maatschappelijk uiterst relevante ontdekking hebt gedaan, dat de syntaxis van alle moderne talen de onderdrukkingsmechanismen van de klassenverhoudingen weerspiegelt, zoals al blijkt uit termen als «onderwerp», «meewerkend voorwerp» en «lijdend voorwerp». De bourgeoisie is de klasse van de onderwerpers, de rechtse intellectuelen zijn hun medewerkers en de arbeidersklasse is het lijdend voorwerp. In de talen van primitief-communistische, klasseloze samenlevingen bestond dat nog niet, en daarom dienen in het socialisme ook de naamvallen radicaal afgeschaft te worden.'

'Interessante these! Mag ik dan ook eens een sovjetgeleerde noemen? Wat je nu zegt, lijkt wel een beetje op wat er beweerd is door de linguïst N.J. Marr, en daar heeft J.W. Stalin persoonlijk een niet geheel en al onverstandig pamflet tegen geschreven. Vergeleken met de geschriften van A. Hitler is het in elk geval een wonder van genialiteit.' Zorgelijk keek Onno naar buiten. 'We maken nu wel grappen, maar intussen zitten we in de val, M. Delius. Misschien moeten we zeggen, dat we dichters zijn. Kan niemand controleren. Gedichten zijn onvertaalbaar.'

'Wat kan ons gebeuren? We hebben ons toch nergens ingedrongen – we zijn er in geduwd, door die schat van daarstraks. We zijn eenvoudig wat we zijn: ik ben sterrenkundige, jij taalkundige. We zien wel.'

Onno schudde zijn hoofd en zuchtte diep.

'Het is onverantwoordelijk, uiterst onverantwoordelijk...' Plotseling hief hij een hand op en riep: '*Vivere pericolosamente!*'

Zij reden de stad in. Spaarzaam verlichte oude straten, met marmer ingelegde pleinen, witte kerken in spaanse barokstijl, standbeelden uit de koloniale tijd. Het verval verborg zich achter het drukke verkeer van voortknetterende wrakken, het armoedige maar levendige gekrioel op de trottoirs, de rijen voor de winkels, waarin de huidskleuren zich uitstrekten in een spectrum van het zwartste, afrikaanse zwart tot het witste, iberische wit. Uit ramen en draagbare radio's, overal weerklonk muziek, cha-cha-cha, beat, getrommel. Zij passeerden oude forten en een tientallen meters hoog, sneeuwwit Christusbeeld.

'Zeker de cubaanse voorstelling van Lenin,' merkte Max op.

Bij de haven, vol roestige russische schepen met sikkels en hamers op de schoorstenen, zwenkten zij een brede boulevard op. Links, waar duizenden mensen wandelden, was alles verlicht; rechts hing de duisternis van de zee. Overal op de zware, stenen balustrade, opgericht tegen de orkanen, zaten vrijende paartjes en schakende oude mannen boven de branding in de diepte. Ook hier weer overal muziek. Borden meldden dat aan de overkant van het water, honderdvijftig kilometer achter de horizon, in Florida, de vijand loerde: *el imperialismo yanqui*. Aan het eind van de lange boulevard begon een modern stadsdeel, met hoogbouw en betere verlichting, zelfs neonreclames, waar het straatbeeld minder werd overheerst door zwarten.

Voor de oprit van een hoog, modern hotel moest Jesús de papieren tonen; aan de overkant van de straat, achter een afzetting, stonden nieuwsgierigen. De papieren bleken te deugen, want met de kille handbeweging die de politie overal ter wereld beheerste, of het nu in dienst was van het communisme, het kapitalisme of het fascisme, werden zij doorgelaten. Onder een brede luifel stapten zij uit: *Habana Libre*. Het was nog te zien dat er eens *Habana Hilton* had gestaan, maar dat stond er niet meer. Ook bij de ingang werd weer onheilspellend heen en weer gekeken van de foto's in hun paspoorten naar hun gezichten, zodat zij het gevoel kregen dat zij hun gezichten bezaten als mogelijke contrabande.

'Er wordt hier goed op cultuurdragers gepast,' zei Max.

Voorafgegaan door Jesús liepen zij met hun koffers door de koele, drukke lobby naar de receptie. Terwijl hun papieren daar weer uit de envelop werden gehaald, keken zij verbluft om zich heen door de weidse ruimte.

Op twee grote schermen aan weerszijden werden stomme films vertoond, begeleid door harde, vrolijke cubaanse muziek die tot dansen noodde: op het ene scherm waren gevechtshandelingen in Vietnam te zien, bommen die uit grauwe B-52's regenden, helikopters die dorpen met kogels besproeiden, vliegtuigen die akkers met napalm verbrandden, een amerikaanse sergeant die een geboeid voorover op de grond liggende Vietcongsoldaat minutenlang doodtrapte, vervolgens, het machinepistool achteloos in één hand, een kogel in het achterhoofd zond, een kogel in de rug en tot slot voor de grap nog een kogel in de billen, waarbij het lichaam steeds een paar centimeter wegschokte in het zand. Ter vergelijking sloegen op het andere scherm amerikaanse politiemannen met knuppels in op zwarte betogers. In het midden van de ruimte, ook verder versierd met spreuken en reusachtige foto's, zoals van apen die Coca-Cola dronken, stond tot de zoldering zoiets als een gewelddadige totempaal opgericht, volgehangen met mitrailleurs, geweren, revolvers, stenguns, handgranaten en alles wat maar dood en verderf kon zaaien.

'Er heerst hier,' zei Onno, 'een volstrekt originele opvatting van cultuur.'

Max schoot in de lach.

'Misschien is het een congres over de geboorte van de revolutie uit de geest van het futurisme.'

Zij schreven zich in, en een meisje van de organisatie vroeg, of zij zich misschien eerst wat wilden opfrissen, eer zij naar het congresbureau gingen. Maar Onno wilde alles snel afhandelen en dan meteen naar Ada, die zich zou verbazen dat haar twee vrienden plotseling de nederlandse cultuur vertegenwoordigden op Cuba. Zij gaven hun koffers af en volgden het meisje naar de galerij, waar vroeger de boutiques met de krokodillenleren tassen en de slangenleren schoenen gevestigd waren. Sommige waren dichtgespijkerd, andere veranderd in opslagruimten van timmerlui en schilders. *Cartier* was nog vaag te lezen op de ruit van de administratie. In het geroep en gedrang verzorgde het meisje hun inschrijving, overhandigde congresmappen met het opschrift *Primera Conferencia de La Habana* en badges met hun getypte namen: *Max Delius, Holanda, Delegado – Onno Quits, Holanda, Delegado.*

'Morgenochtend om negen uur is de officiële opening, en wij zouden graag dadelijk al willen weten, in welke werkcommissies u denkt te gaan zitten.'

Terwijl zij naar de hall terugliepen en hun badges opspeldden, zei Onno:

'Er is beslist een commissie voor de Nieuwe Mens. Daar heb ik ontzaglijk veel verstand van, want dat ben ik zelf. In een gloedvolle rede zal ik daar Rousseau de eer geven die hem toekomt, zij het natuurlijk als een onaanzienlijke dwerg in de machtige slagschaduwen van Marx en Engels. De mens is in aanleg goed, hij wordt alleen slecht gemaakt door de slechte omstandigheden, die dus verbeterd moeten worden.'

Maar toen zij een plaats op een zachte bank hadden gevonden en de mappen opensloegen, bleken de commissies zich niet aan de cultuurfilosofische aspecten van dit hoge doel te wijden, maar aan de praktische kant er van, zoals: *De gewapende strijd, De stadsguerrilla, De rol van de boeren bij de verovering van de macht, De communistische partijen.*

Met open monden keken zij elkaar aan.

'Mijn god,' zei Onno.

'Dit is helemaal geen cultureel congres.'

Zij begonnen in de papieren te graaien en een minuut later was alles duidelijk. De conferentie was een hoogpolitieke bijeenkomst van enerzijds guerrilla-organisaties uit alle latijnsamerikaanse en afrikaanse landen en het vietnamese Bevrijdingsfront, anderzijds van Black Power in de Verenigde Staten en van revolutionaire studentengroeperingen uit de westeuropese landen, – dit alles, naar bleek uit de *lista official de participantes,* steeds met voorbijgaan van de officiële, Moskou-getrouwe partijcommunisten; maoïstische groeperingen waren kennelijk even min uitgenodigd. Het was een uiterst exclusieve bijeenkomst voor de bloem van de revolutie, zoals die alleen op Cuba was verwerkelijkt. Een nederlandse delegatie ontbrak op de lijst. Het meisje op het vliegveld was er om een of andere reden blijkbaar van overtuigd, dat zij gedelegeerden waren; en omdat Nederland niet op de lijst voorkwam, terwijl dat toch ook een land was dat bevrijding behoefde, had zij aan bureaucratische slordigheid gedacht en hen er op gezet.

En nu zagen zij ook, wat hun al eerder had kunnen opvallen: niet alleen waren nergens in de lobby de culturele beroemdheden te zien met wie zij in het vliegtuig hadden gezeten, ook verder waren de aanwezigen niet toegerust met de slappe, weerloze, clowneske gelaatstrekken waardoor kunstenaars en intellectuelen plegen op te vallen. De blanke, zwarte en gele gezichten vertoonden een uitdrukking van harde vastberadenheid, al schemerde daar soms een zekere melancholie doorheen, – misschien omdat hun hardheid niet wortelde in het slechte, hopelijk niet, maar in het goede. Sommigen zagen er trouwens uit als ascetische heiligen op een schilderij van El Greco. Ook waren er cubaanse opperofficieren, *comandantes*, majoors dus, want alle hogere rangen waren na de revolutie afgeschaft, – helden van het eerste uur, een jaar of veertig oud, in gevechtstenue zonder distinctieven maar herkenbaar aan hun baarden en aan de drukte om hen heen: hun was gelukt, wat de anderen nog moest lukken.

'Wij zijn nu dus,' zei Max, 'gepromoveerd tot de aanvoerders van de omwenteling in Nederland.'

Meteen toen hij dit had gezegd, werd hij getroffen door de slappe lach. Zijdelings liet hij zich op de bank vallen en snakte naar adem: hun nieuwe status te midden van de gevaarlijkste en meest gezochte mannen en vrouwen ter wereld, hier nu in één ruimte bij elkaar, de films die in een lus onafgebroken dezelfde gruwelen vertoonden, de muziek... het was alsof diep in hem plotseling een bronader was aangeboord, waaruit het levende water te voorschijn spoot. De tranen liepen over zijn gezicht, maar Onno frommelde nerveus aan de badge op zijn revers.

'Lach niet, idioot! We moeten dit onmiddellijk ongedaan maken, alles uitleggen en weg wezen hier. We verkeren in levensgevaar, man.'

'*Vivere pericolosamente,*' zei Max, terwijl hij zich met rood aangelopen gezicht oprichtte.

'Wat denk je dat er gebeurt als ze ontdekken, dat wij hier helemaal niet thuishoren? Moet je kijken. Dat zijn geen jongens om mee te spotten. Stel je voor, zij komen op het idee dat wij van de CIA zijn.'

'En je wou Nederland nog wel veranderen.'

'Ja, maar niet zo!' zei Onno en wees naar het staketsel met de wapens. 'Ik ben een revisionistische sociaalfascist, uitsluitend er op uit de revolutie te voorkomen en het proletariaat in eeuwige knechtschap te houden, – een worm, een hyena, een lakei van het kapitalisme, betaald door de CIA, die zal eindigen op de mestvaalt van de geschiedenis. Dat soort aasgieren gaat hier zonder pardon tegen de muur.'

De laatste zin ontglipte hem. Hij wierp een snelle blik op Max, maar die knikte lachend.

'En terecht. Maar misschien kun je het ook anders zien. Je bent een brave nederlandse sociaaldemocraat, die Nederland wil veranderen op de enige manier waarop dat mogelijk is in Nederland, en dat is op de nederlandse manier. Dat wordt hier verdraaid goed begrepen, denk ik, – vooral wanneer het resulteert in ontwikkelingshulp voor Cuba. En als je in elk geval maar weet, *compañero*, dat ik in de vierde commissie ga zitten. Ik zie wel. Ik zou het mezelf nooit vergeven als ik er tussenuit kneep. Alles kan nu eenmaal gebeuren in het leven, dat blijkt maar weer. Misschien bombarderen de amerikanen morgenochtend wel het hotel tijdens de plenaire zitting, en dan gebeurt er verder niks, want Moskou is dit slag mensen natuurlijk ook liever kwijt dan rijk. Volgens mij is het je reinste trotzkisme hier.'

'Maar Max,' zei Onno, 'als mijn vader dit hoort. Zijn zoon in het duivelse Havana gedelegeerd op een congres van de revolutionaire wereldelite!'

'Dat het een elite is, zal hem toch aanspreken. Je bent gek als je deze buitenkans laat schieten. Je leert die lui kennen en je krijgt eens een andere kant van de politiek te zien dan dat hollandse gefröbel. Afgezien van mij ben jij straks de enige, die weet waar hij het over heeft als het over dit soort zaken gaat. Misschien komen een hoop van die kerels over een paar jaar op staatsbezoek in Nederland, Onno Quits, en misschien moet jij dan met ze langs de erewacht lopen.'

'Goed, goed,' zei Onno gelaten en sloeg zijn informatiemap open, 'ik zal mij wel weer laten bepraten door je. Maar de gevolgen zijn voor jouw rekening. Trouwens, de ambassadeur hier is getrouwd met een achternicht van me, een meisje Van Lynden; dus dat kan eventueel ook helpen als het misgaat. En ik als jakobijn ga dan natuurlijk niet in zo'n halfzachte commissie zitten als jij, maar in de eerste: *La lucha armada!* De gewapende strijd!'

*

Nadat zij zich ingeschreven en bij de kassier dollars gewisseld hadden, deden zij hun badges af en liepen de zwoele avond in. Schuin aan de overkant, in een park, stonden lange rijen bij een groot ijspaleis, *Coppelia*, dat er uitzag als een zojuist gelande vliegende schotel. Op het gazon er naast was een bemande batterij luchtafweergeschut opgesteld; ook op het dak van hun eigen hotel zagen zij de lange loop van een kanon.

'Wat is mooier,' zei Max, 'dan de dreiging van de catastrofe?'

'De vrede, imbeciel, de vrede.'

'Ik zeg niet de catastrofe, maar de *dreiging* van de catastrofe. Misschien kan ook de politiek uiteindelijk herleid worden tot de esthetica, net als de wetenschap. Misschien is het ultieme criterium in de wereld niet de waarheid, maar de schoonheid.'

Terwijl zij over de drukke Rampa liepen, die flauw omlaag leidde naar zee, keek Onno nadenkend met zijn tong tussen zijn kiezen naar de tegels, – een denkbeeld had voor hem altijd meer werkelijkheid dan het zichtbare. Max daarentegen, die de gedachte er uit had geflapt, nam alles gulzig in zich op. Overal wandelden gezinnen onder de palmen; uit luidsprekers aan de lantarenpalen weerklonk een elektronische compositie, het deed hem denken aan Luigi Nono's muziek bij Peter Weiß' *Die Ermittlung*, dat hij thuis op de plaat had, maar het was vrijwel niet mogelijk om elektronische muziek te onthouden; bovendien daverden talloze draagbare radio's er doorheen. 'Ik! Ik!' riepen jongens naar passerende halfbloedmeisjes, soms van zo'n verpletterende schoonheid, dat het Max niet alleen de adem maar ook de lust benam: het was te mooi, het was kunst, er hoefde, nee, er mocht niets aan toegevoegd worden, – de erotiek school juist in de afwijking van de volmaaktheid. Vrouwelijke politieagenten in groene uniformen en met witte baretten, niet ouder dan zeventien jaar, probeerden op de kruispunten orde te scheppen in het chaotische verkeer. Tegen de zijkant van een bioscoop hing een neonreclame van tien meter hoog, niet voor een commercieel maar voor een politiek produkt: de kaart van Vietnam, met kleurig aan- en uitflitsende gegevens over amerikaanse vliegvelden en vlootbases, de aantallen soldaten, de veldslagen, de bezette en bevrijde gebieden, en een voortvliegende bommenwerper, stippellijntjes loslatend die eindigden in rood oplichtende sterren, waarop het vliegtuig plotseling in een rode gloed verdween, gevolgd door de laatste notering van het aantal neergehaalde toestellen: 2263.

'*Gracias, továrisch!*' riep een man vrolijk naar Onno en stak een hand op.

Onno dankte met een gracieuze buiging.

'Ze denken dat we russen zijn.'

Aan de overkant van de straat, in een open, wit paviljoen, hing een reusachtig schilderij met de kop van Fidel Castro, bestaande uit gelast plaatijzer, tussen zijn tanden een bundel raketten en een rode roos bij wijze van sigaar, het gepantserde hoofd belaagd door een bloederig oog met een omgekeerde pispot als helm, terwijl rondom zwarte figuurtjes werden doodgeslagen, alles overdekt met sikkels, hamers, getallen, billen, sigaren, vissen, eieren, schedels, boeken, ogen en slakken. Toen Max Onno er op wees en iets zei over 'socialistisch surrealisme', hoorden zij in het kabaal van de muziek en het verkeer opeens onheilspellend gebrul uit een andere wereld. Een brede trap, waaronder oranje flamingo's op één poot in een vijver stonden, leidde naar de volgende verdieping van het paviljoen: op het bordes stond een kooi met twee leeuwen, er naast een hok met een lam. Vlak er achter hing een enorme reproductie van Michelangelo's *Schepping van Adam* in de Sixtijnse Kapel: de met uitgestoken arm zwevende oude heer, de moeizaam opgerichte Adam, de levensvonk in zijn uitgestoken vinger ontvangend via bonte lampjescontouren, die van God als uit een Leidse Fles richting schepsel flitsten, - op volle sterkte begeleid door een steeds herhaalde, opzwepende passage uit de tweede suite van Prokofjevs ballet *Romeo en Julia*, in het deel over de Montagues en de Capulets.

'Ik droom!' riep Max. 'Ik droom!'

'Ada!'

Bij de ingang van Hotel Nacional, een machtig bouwwerk in de oude stijl, verscheen zij plotseling uit de stroom onbekende gezichten, holde hen tegemoet en viel in Onno's armen. Hij zoende en knuffelde haar als zijn kind, aangemoedigd door de voorbijgangers. Max kuste haar broederlijk op beide wangen.

'Hoe vinden jullie het hier!' riep zij trots en opgetogen.

Het etmaal dat zij op Cuba was, leek al een ander mens van haar te hebben gemaakt: er straalde een geestdrift van haar gezicht, die geen van beiden eerder daarop had gezien. Gearmd tussen hen in vertelde zij over hun ontvangst door iemand van het vriendschapsinstituut, hun bezoek aan het conservatorium, waar zij ook konden repeteren, hun ontmoetingen met cubaanse en buitenlandse collega's. Bruno had vanavond een afspraak in de oude stad, met een habanera-orkestje.

'Het is hier één groot feest!'

Het hotel was niet afgezet, zoals het hunne. In de stampvolle lobby zagen zij nu niet alleen de duitse schrijvers, de franse filosofen, de engelse dichters en de italiaanse componisten, maar de ruimte was ook een deel van de straat: door de ene deur slenterde de kwetterende bevolking er in, hele families met kleine kinderen, door de andere er uit.

'Het lijkt hier wel socialisme,' zei Onno.

Ada had ook de schrijver gezien die die amsterdamse avond in het forum had gezeten, net als de schaakgrootmeester trouwens, die was er voor het Capablanca-toernooi.

'Iedereen is hier, de hele wereld. Alle linkse intellectuelen.'

'Laat dat «linkse» maar weg,' zei Onno, 'want het alternatief is een *contradictio in terminis.*'

Op het grote terras aan de achterkant van het hotel bestelde Onno zijn eerste authentieke *cuba libre*; Ada en Max namen een milk shake. Toen Ada hoorde wat hun was overkomen, begon zij te lachen.

'Alles kan hier. Het is net als dat sprookje, waarin een lelijke kikker verandert in een beeldschone prins.'

'Als wij straks aan de macht zijn in Nederland,' zei Max, 'kondigen wij per decreet net zo'n subtropisch klimaat af als ze hier hebben.'

'Precies,' zei Onno, 'daar zeg je het. De politiek is misschien esthetisch bepaald, maar in elk geval ook meteorologisch.'

'Wat fantastisch dat jullie er zijn. Ik heb jullie gemist.'

'Max toch niet, hoop ik?' vroeg Onno.

'Anders.'

De nacht bleef heet. Het terras grensde aan een grote, parkachtige tuin die naar zee leidde. De drukte begon af te nemen en Onno kondigde aan, dat hij nog iets gewichtigs had te bespreken met Ada, maar dat was strikt vertrouwelijk en kon uitsluitend onder vier ogen. Hij zou Max morgen wel zien bij de openingssessie.

'Ja ja,' zei Max. 'De Nieuwe Mens als varken.'

Toen zij naar haar kamer waren verdwenen, wandelde hij de donkere tuin in. Bewegingloos stond de lucht in de koepelgewelven onder de reusachtige, verwrongen bomen, andere leken juist weer vergeestelijkt met hun filigraan lover, delicaat als brussels kant, – zo uitheems het was, zo vertrouwd was het hem tegelijk door het uitzicht van zijn leidse werkkamer op de hortus. Het hele eiland was een botanische tuin, maar dan zonder bordjes met namen. Aan het eind, bij een lage balustrade, keek hij uit over de zee. Een vleug verkoeling kwam hem tegemoet; hier en daar de lichtvlekken van vissersboten op het water; het pandemonium van de stad werd vrijwel overstemd door het zachte ruisen van de branding.

Daar was hij nu. Hierheen had het leven hem nu gebracht, naar deze paradijselijke plek. Hij dacht aan zijn geschiedenis, aan zijn ouders, aan zijn reis naar Polen, – en toen aan de woorden van de cubaanse ambassadeur: 'Wat op tienduizend kilometer afstand gebeurt, is niet gebeurd'. Was Auschwitz hier niet gebeurd? De onbedaarlijke sterrenhemel. Hij bevond zich precies op de kreeftskeerkring, de poolster stond laag; maar de bomen achter hem belemmerden zijn uitzicht op de zuidelijke sterren, die hij nooit had gezien.

Plotseling hoorde hij zachte stemmen. Hij keek opzij en zag twintig meter verderop in het donker een kleine groep soldaten bij een snelvuurkanon, de loop gericht op de horizon. Toen hij zijn hand opstak, groetten zij terug. Hij zuchtte diep – een hevig geluksgevoel doorstroomde hem.

17
Hete dagen

De officiële opening van de conferentie, de volgende ochtend, werd verricht door de president van de republiek, – niet te verwarren met Fidel Castro: die zou de plenaire slotvergadering toespreken, gevolgd door een ontvangst in het Paleis van de Revolutie. In de koffiepauze wandelden Max en Onno het hotel uit om even een indruk te krijgen van de stad bij daglicht.

Hun ogen, ingesteld op het kunstlicht in de vergaderzaal, werden verblind door de baaierd van zon in de straat: het was of het door hun huid drong en ook in het binnenste van hun lichamen een schemering te voorschijn riep. Hoog in de lucht vlogen gieren: als accolades zweefden de zwarte vogels in trage cirkels en lussen boven de zinderende stad, zonder een enkele keer hun vleugels te bewegen. Achter de hekken aan de overkant stonden weer nieuwsgierigen, die strak hun ogen op hen vestigden en zich probeerden te herinneren, welke helden uit welk land zij waren; natuurlijk hadden de kranten sinds weken vol gestaan over deze conferentie, met levensbeschrijvingen van de deelnemers. Ofschoon ijs voor pastoors was, wilde Max een ijsje kopen bij Coppelia; maar als hij in de rij was gaan staan, had hij vermoedelijk zelfs zijn lunch gemist. Terwijl zij over de rede van de president spraken, waarin hij duidelijk had gemaakt welke resultaten het cubaanse volk, de revolutionaire regering en de communistische partij van de bijeenkomst verwachtten, liepen zij de schaduwen van het park in.

Achter een boom zagen zij even later een tafereel, waar de illegaliteit van afwalmde als stank uit een etterende wond. Een al wat oudere cubaanse heer, met op zijn hoofd een witte panama en zelfs met een das om, stond geld te wisselen met een kennelijk buitenlandse jongeman, die zij op de rug zagen. Toen de heer hen opmerkte, stopte hij onmiddellijk de bankbiljetten in zijn zak. Max en Onno wilden verder lopen, alsof zij niets hadden gezien, maar toen draaide de jongeman zijn hoofd opzij om te kijken wat er aan de hand was.

Onno bleef staan en geloofde zijn ogen niet. Was dit mogelijk? Gaf de voorzienigheid hem werkelijk dit geschenk? Zijn hart sprong op.

'Bork!'

Als door een steen tegen zijn hoofd werd de studentenleider getroffen door zijn naam. Met een ruk draaide hij zich om en staarde Onno verbijsterd aan. Kennelijk was hij te verrast om weg te lopen en met grote stappen ging Onno naar hem toe, op een afstand gevolgd door Max. Hij had hem, hij had hem in zijn macht, het uur van de wraak was gekomen! Wat een genot! Met zijn handen in zijn zijden ging hij vlak voor hem staan.

'Maak die transactie onmiddellijk ongedaan, misbaksel! *Onmiddellijk*, hoor je me?' In het spaans zei hij tot de bevende cubaan, dat hij zich geen zorgen hoefde te maken, maar dat de zaak niet doorging, – en dan weer tot Bork: 'Verachtelijk sujet! In Holland de linkse aanvoerder uithangen en op Cuba zwart geld wisselen. Komt er nog wat van?'

Bart Bork was even verbluft als hij, maar toen hij de badge van de conferentie op Onno's revers zag, werd hij volledig sprakeloos. De heer, die ook geschrokken naar hun badges had gekeken, kreeg zijn peso's terug, en toen hij in zijn zak naar de dollars tastte, zei Onno dat hij ze kon houden maar nu als de bliksem moest maken dat hij wegkwam. Daarop nam hij beleefd zijn hoed af en verdween. In de volle glorie van zijn macht wendde Onno zich weer tot Bork:

'Je weet toch wiens handtekening er op die bankbiljetten staat, nietwaar, ellendige klier? Kijk bij gelegenheid maar eens goed: *Che.* Die zit nu in Bolivia in de rimboe, met een geweer, maar jij staat hier achter een boom smerige kapitalistische zaakjes te doen. Wat zou je er van denken als dat bekend werd in Nederland? Over Cuba zullen we het maar niet eens hebben, want dan kon het er nog wel eens verdraaid lelijk uitzien voor jou. Ik zal er niet over praten, maar wel vraag ik mij af wat jij hier eigenlijk doet, – en zal ik je meteen zeggen wat ik denk? Ik denk dat jij op eigen houtje met een charter hierheen bent gekomen en geprobeerd hebt, jezelf aan die conferentie op te dringen, en dat je dat niet is gelukt. Je hoort er niet bij, jij. Al je internationale vriendjes zitten in het Habana Libre, maar jij niet, jij zit ergens op eigen kosten in een shabby jeugdherberg – en zo hoort het ook voor een strandjutter op Cuba.'

De rekening was vereffend. Onno keek op zijn horloge en zei tot Max:

'Over tien minuten beginnen de commissievergaderingen.'

Zonder groeten lieten zij Bork staan.

'Toe maar,' zei Max, toen zij buiten het bereik van zijn gehoor waren. 'Zo ken ik je helemaal niet.'

'De rest van mijn leven zal ik met diepe bevrediging op deze dag terugzien.'

'Ben je niet bang, dat hij ons in de problemen kan brengen bij de congresleiding?'

'Hij? Dacht je dat hij op het idee komt, dat wij niet thuishoren op die conferentie? Hij heeft nu pas begrepen, waarom hij niet is uitgenodigd. Omdat wij zijn uitgenodigd. Wij zijn mateloos in zijn achting gestegen. Hij dacht dat hij met een paar onnozele geleerden te maken had, die hij wel een lesje kon geven, maar nu is hem gebleken, dat wij onnoemelijk belangrijk zijn in de linkse beweging. Hij gelooft in de wereldrevolutie, en als hij ons een strobreed in de weg legt, denkt hij dat wij op een dag net zo met hem zullen afrekenen als hij met ons zou hebben gedaan. Bij de eerste de beste gelegenheid zal hij proberen, met ons aan te pappen. Misschien is hij trouwens wel lid van de CPN en is hij daarom niet welkom. Geloof maar, dat ze dat soort dingen hier weten. Wat een dag! Wat is wraak toch een heerlijk gerecht! Stel je voor, ik had mij gisteren niet door je laten overhalen...'

'Wat ben je toch een hoogstaande persoonlijkheid,' zei Max, terwijl zij hun papieren lieten zien bij de ingang. 'Je morele verontwaardiging maakt op mij werkelijk een ontzaglijk oprechte indruk. Vooral voor iemand, die zelf volkomen ten onrechte gratis in een eerste klas hotel zit en eet op kosten van de bevolking in een Derde-Wereldland.'

'Zwijg, ellendeling! Dat zal ik allemaal dubbel en dwars terugbetalen op een of andere manier. Geldwisselaars worden in elk geval uit de tempel geranseld.'

*

Tussen de middag werd de nederlandse delegatie voorgesteld aan *compañero* Salvador Guerra Guerra: een magere man van een jaar of vijftig, met dun grijs haar, holle wangen en polsen zo smal als bezemstelen. Hij zou volledig tot hun beschikking staan, als tolk, gids en vraagbaak; ook werd hij geacht, de maaltijden met hen te gebruiken. Voor Guerra zelf bleek vooral dit laatste essentieel. Tijdens de lunch, die uit drie gangen bestond en waar alle gedelegeerden aanzaten, vertelde hij dat hij niet lang geleden een zware maagoperatie had ondergaan: alleen in het Habana Libre kon hij hopen, weer wat aan te komen. Verder drong hij zich niet op; wanneer zij hem nodig hadden, konden zij bij het congresbureau naar hem vragen. Geen enkele keer informeerde hij naar hun politieke status in Nederland – dat prachtige land, zoals hij zei, met zijn prachtige revolutionaire geschiedenis, dat vierhonderd jaar geleden als eerste tegen de spaanse overheersing in opstand was gekomen. Op Cuba gebeurde dat pas honderd jaar geleden.

'Ja,' zei Onno tot Max, 'daar heb jij niet van terug. Hier hebben ze een hogere dunk van Nederland dan in Nederland.'

'Maar tien jaar geleden,' vervolgde Guerra, 'was Cuba Nederland toch enigszins voorbijgestreefd.'

Na het diner, dat uit vier gangen bestond, met franse wijn, gingen zij met Ada naar het kamermuziekfestival, waar die avond ensembles uit enkele oostbloklanden optraden. Guerra had gezegd, dat zij altijd konden beschikken over een auto met chauffeur; maar omdat zij nog moesten wennen aan het idee, dat zij hier konden leven als miljonairs, hadden zij een taxi genomen naar de oude stad. In de concertzaal begroetten zij nu ook Bruno, die iedereen al kende en zich gedroeg alsof hij sinds jaren in Havana woonde. Na afloop nam Onno Ada mee naar zijn kamer in het Habana Libre. Net als in Hotel Nacional zat er een dikke dame van middelbare leeftijd achter een tafeltje naast de lift, die hem verwijtend aankeek alsof zij zijn moeder was, maar daar trok hij zich niets van aan; toen hij haar een knipoog gaf, begon zij te stralen van medeplichtigheid.

Max was nog wat gebleven. Zijn kennis van Beethovens Große Fuge in B-dur, opus 133, door een bulgaars kwartet uitgevoerd, had grote indruk gemaakt op een cubaanse studente in de medicijnen, – een lang meisje met lange, slanke vingers, die zij hoog op zijn dij legde toen hij haar vertelde, dat het stuk was voortgekomen uit het slotdeel van opus 130. Om dit verder te analyseren gingen zij naar een bar, waar het zo donker was als in de uiterste diepten van het heelal. De enige verlichting werd gevormd door gloeiende sigaren en sigaretten; de ober, die hen door de hitte, de gitaarmuziek en het onzichtbare gescharrel en gegiechel naar hun plaats bracht, liet zijn zaklantaren hoffelijk loodrecht op de grond schijnen. Op een bank tegen een hoog houten schot dronken zij hun Son, het cubaanse pendant van Coca-Cola, en begeleid door onophoudelijk gesteun en gekraak in de naburige hokken drongen zij verder door in de *Grande Fugue, tantôt libre, tantôt recherchée.* Om de laatste fugatische geheimen te ontsluieren, gingen zij vervolgens naar een *posada*, een paar straten verder. Bij de kassa kregen zij elk een handdoek en een stuk zeep, waarmee zij tien minuten moesten wachten op de gang: op de ene bank de mannen, van wit tot zwart, op de tegenoverliggende de vrouwen. Toen ook dit achter de rug was en hij ten slotte naar zijn hotel wandelde door de nachtelijke stad, waar overal nog mensen voor hun huizen op straat zaten, alle ramen en deuren open, kreeg hij voor het eerst volledig het gevoel, dat hij niet meer in Europa was. Bij de ingang werd hij weer gecontroleerd, en in de lobby groette hij Angel, de ober die hen aan tafel bediende en die met 'Pst!' geroepen diende te worden. Hij was nu in blauw militie-uniform en poetste zijn revolver.

*

Maar al twee dagen later begon Max zich af te vragen, wat hij hier eigenlijk deed. Het urenlange zitten in een zaal met kunstlicht bij dat schitterende weer, het luisteren naar de vertaling van eindeloze referaten, achter zijn rug het onafgebroken stemmengedruis van de tolken in hun kooien, terwijl hij buiten door de stad wilde lopen, begon hem steeds meer de keel uit te hangen. Moest dat nog vijf dagen zo doorgaan? 's Ochtends nam hij eerst in badjas de lift naar het grote openluchtzwembad op de eerste verdieping, waar dan al het bandje draaide dat sinds de jaren vijftig niet was vernieuwd: *Gonna take a sentimental journey, Don't fence me in.* Tot de lunch bleef hij spijbelend in de zon liggen en tijdens de middagzittingen kortte hij de tijd met de lectuur van Novalis' *Heinrich von Ofterdingen*, dat hij op het laatste moment in zijn koffer had gestopt, – maar daarvoor was hij toch niet naar Cuba gekomen! Ook de ideologische en tactische ruzies interesseerden hem niet. Bovendien kwamen de werkelijk interessante zaken natuurlijk niet in de commissievergaderingen aan de orde, die werden in hotelkamers besproken, met de deur op slot, – of in het gebouw van het Centraal Comité.

Maar vooral was hij geschokt door de palestijnse delegatie, die de staat Israel de wereld uit wilde hebben en daarvoor van iedereen bijval kreeg. Dat was nieuw voor hem. Israel! Kind en tegenhanger van Auschwitz! Israel was natuurlijk ook geen filiaal van de hemel, maar moest het daarom meteen worden veranderd in een tweede filiaal van de hel? Kon het zijn, dat extreem links en extreem rechts elkaar vonden als het tegen de joden ging? Uit de oorlog herinnerde hij zich de palestijnse Groot-Moefti van Jeruzalem, die met een witte klut op zijn hoofd bij Hitler op bezoek ging om de uitroeiing van de joden in Palestina te bespreken: generaal Rommel was al op weg met zijn Afrikakorps. Was 'antizionisme' het nieuwste eufemisme voor antisemitisme, zoals 'eindoplossing' dat was voor uitroeiing? Strekte het helse zijn tentakels nu ook al uit tot Cuba? Als Israel zijn moeder was, dan zou het toch alsjeblieft niet zo zijn dat dit fantastische eiland tot de wereld van zijn vader behoorde?

Aan dit dilemma wilde hij niet denken, en hij sprak er ook niet over. Wat hem deed blijven, was Onno. Deze zei dat hij veel leerde, al vond hij – als de erasmiaanse parlementair-democraat die hij uiteindelijk was – al die radicaliteit maar zo zo. En verder was er natuurlijk het gemak. De auto met chauffeur, de tochtjes per bus het land in, de toneelvoorstellingen, 's avonds laat het souper op een rustiek plein in de oude stad, aan rijen gedekte tafels, elk twintig meter lang, met muziek en toespraken, of een bezoek aan een show in La Tropicana, een reusachtige nachtclub in de open lucht, waar witte vleugels uit de grond verrezen, bespeeld door zwarte mannen in witte smokings, *Guantanamera*, en waar vijftig meisjes met struisvogelveren op hun hoofd hun benen hieven en tot slot de Internationale zongen, terwijl rondom in het groen honderden soldaten de wacht hielden, aangezien altijd rekening gehouden moest worden met aanslagen van infiltranten uit Miami.

*

Toen aan het eind van de week het moment van Ada's optreden was gekomen, was Max slecht in vorm. De hele dag had hij zich koortsig gevoeld; liefst was hij in bed gekropen, maar dat was natuurlijk uitgesloten, al had niemand het hem kwalijk genomen. Onno was al vertrokken met Ada, en alleen om Guerra te laten aansterken, was hij naar de eetzaal gegaan, waar hijzelf zich had bepaald tot een fruitsla. Omdat er geen auto beschikbaar was, nam hij de walmende, schuddende bus naar de oude stad en liet zich bekijken door zijn vrolijke medereizigers.

De kleine zaal was heet en overvol, tot in de gangpaden zat publiek; ook een paar componisten waren gekomen. Ada was nerveus. Al hun repetities, de gratis reis, hun hotel, de maaltijden, de gratis toegang tot concerten en balletuitvoeringen, de vriendelijkheid van iedereen, dat alles moest nu in evenwicht gebracht worden door nog geen half uur muziek na de pauze. Zij speelden Saint-Saëns' *Allegro appassionato*, gevolgd door Janáčeks *Sprookje*, en alles ging goed. De aandachtige stilte bleef na de laatste noten nog even hangen en maakte toen plaats voor een applaus, dat weliswaar niet overweldigend was maar toch boven de beleefdheidsgrens lag.

Na afloop werden in het gedrang achter het podium *daiquirí's* geserveerd. Toen Onno Max' gezicht zag, tegelijk bruinverbrand en bleek, zei hij:

'Neem er toch een, daar knap je van op.'

Max stootte aan met Ada en Bruno, en omzichtig zoog hij het gemalen ijs met rum uit het platte glas. Het smaakte hem. Hij dronk het glas leeg, hield het even tegen zijn voorhoofd en nam een tweede. Maar na nog een slok was hij plotseling dronken. Het was of er een net over hem heen viel, een vitrage, maar tegelijk dook hij op uit de versuffing waarin hij de hele dag had verkeerd.

'*Nazdrówje!*' riep hij en sloeg ook dit glas achterover, terwijl hij zin had het over zijn schouder op de grond te gooien, zoals hij dat een kubusvormige russische generaal in Tropicana had zien doen.

Van dat moment af werden de gebeurtenissen in snel tempo onoverzichtelijker voor hem. De twee cubanen, die zij in Amsterdam hadden ontmoet, doemden voor hem op en verdwenen weer, ook zijn vriendin van een paar dagen geleden bood haar wang aan voor een kus en was even later onzichtbaar geworden. Hij slurpte de ijskoude witte modder en voelde haar verkoelend door zijn borst omlaagglijden, terwijl hij tevreden zijn ogen over de drukte liet dwalen. Opeens werd er aanstalte gemaakt om te vertrekken. Het was kennelijk nog niet te zien, dat er iets met hem was veranderd; Onno zei dat Bruno een uitstapje had georganiseerd, hij moest zijn glas nu maar wegzetten, want zij gingen naar een Santería. Een Santería? Dan maar naar een Santería. Als daar ook maar daiquirí was.

Maar dat was er niet. Met rammelende auto's reden zij naar een armelijke straat in een buitenwijk, Max op een achterbank ingeklemd tussen drie of vier mensen die hij niet kende. Voor een houten huis met een openstaande voordeur tussen afgebladderde pilaren stapten zij uit. In de kleine kamers was het al zo vol, dat zij er nauwelijks bij konden. Max ging op zijn tenen staan: er was iets buitengewoon occults gaande.

Uit de achterkamer weerklonk opzwepend getrommel en gezang; op een rechte houten stoel, geflankeerd door kaarsen, zat een uitgemergelde zwarte man in een lichtblauwe bloemetjesjurk te schudden alsof er stroomstoten door zijn lichaam gejaagd werden, terwijl twee zwarte vrouwen hem in toom probeerden te houden. In trance stootte hij woorden en klanken uit, die volgens Onno niets met spaans hadden te maken, maar eerder met nigeriaans, *yoruba* of wat het wezen mocht. Kennelijk had een afrikaanse geest bezit van hem genomen, maar anderzijds kon die ook weer niet zo heidens zijn, want boven zijn hoofd stond een kitscherig Mariabeeld op een piëdestal, terwijl daar weer boven een portret van Fidel Castro hing. Maar misschien was het dat alles tegelijk, met veronachtzaming van de wet van de uitgesloten derde, en tot eeuwige beschaming van diegenen die dachten, dat zij iets begrepen.

Dons, kippeveren vlogen door de lucht, de trommelaars en de zangeressen manoeuvreerden zichzelf in een toestand van uitzinnige extase, die nu ook oversloeg op sommige zwarte mannen en vrouwen in het publiek, zodat er snel plaatsgemaakt moest worden om rondmaaiende armen en benen te ontwijken. Max werd in een hoek gedrukt, en met ogen die te zwaar van de rum waren om goed bestuurd te kunnen worden, ontmoette hij naast zich plotseling de blik van de nederlandse schrijver, die in Amsterdam in het forum had gezeten.

'Zo ziet men elkaar nog eens,' zei Max. Hij probeerde zijn ogen op hem te focussen, maar hij stond te dichtbij, het bleven twee dezelfde schrijvers die weigerden in elkaar te vloeien. Alleen omdat hij te veel had gedronken, haalde hij het in zijn hoofd om te vragen: 'Hoe is het toch godsmogelijk, dat iemand een roman bij elkaar kan fantaseren?'

'Ik fantaseer nooit iets,' zeiden de twee monden koel. 'Ik herinner het mij. Ik herinner mij dingen, die nooit gebeurd zijn. Net als jij wanneer je mijn roman leest.'

*

De ochtend daarop – het congres liep op zijn einde – vertrokken de gedelegeerden in alle vroegte met bussen naar het vliegveld, vanwaar zij naar Oriente zouden gaan, de hete provincie in het uiterste zuidoosten van het eiland. Daar stonden twee dagen Sierra Maestra op het programma, het gebergte waar de rebellen elf jaar geleden hun strijd met een tafelronde van twaalf man waren begonnen. Ofschoon het gerucht ging dat *el líder máximo* daar zou verschijnen, bleven Max en Onno in Havana. Ada's vliegtuig vertrok morgenmiddag, – zelf gingen zij drie dagen later, – en er was besloten, onder protest van Onno, haar laatste dag door te brengen aan het strand in Varadero. Guerra zou er voor zorgen, dat de auto om tien uur klaarstond, waarna zij haar zouden ophalen in Hotel Nacional.

Om half tien zat Onno volgens afspraak aan de beschaduwde bar, die het zwembad scheidde van de eetzaal. Max sliep kennelijk nog zijn roes uit. Het was stil geworden in het hotel. 's Nachts had het gestormd; met een net schepte de badmeester de bladeren en insekten van het water; de barman controleerde met een lijst de flessen in zijn rekken. Aan het andere eind van de bar zat verder alleen nog een vrouw met een glas voor zich: whisky, zo te zien. Onno dacht aan zijn gesprekken met de gedelegeerden, die hij meestal in hun eigen taal kon voeren, aan het rabiate tumult dat overal in de wereld woedde en waarvan maar een fractie tot hem was doorgedrongen in Nederland, - althans, hij probeerde daaraan te denken, want ofschoon de vrouw niet opzij keek voelde hij een bijna tastbare verbinding tussen hen beiden. Verontrust ging hij met zichzelf te rade. Wat was dit? Met een gevoel of hij nu al bezig was Ada te bedriegen, vroeg hij om de rekening. Hij zou naar Max' kamer bellen en zeggen dat hij in de lobby zat. Terwijl hij zijn handtekening zette, - en zich weer afvroeg in welke vorm hij dit alles moest betalen, - voelde hij dat de vrouw naar hem keek. Hij beantwoordde haar blik, en met een glimlach maakte hij een kleine, zijwaartse beweging met zijn hoofd, ten teken dat het hem speet maar dat er niets aan was te doen - dat hij nu eenmaal een sukkel was.

Maar toen hij in de lobby naar de telefooncel liep, zag hij haar achter zich aan de trap af komen. Meteen begreep hij, wat er was gebeurd. Zij had zijn hoofdbeweging heel anders opgevat, namelijk als: Kom op, laten we gaan, - subtiel uitgevoerd, om de barman te misleiden. Na een korte aarzeling ging hij naar haar toe; hij zat in de val, met geen mogelijkheid was er onderuit te komen. Maar dat wilde hij ook eigenlijk niet meer. Zij was in de dertig, een volle, welige vrouw, donkerblond, met diepbruine ogen en een huid in de tint van hazelnoten.

'Laten we gaan,' zei zij ernstig.

Aan haar accent hoorde hij, dat zij cubaanse was. Zij zag er verzorgd uit, een beetje bourgeois; misschien was zij een *gusano*, zoals dat hier heette, een contrarevolutionaire 'worm', die liever vandaag dan morgen naar de Verenigde Staten uitweek. Maar hoe kwam zij dan in dit hermetisch afgesloten hotel? Hij knikte en liep met haar mee naar buiten. Was het allemaal zo eenvoudig? Maar uit zichzelf had hij natuurlijk nooit die hoofdbeweging durven maken met de betekenis, die zij er aan had gegeven. Dat was meer iets voor Max.

Hij stak zijn hand uit en zei:

'Onno Quist.'

'María.'

Toen hij naast haar in haar auto ging zitten, die in redelijke staat verkeerde, vroeg hij zich af wat hij eigenlijk in zijn hoofd haalde. Hij moest dadelijk naar het strand, het was Ada's laatste dag, dit kon helemaal niet, hij moest onmiddellijk terug. Maar dat was onmogelijk geworden. De militair bij de oprit salueerde toen zij langskwamen.

'Ik moet even opbellen,' zei hij.

'Dat kan bij mij. We zijn er zo.'

Zij keek even opzij en glimlachte treurig. Het was zondag, de straten waren leeg en een paar minuten later reden zij over een chique boulevard met gras en bomen in de middenberm, nu en dan afgewisseld door een groot bord met spreuken, zoals: *WAAR DE DOOD ONS OOK VERRAST, HIJ ZIJ WELKOM.* Er waren ambassades gevestigd en vroeger hadden de welgestelden er gewoond; nu waren de riante behuizingen voor een groot deel veranderd in studentenonderkomens en allerlei universitaire instituten. Ook hier lagen overal afgewaaide takken en bladeren. Zij stapten uit bij een kleine villa met een goed onderhouden tuin.

De voordeur kwam meteen uit in de witte, betegelde woonkamer, die naar hollandse begrippen vrijwel leeg was. Ook de muren waren kaal, behalve een ingelijste foto boven het buffet: een breed lachende man van een jaar of veertig, in uniform en met een baard, op zijn hoofd een grote hoed met een brede rand, zoals suikerrietkappers die droegen, zijn arm geslagen om de schouders van María, die ook lachte, een beetje in elkaar gedoken van het vitale geweld naast haar. Toen Onno die baard zag, het revolutionaire adelsteken, kreeg hij het gevoel dat hij onmiddellijk moest vluchten, de voordeur uit en zo snel zijn benen hem dragen konden de boulevard af: dadelijk kwam die man binnen en schoot hem vierkant overhoop, waarna hij de rook uit de loop van zijn pistool zou blazen en in lachen uitbarsten. Nu stortte ook hij zich eens in een avontuur en dan kwam hij in zo'n situatie terecht. Eigen schuld, dacht hij. Verdiende loon. Hij had zich in de nesten gewerkt en nu moest hij de gevolgen ook maar dragen. Waar de dood ons ook verrast, hij zij welkom. *Mr. Dr.h.c. Onno Quist, Den Haag 6 november 1933 – Havana 8 oktober 1967.*

Hij ging in een rieten stoel zitten en belde Hotel Nacional. Terwijl hij op verbinding met Ada's kamer wachtte, vroeg María of hij een whisky wilde.

'Niets liever!' zei hij met zo'n nadruk, dat zij in de lach schoot.

Toen hij Ada's stem hoorde, schaamde hij zich en kreeg weer spijt. Hij wilde zeggen dat hij de stad in was gewandeld, dat hij was verdwaald, dat hij over een kwartier in het hotel zou zijn, – maar dat deed hij niet.

'Hallo?' zei zij weer.

'Ja, ik ben het.'

'Hallo! Max heeft zich zeker verslapen, hè? Hij had veel te veel op, gisteren. Geeft niet, ik zit lekker op het balkon in de zon.'

'Nee, dat is het niet, of misschien ook wel, daarstraks was hij er nog niet.'

'Wat is er dan? Ben je nu niet in je hotel?'

'Nee. Vind je het erg als ik niet mee ga?'

'O, dat dacht ik wel. Jij aan het strand – ik vond het al raar. Wat ga je dan doen vandaag? Waar ben je?'

'In de kerk,' zei Onno plechtstatig, terwijl hij toekeek hoe María hun glazen vulde met ijs.

'In de kerk?' herhaalde Ada lachend. 'Bidden voor de revolutie?'

'Ik wil wel eens zien, hoe dat hier toegaat. Er is dadelijk een plechtige hoogmis.'

'Luister, zal ik ook komen? Waar is die kerk?'

'Ga jij nu maar naar zee met Max. Het is je laatste kans, overmorgen zit je in Holland weer in de storm en de regen.'

'Vind je het echt niet erg?'

'Ik zie jullie vanavond weer. Maar bel hem dadelijk even op, want hij weet nog van niks.'

'Doe ik.'

'Goed dan. Bid voor mijn ziel.'

Toen hij de hoorn op de haak had gelegd, hief hij het glas dat bij hem neer was gezet en nam een grote slok.

'Welke taal sprak je nu?' vroeg María en ging op de bank zitten.

'De taal van het heroïsche nederlandse volk.'

Het ironische van dit antwoord ontging haar.

'Nederland heeft een prachtige geschiedenis,' knikte zij, terwijl zij een sigaret opstak. 'Was dat je vrouw?'

Onno zuchtte diep.

'Mijn vriendin. Waar merkte je dat nu weer aan?'

'Aan alles.'

'In Cuba zijn jullie al even verschrikkelijk als overal.' Hij wees naar de foto. 'Is dat je man?'

'Niet meer.'

Opgelucht keek hij haar aan. Hij verwachtte, dat zij op een of andere manier blijk zou geven van haar begrip voor die opluchting, maar haar gezicht bleef strak. Plotseling werd hij getroffen door een nieuwe onzekerheid. Misschien was zij een geheim agente, misschien moest zij uitzoeken hoe dat eigenlijk zat met die twee nederlanders op de conferentie, van wie niemand ooit had gehoord, die nooit het woord voerden en nu ook weer niet mee waren gegaan naar de Sierra Maestra.

'Waarom dragen die ridders nog steeds hun baarden uit de guerrillatijd?'

'Omdat ze gezworen hebben, dat ze hun baarden pas afscheren en hun uniformen pas uittrekken als de revolutie in heel Latijns Amerika een feit is.'

Zij stond op en uit een la van het buffet haalde zij een grote foto, die zij hem overhandigde.

'Dit is mijn man.'

Onno's gezicht vertrok van afschuw. Het was dezelfde man, maar nu lag zijn naakte lijk op een katafalk, smerig en overdekt met bloed, zwarte kogelgaten in zijn borst, met verwarde, kleverige haren en een baard, één oog half geopend.

'Christus!' zei hij en keek haar ontzet aan. 'Waar is dit gebeurd?'

'In Bolivia.'

Hij wist niet meer wat hij moest zeggen. Hij stond op, legde de foto terug in de la, schoof de la dicht en ging weer zitten. Alles was nu duidelijk. Als weduwe van een gesneuvelde held had zij privileges gekregen van zijn vrienden, een mooi huis, een auto, benzinebonnen en whisky's al in de vroege ochtend. Misschien had zij ook kinderen. Hij wilde vragen of zij ook kinderen had, maar hij vroeg het niet. Zwijgend keek hij haar aan. Zij beantwoordde zijn blik en klopte toen twee keer zacht met haar hand op de plaats naast haar.

18
Het verdwijnpunt

Met zwarte koffie en mineraalwater probeerde Max zijn hoofdpijn te verdrijven aan de bar. Hij had vreemd gedroomd over Cuba: wit, volledig ondergesneeuwd had het in een bevroren poolzee gelegen, – meer kon hij zich niet herinneren. Het was bijna tien uur. Juist toen hij Onno's kamer wilde bellen om te vragen waar hij bleef, rinkelde de telefoon. De barman nam op, keek naar hem en vroeg:

'*Compañero* Delius?'

Het was Ada. Onno was naar de kerk en ging niet mee.

'Je eigenaardige verloofde zit nog liever in de wierook dan in de zon,' zei Max. 'Wat doen we?'

'Zeg jij het maar. Hoe voel je je na gisteravond?'

'Ik heb koppijn, maar die wordt òf erger van de zon òf hij verdwijnt door de zee. Laten we maar gaan, ik heb mij er al op ingesteld; ik kan altijd in de schaduw gaan zitten. Over tien minuten ben ik bij je.'

Hij nam zijn tas met badspullen en ging naar de lobby, waar Guerra de Granma zat te lezen, de partijkrant. Hij droeg een wit, gestikt hemd, dat tegelijk een jasje was.

'*Továrisch* Quits is religieus verhinderd,' zei Max, 'het spijt hem, hij is gaan bidden voor de revolutie. Wat mij betreft kunt u ook in Havana blijven, we vinden het wel.'

Maar daar wilde Salvador Guerra Guerra niet over horen. Het was zondag, het zou vol zijn in Varadero en zonder hem zouden zij niet op de goede plek terechtkomen; er moest trouwens ook gegeten worden.

'Bovendien ben ik verantwoordelijk voor uw veiligheid. We moeten door een gebied, waar regelmatig terreurcommando's uit Florida aan land gaan. Mag ik u voorstellen... *compañera* Marilyn.'

Hij maakte een gebaar naar een blonde jonge vrouw die op hen toe kwam: in groen uniform, op zware hoge schoenen, schuins voor haar borsten een klein maar vervaarlijk machinepistool, en met een verfijnde, messcherpe glimlach op haar gezicht. Zij was van Ada's leeftijd en zij onderscheidde zich van haar filmische naamgenote door een intelligente, waakzame blik in haar groene ogen, waar toch ook een floers overheen lag. Meteen ging het alweer iets beter met Max' hoofdpijn. Hij schudde haar de hand en wist, dat hij nu niet 'Monroe' moest zeggen, want dat deed iedereen natuurlijk al. Toch kon hij niet nalaten, er langs een omweg op te zinspelen:

'Wat zie je er schitterend uit. Er schijnt zelfs een doctrine naar jou genoemd te zijn.'

Zij begreep het onmiddellijk. De noordamerikaanse Monroedoctrine, die zich keerde tegen inmenging van buitenaf op het westelijk halfrond, had vijf jaar geleden weer een rol gespeeld bij de Cuba-crisis. Zij sprak vloeiend amerikaans, en toen hij haar daarvoor complimenteerde, zei zij dat zij amerikaanse was, uit New York, waar zij kunstgeschiedenis had gestudeerd, maar dat daar maar niet verder op ingegaan moest worden. Zij wilde liever niet haar nationaliteit verliezen; als haar ouders te weten kwamen, waar zij was en wat zij uitspookte, zouden zij de straat niet meer op durven. Haar achternaam kon dus maar beter in het ongewisse blijven.

'Waar denken je ouders dan dat je zit?'

'Dat ik in Europa rondzwerf en musea bezoek. Dat ik in Italië het perspectief bestudeer, bij Paolo Uccello en Piero della Francesca.'

'Wat natuurlijk ook van belang is.'

'Maar op een andere manier.'

Met een instemmende blik op haar achterste volgde hij haar naar buiten, waar Jesús op hen wachtte in de auto. Met de kalaschnikof op haar schoot ging Marilyn naast hem zitten en over de stille Rampa reden zij naar Hotel Nacional. Ada stond al op het bordes. Met de hartelijkheid, die alleen vrouwen onmiddellijk voor elkaar kunnen opbrengen, begroetten zij en Marilyn elkaar door het portierraam. Guerra stapte welopgevoed uit en liet haar op de achterbank tussen hem en Max plaatsnemen. Even later reden zij langs de rotsachtige kust het land in.

'Hoe vind je hem,' zei Max tot Ada, 'die gewezen calvinist, die bij de communisten naar een roomse mis gaat. Zoiets verzin je toch niet.'

'Dat kan alleen op Cuba.'

'Moet je kijken. Zelfs de aarde is hier rood.'

Aan hun rechterhand stond meer dan manshoog suikerriet in de rode klei, ideale schuilplaats voor geboefte dat hier aan wal kwam. Omdat het zondag was, had hij verwacht dat het druk zou zijn op de weg, maar als gevolg van de benzinedistributie ging men natuurlijk per trein; er was vrijwel geen verkeer. Overal op het plaveisel lagen afgewaaide suikerrietbladeren en er hing een vreemde stilte over het land en de zee.

Ada zag het ook.

'Het is nog maar de vraag of we kunnen vertrekken, morgen. Bruno heeft gehoord dat er een cycloon is bij Haïti, die misschien over Cuba trekt. *Fancy*.'

'Dat is dan de zesde van dit jaar.'

'Hoe weet je dat?'

'Omdat F de zesde letter van het alfabet is. Niet alleen het volk, ook de rampen worden gealfabetiseerd in deze buurt. Daar moet ik het eens met Onno over hebben, maar die luistert nu naar het *Kyrie eleison*.'

Voor het eerst rook hij haar geur weer en met zijn dij voelde hij haar warmte, maar dat onderging hij alleen als iets vertrouwds. Hij zat achter Jesús, zodat hij een deel van Marilyns gezicht kon zien. Onder haar oren, op de ronding van haar kaak, gloeiden donshaartjes als een kleine deken van licht. Paolo Uccello. Piero della Francesca. Kalaschnikof. Hoe moest hij dit straks in Holland vertellen? Daar zou net zo min iemand kunnen begrijpen wat hier gaande was als in de DDR of in Polen.

De conditie van de auto bepaalde, dat de reis bijna twee uur zou duren. In de verkoelende tocht door de open portierramen vertelde Guerra over zijn rol in de revolutie, waaraan hij niet in de bergen had deelgenomen maar in Havana. Dat stedelijke verzet tegen het corrupte Batistaregime, van studenten en intellectuelen vooral, dat ook veel doden had gekost, was altijd in de schaduw gebleven van de guerrilleros, – maar dat kwam ook doordat veel mensen achteraf zeiden, dat zij in het burgerlijke verzet hadden gezeten, terwijl het niet zo was. Dat was vrijwel oncontroleerbaar.

'Niemand heeft ooit durven beweren,' zei hij, terwijl hij zich naar voren boog en Max aankeek, 'dat hij in de Sierra Maestra heeft gevochten, terwijl het niet zo was. Maar in onoverzichtelijke situaties heb je altijd mensen, die er misbruik van maken en zich voor iets anders uitgeven dan ze zijn.' Hij knikte en leunde weer achterover.

Max verstarde. Wist hij hoe het zat met de nederlandse delegatie? Liet hij hem dat even voelen? Of verbeeldde hij het zich maar? Ze wisten het natuurlijk! Ze wisten het al lang! Als ze zoiets niet wisten, kon hun staat helemaal niet bestaan! Maar ze lieten het zo, omdat het een fout was van hun eigen kant. Ze wisten al lang, dat ze niet met twee veelbelovende verzetslieden te doen hadden, maar met een onnozele astronoom en een onbenullige cryptograaf, die in de burgerlijke politiek liefhebberde. 'Laat maar,' had iemand gezegd, tussen het in zijn mond stoppen en het aansteken van een sigaar, 'dat zijn kinderen,' – en met een disciplinaire straf voor dat zwarte meisje op het vliegveld was de zaak afgehandeld. Hij keek even naar Ada, maar zij maakte niet de indruk een verborgen boodschap opgevangen te hebben. Liefst zou hij het Guerra nu opbiechten, toegeven dat zij ten onrechte die conferentie bijwoonden en natuurlijk alle onkosten zouden vergoeden, – maar stel je voor, hij vergiste zich: wat haalde hij dan aan?

Plotseling riep Jesús:

'Fidel!'

Het was Max of hij een schok kreeg. Vóór hen reed een colonne legerauto's. Vanuit de achterste werden zij ontspannen maar aandachtig gadegeslagen door twee zwaarbewapende militairen, één met een verrekijker en één met een walkie-talkie. Er werd een gebaar gemaakt, dat zij afstand moesten houden. De toestand in de Chrysler was op slag veranderd. Jesús draaide zijn hoofd om, wees over zijn stuur en zei nog eens: 'Fidel!' Ada leunde naar voren, Guerra strekte zijn nek en Marilyn ging rechtop zitten. Vijf harten klopten opeens sneller omdat een bepaalde man vlakbij bleek te zijn, een man als alle mannen, van vlees en bloed, met twee ogen, twee oren, twee armen en twee benen, – en tegelijk een man als geen ander: de bevrijder van zijn volk, de geschiedenis in persoon. Max keek over Jesús' schouder naar de langzaam rijdende colonne. Hij zag antennes en ook verder hier en daar een been half buitenboord en de loop van een automatisch geweer. Daar ergens was hij – daar verplaatste zich de macht. Guerra zei dat hij altijd zo reisde, – of beter: dat hij onafgebroken over het eiland zwierf in auto's of helikopters; nergens in Havana had hij zoiets als een residentie of een departement, dat daar was zijn departement, daar waren al zijn intimi; zij kenden alles en iedereen, sliepen in kazernes, bij boeren of in hangmatten tussen de bomen. Die rusteloze stijl was een erfenis van de guerrilla; Che had zij zelfs het land uit gedreven. Niemand wist ooit waar hij was, overal dook hij ineens op, en dat kwam natuurlijk ook zijn veiligheid ten goede, want er waren een hoop mensen die hem graag dood zagen.

Maar toen de soldaat met de walkie-talkie een gebaar maakte dat zij konden passeren, vroeg Max zich af of daar toch niet lichtzinnig werd beslist. Op de voorbank van hun eigen auto, aan de kant van de colonne die zij nu inhaalden, zat een amerikaanse met een schietklaar vuurwapen: wie zei hun, dat nu niet de duivels beraamde moordaanslag van de CIA ten uitvoer werd gelegd, met cynische opoffering van een celliste en een veelbelovend sterrenkundige? De verklaring was misschien, dat hun waakzaamheid niet op angst berustte. Wel verschenen er steeds handen die hen beduidden, sneller door te rijden. Max bukte zich diep over Ada's schoot om niets te missen, Guerra leunde achterover om zijn uitzicht niet te belemmeren, maar het ging te snel om veel te kunnen zien. Het ene legervoertuig na het andere, ook een keukenwagen, een hospitaalwagen, een radiowagen, en toen opeens een rij jeeps met *comandantes* en andere officieren, in een flits zag hij hem zitten in de voorste: naast de zwarte chauffeur, hij droeg een bril met een donker montuur en las in papieren, op een ijzeren rooster boven zijn knieën een machinepistool.

*

Als een graal diepblauw bloed lag de baai onder de strakke hemel. Naast de auto keken Max en Ada sprakeloos naar de tientallen grote, witte pelikanen, die met hun lange snavels hoog over de golven vlogen en zich dan plotseling als dieptebommen loodrecht in het water lieten vallen, verdwenen, en even later druipend en met spartelende onderkinnen opdoken en hun vlucht vervolgden. Het leek of die onophoudelijke, verticale bewegingen, als ranke, onzichtbare zuilen, de ruimte veranderden in een besloten koepelzaal. Tot het brede zandstrand strekte bos zich uit, alsof de bomen geen schaduw wierpen maar de schaduw de bomen droeg. Geen blad bewoog.

'Dit is toch niet meer van deze wereld,' zei Ada.

Verderop was het strand vol, maar hier zaten alleen een paar linkse kunstenaars en intellectuelen van internationale reputatie in de zon. Verscholen tussen de bomen lagen riante maar enigszins vervallen bungalows, die, zoals Guerra meldde, vroeger twee maanden per jaar werden bewoond door cubaanse en amerikaanse bordeelexploitanten en cocaïnehandelaren, maar die nu dienst deden als gastenverblijven van verscheidene instanties. De buitenhuizen bij het vrije strand waren ter beschikking gesteld van de bevolking.

Op de beschaduwde veranda van een bungalow werd een lunch geserveerd door een chinese cubaan in een wit jasje: gazpacho, gegrillde zwaardvis met een droge witte wijn, – waarvan alleen Marilyn niet dronk, – zoet hazelnootijs en koffie. Toen hij zijn zwembroek ging aantrekken, vroeg Max aan Ada of zij ook de indruk had gekregen, dat hij en Onno waren doorzien als fraudeurs.

'Ben je gek,' zei zij, 'dat is alleen maar je slechte geweten.'

'Denk je?'

'Natuurlijk. Maar jullie moeten het natuurlijk wel rechtzetten op een dag.'

'Ik hoop dat je gelijk hebt.'

Haar opmerking had hem gerustgesteld, zoals ook de wijn dat al had gedaan. Op een stoel lag een onderwaterbril, en meteen toen hij was uitgekleed holde hij over het gloeiende, fluwelige zand naar de branding en dook met de bril om zijn arm in zee. Gewend aan de koude Noordzee en de koele Middellandse Zee, was hij niet verdacht op een lauw bad. Met een schreeuw van genot kwam hij boven en liet zich onmiddellijk weer achterover vallen. Dit kon niet waar zijn! In zo'n zee was het leven ontstaan! Hij wenkte Ada, die haar handdoek uitspreidde, maar zij maakte een gebaar dat zij straks wel kwam. Als een klein kind in het pierenbad poedelde hij in het water, sprong op, dook onder, en dat hij daarstraks nog hoofdpijn had gehad was hij al vergeten. Hij deed de bril op, en gedurende één seconde ontvouwde zich de wereld waarvan hij verder alleen nog in zijn dromen wist: deinende stilte, plantgeworden beweging, op stelten rondwandelend licht, visgeworden spectrale kleuren, waarin plotseling als de verdoemenis een reusachtige pelikaan insloeg door het verblindende hemeldak en zijn prooi opschepte, – maar zijn bril, nog van voor de revolutie, liep vol water en hij moest terug in de zon.

Ook Marilyn had zich van haar geweld ontdaan, naast Ada zat zij in bikini op een handdoek. De bewaking werd hier blijkbaar al door anderen verzorgd. Guerra was op de veranda gebleven, waar hij praatte met Jesús en de chinese huismeester, die zijn benen op tafel had gelegd; een dikke zwarte vrouw in een wit schort veegde de tegels. Hij ging aan de andere kant naast Marilyn zitten. De ontblote, donzige huid van haar armen en benen en buik, zonder machinepistool, was anders van aard dan wanneer hij haar nooit met een machinepistool had gezien. Dan was zij eenvoudig een jonge vrouw in bikini geweest, zoals Ada; maar door zijn afwezigheid was het machinepistool nu in zekere zin nog meer aanwezig dan toen het aanwezig was geweest. Was dat wat een bepaald soort vrouwen aantrok in militairen: dat zij zich ten slotte voor haar moesten ontwapenen? Was het misschien ook een soort rechtvaardiging voor de vrouwen, die in de oorlog met duitse soldaten hadden geslapen? Waren zij eigenlijk verzetsstrijders, na de oorlog ten onrechte kaalgeknipt? Zo lang de vijand op haar lag, kon hij immers niet schieten!

Het beviel hem niet dat hij aan de oorlog dacht. Hij ging op zijn rug liggen, vouwde zijn handen onder zijn hoofd en vroeg in het engels:

'Wat zou Fidel nu doen?'

'In elk geval niet zonnebaden,' zei Ada. 'Dat heeft hij nog nooit gedaan.'

'Ik heb hem gezien. Mijn leven is geslaagd. Van nu af kan het alleen nog bergafwaarts gaan.'

Marilyn draaide haar hoofd over haar schouder en keek hem onderzoekend aan.

'Wat voor soort grap is dit?'

'Waarom denk je dat het een grap is? Misschien is het geen grap. Misschien is het een grap, die geen grap is.'

'Je lijkt Onno wel,' zei Ada.

Hij keek omhoog in Marilyns ogen en zag dat hij een beetje

moest oppassen. Dat op Cuba de revolutie niet was gespeend van goedlachse trekken was hem herhaaldelijk gebleken, maar bij de buitenlanders op de conferentie had hij daar weinig van gemerkt, zo min als toen in Oost-Europa, – en hier zat nu een amerikaanse. Tegelijk prikkelde het hem en hij kreeg zin om haar te plagen.

'Misschien moeten we alles in perspectief zien.'

'Welk perspectief?'

'Dat van de eeuwigheid.'

Dit keer scheen zij hem nog beter te begrijpen dan hij het zelf had bedoeld. Zij ging op haar buik liggen en zei didactisch:

'De eeuwigheid en het perspectief kunnen niet samengaan. Zal ik jou eens wat leren, hollandse Max? Het perspectief werd uitgevonden in de vijftiende eeuw. Vóór die tijd zat God altijd heel natuurlijk in de ruimte van het schilderij, – een madonna met kind bij voorbeeld, – maar die ruimte zelf was onnatuurlijk. Hij zat eenvoudig op een troon in de blauwe lucht, boven de madonna, met wat cirkels en sterren om hem heen. Of je zag links de heilige Dionysius met een keurige mijter in een kerker en rechts hoe later zijn hoofd er af werd gehakt, met in het midden Christus honderden jaren eerder naakt aan het kruis, met om hem heen de twaalf apostelen in bisschopsgewaad: dat allemaal heel natuurlijk in één onmogelijke ruimte op één onmogelijk moment. Maar met de uitvinding van het centraalperspectief werden de natuurlijke ruimte en de natuurlijke tijd gedefinieerd. Iemand op een stoel in de lucht zou naar beneden vallen, en wat na elkaar was kon niet gelijktijdig gebeuren. Dat was dus het begin van het einde van de eeuwigheid.'

Verbluft hoorde hij haar uiteenzetting aan. Het leek of zij een *summary* gaf van haar doctoraalscriptie.

'Wil je misschien zeggen, dat sindsdien niets meer zich van de hemelse kant door het perspectivische verdwijnpunt naar deze wereld kan wringen?'

'Zulk soort onzin zul je mij niet horen zeggen.'

'Jammer.'

'Er bestaat geen hemelse kant van het verdwijnpunt.'

'Hoe weet je dat? Misschien kan het niet meer met artistiek fatsoen zichtbaar gemaakt worden, maar misschien is het er allemaal nog wel.' Hij zei het om haar te plagen, maar daar bleek zij geen orgaan voor te hebben.

'Volgens mij is dat zinloos gezwets. Alleen de tijdelijkheid en de ruimtelijkheid zijn eeuwig.'

'En zelfs dat vermoedelijk niet.' Hij ging ook op zijn buik liggen. 'In de astronomie wordt daar geloof ik wel eens aan getwijfeld. Overigens, als ik nu denk aan Michelangelo's *Schepping van Adam*, die op de Rampa hangt... dat is toch van na de uitvinding van het perspectief?'

'En daar moet God dus noodzakelijkerwijs *zweven*, in de natuurlijke ruimte, aan deze kant van het verdwijnpunt, dat geen andere kant heeft. Dat is geen geloofwaardige god meer, maar een schitterende fantasie over een man die de natuurwetten heeft overwonnen.'

'In plaats van ze te hebben gemaakt,' knikte Max. 'Maar wacht eens... Tegenwoordig –'

'Ja, ik weet wat je wilt zeggen.'

'Zo? Wat dan?'

'Dat de moderne kunst het perspectief weer heeft losgelaten.'

'Precies. Neem Picasso. Bij hem zie je geen ongelijktijdige gebeurtenissen, zoals op middeleeuwse schilderijen, maar wel ruimtelijke onmogelijkheden, zoals tegelijk de voorkant en de zijkant van een gezicht. En in de relativiteitstheorie vind je al die tijd-ruimtelijke bizarrerieën op een wetenschappelijke manier terug, heb ik wel eens gehoord.'

'Maar God is niet weer te voorschijn gekomen. Als er een andere kant van het verdwijnpunt is, dan is hij daar intussen gestikt. Dan ligt alleen zijn kadaver nog te stinken in de hemel.'

'Denk je? Volgens mij is daar niets veranderd, want er kan niets veranderen in de eeuwigheid. De eeuwigheid is net zoiets als het moment. Het verdwijnpunt is de hemelpoort, waar Petrus staat met zijn sleutel. Die kunnen we hem vermoedelijk niet ontfutselen, maar volgens mij kun jij je best een weg banen door dat punt met je machinepistool. Ik glip dan meteen achter je aan.'

'Zeg, ik vind het allemaal heel leuk wat je zegt, maar je gaat me toch niet vertellen dat je gelovig bent?'

'Natuurlijk niet.'

'Ga je het me niet vertellen, of ben je het niet?'

'Misschien is Einstein wel God, hij lijkt wel wat op hem. *Ein Stein der Weisen.*' Max zuchtte diep. Hij duwde zijn vingers in het hete zand tot waar het iets koeler was. 'Ik weet nog goed toen hij stierf in negentienvijfenvijftig; ik was toen tweeëntwintig en ik had het gevoel, dat ik mijn vader had verloren. Luister, Marilyn, soms maak ik wel eens een grapje. Ik weet dat dat ongepast is volgens strenge denkers zoals jij, maar zo ben ik nu eenmaal. Bovendien ben ik nu toch ook op Cuba. Net als jij geloof ik dat het mogelijk moet zijn, een rechtvaardige samenleving in te richten op aarde. Zo gelovig ben ik inderdaad nog wel – net als jij. En als Fidel dat lukt, al is het maar een beetje, wil ik hem bij wijze van spreken graag een afglans van zoiets als het goddelijke toekennen. Of misschien geldt dat al voor zijn intentie, ook wanneer het hem niet lukt. Er hangt absoluut iets apostolisch' om hem heen, daar heb ik een scherp orgaan voor.'

Hij wilde in het nederlands tegen Ada zeggen, dat hier eindelijk iemand was die de kunstgeschiedenis ernstig nam en een geweer pakte; maar omdat het onbeschoft zou zijn plotseling geheimtaal te spreken, legde hij zijn hoofd op zijn armen en sloot zijn ogen. Het speet hem dat Onno er niet was; die had beslist nog wel iets op te merken gehad. Misschien had hij haar geprezen, dat zij niet de psychologie van de godsdienst er bij had gehaald, of Marx. Terwijl de zon zijn rug roosterde, luisterde hij naar de branding. Dat geluid was in elk geval bijkans eeuwig. Misschien was alleen het geluid van een uitbarstende vulkaan ouder. Het oudste signaal was natuurlijk de kosmische achtergrondstraling van 3° K, het nagloeien van de Big Bang, waarmee Marilyns 'natuurlijke ruimte en tijd' waren ontstaan; de exploderende singulariteit was dan Marilyns perspectivische verdwijnpunt, waar niets doorheen kon. De vraag wat daarachter lag, of daarvóór, was zinloos. Klopte als een bus. De kunst niet alleen als leidraad voor het politieke handelen, maar ook voor het wetenschappelijke begrip van de wereld!

'Je verbrandt,' zei Ada. 'Ik ook trouwens. Ik ga even kijken of er zonnebrandolie is.'

Toen zij naar de bungalow ging, leunde hij op een elleboog, keek diep in Marilyns ogen en zei:

'Als dat allemaal zo is, zullen wij dan maar trouwen?'

Even beantwoordde zij zijn blik, en liet zich toen in een lachstuip van haar handdoek rollen, het zand in, waar zij op haar rug bleef liggen, met wijd gespreide armen en benen. Hij wilde ook lachen, maar toen hij plotseling haar venusheuvel omhoog zag steken, de dunne stof van haar zwembroek over de welving van haar schaamlippen gevlijd, als een grote koffieboon, ging alleen zijn mond een beetje open. Toen zij merkte wat er opeens gaande was, bestierf ook haar lach. Zij ging rechtop zitten, sloeg haar armen om haar knieën en bleef hem een tijdje knikkend aankijken.

'Wat denk je nu eigenlijk?' vroeg zij.

'Vreselijke dingen.'

'Zet ze maar uit je hoofd. Je bent bij mij aan het verkeerde adres.'

'Daar ben ik ook bang voor.'

'Christus, wat vind ik dit vervelend. Nu hebben we een interessant gesprek, maar je vrouw of je vriendin heeft nog niet haar hielen gelicht of het gedonder begint.'

'Zij is niet mijn vriendin. Zij is de vriendin van mijn vriend.' Hij zag dat die mededeling haar even van haar stuk bracht. 'Ja hoor eens, nu moet je dus roepen: «Lieveling, dat verandert alles!» – en mij om mijn hals vallen.'

Het kostte haar kennelijk moeite een verontwaardigd air aan te houden, – als zij nu zou lachen, dacht zij vermoedelijk, ging het straks toch nog mis. Zij hield het natuurlijk met een of andere *comandante*, of nee, met een ernstige professor in de esthetica, of met een joviale surrealist in een morsig atelier, – alles was mogelijk: een man wist nooit met wie een vrouw het hield. Misschien hield zij het uitsluitend met de revolutie. Hij besloot, het voorlopig maar zo te laten. De dag was nog niet voorbij. Hij ging weer op zijn buik liggen, steunde zijn kin op zijn handen en keek naar Ada, die met de olie uit het huis kwam.

19
In zee

Ook 's avonds gaf Jesús er weer de voorkeur aan, in de keuken te eten. Loom, met rode gezichten, zaten zij tijdens de onmatige zonsondergang op de veranda aan tafel; de warmte nam nauwelijks af en na het douchen hadden zij alleen een hemd aangetrokken; Guerra droeg nog steeds zijn lange broek met het gestikte jasje. Toen het snel donker werd en het bos niet meer kon opvallen door zijn schaduw, vulde het zich met het getsjirp van legioenen krekels. Melancholiek van haar naderende vertrek, geholpen door de volle rode wijn die bij het geroosterde lamsvlees werd geschonken, keek Ada naar de steeds diepere, violette gloed boven de zee.

'Ik ben ontroostbaar. Dit is de laatste keer, dat ik hier de zon heb zien ondergaan.'

'Blijf dan,' zei Guerra. 'Marilyn is ook gebleven.'

'Als het zo eenvoudig was...'

'Stel je voor,' zei Max, terwijl hij een stuk brood in zijn wijn doopte, 'zij zou nu zeggen dat zij bleef, – wat was er dan voor haar aangebroken? Het grote geluk, of de vraag: wat nu?'

'Met andere woorden,' concludeerde Marilyn, 'geluk is onmogelijk.'

Hij keek haar aan, terwijl hij er van overtuigd was dat ook zij wist, dat zij beiden tegelijkertijd in een tweede, onuitgesproken gesprek gewikkeld waren. Hij nam de fles en zei:

'Wat ben je toch streng. Drink liever een glas wijn. Volgens onze verhinderde vriend is water om je tanden mee te poetsen.'

'Nee, dank je,' zei zij. 'Ik moet nog schieten.'

Lachend vulde hij de drie andere glazen bij.

'Zo is het. Het is nu levensgevaarlijk op de weg, overal langs de kust zit het vol infiltranten. Waarom blijven we hier niet slapen? Dat kan vast wel.'

'Zeker,' zei Guerra, 'als u dat wilt...'

'Doe niet zo mal, Max,' zei Ada met een meisjesachtig gebaar van haar elleboog, 'ik denk er niet aan, morgen gaat mijn vliegtuig. En ook tegenover Onno lijkt het me niet zo aardig. Moeten we trouwens niet langzamerhand aanstalten maken?'

Max knikte met gesloten ogen, ten teken dat de opwelling al voorbij was, en hij legde zijn vork en mes neer.

'Zal ik je eens wat zeggen, Marilyn? Geloof het of niet, maar ik ben nu gelukkig. Want ik weet, dat ik eens aan deze avond terug zal denken in het besef, dat ik toen gelukkig was. Misschien kun je alleen via die spiegel gelukkig zijn. Op een dag zal ik op mijn sterfbed liggen in de wetenschap, dat ik er nooit meer van op zal staan, – en dan zal de gedachte aan deze avond mijn dood misschien verlichten.' Hij nam een slok, maar slikte hem nog niet door. Met zijn tong speelde hij door de wijn, waarvan de geur nu van binnenuit in zijn neus drong, en het was hem of die paar kubieke centimeter in de duisternis van zijn mond op een of andere manier de hele wereld bevatten, zoals een dauwdruppel aan een grasspriet het landschap weerspiegelt. Hij slikte hem door en zei: 'Ik krijg opeens een visioen.'

'Vertel,' zei Ada.

'Ik zie een duitse soldaat in de russische steppe, vijfentwintig jaar geleden. Jullie moeten namelijk weten, dat bij ons in Europa toen een oorlog aan de gang was, maar dat zou nu te ver voeren. Hij is een jaar of twintig, het is veertig graden onder nul en tussen kapotgeschoten tanks en bevroren kadavers van paarden ligt hij achterover in de gierende sneeuwstorm en er ligt een roodgloeiende granaatscherf in zijn ingewanden te sissen. En in zijn laatste momenten krijgt ook hij opeens een visioen. Hij ziet een tafel op een veranda aan een sprookjesachtige baai, het is avond, de tafel is overdekt met spijzen en wijn en het is zo warm dat twee beeldschone vrouwen alleen een luchtig hemd dragen...'

Het bleef even stil. Ada zond Marilyn een blik toe waaruit bleek, dat nu een probleem was opgedoken.

'En waarom,' vroeg Guerra, terwijl hij opzij boog voor de chinese huismeester, die zijn bord wegnam, 'zijn wij het visioen van een fascistische soldaat, en niet van een sovjetrussische?'

Max kreunde.

'U hebt gelijk, maar ik kan mijn visioenen toch niet dwingen? Het is toch *zijn* visioen?'

Guerra glimlachte.

'Als dialecticus op de kaderschool zou u geen slecht figuur slaan.'

'Wanneer u mij verzekert, dat ook daar de visioenen niet worden gedwongen, solliciteer ik bij dezen naar die betrekking.'

'Wij dwingen niets. Het nieuwe Cuba is zelf een visioen.'

'Ziezo,' zei Max tot Ada, 'nu blijf *ik* dus hier.'

Alle drie keken zij hem aan, – en opeens voelde hij zich ongemakkelijk. Kletste hij te veel? Het was of er een afstand ontstond tussen hem en de anderen; plotseling voelde hij zich in de steek gelaten. Omdat zijn hoofdpijn terug begon te komen, vouwde hij zijn handen tot een schaal en vroeg Ada er wat ijswater uit de karaf in te gieten, waarna hij zijn knieën spreidde en zijn gezicht er in dompelde.

'Voel je je niet goed?'

'Kleine inzinking,' zei hij met druipend gezicht. 'Dadelijk weer over.' Hij stond op en wist pas wat hij zeggen wilde toen hij het zei: 'Zal ik Onno even bellen? Dat we over een paar uur thuis zijn?'

'Zal ik het doen?'

'Laat mij maar.'

Zonder zich af te drogen ging hij naar binnen, waar de zwarte huishoudster hem in de hal de telefoon wees. Aan de leuning van een stoel hing Marilyns machinepistool. Daar hing haar eigenlijke identiteit. Hij had zich op haar verkeken, hij moest er mee ophouden, anders zou hij zijn tanden breken op haar. Maar intussen had wel zijn interne secretie zich er op ingesteld: hij voelde het als een verharding in zijn binnenste, iets als de sponzige stam die soms in een vaas wordt gezet om bloemen in te steken, opgericht van zijn onderbuik tot zijn hart.

Omdat Onno vermoedelijk nog aan tafel zat, liet hij hem omroepen op het restaurantterras, maar daar was hij niet; in zijn kamer werd de telefoon even min opgenomen. Juist toen hij de hoorn wilde neerleggen, hoorde hij zijn zachte, schorre stem:

'*¿Sí?*'

'Wat krijgen we nu? Met Max. Sliep je?'

'Ja. Je hebt me wakker gemaakt. Wat is er? Ik wil niemand spreken. Jou ook niet.'

'Wat is er gebeurd?'

'Gaat je niet aan.'

'Onno! Wat is er aan de hand?'

Het bleef even stil. Hij wist zeker, dat Onno zich nu half oprichtte en op een elleboog leunde om te kijken hoe laat het was.

'Ik kan mijzelf niet meer onder ogen komen. Ik ben niet waard, dat een hoogstaand iemand als jij met mij praat. Meer zeg ik niet. Maar zelfs dit moet onder ons blijven. Kan Ada je nu horen?'

'Nee, zij zit op het terras. We zijn hier in een schitterende *datscha* aan zee, met Guerra en Jesús, omzwermd door bedienden, – enfin, je weet het, alleen in een communistisch land kunnen mensen als jij en ik als kapitalisten leven. Bovendien heeft de revolutie mij als toekomstig leider van de nederlandse volksrepubliek een adembenemende vrouw met een automatisch pistool toegewezen.'

'Ja, ik hoor het al, je diepste masochistische instincten worden weer bevredigd. Nooit had ik naar jou mogen luisteren, nooit hadden wij hier moeten zijn, want hier is het ernst, en die ernst heeft een necrofiel van mij gemaakt. Ik ben een moreel wrak, alleen de slaap kan mij nog vergetelheid schenken.'

'En dat is allemaal in de kerk gebeurd? Heb je soms in het wijwatervat gespuwd?'

'Ja! Ik heb in het wijwatervat gespuwd!'

'Onno, je gaat me toch niet vertellen dat je met een andere vrouw naar bed bent geweest?'

'Ik ga jou helemaal niets vertellen, mispunt. Als een buitengewoon verfijnde geest als ik zichzelf verwijten maakt, denk jij alleen maar aan *dat*. Mijn eigenlijke probleem is van heel andere, spirituele aard. Ik heb mij laten verslinden – als slachtoffer van mijn eigen goedheid. Mijn edele gemoed wordt nog eens mijn ondergang. En nu ga ik mij... ik bedoel, nu ga ik ophangen, want ik ben uitgeput. Zeg tegen Ada, dat ik morgenochtend meteen naar haar toe kom om mij aan haar voeten te werpen. Nee, zeg dat laatste er maar niet bij. Jullie komen toch nog terug vanavond?'

'Om een uur of twaalf zijn we thuis.'

'Tot morgen.'

'*Good night, sweet prince.*'

Hij legde de hoorn op de haak en bleef in gedachten staan. Wat had dit te betekenen? Had hij werkelijk Ada bedrogen, bij klaarlichte dag? Dat was toch ondenkbaar. Maar zelfs al was het zo, dan nog was zijn verhaal niet te begrijpen, ook niet na aftrek van alle overdrijvingen. Wat bedoelde hij met 'necrofiel'? Had hij zich soms laten verleiden de hostie tot zich te nemen? *Hoc est enim corpus meum?* Was hij met gebogen hoofd en gevouwen handen naar het altaar gelopen en had hij daar zijn tong uitgestoken? Misschien om iemand een genoegen te doen? De priester? Omdat hij misschien de enige in de kerk was geweest? In elk geval wist hij, dat Onno altijd in de richting van de waarheid overdreef, nooit er vandaan, en dat er werkelijk iets was dat hem kwelde, – en dat hij er daarom beter niet op terug kon komen, als hij er niet zelf over begon.

Hij ging naar de veranda, waar nu ook de huismeester, de kokkin en Jesús aangeschoven waren en zacht zaten te praten in het donker. Ada was verdwenen. Marilyn zei dat zij nog eenmaal in zee was gegaan, 'om afscheid te nemen'.

'Wat let u?' zei Guerra, met een gebaar naar het ruisen van de branding in de duisternis.

Ja, waarom niet? Hij had nog nooit 's nachts in de Golf van Mexico gezwommen, en ook hij zou over een paar dagen weer zijn engelse paraplu met het bamboe handvat in- en uitklappen in het portiek, alsof hij in gevecht was met een reusachtige vleermuis. In de bungalow trok hij zijn klamme zwembroek weer aan en ging de treden af naar het strand.

Toen hij onder de bomen vandaan kwam, zijn blote voeten verzinkend in het zand, nog steeds warm van de zon, ontvouwde de maanloze sterrenhemel zich met een geste die hij bijkans dacht te *horen*: als een schitterend accoord van het hele orkest. De aanblik van het firmament uit zijn hotelkamer op de vijfentwintigste verdieping, vaal van het stadslicht en de uitlaatgassen, was daarnaast een plaat op een oude koffergrammofoon. Hij bleef staan. Met het gevoel dat zijn hoofd de koepel van een observatorium was, liet hij zijn ogen ronddwalen. Strak en rossig straalde Mars tussen de flonkerende sterren, en in het kruis van Orion schemerde Messier 42 als een opgedroogde zaadvlek op de gulp van een smokingbroek. De sterren ten zuiden er van, onder Betelgeuze en Rigel, op hogere breedtegraden ook 's zomers onzichtbaar, voegden zich voor hem niet tot de geometrisch-mythische 'beelden' van de antieke astronomie; maar ook bij die van het noordelijk halfrond kwam hij niet verder dan de paar configuraties, die hij als jongen had geleerd, in de oorlog, – zo min als een arts nog de hippocratische temperamentenleer beheerste. De grillige, zwak glanzende band van de Melkweg slingerde als een afgerukte bruidssluier over het gewelf, en voor het eerst sinds jaren besefte hij weer, waarom hij zijn leven aan die grandioze koepel had gewijd.

De zee, die nu nog warmer leek dan in de middag, ontving hem als iemand die thuiskwam. Het was vloed. Terwijl hij wankelend de golven tegen zijn borst liet slaan, probeerde hij Ada te ontdekken, maar dat was onmogelijk in al die donkere beweging. Hij zette zijn handen aan zijn mond en schreeuwde:

'Ada!'

*

Zij aarzelde. Afgetekend tegen het lichtere strand zag zij zijn silhouet, elke golf tilde haar even op en zette haar weer op haar tenen. Met haar gedachten was zij bij het sprookjesachtige feit, dat zij hier nu was omdat zij cello kon spelen: *auf Flügeln des Gesanges* had de muziek haar naar deze plek in de zee gedragen, – als haar moeder haar eens kon zien!

'Max!' Zij zwaaide. 'Hier!'

Hij zwaaide terug en nam een duik.

Liefst was zij alleen gebleven, maar dan had hij zich natuurlijk ongerust gemaakt dat zij door de zee was verzwolgen. Alleen wanneer zij alleen was had zij het gevoel, dat zij werkelijk bestond; andere mensen waren misschien juist bang voor dat besef, maar zij was eerder bang voor andere mensen omdat zij haar dat besef ontstalen.

Vlak voor haar dook Max op.

'Waaraan hebben we dit te danken?' riep zij.

'Aan ons goede gesternte!'

Hij legde zijn handen om haar middel en samen deinden zij op en neer in het vrijwel zwarte water. Het was lang geleden dat zij hem van zo dichtbij had gezien, zijn druipende gezicht was alleen verlicht door de sterren. Zij legde haar handen op zijn schouders en lachte.

'Het lijkt wel of we dansen.'

Hij sloeg zijn rechterarm om haar middel, nam haar rechterhand in zijn linker en drukte haar tegen zich aan.

'*La valse...*'

Zij zag een baldadige fonkeling in zijn ogen en voelde dat hij een erectie kreeg, – maar omdat dat onder water was, onzichtbaar in de diepte, leek het alsof zij daar niets mee te maken had: er waren zo veel geheimen van de zee nog niet ontsluierd. Hij legde zijn wang tegen de hare, en terwijl hij door het ruisen van de branding het macabere thema van Ravels orkeststuk neuriede, zag zij een helder licht langs de hemel schieten.

'Kijk, een vallende ster! We mogen een wens doen.'

Hij draaide zijn hoofd om, – maar het korrelige, lang nagloeiende gasspoor vertrouwde hij niet helemaal: dat moest dan een blok zijn van een of twee kilo, zo groot waren meteorieten zelden.

'En als hij niet wordt vervuld,' zei hij, 'was het een brok van een satelliet; daar zit het vol mee op deze breedte. Wat heb je gewenst?'

'Dat mag je nooit zeggen.' Verward keek zij hem aan.

«Een kind» is wat zij onmiddellijk had gedacht, zonder na te denken, alsof die wens net zo in haar geest was gedoken als dat ding in de dampkring, – *«ik wens mij een kind»*. Zij voelde zich zo ontdaan als een brave huisvader, die zich bij het zien van een meteoor plotseling een beeldschone efebe van zeventien jaar zou wensen. Voor zo ver zij wist wilde zij helemaal geen kind, zo min als Onno. Smoorde zij dus elke keer dat zij de kleine witte pil doorslikte haar diepste wens?

Opeens was er een syncope in het ritme van de golven: er kwam een snellere, hogere, die hen optilde en omverwierp; kuchend, het zoute water uitspuwend kwamen zij boven en grepen elkaar weer vast. Max gaf een zoen op haar wang en zocht meteen daarop haar mond. Had hij gezien wat zij dacht? Zij liet zich kussen en voelde zijn hand achter in haar zwembroek verdwijnen.

'Wat doe je?'

'Wij moeten toch nog iets afmaken...' hijgde hij.

Maak jezelf maar klaar. Zijn opwinding kwam natuurlijk ook van de toestand waarin hij zich met Marilyn had gebracht; hij had een blauwtje gelopen en nu was zijzelf het erotische surrogaat. Maar tegelijk spande hij een boog naar die ochtend van ruim drie maanden geleden en dat maakte haar weerloos. Ook hij was het niet vergeten, ook hij wist dat het niet deugde. Op het moment dat een golf hen optilde, trok hij haar broekje omlaag en had het al om zijn arm. Vrijwel gewichtloos legde zij haar benen om zijn heupen en zei:

'Max... dit kan toch niet... Als Onno...'

Maar dat hoorde hij al niet meer, ik zorgde er voor dat een heel andere kracht door hem heen werkte, die zich niets van hem aantrok. Zij voelde hoe hij in haar drong – en over zijn schouder zag zij dat een bloedrode, monsterachtige maansikkel was verrezen: in haar eerste kwartier lag zij bijkans achterover op de horizon...

De opdracht

Op dat moment zei ik:

– Vonk! Ja, jij! Drijf naar mij toe in langzaam wentelende parallellepipeda door dit witter dan witte Licht, dat hier van alle kanten straalt en klinkt, waar wij door omgeven en van doordrongen zijn, zelf een deel er van, licht in Licht, harmonie in Harmonie. Wie zou weg willen uit dit pneumatische areaal, waar elk deel samenvalt met het geheel, waar het geheel in elk deel is, en waar dan hier, dan daar figuren gestalte aannemen en verdwijnen, driehoeken, cirkels, ellipsen, hyperbolen, bollen, kegels, kubussen, octaëders, dodecaëders, waar buitelende sferoïden opglanzen en vervloeien in de oneindige harmonie van het Oneindige Licht, waarin jij een singulier punt bent, nee, een harmonisch klinkend snaartje Licht. Kun je hier weg? Kijk, daar, bij die convexe polygoonsector, daar gaat er een: floep, weg, – even trilt er nog iets, een zwak nabeeld, een kleine stilte, dan sluit het Licht zich en het is of er niets is gebeurd. Maar er is iets gebeurd. Kijk om je heen, je ziet het overal gebeuren, onafgebroken. Waar gaan ze heen? Kijk goed – je ziet ook Vonken terugkomen in het Licht: daar, en daar, en daar. Is er dus nog iets anders dan dit eeuwige domein? Kijk nu in jezelf, in dat vast aaneengesloten licht dat je bent, waar geen speld tussen te krijgen is, – zit er niet toch nog juist een speld tussen? En is die speld niet een zeker onbestemd verlangen, dat altijd bij je is en dat je daardoor niet

besefi, zo min als de lichtende harmonie die je bent door er een deel van te zijn? Een soort heimwee, ofschoon je nooit ergens anders bent geweest dan hier? Is het niet alsof zelfs de volmaaktheid niet volmaakt is? Het Licht niet helemaal lichtend en de Harmonie niet helemaal harmonisch? Ja, je moet het nu weten: deze wereld is niet de enige. Er is nog een andere wereld. Ik kan het niet bewijzen, je moet het geloven, je moet de stap wagen en pas dan zul je het waarlijk ervaren. Er is een aarde. De aarde bestaat – als de binnenste kerker van het Rijk der Archonten. Het heeft geen zin je daar veel over te vertellen, of zelfs maar weinig, want je zou het niet begrijpen. Je zou zelfs niet begrijpen wat je niet begrijpt, want je weet nog niet wat 'niet' is. Zo is het op aarde niet altijd licht, – maar ook dat gaat je begrip al te boven. Ik kan net zo goed niets zeggen, maar ik zeg het toch: misschien uit afgunst, omdat ik daar nooit zal kunnen wonen. Op een even verklaarbare als raadselachtige manier is het er soms licht, soms donker; maar zelfs het aardse licht van de zon is Duisternis vergeleken met ons Licht. Het is als het ware de schaduw van het onze, en de schaduw van die schaduw is het gif van de aardse duisternis. Ik besef dat ik het niet aanlokkelijk maak om naar die onzuivere, verwarde wereld te vertrekken, maar ik wil niemand iets voorspiegelen, zelfs al begrijpt hij mij niet. En juist omdat je mij niet begrijpt, zal ik nu het diepste geheim onthullen. Zoals in ons Licht de kiem van de Duisternis schuilt, zo neigt de Duisternis naar ons Licht en heeft het lief. Door er heen te gaan, breng je het Licht er heen, en de enige manier om het Licht er heen te brengen is door er heen te gaan. Deze kosmische mesalliance behelst uiteindelijk ook de zin van onze wereld. Dat wil zeggen, pas door op te breken naar die regio van zwart licht, leugen, bedrog, geweld, moord, ziekte en dood maak je jezelf zinvol. Verreweg de meeste van het oneindige aantal Vonken – wanneer ik zo mag spreken – zullen die gelegenheid nooit krijgen, want zij zijn gereserveerd voor gelegenheden die zich nooit zullen voordoen. Voor hen zal de eeuwigheid nooit plaatsmaken voor de tijdelijkheid en de eindigheid. Maar jij behoort tot die kleine, uitgelezen schare, die aan de beurt komt. En er is al heel wat geïnvesteerd in het mogelijk maken van jouw vertrek – meer dan je, voor je eigen ge-

moedsrust, ooit zult weten. En die investering is gedaan omdat je een opdracht mee zult krijgen, die alleen jij je zult weten te herinneren. Maar je zult hem je niet herinneren als een herinnering, je zult denken dat het je eigen idee is, een fantastische inval. Want zo min als je hier iets weet van de aarde, zul je op aarde nog iets van deze wereld weten. Alles zul je er van vergeten. Als wij ter sprake komen, zul je de schouders ophalen die je dan zult hebben. Want terwijl je op weg naar de aarde in een punt des tijds door de driehonderdvijfenzestig aeonen, werelden en geslachten zakt, zul je steeds zwaarder worden, steeds meer rommel uit die kosmische sferen zal zich aan je vasthechten, omhulsels, kleren, aangroeisels, slakken, dood gewicht, dat je besef van het oorspronkelijke Licht bedekt, net zo lang tot je eindelijk in de duistere gevangenis van de geest en het vlees valt en ten slotte geboren wordt als een mens. Dat wil zeggen als een wezen dat niets meer weet, zelfs niet wat het zelf is, namelijk Licht, – als een slapende. Dat geldt ook voor jou. Maar tegelijk ben jij anders dan de anderen. Alle anderen zijn slapenden, die ontwaken moeten: door geloof en kennis. Alleen dan is er voor hen een weg terug. Maar de zware aanhechtsels hebben hen meestal verzoend met het leven op aarde, zij zijn vergeten dat zij daar vreemdelingen zijn en zij zijn dan wat zij denken dat zij zijn: dat is de grootste bedreiging voor hun terugkomst. Jij zult het makkelijker krijgen. Uit technische overwegingen, hebben wij tot de VIP-procedure besloten. En nu – nu is jouw ogenblik daar, alles is klaargekomen voor je ontvangst. Vaarwel! Ga! Nu! Bezorg ons het testimonium terug! Adieu!

TWEEDE DEEL

Het einde van het begin

Eerste intermezzo

– *Foei, dat was op het nippertje.*

– Zegt u dat wel. Het probleem met mensen is dat we ze wel kunnen dringen, maar niet dwingen. Het kost ons weinig moeite om bij voorbeeld iemand op te laten staan en even door zijn kamer te laten ijsberen, of om hem te laten uitglijden zodat hij zijn nek breekt; maar om iemand iets te laten doen dat tegen zijn gevoelens ingaat, is minder eenvoudig. Mensen zijn geen marionetten, ze hebben ook hun eigen wil; eer je het weet, zijn ze je ontglipt. Neem die ontmoeting van Max en Onno.

– *Die heb jij geregeld?*

– Wie anders?

– *Het had ook toeval kunnen zijn.*

– Natuurlijk, maar dat was het niet.

– *Een sterk staaltje. Als Delius een halve minuut later was langsgekomen, had hij misschien een lift van een ander gekregen.*

– Dan was alles in het water gevallen. Ik dank u voor het compliment, maar dat soort dingen is dus routine voor mijn afdeling; dat is voor ons bijkans even eenvoudig als een of andere mechanische operatie, het laten omwaaien van een boom bij voorbeeld, of het laten inslaan van een meteoriet, om maar eens wat te noemen, ofschoon wij ook op zulke terreinen worden geconfronteerd met onzekerheden. Het was natuurlijk onderdeel van een uitgebreid actieplan, want we moesten eerst zorgen dat Max naar Rotterdam ging op de dag dat Onno's vader jarig was, en zo voort en zo verder, maar wat dat betreft was er geen weerstand te verwachten.

– Maar waarom was alles dan in het water gevallen? Wat was eigenlijk de zin van die ontmoeting? Die heeft de zaken toch alleen maar gecompliceerd. Je had die hele Onno er toch buiten kunnen laten en Max eenvoudig Ada laten ontmoeten en een kind laten krijgen.

– In de eerste plaats hàd hij haar dan naar alle waarschijnlijkheid geen kind gemaakt, en in de tweede plaats zal nog blijken dat Onno's presentie essentieel was voor het bereiken van ons uiteindelijke doel. Als je met een dergelijk project bezig bent, werk je niet alleen aan het moment dat juist aan de orde is, maar je hebt onophoudelijk ook in gedachten wat er allemaal al gebeurd is, hoe het straks moet worden, wat er mis kan gaan en hoe dat opgevangen moet worden en wat er in dat geval voorbereid moet zijn, wil je niet dat alles door je vingers glipt. Vergelijk het met een oorlog: achteraf in het geschiedenisboek is het een mooi, afgerond verhaal, waarvan de uitslag vaststaat; maar zo lang het aan de gang was had je als veldheer weliswaar je krijgsplan, maar het was toch voornamelijk een chaotische opeenvolging van gebeurtenissen, stommiteiten en onvoorziene verrassingen, die elk ogenblik nieuwe beslissingen vereisten. En in de derde plaats... ja, dat weet ik niet meer. Neemt u mij niet kwalijk, u hebt daar een principieel punt geraakt, waar we misschien van meet af aan duidelijk over moeten zijn. U hebt me gevraagd, het verhaal uitvoerig en gedetailleerd te vertellen en daar ben ik dus mee begonnen. Maar eerlijk gezegd heb ik geen zin een verhaal te vertellen en tegelijkertijd te vertellen waarom het zo is als het is en waar ik heb ingegrepen en waar niet en waarom.

– Ineens op je teentjes getrapt?

– Om te beginnen heb ik helemaal geen teentjes, want in ons pneumatische domein bestaan wij alleen uit intelligentie, – en verder...

– En verder?

– Laat u maar. Ik wil best nu en dan verantwoording afleggen, of iets nader verklaren, maar ik ben niet van plan onderwijl steeds in mijn eigen staart te bijten.

– *Heb je dan wel een staart?*

– Het verhaal heeft misschien een staart.

– *Ik weet niet of je het weet, maar de Ouroboros, een slang die in zijn eigen staart bijt, is op diezelfde aarde een symbool van de eeuwigheid.*

– Kan wel zijn, maar als ik niet kan vertellen op de manier, die in de gebeurtenissen zelf besloten ligt, dan moet u maar genoegen nemen met de mededeling, dat de zaak rond is. U kunt me wel honderd vragen stellen, of duizend, of honderdduizend; u kunt me vragen... zeg maar eens wat, waarom Cuba er met alle geweld bij betrokken moest worden, en weet ik wat nog meer, – dat zal allemaal duidelijk worden. Neemt u nu maar van mij aan, dat er niets is gebeurd dat niet strikt noodzakelijk was, althans niet wat mijn interventies betreft. Het is niet voor niets, dat ik nog geen enkele keer 'ik' heb gezegd.

– *Behalve dan die drie keer. En laat ik je dit zeggen, het feit dat jij ook in de top van de Hierarchia Caelestis zit, geeft je nog steeds niet het recht zo'n verdraaid vrijpostige toon aan te slaan tegen een functionaris, die toch nog net iets boven jou is gesteld. Enfin, zo staan de zaken hier tegenwoordig. Ik word er langzamerhand droefgeestig van, maar misschien komt dat ook door je verhaal. Weet je, geen van ons overziet het hele Pleroma, maar als je aan de rand van het Licht opereert, zoals wij, met zicht op die demonische wereld van de Duisternis, dan heb je het toch moeilijker dan de hogere entiteiten, die daar eigenlijk nauwelijks kennis van hebben; en jij staat zelfs nog meer dan ik met je rug naar het Licht en met je gezicht naar de Duisternis. Als ik mij goed herinner, heb jij je vroeger zelfs een paar keer vertoond in dat archontische areaal, dat zich zelfs niet er op kan beroemen door de Chef geschapen te zijn, zoals de meesten van die praatjesmakers daar geloven, want die anthropische lichtexplosie, die tot hen moest leiden, was het werk van onze centrale. Vergeleken met mij ben jij al bijna één van hen, ook al ben je voor hen een oneindig ver verwijderde – als ze ten minste nog een vermoeden hebben van je bestaan. De meesten van hen kennen wezens als wij alleen nog in de gedaante van infantiele fantasieën als Superman, of Batman. Wil je weten, hoe dat komt? Dat komt doordat zij inmiddels vrijwel al onze vermogens zelf bezitten, in de gestalte van hun techniek. En dat is onze eigen stomme schuld. Eeuwenlang hebben wij zelfgenoegzaam zitten slapen hier, en intussen deed Satan-El zijn werk.*

*

– Satan-El? Wat hoor ik nu? In welke gestalte?

– Al die gestalten zijn sowieso tuig: Belial-Satan, Beëlzebub-Satan, Asmodee-Satan, Azazel-Satan, Samael-Satan, Mephistopheles-Satan, noem ze maar op, het is allemaal één pot nat. Maar het was Lucifer-Satan natuurlijk weer.

– Wat deed dat kreng dan?

– Dat zijn wij pas onlangs te weten gekomen. Zonder dat wij het in de gaten hadden, heeft hij vierhonderd jaar geleden een pact met de mensheid gesloten. Een soort duivelse tegenhanger van het testimonium van de Chef.

– U meent het! Ik ken alleen het verhaal, dat Mephistopheles een pact met een zekere doctor Faust zou hebben gesloten, dat die zijn ziel aan hem zou hebben verkocht, maar dat leek mij eerder thuis te horen in de literatuur.

– Dat is ook zo, maar daar blijkt nu juist een heel gevaarlijk aspect aan te zitten. Mag ik je geheugen even opfrissen? De historische Johannes Faust was een rondreizende duitse magiër uit Württemberg, met een beruchte reputatie, zoals er wel meer waren in de eerste helft van 's mensen zestiende eeuw. In 1587, toen hij al veertig of vijftig jaar dood was, begon zijn legende met de verschijning van een kroniek, Historia von D. Johann Fausten dem weitbeschreiten Zauberer und

Schwarzkünstler, *waarin dat verhaal van het duivelspact opduikt. Die Faustlegende gaat naar ons idee terug op net zo'n rondtrekkend personage, vijftienhonderd jaar eerder, die nog in de Handelingen van de Apostelen wordt genoemd: Simon Magus. Hij lag met Petrus overhoop, omdat hij de Heilige Geest wilde kopen. Dat heerschap, een samaritaan, was namelijk op het idee gekomen dat hij zelf de Chef was.*

– Toe maar. Zat Satan-El daar toen ook al achter?

– *Dat veronderstellen wij nu. Hij hield het met een phoenicische hoer, van wie hij beweerde dat zij een incarnatie was van Helena van Troje.*

– Hoe kun je zoiets beweren?

– *Op aarde kun je alles beweren, en er zijn altijd mensen die je geloven. Maar pas op, onderschat hem niet. Hij zei dat het Vrouwelijke Beginsel de allereerste Gedachte van het Denken was – dat wil zeggen van de Chef, die hij dus zelf zou zijn. Dat Beginsel schiep vervolgens ons, waarna wij op onze beurt de wereld schiepen. Maar volgens hem wilden wij niet aangezien worden voor schepsels, alleen voor scheppers, waarop wij onze schepster uit het Licht naar de Duisternis van onze schepping zouden hebben gesleurd en in het vlees van een eeuwenlange reeks vrouwen hebben gedwongen, onder wie dus Helena, en ten slotte in een hoer in het bordeel van Tyrus, alwaar de neergedaalde en vleesgeworden Vader de gevangen Moeder uiteindelijk zou hebben bevrijd.*

– Wat een verhaal! Dat van die ontvoering en al die vrouwen is natuurlijk een schandalige leugen – maar hoe is die magiër achter de waarheid van de schepping gekomen? Heeft Lucifer hem dat allemaal ingefluisterd?

– *Weet jij een andere verklaring?*

– En wat voerde hij daarmee in zijn schild?

– *Het was een afleidingsmanoeuvre voor wat hij werkelijk van plan was. Zonder dat iemand het in de gaten had, keerde Simon Magus tegen het eind van de zestiende eeuw dus terug in de sage van Faust, de rusteloze kenniszoeker, die een overeenkomst met de duivel sloot. De eerste literaire bewerking er van stamde van Christopher Marlowe,* The Tragicall History of Doctor Faustus, *die rond 1590 in Londen werd opgevoerd. Dat was het begin van een ononderbroken reeks bewerkingen van het thema, tot de huidige aardse dag voortdurend, met als hoogtepunt natuurlijk die van Goethe, waarin ook Helena weer verschijnt. In een van de laatste,* Doktor Faustus *van Thomas Mann, duikt overigens ook weer een syfilitische hoer op als gezellin van de held, – en die was, veelzeggend genoeg, geïnspireerd op een fatale hoer in het leven van Nietzsche, over wie we het daarstraks al hadden. Zij bezorgde hem zijn fatale krankzinnigheid.*

– Ik weet er alles van. Dat mens heb ik zelf destijds op hem afgestuurd. Moet je de Chef maar niet doodverklaren. Maar waarin school nu Lucifers afleidingsmanoeuvre? Waarvan moest er afgeleid worden?

– *De bedoeling was de mensheid er van te doordringen, dat een pact met de duivel een literaire aangelegenheid was: het vrijblijvende verhaal van een verzonnen, naar kennis dorstend individu, dat zijn ziel verkoopt. Daardoor kon een verschrikkelijke, allerminst literaire maar uiterst reële gebeurtenis tot vandaag de aardse dag onopgemerkt blijven, – namelijk, dat Lucifer in datzelfde laatste decennium van de zestiende eeuw, en ook in Londen, een pact met de* mensheid *heeft gesloten: een collectief contract, waarin de hele* mensheid *haar ziel aan hem heeft verkocht.*

– Goeie genade! Hoe moet ik mij dat voorstellen? Heeft iemand dat contract namens de mensheid ondertekend?

– *Ja.*

– Wie was dat?

– *Francis Bacon.*

– Francis Bacon?

– *Francis Bacon. Die altijd is beschouwd als de man die de moderne, wetenschappelijk-technologische wereld profetisch heeft voorzien. In een aantal epochemakende werken gaf hij de contouren aan van een wereld, waarin wetenschap en techniek niet meer in handen zouden zijn van een paar losse amateurs, zoals dat tot in zijn eigen dagen rond 1600 het geval was, maar veranderd waren in een internationaal georganiseerde, collectieve onderneming, gesubsidieerd door de overheid, met conferenties en systematische publikaties. Alleen zo kon een volledige beheersing van de natuur verkregen worden; en de wetenschappelijke methode zou die van de inductie moeten zijn, waarbij men van het bijzondere naar het algemene opsteeg, van de empirische verschijnselen naar de natuurwetten, – al weten jij en ik natuurlijk, dat de enige ware methode de omgekeerde is: die van de deductie. Aan het eind van zijn leven schreef hij* Nova Atlantis, *'Het nieuwe Atlantis', dat fragment is gebleven en na zijn dood werd gepubliceerd. Daarin schetst hij het centrale instituut van een utopisch eiland Bensalem, dat hij 'Salomo's Huis' noemt, – maar dat is niet zoiets als de gebenedijde tempel van Salomo in Jeruzalem, die ons zo na aan het hart ligt, zelfs niet zoiets als een christelijke kerk, maar eerder een modern onderzoekcentrum, waar zelfs nieuwe biologische soorten worden gefabriceerd.*

– Vanuit menselijk standpunt klinkt dat allemaal heel vanzelfsprekend.

– Dusdanig vanzelfsprekend, dat hij in de twintigste eeuw eigenlijk nooit meer wordt genoemd op aarde. Dat is het gevaar van het grote gelijk: vrijwel geen mens beseft nog, dat het ooit anders was. Denk je in, zelfs het wetenschappelijke experiment was in zijn tijd nog vrijwel onbekend. Daarom heeft het ons altijd verwonderd, dat juist deze rationele grondlegger van de wetenschappelijk-technologische moderniteit meer dan wie ook is omgeven door mysteries. Hij zou de oprichter zijn van de Vrijmetselarij, hij zou een verkapt Rozekruiser zijn geweest en een ingewijde in nog tal van andere geheime genootschappen. Sinds jaar en dag bestaat er een sekte van baconianen, die met numerologisch kunst- en vliegwerk probeert te bewijzen, dat hij de drama's en sonnetten van Shakespeare zou hebben geschreven. Allemaal onzin natuurlijk, maar waarom is dat alles juist aan die koele, realistische bestrijder van drogbeelden gaan kleven? Niet alleen zou hij ook de werkelijke auteur zijn van Burtons Anatomy of Melancholy, *maar uit allerlei met de haren er bij gesleepte acrostichons zou bovendien blijken, dat het œuvre van Edmund Spenser in werkelijkheid van zijn hand is – en ook, het kan niet missen, dat van Marlowe. Bacon als de auteur van het eerste Faust-drama! Bij zijn begrafenis zou een lege kist ter aarde zijn be-*

steld, want daarna zou hij nog eenentwintig jaar onder een andere naam in Duitsland hebben geleefd.

– In Württemberg zeker!

– In de hoofdstad zelfs: in Stuttgart. Die zogenaamde ontdekking schudde ons ten slotte wakker, en wij kunnen nu reconstrueren hoe het is gegaan. De baconianen plegen soms te beweren, dat hij het legitieme kind was van koningin Elizabeth en de graaf van Leicester, maar in werkelijkheid werd hij in 1561 geboren als de zoon van Elizabeths grootzegelbewaarder. Omdat hij de jongste was, bleef hij na diens dood berooid achter; als drieëntwintigjarige jurist kreeg hij een zetel in het parlement. Hij wilde even rijk en machtig worden als zijn vader, maar het vlotte niet met zijn carrière. Zijn boezemvriend, de graaf van Essex, minnaar van de koningin, deed voor hem wat hij kon, maar Elizabeth vertrouwde Bacon niet. Toen al zijn pogingen om zijn vriend een hoge post te bezorgen hadden gefaald, schonk de brave Essex hem als pleister op de wonde een landgoed uit zijn eigen bezit. Dat was in 1595. Maar vier jaar later viel Essex zelf in ongenade, een proces wegens hoogverraad werd tegen hem voorbereid, en nu liet Elizabeth plotseling van zich horen. Of Bacon maar zo vriendelijk wilde zijn, de aanklacht op te stellen. En daarmee had het uur van de duivel geslagen – want wat denk je? Hij deed het, al wist hij dat dat tot de executie van zijn weldoener zou leiden. Het serpent beloofde hem, dat hij nog hoger zou stijgen dan zijn vader, maar daarvoor moest hij eerst zijn handtekening onder de aanklacht zetten en vervolgens een aantal boeken publiceren, die hem gedicteerd zouden worden.

– Waarom koos Lucifer daar juist Bacon voor uit? Had hij toen al wat geschreven?

– In 1597 had hij een bundel intelligente Essayes *gepubliceerd, die nog steeds gelezen worden, maar die toch niet van dien aard zijn dat zij zelfs de aandacht van de duivel zouden trekken. Maar al veel eerder, op zijn tweeëntwintigste, in 1583, had hij een pamflet het licht doen zien, getiteld* Temporis partus maximus*: 'De grootse geboorte van de tijd'. Het heeft ons wantrouwen gewekt, dat daar geen enkel exemplaar meer van bekend is; en wij veronderstellen nu, dat daarin*

een toon werd aangeslagen die de oren van de duivel had doen spitsen. Om een of andere reden heeft hij toen later alle exemplaren er van verdonkeremaand. Hoe het zij, nadat de profeet van de nieuwe tijd het duivelspact met de mensheid had ondertekend door zijn naam onder het feitelijke doodvonnis van zijn beste vriend te zetten, was het opeens afgelopen met de stagnatie van zijn loopbaan. In 1600 werd Essex in de Tower onthoofd, in 1607 werd Bacon advocaat-generaal, in 1613 procureur-generaal, en in 1617 evenaarde hij zijn vader door zijn benoeming tot grootzegelbewaarder. Twee jaar later bevestigde hij zijn onderhorigheid aan de duivel door een onschuldige gevangene te laten martelen, aangezien koning James een bekentenis en een veroordeling wenste; kort daarop werd hij kanselier, de hoogste functie van het land, waarmee hij zijn vader had overtroffen. Als baron Verulam werd hij in de adelstand verheven, later nog bevorderd tot burggraaf van Saint Albans. Intussen schreef hij de boeken die de duivel hem influisterde, en die niet profetisch waren maar doortrapte self-fulfilling prophecies – *met als doel: de vernietiging van de mensheid.*

– Dat wil dus zeggen, dat die opportunistische verrader niet alleen niet de werken van Shakespeare of Marlowe heeft geschreven, maar ook niet die van zichzelf.

– Zo is dat. Maar Lucifer zou Lucifer niet zijn, wanneer hij het daarbij had gelaten. Ook wie zich aan hem onderwerpt en hem dient, moet uiteindelijk vernietigd worden. Want nadat Sir Francis ten slotte meer had bereikt dan hij ooit had gedroomd, verscheen de duivel hem op een dag in de gestalte van een ambtenaar, van wie hij smeergeld accepteerde, – wat leidde tot een proces wegens corruptie, gevangenschap in de Tower en zijn totale maatschappelijke ondergang. Vijf jaar later, op zijn vijfenzestigste, voer hij ten slotte ter helle.

– Leve de vriendschap!

– Ook jouw verhaal demonstreert weer waarom zij hier ontbreekt – en het maakt mij bedroefd dat dat zo moet zijn. Dat is wat ik tegen beter weten in altijd het meeste heb gemist, hier in het Licht. Aan liefde geen gebrek, gelukzaligheid, goedheid, wijsheid, waarheid, vrede, schoonheid, alles tot onze dienst, maar geen vriendschap.

– U bent niet mijn vriend?

– En ook niet je vriendin. In organisaties bestaan geen vriendschappen, en zeker niet in de onze, en nog zekerder niet tussen hoger- en lagergeplaatsten. Vriendschap bestaat alleen in de abys. Ken je die beroemde, prachtige, ontstegen passages over de vriendschap, die Bacon kort voor zijn dood schreef: No receipt openeth the heart but a true friend *– ja, en de halsslagader! Hij, die zijn beste vriend heeft laten onthoofden! Hoor je? Het lachen van de hartloze duivel, met zijn eigen temperatuur op het absolute nulpunt, schalt door de hallen van alle eeuwigheden.*

– Nu begrijp ik eindelijk, waarom ik mij al die jaren heb ingespannen.

– Ga door. Ik luister.

20
De Hooblei

Een van de eerste dingen die zij deden, terug in herfstig Nederland, – Che Guevara bleek diezelfde nacht van het uitstapje naar Varadero vermoord te zijn in Bolivia, – was Cuba de gemaakte kosten vergoeden. Max voelde er achteraf niet zo veel voor; zijn schrik bij de woorden van Guerra was geweken met de afstand, en volgens hem was het allemaal al in de krochten van de bureaucratische vergetelheid verdwenen. Maar volgens Onno was het een kwestie van moraal, van *praktische Vernunft*, waarmee niet gemarchandeerd kon worden. Max informeerde bij het Hilton Hotel in Amsterdam wat een dag met vol pension kostte, hetgeen een hoop geld bleek te zijn; zij schatten de kapitalistische woekerwinst van Conrad Hilton en zijn trawanten aan de beurs van Wall Street op vijftig procent, deelden daarop het bedrag revolutionair door twee en besloten de uitstapjes en autoritten te beschouwen als cubaanse investeringen in hun komende propaganda voor het eiland. Zij overwogen, het geld per anonieme cheque in dollars naar de ICAP te sturen; maar Ada vertelde, dat het conservatorium in Havana dringend een nieuwe stencilmachine nodig had, op Cuba niet te krijgen, waarop Max een mooi apparaat uitzocht en liet verschepen met de boodschap: *Hasta la victoria siempre. – Dos amigos.*

Toen hij later deze tekst meldde knikte Onno instemmend,

maar Ada zond hem een korte blik toe die hem trof als een draai om zijn oren. Hij sloeg zijn ogen neer en dacht hetzelfde als zij. *Dos amigos?* Ging een vriend met de vriendin van zijn vriend naar bed, of eigenlijk in zee, ook al was zij eens zijn eigen vriendin geweest? Naar zijn eigen zeggen was de vriendschap die toestand, waarin men de ander zelfs vertelde wat men nooit aan iemand zou vertellen, - zou hij Onno ooit vertellen, wat hij in de Golf van Mexico had uitgespookt? Of hij het vertelde of niet - was het in beide gevallen niet het einde van de ware *amistad*? Als hij het vertelde, hoefde er geen vijandschap voor in de plaats te komen, er kon van allerlei voor in de plaats komen, maar er zou in elk geval iets anders voor in de plaats komen. Maar aangezien hij het niet zou vertellen, was er een nog veel onzuiverder situatie ontstaan: voor Onno was alles bij het oude, maar hij en Ada hadden nu iets te verbergen: beiden hadden zij hem bedrogen. Aan de feitelijke situatie veranderde het niets, maar Onno was nu als iemand die zijn vermogen had gestoken in een tekening van Rembrandt, de dief had haar op een nacht vervangen door een feilloze reproductie, en de rest van zijn leven zou hij niet weten dat er een waardeloos prul aan de muur hing.

Wat Max en Ada van hun kant niet wisten, was dat ook Onno zijn avontuur had beleefd, - maar hij was verleid, hij had alleen zijn vriendin bedrogen, niet zijn vriend. Max suste zijn geweten met de overweging dat het eigenlijk niet in oktober was gebeurd, maar al in juni, als de verlate aflossing van een schuld voor iets dat men ooit had gekocht en intussen al niet meer bezat, maar dat toch nog betaald moest worden, - en een week later had het zich harmonisch gevoegd bij zijn andere ongeloofwaardige belevenissen op het eiland, die samengevat werden door het aforisme, dat hij op het vliegveld van Havana had gezien: *Wanneer het onmogelijke het dagelijkse wordt, is er een revolutie aan de gang.* Hij voelde zich opgefrist door het intercontinentale uitstapje, en in de collegezaal van de sterrenwacht hield hij een geestdriftige causerie over de revolutie op Cuba; ook van andere faculteiten waren mensen gekomen, die wel eens het verslag van een ooggetuige wilden horen. Omdat er een paar buitenlanders bij waren, sprak hij in het engels; vooral een amerikaanse collega, van de Goldstone radiotelescoop, die zonnewerk deed, wond zich op over de worgpolitiek van zijn regering. Hij schaamde zich, amerikaan te zijn!

Onno kweet zich van zijn plicht bij zijn politieke vrienden. Ook hij verzweeg, dat hij gedelegeerde was geweest op een congres van radicale opstandelingen, niemand zou geloven hoe het in elkaar had gezeten. Wel zette hij uiteen, dat het hoofdprobleem van de Derde Wereld de communicatie was, niet alleen wat betreft het goederenvervoer, ook dat van de informatie: dat was allemaal even gebrekkig, daarom waren de gekste dingen er mogelijk, hij zou daar verbluffende voorbeelden van kunnen geven, maar dat zou nu te ver voeren. En dan de ideologie! Op Cuba kon je de betekenis van het woord *radicaliteit* leren. In de Verenigde Staten was de linkervleugel van de Democratische Partij altijd nog rechtser dan een rechtse partij in Nederland, en een partij zo rechts als de Republikeinse Partij, laat staan haar rechtervleugel, bestond hier helemaal niet op een serieuze manier; maar op Cuba was het bewind nog aanzienlijk linkser dan in Nederland zelfs de communistische partij. De razernij van de amerikanen over het bestaan van dat rode bolwerk voor hun kust was dus te begrijpen, voor hen huisden daar domweg de duivel en zijn moer, daar zaten de nieuwe roodhuiden, die omgelegd moesten worden, met pistoolschoten vanuit de heup; en voor nederlandse sociaaldemocraten betekende het altijd nog, dat de vigerende toestand aldaar nauwlettend en met ter zake relevante bedenkelijkheid diende te worden geobserveerd, zij het met wijze terughoudendheid.

*

'Ik ga even de stad in,' zei Ada.

Met haar jas aan had zij haar hoofd om de deur van Onno's

werkkamer gestoken. Hij had bezoek van een besnorde medestrijder, die een grote kromme pijp rookte; met zijn rug naar haar toe wapperde Onno even met zijn hand, zonder zich om te draaien.

Al dat grijze in Amsterdam na die verblindende tropische kleuren viel haar nog steeds op, maar het was haar niet echt onaangenaam. Hier hoorde zij thuis. De mensen keken nors en ontevreden, het was kil, de bomen werden kaal en het was alweer vroeg donker, maar juist die afwisseling van de seizoenen kenden ze niet in de tropen: geen herfst, geen winter, geen lente, – eigenlijk alleen zomer. Waren Chopin of Strawinsky denkbaar in zo'n klimaat? Ze waren er in elk geval niet verschenen, en ook verder was er nooit iets belangrijks bedacht of uitgevonden, voor zo ver zij wist. Omdat zij het gevoel kreeg dat zij dit soort overwegingen beter aan Onno en Max kon overlaten, zette zij deze gedachten van zich af.

Zij had geen zin in de drukke straten met de trams en doelloos liep zij door de Spiegelstraat in de richting van de binnenstad. Zij voelde zich onrustig, plotseling was zij ongeduldig geworden van het studeren, zoals wanneer zij iets wilde doen terwijl elk moment de visite kon aanbellen. Nu en dan bleef zij staan voor de etalage van een antiquair en keek naar een serene, goudglanzende Boeddha met afwerend uitgestrekte handen, naar een eenzame, groezeliggroene japanse kom op muisgrijs fluweel, die niemand zou oprapen als hij hem in de goot zag liggen, naar antiek glas- en zilverwerk en naar gloeiende schilderijen uit de zeventiende eeuw. De schoonheid in de wereld kende geen einde, zo min als de wreedheid. Zij had een pijnlijk gevoel in haar borsten – natuurlijk omdat zij haar houding achter de cello weer had laten verslappen; dat was haar fout vanaf haar eerste lessen, toen zij zes jaar was. Morgenavond speelde zij in Den Haag met het orkest, voor maart stond een rondreis door de Verenigde Staten op het programma. De artistiek leider had haar op het hart gedrukt, met geen woord te reppen over haar habanese optreden, liever ook niet tegenover de andere musici, want dat kon de hele tournee in gevaar brengen. Wie op Cuba was geweest had de pest, – *The Red Death*, om met Poe te spreken.

Langs de Keizersgracht wandelde zij naar de smalle dwarsstraten met de barbaarse namen, die zij nooit kon onthouden, Berenstraat, Wolvenstraat, waar kleine winkels kleine dingen te koop aanboden: kleurige sieraden, halfantieke snuisterijen, ivoren sigarettenpijpjes, verroeste vingerhoeden, poppen met vergeelde kanten kraagjes. Haar gedachten gingen terug naar haar eigen lievelingspop, Liesje: een klein kaal mormel met een achterbakse oogopslag, maar dat juist daardoor een eigen karakter had. Op hetzelfde ogenblik zag zij ook weer de zandkleurige cocosmat, waarop zij zat te spelen, en de poten van de tafel en de boerenstoelen met de rafelige onderkant van hun gevlochten zittingen. Liesje was een pop en tegelijk geen pop. Als zij een armpje uittrok werd een wit elastiekje in de schouder zichtbaar; liet zij het los, dan klapte het met een tik tegen het lichaam en bleef in een onvoorziene stand staan: 'Hallo!' - of: 'Kijk, daar!' Ook kon zij armen en benen in martelende standen naar achteren draaien, maar zodra alles was teruggebracht binnen de grenzen van het mogelijke, was Liesje weer meer dan een pop. Dan was zij bovendien een meisje, net als zijzelf, een meisje dat haar verstond, en voor wie zij was wat haar moeder was voor haar, zodat zij tegelijk zelf Liesje was. En beiden, Liesje en Liesje, werden bedreigd door dat afzichtelijke monster, dat zich soms in de schaduwen van de overgordijnen verborg maar vaak ook ergens bij het plafond rondzwierf, zonder zich ooit te vertonen: de *Hooblei*.

Met een schok herinnerde zij het zich terwijl zij over de postzegelmarkt liep, met de sjofele filatelisten achter hun kramen, de albums overdekt met plastic tegen de motregen. Tien of vijftien jaar had zij er niet aan gedacht. De sombere dreiging van de Hooblei had over haar kinderjaren gehangen als een onweerslucht, die zich niet ontlaadde. De Hooblei wilde haar in een doos stoppen. Er kon met niemand over gepraat worden, alleen met Liesje, die zich in het antiquariaat gewillig in kartonnen boekendozen liet stoppen om te ervaren hoe dat was. En op een dag sloeg de Hooblei toe en was Liesje inderdaad voorgoed weg - door haar vader met doos en al op de rand van de stoep gezet voor de vuilnisman. Met haar vader was zij er nog achteraan gehold, maar alleen om te zien hoe twee straten verder de laadbak van de vuilnisauto gierend overeind ging staan, terwijl Liesje daarbinnen werd vermalen met alle vuil en afval van de wereld...

Wadend door de duiven stak zij de Dam over, en ontvangen door de warme luchtstroom achter de draaideur ging zij de Bijenkorf in. Doelloos slenterde zij een tijdje tussen vrouwen die aan hun handrug roken of er vette rode strepen op lieten zetten; zij stapte op de roltrap en liet de ruimte langzaam in de diepte zakken. Daar werd zij een beetje misselijk van, misschien moest zij iets eten. Aan een hoog tafeltje in de cafetaria at zij staande een broodje spekbokking en wandelde naar de speelgoedafdeling, waar zij zich liet bekijken door dozijnen poppen, de ene met een nog stompzinniger blik dan de andere. Geen er van had ook maar in de verte iets te maken met Liesje. Op een plank stond een contingent russische *mamuschka's* in alle maten: bont beschilderde boerinnen die opengedraaid konden worden, waarna de volgende verscheen. Haar oog viel op een doos vol kleine boerinnetjes in dezelfde stijl, ook handbeschilderd, niet groter dan vijf centimeter, maar die onder haar rokken alleen een puntenslijper verborgen. Een glimlach verscheen op haar gezicht. Dat wilde zij Max in november voor zijn verjaardag geven: een vrouwtje met zo'n schrikaanjagend geslachtsdeel - dat zou hem leren. *Fl. 1,05* meldde het kleine etiket. Aarzelend stond zij er mee in haar handen. Om een of andere reden had zij het gevoel dat het al van haar was, en dat zij dat bezit zou aantasten door het te betalen, - zoals een hoerenloper door te betalen weet, dat de vrouw hem niet toebehoort. Zij keek om zich heen, sloot haar hand om het poppetje, liep verder en liet het even later in de zak van haar regenjas verdwijnen.

Haar daad vervulde haar met geamuseerde voldoening. Zij moest denken aan Onno's stelling, dat het winnen van de honderdduizend in de loterij dieper bevrediging schonk dan het verdienen er van, en dat juist daarom het gokken verboden moest worden. Ook als kind had zij nooit iets gepikt in een winkel, het verbaasde haar hoe makkelijk het ging. Nu en dan aan het poppetje voelend zocht zij de levensmiddelenafdeling op, waar zij meteen boodschappen deed voor vanavond. Sinds zij bij Onno woonde, had zij meer begrip voor haar moeder gekregen; elke dag opnieuw te moeten bedenken wat er gegeten moest worden, was erger dan toonladders spelen, en dan bofte zij nog met Onno, want die at liefst iedere avond hetzelfde. Zij rekende de macaroni en de ham en de melk af en ging naar de uitgang. Buiten schemerde het al.

Maar toen zij door de draaideur was, versperde opeens een man haar de weg.

'Wilt u zo vriendelijk zijn mij te laten zien, wat u in de zak van uw jas hebt?'

Geschrokken keek zij naar het legitimatiebewijs, dat hij haar voorhield en waarop zijn gezicht was te zien, maar anders dan dat wat zij zag: vriendelijker, ontspannen omhoog kijkend naar iets aangenaams; nu ontmoette zij een blik van steen. Beschaamd overhandigde zij hem de puntenslijper.

'Is dat niet ingepakt voor u? Mag ik de kassabon even zien?'

'Die heb ik niet.'

'Komt u met mij mee.'

Mensen draaiden hun hoofd om naar haar, trams en auto's passeerden, aan de overkant zag zij het opschrift *De Roode Leeuw*, en opeens week die vanzelfsprekende wereld van de vrijheid achter de horizon, want zij moest het gebouw weer in.

'Ik zal het betalen,' zei zij.

'Dat kunt u niet met mij regelen. Na u.'

Door een onopvallende deur achter de glinsterende toonbanken met de cosmetica kwam zij in een betonnen, neonverlichte gang, waar het van het ene moment op het andere afgelopen was met de zoetheid van het bestaan. Door een ijzeren deur werd zij in een kale kamer zonder ramen gelaten, waar alleen een lange tafel en een paar stoelen stonden. Zij verwachtte dat de man haar zou volgen, maar de deur ging dicht achter haar en de sleutel werd omgedraaid.

Geschrokken keek zij om zich heen. Zij was opgesloten! Een opwelling van vertwijfeling onderdrukte zij. Wat kon haar gebeuren voor *f* 1,05? Dit was natuurlijk de gebruikelijke procedure, het gebeurde om het haar in te peperen; dadelijk verscheen een andere functionaris, zij kreeg een uitbrander, zou moeten betalen en kon vertrekken. Maar zo lang de deur niet was opengegaan, was zij nog dicht. Zij zette haar tas met boodschappen op tafel en ging zitten. In een film zou zij nu roepen, dat zij haar advocaat wilde zien. Horden mannen, vrouwen en kinderen waren haar hier voorgegaan. Het tafelblad was van groezelige kunststof, met op verscheidene plaatsen diepe gaten; op de gang hoorde zij nu en dan stemmen, ook het geratel van lorries, waarmee nieuwe koopwaar werd aangevoerd. Zij keek op haar horloge en dacht aan Onno, die nu beraadslaagde in zijn kamer en geen idee had, dat zij zat opgesloten in het cachot van een warenhuis. Uit haar portemonnee haalde zij een gulden en een stuiver en legde ze op elkaar.

Maar toen er na een kwartier, na twintig minuten nog steeds niemand was verschenen, sloeg opeens een golf angst in haar omhoog. Het was over half zes, dadelijk was het sluitingstijd, – stel je voor, ze zouden haar vergeten! Stel je voor, zij moest tot morgenochtend hier blijven! Transpirerend stond zij op en begon nagelbijtend heen en weer te lopen. Moest zij op de deur bonken? Beginnen te schreeuwen? Maar misschien wachtten zij daar juist op, misschien werd zij ergens vandaan bekeken. Zij spiedde de cementen muren af maar kon niets ontdekken. Juist toen zij zich voornam, nog precies vijf minuten te wachten, werd de sleutel omgedraaid.

Op de drempel verscheen de bewakingsbeambte van daarstraks met een agent van politie.

‘Hoe is uw naam?’

Met grote ogen keek Ada naar de man in het zwarte uniform met de zwarte laarzen, de zwarte knuppel aan zijn zij.

‘Ada Brons,’ stamelde zij en kon niet geloven, dat er aangifte was gedaan.

‘U geeft toe dat u dit hier ontvreemd heeft?’ vroeg hij en wees naar haar poppetje, dat de veiligheidsman toonde.

Ada nam de munten van tafel en bood ze aan in haar geopende hand.

'Hier is het geld. Ik heb er spijt van.'

De politieman schudde zijn hoofd.

'U moet meekomen naar het bureau.'

'Naar het bureau?' herhaalde zij perplex. 'Waarvoor?'

'Om proces-verbaal op te maken.'

Hij greep onder zijn uniformjas en ontzet zag Ada, dat hij handboeien te voorschijn haalde. Het was of de aanblik van het blinkend gepoetste staal haar openreet. Haar weerstand brak en snikkend gooide zij het geld naar de twee mannen.

'Jullie zijn gek! Gek!'

'Rustig nou maar, mevrouwtje, er gebeurt u niks. Dit zijn nu eenmaal de regels.'

Toen het instrument dichtklikte om haar polsen, was haar eerste gedachte hoe zij nu nog cello kon spelen. De ruimte tussen haar handen was zelfs niet voldoende voor een ukelele. Terwijl zij door de gangen naar een achteruitgang liepen, droeg de agent haar boodschappentas. Het was al donker buiten; op een binnenplaats stond een kleine arrestantenbus met getraliede ramen. Even later reden zij naar het Bureau Warmoesstraat, dat om de hoek lag, aan de rand van de hoerenbuurt.

Zij werd afgeleverd bij de balie van de wachtcommandant, waar haar boeien werden losgemaakt. Een dikke dronken vrouw met verwarde haren stond te schreeuwen tegen een agent, zo jong dat het leek of hij zich verkleed had, en zij probeerde ook Ada in haar conflict te betrekken; maar zij werd stil toen twee rechercheurs een half bewusteloze man binnenbrachten, wiens hemd aan de voorkant rood was van het bloed. Ada werd verwezen naar Kamer 21, waar zij op een houten bank moest wachten voor een okergeel geverfde deur. Met het afnemen van de boeien waren ook haar ontsteltenis en woede verdwenen. Zij had een gevoel of zij in het water was gevallen, maar nu weer op de kant zat.

Binnen werd zij ontvangen door een grijzende brigadier achter een hoge zwarte schrijfmachine, die er uitzag als de bordestrap van een dodenmonument. Vaderlijk keek hij haar aan en vroeg haar of zij zich al eerder aan dit vergrijp had bezondigd. Waarom nu dan wel, met zo'n onnozel klein ding, kon zij hem niet verklaren. Zuchtend legde hij een zwart vel carbonpapier tussen twee formulieren, klopte ze recht op tafel en draaide ze in zijn machine. Toen zij zei dat zij het toch wel vreemd vond, al die rompslomp voor *f* 1,05, zei hij:

'Het gaat niet om één vijf, het gaat om winkeldiefstal. Als duizend mensen iets voor één vijf stelen en we doen daar niets aan, waarom zouden we dan nog iemand vervolgen die voor vijftienhonderd gulden heeft gestolen? Of iemand die vijftienhonderd gulden heeft gestolen?'

'Dat is waar,' zei Ada. Zij had het gevoel dat de berekening niet helemaal klopte, maar het leek haar verstandiger daar niet de aandacht op te vestigen.

'Als we daar niets aan doen, dan wordt er over tien jaar ook niets meer gedaan aan iemand die een fiets of een autoradio heeft gestolen, en over vijftig jaar niets meer aan moord. Dat wilt u toch niet?'

Zij dacht aan het orkest.

'Moet ik voor de rechter komen?'

'Dat zou best eens kunnen.'

'En wat krijg ik dan?'

'Een boete, denk ik, en misschien nog iets voorwaardelijks. Wat is uw beroep?'

Toen hij hoorde dat zij celliste was, leunde hij even achterover, nam zijn leesbril af en keek met een nadenkend lachje naar het plafond; het deed hem ergens aan denken, maar hij zei niets. Steeds een vastzittende typearm terugplukkend van het papier, nam hij alle gegevens op, informeerde naar de spelling van het woord *mamuschka* en trok de papieren met een gierende ruk uit de wagen. Eer hij haar liet tekenen las hij haar het proces-verbaal voor, waarin zij, Ada Brons, geboren 24 juli 1946 te Leiden, van beroep celliste, verklaarde op 27 oktober 1967 te Amsterdam met het oogmerk van wederrechtelijke toeëigening te hebben weggenomen uit het gebouw van Magazijn De Bijenkorf een puntenslijper van het model *mamuschka*, toebehorende aan Magazijn De Bijenkorf, althans aan een ander dan aan haar, verdachte.

'U heeft het calqueerpapier er verkeerdom in gedaan,' zei Ada.

De brigadier keek op het tweede formulier: het was leeg. De tekst stond in spiegelschrift op de achterkant van het eerste. Hij schudde zijn hoofd.

'Dat moet mij op mijn oude dag overkomen. Het wordt tijd, dat ik met pensioen ga. Weet je wat?' zei hij, – en met twee grote handen scheurde hij alles doormidden. 'Laten we zeggen dat het niet gebeurd is. Het ga u goed.'

21
De boodschap

'Kun je niet slapen?' fluisterde Onno.

'Nee.'

Het was anderhalve week later. Hij had doorgewerkt tot na middernacht en was zonder licht te maken naast haar gaan liggen; hij moest al weggesoesd zijn, maar plotseling was hij weer wakker in de zekerheid, dat zij haar ogen open had. Hij kon haar niet zien.

'Je wordt natuurlijk verteerd door wroeging omdat je leven een fatale criminele wending heeft genomen.'

'Misschien is dat het.'

Hij ging op zijn rug liggen, kruiste zijn armen onder zijn hoofd en staarde in het donker.

'Wat zou toch de reden zijn, dat misdadigers gekweld worden door slapeloosheid? De slaap is de zuster van de dood, zegt de dichter, maar dan zouden moordenaars juist heel goed moeten slapen. Het geweten is kennelijk het tegendeel van de dood. Weet je trouwens hoe het komt, dat de mens moet slapen?' vroeg hij, terwijl hij zijn gezicht naar haar toe draaide, maar zonder iets te zien. 'Het is toch idioot, dat we daar een derde van onze kostbare tijd mee verdoen. Als je er goed over nadenkt, is het eigenlijk volstrekt belachelijk en mensonwaardig, dat stomme liggen met gesloten ogen – typisch iets van vóór de oorlog. Net zoiets als de werkloosheid in de jaren dertig.'

'Nou?'

'Die malle gewoonte is ontstaan toen onze voorvaderen uit zee aan land kropen. De zee had toen een temperatuur van zevenendertig graden, net zo warm als ons bloed ook nu nog is. Overdag was dat geen probleem, want dan scheen de zon op de oerquisten en de oerbronsen, maar 's nachts koelde het af en dan raakten ze in een lethargische toestand, net als vleermuizen en dat soort lui nu nog tijdens hun winterslaap. Persoonlijk zijn wij tegenwoordig homoiotherm, maar de slaap is nog een erfenis van ons poikilotherme stadium, als je begrijpt wat ik bedoel.'

'Hoe weet je dat toch allemaal?'

'Dat is het gevolg van het ellendige feit, dat ik niet kan vergeten wat ik ooit heb gelezen. Mijn geheugen is mijn vloek, – maar troost je, nu en dan verzin ik er zelf iets bij. Ik zou er bij voorbeeld bij kunnen verzinnen, dat de aard van dromen een reminiscentie is aan ons vroegere bestaan in zee. Daar gaat het even idioot toe. Neem dat halve zweven in je dromen – dat ken je toch? Zo is het verder alleen in het water. In plaats van tot Sigmund Freud zouden wij ons misschien tot Jacques-Yves Cousteau moeten wenden.'

Ada bleef stil. Het leek of hij zinspeelde op dingen, die hij niet weten kon. Op straat weerklonken een paar rauwe, dierlijke kreten, voortkomend uit de germaanse geest van het bier. Onno luisterde naar het zachte tikken van de wekker, en na het ontvouwen van zijn theorie voelde hij zich weer langzaam wegzinken; – er verschijnt een dierenfiguur voor zijn ogen, die langzaam verandert in iets als een draagbare kooi...

'Onno?'

Hij schrok wakker.

'Ja?'

'Hoe laat is het?'

'Een uur of twee.'

'Weet je wel wat voor dag het dan vandaag is?'

'Maandag. Hoezo?'

'Zes november. Je bent jarig.'

Hij sperde zijn ogen open.

'Verdomd!' zei hij. 'Vierendertig – ik heb het gehaald!'

'Wat heb je gehaald?'

'Ik ben het christusjaar levend doorgekomen.'

Zij kusten elkaar, en terwijl hij haar nog in zijn armen had zei Ada na een aarzeling:

'Ik heb een cadeau voor je.'

'Toch niet gestolen, wel?'

Er trok even een siddering door Ada's lichaam. Het kostte haar inspanning, haar stem te beheersen:

'Als je er maar blij mee bent...'

'Een gegeven paard kijk ik niet in de bek.'

'Ik ben niet ongesteld geworden.'

*

Ofschoon een man van de taal, was in zijn leven nauwelijks ooit een zin gevallen die mogelijkerwijs een fundamentele verandering van zijn omstandigheden aankondigde. Zinnen als 'U staat onder arrest' of 'U bent ernstig ziek' of 'Ik ga bij je weg' waren hem tot nu toe bespaard gebleven, want hij misdroeg zich niet, was gezond en had zich nooit werkelijk aan een vrouw gebonden; van mensen die hem echt na stonden, had hij nog niet te horen gekregen, dat zij dood waren. Een enkele keer had er een zin weerklonken als 'Na de revolutie word jij strandjutter op Ameland', er was zelfs een zin die hij niet kon ontcijferen, maar alles bij elkaar had zijn leven – ondanks de oorlog – nog steeds iets maagdelijks. 'Ik ben niet ongesteld geworden...' – het was of de zin een *gestalte* had: donker en langgerekt, als een torpedo die uit de lanceerbuis schoot en in de golven verdween. Hij wilde het licht aandoen, maar hij bleef liggen en staarde in de duisternis naar de plek, waar de oude schoolplaat met het Aap-Noot-Mies moest hangen.

'Wanneer had dat dan gebeurd moeten zijn?'

'Al een week geleden.'

'Ben je wel vaker te laat?'

'Nooit. Altijd precies op tijd.'

'En je hebt geen enkele keer de pil overgeslagen? Ook niet op Cuba?'

'Dat weet ik heel zeker. Wil je de strip zien? Alle eenentwintig zijn er uit.'

'Alsjeblieft niet. Ik geloof ook zo wel dat je ze niet door de w.c. hebt gespoeld. Het is toch niet te geloven! Bij de farmaceutische industrie is het al net zo'n bende als overal. Als jij werkelijk een kind krijgt, doen we het in een schoenendoos en we sturen het op naar het klachtenbureau van de fabriek. Dat zal ze leren.' Hij kreeg het gevoel dat zij schrok; hij sloeg een arm om haar heen en zei met andere stem: 'Als jij een kind krijgt, Ada, zullen we het liefdevol maar met ijzeren hand opvoeden, met als enige doel dat het zijn vader zal eren.'

'Wat denk je nu echt, Onno?'

'Om je de waarheid te zeggen: geen idee. Jij bent er kennelijk al dagenlang mee bezig, maar hoe moet ik zo gauw weten wat ik denk?' Hij wist het werkelijk niet. Het was een moment zoals wanneer in het klassieke landschap plotseling het Uur van de Grote Pan slaat: het begin van de roerloze, zinderende middaghitte. 'Ik heb mij de hele avond verdiept in het adembenemende probleem, hoe de sociale uitkeringen moeten worden gekoppeld aan de ambtenarensalarissen, – en dan vertel jij me opeens dat je zwanger bent. Goeie genade!' riep hij. 'Nu ik het mijzelf hoor zeggen, dringt het opeens tot mij door. Je meent het niet! Is het echt?'

'Als jij nu de kamer uit zou gaan,' zei Ada, 'zou ik zeker weten dat ik hier niet alleen ben.'

Hij herinnerde zich nu, dat hij de laatste dagen een paar keer iets vreemds in haar blik had opgemerkt: alsof haar ogen niet naar buiten maar naar binnen keken, alsof hij haar zag via de achterkant van een geprepareerde spiegel, zoals ze die in winkels en bordelen hadden, – als zij hem aankeek, was het alsof zij niet hem maar alleen zichzelf zag.

'Daarmee is het onomstotelijk bewezen. Dus ik ga de kamer niet uit, voorgoed blijven wij hier met ons drieën, want het gezin is de hoeksteen van de samenleving. Het is maar goed dat ze in de partij niet weten, hoe rechts en crypto-christendemocratisch ik van nature ben.' Het idee dat hij misschien vader zou worden, begon hem tot zijn eigen verbazing opeens te bevallen, als een kamergeleerde die onverwacht een wereldreis aangeboden kreeg. Het zou zijn leven overhoop gooien, maar waarom zou het altijd moeten blijven zoals het was?

Zij gaf een kus op zijn wang.

'Ik was bang dat je zou zeggen, dat we het weg moeten laten maken.'

'*Weg moeten laten maken?*' herhaalde hij met afgrijzen in zijn stem. 'Ik mijn kind *weg laten maken*? Ik wil jou hoogstens wegmaken, maar toch zeker niet mijn kind! Een Quist wegmaken – wie heeft er ooit van zoiets schandelijks gehoord? En we gaan natuurlijk trouwen, want aan een Brons heb ik niets.'

Zij lagen nog steeds in het donker, alsof zij elkaar nog niet onder ogen durfden te komen in hun nieuwe situatie.

'Mij kan het niet schelen hoe het heet. Als het maar een normaal en gezond kind is.'

'Gezond, ja, normaal, nee. Genetisch lijkt die kans me trouwens niet al te groot. Abnormaal begaafd, met een veelzijdige belangstelling, beeldschoon om te zien, dat is wat zij zal zijn.'

'Zij? Wil je dat het een meisje is?'

'Ik wil niets, maar het staat vast dat het een meisje wordt. Echte mannen krijgen dochters.' Plotseling begon hij te kreunen.

'Wat is er?'

'Ik denk aan de schande voor mijn familie. Dat is nog nooit gebeurd, dat een Quist met een zwangere vrouw trouwt; daar komen mijn ouders nooit overheen. Misschien moet ik je langzamerhand eens aan ze voorstellen.' Hij had zin in een sigaret, maar hij wilde het licht van de lucifer niet zien. 'Weet je voor wie het ook een aardige verrassing zal zijn?'

'Voor Max,' zei Ada een beetje toonloos.

De afgelopen dagen was de gedachte aan Max natuurlijk keer op keer in haar opgedoken, als een vis die zijn snuit even uit het water van een vijver stak, maar steeds had zij het weggedrukt; zij wilde voorlopig alleen aan haar kind denken en niet aan de vader. Onno zocht haar hand en een tijdje bleven zij zwijgend naast elkaar liggen.

'Als ik nu gezegd had,' vroeg hij, 'dat we het weg moeten laten maken, had je dat dan gedaan?'

'In geen honderdduizend jaar.'

Hij ging op zijn zij liggen en legde zijn andere hand op haar buik.

'Hoe groot zou het nu zijn? Een millimeter? Twee?'

'Zoiets als een belletje kikkerdril, denk ik. Net als jij op die leeftijd.'

'Wil je je misschien matigen? Ik een belletje kikkerdril... je lijkt wel gek. Ik ben spontaan ontsprongen aan de fontanel van mijn moeder, in vol ornaat, met schild en speer, mijn vader viel flauw toen hij het zag, de planeten tolden uit hun banen en op al 's heren wegen werden wonderlijke tekenen gezien.' Hij leunde op een elleboog en vroeg in de richting van haar gezicht: 'Zeg, is het eigenlijk allemaal wel waar? Wat doe je als je morgen ongesteld wordt?' Terwijl hij het zei, wist hij dat dat ook voor hemzelf al een teleurstelling zou zijn.

'Ik word morgen niet ongesteld.'

'Ben je bij een gynaecoloog geweest?'

'Nog niet.'

'Morgen naar de gynaecoloog. En als je niet zwanger bent, stoppen met de pil.' Aan het kussen voelde hij, dat zij knikte. 'Wanneer wordt het geboren? Als zwangere vrouw heeft de maankalender voor jou toch geen problemen.'

'Acht juli.'

'Dus het is gebeurd...'

'In onze laatste nacht in Havana.'

Onno staarde in het donker.

Met tegenlicht van de gang zag hij haar schim weer in de deuropening van zijn hotelkamer verschijnen, – ver weg achter de horizon, in het verzonken Cuba. Het grootste wonder was ten slotte toch het geheugen. Hoe kon Max' Big Bang tot het geheugen leiden? Tot alles wat er was, ja, maar hoe tot de herinnering aan alles wat er was geweest, tot en met de Big Bang zelf? María, die twee keer zacht met haar hand op de plaats naast haar had geklopt, waarop hij als een hondje gehoor had gegeven aan haar bevel, – weerloos geworden door misverstanden, het leugenachtige telefoongesprek met Ada en de gruwelijke foto van het lijk op de katafalk. Zij had hem mee in haar bed genomen, waarin de geest van de man met de baard en de grote hoed nog hing, had hem verkracht en hem vervolgens – langs salurende soldaten – met haar auto weer afgeleverd bij het hotel, waar hij een uurlang in bad was gaan zitten en de rest van de dag zuchtend en steunend had doorgebracht met het lezen van de brieven van Walther Rathenau aan zijn moeder, in een spaanse vertaling: een verfrommelde oude uitgave, die de vorige gast – een of andere anarcho-syndicalistische radikalinsky natuurlijk – in zijn nachtkastje had achtergelaten. Walgend van zichzelf en verteerd door schuldgevoel was hij vroeg naar bed gegaan en had zich met geweld de slaap in gewrongen; na het telefoongesprek met Max was hij pas weer wakker geworden van Ada, die in haar eigen hotel zou slapen maar nu plotseling bij hem onder het laken kroop. Het was alsof zij een vermoeden had gehad van zijn bedrog en het onzichtbaar wilde maken, als een laag verf over de grondverf. Dat alleen al beroofde hem van het recht een abortus te verlangen – zelfs als hij het had gewild.

Ook voor Ada, naast hem, had de duisternis zich gevuld met die laatste avond. Zij had geen enkele reden om te denken, dat zij zwanger zou worden van Max, want zij gebruikte de pil; maar tijdens de nachtelijke autorit naar Havana, toen er vrijwel geen woord viel, werd zij beslopen door een gevoel van onzekerheid, dat nergens op berustte maar dat zij niet van zich af kon zetten. Zij was precies in de periode, waarin zij vruchtbaar zou zijn als zij de pil niet gebruikte. Stel je voor, de pillendraaier had zitten slapen! Zij had wel eens gelezen, dat het één op de zoveel miljoen keer voorkwam: dat zou net iets voor haar zijn. Haar leven lang al had zij dat soort pech gehad. Maar anderzijds hoopte zij dat het zo zou zijn, – niet omdat het dan van Max was, maar omdat zij een kind wilde; zij zou een paar maanden uit de muzikale roulatie zijn, maar haar stoel zou tot haar beschikking blijven. Het was vier of vijf dagen geleden dat zij met Onno naar bed was geweest, – geen van beiden waren zij zulke seksuele fanatici als Max, – en mocht het lot haar treffen, dan moest ook hij in haar vruchtbare periode met haar geslapen hebben. Niet alleen omdat ook Onno de vader moest kunnen zijn, aangezien zij bij Onno wilde blijven, ook omdat zij in dat geval zelf niet zou weten wie van hen beiden de vader was. Tegen Max kon zij dan naar waarheid zeggen, dat zij het niet wist. Bij het Habana Libre was zij uitgestapt. Zij had gezegd, dat zij haar laatste nacht bij Onno wilde doorbrengen, die zij de hele dag niet had gezien, – en omdat de meeste gedelegeerden toch in de Sierra Maestra waren, werd zij op voorspraak van Guerra toegelaten. Op de tweeëntwintigste verdieping had Max haar Onno's kamer gewezen, waarna hij plotseling naar zijn hoofd had gegrepen en zonder een woord in zijn eigen kamer was verdwenen.

Allebei dachten zij terug aan die nacht, waarin zij net als nu naast elkaar hadden gelegen. Ada had gezegd dat zij naar hem verlangd had, en hoe was het in de kerk geweest? Onno had gezegd dat het heel interessant was geweest in de kerk, vol bourgeoisie aan lager wal, en dat ook hij naar haar had verlangd. Nooit eerder hadden zij elkaar zo innig omarmd, ook niet de eerste keer, het was alsof hun pas die nacht de ware, reine liefde deelachtig werd...

'Toen is het dus gebeurd,' zei Onno. 'Ik weet het nog precies.'

'Ik ook.'

Ada wist niet, dat Onno zich net zo lag te schamen in het donker als zij zelf, – en Onno wist het niet van Ada. Misschien, dacht hij, bloeide de ware, reine liefde als alle bloemen wel het beste met de wortels in mest en modder. Misschien was dat een levenswet, die alles bij elkaar hield: de dag, die alleen dag was bij de gratie van de nacht. Maar wanneer de dag als dag bepaald werd door de nacht, school de nacht dan niet in het hart van de dag? Was de dag dan eigenlijk de ware, reine dag nog wel? Zat er een zwart koekoeksjong in het middelpunt van de zon? Dat moest hij Max eens voorleggen. Als het zo was, en de ware reinheid dus niet bestond, dan lag de enige troost in het besef, dat ook de nacht niet zuivere nacht was, – en daarmee de dood misschien niet de absolute dood. Als er dood stak in de aard van het leven, stak er dan niet ook leven in de aard van de dood?

'Ik had moeten weten,' zei hij, 'dat het die keer een kind zou worden.'

Ada had wel zoiets gevoeld, net als een paar uur eerder met Max. Misschien dat tweemaal zo'n ervaring de werking van de pil tenietdeed, zoals min maal min plus was. Misschien betekende het ook, dat zij zwanger was van allebei – en dus eigenlijk van geen van beiden. Was dat het, waarop zij het moest houden? Was zij zwanger van de vriendschap tussen die twee?

'Zo krijg je toch nog gelijk met je bestemming voor ons zijkamertje,' zei zij.

Hij knikte, ofschoon niemand dat kon zien.

'Het beste is inderdaad om praktisch te blijven in noodsituaties. We moeten een wieg kopen, en een box, en een rammelaar. Dat zaakje zal ons nog behoorlijk op kosten jagen. Later wil ze natuurlijk ook een stereo-installatie hebben. Te gruwelijk om aan te denken allemaal. Wat zullen jouw ouders er van zeggen?'

'Die zullen het prachtig vinden. Mijn vader in elk geval.'

'Waarom niet je moeder?'

'Mijn moeder is gek.'

'Jij durft. Sinds vijf minuten ben je zelf zoiets als een moeder, en meteen krijg je praatjes. Waarom zou jouw moeder gek zijn? Volgens mij is jouw moeder helemaal niet gek. *Mijn* moeder is gek.'

'Ik ken jouw moeder niet.'

'Maar ik ken jouw moeder.'

'Dat dacht je maar. Zal ik je eens iets vertellen over mijn moeder?'

'Dat hangt er van af. Niet als het mij in verlegenheid brengt als ik haar onder ogen kom op onze sprookjesachtige bruiloft.'

'Ik heb het nog nooit aan iemand verteld.'

'Ook niet aan Max?'

Zij haalde even haar schouders op.

'Die heeft zich nooit echt voor mij geïnteresseerd.'

Als er nu licht had gebrand in de slaapkamer, had zij het misschien ook niet aan Onno verteld; maar door de duisternis die haar omhulde, verdween het besef waar zij zelf ophield en de rest van de wereld begon. In de kamer achter de boekwinkel zaten zij te eten, stooflapjes met aardappelen en andijvie; haar vader vertelde dat hij als jongen een vriend had gehad die een groot scheikundige wilde worden, en die hij mocht helpen met het voorbereiden van proeven. Op zolder had hij een laboratorium, hij las populaire biografieën van grote scheikundigen, zoals Lavoisier en Dalton en Liebig, en op zijn verjaardag kreeg hij eens een echte witte laboratoriumjas met een opstaande kraag. Zijn ouders hadden in hun slaapkamer een klerenkast met een hoge spiegel in een van de deuren, waarin je jezelf onmiddellijk zag als je de kamer binnenkwam. Als zij niet thuis waren, placht hij nu en dan naar beneden te gaan in zijn interessante jas, naar hun slaapkamer, waar hij dan gepresseerd met uitgestoken hand op zichzelf toeliep – als de grote chemicus, die even een minuut vrij had weten te maken voor zijn bezoeker, die helemaal uit Amerika was gekomen om de Nobelprijswinnaar te raadplegen.

'En is hij een groot scheikundige geworden?' had Ada gevraagd.

'Dat niet. Wel een groot zakenman. Hij is nu een divisiedirecteur bij Philips en hij rijdt rond in een auto met chauffeur. Het komt allemaal op de mentaliteit aan.'

'Zo is het,' had daarop haar moeder gezegd. 'Kijk maar eens, hoe ver jij het zelf hebt geschopt met jouw mentaliteit. Eerst tot een miezerige museumcustos, en dan tot een nog miezeriger handelaartje in tweedehands boeken, die allemaal naar het graf stinken.'

Alsof hij een klap met een zweep had gekregen, keek Brons zijn vrouw aan, – en toen Ada zijn blik zag, had zij haar bestek laten vallen en was haar moeder aangevlogen. Zij greep haar bij haar polsen en drukte haar ruggelings tegen de muur.

'Bied je excuses aan!' had zij gegild. 'Bied onmiddellijk je excuses aan!'

Ada's borst ging op en neer. Even had zich een kier geopend, zei zij, waardoor de ware aard van hun huwelijk zichtbaar was geworden. Haar vader speelde daarin nog steeds dezelfde rol als bij zijn vriend, de grote chemicus.

'Volgens mij is ze eigenlijk lesbisch, maar dat weet ze zelf niet.'

'Gruwel, gruwel!' riep Onno en trok de deken op tot zijn kin. 'Jij hebt het gewaagd, mijn dochters grootmoeder tegen de muur te zetten! En hoe liep het af?'

'Ze keek me aan met een blik alsof ze me liefst zou vermoorden. Mijn vader kwam tussenbeide, ik ging naar mijn kamer en daarna is er nooit meer over gesproken. Ik denk dat ze zichzelf later wijs heeft gemaakt, dat het niet is gebeurd.'

'Dan beschikt ze over een benijdenswaardige gave. Daar kun je heel oud mee worden.'

Buiten hing nu een compacte stilte, drijvend op het nauwelijks hoorbare dreunen van vliegtuigmotoren, – misschien heel hoog, of ver weg, op een startbaan van Schiphol.

'Misschien moet je het pas aan Max vertellen,' zei Ada na een tijdje, 'als we het echt zeker weten.'

'Natuurlijk.' Hij dacht er weer aan, dat hij zonder Max niet alleen Ada niet had leren kennen, maar nu ook dit kind niet zou hebben gekregen. Op een of andere manier had zoiets van het eerste moment af in de lucht gehangen. Hij zag de donkergroene sportwagen weer naderen over de Wassenaarseweg, een lichtsignaal geven en met een snelle beweging naar de kant zwenken. Hij moest bijkans knielen om achter het stuur dat clownsgezicht te zien. Dat was nog geen jaar geleden. 'Hoe zullen we haar noemen?' vroeg hij.

'Daar heb ik nog niet over nagedacht,' zei Ada met een lachje. 'Elisabeth?' vroeg zij even later. 'Dan noemen we haar Liesje.'

'Dat,' zei Onno, 'is nu precies de alleridiootste gewoonte: je kind een naam geven die je niet van plan bent te gebruiken. Als je haar Liesje wilt noemen, moet je haar ook Liesje noemen. Elisabeth is natuurlijk mooier: zo heet de moeder van Johannes de Doper. Maar ik vind, dat het net zo'n symmetrische naam moet hebben als wij, en dat bereiken we door Onno volgens de fonologische wet van Quist te veranderen in Anna. Religieus zou dat ook goed uitkomen, want zo heet de grootmoeder van onze heer en heiland. Van moederskant, wel te verstaan; over zijn grootmoeder van vaderskant is weinig bekend, ik heb ten minste nooit iets over de moeder van God gehoord. Dat moesten de feministen maar eens uitzoeken. De dochter van Freud heet trouwens ook Anna. Zo noemen grote mannen hun dochters.'

'En als het nu toch een jongen wordt?'

'Dan veranderen we Ada via alfa- en omegaverwisseling in Odo.'

'Dat klinkt een beetje naar een ridder in een jongensboek.'

'Goed getroffen. Dat doen we dus niet. We hoeven daar trouwens niet over na te denken, want het wordt geen jongen. Het wordt een meisje – met prachtige lange pijpekrullen. Als het een jongen wordt, bedenken we een onmogelijke naam.' Hij gaf haar een kus. 'Welbedankt. Ik ben heel blij met je cadeau.'

22
Wat nu?

Toen de wetenschap – zoals het hoort – de intuïtie had bevestigd, belde Onno Max in Leiden en vroeg of hij 's avonds belet gaf. Het verbaasde Max een beetje, want meestal meldde hij zich pas tien minuten voordat hij langskwam. Om negen uur rees zijn gestommel in het trappenhuis en op de drempel nam hij met lompe sierlijkheid de houding aan van een klassiek godenbeeld, een Apollo van Belvedere: met gespreide armen en licht afgewend hoofd.

'*Edle Einfalt und stille Größe*,' zei hij. 'Je aanschouwt nu een personage, naast wie jij verzinkt in totale onbeduidendheid.'

'Je bent van een bovenaardse schoonheid,' zei Max. 'Het kan niet anders of de geest is in je uitgestort.'

'Jij weet niet half, wat er allemaal is uitgestort.' Onno ging in zijn stoel zitten en zei: 'Hou je vast, Max.' En toen Max meespeelde en de vleugel vastgreep: 'Ik word vader.'

Max hield zijn handen op de gladde, zwarte lak en keek hem aan.

'Het is niet waar.'

'Waar, waar, oneindig waar!'

De volle draagwijdte van die drie woorden drong nog niet tot Max door, maar wel had hij onmiddellijk een gevoel als bij een tewaterlating, wanneer de champagnefles schuimend tegen de boeg aan scherven slaat en het schip zich langzaam in beweging zet. Het was of zijn handen met de vleugel verkleefd waren; zijn houding maakte nog deel uit van een spel, dat plotseling niet meer gespeeld werd. Hij richtte zich op.

'Sinds wanneer weet je dat?'

'Sinds gisteren weten we het zeker. Er is een kikker aan het kruis gestorven voor mijn kind. Over acht maanden zul je het zien, als je het niet gelooft. Voor jouw astronomische geest, die uitsluitend op de eeuwigheid is gericht, betekent het oneindig tere ontstaan van een nieuw leven natuurlijk niets, maar toch ben jij de eerste die het te horen krijgt - om redenen die te weerzinwekkend zijn om aan te refereren.'

Max voelde zich onpasselijk worden. Had Ada hem verteld wat er was gebeurd in Varadero? Dat was toch niet mogelijk! En toen de herinnering aan die nacht in zee bij hem opkwam, daagde hem, in een flits rekenend, opeens de nog veel verschrikkelijker mogelijkheid: van wie was dat kind? Hij ging naar de kast met glazen en vroeg:

'Wat bedoel je?'

'Dat jij haar aan mij hebt voorgesteld, zal ik maar zeggen. Wat dacht jij dan, dat ik bedoel? Wat is er met je? Je ziet pips, vriend.'

Max merkte dat hij bezig was, in paniek te raken.

'Ik ben geschokt,' zei hij, terwijl hij de glazen neerzette. 'Neem me maar niet kwalijk. Misschien is het omdat ik zelf wel eens aan een kind heb gedacht, toen ik met Ada was, en dat dat nu voorgoed van de baan is.'

Hij ging naar de keuken. Ook dat was weer gelogen, - Onno zou het aan Ada vertellen, en zij zou weten dat dat niet de reden was van zijn schrik, maar dat zou zij Onno niet zeggen. Met trillende handen haalde hij een dampende houder met ijsblokjes uit het vriesvak, hield hem even onder de kraan en drukte ze in een schaal. Hij moest zijn gedachten ordenen, alles nauwkeurig overwegen, zien wat hem te doen stond, en tegelijk moest hij nu naar binnen en een gesprek met Onno voeren, dat niet zou gaan waarover het ging. Hij had een ruïne gemaakt van het paleis van hun vriendschap, dat voor Onno nog overeind stond, zonder dat hij wist dat het een fata morgana was geworden.

'Dat wist ik helemaal niet,' zei Onno.

'Wat niet?'

'Dat jij een kind van Ada had willen hebben.'

'Zo is het ook niet helemaal, maar zij was de enige vrouw in mijn leven bij wie de gedachte aan een kind mij niet meteen de stuipen op het lijf joeg. Vergeet het. Het is zoals het is.'

'En als het anders was dan het is, zou er iets heel vreemds aan de hand zijn in de wereld.'

Hij zette rum en cola bij Onno neer, schonk zichzelf een glas wijn in en ging tegenover hem zitten. Hij dwong zich, hem aan te kijken.

'Was ze opgehouden met de pil?'

'De pil! Praat mij niet van de pil. Ze had net zo goed iedere dag een pinda kunnen slikken. De medische technologie staat kennelijk nog in de kinderschoenen – net als mijn kind straks. Maar dat spijt mij niet. Ik reageerde heel anders dan ik dacht, uit mijzelf had ik beslist nooit van mijn leven het besluit genomen om een kind te krijgen; maar nu dat buiten mij om door een kwakzalverige fabrikant is geregeld, heb ik mijzelf ontdekt als een geboren vader. Dat warme, diep-vaderlijke element in mij moet toch ook jou vaak zijn opgevallen. Of niet?'

'Natuurlijk,' zei Max, terwijl het hem moeite kostte aan te sluiten op Onno's toon, die onveranderd was maar voor hem al tot een voorbije tijd behoorde. Hij nam een slok en zei: 'Als ik goed reken, is het dus op Cuba gebeurd.'

'Te Havana, in het hoofdkwartier van de revolutie, die nacht van acht op negen oktober, negentienhonderd zevenenzestig na Christus, omstreeks twee uur in de ochtend. Die zondag toen jullie naar het strand waren geweest. Ik was helaas verhinderd wegens godsdienstfenomenologisch veldonderzoek.'

Zij keken elkaar in de ogen. Max knikte; hij wist, dat Onno wist dat hij zich nu hun telefoongesprek herinnerde, waarin hij zichzelf een 'moreel wrak' en een 'necrofiel' had genoemd. Maar wat er ook was gebeurd, zeker was in elk geval dat Ada – na wat er tussen haar en hemzelf was voorgevallen – Onno die nacht had verleid: daarom had zij bij hem willen slapen in plaats van in haar eigen hotel. Zij had met alles rekening gehouden, en niet ten onrechte, zoals nu bleek. Weloverwogen had zij het vaderschap van een hoogst onwaarschijnlijk maar niet onmogelijk kind in het onzekere gemanoeuvreerd. Hoe doortrapt was zij eigenlijk? Zo had hij haar nooit gekend, en Onno ook niet. Maar op een dag zou toch het uur van de waarheid slaan, want op wie zou het kind gaan lijken? Geschrokken liet hij die vraag tot zich doordringen. Als hij zelf nu nog een beetje op Onno leek, dan zou niemand op het idee komen dat het kind niet van Onno was, mocht het van hemzelf zijn, – maar wat hadden Onno en hij van elkaar weg? Zoals hij daar zat in de groene chesterfield met zijn grote, zware lichaam, waarnaast zijn eigen welgebouwde gestalte bijkans etherisch was – en vooral met zijn rechte, klassieke neus, daaronder de gewelfde lippen van een ingetogen kleine mond, die inderdaad wel iets had van die van een grieks beeld. Zijn eigen gezicht hoordė kunsthistorisch eerder thuis in de periode van het maniërisme, met zijn roofvogelneus en zijn vraatzuchtige mond. In zekere zin zou zijn hoofd beter bij Onno's lichaam passen, en vice versa. Gelukkig waren zij allebei donkerblond met blauwe ogen. Stel je voor, een van hen was een chinees geweest, of zwart...

'Mijn dochter,' zei Onno, 'zal de incarnatie zijn van de revolutie. Een tweede Rosa Luxemburg, – of nee, zoiets als die vrouw op dat schilderij van Delacroix, *La barricade*: met blote borsten en een geweer en de wapperende *tricolore* de werkende massa's aanvoerend.'

Natuurlijk, een meisje, dat kon het ook worden, – dan zou Ada's aandeel misschien overheersen; maar beter zou zijn als het helemaal niets werd.

'En je weet echt zeker, dat je het wilt hebben?'

'In principe,' zei Onno en liet de ijsblokjes rinkelen in zijn glas, 'ben ik voorstander van abortus tot het veertigste levensjaar, en van euthanasie vanaf het veertigste. Ik zal mijn uiterste best doen, dat in het partijprogramma opgenomen te krijgen. Maar in dit bijzondere geval wil ik toch een uitzondering maken. Ik wist dat jij op een abortus zou gaan zinspelen. Jij zult nooit kinderen hebben, want je hebt ook geen vader. Maar ik heb een vader, en niet zo'n beetje, en hier ligt mijn kans om hem op zijn eigen terrein een vernietigende slag toe te brengen, want straks ben ik zijn evenknie en dan hoeft hij mij niets meer te vertellen. Ik ga abortus plegen, ja! Maar dan op de zoon die ik ben, als je begrijpt wat ik bedoel. Ik ga mijzelf wegmaken!' riep hij met een verheerlijkte blik in zijn ogen.

Max werd steeds radelozer. Van elk woord dat Onno zei zou hij vroeger genoten hebben, nu was het of hij champagne moest drinken aan een sterfbed. Het kon zo niet langer, er moest iets gebeuren. Liefst wilde hij dat Onno nu vertrok, zodat hij bij zichzelf te rade kon gaan, maar hij was net binnen en zou nog uren blijven, net zo lang tot hij de status van het vaderschap had opgedreven tot de allerhoogste regionen, waar God de Vader huisde en die hem nu ook niets meer hoefde te vertellen.

'En Ada? Hoe moet dat met haar muzikale carrière?'

'Geen enkel probleem, want ik zal het kraambed houden. Ja, kijk maar niet zo dom. In Donker Afrika, dat het contact met de menselijke oerbronnen nog heeft bewaard, is dat algemeen gebruikelijk. De aanstaande moeder werkt zingend op het land in de verzengende hitte, de aanstaande vader ligt kreunend op bed in de schaduw van de hut. De bevalling is een kort incident, Ada zal haar cello weer ter hand nemen en ik zal in het Vondelpark de kinderwagen voor mij uit duwen, op een bank gaan zitten en met een gepensioneerde ambtenaar van het Huisvestingsbureau over vroeger praten, terwijl ik met één hand de wagen heen en weer beweeg. Later zal ik met de kleuter naar de zandbak gaan en met jonge moeders over geïrriteerde billen spreken, en over wasmiddelen, terwijl intussen onze schatjes proberen elkaar de schedel in te slaan met stenen. 's Avonds, wanneer Ada zich in het Concertgebouw in de daverende diepten van Mahler stort, zal ik geneigd zijn het huilende kind uit het raam te gooien; maar wanneer het eindelijk slaapt, zal ik het wakker maken omdat ik bang ben dat het dood is. Ik zal, kortom, volledig versmelten met de imbeciele eeuwigheid van het elementaire.'

'En de politiek?'

'Daar ben ik dan ook van verlost. Terwijl Nederland stuurloos verzinkt in chaos zonder mij, zal ik doordringen tot het ultieme filosofische inzicht, dat maar voor weinigen is weggelegd: de vader *is* de moeder!' Hij nam een flinke slok en zei: 'Misschien zal ik op den duur zelfs jurken gaan dragen, en oorbellen tot op de grond.'

Max stond op om iets te doen aan zijn schrijftafel, waar niets te doen viel. Hij rangschikte wat papieren, die niet beter gerangschikt konden worden, en vroeg:

'Ben je van plan te trouwen?'

'Ja, wat dacht jij? Dat ik voortging, in zonde te leven? Het is al erg genoeg, dat ons kind later aan het rekenen slaat en niet op negen maanden uitkomt tussen onze trouwdag en zijn geboorte, in juli volgend jaar. Wat moet het wel van ons denken!'

Het noemen van die datum gaf Max een nieuwe schok. Het was nu november – en de tijd zou voortgaan, week na week, door de winter en de lente naar de zomer, tot onherroepelijk die ene dag zou aanbreken.

'Ja,' zei hij, terwijl hij niet wist wat hij moest zeggen.

'En ik zal je nog iets anders vertellen,' vervolgde Onno. 'Vanmiddag zijn we in ondertrouw gegaan. Over twee weken is ons huwelijk. De zevenentwintigste.'

'Dat is mijn verjaardag.'

'Ik weet het, maar het kwam zo uit op het stadhuis. Misschien kun je je toch even vrij maken. Je bent natuurlijk getuige.'

Max kreeg een gevoel of hij gemarteld werd. Er was een machinerie in werking getreden die niet meer te stoppen viel en die toch niet op deze manier kon doorgaan. Er moest iets gebeuren – maar wat?

'Zeer vereerd.'

'Zeg, je maakt niet de indruk dat je erg gesticht bent over het feit, dat de drang tot gezinsvorming zich heeft meester gemaakt van je vriend. Ben je er eigenlijk wel bij met je gedachten?'

'Eerlijk gezegd, Onno,' zei hij en ging achter zijn bureau zitten, 'niet helemaal. We zijn in Leiden bezig met de verwerking van een paar belangrijke meetresultaten uit Dwingeloo, die aldoor in mijn hoofd rondspoken. Vind je het goed als ik even een collega bel?'

'Als jij het heelal belangrijker vindt dan mijn huwelijk, dan moet je nu bellen. Kennelijk ben je ieder gevoel voor proporties kwijtgeraakt.'

Max glimlachte en draaide zijn eigen nummer, dat in gesprek bleek te zijn.

'Ja, met Max,' zei hij tot de stompzinnig repeterende toon, 'is er al wat nieuws? – Dat meen je niet. – Een polarisatie van veertig procent bij een golflengte van tien centimeter? – Dat is sensationeel! Maar als het zo is, dan... – Natuurlijk. – Natuurlijk...' Hij wist niet meer wat hij zeggen moest, hij zei maar wat: 'En als hij nu eens uit twee dubbele radiobronnen bestaat? – Ja, waarom niet? – Aan de ene kant is de structuur van het magnetisch veld vrijwel uniform, maar aan de andere kant, als je rekening houdt met de Faraday-rotatie... Wat zeg je? – Ja, dat is een beetje moeilijk,' zei hij met een aarzelende blik naar Onno, 'ik heb nu bezoek. Maar...'

'Goed, goed, ik ga al,' zei Onno en zette zijn glas weg. 'Ga jij maar naar je polarisatie.'

'Ik kom er meteen aan. Over twintig minuten ben ik in Leiden.'

*

Maar hij ging niet naar Leiden. Met zijn auto bracht hij Onno naar de Kerkstraat en parkeerde hem vervolgens niet bij zich thuis voor de deur, maar een straat verder, om niet betrapt te worden voor het geval Onno en Ada nog een wandeling gingen maken. Zo ver was het dus al gekomen! Met een gevoel van afkeer van zichzelf, dat hij nooit eerder had gehad, ging hij de trappen weer op, en zonder licht te maken bleef hij tot diep in de nacht ijsberen volgens de aangegeven diagonalen en middenloodlijnen, nu en dan een blik werpend op Onno's glas, dat hij niet helemaal had leeggedronken.

De volgende ochtend bij het ontwaken vloog het hem onmiddellijk weer aan en de hele dag liet het hem niet meer los. Van minuut tot minuut groeide de vrucht in de duisternis van Ada's schoot, kwamen er duizenden cellen bij en organiseerden zich tot een verschrikkelijke dreiging. Ofschoon er inderdaad belangrijke gegevens van het Rekeninstituut binnenstroomden, ging hij steeds weer voor het raam van zijn leidse werkkamer staan en keek met zijn handen in zijn zakken uit over de hortus botanicus, waar de hollandse herfst over de tropen was gedaald. Al lang was hij bezig steeds dezelfde gedachten te herhalen. Er was vijftig procent kans dat het zijn kind zou zijn; dat was een afgrijselijk risico, en al zou het ten slotte niet zijn kind blijken, dan nog zou hij jarenlang in angst leven voor een opdoemende gelijkenis. Voor zo ver hij wist, bestond er nog steeds geen methode om in het zwangerschapsstadium het vaderschap te bepalen. Maar stel, meteen op de dag van de geboorte zou zijn vaderschap te zien zijn: aan spatelduimen. Wat dan? Of geleidelijk zou onder een replica van Ada's ogen zijn eigen neus verschijnen, dat wil zeggen die van zijn moeder, – wat dan? Moest hij niet binnen acht maanden emigreren? Toch *fellow* worden in Californië, op Mount Palomar? Zich ophangen? Wat zou hij zelf doen in Onno's plaats? Misschien zou hij hem wel vermoorden.

Met beide handen wreef hij over zijn gezicht. Was het denkbaar dat hij zijn leven had verwoest? Hoe kon ooit nog de waardigheid er in terugkeren? *Hij* was nu het morele wrak, tot zijn nek verzonken in leugen en verraad. Hij dacht terug aan die nacht in zee: wat had hem in godsnaam bezield? Hoe had hij ooit zo krankzinnig kunnen zijn! Onno had hem gevraagd, over twee weken te getuigen bij zijn huwelijk: dat was even onmogelijk als het te weigeren. Hij zat in de val. Deze week nog, liever morgen dan overmorgen, moest de situatie fundamenteel veranderen, – maar hoe? Liefst zou hij eerlijk zijn en Onno zijn misstap opbiechten, aan zijn voeten vallen, zijn voet nemen en in zijn nek zetten en afwachten wat er verder gebeurde. Of misschien moest hij het – laffer maar preciezer – schriftelijk doen.

Hij ging aan zijn bureau zitten, nam een vel ruitjespapier, sleep een potlood boven de prullenmand en begon zonder veel overtuiging te schrijven:

Beste Onno,
Ik zou heel wat jaren van mijn leven willen geven als ik deze brief niet hoefde te schrijven. Onze vriendschap, die nu negen maanden heeft geduurd, was het kostbaarste dat ik bezat. Ik weet zelfs niet of 'vriendschap' wel het juiste woord is. Veel mannen zijn vrienden, zonder dat ik de indruk heb dat dat veel heeft te maken met onze verhouding; ook zelf heb ik natuurlijk vaak 'vrienden' gehad, maar dat was toch altijd totaal anders van aard. 'Zielsverwantschap' dan? Ook dat woord raakt denkelijk niet de kern, want welke zielen verschillen meer van elkaar dan de onze? Misschien, heb ik wel eens gedacht, moeten we eerder denken aan de affiniteit van de bliksem voor de aarde, waarbij soms ik de bliksem was, dan weer jij. Ik kan niet voor jou spreken, maar tot ik jou ontmoette voelde ik mij werkelijk vaak als een donderwolk, die zich niet ontladen kon. Of beter: nadat ik jou had ontmoet, wist ik dat ik mij zo gevoeld had. Ik besef, dat dit tot zo ver klinkt als een liefdesbrief, en in zekere zin is het dat ook. Maar jij bent natuurlijk de laatste wie het kan ontgaan, dat ik het imperfectum gebruik. Op een manier die ik mijzelf nooit zal vergeven, heb ik het recht verspeeld om te zeggen, dat wij nog vrienden zijn. Het is mij bijna onmogelijk om te bekennen, waar het om gaat; liefst zou ik nu tot het einde van mijn dagen doorschrijven, alleen om het uit te stellen. Onno! Het kind dat Ada verwacht, is misschien van mij.

Op het moment dat hij het neergeschreven had, wist hij dat hij deze brief natuurlijk niet kon versturen. Hij had niet het recht, dit op eigen houtje te onthullen, buiten Ada om. In dat geval zou hij haar, weer voor zijn eigen gerief, in zekere zin hetzelfde aandoen als hij Onno had aangedaan. Hij was aan haar overgeleverd, zonder haar kon hij niets ondernemen. Wat hem dus allereerst te doen stond, was met haar spreken. Maar ook dat moest weer achter Onno's rug om gebeuren, - wat hij ook deed, het zou hem steeds dieper in de modder trekken. En dan moest hij haar bovendien zien over te halen, haar vrucht af te drijven. Het was allemaal even walgelijk, maar niets doen was ook onmogelijk. Als hij haar niet kon bepraten, zou zij misschien zeggen, dat *hij* dan maar over twee weken met haar moest trouwen en als vader fungeren - met een kans van vijftig procent, dat het Onno's kind zou zijn. Ook dan zou het uit zijn met de vriendschap, maar als het zo ging, zou hij niet aarzelen. Dat had hij dan maar als het fatum van zijn leven te aanvaarden. Trouwens, als hij Ada die avond niet had verleid, zou zij, op haar beurt, Onno die nacht niet hebben verleid, - dus al was het Onno's kind, dan nog bestond het niet zonder hemzelf. Diep in zich voelde hij bovendien iets van instemming, dat hij dan een kind van Onno zou hebben.

Maar wat zou Onno doen in dat geval? Hij verheugde zich op zijn kind en bereidde zijn huwelijk voor, misschien had hij er intussen al over gesproken met zijn familie, - opeens zou alles hem ontnomen zijn. Dat was toch ook ondenkbaar. Anderzijds was het niet uitgesloten, dat hij dan op een overeenkomstige manier zou reageren en bereid zijn, een kind van *hem* te aanvaarden, maar dan met opzegging van de vriendschap. Nee, dat was onwaarschijnlijk. Tenzij hij die middag in Havana, toen hij zelf met Ada naar Varadero was gegaan, werkelijk met een vrouw had geslapen. 'Ik kan mijzelf niet meer onder ogen komen. Ik ben een moreel wrak. Ik heb in het wijwatervat gespuwd.' Dan zou hij in een overeenkomstige situatie verstrikt zijn, en misschien redeneren dat het zonder die escapade allemaal niet was gebeurd, en dat hij daar nu dan maar voor moest boeten met een kind van zijn vriend. Maar nee, voor hem was er misschien nog iets sterkers in het geding: voor hem had zijn kind misschien allereerst een *Quist* te zijn, een voortzetting van de dynastie, – maar dan moest het natuurlijk inderdaad een Quist zijn en niet eigenlijk een Delius. Zelf had hij dat sentiment niet, en het kostte hem weinig inspanning om te begrijpen, wat daar de oorzaak van was.

Een jonge, vrouwelijke collega, die polarisatie deed maar eerder een zwemkampioene leek, stak haar hoofd om de deur van zijn kamer en zei, dat er nog steeds problemen waren met 3C 296.

'Ik zit er ook op te turen,' zei Max en tikte met het gummetje van zijn potlood op de brief. 'Wat zou je er van zeggen, dat hij uit twee dubbele radiobronnen bestaat? De kleine valt dan misschien samen met de optische nevel. Denk eens aan Centaurus A.'

Zij bleef hem even aankijken, stak toen een wijsvinger op en verdween.

Het was de tweede keer dat hij dit er uit had geflapt om maar wat te zeggen, maar nu drong het tot hem door, dat het vermoedelijk waar was: op het eerste gezicht verklaarde het alles. Misschien had hij een belangrijke ontdekking gedaan, waaraan meteen gewerkt moest worden eer het hem uit handen werd genomen, – maar zijn hoofd stond niet naar ontdekkingen. Allereerst moest hij Ada te spreken krijgen. Hij nam de brief en scheurde hem vijf keer doormidden; vervolgens elke helft nog een keer, waarna hij de snippers zorgvuldig vermengde met de andere rommel in zijn prullenmand.

23
Kruis of munt

Zij speelde niet voor het publiek maar voor haar kind, – de klanken uit het instrument tussen haar benen, dacht zij, moesten toch diep in haar buik dringen en het kleine diertje daarbinnen omhullen met schoonheid. Na de laatste heroïsche maat, terwijl de tsjechische gastdirigent ineengekrompen bleef staan, alsof hij plotseling een aanval van koliek had gekregen, bleef het nog even stil in de zaal, – daarop barstte het applaus los, met bravogeroep en hier en daar wat geestdriftig gefluit. Langzaam bevrijdde de kunstenaar zich uit zijn kramp; breed lachend, met zijn ene hand zijn andere schuddend, dankte hij het orkest, waarbij Ada's ogen even de zijne troffen. Met een zwaai trok hij zijn pochet uit zijn borstzak en veegde omstandig zijn voorhoofd af, pas daarna draaide hij hen zijn rug toe, keek enkele ogenblikken zegevierend snuivend naar het balkon, waarop hij plotseling als door een nekslag getroffen naar voren knakte. De zaal kwam overeind en juichte hem toe, alsof hij zelf Franz Liszt was, – ofschoon een oproerkraaier als *Mazeppa* onder de huidige omstandigheden in Amsterdam onmiddellijk opgepakt zou worden door de politie, met even veel instemming van ditzelfde publiek. Zachtjes met de strijkstok tegen de zijkant van haar cello tikkend, wachtte Ada tot hij zich omdraaide en hen met een weids gebaar, het stokje in zijn ene hand, de zakdoek in zijn andere, als marionetten overeind liet komen. Toen zij stond, betrapte zij zich er op dat zij niet de zaal in keek, maar staarde, over de hoofden heen, dwars door de achterwand naar een punt in oneindige verte.

In de orkestkamer onder het podium legde zij haar instrument te slapen in het foedraal; omdat er de volgende ochtend weer repetitie was, nam zij het niet mee naar huis. Haar vriendin de klarinettiste, Marijke, vroeg of zij nog meeging naar de kroeg. Eigenlijk was zij liever meteen naar huis gegaan, zij voelde zich moe, maar het was het soort voorstel dat alleen de allersterkste karakters konden weigeren.

'Even dan,' zei zij, toen Marijke aanhield.

Max zat op een doorgezakte, roodpluchen bank naast de gaskachel en las de krant. Verrast stond hij op.

'Dat is ook toevallig!'

Ada was er niet zeker van dat het toevallig was, – in tegendeel. Hij had natuurlijk in de kunstagenda nagekeken, wanneer er weer een uitvoering was van het orkest. Hij was nog steeds gebruind van Cuba. Zij kusten elkaar op de wang, zij trok haar natte jas uit en ging naast hem zitten, terwijl Marijke verzwolgen werd door de snel toenemende drukte.

Nu kwam dus, wat niet uit had kunnen blijven. Toen Max hoorde, dat na de pauze bij wijze van uitsmijter *Mazeppa* was gegeven, zei hij dat Prokofjev kennelijk ook goed had geluisterd naar dat hoogromantische symfonische gedicht, want het deed hem steeds denken aan die passage uit zijn *Romeo en Julia*, dat in Havana op straat had weerklonken, bij Michelangelo's *Schepping van Adam*. In Ada's herinnering gleden de twee composities over elkaar en zij hoorde wat hij bedoelde. Onno kon haar tegenwoordig allés uitleggen over het pythagorese komma, of over *il diavolo in musica*, of waarom de mixolydische en de eolische toonladder elkaars spiegelbeeld waren, maar tot een observatie als die van Max zou hij nooit in staat zijn.

'Samen,' zei zij, 'weten Onno en jij alles van de muziek. Maar ik zit te tellen achter een partituur en moet over die snaren strijken. Dat is toch weer wat anders.'

Max knikte en keek haar aan.

'Pas met ons drieën weten wij echt alles.'

Zij begreep onmiddellijk waarop hij zinspeelde. Met gebogen hoofd naar haar handen in haar schoot kijkend, zei zij na een paar seconden:

'Misschien zelfs dat niet.'

Max trok een knie op en draaide een kwartslag naar haar toe op de bank.

'Luister, Ada,' zei hij zacht, 'sinds ik van Onno hoorde dat je in verwachting bent, heb ik nergens anders meer aan gedacht. Dit is de absolute ramp.'

'Ik ben er anders heel blij mee.'

Zij zag dat hij in paniek was; maar wat hij ook ging zeggen, zij wist dat zij geen millimeter zou wijken, en misschien voelde hij dat. Hij maakte een paar ongecoördineerde bewegingen met zijn hoofd en een hand.

'Natuurlijk, je bent een vrouw, je bent zwanger, je verwacht een kind, en dat kind ben je tegelijk nog helemaal zelf. Dat begrijp ik. Het zal wel net zoiets zijn als bij een kunstenaar, die drachtig is van een symfonie, of een roman; die laat zich ook door niets of niemand weerhouden. Maar dat is tegelijk het verschil, want een kunstwerk heeft alleen een moeder, terwijl jouw kind ook een vader heeft. Het was toch geen onbevlekte ontvangenis!'

'Ik neem aan van niet - ofschoon ik wel de pil gebruikte.'

'Het was eerder een dubbelbevlekte ontvangenis. Maar wie is de vader? Dat weet je niet.'

'En dat wil ik ook niet weten. Jij en Onno zijn de vader. Jullie vormen toch zo'n eenheid?'

'Ada, je bent gek! Op een dag komt toch op een of andere manier aan het licht wie het is, Onno of ik. God geve dat het Onno is, dan is er niets aan de hand, dat wil zeggen... dan hebben we alleen jarenlang in angst geleefd, ik ten minste. Maar als er een duplicaat van mij geboren wordt, wat dan? Wat hebben we Onno dan aangedaan? Hoe moet het dan verder? Dan is de catastrofe toch niet te overzien!'

'Wie dan leeft, die dan zorgt,' zei Ada en kruiste haar armen. 'Ik weet best waar je heen wilt, maar je kunt je de moeite besparen. Ik laat me niet aborteren.'

Max schoof nog wat dichter naar haar toe. Er zaten nu ook andere mensen aan hun tafeltje: een rommelige man met een grauwe baard, die zich kennelijk had voorgenomen woest zijn oude dag binnen te gaan en die met een verhaal uit de oorlog indruk probeerde te maken op een jong meisje, terwijl haar vriend niet erg op zijn gemak meeluisterde. Nu en dan moesten zij alle drie naar voren buigen onder druk van het gedrang achter hen. De damp van natte haren en jassen vermengde zich met rook en bierlucht tot een gas, dat niemand thuis langer dan een minuut zou dulden; in het geschreeuw en het gelach hoefden Max en Ada niet bang te zijn, dat zij afgeluisterd werden.

'Maar zie nu in godsnaam toch in, dat er geen andere uitweg is! Je kunt toch tegen Onno zeggen, dat je een miskraam hebt gehad, – en na een paar maanden ben je weer zwanger, als je dat wilt.'

Ada nam een slok van haar witte wijn, gebracht door een ober die zo dun als een potloodstreep was geworden, na avond aan avond gemangeld te zijn door de lijven.

'Nee, dat ben ik niet.'

'Wat bedoel je?'

Zij zette haar glas neer en keek hem aan.

'Ik zal niet nog eens zwanger worden.'

'En waarom niet?'

'Daar heb ik een voorgevoel van.'

'En waar berust dat op?'

'Dat weet ik niet.'

'Bedoel je misschien met het oog op die abortus? Luister, dat laten we natuurlijk niet doen door een oude vrouw met een zeepspuit, daar zorg ik voor. Het kan misschien zelfs in het Academisch Ziekenhuis in Leiden.'

'Daar heeft het niets mee te maken, maar ik weet zeker dat dit mijn enige kans is om een kind te krijgen.'

Zij had met hem te doen. Misschien was hij de vader van haar kind, misschien niet, in elk geval ging hij nu een afschuwelijke tijd tegemoet. Alles wat Max had bedacht, had ook zij natuurlijk bedacht; maar al zou de hemel naar beneden vallen, zij moest en zou haar kind hebben. Op een of andere manier zou alles zich regelen op den duur, ook als het kind van Max was, - desnoods ten koste van haar huwelijk en van Max' en Onno's vriendschap, dat was allemaal van minder belang. Misschien dat Max dan verder met haar door het leven wilde, misschien niet, misschien dat zij er alleen voor kwam te staan, het deed er niet toe, zij zou wel zien: als haar kind maar ter wereld kwam. Het was haar een raadsel wat de bron was van die vastbeslotenheid. Vroeger had zij dat alleen gekend met het oog op haar muzikale loopbaan, maar toen onlangs een wereldberoemde celliste van haar eigen leeftijd optrad met het orkest, in het concert van Elgar, met een Stradivarius, had zij geen ogenblik gedacht: - Daar zou ik eigenlijk willen zitten.

'Maar dat is toch irrationeel, Ada. Ontelbare vrouwen hebben een abortus gehad en daarna nog kinderen gekregen.'

Zij keek hem aan.

'Als jij zo rationeel bent, waarom vertel je Onno dan niet eenvoudig de waarheid?'

Radeloos dronk Max zijn glas leeg.

'Ik ben begonnen een brief aan hem te schrijven, maar die heb ik verscheurd.'

'Waarom?'

'Ik vond, dat ik dat niet buiten jou om kon doen.'

'Wel, ik ben nu op de hoogte.'

'Vind jij dan dat ik het moet doen? Wat denk je wat dat voor consequenties heeft voor jou? Jij hebt het hem ook niet verteld.'

'Nee,' zei Ada. 'En niet alleen omdat ik vond, dat ik dat niet buiten *jou* om kon doen. Ik ben bereid het risico te nemen. Het is kruis of munt. Als we het hem vertellen, is in elk geval alles kapot.'

'Tenzij *wij* dan trouwen.'

Zij legde even een hand op de zijne en glimlachte.

'Dan ook. Dan komen we alleen maar in een nieuwe poel terecht.'

'Precies,' knikte Max. '*Poel* – dat is het woord. *Moeras.* Wat we ook doen, altijd zal het catastrofaal zijn. En ook als we niets doen en het blijkt Onno's kind, dan nog zullen we voorgoed in een scheve verhouding tot hem staan. Net zo als wanneer je van iemand weet dat hij kanker heeft, maar zelf denkt hij dat hij gezond is.'

'En dat,' zei Ada, 'zal ook zo zijn als ik mij laat aborteren. Ook daarom doe ik het niet. Mijn kind is de oorzaak van alles, maar tegelijk is het het enige lichtpunt. Op een gegeven moment zijn we allemaal dood, en dan zijn al onze problemen verdwenen, maar dan zal hij nog ergens leven, en zijn kinderen en kindskinderen ook.'

'Hoe weet je dat het een jongen wordt?'

Zij haalde haar schouders op.

'Volgens Onno wordt het een meisje. Hij heeft zelfs al een naam bedacht.'

'Een naam?' herhaalde Max ontsteld. 'Denkt hij al aan namen? Maar dan is het er toch eigenlijk al!'

Marijke wrong zich te voorschijn tussen de lichamen en zette nog twee glazen wijn voor hen neer.

'Lukt het hier?'

Ada keek even naar Max, die zuchtend een gebaar maakte.

'Het moet lukken.'

De man tegenover hen, opzij buigend voor iemand die zijn jas probeerde uit te trekken, beklaagde zich nu dat tegenwoordig in Amsterdam de trams altijd zo vol waren op het spitsuur; je kon eigenlijk geen gebruik meer maken van het openbaar vervoer.

'Dus wat doen we nu?' vroeg Max.

Ada haalde haar schouders op.

'Niets.'

'Heb je zijn familie al ontmoet?'

Zij knikte.

'En?'

'Hij heeft me heel officieel voorgesteld aan zijn ouders. We zijn op de thee geweest. Die wordt daar op een wagentje binnengerold door een huishoudster, waarna mevrouw zelf inschenkt.'

'En hoe reageerden ze op je?'

'Daar ben ik niet goed achter gekomen. Ze waren een en al hartelijkheid, maar wat er echt aan was weet ik niet. Volgens Onno viel ik wel in de smaak. Zelf was hij ook zo zenuwachtig alsof hij voor het eerst op visite kwam. Zijn moeder leek me geen erg groot licht, en zijn vader was een beetje angstaanjagend. Hij zei niet veel, hij was heel vriendelijk, maar daarachter zat iets heel anders. Toen ik dat naderhand tegen Onno zei, zei hij dat ik had gezien dat hij een politicus is. Volgens hem zijn dat veredelde straatvechters, met hersens die eigenlijk spieren zijn, mensen die met hun vijanden weten af te rekenen.'

'En toen zei hij,' vulde Max aan, 'dat dat ook zo kenmerkend was voor hemzelf, dat ook hij zijn vijanden tot de laatste man zou vermorzelen.' Hij dacht aan de manier, waarop Onno in het park van Havana had afgerekend met Bart Bork. Zijn ogen begonnen een beetje te branden. Onno zat al helemaal in hemzelf, maar het was een Onno die nooit meer voor hem zou bestaan.

'Kan best. Weet ik niet meer.'

Ada keek op haar horloge. Zij wilde naar huis, Onno wachtte op haar. Net als die middag in Den Haag onderging zij haar aanwezigheid in de stampvolle kroeg als op het soort portret, dat je op de kermis van jezelf kon laten nemen: achter een opgeplakte, levensgrote foto van de koningin, met kroon en hermelijnen mantel, waar het gezicht uit weggesneden was en je het jouwe doorheen moest steken. Diep in zich voelde zij de presentie van iets anders, – niet alleen gelokaliseerd in haar buik, maar meer nog in wie zij was. Tegelijk was zij het nog helemaal zelf, zoals Max had gezegd: zij was het en zij was het niet, haar persoonlijkheid bevatte een deel van zichzelf als iets anders, dat toch volledig zijzelf was, zoals op het podium haar partij een deel was van de ondeelbare orkestklank.

24
De bruiloft

Toen Max de trouwkaart in zijn bus vond, waarop Onno Matthias Jacob Quist en Ada Brons hun voorgenomen huwelijk aankondigden, – de wederzijdse ouders waren gepasseerd, wat vooral in Den Haag hard aangekomen moest zijn, – had zich al een grote gelatenheid van hem meester gemaakt. De angel van de leugen zat in zijn bestaan en voorgoed zou hij er in steken. Zijn leven was onherstelbaar in tweeën gebroken: een wit stuk tot die avond in de pelikanenbaai, een zwart stuk er na. Nooit was het bij hem opgekomen, dat hem zoiets zou kunnen gebeuren – en nu was het gebeurd, niet in de gestalte van een ziekte of een ongeluk buiten zijn schuld, maar door eigen toedoen: hij was in zekere zin de tegenhanger van een moordenaar, maar de wroeging kwam op hetzelfde neer. Vroeger werd hij wakker als een trapeze-artiest die in het net viel: met een verende sprong stond hij naast zijn bed en keek naar de dag die zich voor hem uitstrekte, – nu maakte hij een geluid of hij moest braken en zou liefst onder de dekens blijven liggen. Regelmatig lag daaronder ook een vriendin, maar minder vaak dan vroeger; die vraatzucht was immers de oorzaak van alles. De harmonische drieklank, die hij met Onno en Ada had gevormd, was definitief veranderd in een dissonant accoord van een componist uit de school van Darmstadt.

Onno vond het kies van hem dat hij, als vroegere vriend van Ada, liever niet als getuige optrad bij zijn huwelijk.

'Je nobele inborst werpt een aangenaam licht op mijn vermogen, mijn vrienden te kiezen.'

De trouwdag, Max' verjaardag, kwam met een weemoedige herinnering aan de zomer: het was windstil en de zon scheen zacht uit een onbewolkte, bleekblauwe hemel. Zonder jas wandelde Max 's middags naar het stadhuis, dat in de binnenstad was weggestopt aan een louche zijgracht met hoeren, nadat de monarchie de republikeinse burgerij uit haar trotse stadspaleis op de Dam had verdreven. Een duidelijke ingang was er niet; alleen amsterdammers konden de obscure bakstenen poort naar het binnenplein vinden. Daar was de voortzetting van het nederlandse volk in volle gang: drukte van komende en gaande stoeten, zwarte limousines met witte strikken aan de zijspiegels draaiden het hek in en uit; alom jonge middenstanders in gehuurde jacquets, met bruine schoenen, te wijde overhemdboorden en grijze cilinderhoeden, alleen draagbaar door wie van geslacht op geslacht in Ascot de rennen bezocht, bruiden in het wit met boeketten, soms vergezeld van struikelende bruidsmeisjes, poserend voor fotografen, terwijl onder gierend gelach handenvol confetti over hen heen werden geworpen. Overal stonden groepen mensen bij elkaar, en na een snelle inspectie had hij die van Ada en Onno gelokaliseerd.

Het waren eigenlijk twee groepen. De ene bestond overduidelijk uit zijn familie, die hij voor de eerste keer zag: tien of twaalf deftige mensen, de dames met hoeden, parelkettingen en veel felrood en marineblauw met witte noppen. Sceptisch geamuseerd keken zij naar het volkse amsterdamse gedoe. Een van hen was zonder twijfel een broer: even groot en zwaar als Onno, met eenzelfde gezicht, maar alles getransponeerd in het verzorgde en aangepaste. De veel kleinere, licht gebogen maar stammige oude heer met hoed en wandelstok, die nu een horloge uit zijn vestzak haalde en er even op keek, was natuurlijk zijn vader; het was al te zien aan de manier, waarop de anderen om hem heen gegroepeerd stonden. Zijn moeder was een forse vrouw, groter dan haar man, met wit haar en een rechte rug. Zijn pet afnemend hield een chauffeur het portier van een gearriveerde auto open, waaruit ook een onmiskenbare Quist stapte en zich met zijn vrouw bij hen voegde: natuurlijk Onno's oudste broer Diederic, de commissaris van de koningin. Ook Ada's ouders zag hij nu plotseling: enigszins ontheemd stonden zij bij hen, maar zonder in hen op te gaan, als vetkringen in de bouillon. De andere groep, er naast maar toch op enige afstand, was kennelijk de Gideonsbende van Nieuw Links: ginnegappende mannen van zijn eigen leeftijd, maar misschien toch enigszins geïntimideerd door de lijfelijke nabijheid van een van de iconen van het oude Nederland, terugreikend tot in de zestiende eeuw, – dat Nederland, dat zij wilden afschaffen.

Max aarzelde. Bij wie moest hij zich voegen? Alleen Ada's ouders had hij een enkele keer ontmoet, verder kende hij geen van hen, – terwijl toch niemand een intiemere relatie had met het bruidspaar dan hij. Langzaam slenterde hij in hun richting, en toen hij in het voorbijgaan iets opving over 'de cypriotische syllabenreeks', begreep hij dat er nog een derde groep was: die van Onno's taalkundige collega's. En er was ook nog een vierde, – plotseling zag hij Bruno, en toen ook Marijke; daar stonden de muzikanten. Hij begroette Bruno, die hij sinds hun afscheid op het vliegveld van Havana niet meer had gezien.

'Denk je nog wel eens aan Cuba?' vroeg de pianist met uitgestreken gezicht.

'Dagelijks.'

'Ik had gehoopt, dat Ada daar haar bekomst zou krijgen van Onno, zodat ik hier vandaag de bruidegom zou zijn. Nu ben ik getuige.'

'Ik zelfs dat niet,' zei Max, – terwijl hij dacht: – Stel je voor, zij zou ook nog met hem naar bed zijn geweest.

'Het is een zwarte dag voor ons.'

Even later zwenkte Onno de poort in: op de fiets, Ada achterop. Onder applaus liet hij zich uit het zadel glijden, triomfantelijk als een circusartiest die van zijn drie meter hoge fiets op één wiel springt, en dankte met een buiging voor de bijval.

'Vergeving dat we wat laat zijn, maar we moesten eerst nog een bruidstoilet kopen. Ziet zij er niet schitterend uit, mijn aanstaande?'

Ada droeg een eenvoudige zwarte jurk, met daarover een jasje van goudlamé, dat niet helemaal onberispelijk zat maar haar toch iets van een kostbaar juweel gaf. Zelf zag hij er uit als altijd, maar met een rode das; volgens Max had hij zelfs zijn haren niet gewassen.

'Mag ik even?' vroeg Marijke. Zij nam Ada's onderarm en met haar tanden beet zij het prijskaartje van de mouw.

Nadat Onno zijn fiets op slot had gezet, riep hij:

'Straks stel ik jullie wel aan elkaar voor, nu moet er als de bliksem in de echt worden verbonden!'

De donkere, gelambrizeerde trouwzaal was eigenlijk te klein voor het gezelschap. Max stond achterin en keek naar de ruggen van Ada en Onno. Ada had, behalve Bruno, haar vader als getuige; Onno een vrouw die vermoedelijk zijn jongste zuster was, en één van zijn politieke vrienden. Een partijgenoot van hem, de wethouder van Publieke Werken, trad voor de gelegenheid op als ambtenaar van de Burgerlijke Stand. Hij meldde, dat hij op verzoek van de bruidegom niet de gangbare tekst zou voorlezen, maar die van de Bataafse Republiek, die sinds 1806 niet meer was gebruikt. Hij nam een bruin perkament van tafel, keek over zijn halve bril even naar de antirevolutionaire aartsvader op de voorste rij, en las:

'*Formulier, zo als het bij het Trouwen op het Huis der Gemeente te Amsteldam, sedert de heuchlyke Revolutie van dem 19 January 1795, in gebruik is. Bruidegom en Bruid! Daar wij veronderstellen, dat gy gene onberaadene keuze gedaan, met eerlyke inzichten u veréenigd, en over die veréeniging den zegen van Hem, aan wien gy alles verschuldigd zyt, afgesmeekt hebt; maaken wy ook geen zwaarigheid, om te voldoen aan uw billyke begeerte, door het zegel der Wet te drukken op uwe wederzyds verklaarde liefde en gedaane belofte van trouw. Vooraf echter zul-*

len wy u uwe plichten kort herïnneren.'

Er was enige hilariteit in de zaal ontstaan. De sociaaldemocratische rebellen probeerden iets van Quists gezicht te lezen, maar dat bleef onveranderd als een steen; ook de commissaris van de koningin, de procureur-generaal en de hoogleraar in het strafrecht, die zij natuurlijk van gezicht kenden, gaven geen teken van leven. Nadat de wethouder patriottisch had gemaand tot vlijt, eerlijkheid, goed gedrag, bescheidenheid, gehoorzaamheid en spaarzaamheid, en gewaarschuwd had voor zedenbedervende toegevendheid jegens hun kinderen, vroeg hij:

'*Neemt gy Bruidegom! uwe Bruid, hier tegenwoordig, als uwe Huisvrouw alzo aan?*'

Onno legde zijn hoofd in zijn nek en riep pathetisch:

'Ja!'

Niet iedereen in de zaal begon te lachen, maar wel de meesten. Ook de wethouder had moeite om strak te blijven kijken.

'*Neemt gy Bruid! uwen Bruidegom, hier tegenwoordig, als uwen Man ook alzo aan?*'

'Ja,' zei Ada zacht.

Er was iets in haar stem, dat iedereen deed verstommen. Een onverwachte snik sloeg door Max' keel; hij had moeite zichzelf de baas te blijven, liefst was hij de zaal uit gegaan, maar dat was natuurlijk ondenkbaar. Ada en Onno moesten elkaar de rechterhand geven, en terwijl zij zo bleven staan, vervolgde de taal uit het revolutionaire verleden:

'*Erkent gylieden nu aldus, in de tegenwoordigheid van een alweetend God, en ten aanhooren van uwe vergaderde Medeburgers, elkander ten huwelyk te hebben aangenomen, en, onder de uitoeffening der aan u voorgestelde plichten, met elkander te zullen leven en saam te woonen, tot dat de dood u van den ander scheidt?*'

'Ja.'

'Ja.'

'*God! die de liefde zelve is, maake u getrouw aan uwe belofte; bewaare u voor huislyke ongenoegens; bekroone uwe Echtverbintenis met de beste zyner zegeningen; en zy met u in alle de omstandigheden uwes levens!*' De wethouder keek op, nam de bril van zijn neus en zei: '*Gedenkt den Armen.*'

'Fantastisch,' fluisterde een van Onno's politieke vrienden. 'Gedenkt de Derde Wereld.'

Max werd overweldigd door emotie: was hij niet die arme, aan wie gedacht moest worden? Maar niemand dacht aan hem, mocht ook niet aan hem denken, behalve Ada misschien. Hij zag hoe Onno nu een trouwring aan haar vinger schoof; toen de wethouder wachtte tot Ada hetzelfde bij hem zou doen, zei hij korzelig:

'Een man draagt geen ringen.'

Er werden handtekeningen gezet, en na het afwerken van de formaliteiten kregen zij een hand van de wethouder, waarna er gelegenheid was tot feliciteren. Max wachtte tot de eerste drukte voorbij was. Zonder iets te zeggen kuste hij Ada drie keer op haar wangen. Toen hij Onno's hand drukte, besefte hij dat dit de tweede keer was: de eerste keer was in zijn auto geweest, die eerste avond, toen zij Leiden passeerden en zich aan elkaar voorstelden. De hand was wit en warm en droog.

'Gefeliciteerd, Onno.'

'Dank je wel, Max. Jij ook gefeliciteerd.'

'Dank je wel. Hoe voel je je?'

'Vastbesloten. Ik zal de bekrompenste der huisvaders worden. Allemaal jouw schuld.'

*

's Avonds was er een diner voor intimi, maar eerst was iedereen welkom in een café naast het stadhuis, waar tafels waren gereserveerd en champagne klaarstond. Ook daar vermengden de groepen zich niet. De musici klitten bij elkaar, de geleerden ook, terwijl de politici de tafels negeerden en de barkrukken beklommen, waar zij bier bestelden; Ada ging bij haar ouders zitten, die zich hadden losgemaakt van de Quists. Toen Onno Max zag, nam hij hem mee naar de hoek achterin, waar zijn familie zich had genesteld.

'Nu moet jij eindelijk maar eens zien, welk lot mij beschoren is.' Bij hun tafel wees hij hem met zijn wijsvinger aan, als een veilingmeester, en zei:

'Dit is mijn vriend Max Delius.'

'O, bent u dat,' zei een dame van tegen de vijftig, die even later zijn oudste zuster bleek te zijn, getrouwd met de procureur-generaal. Ook zij had iets groots en vervaarlijks, dat endemisch in die familie leek te zijn; er school iets ruws in haar gezicht, iets mannelijks, dat hem een beetje angst aanjoeg.

'Ja, Trees, dat is hij,' zei Onno geïrriteerd. 'Het mankeert er maar aan, dat je een lorgnon voor je oog houdt.' Hij gaf Max geen gelegenheid handen te geven, want nu wees hij zijn ouders aan, zijn twee broers en hun vrouwen en zijn jongste zuster en haar man. Hij noemde haar 'Dol' en alleen voor haar had hij een vriendelijk woord over. Vervolgens liet hij Max alleen met hen.

Er hing een enigszins geladen sfeer. De amsterdamse manier waarop alles hier toeging, het bruidspaar op de fiets, een receptie in de kroeg, overal artiesten, vrijdenkers en rooien, in geen velden of wegen een dominee te bekennen, zojuist geprovoceerd met een revolutionair document uit de franse tijd, en nu opgezadeld met de zoon van een oorlogsmisdadiger uit de duitse tijd, – hun ontstemming was niet helemaal onbegrijpelijk. Zulke dingen kwamen in Den Haag niet voor. Iedereen aan deze tafel wist natuurlijk wie zijn vader was geweest, maar dus ook wie zijn moeder was geweest. Men wist hier alles – behalve, wie hij zelf was. Onno's broer Menno, de groningse professor in het recht, een jaar of tien ouder dan hij, bood hem met een vriendelijke lach een stoel aan, en toen hij bij hen ging zitten voelde hij de zwaarte van die familie. Zelf had hij niemand op de wereld, familie was voor hem iets uit het verre verleden, maar hier was nu een macht verzameld waardoor hij plotseling ook Onno beter begreep. Dit hier was waar hij zich tegen verzette, maar met de kracht van diezelfde familie, waar hij onherroepelijk deel van uitmaakte.

'En, meneer Delius,' vroeg Diederic, de gouverneur, terwijl hij zijn armen kruiste en achterover leunde, 'bent u gesticht door de plechtigheid?' Hij was begin vijftig; Antonia, zijn vrouw, ook een nogal schrikaanjagende matrone, liep zo te zien al tegen de zestig en zou bijkans Ada's grootmoeder kunnen zijn.

Met ontzetting besefte Max, dat ook nu weer een fase van dubbelzinnigheid en verheimelijking was aangebroken, - hoe kon hij ooit nog eenvoudig zichzelf zijn, zonder bij alles iets te denken dat hij niet zeggen kon?

'Het leek mij een originele vondst van Onno, dat stuk uit de Bataafse Republiek. Vooral wanneer je de huidige politieke toestand in aanmerking neemt.'

'Alleen is dat huwelijk natuurlijk helemaal niet geldig op zo'n manier,' zei de procureur-generaal. Hij was gezet en een beetje pafferig, met dun sluik haar en twee pientere blauwe ogen. 'Vermoedelijk zal die wethouder moeten aftreden.'

'Doe niet zo mal, Coen,' zei Dol, 'maak je niet belachelijk.'

Zij leek in niets op haar bonkige zuster Trees. Zij was eerder frêle, met een open, aantrekkelijk gezicht; kennelijk was in haar een of andere verfijnde voormoeder weer te voorschijn gemendeld. Max begreep meteen, waarom zij Onno's lievelingszuster was.

'Aftreden,' gromde Coen, 'aftreden.'

'Als je nu nog eens een glas champagne nam,' stelde Dols man voor, Karel geheten, hersenchirurg in een rotterdams ziekenhuis, zoals Max van Onno wist. Ook hij viel uit de toon met zijn scherpe, magere trekken, die hem het aanzien gaven van een duivelse geleerde uit het geslacht Frankenstein, er op verzot de wereld te vernietigen, terwijl dat toch niet was wat hij wilde.

'Aftreden,' herhaalde Coen nog eens, wat voor Menno's vrouw Margo reden was om in de lach te schieten.

'Het lijkt hier wel de Bloedraad,' zei zij.

'Bent u ook zo'n linkse rakker als Onno, meneer Delius?' vroeg

Trees. 'Nee toch zeker? U heeft toch hopelijk wel een gunstige invloed op hem?'

'Natuurlijk,' zei hij. 'Voor mij bestaat alleen het hogere. Ik ben sterrenkundige.'

'O ja?' Onno's moeder boog zich naar voren. 'U kunt dus de toekomst voorspellen.'

'To,' zei Quist, 'zwijg.'

'Absoluut,' zei Max. 'In een aantal opzichten althans. Bij voorbeeld wanneer er weer een zonsverduistering komt. Maar in andere opzichten niet.'

'In welke dan niet?'

'Bij voorbeeld of er al of niet een brief zal komen waarin staat, dat u een grote reis zult gaan maken.'

'Dat is jammer.'

'Zegt u dat wel.'

'Ik was zo graag nog eens naar de Galapagos Eilanden gegaan,' zei mevrouw Quist dromerig en keek naar haar man. 'Daar schijn je allerlei vreemde dieren te hebben. Weet je nog, Henk, al die schildpadden in Suriname?'

Quist knikte.

'Dat was in zevenentwintig.'

'Die waren toen helemaal de kluts kwijt. Ze hadden eieren gelegd op het strand, en daarna gingen ze niet terug naar zee maar liepen steeds verder het land in. Daar werden ze door kleine negerjongens in manden gestopt.'

Max keek naar haar. Zij had Onno's klassieke, rechte neus. Tot zijn vierde jaar had zij hem in roze jurkjes en met pijpekrullen laten rondlopen. Wiens kleinkind kreeg zij straks? Dat van zichzelf, of dat van een in Auschwitz vergaste jodin? En hij, de minister van Staat? Dat van zichzelf, of dat van een geëxecuteerd oorlogsmisdadiger?

*

In het kleine kelderrestaurant aan de Prinsengracht, dat Onno had afgehuurd, werd hazebout met rode kool gegeten en bourgogne gedronken. Alle familie was naar huis gestuurd en men was onder elkaar met een selecte groep van voornamelijk politici, musici, linguïsten en een enkele astronoom. Er werden komische tafelredes gehouden en toasts uitgebracht, die Onno zich met opgeblazen zelfgenoegzaamheid liet welgevallen, terwijl hij een heerszuchtige arm om Ada's smalle, gouden schouders sloeg. Toen iemand zinspeelde op zijn aanstaande vaderschap, riep hij uit:

'Ik ben getrouwd met de dochter van de grootmoeder van mijn kind!'

'Geloof je dat dat iets bijzonders is?'

'Dat hoor je toch!'

Een paar keer ontmoette Max een vragende blik: moest hij, als boezemvriend, niet ook het woord voeren? Maar hij maakte een klein, afwerend gebaar met zijn hand en schudde zijn hoofd. Hij moest zijn mond houden. Als het verkeerd uitpakte, dan kwam alles wat hij nu gezegd zou hebben nog als een extra hoon er bovenop. Misschien zou zijn zwijgzaamheid opgevat worden als een bewijs van goede smaak, omdat de bruid een vroegere vriendin van hem was, of als een teken van wrevel, omdat hij zelf de bruidegom niet was, – dat moest hij zich dan maar laten aanleunen.

Ook na de koffie bleef de drank doorstromen, men verwisselde van plaats en eindelijk kwam de vermenging op gang. Broze taalkundigen en schonkige politici lieten merken dat zij ook iets van muziek wisten, en tengere muzikanten dat zij niets van taalkunde wisten en zich voor politiek niet interesseerden; politici verzekerden linguïsten, dat *zij* eigenlijk de ware 'taalkundigen' waren, want zij werkten met niets anders dan met woorden, zodat voor de taalkundigen welbeschouwd niets overbleef. Wat deden zij hier eigenlijk? Onno had dat toch ook ingezien! Waarop de linguïsten informeerden, of zij al hun standpunt hadden bepaald inzake het mestoverschot. Terwijl de stemming steeg, het geluidsvolume toenam en iemand ergens al met stentorstem '*Ontwaakt, verworpenen der aarde!*' zong, en riep dat dat mooier was dan Schuberts *Erlkönig*, had Max voor het eerst gelegenheid een paar woorden met Ada te wisselen. Hij had gezien, dat zij alleen water dronk.

'Goed,' zei zij, toen hij vroeg hoe zij zich voelde. 'En jij?'

'Ik voel mij als iemand die op een landmijn is getrapt en *klik* heeft gehoord: hij weet dat hij de lucht in vliegt als hij nog één voet verzet.'

'Wacht nou toch rustig af. Wat heeft het voor zin om jezelf zo van streek te maken? De kans dat alles in orde komt, is net zo groot.'

'Maar Ada, dat huwelijk, al die mensen, dit feest hier – terwijl alleen jij en ik weten, dat het misschien allemaal leugen en bedrog is, onzin, zwendel. Hoe kun je daarmee leven?'

'Ik leef met mijn kind.'

'Als ik aan Onno denk –'

'Stil, daar komt hij aan.'

Met een vol glas rum-cola in de hand bekeek Onno hem van top tot teen.

'Als ik jouw beklagenswaardige verschijning zie, moet ik terugdenken aan die afschuwelijke tijd toen ik zelf nog vrijgezel was. Wat een schrikbeeld! Voor mijn geestesoog verschijnt een desolaat landschap met één kale boom in de striemende wind, waar een eenzame, gebogen pelgrim in vodden en met een lange stok tegenop tornt, op weg naar zijn lugubere einde. En kijk nu naar mij,' zei hij, terwijl hij zijn borst opzette. 'Ik heb de hoogste staat van menselijke verwezenlijking bereikt: het huwelijk! Mijn vlees geurt als ene roos van Saron, want ik ben getrouwd! Gelijk ene lelie onder de doornen, alzo ben ik onder de zonen. Mijne lippen druppen van honingzeem, mijne scheuten zijn een paradijs van granaatappelen, want ik ben getrouwd! Ik ben een besloten hof, ene verzegelde fontein!' riep hij, – en geïnspireerd door de invallende stilte strekte hij een arm uit naar Ada. 'Zie, je bent mooi, mijn bruid! Je ogen zijn de zon die opgaat over de vissers, die bleek de stad uit fietsen met wurmen. Je stem is het zingen van de eerste vogels in de dakgoten. Je haar glanst als olie, die in het gewassen licht van de vroege ochtend op straat ligt waar de auto's hebben gestaan. Je tanden zijn als de melk, die schoolkinderen in de pauze drinken, je lippen als de scharlaken bloedplas, die tussen de middag herinnert aan de overreden dame. Geheel ben je mooi, mijn vriendin! Je lach is als het bladgoud van de sirene in het oor van fabrieksmeisjes. Je twee borsten lichten als de eerste neonreclames, ongezien in de naderende avond. Je navel is de oranje brand van de ondergaande zon in de ramen van de warenhuizen. Je buik is verborgen als de etalage achter het stalen rolluik, dat de juwelier na zessen over zijn schatten laat ratelen tot op de grond. O, ontwaak, zuidenwind, en kom! Je bent als de late avond, wanneer de actrice in haar tunica roept: «Rampzaal'ge! Wee, vernaamt gij nimmer, wie gij zijt!» En je slaap is... weet ik veel. Je slaap is het wakkerliggen van een kleine jongen, op wie kwakend de waanzin daalt!'

Uitgeput zette hij zijn glas aan zijn mond. En in het applaus dat hem beloonde, had Max neiging om te bidden dat het Onno's kind zou zijn – maar dat was zinloos, want het stond al vast wiens kind het was. Zelfs als God bestond, kon hij dat niet alsnog veranderen.

25
De spiegel

Half februari kenden zij elkaar een jaar, maar Onno had het te druk met de politiek om er aan te denken en Max herinnerde hem niet er aan. Het was een kwakkelwinter, – in Tsjechoslowakije brak zelfs al de 'praagse lente' uit, – met opeens een paar extreem koude dagen. Soms was het naderende gevaar urenlang uit zijn gedachten, maar dan stond het plotseling weer voor zijn ogen, als een rotswand die uit de mist opdoemde. Ook betrapte hij zich bij zijn werk soms er op, dat zijn aandacht afdwaalde van de papieren op zijn bureau en dat hij naar de secondenwijzer van zijn polshorloge zat te staren, die met onverbiddelijke sprongen ronddraaide, maar zich eigenlijk voortbewoog langs een mogelijkerwijs oneindige rechte, waar op een zomerse dag de gebeurtenis zou plaatsvinden.

'Wacht nou toch rustig af,' had Ada gezegd. Hij dacht terug aan de vergelijking, die hem tijdens het bruiloftsdiner was ingevallen: dat hij op een ontgrendelde landmijn stond. Hij stelde zich een amerikaanse soldaat voor, op verkenning in de jungle van Vietnam. *Klik.* Doodstil bleef hij staan. Bij de volgende stap zou hij aan flarden worden gescheurd. Wat nu? Zijn patrouille was hij kwijtgeraakt en schreeuwen had geen zin te midden van het oorverdovende gekrijs van apen en papegaaien en kaketoes. Een schot lossen kon even min, want de terugslag zou de ontsteking doen afgaan.

Onder zijn voeten, bedekt door een dunne laag aarde, voelde hij de dood: een platte, ijzeren snelkookpan, geassembleerd door vrouwenhanden, ergens in China of de Sovjet-Unie. Nu moest hij goed nadenken – maar er viel niets na te denken. Hij moest wachten. Misschien zag iemand hem toevallig staan, en dan hopelijk geen Vietcong: een roerloze amerikaan in het tropische oerwoud. Hij dacht aan zijn leven, dat nu plotseling tot stilstand was gekomen als een vastgelopen film in de projector. Waartoe had hij altijd zijn huiswerk gemaakt? Alles om hem heen bewoog, maar hij was veranderd in het standbeeld van een GI, zwaarbewapend, met helm en bepakking. Zijn hoofd bewoog nog, zijn borst ging op en neer, in zijn lichaam klopte zijn hart en werkten zijn darmen, maar het gewicht van dat alles bepaalde nu zijn sterven. Hij durfde niets af te gooien omdat dat zijn gewicht zou veranderen; ook kon hij niet zonder gevaar bij zijn veldfles komen. Uur na uur verstreek. Zwetend, gestoken door insekten, zijn tong dik en droog als een hap meel dacht hij aan zijn meisje, thuis in Oakland, aan de baai, – de nacht viel vrijwel zonder overgang, zacht begonnen zijn benen te trillen van vermoeidheid. Als zij het begaven, of wanneer hij in slaap viel, was het gebeurd met hem. Moest hij zijn machinepistool op zichzelf richten, of was er nog hoop? Had hij zich misschien vergist? Was het misschien het paringsgeluid geweest van een of andere reuzenkever? Stond hij misschien helemaal niet op een landmijn en moest hij eenvoudig verder lopen?

*

Op zijn beurt was Max vergeten, dat de zevenentwintigste februari de dag was van hun gemeenschappelijke conceptie.

'Dat moeten we vieren,' zei Onno door de telefoon. 'Ik heb trouwens behoefte om er even uit te zijn en weer eens met een normaal mens te spreken.'

'Bedoel je daar mij mee?'

'Je merkt, hoe gedeformeerd ik al ben.'

'Waar doen we dat?'

'Wat zou je zeggen van de Rijksdag in Berlijn? Of heb je een beter idee?'

'Een beter idee is niet mogelijk,' zei Max, terwijl hij in zijn agenda keek. 'Alleen, ik zit die hele dinsdag nog in Dwingeloo. Wat zou je er van zeggen om met de trein naar Drenthe te komen? Dan haal ik je in Wijster af van het station en ik laat je de boel zien, zodat je je geliefd kunt maken met een stevige subsidie als je aan de macht bent.'

'In tegendeel, daar moet drastisch het mes in. Spiegels, spiegels, altijd maar meer spiegels; jullie zijn net de militairen. En wat is het sociale nut van al die spiegels?'

'Goddank nul.'

'Ik zal eens laten uitrekenen, hoeveel baby-opvangcentra er gebouwd kunnen worden van het geld voor één spiegel.'

'Dan zul je ook voor meer baby's moeten zorgen,' zei Max, meteen weer in verwarring door de dubbelzinnigheid van die opmerking.

'Volgens mij zijn het alleen maar lachspiegels en liggen jullie de hele dag krom van de pret om die stomme overheid.'

'Vertel het alsjeblieft aan niemand. Kom dinsdag kijken, je lacht je dood. Als je wilt, kun je blijven overnachten in het gastenverblijf, dan rijden we de volgende ochtend samen terug.'

'Afgesproken. Je vindt natuurlijk wel goed, dat ik Ada dan meeneem? Ik zie haar bijna niet meer; als dat zo doorgaat, loopt mijn huwelijk ook nog op de klippen. Ik zie niets anders om mij heen.'

'Jullie zijn alle drie welkom.'

*

De hele week was het abnormaal warm geweest. Die middag, toen Max als enige op het open perron van het plattelandsstation zat te wachten, was het benauwd en windstil, de lucht was betrokken en het zag er naar uit dat er onweer kwam. Met de middelvinger van zijn rechterhand streek hij over de kleine kale plek op zijn achterhoofd, die hij een paar weken geleden tot zijn schrik had ontdekt. Zij was ovaalvormig, met een lengtedoorsnee van een centimeter en niet te zien onder zijn haar; de angst dat hij plotseling kaal zou worden, had hem dagenlang niet verlaten, maar toen de plek niet groter werd was dat geleidelijk afgenomen.

Hij keek naar de langzaam naderende, korte trein. Een gele rups. Daarin zat nu wat hem het meest lief was op de wereld en wat hem het meest bedreigde. Toen Onno Ada zijn hand reikte bij het uitstappen, in zijn andere een reistas, zag Max voor het eerst dat haar buik dikker was geworden. Zij droeg een lange zwarte jurk tot op haar voeten, bij de hoge hals en op de lange mouwen afgezet met stroken wit kant, - onder haar middel dijde zij plotseling uit, wat haar zwaartepunt had verschoven, zodat zij een beetje achterover helde.

Misprijzend keek Onno om zich heen.

'In dit nest denk jij dus de diepten van het universum te kunnen doorvorsen.' Hij legde een hand achter zijn oor en luisterde. 'Ik hoor de echo van die Big Bang van jou helemaal niet. Ik hoor alleen oliedomme koeien in de verte, die gemolken moeten worden.'

'Je hoort het dus wel degelijk,' zei Max.

De kap van zijn auto stond open en kleine jongens bogen zich over het dashboard om te zien, hoe hard hij kon rijden. In verband met de veranderde omstandigheden was het nu Onno, die zich overdwars in de nauwe ruimte achter de rugleuningen moest persen. Over een provinciale weg, omzoomd door hoge iepen, reden zij het dorp uit; egaal grauw, als tin, hing de hemel over de afwisseling van landerijen en bossen. Max wees hen op de grote zwerfkeien, afkomstig uit de ijstijd, die bij de ingang van elke boerderij lagen opgestapeld tot kleine pyramiden. Die werkten zichzelf uit de diepte naar boven, vertelde hij, waarna de boeren er op stootten bij het ploegen.

'Begrijp ik goed,' vroeg Onno, 'dat hier de stenen omhoog vallen?'

'Niet meer als zij eenmaal boven zijn.'

'Ach, moeder aarde!' riep Onno met iets van vaderlijk mededogen in zijn stem.

Max wilde zeggen, dat hij ook wel eens had gehoord dat bij oudstrijders na twintig jaar opeens een kogel uit hun rug te voorschijn kwam, – maar het was hem niet meer mogelijk om op deze speelse manier met Onno te praten. De barrière bevond zich nu vlak naast hem, onder die zwarte welving. Hij wierp een blik in zijn spiegel, waarin hij Onno met wapperende haren om zich heen zag kijken, kennelijk genietend van het tochtje. Achter hem, nog steeds in de spiegel, reden zij achteruit, aan de verkeerde kant van de weg: ja, zo was hun verhouding nu.

Zij passeerden landarbeidershuisjes, ook weer met granieten zwerfstenen in de kleine voortuinen, reden door een dorp, en na een paar honderd meter verschenen op een bospad borden, die alle motorverkeer verboden. Dat was in verband met de radiogolven die bougies uitzonden, legde Max uit; de telescoop was zo gevoelig, dat zo'n miniem signaal de ontvangst al stoorde.

'En jouw bougies dan?' vroeg Ada.

'Die zijn geïsoleerd.'

'Het zou dus kunnen,' opperde Onno, 'dat je denkt een nieuwe spiraalnevel te hebben ontdekt, terwijl er alleen maar een bromfiets het terrein op kwam.'

Max maakte een twijfelend gebaar met zijn hand.

'O.K.,' zei hij. 'Dat zou kunnen. Je hebt toch geen elektrisch scheerapparaat bij je, hoop ik?'

'Het is dus niet uitgesloten,' hield Onno aan, 'dat wat jullie radioastronomen voor het heelal aanzien, alleen maar de verkeerssituatie in de omtrek is.'

Ondanks zichzelf moest Max lachen.

'God weet.'

'Gij zegt het! De aarde is plat en de sterren zijn gaatjes in het firmament, waar het licht van het Empyreum doorheen schijnt, de verblijfplaats der zaligen. En iedereen die iets anders beweert, zoals jij, bevindt zich op het hellend vlak.'

Plotseling werd een deel van de spiegel zichtbaar boven de bomen: een reusachtig staketsel van vijfentwintig meter doorsnee, een transparante parabool van grauw staal, in de landelijke omgeving zo detonerend als een vloek in een preek.

'Het is helemaal geen oog,' zei Onno. 'Het is een oor.'

Bij een complex lage dienstgebouwen zette Max zijn motor af en een onbedaarlijke stilte daalde op hen neer. De vogels in het bos maakten haar alleen maar dieper; van de andere kant, waar het opener was, kwam de geur van heide.

Ada stapte uit, haalde diep adem en keek om zich heen.

'Wat heerlijk is het hier.'

'Ja,' zei Onno, stak een sigaret op en inhaleerde diep, – 'dat is de heerlijkheid van de afstomping. De natuur is de slaap van de geest, alleen in de stad komt de geest tot zijn positieven.'

'Ik zou hier anders best willen wonen. Dan maar wat minder geest.'

'Schande! De natuur is voor kinderen.'

'Dat bedoel ik.'

Kreunend was ook Onno uit de auto geklauterd en gaf haar een zoen.

'Je bent een schat, maar je maakt een vreselijke denkfout. Voor haar eigen veiligheid moet onze dochter eén echt stadskind worden. Dat zie je toch aan al die kinderen uit de provincie: op hun veertiende gaan ze stiekem naar Amsterdam en dan lopen ze in alle valkuilen tegelijk. Ze weten welke paddestoelen giftig zijn en dat ze niet op blote voeten door hoog gras moeten lopen, maar van de adders in de stad hebben ze geen idee. Als ze in de stad zijn opgegroeid, weten ze precies waarvoor ze moeten oppassen. En geloof maar, dat het over veertien jaar nog heel wat gevaarlijker is in Amsterdam dan nu, want alles wordt altijd steeds erger. Zou jij hier kunnen wonen?' vroeg hij aan Max. 'Op het platteland is toch zeker nog nooit iets bedacht. Jij bedenkt toch ook in Leiden, wat je hier gaat testen?'

Met vertwijfeling had Max hem aangehoord. Dat met die 'dochter' was natuurlijk een spel, maar als een echte vader had hij kennelijk al nagedacht over de beste omgeving voor Ada's kind.

'Echt alleen maar hier wonen? Dan geef ik nog liever de sterrenkunde op. Ik zou me een verbannen misdadiger voelen. Geen kwaad woord over Drenthe, maar het is natuurlijk het Siberië van Nederland.' Hij keek naar de lucht. 'Ik denk dat ik de kap maar dicht doe.'

Met hulp van Onno trok hij haar overeind, en na het vastzetten van de hendels en drukknopen bracht hij hen naar het gastenverblijf, waar hij de beheerder een slaapkamer had laten reserveren. In de gemeenschappelijke woonkamer, ingericht met rieten stoelen en triplex banken, stelde hij hen voor aan een jonge collega uit Sydney, die te dik was voor zijn leeftijd en aan de eettafel zat te werken. In het engels vertelde Max, dat hij hier was om de australische gegevens over de verdeling van neutrale waterstof in het Melkwegstelsel te combineren met die van het noordelijk halfrond, wat moest leiden tot een volledige kaart.

'Zoiets,' zei hij en wees op een van de papieren, waarop een diagram stond dat er volgens Onno uitzag als een rorschachtest, maar volgens Ada als een onderaanzicht van de hersenen.

'Wat weet jij van hersenen?' vroeg Onno. 'Dat is mijn specialiteit.'

'Daar heb ik wel eens een foto van gezien.'

Nadat zij in de slaapkamer de tas hadden uitgepakt, gingen zij naar de lage hal in het hoofdgebouw, waar astronomen, technici, administratief personeel en werkstudenten zich hadden verzameld rondom een karretje met thee en koek. Sommigen kenden Onno en Ada al van hun bezoek aan de leidse sterrenwacht, – dat was die allereerste dag, besefte Max plotseling, toen hij Ada uit antiquariaat

Lof der Zotheid had geplukt. Hij zag haar weer achter haar cello zitten, *musicienne du silence*, haar vader met verf op zijn gezicht, – en later: 'Wees voorzichtig, doe me geen pijn...'

Hij liet zijn werkkamer zien, even ordelijk als die in Leiden, de meetkamer, de instrumentmakerij en de andere werkplaatsen, waar overal het licht al aan was, waarna zij aan de achterkant naar buiten gingen. Honderd meter verderop stond de kolossale telescoop, stil gericht op een punt van de donkere hemel. Ook voor Max zelf ging er nog steeds een geheimzinnige werking uit van het instrument, dat hij zo goed kende, – niet te vergelijken met die van enig ander technisch bouwsel. Er was wat wind opgestoken, en terwijl zij er heen liepen over het pad zei hij, dat dat natuurlijk kwam door het contact met het verste en vroegste, dat daar plaats had. Aan de rand van de heide, die zich tot de horizon uitstrekte, torende de reflector boven hen uit, doorzichtig als een afgevallen blad, waarvan in de winter alleen de nerven waren overgebleven. Het gevaarte stond op poten, waartussen zich de bedieningsbarak bevond; de hele constructie werd geschraagd door vier wielen, die op een cirkelvormige rail stonden.

'Volgens mij zijn dat keukenborstels,' zei Ada en wees op de borstels, die provisorisch met touwen voor en achter elk wiel waren gebonden om de rail glad te houden.

'Uit de huishoudwinkel in Dwingeloo,' knikte Max. 'Uiteindelijk komt het altijd op dat soort dingen neer. Zo gaat het in de wetenschap, maar dat mag niemand weten.'

'En in de politiek is het net zo,' zei Onno. 'Allemaal improvisatie en gescharrel. De mensen geloven aan meesterbreinen en duivelse komplotten; maar als ze zouden horen hoe beleid wordt gemaakt, zouden ze zich doodschrikken. Het gaat net als bij hen thuis. Ik denk dat het overal hetzelfde is, wanneer je achter de schermen kijkt. Het is een wonder dat de wereld nog draait.'

In het bedieningshuis, waar een paar waarnemers aan de panelen zaten, informeerde hij wat er momenteel werd bekeken, of beluisterd.

'Ik denk dat er geijkt wordt,' zei Max. 'Wat zijn we aan het doen, Floris? 3 C 296?'

Een man van zijn eigen leeftijd, misschien iets jonger, zei, zonder zich af te wenden van zijn meters:

'Ja, maar er zit ergens een storing. Het zal wel weer zo'n verdomde weerballon uit Cuxhavn zijn, met zijn achtendertigste harmonische. Waarom bellen we de vliegbasis Leeuwarden niet, dat ze die krengen afschieten?'

'Die lui storen zelf net zo hard.'

Dat was inderdaad het probleem, zei Max; Onno had gelijk met zijn bromfiets. Als je de informatie op ponsband had, moest je eerst nog uitzoeken wat je nu eigenlijk had gemeten en zien dat je de sterrenkunde er uit haalde.

'Neem me niet kwalijk, maar ik geloof dat ik mij er mee moet bemoeien. Als jullie nu eens een wandeling gingen maken over de heide, dan zie ik jullie tegen etenstijd. Ik heb in het dorp een tafel besproken in een sterrenrestaurant, zal ik maar zeggen. En denk er aan, als het gaat onweren moeten jullie plat op de grond gaan liggen en terugkruipen. Dat zijn van die dingen die je niet weet als je een stadsmens bent.'

Maar op het moment dat hij dit zei, werd hij zelf als door de bliksem getroffen door het besef, dat dat de oplossing van zijn probleem zou zijn: wanneer Ada zo aan haar einde kwam, – en hij wilde dat die gedachte onmiddellijk weggebrand kon worden uit zijn hoofd.

*

Tafelreservering was niet nodig geweest: als gevolg van het slechte weer waren zij de enigen. In de donkere, boerse ruimte, met veel ondefinieerbare schilderijen en prenten en ijzeren pannen tegen de muren, kozen zij een tafel zo ver mogelijk van de ramen, waar nu en dan regenvlagen tegen sloegen. Max stak de kaars aan en luisterde naar Onno's betoog over het verschil tussen rotweer in de stad en rotweer op het land. In de stad werd je volgens hem natter van de regen, het weer hoorde eigenlijk helemaal niet thuis in de stad; anderzijds werd de mens op het land er depressief van, terwijl het in de stad eigenlijk alleen maar ongepast was.

'Jij maakt anders niet de indruk, dat je momenteel depressief bent.'

'Nee, ik niet natuurlijk, ik ben dat allemaal ontstegen, ik vertoef in de regionen van de zuivere rede, waar de weersomstandigheden geen invloed op hebben. Maar jij – jij maakt een depressieve indruk. Mankeer je iets?'

'Welnee,' zei Max. Hij wierp een onzekere blik op Ada, die hij daarstraks dood had gewenst. 'Wat zou mij moeten mankeren?'

'Dat is wat ik vraag. Misschien kom je hier te vaak. Hoe moet dat straks met je, wanneer die installatie in Westerbork klaar is?'

'Dat zie ik dan wel weer.'

'Hoe ver zijn ze daar nu?'

'De twaalfde spiegel wordt dit jaar afgebouwd.'

'Dat moet toch een fantastisch gezicht zijn,' zei Ada. 'Eén is al zo indrukwekkend.'

'Dat denk ik ook.'

Onderzoekend keek Onno hem aan.

'Wou je zeggen, dat je nog nooit bent gaan kijken?'

'Nee. Ik bedoel: ja. Ik ben nog nooit gaan kijken.'

'Is het hier dan niet in de buurt?' vroeg Ada.

'Vijfentwintig kilometer verderop.'

'Vlakbij dus.'

Onno legde even zijn hand op de hare, en Max zag dat dat niet alleen een teder gebaar was maar ook een bevel om te zwijgen. Kennelijk wist zij niet wat 'Westerbork' voor hem inhield: hij had het haar nooit verteld; maar vermoedelijk wist zij het intussen van Onno en was zij die naam eenvoudig vergeten. Het was hem niet helemaal aangenaam zo omzichtig behandeld te worden, als een patiënt.

'Maar ik ken het terrein als mijn vestzak. Ik heb al die plattegronden in mijn hoofd en ik kan je blind naar de appèlplaats of de strafbarak brengen.'

Steeds meer leek het er op, dat hij telescoop-astronoom in Westerbork zou worden, dat wil zeggen de astronoom die regelmatig ter plekke met de technici samenwerkte, en hij zou wel zien. Misschien was het wel het beste om het uit te stellen tot het niet anders meer kon, zoals men niet eerst met een teen moest voelen hoe koud het water was, maar er eenvoudig in moest duiken. Bovendien ging het de laatste maanden schuil achter het probleem, dat hijzelf zich op zijn hals had gehaald.

Ook het nette zwarte pak kon niets veranderen aan het grove gezicht van de ober, wiens grootouders vermoedelijk nog in een plaggenhut waren geboren. Maar de champagne maakte hij vakkundig open, zonder de kurk te laten knallen. Max proefde, wachtte tot er was ingeschonken – waarbij Ada haar hand op haar glas hield – en toastte.

'Op onze simultane ontvangenis!'

Met een blik van verbijstering keek Ada hem aan. Had hij Onno ingelicht?

'Wat bedoel je in godsnaam?'

Hij begreep meteen wat zij dacht dat hij bedoelde, – maar eer hij kon antwoorden zei Onno:

'Dat heb ik je verteld, Ada, maar je hebt niet geluisterd. Je dacht: ja ja, het zal wel weer. Dat is wat we hier vieren: de stille, heilige nacht van Van der Lubbe, de invloedrijkste Nederlandse politicus die ooit heeft geleefd.'

Terwijl zij de kaart bekeken, vertelde hij het haar nog eens, – en hij schilderde de gelegenheid, waarbij Max het hem voorgerekend had. 'Mevrouw, mag Onno buiten komen spelen?' Max was het al bijna vergeten. Het was een jaar geleden, maar het leek iets uit een ver verleden.

'Hoe is het met Helga?' vroeg hij. 'Heb je haar ooit nog gezien?'

'Nooit. Die zit braaf op het Kunsthistorisch Instituut en houdt de catalogus bij.'

Zij aten wildzwijn en Onno weidde uit over zijn binnenlandspolitieke wederwaardigheden, die Max en Ada beleefd aanhoorden. Er werd nu een Grote Sprong Voorwaarts gemaakt, zei hij, waarmee eindelijk werd verwezenlijkt wat zijn vader en zijn vrienden in 1945 hadden voorkomen. Dat ging gepaard met een rabiate democratiseringsgolf, die niet van plebeïsche trekken was gespeend: niemand mocht méér presteren dan ieder ander presteerde, – en als je dat nu maar bevorderde en zelf intussen aristocratisch presteerde wat verder niemand presteerde, dan was je tot het eind van de eeuw verzekerd van de macht.

'Machiavelli heeft niet te vergeefs geleefd,' zei Max.

'Ah, Machiavelli!' riep Onno. 'Een naam die te weinig valt!'

Na de koffie vroeg Onno om de rekening, maar de ober zei dat aan alles was voldaan.

'Jullie waren mijn gast,' zei Max en stond op. 'In Amsterdam eet ik wel weer eens op jullie kosten.'

26
Fancy

Het goot nog steeds en er stond nu een harde wind; snel maakten zij dat zij in de auto kwamen. Door de verlaten, donkere lanen waren zij tien minuten later weer bij de sterrenwacht. Overal brandde nog licht, er werd nog steeds waargenomen en ook de tegenvoeter zat nog aan de eettafel in het gastenverblijf. Het was half elf en Max vroeg of zij al naar bed wilden, – zo niet, dan had hij nog wijn en rum en cola in de keuken. Ada zei dat zij nog een glas cola dronk, al was ook dat misschien ongewenst voor een zwangere vrouw; maar Onno was van mening, dat alcohol dodelijk was voor schadelijke bacteriën en daarom uiterst heilzaam voor groeiende embryo's. Het was Max of hij de kleurige stapel boeken over zwangerschap en bevalling kon zien, die natuurlijk naast Ada's bed lag.

Buiten nam het noodweer nog steeds toe en behaaglijk zaten zij rondom de open haard, die niet brandde. Onno maakte nu een onderscheid tussen 'groot weer' en 'klein weer': het weer kon zo slecht zijn, dat het door het nulpunt heen sloeg en weer goed werd. Donder en bliksem, dijkbreuken, overstromingen, daarvan kon je toch niet zeggen dat het 'slecht weer' was; waarop Max vertelde, dat Dickens elke kerstavond een diner voor zijn vrienden gaf, waarbij een gehuurde zwerver buiten in de sneeuwstorm onder het raam moest staan en elke paar minuten roepen: 'Hu! Wat is het koud!' – zodat men binnen des te meer genoot van de warmte en de gans.

'Wat een schoft,' zei Ada.

'Helemaal niet,' zei Onno. 'Dat is dialectisch volkomen in orde. Daaruit blijkt, dat hij in zijn manier van leven een groot schrijver was.'

'Rare opvattingen van grootheid hebben jullie.'

'Wat is volgens jou dan het kenmerk van grootheid?'

'Bescheidenheid.'

'Ada!' riep Onno en greep vertwijfeld naar zijn hoofd. 'Niet het ergste!'

'Ik meen het. Volgens mij voelde Bach zich heel klein tegenover de muziek.'

'Maar intussen schreef hij wel het ene meesterwerk na het andere. Reuze bescheiden. Trouwens, wat is «de muziek»? Zonder Bach en de andere componisten zou de muziek helemaal niet bestaan. Of geloof jij, dat «de muziek» iets is dat daar ergens in de hemel zweeft?'

'Misschien wel, ja.'

'Alle vrouwen zijn platonici,' zei Onno hoofdschuddend.

'En Max dan, met die telescoop hier?' vroeg Ada en richtte zich tot hem. 'Voel jij je niet klein als je naar dat enorme heelal kijkt?'

'Ik denk,' zei Max voorzichtig, 'dat je twee dingen door elkaar haalt. Einstein was ook zo'n bescheiden mens, lees je altijd, maar intussen gaf hij wel aan hoe het heelal in elkaar zit. Onno heeft gelijk: hoe bescheiden is dat eigenlijk? Je kunt zeggen, dat hij zich in zijn dagelijks leven niet er op liet voorstaan, was ook niet nodig, maar dan zie je bescheidenheid alleen als een psychologische categorie –'

'En de psychologie is *altijd* oninteressant,' interrumpeerde Onno. 'Trouwens, hoe bescheiden was Freud zelf? Lees de stukken en schrik.'

'Eerlijk gezegd,' zei Max, 'als jongen al heb ik nooit begrepen, dat iemand zich klein kon voelen tegenover het heelal. De mens *weet* toch hoe overweldigend groot het is, en nog een paar dingen meer ook, – dan is hij toch niet klein! Dat hij dat allemaal heeft ontdekt, bewijst toch juist zijn grootheid. Het verbazende is eerder, dat dat nietige wezen het hele universum in die minieme ruimte onder zijn schedeldak kan bevatten, – en daar bovendien nog over kan reflecteren, zoals wij nu doen. Dat maakt hem in zekere zin zelfs *groter* dan het heelal.'

'Ja,' zei Onno met een lachje naar Ada, 'daar moet jij goed naar luisteren.'

De schoorsteen van de open haard zoemde als een ontstemde orgelpijp in de storm.

'Je kunt je natuurlijk voorstellen,' zei Max, terwijl hij nog eens inschonk, 'dat iemand zegt, dat de mens zich klein moet voelen tegenover zijn eigen grootheid, aangezien hij die van God heeft.'

'Maar dat is dan een masochist,' viel Onno in. 'En die ziet over het hoofd, dat ook God een voortbrengsel is van de mens.'

Max keek in het diepe rood van zijn wijn en zweeg. *Der Einzige und sein Eigentum.* Hij hield zich bezig met ver-extragalactisch onderzoek: de signalen van kosmische gebeurtenissen, die zich miljarden jaren geleden hadden voorgedaan in het jonge heelal; maar die verzonken in het niet naast de gebeurtenis die hemzelf misschien te wachten stond, op een kleine planeet in een onbeduidend zonnestelsel, aan de periferie van een van de tientallen miljarden sterrenstelsels. Maar dat besef leidde voor hem in geen enkel opzicht tot zoiets als 'relativering'. In tegendeel, de geboorte van een mens was geen onbeduidend voorval in de gemeten onmetelijkheid van het universum, maar eerder een gebeurtenis van meta-kosmische proporties – ook zonder God. Vooral zonder God.

Druipend en met verwaaide haren kwam Floris binnen.

'We moeten de telescoop vastzetten, Max, anders kunnen we hem morgen op de hei gaan zoeken. We hebben nu windkracht tien en volgens De Bilt wordt het nog erger, ze verwachten windstoten tot honderdvijftig kilometer per uur. Het schijnt het laatste restje van een orkaan uit het caraïbische gebied te zijn, dat al sinds een paar maanden over de oceaan zwerft. Kom je ook even? We hebben hem al met zijn rug in de wind gezet.'

Ook Onno en de australiër trokken hun jassen aan. Ada zei dat zij alvast naar bed ging; zij had haar partij van *Das Lied von der Erde* bij zich en ging er nog een beetje op studeren.

'Juist!' riep Onno toen hij buiten kwam.

In de loeiende storm wapperden en zwiepten de bomen, alsof zij zich eindelijk los wilden rukken uit hun ketenen. De regen sloeg in hun gezicht en voorover gebogen liepen zij over het pad naar de telescoop, waar lichtkegels van zaklantarens bewogen en tien of twintig mensen in de weer waren. Langzaam was de spiegel bezig in horizontale stand te draaien. Er werd gesjouwd met blokken, die aan de wielen werden geklemd; iemand riep dat de azimuthmotor uitgeschakeld moest worden, een ander schreeuwde dat Floris nu naar boven moest om de elevatiemotoren af te zetten. De hele procedure ging volgens de handleiding, die in zulke gevallen voorzag, – en tevreden werd er een half uur later gekeken naar de reflector, onwrikbaar naar het zenith gericht, als een majestueuze offerschaal.

In het laboratorium kwam iedereen doornat bij elkaar om nog even na te praten en het dankwoord van de directeur aan te horen.

'Moet je mijn splinternieuwe kastanjebruine peau-de-suède schoenen zien,' zei Max en wees naar zijn modderig zwarte schoeisel.

'Net goed,' zei Onno.

De vrouw van de beheerder had hete chocolademelk gemaakt, die zij uit een reusachtige ketel van grijs email uitschonk in dikke witte bekers, waardoor iedereen het lacherige gevoel kreeg, na een welbestede dag weer bij vader en moeder thuis te zijn.

'Ik word ook astronoom,' zei Onno tevreden. 'Hier heerst nog echte menselijke warmte.'

Op dat moment riep een meisje:

'Is hier ene meneer Quist?'

'Ja?' zei Onno verwonderd.

'Telefoon voor u.'

'Dit klopt niet,' zei Onno, terwijl hij opstond.

Ook Max vertrouwde het niet. Het was bijna middernacht – wie zou h'em hier nog willen bereiken op dit uur? Misschien was er iets met zijn vader of zijn moeder.

Even later kwam Onno terug. Aan zijn gezicht zag Max, dat er inderdaad een onheilstijding was.

'Ada's vader heeft een hartaanval gekregen. Dat was haar moeder. Het schijnt nogal ernstig te zijn, en of we maar meteen naar Leiden willen komen. Hij is met spoed opgenomen in het Academisch Ziekenhuis.'

'Er rijdt nu geen trein meer,' zei Max en stond ook op. 'Laten we gaan. Ik breng jullie.'

Binnendoor gingen zij naar het gastenverblijf. Ada sliep al, haar gezicht opzij, haar wijsvinger in de dichtgeslagen partituur. Terwijl Onno haar wekte, ging Max naar zijn eigen kamer om zijn spullen bij elkaar te pakken. Hij dacht aan Ada's vader, die hij zich nauwelijks voor de geest kon halen, op een trap voor zijn boekenkasten getroffen door de vuistslag in zijn borst. Elk ogenblik kon kennelijk alles gebeuren; iedereen leefde van de ene dag op de andere in een soort godsvertrouwen dat alles eeuwig zo zou blijven als het was, en dan opeens was alles anders. Snel haalde hij nog de ponsbanden voor het Rekeninstituut en met de twee tassen ging hij naar de zitkamer, waar even later ook Ada en Onno verschenen.

'Jezus, Ada,' zei hij en gaf haar een kus op haar voorhoofd, 'wat een toestand. Heeft hij al eerder last van zijn hart gehad?'

'Volgens mij wel, maar dat wilde hij niet weten. Mannen zijn toch altijd zo flink? Laten we maar gauw gaan.'

Geen van hen had een jas bij zich. Buiten holde Max door het noodweer naar zijn auto, die hij tot vlak voor de deur van het gastenverblijf reed. Omdat de kap dicht was, moest Onno zich nu achter de twee stoelen opvouwen tot een kwart van zijn omvang; Ada bood aan zijn plaats in te nemen, maar daar wilde hij niet over horen. De regen kletterde op het linnen dak en met groot licht draaide Max het zandpad op.

Het bos bewoog alsof het niet uit planten maar uit dieren bestond; overal lagen afgewaaide takken in de modder, die hij moest ontwijken. Voorover gebogen over zijn stuur, nu en dan met zijn onderarm de wasem van de voorruit vegend, tuurde Max op de weg. Het pad ging over in bestrating, waarop de wolkbreuk myriaden dansende muizen in het leven riep: dikke bellen met pootjes, een voornamelijk zinloze polka, aangezien hij maar een fractie van de bellen kon registreren. Vrijwel alle huizen in het dorp waren donker; langs de trottoirs lagen uitgestrekte plassen, die de putten niet konden verwerken en die hij met het geluid van messenslijpen opspoot tot in de voortuinen. Toen zij het restaurant passeerden, verscheen hem in een kort visioen het interieur: de ober en de kok naar huis, de lichten gedoofd, maar in een peilloze, donkere verlatenheid nog steeds de tafels en stoelen en de pannen aan de muur.

Op de provinciale weg, waar geen lantarens meer brandden, moest hij het stuur steviger omklemmen om de auto in zijn macht te houden. Het asfalt glom van het water, maar gelukkig was de auto zwaar met het gewicht van Onno op de achteras, en met Ada, die voor twee telde. Het regende zo hard, dat de wisser vrijwel geen invloed had op het watergordijn tegen de voorruit. Elke windstoot onmiddellijk corrigerend, hield hij met moeite de witte streep op het midden van de weg in het oog, het licht van zijn koplampen veranderd in kegels vol verblindend oplichtende parels.

'Het spijt me,' zei hij met een blik naar Ada, 'ik moet langzaam rijden.'

'Pas op!' riep zij.

Dwars op de straat lag een ontwortelde boom, die van links over de weg was gevallen. Hij remde maar voelde meteen dat de banden het contact met het asfalt verloren, hij ontkoppelde en wierp het stuur om; terwijl Ada zijn schouder vastgreep, kwam hij met zijn voorwielen in de rechterberm tot stilstand, op een paar meter van de metershoge ravage.

'Goedendag,' zei hij, 'dat was op het nippertje. We moeten terug.' Hij zette de pook in zijn achteruit en probeerde uit de berm te komen, maar de voorwielen waren te ver weggezakt.

'Dat wordt duwen, Onno.'

Hij zette de motor af en deed het portier open, dat meteen bijna uit zijn hand werd gerukt. Hij klapte de leuning van zijn stoel naar voren om Onno door te laten.

'Zal ik helpen?' vroeg Ada.

'Blijf jij in godsnaam zitten,' zei Onno.

'En we moeten opschieten ook,' zei Max, terwijl hij het portier dichtsloeg, 'voordat er nog een auto komt.'

In het gierende pandemonium gingen zij naar de berm en pakten in het licht van de koplampen de bumper beet. Nu tot zijn enkels in de modder wegzakkend met zijn nieuwe schoenen telde Max tot drie – maar op hetzelfde ogenblik gebeurde er een tweede ding. Uit het kabaal van de storm en de stortregens maakte een nieuw geluid zich los: een donker rochelen, dat overging in diep kraken en ruisen. Max keek om zich heen, omhoog, en zag toen plotseling van de overkant een donkere kroon op zich toe komen, als een reusachtige hand. Hij greep Onno vast en trok hem met zijn eigen gewicht op de grond. Met een dreunende slag smakte de boom op de straat en de auto, die de klap opving voor hen.

*

Ofschoon het tumult niet afnam, was het alsof plotseling een totale stilte was gevallen. De koplampen waren gedoofd, takken hingen over hem heen. Max tastte naar Onno.

'Onno!'

'Ja ja, alles goed, – maar Ada!'

Zij worstelden zich overeind en met starre ontzetting zagen zij de donkere schaduw van de stam, die onder de kale takken over de witte kap lag.

'Christus, nee...' zei Onno. 'Dit is niet waar... Ada!' schreeuwde hij.

Zo snel zij konden, uitglijdend, zich verwondend, bevrijdden zij zich uit de wirwar en probeerden klauterend de portieren te bereiken, maar dat was onmogelijk.

'Ada!' schreeuwde Onno weer.

Er kwam geen antwoord. Alles was natuurlijk ook verbogen. Half liggend wrong Max zijn arm door de takken en probeerde de kap los te trekken, maar hij kreeg nergens houvast.

'We moeten hulp hebben!'

Hijgend keek hij om zich heen. Honderd meter verder, in het land, stond een boerderij waar nog licht brandde. Juist toen hij er heen wilde gaan, lichtte aan de andere kant van de greppel een zaklantaren op en een stem riep:

'Sodeju! Dat is al de tweede binnen tien minuten! Is daar iemand?'

'Hallo! Gaat u alstublieft hulp halen!'

'De politie is al gebeld!'

'Er moet meteen een ambulance komen!'

Het licht van de lantaren maakte een zwaai en bewoog zich met sprongen in de richting van de boerderij.

Wanhopig, met inspanning van al zijn krachten, probeerde Onno zich een weg te banen door de takken, maar het was onbegonnen werk: de auto zat opgesloten als in een kooi.

'*Godverdomme!*' brulde hij. '*Ada! Ons kind!*'

Max verstijfde. Haar kind... Voor de tweede keer vandaag welde die wanstaltige gedachte in hem op, – hij wilde haar meteen onderdrukken, maar zij was er al, en nu niet naar aanleiding van een grap over de bliksem, maar terwijl zij misschien werkelijk dood was daar onder die berg hout. Hij kreeg een gevoel of zich een glimmend zwart laken om hem heen legde, al zijn vormen volgend, als een tweede huid. Op hetzelfde ogenblik moest hij overgeven. Hij wendde zich af en braakte het wildzwijn uit. Toen hij zich oprichtte, zag hij dat Onno met zijn gezicht op een arm over de takken leunde en snikte.

Met sirene en rode zwaailichten naderde een brandweerwagen

uit de richting Dwingeloo, gevolgd door een politieauto met blauw zwaailicht. Even later flitste een felle schijnwerper aan en overal zwermden plotseling mannen in oliejassen; roodwitte linten werden over de straat gespannen, kort daarop weerklonk het gieren van elektrische zagen, die door de takken drongen als broodmessen door brood. Max en Onno werd niets gevraagd. Onno keek naar wat er gebeurde, maar tegelijk liep hij verdwaasd heen en weer, in een lus, als een tijger achter de tralies. Max hielp mee met het wegtrekken van de takken en wilde iets tegen hem zeggen, maar hij wist niet wat; in zijn mond zat de bittere smaak van braaksel. De bagagebak was ingedrukt; de ponsbanden waren misschien ook verloren. De drie zwaailichten waren aan blijven staan, de pulserende signalen moduleerden tot een wreed patroon, dat precies uitdrukte wat hij voelde. Het stormde en regende nog steeds, maar het leek of het iets minder werd.

Toen de cabine vrij begon te komen, zag hij Ada dubbelgevouwen onder het ingedrukte dak, dat geen enkele bescherming had geboden, – bewegingloos, haar gezicht op haar knieën; de stam was niet op haar plaats neergekomen, maar vlak er naast, op de zijne. Langer dan een seconde keek hij niet, meteen wendde hij zijn ogen af, maar Onno kwam struikelend naar voren en leunde over de motorkap, waarop een politieman hem ruw bij zijn schouder greep.

'Maak dat u wegkomt, meneer. Vindt u het zo'n mooi gezicht?'

Blijkbaar werden zij aangezien voor nieuwsgierigen uit de buurt. Trillend draaide Onno zich om.

'Dit is mijn vrouw.'

De agent liet hem los en pakte hem op een andere manier vast, nu met twee handen aan zijn schouders.

'Komt u.'

'Leeft ze nog? Ada! Hoor je me?'

'Komt u.'

Terwijl brandweermannen voorzichtig de kap los trokken en dekens over haar heen legden, verscheen van de andere kant met hoge snelheid een ambulance-auto, met gierende sirenes, verblindend blauwe koplampen en zwaailichten. Twee broeders sprongen er uit, – en terwijl de ene naar achteren liep om de brancard te halen, sprong de andere over de takken, hurkte bij Ada neer en deed een stethoscoop in zijn oren.

'Zij is zwanger,' zei Onno.

De broeder keek even op en knikte. Zonder haar te verroeren, zette hij voorzichtig de kelk op haar hals. Terwijl niemand meer bewoog, hield hij zijn hoofd een beetje scheef en luisterde. Max' hart bonkte. Het was hem of het chaotische ritme van de zwaailichten het enige geluid vormde.

De broeder deed de stethoscoop af en richtte zich op.

'Zij leeft,' zei hij.

Max haalde diep adem en legde zijn handen over zijn ogen. Even later keek hij in Onno's druipende, besmeurde gezicht en omhelsde hem.

*

Ook in de ambulance was Ada niet tot bewustzijn gekomen. Max had naast de chauffeur gezeten, die niet zeggen wilde wat hij er van dacht; toen hij bij het ziekenhuis in Hoogeveen uitstapte, zag hij dat ook Onno's opluchting had plaatsgemaakt voor nieuwe onrust. Ada werd snel naar binnen gereden en zelf werden zij door een verpleegster naar een wasruimte gebracht, waar zij zich wat konden opknappen. In die lichte, stille, smetteloze omgeving, schrokken zij zelf van hun aanblik in de spiegel: met gescheurde kleren, doorweekt en overdekt met modder en groene vegen van de boombast, hun gezicht en handen vol bloed en schrammen. Het leek of zij niet alleen uit een rampzalig noodweer kwamen, maar op een of andere manier ook uit een andere tijd.

'Als dat maar goed afloopt,' zei Onno. 'Wat een zinloze rotzooi. Dat wij ook net daar moeten staan, waar die verdomde boom neervalt. Waar slaat het allemaal op?'

Max spoelde zijn mond en antwoordde niet meteen. Hij begreep, dat Onno nu voor het eerst de zinloze rotzooi van het bestaan in zijn eigen leven onderging. Dat elk moment alles kon gebeuren, was voor hemzelf zo vanzelfsprekend als het even zinloze gegeven, dat het de ene dag mooi weer was en de andere niet. Zo was het nu eenmaal gesteld op aarde. Aan de hemel was dat veel minder het geval, daar heersten veel hardere wetmatigheden: de zon kwam altijd op, en niet soms niet, of pas een dag later, – wat men zo zelfs niet zeggen kon, – maar altijd precies op het voorspelde moment. Uit die richting dreigde geen gevaar. Maar dat had dan ook niets te maken met het leven op aarde, en misschien dat hij juist daarom zijn beroep had gemaakt van die onmenselijke betrouwbaarheid.

'Anderzijds,' zei hij, 'als zij achterin had gezeten, op jouw plaats, had zij het niet overleefd.'

Met twee handen gooide Onno water in zijn gezicht – en plotseling verstarde hij. Langzaam richtte hij zich op en keek met grote ogen naar Max in de spiegel.

'Max...' zei hij zacht, bijna fluisterend. 'Ada's vader...'

Max' mond viel open.

'Jezus! Daar heb ik geen moment meer aan gedacht.'

Verbijsterd keken zij elkaar aan.

'Ook dat nog,' zei Onno. 'Hoe moet dat nu?'

'Je moet opbellen.'

'Opbellen? Stel je die vrouw voor. Haar man krijgt een ernstig hartinfarct en moet naar het ziekenhuis. Dan gaat de telefoon en zij krijgt de boodschap, dat haar zwangere dochter verongelukt is en in coma ligt. Dat overleeft ze niet.'

'Maar wat dan?'

'Jij moet er heen en het haar voorzichtig vertellen. Ik blijf hier, bij Ada, dat is een ding wat zeker is.'

'En hoe kom ik daar?'

'Met een taxi. Op mijn kosten.'

'Dat kost een paar honderd gulden. Hebben we dat bij ons?'

'Anders lenen we het hier.'

Max keek op zijn horloge.

'Het is kwart over een. We hadden nu ongeveer in Leiden moeten zijn. Eer ik er ben is het tegen drieën. Maar goed, ik doe het natuurlijk.'

Zij gingen naar de wachtkamer, waar zij hun geld bij elkaar legden en een taxi lieten bellen. De chauffeur van het plaatselijke bedrijf lag al in bed, maar over twintig minuten zou hij er zijn. Terwijl zij wachtten verscheen een blonde jongeman in een witte jas, die zich ontpopte als de dienstdoende arts. Er viel nog weinig te zeggen. Zij was nog steeds buiten bewustzijn, maar het zag er naar uit dat zij niets gebroken had; bloeddruk, pols en ademhaling waren goed. Ook met haar kind leek alles in orde.

'Goddank,' zei Onno.

'Het wachten is nu op het neurologisch onderzoek.'

'En wanneer gebeurt dat?'

'Dadelijk. We hebben de neuroloog uit zijn bed gebeld.'

Omdat de taxi er nog niet was, ging Max mee naar de ziekenkamer. Met gesloten ogen lag haar hoofd op het kussen; aan haar arm was een infuus bevestigd. De welving van haar buik onder de deken, als een vloedgolf. Er was iets met de uitdrukking van haar gezicht dat hem opviel, dat hem bekend voorkwam, maar dat hij niet dadelijk kon thuisbrengen. Maar even later wist hij het plotseling: het was de uitdrukking die zij had wanneer zij speelde, wanneer zij opging in de muziek.

27
Troost

Toen de taxichauffeur Max zag, zei hij dat hij er niet over piekerde hem zo mee te nemen.

'Ga jij maar lopen, vader. Ik heb net nieuwe bekleding.'

Misschien dacht hij, dat hij gevochten had. Pas toen Max bij de portier het Nieuwsblad van het Noorden had gehaald en op de achterbank gelegd, was de man bereid hem te vervoeren. Max was geschokt door zo'n botheid, maar aan de andere kant was hij er blij mee, want nu hoefde hij niet uit beleefdheid naast hem te zitten en gesprekken te voeren, ongetwijfeld over voetbal, waarvan hij zelfs de regels niet kende en die hij ook niet wilde kennen.

Weer de regen en de harde wind. Nog steeds besefte hij niet werkelijk wat er was gebeurd, – toen de auto de grote weg op draaide, sloot hij zijn ogen om het tot zich door te laten dringen: de boom plotseling dwars over de straat... de berm... Ada's hoofd op het kussen, haar zwarte haar op het witte linnen... de verblindende schijnwerper in de razende nacht met de sirenes en zwaailichten... de modder, de takken... hij fietst over het Rapenburg en een vrouw in een zomerjurk komt naast hem rijden. Zij vraagt waar de tram naar Noordwijk stopt. Vlakbij, zegt hij, eerste straat links. Is de tram goedkoop? U kunt het best op de fiets gaan, het is niet ver. Maar misschien moet ik lang wachten bij de stalling? Dat zal wel meevallen. Het is heet, maar hij heeft zijn regenjas aan. *Het is al vijf voor half vijf.* In de hortus treffen hem de eerste bebladerde bomen: de bovenste helft van hun kronen is bedekt door een dik pak sneeuw, verblindend wit in de zomerzon. Kijk eens! roept hij en stopt, maar het schijnt haar niet te interesseren, in zichzelf verzonken fietst zij verder naar het strand...

Met een schok werd hij wakker. Door het portierraam zag hij even het bordes van het Capitool in Havana – meteen daarop verschrompelend tot de ingang van het Academisch Ziekenhuis in Leiden. Zijn kleren waren nog steeds klam en vochtig. Het regende, maar de storm was gaan liggen, of misschien had hij hier niet gewoed; hij rekende af en ging zonder groet naar binnen.

De nachtportier, die hem wantrouwig van top tot teen opnam, had een boodschap voor de heer en mevrouw Quist, – wie hij dan wel was. Toen hij besloot, Max' relaas te geloven, zei hij dat mevrouw Brons tien minuten geleden naar huis was gegaan. Daar zou zij verder op haar dochter wachten.

'En meneer Brons?'

'Die is tegen half een overleden.'

Max wendde zich af, keek hem weer aan, wendde zich weer af en keek hem weer aan.

'Zoudt u zo vriendelijk willen zijn, het ziekenhuis in Hoogeveen voor mij te bellen?' Hij merkte dat de vormelijkheid van die zin hem hielp bij zijn zelfbeheersing.

De portier deed wat hem gevraagd was en reikte hem de hoorn. Het duurde even eer hij Onno aan de lijn kreeg.

'Moeder?'

'Nee, met Max. Ik sta nu hier in Leiden in het ziekenhuis.' Hij aarzelde even. 'De ellende is nog niet afgelopen, Onno.' En toen het stil bleef: 'Ada's vader is dood.'

'Dat meen je niet!'

'Het is of het allemaal niet waar is.'

'Mijn god, ik word gek. Je houdt het toch niet voor mogelijk allemaal! Die brave kerel. Echt helemaal dood?'

'Het schijnt om een uur of half een gebeurd te zijn, verder weet ik ook niets.'

'En mijn schoonmoeder? Hoe is zij er onder? Heb je haar al verteld, wat er met Ada is gebeurd?'

'Ik heb haar nog niet gesproken. Ze heeft op ons gewacht, maar nu is ze thuis; ik ga er dadelijk heen. Hoe is het met Ada?'

'Ze is nu bij de neuroloog, er worden foto's genomen.'

'Dan ga ik nu maar. Sterkte. Zie maar dat je nog wat slaapt vannacht.'

'Ja, ze hebben een bed voor me opgemaakt, hier in Ada's kamer. Ik zal zien dat ze morgen meteen naar Amsterdam wordt overgebracht.'

'Je schoonmoeder zal je straks nog wel bellen.'

'Dank je wel, Max. Fantastisch, wat je allemaal voor me doet.'

'Schei uit, spreekt vanzelf.'

Max gaf de hoorn terug aan de portier, die hem op de haak legde.

'Kan ik het nummer van dat ziekenhuis even noteren?' Nadat het gebeurd was, vroeg hij: 'Wilt u nu een taxi voor mij bestellen? Ik wacht buiten.'

'U ook sterkte toegewenst,' zei de portier, terwijl hij de hoorn weer opnam.

Op het bordes haalde Max een paar keer diep adem. Wat was dit voor nacht? Maar nu trof het *hen*, andere nachten trof het anderen, en ook vannacht trof het ontelbare anderen, – er was nooit een dag of een nacht of maar een moment, waarop zoiets niet aan de gang was voor iemand, zo lang de mensheid bestond. Zonder onderbreking waarde het onheil rond op aarde, als een zwaluw door een muggenzwerm, met scherpe zwenkingen, zijn snavel wijd open.

*

27 TROOST

Toen hij bij de *Lof der Zotheid* uit de taxi stapte, was het eindelijk droog. In de winkel brandde licht. Ergens verderop in de stille stad weerklonk gejoel van studenten, die uit hun sociëteit kwamen; al die uren hadden zij staan schreeuwen in hun geteisterde, eikenhouten domein. Meteen toen hij had aangebeld, verscheen Sophia Brons achter in de krocht met boeken. Haar gezicht stond strak, maar haar ogen vertoonden geen spoor van roodheid.

Toen zij de deur opendeed en hem zag, leek zij even te schrikken. Snel keek zij over de straat naar links en naar rechts.

'Wat zie je er uit! Wat is er gebeurd? Waar zijn Ada en Onno?'

'We hebben een ongeluk gehad op weg hierheen, maar maak u niet ongerust, iedereen leeft.'

'Een ongeluk?' herhaalde zij. Haar koude, donkere ogen keken hem aan op een manier, waardoor hij zich onmiddellijk schuldig voelde. 'En haar kind?'

'Allemaal in orde. Zij zijn in het ziekenhuis van Hoogeveen. Ik ben met een taxi gekomen. Net was ik in het Academisch Ziekenhuis, daar hoorde ik dat vreselijke bericht over uw man. Wat verschrikkelijk voor u.'

Zij keek weer naar zijn schrammen en zijn vernielde kleren.

'Aan alles komt een eind,' zei zij met strakke mond. 'Kom binnen.'

Onno kende zijn schoonmoeder slecht: dit was niet het soort vrouw, dat omzichtig behandeld moest worden en door een telefoontje van streek zou raken. Door het labyrinth van leesbaarheid volgde hij haar naar de achterkamer. *Poëzie. Techniek. Theologie.* Op de lage tafel lag een opengeslagen fotoalbum, er naast een zwarte leesbril. Boven de bruine, ribfluwelen bank hing een groot portret van Multatuli, dat hem de vorige keer niet was opgevallen: in de romantische heerserspose van een beierse koning, een pelerinejas als een hermelijnen mantel over zijn schouder, met waterige ogen de waarheid fixerend.

'Kop koffie?'

'Niets liever.'

Terwijl zij hem inschonk, vertelde hij wat er was gebeurd. Toen hij ongerust meldde, dat Ada nog steeds buiten westen was, stopte zij het roeren in haar kopje en zei:

'Nog steeds? Al ruim drie uur?' Zij dacht na. 'Gelukkig is zij nog jong. Ik heb patiënten meegemaakt, die dagen- of wekenlang in coma waren, zonder blijvende gevolgen.'

Verwonderd keek hij haar aan.

'Heeft u in de verpleging gezeten?'

'Lang geleden. In de oorlog.'

'Hoe het nu is, weet ik trouwens niet. Daarnet heb ik Onno vanuit het ziekenhuis gebeld, toen was de neuroloog bij haar. Zal ik Hoogeveen voor u bellen? Ik heb het nummer.'

Zij wees naar de telefoon.

'Ga je gang.'

'Onno is op de hoogte van het gebeurde met uw man,' zei hij, terwijl hij het nummer draaide. 'Hij was erg geschokt. Hij zei overigens, dat hij zou zorgen dat Ada morgen naar Amsterdam wordt overgeplaatst.' Toen hij verbinding kreeg, gaf hij de hoorn aan Sophia.

'Met mevrouw Brons,' zei zij. – 'Dank je wel.' – 'Dank je, Onno.' – 'Dat weet ik niet. Ik was naar een lezing, over Thoreau en Gandhi. Toen ik thuiskwam, lag hij in de keuken op de grond, buiten westen.' – 'Ja.' – 'Ja, laat maar.' – 'Dat heb ik gehoord. Hij is nu hier.' – 'Ja.' – 'Ja.' – 'Ja.' – 'Ja.' – 'Natuurlijk.' – 'Ja.' – 'O.' – 'Ja.' – 'Ja.' – 'Ja.' – 'Laat me dat dan nog weten.' – 'Goed.' – 'Dat spreekt vanzelf.' – 'Tot morgen.' Zij legde de hoorn op de haak.

Toen zij weer was gaan zitten en niets zei, vroeg Max:

'En?'

'De foto's zijn goed. Geen schedelbasisfractuur of iets dergelijks. We moeten afwachten. Morgen wordt ze opgenomen in Amsterdam, vermoedelijk in het Wilhelmina Gasthuis. Daar zal dan een e.e.g. gemaakt worden.'

Max knikte. Hij wist niet meer wat hij zeggen moest en vroeg:

'Hoe oud was uw man?'

'Zevenenveertig.'

'En toch al een fatale hartaanval. Terwijl hij zo'n rustig leven leidde, hier tussen zijn boeken.'

'Niemand weet, wat voor leven iemand eigenlijk leidt.'

Max knikte.

'Daar kon u wel eens gelijk aan hebben.' Hij zweeg even. 'Je hebt ook mensen, die constant onder geweldige spanning staan en die worden honderd. Wat waren zijn laatste woorden?'

'«En die regen maar kletteren».' Met gekruiste armen keek Sophia een tijdje voor zich uit, alsof zij hem weer zag. 'Hij voelde zich de hele dag al nerveus en angstig. Hij dacht dat het van het weer kwam.'

Zij bleven elkaar even aankijken. Max wilde vragen of hij veel pijn had geleden, maar dat leek hem ongepast. Hij boog zich over het fotoalbum en zag het gezin bij de sokkel van een standbeeld. Aan de voet er van lag een meer dan levensgrote, gevleugelde leeuw; in een uitgelaten bui had Ada haar hoofd op een trede gelegd, onder een bronzen klauw, terwijl haar vader in gespeelde schrik achteruit deinsde. Haar moeder keek omhoog naar het beeld, dat niet zichtbaar was op de foto.

'Venetië?' vroeg hij en keek op.

'Twee jaar geleden.'

'U staat er alle drie op. Wie heeft die foto genomen?'

'Iemand die toevallig langskwam.'

Hij leunde achterover en keek door de opengeschoven tussendeur naar de winkel. Hij wilde eigenlijk weg, maar hij had het gevoel dat dat nog niet kon.

'Hoe doet u dat nu met het antiquariaat? Gaat u er mee door?'

'Daar wil ik helemaal nog niet aan denken. Eerst moet de begrafenis achter de rug zijn.'

Max knikte.

'Staat u daar alleen voor of is er nog familie?'

'Ik heb een moeder in het bejaardentehuis en een broer in Canada. Maar mijn man heeft nog twee zusters, die zouden kunnen helpen. Onno zei trouwens, dat hij meteen morgenochtend zijn familie zou inschakelen.'

'Die is dat wel toevertrouwd. Als ik u ook ergens mee van dienst kan zijn de komende dagen, ik sta altijd tot uw beschikking,' zei hij vormelijk en stond op. 'Wel, mevrouw, dan zal ik u nu niet langer storen.'

Vragend keek zij hem aan.

'Waar wou je heen? Het is over vieren. Toch niet met een taxi naar Amsterdam?'

'Ik kan op de sterrenwacht terecht. De directeur woont op het terrein, die heeft nog wel een bed voor me. Of anders slaap ik bij de beheerder.'

Sophia stond ook op.

'Wat een onzin om die mensen wakker te maken. Je kunt toch in Ada's kamer slapen. Als je nu eens naar boven ging en begon met een douche te nemen.'

Ja, waarom eigenlijk niet? Hij was bang geweest een radeloze weduwe aan te treffen, wanhopig huilend bij het lijk van haar man; maar het leek of zij met zijn dood eerder nog standvastiger was geworden. Het idee om dadelijk de straat weer op te moeten, stuitte ook hemzelf tegen de borst. En misschien was ook zij vannacht liever niet alleen thuis.

'Wel... als ik u niet tot last ben, dan graag.'

Zij deed de lichten uit, en boven wees zij hem de badkamer, – een kleine ruimte met een wastafel, een opgeklapte strijkplank tegen de muur en een hoge wasmand. Liefst had hij een bad genomen, maar er stond alleen een losse, vierkante douchecel met een wit plastic gordijn. Snel trok hij zijn kleren uit, die nog steeds niet helemaal droog waren, gooide ze op een hoop en ging op de verende, zinken bodem van de bak staan; een poging om hem schoon te maken, kennelijk met een of ander zuur, had het metaal wit uitgebeten. Maar de bescheiden straal uit de sproeier was warm en vervulde hem met een gelukzalig gevoel van wedergeboorte, alsof hij nog niet genoeg water had ondergaan vandaag. Aan een touwtje hing een eivormig stuk roze zeep, waarmee hij eindelijk alles weg kon wassen, – niet alleen het vuil, ook, op een of andere manier, de nabijheid van wat er was gebeurd. Toen hij het gordijn wegschoof, lag er een badhanddoek over de rand van de wastafel en een opgevouwen pyjama.

Van Ada's vader natuurlijk. De pijpen waren te kort, maar het flanel was zacht en aangenaam. In Ada's kamer, aan de achterkant van het huis, was haar moeder bezig het bed op te maken; het raam stond open. Zij wierp een korte blik op hem.

'Dat ziet er meteen heel anders uit.'

Hij was hier nooit geweest. Het meeste had Ada natuurlijk meegenomen naar Onno, maar de meisjesdingen waren achtergebleven. Poppen en beesten op de lage kast met meisjesboeken; kleine dingen en frutsels, doosjes, flesjes, aan de muur een grote poster van een melancholische bloedhond, maar ook een ingelijste foto van Strawinsky; een verbogen muziekstandaard met een wollen konijn. Alles zag er proper uit, kennelijk was de kamer niet lang geleden geschilderd.

Zij wensten elkaar welterusten en hij ging in bed liggen. Naast hem hing een koord tegen de muur; de schakelaar bij het plafond was net zo'n papegaaiensnavel als die in zijn eigen jongenskamer, thuis bij zijn moeder. Hij produceerde dezelfde klik en meteen overweldigde de duisternis hem. Buiten heerste diepe stilte. Hij legde zijn handen onder zijn hoofd en sloot zijn ogen. Was het werkelijk vandaag geweest, dat hij hen had afgehaald van het station? De neersuizende kroon...

Hij werd wakker toen zij naast hem onder de deken kroop. Eerst dacht hij dat hij droomde, want dit was toch uitgesloten. Maar hij droomde niet, opeens voelde hij Sophia's arm om zich heen en haar warme lichaam tegen zich aan, schokkend van het huilen. Haar haar was los. Ja, dit was natuurlijk het onmogelijke, het volstrekt ondenkbare!

'Wat is er?' vroeg hij.

'Neem me niet kwalijk,' snikte zij en verborg haar gezicht in zijn hals, 'stuur me maar weg. Het komt door de manier waarop je er uitzag met al die schrammen en die kapotte kleren. Precies zo zag Oswald er uit, de dag dat ik hem leerde kennen, in de oorlog, na een bombardement... Net op de dag dat hij gestorven is. Hij was natuurlijk een grote sufferd, maar... En dan Ada... Misschien is het maar beter, dat hij dat niet meer mee hoeft te maken...'

Hij schrok van haar woorden. Zou het toch fataal kunnen zijn? In verwarring sloeg hij op zijn beurt een arm om haar heen, tegelijk vaderlijk troostend en hulpzoekend, en voelde toen onder een dun, opgeschort nachthemd haar zachte rug, haar volle heupen. Wat gebeurde er? Zijn lichaam paste nauwkeurig in de welvingen van het hare, haar borsten, haar buik, als een muziekinstrument in zijn foedraal. Ongewild streelde hij haar grote, naakte billen, die niet die van een meisje waren, maar van een rijpe vrouw, midden veertig, – en alsof zijn hand daar gegrepen en meegesleurd werd door een draaikolk, schoot zij er tussen en kwam terecht in een andere, tropische wereld van vocht, haar, levend vlees, dat zich in de duisternis plotseling volledig om hem heen leek te leggen. Hij begon te sidderen en kuste haar, zij trok zijn broek omlaag en zonder hulp verdween hij in haar, alsof haar opening overal was. Onafgebroken hield zij haar tong uitgestoken, ver uit haar mond, terwijl een donker grommen uit haar keel kwam, en in de diepte van haar buik hapte zich elke keer iets aan zijn eikel vast, – wat was dat voor geheim? Haar baarmoedermond? Hij dacht even aan haar man, verstijfd op zijn katafalk in het mortuarium, die dit ook gevoeld moest hebben toen hij Ada verwekte, maar veel dacht hij niet; het happen dreef hem snel naar het hoogtepunt, alsof hij werd opgepompt. Zijn ademhaling stokte, en met een harde schreeuw barstte het spektakel, en met een tweede en een derde en een vierde schreeuw liep hij leeg in haar. Bezweet en buiten adem zeeg hij naast haar achterover, en eer hij het goed en wel in de gaten had, was zij het bed al uit. Nog juist hoorde hij de deur dichtgaan.

Hij had haar niet gezien. Hij zocht het koord van de schakelaar en sloot verblind zijn ogen. Het was toch uitgesloten, wat er nu was gebeurd! Dit was toch een hallucinatie geweest, opgeroepen door alle emotie en vermoeidheid! Hij voelde aan zijn penis: nog steeds half stijf en kletsnat. Perplex vroeg hij zich af, of hij nu met de grootmoeder van zijn kind had geslapen, – in het bed van haar zojuist verongelukte dochter, gestoken in de pyjama van haar zojuist overleden man. Die laatste twee feiten waren in elk geval zeker. Hoe moesten zij elkaar morgenochtend onder ogen komen? Wie had wie verleid? Zij hem natuurlijk! Voor het eerst in zijn leven was hij verleid. Misschien was zij sinds jaar en dag niet meer met haar man naar bed geweest. Moest hij nu niet opstaan, een briefje neerleggen en vertrekken? Maar wat moest de aanhef van dat briefje zijn? *Lieve Sophia*? *Geachte mevrouw*? Het ene was zo onmogelijk als het andere. Helemaal geen aanhef? En het was of de gedachte, dat hij nu zijn klamme kleren weer moest aandoen en toch nog naar de sterrenwacht lopen door de hortus, het definitieve teken was voor zijn lichaam om er voor vandaag een punt achter te zetten. Nog juist had hij de kracht om aan het koord te trekken.

*

Om kwart over negen werd hij wakker; onmiddellijk vervulde de herinnering aan de afgelopen nacht hem met jachtige onzekerheid. Zoals altijd wanneer hij had geslapen, liet hij even de bovenste gewrichten van zijn duimen knakken. Snel kwam hij uit bed en trok de gordijnen open. Het was rustig weer; alleen wat afgewaaide takken en scherven van dakpannen herinnerden aan wat er was gebeurd. Over een stoel hingen zijn kleren: alles schoongemaakt, droog en gestreken, zelfs zijn schoenen waren gepoetst. In de badkamer stonden de scheerspullen van Brons nog op de wastafel, maar hij raakte ze niet aan. Toen hij beneden in de kamer kwam, was Sophia aan het telefoneren. Haar haar was weer opgestoken; zij knikte hem toe en wees naar de koffiepot, die op tafel stond.

Terwijl hij zich inschonk, hoorde hij dat het gesprek ging over rouwkaarten en de begrafenis. Zij had normaal tegen hem gedaan, in haar ogen stond weer de blik van de abdis, alsof er niets was gebeurd. Als dat de houding was die zij had gekozen, maakte zij het hem wel heel gemakkelijk. Of was er werkelijk niets gebeurd? Had hij het misschien toch gedroomd? Tersluiks keek hij naar haar. Was dat de vrouw die vannacht haar tong zo ver had uitgestoken? Pas nu viel hem op dat zij een goed figuur had, voller dan dat van Ada, maar overal in vorm, nergens met vettig vervagende contouren; weloverwogen gingen haar stevige kuiten over in smalle enkels.

'Dat was Dol,' zei zij en legde de telefoon neer, 'Onno's zuster. Ze heeft me alle rompslomp uit handen genomen. Goed geslapen?'

'Uitstekend. En welbedankt voor het fatsoeneren van mijn plunje.'

Ook Onno had al gebeld. Ada's toestand was nog steeds onveranderd, in de loop van de ochtend kwam hij met de ambulance mee naar Amsterdam. Zelf ging zij er vanmiddag heen.

'Zei u dat ik hier heb gelogeerd?'

'Ja, dat is toch zo. Wil je een spiegelei?'

'Graag, mevrouw.'

Toen zij naar de keuken was verdwenen, dacht hij: – Zij ligt in twee stukken uit elkaar, die vrouw. Er was een dag-Sophia en een nacht-Sophia, die niets met elkaar gemeen hadden, – een kil, gevoelsarm wezen en een tweede dat overstroomde van emotie. Hij herinnerde zich hoe Ada soms over haar had gesproken, als over een misselijk sekreet, maar had zij haar moeder eigenlijk wel gekend? Het fascineerde hem, – maar ook was hem duidelijk, dat hij met geen woord mocht zinspelen op wat er vannacht was gebeurd.

Hij overwoog wat hem allemaal te doen stond vandaag. Hij moest Onno natuurlijk bellen, en dan moest hij naar de sterrenwacht: iedereen er op voorbereiden, dat misschien het waarnemingsmateriaal van een week verloren was gegaan. Hij moest Dwingeloo bellen, Floris moest contact opnemen met de politie. Hij moest zijn verzekering bellen, en zijn garage. De auto was niet *total loss*, de motor mankeerde vermoedelijk niets, maar hij wilde het ding niet meer zien; ze moesten het maar opknappen en verkopen. Hij haalde zijn agenda te voorschijn en wilde een paar notities maken, maar de punt van zijn potlood was gebroken. Terwijl hij hem sleep, klingelde de bel van de winkeldeur.

'Kijk jij even wie daar is?' riep Sophia.

Over de trapjes en door de spelonken liep hij naar voren. Bij de kassa stond een lange, magere man met een korte zwarte baard, die enigszins woest zijn ogen in de zijne boorde.

'Heeft u iets over metempsychose?'

Metempsychose – dat klonk naar krankzinnigheid. Zoekend keek Max rond.

'Misschien in de kast met psychiatrie...'

'Zielsverhuizing dus,' zei de man, terwijl zijn blik hem niet losliet.

Het lag op Max' lippen om te zeggen, dat zij niets over het verhuisbedrijf in voorraad hadden, maar Sophia verscheen al.

'We zijn gesloten, meneer. Wegens sterfgeval gesloten.' En tot Max: 'Je ei staat klaar.'

28
De uitvaart

De avond van die dag, op weg naar Keyzer, waar hij om zeven uur met Max had afgesproken, keek Onno geschrokken naar het Concertgebouw: hij was totaal vergeten het orkest te bellen! Straks was er een abonnementsconcert! Toen hij aan de portier van de artisteningang vroeg of er iemand van de administratie was, kwam Marijke langs met haar klarinet. Toen hij haar vertelde wat er was gebeurd, trok de kleur uit haar gezicht en met twee armen klemde zij het foedraal tegen haar borst, als een kind dat beschermd moest worden. Zij zou het bericht doorgeven en wilde Ada meteen morgen bezoeken.

'Dat kun je net zo goed nalaten,' zei Onno. 'Op het ogenblik merkt zij niets van wat er om haar heen gebeurt.'

'Hoe weet jij dat? Ik wil het trouwens ook voor mezelf.'

Hij gaf haar het kamernummer, drukte een kus op haar voorhoofd en ging naar de overkant, waar het restaurant was gevuld met dinerende concertgangers.

Max zat aan een kleine tafel tegen de muur.

'En?' vroeg hij onmiddellijk.

'Niet al te best.'

Van de neuroloog had Onno 's middags te horen gekregen, dat Ada's electro-encefalogram gelukkig niet 'plat' was, zoals hij het noemde, maar wel een 'diffuus, ernstig vertraagd beeld' vertoonde.

'Ik ken dat soort termen uit mijn eigen vak,' knikte Max.

'Hij zei, dat er voorlopig nog geen enkele voorspelling gedaan kon worden. Pas als het over twee of drie maanden nog steeds zo is, kan er vermoedelijk gesproken worden over een irreversibel coma.'

'En als je een plat e.e.g. hebt...'

'Dan ben je een plant.'

Zij zaten tegenover elkaar en zwegen.

'Maar stel nu...' begon Max aarzelend. 'Ada is nu in haar vijfde maand... als het dan nog –'

'Voor het kind schijnt het allemaal niets uit te maken.'

Opeens besefte Max, dat hij momenteel de enige was, die nog kon vertellen wat er in de Golf van Mexico was gebeurd. Maar zelfs al zou het zo blijven, dan nog hielp het hem niet. Ook als zij geen ongeluk had gekregen, zou Ada er nooit over hebben gesproken.

'En dan?' vroeg hij voorzichtig.

'Ja, dan is er een probleem. Maar voorlopig is dat niet aan de orde. Het is allemaal pas de afgelopen nacht gebeurd, besef je dat wel? Haar moeder was er vanmiddag, die was ooit verpleegster; zij zei ook, dat zij vaak wekenlange bewusteloosheid had meegemaakt.' Onno hoorde het zichzelf zeggen, – en tegelijk zag hij Ada's roerloze gezicht op het kussen, de gruwelijke sonde in haar neus, en hoe hijzelf vanmiddag in hun stille huis minutenlang naar haar cello had zitten kijken, als naar een grafsteen.

'Het is dus in elk geval zo,' zei Max bedachtzaam, 'dat voor het kind geen gevaar dreigt.'

'Daar was iedereen het over eens.'

De ober reikte hun de spijskaarten, maar Onno maakte een afwerend gebaar en zei dat hij vier croquetten en twee glazen melk wilde. Max had liever helemaal niet gegeten en bestelde alleen een bord groentesoep. Hij kreeg de indruk dat Onno optimistischer was dan hij, zelf vertrouwde hij het niet, – en dat kwam natuurlijk door wat diezelfde Sophia had gezegd, maar dan 's nachts.

'Daar ga je weer,' zei Max, 'met je melk en je croquetten.'

Onno zuchtte diep.

'Als ik heel eerlijk moet zijn... maar dat mag je natuurlijk nooit aan iemand vertellen... dat vind ik op zichzelf niet het ergste. Ik ben het komische type van de getrouwde vrijgezel.'

Max glimlachte. Hij wilde zeggen dat hijzelf dan, in alles immers Onno's tegendeel, vermoedelijk het tragische type van de ongetrouwde echtgenoot was, – maar het was te dubbelzinnig om over zijn lippen te komen. Zijnerzijds had Onno het er natuurlijk onmiddellijk bij gedacht, ook wist hij dat Max het dacht, en hij waardeerde het in hem dat hij nu niet wilde vervallen in hun gebruikelijke toon.

Max spreidde het servet op zijn schoot.

'Hoe reageerde je schoonmoeder toen zij Ada zag?'

'Onbegrijpelijk. Ze keek naar haar dochter alsof het een willekeurige patiënt was. Geen enkel gevoel, terwijl haar man nota bene ook net dood is. Nee, daar zul je mee gezegend zijn, met zo'n moeder. Ik heb het nooit willen geloven van Ada, maar nu heb ik het met mijn eigen ogen gezien.'

'Voor mij was zij anders heel aardig,' zei Max, zonder hem aan te kijken, 'ik kan niet anders zeggen. Ze heeft me onderdak gegeven, mijn broek geperst en een ei voor me gebakken. Misschien kost het haar moeite, zich te uiten.'

'Ja ja. Ik zou je een paar van Ada's verhalen over haar kunnen vertellen, maar dat zal ik niet doen. Misschien ken jij ze trouwens ook. Overigens, maandag wordt Brons gecremeerd, je krijgt nog een aankondiging. Kom je ook, of zit je weer in Dwingeloo?' Hij stokte. 'Wat is er met je? Je kijkt opeens alsof je het in je broek hebt gedaan.'

Max' ogen hadden zich vergroot van ontsteltenis. Hij merkte dat hij, bij het vooruitzicht Sophia weer te ontmoeten, een erectie kreeg onder zijn servet. Wat betekende dat in hemelsnaam? Betekende het dat hij, zo min als Ada en Onno, niet alleen haar nooit had begrepen, maar ook niet zichzelf?

*

Met een Volkswagen, geleend van zijn garage, reed Max van de sterrenwacht naar het crematorium in de duinen bij Den Haag. Hij had inderdaad eigenlijk in Dwingeloo moeten zijn, maar na een beroep op het ongeluk had iemand zijn taak overgenomen.

Hier ging alle hoop in rook op. Net als drie maanden geleden, tijdens Onno's bruiloft, heerste ook op deze plek spitsuur – maar nu om te niet te doen, waarvoor op de stadhuizen onafgebroken de grondslag werd gelegd. Dezelfde zwarte limousines, nu zonder witte strikken aan de zijspiegels, reden het hek in en uit, en nu niet begeleid door confetti en gelach, maar in een loden stilte, alleen gevuld met het zachte knerpen van vermalen schelpen onder de banden. Diep zoog hij de zeelucht in. Ook hier stonden weer overal groepjes mensen, maar hij zag niemand die hij kende. Bij het hek vroeg een man in een zwart pak, met een hoed in zijn hand, voor welke overledene hij kwam; beroepshalve sprak uit zijn gezicht zo'n mateloos, universeel, bijkans syllogistisch verdriet over de sterfelijkheid van alle mensen, dus ook van Socrates, dat niemand daar met zijn individuele verdriet aan kon tippen. De dienst voor de heer Brons was in de kleine aula. De stoet was nog niet gearriveerd.

Hij liep het bospad op, langs de columbaria. In de nissen van de opgemetselde muren stonden de urnen als in een achttiende-eeuwse apotheek; maar tegelijk maakte het een aziatische indruk op hem, het had iets chinees', iets uit een sinds duizenden jaren verzonken cultuur. Zelf zou hij zich nooit laten cremeren; dat was hem veel te definitief. Met Onno was hij eens tot de conclusie gekomen, dat je moest beslissen of je na je dood in je vader terug wilde keren of in je moeder. Wilde je naar je vader terug, dan moest je het vuur in, want dat was de geest; maar je moeder was natuurlijk de aarde, het lichaam. Sinds dat gesprek stond het voor Onno vast, dat hij zich zou laten verbranden. De zon scheen laag over de boomtoppen, – en toen het crematorium opdoemde, zag hij boven het lage, platte dak, tegen de donkere achtergrond van het bos, langzaam heel ijle, bleekblauwe rook drijven, als van een sigaret. Hij besloot, eerst om het gebouw heen te lopen eer hij naar binnen ging.

Aan de achterkant stokte hij. Niet van de container met vuilnis, die daar stond, want afval was overal onvermijdelijk; ook niet van de chauffeurs, die daar lachend stonden te praten bij hun geparkeerde lijkauto's, want ieder had zijn beroep; maar van de vierkante schoorsteen, die hij herkende van Birkenau. Er kwam nu geen rook uit, alleen zinderende hitte. Aan de voet er van weerklonk uit een rooster het dreunen van ventilatoren. Hij zag het niet, maar tegelijk zag hij het: hoe stokers onder de grond de baren met de kisten uit de neergedaalde liften trokken, in het neonlicht over een betegelde vloer duwden en met bloemen en al in de witte hel schoven: weliswaar niet duizenden per dag, twee of drie per uur, maar dat was toch wat daar beneden gaande was.

In de wachtkamer van de kleine aula was al een klein gezelschap verzameld. Onno's ouders waren er en de man van zijn jongste zuster, Karel, de rotterdamse hersenchirurg. De anderen – vrienden en kennissen van Brons natuurlijk, vrijdenkers en anarchisten, geheelonthouders misschien zelfs – had hij nooit eerder gezien. Hij kon zich Ada's vader alleen vaag herinneren, maar op een of andere manier leken zij op hem: enigszins slonzig, zoals sociaaldemocraten, maar minus de kleinburgerlijkheid en plus een zekere intellectuele helderheid, waarmee zij uit hun ogen keken. Zij hadden boeken gelezen, – al waren dat misschien boeken, die alleen zij nog lazen. Schuchter keken zij nu en dan naar de gereformeerde minister van Staat, die voornamelijk één Boek had gelezen.

Alleen Bruno kende hij verder nog. De pianist had de overlijdensadvertentie gezien en vroeg, hoe Ada op de dood van haar vader had gereageerd.

'Niet,' zei Max.

Nadat hij kort had verteld wat er was gebeurd, vroeg Bruno geschrokken of zij ook vandaag nog buiten bewustzijn was, maar dat wist hij niet. Hij excuseerde zich en begroette Onno's familie. Ook voor hen was het vanzelfsprekend, dat zij niet over Brons praatten maar over Ada. Aarzelend bevestigde de hersenchirurg, dat ook een langdurig coma niet op cerebrale verwoesting hoefde te duiden, maar hij zag haar toch liever vandaag dan morgen ontwaken. Haar hersenstam, waar zich het ademhalingscentrum bevond, was in elk geval niet beschadigd.

'Dat arme kind,' zei Onno's moeder. 'En dan ook nog in blijde verwachting. Is het niet godgeklaagd?'

'Zo spreek je niet, To,' zei Quist met granieten overwicht. 'Gods wegen zijn ondoorgrondelijk.'

'Ja natuurlijk, maar...'

'In het aangezicht van de Voorzienigheid is er geen «maar».'

Geïntimideerd zweeg zij.

'Het was ook eerder of de duivel er mee speelde,' zei Max. 'We moesten stoppen voor een omgewaaide boom, en precies op die plaats waaide even later een tweede boom om.'

Quist zond een korte blik naar hem op, die hij niet helemaal thuis kon brengen: aan de ene kant sprak er uit dat de duivel iets was voor afgodendienaren, of voor roomsen, wat praktisch op hetzelfde neerkwam; aan de andere kant lichtte er iets van sympathie in op, dat hij zijn vrouw manichees' te hulp was gekomen in het dilemma van de theodicee. Misschien, dacht Max, was het werkelijk zo dat je alleen aan God kon geloven als je ook in de duivel geloofde. Als je alleen aan God geloofde, kwam je in de problemen. Waar kwamen de gaskamers dan vandaan? Waarom moest die boom juist vallen waar hij viel? Waardoor was Gods schepping zo gebrekkig, dat er later weer een Messias nodig werd? 'En God zag dat het zeer goed was' – maar het was helemaal niet goed. Er deugde niets van.

Langzaam werden de deuren van de aula geopend door een bediende, die, ondanks zijn jeugdige leeftijd, ook al volledig geknakt was van smart. Max ging als laatste naar binnen. De kist, met bloemen overdekt, stond vooraan in het midden, als een projectiel dat op het punt stond te worden gelanceerd. Op de voorste rij zag hij Onno, zijn zuster Dol, en Sophia met een oude dame, die haar moeder moest zijn; de anderen waren natuurlijk familie van Brons. Dol was op het idee gekomen, het tweede deel van het celloconcert van Dvořák te laten spelen, wat Ada nog aanweziger deed zijn dan wanneer zij aanwezig was geweest. Het was Max of de muziek het enige was dat bewoog in de zaal. Hij keek naar het witte achterhoofd van Ada's grootmoeder, het haar in een knotje. Zat daar misschien de overgrootmoeder van zijn kind?

Toen de muziek langzaam was weggedraaid, deed de gebroken jongeman een stap naar voren en zei, ook weer met een hoed in zijn hand:

'Het woord is aan de heer A.L.C. Akkersdijk.'

Papieren uit zijn binnenzak trekkend, kwam een grijzende man uit de rijen en ging achter de katheder staan. Hij vouwde ze open, keek grimmig het publiek in en zei met grote beslistheid:

'Oswald Brons is dood.'

Hier sprak iemand die geen twijfel kende. Terwijl hij Brons' verdiensten schetste voor de zaak van de vrije gedachte en de overwinning van de rede op alle obscurantisme, van het wetenschappelijke atheïsme op het dogmatisme van de kerken van alle gezindten, in het bijzonder in de afdeling Leiden, waaraan Oswald zijn beste krachten had gegeven, zag Max aan Onno's achterhoofd dat hij aan zijn vader dacht, die nu ook dit weer moest meemaken. Hij keek rond. De heldere aula met haar bakstenen muren was zo schoon en kaal als een straal koud water uit de kraan, – het was de functionele architectuur van de moderne dood. Maar was misschien de ware architectuur van het verdriet nog steeds een donkere kerk vol wierook, met zuilen en beelden en duistere nissen, waarin kaarsen brandden bij schemerende schilderijen, terechtgestelde goden en heilig gereedschap? Was dat emotioneel niet veel functioneler? Kennelijk was dat vergeten door de vegetarische iconoclasten van het Bauhaus en De Stijl.

Tot slot van zijn toespraak citeerde Akkersdijk een bitter aforisme van Multatuli, waarbij zijn stem veranderde als die van een dominee die een bijbelvers las. Hij vouwde zijn manuscript op, en enigszins in tegenspraak tot zijn wereldbeschouwing keek hij naar de kist en zei bars:

'Tot ziens, Oswald.'

De muziek nam weer bezit van de ruimte. Na een halve minuut vroeg Max zich af waarop nu gewacht werd, – toen zag hij plotseling, dat de kist al bijna in de grond was verdwenen. Ook de bloemen werden onzichtbaar en langzaam gleden twee schuiven dicht. Nu gingen ze aan het werk in de kelder, zwetende mannen met bierbuiken en een sigaret tussen hun lippen; liefst was hij naar buiten gegaan om te zien, hoe er opeens rook uit de schoorsteen kwam. Hij dacht aan Ada. Terwijl haar vaders lichaam vernietigd werd, lag zij in bed en wist van niets. Of bestond tussen een dochter en haar vader zo'n diepe, ondergrondse band, dat zij het toch op een of andere manier registreerde? Misschien net zo'n band als die tussen haar en haar ongeboren kind – of als tussen een zoon en zijn moeder?

Toen het proces in de onderwereld blijkbaar was voltooid, deed de jongeman weer een stap naar voren en maakte een uitnodigend gebaar naar de familie; tegelijkertijd ging aan de zijkant een dubbele deur open en meteen verspreidde zich de geur van koffie als de wierook van het rijk der levenden. De nabestaanden gingen in een rij staan en Max was de laatste die condoleerde. Zonder iets te zeggen drukte hij Sophia's hand, waarbij hij zich bewust was van haar warmte; maar ofschoon zij dat aan hem moest zien, liet zij geen reactie blijken. Zij stelde hem voor aan haar moeder, die, steunend op een stok, hem ook weer met diezelfde koele ogen aankeek en zei:

'U zat achter het stuur, hoor ik. Wat verschrikkelijk allemaal.'

Hij knikte zwijgend. Brons' moeder was in tranen, waardoor ook zijn vader zich nauwelijks goed kon houden; maar naar mate de generaties vorderden, werd het leed dragelijker: de jongste neefjes en nichtjes, aan het eind, waren in een onmiskenbaar opgewekte stemming.

Achter hem had de rij zich opgelost en hij vroeg Onno, hoe het vandaag met Ada was.

'Hetzelfde.' Hij excuseerde zich, hij moest naar zijn vader en moeder: goedmaken wat A.L.C. Akkersdijk had aangericht. 'Wat ik die mensen aandoe... Daar zal ik nog eens zwaar voor gestraft worden. Overigens, we gaan dadelijk nog naar de Statenlaan, naar mijn ouders, maar dat is alleen voor de naaste familie. Ik kan je moeilijk uitnodigen.'

'Natuurlijk niet. Ik bel je morgen.'

Aan het buffet haalde hij koffie en koek en wandelde het gezelschap in, nu en dan een paar woorden wisselend. Steeds wierp hij een korte blik in de richting van de weduwe, maar zij keek niet naar hem. Natuurlijk niet. Hij maakte een grote vergissing en hij moest het uit zijn hoofd zetten. Het was een incident geweest, onder druk van de ellende had zij zich voor één keer laten gaan en nu had zij zichzelf weer in haar macht. Zij was weer de onbereikbare vrouw, die zij altijd was geweest. Misschien had zij zich intussen werkelijk wijsgemaakt, dat het niet was gebeurd.

Toch, toen er aanstalten werd gemaakt om te vertrekken, zorgde hij dat hij toevallig in haar buurt was. Terwijl zij haar moeder overeind hielp, vroeg zij hem:

'Heb je je puntenslijper niet gemist? Die heb je vorige week laten liggen.'

'Ach, was dat bij u!'

Afstandelijk keek zij hem aan.

'Tot ziens. Bedankt voor je belangstelling.'

'Tot ziens, mevrouw.'

*

Liefst had Max nog diezelfde avond zijn puntenslijper gehaald, maar dat was natuurlijk niet mogelijk. Onafgebroken dwaalden ook de dag daarop zijn gedachten af: van het stelsel 3 C 296 naar het inwendige happen van mevrouw Brons. Het was toch een verkapte invitatie geweest! 'Tot ziens.' Of maakte hij zichzelf dat wijs? Misschien ging het haar inderdaad alleen om die puntenslijper. Maar kwam men terug op zoiets onnozels als een vergeten puntenslijper – en dat vlak na de crematie van een echtgenoot? Als het nu een vulpen was geweest, of een heel bijzondere puntenslijper, maar het was een ordinair grijs ding van een kwartje, dat hij niet eens had gemist en waarvan hij er thuis nog vijf of tien had, net als op de sterrenwacht. Dat hij haar ook de volgende avond niet opzocht, maar zich dwong in zijn auto te stappen en naar Amsterdam te rijden, kwam doordat hij niet kon overzien waarin hij zich misschien zou begeven. Had hij zich langzamerhand niet genoeg in de nesten gewerkt? Die eerste keer had het initiatief bij Sophia Brons gelegen, onder buitengewone omstandigheden; dat was nu in zekere zin ongebeurd. Maar een tweede keer zou het initiatief bij hem liggen, dat was een nieuw begin, en als dat resultaat had zou alles anders worden. Dan zou er ook een derde keer zijn, en een vierde. Hoe geheim kon het blijven? Stel je voor, Onno kwam het aan de weet! Bovendien: straks kreeg haar dochter misschien een kind dat sprekend op haar minnaar leek – wat dan? Dan werd alles dubbel rampzalig, en misschien niet helemaal ongevaarlijk. En als man van de wetenschap kon hij zelfs een kans van driedubbele rampzaligheid niet voor honderd procent uitsluiten: dat ook Sophia in verwachting zou raken van hem.

Maar er was geen houden aan. De herinnering aan het happen en aan de opwindende omstandigheden van die nacht, nu een week geleden, had hem elke belangstelling voor andere vrouwen doen verliezen. Als iemand die gestopt was met roken en de hele dag alleen aan sigaretten dacht, zwierf hij door de sterrenwacht, liep de hortus in, kwam weer terug, ijsbeerde door zijn kamer, ging koffie drinken, voerde gesprekken die hij onmiddellijk was vergeten, en toen de meesten al naar huis waren ging hij eten bij de chinees, waar hij vaak met Ada was geweest. Hij dronk drie vaasjes sake en om half tien ging hij naar de telefoon en draaide het nummer, dat hij onder Ada in zijn agenda had staan.

'Met mevrouw Brons.'

'Met Max Delius. Ik bel u over mijn puntenslijper.'

'Die ligt hier op tafel.'

'Vindt u het goed als ik nog even langskom om hem op te halen? Of is het te laat?'

'Zo laat is het nu ook weer niet.'

'Dan ben ik dadelijk bij u.'

Trillend rekende hij af en reed naar de *Lof der Zotheid.* Hij zette zijn auto half op de stoep en nam zich voor, geen enkel initiatief te ontplooien, zoals anders zijn gewoonte was; hij zou wel zien wat er gebeurde.

Met de zwarte leesbril laag op haar neus deed Sophia open.

'Dag Max.'

'Dag mevrouw.'

Hij volgde haar door het antiquariaat, dat de indruk maakte weer te functioneren. In de woonkamer stond de televisie aan, met afgezet geluid. Op een plein, zo te zien in Rome, sloeg de politie op demonstranten in.

'Wat is er aan de hand?'

'O, dat. Weet ik niet, ik wilde een film met Greta Garbo zien die dadelijk komt. Ga zitten, – of moet je meteen weg?'

Terwijl zij in de keuken koffie voor hem zette, draaide hij het geluid aan en ging op de bank zitten. Sinds Ada's zwangerschap was de politiek eigenlijk aan hem voorbij gegaan; natuurlijk las hij in de krant wat er allemaal gebeurde, en dat was veel, maar hij las het als de advertenties of het economische nieuws: het drong niet door tot het gebied, waar hij sindsdien vrijwel uitsluitend huisde, – ook nu niet. Toen Sophia binnenkwam met de koffie, verschenen de voortitels van *Anna Karenina.*

Thuis had hij een draagbaar toestel, met een uitschuifbare kamerantenne in de vorm van een V, maar dat stond zelden aan; hij kon zich niet herinneren, ooit met Ada naar de televisie te hebben gekeken. Maar nu, in deze opkamer achter een boekwinkel, in het diepste geheim, toonde dat kleinburgerlijkste van alle genoegens opeens een opwindende achterkant, zoals een onschuldig laarsje voor een schoenenfetischist. Met over elkaar geslagen benen zat Sophia in de kleine fauteuil, roerde in haar koffie en keek naar het zich ontrollende drama. Zij spraken niet. Een jaar of tien geleden had hij de roman gelezen, maar hij kreeg niet de indruk dat de film meer met het boek had te maken dan een foto van een ramp met die ramp. Paleizen, verblindende uniformen. Het ondoordringbare gezicht van Garbo, het wanhopig zangerige in haar stem. Uit zijn ooghoeken keek hij nu en dan naar Sophia, naar haar mooie, smalle enkels. Wat vroeger de kachel was, dacht hij, waar het gezin omheen zat, was tegenwoordig het televisietoestel. Televisie was het moderne vuur. Hij wilde dat tegen haar zeggen, maar hij had het gevoel dat hij zijn mond moest houden.

Toen het fluiten en sissen van de fatale locomotief en de lugubere stoomslierten plaatsmaakten voor het laatste nieuws, deed Sophia het toestel uit en vroeg of hij nog iets wilde drinken.

'Een glas wijn misschien?'

'Als ik u niet ophoud...'

'Ik ga nooit zo vroeg naar bed, maar jij moet nog naar Amsterdam.'

'Daar ben ik binnen een half uur. Het is nu stil op de weg.'

Speelde zij een spel – of juist niet? Nadat zij hem had ingeschonken, uit een aangebroken fles rioja, spraken zij over Ada. Vanochtend was zij weer in het ziekenhuis geweest: de toestand was nog steeds ongewijzigd en de artsen waren aanmerkelijk somberder geworden. Omdat zij had laten blijken, dat zij gediplomeerd verpleegkundige was, spraken zij anders met haar dan met een willekeurig familielid. Zij kreeg details te horen over laboratoriumuitslagen, onderzoek van motorische functies, oogreflexen. Pas na weken kon een min of meer accurate prognose gegeven worden, maar er was nog steeds hoop en dat zou voorlopig ook zo blijven. In de medische literatuur was zelfs een geval bekend van een veertigjarige man, die anderhalf jaar vegetatief was geweest, maar die toch nog ontwaakte en weer begon te spreken, al was hij grotendeels verlamd en totaal afhankelijk.

Max knikte. Zij dacht nu natuurlijk hetzelfde als hij: hoe het verder moest, mocht Ada toch niet bij kennis komen. Hij wilde er over beginnen, maar dat waagde hij niet. Op zijn vraag, hoe het nu met het antiquariaat ging, zei Sophia dat zij 's middags open was, maar dat het zo niet lang verder kon gaan; als iemand kwam snuffelen en een boek wilde hebben, verkocht zij het tegen de prijs, die haar man met potlood op het schutblad had geschreven. Maar als iemand een stapel boeken uit een tas haalde om te verkopen, wist zij niet wat zij moest doen en stuurde hem weg.

Er viel een stilte.

'Wat voor kind is Ada geweest?' vroeg Max.

Sophia keek even naar haar handen.

'Zal ik je dat eens vertellen? Op een keer, vlak voordat Oswald en ik ergens heen moesten, had ik ruzie met haar gehad. Ze was toen een jaar of elf, twaalf. Ze had een vreselijk verhaal over me rondgestrooid: dat ik de poes in een boekendoos had gedaan en verdronken in het Rapenburg – terwijl we helemaal geen poes hadden. Oswald was allergisch voor poezen. Toen we 's middags thuiskwamen vonden we een briefje hier op tafel, waarin stond dat ze was weggelopen en nooit meer terugkwam. De vorige dag hadden we pannekoeken gegeten, en zoals je weet worden er altijd te veel pannekoeken gemaakt; die overtollige pannekoeken waren allemaal verdwenen. We dachten dat het zo'n vaart niet zou lopen, maar toen ze om etenstijd nog niet thuis was, begonnen we ongerust te worden. We belden iedereen die ze kende en later op de avond ging Oswald met een foto naar de politie. We bleven natuurlijk op en midden in de nacht hield Oswald het niet meer uit, totaal overstuur pakte hij zijn fiets en ging haar zoeken. Toen hij al een paar straten verder was, hoorde ik hem haar naam nog schreeuwen. Maar een half uur later kreeg ik opeens een vreemd gevoel, ik weet niet wat het was, ik ging naar de zolder en deed de deur van het rommelhok open. Daar lag ze te slapen, met haar jas aan. Naast haar lagen de pannekoeken, in een bij elkaar geknoopte theedoek.'

'En uw man fietste nog een uur door Leiden en schreeuwde haar naam?'

'Ja. Toen hij thuiskwam, lag zij al lang in bed. Ze had niet eens gemerkt, dat ik haar had uitgekleed.'

'En de volgende dag?'

'Er is niet meer over gesproken.'

Buiten was geen geluid te horen. Max dronk zijn glas leeg, – en in een opwelling besloot hij, niet meer als eerste iets te zeggen. Hij schonk Sophia en zichzelf nog eens in en keek naar zijn puntenslijper, die op tafel lag. *Ein Märchen.* Daar zat hij nu in die opkamer, waar hij Ada voor het eerst had gezien, en even later haar moeder. De tijd verstreek en het zwijgen omvatte hem als een steeds warmer bad. In de rand van zijn gezichtsveld zag hij onafgebroken haar gestalte, met het geheim diep in haar schoot. Na een paar minuten keek hij even naar haar en gedurende een seconde beantwoordde zij zijn blik, maar zonder uitdrukking. Ook hij gaf geen enkel teken van verstandhouding; hij wist zeker dat hij, als hij nu geglimlacht had, alles kapot zou hebben gemaakt.

Nadat de stilte tien minuten of een kwartier had geduurd, wist hij dat hij dit ging verliezen. Zij was hem de baas. Tot morgenochtend zou zij in haar stoel blijven zitten en zwijgen. Met bonkend hart keek hij op zijn horloge en zei:

'Het is al laat. Ik denk dat ik maar eens ga.'

Zij keek ook op haar horloge.

'Moet je morgenochtend weer in Leiden zijn?'

'Het is niet anders.'

'En je hebt ook gedronken. Als je wilt, kun je hier blijven logeren.'

'Wel... als ik u niet ontrief...'

Uit de badkamer bleken Brons' spullen verdwenen.

29
Onomkeerbaarheid

In de weken die volgden, bezocht hij Sophia om de paar dagen. Elke keer belde hij eerst op om zijn komst aan te kondigen, want al het maken van een afspraak leek hem te intiem, en elke ochtend bedankte hij vormelijk voor de gastvrijheid. Zij praatten wat, zij lazen wat of keken naar de televisie; als het ten slotte eigenlijk te laat was om nog naar Amsterdam te gaan, kon hij wat haar betreft net zo goed blijven slapen. Steeds ging dan in het donker de deur open en zij kroop bij hem onder de deken; na zich volledig te hebben laten gaan, verdween zij weer zonder dat hij haar had gezien. Na die eerste keer had zij ook niet meer gesproken, wat ook voor hem het teken was om niets meer te zeggen in bed. Nog nooit had hij zoiets raadselachtigs meegemaakt, maar op een of andere manier beantwoordde het aan een diepe wens, waarvan hij zich nooit bewust was geweest. Hij had de onbereikbare vrouw bereikt! Niemand mocht het weten, met niemand mocht hij er over spreken – allereerst niet met haar zelf. Zou hij haar ook maar één keer laten blijken dat hij het wist, onmiddellijk zou het afgelopen zijn. Zij moest de twee vrouwen blijven die zij was, de dag-Sophia en de nacht-Sophia, – zou hij ze met elkaar verbinden, terstond zou kortsluiting het mechanisme onklaar maken. Hij mocht haar zelfs niet bij haar voornaam noemen, zo lang zij hem daartoe niet had uitgenodigd. Volgens de psychiaters zou het wel pervers zijn, overwoog hij, Freud zou de slappe lach er wel van hebben gekregen, maar omdat haar mysterie precies paste op het zijne, als een moer op een schroef, raakte hij volledig verslaafd aan de situatie, – nog helemaal afgezien van haar lange tong en het gloeiende, onderaardse happen. Nam anders zijn verlangen naar eenzelfde vrouw altijd exponentieel af, nu leek het ook na een maand elke keer nog heviger te worden. Naar andere vrouwen keek hij niet meer om – met als bijkomend voordeel een aanzienlijke tijdwinst.

*

Onno had hem al een paar keer gevraagd, waar hij de laatste weken toch uithing, zelden kreeg hij nog gehoor in de Vossiusstraat, waarop Max zei, dat er regelmatig 's avonds vergaderd moest worden over het programma van de nieuwe telescoop in Westerbork, die nog dit jaar in gebruik genomen zou worden. Onno wilde dat graag aannemen, zelf deed hij ook weinig anders meer dan vergaderen. Na Berkeley, Amsterdam en Berlijn, – waar Rudi Dutschke inmiddels was neergeschoten, – waren nu ook in Parijs de studenten in opstand gekomen. Dat had meteen een andere, serieuzere dimensie, aangezien het daar plaatsvond in een revolutionaire traditie; prompt sloeg de revolte over naar de arbeiders, die hun fabrieken bezetten, en plotseling begon het ernst te worden in Europa. *l'Imagination au pouvoir!* Een nieuwe epoche stond op het punt aan te breken, en ook in Nederland moest de nieuwe garde paraat zijn om de macht over te nemen. Om zich op de hoogte te stellen, reisde Onno half mei met een paar strijdmakkers voor een paar dagen naar Parijs, waar hij in de stampvolle cafés rondom de bezette Sorbonne verscheidene activisten zag die hij uit Havana kende, met cubaans gezag orerend, in hun ogen de geïllumineerde blik van de zege. Maar, vertelde hij na zijn terugkomst aan Max, hij maakte zich niet aan hen kenbaar waar zijn hollandse vrienden bij waren:

die hoefden niet te weten wat hij precies op Cuba had uitgespookt, ten einde dat op een dag misschien tegen hem te gebruiken.

'Plezierig beroep heb jij,' zei Max.

'Zeg dat wel. Politiek wordt gemaakt door gesublimeerde penose, en ik ben de gemeenste gangster van allemaal. Geen bedrijf voor zachtmoedige, wereldvreemde geesten als jij.'

Maar aan Ada ging het wereldgebeuren voorbij. Na die nacht van het ongeluk had Max haar niet meer gezien; hij ervoer een weerstand om haar op te zoeken, en omdat hij het voor haar niet hoefde te doen voelde hij zich verder niet schuldig. Sophia informeerde nooit of hij al eens in het Wilhelmina Gasthuis was geweest; maar toen Onno op een zondagochtend belde en vroeg of hij mee ging, kon hij niet weigeren – en een uur later liepen zij door de straten van het uitgestrekte complex sombere gebouwen, dat nog uit de vorige eeuw stamde. Zelfs buiten hing daar in de windstille lentemorgen al de geur van lysol, vermengd met die van sinaasappelen.

In een afgelegen paviljoen lag zij met zes andere coma-patiënten in een vuilgeel geschilderde zaal. Het was bezoekuur, bij elk bed zaten al zwijgende of fluisterende familieleden; de meeste patiënten hadden verband om hun hoofd. Aan een tafeltje, onder een maandkalender met een grote foto van de pyramide van Cheops, zat een verpleger de krant te lezen. Zij lag op een schapenvacht; haar hoofd, een sonde in haar neus, was iets opzij gedraaid op het kussen. Zij ademde rustig, met gesloten ogen, alsof zij sliep, – en tegelijk was op een of andere manier te zien, dat het geen slaap was. De uitdrukking van haar gezicht was veranderd, maar hij kon moeilijk benoemen in welk opzicht: er ging iets eeuwigs van uit, alsof zij geleidelijk plaatsmaakte voor een beeld van zichzelf. Haar armen lagen naast haar lichaam, de handen roerloos. Wat in elk geval onmiskenbaar anders was geworden, gegroeid, verhoogd, was de vloedgolf onder de deken. Zij was nu in haar zevende maand, en wat daar toenam in haar binnenste was geen beeld, maar een wezen van vlees en bloed. Het was of zij alleen nog bestond om dat voort te brengen, als een machteloze bijenkoningin, door darren in leven gehouden.

Elk aan een kant van het hoge, strak opgemaakte bed keken zij elkaar aan.

'Het beeld baart een mens,' zei Max zacht, terwijl hij meteen het gevoel kreeg dat hij te ver ging.

Onno huiverde. Dat drukte precies uit, wat hij zelf al die weken had ervaren. Zij was teruggebracht tot een oven, die niet van dezelfde aard was als het brood dat er in rees. Kwam ooit nog het moment, dat zij haar ogen opsloeg? Ook vandaag was er weer niets veranderd, en sinds kort had hij zijn hoop vrijwel verloren, maar dat wilde hij zichzelf nog niet bekennen; ook de problemen, die vermoedelijk voor hemzelf in het verschiet lagen, wilde hij pas overdenken als er zekerheid was. Hij had het onbestemde gevoel, dat hij, door er in gedachten van uit te gaan, het onherroepelijke op een of andere manier naderbij zou brengen.

'Iedereen is er van overtuigd,' zei hij, 'dat de mensen in die bedden niets horen, en toch zit iedereen te fluisteren.'

'Opdat ze niets zullen horen,' vulde Max aan. 'Misschien horen ze dus toch iets.'

'Denk je dat echt?'

Max haalde zijn schouders op.

'Ik weet het niet. Wij fluisteren toch ook? Waarom zijn wij hier eigenlijk? Misschien zijn wij er diep in onszelf van overtuigd, dat die patiënten hier natuurlijk alles waarnemen, maar dat zij er alleen geen uiting aan kunnen geven.' Onno opende zijn mond, maar hij sloot hem weer, – waarop Max zei: 'Ja, dat van dat e.e.g. weet ik natuurlijk ook.'

Marijke had ook al zoiets beweerd, herinnerde Onno zich, maar het was natuurlijk maximale onzin. Hij wilde tegenwerpen, dat doden dan zeker ook alles hoorden, want in sterfkamers werd ook gefluisterd; maar Ada's aanwezigheid belette het hem – zodat het misschien toch niet zo'n onzinnige gedachte was. Bovendien wist hij, dat Max zijn theorie onmiddellijk op de spits zou drijven, zoals hij altijd alles op de spits dreef, en voor de gelegenheid ook bereid zou zijn de grens tussen leven en dood te verwijden tot een uitgestrekt niemandsland. Zoals hij hem kende, met zijn nogal homoseksuele neiging tot symmetrie, zou hij daarvoor een postmortale periode van negen maanden nemen, – waarmee hij dan meteen de diepere grond van de rouwtijd had verklaard.

Max, van zijn kant, geloofde zijn theorie eigenlijk even min, – maar ook hij wist tegelijk heel zeker, dat hij niet in Ada's oor zou durven zeggen: 'Je vader is dood en ik heb een verhouding met je moeder'. Hij las het kaartje van de bloemen, die naast het bed stonden:

'*Van Bruno.*' Hij keek Onno aan. 'Een zinloze daad dus. Geldverspilling.'

'Dat heeft hij voor zichzelf gedaan.'

'Nog erger.'

Toen Onno besefte, dat zijn antwoord de overtuiging inhield dat Ada niet meer zou ontwaken, zei hij:

'Of misschien hoopte hij, dat zij bij kennis zou komen en dan meteen zijn bloemen zou zien.'

Er viel een stilte in de ziekenkamer. De bewegingloze patiënten, waar de bezoekers naar keken: levende doden.

'Het lijkt hier wel een museum,' fluisterde Max.

Op hetzelfde moment als Onno nam hij Ada's hand in de zijne: Onno die waarmee zij de snaren had bestuurd, hij die waarmee zij de strijkstok had vastgehouden. Allebei voelden zij dat de hand, ofschoon warm, een ding was geworden. Hier en daar brak roest door de witte verf van het bed.

'Laten we gaan,' zei Onno na enkele ogenblikken.

Zij legden de handen op hun plaats, Onno drukte een kus op Ada's voorhoofd en zij liepen naar de deur. Toen Max zijn hand uitstrekte naar de klink, ging zij omlaag en er verscheen een arts in een witte, openhangende jas, die Sophia doorliet. Verrast keken zij elkaar aan.

'Nee maar,' zei Onno. 'Dag moeder.'

'Dag Onno. Dag Max.'

'Dag mevrouw.' Max gaf haar een hand, terwijl hij zeker wist dat aan hem even min iets te zien was als aan haar.

De arts, een kleine, kalende man, droeg een dubbele bril, waarvan de helft naar voren was geklapt, zodat het leek of hij via een rechte hoek naar de hemel keek. Nadat Onno hem had voorgesteld als Ada's neuroloog, dokter Stevens, keerden zij terug naar het bed.

Het was Max vreemd te moede. Daar waren zij nu plotseling alle vier bij elkaar, of eigenlijk alle vijf. Maar wie waren zij? Onno wist niet beter of hij bevond zich eenvoudig in het gezelschap van zijn vriend, van zijn schoonmoeder en van de moeder van zijn kind. Maar tegelijk was hij in het gezelschap van de minnares van zijn vriend, die zelf misschien de vader was van het kind dat zijn vrouw zou krijgen en die dus ook niet met recht zijn vriend genoemd kon worden, zo min als zijn vrouw zijn vrouw. Sophia wist iets meer dan Onno, maar ook niet alles, zoals hij zelf.

Sophia streek even door Ada's haar en trok toen het laken aan het voeteneind wat losser.

'Op zo'n manier krijgt ze spitsvoeten,' zei zij, zonder Stevens aan te kijken. En toen met een onbewogen gezicht: 'De berichten zijn niet goed, Onno.'

Verschrikt keek Onno naar de neuroloog.

'Tja...' zei deze, met een blik naar Max.

'Zegt u het maar, ik heb geen geheimen voor mijn vriend.'

'Wij hebben er net al over gesproken. Het e.e.g. is de laatste dagen ernstig verslechterd, en ook uit andere gegevens blijkt, dat u zich er op moet voorbereiden, dat uw vrouw naar alle waarschijnlijkheid in een irreversibel coma verkeert.'

Onno bleef hem even aankijken, wierp toen een blik op Ada en liep de ziekenkamer uit. Max aarzelde, maar volgde hem toen naar de gang, waar Onno door het raam naar buiten staarde, over de uitgeloogde hospitaalstraten.

'Ik wist het,' zei hij, 'ik wist het al die tijd. We wisten het allemaal. Hoe moet het nu in hemelsnaam verder?'

In zijn ogen zag Max een totale, ondragelijke wanhoop, – die op hetzelfde ogenblik naar hem over leek te springen, als een oproep, een eis!

*

Toen Onno diezelfde middag nog zijn jongste zuster belde om haar het slechte nieuws te melden, vertelde zij dat er al dagenlang binnen de familie werd getelefoneerd en overlegd, wat er moest gebeuren als Ada vegetatief zou blijven. Dat ergerde hem onmiddellijk mateloos: dat zou hij zelf wel bepalen; maar aan de andere kant moest de oplossing toch uit die richting komen, dat begreep hij ook wel. 'Familie duurt het langst,' placht hij te zeggen, – en toen Dol voorstelde een familieberaad te organiseren, stemde hij er mee in. 's Avonds belde zij nog eens met de boodschap, dat hun vader ook de dominee wilde uitnodigen, waarop Onno zei dat het dan wat hem betreft niet doorging.

Alles was natuurlijk al voorgekookt door de clan. Het zou alleen schijnbaar een beraadslaging zijn, het was hem meteen duidelijk waar het op uit zou draaien. In zijn directe familie waren maar twee gezinnen met kleine kinderen: dat van Diederics oudste zoon, Hans, en dat van Trees' oudste dochter, Paula. Hij had nooit veel belangstelling gehad voor die secundaire vertakkingen; een enkele keer zag hij hun nageslacht op feestjes, maar dan was het steeds zo gegroeid en veranderd, dat hij niet meer wist wie wie was en het kon hem ook niet schelen. Zijn neef Hans, momenteel eerste secretaris op de ambassade in Kopenhagen, met wie hij nooit meer dan een paar woorden had gewisseld, stond op de drempel van een veelbelovende carrière in de buitenlandse dienst; mede op grond van het Quistschap was hij voorbestemd tot ambassadeursposten in de vreselijkste landen, met uiteindelijk misschien als hoogste staat van diplomatieke zaligheid: Londen. Hij was getrouwd met een bankiersdochter uit Breda, wier vader op het idee was gekomen haar Hadewych te noemen. Zijn nichtje Paula, die hij eigenlijk even min kende, had een vijftien jaar oudere havenbaron uit Rotterdam verkozen, Jan-Kees, die drie kinderen had meegebracht uit een vorig huwelijk: een lompe, joviale man van tegen de veertig, die hard praatte en sigaren rookte.

Twee dagen later was een zware delegatie verzameld bij zijn ouders in Den Haag. In het tegenlicht, naast de lessenaar met de statenbijbel, zat de oude Quist in zijn fauteuil met de oorkleppen en liet zijn ogen dwalen over zijn kinderen en kleinkinderen. De vrouwen waren in de meerderheid. Diederic en zijn Antonia waren er niet, zij brachten een officieel bezoek aan Indonesië, – maar wel hun kopenhaagse Hans en zijn Hadewych; omdat hij toch op het departement moest zijn, had hij die gelegenheid te baat genomen. Zoals Onno had verwacht waren ook Paula en Jan-Kees verschenen. Net als Hadewych was Paula van Ada's leeftijd, misschien iets ouder, en in verwachting van haar tweede kind. Alleen Sophia behoorde niet tot de directe familiekring. Nadat Coba thee en kletskoppen had geserveerd en de kamer verlaten had, veronderstelde Onno dat zijn vader de vergadering zou openen, als de voorzitter van de ministerraad, – maar het was zijn moeder die zei:

'Dat arme kind toch. Ik heb er gisternacht geen oog van dicht kunnen doen. Is er echt helemaal geen hoop meer, Onno?'

Hij haalde zijn schouders op.

'Niets schijnt voor honderd procent zeker te zijn in de medische wetenschap, maar volgens de doktoren moeten we er nu van uitgaan, dat het zo blijft. Vraag maar aan Karel.'

'Ik heb gisteren gebeld met het Wilhelmina Gasthuis,' zei zijn zwager de hersenchirurg. 'Ik ben bang dat het zo is. En misschien,' zei hij, met een korte blik naar Onno, 'is dit van alle kwaden nog het minste. Zo'n langdurig coma zou onherroepelijk fatale consequenties hebben, zoals volledig geheugenverlies of totale karakterverandering.'

Volledig geheugenverlies. Totale karakterverandering. De woorden zonken in Onno weg als afgevuurde kogels in een lichaam. Niemand had hem dat eerder gezegd, niet Karel en niet de doktoren in het ziekenhuis; kennelijk had iedereen de laatste tijd *gehoopt*, dat zij niet meer zou ontwaken.

'Ook voor u is het toch verschrikkelijk,' richtte mevrouw Quist zich tot Sophia. 'Eerst de dood van uw man en nu weer dit vreselijke lot van uw enige kind.'

Onno keek naar zijn schoonmoeder. Sinds hij eens in de ziekenkamer was verschenen en had gezien, dat zij Ada's nagels vijlde, – die nu niet meer afgebeten waren, – had hij zijn harde oordeel over haar verzacht. Het was duidelijk dat zij zich ongemakkelijk voelde in dit gezelschap, maar zij zat rechtop en hield stand.

'Ik heb altijd geweten, dat het leven zoiets is als het weer. Het kan elk ogenblik omslaan.'

Na deze woorden, die niet in de eerste plaats van christelijk sentiment getuigden, viel even een stilte. Uit de verte, waar de straat was opgebroken, kwam het geluid van pneumatische hamers. Onno hoopte, dat nu niet een of ander zalvend citaat uit de Heidelberger Catechismus zou volgen; gelukkig bleek iedereen daar toch te veel instinct voor te hebben. Overigens, overwoog hij, het gold vooral voor de weersomstandigheden in Nederland, niet voor die in de Sahara; maar dat hield hij voor zich.

'De dingen zijn zoals ze zijn,' zei hij, – met het gevoel, dat die tautologie de ultieme levenswijsheid behelsde. 'Misschien moeten we het vanmiddag niet over onze emoties hebben, maar over de vraag hoe het straks verder moet. Als alles goed gaat wordt over twee maanden, in juli, ons kind geboren. En volgens de mensen die het weten kunnen, is er geen enkele reden om te veronderstellen dat het niet goed zou gaan, wat dat betreft. Maar dan?'

'Allicht,' zei Trees, zijn oudste zuster, terwijl zij haar zijden sjaaltje schikte, 'niemand verwacht van jou, dat je luiers gaat wassen.'

Als verzwegen toevoeging hoorde Onno onmiskenbaar de bijzin: '...terwijl je zelf nog een luier om hebt,' – maar dat liet hij passeren; niet alleen omdat het nu niet het moment was om stekelig te doen, maar ook omdat hij het er niet helemaal mee oneens was. Hij zou de veiligheidsspelden niet alleen door de luier maar ook door het kind steken, het in gedachten verzonken van de commode laten rollen, de telefoon opnemen en het onderwijl laten verdrinken in de badkuip.

'Natuurlijk niet,' zei haar man, 'dat is vrouwenwerk. Tegenwoordig hoor je andere geluiden, maar het is nu eenmaal zo dat vrouwen kinderen krijgen en mannen niet. Die hebben het maar van horen zeggen. Laten we het daarom overzichtelijk houden. Straks wordt Onno's kind geboren, zelf kan hij het niet verzorgen, dus wie verzorgt het?'

Daarmee had Coen de zaak tot haar essentie herleid, – vermoedelijk had hij nog meer te doen vanmiddag. Met opgetrokken wenkbrauwen keek de procureur-generaal de kring rond, alsof de eerste die nu zijn vinger opstak het kind rechtens toegewezen zou krijgen, waarmee de zaak geregeld zou zijn; er zou nog wat nagepraat worden over het weer, nog een kop thee in ontvangst genomen worden van Coba, en dan ging men maar weer eens op huis aan.

'Wij,' zei Dol, 'hebben geen kinderen, en wij zouden niets liever doen dan dat van jou opnemen, Onno. Ik ben nu bijna veertig, dus dat zou nog wel gaan. We hebben er heel lang over gepraat, maar we geloven toch dat het beter is dat het jongere pleegouders krijgt. Nietwaar, Karel?'

De chirurg zat met de toppen van zijn gespreide vingers tegen elkaar; hij haalde ze even van elkaar af en liet ze in de oorspronkelijke positie terugkeren. Dat gebaar deed hem meer dan ooit op count Frankenstein lijken.

'Het beste zou natuurlijk zijn als het wordt opgevoed in een gezin met andere jonge kinderen.'

Onno knikte en keek naar Sophia.

'Lijkt mij juist.'

'Het moet daar terechtkomen,' zei Sophia, 'waar het de meeste kans krijgt om zich te ontplooien.'

Dat klonk nogal vanzelfsprekend, maar Onno hoorde ook een verre echo van het Salomonsoordeel: '*Doorsnijdt dat levende kind in tweeën, en geeft de eene eene helft, en de andere eene helft*'. Hij keek naar de twee duo's Hans en Hadewych en Paula en Jan-Kees, – maar eerst nam Margo nog het woord, de vrouw van zijn hooggeleerde broer Menno, die zelf verhinderd was omdat hij zich moest verantwoorden op een studentenvergadering. Als altijd waren haar oogleden gezwollen en rood omrand, alsof zij had gehuild, maar zij was eerder goedlachs.

'Ons kroost zit al op de middelbare school en ik moet er eerlijk gezegd ook niet aan denken, dat ik weer luiers moet wassen. Voor zo ver ik Onno ken, zou hij trouwens niet willen dat zijn kind in Groningen opgroeit. Is het niet zo? Voor jou is dat de grauwe provincie, het zou ook te ver uit de buurt zijn voor je.'

'Niemand hoeft zich hier te verontschuldigen voor wat dan ook,' zei Onno. 'Ik vraag niemand iets.'

'Goed,' zei Jan-Kees. 'Dan bieden wij het je aan.' Hij legde zijn sigaar in de asbak, strekte zijn benen, deed zijn voeten over elkaar en legde zijn handen in zijn nek. 'Ik zit al vol kinderen, dus dat van jou kan er ook nog wel bij. We wonen in een optrekje bij Rotterdam, met een niet onaardige tuin, want ik heb een overslagbedrijf waar ik een hoop poen mee verdien. Ik ben een rechtse bal, maar ik zorg goed voor mijn arbeiders, en wie het daar niet mee eens is gaat de laan uit. We zullen je kind helemaal in jouw geest opvoeden, wat je mij rustig kunt toevertrouwen, want voordat ik tot de society behoorde was ik zelf ook socialist. En het kost je geen cent. Wel? Is dat een deal of niet? Nou jij weer.'

Hier werd zaken gedaan op zijn rotterdams. Er ontstond een enigszins gegeneerde stilte, maar Onno beviel het wel. Hij provoceerde natuurlijk, misschien uit verlegenheid; hij speelde wat hij uiteindelijk inderdaad was; maar omdat hij het bovendien speelde, was hij het tegelijk ook niet.

'Je pakt het weer reuze tactisch aan,' zei Paula en glimlachte verontschuldigend naar Onno.

'Ja, vind je niet?'

'Zeer,' zei Coen, zijn schoonvader.

'Maar we menen het, oom Onno. We zouden het graag doen.'

Dat zijn kind in een reactionaire omgeving zou opgroeien, was voor Onno geen probleem, dat was hemzelf ook overkomen; ook veel van zijn progressieve vrienden kwamen uit min of meer welgestelde kringen. Maar hij was natuurlijk een ordinaire geldverdiener, die Jan-Kees, gespeend van elke culturele interesse; ook had hij onmiskenbaar iets beestachtigs, met zijn puntige tanden en zijn zware, donkere baard, die alweer uit zijn gezicht gedrongen kwam. Zijn Paula daarentegen maakte een aanminnige, weerloze indruk, zoals zij daar zat met haar dikke buik in haar zwarte, goudbestikte afghaanse soepjurk tot op de grond. Uiterlijk leek zij in niets op haar vervaarlijke moeder Trees, maar thuis was zij vermoedelijk de baas. Onherroepelijk moest er iets van een leeuwentemster in haar schuilen.

'Wij zijn ook bereid je te helpen,' zei Hadewych.

De tweede offerte was binnen.

'Niet allemaal tegelijk!' lachte Margo, terwijl zij haar kletskop in haar thee doopte. Meteen sloeg zij haar hand tegen haar mond en keek verschrikt in het rond. 'Neem me niet kwalijk,' zei zij.

Misschien was Hadewych langs bovennatuurlijke weg bepaald door haar naam, misschien had zij zich er naar gemodelleerd, in elk geval zag zij er inderdaad uit als een middeleeuwse mystica. Haar gezicht had de donkere tint, die de spaanse troepen vierhonderd jaar geleden in Brabant hadden achtergelaten, daarin stonden twee te grote bruine ogen, die leken te glanzen van extatisch inzicht.

'Wij hebben geen villa in Kralingen,' zei Hans, 'en ook geen tuin met zwembad, maar wel een comfortabele flat in Kopenhagen. Dat wil zeggen, zo lang het duurt. Wat onze volgende post zal zijn, weet ik natuurlijk niet. Ik kan mij voorstellen, dat dat een probleem voor je is. Het zal altijd verder van Amsterdam zijn dan Groningen.'

In alles was hij het tegendeel van Jan-Kees. Hij had satijnachtig, opzijgekamd blond haar en lichtblauwe ogen, was zes- of zevenentwintig jaar oud en al van top tot teen gecostumeerd volgens de uniformregels van Buitenlandse Zaken: in een pak van de juiste tint grijs, niet te donker maar vooral niet te licht, een hemd met blauwe strepen, daarbij een donkerblauwe das met bescheiden witte noppen en aan zijn voeten zwarte gaatjesschoenen. Maar hij maakte een sympathieke, intelligente, zij het wat fletse indruk, - en hij had meteen het fundamentele probleem aangeduid: dat van het nomadenbestaan.

In gedachten verzonken keek Onno de kring rond. Trees wendde haar hoofd naar Coen, die uiterst langzaam zijn linkerpols uit zijn overhemd schoof en zonder zijn hoofd te bewegen zijn ogen neersloeg, om te zien hoe laat het was. Zijn moeder zuchtte diep en keek met een licht hoofdschudden naar Sophia, die onaangedaan als altijd haar wijsvinger heen en weer bewoog door een lus van haar bloedkoralen ketting. De twee paren, die hun aanbod gedaan hadden, leken elkaars blikken te mijden, als sollicitanten voor dezelfde betrekking.

Opeens schrok hij op.

'Ik hoef toch niet nu te beslissen, hoop ik?'

Meteen werd er door elkaar gepraat.

'Geen sprake van.'

'Stel je voor.'

'Natuurlijk niet.'

'Het idee!'

'Denk er maar rustig over na,' zei Dol. 'Je hebt zeker nog twee maanden de tijd.'

'In principe wel,' knikte Karel.

Overgeleverd als hij plotseling was aan de gunst van zijn familie, kostte het Onno moeite woorden van dank te vinden. Vooral voelde hij zich belast door de pijnlijke concurrentiepositie, waarin zich de gezinnen van Hans en Jan-Kees vrijwillig hadden geplaatst voor hem. Stel je voor, hij zou geen familie hebben gehad, zoals Max, - wat had hij dan moeten beginnen?

'Ik heb vaak lelijk tegen jullie gedaan,' dwong hij zich te zeggen.

'Daar verontschuldig ik mij voor.'

Hij meende het, en tegelijk walgde hij van zichzelf toen hij zich zo hoorde praten. Er werden afwerend hoofden geschud en weg-werpende gebaren gemaakt; maar het gezicht van zijn moeder begon te stralen, en als bezegeling van zijn knieval zei zijn vader:

'Goed. Laat ons bidden.'

Het werd stil, sigaren werden weggelegd, hoofden bogen zich, handen werden gevouwen. Ook Onno betrapte zich er op, dat hij zijn bovenlichaam iets naar voren bewoog; alleen Sophia veranderde niet van houding, maar zij staakte het spelen met haar ketting. In de stilte opende Coba de deur om nog eens thee in te schenken; haar gezicht verschoot, snel deed zij hem weer dicht.

Met gesloten ogen zei Quist:

'Here God, hemelse vader, in onze ellende ziet gij ons hier vergaderd voor uw aangezicht. Dit leven – dat toch niet anders is dan een gestadige dood – is voor ons nog duisterder geworden door uw ondoorgrondelijke raadsbesluit omtrent Ada's lot. Maar wij weten dat gij alles vermoogt en dat geen van uw gedachten kan afgesneden worden. Geeft ons uw zegen en verlicht ons hart. Pleitend op uw grondeloze barmhartigheid bidden wij u, almachtige en eeuwige God, kracht en wijsheid te schenken aan onze verloren zoon, die gevonden is. Amen.'

30
Het schavot

Max was op de hoogte van de bijeenkomst en ongerust wachtte hij het verslag af. Liefst had hij meteen contact opgenomen met Onno of Sophia, maar het leek hem niet verstandig om al te grote nieuwsgierigheid ten toon te spreiden. De dag daarop belde Onno hem in Leiden en kondigde zijn komst voor die avond aan.

Terwijl hij anders altijd meteen neerzonk in de groene fauteuil, liep hij onafgebroken door Max' kamer op en neer, vertellend hoe het was verlopen, en dat hij ten slotte in het stof was gezonken, zich vernederd had, waarvoor hij onmiddellijk was beloond met voorspraak bij God.

'Wat is dat toch voor eerloze slavengodsdienst? Hoe heeft die sjofele kerel uit Nazareth het toch kunnen winnen van die trotse Jupiter?'

'Maar die eerloze christenen hebben je wel aangeboden, je kind op te nemen.'

'Bedoel je, dat dat bij de heidense romeinen niet was gebeurd? Dat heeft niets met godsdienst te maken, dat is de stam. Daar heb jij geen verstand van, want jij hebt geen familie, maar het gebeurt zelfs in het dierenrijk. Dat is het bloed.'

'Nee, ik heb geen familie,' zei Max en keek hem aan. 'Ik heb er dus in zoverre verstand van, dat ik ooit zelf ook ben opgenomen door christenen, terwijl ik toch niet van hun stam was.'

Terwijl hij het zei, drong het tot hem door dat dat voor Ada's kind misschien ook weer zou gelden, mocht het niet van Onno's stam zijn. Onno beantwoordde zijn blik; hij besefte dat hij een flater had geslagen.

'Goed,' zei hij met een genereus gebaar, 'onbaatzuchtige menslievendheid bestaat, laten we het daarop houden. Alleen, toen ik vanochtend wakker werd, wist ik me nog steeds geen raad. Hoe moet ik in hemelsnaam kiezen? De ene optie is slechter dan de andere en de andere slechter dan de ene. Volgens beperkte geesten is dat logisch onmogelijk, maar dat onmogelijke is hier het geval.'

'Waarom zeg je dan niet, dat de ene beter is dan de andere en de andere beter dan de ene?'

'Nee, want ze zijn geen van beide goed. Althans niet goed genoeg. Neem die Jan-Kees en zijn Paula. Die wonen in Rotterdam, in een kast van een huis, waar ik elke woensdagmiddag heen kan gaan om mijn kind af te halen en mee te nemen naar de dierentuin. Op een bepaalde manier mag ik ze wel, maar het is niet mijn genre, en ook niet dat van Ada; ik wil niet dat ons kind daar wordt opgevoed. Hans en Hadewych zijn wat dat betreft beter, maar die worden straks van Denemarken overgeplaatst naar Zambia, en dan van Zambia naar Brazilië, en dan van Brazilië naar de Philippijnen, waarbij ons kind van de ene internationale school naar de andere wordt gesleept en elke vier jaar voorgoed afscheid moet nemen van zijn vrienden en vriendinnen. Aan de andere kant zou het natuurlijk iets van de wereld zien en een hoop talen leren, maar ik zou onherroepelijk een vreemde voor hem worden: een soort oom in het verre Holland. Alleen in de zomervakanties zou het een paar weken hier zijn, – daar voel ik ook niets voor. Als Jan-Kees nu in de buitenlandse dienst had gezeten en Hans en Hadewych in Kralingen woonden, ja, dan wist ik het wel; maar zo welwillend schijnt het leven niet in elkaar te zitten. Dus hoe moet dat nu? Een andere keus is er niet. Wat zou jij doen als je mij was?'

Hij ging zitten en Max stond op. Met zijn handen in zijn zakken ging hij voor het raam staan en keek zonder iets te zien de donkere avond in. Hij wist dat zijn achterhoofd en rug de boodschap uitstraalden, dat hij rustig nadacht, maar zijn hart bonkte en hij voelde zich verscheurd. Wat zou hij doen als hij Onno was? Misschien *was* hij Onno – dat wil zeggen, Onno wist zelf niet wie hij misschien was. Hoe lang moest dit nog zo doorgaan? Werd het geen tijd, deze knoop van leugen en bedrog radicaal door te hakken? Moest hij zich nu niet omdraaien, nu, op dit moment, en eindelijk zeggen: 'Onno, het kind dat Ada verwacht is misschien van mij...' – de woorden, die hij hem eens had willen schrijven, en die hij ook geschreven had maar niet verzonden; de overweging, dat hij dat niet buiten Ada om kon doen, gold nu niet meer. Niets ging meer buiten Ada om, aangezien alles buiten haar om ging. Alleen, hij bracht de moed niet meer op, hij had het te ver laten komen. En toch kon hij ook niet eenvoudig blijven afwachten, er op vertrouwend, dat alles wel op zijn pootjes terecht zou komen. Er moest iets gebeuren!

Plotseling ontwaarde hij zijn spiegelbeeld in het donkere glas. Hij trok zijn das recht en haalde zijn handen door zijn haar, terwijl hij moest denken aan een avond waarop hij met Onno naar de schouwburg was geweest, naar *Koning Oedipus*; in de pauze, terwijl zij in de foyer een kop te slappe koffie dronken, had Onno gevraagd: 'Zit je nu aldoor in die spiegel te kijken, ijdeltuit?' – waarop hij had gezegd: 'Ja, ik kijk altijd in alle spiegels: om ze te ijken.'

Hij draaide zich om, stopte zijn handen weer in zijn zakken en ging op de vensterbank zitten.

'Je zou een huishoudster kunnen nemen, een hulp voor dag en nacht.'

'Ik mijn kind laten opvoeden door een huishoudster? En dan zeker ook zelf twintig jaar lang opgescheept zitten met die ongelukkige vrouw, die elke avond in de keuken zit te huilen. Ik peins er niet over. Wat denk je trouwens dat dat kost? Zoals je weet, wijd ik mij ingevolge mijn edelmoedige karakter uitsluitend aan de wetenschap en de publieke zaak, ik verdien dus vrijwel niets; ik leef van een kleine toelage uit mijn erfdeel. Maar goed, daar zou nog wel wat op te vinden zijn, ik zou bij voorbeeld kunnen gaan werken, al stuit mij dat tegen de borst. Derdejaars studenten het abc leren. Ik kan zo terecht aan een of andere universiteit, misschien zelfs in Nederland.'

'Het hoeft toch niet langer te duren dan de eerste vijf of zes jaar? Daarna zou het naar een goed pensionaat kunnen.'

'Een goed pensionaat! Moet mijn kind werkelijk op zijn zesde van de zekerheid in de onzekerheid worden gestoten, zodat voor de rest van zijn leven de hele wereld onzeker zal zijn? Op zijn engels dus? Is dat echt wat jij zou doen in mijn plaats?'

Met beide handen wreef Max over zijn gezicht.

'Nee,' zei hij.

*

'Natuurlijk,' zei Sophia, toen Max de volgende middag opbelde en vroeg of het gelegen kwam als hij na het eten nog even een kop koffie kwam drinken. 'Je kunt ook hier eten, als je wilt.'

Dat was nieuw.

'Weet u zeker, dat ik u niet derangeer?' Toen hij zichzelf dit laatste woord hoorde zeggen, kreeg hij het gevoel dat hij het nu te gek maakte, maar dat bleek niet zo te zijn.

'Je weet toch zelf hoe het is. Als er eten is voor een, is er ook eten voor twee, en als er eten is voor twee, is er ook eten voor drie.'

'Dat is waar. Als er eten is voor honderd, is er ook eten voor honderdtien. Je snapt eigenlijk niet, dat er nog honger is in de wereld.'

Hij nam een fles chianti mee en tegenover elkaar aan de keukentafel zetten zij het mes in hun biefstukken. Terwijl hij luisterde naar haar visie op het haagse familieberaad, werd hij weer bevangen door de opwinding die de situatie elke keer bij hem teweeg bracht: op audiëntie bij de ongenaakbare moeder-overste, bruid uitsluitend van Christus, straks in het donker veranderend in een wellustige, kreten slakende Circe. Herhaaldelijk had hij zich afgevraagd, hoe die overgang zich afspeelde. Hij probeerde zich voor te stellen wat er in haar omging: zij hing haar kleren over een stoel, waste zich, ging in bed liggen en deed het licht uit. Was dat het moment? Veranderde de invallende duisternis haar van het een in het ander? Of was er helemaal geen moment van overgang, was het uitsluitend een malicieus spel, waarvan zij ooit de werking had ontdekt bij een bepaald soort mannen, zoals Brons en hijzelf? Maar wat had hij gemeen met Brons? Ja, dus misschien de vatbaarheid voor dit spel, maar dan zouden er toch ook nog een paar andere gemeenschappelijke kenmerken moeten zijn en die waren er niet. Met Brons was het natuurlijk helemaal zo niet gegaan, zo ging het alleen met hemzelf, en een spel was het ook niet. Hij was er van overtuigd, dat op een of andere manier haar nachtleven overdag werkelijk niet voor haar bestond, zo min als men zich overdag zijn dromen kon herinneren. Hij was haar droom, en dat moest hij blijven. Als hij overdag tegen haar zou zeggen, dat zij toch maar weer een opwindende nacht hadden gehad, dan zou zij misschien werkelijk niet weten waarover hij sprak en hem de deur uit gooien met zijn rare praatjes. Zij met hem naar bed, de vroegere vriend van haar dochter, – hoe haalde hij het in zijn hoofd! Dat soort mannenfantasieën moest hij maar bij de hoeren botvieren!

Knikkend luisterde hij naar haar, veegde zijn mond af, nam een slok wijn en keek van haar bewegende mond naar haar ogen en van haar ogen naar haar bewegende mond. Meer dan naar wat zij zei – want dat wist hij al van Onno – luisterde hij naar het timbre van haar stem; voor het eerst hoorde hij er iets van een snik in, een vertwijfelde ondertoon, die misschien niets had te maken met een emotie maar alles met de structuur van haar stembanden. Zij vertelde, dat zij na afloop van de bijeenkomst samen met Onno de trein had genomen. Tussen Den Haag en Leiden had zij hem gezegd, dat ook zij zich natuurlijk over het kind kon ontfermen.

'Ik zei, dat dat ten slotte ook traditioneel de rol van de grootmoeder is. Als de ouders weg moeten, dan wordt een grootmoeder gebeld om te komen oppassen.'

Onno had hem niets gezegd over dat gesprek. Hij dacht even aan zijn eigen moeder, die misschien de andere grootmoeder van Ada's kind zou zijn, of geweest zou zijn; – de vervoeging van leven en dood.

'En wat vond Onno daarvan?'

'Hij hield zich op de vlakte, maar ik merkte dat hij dat ook geen ideale oplossing vond, en dat is het ook niet. Ik ben nu bijna vijfenveertig, dus reken maar uit: als het kind vijftien is, ben ik zestig. Eventueel zou het nog wel kunnen, maar met al zijn vernieuwingsideeën is Onno dan opeens heel ouderwets: hij vindt dat er een man in het gezin moet zijn. Bovendien heb ik het gevoel, dat hij mij niet erg mag. En toch zal hij nu snel moeten beslissen.'

Zij was opgestaan en ruimde de tafel af. Ofschoon Max precies wist, dat een bevruchting op 8 oktober 1967 na zo'n tien maanmaanden tot een geboorte in begin juli 1968 moest leiden, vroeg hij achteloos:

'Ja, binnen een maand of twee, is het niet?'

'Nee,' zei Sophia. 'Vermoedelijk veel eerder.'

'Veel eerder?' herhaalde hij verbaasd.

Terwijl zij de borden op het aanrecht zette, zei zij zonder zich om te draaien:

'Heb je Onno vandaag nog niet gesproken?'

'Gisteren voor het laatst. Is er iets gebeurd?'

'Hij belde kort na jouw telefoontje. Ik weet niet precies hoe het zit, maar er schijnt toch een risico te schuilen in Ada's conditie. Volgens de neuroloog vertoont haar e.e.g. nauwelijks nog een beeld. De doktoren overwegen in elk geval, haar kind binnenkort met de keizersnede te halen. Dat zou trouwens altijd gemoeten hebben, want baren kan ze natuurlijk niet meer. Morgen ga ik er meteen heen, dan wordt er beslist.'

Max verstarde. Nu was het er plotseling: het uur van de waarheid. Natuurlijk had hij al die maanden geweten, dat het moment onherroepelijk dichterbij kwam; maar zonder dat hij het zich duidelijk bewust was, had hij steeds het gevoel gehad dat het nooit bereikt zou worden – zoals volgens de redenering van Zeno altijd nog een deel van de weg af te leggen was: eerst de helft, en dan eerst de helft van de tweede helft, en dan eerst de helft van het resterende kwart... zodat er steeds tijd zou overblijven. Maar nu was de sprong opeens gemaakt.

'Ook koffie?' vroeg Sophia, terwijl zij de fluitketel onder de kraan hield.

In verwarring stond hij op. Hij had het gevoel, dat al niets meer hetzelfde was als het was geweest, dat hij al een beslissing had genomen, maar dat liet hij nog niet tot zich doordringen.

'Nee,' zei hij, 'dank u...' Hij zocht naar woorden. 'Ik moet weg.'

Zij draaide zich om.

'Wat is er opeens met je?'

'Ik weet niet... Ik moet nadenken. Neemt u mij niet kwalijk, het is onbeleefd, maar...' Hij reikte haar zijn hand. 'Bedankt voor het maal, ik bel u morgen. Ik moet nu even alleen zijn.'

'Natuurlijk. Wat je wilt.'

Sophia liet hem uit en hij stapte in zijn Volkswagen, die hij ten slotte maar gekocht had. Doelloos reed hij weg. Hij wilde nadenken, maar hij wilde pas nadenken als er niemand meer te zien was. Niemand kan zich dwingen tot het hebben van gedachten, maar als hij ze heeft is het mogelijk ze op te houden: met de geestwisseling is het niet anders dan met de stofwisseling. Onafgebroken klonk een versregel van Rilke in zijn hoofd, die als een dam zijn denken tegenhield:

Du mußt dein Leben ändern.

De avond was al gevallen en op de weg naar Amsterdam nam hij impulsief de afslag naar Noordwijk. Over de donkere straat door de duinen reed hij naar de vuurtoren, waar hij de auto parkeerde.

Hij zette de motor af en stapte uit: de klap, waarmee hij het portier dichtsloeg, was als de punt achter een zin. Als de hoofdletter van de volgende verrees het ruisen van de branding - hoorbare stilte, waar het licht van de vuurtoren doorheen reisde als iets dat stiller was dan stil. Er stond een kille zeewind, sterren verschenen en verdwenen tussen zwarte, overdrijvende wolken. Diep ademde hij de zilte lucht in en daalde het pad af naar het verlaten strand. Toen hij het zand bereikte, had hij, geconditioneerd door ontelbare zomerdagen, neiging zijn schoenen uit te trekken, maar hij zette zijn kraag op, stopte zijn handen diep in zijn zakken en liep rechtdoor naar het water. Aangekomen op het hardere, vochtige zand, dat de vloed had achtergelaten, bleef hij even staan en keek naar de donkere horizon, aangegeven door de lichtkegel, die er elke paar seconden tegelijk langzaam en snel langsstreek. Met gebogen hoofd begon hij over de schelpen naar het zuiden te lopen.

De keizersnede! Het was duidelijk: hij moest zich opofferen. *Hij* moest Ada's kind grootbrengen - samen met Sophia. Alleen door dat te doen, zou hij werkelijk iets stellen tegenover zijn eerdere daad. Mocht, god verhoede, op een of andere manier blijken, dat het kind niet van Onno was maar van hemzelf, dan zou de ellende natuurlijk niet te overzien zijn; Onno zou er tussenuit vallen, maar tegelijk zou hij begrijpen wat hij, Max, gedaan had, - namelijk, dat hij het kind tot zich had genomen op een moment, dat hij nog *niet* wist wie de vader was, en het risico was aangegaan zijn leven te richten naar een kind dat niet van hem was. Bleek het inderdaad niet van hem, dan zou Onno nooit weten wat er gaande was geweest. Dan zou het nog steeds niet zo zijn dat er eenvoudig niets aan de hand was, want ongedaan gemaakt worden kon het verraad aan de vriendschap nooit: de leugen zou ook dan voor alle eeuwigheid tussen hen in staan, al zou alleen hijzelf dat weten, maar dan had hij in elk geval gedaan wat hij kon. De gedachte, dat de kunstverlossing misschien zou mislukken, waarmee alles van de baan zou zijn, onderdrukte hij, - maar ook betrapte hij zich plotseling er op, dat hij dat nu misschien als een teleurstelling zou ervaren.

Onophoudelijk zwaaide het kruis van stralenbundels over zijn hoofd, als helikopterwieken die de aarde zwevende hielden in het heelal. Vanavond nog, dacht hij, moest hij Sophia zijn voorstel doen, uiterlijk morgen; en als zij er in toestemde, dan meteen ook Onno. Stemde ook hij toe, dan moest hij zo snel mogelijk weg uit Amsterdam en zijn leven daar, zijn huur opzeggen en naar Drenthe vertrekken, ergens in de buurt van Dwingeloo en Westerbork een huis zoeken voor zichzelf en zijn bizarre gezin: met een vrouw die niet de moeder maar de grootmoeder was van zijn kind, dat misschien zijn kind niet was. Of was hij misschien gek geworden? Zou hij dat uithouden? Ja, dat zou hij uithouden, want hij offerde zich natuurlijk helemaal niet op, – het 'opoffering' te noemen, was alleen een volgende leugen, en Sophia zou dat weten. Maar hier deed zich de gelegenheid voor, zijn duistere verhouding met haar een duurzame vorm te geven; de manier waarop het tot nu toe ging, kon natuurlijk niet lang meer doorgaan zonder ridicuul te worden. Wat zou zij zeggen? Ook haar leven zat toch in het slop. Wat moest zij daar in Leiden, met een boekhandel waarmee zij geen raad wist en die onherroepelijk te gronde zou gaan? Anderzijds: als het kind vijftien was, en dat was dus over vijftien jaar, zou zij al zestig zijn, zoals zij had gezegd – maar hijzelf pas vijftig. Pas? Hij schrok van het denkbeeld. Was hij over vijftien jaar al vijftig? Maar dan was alles anders, en dan zou hij wel weer verder zien.

Hij dacht aan een anekdote, die Onno hem ooit had verteld tijdens een van hun wandelingen door de stad. Aan het begin van de vorige eeuw werd de tweederangs duitse toneelschrijver Kotzebue, die in dienst stond van de tsaar, door de nationalistische corpsstudent Sand vermoord; hij werd ter dood veroordeeld en onthoofd door de beul Braun. Maar die kreeg naderhand zo'n wroeging dat hij een dusdanig hoogstaand mens had terechtgesteld, dat hij van de planken van het schavot een hut bouwde, waar de corpsstudenten in het geheim bijeenkwamen om Sand te vereren, de bloedvlekken te kussen en antisemitische liederen te zingen.

De schelpen knersten onder zijn schoenen en er maakte zich een soort dronkenschap van hem meester, – niet van de wijn, maar van de totale verandering die plotseling aan de orde was; hij voelde zich als iemand, die bij oorlogsdreiging van het ene moment op het andere besloot te emigreren, ver weg: naar een land, dat niet werd aangeduid door de vinger uit te strekken naar enige windstreek, maar alleen door naar het nadir te wijzen, loodrecht omlaag, naar de tegenvoeters: zo ver weg als mogelijk, daar waar de bomen naar beneden groeiden, mens en dier ondersteboven tegen de aarde plakten en de stenen omhoog vielen.

En weer was het alsof hij zijn gedachten wilde uitstellen, zoals hij dat in bed deed met het klaarkomen, want dat kwadrateerde de lust. Opeens had hij behoefte zijn pleegmoeder op te zoeken. Gedurende tien jaar, tot 1952, had hij bij haar en haar man geleefd; daarna was hij op kamers gaan wonen, als werkstudent in Leiden. Aan het eind van de jaren vijftig waren zij verhuisd naar Santpoort, waar zijn pleegmoeder kleuterleidster werd; zijn pleegvader, leraar aardrijkskunde in zijn tijd, was toen al ernstig ziek. Op den duur had hij hen steeds minder vaak bezocht; eerst om de paar weken, toen om de paar maanden, later alleen nog met kerstmis, en ten slotte ook dat niet meer. Elk bezoek betekende een terugkeer naar de oorlog, wat hem steeds meer belastte naar mate die oorlog langer geleden was. Sinds jaren had hij niets meer van zich laten horen.

Hij tuurde op zijn horloge, – in het licht van de vuurtoren zag hij in een flits, dat het half tien was. Hoe laat ging zij slapen? Het was een kilometer of dertig hier vandaan, hij kon in elk geval even opbellen.

Iets verderop, aan de duinrand, stond Huis ter Duin: een groot, verlicht badhotel met mediterrane allure, alsof het zich aan de Boulevard des Anglais in Nice bevond, in plaats van bij een slaperig dorp aan de kille Noordzee. Door het rulle zand sjouwde hij omhoog, vond op het terras een deur die niet op slot was en kwam terecht in een uitbundig feest van jenever, bier en carnavalsschlagers. Op het podium zaten als boeren verklede hoempamuzikanten, met zwartzijden petten op hun hoofd en rode zakdoeken om hun hals, en het ergste van het ergste was aan de gang: een 'polonaise', waarbij de feestvierders in een slang voortbewogen onder de versiering, de handen op elkaars schouders. Terwijl hij nog stond te knipperen tegen het licht en het kabaal, trok iemand hem met een ruk in de zingend hossende rij, en eer hij het wist maakte hij deel uit van de rite. Zelden had hij zich zo misplaatst gevoeld, maar met een toegeeflijke glimlach liet hij zich meevoeren; als hij zou protesteren, werd hij misschien ter plekke geslacht en in het braadvet gegooid, tussen de worsten. Bij een deur glipte hij weg en ging naar de receptie in de hal.

Zware banken en fauteuils bekleed met linnen stoffen, bedrukt met grote rode en blauwe bloemen, gaven te kennen dat Engeland aan de overkant lag. In de telefooncel draaide hij ongerust haar nummer. Leefde zij nog wel?

'Met Blok,' zei een mannenstem.

'Neemt u mij niet kwalijk, is dit niet het nummer van mevrouw Hondius?'

'Die woont hier niet meer.'

Sinds een jaar zat zij in een verzorgingstehuis in Bloemendaal, 'Sancta Maria'; hij gaf Max meteen ook het nummer. Met zijn vinger op de schijf, in het gat boven het laatste cijfer, een 1, aarzelde hij. Zij had hem geen adreswijziging gestuurd, kennelijk had zij hem opgegeven nadat hij niet was verschenen aan het sterfbed van haar man. Dat besef vervulde hem met zo'n schaamte, dat hij niet verder durfde te draaien, – maar hij wist ook, dat hij haar nooit meer zou zien als hij met zijn vinger nu niet die laatste negentig booggraden aflegde. Met een ruk liet hij hem neerdalen tegen het stalen haakje.

De portier in Bloemendaal verbond hem door en even later hoorde hij haar stem.

'Ja, met wie?'

'Dit is Max.'

Het bleef even stil.

'Echt waar?' vroeg zij zacht. 'Ben jij dat, Max?'

'Sliep u al?'

'Ik slaap nooit 's nachts. Er is toch niets ernstigs?'

'Ik ben nu in Noordwijk, ik wou even langskomen. Kan dat?'

'Nu meteen?'

'Of komt het ongelegen?'

'Natuurlijk niet, voor jou nooit. Ik zal beneden in de conversatiezaal op je wachten.'

'Over een half uur ben ik bij u, moeder Tonia.'

*

Over de verlaten boulevard liep hij snel terug naar zijn auto. Terwijl hij binnendoor naar Bloemendaal reed, over Haarlem, overwoog hij of hij iets moest zeggen over zijn schandalige wegblijven toen haar man stervende was; maar misschien begreep zij ook zo wel, dat hij het moeilijk had met het sterven van ouders, ook als het pleegouders waren.

Sancta Maria, omgeven door een ijzeren hek, met donkere bakstenen opgetrokken in de sombere patronaatsstijl van het hollandse katholicisme, lag aan een stille laan tegenover een bos. Hij parkeerde de auto op het betegelde voorplein, en bij het openen van de voordeur stond hij onmiddellijk oog in oog met het gemutileerde lijk van de godsdienststichter, – aan het kruis bevestigd in dezelfde houding als Otto Lilienthal aan zijn zweeftoestel, waarmee hij de eerste glijvlucht had volbracht. *Consummatum est*, dacht Max; ook de ingenieur had zijn experimenten niet overleefd. De portier keek verstoord op van zijn krant, wierp een blik op de klok en duidde met een beweging van zijn hoofd naar de ingang van de conversatiezaal.

Op de golven van de maatschappelijke veranderingen had een modern binnenhuisarchitect daar met schel neonlicht en afzichtelijk meubilair van felgekleurde kunststof een geslaagde impressie van het nakende vagevuur ontworpen. Iedereen had zich blijkbaar al teruggetrokken. Zijn pleegmoeder zat alleen aan een tafel bij het raam en wuifde naar hem; voor het eerst sinds hij op kamers was gaan wonen, zag hij haar zonder zijn pleegvader. Verder was er alleen nog een zware man van een jaar of zestig in een rolstoel, die volkomen willekeurig dwars in de ruimte stond, alsof iemand ver weg hem een zet had gegeven, waarna hij zwenkend en draaiend tot stilstand was gekomen; voor zijn rechteroog zat een zwart lapje.

'Max! Wat een verrassing!' Zij was opgestaan; met vochtige ogen kuste zij hem en hield hem van zich af om hem goed te bekijken. 'Je bent mannelijker geworden, een echte internationale gentleman.'

Hij moest lachen om het compliment.

'En u bent nog steeds dezelfde, moeder Tonia.'

Dat was niet helemaal waar. Zij was kleiner geworden, met een rondere rug; haar gezicht was nu nog scherper getekend dan vroeger, als een ets, met iets van een verfijnd glimlachje bij haar mondhoeken. Maar zij droeg nog steeds dezelfde pruik van kastanjebruin haar, dat rondom haar hoofd uit een smalle, donkere schaduw te voorschijn kwam: een mysterieus ravijn tussen huid en pruik, dat hem als jongen meer had gebiologeerd dan de ravijnen in de boeken van Karl May. Zo lang hij haar kende had zij pruiken gedragen en hij had geen idee welk geheim zich daaronder verborg; ook was hij er sindsdien van overtuigd geweest, dat hij altijd kon zien of iemand een pruik droeg, – totdat Onno hem op een dag had verteld, dat hij het alleen kon zien als hij het zag en niet als hij het niet zag. Zijn echte moeder had hij altijd 'mama' genoemd.

Hij ging tegenover haar zitten en zij nam zijn handen in de hare. Zij streek even over zijn spatelduimen en keek hem aan.

'Je hebt nog net zulke koude handen als vroeger.'

'Dat is altijd zo met heethoofden.'

'Vertel, hoe gaat het met je?'

'Goed,' zei hij. 'Goed.'

Goed? Er was natuurlijk geen denken aan, dat hij haar zou vertellen hoe zijn leven in de knoop zat en hoe hij dat dacht op te lossen; hij wist zelf niet hoe het met hem ging, misschien was dat de reden waarom hij hier nu was. Werkelijk oud was zij nog niet, net zeventig misschien, – zijn echte moeder zou nu zestig zijn geweest, – maar toch zat zij hier in dit verschrikkelijke oord al op haar dood te wachten, haar gedachten alleen nog bij het verleden, terwijl zijn zorgen uitsluitend de toekomst golden. Hij vertelde over zijn werk in Leiden, en dat hij binnen afzienbare tijd vermoedelijk naar Drenthe zou verhuizen, waar een nieuwe telescoop in gebruik werd genomen.

'Jij in Drenthe? Max! Een levensgenieter als jij in de veenkoloniën? Je gaat me toch niet vertellen dat je intussen getrouwd bent, zonder het mij te laten weten?'

'Als ik ga trouwen, bent u mijn getuige,' zei hij, terwijl hij bedacht dat hij misschien zelfs een kind zou krijgen zonder het haar te laten weten. 'Nee, ik offer mij op voor de wetenschap. Het is een heel bijzondere telescoop.'

'Ik zie je nog zitten op je kamertje, met je sterrenkaart. «Ik ga het geheim van het heelal ontsluieren,» zei je op een keer aan tafel.'

'Is dat zo?' Hij glimlachte vertederd. 'Dat soort dingen leren ze je wel af aan de universiteit. Het eerste wat ze daar verdelgen, is de aandrift waarom je een bepaald vak wilde gaan studeren. De echte grote genieën, zoals Einstein, zijn allemaal amateurs, – en niet alleen in de natuurwetenschappen.'

'Je kunt beter gelukkig zijn dan een groot genie.'

'Misschien. Het irritante is alleen, dat Einstein vermoedelijk ook gelukkig was.'

'En jij?'

'Voor de symmetrie zou ik dus eigenlijk zowel geen genie als ongelukkig moeten zijn, nietwaar?'

Langzaam schudde zij haar hoofd.

'Je bent nog steeds niet veranderd, weet je dat? Wie geeft er nu zo'n antwoord?'

'U hebt gelijk.'

Hij dacht na. Het was natuurlijk onzin om te zeggen dat hij gelukkig was, maar hield dat in dat hij het niet was? Logisch misschien, maar psychologisch? De laatste maanden was hij misschien echt ongelukkig geweest, althans hopeloos verstrikt in de fuik, die hij zelf had geknoopt. 'Gelukkig', 'ongelukkig'... dat waren niet de termen waarmee hij over zichzelf placht na te denken: dat was meer iets voor meisjes, om met Onno te spreken. Maar van het moment af dat hij vanavond zijn besluit had genomen, was alles weliswaar hetzelfde gebleven – namelijk voorgoed verziekt – maar opeens ook anders geworden, omgekanteld, zoals een marathonloper juist uit zijn dodelijke vermoeidheid kracht schept, misschien zelfs zoiets als lust. Misschien is hij zelfs marathonloper geworden uit verslaving aan die lust van de uitputting.

'God weet ben ik wel gelukkig, ja.'

Zijn pleegmoeder trok haar handen terug en sloeg haar ogen neer.

'Die rotoorlog ook,' zei zij.

Die opmerking verwonderde hem, maar hij ging er niet op in. Op zijn beurt pakte hij nu haar handen.

Zij keek hem aan.

'We hebben elkaar zo lang niet gezien, Max... Waarom kom je juist vanavond ineens?'

'Omdat ik vanavond een belangrijke beslissing heb genomen, moeder Tonia, die misschien mijn hele verdere leven zal bepalen. Maar u moet me niet vragen wat dat is, want misschien gaat het helemaal niet door. Als het zo ver is, zal ik het u natuurlijk laten weten. Ik weet niet... ineens wilde ik u weer zien. Dat had ik natuurlijk veel eerder moeten doen, ik ben te kort geschoten, maar –'

'Zeg maar niets meer.'

Hij zweeg. Op de volgende tafel stond een schaakbord met een afgebroken stelling; morgenochtend zou zij ongetwijfeld voortgezet worden door twee oude mannen, die nu in hun bed lagen en nadachten over hun volgende zet, leidend tot een verpletterend schaakmat met de loper en de koningin, die hun krachtlijnen als dodende stralen over 666 velden naar de vijandelijke koning zouden zenden. De man in de rolstoel bewoog zich niet; hij had zijn hoofd gebogen en keek naar zijn witte handen, gevouwen in zijn schoot. Op een of andere manier leek ook hij een gerocheerde koning, in afwachting van het mat.

In de deuropening, onder het crucifix dat ook hier hing, verscheen een jonge vrouw en zei dat het kinderbedtijd was. Zij was groot en slank, eind twintig; onder dikke, donkerblonde wenkbrauwen keken twee blauwe ogen Max aan – en op hetzelfde moment wist hij, dat hij straks met haar in het bos aan de overkant kon verdwijnen, als hij dat wilde. Hij zag ook, dat zij onmiddellijk zag dat hij dat wist, – maar hij wilde het niet. Dat was voorbij. Alsof hij haar al jaren kende, gaf hij haar ter verontschuldiging zoiets als een knipoog met beide ogen. Zij bloosde een beetje en ging naar de rolstoel.

'Komt u ook, meneer Blits? We gaan onder de wol.'

Max en moeder Tonia stonden op.

'Loop even mee naar mijn kamer,' zei zij. 'Ik wil je iets laten zien, maar ik kon het zo gauw niet vinden.'

Toen zij de rolstoel passeerden en Max nog een melancholieke blik met de verzorgster wisselde, volgde meneer Blits hem met zijn ene oog en zei:

'Schoft!'

'Ho ho, meneer Blits, wat krijgen we nu? Gaan we dollen?'

'Meneer Blits heeft volkomen gelijk,' lachte Max. 'Ik deug van geen kant.'

Zij namen de lift, en bij het betreden van het kleine appartement kreeg hij een schok. Alles wat hij zag, kende hij uit hun huis in Amsterdam en later dat in Santpoort, maar hier was het teruggebracht tot zijn essentie, als een ingedampt extract. Meteen rechts was een keuken ter grootte van een tafellaken, aansluitend op een minieme woonkamer, die met een boogvormige doorgang was verbonden met een even bescheiden slaapkamer. Op de bank, bekleed met die onvergetelijk harde, stugge stof en stammend uit de jaren twintig of dertig, had hij zijn eerste boek over sterrenkunde gelezen, een vertaling van Jeans' *The Mysterious Universe*; over de doorgesleten armleuningen lagen twee onduidelijke lappen. Er boven hing de reproductie van Brueghels *Val van Icarus*, waarvan elk detail tot op de bodem van zijn ziel was gezonken: de mateloze ruimte van het land en de zee, de ploegende boer, wiens rode hemd intussen was verbleekt tot een zacht roze, de herder die op zijn staf leunde alsof zijn neus bloedde, met zijn rug naar de gebeurtenis waar het allemaal om begonnen was en die plaatsvond als een futiel incident: een nietig been, dat nog net uit de golven stak. Op de lage tafel voor de bank de paarsige bonbonnière van geslepen kristal, waaraan hij nooit meer had gedacht, maar die hem vertrouwder was dan het meeste wat bij hem thuis stond; in de kleine boekenkast de bekende ruggen. *De encyclopedie voor iedereen.* Een sprookjesachtig gevoel bekroop hem, als bij een oudheidkundige die een klassieke vindplaats heeft ontsloten: al die antieke dingen hier plotseling bij elkaar, op deze paar geheime vierkante meters in Bloemendaal. Er waren nog archaïscher dingen in zijn leven: uit het leeggeroofde koningsgraf van zijn ouderlijk huis – die hij zich alleen vaag kon herinneren en die misschien ook nog ergens bestonden, bij de dieven die in het spoor van de moordenaars waren gekomen, of bij hun weduwen of hun kinderen, maar die zouden nooit meer opduiken.

Op het televisietoestel stonden twee ingelijste foto's: een van zijn pleegvader en een van hemzelf. Al die jaren, waarin hij niets van zich had laten horen, had daar zijn portret gestaan en elke dag had moeder Tonia er naar gekeken! Hondius, met vest en horlogeketting, zond hem een strenge blik toe. *Waarom ben je niet gekomen, Max?* Gegeneerd wendde hij zich af. Met één been geknield zocht zijn pleegmoeder in de slaapkamer iets in een kartonnen doos, die zij onder haar bed vandaan had getrokken. Tegen de muur zag hij het mahoniehouten kastje met de twee openslaande deuren, waarvan de symmetrische nerven samen nog steeds de angstaanjagende kop van die reusachtige vleermuis vormden. Er op, naast een naaimand, stond nog een kop: levensgroot, van glad hout, zonder gezicht, als op een schilderij van De Chirico. Het was duidelijk dat dat niet voor zijn ogen was bestemd, 's nachts zette zij daar natuurlijk haar pruik op; misschien stond hij vroeger in een kast, want hij had hem nooit eerder gezien. Maar voor wie moest hier nog iets verborgen blijven? Boven de deur weer Christus aan het kruis, met alleen een luier aan.

'Ja, hier heb ik het,' zei zij. Moeizaam steunend op de rand van het bed kwam zij overeind en bracht hem een grote, kromstaande foto met ezelsoren, aan de randen hier en daar ingescheurd. 'Komt dit je bekend voor?'

'Dat zijn ze!' riep hij uit.

Daar stonden zij, arm in arm: zijn vader en zijn moeder. Ongelovig, met open mond, keek hij naar het paar. De vergeelde zwartwitfoto, eerder een statieportret, moest voor zijn geboorte zijn genomen, door een beroepsfotograaf, misschien op de dag van hun huwelijk in 1926. In een maatpak van gebeitelde precisie keek zijn vader in de lens, die nu was vervangen door de ogen van zijn zoon, die onmiddellijk die van zichzelf herkende; de sigaret in zijn rechterhand had hij niet weggelegd. Aan zijn linkerarm zijn vrouw, achttien jaar oud, zestien jaar jonger dan hij, dicht tegen hem aan, een hand op haar heup, een donkere hoed op haar hoofd en daaronder twee onbeschrijflijke ogen, waarvan hij de kleur niet kon zien en die hij zich ook niet herinnerde, gecombineerd met zijn eigen neus en mond. Hij keek op en zette zijn vinger op de foto.

'Dit zijn ze,' zei hij weer, nog niet bekomen van zijn verrassing. 'Dit is voor het eerst dat ik een foto van ze zie.'

'Ik had al zo'n vermoeden. Je lijkt op alle twee.'

Dat zijn kind ook op hem zou lijken als hij zo op zijn ouders leek, was een gedachte die nu niet langer dan een moment in hem opdook.

'Hoe komt u hieraan?'

'Gevonden tussen de paperassen van mijn man, toen ik moest opruimen eer ik hierheen verhuisde. Ik zag meteen, dat dat niets met zijn familie te maken kon hebben; dat waren niet zulke wereldse mensen. Die foto moet tussen de spullen hebben gezeten, die we na je vaders dood toegestuurd hebben gekregen.'

'Waarom heeft uw man mij dat nooit laten zien?'

'Ik weet het niet. Misschien wilde hij je toen niet confronteren met wat er was gebeurd en wilde hij hem je later geven, waar het dan niet meer van is gekomen...'

Zij viel stil. Bedoelde zij misschien, dat Hondius hem de foto op zijn sterfbed had willen geven? Max wendde zijn ogen niet van de foto af.

'Mag ik hem hebben?'

'Dat spreekt vanzelf.'

Het was hem een raadsel. De foto was dus afkomstig uit zijn vaders cel, dat wil zeggen dat hij haar als een van de weinige dingen had meegenomen bij zijn arrestatie, – waarom? Hij had die vrouw daar aan zijn linkerarm de dood ingejaagd, wat hemzelf voor het vuurpeloton had gebracht: hem, de Enige sterflijke. Waarom dan een foto met iemand, die niet bestond en dus niet sterven kon? Bestond zij dus toch voor hem? Was zij dus toch gestorven? Hoe verklaarbaar was de mens? Hoe verklaarbaar was hij zelf?

31
Het aanzoek

De volgende ochtend werd hij in zijn eigen bed wakker met in zijn herinnering een schitterend glanzen. Hij hield zijn ogen nog even gesloten en zag dat het moeder Tonia's zilveren schedeldak was, dat onder haar pruik schuilging, – en één moment openden zich weer de onmetelijke hallen van zijn droom die nacht, met hun gangen en kamers, hun zwaarwegende boodschappen en duizelingwekkende vergezichten, om zich meteen daarop voorgoed te sluiten, zo alsof het land van een vertrekkende reiziger niet alleen achter de horizon zou verdwijnen, maar daar dan ook niet meer zou bestaan...

Hij deed zijn ogen open. Alles stond op zijn plaats in het zachte licht dat door de oranje overgordijnen scheen, niets was veranderd en tegelijk was alles veranderd: op een of andere manier had het zijn bestendigheid verloren, waarin het morgen zo zou zijn als vandaag, en overmorgen zoals morgen. Het was of hij hier al niet meer woonde, alsof zijn ziel al was vertrokken. Tien uur. Omdat het zaterdag was had hij zijn wekker niet gezet, hij hoefde niet naar Leiden. Hij kwam uit bed, trok de gordijnen open en draaide Sophia's nummer.

Zij stond op het punt naar Amsterdam te gaan, naar het ziekenhuis.

'Ik heb mijn jas al aan.'

'Komt Onno ook?'

'Ik geloof het wel. Hoezo?'

'Ik moet u even spreken, maar zonder Onno. Het is belangrijk.'

'Is er iets gebeurd? Gisteren was je ook al zo plotseling verdwenen.'

'Ja, er is iets gebeurd, maar dat kan ik niet door de telefoon zeggen.'

'Waar zien we elkaar?'

Het lag voor de hand dat hij haar bij zich thuis zou uitnodigen, tien minuten lopen van het Wilhelmina Gasthuis, maar hij had het gevoel dat hij daarmee een grens zou overschrijden.

'In de stationsrestauratie? Dat is misschien het makkelijkst voor u.'

'Maar ik kan onmogelijk precies zeggen, hoe laat ik daar ben.'

'Dat begrijp ik. Haast u niet, vanaf één uur zit ik daar. Dan kunnen we meteen een kleinigheid lunchen.'

'Tot vanmiddag dan.'

Op zijn schrijftafel lag de foto van zijn ouders. Hij keek er een tijdje naar en besloot, haar straks te laten inlijsten. Hij liet het bad vollopen en in het hete water probeerde hij na te denken over de toekomst, maar dat had weinig zin zo lang hij Sophia niet had gesproken. Het was niet uitgesloten, dat zij hem verbijsterd zou aankijken en vragen of hij misschien op zijn achterhoofd was gevallen; dat betekende dan vermoedelijk meteen het einde van hun occulte verhouding. Maar misschien zou het ook anders gaan, en dan moest hij onmiddellijk maatregelen treffen voor zijn aanstelling in Westerbork en voor zijn huisvesting. Hoewel... uiteindelijk kwam alles op Onno aan. Hij moest beslissen. Het ging over zijn vrouw en over wat in elk geval officieel zijn kind was; hij stond onder druk van zijn familie, en het was maar de vraag of hij zich kon vinden in een constructie, die hij misschien eerder in de rubriek surrealisme zou willen rangschikken. Max besefte, dat hij moest hopen op precies die vriendschap die hij zelf had verraden.

Met de foto in een opgevouwen krant ging hij tegen half een de trap af, haalde beneden het ochtendblad uit de bus en wandelde in de richting van het Centraal Station. In de etalage van een fotowinkel in de Leidsestraat stond de opname van een botsing uit de jaren twintig: een vergeeld klein snapshot van twee auto's, die in die nog vrijwel autoloze wereld belachelijkerwijs op elkaar gevlogen waren, door technische kunstgrepen gereproduceerd tot een grote, glanzende foto die gisteren gemaakt scheen. Binnen bood een meisje hem aan, ook zijn beschadigde foto zo te transformeren; maar het ging hem niet alleen om wat er op te zien was, maar ook om dat voorwerp zelf, dat oorspronkelijke papier, die materie, die in het bezit van zijn vader en moeder was geweest. Moleculen van hun handen moesten er op achtergebleven zijn.

Over het Damrak liep hij naar het Centraal Station, dat als een stuwdam het havenfront afsloot. Het was alsof het gemeentebestuur van Venetië op het idee gekomen zou zijn, een station te bouwen op de Molo, achter de twee zuilen op de Piazzetta, wat het uitzicht op de lagune had weggenomen. Amsterdam, dacht hij, mocht dan het Venetië van het noorden zijn, Venetië was gelukkig niet het Amsterdam van het zuiden. Sinds hij een auto had, was hij nog maar één keer in het station geweest: toen hij zijn reis naar Polen had gemaakt. Net als vroeger altijd, en ook die keer, wierp hij weer even een blik naar links eer hij de hal binnenging: naar de schuine oprit voor het goederenverkeer, waarover de honderdtienduizend joden naar de wagons waren gedreven.

De reusachtige, halfronde overkapping van stalen balken – zo gemaakt om de rook en stoom van locomotieven op te vangen – had hij altijd als het inwendige van een Zeppelin ervaren, maar nu deed het hem denken aan de ribben van een walvis, die hem had opgeslokt. Hij voelde iets als plankenkoorts. In de restauratie, met haar donkere lambrizeringen en houtsnijwerk en beschilderde muren, ging hij aan een tafeltje bij het raam zitten. Omdat het station het panorama van de wijde wereld blokkeerde, als bezegeling van Hollands vergane zeemacht, bezat het zelf een grandioos uitzicht: het wijdvertakte, drukke plein, waar kerken, hotels en zeventiende-eeuwse gevels in het water spiegelden, aan de overkant een bijkans obscene blik tot diep in de stad toelatend. Terwijl hij er naar keek, kreeg hij eenzelfde gevoel als vanochtend bij het ontwaken: het was zijn stad misschien al niet meer. Afgezien van zijn wetenschappelijke werk was daar alles gebeurd, van zijn geboorte tot het gesprek, dat hij zodadelijk zou voeren.

Bij een ober met een wit voorschoot tot op zijn schoenen bestelde hij koffie en spreidde zijn krant uit. In Parijs had de Gaulle gisteren een referendum uitgeschreven over zijn aanblijven als president, waarop in alle franse steden weer oproer was uitgebroken, met verscheidene doden en duizenden gewonden. Hij las alleen de koppen en de *leads*, – niet omdat hij zich nu niet kon concentreren, maar omdat het hem nog steeds niet interesseerde. Sinds hij op Cuba was geweest, hield hij zich alleen nog bezig met zijn persoonlijke problemen, die hij daar opgeroepen had, en met die van radiobronnen in het diepe verleden van het universum, – wat daartussen lag, zoals de oorlog in Vietnam en de revolte in Europa, bestond minder en minder voor hem; dat liet hij aan Onno over. Hij las een artikel over de snelle ontwikkeling van de *chip*, waarmee hij nog te maken zou krijgen, in zijn oren onafgebroken het piepen van de toegangsdeur, schril conducteursgefluit dat de buik van de walvis vulde, het dreunen van binnenkomende treinen, met onwillig gekners vaart minderend. Uit de luidsprekers galmde nu en dan een onverstaanbare stem.

*

'Zit je al lang te wachten?'

Uit de hoogte keek Sophia op hem neer. Hij stond op, begroette haar en nam haar jas aan, die koud was van buiten en warm van binnen. Toen zij tegenover elkaar zaten, zei zij:

'Wel, het is nu definitief. Uiterlijk volgende week donderdag wordt het kind gehaald.'

Hij knikte.

'Zeiden ze nog, waarom?'

'Mij vertellen ze ook niet alles, vooral niet als Onno er bij is. Ze hebben er lang over beraadslaagd; ze zeggen, dat ze het zekere voor het onzekere nemen, maar wat dat is weet ik niet. Je kunt je voorstellen, dat er van alles aan het misgaan is in dat lichaam. Ze ligt ook door, ze moet elke drie uur gekeerd, geijsd en geföhnd worden.'

De manier waarop zij 'dat lichaam' zei, dat zij toch zelf had voortgebracht, verkilde hem even. Gekeerd. Geijsd. Geföhnd.

'Maar overleeft ze zo'n zware operatie wel?'

Sophia keek naar haar handen.

'Wie zal het zeggen? We hebben net even met de operateur gesproken, maar die laat natuurlijk ook niet het achterste van zijn tong zien. Volgens hem hoeft er op zichzelf geen levensgevaar mee gemoeid te zijn. Voor het kind is er in elk geval geen probleem: dat is al ruim zeven maanden.'

Max overwoog, dat het misschien het beste was als Ada het niet zou overleven, en dat Sophia nu vermoedelijk hetzelfde dacht; maar hij had niet de moed het te opperen.

'En Onno?'

'Die begrijpt natuurlijk ook dat er iets dreigt, maar hij zei dat hij liever vandaag dan morgen vader werd.'

Max hoorde het hem zeggen: met een breed gebaar, waarop de chirurg geen weerwoord had, terwijl hij intussen meer wist dan hij. Altijd riep hij misverstanden op; vermoedelijk dacht de arts nu, dat hij gespeend was van ernst.

'Als alles goed gaat,' zei hij, 'betekent dat dus, dat het kind al over een paar weken onderdak moet hebben. Heeft Onno al een beslissing genomen?'

Verwonderd keek Sophia hem aan.

'Het lijkt wel of je hem nooit meer ziet. Is er iets tussen jullie?'

'Nee,' zei Max en beantwoordde haar blik. 'Hoezo? Ik heb hem eergisteren voor het laatst gesproken.' Hij sloeg zijn ogen neer en vouwde de krant op.

'Daarnet in de tram hadden we het er over,' zei Sophia, 'maar hij is er nog steeds niet uit. Hij vroeg wat ik hem adviseerde.'

'En wat heeft u hem geadviseerd?'

'Volgens mij moet hij het niet door ambtenaren over de wereld laten sleuren, hij moet voor zijn nichtje Paula kiezen, in Rotterdam. Bovendien, op een dag zal hij een andere vrouw ontmoeten en dan kan hij het alsnog bij zich nemen.'

Die mogelijkheid had Max nog niet overwogen. Ja, ook dat was natuurlijk denkbaar, maar het zou niet gebeuren. Hij herinnerde zich, wat Onno meteen de dag na het ongeluk tegen hem had gezegd: dat hij het alleenzijn niet het ergste vond, aangezien hij het komische type van de getrouwde vrijgezel was. Op een dag zou hij beslist een andere vrouw ontmoeten, maar nooit meer zou hij gaan samenwonen; voor hem was dat een incident geweest, zoals een vrek eenmaal aandelen koopt en dan dus geld verliest, waarna hij zijn kapitaal voorgoed op deposito zet, ook al zeggen zijn speculatieve vrienden, dat sparen bij een bank vuur dragen naar de duivel is. Voor hem was het eens maar nooit weer.

'Heeft u hem dat gezegd?'

'Natuurlijk niet.'

Max schudde zijn hoofd.

'Zoals ik hem ken, zal hij de rest van zijn dagen vrijgezel blijven, – dat wil zeggen, als vrijgezel leven.'

Zwijgend stond de ober naast hun tafeltje en keek van de een naar de ander, balpen en bloknoot in de hand. Aan botheid gewend, bestelden zij elk een halve uitsmijter, al zou die dus vermoedelijk even min smakelijk zijn. Met zijn nagel trok Max tralies over een slecht weggewassen vlek op het tafellaken.

'Maar als,' zei hij langzaam, zonder zijn ogen op te slaan, 'u en ik het nu eens deden...'

'Wat deden?'

'Ada's kind onder onze hoede nemen.'

Het was gezegd. Plotseling was het in de wereld, als een ding, een meteoor die de dampkring binnendrong. Hij keek in haar ogen en probeerde op haar gezicht te lezen, hoe zijn voorstel aankwam, maar hij zag geen enkele emotie.

'Wij Ada's kind onder onze hoede nemen? Jij en ik? Hoe stel je je dat voor?'

Even lag het op zijn lippen om te zeggen: 'Laten we toch in hemelsnaam eindelijk ophouden met die comedie, Sophia, dat heeft toch werkelijk lang genoeg geduurd; ik ben verslingerd aan je, ik kan niet meer zonder je, en dat weet je; zelfs als ik je jas aanneem, denk ik aan de esoterische duisternis van onze leidse nachten, en voor jou geldt hetzelfde'. Maar stel, hij had het gezegd, en zij had vervolgens gezegd: 'Ja, natuurlijk, je hebt gelijk, het moet maar eens uit zijn met die poppenkast' – had hij dan nog gewild dat zij bij hem introk met Ada's kind? Natuurlijk niet. Hij wist heel goed, dat het juist die onbegrijpelijke geheimhouding was, waaraan hij zijn ziel had verkocht: datgene, wat zij niet alleen voor de wereld verborgen hielden, maar ook voor elkaar, en zij misschien zelfs voor zichzelf.

'U,' zei hij, 'leidt sinds de dood van uw man de *Lof der Zotheid*, maar volgens mij zal dat geen stand houden. Ik moet binnenkort vermoedelijk naar Drenthe verhuizen, daar krijg ik een aanstelling als telescoop-astronoom, in Westerbork. Uw dochter zal aanstaande donderdag verlost worden van een kind van mijn beste vriend. Zo liggen de zaken toch? Ada is niet meer van deze wereld, Onno moet zijn kind uitbesteden, ik zie er tegenop om alleen in de provincie te wonen en u heeft niets meer te zoeken in Leiden. Alle vijf zijn we alleen – laten we ons lot dan op deze manier verbinden. U hebt me verteld, dat de grootmoeder traditioneel de oppas is en dat u zich in die functie hebt aangeboden aan Onno, maar dat hij vond dat er een man in het gezin behoort te zijn. Wel, dat ben ik dan. Een doorsneegezin zal het niet zijn, maar het zal er toch trekken van vertonen. In hogere zin zou het misschien zelfs meer een gezin zijn dan normale gezinnen.'

Wat hij met dit laatste bedoelde, was ook hemzelf niet onmiddellijk duidelijk, maar dat kwam misschien nog. Sophia wendde haar hoofd af en keek naar buiten. Haar onverbiddelijke profiel deed hem opeens denken aan dat van een vrouw op een schilderij van Franz von Stuck, *Sphinx*, waarvan hij eens een afbeelding had gezien: een op haar buik liggend naakt, met opgericht bovenlichaam en tot klauwen gekromde vingers, in de houding van een leeuw, aan de oever van een duister bergmeer, waarin een waterval zich uitstort. Hij kon niet zien wat er in haar omging, maar zij had het in elk geval niet onmiddellijk van de hand gewezen. Zij keek hem aan.

'Weet je eigenlijk wel wat je zegt?'

'Ik weet niet altijd wat ik zeg, want dan zou ik nooit iets van belang zeggen; maar wat ik nu heb gezegd, heb ik van alle kanten overwogen. Ik weet, dat het mijn leven totaal zal veranderen, en het uwe ook. Maar dat zijn we aan Ada verplicht. Of misschien zijn we het niet verplicht, maar in dat geval moeten we het doen ofschoon we het niet verplicht zijn.' Hij legde de krant opzij en strekte zijn rug. 'Dat is wat ik u wilde zeggen. Er zou natuurlijk op korte termijn van alles geregeld moeten worden, ik moet een huis vinden met voldoende ruimte voor ons alle drie, een of andere oude pastorie misschien, u zou het antiquariaat moeten opdoeken, maar dat is allemaal oplosbaar. Mijn salaris is niet riant, maar er zijn families die van minder moeten leven; op het platteland is alles trouwens goedkoper, vooral wanneer je het bij de boer haalt.' Hij maakte een gebaar met zijn hand. 'Ik kan me voorstellen dat het u overvalt, dat u er een paar dagen rustig over na wilt denken, dus –'

'Ik hoef er niet over na te denken,' zei zij en keek recht in zijn ogen.

'Want?' Gespannen beantwoordde hij haar blik.

'De laatste maanden is mijn leven… ik bedoel… als Onno het er mee eens is…'

Hij had neiging haar hand in de zijne te nemen, maar hij bedwong zich. Voor het eerst zag hij iets als een scheur in haar pantsering.

'Is hij nu thuis?'

'Ik geloof het wel.'

'Dan loop ik straks bij hem langs. Ik zal u meteen laten weten hoe hij er op heeft gereageerd; het is denk ik beter, dat ik alleen ga.' Hij zag dat hij haar nu toch overrompelde met zijn daadkracht. 'Grote beslissingen moet je altijd heel snel nemen, anders komt het er niet meer van.' Hij lachte. 'Onno zal nog vreemd opkijken – al was het maar omdat ik bij hem aanbel. Dat is nog nooit gebeurd.'

*

Anders dan Max bezat Onno de gave, zijn aandacht van het ene moment op het andere volledig om te schakelen, als iemand die van de ene kamer naar de andere gaat en de deur achter zich dichttrekt. Het bericht, dat over vijf dagen zijn kind ter wereld gebracht zou worden en dat hij nu snel tot een besluit moest komen, had hem beziggehouden tot hij de sleutel in het slot stak. Hij was het met zijn schoonmoeder eens, dat de keus voor Hans en Hadewych de slechtere zou zijn, maar omdat hij geen minder slechte maar een goede keus wilde maken, kon hij zich er nog steeds niet toe brengen de knoop door te hakken. Eenmaal binnen, in zijn werkkamer, viel zijn oog op de partijpaperassen, waar hij even later in verdiept was.

Toen de bel ging, stond hij werktuiglijk op en deed de deur open, zonder zijn gedachten te onderbreken. Toen hij Max op de stoep zag staan, kwam hij verbaasd tot zichzelf.

'Dit is wel heel ongebruikelijk,' zei hij.

'Bedankt voor de hartverwarmende ontvangst. Ik weet dat je niet tot het genus gastheer behoort, maar ik heb iets met je te bespreken.'

'*Salve.*'

Max volgde hem naar het souterrain, dat na een korte periode van bescheiden ordelijkheid weer in de greep was geraakt van de tweede hoofdwet van de thermodynamica: de chaos deed hem bijkans fysiek pijn. Sprakeloos keek hij naar de bende. Zelf kon hij minutenlang bezig zijn met het nauwgezet rangschikken van de instrumenten op de rand van zijn schrijftafel, de magneet, het kompas, de stemvork, waarbij het op de millimeter aankwam, – hier was zelfs geen begin van een besef, dat er zoiets als orde bestond.

'Ben jij eigenlijk wel een mens?' vroeg hij.

'Ja, daar heb jij niet van terug. Alleen de allersterksten kunnen zo leven. Boven is het iets netter, maar daar kom ik eigenlijk alleen nog om te slapen.'

Dat hij vermoedelijk toch een mens was, bleek uit Ada's cello: op twee rechte stoelen, die naast zijn bureau met de voorkanten naar elkaar toe stonden, lag het foedraal als een lichaam op een ledikant. Onno ging hem voor naar de achterkamer, waar vroeger zijn bed had gestaan, en ontruimde een hoek van de doorgezakte bank; boeken, kranten, een paar grijze sokken, een broodrooster werden opzij geschoven, en in een flits zag Max ook het boek van Fabergé, dat hij Ada die eerste dag had gegeven.

'Vanochtend was ik in het W.G.,' zei Onno. 'Donderdag gaat het gebeuren, om half vijf. O, dat weet je nog niet: de artsen –'

'Ik weet het wel. Ik heb je schoonmoeder gesproken. Daarom ben ik hier.'

Onno had zijn lichaam laten zakken in een kleine fauteuil, die nog uit zijn studententijd stamde en die hij bij een uitdrager had gekocht; aan de zijkanten vertoonde het bruine leer strepen en krassen, misschien van een lang verscheiden kat, die daar ooit haar nagels op had gescherpt. Had Max zijn schoonmoeder gesproken? Met opgetrokken wenkbrauwen keek hij hem aan.

'Jij hebt mijn schoonmoeder gesproken?'

Iemand kan iemand jarenlang kennen, maar als hem dan wordt gevraagd welke kleur ogen die ander heeft, weet hij het vaak niet, want men kijkt niet naar iemands ogen maar naar hem. Voor het eerst zag Max, dat Onno een dunne bruine rand had om zijn blauwe irissen.

'Ja.'

'Men luistert.'

Alles kwam nu aan op de juiste toon. Max had niet voorbereid wat hij ging zeggen, want dan zou hij zich moeten herinneren wat hij had voorbereid, terwijl het er niet om ging zich de juiste dingen te herinneren, maar om de juiste dingen op de juiste manier te zeggen.

'Luister, Onno, ik zal geen omwegen maken. Eergisteren heb je me verteld over je dilemma, bij wie je kind ondergebracht moet worden. Omdat ik het gevoel had, dat ik misschien op een of andere manier kon helpen, heb ik gisteren contact opgenomen met je schoonmoeder. Zij vertelde me twee dingen. In de eerste plaats, dat het kind aanstaande donderdag met de keizersnede wordt verlost, aangezien Ada's toestand misschien kritiek zal worden.'

'Wat misschien het beste voor iedereen zou zijn. En in de tweede plaats?'

'In de tweede plaats, dat zij ook zichzelf had aangeboden om voor het kind te zorgen. Maar je wilde niet, dat het bij een alleenstaande vrouw terechtkomt.'

Max wachtte even om te zien of Onno het al begreep, maar niets wees daarop. Onno hoorde hem aan met het enigszins onaangename gevoel, dat hij te na gekomen werd, ook al was het door zijn beste vriend. Niet alleen in zijn directe familie werden er achter zijn rug gesprekken over hem gevoerd, die onmiddellijk betrekking hadden op zijn leven. Hij had niet het flauwste vermoeden, waar Max heen wilde.

'Dat is zo,' knikte hij. 'En?'

'Ik heb een afspraak met haar gemaakt en daarnet heb ik haar weer ontmoet, in de stationsrestauratie. Ik kom er regelrecht vandaan.'

Wat was hier in hemelsnaam gaande? Onno ging rechtop zitten.

'Is dat niet lichtelijk eigenaardig? Ze heeft me niets verteld over een afspraak met jou.'

'Dat was ook niet de bedoeling.' Hij zocht naar woorden. Nu ging hij het voor de tweede keer zeggen. 'Hou je vast, Onno. Ik heb haar voorgesteld, dat zij en ik ons over jullie kind ontfermen.'

Verstard bleef Onno hem aankijken. Het was toch niet mogelijk wat hij nu had gehoord.

'Zeg dat nog eens.'

'Het staat nu vrijwel vast, dat ik telescoop-astronoom in Westerbork word en binnen afzienbare tijd zal ik vermoedelijk definitief in Drenthe gaan wonen.'

'Wat zeg je toch allemaal? Ik herinner me, dat je je daar als een verbannen misdadiger in Siberië zou voelen.'

'Er zijn dingen in mij veranderd, Onno. Je schoonmoeder is bereid bij mij in te trekken, zodat je kind dan in goede handen zou zijn.'

Het was Onno te moede alsof hij een stad zag instorten en vervolgens uit haar puinhopen herrijzen in de gestalte van een andere, – Amsterdam dat in Rome veranderde, het paleis op de Dam in de Sint-Pieterskerk. Eenmaal eerder had hij zo'n sensatie gehad, jaren geleden op een winteravond, sneeuw had elk geluid in de stad weggenomen en hij zat over zijn foto's van etruskische inscripties gebogen: opeens zag hij alles verschuiven tot een nieuwe constellatie, kantelen, omklappen, waarmee zijn ontdekking een feit was. De plotselinge metamorfose van zijn vriend tot de opvoeder van zijn kind en die van zijn schoonmoeder tot diens huisgenote, – het was nog niet helemaal tot hem doorgedrongen, maar was het niet de ideale oplossing? Weg met al die neven en nichten en hun aangetrouwde figuren! Of was het de totale dwaasheid, te gek voor woorden? Max met zijn vreselijke schoonmoeder in Drenthe – dat kon toch niet waar zijn? Hij, die dolzinnige satyriast, samen onder één dak met die ijzige Sophia Brons, – wat bezielde hem? Hoe kwam hij er bij, zichzelf zo weg te cijferen? Was hij ingehaald door zijn verleden, hij, zelf een pleegkind? Maar hij had het aangeboden, daar zat hij en wachtte op antwoord. Was het misschien eenvoudig de vriendschap?

'Max...' begon hij, – en het leek of de resonantie van zijn stem de tranen in zijn ogen dreef, – 'ik weet niet wat ik zeggen moet...'

'Zeg dan maar niets. Of liever: zeg dat het o.k. is, dan zijn we gauw klaar.'

Onno stond op en ging de kamer uit. Bij het fonteintje in de w.c. gooide hij met beide handen water in zijn gezicht. Terwijl hij een handdoek zocht, die er niet was, vroeg hij zich af of hij dat aanbod kon accepteren. Mocht hij de oorzaak zijn van zo'n ingrijpende verandering van Max' leven? Misschien voelde Max zich medeverantwoordelijk, aangezien hij, Onno zelf, Ada nooit had leren kennen zonder hem. Of speelde misschien het ongeluk een rol, omdat hij toen achter het stuur had gezeten, al trof hem geen schuld? Met een mouw veegde hij zijn gezicht af en ging naar binnen.

Max was ook opgestaan en keek naar de vellen ruitjespapier met linguïstische schema's, die tegen de muur geprikt waren; de Diskos van Phaistos was blijkbaar nog steeds niet uit Onno's systeem verdwenen.

'Mijn oren toeteren nog steeds,' zei Onno. 'Weet je zeker, dat je je niet laat meeslepen door je gevoel voor humor?'

Max schoot in de lach.

'Ik denk dat ik nooit eerder zo ernstig was als vandaag.'

'Misschien is 't het ei van Columbus, maar help me alsjeblieft het te begrijpen. Wat is er in je gevaren? Ik zou het nog geen dag uithouden met dat vrouwmens. Hoe moet ik mij dat voorstellen? Heb je soms iets met haar?'

'Ha, ha,' lachte Max, 'laat me niet lachen.'

'Je bent er toe in staat, maar vermoedelijk zijn er zelfs voor jou grenzen.'

'Ik stel me voor,' zei Max beheerst, 'dat ik daar zal leven als een pastoor met zijn huishoudster en haar kleinkind. Zij zal eten voor mij koken en mijn overhemden strijken, de boorden nooit naar de punt toe maar altijd er vandaan. Seksueel kom ik wel aan de kost op een of andere manier, ik loop heus wel iemand tegen het lijf.'

'Maar waarom zou je dat allemaal doen voor mij?'

'Niet alleen voor jou, zelf heb ik ook genoeg van het soort leven dat ik tot nu toe heb geleid. Ik hoef toch zeker niet naar Westerbork, als ik dat niet wil? Maar ook wat mijn erotische leven betreft, ga ik mij tot de orde bekeren; praktisch is het trouwens ondoenlijk om op het platteland te leven als een beest. Laat ik zo zeggen: het komt mij in zekere zin heel goed uit. Ik wil graag met die telescoop werken, en anders had ik daar in mijn eentje op een kamer bij de plaatselijke notaris gezeten. Elke dag op en neer naar Amsterdam zou natuurlijk gekkenwerk zijn, zeker in een Volkswagen; er zijn trouwens vaak ook 's nachts dingen te doen. Ik zal een verhouding aangaan met de operatiezuster van het ziekenhuis in Hoogeveen en daarna met de lerares duits van het gymnasium in Zwolle. Die kan ik nog wat leren. En op den duur zal zich tussen je schoonmoeder en de antiquaar in Assen ook wel iets heel moois ontwikkelen.'

'Maar als je nu werkelijk iemand tegen het lijf loopt, iemand met wie je een gezin wilt stichten?'

'Dan neem ik je kind natuurlijk mee. Maar dat zie ik niet gebeuren. Iets onverwachts is trouwens altijd mogelijk, ook je neven Hans en Jan-Kees kunnen gaan scheiden.'

'Lieve god,' riep Onno en hief zijn handen ten hemel, 'daar zeg je het. Mijn familie! Hoe vertel ik het mijn familie?'

Het was zover.

'Wil dat dus zeggen, dat we het zo gaan doen?'

'*Natuurlijk* gaan we het zo doen! Ik weet zeker, dat Ada dit ook het beste gevonden zou hebben.'

Die opmerking trof Max. Dat had hij nog niet overwogen, maar er kon geen twijfel aan bestaan; het was of hij haar gezicht zag, dat met gesloten ogen knikte. Hij stak zijn hand uit, waar Onno even naar keek en die hij toen drukte.

'Champagne!' zei Max. '*La Veuve!*'

'Was het maar waar.' Mismoedig schudde Onno zijn hoofd. 'Ik heb niet eens bier in huis. Ik ben volledig teruggevallen in de barbarij.'

'Laten we dan buiten iets drinken, dit moeten we toch vieren. Ik trakteer.'

'Ga jij maar. Ik moet nu alleen zijn. Ik moet geruime tijd verdwaasd voor mij uit staren om te bekomen van de shock. En dan moeten we zo gauw mogelijk met ons drieën bij elkaar gaan zitten; er zijn beslist nog allerlei haken en ogen, maar daar komen we wel uit. Het kind wordt anderhalve maand te vroeg geboren, en volgens de doktoren zal het zeker vier of vijf weken in de couveuse moeten blijven. Tijd zat om alles te regelen.'

32
Beunhazerij

Toen Max was vertrokken, ging Onno naar boven en liet zich op zijn bed vallen. Opeens waren de nevelen opgetrokken en de toekomst lag weer voor hem als de dag na de nacht. Max had hem overtuigd, maar helemaal duidelijk was het hem nog steeds niet; ten slotte was een kind grootbrengen een kwestie van een jaar of zeventien, - dat wil zeggen, Max had nu in beginsel zijn leven vastgelegd tot het jaar 1985, dan zou hij tweeënvijftig worden. Tweeënvijftig! Grote god! Dan was het leven alweer zo'n beetje achter de rug - dat van hemzelf ook. Althans, misschien niet achter de rug, want waarom zou een mens niet negentig worden, maar toch van de middag veranderd in de avond. En Max zou intussen nog andere dingen doen dan alleen zijn kind opvoeden, namelijk wetenschappelijk onderzoek; het opvoeden van zijn kind hielp hem juist daarbij, aangezien het orde schiep in zijn bestaan. Zijn kind was misschien precies wat hij nodig had om echt belangrijk astronomisch werk te verzetten, omdat hij anders een groot deel van zijn tijd zou verdoen met het overhalen van nog eens duizend vrouwen om uit hun broek te stappen, - wat allemaal mooi en prachtig zou zijn wanneer je het kon onthouden, zodat je er op je sterfbed bevredigd aan kon terugdenken. Maar je vergat het natuurlijk; het zou resteren in een enorme berg wasgoed, waarin de ene broek niet meer te onderscheiden zou zijn van de andere. Bovendien, als je negentig was, wat had je dan nog aan het besef dat je op ontelbare tachtig- of zeventigjarigen had gelegen? Of op honderdjarigen? Kwijlend zou je op een bank in het park zitten en er zou een oude vrouw langskomen, haar lichaam in een reumatische winkelhaak, in zichzelf pratend, steunend op een zwartgelakte stok, en je zou denken: – Met die meid ben ik ooit nog eens de koffer in gedoken. Reuze triomf. Maar misschien wilde Max het helemaal niet onthouden, misschien wilde hij onafgebroken vrouwen verlaten en vergeten omdat hij zelf ooit verlaten en vergeten was. Hem, Onno zelf, zou het in elk geval niet gebeuren. Hij was met elf vrouwen naar bed geweest, die hij zich stuk voor stuk precies herinnerde: Helga was de negende geweest, Ada de tiende, de habanese María de elfde; en sinds het ongeluk met niemand meer.

Maar als Max nu op dit punt was aangeland, overwoog hij, dan waren er natuurlijk ook andere manieren denkbaar om zijn leven te veranderen – zonder Sophia Brons. Die nam hij toch op de koop toe; zelf moest hij er niet aan denken die vrouw altijd om zich heen te hebben, maar Max voelde zich blijkbaar niet geïntimideerd door haar. Wat voor kreng zij misschien was, ook haar leven gaf hij weer zin. Nee, Max probeerde zijn aanbod als een daad van egoïsme voor te stellen, om het hem, Onno, makkelijker te maken het te aanvaarden; maar het was en het bleef in de eerste plaats een onbaatzuchtige daad van vriendschap, waarvoor hij hem levenslang dankbaar moest zijn. Zelf kon hij zich nu ook met een gerust hart wijden aan zijn bezigheden, zonder in zijn achterhoofd steeds te kampen met twijfel of hij het wel goed had gedaan. De rebellenclub had hem onlangs gecandideerd voor het partijbestuur, waarover binnenkort beslist zou worden; ging dat door, dan moest hij zich helemaal op zijn taak kunnen concentreren.

Plotseling stond hij naast zijn bed, ging naar de telefoon en draaide het nummer van zijn jongste zuster. Hij wilde het onmiddellijk definitief maken, zodat er geen weg terug meer was.

'Dol? Met Onno.'

'Moment, ik kom net binnen, even de hond water geven. – Ja, daar ben ik weer.'

'Moet je goed luisteren, Dol. Ik weet dat ik je overval, maar ik wil het meteen de wereld uit hebben. Net was mijn vriend Max hier, je weet wel, mijn beste vriend, Max Delius, en hij heeft aangeboden mijn kind groot te brengen, samen met mijn schoonmoeder. Dat wou ik je even melden.'

'Lieve hemel, Onno, wacht even, niet zo vlug, wat zeg je allemaal?'

'Dat mijn probleem is opgelost. Max krijgt een baan bij de nieuwe radiotelescoop in Drenthe, waar hij gaat wonen; mijn schoonmoeder trekt bij hem in als huishoudster, en daar is ook plaats voor mijn kind. Mooier kan het niet. Alles is in kannen en kruiken.'

Stotterend probeerde Dol uit haar woorden te komen.

'Maar Onno... wacht nou toch... je kunt toch niet zo maar even...'

'Nou en of!'

'Doe niet zo idioot. Dit kun je niet in een handomdraai beslissen.'

'Dat heb ik al gedaan.'

'Hoe stel je je dat dan voor? Heb je alle consequenties wel goed overwogen? Weet je zeker dat je er geen spijt van zult krijgen? Ik vind dit trouwens niet iets om door de telefoon te bespreken. Kun je niet – '

'Er valt verder niets te bespreken, ik wil je alleen op de hoogte stellen. Hans en Paula krijgen elk een vriendelijk briefje van me, met dank voor hun aanbod, – en ik zie niet in, wat deze formule voor andere consequenties zou moeten hebben. Ik kan niet in de toekomst kijken, maar waarom zou ik er spijt van kunnen krijgen?'

Het duurde een paar seconden eer Dol antwoordde.

'Omdat... ik weet niet goed hoe ik het zeggen moet... Ik vind het zelf ook niet, maar ik kan me voorstellen dat iemand van mening is... Kijk, tegen je schoonmoeder valt natuurlijk weinig in te brengen, maar – '

'Maar tegen wie dan wel?' vroeg hij, terwijl hij zich kwaad voelde worden. 'Of liever: tegen wie dan nog meer? Zeg eindelijk wat je bedoelt.'

'Ja, ik wil je niet kwetsen, Onno, maar je vriend Max... Hij leek mij een heel interessante man, *good looking* ook, maar... hij is toch niet een van ons.'

'*Et tu, Brute!*' riep Onno razend. 'Je bedoelt, dat hij de zoon is van een jodin en een oorlogsmisdadiger, de zoon van alles wat God verboden heeft, en niet de zoon van nette christenmensen die eeuwenlang de koloniën hebben uitgeplunderd! Dat is wat je bedoelt! En dat zo'n figuur niet in aanmerking komt een Quist op te voeden! Nee, maar nu weet ik het helemaal zeker, ik ben blij dat je het gezegd hebt, dank je wel voor je hulp.'

*

De volgende ochtend, zondag, had hij spijt van zijn uitval en hij belde haar weer op. Zijn zwager kwam aan de telefoon, Dol was de hond aan het uitlaten. Namens haar aanvaardde hij zijn excuses, achteraf had zij het wel begrepen. Overigens, begon hij, gisteravond waren zij nog op de Statenlaan geweest... maar omdat Onno onmiddellijk merkte, dat Karel langs die omweg toch Max weer ter discussie wilde stellen, viel hij hem in de rede en zei, dat het hem niet kon schelen wat zijn ouders hadden gezegd, want zijn besluit stond vast: zo zou het gebeuren en niet anders, het was zinloos er op terug te komen, de familie moest er maar mee leren leven. Vervolgens belde hij heen en weer met Max en Sophia, en er werd afgesproken dat hij in de loop van de middag met Max naar Leiden zou komen; Max zou hem afhalen bij de poort van het ziekenhuis.

Waarom hij Ada vrijwel elke dag even opzocht, – de laatste tijd meestal buiten de officiële bezoekuren, – was ook Onno zelf niet helemaal duidelijk. Voor Ada hoefde hij het niet te doen: het was eerder een bezoek aan een graf dan aan een ziekbed. Maar in dat paradoxale graf ging niet een gestorven lichaam langzaam maar zeker tot ontbinding over, daarin nam een ongeboren lichaam nu juist vorm aan. Terwijl hij met gekruiste armen bij haar stond, kwam de hoofdzuster naar hem toe en zei dat dokter Melchior, de chirurg, had gevraagd of hij even bij hem langskwam; hij was op zijn kamer, in het paviljoen aan de overkant.

'Trouwens, nu ik u toch spreek: geeft u toestemming dat Ada's haar wat korter wordt geknipt? Tot nu toe hebben we het min of meer op lengte gehouden, maar uit hygiënische redenen... Onder omstandigheden is het gauw genoeg weer aangegroeid.'

Onno begreep dat hij niet kon weigeren, zo min als hij kon eisen dat zij elke ochtend zou worden opgemaakt. Hij knikte, drukte een kus op Ada's zwarte, zijden haar en verliet de ziekenzaal zonder nog een blik met de zuster te wisselen.

Hij vroeg zich af wat Melchior van hem wilde: gisteren had hij hem ook al gesproken. Onderweg merkte hij weer, dat het personeel op een speciale manier naar hem keek: iedereen wist langzamerhand wie hij was, in welke toestand zijn vrouw verkeerde. Het leek of sommigen wilden kunnen zien hoe iemand in zijn situatie zich voelde, de meesten maakten de indruk dat zij hem wilden helpen door hem aan te kijken.

Met zijn vlezige, ronde gezicht, zijn bochel en zijn vergroeide been kwam de kleine operateur achter zijn schrijftafel vandaan en schudde hem de hand. Hij droeg een witte kiel met korte mouwen.

'Neemt u plaats,' zei hij. 'We kunnen het kort houden. Ik wilde u graag nog even alleen spreken, zonder uw schoonmoeder.' Hij vouwde zijn grote handen op het blad van zijn schrijftafel en keek Onno doordringend aan, terwijl hij kennelijk zorgvuldig zijn woorden afwoog. 'Gisteren informeerde u, hoe riskant de ingreep van aanstaande donderdag zou zijn.'

'Toen begreep ik van u, dat dat nogal meevalt.'

Melchior knikte en liet weer een stilte ontstaan, terwijl hij zijn lichte, blauwe ogen niet van Onno afwendde. Verwonderd beantwoordde Onno zijn blik, terwijl hij het gevoel kreeg dat die pauzes meer de eigenlijke boodschap bevatten dan zijn woorden. Langzaam zei de chirurg:

'Over het algemeen is dat ook zo. Maar er kunnen zich altijd complicaties voordoen, die fataal zijn.'

'Daar zijn we ons van bewust,' zei Onno. 'Mijn schoonmoeder misschien nog het meest, zij heeft zelf in het vak gezeten. Voor haar had u dat niet hoeven te verzwijgen.'

'Dat heb ik gehoord.' Weer laste Melchior een stilte in. 'Maar u weet, een moeder...'

Opeens voelde Onno het bloed uit zijn gezicht wegtrekken. Begreep hij hem goed? Was die man bereid er een eind aan te maken? Als hij nu tegen hem zou zeggen, dat een onverhoopt fatale afloop uiteindelijk misschien het beste zou zijn voor iedereen, voor Ada in de eerste plaats, voor zo ver er nog sprake was van enige Ada, zou donderdag dan de gewenste complicatie optreden? Een of andere bloeding, of een hartstilstand, met de dood tot gevolg? Donderdag was de dag waarop dat mogelijk was; gebeurde het niet, dan was de kans verkeken en haar lichaam zou nog maanden en misschien jaren in de toestand blijven waarin het was, eer het langs natuurlijke weg een fysiologische dood zou sterven. Het zou nog lang duren voordat dat anders zou zijn in het christelijk gedomineerde Nederland, zonder dat iemand gevangenisstraf riskeerde en ontzegging van de medische bevoegdheid; ook dat was een reden om de samenleving te veranderen. Hij stond op en liep naar het raam, waar hij naar buiten keek zonder iets te zien. Hij was nu in gesprek met hem, maar uit geen woord mocht dat blijken; zou hij het woord 'euthanasie' in de mond nemen, dan zou Melchior die suggestie verontrust van de hand wijzen en de operatie zou vlekkeloos verlopen. Zou Ada onder het mes sterven en er zou verdenking rijzen, zodat mensen als zijn zwager Coen hem voor de rechter konden slepen, op grond van wetten die zijn broer Menno doceerde, dan kon iedereen onder ede verklaren, dat levensbeëindiging niet ter sprake was gekomen. De rechter zou er het zijne van denken, maar het resultaat zou vrijspraak zijn, toegejuicht door het verlichte deel van de natie.

Maar wat moest hij doen? Hij moest nu plotseling beslissen over haar leven. Daar was hij helemaal niet voor gemaakt! Hij voelde de verantwoordelijkheid op zijn rug, zoals een kolensjouwer uit zijn jeugd de zak anthraciet. Maar was haar leven 'haar' leven nog wel? Bestond er nog wel een subject, dat Ada heette en dat vijftig meter hier vandaan op een schapenvacht lag? Eergisteren had hij de neuroloog gevraagd of haar e.e.g. nu helemaal plat was, – waarop Stevens had gezegd, dat het daarvan niet was te onderscheiden. Maar ook dacht hij aan het gesprek, dat hij een week geleden met Max had gevoerd aan de rand van Ada's bed: dat iedereen, alle e.e.g.'s ten spijt, intuïtief fluisterde aan de rand van al die bedden.

Hij draaide zich om. Melchior bladerde in een stapeltje grote systeemkaarten, die met plakband tot een provisorisch cahier gebonden waren; hij maakte de indruk, dat hij het onderwerp van gesprek alweer was vergeten. Onno keek op zijn horloge.

'Het spijt me,' zei hij. 'Er wordt op me gewacht bij de poort. Zullen we dit onderhoud een andere keer voortzetten?'

'Wat u wilt. Er valt niet zo veel voort te zetten.'

*

'Wat is er met je?' vroeg Max. 'Waarom zeg je niks?'

Omgeven door onzekere, grijsharige chauffeurs, die hun auto alleen op zondag gebruikten, reden zij op de weg naar Leiden. Onno steunde en keek hem van opzij aan.

'Kan ik je vertrouwen?'

Max lachte ongemakkelijk.

'Is het denkbaar, dat ik «nee» zeg?'

'Zweer dan, dat je nooit aan iemand zult vertellen wat ik je nu in het diepste geheim ga zeggen.'

'Dat zweer ik.'

'Niet aan mijn schoonmoeder, niet aan mijn kind, en ook later niet aan wie dan ook. Steek twee vingers van je rechterhand op en zeg het nog eens.'

Max nam zijn rechterhand van het stuur, stak twee vingers op en zei:

'Dat zweer ik.'

Daarop vertelde Onno hem, wat er zojuist was gebeurd. Ook Max was geschokt door dit plotselinge opduiken van de uiterste ernst. Beslissen over leven en dood – zo min als Onno had hij ooit gedacht, dat dit wel eens aan de orde kon komen in zijn bestaan. Dat was iets voor artsen, militairen, politici, niet voor astronomen; dus altijd nog meer voor Onno dan voor hem.

'Toen ik zei, dat wij ons gesprek een andere keer misschien konden voortzetten, zei hij dat er niet zo veel viel voort te zetten. Dat sloeg natuurlijk niet op ons gesprek, maar op Ada's leven. Hij ziet er uit als Quasimodo, de klokkenluider van de Notre-Dame, maar van mijn zwager weet ik dat hij een kei is in zijn vak. Wat zou jij doen in mijn plaats?'

Misschien was hij in zijn plaats. Plotseling werkte Max' brein scherp en snel.

'Ik zou,' zei hij, 'te weten willen komen, of die neuroloog en die chirurg werkelijk voor honderd procent er van overtuigd zijn, dat Ada echt hersendood is, dat er geen sprankje individualiteit meer rest van haar. Want al is het maar nog zo'n klein beetje, dan is het moord. Zo steil ben ik ook wel. Stel, er is alleen nog zoiets van haar over als een eenjarig kind, dan mag het niet. Ook baby's mag je niet vermoorden. Maar als er echt helemaal niets meer is, nul procent, echt alleen nog maar een plant, dan betekent het niets. Dan mag het.'

'Vorige week sprak je anders. Toen kreeg ik de indruk, dat volgens jou zelfs doden niet gedood mochten worden, om het zo maar eens te zeggen.'

'Dat was de fantasie,' knikte Max.

'Maar hoe kom ik te weten, wat die Quasimodo werkelijk denkt? Ik kan het hem niet eenvoudig vragen, want dan is het meteen van de baan. En die neuroloog Stevens kan ik helemaal niet benaderen, want Melchior heeft hem natuurlijk niet gekend in zijn bereidheid.'

Op hetzelfde moment kreeg Max een inval.

'Weet je wat je moet doen? Langs je neus weg informeren of Ada plaatselijk of totaal verdoofd zal worden. Als hij zegt, dat hij haar helemaal niet onder narcose brengt, aangezien zij over geen enkele perceptie meer beschikt, dan is de zaak opgelost; maar als hij «plaatselijk» of «totaal» zegt, dan weet je hoe laat het is.'

'Hier herkennen wij de exacte geleerde!' riep Onno uit. 'Maar als ik hem dat vraag, dan ruikt hij vermoedelijk toch lont, want dom lijkt hij mij niet. Misschien is het beter, dat ik met een of andere smoes mijn zwager inschakel, die is hersenchirurg, zoals je weet; die slagers kennen elkaar allemaal. Of nee,' zei hij en schudde zijn wijsvinger, 'hij zal misschien zeggen, dat een keizersnede nooit onder lokale verdoving wordt toegepast en dat hij hem dat niet hoeft te vragen. Maar dan is hij meteen gealarmeerd, want iedereen heeft natuurlijk al aan die mogelijkheid gedacht, zeker die brave Karel, die qua karakter misschien best te vinden zou zijn voor zoiets, als hij niet uiteindelijk toch een christenhond was. Er mag verder helemaal niemand bij betrokken worden.' Hij keek weer opzij. 'Ik weet het beter gemaakt. *Jij* moet er achter komen.'

Max keek hem even aan en toen weer op de weg.

'Hoe stel je je dat voor?'

'Jij moet een dag van te voren aanpappen met de operatiezuster en van haar te weten komen of er verdoofd zal worden – desnoods in bed. Zonder aanzien des persoons. Dan krijgt die afstotelijke promiscuïteit van jou ook eindelijk een keer zin.'

Max glimlachte. Nu die promiscuïteit zin kon krijgen, – al bedoelde Onno het natuurlijk maar half in ernst, – bestond zij niet meer.

'Succes lijkt mij niet gegarandeerd.'

'Opeens bleu geworden?'

'Hoor eens, misschien is zij wel lesbisch; met verpleegsters weet je nooit wat voor vlees je in de kuip hebt. Breek mij de bek niet open. Er is vast wel een zekerder weg naar resultaat. Als ik mij de komende dagen nu eens technisch een beetje op de hoogte stel van dat anesthetische bedrijf –'

'Anesthesiologische. Anesthetica zijn verdovende middelen.'

'...zodat ik kan zien of de apparatuur staat ingeschakeld en dat soort dingen. Dan loop ik donderdag een kwartier van te voren gewoon per abuis de operatiezaal in. Zoiets kan altijd in Amsterdam. Daarna laat ik het jou weten; als echtgenoot begeleid jij de brancard tot de ingang van de operatiekamer, waar ze je niet binnen zullen laten. Dan vraag je nog even naar de chirurg en je laat onder vier ogen je beslissing doorschemeren.'

Nadenkend keek Onno naar de kleine namaakauto op drie wielen, die voor hen reed en niet van de linker weghelft wilde wijken.

'Juist,' zei hij. 'Zo gaan wij dat doen, *compañero*. Wat moest ik zonder jou?'

'Niets dus.'

*

Toen zij die middag voor het eerst bij elkaar hadden gezeten, in de opkamer achter het antiquariaat, met thee en krakelingen, had Onno voornamelijk moeten wennen aan hun nieuwe status: Max als pleegvader, Sophia als pleegmoeder, hijzelf als onbestorven weduwnaar. Hij voelde zich verlegen met de situatie, maar Sophia gedroeg zich zakelijk als altijd; zij leek zich al volledig op de gewijzigde omstandigheden te hebben ingesteld, als iemand die eenvoudig van betrekking was veranderd. Maar Max wist, dat alleen zij en hijzelf wisten, dat de nieuwe verhouding waarin zij tot elkaar stonden een façade was, waarachter een heel andere verhouding schuilging;

en ook dat was natuurlijk weer een façade, waarachter uitsluitend chaos en onzekerheid heersten. Nu zich bij dat besef ook nog het plan had gevoegd dat zij onderweg hadden beraamd, was het hem of ook hijzelf bezig was in zoiets als een narcose terecht te komen. Liefst was hij blijven logeren in de *Lof der Zotheid*, om te verzinken in de armen van de nacht-Sophia, maar dat was natuurlijk uitgesloten nu Onno er bij was.

'Tot ziens, mevrouw.'

'Dag Max.'

Het volgende conclaaf was dinsdagavond bij Onno thuis, maar veel te bespreken was er eigenlijk niet meer geweest. Over de financiële kant van de zaak waren zij het snel eens geworden, en de verkoop van het antiquariaat was intussen ook geregeld. Daarover had Onno niet lang hoeven nadenken: uit het onuitputtelijke reservoir van zijn familie was een achterneef te voorschijn gekomen die nooit had willen deugen, maar die nu directeur was van een groot makelaarskantoor; hij had hem opgebeld en gezegd, dat hij het pand tegen een woekerprijs aan de man moest brengen, zonder zelf een percentage te nemen, aangezien hij hem anders zou aangeven bij de politie. En wat de huisvesting in Drenthe aanging, Max had met de directeur van de sterrenwacht gesproken, die geheimzinnig had geglimlacht en gezegd, dat hij misschien wel iets moois wist. Dat klonk goed, en in elk geval niet naar een eengezinswoning in een nieuwbouwwijk. Ook betekende het, dat zijn aanstelling als telescoop-astronoom bij de nieuwe sterrenwacht in feite vaststond.

Na afloop deed Sophia de achterstallige afwas, stofzuigde en zette de wasmachine in werking, wat Onno deed denken aan Ada's eerste bezoek: zij leek meer op haar moeder dan zij zelf wist, of geweten had. Terwijl zij boven aan het werk was, opperde Max dat zij Onno's schoonmoeder toch eigenlijk op de hoogte moesten stellen van hun anesthesiologische opzet. In de eerste plaats had zij er verstand van, en in de tweede plaats gold het haar dochter. Maar volgens Onno was dit nu juist een reden om haar er buiten te houden: als moeder zou zij nooit meewerken aan de dood van haar kind, ook al was er niets van over. Max was daar niet zo van overtuigd, maar hij kon niet laten blijken dat hij haar beter kende dan Onno. De voornaamste reden waarom zij er onkundig van moest blijven, – en daar was Max het mee eens, – was dat Melchior op geen enkele manier in gevaar mocht worden gebracht: hij was het die zijn nek uitstak en bereid was het grote taboe te overtreden, en hij had zijn verkapte voorstel uitdrukkelijk in afwezigheid van Sophia gedaan.

Woensdagochtend – nadat hij in Leiden was blijven logeren, aangezien het toch eigenlijk onzin was om weer naar Amsterdam terug te rijden – ging hij naar het Academisch Ziekenhuis. Hij had zich voorgenomen, zich daar aan te dienen als een schrijver van doktersromans, die zich documenteerde en die graag even een blik in de operatiezaal wilde slaan, waar hij zich dan zou laten uitleggen hoe de narcose-apparatuur werkte. Maar toen hij op het bordes stond en zich die rampnacht van drie maanden geleden herinnerde, ontbrak hem plotseling de moed. Hij besloot, eerst naar de bibliotheek van de medische faculteit te gaan.

Terwijl naast hem twee studenten fluisterden over theater Carré in Amsterdam, dat morgen vermoedelijk bezet zou worden na een muziekuitvoering, – onder leiding van de schrijver en de componist, die hij nu al een paar keer was tegengekomen op zijn pad en die net uit het opstandige Parijs teruggekeerd schenen te zijn, – bladerde hij in anesthesiologische handboeken en bekeek afbeeldingen van de apparatuur. Vervolgens liet hij zich door een norse dame met opgestoken grijs haar en een potlood achter haar oor wijzen, waar de verloskundige literatuur stond. Terwijl hij zich verdiepte in de techniek van de keizersnede en naar foto's van het bloederige buikinwendige keek, waar zuigelingen werden opgedolven uit vochtige, donkere krochten, tegen hun zin zo te zien, werd hij getroffen door de spiegelbeeldige overeenkomst van het operateurswerk en dat van hemzelf. Zoals hij, uitgaande van zijn lichaam, in de diepten van het universum keek, waar alles steeds onbegrijpelijker werd, zo sloegen zij de omgekeerde richting in en drongen datzelfde lichaam binnen, waar zij op overeenkomstige mysteries stootten, met aan het eind van hun weg raadselachtige neuronen en DNA-moleculen, waarvan de werking in laatste instantie misschien ook werd bepaald door quantumprocessen. Dat de maat van het menselijk lichaam vrijwel exact het midden hield tussen die van het heelal en die van de kleinste deeltjes, was daarmee in overeenstemming. De mens was de spil van de wereld – dat behelsde geen theologisch dogma: dat kon je nameten.

Maar toen stootte hij op een onverwacht probleem. De keizersnede, een routine-operatie van niet meer dan een half uur, werd meestal onder totale maar soms onder lokale narcose uitgevoerd; met een lumbaalinjectie in de rug werd dan alleen de onderste helft van het lichaam verdoofd. Dat wilde zeggen: ook als de apparatuur niet was ingeschakeld, viel daar niets uit op te maken. Mochten de rode lampjes niet branden, dan betekende het dat hij donderdag binnen een paar seconden bovendien een bepaalde injectiespuit moest lokaliseren tussen tientallen andere spuiten, scharen, haken, klemmen, tangen, messen en wat er verder nog klaar zou liggen om alles naar wens te laten verlopen. Dat was natuurlijk uitgesloten. Even min had het zin om onder een of ander voorwendsel te weten te komen, of er al of niet een anesthesist in de operatiekamer was. Natuurlijk was hij er; het was ondenkbaar, dat hij een telefoontje zou krijgen met de boodschap dat hij vandaag thuis kon blijven, aangezien de patiënt toch niets voelde. Bloeddruk, hartfunctie, alles moest gecontroleerd worden, of er nu anesthesie was gegeven of niet.

Met een klap sloeg Max het boek dicht, wat hem kwam te staan op een ijzige blik van de bibliothecaresse. Zij had natuurlijk al lang gezien, over haar bril heen, dat daar een leek zat te stuntelen met de angelsaksische folianten in rood en blauw linnen, met gouden opdruk. Hier kwamen natuurlijk regelmatig hypochonders, om hun ingebeelde ziektes te diagnostiseren. Hij voelde zich belachelijk, als een huisdokter die in de waarneemkamer van Dwingeloo in één oogopslag dacht te kunnen zien of de spiegel voor spionagedoeleinden werd gebruikt. Een gesprek van tien minuten met een deskundige in het Academisch Ziekenhuis zou alles verduidelijken; maar als het mis ging en het kwam in de krant, dan zou die zich misschien melden bij de rechtbank en verslag doen van dat vreemde onderhoud, de dag voor de fatale operatie die heel conservatief Nederland in opschudding had gebracht. Moord! Men zou hem opsporen, – want tijdens een wandeling met haar vriendin door de hortus botanicus had de bibliothecaresse hem eens uit de sterrenwacht zien komen, – en Melchior zou in het cachot belanden. Er was eenvoudig zo snel niet achter te komen zonder gevaar. Tenzij hij onmiddellijk het vliegtuig nam naar een ver land, Italië bij voorbeeld, en zich in het hospitaal van Rome voorstelde als een duits schrijver die aan een short story werkte over een zwangere, comateuze vrouw, die... Maar nee, zelfs dat was vermoedelijk te riskant. Een dergelijk spectaculair geval zou misschien zelfs de wereldpers halen.

33
Sectio caesarea

Onno en Sophia hadden het al eerder gezien, maar toen zij de volgende middag met hun drieën de ziekenkamer binnenkwamen, bleef Max geschrokken op de drempel staan. Ada's haar was gemillimeterd. Zij zag er uit als de meisjes en vrouwen, die hij in de eerste paar dagen na de oorlog op straat had zien kaalknippen door schuimbekkende mannen, aangezien zij zich met duitsers hadden afgegeven: 'moffenhoeren' naar het oordeel van de meute, die zichzelf tot de Slag bij Stalingrad in veel hogere mate met de duitsers had gearrangeerd, op het levenslustig uittrekken van de broek na. De rechthoekige omlijsting van haar gezicht was verdwenen en had een rond, weerloos hoofd onthuld, dat pas nu definitief vertrokken leek naar de onbereikbaarheid.

Om kwart voor vier verschenen twee verpleegsters om Ada met bed en al naar de operatiezaal te rijden. De vorige avond had Max Onno gebeld en hem op de hoogte gesteld van zijn medische fiasco, waarop Onno meteen had geconcludeerd, dat daarmee de onzekerheid over Ada's geestelijke bestaan was gebleven en dat zij dus in leven moest blijven. Max drukte zijn lippen op haar voorhoofd en vroeg zich af, hoe hij zich nu gevoeld zou hebben als er anders was beslist.

Ook Onno was opgelucht dat het zo was gelopen. Achteraf twijfelde hij of Melchior het eigenlijk allemaal wel zo had bedoeld als hij het had geïnterpreteerd, maar dat zou hij Max nooit durven zeggen. Misschien had hij hem een absurde missie laten uitvoeren. Terwijl Max en Sophia naar de conversatiekamer gingen, begeleidde hij Ada met een hand op haar buik door de gangen en in de lift naar boven. In een ruimte voor de eigenlijke operatiezaal stond een man van zijn eigen leeftijd zijn handen te wassen; hij droeg een groene kiel met korte mouwen, op zijn hoofd een muts in dezelfde kleur. Onno stelde zich voor en vroeg of hij dokter Melchior even kon spreken.

'Kunt u het mij niet zeggen?' vroeg de man. 'Steenwijk. Ik ben de anesthesist.'

Geschokt keek Onno hem aan. Hij had een notenkleurige huid, die rondom zijn ogen nog iets donkerder was. Onno begreep dat hij plotseling in de situatie was, waarin hij misschien alsnog te weten kon komen wat hij wilde.

'Anesthesist?' herhaalde hij. 'Brengt u mijn vrouw onder narcose?'

'Vanzelfsprekend.'

'Maar van dokter Stevens heb ik begrepen, dat zij geen pijn meer kan ervaren.'

Met een vage glimlach schudde Steenwijk zijn hoofd.

'Dat staat er los van. Pijnervaring is een zaak van de hersenschors. Maar wat we in het belang van het kind tijdens de operatie moeten voorkomen, zijn mogelijke reflexen vanuit de hersenstam. En die is intact, zoals u weet; uw vrouw haalt ten slotte ook adem. Mijn gevoel zegt me trouwens ook, dat we het moeten doen.'

Onno bleef hem even aankijken en knikte toen. Met één klap was alle onzin van tafel geveegd. Maar Steenwijks laatste zin, over zijn gevoel, klonk na in zijn hoofd. Restte er dus ook volgens hem misschien toch nog iets van Ada? Ofschoon hij er niet meer zo zeker van was, dat Melchior inderdaad op euthanasie had gezinspeeld, zei hij, zich belachelijk voelend:

'Zegt u alstublieft tegen dokter Melchior, dat hij aan zijn hippocratische eed moet denken en alles moet doen om ook het leven van mijn vrouw te redden.'

Ook Steenwijk antwoordde nu niet meteen. Had hij het begrepen?

'Ik zal het zeggen, al zou het misschien eigenlijk overbodig moeten zijn.' Met een enigszins melancholieke blik keek hij Onno aan en zei: 'Ik leef met u mee. U kunt hiernaast wachten.'

'Mijn gezelschap zit beneden.'

'Wat u wilt.'

*

In rieten tuinstoelen zaten Max en Sophia aan een ronde bamboetafel met een glazen blad, omgeven door patiënten in kamerjassen over gestreepte pyjama's en nachthemden, de blote voeten gestoken in pantoffels. Sommigen kaartten, anderen lazen in geïllustreerde tijdschriften, ongetwijfeld maanden of jaren geleden verschenen, maar vooral werd er gerookt; met de gelukzalige overgave van gevangenen die eindelijk even in de frisse lucht mochten, werd de rook de longen ingezogen, zodat de punten van de sigaretten roodgloeiend stonden. Op een kastje stond een uitgeschakeld televisietoestel.

Rustig, alsof zij op een trein wachtte, bladerde ook Sophia in een tijdschrift; naast haar stoel stond een reistas. Max keek op zijn horloge: vier uur. Ofschoon ook hij uiterlijk rustig was, sidderde hij inwendig van angst. Het was hem plotseling of de tijd een holle kegel was, waarbinnen hij sinds maanden voortgedreven werd van de wereldwijde basis naar de punt, waar hij dadelijk doorheen moest, – en meteen besefte hij ook, dat dat beeld een reminiscentie was aan het gebruikelijke ruimtetijd-diagram in de relativistische literatuur: de 'lichtkegel' van een gebeurtenis. Binnen een uur kon de catastrofe een feit zijn, als op een of andere manier meteen bleek dat hij de vader was.

Onno kwam bij hen zitten en zei:

'Ik heb zojuist de anesthesist gesproken.'

Met een ruk keek Max op, maar meteen besefte hij dat hij zich moest beheersen, om Sophia niet te laten merken waar zij mee bezig waren geweest.

'En?' vroeg Sophia.

Zonder Max aan te kijken deed hij haar verslag van het gesprek, maar eigenlijk natuurlijk hem, - waarna Max plotseling begreep, dat hij zich gisteren met zijn naspeuringen nog veel onzinniger had gedragen dan hij al vermoedde. Hij voelde zich als een kleine jongen, die dacht dat het fluitje van de stationschef de trein in beweging zette, en die nu met een paar woorden kreeg uitgelegd, dat het anders in elkaar zat. Hij schaamde zich, - niet zo zeer als vriend tegenover Onno, want daar had hij al andere redenen voor en die had zelf ook wel iets gezien in het plan, maar vooral als man van de wetenschap, - stel je voor, zijn collega's hoorden hiervan. Hoe had hij het in zijn hoofd gehaald, zo'n kwestie van leven of dood binnen een paar uur op eigen houtje te kunnen uitzoeken, op een volkomen onbekend terrein, waar andere mensen tien jaar op studeerden! Werden de spanningen hem te veel? Misschien moest hij langzamerhand een beetje op gaan passen.

Een verpleegster vroeg of zij een kop thee wilden; alleen Max weigerde. Volgens Sophia zou Ada een totale narcose krijgen, toegediend per infuus; bij de lokale moest je onder normale omstandigheden overeind zitten en ver voorover buigen, met je hoofd tussen je knieën, wat in haar toestand natuurlijk onmogelijk was; het kon ook liggend, op de linkerzij, maar zij dacht toch niet dat dat zou gebeuren. Onno zei dat het belangrijkste was, dat het kind niets mankeerde, en daar was hij niet helemaal gerust op, ook al beweerden de doktoren dat daar geen reden voor was. Sophia veronderstelde, dat er ook wel een kinderarts aanwezig zou zijn, - in haar tijd was dat in elk geval zo, maar dat was lang geleden. Nu en dan vielen er stilten in hun gesprek. Zij beseften, dat Ada nu onder de reusachtige lamp op de operatietafel lag en opengemaakt werd.

'Alles staat op het punt anders te worden,' zei Onno opeens plechtig. 'Het kind verandert van een vrucht in een mens, Ada van een dochter in een moeder, u van een moeder in een grootmoeder en ik van een zoon in een vader.' Hij keek naar Max. 'Alleen jij verandert niet. Echt iets voor jou.'

Max knikte. Hij had neiging om te bidden, dat hij zo onveranderlijk zou blijken als een steen.

'Elke dertigste mei,' zei Sophia na een tijdje, 'zullen wij in het vervolg dus een verjaardag vieren. Wacht eens, dat wil zeggen dat het een Tweelingen wordt.'

'*Een Tweelingen?*' herhaalde Onno met afschuw en keek haar ongelovig aan. 'Dat meent u niet.'

'Hoe bedoel je? Eind mei is toch Tweelingen?'

'*Eind mei is Tweelingen...*' herhaalde Onno weer met sarcastische nadruk. 'U gaat mij toch niet vertellen, dat u aan die nonsens gelooft? U lijkt mijn moeder wel; die combineert de astrologie met het christendom, en u blijkbaar met het humanisme. De astrologie als overkoepelende wereldreligie. Maar goed, laat u maar, het is allemaal geëxcuseerd door de eeuwenoude wortels. Max' beroep zou niet eens bestaan zonder de astrologie.'

'Onze voorvaderen, de astrologen,' knikte Max. Tweelingen, dacht hij, - en op hetzelfde moment herinnerde hij zich Eng en Chang, maar dat hield hij voor zich. Denk je in, er werd daarboven nu werkelijk een siamese tweeling geboren - of een twee-eiige, in die zin dat de ene Onno's kind zou zijn en de andere dat van hemzelf... Was zoiets mogelijk?

'En u,' vroeg Onno aan Sophia, nog steeds met een sardonische klank in zijn stem, 'wat «bent» u?'

'Maagd.'

'Zo mag ik het horen, moeder. Dat maakt op mij een door en door fatsoenlijke indruk.'

Steeds als Onno 'moeder' zei tegen Sophia, voelde Max zich wee worden, alsof hijzelf daarmee zoiets werd als Onno's 'vader'.

'Ik geloof er helemaal niet in,' zei Sophia en wees naar de astrologische rubriek in het tijdschrift op haar schoot. 'Ik zie het hier toevallig staan.'

Voetje voor voetje kwam een uitgemergelde, aristocratisch ogende heer van in de vijftig binnen; de plastic slang, die uit zijn neus hing, was verbonden met een omgekeerde fles aan een hoog statief op wieltjes, dat hij naast zich voortschoof als een bisschop zijn staf. Hoewel het leek of zijn lichaam alleen nog was gevuld met een ijl gas, maakte hij niet de indruk dat hij van plan was dood te gaan, – eerder, dat hij wel wat beters had te doen en voornamelijk geïrriteerd was door dit stompzinnige oponthoud in het ziekenhuis; dat leek hem vermoedelijk meer iets voor burgermensen. Zijn donkerblauwe kamerjas, kennelijk van zijde, was afgezet met witte biezen; uit de borstzak stak een witte pochet. Zonder iemand een blik waardig te keuren, deed hij de televisie aan en ging aan het tafeltje naast het hunne zitten. Een vrouw in een hardroze badjas en met een reusachtige pleister over een oor, *à la* Van Gogh, zei dat er op dit uur nog niet uitgezonden werd. Alsof hij een compliment had gekregen maakte de heer een lichte buiging, stak onverstoord een pijp op, die eigenaardig contrasteerde met zijn sonde, sloeg zijn benen over elkaar en keek afwachtend naar het scherm. Op zijn bloedrode pantoffels waren met gouddraad heraldische wapens gestikt.

Max en Sophia, die met hun rug naar het toestel zaten, spraken over de oorlog, over de geïmproviseerde toestanden destijds in het ziekenhuis van Delft, waarop Onno plotseling zei:

'Wees eens stil.'

In een extra uitzending was de Gaulle verschenen. De benarde generaal, opgescheept met zijn kolossale lichaam, dat wel iets op dat van Onno leek, keek recht in de camera en sprak het franse volk toe. Ongeacht de bloedige gebeurtenissen van de laatste weken, zei hij, zou hij niet aftreden als president van de republiek; hij verklaarde de Assemblée Nationale ontbonden en kondigde algemene verkiezingen aan; mochten de onlusten aanhouden, welnu, dan zou er zeer krachtig worden opgetreden. Het was een directe uitzending, zonder ondertitels, een zachte vrouwenstem gaf een simultaanvertaling, – maar in het nederlands was het niet meer wat het was: Frankrijk dat tot Frankrijk sprak, in het frans. Het leek of die taal de enige werkelijk aanwezige was, aan de ene kant uitkristalliserend tot de generaal, aan de andere tot de fransen. Misschien had daarmee te maken, dacht Onno, dat de spreker in al zijn monumentaliteit tegelijk iets had van een kleine jongen, die even het pak van zijn vader mocht aantrekken: dat van de koning van Frankrijk – alsof de kleine Charles onder tafel nog steeds zijn korte broek droeg, met blote knieën vol korsten van genezende wonden.

'Juist!' zei de man aan het tafeltje naast hen en stond op.

De toespraak had niet langer dan vijf minuten geduurd. Perplex keek Onno naar Max en Sophia.

'Zal ik jullie eens wat vertellen? Het is afgelopen. Op dit moment gaat heel rechts Frankrijk de straat op. Het feest is uit.'

Max had het niet gevolgd; zijn hoofd stond op dit moment minder naar politiek dan ooit, en ongeïnteresseerd luisterde hij naar Onno, die zei dat volgens hem met die paar zinnen een andere tijd was aangebroken, want beroepshalve had hij een loepzuiver instinct voor dat soort dingen: de jaren zestig waren voorbij, de verbeelding was uit de macht ontzet, en vanaf vandaag ging het minder leuk worden in de wereld. Maar zelf bezaten zij nu in elk geval net zo'n soort herinnering als de vorige generatie had aan de jaren twintig, – en het was maar de vraag of de volgende zoiets deelachtig zou worden.

'Over de volgende generatie gesproken...' zei Sophia, 'weet je eigenlijk nog, waarom je hier bent? Je wordt vader.'

Met een schok keerde Onno uit de wereldpolitiek terug in de conversatiekamer. Hij keek op zijn horloge.

'Laten we hier weggaan, boven kunnen we ook wachten.'

Een reusachtige, ijzeren dienstlift, kennelijk niet bestemd voor bezoekers maar voor brancards en doodkisten, bracht hen langzaam naar de eerste verdieping. In een smalle ruimte naast de operatiekamer was een gelakte houten bank tegen de muur geschroefd;

aan de tegenoverliggende wand hing een affiche met een zonnige griekse kust: diepblauwe baaien tussen rotsen met schuimranden, waarachter Ada nu werd geopereerd.

Onhandig zaten zij naast elkaar, Sophia in het midden, haar grote reistas voor haar voeten.

'Wat sjouwt u toch aldoor met u mee?' vroeg Onno.

Zonder iets te zeggen opende zij de ritssluiting en haalde met haar ene hand een minuscuul wit hemdje te voorschijn en met haar andere een paar minuscule sokken.

'In de couveuse is het voorlopig niet nodig, maar als alles goed gaat leg ik die spullen straks alvast in Ada's kast. Dat zou zijzelf ook hebben gedaan.'

'U bent fantastisch,' zei Onno, terwijl hij het hemdje tussen zijn vingers openspreidde en er naar keek als een bioloog naar een pas ontdekte diersoort. 'Dat u daaraan hebt gedacht...'

Max moest bij de aanblik van de microscopische garderobe denken aan de schaduw, die in B-films werd geworpen door de naderende boef, van wie verder alleen de voeten werden getoond, gestoken in glimmende schoenen.

'Kijk eens aan – *les boys!*'

Op de drempel stond de journalist, die ruim een jaar geleden eens in het café door Onno over de tafel was getrokken, omdat hij zijn vriend had aangevallen.

'Het is toch zeker niet waar?' zei Onno. 'Wat doe jij hier?'

'Ik doe mijn werk. Ik moet een stukje schrijven over wat hier aan de gang is.'

'Hoe weet jij wat hier aan de gang is?'

De journalist haalde zijn schouders op.

'Waar haalt een krant zijn informatie vandaan?'

'Donder alsjeblieft op, ik heb geen enkele behoefte aan publiciteit. Jullie zijn natuurlijk gebeld door een of andere broeder, die een paar tientjes wilde verdienen.'

'Moet je mij allemaal niet vragen, Onno, ik zat nu ook liever in de kroeg.'

'Ik ben voor jou geen Onno.'

'O.K., doctor Quist, laten we het rustig houden. Ik begrijp dat u een beetje overspannen bent. Wat gaat er op het ogenblik door u heen?'

'Het onbedwingbare verlangen om jou urenlang op je bek te timmeren! En als je niet ogenblikkelijk maakt dat je wegkomt, doe ik het nog ook.'

Toen Onno aanstalten maakte om op te staan, het hemdje nog in zijn handen, haalde de journalist zijn schouders op.

'Dan maar zonder jou,' zei hij, draaide zich om en verdween.

Woedend gooide Onno het hemdje in de reistas.

'Dat sensatiebeluste rapalje...'

'Wind je toch niet zo op,' zei Max. 'Die kerel is al genoeg gestraft met het feit, dat hij is wie hij is.'

Plotseling legde Sophia links en rechts haar handen op hun armen.

'Stil eens...'

Bijna onhoorbaar weerklonk aan de andere kant van de muur het huilen van een kind.

*

Even later stak een verpleegster haar hoofd om de hoek van de deur en zei lachend:

'De ooievaar is geweest! Een engelachtige jongen! Moeder en kind maken het goed!'

Dat het een jongen was, werd door een luier versluierd, – maar met het vaststellen van het geslacht leek weinig gezegd. Sprakeloos stonden zij voor de couveuse, terwijl artsen, broeders, assistenten en verpleegsters over hun schouders meekeken. Niemand had ooit zo'n baby aanschouwd. Pasgeborenen plachten er toch uit te zien als boksers aan het eind van de laatste ronde: opgezwollen, met dichtgeslagen ogen, dizzy van het doorstane geweld, – maar wat daar lag in de afgesloten, glazen ruimte, als een kostbaar museumstuk in een vitrine, leek werkelijk eerder een *putto*, zoals te zien op italiaanse schilderijen uit de renaissance: alleen de vleugels ontbraken. Het was niet kalend en rimpelig, zoals sommige zuigelingen meteen hun oude dag aanduiden, maar het had steil zwart haar met een diepe, mahoniekleurige gloed, dat de hele schedel bedekte op een manier, alsof het zojuist naar de kapper was geweest; het vel was strak en leek beschenen door het licht van de volle maan. Even min bezat het de opgeblazen wanstaltigheid, die alleen door de bril van moeder- en vaderinstincten mooi gevonden kon worden; de wangen waren gevuld en in de dijen en bij de polsen zaten lichte huidplooien, die bij volwassenen zouden duiden op vetzucht, – maar nergens vertoonde zich vertederende bolligheid, alles was volmaakt, als een kunstwerk dat die naam verdiende. Tegelijk straalde het daardoor iets afstandelijks uit, alsof het niemand nodig had. De kleine tepels, de slanke vingers en tenen zagen er uit als gegraveerd met een fijne etsnaald; ofschoon het een maand te vroeg ter wereld was gekomen, waren niet alleen de oren maar ook neus en mond al ontwikkeld tot bijkans definitieve vormen.

Maar het opvallendst waren de ogen. Zij stonden wijd open en de ruimte tussen de donkere wimpers was volledig gevuld met lapis lazuli, een kleur blauw die niemand van hen eerder had gezien bij een mens. Max deed het denken aan de kleur van de Middellandse Zee – maar alleen op een bepaald moment: als hij na een dagenlange autorit door België en Frankrijk de eerste glimp er van zag, tussen de zinderende heuvels bij Saint-Raphaël: *Thalassa!* Het onzegbaar blauwe blauw van dat ogenblik, daar zag hij het nu op twee plaatsen in dat bleke, zeldzame gezicht. Zijn angst voor een onmiddellijk zichtbare gelijkenis was op slag verdwenen, de eerste paar jaar kon hij kennelijk gerust zijn. Hij had meteen naar de neus en de duimen gekeken, maar ook daaraan was niets van hemzelf te herkennen; met Onno was even min gelijkenis te ontdekken, en van Ada had het alleen het zwarte haar en de zwarte, scherp getekende wenkbrauwen en wimpers, die het blauw van zijn ogen nog verdiepten.

'Wat een schoonheid,' zei Sophia. 'Daar zal hij nog problemen mee krijgen.' Plotseling draaide zij zich om en vroeg aan de gezichten achter haar: 'Hoe is het met mijn dochter?'

'Die is nog in de operatiekamer. Alles verloopt naar wens, maar het zal nog wel even duren.'

Onno en Max dachten niet aan Ada.

'Hoe heet hij?' vroeg Max.

Trots keek Onno hem aan.

'Je kent toch het verhaal van die man, die tegen een collega van je zei dat hij begreep, dat astronomen met hun instrumenten alle mogelijke eigenschappen van de sterren konden vaststellen, – maar hoe waren zij hun namen te weten gekomen?'

'Dat is inderdaad onze knapste prestatie,' knikte Max.

'Quinten,' zei Onno.

Uit de diepte

er uit er uit

•   *is*

nee blijf

de golven

•   *zwart*

liesje   •

help

opstaan   naar school

maak jezelf maar   •

papa

•

la valse

gruwel   gruwel

•   *niet   de hooblei*

•   *een meisje?*

delius   max

blijf jij in godsnaam   blijf jij

•

wil er uit

•   *deksel dicht*   •

waar ben je?   *partituur*

DERDE DEEL
Het begin van het einde

Tweede intermezzo

– Gefeliciteerd! Dat moet toch een bevredigend moment voor je zijn geweest. Daar was hij dan, onze afgezant, – na jarenlang hard werken.

– Maar alleen gedurende een moment. Daarna was het zoals het altijd gaat: als je eindelijk hebt bereikt wat je wilde bereiken, is het niet meer wat je wilde bereiken, maar eenvoudig datgene wat je hebt bereikt. Dan is het vanzelfsprekend geworden. Wat je wint verlies je eigenlijk, welbeschouwd. Bovendien, als je ziet wat je hebt moeten aanrichten om het te bereiken, dan vergaat de bevrediging je wel. Maar goed, ik ben een professional, ik hak al wat langer met dit bijltje. Alleen het doel telt.

– Ik neem aan, dat je nu denkt aan de vriendschap tussen die twee. Maar die omwaaiende boom... was dat toeval, of zat jij daar ook achter?

– Daar zat ik ook achter. Het waren trouwens twee bomen.

– Wat had dat voor zin? Dat was toch een heel riskante actie, – stel je voor, zij had het niet overleefd, of zij had een miskraam gekregen. Ik weet dat je niet gesteld bent op dit soort vragen, maar misschien wil je er toch op antwoorden.

– Als ik bomen niet precies zo kon laten omwaaien als ik dat wil, dan zou ik geen bomen laten omwaaien. Wij kennen de positie en de kracht van elk molecule in de lucht en bovendien de elasticiteit en de weerstand van elk punt in de boom en zijn wortels, – het zou Laplace genoegen doen als hij onze aërodynamische afdeling met dat soort dingen in de weer kon zien.

– Laplace? Zeker zo'n franse intellectueel met een vies sjaaltje om zijn nek en een plaid over zijn schouders.

– Of ze dat in zijn tijd ook al deden, weet ik niet. Een groot man in elk geval, een collega van Max Delius. Maar ook een onverbeterlijke optimist. Een demon, zei hij, die alle voorwaarden van de wereld op een bepaald moment kende, zou niet alleen het verleden precies kunnen reconstrueren, maar ook de toekomst met zekerheid kunnen berekenen.

– Beslist iemand uit de achttiende eeuw. Dat kunnen zelfs wij niet.

– Op het niveau van omwaaiende bomen komen wij een heel eind.

– Vertel, waarom moest dat arme kind zo'n verschrikkelijk ongeluk krijgen?

– Omdat anders niet aan de opdracht voldaan had kunnen worden. Bij alles wat ik deed had ik uitsluitend één ding voor ogen: de retournering van het dictaat.

– Goed, ik begrijp dat je niet wilt antwoorden. Kennelijk komt het je beroepseer te na, en dat respecteer ik. Achteraf zal het mij wel duidelijk zijn.

– U wel. Vroeger hadden wij het makkelijker.

– Wat bedoel je?

– Toen wij in voorkomende gevallen nog eenvoudig het woord tot de mensen plachten te richten.

– Maar daar zijn wij mee opgehouden, nadat die wezens op het idee waren gekomen dat het niet onze stem was die zij hoorden, maar hun eigen innerlijke stem. Dat soort zakkenrollerij konden wij ons natuurlijk niet laten welgevallen. Het is onloochenbaar, dat op aarde de technologie steeds meer de plaats inneemt van de theologie, maar de psychologie moet zich wat dat betreft niets inbeelden.

– Het blijft jammer dat het zo is gelopen. Hemel en aarde zijn nu eenmaal uitsluitend verbonden door middel van het woord – juist de onderhavige operatie heeft dat weer eens duidelijk gemaakt.

– *Precies. Deze operatie was de punt, die wij achter dat gesprek hebben gezet.*

– Het zou mooi zijn als de mensen zich doodschrokken bij het horen van wat er is gebeurd, namelijk dat het testimonium terug is bezorgd, en dat die schok ze tot inkeer zou brengen.

– *Niemand zal het ooit weten. En trouwens: inkeer? Laat mij niet lachen. Dacht je nu werkelijk, dat dat gebroed afstand zou doen van wat dan ook? Kom nu toch. Wat ze eenmaal hebben, willen ze houden. Dat misbaksel van een Lucifer heeft zijn zaakjes prima voor elkaar. Met elke nieuwe uitvinding hebben de mensen een stukje van onze almacht ontvreemd en op die manier stap voor stap hun eigen werkelijkheid gedemoniseerd. Hij heeft ze contractueel veranderd in vampyrs, die ons onder zijn patronaat leegzuigen. Met hun raketten verplaatsen zij zich al sneller dan de wind, dan het geluid zelfs, en op een dag zullen zij de snelheid van het licht benaderen; met hun televisie zijn zij in feite al bijkans alomtegenwoordig, zij kunnen zien in het donker, zij kunnen het binnenste van een mens bekijken zonder hem open te maken, met hun computers bezitten ze een totalitair besturings- en controlesysteem, waarmee ze jouw afdeling al naar de kroon steken, zij kunnen elementaire deeltjes waarnemen en zij weten al wat er tien tot de min drieënveertigste seconde na onze lichtexplosie gebeurde. Voorbij die grens falen hun theorieën tot nu toe, daar komen al hun berekeningen voorlopig nog op oneindig uit, en laten we hopen dat ze daar nooit de diepere zin van zullen inzien; maar ik ben langzamerhand nergens meer gerust op.*

– Daarover heb ik straks nog iets te melden.

– *Als zij willen, kunnen zij zelfs de aarde vernietigen. Neem mij niet kwalijk, maar dat vermogen was nu toch werkelijk ons privilege. Intussen zijn zij bezig de aarde te vernietigen zonder het te willen, en voor alle zekerheid lopen zij alvast op de maan rond, als springplank naar de rest van het heelal. Binnen afzienbare tijd zullen zij zich meester gemaakt hebben van ons absolute voorrecht: het creëren van leven, als tegenstuk van het massale uitroeien er van. Een virus om mee te be-*

ginnen, dan een microbe, dan een worm, Caenorhabditis elegans vermoedelijk, en op een dag zullen zij mensen fabriceren naar hun eigen aangezicht – en dat is nu vaak al zo leeg als dat van poppen: in plaats van een gelaatsuitdrukking hebben zij dingen, zoals auto's. Het zullen dus noodzakelijkerwijs mensen als dingen worden. Iedere twaalf jaar verdubbelt zich de menselijke kennis, – nu in hun 1985 weten en kunnen zij alweer twee keer zo veel als in hun 1973, en bij het benaderen van de almacht wordt letterlijk alles mogelijk daar beneden. Knowledge itself is power – *wie dènk je dat dat aforisme heeft bedacht? Die vervloekte Francis Bacon natuurlijk weer. Kennis is macht, ja, maar niet alleen over de natuur, ook over mensen en over ons. De aarde is definitief veranderd in zijn verdoemde Salomo's Huis en de mensen hebben ons niet meer nodig, wij zijn sprookjes voor ze geworden, curiosa, literatuur... Herinner je je nog die serie vragen, die de Chef ooit op Job afvuurde – of hij zijn stem tot de wolken kon verheffen, en of hij de zee met deuren kon afsluiten, en weet ik wat allemaal nog meer? Nee, dat kon hij niet, dat kon alleen de Chef, en moet je kijken wat onze Job nu allemaal kan. Daar zijn dingen bij, die zelfs voor de Chef gloednieuw zijn. Lucifer heeft gewonnen, het is zinloos er nog langer omheen te draaien. Door zijn duivelse zet met de verraderlijke baron heeft hij zich de sterkere getoond, daar helpt geen moedertjelief meer aan. Binnen vijf jaar na Bacons dood schreven Galilei en Descartes hun fundamentele werken, de* Dialogo *en de* Discours de la méthode, *het begin van de moderne tijd, waarmee de heilloze weg naar Auschwitz en Hiroshima en de ontcijfering van het DNA definitief was betreden. De oude Goethe had die gang van zaken voorzien, al was het met braaf positief voorteken: hij laat zijn honderdjarige Faust eindigen als een technocraat, die met dijken en kanalen de zee overwint, dat wil zeggen de natuur verandert in een menselijke schepping.*

– Een soort hollandse polderingenieur van Rijkswaterstaat dus eigenlijk, die de zee met deuren afsluit. Misschien had Goethe Leeghwater in gedachten, die was al in de zeventiende eeuw heel beroemd met zijn *Haerlemmer-meerboeck.*

– *Kan zijn, mijn hoofd staat nu niet naar literairhistorische be-*

schouwingen. Je brengt mij van mijn apropos – waar had ik het over?

– Over de algemene ondergang van alle dingen.

– Ja, en dan vooral ook die van ons. Want daar was het Lucifer van de eerste dag af aan om begonnen: om onze totale vernedering en vernietiging. De mensen laten hem uiteindelijk koud. Vergeet trouwens niet, dat die verduivelde technologie ook allerlei mooie aspecten heeft. Niet alleen het aanleggen van polders, maar neem bij voorbeeld de medische techniek. Denk eens aan de lokale anesthesie, om een kleinigheid te noemen. Dacht je dat wie dan ook zijn kies weer zonder verdoving zou willen laten trekken? En geef ze eens ongelijk. Je zult maar kiezen hebben! Nee, neem nu maar van mij aan dat het hopeloos is. Via het lichaam van de mensen heeft Lucifer hun geest in zijn greep gekregen. Onze grootste fout is, dat wij hem altijd hebben onderschat. Wij dachten dat het zo'n vaart wel niet zou lopen, want wie kon het nu opnemen tegen de Chef? Ja, hij dus. Soms denk ik – het is zonde dat ik het zeg – dat hij de mensen veel beter kent dan de Chef. De Chef is een idealist, een grote schat, die het beste voorheeft met de mensen, zonder te weten wat voor vlees hij in de kuip heeft. Maar Lucifer weet, dat zij liever hemel en aarde ten onder laten gaan dan hun auto weg te doen. Hij heeft er voor gezorgd, dat hun zaligheid nu in de dingen schuilt. Hij weet, dat ze nog eerder hun eigen benen wegdoen. Dus gaan hemel en aarde ten onder. En aan ziel zal er bij die Menschendämmerung *niets meer verloren kunnen gaan, want die is duivels verraden, verkocht en omgesmolten tot machines. Een automobilist is geen voetganger in een auto, maar een totaal nieuw creatuur van vlees, bloed, staal en benzine. Het zijn moderne centauren, griffioenen, en die gerealiseerde fabelwezens zijn het enige, dat uiteindelijk over zal blijven, want zij zijn ontstaan op kosten van de natuur, van de mens, van ons en van de Chef. Met elk nieuw technisch ding is het menselijk leven automatisch zinlozer geworden. En onze wereld zal ten slotte alleen nog dat triomferende Negativum bevatten in de ijskoude vlammen van zijn hel, met in de hemel de eeuwige agonie van de Chef als het dwalende nabeeld van een groot Licht. Achteraf is het allemaal voor niets geweest. Wat wilde ik eigenlijk zeggen? Ik ben totaal de kluts kwijt. Ja,*

ik word steeds verwarder, ik voel het verval en de uitputting ook in mijzelf. Ga door. Ik luister.

34
Het geschenk

Gezonde baby geboren uit hersendode moeder, berichtte het ochtendblad de volgende dag; Ada doorstond de ingreep zonder complicaties, en de weken daarop – die Quinten nog in de couveuse moest blijven – brachten nieuwe veranderingen.

De directeur van de sterrenwacht hield woord: hij had een afspraak voor Max gemaakt met een oude studievriend, een baron Gevers, die een paar kilometer ten zuiden van de radiosterrenwacht bij Westerbork woonde en volgens zijn inlichtingen iets te verhuren had bij hem in de buurt. Het was een zonnige junidag toen Max uit Dwingeloo er heen reed, met in zijn hoofd de routebeschrijving van de beheerder. Rechts van hem flikkerde de zon stroboscopisch tussen de voorbijschietende elzen van de provinciale weg, waardoor hij zich moest verzetten tegen zoiets als een dreigende hypnose; als altijd keek hij even naar de open plek aan de linkerkant van de straat, waar twee bomen ontbraken. Na een paar kilometer over de snelweg te hebben gereden, nam hij een afrit en sloeg bij een ingestorte schuur een kronkelend bospad in. Overal lagen nog omgewaaide bomen, hun kronen voorgoed winters kaal, hun uit de aarde gerukte wortels al wittig uitgedroogd. Tot zijn verbazing zag hij plotseling een groep indonesische jongens door de struiken kruipen, in geïmproviseerd gevechtstenue, alsof het oorlog was, – even later kreeg hij een gevoel of hij het had gedroomd. Nu en dan werd het bos afgewisseld door weiden met een boerderij, akkers, maisvelden, het pad kruiste een onbewaakte overweg, – en op het moment dat hij de heerlijkheid zag opdoemen, dacht hij aan wat Goethe volgens Onno eens had gezegd: *Der Mensch fängt an beim Baron.*

Het lage, witte, niet al te grote landgoed, zo te zien stammend uit het begin van de vorige eeuw, lag aan het eind van een gazon en straalde een ingetogen voornaamheid uit. Tegelijk leek het ook het centrum van een boerenbedrijf, er naast stonden stallen, een hooiberg, onderkomens voor landbouwmachines. 'Klein Rechteren' heette het. De oprijlaan werd geflankeerd door grote zwerfstenen en was bestrooid met grint, dat feodaal knerste onder zijn banden en zelfs de Volkswagen dwong tot de superieure langzaamheid van een Bentley. Omdat zijn intuïtie hem zei, dat hij zijn auto niet vlak voor de ingang kon neerzetten, parkeerde hij hem aan de overkant. Toen hij uitstapte, zag hij op de daklijst een pauw zitten.

De deur werd opengedaan door een mongooltje, een jongen van een jaar of twintig. Met verwonderde kraalogen keek hij naar Max op.

'Mama!' riep hij meteen met schorre stem, zonder zijn ogen van hem af te wenden.

Een rijzige dame van tegen de zestig verscheen in de hal. Max stelde zich voor en drukte vervolgens ook de warme, brede, bewegingloze hand van haar zoon, die Rutger bleek te heten. In de serre aan de achterkant van het huis, waar de deuren openstonden naar het terras en de moestuin, kreeg hij een chinees kopje met thee voorgezet.

'Ik verwacht mijn man elk ogenblik. Hoe is het met onze Jan? We hebben hem al een tijdje niet meer gezien. Als hij in Dwingeloo moet zijn, logeert hij hier bij tijd en wijle.'

Dat ging over de directeur. Ofschoon die hen natuurlijk precies op de hoogte had gesteld van zijn, Max' eigen omstandigheden, zinspeelde zij daar niet op. Dat kon kiesheid zijn, maar ook iets anders; hij voelde zich een beetje ongemakkelijk met de afstandelijke wellevendheid van haar conversatie, en hij kreeg de indruk dat dat de bedoeling was. Voor het geval dat hij hier ergens kwam wonen, moest hij er misschien van meet af aan van worden doordrongen, dat dat geen vrijbrief was voor vertrouwelijkheid. Naast haar stond een ronde tafel met ingelijste familiefoto's; ook een foto van een wit paard. Gefascineerd keek hij nu en dan naar Rutger. In een rieten stoel, waarvan de rugleuning troonachtig uitdijde tot enorme afmetingen, zat hij met zijn tong uit zijn mond te punniken. Links van hem lag een knot violette wol op de grond; door middel van een garenklosje, waarin drie kleine spijkers waren geslagen, weefde hij een wollen draad tot een koord, dat inmiddels tientallen meters lang moest zijn en in een kleurige berg aan zijn voeten lag.

'Hele grote gordijn maken,' zei hij, toen hij Max' blik ontmoette.

Bemoedigend knikte Max hem toe en keek naar zijn moeder.

'Daar is hij sinds een jaar of tien mee bezig, met dat hele grote gordijn. Nu en dan knip ik er een stuk van af, anders kunnen we op een dag het huis niet meer in.'

'En dat merkt hij niet?'

'Niet zo lang hij het mij niet ziet doen.'

'Misschien,' zei Max, 'heeft hij geen besef van de lengte van die draad omdat hij geen besef heeft van de tijd.'

Met een gesloten gezicht keek de barones hem aan.

'Kan zijn.'

Max kreeg het gevoel dat hij te ver was gegaan: wie het over de tijd heeft, heeft het altijd ook over de dood.

Over het pad aan het eind van de moestuin naderde een tractor, bestuurd door een zware gestalte in werkmanstenue; alleen zijn zandkleurige hoed, waarvan de rand aan de ene zijkant opgeslagen was en aan de andere omlaag, gaf aan dat het hier niet eenvoudig een boer gold. Op groene rubberlaarzen kwam hij naar de serre en stelde zich voor met een harde, eeltige hand, zonder binnen te komen. Zijn gezicht had iets strengs, maar niet onvriendelijk; hij droeg een gecultiveerde, kleine witte snor.

'U bent net op tijd, ik heb al tien telefoontjes gehad. Zullen we meteen gaan?'

Voor de tweede keer begreep Max, dat de verhoudingen duidelijk moesten blijven, ook al was hij aanbevolen door een vriend. Terwijl hij naast zijn aanstaande huisheer door de moestuin naar de straat ging, begon hij nu toch buitengewoon nieuwsgierig te worden naar wat hij te zien zou krijgen. Zonder het zichzelf helemaal te bekennen, hoopte hij op een idyllisch koetshuis tussen de bomen, met een grasveld er voor; maar voor alle zekerheid bereidde hij zich voor op een treurige veenarbeidersstulp aan een kanaal, dat roerloos wachtte op verdrinkende kleuters. Dat het dat niet worden zou, bleek toen Gevers zei dat zij wel konden lopen, want het was vlakbij. Max vertelde over de ambonezen, die hij door het bos had zien sluipen.

'Dat zijn die mallotige molukkers uit Schattenberg,' zei de baron, 'een paar kilometer verderop. Die bereiden zich voor op de bevrijding van hun eiland aan de andere kant van de wereld.'

Woonoord Schattenberg: dat was de huidige naam van Kamp Westerbork.

'Ik dacht werkelijk dat ik droomde,' zei Max.

De baron knikte.

'De wereld hangt van dromen aan elkaar. Gelukkig zitten er nog maar weinig en die zijn binnenkort ook opgehoepeld, dank zij de sterrenwacht.'

Zij kwamen drie meisjes te paard tegen, die vrolijk 'Dag meneer Gevers!' riepen, – en een paar honderd meter verder, waar de weg een flauwe bocht nam, was een afslag naar een groot ijzeren toegangshek, bevestigd aan twee bewerkte, hardstenen sokkels, waarop schilddragende leeuwen zaten. Een brug over een smalle gracht leidde naar een lange, met een dubbele rij bomen omzoomde oprijlaan; aan het eind er van was een tweede brug, over een slotgracht, naar het voorplein van een kasteel.

'Groot Rechteren,' zei Gevers met een gebaar van zijn hand en duwde het knersende hek open.

Een kasteel! Terwijl zij over de loszittende planken van de brug naar de oprijlaan liepen, vertelde hij dat hij hier was geboren, net als zijn vader en zijn grootvader, maar het werd allemaal te duur, het personeel vooral, en het was niet meer warm te stoken zonder failliet te gaan. Zij waren naar Klein Rechteren verhuisd, het kasteel was provisorisch opgedeeld in appartementen, die werden bewoond door redelijk nette mensen - op één na, daar zat een communist, maar dat kwam nu vrij.

Sprakeloos keek Max naar het grote, brede kasteel, dat hij stap voor stap naderde. Opzij en aan de achterkant was het omvat door reusachtige bomen; het maakte een verwaarloosde indruk en echt mooi was het ook niet, - kennelijk was het in de loop der eeuwen herhaaldelijk verbouwd en uitgebreid, - maar het was onmiskenbaar een *kasteel*: een bouwwerk dat van een huis verschilde als een adelaar van een kip. De façade, misschien pas uit de negentiende eeuw stammend, was vlak en symmetrisch; ter hoogte van de zolderverdieping, in de opstaande tuitgevel boven de ingang, zat een klok zonder wijzers. Op de begane grond was een reeks boogvormige kelderramen, een dubbele trap leidde naar het bordes met de toegangsdeur, geflankeerd door hoge vensters, verdeeld in kleine ruiten; de bovenverdieping liep aan de rechterkant uit in een groot balkon. Er onder stond een container op het voorplein, waar iemand planken en allerlei rommel in gooide. De achterkant leek ouder; daar was het puntdak van een vierkante toren te zien, bekroond door een windhaan. Kon het waar zijn, dat hij op deze sprookjesachtige plek zou wonen? Misschien daar bij dat balkon? Waar had hij dat aan verdiend?

Het kasteel was het centrum van een kleine nederzetting. Links was jonge aanplant, die overging in naaldbos, maar rechts waren een paar kleine woningen, een koetshuis, verbouwde stallen en schuren. Op het gazon voor wat misschien de portierswoning was geweest, maaide een man met een zeis het gras rondom een kolossale zwerfkei, keek op en zei: 'Dag meneer baron,' - wat hem kwam te staan op een minzaam: 'Dag Piet'. Half zichtbaar tussen de gebouwen en hagen een oranjerie, waar ook iemand bewoog; onder de bomen probeerde een bok verder te reiken dan het touw om zijn nek lang was. Alles zag er bewoond uit, overal stonden ramen open. Beschaduwd door de kolossale kroon van een bruine eik, in de berm van de slotgracht, dreven twee zwarte zwanen met de majesteit van een verhevener bestaan, terwijl tussen de bladeren van de waterlelies, aan de voet van manshoge rododendronstruiken, ordinair kabaal werd gemaakt door een koppel eenden.

Max voelde de neiging om op zijn tenen te gaan lopen. Het kasteel lag in het water als op de palm van een uitgestoken hand; de stenen brug over de slotgracht was volgens Gevers in de plaats gekomen van de vroegere ophaalbrug. Op het voorplein, waarvan de bakstenen in een kunstig golfpatroon aan elkaar waren gemetseld, als een horizontale muur, stonden een paar auto's geparkeerd. Toen zij op de treden naar het bordes waren, smakte met een daverende slag een ijskast in de container, waarop over de balustrade van het balkon een grijnzend gezicht hen aankeek. Uit een blauwwit bordje naast de toegangsdeur bleek, dat het kasteel op de monumentenlijst stond. De ene helft van de deur stond open, vastgezet met een houten klos op de grond; voordat hij naar binnen ging, stapte Gevers uit zijn laarzen en nam zijn zwierige hoed af, wat hem plotseling nog strenger maakte met zijn kale schedel.

In de hal, gelambrizeerd met donker eikenhout, verscheen uit een deur een kleine, zorgvuldig geklede dame; even wierp Max een blik in een grote zaal met empire meubelen, ook weer een tafeltje met ingelijste foto's, boven een marmeren schoorsteenmantel een goudomlijste spiegel. Gevers stelde haar voor als 'mevrouw Spier'.

'Meneer Delius is misschien de nieuwe huurder boven.'

Onderzoekend keek zij hem aan. Haar hele verschijning was tot in de puntjes verzorgd, zelfs geen haar van haar kapsel waagde het buiten de slagorde te treden.

'Welkom, meneer Delius. Als wij u ergens mee kunnen helpen, laat u het dan weten.'

'Haar man is een bekend letterontwerper,' zei Gevers, terwijl zij de brede, eikenhouten trap aan het eind van de hal opgingen. 'Het ritselt hier trouwens van de knappe koppen, u zult daar heel goed bij passen. Ik als eenvoudige boerelul zou me nogal misplaatst voelen in dit culturele gezelschap.'

Het geweld in die opmerking ontging Max niet. Aan de manier waarop Gevers rondkeek was te zien, dat hij hier niet graag kwam; alles herinnerde hem natuurlijk aan vroeger en confronteerde hem met de neergang van het kasteel. De directeur had hem verteld, dat hij in de oorlog een leidende rol in het verzet had gespeeld; omdat Nederland een klein land was, zou hij misschien ook Onno's vader kennen. Tegelijk besefte Max, dat het vermoedelijk inhield dat hij wist wie zijn, Max' eigen vader was geweest.

Boven was ook weer een hal, eigenlijk meer een ruime overloop, waarop verscheidene deuren uitkwamen; de eikenhouten plechtigheid was daar verdwenen. Door een groot raam in een serre was het bos aan de achterzijde van het kasteel te zien; aan de ene kant van de ruimte stonden met plastic afgedekte teilen en ingepakte kleimodellen op ranke, hoge boetseerbokken.

'Daar woont een kunstartiest,' meldde Gevers en maakte een korte beweging met zijn hoofd. 'Theo Kern – betrekkelijk eigenaardig type. Buiten op het terrein heeft hij nog een atelier voor het grotere werk.' Plotseling bleef hij staan en keek Max recht aan. 'Verdomd goed van u, meneer Delius, dat u gaat zorgen voor het kind van uw vriend. Dat wou ik maar even zeggen. Verdomd goed.' Eer Max wist wat hij moest antwoorden, wees Gevers naar het tegenoverliggende appartement, waar alle deuren openstonden en de chaos van een verhuizing heerste. 'Aktiegroep Ei. Hoofdkwartier van de revolutie in Drenthe. Wordt morgen of overmorgen verplaatst naar Assen, om van daaruit de provincie in staat van proletarische paraatheid te brengen.'

De baron maakte niet de indruk dat hij treurde om het vertrek van deze huurder. De man, die hen daarnet had toegegrijnsd, zat met een vrouw en een paar vrienden op de grond van de balkonkamer, waar zij thee dronken uit gebloemde kroezen. Hij was een jaar of dertig, had lang haar en tussen zijn tanden klemde een dun sigaartje, dat hij bij het spreken niet uit zijn mond nam.

'Zo, kameraad,' zei Gevers, 'even aan het uitrusten?'

De man knikte even, met een lachje, maar hij stond niet op. Het feit dat Gevers baron was, was ook in dit gezelschap kennelijk niet neutraal; alleen werd het hier niet bij hem opgeteld, zoals overal elders, maar van hem afgetrokken. Enigszins spottend maar niet onvriendelijk keek de sociaal werker naar Max' blazer en *club tie*.

'Kom jij hier wonen?' En nadat Max een vaag gebaar naar Gevers had gemaakt: 'Gefeliciteerd. Zoiets als dit vind je nooit meer. Kijk maar rond als je wilt.' Toen Max de blik van de vrouw ontmoette, zag hij haat in haar ogen – omdat dit nu zijn woning zou worden misschien. Zij wilde natuurlijk helemaal niet naar Assen.

In de balkonkamer, die op het zuiden lag, was het plafond lichtblauw geschilderd met witte wolken er in; dat zou allemaal opgeknapt moeten worden. Een tussendeur gaf toegang tot een grote kamer er naast, die via een vervallen bijkeuken verbonden was met een torenkamer aan de achterkant. Dat leek hem de kinderkamer; omdat Sophia in de buurt van Quinten moest slapen, maar ook in die van hemzelf, zag het er naar uit dat hij beslag kon leggen op de balkonkamer. Aan de andere kant gaf deze toegang tot een ruime woonkeuken, die op het voorplein uitzag; daarop sloot nog een grote kamer aan, die zich boven de ingang moest bevinden. Opzij van alle ramen waren opengeklapte luiken. Geagiteerd keek hij om zich heen. Met gemak liet zich hier leven door drie mensen. Alles stond vol rommel, tegen de muren waren schappen getimmerd, beladen met folders, stapels kranten en bladen, stencilmachines op schragen – maar zijn ogen sloegen dat allemaal over en zagen hoe het worden zou.

'En?' vroeg Gevers, toen zij op het balkon stonden – dat zelf zo groot was als een kamer – en naar het ontzagwekkende geboomte aan de overkant van de slotgracht keken. 'Zeker niets voor u.'

Max maakte een gebaar van sprakeloosheid.

'Een geschenk uit de hemel,' zei hij.

35
De intocht

Toen het appartement twee dagen later was ontruimd, liet Max Sophia trots zien wat een schitterend oord hij had verworven, en ook zij kon het nauwelijks geloven. De tijd die Quinten in de couveuse moest blijven, besteedden zij zo veel mogelijk aan het opknappen van de uitgewoonde kamers. De eerste nachten sliepen zij in Dwingeloo, elk in een kamer van het gastenverblijf; maar vooruitlopend op de verhuizing bracht hij vervolgens met een gehuurd busje wat noodzakelijke spullen van zichzelf en Sophia naar het kasteel, matrassen, beddegoed, kleren, keukengerei, boeken. In Dwingeloo kwam zij niet bij hem in bed, wat misschien niet alleen te maken had met de andere gasten, maar ook met haar dochter, die daar haar laatste nacht bij bewustzijn had doorgebracht, wanneer men zo zeggen kan. Misschien was ook de stilte een belemmering. De eerste keren die hij zelf in Dwingeloo had overnacht, had hij als stadsmens nauwelijks de slaap kunnen vatten: zo diep en totaal was de stilte, dat het leek of hij doof was geworden. Het enige dat nog was te horen, was zijn eigen hartslag en het suizen van bloed in zijn oren; buiten de kamer was de wereld verdwenen in het niets. Pas later was tot hem doorgedrongen, dat het de stilte van de oorlog was: toen was het ook in Amsterdam 's nachts zo stil geweest als op de heide. Maar meteen de eerste nacht in Groot Rechteren, waar alleen de verre roep van een uil nu en dan de stilte doorbrak, werd het geheime ritueel hervat. Met kloppend hart had hij in de balkonkamer op haar liggen wachten, en toen hij haar in de kamer naast de zijne van de provisorische matras hoorde komen, gevolgd door het knersen van de klink en het piepen van de deur, – wat allemaal gesmeerd zou moeten worden, – was zijn opluchting zo mogelijk nog groter dan zijn opwinding. Stel je voor, dit zou voor haar alleen bij Leiden en haar gestorven man hebben behoord!

Het was voor het eerst dat zij dagelijks in elkaars gezelschap waren en een huishouding vormden, maar ook dat hield geen verandering in: het bleef 'u' van zijn kant, en, anders dan tussen mensen die iets met elkaar hadden, kwamen echtelijke ruzies niet voor tussen iemand en de schoonmoeder van zijn vriend. 's Morgens gewekt door de eenden ontbeten zij op het balkon, en alle tijd die hij kon vrijmaken besteedde hij aan het wegbreken van de schappen in de voorkamer, aan het verwijderen van de triplexplaten die in de jaren vijftig de oude, handgemaakte deuren een modern aanzien hadden moeten geven, aan verven, beitsen, witten. Geleidelijk maakte een soort furie zich van hem meester, waardoor hij er 's avonds nauwelijks mee kon ophouden. Als Sophia al lang met een glas wijn voor de televisie zat en gordijnen naaide, stond hij nog op een ladder en trok zijn roller over de ludieke wolkenvelden van de plafonds. Hij had nooit zoiets gedaan, zijn vriendinnen hadden dat altijd voor hem opgeknapt, en het onmiddellijk zichtbare resultaat had een ontspannende uitwerking op hem; bovendien dacht hij onderwijl nu en dan aan zijn werk, maar op een andere manier dan achter zijn schrijftafel: indirecter, in zekere zin vruchtbaarder, zoals hij zijn beste ideeën ook altijd kreeg bij het tanden- of schoenenpoetsen, of onder de douche. Een douche ontbrak trouwens, die liet hij aanleggen; omdat het kasteel niet was aangesloten op het gasnet, moest er een nieuwe geiser komen die op flessen butagas brandde; ook de aftandse oliekachels moesten worden vervangen. Als hij nieuwe verf of kwasten nodig had, of planken, reed hij in zijn besmeurde plunje naar de winkel in het dorp Westerbork, dat tien kilometer ten zuiden van de nieuwe sterrenwacht lag en alleen de naam gemeen had met het kamp. Nog steeds was hij daar niet geweest; zo lang de spiegels niet voltooid waren had hij er niets te zoeken, en hij had zich voorgenomen het zo lang mogelijk uit te stellen.

Meteen de eerste dagen hadden zij beleefdheidsvisites gebracht aan de andere bewoners van het kasteel. Meneer Spier, echtgenoot van mevrouw Spier, stond juist op het punt om weg te gaan toen zij aanklopten. Hij was even klein als zij en zag er even pijnlijk correct uit met zijn zorgvuldig gekapte, dunne, donkerblonde haar, in zijn driedelige donkerblauwe pak met krijtstreep, een onderscheiding in zijn knoopsgat en in zijn das een parelspeld: iets opzij van het midden, zoals het hoorde. Wellevend zei hij, dat zij elkaar beslist nog vaak zouden ontmoeten, waarop Max hen alvast uitnodigde voor een glas champagne over een paar weken. Meneer Verloren van Themaat, die aan de Technische Hogeschool in Delft architectuurgeschiedenis doceerde en die de andere vleugel op de begane grond bewoonde, plachtte alleen in de weekends te komen; momenteel bracht hij de zomer door in Rome, in het nederlandse kunsthistorisch instituut.

Op de zuidelijke helft van de zolder – in een reeks vroegere dienstbodenkamers aan de noordkant was overtollig meubilair van de baron opgeslagen – huisde een engelse vertaler, dat wil zeggen een vertaler uit het engels: Marius Proctor, een zwartharige man van tegen de veertig, die nogal somber de wereld in keek. Zijn vrouw, Clara, een uitdagende, goedlachse verschijning met roodgeverfd haar en grote oorringen, zag er uit als een waarzegster; van oude paraplu's maakte zij spookachtige, abstracte objecten, die tegen de schuine muren van hun kamers hingen. Als zij Max en Sophia 's middags uitnodigde thee bij hen te drinken, in hun moderne stoelen uit de jaren vijftig, verdween Proctor meestal zonder iets te zeggen door een dikke, gecapitonneerde deur naar wat kennelijk zijn werkkamer was: de torenkamer boven die, waarin een wieg en een commode op Quinten stonden te wachten. Om aan de kost te komen vertaalde hij romans, maar zijn eigenlijke werk was momenteel een vertaling van Miltons *Paradise Lost*; bovendien schreef hij volgens Clara sinds jaren aan een boek over een ontdekking die hij had gedaan, en die de literairhistorische wereld in opschudding zou brengen. In elk geval had hij de ingevallen wangen en slapen van de fanaticus, die zichzelf opvrat. Zij hadden een agressief zoontje van een jaar of vier, Arendje geheten, die elke keer als hij Max zag op hem af rende en met beide handen tegen zijn dijen begon te duwen, alsof hij hem de kamer uit wilde hebben, het kasteel uit, zijn hoofd kwaadaardig voorover gebogen, als een bok; geamuseerde woorden en zachte drang hadden geen uitwerking, en als Clara hem ten slotte wegtrok probeerde Arendje snel nog een trap tegen zijn schenen te geven. Max neigde er toe, niet al te vaak boven te komen. Eenmaal probeerde hij een gesprek over literatuur aan te knopen, maar Proctor antwoordde alleen met wat vaagheden en bleef verder sfinxachtig zwijgen. Sophia had een hekel aan hem, maar Max zei dat hij kennelijk was verpletterd door een of ander inzicht, of misschien door Clara.

Het beste contact hadden zij met Theo Kern en zijn vrouw, op hun eigen verdieping. Binnenkomen in hun appartement betekende het verlaten van deze wereld en het betreden van een andere. De rangschikking van de kamers vormde het spiegelbeeld van die bij henzelf, maar dat was de enige overeenkomst. Op het eerste gezicht deed de wanorde Max denken aan die bij Onno, op het tweede gezicht werd hem duidelijk dat zij eerder het tegendeel er van was, maar op een andere manier dan de berekende orde in zijn eigen huis. Het was een ordelijke wanorde, of een wanordelijke orde, – het was een derde mogelijkheid: een artistieke, niet bedachte rangschikking van ontelbare dingen, die kennelijk toevallig ergens terecht waren gekomen, achteloos neergezet, vergeten, net als bij Onno, maar die hier een onbegrijpelijke, harmonische creatie vormden, zoals een zwerm vogels op een bepaald moment een volmaakte gestalte bezat die door niemand was gecomponeerd. Vogels waren er trouwens ook. Verspreid door de kamers stonden drie kooien, elk met drie roomwitte duiven; sommige deurtjes waren opengeklapt, de gekuifde dieren koerend en buigend op het dak. Bokken met kleimodellen, schragen met tekeningen en planten; op schoorsteenmantels, tafels en op de grond draadsculpturen, prenten, denneappels, takken in vazen, stenen, kleine beelden, boomstronken, schelpen. Er was geen onderscheid tussen slaapkamers, zitkamer en keuken; ergens stond plotseling het witte hemelbed van de Kerns, het gebeitste houten bed van hun dochter, die momenteel in een zomerkamp was, ergens een aanrecht, een ijskast, een fornuis, - alles helder, blond, gewichtloos, papierachtig doorschijnend opgenomen in het geheel.

En in het midden van dit alles bevond zich de kunstenaar: klein, stammig, joviaal, altijd op blote voeten, zijn hoofd van kruin tot kin omgeven door een massale stralenkrans van grijzend haar, als een uitgebloeide paardebloem. Elke keer als Max hem zag moest hij denken aan een kabouter op een paddestoel; maar zijn zware vrouw, Selma, die er in haar wijde, lange jurken tot op de grond uitzag of zij eeuwig zwanger was, die zelden lachte en soms naar haar man keek als naar een gek, liet vermoeden dat er nog iets heel anders in de beeldhouwer school, - want volgens Max was de verborgen kant van een man zichtbaar als zijn vrouw, zoals de verborgen kant van een vrouw zichtbaar was als haar man. Maar het leek hem verstandiger, die opvatting te verzwijgen voor Sophia. 'Moeder Aarde' placht hij Selma te noemen. Zij had lang, loshangend donkerblond haar en een terughoudende blik; Sophia kon goed met haar opschieten. Net als de Proctors leken ook zij enige moeite te hebben met de constellatie van Max en Sophia en het kind, dat straks zou verschijnen; maar het wende. Kern kwam nu en dan kijken bij Max' werkzaamheden, hielp nu en dan en leende gereedschap uit, zijn elektrische boor, zijn nietmachine. Een paar keer aten zij bij hen: grote, smakelijke schotels met een zuidamerikaanse inslag, zodat de vette schnitzels in het plattelandsrestaurant hun bespaard bleven.

*

Onno had zich nog niet laten zien op het kasteel. Steeds als Max Sophia bij het Wilhelmina Gasthuis had afgezet, - waar zij haar dochter en kleinzoon ging bezoeken, - spraken zij ergens in de stad af, eenmaal ook in de kantine van het partijhoofdkwartier, dat bij Max om de hoek was; zelf woonde hij innerlijk al niet meer op zijn half onttakelde verdieping. Maar hun gesprekken gingen uitsluitend over praktische dingen en duurden nooit langer dan een half uur. Met een paar van zijn vrienden was Onno namens de rebellenclub in het partijbestuur gekozen door het congres; als reactie was nu een afsplitsing naar rechts op komst, waar alle sociaaldemocratische partijen in Europa hen volgens Onno om benijdden, want in linkse kringen waren uitsluitend linkse afsplitsingen traditie, waardoor die partijen steeds rechtser werden. Met dat alles had hij het nu drukker dan ooit; tot zijn eigen verontrusting besefte hij soms 's avonds in bed, dat Quinten en Ada de hele dag niet in zijn gedachten waren geweest. Inmiddels had zijn achterneef, de makelaar, Sophia's huis voor een behoorlijke prijs verkocht, er zou een snackbar in worden gevestigd, - de voorraad van de *Lof der Zotheid* was overgenomen door collega's, overtollige inboedel opgehaald door een veilinggebouw, Brons' garderobe door het Leger des Heils. Toen de verhuizingen achter de rug waren en de kamers op Groot Rechteren ingericht, reden Max en Sophia op een warme julimorgen naar Amsterdam, waar Onno al op hen wachtte in het ziekenhuis.

Het personeel kon alleen met grote moeite afstand doen van Quinten. Hij was naast Ada in bed gelegd, - een praktijk, die al een paar dagen werd gevolgd, sinds hij niet meer in de couveuse hoefde te liggen. Geschokt keken zij naar het angelieke kind met zijn wijdopen blauwe ogen naast Ada's roerloze, bijkans marmeren gezicht met de gesloten oogleden. De vloedgolf onder het laken was uitgerold en Max voelde de aanblik diep in zich wegzinken, als iets dat niet meer uit zijn herinnering zou verdwijnen. Op het moment dat een verpleegster het laken opzij sloeg en Quinten opnam, besefte iedereen dat hier nu iets onherroepelijks gebeurde, als een tweede geboorte, een tweede afscheid. Ook Ada zou het hospitaal binnenkort verlaten; er werd naar een verpleegtehuis in de buurt van het kasteel gezocht.

'Mag ik hem hebben?' vroeg de verpleegster met Quinten in haar armen. 'Zo'n schitterend kind heb ik nog nooit meegemaakt. Weet u dat hij sinds zijn geboorte niet één keer meer heeft gehuild? Wat moet hij kosten?'

In de auto zat Sophia achterin, Quinten naast zich in een reiswieg. Er werd weinig gesproken. Net als Max dacht Onno aan hun noodlottige rit in februari, waar deze tocht in zekere zin de tegenhanger van was, maar geen van beiden zei er iets over. Toen Onno op het voorplein van Groot Rechteren uitstapte, keek hij om zich heen, zette zijn borst op en zei:

'Juist! Dit is een passende omgeving voor meneer mijn zoon! Weliswaar is de natuur natuurlijk *an sich* debiel, en het feodalisme strookt ook niet volledig met het karakter van een eenvoudige man uit het volk zoals ik, die als doorgewinterde socialist uitsluitend aan het welzijn van de laagstbetaalden denkt, maar in dit speciale geval zal de partijleiding het door de vingers zien.' Toen Sophia voorzichtig de reiswieg uit de auto haalde en naar binnen wilde dragen, zei hij: 'Nee, moeder, dat doe ik. Dat is mijn privilege.' Hij nam de hengsels van de wieg als een boodschappentas over zijn arm, hief een hand op en begon onder het bestijgen van het bordes plechtig te reciteren: '*In nomine patris, et filii, et spiritus sancti!*'

In de torenkamer legde Sophia Quinten op de commode om zijn luier te verschonen, en Max liet Onno het appartement zien. In Sophia's zit-slaapkamer herkende hij de ribfluwelen bank en het lage tafeltje, maar hier, met uitzicht op de slotgracht en het bos, had alles een totaal andere allure gekregen. Het portret van Multatuli was kennelijk met de uitdrager meegegeven. Toen hij het allemaal zag, vroeg hij zich af wat Max uiteindelijk bezielde, maar de tijd om daar weer over te beginnen was nu voorbij. Vermengd met andere spullen van Sophia stonden die van Max voornamelijk in de grote kamer aan de voorkant: de groene chesterfield fauteuil, de vleugel, zijn boeken. Op zijn bureau weer de rij kleine instrumenten, door hun combinatie en precieze uitstalling tot symbolen getransformeerd. Ofschoon hij al die dingen kende, waren ook zij hier van karakter veranderd. Onno vroeg of de huur niet astronomisch hoog was, maar Max zei dat zij nauwelijks meer dan de helft bedroeg van wat hij in Amsterdam had betaald.

Onno bleef staan bij de schoorsteenmantel, met de boeken van de 'ereplank'. Kafka was verdwenen uit de rij, in plaats daarvan zag hij nu een exemplaar van Toergenjevs *Vaders en zonen.* Ook stond er een foto van Ada met hemzelf, vorig jaar door Bruno genomen in Havana. Er naast een tweede, ingelijste oude foto. Meteen had hij gezien, dat het Max' ouders waren. Zonder iets te zeggen keek hij hem aan.

Max knikte.

'Verrezen uit de limbus,' zei hij.

'Waar komt dat opeens vandaan?'

Max vertelde over het bezoek aan zijn pleegmoeder, zonder in te gaan op de omstandigheden er van. Onno boog zich naar voren en bestudeerde het echtpaar.

'Je hebt de bovenste helft van je gezicht van je vader en de onderste van je moeder.'

'Herinner je je, dat je al eens eerder zoiets over mijn gezicht hebt gezegd – de dag dat wij elkaar hebben ontmoet?'

'Nee,' zei Onno, 'maar het was beslist de spijker op de kop.'

'Dat spreekt vanzelf.'

'Komen jullie?' riep Sophia.

Onder een parasol zat zij op het balkon, waarover Max twee zakken nieuw grint had uitgestort, en gaf Quinten de fles. Zowel Max als Onno werd getroffen door de eenheid die zij vormde met het kind, alsof zij werkelijk de moeder was. Beide vaders zagen een volmaakt gelukkige vrouw, die nooit een dochter gehad leek te hebben.

Ook Kern en zijn Selma verschenen.

'Max heeft mij al over u verteld,' zei Onno, nadat hij zich met klakkende hakken had voorgesteld, misschien als commentaar op Kerns blote voeten..

Kern maakte de indruk alsof hij het niet hoorde. Met een hand, stoffig van klei en steengruis, gebaarde hij naar Quinten, die, drinkend op Sophia's schoot, de blauwblauwe poelen van zijn ogen gevestigd hield op de oranje strepen van de parasol.

'Wie heeft er ooit zo'n wezen gezien? Dit kan helemaal niet!'

'Je kunt het of je kunt het niet,' zei Onno trots. 'Je hebt kunstenaars die scheppen schoonheid in noest gevecht met de geest en de materie, zoals u, maar ik doe dat in een wellustige handomdraai met het vlees.' Terwijl hij die woorden sprak, voelde hij zich plotseling verkillen, alsof Ada's afwezigheid op het balkon zijn lichaam binnendrong.

Misschien omdat hij Quintens aanblik niet kon verdragen, was Kern even later verdwenen. In een beslagen koeler stond een fles champagne, en toen Max met ballistische bevrediging de kurk haar parabool naar de slotgracht had laten beschrijven, – waar de eenden er fladderend en half lopend over het water op af stoven, om vervolgens duikelend en met wapperende staarten hun aandacht aan ernstiger dingen te wijden, – verscheen de familie Proctor. Clara gedroeg zich zoals een vrouw zich gedraagt bij de aanblik van een baby die zij voor het eerst ziet; maar toen de sombere vertaler Quinten zag, veranderde er iets in zijn gezicht: het lichtte op, alsof even een sluier werd weggetrokken. Nog wonderlijker was de uitwerking van het kind op Arendje. Terwijl Max de glazen inschonk, hield hij een waakzaam oog gericht op de kleine ploert die naar Sophia holde – om onmiddellijk te kunnen ingrijpen voor het geval hij zijn vuist op Quintens neus wilde planten. In plaats daarvan omarmde hij hem, gaf een zoen op zijn voorhoofd en zei:

'Wat ruikt hij lekker.'

Arendje getemd! Proctor keek heen en weer tussen Quinten en Onno, – en vervolgens zei hij iets waar Max' hart van opsprong:

'Hij lijkt op u. Hij heeft uw mond.'

Een groter geschenk had hij Max niet kunnen geven. En ja, misschien was het zo: misschien had het dezelfde smalle, klassiek gewelfde lippen. Het was of de laatste rest van zijn twijfel door die woorden werd weggespoeld, als na het handenwassen het vuile schuim door een straal water.

Nadat er voldoende stoelen waren aangesleept, verdeelde het gezelschap zich volgens geslacht in tweeën, met Quinten in het middelpunt van de vrouwen. Terwijl daar ervaringen met de zuigelingenzorg werden uitgewisseld, vertelde Onno aan Proctor dat zijn vrouw celliste was geweest. Hij nam aan dat Max hem op de hoogte had gesteld van hun ongeluk en zei:

'Om haar te eren wilde ik mijn zoon eerst Octave noemen: naar het eenvoudigste, volkomen consonante interval, waarop alle muziek is gebaseerd. Heeft u de pythagorese geheimen van dat eenvoudige één-staat-tot-twee al doorgrond?'

Max had Onno over Proctors geslotenheid verteld, en hij zag dat hij zocht naar een manier om tot hem door te dringen. Proctor maakte een vaag gebaar.

'Ik weet niets van muziek.'

'Wie wel? De muziek stijgt uit boven alle weten. Maar bij de naam Octave verschijnt toch een type voor mijn geestesoog, dat ik niet graag als mijn zoon zou zien. Meer een sierlijke, enigszins verwekelijkte wijsgeer op steltachtige reigerbenen en met een bloem in zijn knoopsgat, en niet de robuuste daadmens die mijn zoon moet worden, zoals ook ikzelf dat volgens iedereen in zo hoge mate ben. Dus heb ik van het volstrekt elementaire de stap gedaan naar het doortrapte twee-staat-tot-drie van de dominant. De reine quint!'

Ook voor Max was dat nieuw. Intussen had Proctors brein kennelijk even min stilgestaan, want hij zei:

'Het octaaf is acht, en God is ook acht.'

Het duurde een paar seconden eer Onno dat tot zich had laten doordringen.

'God is acht? Hoe heeft u dat uitgerekend?'

'U weet toch iets van talen af?'

Een bittere lach ontsnapte aan Onno's mond.

'Om u de waarheid te zeggen ken ik eigenlijk niemand, die zo veel van talen af weet als ik. Dat is ook de reden, waarom ik mijn zoon niet Sixtus kon noemen. Niet omdat dat een beklagenswaardig interval is van drie-staat-tot-vijf, maar omdat die naam niet afkomstig is van «sextus», het latijnse woord voor «zesde», zoals iedereen denkt, maar van het griekse woord «xustos», dat «gepolijst» betekent.'

'U weet dus ook wat het tetragrammaton is.'

'Gaat u alstublieft door, meneer.'

Daarop bracht Proctor in herinnering, dat Gods naam *Yod, He, Wau, He* luidde: Jehovah. Omdat het hebreeuws, zoals meneer Quist allicht ook wist, geen afzonderlijke cijfers kende, hadden die vier letters bovendien de getalswaarden 10, 5, 6 en nog eens 5. Bij elkaar opgeteld kreeg je 26. Als je volgens de regels van Gematria dan nog eens 2 en 6 bij elkaar optelde, kreeg je 8.

'U verplettert mij!' riep Onno uit. 'U bent een begenadigd kabbalist! Maar als God acht is, wat is vijf dan?'

'Dat kan natuurlijk oneindig veel–' begon Proctor; maar het laatste woord verdween in een rochelende hoest die hem plotseling overviel.

'Niet oneindig veel,' corrigeerde Max. 'Wel veel. Hoewel... misschien toch oneindig veel, ja.'

'En wat in dit verband ook veelzeggend is,' vervolgde Proctor, nadat hij even diep had ademgehaald en zijn mond afgeveegd, 'is het aantal letters van het alfabet.'

'Natuurlijk,' knikte Onno met een ironie, die alleen Max waarnam. 'Tweeëntwintig.'

'In het hebreeuws, ja. Maar het onze heeft er zesentwintig.' Met een gezicht alsof hij het definitieve geheim had ontsluierd, keek hij Onno aan.

'Aha!' zei Onno met opgetrokken wenkbrauwen en stak een wijsvinger omhoog. 'Aha! Net zo veel als de getalswaarde van God!

Het nederlands als goddelijke taal! Overigens, meneer Proctor, u moet niet «Jehovah» zeggen, maar «Jahweh», met de klemtoon op de *è*. «Jehovah» is een christelijk bastaardwoord uit de late middeleeuwen. Nog verstandiger is het om die naam helemaal niet uit te spreken, want anders loopt het misschien slecht met u af. U kunt beter «Adonai» zeggen, met de letters *Alef, Daleth, Nun, Jod*. Als dat ten minste een acceptabele getalswaarde heeft, maar dat kan bijna niet anders.'

'Eén plus vier plus vijftig plus tien,' zei Proctor onmiddellijk, 'is vijfenzestig.'

'Is elf, is twee,' knikte Onno. 'Lijkt me in orde.'

Terwijl Arendje bij het horen van al die getallen Quintens tenen telde en 'Tien!' riep, verscheen Kern weer op het balkon, nu in gezelschap van het echtpaar Spier. Met een vriendelijkheid, die niet zichtbaar maakte of zij gespeeld was of echt, kweten zij zich van hun sociale plicht.

'Wat een schatje,' zei mevrouw Spier.

Aandachtig keek ook meneer Spier naar Quinten, streek voorzichtig even met de top van zijn ringvinger over de zachte plek van zijn fontanel – en zei toen, alsof het aan hem te zien was:

'Zijn initialen zijn Q.Q.'

'*Qualitate qua*,' knikte Onno.

'Dat komt zelden voor. De Q is de geheimzinnigste der letters, die cirkel met dat streepje,' zei hij, terwijl hij lichtelijk obsceen met de gemanicuurde duim en wijsvinger van zijn ene hand een cirkel vormde en met de wijsvinger van zijn andere het streepje, – 'die eicel waar een spermatozoön in doordringt. En dat twee keer. Heel fraai. Mijn compliment.'

Net als Proctor was hij er kennelijk van op de hoogte, dat ook Onno een relatie had met schrifttekens. Max voelde bij zijn woorden een kleine rilling over zijn rug lopen, maar Onno maakte een lompe en tegelijk bevallige buiging. Ook Spier boog daarop even en haalde een zilveren horloge uit zijn vestzak. Helaas moesten zij meteen weer weg, de taxi stond al op het voorplein om hen naar het station te brengen: zij gingen met vakantie, naar Wales, zoals elk jaar naar Pontrhydfendigaid.

Kern was inmiddels schrijlings op een rechte stoel gaan zitten en had tegen de leuning vóór zich een stuk dik karton gelegd, waarop met een klem een vel papier was bevestigd. Terwijl hij zijn ogen niet van Sophia en het kind op haar schoot afwendde, maakte hij grote, schetsende bewegingen, alleen met de zijkant van zijn hand over het papier glijdend. In zijn vingers had hij een staafje houtskool, maar dat kreeg nog geen verlof een spoor achter te laten. Het wachten was blijkbaar op een bevel uit de wereld van het goede, schone en ware: dat het moment van de onherroepelijkheid was aangebroken.

36
Het monument

Wie vrij was, overwoog Max op een middag in de herfst, terwijl hij op zijn balkon naar het vergelende geboomte keek, kon zich niet voorstellen dat hij ooit gevangen zou zijn, zo min als een gevangene zich de vrijheid echt kon voorstellen. De traagheid van de massa vond haar pendant in de traagheid van de geest: alles wat op een bepaald moment niet het geval was, had het karakter van een droom. Het gevolg was, dat de geschiedenis wel in de boeken was te vinden, maar nauwelijks daarbuiten – en wat waren boeken? Kleine dingen, zelden groter dan een klinker, maar lichter, en bijkans onvindbaar tussen de myriaden andere dingen die het aardoppervlak bedekten, en op weg steeds onbeduidender te worden in de steeds sneller uit de abstractie verrijzende, elektronische wereld. Alles schreed voort, en wat gebeurd was had ook niet gebeurd kunnen zijn. Dromen werden een paar minuten na het ontwaken onthouden, – even later waren zij vergeten. Waar was de Slag bij Verdun nu, behalve in bijkans onvindbare en in elk geval ongelezen boeken, en in de herinnering van een handvol oude mannen, die over twintig jaar ook begraven zouden zijn, met nachtmerries en littekens en al? Waar was de Slag bij Stalingrad? Het bombardement van Dresden? Hiroshima? Auschwitz?

In de winter van 1968, een half jaar nadat zij Groot Rechteren hadden betrokken, ging hij voor het eerst naar kamp Westerbork. Alle twaalf spiegels waren nu klaar, evenals de computerprogramma's; er was al een begin gemaakt met experimentele waarnemingen. Echt noodzakelijk was zijn komst nog steeds niet, maar in Leiden - waar hij nog regelmatig moest zijn - had ook de directeur hem al eens bevreemd gevraagd of hij nog altijd geen kijkje had genomen op zijn nieuwe werkplek. Het gebeurde ten slotte op de dag dat hij Sophia de sterrenwacht van Dwingeloo liet zien. Tijdens het inrichten van Groot Rechteren had zij daar een paar keer overnacht, maar de sterrenwacht had zij toen niet bekeken, technische dingen interesseerden haar niet. Op een heldere, koude ochtend kreeg hij haar nu zo ver Quinten dik in te pakken en met hem mee te komen. Waarom hij dat wilde, wist hij zelf ook niet. Terwijl hij haar de gebouwen en de spiegel toonde, dacht hij onafgebroken aan die dag met Ada en Onno, nu driekwart jaar geleden; maar hij sprak er niet over en zij vroeg er niet naar. Veel was er niet veranderd sindsdien, - behalve, dat nu overal op de grond afgedankte elektrische schrijfmachines stonden, de kabel er omheen gewonden, terwijl op de bureaus computerschermen waren verschenen. Ernstig zat Quinten op Sophia's arm tijdens de rondleiding, en tot vreugde van iedereen keek hij met zijn blauwe ogen rond als een personage, dat niet ontevreden was met de gang van zaken. Hij was nu zeven maanden en had nog nooit gehuild, maar ook nooit gelachen, - eigenlijk nauwelijks ooit een geluid voortgebracht. Sophia maakte zich soms zorgen dat hij toch een beschadiging had opgelopen bij het ongeluk, maar de dokter zei dat het kennelijk een buitengewoon kind was; niets duidde er verder op, dat het niet normaal zou zijn.

Tijdens de koffiepauze, toen alle medewerkers in de hal van het hoofdgebouw bij de kar met de glimmende ketel stonden, praatte Max met een elektronisch ingenieur, die verantwoordelijk was voor de bekabeling van de Synthese Radio Telescoop; straks moest hij met het pendelbusje naar Westerbork, want er was weer eens een kinderziekte uitgebroken. Hij sprak met zo'n zachte, bescheiden stem, dat Max hem nauwelijks kon verstaan in het geroezemoes. In een opwelling bood hij aan, hem met zijn eigen auto te brengen, aangezien hij daar zelf ook moest zijn. Opeens had hij het gezegd: dit was het moment, met Sophia en Quinten. In de loop der maanden, tijdens de lange avonden op het kasteel, had hij Sophia meer over zijn leven verteld dan ooit haar dochter – misschien omdat het 'u' hem dat om een of andere reden makkelijker maakte dan het 'jij'.

Drie kwartier later reden zij over de provinciale weg. Sophia, die met het kind achterin zat, vermoedde misschien ook dat het ongeluk hier ergens was gebeurd; maar toen zij de plek passeerden, keek Max er alleen met een snelle blik uit zijn ooghoeken naar. De open ruimte, waar de bomen hadden gestaan, was nu opgevuld met twee jonge elzen, geschraagd door houten palen, waarmee zij waren verbonden door stroken zwart rubber, kennelijk gesneden uit autobanden, in de vorm van een 8. Er werd niet gesproken, de ingenieur bladerde in een map papieren op zijn schoot, Quinten was in slaap gevallen en plotseling moest Max denken aan zijn wandeling door de klamme poolse hitte, van Auschwitz-I naar Auschwitz-II, – alsof dat een pendant was van de route Dwingeloo-Westerbork. Een gevoel van misselijkheid bekroop hem, dat niet alleen voortkwam uit die herinnering maar vooral uit hetgeen daar weer achter lag. Weken- of maandenlang dacht hij er niet aan, maar steeds was het er plotseling in onveranderde staat, zonder het verval waaraan zelfs radioactief materiaal onderhevig was.

'Je moet hier rechtsaf, hoor,' zei de ingenieur, toen zij in het dorp Hooghalen waren.

'Sorry, ik kom hier voor het eerst.'

'Dat meen je niet.'

'Toch is het zo.'

'Interesseer jij je eigenlijk wel voor sterrenkunde?'

'Misschien niet.'

Hij zag een bord dat naar een naburig dorp Amen verwees, – alsof de hele omgeving sinds eeuwen was geprepareerd voor wat er eens zou gebeuren, – en vervolgens verscheen een verwijzing naar Woonoord Schattenberg. Hij reed een bospad in, aan de rechterkant geflankeerd door verroeste treinrails. Nu en dan passeerden zij ambonezen in traditionele indonesische gewaden tot op hun voeten, voor de hollandse winter aangevuld met wollen sjaals en ijsmutsen; soms hele gezinnen, waarvan de leden niet naast elkaar liepen maar achter elkaar, de vader voorop, het jongste kind achteraan. En even later besefte Max met een schok, wat dat voor rails waren langs de weg: aangelegd door de duitsers en eindigend in Birkenau.

*

Bij een slagboom in de prikkeldraadomheining stopte hij, stapte uit zonder iets te zeggen en keek met ingehouden adem naar het kamp. Van de plattegronden en blauwdrukken, die hij in Leiden en Dwingeloo herhaaldelijk onder ogen had gehad, wist hij dat het een trapezium was van ongeveer een halve kilometer lang en een halve kilometer breed. Wat hij zag was een grote, door bos omzoomde ruimte, de vrieslucht gevuld met minuscule ijsnaaldjes die schitterden in het zonlicht; daarin stonden rijen vervallen barakken, even haaks op elkaar als die in Birkenau, alsof zij nog steeds op de tekentafel lagen, – een onmenselijk patroon, dat het voorbeeld leek van naoorlogse woonwijken. Uit sommige schoorstenen kwam rook, maar de meeste behuizingen werden kennelijk niet meer bewoond; een enkele was afgebrand en hier en daar waren barakken verdwenen. Er speelden kinderen, ergens fietste iemand, die zonder twijfel veel kon vertellen over wat zich tijdens de japanse bezetting in Indonesië had afgespeeld, maar niets wist van wat hier was gebeurd.

Recht voor hem zetten de rails zich voort tot het andere eind van het kamp – en parallel er mee, meer naar rechts, stond, als... ja, als wat? – als een visioen, een fata morgana, een droombeeld over een lengte van anderhalve kilometer de rij kolossale schotelantennes, aan de ene kant het kamp binnenschrijdend, het aan de andere kant verlatend. Zijn ogen werden vochtig. Hier, in dit aarsgat van Nederland, smeekten zij in de totale stilte als vergaarbekkens de zegen van de hemel af. Op hetzelfde ogenblik voelde hij de druk van zich af vallen, die hem nu al een paar jaar belastte: dat hij zou moeten werken op deze vervloekte plek. Plotseling wist hij geen andere plaats op aarde, waar hij liever zou werken dan hier. Was hier niet alles wat hij was verzameld, als in het brandpunt van een lens?

Zonder Sophia aan te kijken stapte hij weer in en langzaam reed hij naar het lage, nieuwe dienstgebouw, terwijl hij opeens niet meer kon ophouden met praten. Geagiteerd, zich nu en dan half naar haar omdraaiend, vertelde hij dat het kamp in 1939 door de nederlandse regering was opgezet voor uit Duitsland gevluchte joden, – het eerste jodenkamp buiten Duitsland, – maar dat de kosten waren verhaald op de joodse gemeenschap in Nederland. Toen de duitsers kwamen, hadden ze de vluchtelingen dus netjes bij elkaar. Vervolgens werden ook ruim honderdduizend nederlandse joden via deze plek naar Polen getransporteerd – naar verhouding zelfs meer dan uit Duitsland zelf. Na de oorlog werden er nederlandse fascisten in opgesloten, waar Drenthe vol mee zat, een tijdje was het een militair kamp, vervolgens werden er repatrianten uit Indonesië in gehuisvest en ten slotte de molukkers, die nu ook, tegen hun zin en regelmatig met ingrijpen van de politie, in min of meer normale woonwijken werden gedwongen. Om hun terugkeer naar het kamp te voorkomen, liet men alles met opzet verkrotten. Door hier de sterrenwacht te vestigen, hoopte de overheid dat 'Westerbork' zijn ongunstige klank zou verliezen. Toen hij dit eens aan Onno had verteld, had deze gezegd dat daar vast en zeker zijn oudste broer achter zat, die commissaris van de koningin was in Drenthe.

'Stel je voor, de polen zouden in Auschwitz een conservatorium inrichten, zodat «Auschwitz» wat minder onaangenaam ging klinken! Het is toch om in je broek te doen van het lachen, als het niet zo treurig was. Soms vraag je je af, of de mensen eigenlijk wel weten in wat voor wereld zij leven. Wist jij bij voorbeeld,' vroeg hij aan de ingenieur, 'dat de gemeente Westerbork al een heel stel van die barakken heeft verkocht aan boeren in de omtrek, en aan sportverenigingen? Overal hier in Drenthe kleden voetballertjes zich nu om in die barakken van de angst. Zaken zijn zaken! Maar dat spul is dus joods eigendom, en ik heb nergens gelezen dat de gemeente die inkomsten naar de joodse gemeenschap heeft overgemaakt. Tot vandaag de dag worden ze bestolen!'

Uitgelaten sloeg hij op zijn stuur, waarop de ingenieur zijn hoofd omdraaide en een korte blik met Sophia wisselde.

In het besturingsgebouw, aan de andere kant van de rij telescopen, was het warm en het rook er naar verse koffie. Met een verraste lach verscheen de directeur van de installatie, een technisch ingenieur, die vroeger bij een oliemaatschappij had gewerkt.

'We dachten al, dat we hier nooit een sterrenkundige te zien zouden krijgen.' Met zijn donkere, bruine ogen keek hij naar die van Quinten. 'Kijk eens aan, de dochter des huizes is ook meegekomen.'

Het duurde even eer Max had uitgelegd, dat Quinten Quist geen dochter was maar een zoon, en dan niet de zijne, maar die van zijn vriend, en dat Sophia Brons niet zijn vrouw was, noch de moeder van het kind, maar de grootmoeder.

De directeur maakte een gebaar dat dat wat hem betrof ook in orde was, en hij ging hen voor naar de computerruimte. Sophia ontdeed Quinten van zijn jassen en mutsen en reikte hem een kleine pop, die hij hautain negeerde. Max schudde handen met de technici, die rondom achter de monitors zaten en die hij kende uit Dwingeloo, liet zich zijn kamer wijzen en ging met de directeur naar de ontvangerruimte, zoemend en dreunend van de ventilatoren, geïsoleerd in een Kooi van Faraday. Terug in de centrale terminal stond hij een tijdje voor het grote, halfronde raam, dat uitzicht bood op de spiegels en de barakken.

Toen hij zich Sophia's aanwezigheid herinnerde, draaide hij zich om, wees naar de telescopen en vroeg:

'Weet u hoe het werkt?'

'Dat begrijp ik toch niet.'

'Het is doodsimpel.'

Die rij reflectoren, vertelde hij, was exact van west naar oost gericht, op een rechte lijn, met onderlinge afstanden van honderdvierenveertig meter, die binnen een halve millimeter nauwkeurig waren. Maar dat niet alleen, het was bovendien een echte rechte lijn: over die afstand van anderhalve kilometer was ook de kromming van de aarde weggewerkt. Moest je je voorstellen! En die precisie was nodig omdat de twaalf spiegels beschouwd moesten worden als één reusachtige, cirkelvormige telescoop met een doorsnee van anderhalve kilometer, de grootste ter wereld. Het idee was dat door de draaiing van de aarde, vanuit het heelal gezien, de rij spiegels na een kwart dag loodrecht stond op zijn oorspronkelijke positie en na een halve dag in omgekeerde stand; door een radiobron dus gedurende een halve dag waar te nemen, kreeg je de synthese die je hebben wilde.

'Dat begrijpt toch een kind?'

'Ik hoor het je allemaal zeggen, maar ik kan mij er niets bij voorstellen,' zei Sophia, terwijl zij Quintens wiebelende hoofd vasthield en zijn mond afveegde.

Van een bureau pakte hij een radiokaart en vroeg aan de technicus:

'Wat is dit?'

Afwezig wierp hij er een blik op.

'M 51.'

'Hier,' zei Max en hield het haar voor. 'Zo ziet het er uit. De Draaikolknevel in het sterrenbeeld Jachthonden. Dertien miljoen jaar geleden.'

Maar het was Quinten, die met twee handen het papier aannam en het spitse hooggebergte van golvende intensiteitslijnen aan een nauwgezette inspectie onderwierp.

'Ik ben benieuwd wat hij ons gaat leren,' zei de directeur met opgetrokken wenkbrauwen.

Toen Quinten het blad teruggegeven had, zonder het te verfrommelen of ongecoördineerd over de grond te wrijven, sloeg Sophia knuffelend haar armen om hem heen en zei:

'Wat ben je toch een gek kind. Je lijkt je vader wel.'

De manier waarop zij van het begin af met Quinten omging, toonde een heel andere kant van haar wezen, die Onno tijdens zijn sporadische bezoeken had verbaasd, maar die Max herkende van de manier waarop zij zich 's nachts tegenover hemzelf gedroeg, – maar dan zonder een woord te spreken. Quinten was niet gediend van de liefkozing en maakte zich waardig er uit los. In gedachten keek Max er naar, en zei toen:

'Ik ga even naar buiten.'

Hij sloeg alleen een sjaal om, stopte zijn handen in zijn zakken en wandelde het terrein op. Nog steeds was de lucht gevuld met de toverachtig zwevende, lichtende splintertjes. Hij had er behoefte aan, een paar minuten alleen te zijn, zodat hij de verandering die hij daarstraks had ondergaan tot zich door kon laten dringen. Er hing een vage geur van indisch eten; in een dorre tuin achter een barak repareerde een jongen een fiets. Van de plattegronden herinnerde hij zich, dat voor de spiegels een reeks ziekenbarakken was afgebroken. Het kamp was al niet meer wat het was geweest in de oorlog, maar al zou alles verdwijnen, dan nog zou het voor alle eeuwigheid de plek zijn. De villa bij de slagboom, waar hij daarstraks was uitgestapt, was het huis van de kampcommandant geweest. Zij was nog bewoond, er hingen gordijnen en op de vensterbank stonden planten. Over de weg langs de spoorrails, die eens *Boulevard des Misères* werd genoemd, wandelde hij in oostelijke richting. Toen hij Sophia daarstraks had verteld over de nauwkeurige west-oostlijn van de instrumenten, was hem de gelijkbenige poolse driehoek Bielsko-Katowice-Kraków van zijn vader te binnen geschoten, die ook precies naar het oosten wees, met Auschwitz in het middelpunt. Het betekende allemaal niets, maar het was zo. En nu zag hij opeens de kaart van Drenthe voor zich: een gelijkzijdige driehoek, met Kamp Westerbork in het midden.

Hier, op deze weg, misschien op de plek waar hij nu liep, was zijn moeder onder het toeziend oog van de kampcommandant in een veewagon gestapt, waarna de deur was dichtgeschoven en de grendel omgeklapt. Hier was haar laatste reis begonnen. Hij probeerde dat besef in overeenstemming te brengen met wat hij zag; maar ofschoon die gebeurtenis zich op deze plaats had voorgedaan, bleven die twee dingen zo verschillend van elkaar als een gedachte en een steen. De weg was verlaten, de rails waren leeg, het rook niet naar sjaletpot maar naar nasi goreng. Het was de tijd, dacht hij, die alles aan flarden scheurde. Hij keek rond: de stille, majestueuze intocht van de spiegels in het kamp. Ergens vandaan kwam het hameren van een specht. Hij wist het zeker, hier hoorde hij thuis, hier moest hij zijn leven doorbrengen. Hij liep verder, naar het andere eind van het kamp, waar de rails eindigden bij een vermolmd stootblok. Hij hurkte even neer en legde zijn hand op het verroeste ijzer, richtte zich op en keek weer naar de rij antennes, alle naar hetzelfde punt aan de hemel gericht. En opeens dacht hij aan de gele ster, die zijn moeder in de oorlog op haar linkerborst had moeten dragen. Een ster! Sterren! Al die tienduizenden hier hadden sterren gedragen, met sterren op hun borst waren zij in de wagons gedwongen, op weg van het kleine trapezium naar de grote rechthoek. Uit de kranten herinnerde hij zich discussies over de vraag of er een monument voor de gedeporteerden moest komen in Westerbork; de overlevenden waren er tegen geweest, alles moest nu maar vergeten worden. Maar het stond daar nu toch! Wat was de Synthese Radio Telescoop uiteindelijk anders dan een dodenmonument van anderhalve kilometer doorsnee!

37
Expedities

Terwijl op Groot Rechteren en in Dwingeloo het leven in landelijke en astronomische rust voortging, was Onno in Amsterdam aan een politieke bliksemcarrière begonnen. Soms had hij het gevoel, dat de manier waarop dat gebeurde niet alleen te maken had met zijn kwaliteiten, maar ook met het lot dat hem had getroffen: alsof zijn politieke vrienden vonden, dat het hem toekwam na het ongeluk van zijn vrouw, – of dat zij hem in elk geval niet al te krachtig in de wielen konden rijden met fatsoen. Begin 1969 was hij gekozen in de gemeenteraad en kort daarop werd hij wethouder van Onderwijs, Kunsten en Wetenschappen.

'Gedurende mijn bewind,' had hij de burgemeester na zijn benoeming toegefluisterd, tijdens een diner in de ambtswoning, 'zal het onderwijs bij uitstek zijn gericht op het aankweken van willoze jaknikkers. Plato indachtig zal ik de dichters meedogenloos over de kling jagen, en de wetenschap zal ik volledig gelijkschakelen en in dienst stellen van mijn persoonlijke ambities. Ik zal mij gehaat maken als nooit eerder een amsterdamse wethouder. Terwijl uw standbeeld dagelijks van verse bloemen zal worden voorzien, zal mijn naam nog na eeuwen uitsluitend met de diepste afschuw worden uitgesproken.'

Waarop de grijze burgemeester zijn hand van zijn oorschelp had gehaald en gezegd:

'Ja ja, Onno, doe nu maar rustig aan.'

Iedereen maakte zich zorgen, dat hij de partij schade zou toebrengen met zijn grote mond, maar dat viel mee: binnen een paar weken had hij zich ingewerkt, en in de raadzaal sloeg hij een heel andere toon aan, – namelijk die bedaarde toon waarvan hij wist, dat het de enig werkzame was in Nederland. Een nieuw leven was aangebroken voor hem. Universiteitsbestuurders vroegen belet en moesten antichambreren, de voorzitter van de Kunstraad werd ontboden, in Den Haag bepleitte hij de amsterdamse belangen op het departement, lobbyde bij zijn partijgenoten in de Tweede Kamer; hij nam beslissingen, bemiddelde, greep in, ontsloeg, benoemde, ging de strijd aan met de studenten. Plotseling had hij macht, een secretaresse, ambtenaren die naar zijn pijpen dansten en een auto met chauffeur, die hem 's avonds van het stadhuis naar de Kerkstraat bracht.

Maar daar was vervolgens niemand meer. Als hij de deur achter zich dichtgetrokken had, werd hij ontvangen door een stilte die leek uit te gaan van twee kisten: Ada's cellokist in zijn werkkamer en de chinese kamferkist in zijn slaapkamer, waarin hij haar kleren had opgeborgen. Maar de gedachte aan haar en aan Quinten werd snel bedolven onder de mappen, die uit zijn buitenproportionele aktentas te voorschijn kwamen, – ook omdat hij wist dat het Quinten aan niets ontbrak en dat Ada goed was ondergebracht in een verpleegtehuis in Emmen, waar hij overigens niet vaker dan twee keer was geweest. Gemeten aan zijn belangstelling voor de cryptische tekens op zeker bordje in het museum van Heraklion, was zijn interesse voor de inhoud van die mappen minimaal, ten slotte had hij evengoed een andere portefeuille kunnen beheren; maar hij had zich er bij neergelegd, dat zijn leven blijkbaar werd bepaald door briljante aanvangen, die plotseling werden gefrustreerd – in zijn gezinsleven niet anders dan in de linguïstiek. Hij kende mensen voor wie het amsterdamse wethouderschap de hoogste levensvervulling zou betekenen, zelf was hij er tevreden mee omdat hij althans iets te doen had; hij had besloten er het beste van te maken, de illusie dat hij

Nederland zou kunnen veranderen, of zelfs maar Amsterdam, had hij al na een paar maanden laten varen; en als hij eerlijk tegenover zichzelf was, vond hij dat ook eigenlijk niet nodig. Waar ging het eigenlijk beter in de wereld dan in Nederland? In Zwitserland misschien – maar dat was corrupter en, erger nog, saaier. Als hij de vrolijke veranderingen, die in de tweede helft van de jaren zestig van onderop teweeg waren gebracht, kon vasthouden en stabiliseren zou hij al heel tevreden zijn; maar nu, bij het naderen van de jaren zeventig, zag hij de verbeelding verzinken in een moeras van onafgebroken, verbitterd vergaderen, dat uit leek te zijn op zoiets als een genadeloze, totalitaire democratie. Niemand deed meer iets, iedereen praatte uitsluitend nog over de manier waarop iets gedaan zou moeten worden, als iemand het deed. Toen hij in een interview eens had gesproken over 'de zelfbevlekkende reflectie', waardoor de studenten hersenverweking en ruggemergstering hadden opgelopen, werd zijn voordeur beklad met rode verf en midden in de nacht kreeg hij een dreigtelefoontje:

'Jou pakken we nog wel op een dag, klootzak!'

Maar eer hij had kunnen zeggen: 'Ben jij dat, Bork?', werd de verbinding verbroken.

Sinds het ongeluk leefde hij in onthouding. Niet omdat hij zich daartoe dwong, maar omdat het niet in zijn hoofd opkwam met een vrouw aan te pappen. Moeite zou hem dat niet kosten: dat de macht erotiserend werkte, had hij al gauw ontdekt; en wilde iemand het werkelijk voorgoed bij hem verbruien, dan moest men hem vragen waarom hij zich niet liet scheiden, wat juridisch toch een formaliteit zou zijn. Dat zijn kamers elke ochtend werden opgeruimd door een werkster van de gemeente, die bovendien zijn bed opmaakte en zijn was verzorgde, terwijl hij zelf op het stadhuis zat, had er natuurlijk ook iets mee te maken. Dat was georganiseerd door mevrouw Siliakus, zijn secretaresse, zonder wie nergens iets van terecht zou komen, noch van zijn werk, noch van zijn leven: zij vulde precies aan wat hem ontbrak. 'Samen zijn we een mens,' placht hij te zeggen. Maar mevrouw Siliakus was al in de vijftig en deelde sinds twintig jaar een flat met een dame van haar eigen leeftijd. 'Was u maar niet zo stuitend tegennatuurlijk aangelegd,' bekende hij haar in een vertrouwelijk moment, 'maar net zo door en door normaal als ik, dan wist ik het wel.'

Totdat, op een zondagavond in juli, Max hem had gebeld op zijn nieuwe, geheime telefoonnummer en had gevraagd, of hij wel wist dat vannacht de eerste mens voet op de maan zou zetten.

'Je kijkt toch zeker wel? Het is allemaal op de televisie.'

'Hoe laat is dat dan?'

'Om een uur of vier.'

'Dat was ik eerlijk gezegd niet van plan. De maan! Je lijkt wel gek. Die speelt nu werkelijk absoluut geen enkele rol in de gemeentepolitiek. Morgenochtend om half tien moet ik de rector magnificus van de universiteit van Leningrad toespreken, in het russisch. Daar zit ik nu aan te werken.'

'Je moet absoluut kijken. Het fantastische is niet dat het gebeurt, want dat heeft Jules Verne al voorspeld, en Cyrano de Bergerac, en Kepler eigenlijk al –'

'En wat zou je zeggen van Plutarchus? En van Lucianus? En van Cicero? *Somnium Scipionis*! Zeker nooit van gehoord. Dan zijn we al vóór Christus. Verbeeld je maar niks.'

'Laat me toch uitspreken! Wat ik wil zeggen is, dat één ding nooit in iemands hoofd is opgekomen: dat iedereen op aarde er getuige van zal zijn als iemand op de maan stapt, op hetzelfde moment en zonder uit zijn leunstoel te komen, – zelfs al staat de maan op dat moment niet bij hem aan de hemel. Dat is het echte ondenkbare. Als iemand dat had voorspeld, was hij voor gek verklaard.'

'Word jij dan nooit ouder dan twaalf? Als ik je goed begrijp, moet ik dus kijken naar iets dat eigenlijk niet te zien is: naar een idee. Voor jou is alles altijd iets anders. Zelf kijk je nota bene bijkans naar de Big Bang, daar op de hei. Maar goed, ik zal wel weer naar je luisteren, al heb ik niet het gevoel dat ik er veel mee opschiet. Vertel, hoe is het met Quinten Quist? Heeft hij al wat gezegd?'

'Geen idee, ik kan het in elk geval niet verstaan. Jij zou eigenlijk moeten weten in wat voor taal hij brabbelt. Misschien is het dezelfde waar je vroeger naar op zoek was.'

'Ja, rijt jij maar oude wonden open, geboren sadist die je bent. Misschien moet ik mij er bij neerleggen, dat ik de vader ben van een analfabeet. Dat zul je altijd zien: de zoon van Goethe was ook een Domme August. Grote mannen hebben altijd imbeciele zonen, – wat overigens impliciet bewijst, dat mijn vader geen groot man is. Enfin, misschien moeten we blij zijn dat meneer zich althans verwaardigt, te kruipen.'

'We hebben soms wel de indruk, dat hij iets verstaat.'

'Laten we het hopen. Hoe vaart mevrouw mijn schoonmoeder?'

'Alles in orde. Kom maar gauw weer eens langs.'

Hij legde de hoorn op de haak, maar bleef hem vasthouden en zuchtte. Sinds Quintens eerste verjaardag, twee maanden geleden, was hij niet meer in Drenthe geweest; daar waren toen zo veel Quisten met hun aanhang komen opdagen, en kasteelgenoten, en zelfs de moeder van zijn schoonmoeder, dat hij nauwelijks in de gelegenheid was geweest zich met Quinten te bemoeien. Hij had die dertigste mei voornamelijk moeten besteden aan het masseren van zijn familie, die toen voor het eerst te zien kreeg hoe daar een Quist werd opgevoed door zijn grootmoeder en zijn vaders vriend. Met zijn hand nog steeds op de hoorn keek hij op zijn horloge. Het was elf uur. De vijf uren, die hem nog scheidden van Max' lunaire moment, leken hem onoverkomelijk lang. Het horen van zijn stem had hem goed gedaan; het had hem opeens weggerukt uit de sleur van zijn werk. Hij kon natuurlijk gewoon naar bed gaan, nooit zou Max het weten, maar was er niet iemand die hem gezelschap kon houden? Kon hij niet iemand opzoeken?

Op hetzelfde moment wist hij, wie hij nu ging bellen, – maar die inval gaf hemzelf zo'n schok, dat hij er gedurende een paar seconden van moest bekomen. Het nummer wist hij nog uit zijn hoofd.

*

'Helga?'

'Ja, met wie?'

'Het is toch verschrikkelijk. Herken je zelfs mijn stem niet meer?'

'Onno! Wat een verrassing! Hoe gaat het met je?'

'Wel, ik denk dat je het allemaal zo'n beetje hebt gehoord. Er is veel gebeurd.'

'Afschuwelijk. Ik wilde je nog schrijven, maar ik wist niet wat voor toon ik moest aanslaan. Is er verandering in haar toestand?'

'Nee.'

'En je zoontje? Hoe oud is hij nu?'

'Ruim een jaar.'

'Woont hij bij jou? Hoe doe je dat? Je bent toch ook nog wethouder tegenwoordig.'

'Ik woon alleen. Hij wordt opgevoed door mijn schoonmoeder en door Max, je weet wel, op wie jij zo verzot was. Ze wonen in Drenthe.'

'Is dat niet een beetje raar?'

'Een beetje wel, ja, maar het is de ideale oplossing. Hij heeft daar natuurlijk al lang een of andere vriendin, maar over dat soort dingen praten we niet meer. En jij? Wat ben je aan het doen?'

'Op dit moment? Ik zit te lezen.'

'Wat?'

'Je zult lachen: het raadsverslag in de krant.'

'Zit jij de krant te lezen? Heb je dan niet gelezen, wat er over een paar uur gaat gebeuren?'

'Wat dan?'

'Vannacht stapt er een mens op de maan.'

'Nou en? Als hij maar niet uitglijdt. Is dat waarvoor je belt? Sinds wanneer interesseer jij je voor zulke dingen?'

'Sinds vijf minuten. Max belde en zei dat ik moest kijken.'

'En dan doe je dat dus.'

'Helga, de schrille toon in je stem ontgaat mij niet. Mij kunnen de hemellichamen ook gestolen worden, tot en met de aarde; maar ik ben blij dat hij het gedaan heeft, want daardoor kan ik jou nu vragen om mij te ontvangen, zodat we samen kunnen kijken.'

'Ik weet niet of ik dat wil, Onno.'

'Ik ben toch zeker degene, die bepaalt wat jij wilt?'

'Al een tijdje niet meer. Hoe weet je, dat ik niet al sinds jaar en dag een andere vriend heb, die hier nu vadsig op de divan ligt?'

'Omdat ik weet, dat er geen gras meer kan groeien waar ik ooit heb gestaan.'

'Onno, ben je nu werkelijk helemaal niet veranderd?'

'Over een kwartier bel ik bij je aan, – en als je niet opendoet, hef ik morgen het Kunsthistorisch Instituut op. *First thing in the morning.*'

'Je wilt natuurlijk alleen je vuile was komen brengen.'

'Luister, lieve Helga, weet je hoe de Habsburgers werden begraven?'

'Pardon? De wat begraven?'

'De Habsburgers. De oostenrijks-hongaarse monarchen.'

'Hoe die begraven werden?'

'Ja, dat weet je toch zeker wel?'

'Wat bedoel je in godsnaam?'

'Moet je horen. De stoet met de lijkkist kwam aan bij de Kapuzinergruft in Wenen en daar sloeg de major domus of zo iemand drie keer met zijn staf op de deur. Binnen hoorde je dan de bevende stem van een oude monnik, die vroeg: *«Wer ist da?»* En dan zei de major domus: *«Seine kaiserliche und königliche, apostolische Majestät*, keizer van Oostenrijk, koning van Hongarije» en nog vijfhonderdzesentachtig van zulke titels. Daarna bleef het stil binnen, waarna hij weer drie keer op de deur sloeg en dezelfde lijst opdreunde. En als hij de derde keer op de deur had geslagen en de monnik weer had gevraagd: *«Wer ist da?»* – dan antwoordde de major domus: *«Ein armer Sünder»*. En pas daarna gingen langzaam de deuren open.'

'En wat wil je daarmee zeggen?'

'Moet het echt nog duidelijker? Met hangende pootjes ben ik je aan het vertellen, dat ik genoeg heb van het buiten spelen – als dat je nog wat zegt.'

*

Na zich eerst de kamers van het appartement te hebben toegeëigend, had Quinten op Groot Rechteren zijn wereld vervolgens verwijd tot het hele kasteel, met als gevolg dat hij elke dag wel een keer zoek was. Uit de prachtige baby, die al na drie maanden vier tanden had, was een peuter te voorschijn gekropen die iedereen verrukte door zijn schoonheid. Herhaaldelijk zei Selma Kern tegen Sophia, dat haar man verslaafd was aan Kuku's verschijning. 'Kuku' werd hij vaak genoemd sinds meneer Spier hem consequent aansprak met 'Q.Q.' – overigens om hem even consequent de deur te wijzen, aangezien hij niet wenste te converseren met iemand die niets terug zei: 'Leer jij eerst maar eens nederlands, Q.Q.' Maar bij de Kerns, aan de overkant op zijn eigen verdieping, was hij altijd welkom; als de kunstenaar niet aan het hakken was in zijn atelier op het terrein, in een van de koetshuizen, kon hij zijn ogen niet van het kind afhouden. Martha, zijn tienjarige dochter, een spichtig blond meisje, was ook verzot op hem en zij had zich er bij neergelegd dat hij niet sprak; met gekruiste benen zat zij bij hem op de grond en reikte hem een denneappel of een schelp ter bestudering, of wees hem de witte duiven. Toen eenmaal een duif op zijn kruin neerstreek en daar zacht koerend bleef zitten, spreidde Kern zijn armen van genot, alsof hij zelf wilde vliegen, en bleef in die houding naar Quinten kijken, die zich ook niet meer bewoog en op zijn beurt zijn ogen niet van Selma afwendde in haar zwarte jurk.

'Dit is toch niet meer van deze wereld!' riep hij uit.

Een grote map herbergde al tientallen tekeningen van Quinten, waarop de ogen steeds groter werden, met de top van de middelvinger krachtig blauw gemaakt met methyleenpoeder; ook verscheen hij daarop soms met een scepter en een rijksappel in zijn handen, gezeten op een voluptueus kussen, of als paus met een tiara op zijn hoofd. Volgens Selma had zijn eigen dochter hem nooit zo geïnspireerd. Max had hij gevraagd, of Onno het goed zou vinden als hij de serie op een dag zou exposeren; waarop Max hem had verzekerd, dat hij Onno vermoedelijk zelfs wel zo ver kon krijgen om de tentoonstelling te openen, maar dat hij er dan rekening mee moest houden, dat deze als vader alle eer naar zichzelf toe zou trekken. Ongetwijfeld zou hij een constructie bedenken, waarin voor de kunstenaar niets anders overbleef dan domme verdubbeling van de werkelijkheid, – dat wil zeggen: het bewijs van zijn totale overbodigheid.

'Dat zou hij dan vermoedelijk het «papegaaienprincipe» noemen of iets dergelijks,' zei Max, – terwijl hij weer besefte, hoe zeer Onno een deel van zijn eigen wezen was geworden.

Boven, bij de Proctors, tussen de griezelige zwarte paraplu's, keek Quinten naar de elektrische trein – hoe Arendje bij het naderen van de bocht het hendeltje van de transformator met een ruk naar uiterst rechts draaide, zodat het treinstel uit de rails vloog en hij zich in convulsies van het lachen op zijn rug liet rollen, met zijn benen in de lucht spartelend van demonisch plezier. Daarnaar keek Quinten niet met een andere gelaatsuitdrukking dan die waarmee hij naar de trein had gekeken. Vervolgens ging hij op onderzoek in het noordelijke deel van de zolder. Eén kamer was daar altijd afgesloten, en onveranderlijk was dat de eerste waar hij aan de kruk morrelde. Als dat zonder resultaat bleef, klauterde hij rond in de muffe, volgestouwde opslagkamers van de baron, over opgerolde tapijten, met touw samengebonden boeken, tussen omgekeerde stoelen en tafels, neergestorte kroonluchters, kasten, kastjes en stapels kleren, waarop hij soms in slaap viel – en waar hij ten slotte werd gevonden door een opademende Sophia of Max:

'Ik heb hem!'

Ook op zijn tweede verjaardag kon hij nog niet spreken, althans, had hij nog niets verstaanbaars gezegd; wel vertoonde hij steeds opvallender die vreemdsoortige combinatie van nieuwsgierigheid en afstandelijkheid. Aangehaald wenste hij niet te worden, al liet hij zich dat een enkele keer welgevallen door Sophia; het speelgoed dat Max voor hem kocht, interesseerde hem niet meer dan een aardappel, een schroef of een takje. Minutenlang kon hij kijken naar de straal water uit een kraan, naar die heldere, koele vlecht, die haar vorm en glans behield ofschoon zij onafgebroken uit ander water bestond. Niemand wist wat hij van hem denken moest. Hij was te mooi om waar te zijn, huilde zelden, lachte nooit, zei niets, maar niemand twijfelde er aan dat er van alles gaande was onder dat zwarte haar. Eenmaal stond hij op het balkon roerloos naar de balustrade te kijken, naar de grauwe balk natuursteen op de houten, amforavormige spijlen. Max hurkte naast hem neer om te zien of er misschien een insekt liep; maar pas toen Quinten voorzichtig zijn wijsvinger op een bepaalde plek legde, zag hij dat daar een kleine, fossiele trilobiet zat, uit het Palaeozoïcum, zo'n driehonderd miljoen jaar oud. Op hetzelfde moment besefte hij dat dat dier, dat Quinten had ontdekt, geleefd had omstreeks het moment dat de extragalactische cluster in het sterrenbeeld Coma Berenices – 'Hoofdhaar van Berenice' – het licht had uitgezonden dat *nu* de aarde bereikte.

Quinten keek hem aan.

'Dat is een trilobiet,' zei Max, 'een soort pissebed. Wat wil je? Zullen we hem bevrijden?'

Uit Sophia's nageletui haalde hij een vijl, plaatste de punt schuin naast het kleine fossiel en gaf met een kiezelsteen een zachte tik, zodat het wegsprong en in het grint verdwenen was. Maar Quinten bukte zich en had het al in zijn handen.

'Als je groot bent,' zei Max, 'moet je maar paleontoloog worden.'

Als hij zoek was, kon hij ook in de kelders zijn. Op weg daarheen ging hij altijd eerst aan de kruk hangen bij meneer Verloren van Themaat, beneden in de gelambrizeerde hal, tegenover het appartement van de Spiers. Maar die deur ging alleen in de weekends en de vakanties open. De kunsthistoricus was rond de zestig, een lange, magere, een beetje gebogen man met dun grijs haar en een fijngetekend gezicht; achter een bril met een metalen montuur vertoonde zich meestal een terughoudende, taxerende blik, maar soms barstte hij opeens uit in uitbundig, bijkans manisch lachen, waar al zijn ledematen aan deelnamen. Zijn vrouw, Elsbeth, was vermoedelijk nauwelijks veertig, in elk geval een jaar of vijf jonger dan Sophia; zij waren kinderloos. Max was een beetje bang voor de professor: een academische intellectueel van het strenge hollandse soort, die niets door de vingers zag. Vroeger, met Onno, had Max de intellectuelen eens ingedeeld volgens de katholieke kloosterorden: zelf bleek hij toen al snel een gewetenloze jezuïet, terwijl Onno aanvankelijk volhield een boerse trappist te zijn, aangezien hij immers uitsluitend zwijgend zijn plicht deed; maar ten slotte schaarde hij zich toch bij de gecultiveerde, welopgevoede benedictijnen, die na een geslaagd wereldS leven hun ziel wijdden aan God. Themaat was in dat spectrum een strikte kartuizer, die, naar Max' gevoel, in hemzelf een intellectuele losbol zag voor zo ver het niet de sterrenkunde betrof.

Maar als Quinten in de deuropening verscheen, op zijn tenen, zijn hand nog boven zijn hoofd aan de klink, veranderde er ook in de steile hoogleraar iets. Wanneer hij zat te lezen in zijn schommelstoel – hij zat altijd te lezen – legde hij het boek weg, vouwde zijn bleke handen in zijn schoot en keek naar het naderende kind. Anders dan bij de Spiers, waar alles precieus antiek was ingericht, had hier de zaal het karakter van een uit zijn krachten gegroeide studentenkamer, tot en met de afgetrapte perzische tapijten, de oude schrijftafel, de versleten bruinleren fauteuils en zelfs een half vergane hockeystick in een paraplubak. Ofschoon het een tweede huis betrof, was de lange wand tegenover de ramen bedekt met boekenkasten tot het plafond. Hier en daar hingen ingelijste architectuurtekeningen, de meeste een beetje scheef, maar Quintens eerste gang was altijd naar een grote, ingelijste ets, die op de grond tegen de boekenkast stond.

Eenmaal was Themaat bij hem neergeknield en had hem gezegd, dat dat een obelisk was.

'Zeg me eens na: *obelisk*.' En toen Quinten zweeg: 'Die moet je zien als een versteende zonnestraal. Hij staat in Rome, bij het Lateraan, dat paleis hier rechts, op de plek waar in de middeleeuwen de pausen resideerden. Zie je al die tekens die in die schacht zijn gehakt? Die zijn dus eigenlijk in het licht gebeiteld. Zie je al die vogeltjes? Dat zijn egyptische hiëroglyphen, die kan jouw vader denk ik lezen, – in elk geval *kon* hij dat, eer hij zijn tijd ging verdoen met de politiek. Je hebt het van niemand vreemd, Kuku. Keizer Augustus had dat gevaarte al naar Rome willen halen, maar een ongunstig voorteken hield hem daar van af. Keizer Constantijn trok zich daar driehonderd jaar later niets van aan; dat was de man, die het christendom heeft ingevoerd. Moet je kijken, er is nog bijna geen bestrating. Die prent is gemaakt in de achttiende eeuw; tegenwoordig is het er heel druk, met honderden scooters en toeterende auto's. In dat gebouw daarachter zit de vroegere huiskapel van de pausen, het Sancta Sanctorum, en ook de Scala Santa, de heilige trap van Pilatus' paleis in Jeruzalem, waar Jezus Christus over gelopen heeft. Dat beweren ze ten minste. Er zitten nog bloedvlekken op de treden. Die mag je dus alleen op je knieën beklimmen.'

'Wat zeg je toch allemaal tegen dat wurm?' vroeg Elsbeth en keek op van haar tijdschrift. 'Je lijkt wel niet goed bij je hoofd.'

'Een mens is nooit te jong om te leren.'

En dan vertrok Quinten maar weer eens. Via een deur naast de trap ging hij naar de reeks kelders, die zich aan weerszijden van een lange gang onder het hele kasteel uitstrekten. Daar heerste plotseling een nog diepere stilte dan boven – misschien omdat zij werd benadrukt door het galmende geluid van druppels, die ergens ver weg, met lange tussenpozen, in een plas vielen. De muffe gang was vrijwel volledig donker; door de hoge, kleine ramen, bijkans zwart van het vuil, viel nauwelijks nog licht in de compartimenten. Sommige lagen nog half vol kolen, die niet meer gebruikt werden, andere waren gevuld met honderden lege flessen, afgedankt meubilair en tuingereedschap, kapotte kinderwagens, fietsen zonder wielen. Washokken, spoelhokken, bijkeukens, provisiekamers, alles volgegooid met afval van tientallen jaren; de grote keuken, waar eeuwenlang drukte van personeel was geweest, tot het zich laat in de avond gebroken via de achtertrap naar de zolder sleepte, lag desolaat in de diepe schemer, met gebarsten aanrechten, losgetrokken waterleidingbuizen en weggebroken tegels. De voedsellift naar de eetzaal, waar nu de salon van meneer Spier was, was met gebroken touwen op de bodem van de koker gestort.

Quinten kroop er in, sloeg zijn handen om zijn knieën en staarde in het duister.

38
Het graf

Een paar weken voor Quintens derde verjaardag, die in 1971 op pinksteren viel, kwam er een trots moment voor Onno. Op aandringen van Helga had hij tijd gevonden weer eens naar Drenthe te gaan, – per dienstauto, al was dat niet helemaal gepast; Helga had hij van huis opgehaald. Er was geen sprake van dat zij zouden samenwonen, hij wilde dat even min als zij. Hij had zijn bezoeken aan De Eenhoorn weer opgevat, al was het nu zonder plastic tassen met wasgoed, en het leek hem soms of zijn episode met Ada afkomstig was uit een roman, die hij ooit had gelezen, en waarin ook Quinten een personage was. Ook het hoogtepunt van zijn vriendschap met Max behoorde tot de verdwenen jaren zestig, ook zij lag al in het weemoedige licht van de herinnering. Hij begon een buik te krijgen en droeg een donkerblauw pak, maar met roos op zijn kraag en meestal met een slip van zijn overhemd uit zijn broek, zodat een segment van zijn witte buik zichtbaar was, altijd met een verkeerde das en te korte sokken, – al die catastrofes, die Max zijn 'sociaaldemocratische stijlloosheid' noemde. Zij liepen inmiddels tegen de veertig, maar hun gemeenschappelijke conceptie op de dag van de Rijksdagbrand vierden zij niet meer, want dat was nu ook de dag van Ada's ongeluk en de dood van haar vader geworden. Soms vergezelde Helga hem naar officiële ontvangsten of diners, al voelde zij daar meestal niet voor, zodat hij er eerst om moest zeuren; maar dat nam haar juist voor hem in, het bewees dat het haar niet ging om de twijfelachtige glans van zijn functie, maar om hem.

Ook Sophia's moeder was op Groot Rechteren. Onno had Quinten begroet door zijn hand op zijn kruin te leggen, zijn ogen ten hemel te slaan en te zeggen: 'Een wijs zoon verblijdt den vader'. Juist omdat hij eigenlijk nooit meer aan Quinten dacht als er geen aanleiding toe was, wist hij niet goed meer wat voor toon hij tegen hem moest aanslaan. Tijdens de lunch in de keuken – gebakken eieren met spek, melk, fruit, alles van de boer – zat Max als een pater familias tegenover Sophia aan het korte eind van de tafel; rechts van hem zaten de oude mevrouw Haken en Onno, links Helga met Quinten. De chauffeur was ook genodigd, maar hij had er de voorkeur aan gegeven op het voorplein te blijven en daar zijn meegebrachte boterhammen op te eten.

'Een christendemocraat die zijn plaats kent,' had Onno gezegd. 'De ware onderdrukkingsmechanismen bevinden zich niet buiten de mens, maar in hem, en dat is maar goed ook. De laatste tijd is daar al veel te veel van verdwenen; dat zal ons nog opbreken.'

'Zo zo,' zei Max. 'Krasse taal voor een progressief politicus.'

'Uiterlijk gezag zonder innerlijk gezag is niet mogelijk, dat valt niet door politie te vervangen, – daar heb je twee agenten per persoon voor nodig: een voor overdag en een voor 's nachts. Maar wie bewaakt dan de politie?'

'Wat zou je zeggen van God?' vroeg Max met een lachje. En aan Helga: 'Is je vriend werkelijk zo'n reactionair aan het worden?'

Eer zij kon antwoorden, zei Onno:

'Het is allemaal veel hopelozer dan jullie denken. Maar laten we het daar alsjeblieft niet over hebben, want dan ga ik liever weg.'

Max hoorde opeens een toon in zijn stem, die hij niet van hem kende.

'Ga je alweer weg?' vroeg mevrouw Haken. 'Je bent er net.'

'Nee, oma. Ik blijf nog even.'

Helga informeerde naar Max' werk. Hij wist dat zij dat uit wellevendheid deed; nog steeds had hij dezelfde stroeve verhouding met haar, natuurlijk zou zij hem nooit de rol vergeven die hij in haar leven speelde, - eerst toen hij zonder het te beseffen haar verhouding met Onno had opgebroken, vervolgens toen hij haar had hersteld, ook weer zonder het te beseffen. Toen hij voor het eerst had gehoord dat zij weer bij elkaar waren, dankzij de landing op de maan, had hij even het gevoel gekregen dat er achteraf niets was veranderd; maar hij hoefde maar naar Quinten en Sophia te kijken om te zien, dat het zo niet was.

Westerbork, zei hij, functioneerde boven verwachting goed; al zijn collega's over de hele wereld benijdden hem om het onderzoek dat hij kon doen. Op een vraag van Onno vertelde hij, dat na allerlei gewelddadige ontruimingen en gevechten met de politie nu ook het laatste ambonese gezin was verdwenen; vrijwel niets herinnerde nog aan het woonoord Schattenberg, en dus ook niet aan het doorgangskamp Westerbork. Om terugkeer te voorkomen - dat wil zeggen, terugkeer van de molukkers - waren alle barakken afgebroken; ook de slagboom was er niet meer. Tegen zijn zin overigens, maar de overlevenden wilden het zo, dus wat kon hij er verder aan doen? Zelfs de rails waren weggehaald; alleen een vermolmd stootblok stond er nog. Wel had hij iets bedacht voor de laatste Dodenherdenking, op de avond van de vierde mei; dan kwamen er altijd een paar honderd bezoekers. Hij had een klein computerprogramma laten maken, waardoor alle twaalf spiegels zich deemoedig naar de aarde hadden gebogen, wat op de duizendste seconde om acht uur voltooid was; gedurende de twee minuten stilte bleven zij in die stand en richtten zich vervolgens weer op naar de hemel.

'Een mens doet wat hij kan,' zei hij en sloeg even zijn ogen neer. 'Alleen de villa van de voormalige duitse kampcommandant staat er nog. Eigenaardig, nietwaar? Daar woont nog steeds de weduwe van de militaire commandant van kort na de oorlog. Willen jullie een mooi verhaal horen? Een paar weken geleden viel opeens de elektriciteit uit, zodat we meteen overschakelden op het noodaggregaat; even later zagen we haar op een holletje naar de terminal komen. In haar handen had ze een pakje in plastic folie: of dat zo lang bij ons in de ijskast kon. Het bleek het avondmaal van haar man te zijn, biefstuk, gebakken aardappelen en doperwten, dat zij meer dan twintig jaar geleden voor hem had klaargemaakt, maar dat hij niet meer had kunnen opeten, aangezien hij plotseling was gestorven aan een hartaanval.'

'Juist!' riep Onno naar Helga, terwijl hij zijn mes boven zijn hoofd schudde. 'Dat is liefde! Neem jij daar maar eens een voorbeeld aan.'

Quinten zat geknield op zijn stoel en keek met open mond naar zijn vader, als naar een vuurwerk. Toen Onno de uitdrukking op zijn gezicht zag, zei hij:

'Ja, mijn zoon, daar heb jij niet van terug. Ook als de liefde niet meer door de maag gaat, overwint zij nog steeds de dood! Zeg toch eindelijk eens wat, lummel. Toen ik zo oud was als jij las ik al Tacitus.'

'Onno...' zei Sophia verwijtend, 'hij verstaat meer dan je denkt.'

Terwijl Helga achterbleef met Quinten, gingen zij na het eten naar Ada, – Onno, als de omvangrijkste, naast de chauffeur, Max ingeklemd tussen Sophia en haar moeder op de achterbank, met tot een x gekruiste armen. Onderweg vroeg mevrouw Haken, wanneer zij Quinten zouden vertellen wat er met zijn moeder was gebeurd.

'Misschien nooit,' zei Onno meteen, zonder zijn hoofd om te draaien. Waarop hij het toch omdraaide en tegen Sophia zei: 'Neemt u mij niet kwalijk.'

'Ik neem jou niets kwalijk. Maak je niet ongerust, ineens kan hij praten, daar ben ik zeker van.' En tot haar moeder: 'Hij mag natuurlijk geen moment in de waan gelaten worden, dat ik zijn moeder ben en Max zijn vader. Hij moet meteen weten, hoe de vork in de steel zit. Nietwaar?'

'Allicht,' zei Max. Duidelijk zag hij nu de grijze haren, die hier en daar in haar kapsel waren verschenen. Hij zat dichter bij haar dan ooit overdag, en 's nachts was het donker. 'Stel je voor.'

'En wanneer wou je hem Ada dan voor het eerst laten zien?' vroeg mevrouw Haken.

'Dat moet Onno bepalen.'

'Nee, dat moet u bepalen,' zei Onno. 'U kent hem het beste. Het hangt er helemaal van af, wat voor soort jongen het wordt, want het is natuurlijk een afgrijselijke shock. Als hij zes wordt? Tien? Wat zeg jij, Max?'

'Ik denk dat we precies zullen weten, wanneer dat moment gekomen is.'

'Vermoedelijk een waar woord.'

'Weet je trouwens,' vroeg Sophia, 'wie haar nog steeds een paar keer per jaar opzoeken? Marijke en Bruno. Die zijn getrouwd.'

Niemand zei meer iets. Elk voelde bij de anderen dezelfde gedachte: – Zou zij nog jaren leven? Moest zij nog jaren blijven leven? En als zij plotseling stierf – moest Quinten haar dan nooit hebben gezien, al was het alleen maar ademend?

Het verpleegtehuis – 'Vreugdenhof' genoemd door sardonische functionarissen van de gezondheidszorg – was een nieuw gebouw in een nieuwe straat aan de rand van Emmen. Het was opgetrokken in dezelfde moderne onstijl als de aula, waarin Oswald Brons was weggezakt naar het vuur, met bakstenen binnenmuren die er uitzagen als buitenmuren, zodat men, ofschoon binnen, onafgebroken de neiging had om naar binnen te gaan.

'Zelfs de architecten laten de mensen tegenwoordig in de kou staan,' zei Max.

Onno viel hem bij:

'Het is hopeloos. Architecten zijn vredesmisdadigers. De eindtijd is nabij.'

Ada lag in een kleine kamer op de tweede verdieping, met uitzicht op een betegelde binnenplaats. Zwijgend schaarden zij zich rondom het bed; voor mevrouw Haken, die tranen in haar ogen had gekregen, werd een stoel aangeschoven. Hier waren zij nu, dacht Max: Quintens overgrootmoeder, zijn grootmoeder, zijn moeder en in elk geval ook zijn vader. Ada was weer veranderd, maar het was moeilijk te zeggen wat er eigenlijk was veranderd. Het was als met een nieuw boek dat je had gekocht en ongelezen in de kast gezet: wanneer je het na een paar jaar voor het eerst te voorschijn haalde, was het toch niet nieuw meer, al was er niets aanwijsbaars aan veranderd. Het had zich niet *vernieuwd*, het was niet met zijn tijd meegegaan; – daar lag zij, haar hoofd opzij gedraaid op het kussen, en wist zelfs niet dat zij een zoon met onwerelds blauwe ogen had, laat staan dat de russen Praag hadden bezet, de amerikanen nu ook Cambodja vernietigden en dat haar man tegenwoordig wethouder was van Amsterdam. Zelfs een kat wist meer, dacht Onno; misschien had zij nog het bewustzijn van een muis. Maar voor een muis mocht je toch gif strooien, of een val zetten... Hij schrok van zichzelf en wierp even een schuldige blik op Sophia, die Ada's hand in de hare had genomen en met een ondoorgrondelijke uitdrukking in haar donkere ogen naar haar dochter keek.

*

Terug op Groot Rechteren dronken zij thee in de voorkamer, maar een echt gesprek kwam niet meer op gang. In de keuken las de chauffeur de krant, mevrouw Haken ging een dutje doen op het bed van haar dochter en Sophia liet Helga foto's zien. Terwijl Onno aan Max' schrijftafel een paar keer telefoneerde, keek Max met gekruiste armen naar een punt in de boekenkast en dacht aan de plannen om nog een verrijdbare dertiende en veertiende spiegel te installeren in Westerbork, wat het oplossend vermogen van het instrument met een factor twee zou verbeteren; maar Den Haag vond, dat de radiosterrenwacht langzamerhand genoeg had gekost. De ramen waren opgeschoven en uit de richting van de koetshuizen kwam muziek die naar The Rolling Stones klonk; nu en dan was een dof daveren te horen, wanneer een auto over de losse planken van de brug over de buitengracht reed. Onno draaide zich om en zei, dat politiek bestond uit telefoneren; je vroeg je af, hoe Julius Caesar dat had gedaan. Hij ging in de groene fauteuil zitten, waar hij in gedachten een astrofysisch tijdschrift van het tafeltje nam.

In de verte weerklonk het zachte dreunen van een trein, die over de onbewaakte overweg reed. Even later zag Max dat Quinten op zijn buik aan Onno's voeten ging liggen, half over de nog steeds ongepoetste schoenen met de kapotte veters. Dat was heel bijzonder, bij hemzelf had hij zoiets intiems nooit gedaan; Quinten moest niet veel van hem hebben. De aanblik stelde hem gerust. Zijn angst voor het vaderschap was in de loop der jaren geweken, net als de kale plek op zijn achterhoofd; maar anders dan die plek was zij nooit helemaal verdwenen, – zoals iemand die was genezen van kanker of een infarct zich toch nooit voor honderd procent zeker voelde en nooit zou vergeten dat het hem te pakken had gekregen, al dacht hij er soms maandenlang niet aan: de rest van zijn leven loerde ergens in een duistere krocht een monster. Hij wist dat hij nu – zo lang Ada leefde – door middel van bloedonderzoek misschien het vaderschap kon laten bepalen: als Quinten zekere erfelijke factoren bezat die zowel bij Ada als bij hemzelf ontbraken, dan was Onno de vader; als ze bij Onno ontbraken, dan was hijzelf het. Zijn eigen bloed kon hij eenvoudig laten analyseren, en van Ada en Quinten zouden na enig overleg ook nog wel bloedmonsters te bemachtigen zijn, maar hoe kwam hij aan Onno's bloed? Het was immers niet voor honderd procent uitgesloten, dat er in zijn eigen bloed geen factoren ontbraken, maar in dat van Onno ook niet. Dat zou hem zelfs niet verbazen. In de toekomst zou het misschien anders zijn, maar voorlopig kon het onderzoek nog steeds niet in alle gevallen zekerheid geven.

Te vergeefs probeerde Quinten het deksel van een blikken doosje te draaien, waarin iets rammelde. Onno merkte niet wat er aan zijn voeten gebeurde; met sceptisch opgetrokken wenkbrauwen bladerde hij in het vakblad, alsof het een uitgave was van de Theosofische Vereniging. Pas toen hij Quintens warmte door het leer van zijn schoenen voelde dringen, legde hij het weg en boog zich naar voren.

'Lukt het niet? Laat het er maar in zitten. Het is veel mooier als je niet weet, wat het is. Wat zou je er van zeggen als wij tweeën eens gingen wandelen?'

'Weet je het zeker?' vroeg Max. 'Dan moet je de natuur in.'

'Ik zal de natuur eens lelijk aan het schrikken maken.'

'Pas maar goed op je vader, Quinten,' zei Helga toen zij hand in hand naar de deur liepen.

Op het voorplein weifelde Onno welke kant hij op zou gaan. Nu pas zag hij de bloeiende rododendrons bij de koetshuizen: reusachtige violette explosies die zwaar over het water hingen en waar eenden onder vandaan zwommen, als gelovigen die uit een kathedraal kwamen. De beslissing werd genomen door Quinten. De warme hand trok hem mee over de brug en het pad langs de slotgracht; zij liepen door de schaduw van de magistrale bruine eik en passeerden de zijkant van het kasteel. De platte, verweerde stenen van het onderste deel, dat enigszins schuin uit het donkere water oprees, stamden kennelijk nog uit de middeleeuwen.

Beschaamd besefte Onno, dat hij voor het eerst met Quinten alleen was. Hij was een ontaarde vader; als vanzelfsprekend liet hij alles aan Max over – en op grond waarvan eigenlijk? De kleine hand in de zijne herinnerde hem aan de zijne in de grote van zijn eigen vader, toen hij met hem over de pier van Scheveningen had gelopen. Naast elkaar hadden zij zich over de reling gebogen en gekeken naar de grote rechthoekige netten, die piepend en knersend uit de golven omhoog werden getakeld en waarop dan tien of twintig onschuldige vissen spartelden. Toen had hij nog de pijpekrullen en de roze jurkjes gedragen waarin zijn moeder hem wenste te zien. Die herinnering schokte hem: was Quinten misschien het soort wezen, dat zijn moeder in hemzelf had gezocht en dat zij alsnog via hemzelf had bewerkstelligd? Hij bleef even staan en keek naar hem. Ja, als je het niet wist zou hij evengoed een meisje kunnen zijn, zelfs zonder jurk en pijpekrullen.

'Leer van je oude wijze vader, Quinten,' zei hij, terwijl zij langs de aanplant van jonge bomen naar het sparrenbos wandelden, 'dat het nieuwe altijd ook het oude is. Al het oude was eens nieuw, en al het nieuwe zal eens oud zijn. Het allerouds te is het heden, want er is nooit iets anders geweest dan het heden. Nooit heeft iemand in het verleden geleefd, en in de toekomst leeft ook niemand. Hier lopen wij nu, jij en ik, maar eens liep ik op mijn beurt precies zo met mijn vader over de pier van Scheveningen, die in de oorlog door de duitsers is opgeblazen. Dan vertelde hij over de wonderbaarlijke visvangst, en dat de Heere Heere de apostelen «vissers van mensen» had genoemd. Onnoemelijk lang geleden is dat voor mij, vijfendertig jaar, maar voor je pleegvader is vijfendertig jaar geleden gisteren. Voor hem is alles altijd gisteren. En de oorlog is voor hem niet eens gisteren, maar vanochtend, daarstraks, zojuist. Ik krijg overigens niet de indruk, dat je veel met hem op hebt, of vergis ik mij daarin? Zeg eens eerlijk, volgens mij begrijp je me best, ook al versta je geen woord. Waar of niet? Houd je ons soms allemaal voor de gek? Versta je misschien alles en heb je gewoon geen zin in praten? Kom je 's nachts uit je bed en ga je stiekem in de *Divina Commedia* lezen? Ja, zo is het, denk ik. Je ergert je natuurlijk aan de corrupte vertaling die Max in zijn kast heeft, en van Vergilius kun je niets vinden. Is het zo niet? Geef het nu maar toe.'

Quinten gaf geen antwoord, maar kennelijk wist hij precies waar hij heen wilde. In het voorbijgaan produceerden de stammen van het rigide aangelegde naaldbos geometrische kunsten met wentelende en verspringende diagonalen en loodlijnen, tot het overging in een verwilderd park, waar overal kale, ontwortelde bomen lagen, in verschillende richtingen, geveld door verschillende stormen. Waar het bos iets lichter werd, verscheen weer een wand van uitbundig bloeiende rododendrons. Quinten liet zijn hand los en ging naar binnen alsof er geen enkele weerstand te overwinnen viel, terwijl Onno met zijn handen voor zijn gezicht door de weerbarstige struiken moest dringen, die hoger waren dan hij zelf.

'Waar breng je me in godsnaam heen?' riep hij. 'Dit is toch niet voor mensen bedoeld, Quinten! De mens hoort thuis op het trottoir!'

Maar toen hij er doorheen was, ervoer zelfs hij de sprookjesachtigheid van de plek. Zij stonden aan de rand van een grote, grillig gevormde vijver, omsloten door de violette bloemenbergen; in volledige stilte gleden de twee zwarte zwanen tussen de waterlelies. In de verte schemerde een toren van het kasteel tussen de bomen, blijkbaar stond het meertje in verbinding met de slotgracht, maar voor de eenden was het hier te voornaam. Ook de agressieve zwarte meerkoeten, met de gemene witte streep op hun kop, voelden zich hier kennelijk niet op hun plaats.

Toch was het einddoel nog niet bereikt. Onder de takken door begon Quinten langs het water te lopen. Weeklagend zich vasthoudend, bloemblaadjes van zijn gezicht blazend en eenmaal uitglijdend en vloekend een natte schoen halend, volgde Onno hem naar de andere kant. Toen hij weer door de bloemenmuur heen was, stond hij aan de rand van een open terrein, dicht begroeid met diepgroene brandnetels die tot zijn middel reikten.

'Nee toch zeker?' zei hij.

Maar Quinten bracht hem naar een smal, kronkelend pad, dat bestond uit platgetrapte maar zich op veel plekken alweer oprichtende brandnetels. Omdat hij zelf kleiner was dan het duivelse gebroed, liet hij Onno voorgaan. Zuchtend stopte deze zijn broekspijpen in zijn sokken, raapte een tak op en met soppende schoen ging hij het pad op, woedend en met echte haat inslaand op elke netel die hen zou kunnen bedreigen.

'Wat doe je me aan!' riep hij. 'Was ik maar nooit getrouwd!'

Na dertig of veertig meter stonden zij plotseling voor een vierkante grafsteen, aan de voet van een klein, konisch toelopend pilaartje.

'Wat is dit nu?' zei Onno perplex. Hij hurkte neer, zodat zijn geschramde gezicht ter hoogte van dat van Quinten was. Met zijn wijsvinger gleed hij over de uitgehouwen letters in de steen: '*Deep Thought Sunstar.*' Hij keek Quinten aan. 'Zal ik jou eens wat zeggen? Hier ligt een paard begraven. Zo heten renpaarden.' Hij stond op. 'Wie begraaft er nu een paard? Paarden gaan toch naar de paardenslager?'

En toen gebeurde datgene, wat hem na een moment van sprakeloosheid er toe bracht, Quinten in zijn armen te nemen en triomfantelijk door de brandnetels en de bloemen en langs de geometrische stammendans terug te hollen naar het kasteel: Quinten stak zijn vinger uit naar het pilaartje, leunde een beetje achterover en zei met een lach:

'Obelisk.'

39
Verdere expedities

Zoals in Noordwijk het licht van de vuurtoren langs de vier windstreken zwenkte, zo streken elk jaar in grootse vlagen de vier seizoenen over Groot Rechteren. Max kende de wisseling van de jaargetijden eigenlijk alleen uit Amsterdam: op een dag in februari of maart de eerste, onbeschrijflijke voorjaarsgeur als hij 's morgens op straat kwam, onbepaalbaar als de decimalen van π, de stoffige zomer waarin de stad vol toeristen stroomde, even plotseling veranderend in de vochtige, bittere herfst, en dan de bleke winter waarin de stenen van de straten en de muren opeens de ongenaakbare aard van de wereld leken uit te drukken, - maar dat alles eigenlijk in het voorbijgaan, opgemerkt alleen in de korte tussenpozen waarin hij van het ene interieur naar het andere ging. Was in de stad de natuur zachte achtergrondmuziek, op het kasteel zat hij met Quinten en Sophia midden in de daverende concertzaal. Lente en herfst kwamen met kolossaal vertoon, de zomers waren heter en droger, de winters kouder en witter. Die onafgebroken verandering, had hij eens tegen Onno beweerd, was natuurlijk de bron van alle creativiteit; de eenvormigheid van de natuur tussen de keerkringen leidde ook tot culturele stilstand, de tropen waren een onafgebroken stoombad, altijd groen zoals de poolgebieden altijd wit waren, maar de gematigde breedtegraden met hun viervormigheid waren heet- en koudwaterbaden, die de mens wakker hielden. Ook in de stad was dat natuurlijk zo, maar pas op het land was hem dat echt duidelijk geworden. Waarop Onno had gezegd, dat het op het land misschien wat al te duidelijk was, aangezien die jaarlijks zich herhalende viervormigheid daar weer iets eenvormigs kreeg, zodat de echte creaties toch altijd in de stad plaatsvonden. Hij had gezien, dat Onno zich inhield om te informeren of zijn eigen creativiteit ook was toegenomen op het platteland; maar ofschoon hij niet te klagen had over zijn werk, sneed hij dat onderwerp ook niet uit zichzelf aan.

In Drenthe was niet alleen de duisternis dieper, de stilte stiller, het onweer heviger en de regenboog feller dan in Amsterdam, zelfs de regen was er anders. Als een boswandeling met Quinten op het programma stond, kwam het niet in Max' hoofd op te wachten tot het droog was, laat staan dat hij een paraplu mee zou nemen. Alle drie deden zij hun groene rubberlaarzen aan, hun oliejassen, trokken de capuchons over hun hoofden en baggerden door de modder, terwijl in de verte de schoten knalden van de baron en zijn vrienden. Op een keer, toen het niet meer regende en het overal nog druppelde van de bladeren, zei Max:

'Als het ophoudt met regenen, beginnen de bomen te regenen.'

'Dan huilen ze,' zei Quinten.

'Dus ben jij in elk geval geen boom,' zei Sophia.

Quinten zwaaide met zijn armen, sprong met twee voeten in het midden van een plas en riep:

'Ik ben de regen!'

Toen Onno deze uitspraak op een zaterdagmiddag in Amsterdam te horen kreeg van Max, in Artis, in het reptielenhuis, – terwijl Quinten naar een roerloze slang keek, opgerold als kabeltouw op een aanlegsteiger, – zei hij dat dat op school nog tot problemen zou leiden. Uit alles bleek, dat hij ongetwijfeld nu al een genialer geest had dan het onderwijzend personeel, net als dat vroeger bij hemzelf zo overduidelijk het geval was geweest.

Sinds Quinten Onno deelachtig had gemaakt van zijn eerste

woord, gepaard aan zijn eerste lach, leek het of het werkelijk zo was dat hij al veel eerder had kunnen spreken, maar dat hij daar geen aanleiding toe had gezien. Al na een half jaar was er geen sprake meer van een achterstand, grammaticaal leek hij zijn leeftijd eerder vooruit; als hij zichzelf bedoelde had hij het niet over 'Quinten', of over 'Kuku', maar dan zei hij 'ik'. Onno noemde hij 'papa', Sophia 'oma', of 'oma Sophia' als er onderscheid gemaakt moest worden met 'oma To', en Max 'Max'. Wel bleef hij zwijgzamer dan andere kinderen. Algemeen kleutergeklets, tyrannieke bevelen, gejengel over wat hij wilde hebben, gekwebbel over wat hij zojuist had gedaan of zou willen doen: niets van dat alles. Ook aan speelkameraadjes had hij geen behoefte; Sophia deed hem niet echt een plezier door hem mee te nemen naar de speeltuin of het zwembad. Voor het slapen gaan liet hij zich een sprookje aanleunen, verder had hij genoeg aan het kasteel en wat daarin te beleven viel; sinds het hem behaagde te spreken, was hij zelfs welkom bij meneer Spier. Vervelen deed hij zich nooit. Urenlang zat hij in zijn torenkamer en keek plaatjes, – niet plaatjes uit kinderboeken, wel te verstaan, maar vooral de illustraties in een boek dat hij van Themaat mee naar boven had mogen nemen, Giuseppe Bibiena's *Architetture e prospettive*. Alsof Quinten wist wat 'de achttiende eeuw' was, en wat 'het weense hof' was, had Themaat hem verteld, dat dat boek in de eerste helft van de achttiende eeuw was gemaakt aan het weense hof. Vooral de etsen van gefantaseerde theaterdecors biologeerden hem: grandioos-barokke, superperspectivische ruimten met colonnades, trappen, caryatiden, alles zwaar overladen met ornamenten. Daar zou hij doorheen willen lopen.

Toen hij vier jaar was, wilde Sophia dat hij naar de kleuterschool in Westerbork ging: dat zou goed zijn voor de ontwikkeling van zijn persoonlijkheid, volgens haar werd hij veel te eenzelvig op deze manier. Onno en Max hadden nooit een dergelijk instituut bezocht, – in de jaren dertig was dat nog niet gebruikelijk, – en zij voelden er niet veel voor; maar Sophia zette haar zin door. Op weg naar de sterrenwacht leverde Max hem de eerste dag af in het kleuterlokaal, en meteen die ochtend bebeukte een andere kleuter Quintens hoofd met een aarden beker. Daarop had hij niet gehuild maar alleen zijn aanvaller aangekeken, met een dusdanig verbaasde blik in zijn blauwblauwe ogen, dat de ander in tranen was uitgebarsten. De leidster, die niets had gezien van het gebeurde in de poppenhoek, had Quinten vervolgens een standje gegeven omdat hij die jongen natuurlijk iets had aangedaan, anders zou hij toch niet zo huilen. Quinten had gezwegen. Toen Max hem afhaalde, omstuwd door moeders en krijsend kroost, had de leidster hem verteld wat er volgens haar was gebeurd. Zij wilde natuurlijk niet zeggen, zei zij, dat Quinten achterbaks of geniepig was, maar misschien moest hij toch een beetje in de gaten worden gehouden. Zittend op de achterbank van de auto zei Quinten hoe het werkelijk was gegaan en Max geloofde hem; thuis ontdekte Sophia bovendien een kleine wond onder zijn zwarte lokken. Na een telefoontje met Onno, doorverbonden door mevrouw Siliakus, besloten zij hem onmiddellijk van die inrichting weg te halen.

'Jij hoeft daar niet meer heen,' zei Max. 'In orde?'

Quinten knikte. Hij stond bij Max' schrijftafel, draaide langzaam aan het kleine kompas en keek naar de wiebelende wijzer, die niet aan het kompas leek vast te zitten maar aan de kamer.

'Trek het je maar niet aan,' zei Sophia.

Maar het was iets anders dat hem dwarszat. Hij vestigde zijn ogen op haar en zei:

'Alle kinderen werden afgehaald door mama's.'

Max en Sophia keken elkaar aan. Daar had je het. Opeens was de fundamentele vraag gesteld. Max wist niet zo snel wat hij moest zeggen, maar Sophia knielde bij hem neer, sloeg een arm om hem heen en zei:

'Ik ben de mama van jouw mama, Quinten. Jouw mama is veel te moe om je af te halen. Ze ligt in een heel groot huis bij hele lieve mensen in bed te slapen en ze kan nooit meer wakker worden, zo moe is ze. Ze hoort niemand en ze kan met niemand praten.'

'Ook niet met mij?'

'Ook niet met jou.'

'Ook niet heel even?'

'Ook niet heel even.'

'Echt niet heel heel eventjes maar?' En toen Sophia haar hoofd schudde: 'Ook niet met papa en tante Helga?'

'Met niemand, lieve schat.'

Nadenkend deed hij het dekseltje op het kompas.

'Net Doornroosje.'

'Ja. Net Doornroosje.'

'En de prins dan?' vroeg hij en keek op.

Evenals Max zag hij, dat Sophia's ogen vochtig waren geworden. Die emotie had Max nooit eerder bij haar gezien. Met de palm van zijn hand veegde Quinten Sophia's tranen weg en vroeg niet verder. Maar Max ging naar de schoorsteenmantel en gaf hem de foto van Ada en Onno.

'Dit is mama toen ze nog wakker was.'

Met twee handen hield Quinten de foto vast en keek naar het gezicht in het vierkant van zwart haar.

'Mooi.'

'Daarom ben jij ook zo mooi,' zei Sophia.

Max verwachtte, dat hij de foto wilde hebben, maar hij gaf hem terug en ging naar zijn kamer. Toen zij alleen waren, wilde Max Sophia liefst omhelzen, maar dat was natuurlijk ondenkbaar.

'Dit viel te verwachten,' zei hij. 'En nu?'

'Dat moeten we met Onno overleggen. Ik vind dat we er uit onszelf niet op moeten terugkomen. Waar hij niet naar vraagt, kan hij denk ik niet verwerken.'

Max knikte.

'Op een dag geeft hij wel weer een nieuw teken.'

Sophia veegde echte of denkbeeldige kruimels van haar schoot.

'Een paar weken geleden heb ik hem dat sprookje van Doornroosje voorgelezen, en pas halverwege besefte ik waar het eigenlijk over ging, maar toen kon ik niet meer terug.'

'Daar voelt u zich toch niet schuldig om?'

'Schuldig?' herhaalde zij en keek hem aan. 'Waarom zou ik mij schuldig voelen?'

De aanval in de kleuterklas was natuurlijk ook geprovoceerd door Quintens schoonheid. Op zijn vierde waren zijn tanden al gewisseld. Theo Kern had al een tweede map moeten aanleggen voor zijn Quintenstudies; tot een tentoonstelling was het nog niet gekomen, misschien omdat hij ze eigenlijk voor zichzelf wilde houden. Maar niet iedereen was zo jaloers. Ondanks het bord *Verboden toegang, Art. 461 W.v.S.*, bij het hek met de twee leeuwen, plachten op het voorplein regelmatig auto's te verschijnen met pasgetrouwde paren, die zich met het kasteel op de achtergrond lieten fotograferen: zij in het wit en het lang, hij in zijn gehuurde trouwpak, de grijze hoge hoed in de hand, aangezien die anders over zijn oren zou zakken; zijn gezicht meestal bruinverbrand, met halverwege het voorhoofd een scherpe grens naar klam wit vel, tot waar zijn pet placht te komen. Al een paar keer was het oog van de fotografen op Quinten gevallen, waarna zij hadden aangebeld en Sophia gevraagd, of zij een serie foto's van die beeldschone jongen mochten maken, – voor reclamedoeleinden, waar natuurlijk goed voor betaald zou worden.

Dat hij niet had gehuild toen hij op zijn hoofd werd geslagen, daarover verbaasden Max en Sophia zich niet. Eigenlijk had hij maar één keer echt gehuild. Tijdens een hittegolf, in juli, had Sophia 's ochtends een opblaasbaar rond bad van wit plastic op het voorplein gelegd; toen zij de luchtpomp niet kon vinden, blies zij het zelf op en liet het met de tuinslang half vollopen. Zij tilde Quinten er in, riep tegen Max dat hij een oogje in het zeil moest houden en ging op de fiets eieren halen bij de boer. Een half uur later hoorde Max hem huilen. Een vliegenplaag was er de hele zomer al geweest, maar nu waren de hete stenen van het plein plotseling overdekt door een zwart, zinderend tapijt, waar de zon op scheen en dat een gruwelijk zingen afscheidde, als van honderd cello's. Aan alle kanten omgeven door het hellegebroed, als op een eiland, stond Quinten rechtop in het water, naakt, zijn handen voor zijn ogen, jammerend en bevend van angst. Die aanblik ontstak in Max op hetzelfde ogenblik een razernij van zo'n hevigheid als hij nooit eerder had ervaren; zelf had hij alleen een zwembroek aan en eer hij het wist holde hij door de opwervelende, gonzende massa, voelend hoe hij de vliegen bij honderden onder zijn blote voeten vertrapte, sleurde Quinten in dezelfde beweging uit het water en bracht hem aan de andere kant van de slotgracht in veiligheid, in de schaduw onder de bruine eik.

*

Rond zijn vijfde verjaardag, in 1973, – het jaar waarin Max en Onno veertig werden en Sophia vijftig, – had Quinten zijn territorium uitgebreid tot de hele boswachterij. Dagelijks bracht hij een bezoek aan het voormalige koetshuis, waar Theo Kern zijn grote stukken hakte. In de hoge ruimte vol stenen en gruis en gereedschap, gipsmodellen, tafels met schetsen, afgedankt meubilair en in de hoek altijd een pruttelende koffiemachine, waar alles uitsluitend was toegespitst op het werk, voelde hij zich nog meer op zijn gemak dan in Kerns appartement op het kasteel, met Selma's aanwezigheid. Urenlang zat hij op een brok steen en keek naar de kunstenaar: hoe hij zware vrouwengestalten en ornamenten voor overheidsgebouwen uit de blokken te voorschijn haalde, als een fakir met zijn blote voeten rondstappend over de scherpe splinters. Nu en dan gebeurde er iets onrustbarends met hem. Dan hield hij plotseling op, kneep zijn ogen half dicht, ontblootte zijn tanden tot op het tandvlees en hief zijn handen hoog in de lucht, sidderend, alsof hij zich met uiterste inspanning tegen het beeld moest verdedigen. Dan was de zachtaardige kabouter opeens veranderd in een verscheurend beest. Even later was zijn gezicht weer volledig ontspannen, alsof er niets was gebeurd. Quinten zag dat hij dan zelf niet eens meer wist, dat hij zo gek had gedaan.

Volgens Kern was beeldhouwen geen kunst, dat kon iedereen, – je hoefde, zei hij op een dag, alleen maar de overtollige steen weg te halen.

'Dat beweerde Michelangelo ten minste.'

'Wie is Michelangelo?'

'Net zo iemand als ik, maar dan anders. Die heeft dat daar gemaakt,' zei hij en wees naar een foto, die met een punaise tegen een houten stutbalk was geprikt: het beeld van een man met een woest gezicht, een lange baard en twee horentjes op zijn hoofd.

'Is dat de duivel?'

'Hoe kom je daar nu bij?'

'Nou, door die horentjes natuurlijk.'

'Ja, die begrijp ik ook niet. Maar het is in elk geval Mozes. Iemand uit de bijbel.'

'Wat is de bijbel?'

Kerns klopper kwam tot rust.

'Weet jij dat niet? Heeft je vader je dat nooit verteld? Een heel dik boek met verhalen, waarvan een hoop mensen denken dat ze echt gebeurd zijn.'

Quinten herinnerde zich het enorme boek, dat bij zijn opa in Den Haag op een standaard stond en waaruit hij soms voorlas. Dat was natuurlijk de bijbel.

Met een zucht keek Kern naar de foto.

'Zo zou ik het niet kunnen, Kuku. Ik krijg opdrachten van de gemeente Assen, maar hij kreeg ze van de paus. Verschil in rang en stand moet er zijn. Zelf heb ik eigenlijk een beetje een hekel aan kleur, maar hij kon ook heel mooi schilderen. Hij heeft bij voorbeeld de Sixtijnse Kapel beschilderd – heus, lang niet kwaad. Dat is in het Vaticaan: de huiskapel van de paus.'

'Wie is de paus?'

'De baas van de katholieken. Dat zijn mensen die aan God geloven. En nu ga je zeker vragen, wie God is?'

'Ja,' zei Quinten. Hij zat op een brok donkerblauw graniet, zijn handen tussen zijn dijen en knikte drie keer.

'Die bestaat niet, maar volgens de gelovigen heeft hij de wereld gemaakt.'

'Max zegt, dat de wereld er met een knal was.'

'Dan zal het wel zo zijn. In de Sixtijnse Kapel kun je God zien: hij zweeft in de lucht en hij heeft een baard, net als Mozes.'

'En jij.'

'Maar de zijne is niet zo mooi wit als die van mij. Als je wat groter bent, moet je maar eens gaan kijken in Rome. Daar is trouwens nog veel meer te zien.'

'Hoe kun je nou iemand schilderen die niet bestaat?'

'Dan fantaseer je wat. Of je gebruikt een foefje. Michelangelo heeft gewoon een of andere oude kerel geschilderd, die elke dag met pizza's bij hem door de straat kwam; die liet hij in de lucht zweven en toen zei iedereen dat dat God was. Als ik van de gemeente Assen een beeld van God moest maken, dan zou ik gewoon mijn eigen kop kunnen hakken.'

'Toch,' zei Quinten, 'zou je ook best een beeld van God zelf kunnen maken als hij niet bestaat.'

'Dan moet jij mij maar eens vertellen, hoe dat zou moeten.'

'Nou, dan neem je een blok marmer en je hakt er net zo lang aan tot er niks van over is.'

Perplex keek hij Quinten aan, en barstte toen uit in een bulderlach.

'En dat breng ik dan naar Assen. Hier is het, zou ik zeggen. God! Zie je wel? Niks! Dacht je dat ze dat zouden begrijpen? Dat ze me zouden betalen? Ho maar! Niet eens het marmer zouden ze vergoeden. Die lui zijn nog te stom om voor de duivel te dansen.'

'Wie is de duivel eigenlijk?'

'Jezus Christus, Quinten! Wie is de duivel eigenlijk? Vraag dat allemaal liever aan de domina. De duivel is de aartsvijand van God!'

'Bestaat die ook niet, of dus juist wel?'

'Niet natuurlijk.'

'Nou, dan weet ik ook hoe je een beeld van de duivel moet maken.'

Kern liet zijn klopper en beitel zakken en keek Quinten aan. 'Hoe dan?'

'Dan moet je de hele wereld juist volstoppen met marmer.'

Quinten zag dat hij in verwarring was.

'Waar haal je zulke dingen toch vandaan, Kuku?'

'Nou, gewoon...' Quinten begreep niet wat hij bedoelde, maar hij kreeg het gevoel dat hij nu weg moest gaan. Hij keek nog even naar Mozes; onder zijn arm had hij een of ander groot ding, een soort map, die hem kennelijk ontglipte en die op de grond dreigde te vallen, wat hij nog net kon voorkomen. In het echt was hij misschien tuinman geweest of zoiets. 'Dag,' zei hij.

Steeds als hij uit het atelier kwam, stond daar opeens weer Groot Rechteren. Van het kasteel uit gezien had de groep bijgebouwen aan de andere kant van de slotgracht iets kleins en onbeduidends; zelf maakte het daar vandaan een machtige, ongenaakbare indruk. Altijd bleef hij er een paar seconden naar kijken. Hij dacht dan nergens aan, – of beter: wat hij dacht viel samen met wat hij zag – het kasteel, daar als zijn eigen gedachte verzonken in zichzelf, boven de deur de wijzerloze klok. Soms leek het hem alsof het opeens een ondeelbaar moment onzichtbaar werd.

Rechts van Kerns atelier bevond zich een kleinere opstal; daar had meneer Roskam zijn werkplaats, de huismeester van Groot en Klein Rechteren, die voor de reparaties zorgde; meestal was de deur op slot. Langs de zijkant leidde een overdekte houten trap naar de bovenverdieping, waar elke paar maanden iemand anders woonde: dan weer een blonde vrouw, dan weer een man met een zwarte sik. Met hen had hij geen contact, wel met Piet Keller, die aan de andere kant huisde.

Aan weerszijden van het grindpad, dat langs de grote zwerfkei naar zijn voordeur leidde, waren de bovenste helften van karrewielen te zien. Op het eerste gezicht leek het of iemand ze tot de as had ingegraven – maar Quinten wist wel beter: het was omgekeerd. Zij staken niet in maar uit de aarde, het waren niet de bovenste helften maar de onderste. Onder het pad bevond zich namelijk de kar, de karos, de gouden koets, zoals hij die eens op de televisie had gezien: maar dan ondersteboven, getrokken door acht paarden, de koetsier met de leidsels op de bok, ook allemaal ondersteboven in de grond, en er in zat niet de koningin maar een veel en veel mooiere vrouw, de mooiste vrouw van de wereld, – en de koets stond stil omdat ze allemaal in slaap waren gevallen...

Toen Piet Keller hem eens had gevraagd, waarom hij nooit gewoon over het pad liep maar altijd om de wielen heen, over het gras, had hij gezegd:

'Zo maar.'

Keller was in de vijftig, een magere man met een gebogen rug en een ongezonde huidkleur, meestal gekleed in een korte, beige stofjas. Zijn vrouw maakte soms ineens rare schokkende bewegingen met haar hele lichaam, waardoor Quinten een beetje bang voor haar was; zijn dochter en twee zonen, alle drie een kop groter dan hijzelf, hadden al een leeftijd bereikt waarop zij Quinten vermoedelijk zelfs nauwelijks opmerkten. In een aanpalende schuur had hij zijn werkplaats, en ook hem placht Quinten uur na uur op de vingers te kijken. Hij repareerde oude sloten, die hem uit de verre omtrek werden toegestuurd, niet alleen door particulieren, ook door antiquairs en musea. Overal rondom stonden kisten met duizenden sleutels in alle maten, bakken vol klavieren, schoten, lamellen, tuimelaars, schieters, stuitnokken en andere onderdelen waarvan hij Quinten de namen had geleerd. Aan grote ijzeren ringen hingen ontelbare slimme lopers.

'Ik heb alle sleutels,' had hij eens met een knipoog gezegd, 'behalve muzieksleutels en die van Petrus.'

Op een schraag, verlicht door een gammele, met ijzerdraad tegen de muur bevestigde lichtbak, lagen de sloten die hij juist onder handen had; er naast stond een stellage met ontelbare laatjes vol schroeven, moeren, pinnen en ander klein spul. Ook was er een zware tafel met een draaibank en boor- en slijpmachines. Als Quinten er was, begeleidde Keller zijn werk meestal met een half binnensmonds, toonloos commentaar: niet didactisch, uitsluitend als de verslaggever van wat hij deed en wat hij dacht. Een enkele keer, zoals toen hij eens bezig was met een zwaar middeleeuws hangslot, zo groot als een brood, dat op slot zat en waarvan de sleutel ontbrak, slopen er lyrische tonen in zijn reportage.

'Kijk nu toch eens, is het geen engel? Dit noemen we een schuifhangslot. Zie je hier die gleuven in de vorm van een H? Daar moet de steeksleutel in. Die ga ik straks maken. In het binnenste zit een versperring van heel sterke veren; de punten daarvan zijn nu ontspannen, waardoor ze de beugel in de slotdoos vergrendelen.'

'Hoe weet u dat? Heeft u er in gekeken?'

'Nee, en dat ga ik ook niet doen. Ten minste nu nog niet. Ik ga eerst iets heel anders doen.' Uit een van de voorraadkisten zocht hij een paar lange, stalen pennen bij elkaar, die in de H pasten. Terug achter zijn werktafel smeerde hij ze in met olie en begon ze langzaam naar binnen te schuiven, terwijl zijn ogen zich omhoog richtten, alsof daar het inwendige van het slot was te zien. 'Ja, nu voel ik de eerste kromming van de veerbladen... ja... juist, ja... nog iets verder... nu worden ze samengeknepen... ja... Het gaat moeilijk, het is roestig daarbinnen... misschien voorzichtig een beetje helpen met de klinkhamer... En nu nog een paar tikjes... en nu nog ééntje, dan moet het genoeg zijn...' In het binnenste weerklonk een stroeve klik en hij trok de beugel uit de doos.

Lachend keek hij Quinten aan,

'Ja, Kuku, ik zou op een heel wat makkelijker manier aan de kost kunnen komen. Maar: Gij zult niet stelen. Vraag maar aan de domina.'

Hij trok de pennen er uit en duwde de beugel er weer in, wat een tweede klik gaf.

'Wat doet u? Nou is hij weer dicht!'

Hij legde het gevaarte voor Quinten neer.

'Gewone sloten kun je al een beetje opensteken, maar probeer nu deze eens. Misschien kun je mijn opvolger worden, mijn eigen jongens zijn er niet voor te porren.'

De domina, mevrouw Trip, predikante van de hervormde gemeente in Hooghalen, was ongetrouwd en woonde twintig meter verderop met haar zwarte poes in de voormalige tuinmanswoning, waaraan een grote serre was gebouwd. Met de andere bewoners van Groot Rechteren had zij weinig contact, alleen de Verloren van Themaats dronken wel eens thee bij haar; zij was een vriendin van de baronesse. Ofschoon niet ouder dan Sophia was haar haar al zo wit als een kaars. Als zij op haar terras zat te lezen, Karl Barth, of een mooie roman, of de bloemen verzorgde in haar tuin, die schuin afliep naar een zijarm van de slotgracht, bleef Quinten soms even naar haar kijken bij het hek. Dan knikte zij hem vriendelijk toe, maar zij wenkte hem nooit, en dat vond hij ook niet nodig. Zij moest ontzettend veel weten, misschien wel bijna zo veel als zijn vader, want iedereen zei altijd 'Vraag dat maar aan de domina', als hij het zelf niet meer wist. Dat ging dan meestal over God, of Jezus Christus, maar hij had haar nooit iets gevraagd. Meestal holde hij meteen verder naar de brug.

Sophia had hem verboden er overheen te lopen: het was een hoogromantische, wrakkig wiebelende constructie, waarin planken ontbraken en die Max om een of andere reden altijd deed denken aan een lied van Schubert: *Leise flehen meine Lieder durch die Nacht zu dir...* Aan de overkant, in de schaduw van hoge beuken, lag de oranjerie: een laag, langgerekt gebouw met grote ramen, waar Seerp Verdonkschot woonde met zijn vriend. En niet alleen woonde met zijn vriend, maar waar hij ook zijn 'oudheidskamer' had. Bijna nooit was er een andere bezoeker als Quinten binnenkwam. Ook zelf was Verdonkschot er meestal niet, hij had een baan bij de posterijen, – een norse man, volgens Max verbitterd omdat hij wetenschappelijk niet ernstig werd genomen, noch door de universiteit in Groningen, noch door het provinciaal museum in Assen. Misschien kwam dat doordat hij zijn oudheden ook te koop aanbood.

Zijn vriend, Etiënne, een naar corpulentie neigende man van een jaar of veertig, stak altijd even zijn hoofd om de hoek en zei:

'Dag schoonheid, ben je daar weer? Niks pikken, hoor!'

Aan de muur hingen gekleurde kaarten met de verbreiding van

de trechterbekercultuur in Drenthe, en in twee rijen vitrines lagen Verdonkschots praehistorische vondsten uitgestald: dozijnen stenen pijlpunten, vijfduizend jaar oud, vuistbijlen, verroeste haarpinnen, potscherven, half vergane stukken leer. Het waren niet die voorwerpen zelf waardoor Quinten werd geboeid, die zeiden hem eigenlijk niets; het was de sfeer in de helder geverfde ruimte: de propere stilte, met daarin die vieze oude dingen, die diep in de aarde thuishoorden en nu in het licht lagen als de ingewanden van een vis bij de visboer in het dorp. Het was geheimzinnig omdat het eigenlijk niet mocht. En het vreemdste van alles was het idee, dat al die dingen hier ook zo onder het glas lagen als niemand er naar keek, – ook 's nachts, als het hier donker was en hijzelf in zijn bed lag. Dat kon natuurlijk niet, want dan zouden ze schreeuwen van angst en dat zou hij horen in zijn bed; maar nooit hoorde hij 's nachts geschreeuw komen uit de oranjerie. Alleen soms de roep van een uil. Ze bestonden dus alleen als hij ze zag.

Buiten klom hij altijd meteen op het erratische blok, dat ook daar naar boven was gekomen. Hij ging zitten en wachtte tot plotseling Verdonkschots bok, Gijs, met scheve sprongen op hem af kwam. Als Gijs had gekund, had hij hem vast en zeker een opstopper met zijn horens gegeven, maar daarvoor was het touw net te kort. Vervolgens sprak Quinten hem toe:

'Waarom doe je toch altijd zo vervelend tegen mij?' Hij stak zijn hand uit om over zijn kop te aaien; maar dat werd met een bruuske beweging afgeweerd. 'Ik heb je toch niks gedaan? Ik vind je juist zo aardig. Ik vind je bij voorbeeld veel aardiger dan Arendje, – die bonst ook wel eens zo met zijn kop voorover tegen mensen aan. Ik vind jou ongeveer net zo aardig als Max, maar lang niet zo aardig als papa. Papa is de aardigste van allemaal. Als we wandelen vertelt hij me altijd van alles en nog wat. Hij kan alle talen spreken en geheimschrift lezen. Weet je waarom ik niet bij hem kan wonen? Omdat hij het zo druk heeft met de baas spelen. Daarom komt hij ook bijna nooit. Hij is de baas van wel een miljoenmiljoen mensen. Tante Helga woont ook niet bij hem. Ik ben nog nooit bij hem thuis geweest, maar hij woont in een kasteel in Amsterdam. Als ik groot ben, ga ik hem daar opzoeken. Dan mag je mee. En weet je wie ik de alleralleralleraardigste vind? Mama. Mama is doodmoe, zegt oma. Mama is in slaap gevallen. Weet je waar ze zo moe van is geworden? Dat weet jij vast niet. Maar ik wel. Zal ik het zeggen? Maar je mag het aan niemand vertellen, hoor, want het is geheim. Beloof je het, Gijs? Dat komt doordat ze altijd maar naar iedereen heeft moeten wuiven in de gouden koets.'

40
De woordenwereld

Onno had het intussen steeds drukker gekregen met de baas spelen. Op een late avond, tijdens het slotstadium van de kabinetsformatie, nadat hij bij Helga was geweest en op weg naar huis nog een paar rum-cola's had gedronken, belde de formateur en vroeg of hij staatssecretaris van Wetenschapsbeleid wilde worden.

'Sinds wanneer is dat een zaak van de formateur?'

'Ik bel namens je minister.'

'Mag ik er even over nadenken?'

'Nee.'

'Ook niet vijf minuten?'

'Nee. De hele handel moet binnen vierentwintig uur piekfijn opgeleverd worden, dat geëmmer heeft nu al meer dan vijf maanden geduurd. Het volk mort.'

'Waaraan heb ik die eer te danken, Janus?'

'Indirect aan de suggestie van een vriend van je, een zekere kroegbaas bij jou in de stad: de nieuwe minister van volkshuisvesting.'

'En mijn eigen minister? Weet zij eigenlijk wel, dat ik de wetenschap een buitengewoon kwaad hart toedraag?'

'Ja ja, Onno, ik ben er van overtuigd dat je het kabinet in de problemen zult brengen. Zeg op, ik heb nog wat anders te doen. Ja of nee?'

'Als het voor het landsbelang is, wijkt alles. Ja.'

'Mooi zo. Morgenochtend om tien uur verwacht ik je nuchter in Den Haag, op Algemene Zaken. We gaan er iets moois van maken. Wel te rusten.'

Daarmee was alles opeens anders geworden. Hij was niet ontevreden met zijn wethouderschap, dat hij nu sinds vier jaar bekleedde; ofschoon de overheid van jaar tot jaar minder in te brengen had, behelsde zijn baan in een aantal opzichten meer directe macht dan een staatssecretariaat, dat achter een minister schuilging. In de gemeentepolitiek had hij onmiddellijk contact met de burgerij, in de landspolitiek zou dat niet meer zo zijn. Maar juist die macht vervulde hem soms met afkeer, alsof hij een nederlaag had geleden; macht uitoefenen was noodzakelijk om de samenleving te laten functioneren, maar tegelijk had het iets onmiskenbaar proleterigs. Ook was er het voordeel, dat hij als wethouder zijn werk in Amsterdam had en niet in dat bedompte ambtenarenhol Den Haag, dat hij ooit was ontvlucht en waar hij nu weer elke dag heen zou moeten, – het was een zegen voor Amsterdam, dat in Nederland de regering niet in de hoofdstad zetelde. Maar met een gevoel van schaamte wist hij ook meteen, waarom hij 'ja' had gezegd: om zijn vader te behagen en zijn oudste broer de ogen uit te steken. Die zouden onmiddellijk weten, dat hij nu op een dag ook nog wel minister zou worden: de hoogste staat van politieke zaligheid.

Terwijl hij nog naar de telefoon keek, verwonderde het hem opeens, dat na de vraag 'Ja of nee?' het uiten van de korte spraakklank *nee* niets in zijn leven veranderd zou hebben, terwijl het ten gehore brengen van de misschien nog kortere spraakklank *ja* heel veel had veranderd – terwijl toch de spectogrammen van die twee klanken alleen door ervaren fonetici gedetermineerd konden worden. En als hij *ken* had gezegd, was er even min iets veranderd, ofschoon dat toch ook 'ja' betekende, maar dan in het hebreeuws. Het was allemaal vanzelfsprekend, dagelijkse kost, het abc, maar plotseling verontrustte het hem, terwijl hij zich tegelijk verontrustte over zijn verontrusting.

*

Voor bezoeken aan Groot Rechteren had hij na het uitspreken van zijn ja-woord nog minder tijd: Quinten zag hem van toen af vaker op de televisie dan in het echt. Hij zat inmiddels in de eerste klas van de lagere school in Westerbork; en een van de sporadische keren dat Onno langskwam – in een grote donkerblauwe dienstauto met twee antennes, na in Leeuwarden een technologisch instituut te hebben geopend – vertelde Sophia trots, dat hij zojuist lezen had geleerd.

'Laat papa maar eens horen wat je kunt,' zei zij en gaf hem het boekje.

'*Pim is in het bos,*' las Quinten, zonder zijn wijsvinger te gebruiken. Maar eer Onno hem had kunnen prijzen, keek hij naar de krant die op de grond lag en las de kop voor: '*Cambodjaanse president Lon Nol verlengt speciale volmachten*'. In de verblufte stilte die viel, zei hij: 'Dat heb ik helemaal niet op school geleerd. Dat kan ik al lang.'

Max was de eerste die iets zei.

'Van wie heb je dat dan geleerd?'

'Van meneer Spier.'

Hij begreep niet, wat daar nu weer zo bijzonder aan was. In meneer Spiers smetteloos opgeruimde werkkamer met de schuine tekentafel, het raam uitziend op het bos achter het kasteel, waren zijn nieuwe letterontwerpen alfabetisch aan de muur geprikt: zesentwintig grote vellen ruitjespapier, met steeds daarop een hoofdletter en een kleine letter, die hij 'kapitaal' en 'onderkast' noemde. Meneer Spier – die ook tijdens zijn werk altijd onberispelijk was gekleed, met das, vest en pochet – had hem niet alleen alles verteld over 'corps', 'topschreef', 'vlag', 'staart', maar hem gedurende een paar achtereenvolgende dagen ook bij de hand genomen en stap voor stap langs de muur geleid, letter na letter aanwijzend en uitsprekend, waarna hij het hem moest nazeggen. Op zo'n manier had je het toch zeker in een wip geleerd! Bij de *Q* had meneer Spier altijd veelbetekenend zijn wijsvinger opgestoken. *Judith* had hij zijn nieuwe letter genoemd, naar zijn vrouw. Hij ontwierp ook postzegels en bankbiljetten, maar dat gebeurde alleen op de drukkerij in Haarlem, onder politiebewaking, want dat was natuurlijk diep geheim. In zijn binnenste moest hij dan altijd een beetje lachen, zei hij; in de oorlog, toen hij zich had moeten verstoppen omdat Hitler hem dood wilde maken, had hij zelf allerlei dingen vervalst: duitse stempels, persoonsbewijzen.

'Wie is Hitler?'

'Wat is het toch mooi, dat er weer mensen zijn die dat niet weten. Hitler was de baas van de duitsers, die alle joden dood wilde maken.'

'Waarom?'

'Omdat hij bang voor ze was.'

'Wat zijn joden?'

'Ja, dat vragen een hoop mensen zich al heel lang af, Q.Q., – de joden zelf ook. Misschien dat hij daarom bang voor ze was. Maar gelukt is het hem niet.'

'Bent u dus een jood?'

'Nou en of.'

'Toch ben ik niet bang voor u.' En toen meneer Spier glimlachte: 'Ben ik een jood?'

'In tegendeel, voor zo ver ik weet.'

'In tegendeel?'

'Ik maak maar een grapje. Dat doen joden wel vaker als ze het over joden hebben.'

'Wat is er opeens, Quinten?' vroeg Sophia. 'Waar denk je aan?'

'Nergens aan.'

Max kon het nog steeds niet bevatten.

'Waarom heb je ons nooit verteld, dat je kunt lezen?'

Quinten schokte met zijn schouders en zweeg.

'Zo stelt dat heerschap ons elke dag voor nieuwe raadsels,' zei Sophia.

'Erfelijk belast met grote begaafdheid,' knikte Onno. 'Zal ik hem nog eens testen?' En tot Quinten: 'Zie je iets raars aan die naam «Lon Nol»?'

'Er staat een spiegel tussenin,' zei Quinten onmiddellijk.

'Een mens gelooft toch zeker zijn oren niet!' riep Max, – met dubbele vreugde: er kon niet meer aan getwijfeld worden, wie hier de erfelijke factoren had geleverd!

'Net als...?' ging Onno verder.

Quinten dacht even na, maar dat wist hij niet.

'Ik,' zei Onno. Hij wilde ook 'Ada' zeggen, maar dat deed hij niet; het klopte trouwens niet helemaal: de *d* in het midden was zelf niet symmetrisch.

'Natuurlijk!' lachte Quinten en dekte met zijn wijsvingers de twee l's af. 'Jij zit er in!'

'Ik zit in Lon Nol...' herhaalde Onno. 'Als mijn partijleider dat hoort, is mijn loopbaan verstoord.'

'Dat rijmt,' zei Quinten, 'dus het is waar.'

Max schoot in de lach.

'Eindelijk iemand die de poëzie ernstig neemt.'

'Een tijdje geleden,' vertelde Onno, 'heb ik zelf ook het verzoek gekregen om voor te lezen. Van de s.g.'

'Wat is de s.g.?' vroeg Sophia.

'*Wie* is de s.g. De secretaris-generaal, de topambtenaar van het departement die alle politici overleeft, – de vertegenwoordiger van de eeuwigheid.'

'Wat moest je dan voorlezen van hem?' vroeg Max.

'Alles altijd. Ik heb er natuurlijk nooit over gepiekerd om in het parlement iets van een papiertje voor te lezen, zoals de geachte afgevaardigden vrijwel allemaal doen; ik heb mijn verpletterende waarheden altijd voor de vuist weg geuit. Maar hij zei dat dat kwaad bloed zette, daarmee confronteerde ik ze met hun eigen stunteligheid en daar zouden ze zich voor wreken. Oratorisch talent was volgens hem ongewenst in de nederlandse politiek – en wat denk je? Sindsdien verlaag ik mij om wat willekeurige papieren voor mij neer te leggen, soms ook blanco vellen, zodat de Kamer althans de indruk krijgt dat ik voorlees. Is het niet om jezelf op te knopen?' En toen Max lachte: 'Ja, jij lacht, maar ik zink steeds dieper weg in het moeras van de verloedering. In de politiek draait alles om woorden, het is een weerzinwekkende woordenwereld.'

'Wel,' zei Max, 'in een woordenwereld lijk jij mij precies op je plaats.'

'Maar nu juist niet op deze manier. Toen ik in de grijze oudheid nog teksten ontcijferde waren dat *daden*, die op zichzelf losstonden van die teksten, ook al verving ik alleen maar het ene woord door het andere. Volg je me nog?'

'Als al lang niemand jou meer volgt, Onno, zal ik jou nog volgen.'

'Maar in de politiek zijn de woorden zelf de daden, en dat is iets heel anders. Jij zit daar in Westerbork en je luistert naar het geritsel uit de diepten van het heelal, maar ik luister van 's ochtends vroeg tot 's avonds laat naar woorden: op het departement, in het parlement, in de koffiekamer, op het partijbureau, tijdens commissievergaderingen, door de telefoon, in de auto, op cocktailparty's, tijdens diners en recepties en werkbezoeken, van mensen die iets in mijn oor fluisteren, mij een briefje met informatie toestoppen, al was het maar met *Pas op voor die vent* of zoiets. En zelf zeg ik ook aldoor van alles en nog wat tegen iedereen bij zulke gelegenheden en tijdens persconferenties of interviews in de krant en op de televisie. Ik probeer te overtuigen, mensen te beïnvloeden. Dat is de politiek, de macht; het is allemaal verbaal, een onafgebroken sneeuwjacht van woorden. Maar het is niet gewoon spreken, nee, het is het doen van uitspraken. Het is handelen; het is iets doen zonder iets te doen. Het is natuurlijk prachtig als je dingen kunt veranderen en verbeteren, daar zul je mij niet over horen, – maar het besef, dat het op die manier gebeurt, begint langzamerhand aan mij te vreten.'

'Waarom? Wat is er nu mooier dan iets *doen* met woorden? Doet een schrijver iets anders? Of neem God.'

'Ja,' zei Onno, 'laten we God nemen. Dat kan nooit kwaad. «In den beginne was het Woord, en het Woord was bij God, en het Woord was God.»'

'Is dat uit de bijbel?' vroeg Quinten.

'Reken maar! Volgens Johannes viel de schepper dus samen met het scheppingswoord, en volgens de psalmist was dat tegelijk de schepping zelf: «Hij spreekt, en het is er.» God, woord, wereld – het is allemaal identiek. Iets politiekers dan de christelijke theologie bestaat niet.'

'Je kunt het ook omkeren en zeggen, dat de politiek dus een religieuze aangelegenheid is,' zei Max.

'Tegen wie zeg je dat? «De overheid is de met zwaardmacht beklede dienares van God»: dat is mij met de paplepel ingegoten. Alleen, van taalfilosofische kant hebben de christenhonden dat nooit bekeken. Het geldt trouwens niet alleen voor de politiek. Toen ik ooit op jouw verjaardag «ja» zei op het stadhuis, was dat ook eerder een daad dan een mededeling, of toen ik dat wonderlijke wezen daar «Quinten» noemde. Maar ik ben niet voor God in de wieg gelegd, zoals jij misschien. Er zit een luchtje aan dat verbale doen-zonder-iets-te-doen. Wat mij er niet aan bevalt, is een bepaalde – hoe zal ik zeggen... immorele dimensie.'

'Immorele dimensie...' herhaalde Max, 'dat klinkt niet best.' Hij moest zich dwingen niet naar Sophia te kijken, – plotseling had hij het gevoel, dat Onno eigenlijk over zijn verborgen verhouding met haar sprak, maar dat was natuurlijk onzin.

'Keizer Napoleon heeft Parijs verfraaid,' zei Onno plotseling en zweeg. Max knikte en wachtte af wat er verder komen zou. 'Koning Salomo heeft de eerste tempel in Jeruzalem gebouwd.'

'Zeker ook uit de bijbel,' zei Quinten.

'Alles is altijd uit de bijbel.'

'En wat is er met Napoleon en Salomo?' informeerde Max.

'Daar is mee, dat koning Salomo nooit van zijn leven één steen op een andere heeft gemetseld. Hij heeft hem dus niet gebouwd. Hij heeft zijn architect opdracht gegeven een tempel te bouwen, maar die heeft hem ook niet gebouwd. Hij is gebouwd door anonieme arbeiders. Op grond waarvan mag degene die er het minst aan gedaan heeft met de eer gaan strijken?'

'Omdat hij zonder hem niet gebouwd was.'

'En wel zonder die architect? En zonder die arbeiders? En toch is Salomo natuurlijk de eigenlijke bouwer van de tempel – op grond van zijn macht en een daad van drie woorden: «Bouw een tempel!». Of beter gezegd van twee: «*Tiwne migdásch!*». *Bouwen* betekent blijkbaar «bouwen» zeggen. Is het niet onwelvoeglijk dat het zo in elkaar zit?'

'Precies!' zei Max, die zich plotseling op een andere manier aangesproken voelde. 'En nu is een tempel laten bouwen nog een mooi ding, maar neem een bevel tot iets misdadigs.' Hij richtte zich tot Sophia. 'Vertelt u eens wat u gisteren hoorde – over die pet.'

Sophia keek op van het papieren patroon, dat zij op een lap stof speldde. Max en Onno zagen, dat zij zich even moest concentreren: dit soort gesprekken placht aan haar voorbij te gaan, vermoedelijk vond zij het allemaal jongensachtige onzin.

Gisteren had zij meneer Roskam, de huismeester, een kop koffie aangeboden en hij had haar verteld over zijn vader, die tuinman was geweest bij de vader van de huidige baron. Toen meneer Roskam zo oud was als Quinten, was hij eens met zijn vader naar de oranjerie gegaan, toen nog in gebruik als wintertuin. Op de drempel had de oude Gevers gestaan, ook met zijn zoon, toen ook een jaar of zes, en had een blik geworpen op de pet van meneer Roskams vader. 'Haal jij eens een schop, vrind.' Zijn vader had een schop gehaald. 'Graaf jij eens een gat.' Zijn vader had een gat gegraven. 'Gooi je pet er in. Dat smerige ding moet uit mijn ogen.' Zijn vader had zijn pet begraven en met zijn klompen de aarde aangestampt, terwijl de twee jongens toekeken. Na vijftig jaar zat meneer Roskam nog te beven toen hij het vertelde. Zijn vader had gedacht dat hij vervolgens wel een nieuwe pet zou krijgen, maar dat was niet het geval.

'Meneer Roskam?' vroeg Quinten, die met open mond had geluisterd.

'Juist ja,' zei Onno, 'als ik zoiets hoor, weet ik weer waarom ik links ben.'

'Het is precies zoals je zegt,' zei Max geagiteerd, 'het immorele is vooral, dat zulke machtswoorden *mogelijk* zijn. «Bouw een tempel!» «Begraaf je pet!» Neem Hitler. Die heeft Himmler ooit zijn allereigenlijkste bevel gegeven: «Vermoord alle joden!» - drie woorden, natuurlijk alleen mondeling. Maar zelf heeft hij nooit een jood vermoord, zo min als Himmler en zo min als Heydrich of Eichmann; dat werd uiteindelijk gedaan door het allerlaagste voetvolk. En in Auschwitz was het nog idioter: daar moest het Zyklon-B door joodse gevangenen in de gaskamers worden gegooid. Daar kreeg je dus het tafereel, dat de feitelijke moord niet werd gepleegd door de moordenaars maar door de slachtoffers. Wie het gedaan heeft heeft het niet gedaan, en wie het niet gedaan heeft heeft het gedaan.' Hij ving een blik op van Sophia en hield zich plotseling in. Om Quinten niet op te zadelen met dat verleden, sprak hij nooit over die dingen waar hij bij was, - en eigenlijk ook niet als hij er niet bij was.

'Dat bedoel ik nu,' zei Onno. '*Führerbefehl hat Gesetzeskraft*. Bij Hitler vind je alles altijd in reincultuur. Als woorden daden worden, vervluchtigen de daden en de hel van de paradox opent zich en verslindt alles. Er is iets totaal mis met de wereld, en tegelijk kan het niet anders zijn dan het is. Misschien is het de *midlife crisis*, maar op regenachtige namiddagen, tegen zonsondergang, staar ik op het departement soms uit het raam en dan verheug ik mij al op de dag dat ik uit de politiek zal zijn. Iedereen in Den Haag zwelgt nu juist in die immorele constellatie, maar ik zal blij zijn als ik weer gewoon zal praten als ik praat - zoals nu. En als ik iets wil doen, wil ik dat eenvoudig doen door het te doen - zoals alle nette mensen. Daarstraks in Leeuwarden heb ik een instelling geopend: met woorden, die dus een daad waren; en daarna moest ik iets doen, namelijk een doek van een beeld trekken: dat was dus een daad die geen daad was, maar een symbolische handeling. Dat is toch een mensonwaardig bestaan! En als de dag nog somberder is, denk ik wel eens aan de koningin in haar doodstille paleis: de majesteit moet dag in dag uit zulke ondadelijke daden verrichten, haar leven lang, terwijl zij nooit haar eigen woorden mag spreken; uitsluitend de onze. Alleen al uit hoffelijkheid jegens haar zou je de monarchie eigenlijk moeten afschaffen.' Hij stond op en ging voor het raam staan. 'De politiek,' zei hij na een tijdje, 'doet schade aan ieders ziel. In de politiek zit je potentiële doodsvijand altijd op de eerste rij van je auditorium. Daarom moet ik iedereen wantrouwen – allereerst mijn vrienden; en dat betekent weer, dat ik mijzelf onafgebroken moet verachten.'

Niemand zei meer iets. Geschrokken keek Max naar zijn handen, Quinten naar de machtige rug van zijn vader, terwijl de woorden die hij had gehoord door zijn hoofd tolden als een zwerm bijen. Na een tijdje draaide Onno zich om en zei tot Max:

'Je was natuurlijk van plan vanmiddag weer te lobbyen voor dat speelgoed van je, is het niet? Die volstrekt overbodige dertiende en veertiende telescoop. Ik begrijp dat ik je dat nu vrijwel onmogelijk heb gemaakt. Maar omdat ik ook weer politiek zou bedrijven door dat nu te gebruiken, zal ik het vanuit mijn oneindige goedheid niet doen.'

Opademend begreep Max, dat Onno's opmerking over te wantrouwen vrienden niet aan zijn adres was gericht.

'«Bouw twee spiegels!»,' zei hij op de toon, waarmee Onno Salomo had geciteerd. 'Hoe dat in het hebreeuws is, weet ik niet.'

'«*Tiwne shté mar'ot!*» Ik beschouw het als weggegooid gemeenschapsgeld, maatschappelijke relevantie nul, maar ik kan je meedelen dat ik er intussen een gaatje voor heb gevonden, ten koste van een paar instituten in het buitenland, die mij dat niet in dank zullen afnemen. Koning Onno – bouwer van twee spiegels in Westerbork!' zei hij op gedragen toon. 'Terwijl ik nog niet eens een bril kan slijpen, zoals Spinoza. Wat ben ik toch een in- en ingoed mens.' Hij keek om zich heen. 'Waar is Quinten gebleven?'

'Dat weet je nooit bij hem,' zei Sophia.

*

Quinten was naar buiten gegaan. Op het voorplein stond de auto met de twee antennes, - die het ene moment nog stilstond en het volgende al honderd kilometer kon rijden. De chauffeur rookte op de balustrade van de slotgracht een sigaret en knikte hem vriendelijk toe. Quinten vond de auto mooier dan die van oom Diederic, de commissaris van de koningin. Nadenkend liep hij over de brug en keek even naar de twee wielen langs het pad naar Piet Kellers deur. De koningin zat in haar doodstille paleis en mocht niets zeggen. Nu wist hij het heel zeker: de koningin was zijn moeder. Anders zou zijn vader toch zeker niet in de regering zitten en zo'n mooie auto met een chauffeur hebben; en zijn oom zat als haar commissaris in Drenthe, in dat plechtige huis in Assen, om op hem te letten. Maar ook zijn vader had het verborgen voor hem gehouden, want het was natuurlijk geheim. Op school hadden ze het misschien in de gaten, anders zouden ze niet zo lelijk tegen hem doen. Ze waren jaloers, omdat ze zelf allemaal heel gewone moeders hadden, met bloemetjesjurken en krulletjes in hun haar, en ze woonden op boerderijen, of in rare kleine huizen die aan elkaar vastgeplakt zaten. De kinderen bij hem in de klas kon hij verstaan, maar ze spraken toch anders dan hij, en ze hadden andere hoofden. Hun haar was soms bijna wit en hun ogen leken op die van vissen. De jongens hielden van voetballen, wat hem, als zoon van de koningin, tegen de borst stuitte. Zo'n mooie ronde bal - wie trapte daar nu tegen? Dan kon je net zo goed tegen mensen trappen. Als zoon van de koningin deed je dat soort dingen niet. Maar de joden moesten allemaal doodgemaakt worden van Hitler, in gaskamers, - nu had Max het daar ook weer over gehad. Misschien was hij zelf ook een jood, dat moest hij hem eens vragen; hij was opeens heel opgewonden geworden toen hij over die Hitler begon. Wat een schoft was dat: meneer Spier doodmaken... Terwijl hij «Hitler» dacht, zag hij een reusachtige, gespierde gestalte voor zich, een kannibaal met lang blond haar dat wapperde in de wind, en die 's nachts in een hunebed op de heide sliep.

'Pas je op waar je loopt, Kuku?'

Hij keek op. Selma Kern fietste hem voorbij in haar enorme jurk. Dat beeld, waar zijn vader vandaag die doek van af had getrokken, was misschien wel gemaakt door Kern. Je hoefde alleen maar de overtollige steen weg te halen, en dan een doek. Misschien trok meneer Kern die jurk ook wel eens op die manier van mevrouw Kern af, zodat zij plotseling naakt in de kamer stond. Hij begon te lachen. Wat een gezicht! En Max deed dat misschien bij oma – als zij 's nachts bij hem in bed kroop, omdat zij het koud had; maar daar wilde hij verder niet aan denken. Hij keek naar Kerns atelier: hij was er niet, het hangslot zat op de deur. De deur van meneer Roskams werkplaats stond open, in het donker zag hij hem rondscharrelen. Zijn vader had zijn pet moeten begraven. Stel je voor, zijn eigen vader zou op bevel van de baron zijn pet moeten begraven. Dat zou hij nooit doen! Hij had trouwens niet eens een pet. Zou meneer Roskam er nog wel eens over hebben gesproken met de baron? Vast niet. Die schaamde zich natuurlijk dood, of misschien was hij het vergeten.

Langs het huis van de domina liep hij naar de oranjerie, waar Etiënne net wilde wegrijden in zijn auto. Hij draaide het raam open en zei:

'Je kunt nu niet naar binnen, schoonheid, ik moet naar het dorp. Kom morgen maar weer.'

Toen hij de losse planken van de brug had horen bonken, nam hij de situatie nauwkeurig op. Meneer Roskam en zijn vader waren uit het tuinmanshuis gekomen, waar nu de domina woonde, en daar op de drempel van de oranjerie had de oude baron met zijn zoon gestaan. De Roskams hadden dus ongeveer op dezelfde plek gestaan als hijzelf nu. Maar hier was de grond hard, hier kon je geen gat graven. Hij draaide zich om en keek waar hijzelf een gat zou graven als hij nu een gat moest graven. Hij deed een paar passen van het verharde gedeelte naar het begin van de zachte bosgrond, die nu bedekt was met afgevallen bladeren. Hij pakte een steen en legde hem neer op de plek, waar de pet moest liggen. Vervolgens holde hij terug naar meneer Roskam.

Hij was al oud; met een tang probeerde hij een moer van een kraan te wrikken, waar hij eigenlijk de kracht niet meer voor had. Toen Quinten in zijn treurige ogen keek, wilde hij liefst meteen zeggen, dat hij zijn vaders pet teruggevonden had. Maar het leek hem leuker om hem te verrassen.

'Zo, Kuku, op oorlogspad?'

'Mag ik even een schop van u lenen?'

'Aan het schatgraven?'

'Ja,' zei Quinten.

'Daar staan ze. Neem die kleine maar. Wel terugbrengen, hoor, en niet te laat, het wordt alweer vroeg donker.'

Terug bij de oranjerie legde hij de kleine zwerfkei opzij, veegde met een voet de bladeren weg en stak de spade in de grond. Hoe diep zou de pet liggen? Vast niet dieper dan een centimeter of dertig. Om de vindkans te vergroten, besloot hij een geul te graven van een meter lang, dan zou hij hem vast wel tegenkomen. Voorzichtig, om de pet niet nog meer te beschadigen dan hij natuurlijk al was na vijftig jaar, begon hij de aarde weg te scheppen. Op een decimeter diepte stootte hij op een kei, die hij opzij gooide. Even later kwam er weer een kei te voorschijn. Hij begon bezorgd te worden. De pet lag dus toch meer naar achteren, of opzij, maar hij kon natuurlijk niet het hele terrein afgraven. Het was maar goed, dat hij nog niets tegen meneer Roskam had gezegd. Het begon al te schemeren. Toen lagen er opeens vier stenen pijlpunten op zijn schop – net zulke als die in de oranjerie, in Verdonkschots vitrines. Oudheden! Hij had een veel grotere vondst gedaan dan een pet! Dat zouden Etiënne en meneer Verdonkschot leuk vinden! Hij keek nog eens naar de twee keien, die hij opzij had gegooid. Geen twijfel mogelijk: vuistbijlen.

Opgewonden propte hij de vondsten in zijn zakken, gooide de geul dicht, stampte de grond aan en schoof de bladeren op hun plaats, zodat niet iemand anders op het idee zou komen hier naar praehistorische overblijfselen te zoeken. Ook was hij blij, dat Gijs in zijn hok was en hem niet bezig had kunnen zien. Hij besloot, niets tegen meneer Roskam te zeggen, want die zou misschien vragen waarom hij daar eigenlijk was gaan graven, en wat moest hij dan antwoorden?

Het licht in de werkplaats was aan, maar de moer was nog steeds niet los.

'En?' zei meneer Roskam zonder op te kijken, toen Quinten de schop terugzette. 'Gevonden?'

'Ja.'

'Mooi zo.'

Gelukkig vroeg hij niet verder. De chauffeur was in de auto gaan zitten, waaruit zachte muziek kwam; bijna onhoorbaar draaide de motor, hij had het zeker koud gekregen. Boven in de voorkamer brandde geen licht, maar toen hij binnenkwam zat iedereen op dezelfde plek in het schemerdonker.

'Jij hebt iets uitgespookt,' zei Sophia.

'Ik heb de pet van meneer Roskams vader gezocht.'

Er viel een stilte, die pas na geruime tijd werd verbroken door Max:

'De pet van meneer Roskams vader... die heb jij gezocht...'

'Ja.'

'En?' vroeg Onno.

'Ik heb een sleuf gegraven en moet je kijken wat ik gevonden heb.'

Hij leegde zijn zakken op de tafel en deed het licht aan. Alle drie stonden zij op en bogen zich over de artefacten.

'Fantastisch!' riep Max. 'Quinten! Ongelooflijk!' En tot Onno: 'Dit is toch wel van een onvoorstelbare ironie. God weet, waar die man allemaal heen gaat om te graven, en dan ligt het ook vlak voor zijn stoep.'

'Ja,' zei Onno in gedachten en hield een pijlpunt dicht onder de lamp.

'Zo is het leven,' zei Sophia.

'Misschien is het trouwens niet eens zo gek,' overwoog Max. 'Het feit dat hier sinds eeuwen een kasteel staat, kan er best op duiden dat deze plek al in het neolithicum bewoond was.'

'Lagen al die dingen dus op een rij?' vroeg Onno aan Quinten.

'Ja.'

Onno blies op de pijlpunt, bevochtigde hem met wat speeksel en bestudeerde hem nog eens nauwkeurig. Vervolgens keek hij Max aan en zei:

'Ik ben geen archaeoloog, maar uit mijn vorige leven heb ik wel ervaring met een bepaald soort archaeologen. Zal ik jullie eens vertellen wat ik denk? Die meneer daar in de oranjerie... wat is zijn naam?'

'Verdonkschot.'

'Die meneer Verdonkschot heeft deze dingen zelf gemaakt en in de aarde gestopt, waar hij ze gedurende een paar jaar praehistorisch laat worden en dan voor grof geld verkoopt. Daar steek ik mijn hand voor in het vuur. Die hele collectie van hem is natuurlijk vals.'

Verbouwereerd keek Max hem aan en liet zich toen achterover op de bank vallen.

'Natuurlijk!' riep hij. 'Natuurlijk!'

'Ja, jij lacht,' zei Onno, 'want jij lacht altijd, maar we hebben nu toch een probleem. Op een dag merken die oplichters natuurlijk dat er iets is verdwenen, en dus dat ze betrapt zijn.'

'Zal ik ze terugleggen?' vroeg Quinten.

'Kunnen ze zien, dat je daar gegraven hebt?'

'Ik heb de bladeren er weer overheen geschoven.'

'Heel goed. Het is nu oktober, en tegen de tijd dat de grond weer zichtbaar wordt is het februari of maart volgend jaar. Dan is er niets meer van jouw graverij te zien, alleen de spullen zijn weg; maar dat is hun zorg. Misschien graven ze hun handel trouwens pas over drie of vier jaar op, want naar mijn gevoel is de aanblik nog lang niet oud genoeg. Nee, er is vermoedelijk niets aan de hand. Gooi die rommel maar meteen in de vuilnisbak.'

'Wat een boeven!' zei Quinten verontwaardigd. 'Moeten we ze niet aangeven bij de politie?'

'Absoluut,' zei Onno. 'Wettelijk is dat zelfs onze plicht. Maar ik stel voor om het achterwege te laten, want dat is geen aangenaam werk. Het is natuurlijk een schande dat ik het zeg als bewindsman, maar de politie kan ons niet kwalijk nemen dat wij niet op het idee zijn gekomen, waarop wij natuurlijk onmiddellijk gekomen zijn.'

*

Kennelijk had de politie nog andere kanalen om de waarheid te achterhalen, want een jaar later verscheen opeens een blauwe overvalwagen bij de oranjerie, agenten in truien en zonder petten op hun hoofd gooiden de inhoud van de vitrines in plastic vuilniszakken, en onder zwijgend toezien van vrijwel alle bewoners werden Etiënne en meneer Verdonkschot gearresteerd. Quinten rilde toen hij hen zo hulpeloos in de auto zag stappen; hij keek op naar Sophia en fluisterde: 'Papa heeft altijd gelijk,' - waarop zij even een vinger op haar lippen legde. Stel je voor, dacht hij, dit was gebeurd omdat zijn vader ze had aangegeven. Achter het getraliede raam wuifde Etiënne nog even naar hem. De volgende dag stond het zelfs in de landelijke pers. Daarmee was de positie van de twee vrienden onhoudbaar geworden op Groot Rechteren en de baron zegde hun op staande voet de huur op. Piet Kellers vrouw zorgde nog een week voor de bok, maar na de verhuizing was ook hij verdwenen en de oranjerie bleef onbewoond.

Dat dier miste hij het meest. Nog na weken ging hij soms even op de grote kei zitten en dan zag hij Gijs weer schots en scheef op zich af springen, - maar hij was er niet, de lucht was leeg, en die leegte en die absentie waren zo peilloos en totaal dat hij het bijna niet kon verdragen. Het leek of de hele wereld er door was aangetast, het bos, het kasteel, alles was vervuld van Gijs' onmogelijke afwezigheid op die plek, zodat alles wat er was er op een of andere manier ook niet was, eigenlijk niet kon zijn, of zou zijn. Met wie moest hij nu praten? Toen hij op een keer in snikken was uitgebarsten op de kei, besloot hij er niet meer heen te gaan.

Zo'n zelfde gevoel kreeg hij toen er aan het eind van de zomer een wespenplaag was. In alle ramen stonden horren, maar het was alsof zij door de meterdikke muren drongen, in elke kamer zoemden zij bij tientallen tegen de plafonds met hun zwartgele lijven: die gemene kleurcombinatie, waarmee zij te kennen gaven dat er van hun kant geen enkel erbarmen te verwachten viel. Eigenlijk nogal dom van ze, vond Quinten; als je een schoft was, liep je daar toch zeker niet mee te koop, dan moest je je juist in het zachtblauw of roze hullen. Maar het was natuurlijk om vraatzuchtige vogels af te schrikken. Niemand begreep waar zij opeens vandaan kwamen; bovendien leek het of er binnen meer wespen waren dan buiten, zodat de horren misschien averechts werkten. En toen hij op een middag over de achterste zolder zwierf, bleef hij plotseling staan en hield luisterend zijn hoofd scheef. Hij besefte dat de hele tijd al een vrijwel onhoorbaar trillen in de lucht hing, bijkans eerder een gevoel dan een geluid. Ook hier zoemden wespen tegen de balken, maar het geluid kwam ergens anders vandaan: uit de richting van Gevers' opslagruimtes. Bij een gesloten deur bleef hij staan. Hij wist dat zij toegang gaf tot een kleine kamer, eigenlijk meer een hok, waar ooit misschien de wasvrouw had geslapen en waar nu alleen wat verroeste beddespiralen stonden. Voorzichtig duwde hij de klink omlaag en deed langzaam de deur open. Hij verstarde. Het was of hij iets heiligs zag, dat hij eigenlijk niet mocht zien.

Als een reusachtige druppel uit een andere wereld hing het wespennest aan de zoldering, – iets uit het midden, maar precies volgens de Gulden Snede, die meneer Themaat hem had geleerd. Het leek of het was gemaakt van bestoft goud. Honderden wespen liepen er overheen, gulpten in en uit de opening en vlogen heen en weer door de ruimte, maar vrijwel zonder gezoem, als om de koningin niet te storen, die daar in het donkere binnenste haar eieren legde. Opeens hadden zij niets gevaarlijks meer, juist iets bescheidens en liefelijks. Het raam was dicht. Terwijl hij zacht de deur sloot, was het of de aanblik van het geheim zich diep in hem nestelde, alsof hij het had opgegeten.

Op de voorzolder kwam hij Arend tegen, – die nu in de zesde klas zat en van enig 'Arendje' niet meer horen wilde. Toen Quinten hem verteld had wat hij had ontdekt, ging hij er ongelovig heen, opende de deur op een kier, riep 'Gedverdemme!', trok snel de deur dicht en ging zijn vader halen. 'Goed zo, Kuku,' zei Proctor en nam onmiddellijk maatregelen. Tot Quintens ontzetting verscheen een half uur later de knecht van een naburige boerderij in het trappenhuis, op zijn rug een spuittank met pesticide. Boven vroeg hij om een bezem, deed de deur open en sloeg onmiddellijk het nest van het plafond, deed snel een paar stappen terug en sproeide gedurende tien, vijftien seconden een dikke mist gifgas naar binnen, waarbij hij vooral op het neergestorte nest richtte, maakte nog een zwaaiende beweging door de hele ruimte en knikte lachend naar Proctor, dat de deur dicht kon. Daarop had iedereen verbaasd naar Quinten gekeken, die plotseling bleek was geworden en moest overgeven.

Omdat de boer had gezegd, dat iedereen nu gedurende een week maar het beste weg kon blijven uit de kamer, was Quinten de enige die toen nog aan het nest dacht. Omdat hij zo fataal zijn mond voorbij had gepraat, vond hij dat hij iets goed te maken had. De wespen waren intussen verdwenen uit het kasteel, en uit de volgepropte onderste la van het keukenkastje haalde hij een plastic zak van de kruidenier. Toen hij boven kwam had de muffe kamer haar betovering verloren. Rondom het gehavende nest was de vloer overdekt met dode, uitgedroogde wespen. De hele staat was uitgemoord, – van Piet Keller had hij gehoord, dat zo'n wespenpopulatie een 'staat' heette. Het nest was nu vaal als viltig oud pakpapier; zo voelde het ook aan. Met twee handen nam hij het op, het was heel licht, het bezat bijkans het omgekeerde van een gewicht, als een met gas gevulde ballon, zodat hij het eerder moest tegenhouden om te voorkomen dat het zou opstijgen, – en voorzichtig deed hij het in de zak. Buiten leende hij bij meneer Roskam een schop, begroef het onder de bruine eik en markeerde het massagraf met een kei, die hij vanuit het kasteel kon zien.

41
Afwezigheden

Quinten was zeven jaar toen Max plotseling twee keer binnen veertien dagen een kaars aanstak. Eerst kreeg Quinten te horen, dat zijn overgrootmoeder was gestorven, de oude mevrouw Haken; en vervolgens dat zijn grootvader, Hendrikus Jacobus Andreas Quist, minister van Staat, Grootkruis van de Huisorde van Oranje, Grootkruis van de Orde van de Nederlandse Leeuw, Grootkruis van de Orde van Oranje-Nassau, enz. enz., op de leeftijd van vierentachtig jaren vredig was ontslapen in den Heere. In de driekoloms overlijdensadvertentie, gevolgd door tien andere waarin hij ook werd betreurd, stond tussen de lange rij namen van familieleden ook die van Quinten Quist, Westerbork. Max liet het hem zien, terwijl hij er op hetzelfde moment spijt van kreeg: het kon leiden tot een moeilijke vraag, maar die kwam niet; het was hem kennelijk niet opgevallen. Toen hij naar bed was sprak Max met Sophia over het feit, dat Ada Quist-Brons, Emmen, niet in de advertentie was vermeld. Zij vond dat terecht, want haar dochter bestond niet meer. Onno had haar er over gebeld, dat was zij vergeten te vertellen; zij was het met hem eens geweest.

De crematie van Sophia's moeder woonde Quinten niet bij. Ook Max vond, dat hij niet moest worden belast met droefenis om iemand van drie generaties terug, die hij nauwelijks had gekend;

maar wegblijven bij de begrafenis van Onno's vader was uitgesloten. Een paar keer was hij bij zijn grootouders in Den Haag geweest, en ook de rest van zijn familie zag hij incidenteel op verjaardagen en feestjes; een enkele keer kwam wel eens een neefje of nichtje logeren op Groot Rechteren, maar veel affiniteit had hij niet met hen. Ook de familie, van haar kant, leek hem eerder te beschouwen als een soort buitenlid: was Onno al een vreemde eend in de bijt van de Quisten, – ofschoon de laatste jaren wat minder, – Quinten, opgevoed door zijn grootmoeder en een wildvreemde, was voor hen iemand uit een andere wereld. Bovendien was zijn schoonheid 'onquistiaans', zoals zijn tante Antonia het uitdrukte: een Quist was niet mooi. Schoonheid was eigenlijk ongepast voor nette mensen.

Om gevoeligheden te ontzien kwam Helga niet naar de begrafenis, en ook Max' instinct zei hem, dat hij daar niet thuishoorde. Hij bracht Quinten en Sophia naar Den Haag, naar het departement, waar zij werden opgevangen door mevrouw Siliakus, die Onno als zijn secretaresse had gehouden; zelf reed Max door naar Leiden, naar de sterrenwacht.

Onno zat achter zijn bureau, boven zijn hoofd een portret van de koningin, en sprak met een ambtenaar.

'Alleen op de wereld!' riep hij met gespeelde wanhoop toen zij binnenkwamen, – maar het was minder de wanhoop die hij speelde, dan het gespeelde van die wanhoop.

Nadat hij een paar keer zijn handtekening had gezet, – die er uitzag als de zweep van een dompteur op het moment van de knal, – nog een telefoongesprek had gevoerd en hier en daar op de stille gangen zijn hoofd om de hoek van een deur had gestoken, reden zij in zijn auto naar de Statenlaan. Achter gesloten gordijnen waren daar tientallen familieleden en intieme vrienden gedempt pratend verzameld, lieten zich koffie inschenken door Coba en namen van een grote schaal een kletskop.

Aan alles was te merken, dat Onno nu de hoogste gezagdrager was in de clan, – vergeleken met de overledene natuurlijk een nulliteit, een armzalige staatssecretaris, maar de overledene was dood. Men week uiteen, de commissaris van de koningin drukte hem de hand, de procureur-generaal keek hem diep in de ogen, hij kuste Dol en sloeg een arm om de schouders van zijn moeder, die in een rolstoel zat en begon te huilen toen zij hem zag. Daarop ging hij met Quinten aan zijn hand naar de voorkamer, waar kaarsen brandden en de verstikkende geur van stapels bloemen hing. De oude Quist, na een leven voor koningin en vaderland, lag opgebaard naast de standaard met de kolossale, opengeslagen Statenbijbel.

Quinten schrok. Hij lag werkelijk in een *kist*, ze hadden opa in een *kist* gestopt! Zijn hoofd op het satijnen kussen was onherkenbaar veranderd. Hij herinnerde zich het gevulde, zware, machtige gezicht, dat toch ook iets goedaardigs had, – nu lag daar opeens het marmeren beeld van een roofvogel, een fanatieke havik, zoals hij die een paar keer als de fladderende verdoemenis op een veldmuis had zien neerdalen. Op het vel van zijn voorhoofd en slapen zaten rare vlekken; tussen zijn lippen glinsterde iets, alsof ze met lijm aan elkaar waren geplakt.

'Is dat echt opa?' fluisterde hij.

'Nee dus,' zei Onno. 'Opa bestaat niet meer.'

Aan de andere kant van de kist zond zijn zuster Trees hem een verwijtende blik toe.

'Opa heeft het tijdelijke met het eeuwige verwisseld,' zei zij tegen Quinten.

Met grote ogen keek hij naar de roerloze inhoud van de kist, zonder te begrijpen wat hij zag. Daar lag iets onmogelijks. Alles wat hij tot nu toe had gezien in zijn leven was mogelijk geweest, want het was er; maar daar lag nu iets dat onmogelijk gezien kon worden en dat hij toch zag. Het was opa en het was niet opa!

Trees begon plotseling zacht uit de opengeslagen bijbel voor te lezen:

'«En Hij zeide tot hem: Voorwaar, voorwaar zeg Ik ulieden: Van nu aan zult gij den hemel zien geopend, en de engelen Gods opklimmende en nederdalende op den Zoon des menschen.»'

Verbaasd keek Quinten haar aan, en zag op hetzelfde ogenblik de dunne, kronkelende rij mieren opklimmen en neerdalen tegen de deurtjes van het aanrecht als daar suiker was gemorst. Onno moest zich bedwingen om haar niet toe te snauwen, dat zijzelf toch beslist de maatschappelijke ladder verkoos boven die van Jakob; dat onuitstaanbare voorlezen was natuurlijk alleen in schijn voor Quinten bestemd.

Even later verschenen zes mannen in het zwart, met een *deksel*. Quinten zag hoe oma To, ondersteund door oom Diederic, een laatste kus gaf op opa's voorhoofd, waarna het deksel over de kist werd getild. Hij zag de schaduw over opa's gezicht vallen en boog iets door zijn knieën om de allerlaatste glimp er van op te vangen; op het moment, dat het in de duisternis verdween en het hout op het hout stootte, hoorde hij hoe uit Onno's borst een diepe snik ontsnapte, als een dier dat gevangen had gezeten en nu eindelijk werd bevrijd. Hij keek naar hem op en pakte zijn hand, – en toen Onno die kleine hand in de zijne voelde, was het hem of hij de zoon was van zijn zoon.

Quinten huiverde even toen hij buiten plotseling de lange rij grote, zwarte limousines zag staan. Aan de overkant keken buurtbewoners met gekruiste armen naar wie er uit de villa kwam; ook was er politie verschenen. Twee motoragenten aan het hoofd van de stoet, één laars op straat, keken met draaiende motoren koel voor zich uit als de eigenaars van de dood. De kist werd in de eerste auto geschoven, de bloemen en kransen in de twee volgende. Op aanwijzing van een heen en weer springende, kalende man met papieren in zijn handen kreeg Quinten zijn plaats in de derde volgauto, op een klapstoel tegenover Sophia, Diederics zoon Hans, nu gezant in Liberia, en Hadewych; Onno was naast de chauffeur gaan zitten. In het tempo van de andere wereld reden zij naar Wassenaar, saluerende agenten op alle kruispunten. Bij een kerk in het centrum van het dorp, waar belangstellenden met dranghekken op afstand werden gehouden, stonden al veel grote auto's geparkeerd; maar behalve een televisieploeg, fotografen, chauffeurs en veel politie waren er eigenlijk weinig mensen te zien. Uit de openstaande deuren kwam orgelmuziek, die even later ophield.

Toen Quinten binnenkwam, werd hij overweldigd door de volte en tegelijk de stilte. Iedereen in de afgeladen kerk was opgestaan. De twee voorste rijen waren leeg; toen hij naar de stoel ging die de man met de papieren hem aanwees, in het midden van de tweede rij, zag hij in het midden van de derde de grijze koningin staan. Niet alleen zij had haar ogen op hem gericht, het leek of iedereen naar hem keek; maar daar was hij langzamerhand aan gewend, dat de hele wereld hem mooi vond.

Met vlak achter zich de koningin en vlak voor zich oma To in haar rolstoel, hoorde hij de dominee en de psalmen en gezangen, maar hij luisterde niet. Al een tijd had hij er niet meer aan gedacht, maar de koningin was natuurlijk niet zijn moeder, want niet alleen sliep zij niet, zij was ook veel te oud; bovendien had zij geen enkel teken van herkenning gegeven. Aan zijn ene kant zat oma Sophia, aan zijn andere Rudy uit Rotterdam, even oud als hijzelf. Met een vinger hield hij een elastiekje op zijn dij gedrukt, dat hij met zijn andere hand steeds uitrekte en losliet, – tot Paula, zijn moeder, het opeens afpakte.

Toen het eindelijk was afgelopen en hij tussen Onno en Sophia achter de kist aan liep, over een smal pad tussen de graven, vroeg hij plotseling:

'Papa?'

'Ja?'

'Waarom stond mama niet in die grote advertentie in de krant?'

Onno keek hem aan en wist niet zo snel wat hij moest antwoorden. Hij had er lang over nagedacht en er ook met Helga en Dol over gesproken. Allebei vonden zij dat Ada vermeld moest worden, ook al was zij onbereikbaar; maar volgens hem was zij niet 'onbereikbaar', want dat hield de mogelijkheid van bereikbaarheid in, en die was er nu juist niet meer. Kon je van een plant zeggen, dat zij 'onbereikbaar' was? Zijn zuster had dat 'woordenspel' genoemd, waarop hij had gezegd, dat hij blijkbaar een andere opvatting had van zowel woorden als van spel. Alleen zijn schoonmoeder was het met hem eens geweest; aan Quinten had niemand gedacht. In verwarring keek Onno even naar Sophia. Het was de tweede keer in zijn leven, dat Quinten iets over Ada had gezegd.

'We mogen mama helemaal niet storen.' Hij hoorde het uit zijn mond komen, meteen beseffend, dat dat in tegenspraak was met zijn werkelijke motief.

'Wordt ze anders wakker?'

Hulp zoekend keek Onno naar Sophia.

'Nee, schat,' zei zij. 'Dat kan nooit meer.'

Quinten knikte zonder iets te zeggen.

Het oude dorpskerkhof was veel te klein voor iedereen. Toen zij al in een halve cirkel rondom het graf stonden, de koningin nu hand in hand met oma To, slingerde de stilstaande rij nog over de paden tot in de kerk. Veel mensen droegen boeketten – nog meer bloemen: waarom juist bloemen? Zouden stenen niet eigenlijk veel beter zijn? Terwijl de minister-president de onschatbare verdiensten schetste, die de overledene het koninkrijk had bewezen, keek Quinten met zijn hand in die van Onno naar de kist. Zij was geflankeerd door de zes mannen in het zwart; er achter, tegen de kerkhofmuur, stonden vier stokoude heren op een rij, allemaal met een kleurig lintje in hun knoopsgat. Tussen de dennetakken door zag hij de duisternis van het gat, waarin opa straks voorgoed zou verdwijnen.

'Papa?' fluisterde hij, toen de minister-president was uitgesproken. Hij keek omhoog: pas toen zag hij, dat Onno's wangen overdekt waren met tranen. Hij durfde eigenlijk niets meer te vragen, maar met schorre stem zei Onno:

'Ja?'

'Toch wil ik mama zo graag eens zien.'

Onno sloot zijn ogen en knikte zwijgend.

*

Op zijn vierde had hij voor het eerst iets over zijn moeder gezegd, nu was hij bijna twee keer zo oud. Hij wist zelfs niets van het ongeluk af; ook leek het of hij was vergeten dat Ada's foto op de schoorsteenmantel stond, niemand had hem er ooit nog naar zien kijken. Iedereen was het er over eens, dat hij alleen in gezelschap van zijn vader naar zijn moeder moest gaan. Een week later liet Onno mevrouw Siliakus een afspraak met de Philipslaboratoria afzeggen; vervolgens belde zij het verpleegtehuis en verzocht namens de staatssecretaris, de volgende middag tijdelijk het infuus uit Ada's neus te verwijderen. Hoewel hij nog steeds weinig tijd had, haalde hij Quinten op van het kasteel, waarna zij met een snelheid van honderdvijftig kilometer per uur over de provinciale weg naar Emmen reden. Er stond nog een bespreking met de directie van de Gasunie in Groningen op zijn programma; 's avonds moest hij in Den Haag naar een staatsbanket ter ere van een afrikaanse president, wiens naam hem was ontschoten, – zonder Helga, want concubines waren niet welkom aan het Hof.

Naast elkaar zaten zij op de achterbank, maar over Ada werd nog steeds niet gesproken. Toen Onno vroeg wat hij allemaal uitspookte, vertelde Quinten dat hij laatst in het atelier van Theo Kern was geweest. De beeldhouwer was bezig aan een of andere gedenkplaat; de letters, die daar op moesten komen, hakte hij niet van links naar rechts, zoals je zou denken, maar van rechts naar links; hij zei dat dat handiger was: hij hield de beitel in zijn linkerhand en de hamer in zijn rechter, dus dan kon je makkelijker van rechts naar links werken. Quinten deed het voor en vroeg:

'Zou dat er iets mee te maken kunnen hebben, dat de mensen vroeger van rechts naar links schreven? Omdat de meeste mensen rechts zijn?'

Onno vergrootte even zijn ogen en zuchtte diep.

'Ja, Quinten,' zei hij. 'Ja, dat heeft er misschien wel alles mee te maken. Ook politiek trouwens.'

'Dat dacht ik al.'

'Van wie weet jij, dat de mensen vroeger van rechts naar links schreven?'

'Van meneer Spier.'

Onno kreeg plotseling het gevoel, dat hij op een dag misschien nog iets kon leren van zijn zoon. Vervolgens viel hij stil bij het besef, dat hij nauwelijks iets bijdroeg aan zijn opvoeding, – minder zelfs dan zo'n meneer Spier en de andere bewoners van het kasteel. Hij kon zich natuurlijk weer voornemen, meer tijd aan hem te besteden, maar daar zou dan wederom niets van terechtkomen.

Toen zij Emmen naderden, keek de chauffeur in zijn spiegeltje en zei:

'De politie zit achter ons aan.'

Onno draaide zich om. Het was een kleine surveillancewagen met groot licht.

'Harder,' zei hij.

'Maar meneer...'

'Harder! Dit is een dienstbevel.'

De chauffeur trok op tot honderdzeventig, achter hen begon een sirene te loeien en bij de ingang van 'Vreugdenhof' ging de politieauto dwars voor hen staan, alsof hij hen had ingehaald. Geagiteerd sprongen twee agenten er uit en zagen even later met wie zij te doen hadden.

'Was *u* dat, meneer Quist,' zei de ene verbouwereerd.

'Ik vertrouwde het niet,' zei Onno. 'Ik dacht dat het misschien een overval was, hier, met al die molukkers en die treinkapingen...'

'O, zit dat zo,' zei de agent, maar met iets van achterdocht in zijn blik. 'Natuurlijk, neemt u ons niet kwalijk, dat verandert de zaak.'

'Geeft niet, heren,' zei Onno grootmoedig. 'U vond het toch wel leuk om zo hard te rijden?'

'Aan de ene kant wel, ja. Maar ongevaarlijk was het niet.'

Toen zij naar binnen gingen, zei Onno tegen Quinten:

'Dat had heel vervelend kunnen uitpakken voor mij.'

Quinten trilde een beetje van de spanning: dat hij opeens zo snel naar zijn moeder gebracht zou worden, had hij niet verwacht. Na de racepartij leken de rolstoelen in de bakstenen hal nog langzamer te rijden dan zij toch al deden. De directrice stond op hen te wachten, maar Onno gaf te kennen dat hij liever alleen gelaten werd; hij wist de weg. De grote lift bracht hen naar boven, en met zijn hand op de klink zei hij:

'Je hoeft niet te schrikken.'

Quinten zag zijn moeder. Daar was zij: precies daar, op die plek in de wereld, en niet ergens anders. Haar zwarte haar was kortgeknipt. Hij stapte over de drempel en keek naar de roerloos slapende, – alleen het laken ging langzaam op en neer. Bij haar oren werd zij een beetje grijs.

Na een poosje vroeg hij:

'Kan mama echt nooit meer wakker worden?'

'Nee, Quinten, mama sliep al toen jij geboren werd. Ze kan niets meer horen en niets meer zien en niets meer voelen – helemaal niets meer.'

'Hoe kan dat nou? Ze is toch niet dood, zoals opa. Ze ademt toch.'

'Ze ademt, ja.'

'Droomt ze?'

'Dat weet niemand. De doktoren denken van niet.'

'Hoe weten ze dat?'

'Ze zeggen dat ze dat kunnen meten, met bepaalde toestellen. Volgens hen mag je eigenlijk niet eens zeggen, dat mama slaapt.'

'Wat dan?'

Onno aarzelde, maar zei toen toch:

'Dat ze niet meer bestaat.'

'Terwijl ze niet dood is?'

'Terwijl ze niet dood is. Dat wil zeggen,' zei Onno en vertrok zijn gezicht, 'mama is dood terwijl ze niet dood is... ik bedoel, wat er niet dood is is niet mama. Het is niet *mama*, die ademt.'

'Wie dan?'

Onno maakte een hulpeloos gebaar.

'Niemand.'

'Dat kan toch zeker niet.'

'Dat kan absoluut niet, maar zo is het dus.'

Quinten keek weer naar het gezicht op het kussen. De ogen waren dicht, de zwarte, halfronde wimpers leken op bepaalde schilderskwasten, die bij Theo Kern in een keulse pot stonden, en die op hun beurt weer leken op egyptische palmzuilen, die hij in een boek van meneer Themaat had gezien; de neus was klein en recht, aan de zijkant een beetje rood en ontstoken, de mond gesloten, de lippen waren droog. Kon iets dus toch nog onbegrijpelijker zijn dan zijn dode opa, vorige week in de kist? In het bed lag een ademende, levende vrouw – en zij zouden toch naar zijn moeder gaan? Waarom waren zij anders hierheen gereden? Was het nu zijn moeder of niet? En als het dus zijn moeder was en tegelijk niet zijn moeder, wie was hij zelf dan? En wie was zijn vader dan? Zijn gedachten tolden in het rond, – en opeens was het, als bij een dynamo, of in zijn hoofd een zachte glans opgloeide, zoals wanneer hij 's nachts in bed nog steeds de weerschijn van het paasvuur zag achter de bomen: de huizenhoge brandstapel van dorre takken, door iedereen uit de omtrek verzameld, die de baron elk jaar ontstak op een weide bij Klein Rechteren en waar honderden mensen naar kwamen kijken.

'Mama zit op slot,' zei hij, terwijl hij even aan Piet Keller dacht.

Onno gaf hem een stoel en ging zelf ook zitten. Bitter besefte hij opeens, dat zijn gezin nu voor het eerst was verenigd: vader, moeder en zoon, en verder niemand.

Over het bed heen keek Quinten hem aan.

'Hoe is het gebeurd, papa?'

Onno knikte en vertelde hem in grote trekken de hele geschiedenis. Bijna de hele, – dat Ada eerst Max' vriendin was geweest, liet hij weg. Hij vertelde over de vriendschap tussen hem en Max, hoe zij dag en nacht met elkaar waren opgetrokken, opdat Quinten zou begrijpen waarom juist Max zijn pleegvader was geworden. Hij vertelde over Ada's muzikaliteit, over haar werk in een van de beste orkesten ter wereld. Toen hij aan hun bezoek aan Dwingeloo toekwam, en aan het ongeluk in de stormnacht, keerde de herinnering opeens in volle hevigheid terug, zodat hij zich tot beheersing moest dwingen.

'Daarna heb jij nog drie maanden in mama's buik gezeten. Dat was heel bijzonder, het stond later zelfs in de krant.'

Quinten keek naar de witte omtrek van Ada's lichaam onder het laken.

'Zat ik toen nog in *die* buik?'

'Ja.'

Nadenkend, zijn handen op zijn knieën, wiegde hij met zijn bovenlichaam naar voren en naar achteren.

'Maar als ik daar toen nog in zat, dan zat ik dus eigenlijk niet meer in *mama's* buik?'

Onno maakte een hulpeloos gebaar en wist niet wat hij moest zeggen. De paradox maakte alles waar, zodat niets meer waar was.

'Probeer het niet te begrijpen, Quinten. Het is niet te begrijpen.'

Terwijl alles zo gewoon leek in de kamer, voelde Quinten zich omgeven door raadsels, waarvan hij ook zelf deel uitmaakte. Het was hem of in dat lichaam, daar binnenin, een onmetelijke ruimte schuilging.

'Mag ik haar aanraken?'

'Natuurlijk.'

Hij legde allebei zijn handen op de hare en voelde – voor het eerst sinds zijn geboorte – haar warmte. Zou zij het nu echt niet merken? Hij keek naar haar gezicht, maar het bleef zo bewegingloos als dat van een beeld in Kerns atelier.

'Ik wil haar ogen zo graag zien, papa.'

Haar ogen! Verwilderd kwam Onno overeind. Ook hij had sinds acht jaar haar ogen niet meer gezien! Moest hij een zuster halen of kon hij zelf een ooglid optrekken? Met een gevoel dat het niet deugde wat hij deed, boog hij zich over het bed, legde de top van zijn middelvinger op een ooglid en schoof het voorzichtig omhoog. Samen keken zij naar het diepbruine, bijkans zwarte oog dat niets zag – zo min als het oog, dat zich aan de hemel lijkt te vormen bij een totale zonsverduistering.

*

Die avond kon Quinten al tijdens het eten zijn ogen bijna niet meer openhouden, – meteen daarna ging hij naar bed en kwam terecht in de droom, die hem niet meer zou verlaten...

Alles blijkt opeens volgebouwd: het heelal is veranderd in één architectonisch complex, zonder begin of einde. Nergens een levend wezen te zien, – totaal alleen, maar zonder een gevoel van eenzaamheid, dwaalt hij rond door een grenzeloze vlucht zalen, zuilengangen, trappen, galerijen, nissen, pilaren, loopbruggen, portalen, gewelven, die zich naar alle kanten uitstrekken, langs pompeuze, met beelden en ornamenten overladen gevels die zich ontpoppen als binnenmuren, door kelders die steeds ook zolders zijn, over daken die tegelijk onderbouwingen blijken. Omdat het binnen geen buiten heeft, kan nergens vandaan daglicht binnendringen, maar ofschoon er ook geen lampen branden is het toch niet donker. En hoewel hij niemand ontmoet en het even min duidelijk is waar hij vandaan komt of waar hij heen gaat, vervult die zwerftocht door het schemerende wereldgebouw hem met gelukzaligheid: al dat gemetselde, gevoegde, op elkaar gestapelde, voortwoekerende omvat en koestert hem als een bad, gevuld met warme honing. Overal heerst een totale stilte; alleen nu en dan is er even een suizend geluid, dat hem aan de wiekslagen van een grote vogel herinnert. Opeens staat hij voor een gesloten, dubbele deur van oeroud hout, ruitvormig beslagen met ijzeren staven en vergrendeld met een zwaar, verroest schuifhangslot, zo groot als een brood. De dreigende aanblik van dat werktuig overweldigt hem met ontzetting. Het lijkt of de deur hem aankijkt, en op hetzelfde moment hoort hij een hese stem, die zegt: – *Het midden van de wereld.* De woorden klinken bedaard, zoals wanneer iemand zegt: 'Mooie dag vandaag' – maar tegelijk overspoelen zij hem met zo'n zwavelzuren doodsangst, dat er nog maar één middel is om zijn leven te redden: ontwaken...

Bevend, nat van het zweet sloeg hij zijn ogen op, maar de verschrikking week niet, hij ging rechtop zitten en wist niet waar hij was, de volkomen duisternis omhulde hem alsof het heelal nu plotseling niets anders meer bevatte dan hem. Hij stak zijn hand uit en voelde toen toch een muur, hij kwam uit bed, hijgend om zich heen tastend vond hij een deur, maar er achter was het even donker en stil; radeloos deed hij een paar stappen, streek met zijn handpalmen over een muur, botste ergens tegen, betastte het zonder het te herkennen, verliet het en draaide om zijn as. Waar was hij? Weer deed hij een paar passen, stootte zijn tenen tegen een drempel en bleef met wijd opengesperde ogen staan. Opeens, zonder het te willen, gaf hij een harde schreeuw.

Meteen daarop hoorde hij in de verte Sophia's stem:

'Quinten! Wat is er? Heb je een nachtmerrie gehad? Wacht, ik kom...'

*

Toen zij de slaapkamerdeur achter zich had gesloten, verscheen er een streep licht onder de drempel. Max vouwde zijn handen onder zijn hoofd en staarde omhoog in het donker. Dit was het einde. Het kon niet uitblijven dat er op een nacht zoiets zou gebeuren: hier was het nu. Zij zou niet meer in zijn bed verschijnen. Op zichzelf was daar geen reden voor, want waarom zou een grootmoeder geen verhouding mogen hebben met de vriend van haar schoonzoon? Maar Quinten mocht het niet weten, want dan zou hij het misschien ter sprake brengen, overdag, tegen hen beiden, en dat was natuurlijk ontoelaatbaar.

Hij luisterde naar de stemmen in Sophia's slaapkamer, Quinten lag nu natuurlijk bij haar in bed, en een grote gelatenheid maakte zich van hem meester. Eigenlijk had hij het al veel eerder verwacht. Hij was nu bijna tweeënveertig, zij tweeënvijftig: zeven jaar had het geduurd, een lange tijd. Hun verhouding had het karakter van een mysterie gehad, een heel nieuwe mogelijkheid naast het klassieke gezin van vader, moeder en kind, zonder dat het gezin was opgegeven. Als enige in de wereld was hij overdag hoofd van een ruzieloos gezin geweest, bestaande uit het kind van zijn vriend en diens schoonmoeder, met wie geen enkele seksuele band hem verbond; maar 's nachts was hij haar minnaar. Afhankelijk van de stand van de zon, was iedereen iemand anders - behalve het kind: dat bleef eenvoudig het kind van zijn vriend, - al had hij zelfs dat lang betwijfeld. 'Voor jou is alles altijd iets anders,' had Onno eens tegen hem gezegd. Niets in zijn leven was wat het leek. Zelfs dat hij 'sterrenkundige' was, betekende eigenlijk iets anders voor hem sinds hij in Westerbork werkte.

Hoe moest het nu verder? De basis onder zijn verhouding met Sophia was weggeslagen, maar de taak die hij op zich had genomen bleef natuurlijk onveranderd: het was uitgesloten, dat hij zou vertrekken zo lang Quinten in huis was - en dat kon nog tien jaar duren. Dan zou hij tweeënvijftig zijn.

42
De Burcht

Ook voor Onno kwam weer het ogenblik, dat alles opeens anders werd. In maart 1977 viel het kabinet en er werden nieuwe verkiezingen gehouden, waarbij zijn partij de grote winnaar was: dat betekende vermoedelijk, dat er een ministerschap voor hem in het verschiet lag. Maar aan het eind van de langdurigste politieke barensweeën die Nederland ooit had gekend, negen maanden, verkozen de christendemocraten op de valreep toch de conservatieven boven de socialisten, en van de ene dag op de andere was hij werkloos. Na op het departement zijn bevoegdheden te hebben overgedragen aan zijn opvolger en een lintje in ontvangst genomen te hebben, kreeg hij het aanbod nog eenmaal met de dienstauto naar huis gebracht te worden, maar daar bedankte hij voor. 'Fatsoenlijke mensen reizen per trein,' zei hij met beledigende waardigheid, – maar toen hij in de koude wintermiddag op straat stond, bleek dat toch niet zo eenvoudig, want sinds hij in functie was placht hij geen geld meer bij zich te hebben. De portier was bereid hem vijfentwintig gulden te lenen, en in de tram op weg naar het station betrapte hij zich er op, dat hij zat te fluiten. Hij was vrij! Weg uit Den Haag! Adieu, vijvers, lanen, kanselarijen, cocktailparty's, blauwgestreepte overhemden, uitgestreken gezichten!

Toen hij in Amsterdam uit het station kwam, was het al donker.

Fluitend liep hij de verlichte, rommelige stad in en voor het eerst sinds jaren zag hij het dagelijks leven weer zonder bijgedachten en beleidsvoornemens, zoals wanneer na het feest het raam wordt opengegooid en de frisse nachtlucht binnenstroomt. Met kerstmis in aantocht was het overal nog druk op straat en in de winkels, de cafés zaten vol, soldaten van het Leger des Heils stonden op het trottoir te zingen rondom een pot waar geld in moest, een meisje zat op de stoep gitaar te spelen, een man leunde uit het raam van zijn auto en schold een fietser uit. Alles was zoals het was, vol, lawaaiig, chaotisch, en tegelijk had het iets eeuwigs, iets dat in de middeleeuwen precies zo was geweest, of in het keizerlijke Rome, of in het huidige Caïro, of nog verder weg of langer geleden. Er waren perioden geweest waarin het anders was, zoals tijdens de duitse bezetting; maar aangezien het goede om ondoorgrondelijke redenen uiteindelijk steeds overwon in de wereld, was dit de eigenlijke aanblik van de eeuwige stad. Hij voelde zich volmaakt tevreden. Aangezien hij weinig uitgaf, kon hij van zijn vaders erfenis eventueel tot zijn dood leven; ook de automatische afschrijvingen voor Quintens opvoeding liepen geen gevaar. Van de kant van zijn moeder, die sinds een paar weken in het ziekenhuis lag, stond hem trouwens nog meer te wachten; bovendien kreeg hij gedurende een aantal jaren een riant wachtgeld. Een mens, dacht hij, zou eigenlijk zijn hele leven uitsluitend over straat moeten zwalken, of, als hij zich dat niet kon veroorloven, echt iets doen. Misschien was de ware mens de ambachtsman.

In een telefooncel, de grond overdekt met de bladen van het aan flarden gescheurde telefoonboek, belde hij Helga. Zij spraken af in een grieks restaurant.

Bij het licht van een kaars, bedoeld om ook de taaiste schapenbiefstuk het aanschijn te geven van een edele tournedos, vertelde hij dat zijn ontslagen collega's en de partijbonzen nu verbitterd bij elkaar zaten in de fractiekamer op het Binnenhof, maar dat hij zichzelf die rouwdienst had bespaard. Hij celebreerde zijn herwonnen vrijheid, sinds een maand was hij pas vierenveertig – hij had nog een heel leven voor de boeg! En eindelijk zou hij ook meer tijd voor Quinten hebben.

'Wie zit je nu eigenlijk iets wijs te maken?' informeerde Helga. 'Mij of jezelf?'

Onno zweeg en zuchtte diep.

'Wat ben je toch een onuitstaanbaar vrouwmens. Natuurlijk zit ik het mijzelf wijs te maken. Maar had je me daar niet wat meer tijd voor kunnen gunnen?'

'Ik weet precies wanneer jij de hoorn van de haak neemt en je verbitterde kameraden opbelt.'

'En dat is?'

'Als je straks thuiskomt en de vergeelde paperassen van je Diskos aan de muur ziet hangen.'

Streng keek hij haar gedurende een paar seconden aan.

'Vind jij het eigenlijk wel gepast om iemand zo goed te kennen? Dat is helemaal niet gewenst tussen man en vrouw. Tussen man en vrouw behoren uitsluitend misverstanden te heersen, zodat die door vleselijke gemeenschap overwonnen kunnen worden.'

'Neem mij niet kwalijk.'

Hij nam haar hand en drukte er een kus op.

'Wat moest ik zonder jou?'

En in een bank, die eigenlijk te krap was voor zijn lichaam, zat hij een paar weken later als fractielid in de Tweede Kamer en luisterde kreunend naar de regeringsverklaring.

Onverbiddelijk had de Diskos van Phaistos hem teruggejaagd naar Den Haag. Net als de meesten van zijn collega's uit het vorige kabinet had ook hij naar een betrekking buiten de politiek kunnen solliciteren, hij had misschien directeur kunnen worden van de Stichting voor Zuiver Wetenschappelijk Onderzoek, of burgemeester van een gemeente als Westerbork, om vervolgens de sarcastische felicitaties van zijn oudste broer in ontvangst te moeten nemen; maar hij deed wat een politicus volgens hem betaamde onder zijn omstandigheden: hij voegde zich bij de oppositie, die nu geleid werd door de ex-premier. Bovendien strookten al die maatschappelijke functies niet met zijn karakter. Een echte politicus had hij zich nooit gevoeld; maar echte politici hadden met hem gemeen, dat ook zij in laatste instantie bohémiens waren, straatjongens, om niet te zeggen straatvechters, randfiguren, avonturiers. En al gauw merkte hij, dat hij als parlementariër in zekere zin meer in zijn element was dan als bestuurder: bijtende interrupties gingen hem makkelijker af dan wijs beleid. Een politieke rel veroorzaakte hij in een handomdraai. Als antwoord op de ontwikkelingen van links Nederland, hadden de twee belangrijkste protestantse partijen gefuseerd met de katholieke partij tot een algemeen-confessionele; maar in feite hadden de katholieken de protestanten eenvoudig ingelijfd, – de beeldenstormers waren alsnog bedwongen door de beeldenaanbidders, – wat voor hem aanleiding was om tijdens de Algemene Beschouwingen naar de microfoon te lopen en tegen de nieuwe, superkatholieke minister-president te zeggen, dat de Tachtigjarige Oorlog, waarmee de natie was geboren, blijkbaar te vergeefs was gevoerd. Daarmee had hij Nederland in het hart geraakt, zijdelings zelfs het koningshuis er bij betrokken, en die opmerking was goed voor wekenlange commotie in de kranten en op de televisie.

Maar toen hij het gezicht van de premier zag verstrakken, ervoer hij weerzin, – niet omdat hij hem iets aandeed, want daar was zijn tegenstander stilistisch net zo'n meester in, maar omdat het weer de woorden waren die de dingen deden. Als controlerend volksvertegenwoordiger zonder macht bleek zijn wereld in feite nog ijler en abstracter dan vroeger, toen hij nog besluiten kon nemen. Dat had een immorele dimensie, zoals hij het tegenover Max had uitgedrukt, het was handelen zonder iets te doen, maar het leidde ten minste tot resultaten. Nu was zijn spreken enerzijds geen handelen meer, anderzijds nog steeds geen normaal spreken, maar een hybridische bastaardbezigheid, – in de vergaderzaal, in commissiekamers en al die andere arealen van begoocheling aan het Binnenhof, lichtjaren verwijderd van de werkelijkheid. Het speelde zich allemaal af in een kristallijnen bol, die alleen Max misschien op een dag kon waarnemen dankzij zijn dertiende en veertiende spiegel, die hij hem nog had weten te bezorgen en die nu in aanbouw waren.

'Moet ik dit werkelijk vier jaar blijven doen?' vroeg hij vertwijfeld aan Helga, terwijl hij op haar divan lag. 'En dan misschien nog eens vier? Dan ben ik tweeënvijftig! Hoe lang kun je democraat zijn zonder macht?'

'Wie weet,' zei zij, 'misschien komt er gauw een crisis, of er gebeurt iets onverwachts, dat alles anders maakt.'

'O Heer!' riep hij uit. 'Maak alle dingen nieuw!'

*

Er kwam geen tussentijdse crisis, en gedurende de vier jaren die het rechtse, hondse, schandelijke kabinet aan de macht was, als pendant van de spaans-katholiek-habsburgse overheersing in de zestiende eeuw, zag hij Quinten nog minder dan vroeger, niet vaker dan een paar keer per jaar, op zijn verjaardag, met kerstmis, tijdens de begrafenis van oma To, – ook omdat hij geen auto met chauffeur meer had, en trouwens ook niet zonder chauffeur, want even min als Helga bezat hij een rijbewijs: autorijden, vond hij, was nu juist iets voor chauffeurs en niet voor passagiers, zoals hij. Steeds meer werd Quinten voor hem een incident uit het verleden.

Maar op Groot Rechteren nam het leven ook zonder hem zijn beloop. Sinds Quinten die nacht op de drempel van Sophia's slaapkamer was verschenen, had zij, zoals Max had verwacht, zich niet meer bij hem vertoond. Na zeven jaar occulte trouw, die tegelijk opwindend bedrog was geweest, en na een paar weken celibaat, had hij een verhouding aangeknoopt met een secretaresse op de sterrenwacht in Dwingeloo, Tsjallingtsje Popma, een grote blonde vrouw van rond de dertig, met een goed figuur maar ook met een streng christelijk plattelandsvoorkomen. Zij leek op een sculptuur van Arno Breker, de lievelingsbeeldhouwer van Hitler. Steeds als zij hem zag, in zijn elegante, wereldse uitmonstering, was er een blik van diepe weerzin en minachting in haar ogen verschenen; dat had hem onverschillig gelaten, al had hij het van meet af aan opgevat als een liefdesverklaring, want zo keek je natuurlijk niet naar iemand die je nauwelijks kende. Maar geholpen door zijn onthouding begon zij hem van dag tot dag meer te prikkelen. Meteen de eerste avond, nadat hij haar had voorgesteld naar de nieuwe maan te gaan kijken, in de dreunende stilte op de heide, veranderde haar deugdzame afkeer in spartelende geilheid en luide kreten 'O God! O God!', die de korhoenders en heikikkers opschrikten, zodat hij, met zijn broek op zijn knieën, lachend stopte en luisterde of er geen verontruste astronomen naderden.

Maar na afloop: bloed en tranen. Hij had haar ontmaagd.

'Ik schaam me zo, ik ken je niet eens...'

'Dat hebben we dan met elkaar gemeen.'

Zij woonde op kamers in Steenwijk, boven een kleine kantoorboekhandel waar ook ansichtkaarten en fotoalbums te koop waren. Waardoor hij op haar gesteld raakte, was ook de roerend meisjesachtige inrichting, met de kleine verzameling oud blikken speelgoed; omdat het de laatste jaren te duur was geworden voor haar, kocht hij nu en dan een kleurig, opwindbaar vogeltje als hij in Leiden was. Spreken deden zij niet veel, nog het minst over hem en zijn leven; zij luisterden naar muziek, hij ontvouwde zijn radiokaarten, zij breide een trui met kabels voor hem, die hij zou moeten dragen, en nadat hij een douche had genomen ging hij naar huis. Ofschoon zij er eens om had gevraagd, nam hij haar nooit mee naar Groot Rechteren, – al was dat niet in de eerste plaats uit consideratie met Sophia. Omdat er ten slotte overdag nooit iets tussen hem en Sophia was geweest, had hij het haar na een paar maanden, in de keuken, achteloos verteld:

'Overigens, ik moet je nog iets zeggen, Sophia. Ik heb tegenwoordig een vriendin.'

'Wat leuk voor je,' zei zij, zonder op te kijken. 'Ik rook al dat je nu en dan andere zeep gebruikt.'

'Keurige vrouw, dochter van een dominee uit Enter,' zei hij nog, maar zij informeerde niet verder; even min liet zij blijken, dat zij wel eens kennis met haar wilde maken.

Daarna werd er niet meer over gesproken. Maar het was vooral Quinten die hem er van weerhield, zijn stevige, aanhankelijke Tsjallingtsje te presenteren. Groot Rechteren was in de eerste plaats Quintens domein, waar hij niet met zijn particuliere frivoliteiten moest aankomen; bovendien was hij een beetje bang voor de blik, die hij op haar zou laten rusten. Ook met Onno sprak hij niet over haar.

*

Naar mate hij opgroeide, werd Quinten voor iedereen steeds onbegrijpelijker. Vrienden hield hij er niet op na, meestal zat hij op zijn kamer te lezen of hij zwierf door de omgeving, - een enkele keer met zijn blokfluit. Als Max en Sophia op het balkon zaten, hoorden zij de pastorale klanken soms uit het bos komen, van zijn lievelingsplek bij de vijver met de rododendrons. Dat geluid, vermengd met het gezang van de onzichtbare vogels, vond Max ontroerender dan de aangrijpendste uitvoering van de mooiste symfonie door het beste orkest, en hij zag dat ook Sophia dan aan Ada dacht, maar het werd niet uitgesproken.

Toen hij tien jaar was, in 1978, hield mevrouw Trip Sophia op een middag staande op de buitenbrug.

'Heeft Quinten het u al verteld?'

'Verteld? Wat bedoelt u?'

De vorige dag had zij op Klein Rechteren met de barones gewandeld in de rozentuin. Zoals hij de laatste tijd wel vaker deed, was Quinten bij Rutger. De barones was over het algemeen niet erg gesteld op onaangekondigde visites, maar omdat Rutger zichtbaar opleefde als Quinten kwam, was hij altijd welkom. Plotseling hoorden zij hartverscheurend gejammer uit de richting van het terras. Zij snelden er heen en zagen Rutger huilend op de grond zitten, zijn armen om Quintens knieën, - om die van zijn beul, zoals even later bleek. Met een schaar was hij bezig Rutgers punnikdraad aan stukken te knippen, - het mooiste dat hij bezat, zijn oneindige creatie waaraan hij sinds jaar en dag werkte. Zijn moeder zette er ook regelmatig de schaar in, maar natuurlijk nooit waar hij bij was. Zij waren te verbouwereerd geweest om in te grijpen; bovendien hadden zij het gevoel, dat er iets aan de gang was dat nu niet meer onderbroken mocht worden. En ook werden zij verlamd door de vreemde schoonheid van het tafereel: die wondermooie jongen met aan zijn voeten die wanschapen, twintig jaar oudere zwakzinnige, terwijl in de moestuin de pauw naar hen keek met een waaier van vijftig ogen.

'Ja, rustig nou maar,' zei Quinten, terwijl hij doorging de draad in stukken van een meter te knippen. 'Wacht nou maar. We gaan een hele grote gordijn maken. Dat wou je toch, een hele grote gordijn maken?'

'Ja,' snikte Rutger. 'Niet doen, niet knippen...'

'Maar als je een hele grote gordijn wilt maken, dan moet je dat ook doen. Dan moet je niet eeuwig en altijd alleen maar een draad maken. Dan moet je ook weven. Kijk, zo...'

Daarop was hij naast hem op de grond gaan zitten, haalde een grote naald uit zijn zak en pakte de stugge, ruwmazige gronddoek van een vierkante meter die hij had meegebracht, - en die hij van zijn zakgeld gekocht bleek te hebben, bij de stoffenwinkel in het dorp. Terwijl hij er een draad doorheen reeg, onafgebroken ook vertellend wat hij deed, hield Rutger op met huilen en keek ademloos, met naschokkende borst naar wat er gebeurde.

'En nu jij,' zei Quinten en gaf hem de naald. 'En als dit helemaal vol is, dan kopen we een nieuwe doek. En als die ook vol is, dan naaien we hem aan deze vast, en dan kopen we weer een nieuwe doek - net zo lang,' zei hij met een zwaai van zijn arm, 'tot het gordijn zo groot is als de hele wereld!'

'Ja!' lachte Rutger kwijlend.

'En als je daarna nog een gordijn maakt, dan hangen we dat op aan de zon en de maan!'

'Ja! Ja!' Rutger boog zich naar hem toe en gaf een zoen op zijn wang.

Nooit was iemand op het idee gekomen dat er ingegrepen kon worden in Rutgers zinloze bezigheid, laat staan dat iemand de moed gehad zou hebben het door te voeren.

'Hoe kreeg je die ingeving?' vroeg Max hem 's avonds met ontzag. 'Hoe heb je het gedurfd?'

'Nou, gewoon...' zei Quinten.

Max keek naar Sophia en zei:

'Die jongen heeft een absolutistische trek in zijn karakter.'

*

De koesterende, architectonische droom, die zich na het eerste bezoek aan zijn moeder had voorgedaan, bleef elke paar maanden terugkomen, – ongeveer met dezelfde frequentie als zijn bezoeken aan Emmen. Maar het gebeurde niet meer in hetzelfde etmaal, en ook in een nachtmerrie eindigde hij nooit meer, ofschoon de gepantserde deur met het hangslot bij 'het midden van de wereld' er toch nog moest zijn. Steeds als hij weer door het onbegrensde bouwwerk had rondgedwaald, in het labyrinth van kamers, langs de versierde binnengevels, over de galerijen, bleef hij na het ontwaken nog even liggen, liet, als elke ochtend, de bovenste gewrichten van zijn duimen knakken en probeerde de herinnering vast te houden – maar altijd namen de beelden na een paar minuten afscheid, zoals in de bioscoop het slot van de film onzichtbaar werd als het licht te vroeg aanging. Geleidelijk begon hij zich af te vragen, waar dat gebouw eigenlijk was. Het moest toch ergens zijn, want elke keer zag hij het weer duidelijk. Maar aangezien hij er nooit iemand tegenkwam, was hij vast en zeker de enige die wist dat het bestond – en dat was al heel veel, want het was geheim en hij mocht er met niemand over praten: natuurlijk niet met Max, maar ook niet met oma, zelfs niet met zijn vader, de enkele keer dat hij hem zag. Hoe kon het trouwens gewoon ergens in de wereld zijn, terwijl niet de hele wereld was volgebouwd? Misschien lag het in een andere wereld. Hij had het ook een naam gegeven: de Burcht.

Het kwam voor dat hij wekenlang niet aan de Burcht dacht. Had zij zich weer eens aangediend, dan ging hij soms naar meneer Themaat om te kijken of in zijn dikke boeken een afbeelding stond van iets, dat er op leek. De professor was inmiddels gepensioneerd en woonde nu permanent op Groot Rechteren, zodat zijn bibliotheek zich nog had uitgebreid. Quinten was altijd welkom. Een enkele keer gebeurde het dat meneer Themaat in zijn schommelstoel zat zonder boek op zijn schoot, zijn gezicht plotseling onherkenbaar veranderd, alsof het van steen was geworden, en die steen keek hem aan met twee ogen waaruit zo'n totale vertwijfeling sprak, dat hij meteen wegging. Het leek of meneer Themaat in die toestand zelfs niet meer wist wie hij was. Gedurende een paar dagen durfde hij hem dan niet op te zoeken; maar als hij weer kwam, was er opeens geen spoor meer te bekennen van de steen.

'Wat zoek je toch, Kuku?'

'Zo maar.'

'Ik geloof er niks van. Jij zit niet gewoon plaatjes te kijken.'

Quinten keek hem aan. Hij mocht het geheim natuurlijk niet verraden, want dan zou de droom misschien niet terugkomen. Hij vroeg:

'Wat is *het* gebouw, meneer Themaat?'

Themaat slaakte een diepe zucht.

'Hadden mijn studenten mij maar ooit zo'n goede vraag gesteld. Wat is *het* gebouw?' herhaalde hij, terwijl hij zijn handen in zijn nek vouwde, achterover leunde in zijn schommelstoel en naar het stucwerk van het plafond keek. 'Wat is *het* gebouw...' Terwijl hij nog nadacht, kwam zijn vrouw binnen en hij zei: 'Kuku heeft mij zonet de vraag gesteld.'

'En die is?'

'Wat is *het* gebouw?'

'Misschien wel dit kasteel,' zei Elsbeth.

'Ja,' lachte Themaat naar Quinten, 'vrouwen zoeken het altijd wat minder ver, en misschien hebben ze gelijk. Wacht eens, ik weet het misschien!' zei hij. '*Het* gebouw bestaat natuurlijk niet, maar ik denk dat het Pantheon goede tweede is.'

Even later zaten zij naast elkaar aan de grote ronde tafel en keken naar foto's en architectuurtekeningen van het Pantheon in Rome: de enige romeinse tempel - gewijd aan 'alle goden' - die volledig was bewaard. Quinten had meteen gezien dat het helemaal niet op de Burcht leek. Het was geen doolhof, maar juist heel eenvoudig en overzichtelijk, met aan de voorkant een porticus als een grieks tempelfront, zoals meneer Themaat dat noemde, met zuilen en twee in elkaar geschoven, driehoekige tympanons; er achter een zwaar, rond gevaarte, dat van binnen bestond uit één reusachtige, lege rotonde zonder ramen, in het midden van de koepel een groot rond gat, waardoor het licht naar binnen viel, - zoiets als de fontanel in de schedel van een baby. Op een doorsneetekening demonstreerde meneer Themaat met een passer, dat je een zuivere, op de bodem rustende bol kreeg als je de lijn van de koepel naar beneden doortrok. Volgens hem zou je de tempel kunnen zien als een afbeelding van de wereld.

Dat wilde dus zeggen, overwoog Quinten, van *deze* wereld, - en dat was kennelijk niet waarvan hij droomde. Maar toch had het iets met de Burcht te maken, misschien door die tegenstelling tussen de versierde voorkant en de gesloten achterkant. In elk geval fascineerde het hem, - ook de uitgehakte letters op de architraaf, die door middel van een aantal afkortingen meldden, dat AGRIPPA de bouwheer was. Dat had keizer Hadrianus er na een volledige heropbouw grootmoedig in laten beitelen, vertelde Themaat - en bij het noemen van de naam 'Hadrianus' stokte hij opeens en keek naar Quinten: het blauwblauw van zijn ogen tussen de donkere wimpers, het sluike zwarte haar rond zijn maanbleke huid. Themaat maakte een gebaar in zijn richting en zei tegen Elsbeth:

'Antinoüs.'

Zij glimlachte, keek even naar hem en knikte. Quinten begreep niet wat er werd bedoeld, maar dat kon hem ook niet schelen.

Toen hij op een dag tegen meneer Spier over die letters begon, eigenlijk om maar iets te zeggen, ontstak deze onmiddellijk in geestdrift:

'Dat is de Quadrata, Q.Q., de mooiste kapitaal aller tijden! Hoe ben je die op het spoor gekomen?' Waarop hij vertelde dat het ook wel 'lapidairschrift' werd genoemd, van het latijnse woord *lapis*, dat 'steen' betekende. 'Die letter vormt het volmaakte evenwicht van lichaam en ziel.'

'Hoe kan dat nou? Een letter is toch zeker geen mens?'

'Nou en of!'

'Hoe kunnen letters dan een ziel hebben?'

'Ze spreken toch tegen je?'

'Dat is waar,' knikte Quinten ernstig.

'Net als iedereen heeft een letter een ziel en een lichaam. Zijn ziel is wat hij zegt en zijn lichaam is waarvan hij gemaakt is: van inkt, of van steen.'

Quinten dacht aan zijn moeder. Was zij dus gewoon maar een paar inktvlekken? Of een onbeschreven steen?

'Een letter hoeft helemaal niet van iets te zijn,' zei hij.

'O nee? Ik droom ook wel eens van pure letters, die door de lucht zweven, maar dat is onmogelijk, net als een ziel zonder lichaam.'

'En die letters in het Pantheon dan? Die zijn niet van steen, maar juist niet van steen. Daar is de steen nu juist weggehakt: dat heb ik Theo Kern ook wel eens zien doen. Die zijn van niks. Je hebt soms toch ook een lichaam zonder ziel?'

*

Hij zat nu in de zesde klas, en volgens de onderwijzer zou hij langzamerhand toch werkelijk wat meer tijd aan zijn huiswerk moeten besteden. Zijn prestaties waren niet slecht, maar ook niet goed; wat hem uit zichzelf interesseerde, beheerste hij onmiddellijk, ook al was het moeilijk; al het andere, zelfs wanneer het eigenlijk makkelijk was, kostte hem inspanning. Maar in plaats van zijn aardrijkskunde te leren, of zijn sommen te maken, zocht hij liever bij meneer Themaat zijn weg naar de Burcht.

Soms liet de professor hem voorbeelden zien van moderne architectuur uit de eerste helft van de twintigste eeuw, van Frank Lloyd Wright of Le Corbusier of Mies van der Rohe, waarop hij zelf vooral gesteld bleek. Dat vond Quinten soms wel mooi, maar dat was ook alles; omdat de koele zakelijkheid van die lucifersdozen hem in geen enkel opzicht herinnerde aan de Burcht, interesseerden zij hem verder niet. Het meest kwamen toch classicistische bouwwerken in de buurt er van, met in het centrum het romeinse Pantheon, zoals dat met zijn ronde, blinde centraalbouw iets sombers en dreigends toevoegde aan het pure licht van de griekse tempels. Het atheense Parthenon, dat meneer Themaat hem liet zien, was weliswaar volmaakt, zelfs nog als ruïne, maar het was hem ook te ijl en te doorzichtig. Volgens Themaat hadden de romeinen zelf eigenlijk nooit iets bedacht in artistiek opzicht; dat ronde en sombere hadden zij overgenomen van etruskische grafmonumenten, *tumuli*, zoals in Rome ook nog te zien was aan het mausoleum van Augustus, of aan het grafmonument van Hadrianus, de Engelenburcht. Dat moest hij allemaal maar eens gaan bekijken, later.

Onder leiding van Themaat, die hem tegenover Max eens 'mijn beste student' noemde, had Quinten weldra zijn weg gevonden naar de italiaanse renaissance. Daar werd hij het meest geboeid door de kerken van Palladio, die ook weer die combinatie vertoonden van schitterende klassieke gevels en in zichzelf gekeerde bakstenen muren. Themaat prees hem om zijn goede, zij het niet erg progressieve smaak, maar dat compliment ging aan hem voorbij; met smaak had het allemaal niets te maken. In de barok kreeg hij een vaag gevoel van herkenning bij de overdadige ornamentiek, en neoclassicistische gebouwen uit de negentiende eeuw boeiden hem omdat zij hem herinnerden aan die van Palladio in de zestiende. In elk geval waren het allemaal buitenkanten: prachtige buitenkanten, maar in buitenkanten was hij nu juist niet geïnteresseerd, alleen in binnenkanten.

Met het risico dat hij iets van zijn geheim prijsgaf, besloot hij op een middag een cruciale vraag te stellen:

'Is er nu ook een gebouw, dat wel een binnenkant heeft maar geen buitenkant?'

Themaat staarde hem een paar seconden aan eer hij kon antwoorden.

'Hoe kom je bij zoiets?'

'Zo maar.'

'Dat kan natuurlijk niet, zo min als een gebouw met een buitenkant, maar zonder binnenkant.'

'Dat kan best.'

'Hoe dan?'

'Als het van binnen niet hol is, maar helemaal van steen. Net als een beeld.'

'Daar zit iets in,' zei Themaat met een lach. 'En een binnenkant zonder buitenkant kan misschien ook.'

Terwijl hij in zijn boekenkast zocht, zei hij dat hij zelf was opgevoed met het idee, dat de renaissance ouderwets was, en eerlijk gezegd vond hij dat eigenlijk nog steeds; maar als hij Quinten nu zo bezig hoorde, kreeg hij het gevoel dat er misschien zoiets als een 're-renaissance' op komst was. Daarop liet hij hem foto's zien van Palladio's Teatro Olimpico in Vicenza, zijn architectonische zwanenzang. Aan de buitenkant was het een onooglijke bakstenen kist, maar binnen vertoonde zich een onbeschrijflijke pracht. De achterwand en de zijwanden van het toneel werden gevormd door met marmer ingelegde gevels, uitbundig versierd met corinthische zuilen, beelden in weelderige vensterlijsten met driehoekige en segmentvormige bekroningen, nog weer andere beelden op sokkels, ornamenten, voluten, reliëfs, inscripties, achter de oplopende banken van de halfronde zaal wederom zuilen en beelden, – alles van hout en gips, maar dat moest je weten. Dat was dus ook een buitenkant zonder binnenkant, zei Themaat, want het was een decor, en tegelijk was het een binnenkant zonder buitenkant. Dat begreep Quinten, maar het was maar gedeeltelijk een afbeelding van de Burcht.

'Trouwens, herinner je je nog dat boek van Bibiena, waar je vroeger zo graag in keek?'

Nee, dat wist Quinten niet meer, maar toen hij het weer zag ontwaakte er een vage herinnering in hem. Themaat legde hem uit, dat ook die decortekeningen de binnenkant van gebouwen lieten zien, die geen buitenkant hadden. Kennelijk tevreden over zijn uitleg bleef de professor nog even naar de perspectivische tekeningen kijken. Toen zei hij plotseling:

'Wacht! Dan heb ik misschien nog iets mooiers voor je.' Uit de kast, waar alles onberispelijk op alfabet stond, haalde hij bij de P – iets voorbij Palladio, Pantheon en Parthenon – een groot boek met reproducties van Piranesi's *Carceri.*

Toen hij het opensloeg, kreeg Quinten een schok. Bijna! Daar was hij bijna, zijn droom! Dezelfde, zich eindeloos naar alle kanten voortzettende ruimte vol trappen, bruggen, bogen, galerijen, de diepe schaduwen zonder lichtbronnen, alles gevuld met dezelfde roerloze lucht. Maar in deze geëtste kerkervisioenen leek zij kil en muf, terwijl zij in de Burcht warm en zoet was. Op hemzelf na was de Burcht leeg, maar hier waren overal menselijke figuren te zien; ook ontbraken de zuilen en de massale, versierde gevels. Pas in combinatie met de decors van Palladio en Bibiena zou het er echt op hebben geleken.

'Nu krijg ik langzamerhand een vaag vermoeden, waarnaar jij op zoek bent,' zei Themaat. 'Maar dan moeten we een heel ander soort boeken gaan bekijken dan we tot nu toe hebben gedaan. Jij moet het niet hebben van bestaande gebouwen, maar van architectuurfantasieën. Weet je trouwens, dat Piranesi ook de man is die jouw lievelingsprent daar heeft gemaakt?'

'Mijn lievelingsprent?'

Themaat wees naar de ingelijste ets, die op de grond tegen de boekenkast stond. Verbaasd keek Quinten er naar. Sinds jaren was de prent vervloeid met de andere dingen in de kamer, hij had haar nooit meer opgemerkt: de obelisk bij het gebouw met de Heilige Trap.

43
Vondsten

Begin zomer 1980 werden in Westerbork de twee nieuwe, verrijdbare spiegels in gebruik gesteld, – niet door Onno's opvolger, maar door de minister zelf. Onno en Helga reden uit Den Haag met hem mee en lieten zich welkom heten door de commissaris van de koningin, Diederic, die binnenkort gepensioneerd zou worden. Verder was iedereen uit Leiden er, in het middelpunt de oude directeur, tachtig jaar nu, maar nog steeds even recht van gestalte, alsof hij de as was waarom de hemelglobe draaide. Ook heel Dwingeloo was natuurlijk verschenen, zelfs Tsjallingtsje, maar dat was omdat zij Sophia en Quinten eindelijk wel eens wilde zien. Quinten had aanvankelijk geen zin, maar nadat bleek dat ook zijn vader er zou zijn, waren Sophia en hij natuurlijk toch gekomen. Toen Max iedereen bij elkaar zag in het besturingsgebouw, een glas champagne in de hand, moest hij denken aan een bepaald soort speurdersverhalen, waarin alle verdachten zich tot slot verzamelden in de lounge van het hotel, alwaar de detective na een vlijmscherpe reconstructie de dader aanwees, van wie men het nu toch werkelijk niet verwacht zou hebben.

Na de toespraken en de ministeriële druk op de knop, wandelde een groot deel van het gezelschap, onder wie Tsjallingtsje, naar de dertiende en de veertiende spiegel, die drie kilometer verderop stonden, sommigen nog met een glas champagne. Floris, die wist hoe ver het was, had een fles in zijn zak gestoken. Sophia bleef met Helga achter in een kring astronomenvrouwen, die het verder wel geloofden, terwijl Max, Onno en Quinten het terrein op liepen. Onno, die voor het eerst in Westerbork was, had een hand op Quintens schouder gelegd en luisterde naar Max. Alleen de villa van de kampcommandant stond er nu nog; de barakken hadden plaatsgemaakt voor een wijde, onschuldig ogende grasvlakte met hier en daar een boom, aan vier kanten omzoomd door bos. Terwijl zij over de voormalige Boulevard des Misères liepen, probeerde Max Onno een beeld te geven van de taferelen, die zich hier bijna veertig jaar geleden hadden afgespeeld; met het oog op de jongen matigde hij zich, maar plotseling vroeg Quinten:

'Ben jij een jood?'

Max en Onno keken elkaar even aan.

'Mijn moeder is hier ook in de trein gestapt en nooit teruggekomen.'

'En je vader?'

'Die niet.'

'Leeft hij dan nog?'

'Ook al lang niet meer.'

Quinten zweeg. Sinds hij er eens met meneer Spier over had gesproken, had hij niet meer aan joden gedacht, – het schokte hem, dat Max nu ook met die dingen te maken bleek te hebben: zijn moeder was zelfs vermoord door Hitler! Het ging hem niet aan, maar dat hij het nooit had geweten, gaf hem een vaag gevoel van schuld. Wat wist hij eigenlijk van hem? Vorig jaar had hij opgevangen dat hij naar Bloemendaal moest, naar de begrafenis van zijn pleegmoeder; toen had hij niet verder geïnformeerd, maar nu begreep hij waarom Max – eigenlijk net als hijzelf – pleegouders had gehad.

Bij het stootblok had men over een lengte van een meter of tien de rails en de bielzen laten liggen, netjes ingeperkt door een soort stoeprand. Max liet zien dat het stootblok nieuw was; het oude lag er vlak achter, vrijwel volledig vergaan. Het eind van de rails was door een kunstenaar omhoog gebogen, alsof daar de laatste trein ten hemel was gevaren.

'Het is allemaal voorgoed verdwenen,' zei Max, terwijl hij zijn ogen over het terrein liet dwalen.

In de verte liep de vrolijke groep notabelen en astronomen langs de magistrale rij parabolen, die net als de rails naar de blauwe lucht waren gericht; zacht weerklonk hun gelach over de vlakte. Terwijl Max noch Onno wisten wat zij nog moesten zeggen, keek Quinten heen en weer tussen de spiegels en de rails, die hem deden denken aan de voelsprieten van een sprinkhaan.

'Volgens mij,' zei hij, 'kun je op een dag best nog zien, wat hier in de oorlog is gebeurd.'

Ontsteld keken Max en Onno hem aan.

'Mag men vragen wat je bedoelt, Quinten?' vroeg Onno.

'Nou, nogal logisch. Max heeft wel eens verteld, dat wij de sterren zien zoals ze vroeger waren. Dus op de sterren zien ze de aarde, zoals die vroeger was. Als ze op een ster, die veertig lichtjaar hier vandaan staat, met een hele sterke kijker naar ons kijken, dan zien ze daar nu toch zeker wat hier veertig jaar geleden is gebeurd?'

'Is dat zo?' vroeg Onno aan Max.

Max huiverde.

'Allicht.' Het verbaasde hem, dat hij zelf nooit op die gedachte was gekomen: het beeld van Westerbork als doorgangskamp raasde nu ergens met lichtsnelheid tussen Arcturus en Capella A door de ruimte, net als dat van Auschwitz met zijn vuurspuwende schoorstenen. 'In theorie zou het altijd ergens te zien moeten zijn in het heelal. Alleen, daarmee zien wij het nog niet.'

'Maar het wordt toch ook teruggekaatst?' zei Quinten.

'Teruggekaatst?'

'Je kunt toch met die telescopen daar naar een ster kijken, die twintig lichtjaar hier vandaan staat – dan zie je toch hoe jouw moeder hier veertig jaar geleden in de trein stapt?'

En ergens anders uitstapt, dacht Max.

'Je hebt alweer gelijk. Misschien zou je eerder aan verre planeten of manen moeten denken, als zulke dingen ten minste bestaan buiten ons zonnestelsel, maar dan zouden we toch eerst een heel nieuw principe moeten ontdekken.'

'Maar als dat over honderd jaar is ontdekt, dan is het dus te zien aan een planeet of een maan, die hier vijftig plus twintig lichtjaar vandaan staat.'

'Geen speld tussen te krijgen.'

'Ik word onwel,' zei Onno. 'Quinten! Wat bezielt je? Wat ben jij voor iemand?'

Quinten haalde zijn schouders op. Volgens hem was het allemaal nogal wiedes.

*

Terwijl Sophia en Helga bezig waren in de keuken, zoals dat, volgens Onno, de vrouw paste, spraken de heren over de door Quinten gegrondveste 'historische astronomie'. Proctor zat er ook bij. Hij had aangeklopt om eieren te lenen, Clara en Arend bleven vannacht bij zijn schoonmoeder slapen; daarop had Sophia hem uitgenodigd, een hapje mee te eten.

Dat alles wat er ooit op aarde was gebeurd nog steeds ergens in het heelal gezien kon worden, was natuurlijk een verleidelijk idee van Quinten; maar volgens Onno kon het nooit gerealiseerd worden. Het was waar, satellietfoto's van de aarde kon je tot in de kleinste details uitvergroten, als het ten minste onbewolkt was geweest tijdens de opname, op Defensie wisten ze daar alles van; maar wat bleef er over van zo'n beeld, na een reis van tientallen, honderden of duizenden jaren door het universum? Bovendien, hoe moest het teruggekaatst worden? Planeten en manen waren toch niet van spiegelglas? Die waren bezaaid met stenen en gruis, en bovendien bol in plaats van hol: de laatste restjes van het beeld zouden onmiddellijk totaal verstrooid worden.

'En zo hoort het ook,' besloot hij. 'Het verleden is voor eeuwig verzegeld, en wie die zegels tracht te verbreken, het ware hem goed, zoo die mensch niet geboren ware geweest. Alleen de Heere der Heirscharen ziet alles.'

'Natuurlijk,' zei Max, 'je optische kennis is verbluffend, maar zo is er altijd gepraat. Stel je voor, een jongen van twaalf jaar zou honderd jaar geleden tegen zijn vader hebben gezegd, dat binnen honderd jaar niet alleen een mens voet op de maan zou zetten, maar dat iedereen op aarde daar op hetzelfde ogenblik getuige van –'

'Ja, ja, dat kennen we van je,' onderbrak Onno hem. 'Vaag herinner ik me, dat je dat elf jaar geleden al eens hebt gezegd.' Hij maakte een gebaar naar Helga, die de tafel dekte. 'Nog welbedankt.'

Helga keek even om en Max maakte een beleefde buiging naar beiden, waarop hij vervolgde:

'Als je blijft denken aan een optisch beeld kan het natuurlijk nooit, dat spreekt vanzelf, maar in de radioastronomie werken wij toch ook al niet meer met optische beelden? Heb je er eigenlijk wel een idee van, hoe zwak de signalen zijn die wij in Westerbork opvangen? Wat de zaak daar zo misleidend maakt, is dat je bij grote instrumenten en machines onwillekeurig aan grote krachten denkt: een grote stuwdam produceert enorme energieën, een groot kanon schiet enorm ver. Maar bij de Synthese Radio Telescoop is het juist andersom: daar is het grote bestemd voor het kleine. Zal ik je eens wat vertellen? Een fietslampje verbruikt in één seconde meer energie dan al die veertien schotels in honderdduizend jaar opvangen.'

'Is het echt?' vroeg Quinten.

'Het is echt. Wat dat betreft komen we dus al een heel eind. Met andere woorden, praktisch is het misschien niet uitgesloten, maar een of andere Einstein zou eerst een totaal nieuw beginsel moeten vinden, net zoals dat voor de televisie nodig was.'

'Als jij het zegt,' zei Onno, 'is het waarschijnlijk zo. Daar ligt dus een mooie taak voor je – als je maar weet, dat Quinten recht heeft op een gedeelde Nobelprijs.'

Quinten vond het niet prettig dat Max zijn vader had tegengesproken; aan de andere kant was hij gevleid door zijn bijval, en dat zijn vader zich liet overtuigen vond hij aardig van hem. Ook vond hij het leuk dat er zo lang gepraat werd over het idee, dat hem te binnen was geschoten.

'Als er een mogelijkheid is,' zei Max, 'denk ik dat die nog heel wat moeilijker te vinden zal zijn dan de sleutel tot jouw Diskos. Jij ging er toch ook van uit, dat daar een mededeling uit het diepe verleden op te lezen staat?'

'Doctor Quists onvergetelijke *Vertelling van a tot z*,' zei Helga, terwijl zij de kamer uit ging en een korte blik naar Onno wierp.

Onno zuchtte diep.

'Weet je wat dat vrouwspersoon is? Mijn Eckerfrau. Die vergeet nooit iets van wat ik ooit heb gezegd. God weet, misschien staat het principe wel op dat kretenzische onding, wie zal het zeggen? Als ik op een dag wegens staatsgevaarlijke overmaat aan intelligentie uit de macht word ontzet en smadelijk door de marechaussee over de grens word gejaagd, zal ik het nog één keer proberen - maar ik vrees, dat ik nu juist die historioscoop nodig zal hebben om het principe te kunnen ontcijferen waarop hij is gebaseerd. Vermoedelijk zou ik trouwens bijtijds vermoord worden door een of andere geheime dienst, of door agenten van de paus, want moet je je toch voorstellen wat het zou ontketenen: foto's van alles wat er ooit is gebeurd, of juist niet is gebeurd...'

'Of films,' zei Quinten.

'Of films, toe maar! Eerst stomme films, dan geluidsfilms en dan ook in kleur! We richten op de Ster van Bethlehem en we zoomen in op de Olijfberg. Vaart daar iemand ten hemel? Nee dus. Neemt iemand op de berg Horeb de tien geboden in ontvangst? Helaas. Nee, ik zou volkomen terecht uit de weg zijn geruimd, de wereld zou in chaos verzinken.'

'Grote schoonmaak,' zei Max, 'dat is wat het zou zijn. Alle onzin en bedrog zouden aan het licht komen, bevrijd zou de mensheid eindelijk in het bezit zijn van de volle waarheid!'

Maar terwijl hij sprak, zag hij plotseling tot zijn ontsteltenis nog een andere astronomische documentaire voor zich: de baai bij Varadero – hijzelf deinend in de golven, wang aan wang met Ada, haar gespreide benen om zijn heupen, in het bloedrode licht van de opkomende maan... Was het dan toch nog niet verdwenen – ook niet in hemzelf?

Onno wilde hem vragen welke gebeurtenis hij als eerste zou opnemen, maar aan zijn blik zag hij dat dat vermoedelijk iets verschrikkelijks zou zijn, misschien de executie van zijn vader, – daarom richtte hij zich tot Proctor:

'En u? Waarop zou u de historische camera instellen?'

Zoals het iemand past die alleen maar even mag blijven eten, had de vertaler niet deelgenomen aan het gesprek. Maar nu leunde hij op zijn knieën naar voren en zei:

'Op een sterfbed in een bepaald huis in Stuttgart, in het oude centrum, dat in de Tweede Wereldoorlog is verwoest. In het jaar 1647.'

'Natuurlijk. Daarvoor schroeven wij de alle muren doordringende röntgenlens op het toestel. En wie wilt u daar zien sterven?'

'Francis Bacon,' zei Proctor en keek met een veelbetekenend gezicht van de een naar de ander.

'Francis Bacon?' herhaalde Max. 'In Stuttgart? In 1647? Vergis je je niet?'

Proctor lachte kort, met een bittere bijklank. Inderdaad had de officiële wetenschap eeuwenlang gedacht dat hij in 1626 was gestorven, in Londen, maar nieuwe gegevens hadden anders geleerd, – dat wil zeggen, aan mensen met een open geest die in staat waren oude opvattingen los te laten. Natuurlijk was hij op de hoogte van alle nonsens die de baconianen plachten te beweren, bij voorbeeld dat het werk van Shakespeare eigenlijk van zijn hand zou zijn, maar aan die larie deed hij niet mee, – ook al had zij eerbiedwaardige aanhangers, zoals de oude Freud. Wel had het hem altijd geïntrigeerd, waarom zulke flauwe kul juist aan Bacon werd toegedicht. En toen had hij zelf jaren geleden iets ongehoords ontdekt. Hij keek heen en weer tussen Max en Onno. Konden zij zwijgen?

'Als het graf,' zei Onno en kruiste zijn armen.

Bacon had aan de wieg gestaan van Vondels *Lucifer*. Dat treurspel ging op 2 februari 1654 in Amsterdam in première, hij had er zes jaar aan gewerkt, dus in Bacons werkelijke sterfjaar was hij er aan begonnen. Honderden tekstuele bewijzen had hij langzamerhand verzameld voor zijn stelling, dat het idee om een stuk te schrijven over Lucifers ondergang, van Bacon afkomstig was. Op zijn sterfbed had de zesentachtigjarige het de zestigjarige ingefluisterd.

'Heeft u ook een bewijs,' vroeg Onno, na een korte blik met Max te hebben gewisseld, 'dat onze vaderlandse dichtervorst in 1647 in Stuttgart was?'

'Dat is noodzakelijk. Dat is impliciet bewezen door mijn andere bewijzen.'

'Natuurlijk.'

'Ik vind nog steeds nieuwe.'

'Noemt u er één.'

Het gebruikelijke geheimschrift uit de zeventiende eeuw, vertelde Proctor, nummerde de letters van het alfabet van 1 tot 24, waarbij de I en de J hetzelfde cijfer 9 hadden en de V en de W het cijfer 21. De som van BACON was dan 33 en die van FRANCIS 67; samen 100. Als je nu Lucifers eerste claus bij Vondel nam en het 33ste woord opzocht, dan vond je: *deze*. Dat wilde dus zeggen: 'Deze is Bacon.' Of: 'Dit moet eigenlijk aan Bacon worden toegeschreven.' Telde je vervolgens door tot het 100ste woord, dan vond je: *dooft*. Dus: 'Deze dooft. Francis Bacon sterft.'

Het bleef even stil, waarna Max tegen Onno zei:

'Volgens mij hebben wij hier niet van terug.'

'Hier hebben wij absoluut niet van terug. Maar,' informeerde Onno voorzichtig, 'als u nu nog met Quintens kijker dat sterfbed daar in Stuttgart in het vizier wilt krijgen, betekent dat dan, dat u toch niet voor de volle honderd procent zeker bent van uw zaak, die mij persoonlijk zo uiterst plausibel voorkomt?'

'Hoe komt u daarbij?' zei Proctor met iets van verontwaardiging. 'Ik zou alleen willen horen, *waarom* Bacon een stuk over de ondergang van Lucifer geschreven wilde zien. Dat zal hij Vondel toch gezegd hebben. Wat had hij als anglicaan met een figuur als Lucifer te maken? Misschien staat dat in verband met al die onzinnige legenden, die zich aan zijn persoon hebben gehecht; maar daar kom ik ook nog wel achter.'

'Natuurlijk,' knikte Onno. 'Dat is noodzakelijk. En waarom koos Bacon juist Vondel uit?'

'Dat spreekt toch vanzelf! Als katholiek had Vondel een verhouding met duivels en engelen, bij een protestant als Gryphius hoefde Bacon daar niet mee aan te komen. Vondel was op dat moment de enige grote toneelschrijver die in aanmerking kwam voor zijn project, - behalve misschien Corneille, maar aan het parijse theater kon je je toen niet zulke fantastische dingen veroorloven als in Amsterdam.'

'Waarom fantastisch?' vroeg Quinten.

'Ja, hoor eens,' zei Proctor, 'dat was nog nooit eerder vertoond in de literatuur: een stuk dat zich van begin tot eind in de hemel afspeelt. Als dat nog niet fantastisch is, dan weet ik het niet meer.'

'Wat heeft u een mooie ring aan,' zei Quinten plotseling.

Een beetje van zijn stuk gebracht keek Proctor er naar.

'Dat is een saffier. Ook een symbool van de hemel.'

'Heel duur zeker.'

'Reken maar. Een steen van vijf karaat kost wel vijfduizend gulden. Dat is één gram.'

Ook Max boog zich nu naar voren.

'Zie je dat die steen precies de kleur heeft van je ogen, Quinten?'

'Komen jullie aan tafel?' vroeg Sophia. 'We eten hutspot met klapstuk.'

*

Al begreep hij maar de helft, zulke gesprekken vergat Quinten nooit. Maar wat hij te horen kreeg op het gymnasium in Assen, waar hij aan het eind van die zomer elke dag met de bus heen moest, kon hij uitsluitend met de grootste moeite onthouden. Bovendien: dat *Gallia est omnis divisa in partes tres* wilde hij wel aannemen; maar dat dat in zijn boek gedrukt was in onderkast, en soms zelfs cursief, vond hij idioot: die letters hadden de romeinen helemaal niet gekend! Dat moesten kapitalen zijn, liefst de Quadrata. Volgens meneer Spier was dat schrift in de middeleeuwen en de renaissance ontstaan, – net als de griekse minuskel: ook de oude grieken hadden alleen in kapitalen geschreven. Toen Onno eens van het Binnenhof opbelde om te zeggen, dat hij het vreselijk vond maar dat hij alweer was verhinderd, had Quinten zich ook bij hem beklaagd:

'Mag dat zo maar veranderd worden? Dat is toch hetzelfde als wanneer je Caesar zou afbeelden in een spijkerpak in plaats van in een toga?'

Waarop Onno had uitgeroepen:

'Goed zo, Quinten, je bent een zoon naar mijn hart! Het moderne theater is aan jou gelukkig niet besteed. Totdat de hemel en de aarde voorbijgaan, zal er niet een jota noch een tittel van de Wet voorbijgaan, totdat het alles zal zijn geschied!'

Dat was natuurlijk weer uit de bijbel, maar waar het op sloeg ontging hem. Sinds die avond na de inwijding van de nieuwe telescopen keek hij nog meer tegen zijn vader op. Aan tafel had hij hem gevraagd, wat dat voor Diskos was waarover hij met Max had gesproken, en voor het eerst was het toen tot hem doorgedrongen, dat zijn vader oorspronkelijk helemaal geen politicus was maar een talengenie, die het etruskisch begrijpelijk had gemaakt. Heel iets anders dan die rare vader van Arend, die zich alleen met steriel abracadabra bezighield, zoals Onno hem naderhand vertelde: hijzelf, had hij gezegd, kon in een handomdraai bewijzen dat Bacon het boek Genesis had geschreven, of de romans van Nabokov: je hoefde maar even naar de eerste vijf letters van diens naam te kijken en je zag dat het een anagram was van 'Bacon', waarbij je moest bedenken dat ook de *c* in het cyrillische alfabet de *ka* was; en de uitgang 'ov' stond natuurlijk voor 'of Verulam', dat sprak vanzelf. Ook Max vertelde hem soms boeiende dingen, – bij voorbeeld dat het er niet toe deed welke kant je opkeek, het verste object was je steeds zelf; of over het raadsel, waarom het 's nachts donker was en niet nog veel lichter dan overdag, met dat onnoemelijke aantal sterren, die allemaal bij elkaar toch eigenlijk één reusachtige zon moesten vormen, één oneindig licht, dat onafgebroken het hele firmament moest beslaan... maar Max was uiteindelijk toch niet zijn vader. Wat zijn pleegvader te maken had met de oorlog, met Hitler, die zijn moeder had vermoord, dat bevond zich in een schrikaanjagende wereld, waar ook meneer Spier huisde, maar waar hij zelf gelukkig niet bij was betrokken.

Ook op het gymnasium bleef zijn belangstelling uitgaan naar zaken, die daar niet werden onderwezen. Vrienden maakte hij er even min als op de lagere school; nog nooit had hij iemand van zijn eigen leeftijd ontmoet met wie hij kon praten over de dingen die hem bezighielden. Maar dat was niet iets waar hij onder leed, noch verbaasde het hem, want hij had zelfs niet het *gevoel* dat hij van een ander slag was dan zijn klasgenoten – zo vanzelfsprekend was het. In de pauze praatte en lachte hij met ze, maar enigszins zoals een acteur zijn rol uitbeeldt; na de voorstelling, als hij weer zichzelf was, was het personage volledig uit zijn gedachten verdwenen. Om dezelfde reden voelde hij zich ook niet hun meerdere, want het kwam niet in hem op zichzelf met hen te vergelijken.

In een bewerkt kistje van zwaar brons, dat hij op zolder tussen de spullen van de baron had gevonden, bewaarde hij de schetsen die hij bijhield van de Burcht uit zijn dromen. Omdat de Burcht naar alle kanten oneindig was, moest hij zich noodgedwongen bepalen tot fragmenten, dwarsdoorsneden, plattegronden, die geen geheel konden vormen maar wel allemaal met elkaar in verband stonden. De dubbelgevouwen papieren zaten in een dikke, beige envelop van de Westerbork Synthese Radio Telescoop, waarop hij in zijn eerste gymnasiumlatijn en met zijn mooiste Quadrata 'Quintens droom' had geschreven: SOMNIUM QUINTI.

Bij zijn speurtocht naar 'het' gebouw had meneer Themaat hem inmiddels op het spoor gezet van de classicistische revolutie-architectuur, die rond het jaar 1800 bloeide – althans in ontwerpen, want gebouwd was er weinig van. Zijn huiswerk weer verwaarlozend, bekeek Quinten de tekeningen van tientallen architecten uit die school, maar steeds keerde hij terug naar de megalomane fantasieën van Boullée. Die gingen werkelijk alle perken te buiten, zei Themaat, en dat mateloze was precies wat Quinten er in boeide. Reusachtige openbare gebouwen, een paleis van justitie, een necropool, een bibliotheek, een museum, een kathedraal, stuk voor stuk van zulke cyclopische afmetingen dat er een loep aan te pas moest komen om de mensen te onderscheiden, die als mieren over de trappen en tussen de torenhoge zuilen krioelden. Ook een giganteske tempel, die je je volgens Themaat moest voorstellen als het Colosseum, bekroond door een koepeldak à la het Pantheon. Hij was gebouwd over een ontoegankelijke, donkere rotsspleet, die naar het inwendige van de aarde leidde; bij de ingang van de grot stond een standbeeld van Artemis Ephesia, de godin met de vele borsten. Schuw staarde Quinten er naar. Begon in die zwarte afgrond misschien de wereld van de Burcht? Even moest hij aan zijn moeder denken, maar dat zette hij onmiddellijk van zich af. Hij dacht bijna nooit aan zijn moeder, want van zijn vader had hij geleerd, dat hij dan aan niets dacht; sinds die ene keer had hij haar ook niet meer bezocht, want hoe moest je niemand bezoeken? Gelukkig vroeg zijn oma hem nooit of hij met haar meeging naar Emmen.

Net zo werd hij gefascineerd door Boullée's extreme ontwerpen voor een Newtonmonument. Wie Newton was, wist hij van Max: de Einstein van de zeventiende eeuw, met wie de moderne wetenschap was begonnen, – en die, vertelde Themaat, in de achttiende eeuw werd vereerd als een soort Messias, aangezien hij als eerste het werk van de wereldbouwmeester had begrepen en nagerekend. De cenotaaf zou hebben bestaan uit een kolossale bol met een doorsnee van meer dan tweehonderd meter, tot de equator gevat in drie trapvormig toelopende, vensterloze cilinders, beplant met colonnades van cypressen, de doodsbomen bij uitstek. Binnen, in de diepe schemering, stond op een verhoging de lege sarcofaag, uitsluitend verlicht door de kleine gaten in de bol, waardoor het zonlicht veranderde in de nachtelijke sterrenhemel. Toen Quinten de minuscule kist in de immense ruimte zag, kwam toch ook weer de gedachte aan zijn moeder in hem op. Een tekening van het bouwwerk bij maanlicht straalde een onheilspellende dreiging uit, alsof de bol een verschrikkelijke bom was die elk ogenblik kon ontploffen en de hele wereld verwoesten, – en op een dag verbeeldde hij zich, dat uit de bovenkant van de kogel een smeulende lont stak. Nog terwijl hij meneer Themaat die fantasie meldde, zag hij meteen ook iets anders: de bom met de lont was tegelijk een appel met een steeltje.

'Volgens mij is dat gebouw eigenlijk die appel, die Newton op zijn hoofd heeft gekregen.'

'Dat heeft nog nooit iemand zo gezien,' lachte Themaat. 'Tot nu toe dachten we altijd aan het heelal.'

'En nu weet ik meteen ook, wat dat voor appel was, die Newton op zijn hoofd kreeg.'

'Is het geheim of mag je het vertellen?'

'Die appel die Eva heeft geplukt in het paradijs.'

'Van de boom der kennis van goed en kwaad!' vulde Themaat aan, en plotseling verviel hij in een van zijn vreemde, overdreven lachbuien, waaraan zelfs zijn lange armen en benen deelnamen, zodat zijn schommelstoel overstag dreigde te gaan. 'Help! *You did it again*, Kuku! En om je stelling te bewijzen,' zei hij en stond op, 'zal ik je meteen nog iets anders laten zien.' Terwijl hij in de stapels tijdschriften zocht, die op de onderste planken van zijn boekenkast lagen, zei hij dat Quinten natuurlijk de overeenkomst had opgemerkt tussen Boullée's Newton-cenotaaf en het Pantheon: dat raamloze ronde en bolle, dat in beide gevallen het universum uitbeeldde. 'Maar als de grondlegger van de moderne wetenschap dus onder de boom der kennis van goed en kwaad heeft gezeten,' zei hij, 'wat denk je dan hiervan?' Met iets triomfantelijks legde hij een foto van een kernreactor op tafel. 'Over jouw bom gesproken. Zie je dat dat ding precies past in de stijltraditie van het Pantheon en van Palladio en Boullée? En het fantastische is, dat die fabriek helemaal niet in een esthetische traditie is ontworpen, maar puur functioneel, door bouwkundige ingenieurs van een overheidsinstelling. Verdraaid, Kuku, ik heb zin om te denken dat het waar is wat je zegt. En als je nu weet, dat het opwekken van kernenergie en dus ook de atoombom te danken is aan Einstein, de tweede Newton, dan heeft Boullée misschien eigenlijk een Einsteinmonument ontworpen.'

'Daarom is het toen niet gebouwd,' knikte Quinten.

'Omdat dat nu pas aan de orde is, wil je zeggen? Ja, waarom eigenlijk niet? Hoewel...' zei hij en vertrok zijn gezicht een beetje, 'er zitten nog een paar haken en ogen aan. Niet technisch, want tegenwoordig zouden we het best kunnen, maar iets dat eigenlijk ook weer met jouw paradijsappel heeft te maken.'

Daarop gaf hij Quinten college over het gigantische. Dat had altijd met de dood te maken. Het Colosseum was gebouwd met het oogmerk, dat daarin gestorven zou worden door mens en dier; de reusachtige, ronde Engelenburcht, ook in Rome, was gebouwd door Hadrianus als mausoleum voor zichzelf en zijn opvolgers. Dat gigantische vond zijn oorsprong in Egypte, waar het hele leven was georiënteerd op het dodenrijk. De pyramiden, die ontkenningen van de tijd, waren ook niets anders dan graven met een sarcofaag er in; en wat Boullée had bewerkstelligd, althans in fantasie, was een verbinding van die necrofiele kolossaliteit met haar tegendeel, de griekse harmonie en matiging. Hij liet hem een blad zien met een ontwerp voor een necropool: een pyramide, waarin aan de basis een halfrond hol was uitgespaard, met daar ingeklemd, als een muis in de val, een grieks tempelfront met zuilen en versierde geveldriehoek. Die porticus in combinatie met die boog herinnerden natuurlijk weer aan het Pantheon, maar tegelijk werd dat levenslustige griekse element beschaduwd en verpletterd door de massaliteit van het egyptische er boven. En die architectonische representatie van het fragiele leven, plotseling blijkbaar bedreigd door de macht van een kolossale dood, keerde honderdvijftig jaar na Boullée terug als de uitbeelding van regelrechte massamoord: in de ontwerpen die Albert Speer had gemaakt voor Adolf Hitler.

Quinten schrok toen hij die naam hoorde: daar had je die schoft weer! Die naam moest eigenlijk helemaal nooit meer uitgesproken worden. Meneer Themaat liet hem foto's zien van de maquettes voor 'Germania', zoals Berlijn na de eindoverwinning had moeten heten, als duizendjarige wereldhoofdstad. Reeksen tomeloze gebouwen, met als germaniakaal hoogtepunt de Grote Hal, die alles overtrof wat ooit was bedacht. Ook dit monstrum kwam naar Speers eigen zeggen voort uit de onuitputtelijke schoot van het Pantheon: een neoclassicistisch zuilenfront met er achter een ronde, overkoepelde ruimte. Maar die koepel was nu twee keer zo hoog als de pyramide van Cheops; er bovenop stond een cilindervormige, omzuilde lantaren voor de lichtinval, die zelf al een paar meter hoger en breder was dan het hele Pantheon, dat op zijn beurt al groter was dan Michelangelo's koepel van de Sint-Pieter. Daar weer bovenop, als de lont van Quintens bom, stond een adelaar met de wereldbol in zijn klauwen. De hal bood plaats aan honderdtachtigduizend mensen, teruggebracht tot de status van vlooien; er moest rekening gehouden worden met wolkenvorming en motregen. Het project ging terug op een schets, die Hitler ooit zelf had gemaakt: aanvankelijk wilde hij bouwmeester worden, vertelde meneer Themaat, maar naderhand ging hij toch liever in het slopersbedrijf, want na zijn zelfmoord stond er geen steen meer op de andere in Berlijn. Zelfs de maquettes waren ten slotte verbrand.

'Nu heb je architectonisch dus alles bij elkaar, Kuku. Hiroshima en Auschwitz. De gigantische triomf van wetenschap en techniek in de twintigste eeuw!'

*

Als hij ongestoord wilde lezen of op zijn fluit spelen, ging Quinten bij mooi weer soms aan de rand van het meertje zitten. Daar, tropisch omkringd door de hoge rododendronstruiken en meestal in het gezelschap van de twee zwarte zwanen, die op hun eigen spiegelbeeld dreven, voelde hij zich beschermd en tevreden. Van takken had hij er een hut gebouwd, waar hij trots op was en die hem beschermde tegen niet al te hevige regens. Maar als iets hem dwarszat, of als hij ergens over moest nadenken, zocht hij meestal een andere plek op: een paar honderd meter buiten het landgoed, achter het terrein van de baron.

Ofschoon er dagelijks tientallen mensen voorbijkwamen, wist hij zeker dat hij de enige was die de plek had herkend, want nooit zag hij iemand speciaal er naar kijken. Er was ook eigenlijk niets aan te zien. Het was de plek van het jaarlijkse paasvuur: een kleine, rechthoekige weide, aan drie kanten ingesloten door hoog bos, aan de vierde door een smalle landweg. In de zomer graasde er een rode koe, die aandachtig opkeek als hij in de greppel ging zitten en zijn armen om zijn knieën sloeg. Misschien had het ook iets te maken met de twee bomen, die uit de donkere bosrand weggelopen schenen en verspreid in het gras stonden, elk op een volmaakt goede plaats, waar zij de ruimte structuur gaven, net als de drie grote zwerfkeien, – maar ook dat verklaarde het geheim niet dat daar hing. Het was of het er warmer en stiller was dan op andere plekken, waar het even warm en stil was.

Hij liet zijn ogen door het besloten domein dwalen en dacht aan de vorige dag. Omdat zijn vader alweer sinds een paar maanden geen tijd had kunnen vinden om naar Groot Rechteren te komen, had hij hem met Max opgezocht in Den Haag, waar zij tot zijn voldoening waren verdwaald in het Tweede-Kamergebouw. In de fractiekamer zei een medewerkster dat hij in de vergaderzaal was, en na een lange routebeschrijving te hebben aangehoord, aan het eind waarvan zij het begin waren vergeten, gingen zij op weg door de doolhof van smalle gangen, trappen omhoog, omlaag, naar links, naar rechts, langs reeksen portretten van ontslapen kamerleden, bibliotheken, commissiekamers, meisjes aan kopieermachines, luid sprekende, kennelijk enigszins aangeschoten journalisten, in vensterbanken beraadslagende politici, - alles veelvuldig vertimmerd, geïmproviseerd, doorgebroken. Maar pas na nog twee keer de weg te hebben gevraagd, deden zij een deur open en stonden plotseling op de publieke tribune.

In de mooie, rechthoekige zaal, met veel rood, bruin en oker, die kleiner was dan Quinten had gedacht, luisterde een onderuitgezakte minister achter de regeringstafel naar het betoog van iemand op de katheder, althans hij deed alsof; in de talloze banken zaten niet meer dan vier of vijf even verveelde afgevaardigden. Onno stond te praten met de kamervoorzitter, maar hij zag hen meteen en maakte een gebaar dat hij naar hen toe kwam.

'Heb dank, dat jullie mij verlossen uit de saaiste der leeuwenkuilen,' zei hij en nam hen mee naar de volle koffiekamer. En daar, terwijl Quinten zijn uitsmijter at, had hij hem gevraagd: 'Je bent nu twaalf - weet je al wat je worden wilt?'

Toen hij niet meteen antwoordde, zei Max:

'Architect, volgens mij.'

Quinten vond het vervelend, dat Max dat had gezegd; het kwam hem te na. Bovendien wilde hij helemaal geen architect worden.

Voorafgegaan door vier honden rende een jonge vrouw over de landweg, gekleed in een lange witte jurk, met ringen aan al haar vingers en ook verder behangen met kettingen en armbanden; zij kwam van de boerderij verderop, waar een commune amsterdamse kunstenaars huisde, drop outs, die genoeg hadden van het leven in de stad. Vrolijk stak zij even een arm op en afwezig groette hij terug.

Dromerig keek hij naar iets dat niet te zien was, maar dat toch op hem af kwam van de stiller dan stille weide met de koe, de drie keien en de twee elzen. De vraag, wat hij wilde worden, was nooit bij hem opgekomen. Hij was toch die hij was - wat moest hij dan nog worden? Maar zijn vader bedoelde natuurlijk een of ander beroep, zoals een jongen in zijn klas altijd verkondigde, dat hij dokter wilde worden. Alleen, hij kon zich niet voorstellen dat hij ooit een of ander vak zou uitoefenen, ook niet dat van architect. Die belangstelling had alleen te maken met zijn droom van de Burcht, maar dat kon Max niet weten. Misschien zou alles wel altijd hetzelfde blijven.

44
Het Niet

Onno mocht dan even min weten wat hij worden wilde, maar het jaar daarop, in 1981, werd hij na de nieuwe verkiezingen door zijn partijleider naar voren geschoven als minister van Defensie. De centrum-rechtse coalitie van de afgelopen vier jaar ging plaatsmaken voor een centrum-linkse, waarin de christendemocratische minister-president vanzelfsprekend niet aan verandering onderhevig was; alleen de conservatieve vice-premier ging de laan uit met zijn club, om vervangen te worden door de nieuwe liberalen en de sociaaldemocraten van het voorvorige kabinet, die zich vier jaar eerder in de luren hadden laten leggen en die nu tot elke prijs weer wilden regeren, – indachtig het adagium, dat de politiek niet degenen verslijt die aan de macht zijn, maar degenen die niet aan de macht zijn.

Tegen het eind van de formatie, op een zondag in augustus, kwamen twintig of dertig van de hoofdrolspelers bij elkaar voor een boottocht op het IJsselmeer. Dat was al maanden eerder georganiseerd door een verlichte, eigenzinnige bankier, die niet alleen de kunsten bevorderde, maar die zelfs zijn meningen niet liet bepalen door zijn belangen, want zijn rijkdom weerhield hem er niet van min of meer links te zijn; en omdat hij, behalve min of meer links, toch ook een rijke bankier was, en bovendien telg uit een oud patriciërsgeslacht, had niemand ooit reden een uitnodiging van hem af te slaan. Maar nu werd het tochtje plotseling een passende gelegenheid voor de nieuwe politieke vrienden om ongestoord hun gevecht om de portefeuilles af te ronden; de voormannen van de conservatieven, destijds ook uitgenodigd, hadden begrepen dat zij maar beter helaas verhinderd konden zijn. Hun plaats werd ingenomen door een aantal gedoodverfde ministers, zoals Onno. Meestal bleef hij zaterdagavond bij Helga overnachten, maar nu was hij naar huis gegaan om haar de volgende ochtend niet wakker te maken; zelf had zij nog een kaartje voor een nachtvoorstelling van de oude film *Les enfants du paradis.*

Eer zij aan boord gingen, dronken de steunende, onuitgeslapen politici koffie in het Muiderslot, maar om elf uur belandden de eerste lege whiskyflessen alweer in de kratten. Het was een drukkende dag; het zeewaardige motorjacht van de bank, bemand door een grijzende kapitein annex stuurman en twee dames in witte schorten die de opvarenden verzorgden, werkte zich voorwaarts door het water dat even grauw was als de lucht. 's Middags zou worden aangelegd in Enkhuizen, waar orgelspel door de sociaaldemocratische partijvoorzitter op het programma stond; daarna volgde de oversteek naar Friesland, naar Stavoren, waar een hotel was afgehuurd. Voor wie niet wilde overnachten, waren daar dan inmiddels de dienstauto's gearriveerd.

In een kring op het achterdek, met een glas rum-cola in zijn hand, legde Onno de bankier uit waarom juist hij door iedereen zo uitermate geschikt werd geacht om minister van Defensie te worden.

'Dat heb ik te danken aan mijn grote mond. Zelfs in mijn eigen partij zijn ze bang dat een sociaaldemocraat niet tegen de generaals op zal kunnen. Maar ze weten, dat ik die lui meteen de eerste dag op een rij zal zetten in mijn kamer en zeggen: «Heren, wanneer één van u ooit meent te moeten dreigen met ontslag, dan kan hij zich automatisch als ontslagen beschouwen». En nadat ik ze trouw tot in de dood heb laten zweren op mijn persoon, zal ik met een verschrikkelijke *first strike* de Sovjet-Unie van de kaart vegen.'

De bankier had een aanstekelijke, astmatische lach die resoneerde in de klankkast van zijn te zware lichaam. Hij zweette en met een krant verjaagde hij onophoudelijk de myriaden kleine mugjes, die de boot begeleidden. Zij waren trouwens niet de enige begeleiders: op een afstand van een paar honderd meter, iets achter hen, voer een patrouilleboot van de rijkspolitie te water. Ook op de voorplecht had zich een gezelschap verzameld, maar de belangrijke zaken vonden in de kajuit plaats, waar niemand binnenging zonder geroepen te zijn. Door de open deur onder aan de steile treden kon Onno hen zien aan de salontafel: de minister-president en de twee andere partijleiders met hun intimi. Regelmatig ging iemand naar de stuurhut om te telefoneren. Kennelijk haperde er iets, want al sinds een uur waren zij uitsluitend onder elkaar. Iedereen noemde iedereen bij zijn voornaam, maar het personeel werd met 'meneer' en 'mevrouw' aangesproken. Hoezo eigenlijk? vroeg Onno zich af, – hoezo was het eigenlijk zo dat dit handjevol mensen de dienst uitmaakte in Nederland? Hoe was het mogelijk, dat het mogelijk was? Blijkbaar bestonden er inderdaad twee verschillende soorten mensen in de wereld. Hij dronk zijn glas leeg, keek de kring rond en wilde vragen of er niet eigenlijk ook een god aan boord behoorde te zijn, maar hij beheerste zich.

De eerste tekenen van dronkenschap begonnen merkbaar te worden. Op de voorsteven riep een minister ad interim al enige tijd 'Recht zo die gaat!' naar de stuurman, die elke keer glimlachend knikte. Een doorgewinterd politicus in een te dikke schipperstrui zei dreigend tot een dame van de bediening: 'Vannacht zal ik uw haren tellen'. Langzaam en overbodig draaide de radarantenne in het rond; zij passeerden Marken, en toen zij Volendam en Edam achter zich hadden gelaten, zonk de kust geleidelijk weg in de horizon. Ofschoon de boot zich in het middelpunt van uitsluitend water bevond, werd het steeds benauwder. Iedereen was er intussen van overtuigd, dat in de kajuit de zaken niet naar wens verliepen: er was iets aan de hand. Terwijl Onno bij de reling met de minister van Buitenlandse Zaken de delicate kwestie besprak van de kroonprins, die naar alle waarschijnlijkheid onder zijn regime dienstplichtig zou worden, kwam zijn partijleider uit de kajuit. Zijn das zat los en van achteren hing zijn hemd uit zijn broek; met stuntelige, ongecoördineerde gebaren nam hij Onno apart achter de sloep. Het werd stiller aan dek, en meteen wist Onno dat er iets grondig mis was.

De leider met zijn kale kruin, premier van het kabinet waarin Onno staatssecretaris was geweest, vice-premier van het komende, twee hoofden kleiner dan hij, wapperde met een vel papier en keek naar hem op.

'De pleuris is uitgebroken, Onno. Was jij in zevenenzestig op Cuba?'

Daar had je het.

'Ja.'

'Nam jij daar deel aan...' – hij zette een leesbril met een zwaar montuur op en keek op het papier, maar Onno maakte zijn vraag meteen af:

'*La primera Conferencia de La Habana?* Ja, maar eigenlijk ook niet.'

Sprakeloos nam de leider zijn bril af en bleef hem even aankijken.

'En zat jij daar werkelijk in de eerste commissie – die van de Gewapende Strijd? Ik kan het bijna niet uit mijn strot krijgen.'

'Ja, Koos.'

Verbijsterd draaide Koos even om zijn as en keek uit over het water; in zijn nek kwamen zijn iets te lange witte haren bij elkaar in een reeks punten, als haaientanden.

'Wat heeft dit in vredesnaam te betekenen? Denk je nu werkelijk, dat je met zo'n feit in je biografie op Defensie kunt gaan zitten? Waarom heb je dat voor me verzwegen?'

'Ik heb niets verzwegen, ik heb er eenvoudig nooit meer aan gedacht. Het is veertien jaar geleden. Voor mij was het een mal incident, dat niets te betekenen had.'

'Hoe dom ben jij eigenlijk, Onno?'

'Zo dom dus.'

'Weet je wel wat je de partij aandoet? De hele formatie staat nu misschien weer op losse schroeven. Zeg op, wie ben jij? Heb je daar soms ook een guerrilla-opleiding gehad?'

Onno negeerde die opmerking en vroeg:

'Is dat een anonieme brief?'

'Ja.'

'Dan weet ik wel, wie hem geschreven heeft.'

'Wie dan?'

'Bart Bork.'

'Bart Bork? Bart Bork? Die communistische studentenleider van destijds? Was je samen met hem op die conferentie?'

'In tegendeel. Hij kwam er niet in. Maar hij had nog een appeltje te schillen met mij, en het ziet er naar uit dat hem dat gaat lukken.'

'Zou je mij nu alsjeblieft onmiddellijk willen vertellen, hoe de vork in de steel zit?'

'Ik stel het op prijs dat te doen waar de formateur bij is.'

'Mij best.'

'Is die brief aan jou gericht?' vroeg Onno, terwijl zij onder de zwijgende blikken van de anderen naar de kajuit gingen.

'Nee. Dorus legde hem daarstraks ineens op tafel. Verdomme, Onno, ik gun het hem niet.'

Onno wist, dat de minister-president de vloek was van Koos' leven. Toen Dorus minister van Justitie was in zijn eigen kabinet, had hij zich al doodgeërgerd aan die bigotte zeloot, die geen abortus door de vingers kon zien, – om over euthanasie te zwijgen, – maar die wel meedogenloos liet schieten bij de treinkapingen door de molukkers in Drenthe; bij de vorige formatie was hij bikkelhard buitenspel gezet door hem, als oppositieleider had hij geen vat op hem gekregen, en nu moest hij ook nog onder hem dienen. Politiek was de voortzetting van de oorlog met andere middelen, waarin je kon winnen of verliezen; alleen, het probleem was dat je aan winnen wende, maar aan verliezen nooit. Dat hield in dat er bij verliezen meer door je heen ging dan bij winnen, dat je bij verliezen heviger leefde, wat weer tot gevolg had dat sommige mensen uiteindelijk liever verloren dan wonnen, want winnen verveelde hen. Onno had Koos graag eens gezegd, dat die destructieve neiging een veel grotere vijand van hem was dan Dorus, maar dat had hij nooit gedurfd.

Intussen was ook Dorus aan dek verschenen, waar hij van iedereen applaus kreeg toen hij even op zijn handen ging staan om zich te ontspannen. Onno zag dat Koos, die vijftien of twintig jaar ouder was dan Dorus en die nauwelijks behoorlijk op zijn voeten kon staan, ook hierdoor weer mateloos werd geïrriteerd. Net als Onno kwam hij uit een calvinistisch gezin.

In de warme kajuit hing even later een stemming van ijs. Verder zat alleen Piet nog aan tafel, de nieuw-liberale voorman.

'Men luistert,' zei Dorus. Ook hij was in hemdsmouwen, zijn haren pijnlijk zorgvuldig gekamd. Zijn voorkomen had iets fragiel jongensachtigs, maar zijn geloken ogen die hij op Onno gevestigd hield en zijn vlezige, iets geknepen lippen in zijn strakke gezicht met de spitse neus spraken een andere, onverbiddelijker taal.

Onno verbaasde zich over zijn eigen rust. Zonder dat hij het gevoel had dat het nog iets uitmaakte, vertelde hij hoe het veertien jaar geleden in zijn werk was gegaan. Zijn ontmoeting met Bork na de politiek-muzikale manifestatie in Amsterdam, waar hij had aangekondigd dat hij, Onno, na de revolutie strandjutter zou worden op Ameland, – en dat het precies die onheilspellende opmerking was geweest, die voor hem de doorslag had gegeven om in de politiek te gaan. Vervolgens de cubaanse uitnodiging aan zijn vrouw, het misverstand op het vliegveld en de brisante conferentie waarin hij terechtkwam. Over de rol van Max, die hem had overgehaald, zweeg hij. Ten slotte zijn ontmoeting met Bork in het park van Havana, waar hij zwart geld wisselde, en waar hij zijn gram had gehaald.

'En nu is het zijn beurt dus weer,' besloot hij. 'Maar het was een interessante conferentie, waar ik veel van heb geleerd. Alleen, achteraf gezien was het misschien verstandiger geweest wanneer ik mij als persvertegenwoordiger had laten inschrijven.'

Dorus tikte een paar keer de toppen van zijn gespreide vingers tegen elkaar en keek de kring rond.

'Wij geloven je.'

'Ik ten minste wel,' zei Piet, met in zijn blauwe ogen de verbaasd-onschuldige blik die hem zoveel stemmen opleverde.

'Bovendien,' vervolgde Dorus, 'stel ik je eerlijkheid op prijs. Er zijn ook fotokopieën van de congresadministratie bij, ten name van een zekere Onno Quits, en je had kunnen zeggen dat dat iemand anders is, of dat zij vervalst zijn. Zo lang er geen foto bestaat, waarop je te zien bent in gezelschap van de onverschrokken doctor Castro Ruz, had je een heel eind kunnen komen.'

'Ik lieg niet, Dorus, want ik heb niets te verbergen.'

'Maar zoals de zaken nu liggen, wat is er mee gewonnen dat wij je geloven? Zullen de chefs van staven je geloven – of willen geloven? Het is als met die ondeugende bisschop, die wordt aangetroffen in het bordeel en die verklaart: «Om het kwaad te kunnen bestrijden, moet men het kwaad kennen». Waar is je autoriteit gebleven? Want ik verzeker je, dat de generaals binnen vierentwintig uur ook in het bezit zijn van deze documenten. Dit epistel,' zei Dorus en legde zijn smalle, verzorgde hand er op, 'is namelijk niet aan mij gericht, maar aan de amerikaanse ambassadeur, die de wellevendheid had het mij gisteravond per koerier te doen toekomen. Welnu, dat wil zeggen dat de CIA het inmiddels weet, dat weldra onze eigen diensten het weten en dat ze het in Brussel zullen weten, op het NAVO-hoofdkwartier, onder de aartsvaderlijke leiding van onze onvolprezen landgenoot. De heer Bork heeft zijn werk grondig verricht. En gij moogt u er van overtuigd houden, dat onze amerikaanse vrienden geen enkel risico willen lopen, hoe gering ook, dat binnen de verdragsorganisatie een fidelistische rakker het voor het zeggen zou krijgen over de strijdkrachten in de noordduitse laagvlakte, en dat dit individu op de hoogte zou worden gesteld van vitale militaire geheimen, zodat de Koude Oorlog wellicht te vergeefs ware gevoerd.'

Daarmee was ook de openstaande rekening van de vergeefs gevoerde Tachtigjarige Oorlog vereffend. De politiek, dacht Onno, was een vak waarin alles tot op de laatste cent werd afgerekend.

'Het is hopeloos, Onno,' zuchtte Koos, zonder zijn dunne sigaartje uit zijn mond te nemen. 'Je bent afgebrand. Je mag trouwens best weten, dat al in mijn tijd sommige generaals met rare ideeën rondliepen: *ik* ging ze al te ver. Bovendien hebben bepaalde monarchistische groeperingen uit het voormalige verzet sinds het begin van de jaren zeventig wapenvoorraden aangelegd, voor het geval Nieuw Links aan de macht zou komen. Zij weten dat wij weten wie zij zijn en waar ze die troep begraven hebben, en als minister van Defensie zou jij dat ook te weten komen.'

'Dat is te zeggen,' merkte Dorus op, 'we weten wat we weten, maar we weten niet wat we niet weten.'

'Het zal zo'n vaart wel niet lopen,' zei Koos, 'het zijn overwegend nette mensen, al zijn ook daar weer een paar generaals bij. Het is om je een indruk te geven van de sfeer.'

Met een mengsel van verdoving en opluchting zei Onno:

'Het spreekt vanzelf dat ik mij terugtrek.'

'En als onze gevederde vrienden van de pers informeren, op grond waarvan?' vroeg Dorus. 'Je naam circuleert al een paar weken in de kranten.'

'Omdat jullie in jullie ondoorgrondelijke wijsheid tot een andere portefeuilleverdeling hebt besloten, waardoor ik helaas uit de boot viel. Of bedenk maar een ziekte voor mij. Zeg maar dat ik een lichte hersenbloeding heb gehad.'

'Onzin,' zei Piet. 'Waarom zou je moeten liegen omdat je niet wilt liegen? Bovendien brengt die Bork de zaak misschien ook nog in de openbaarheid. Als iemand wat vraagt, zeg je gewoon hoe het is en over een jaar word je burgemeester van Leiden.'

'Het strandjutterschap van Ameland,' zei Dorus met uitgestreken gezicht, 'schijnt namelijk al vergeven te zijn.'

'Dorus!' riep Piet verwijtend, maar ook met een lach.

'Laat maar weten wat je hebben wilt,' mompelde Koos.

'En wie,' vroeg Piet, 'krijgt nu Defensie?'

'Voor die buitengemeen verantwoordelijke functie hebt gij wis en drie een *sweet prince* aan boord, die ons allen dierbaar is.'

'Ogenblik!' zei Koos verontwaardigd, terwijl hij een wijsvinger opstak waarvan het bovenste kootje haaks was vergroeïd. 'Dat betekent dat wij dan – '

'Ongetwijfeld,' viel Dorus hem in de rede. 'Met zijn kristalhelder brein heeft ome Koos terstond de essentie van mijn spontane inval doorgrond.'

Onno was opgestaan en zei dat hij zich hier nu verder overbodig voelde. Zij spraken af, dat hij de anderen voorlopig niets zou zeggen; als Gods zegen er op rustte, zouden zij misschien al uit de problemen zijn eer zij in Stavoren aankwamen. Onno beloofde, dat hij niet zou drossen in Enkhuizen.

Toen hij weer in zijn stoel op het achterdek ging zitten, keek iedereen in de kring hem zwijgend aan, maar niemand vroeg iets. Alleen Dolf, de slecht geschoren katholieke minister van Economische Zaken, legde in het voorbijgaan even een hand op zijn schouder. Liefst, overwoog Onno, werd hij nu onmiddellijk met een kanon van het schip naar de wal geschoten, want hier had hij niets meer te zoeken. Terwijl de gesprekken hervat werden, stelde hij gelaten vast dat hij wederom niet wist wat hij worden wilde. Van de ene minuut op de andere was alles weer veranderd. Hij voelde er niets voor om eenvoudig in het parlement te blijven zitten, en een burgemeesterschap kwam al helemaal niet in aanmerking, noch het directeurschap van Zuiver Wetenschappelijk Onderzoek, noch iets in 'Europa'; dat hij nu definitief uit de politiek ging, stond vast. Het was begonnen met Bork en het eindigde met Bork. Dat zijn leven voorgoed was verbonden met het zijne, vervulde hem met walging. Hij zag zijn loerende ogen voor zich en kreeg het gevoel of er een weerzinwekkend insekt over hem heen was gekropen; met beide handen wreef hij over zijn gezicht om het te verjagen. Daarop dacht hij aan Max, die uiteindelijk alle wendingen in zijn leven op zijn geweten had, maar hem nam hij niets kwalijk. De enige wie hij zijn val niet gunde, was zijn gepensioneerde oudste broer, – zijn vader hoefde het gelukkig niet meer mee te maken. En wat Helga betreft: zij zou vermoedelijk alleen maar blij zijn dat het zo was gelopen.

*

De weinige enkhuizenaren, die hen die zondagmiddag door de stille, oude straten van de jachthaven naar de kerk zagen wandelen, bleven staan en wisten zeker dat zij droomden: daar liep niet alleen de minister-president, maar *iedereen.* Dat was natuurlijk uitgesloten, want al die gezichten hoorden thuis op de televisie en niet in hun stadje: als het werkelijk zo was, dat die hele macht zich nu in Enkhuizen bevond, dan dreigde er vermoedelijk groot gevaar voor hen.

Ook de burgemeester en de plaatselijke politie wisten van niets, alleen de pastoor en de koster heetten hen welkom. Ginnegappend als een schoolklas verspreidden de bezoekers zich in het middenschip over de houten banken. Om zich te vertreden waren ook Koos, Dorus en Piet meegekomen, maar zij trokken zich meteen terug in een zijbeuk, waar zij onder een schilderij van de heilige Sebastiaan hun beraadslagingen voortzetten. De kerk geurde nog naar de wierook van de ochtendmis. De minister, die daarstraks onophoudelijk 'Recht zal hij gaan!' had geroepen, besteeg plotseling de trap naar de kansel, ongetwijfeld om een gereformeerde donderpreek te houden, maar daar werd hij door zijn staatssecretaris voor behoed. Inmiddels had de sociaaldemocratische partijvoorzitter, protestants theoloog van huis uit, zich onzichtbaar gemaakt, – en kort daarop dreunde achter hen Bachs even onzichtbare variatie op het koraal *Vom Himmel hoch da komm' ich her* uit de roerloze pijpen.

Onno draaide zich even om: het orgelfront deed hem denken aan de opengesperde muil van een baleinwalvis, die hem in de rug aanviel. Hij voelde zich volledig misplaatst, zowel in deze katholieke kerk als nu ook in dit gezelschap. Gegeneerd dacht hij terug aan zijn opgeblazen woorden van daarstraks, dat hij de generaals op een rij zou zetten en bedreigen, – daar zou men hem voor de aardigheid nog wel eens aan herinneren, wanneer men hem toevallig weer eens tegenkwam. Terwijl hij een zekere verstarring in zijn lichaam voelde, keek hij naar het crucifix op het altaar en luisterde naar de muziek. Borks opmerking van destijds mocht dan de doorslag hebben gegeven om in de politiek te gaan, daarachter lag een diepere beweegreden: zijn echec met de Diskos van Phaistos. Nu er blijkbaar een kringloop was volbracht, moest hij dan niet toch weer proberen daarheen terug te keren? Vier jaar geleden had hij nog in het kamerlidmaatschap kunnen vluchten, nu was alles veel definitiever. Misschien kwam het door Bach, maar plotseling trok het vooruitzicht hem aan. Hij zou zich natuurlijk weer helemaal moeten inwerken, ook de vakliteratuur had hij niet meer bijgehouden gedurende die veertien jaar; het enige dat hij zeker wist, was dat de ontcijfering nog steeds niemand was gelukt, ook Landau niet, zijn israelische concurrent, want die zou zich beslist het genoegen niet hebben laten ontgaan, hem dat persoonlijk te berichten. Hij zuchtte diep. Wie weet, misschien waren al die jaren nodig geweest om diep in hemzelf de oplossing te laten rijpen: misschien kreeg hij binnen de kortste keren de verlossende inval!

De koster kwam uit de sacristie en vroeg iets aan iemand op de voorste rij, die zich omdraaide, zoekend rondkeek en naar hem wees. Vragend hief Onno zijn gezicht op, waarop de koster met zijn rechterhand een draaiende beweging naast zijn oor maakte. Verwonderd kwam Onno overeind, terwijl twee dingen tegelijk door zijn hoofd speelden: hoe kon iemand weten dat hij hier was – en hoe was het mogelijk, dat het gebaar voor 'telefoon' nog steeds werd bepaald door het mechaniek van een toestel, dat sinds een halve eeuw niet meer bestond en alleen nog was te zien op films van Stan Laurel en Oliver Hardy?

De koster bracht hem naar de sacristie. De telefoon stond op een tafel met een donkerrood kleed; in een wandkast met opengeschoven deuren hingen lange misgewaden, als de garderobe van een romeins keizer.

Onno nam de hoorn op.

'Quist.'

'Bent u de heer Onno Quist?' vroeg een vrouwenstem.

'Ja, met wie spreek ik?'

'Meneer Quist, dit is het hoofdbureau van politie in Amsterdam. Via het kabinet van de minister-president hebben we uw verblijfplaats achterhaald. Het spijt ons, maar u moet u voorbereiden op een schokkend bericht.'

Onno voelde zich verstijven en dacht meteen aan Quinten.

'Zegt u het maar, wat is er gebeurd?'

'Het is bij ons bekend, dat mevrouw Helga Hartman uw vriendin is.'

Het was of die twee woorden, *Helga Hartman*, als kogels zijn lichaam binnendrongen.

'Ja, en wat is daarmee?'

'Er is haar afgelopen nacht iets zeer ernstigs overkomen.'

Onno kon plotseling niet meer spreken; als een bal zat zijn adem klem in zijn keel.

'Meneer Quist? Bent u daar nog?'

'Is ze dood?' vroeg hij schor.

'Ja, meneer Quist...'

Was dit mogelijk? Helga dood? *Helga dood?* Langzaam vergrootten zich zijn ogen van ontzetting, het was hem of hij leegliep, richting Amsterdam, waar haar dode lichaam moest zijn.

'Echt helemaal dood?' vroeg hij, meteen ook zelf het idiote van die vraag horend.

'Ja, meneer Quist.'

'Wel godverdomme!' schreeuwde hij plotseling. 'Hoe is dat in godsnaam gebeurd?'

'Weet u zeker dat u door de telefoon –'

'Zeg het alstublieft! Meteen!'

Diep in de nacht moest zij overvallen zijn, terwijl zij de voordeur van haar huis openmaakte. Zij werd naar binnen gesleurd en in de vestibule meedogenloos bewerkt met een mes, vermoedelijk door een verslaafde; nadat haar woning was doorzocht, werd zij aan haar lot overgelaten. Van de dader geen spoor. Omdat ook haar stembanden waren geraakt, kon zij niet om hulp roepen, maar hevig bloedend slaagde zij er in de deur weer open te krijgen en naar de telefooncel aan de overkant van de kade te kruipen, met in haar hand wat kleingeld, dat in haar leeggehaalde tas was achterbleven. Kennelijk wilde zij daar het alarmnummer bellen, – en als er onmiddellijk hulp was geboden, had zij het vermoedelijk overleefd, maar de telefoon was vernield. Denkelijk pas een uur later, tegen de ochtend, werd zij gevonden door een voorbijganger; toen was zij al door bloedverlies overleden. In het mortuarium van het Wilhelmina Gasthuis lag zij opgebaard.

*

Onno ging niet meer terug naar de anderen, door een zijdeur kwam hij op straat. Bij het gesloten kerkportaal was intussen een kleine samenscholing ontstaan, maar niets van zijn omgeving drong nog tot hem door; zonder te zien waar hij liep, dwaalde hij langs een smalle gracht het stadje in.

Helga was dood. Er had zich een woestijn in hem gevormd. Liefst had hij gehuild, maar het bleef uitgedord in hem. Zinloos afgeslacht hadden ze haar. Zij bestond niet meer, in een amsterdamse kelder lag haar gemutileerde lichaam onder een laken en op dit moment verkeerde haar moordenaar in staat van heroïnezaligheid. Misschien zou hij hem eens zien in de stad, graaiend in een prullenbak – hoe kon hij ooit nog op straat komen? Hij moest weg, voorgoed weg uit Nederland. Eerst Ada, nu Helga. Alles was tot de grond toe afgebroken. Had hij van haar gehouden? Hij had nooit goed begrepen wat andere mensen bedoelden als zij zeiden, dat zij van iemand hielden, maar in elk geval was Helga een deel van hemzelf dat nu dood was. Waarom werden verslaafden niet van de straat gehaald, op grond van de krankzinnigenwet? Misschien zou hij nog worden gepakt, – maar hoe stond het met de vandalen die de telefooncel hadden vernield, waardoor zij was doodgebloed? Zonder hen had zij nog geleefd. Die zouden nooit worden gepakt en die werden ook niet gezocht. Werden zij toevallig op heterdaad betrapt, dan stonden zij een half uur later met een reprimande weer op straat. Roof en moord konden bestreden worden door de politie, maar vandalisme kon alleen worden voorkomen door despotisch gezag, of door God in de hemel, aan wie niemand hier meer geloofde. Hij bestond niet, maar zo lang men aan hem geloofde en zijn geboden geldigheid hadden, werden er geen openbare telefoons vernield voor de lol. Helga was dood. Was de leugen dus noodzakelijk, aangezien het alternatief despotisch gezag was? In Moskou werden net zo min telefooncellen vernield als in Mekka. Was de keuze die tussen misleiding en despotie? Aan een wereld waarin de zaken zo lagen deed hij niet meer mee. Moest hij kiezen tussen een theocratie en een wereldse tyrannie? Kon de samenleving alleen behoorlijk functioneren op basis van angst? Moest de mens van bovenaf een politieman ingebouwd krijgen? Was hij in aanleg slecht en werd hij alleen goed onder slechte omstandigheden? Moesten zijn omstandigheden dus uit humane overwegingen verslechterd worden? Was Rousseau de grootste gek aller tijden? In Holland waren de mensen nooit zo humaan geweest als in de winter van '44-'45, toen duizenden van honger stierven en rondom de schoten van de executiepelotons knalden. Het was hopeloos. Helga was dood. Zijn collega's in de kerk, zijn voormalige collega's, moesten maar zien hoe zij er mee uit de voeten kwamen met hun tolerantie, – door niet te kiezen, bleef voor hen alleen de anarchie over. Fidel had zijn eigen optimistische ontwerp, met het ideaal van de Nieuwe Mens in de rol van God, en Che in die van zijn vermoorde zoon, – hij had zijn zegen, maar voor hemzelf was het nu afgelopen. Hij stapte er uit. Helga was dood. Nooit meer politiek, nooit meer een vriendin; misschien alleen nog de Diskos van Phaistos. Niets wilde hij meer worden. Hij was afgebrand. Wat was dit voor dag? Hij keek om zich heen, naar de brave, zondagse gevels. Vermoedelijk was zij nooit in Enkhuizen geweest, Helga, zo min als hijzelf; maar nu was zij er niet op dezelfde manier niet als waarop zij er vroeger niet was geweest: haar dood had een heel ander, blijvend NIET in de wereld en in hemzelf geplant. Het was achter de rug. Zijn besluit was genomen: hij ging verdwijnen. In andere beschaafde landen was het natuurlijk geen haar beter dan hier, maar daar kende althans niemand hem, want ook zelf wilde hij van nu af niemand meer kennen – zelfs Quinten niet. Hij was een vreemde geworden voor iedereen, voor zichzelf in de eerste plaats. Hij bleef geen dag langer in Nederland dan nodig was.

45
Veranderingen

De laatste keer dat Max, Sophia en Quinten hem zagen, was op Helga's begrafenis geweest, waar ook veel politici en journalisten waren verschenen. De pers had hem met mededogen behandeld; de indruk was ontstaan, dat hij afzag van het ministerschap vanwege de dood van zijn vriendin. Iedereen vond het het beste, dat maar zo te laten. Vanzelfsprekend had hij een matte, neerslachtige indruk gemaakt, maar uit niets was gebleken dat hij van plan was alles op te geven, ook niet bij het afscheidnemen. Een week later kregen zij elk een handgeschreven brief, nog in Amsterdam gepost, die zij gelijktijdig lazen aan de ontbijttafel op het balkon.

Beste Max,
Wij zullen elkaar vermoedelijk niet weerzien. Ik ga weg en kom niet terug. Ik ben over de rand geduwd. Hopelijk begrijp je dat ook zonder dat ik het uitleg, want ik kan het niet uitleggen. Ik weet alleen zeker dat ik mij onzichtbaar moet maken, een beetje als een stervende olifant. Die ik was bestaat niet meer, en alles wat er nog gebeurt in mijn leven is eigenlijk al posthuum. Jou hoef ik niet te vertellen, dat er mensen zijn die onnoemelijk erger dingen hebben doorstaan en toch niet zo reageren als ik, maar dat zijn andere men-

sen dan ik. Je hebt ook mensen, die zich bij veel minder al ophangen. Ik weet niet of het mogelijk is wat ik wil, namelijk dat ik niets meer wil, maar ik moet het in elk geval proberen. Ik wil alleen nog een paar dingen ten einde denken. Dat ik mij ook losmaak van degenen die mij het liefste zijn, zoals van jou, en van Quinten natuurlijk, en van mijn jongste zuster, in plaats van mij nauwer bij jullie aan te sluiten, dat is ook mijzelf een raadsel; maar welk standpunt kan een mens innemen om het raadsel op te lossen dat hij zelf is? Misschien heb ik mij eigenlijk altijd al aan alles willen onttrekken.

Tussen Ada's ongeluk en de moord op Helga ligt mijn politieke loopbaan, waaraan nu ook een eind is gekomen. Mijn leven is niet denkbaar zonder het jouwe, tot en met vorige week heb je het in hogere mate bepaald dan je zelf weet. Ik besef dat dit mysterieus klinkt, maar laat het dat maar blijven. Hoeveel wij ook besproken hebben, vooral in die eerste maanden, het wezenlijke bleef toch altijd verzwegen. Wat was dat tussen ons, Max? Gilgamesch en Enkidu? Weet je nog? De 'mentopagus'? Ik ben niets vergeten en ik zal ook niets vergeten, de herinnering aan onze vriendschap zal tot mijn laatste snik bij mij zijn. Dat je je hebt willen ontfermen over Quinten – je voorafgaande levenslustigheid verloochenend op een manier, die mij eerlijk gezegd ook vandaag nog verbijstert – is iets dat mij niet alleen vervult met diepe dankbaarheid, maar ook met een misschien nog dieper schuldgevoel. In feite was hij van meet af aan veel meer jouw zoon dan de mijne. Zorg goed voor hem, de paar jaar die hij nog bij jullie is. Alle praktisch-financiële dingen zijn geregeld met mijn bank; dat gaat vanzelfsprekend allemaal gewoon door. Soms krijg ik de indruk dat hij alles al weet, maar mocht hij willen studeren en op kamers gaan wonen, dan wacht hem een toelage.

De huur in de Kerkstraat heb ik opgezegd en mijn spullen staan voorlopig bij Dol op zolder; mocht een van jullie er iets van willen hebben, dan kan hij het halen. Behalve mijn advocaat, Hans Giltay Veth (zoon overigens van je vaders verdediger na de oorlog), weet niemand hoe ik bereikbaar ben, ook mijn familie niet. Als er echt iets is, richt je dan tot hem. Het ga je goed, Max, ook in je wetenschappelijke werk. Ontsluier de Big Bang! Ik zal aan je blijven denken als aan iemand, die het antwoord op een vraag al wist eer hij was gesteld.

Je Onno

Geachte mevrouw,
Elke andere aanhef zou even idioot klinken, dus laat deze het dan maar zijn. Max zal u mijn brief laten lezen, waarin staat dat ik ga verdwijnen. Dat lijkt er op of ik een moeilijke beslissing heb genomen, waarover ik lang heb nagedacht, maar zo is het niet gegaan. Meteen nadat ik had gehoord wat er met Helga was gebeurd, wist ik zeker, dat het niet anders kon. Zoals het nu met mij is gesteld, ben ik ongeschikt geworden voor iedere sociale band. Op de achtergrond heeft Ada's lot daar natuurlijk alles mèe te maken.

Het kost mij moeite, deze regels te schrijven. Ofschoon wij nooit onenigheid hebben gehad, zijn wij ook nooit echt in contact met elkaar gekomen. U heeft mij niet gekozen en ik heb u niet gekozen; maar omdat Ada en ik elkaar kozen, kregen ook u en ik met elkaar te maken, terwijl wij elkaar al die jaren eigenlijk zo vreemd zijn gebleven als wezens uit verschillende werelden. De natuur doet kennelijk alleen op korte afstand aan psychologie, en daar hebben wij ons bij neer te leggen. Maar dat laat het feit onverlet, dat uw dochter mijn vrouw is… of was, – die schemertoestand van de vervoeging drukt precies de diepte van de rampspoed uit. Onze vijf levens zijn voorgoed met elkaar verweven: die van u, mij, Ada, Max en Quinten.

Nooit zal Ada weten, hoe voortreffelijk u nu alweer sinds dertien jaar haar taak hebt overgenomen, maar ik weet het en ik wilde dat ik het vermogen had om uiting te geven aan mijn gevoelens. Jammer genoeg kan ik dat niet; maar ik troost mij met de gedachte, dat degene die het wel kan die gevoelens misschien niet bezit. Laat ik zo zeggen: ik ben u in een aantal opzichten dankbaarder dan mijn eigen moeder. Ada is vlees van uw vlees: mochten er beslissingen over haar genomen moeten worden, dan hebt u vanzelfsprekend het laatste woord.

Vergeeft u mij de formele toon van deze brief. Vaarwel, het ga u goed.

Uw schoonzoon

Mijn lieve Quinten!
Je zult zelf al wel hebben gemerkt, dat in het leven aldoor alles verandert – meestal gebeurt dat geleidelijk en bijna onmerkbaar, maar soms ook plotseling en heel ingrijpend. Als je ergens heen fietst is er niet veel aan de hand, maar als je valt en je breekt een been, dan is er opeens een heleboel aan de hand. De oorlog is zoiets, maar niet alleen de oorlog. Mama en ik leefden heel rustig met elkaar, maar nadat zij mij op een dag vertelde dat jij geboren ging worden, – dat wil zeggen, op dat moment wisten wij natuurlijk nog niet dat jij het zou zijn, zelfs niet of het een jongen of een meisje was, – toen was eigenlijk niets meer hetzelfde. Dat was natuurlijk een leuke verandering, maar toen mama dat ongeluk kreeg, was alles op een vreselijke manier heel anders. Je hebt intussen ook al aan het graf van opa en van oma To gestaan, die waren heel oud en als je heel oud bent ga je nu eenmaal dood; maar een paar dagen geleden hebben we ook tante Helga begraven. Kun je je voorstellen, dat ik er plotseling niet meer tegen kan? Misschien had je dat niet van mij verwacht, en misschien vind je het lullig van mij, ik kan er niets aan doen. Het is net als met een lucifer: je kunt hem twee keer breken en dan blijven de helften nog aan elkaar zitten, maar bij de derde keer gaat hij doormidden. In sommige landen heb je kleine waslucifers, die kun je net zo vaak heen en weer buigen als je wilt en die breken nooit; maar daar hoor ik dus niet bij. Dat zijn trouwens rotlucifers, waar je altijd je vingers aan brandt.

Dat ik je deze brief schrijf, betekent nu ook voor jou weer zo'n verandering. Als je dit leest, ben ik weg. Ik ben ondergedoken, zoals dat in de oorlog heette; toen doken er mensen onder voor de duitsers, ik ben ondergedoken voor het bestaan zelf. Misschien vind je dat raar voor zo'n praatjesmaker als ik, misschien zul je mij op een dag er voor verachten en misschien doe je dat nu al, maar zo is het dus. Ik ben weg voor jou, zoals ik ook voor mijzelf weg ben. Je zult mij nauwelijks missen, want er verandert niet veel. Nooit ben ik een echte vader voor je geweest, altijd een soort oom in de verte. Max is je vader, zoals oma je moeder is. Je hebt vaders en zonen in de wereld, en ik heb altijd meer bij de zonen gehoord dan bij de vaders. Misschien ben jij wel meer een vader dan ik. Vergeet mij maar, ik wil alleen nog wat nadenken. Zie mij maar als een heremiet, die voor de rest van zijn leven de woestijn in gaat.

Vergeef mij en zoek mij niet, want je zult mij niet vinden.

Je verloren vader

Quinten keek op en ontmoette de ogen van Max en Sophia, die ook elkaars brieven al hadden gelezen. In de ochtendzon waren de eerste wespen alweer neergestreken op de honingresten.

'Wat is een heremiet?'

'Een kluizenaar.'

'Is papa nu net zo weg als mama?'

Onafgebroken hoorde Max een regel in zijn hoofd: *Ich bin der Welt abhanden gekommen*, – het was of Onno's boodschap zich daarachter verborg, zodat zij nog niet werkelijk tot hem kon doordringen. Ook was hij geschrokken van de zin waarin Onno zei, dat zijn leven in hogere mate door hem was bepaald dan hij zelf wist, – maar uit het vervolg bleek, dat dat geen betrekking kon hebben op Quinten. In verwarring keek hij Quinten aan en zocht naar een antwoord op zijn vraag, maar Sophia zei:

'Natuurlijk niet. Hij is gewoon ergens, maar hij wil met niemand meer praten. Hij rouwt heel erg om tante Helga en daarom zegt hij dat nu allemaal. Ik denk dat...' Plotseling verdwenen haar woorden in het oorverdovende geraas van een laag overscherende formatie straaljagers; zij wachtte even tot het geluid achter de bossen veranderde in het dreunen van een ver onweer. 'De tijd heelt alle wonden. Het zou me niet verbazen wanneer hij over een paar maanden opeens weer voor onze neus staat.'

'Ik ben daar niet zo zeker van,' zei Max. Ook hem leek het niet helemaal uitgesloten, maar hij vond dat er nu geen valse hoop gewekt mocht worden bij Quinten. 'Dan had hij zich eenvoudig een tijdje ergens teruggetrokken; maar wie zulke brieven schrijft, met die is iets anders aan de hand. Mogen we jouw brief ook lezen, Quinten?'

'Nu niet, ik moet naar school.'

'Ik bel wel even, dat je wat later komt.'

Met tegenzin overhandigde Quinten de brief, waarna hij zelf die van Sophia en Max las. Hij begreep niet alles, maar wel kreeg hij weer een idee van de vriendschapsband, die tussen zijn vader en Max had bestaan. Ook in de brief aan Max stond dat die in feite zijn vader was, maar dat was natuurlijk in feite juist niet zo: degene die die afscheidsbrieven had geschreven, was niet *niet* zijn vader, maar zijn vader. Max was alleen bij wijze van spreken zijn vader, zoals oma alleen bij wijze van spreken zijn moeder was.

Hij keek op.

'Mag ik mama's cello nu in mijn kamer hebben?'

'Vanzelfsprekend,' zei Max. 'Als ik weer in het westen moet zijn, zal ik hem halen bij tante Dol.'

Quinten zuchtte diep en staarde over de slotgracht naar de bomen en de koetshuizen. Om zich heen voelde hij de afwezigheid van zijn vader veel sterker dan hij ooit zijn aanwezigheid had gevoeld, zodat het leek of hij er nu veel meer was dan toen hij er nog was geweest.

*

Hoe zat het toch in elkaar, vroeg Max zich een paar maanden later soms af, 's avonds laat, teruggekomen van Tsjallingtsje, terwijl hij in het stille kasteel nog een of twee glazen wijn wilde drinken maar dan de hele fles leegdronk, dat plotseling de tijden veranderden? In de jaren zestig kwamen in Berkeley de studenten in opstand, kort daarop verschenen in Amsterdam de provo's en vervolgens werden ook in Berlijn en Parijs de universiteiten bezet. Daar kon nog een causaal verband tussen bestaan, maar hoezo gebeurde het ook in Warschau, aan de andere kant van het IJzeren Gordijn? En hoezo vond tegelijkertijd in China de Culturele Revolutie plaats, die ook een aangelegenheid was van jonge mensen? Dat had niets met elkaar te maken, en toch gebeurde het gelijktijdig. Niets had het keizerlijke Japan met Hitler-Duitsland te maken, en toch werd het op hetzelfde moment even agressief. Bestond Hegels Wereldgeest misschien inderdaad en was de mensheid in haar geheel onderhevig aan eb en vloed van raadselachtige grondzeeën, die zich niets aantrokken van politieke verschillen? Dat was het soort vragen waar geen antwoord op was, maar in het klein gebeurde iets vergelijkbaars nu ook in zijn persoonlijke omstandigheden. 'Een ongeluk komt nooit alleen' luidde het onuitstaanbare gezegde; maar sinds hij tegen de vijftig liep, begon hij te beseffen dat clichés eenvoudig waarheden waren. Ofschoon het er niets mee te maken had, leek het achteraf alsof Onno's vertrek ook het einde had ingeluid van hun verblijf op Groot Rechteren.

Toen de baron na een lang ziekbed toch nog onverwacht was gestorven, zoals de overlijdenskaart meldde, had dat allereerst een verblijdend gevolg. Als Quintens voogd kreeg Max een uitnodiging van een notaris in Zwolle, waar hij te horen kreeg dat de overledene Quinten had bedacht in zijn laatste wil. In een statige, gelambrizeerde kamer, nu en dan ook betreden door een geruisloze dame, die iets wijzigde aan hoge stapels in de lengte opgevouwen akten, las de enigszins uitgemergelde staatsambtenaar hem Gevers' beschikking voor. Het was de ontslapene niet ontgaan, dat Quinten regelmatig met een zeis het graf van Deep Thought Sunstar zuiverde van brandnetels: als beloning daarvoor kende hij hem tienduizend gulden toe. Dertigduizend gulden kreeg hij voor het feit, dat hij het levenswerk van zijn zoon Rutger mogelijk had gemaakt: diens 'hele grote gordijn' – inmiddels tien bij tien meter. Veertigduizend gulden – dat was veel geld, zei de notaris, en de familie was er vermoedelijk niet blij mee, maar bij elkaar kwam het neer op restitutie van de huurpenningen sinds 1968. Zij hadden al die jaren gratis gewoond.

'Overigens, als het u interesseert...' zei hij, toen hij Max naar de voordeur begeleidde, 'ik kan u meedelen, dat de erfgenamen Groot Rechteren op korte termijn willen afstoten. U kunt het kopen als u wilt. Voor vijf ton heeft u het, minus het park en de woning van mevrouw Trip, maar inclusief het koetshuis en de andere opstallen. Spotgoedkoop.'

'Waar zou ik een half miljoen vandaan moeten halen?' lachte Max. 'Ik moet rondkomen met een wetenschappelijk hongerloon.'

'Praat u eens met uw bank. En als het te begrotelijk is voor u alleen, zoudt u kunnen overwegen een coöperatieve vereniging op te richten met uw medehuurders, die als koper kan fungeren. Je weet maar niet wat er anders gebeurt. Na de eigendomsoverdracht aan een derde, kan u na drie jaar de huur worden opgezegd, en zoiets als dat krijgt u nooit terug. Voor advies sta ik altijd ter beschikking. Maar wacht u niet te lang met beslissen, er zijn al kapers op de kust.'

Daarmee was een periode van verwarring en onzekerheid aangebroken, maar het eerste gevolg was een toename van de saamhorigheid. Nooit eerder hadden zij zo vaak bij elkaar gezeten op het kasteel: bij Max en Sophia, tussen Theo Kerns koerende duiven, op het precieuze empire van meneer en mevrouw Spier, een enkele keer ook boven, bij Proctor en Clara tussen de paraplu's; maar meestal in de bibliotheek van Themaat, met wie het de laatste tijd niet goed ging. Omdat niemand vermogend was, lieten zij de notaris de ontwerpstatuten van een huurdersvereniging opstellen; met het oog op restauratiesubsidies reserveerde hij daarin heel pienter ook een bestuurszetel voor een outsider, zoals de Stichting Drenthse Kastelen, of Staatsbosbeheer. Maar toen de financiering aan de orde kwam, de hypotheeklening, de eigen middelen, de grondbelasting, de onroerend-goedbelasting, de onderlinge verdeling van al die kosten, toen verschenen de eerste problemen. Wie het mooist woonde betaalde natuurlijk het meest, dat kon getaxeerd worden; maar Kern, die in elk geval mooier woonde dan Proctor en bovendien het koetshuis in gebruik had, begon nu terug te schrikken. Iedereen had een vast inkomen en een pensioen, behalve hij als kunstenaar. Hij was al ver in de zestig en als hij morgen ziek werd, kwam er geen cent meer binnen, dan moest Selma vloeren gaan schrobben bij de barones; hoe lang zou hij trouwens fysiek nog in staat zijn om te beeldhouwen, zodat hij aan zijn verplichtingen kon voldoen? Zijn aandeel in de rekening van de notaris was eigenlijk al een rib uit zijn lijf. Maar wie geen lid werd van de coöperatie, zo had dezelfde notaris gestipuleerd, moest instemmen met het verlies van zijn woongenot.

Ook Max begon daarop te twijfelen. Hij had zich laten meeslepen door het eerste enthousiasme, maar toen de zaak stagneerde vroeg hij zich af, wat hij zelf eigenlijk wilde. Over ten hoogste vijf jaar ging Quinten het huis uit – moest hij hier dan blijven wonen met Sophia? De taak die hij op zich had genomen was dan volbracht, waarna niets hem meer aan haar bond, behalve de herinnering.

Op een avond, toen hij licht beneveld was, bracht hij plotseling de moed op er over te beginnen:

‘Luister, Sophia, nog eens over het kasteel. Als Quinten over een paar jaar –’

‘Natuurlijk,’ onderbrak zij hem onmiddellijk. ‘Dan scheiden zich onze wegen.’

Met als alibi, dat zij toch Theo niet konden laten vallen, die nota bene van hen allen het langst op Groot Rechteren woonde, wist hij vervolgens de anderen zo ver te krijgen, de gebeurtenissen dan maar op hun beloop te laten en te hopen, dat de nieuwe eigenaar alles bij het oude liet.

*

Aan Quinten gingen deze dingen voorbij. Ook Gevers' substantiële legaat nam hij voor kennisgeving aan: dat hij Deep Thought Sunstar's graf verzorgde en Rutger had geleerd hoe hij een gordijn moest weven, was toch zeker vanzelfsprekend!

Omdat hij wist dat hij toch zou blijven zitten dit jaar, in de derde, deed hij nog minder aan zijn schoolwerk dan anders. 's Avonds, in de totale stilte, een beetje verblind door het licht op zijn opengeslagen boeken en schriften, staarde hij in zijn kamer naar het hoge zwarte raam, waarin hij alleen vaag de overgang van de donkere lucht naar het nog donkerder bos kon onderscheiden. Daar ergens in de nacht was zijn vader nu, – ver weg, misschien in Amerika, of zelfs aan de andere kant van de aarde, in Australië. Maar in elk geval niet oneindig ver weg, zoals zijn moeder. Misschien was hij trouwens vlakbij, misschien had hij alleen maar gesuggereerd dat hij wegging uit Nederland, zodat niemand hem daar zou zoeken: misschien zat hij gewoon ergens bij een boer in de omtrek. Maar als je niet wist waar iemand was, maakte dat eigenlijk geen verschil. Wat deed hij op dit moment? Hij wilde nog iets 'ten einde denken' had hij aan Max geschreven. Wat was dat? Wat bedoelde hij daarmee? Uit het bronzen kistje, waarin hij ook de geheime plattegronden van de SOMNIUM QUINTI bewaarde, nam hij zijn vaders brief. Hij hoefde hem niet over te lezen, want hij kende hem uit zijn hoofd: voorzichtig streek hij even met zijn vingertoppen over de geschreven woorden, over het papier, waarop zijn vaders hand had uitgerust. Dat hij hem echt nooit meer zou zien, was iets dat hem net zo uitgesloten leek als het idee, dat morgen de zon niet opkwam.

Hij sloot het kistje af met het antieke hangslot dat hij van Piet Keller had gekregen; de kleine sleutel verborg hij tussen de losse bakstenen achter de oliekachel. Na even zijn hand op het foedraal van Ada's cello te hebben gelegd, ging hij naar het raam om weer naar de spinnen te kijken.

Ze zagen er afzichtelijk uit en hij had een hekel aan ze, maar ze fascineerden hem. Omdat het licht in zijn torenkamer de insekten uit het bos aantrok, hadden vijf of zes grote spinnen ingezien dat zij dus voor het glas hun netten moesten spannen. Hij begreep ze niet. Aan de ene kant waren het ingenieuze, subtiele bouwmeesters, die geduldig ragfijne webben weefden van een stof, die hem deed denken aan het spul, dat hij sinds een paar maanden soms zelf in zijn pyjamabroek aantrof als hij 's morgens wakker werd; daar was dan altijd een verzaligende droom aan voorafgegaan, die hij zich nooit kon herinneren en die niets met de Burcht had te maken. Maar wanneer hun werk eenmaal klaar was, ontpopten zij zich als even geduldige maar gruwelijke roofmoordenaars, die meedogenloos hun prooi besprongen, doodbeten, vleugels verkreukelend insponnen en leegzogen. Hoe klopte dat met elkaar, die architectonische verfijning en die woeste agressie?

Je had spinnen die aan de rand van hun web wachtten tot iemand zich in hun zilveren verdoemenis verwarde, maar je had ook spinnen die in het midden zaten. En op een avond zag hij ineens, dat de heldere structuur van hun webben in zekere zin een geometrische afbeelding vormde van hun weerzinwekkende lichamen met de acht harige poten, een soort doorzichtige uitstraling er van, zoals de algebra de abstractie was van de rekenkunde. Daar moest hij meer van weten, en hij besloot het voor te leggen aan meneer Themaat.

'Weet je wat het met jou is, Kuku,' zei meneer Themaat de volgende dag, met de berusting van iemand die zijn meester had gevonden, 'jij... Enfin, laat maar. Ik weet niet wat het met jou is.'

Daarop vertelde hij Quinten, dat hij voor de zoveelste keer in de roos had geschoten. Hij sprak langzamer dan vroeger; ook zijn uitgelaten lachbuien deden zich niet meer voor. Het was of zijn hoofd onbeweeglijk was vergroeid met zijn romp, in een vrijwel uitdrukkingloos geworden gezicht keken zijn opengesperde ogen hem star aan. Van Sophia had Quinten gehoord, dat dat kwam omdat hij pillen moest slikken: daar werd je zo van. Om te zien leek het of hij in een wassen beeld van zichzelf was veranderd, zoals bij madame Tussaud, maar uit zijn woorden bleek dat zijn verstand niet was aangetast.

Via het spinneweb, zei hij, was Quinten gestoten op de 'homomensura-these': Protagoras' stelling, dat de mens de maat was van alle dingen. In de romeinse oudheid had Vitruvius gezegd, dat tempels de ideale proporties van het menselijk lichaam moesten bezitten, zoals dat ook bij de grieken het geval was geweest; in de middeleeuwen was dat voorschrift in verbinding getreden met de oudtestamentische notie, dat God de mens had geschapen naar zijn gelijkenis, die de menselijke maten een goddelijke oorsprong verleende, met als nieuwtestamentische toevoeging natuurlijk het centrale gegeven van Christus' lichaam. In de bouwkunst had dat geleid tot kerken en kathedralen in de vorm van een latijns kruis, dat wil zeggen het ruwe schema van de menselijke gestalte; maar pas in de renaissance ontwikkelden die opvattingen zich tot een verfijnd filosofisch-architectonisch systeem.

'Ga eens op de grond liggen,' beval meneer Themaat.

Verwonderd keek Quinten hem aan.

'Ik?'

'Ja, jij.'

Terwijl Quinten deed wat hem gezegd was, kwam Themaat langzaam als op een vertraagde film uit zijn schommelstoel en vroeg Elsbeth of zij touw in huis had.

'Touw?' herhaalde zij achterdochtig. 'Wat ben je in godsnaam van plan, Ferdinand? Ga je hem boeien?'

'Geef nu maar.'

Uit een mand nam zij een knot witte wol.

'Is dit ook goed?'

'Nog beter.'

Themaat zei dat Quinten zijn enkels tegen elkaar moest leggen en zijn armen spreiden. Kruipend op zijn knieën legde hij de draad vervolgens in een zuiver vierkant op het tapijt, begrensd door Quintens kruin, de toppen van zijn middelvingers en zijn hielen.

Daarop moest hij zijn voeten iets uit elkaar doen en zijn armen iets omhoog, waarna Themaat een tweede witte draad in een cirkel langs zijn voetzolen en zijn vingertoppen drapeerde. Voorzichtig kwam Quinten overeind en keek naar de dubbele figuur. De cirkel rustte op de onderste zijde van het vierkant; opzij en aan de bovenkant omschreef hij het. Themaat haalde een gulden uit zijn zak en legde hem zorgvuldig in het middelpunt van de cirkel, die samenviel met dat van het vierkant.

'Dat is de plek van je navel,' zei hij, 'waardoor je met je moeder was verbonden.'

Een beetje geschrokken keek Quinten naar de munt, door Themaats woorden plotseling veranderd in een glanzend mysterie.

Die samenhang van de 'homo circularis' en de 'homo quadratus', vertelde Themaat, was al vóór Christus beschreven door Vitruvius in zijn verhandeling over de architectuur, en in de vijftiende eeuw maakte Leonardo da Vinci er een beroemde tekening van. Hij trok een boek uit de kast en liet haar Quinten zien: een trotse, naakte man in een vierkant en een cirkel, met dikke lokken tot op zijn schouders en vier armen en vier benen, omgeven door commentaar in spiegelschrift.

'Het zal wel een zelfportret zijn,' zei hij. 'Verdraaid, en hij zit ook als een spin in een web – en hij heeft nog acht ledematen ook! Wat heeft dat te betekenen?' Van opzij keek hij naar Quinten, die het ook meteen had gezien. 'Ben je niet bang dat je langzamerhand bezig bent in gebieden te komen, waar niemand je meer volgen kan?'

'Hoe bedoelt u?'

'Dat weet ik niet.'

Quinten keek weer naar de figuren op het tapijt en zei:

'Het lijkt ook wel wat op de plattegrond van het Pantheon.'

Themaat wisselde een blik met Elsbeth en zei met iets plechtigs in zijn stem:

'Het besef, dat het godgelijke lichaam wordt bepaald door twee volmaakte, elementaire mathematische figuren, plaatste de mens in het middelpunt van de kosmische harmonie. Je snapt dat dat een kolossale ontdekking was voor die humanistische architecten, zoals je grote vriend Palladio.'

Quinten wendde zijn ogen niet af van het witte vierkant en de witte cirkel, de gulden in hun middelpunt. Was die configuratie misschien ook de essentie van zijn Burcht? Was dit het laatste woord? Hij moest denken aan wat Max hem eens had gezegd: dat in het onbegrensde heelal de omtrek nergens was en het centrum overal, – maar ook aan de hese, bloedstollende stem in zijn droom, die bij de vergrendelde deur had gezegd dat daarachter 'het midden van de wereld' lag. Hij keek naar de gulden en plotseling zag hij zijn moeder voor zich in haar witte bed – maar dat was rechthoekig. Ging de rechthoek nog een stap verder dan het vierkant? Maar de cirkel zou dan natuurlijk automatisch een ellips worden, met twee brandpunten: de baan van de aarde om de zon!

Op dat moment voelde hij vingers in het haar op zijn achterhoofd, iets rechts van het midden. Het was mevrouw Themaat.

'Quinten! Weet je dat je hier een witte lok krijgt? Alleen hier, op deze plek!'

46
De vrije markteconomie

Al binnen een paar maanden was duidelijk geworden, dat om kastelen nog net zo werd gevochten als in de middeleeuwen. Het was een gevecht dat zich in aardedonkere nacht afspeelde, tussen vrijwel onzichtbare partijen, waar de bewoners geen deel van uitmaakten, maar dat vermoedelijk zou eindigen met hun verdrijving door de overwinnaar. Hoe langer de oorlog duurde, hoe beter het was voor hen. De eerste koper was een rijke pluimveehouder uit Barneveld, heer over leven en dood van miljoenen kippen. Toen hij eenmaal op Groot Rechteren verscheen om zijn nieuwe bezit in ogenschouw te nemen, dat hij zich ongezien had aangeschaft, zag hij er precies zo uit als men zich zo iemand voorstelde: een grote, zware man met een harde stem, een sigaar en een uitstekend humeur, die zich daarna niet meer vertoonde. Dat liet hij over aan zijn rentmeester, een grijzende jonkheer die ook zijn voorkomen had aangepast aan zijn titel, – maar, vond Max, net iets te geijkt aristocratisch met zijn knickerbockers, groene kousen en hoogglanzende brogues, want ten slotte was hij de bediende van een ordinaire kippenboer. De nieuwe eigenaar had zich niet uitgelaten over de bestemming die hij aan Groot Rechteren wilde geven, maar volgens de jonkheer zou hij er beslist niet gaan wonen; hij had een schitterende villa in Lunteren. In het dorp doken geruchten op, dat het kasteel het hoofdgebouw zou worden van een anthroposofisch centrum voor zwakzinnigen, met in het park - dat verkocht zou zijn aan een pensioenfonds - drie paviljoens voor elk zestig pupillen. Dat zou een voorwaarde van de barones zijn geweest bij de verkoop, ook al zei de domina dat zij daar niets van af wist.

Omdat hij het was geweest die de huurdersvereniging had verijdeld, voelde Max zich verplicht iets aan de onzekerheid te doen. Hij werd volledig geabsorbeerd door de voorbereiding van een opwindend, internationaal onderzoekprogramma op de nieuwe 92 centimeter golflengte, aan quasar MQ 3412, waaraan de toestand van het jonge heelal bestudeerd kon worden, - en toch zat hij nu regelmatig in het gemeentehuis zijn tijd te verknoeien om duidelijkheid te verkrijgen over de plannen. Maar de wethouder en de ambtenaren, die natuurlijk precies van alles op de hoogte waren, en die de naam Westerbork ongetwijfeld graag verbonden zagen met een medische voorziening, bleken nog ondoordringbaarder dan de horizon van het universum die hij nu zo dicht was genaderd.

Een half jaar later was het anthroposofische gekkenhuis plotseling van de baan. De huurpenningen moesten met ingang van onmiddellijk overgemaakt worden op een andere bankrekening, ten name van iemand, die zich zelfs niet eenmaal verwaardigde zijn aankoop te bezichtigen. Hij woonde in een groot landhuis in Overijssel, midden in de bossen, waar Max hem opzocht. Hij zag er uit als de postzegelbediende achter het loket, zijn spichtige vrouw was licht gebocheld en op het gras keek een hologige tuinman met een zeis hem bloeddorstig aan. Het was allemaal dreigend als in een gothische roman, en hij kwam er zelfs niet achter wat de nieuwe huisbaas voor de kost deed, laat staan wat zijn plannen waren. Volgens meneer Rosinga, die 's winters de blikken olie de trap op sjouwde, vertelde men nu in het dorp dat Groot Rechteren verbouwd zou worden tot een luxe hotel-restaurant, maar Piet Keller had gehoord, dat er een politieschool in zou komen.

Ook dit ging allemaal niet door en de eigenaren bleven elkaar opvolgen. Dan weer was er sprake van een veilinghuis, dat zich wilde vestigen in het kasteel, dan weer zou het een ontspanningsoord voor overwerkte managers worden. Intussen werd er niets meer aan het onderhoud gedaan. Meneer Roskam had zijn werkplaats ontruimd en niemand wist of hij de baron misschien niet al was gevolgd onder de grond, naar het domein van zijn vaders pet. Scheuren in de buitenmuren werden zichtbaar, er waren lekkages, kalk viel van de rieten plafonds en in de kamerhoeken begon beschimmeld behang los te laten van de betengeling, ruw, eeuwenoud metselwerk blootgevend. Herfstbladeren verstopten de afvoer van de dakgoten, zodat het regenwater tussen de muren naar beneden stroomde en de kelders blank zette, wat in de zomer leidde tot een muggenplaag. Het was of het kasteel kanker had, van maand tot maand verloederde het verder, maar van iedereen had zich iets onverzettelijks meester gemaakt: men liet zich niet wegjagen door de kapitalisten!

Anderhalf jaar na Gevers' dood, in 1983, – Max was inmiddels vijftig, Sophia zestig, – werd de eerste bres geschoten in de gemeenschap: Keller liet zich uitkopen. De eigenaar was toen een zachtaardig uitziende man van in de veertig, volgens de domina een Getuige van Jehova, wiens vrouw een seksclub runde in Amersfoort. Zelf noemde hij zich 'antiquair', wat inhield dat hij maandelijks met een 'compagnon' in een lege bestelauto naar Spanje reed en terugkwam met een lading boerse stoelen, tafels en kasten, die hij opsloeg in de vervallen oranjerie. Kellers huis was bestemd voor de compagnon, die eerder de indruk maakte van een lakei, die voor zijn meester door het vuur zou gaan. Naar zijn zeggen kon iedereen zijn beschermde termijn van drie jaar in alle rust volmaken; daarna werd het kasteel grondig gerenoveerd, met aansluiting op het aardgasnet en centrale verwarming. De huidige bewoners kregen vanzelfsprekend een voorkeursrecht, waarbij zij er overigens rekening mee moesten houden, dat de huren dan een veelvoud zouden zijn van de huidige. Volgens meneer Spier zou het uitdraaien op een reusachtig bordeel onder patronaat van het opperwezen.

Maar opeens bleek ook hij het kasteel weer te hebben verkocht.

Alleen de gebouwen buiten de slotgracht had hij behouden, – en toen Max en Sophia de nieuwe kasteelheer zagen, wisten zij onmiddellijk dat er nu een andere wind ging waaien. Geen twijfel mogelijk, daar was de overwinnaar, het verheven marktmechanisme had eindelijk zijn adequate doel gevonden: een kleine, zelfingenomen man met een kaal hoofd en een korte baard, Korvinus geheten en eigenaar van een slopersbedrijf. Kennelijk had hij zich voorgenomen, de termijn van drie jaar drastisch te bekorten door middel van pesterijen, want onmiddellijk ging hij zich met alles bemoeien. Als Quinten, tegen het nieuwe voorschrift in, toch zijn fiets weer op het voorplein had gezet, in plaats van in het fietsenhok, ontving Max de volgende dag een aangetekende brief waarin hem met klem werd verzocht, dit nu eindelijk definitief te voorkomen. Kern kreeg te horen, dat de gemeenschappelijke bovenhal niet tot het door hem gehuurde behoorde en dus ook niet kon dienen als opslag van goederen. Clara werd gesommeerd, haar was niet meer op het dak te drogen te hangen, zoals dat gebruikelijk was in achterbuurten. De stenen sloopkogel, die zijn arbeiders met kranen in huismuren slingerden, zat op een of andere manier ook in zijn hoofd. Elke week was hij er wel een keer, volgens iedereen uitsluitend om nieuwe chicanes te verzinnen, – maar kennelijk was hem dat niet genoeg. Er moest een cipier komen. De voormalige bergruimten van de baron, op zolder, werden vertimmerd tot een appartement, en op een dag verscheen de bewoner: Nederkoorn.

Max schrok toen hij hem voor het eerst zag, en alle volgende keren ook weer. Een reusachtige kerel van zijn eigen leeftijd, met een harde kop, altijd op hoge zwarte rijlaarzen, waar hij tegen sloeg met een gevlochten zweep, en onveranderlijk in gezelschap van een herdershond. Liefst had Max meteen een machinepistool op hem leeggeschoten, maar dat was misschien juist meer in de geest van de nieuwe huisgenoot. Hij had zich aan niemand voorgesteld, groette nooit iemand en besteedde uren aan het dresseren van zijn hond, Paco, op het grasveld tegenover Piet Kellers vroegere huis. Hij deelde zijn leven met een mollige jonge vrouw, veel jonger dan hij en drie hoofden kleiner, die tot Max' verbijstering kennelijk verliefd op hem was en een arm om zijn schouders sloeg wanneer zij in hun jeep wegreden.

Maar Sem Spier bepaalde zich niet tot moordzuchtige fantasieën.

'Ik vertrek,' kondigde hij al na een paar dagen met een strak gezicht aan. 'Ik kan niet onder één dak leven met die kerel. Het spijt me, ik word fysiek onpasselijk van dat sujet. Hij doet me te veel aan iets denken.'

Iedereen zag dat het hem ernst was, niemand gunde het Korvinus, maar iedereen respecteerde het en iedereen begreep dat nu de laatste fase was aangebroken.

*

Het afscheid van Piet Keller was voor Quinten zoiets geweest als dat van Verdonkschot en zijn vriend: meer een verbaasd gewaarworden van het feit, waarover ook zijn vader hem had geschreven: dat niet alles altijd hetzelfde bleef. Kellers drie kinderen waren al lang het huis uit, net als Kerns dochter Martha trouwens, en hij had hem geholpen met het inladen van de sleutels en sloten en de andere spullen uit zijn werkplaats, waar hij zo vaak mee had gespeeld. Toen hij hem had gevraagd of de twee karrewielen langs het grindpad niet mee moesten, had Keller even geaarzeld en gezegd, dat hij daar geen plaats voor had in het rijtjeshuis, waar hij nu ging wonen. Toen de gehuurde bestelauto bonkend over de losse planken van de buitenbrug was verdwenen, had hij het gevoel gekregen of Keller – van wie hij zo veel had geleerd – er nooit was geweest.

Maar het vertrek van meneer Spier kon hij niet aanzien. Hij herinnerde zich dat oma, toen hij een kleine jongen was, hem altijd nog even kwam instoppen en het licht uitdoen; nadat zij hem een zoen had gegeven en naar de deur liep, trok hij snel de deken over zijn hoofd en kneep zijn ogen stijf dicht, - opende hij ze daarna, dan moest het net zo donker blijven als toen ze nog gesloten waren. Er mocht geen verschil meer zijn tussen open en dicht. Brandde daarentegen het licht nog, omdat zij iets opruimde in zijn kamer, dan was dat rampzalig, dan was op een of andere manier de nacht verknoeid.

Binnen bij de Spiers stond alles al ingepakt in kisten en grijze paardendekens. Toen aan het begin van de middag de verhuisauto het voorplein opdraaide, nam hij op het bordes afscheid. Mevrouw Spier had tranen in haar ogen en kon niets zeggen, zij omhelsde hem alleen maar, drukte hem tegen zich aan en zoende hem vijf of zes keer. Maar meneer Spier gaf hem een stevige hand en zei:

'Het spijt ons, dat we je niet meer elke dag zullen zien, Q.Q. Je bent een deel van ons leven geworden, eigenlijk was je ook een beetje ons kind. Ik hoop dat het je heel goed zal gaan in je leven, maar daar twijfel ik eigenlijk niet aan. Als je maar goed op jezelf past. Beloof je me, dat je goed op jezelf zult passen?'

'Ja, meneer Spier.'

'Kom ons maar eens opzoeken in Pontrhydfendigaid als je in Engeland bent - of in Wales, moet ik eigenlijk zeggen.'

Met zijn blokfluit ging hij naar het meertje, in de omarming van de rododendrons. Onbespeeld lag het instrument de hele middag in zijn schoot; tot het begon te schemeren bleef hij voor zijn hut zitten. Het was een betrokken voorjaarsdag, er stond geen wind en het olieachtig glanzende water werd nu en dan alleen doorkruist door het spiegelbeeld van een overvliegende vogel.

Nu verdwenen ook meneer en mevrouw Spier uit zijn leven. De Judith. De Quadrata. Pontrhydfendigaid... zat zijn vader daar misschien ook? Hij voelde zich treurig. Waarom was er eigenlijk iets, en niet niets? Als alles toch voorbij ging, wat had het dan voor zin dat het er ooit was geweest? Was het er dan eigenlijk wel geweest? Als er op een dag geen mensen meer zouden zijn, niemand meer die zich nog iets kon herinneren, kon je dan zeggen dat er ooit iets was gebeurd? Dat wil zeggen, kon je *nu* zeggen dat je *dan* kon zeggen dat er ooit iets was gebeurd, terwijl er dan niemand meer zou zijn om iets te zeggen? Nee, dan was er nooit iets gebeurd – terwijl het toch was gebeurd. Hij wist dat hij hierover met Max zou kunnen praten; maar omdat hij er niet met zijn vader over kon praten, wilde hij er ook niet met Max over praten. Hij moest denken aan het Herinneringscentrum, dat vorig jaar bij het kamp Westerbork was geopend en waar hij met Max en oma was heen gegaan. Op grote foto's en ook op een film zag je mensen in de veewagons stappen, onder toezicht van net zulke mannen als Nederkoorn, op transport naar hun dood. Hij had gezien, dat Max zich naar voren had gebogen om nauwkeurig alle gezichten te inspecteren, – natuurlijk in de hoop, dat hij toevallig zijn moeder zou ontdekken. Er waren ook vrouwen, van wie je alleen het achterhoofd zag. Allemaal dood. Dat kon toch zeker nooit niet gebeurd zijn geweest! Max had hem verteld, dat je tegenwoordig bewonderaars van Hitler had die beweerden, dat al die films en foto's oplichterij waren, dat het allemaal nooit was gebeurd, – maar waarom bewonderden zij hem dan? Die zeiden dan toch eigenlijk dat Hitler een mislukkeling was, die niet voor elkaar had gekregen wat hij had aangekondigd. Zulke bewonderaars zou je maar hebben, Hitler had ze meteen tegen de muur gezet. Maar toch... die mensen konden *zeggen* dat het niet was gebeurd, terwijl het wel was gebeurd, – dat zou met de historioscoop bewezen worden, – maar als er op een dag geen mensen meer waren en dus niemand meer kon zeggen dat het *wel* was gebeurd, hoe kon het dan niet niet gebeurd zijn? Die vis daar, die even zijn snuit uit het water stak, zodat er een uitdijende kring ontstond, als een steeds grotere heiligenschijn, had hij dat echt voorgoed gedaan? En hijzelf, hij zat hier nu, zou hij hier dus misschien ooit niet hebben gezeten? Zat hij hier nu dus eigenlijk wel helemaal? Bestond er eigenlijk wel iets? Misschien moest je zeggen, dat de wereld bestond en niet bestond. Een beetje zoals de Burcht. En ook hijzelf: hij bestond en hij bestond niet. Dat deugde dus van geen kant. Wat had hij eigenlijk te zoeken in zo'n idiote wereld? Wat moest hij hier?

*

Toen hij thuiskwam, waren meneer en mevrouw Spier vertrokken, Korvinus liep al met een duimstok door de lege kamers en een maand later woonde hij er zelf. Van dat moment af was het of het kasteel slagzij maakte, als een getorpedeerd schip.

Niemand durfde ooit te gaan kijken, ook niet per ongeluk, hoe Nederkoorn op zolder woonde. Volgens Max sliep hij onder een hakenkruisvlag, met een portret van Himmler boven zijn bed. Op Max' eigen verdieping, die hij deelde met Kern, was op het eerste gezicht alles onveranderd; maar beneden was Spiers empire vervangen door eikenhouten meubilair, zo massaal en inwendig misschien nog met beton verzwaard, dat Korvinus volgens Kern blij mocht zijn dat niet alles door de vloer zakte en in de kelders stortte. Ook hij had een vrouw die kennelijk verknocht aan hem was; maar omdat hij haar natuurlijk had verboden vertrouwelijk te worden met de huisgenoten, viel er niet achter te komen of zij dat was dankzij of ondanks de stenen kogel in zijn hoofd. Zij hadden twee zonen van dezelfde leeftijd als Quinten en Arend Proctor. Quinten bemoeide zich niet met hen, maar Arend sloot vriendschap met de oudste, Evert, – vermoedelijk tegen de zin van Korvinus. Het was duidelijk dat hij het hele kasteel voor zichzelf wilde hebben, en vriendschapsbanden met de vijand bemoeilijkten zijn zenuwenoorlog.

Als Paco niet kroop voor Nederkoorns zweep en bevelen, lag hij op het voorplein aan de ketting onder een raam van Themaats kamer, waar hij onafgebroken blafte. Met een beroep op haar man, die ziek was en het niet kon verdragen, had Elsbeth zich daar een paar keer over beklaagd, maar van Nederkoorn kon zij alleen rekenen op het soort blik dat men op een ding werpt. Eenmaal had zij overspannen de politie gebeld, maar die kon niets doen.

'Het komt bijna nooit voor,' had Max naderhand gezegd, 'dat de politie iets kan doen. Behalve joden ophalen – dat konden ze heel goed.'

De hond zelf was onbenaderbaar: kwam iemand dichter dan drie meter in zijn buurt, dan begon hij te loeren en ontblootte met trillende lippen zijn tanden, zonder dat dat de indruk van lachen maakte. Alleen bij de aanblik van Quinten hield hij onmiddellijk op met blaffen, legde kwispelend zijn oren in zijn nek en liet zich aaien. Toen Nederkoorn dat voor het eerst had gezien, was hij in woede ontstoken.

'Als jij dat beest nog één keer met een vinger aanraakt, krijg je met mij te maken!'

Quinten had hem daarop niet meer geaaid, - niet omdat hij bang was voor Nederkoorn, maar omdat Paco er natuurlijk voor zou moeten boeten. Wel ging hij, als hij er gelegenheid voor had, met een boek onder meneer Themaats raam zitten, zodat de hond ten minste een tijdje stil werd. Hij had zo veel van hem geleerd, dat had hij wel voor hem over. Naar het meertje ging hij toch niet meer sinds zijn hut was vernield. Zo ver als zijn ketting het toeliet, kroop Paco dan naar hem toe en ging liggen, zijn snuit zo dicht mogelijk bij hem en zijn goudbruine ogen op hem gericht. Hij kijkt, dacht Quinten, net als ik, maar hij weet niet dat hij ogen heeft. Eenmaal was Korvinus op het bordes verschenen en had hem bevolen daar weg te gaan, het voorplein was geen achterbuurt waar het schorem op straat zat; maar daarop had Sophia boven het raam opgeschoven en rustig gezegd:

'Het begint op te vallen dat u het vaak over achterbuurten hebt, meneer Korvinus. Hoe komt dat toch?'

Dat had geholpen - maar hoe lang moest dit nog zo doorgaan?

Op een avond, liggend op de bank, probeerde Max nog wat te werken, maar onafgebroken werd hij gestoord door gedachten aan de toestand op het kasteel. Geïrriteerd stond hij op en ging naar Sophia's kamer. In haar kamerjas zat zij op de rand van haar bed en gaf zichzelf de insuline-injectie, die zij sinds een jaar dagelijks nodig had.

'Neem me niet kwalijk dat ik je stoor,' zei hij en keek naar de naald in haar bovenbeen, 'maar ik ben nijdig. Ik kan me niet meer concentreren en wat heb ik er eigenlijk allemaal mee te maken? Sinds het feodale bewind hier voorbij is en de burgerij het voor het zeggen heeft, besteed ik elke dag uren aan het feit dat wij wonen. Maar wonen doe je toch juist om iets anders te kunnen doen. Als je loopt, denk je toch ook niet aldoor aan het feit dat je loopt – behalve als je net je been hebt gebroken. Ik heb wel wat anders aan mijn hoofd, ik ben momenteel bezig met het interessantste project uit mijn hele loopbaan. Herinner je je nog dat ik je ooit eens heb uitgelegd, dat de spiegels in Westerbork eigenlijk één reusachtige telescoop vormen? Maar tegenwoordig, met die computers, zijn we in staat alle spiegels op aarde aan elkaar te schakelen en daarmee hebben we binnenkort een supertelescoop met een doorsnee van meer dan tienduizend kilometer, zo groot als onze hele planeet. Wat voor eer moet ik er dan onderwijl in stellen, mij niet te laten kisten door dat schoelje hier op het kasteel? Waar hebben we het eigenlijk over? Moet ik mij daar werkelijk in vastbijten? Volgens mij is dat een groot gevaar, waar je je hele leven mee kunt verknoeien. Neem die molukkers die vroeger in Westerbork zaten. Kamp Schattenberg, weet je nog? Die zaten in het nederlands-indische leger, collaborateurs dus eigenlijk, die moesten opdonderen na de onafhankelijkheid van Indonesië. Hier werden ze natuurlijk ook uitgekotst, maar ze wisten zeker dat ze op een dag zouden terugkeren naar een nieuwe, eigen republiek, Maluku Selatan. Daarom wilden die stumpers niet weg uit die rotbarakken, want dat zou betekenen dat ze zich hadden neergelegd bij de situatie. Hun zonen begonnen treinen te kapen voor het ideaal, en die zitten nu in de gevangenis. Bovendien vonden ze, dat de nederlandse regering hun nog achterstallige soldij was verschuldigd, tweeduizend gulden of zoiets. Daar hebben ze ook hun hele leven voor gevochten met petities en demonstraties op het Binnenhof, en ten slotte kregen ze het, maar toen was hun leven dus voorbij. Ze konden er niet eens een kleurentelevisie van kopen. En nu zijn het stokoude mannen, die nog steeds de vlag hijsen van een land dat niet bestaat. Moeten we daar geen lering uit trekken en binnen de kortste keren weg wezen hier?'

Terwijl zij een watje op de kleine wond in haar linkerdij drukte, keek Sophia op.

'Ik vind het niet prettig als je zo mijn slaapkamer komt binnenvallen, Max.'

47
De muziek

Om zich te beschermen tegen Paco's geblaf, zat Verloren van Themaat overdag nu meestal in de zijkamer, die zich onder Sophia's slaapkamer bevond. Dat was Elsbeths domein, waar zij ook aten. Op een benauwde, betrokken zondagmiddag in de nazomer van 1984 had Elsbeth Quinten gevraagd of hij hem niet weer eens wilde opzoeken. Dat zou hij vast leuk vinden.

Meneer Themaat lag met gevouwen handen op een divan voor het raam, dat uitzag op de slotgracht. Het panorama was hetzelfde als boven, maar onder een andere hoek, zodat het tegelijk niet hetzelfde was: de waterlelies en de eenden waren dichterbij, de bomen aan de overkant hoger. Omdat buiten een donkere lucht hing, brandde er al een lamp en er klonk zachte muziek, een of ander vioolconcert, misschien om het verwijderde blaffen te overstemmen. Hij was er slecht aan toe. Quinten kon zich niet voorstellen, dat die oude zieke man dezelfde was die hij vroeger had gekend. Hij ging zitten, en omdat hij niet met een vraag was gekomen wist hij niet wat hij moest zeggen; hij had nooit zo maar wat met hem gepraat. Hij keek naar de antieke secretaire van mevrouw Themaat. In de symmetrische nerven van het mahoniehout zag hij een duivelse, vleermuisachtige gestalte: zijn kop met twee grote ogen op de la aan de bovenkant, zijn gespreide vlerken op het dichtgeklapte schrijfblad, zijn klauwen op de twee onderdeurtjes.

Het leek of ook meneer Themaat moeite had met de situatie. Er was iets vreemds met zijn ogen: hij knipperde niet heel snel, zoals iedereen, maar hij deed ze aldoor echt even dicht en dan weer open, alsof hij doodmoe was.

'Ja, Kuku...' zei hij, 'de tijden veranderen. Hoe oud ben je nu?'

'Zestien.'

'Zestien alweer...' Hij richtte zijn blik op de eikenhouten balken van de zoldering. 'Toen ik zestien was, was het negentienzevenentwintig. In mei van dat jaar vloog Lindbergh als eerste nonstop over de Atlantische Oceaan, ik herinner het me nog precies. Ik woonde toen in Haarlem, vlak bij het vlooienveld, zoals we dat noemden; daar hing ik vaak rond met mijn vriendjes. Dat was een uitgestrekt grasveld tegenover een groot, wit paviljoen uit het eind van de achttiende eeuw, met zuilen en tympanon en alles waar jij zo dol op bent.' Quinten zag dat hij het weer voor ogen had, hoewel hij alleen het plafond kon zien. 'Met zijn grandeur paste het helemaal niet in dat burgerlijke Haarlem.' Hij keek naar Quinten. 'Zelf was ik ook toen al veel meer geïnteresseerd in het Nieuwe Bouwen, in De Stijl, het Bauhaus en zo. Ik heb je voorkeur altijd wat vreemd gevonden voor zo'n jonge jongen, maar zal ik je eens wat zeggen? Je bent hoogmodern met je Palladio en je Boullée en die mensen.'

'Hoe bedoelt u?'

Meneer Themaat tilde even een hand op, misschien om er mee over zijn gezicht te strijken, maar even later liet hij haar trillend weer zakken.

'Ik houd de vakliteratuur al een hele tijd niet meer bij, maar na het classicisme en het neo-classicisme zijn al die klassieke vormen voor de derde keer aan het terugkomen. In het jaar tweeduizend staat de wereld er vol mee, let op mijn woorden, jij zult het nog meemaken. In het begin dacht ik dat het een modegril was, maar het gaat veel dieper. Je krijgt gelijk, en ik weet niet of ik daar blij mee ben. In de beeldende kunsten en in de literatuur en de muziek kon het ook wel eens afgelopen zijn met het modernisme, en in de politiek ook. Gropius, Picasso, Joyce, Schönberg, Lenin, die hebben mijn leven bepaald, maar het ziet er naar uit dat dat binnenkort allemaal achter de rug is.'

'Freud en Einstein ook?' vroeg Quinten. Thuis had hij die namen ook altijd gehoord in dat soort rijtjes.

'Het zou me niet verbazen. Ik voel me de laatste jaren soms zoals een aanhanger van de gotiek zich gevoeld moet hebben bij de opkomst van het classicisme. Al die prachtige kathedralen op slag ouderwets geworden. Ben je eigenlijk nog wel geïnteresseerd in dit soort dingen?'

Quinten kreeg het gevoel, dat Themaat niet meer zo goed wist tegen wie hij eigenlijk sprak. Het was of hij hem aanzag voor net zo'n gepensioneerde professor als hij zelf was.

'Op die manier ben ik nooit geïnteresseerd geweest.'

'Op wat voor manier dan wel?'

Quinten dacht even na. Zou hij hem nu vertellen over de Burcht van zijn dromen? Maar hoe kon je een droom eigenlijk vertellen? Als je een droom vertelde, klonk het altijd gek, maar terwijl je het droomde was het helemaal niet gek, – dus ook als je een droom precies vertelde, vertelde je toch niet wat je had gedroomd. Een droom vertellen was onmogelijk.

'Nou, gewoon,' zei hij. 'Ik weet niet. Ik denk dat u me alles heeft verteld, wat ik wilde weten.'

Themaat keek hem een tijdje aan, draaide toen moeizaam zijn benen van de divan en ging zitten, zijn rug gebogen, twee platte, witte handen naast zijn dijen. Hij deed zijn ogen dicht en weer open.

'Zal ik je dan nog één ding vertellen, dat je misschien niet weet?'

'Graag.'

'Misschien zul je het onzin vinden, gepraat van een zieke oude man, maar ik wil het je toch zeggen. Kijk, hoe komt het dat die ideale grieks-romeinse architectuur en die van de renaissance kon overgaan in het onmenselijke gigantisme van iemand als Boullée? En hoe kon het later, bij Speer, zelfs verworden tot de uitdrukking van volkerenmoord?'

'U heeft eens gezegd, dat dat iets te maken had met Egypte. Met de pyramiden. Met de dood.'

'Dat is ook zo, maar hoe kon het daar iets mee te maken krijgen?'

'Weet u dat dan?'

'Ik denk dat ik het weet, Kuku. En jij moet het ook weten. Dat komt door de teloorgang van de muziek.'

Verbaasd keek Quinten hem aan. De muziek? Wat had muziek ineens met architectuur te maken? Het leek of even een vage glimlach over het masker van meneer Themaats gezicht gleed.

De humanistische architecten, zoals Palladio, zei hij, lieten zich bij hun ontwerpen niet alleen leiden door Vitruvius' ontdekking van het vierkant en de cirkel, die de proporties van het goddelijke menselijk lichaam bepaalden, maar ook door een ontdekking van Pythagoras in de zesde eeuw voor Christus: dat de harmonische intervallen zich verhielden als eenvoudige hele getallen. Als je een snaar aanstreek en je wilde vervolgens de octaaftoon van die toon horen, dan moest je de helft er van nemen, – de absoluut harmonische samenklank van een toon en zijn octaaf werd dus bepaald door de allereenvoudigste verhouding 1:2. Bij de kwint was het 2:3 en bij de kwart 3:4. Dat dat even simpele als onzegbaar fantastische 1:2:3:4 de basis was van de muzikale harmonie, en dat de hele muziekleer daaruit afgeleid kon worden, gaf Plato honderdvijftig jaar later zo'n schok, dat hij in zijn dialoog Timaeus een demiurg het bolvormige wereldgebouw liet scheppen volgens die muzikale wetten, inclusief de menselijke ziel. Vijftienhonderd jaar later werkte dat nog door in de renaissance. De bouwmeesters realiseerden zich toen, dat de muzikale harmonieën dus ruimtelijke uitdrukkingen hadden, namelijk de verhoudingen van snaarlengten, en ruimtelijke verhoudingen waren nu juist ook hun eigen zorg. Omdat zowel de wereld als lichaam en ziel volgens de muzikale harmonieën waren gecomponeerd door de demiurg-bouwmeester, macrokosmos zowel als microkosmos, moesten zij zich dus ook bij hun eigen architectonische ontwerpen laten leiden door de wetten van de muziek. Bij Palladio groeide dat uit tot een uiterst genuanceerd systeem. En vervolgens trad die grieks-goddelijke wereldharmonie dan ook nog in verbinding met de oudtestamentische Jahweh, die Mozes had bevolen het tabernakel te bouwen volgens nauwkeurig voorgeschreven maten, – maar daar wist hij het fijne niet meer van. Dat was hij vergeten.

'Het tabernakel?' vroeg Quinten.

'Dat was een tent, waarin de joden tijdens hun tocht door de woestijn hun heiligdommen opstelden.'

'Moest die vierkant zijn of rond?'

'Ja, daar zeg je het. Daar lag precies het obstakel om Plato en de bijbel met elkaar in overeenstemming te brengen. Er kwamen ook vierkanten aan te pas, als ik me goed herinner, maar niet iets ronds. De hele tent moest rechthoekig zijn.'

Rechthoekig? Griekse en egyptische tempels waren toch ook rechthoekig – zoals bedden? Quinten vergrootte zijn ogen even, maar hij kreeg geen gelegenheid zijn gedachten te vervolgen, want Themaat nam conclusie.

In de zestiende en de zeventiende eeuw, zei hij, bij de geboorte van de nieuwe tijd, toen de moderne wetenschap ontstond, was dat allemaal ten onder gegaan. Dat de muziektheorie het metafysische fundament zou zijn van de wereld, van lichaam en ziel en de bouwkunst, werd toen als obscurantistische onzin verworpen, – en dat leidde regelrecht naar Boullée en Speer. De harmonische verhoudingen veranderden op zichzelf natuurlijk niet als de elementen honderd keer werden vergroot; maar de afmetingen van het menselijk lichaam, als de maat van alle dingen, bleven intussen onveranderd, – dat wil zeggen: het werd dan naar verhouding honderd keer kleiner, waardoor alle harmonie uiteindelijk toch werd verstoord en de menselijke ziel op z'n egyptisch werd uitgewist.

Langzaam, alsof hij iets zwaars optilde, hief meneer Themaat een wijsvinger op.

'En wat je momenteel ziet, Kuku, is de onverwachte terugkeer van al die klassieke motieven, al die stylobaten en schachten en kapitelen en friezen en tympanen, – gelukkig weer op menselijke maat, maar ook op een totaal geschifte manier. Het is net alsof ergens hoog in de ruimte het klassieke ideaal is ontploft en dat de scherven en splinters nu op aarde neervallen, alles door elkaar, vervormd, gebroken en uit balans. Hier,' zei hij en pakte een groot, dik boek, dat hij kennelijk had klaargelegd. 'Catalogus van de Biennale in Venetië. Vier jaar geleden was daar een architectuurtentoonstelling, waardoor ik voor het eerst in de gaten kreeg wat er broeide. «De presentie van het verleden» luidde het thema. Kijk maar eens,' zei hij en sloeg het boek bij een papiertje open. 'De Acropolis in een lachspiegel.' Met half gesloten oogleden overhandigde hij Quinten het boek.

Was het een blik op de Burcht? Quintens ogen begonnen te glanzen. Wat schitterend! Het waren foto's van een fantastische straat, binnenshuis, opgebouwd in een overdekte hal: hoge decorstukken van gevels, ontworpen door verschillende architecten, alle gevels volledig van elkaar verschillend en toch bij elkaar horend, terwijl ook elke gevel op zichzelf bestond uit delen die niet bij elkaar pasten en toch een geheel vormden. Terwijl Themaat zei, dat Vitruvius een hartaanval zou krijgen als hij dat zag, en dat Palladio niet meer zou bijkomen van het lachen, keek Quinten naar een paradoxale porticus met vier dicht op elkaar staande kolommen: de eerste was een naakte boomstam, de tweede stond op een model van een huis, de derde bestond nog maar voor de helft, dat wil zeggen de bovenste helft, die in de lucht zweefde en toch nog voorgaf de architraaf te stutten, de vierde was een zuilvormig bijgeknipte heg; het tympanon werd aangeduid door een gebogen strip blauw neonlicht. Alles was van een sprookjesachtige paradoxaliteit, de disharmonie als harmonie. Meneer Themaat mocht onderwijl beweren dat het de klassieke taal was, maar alle woorden verkeerd gespeld en de syntaxis een augiasstal, zoals kleuters schreven, – hem gaf het een overweldigend gevoel van geluk.

'Ik dacht wel dat je het mooi zou vinden, Kuku,' zei meneer Themaat, terwijl hij met een zakdoek zijn mondhoeken bette.

'Voor mij is het een einde, een soort vuurwerk als afsluiting van het grote feest, dat ooit in Griekenland begon. Maar toen had je het evenwichtige wereldbeeld van Ptolemaeus, met de aarde rustend in het middelpunt van het heelal; tijdens het humanisme kreeg je dat van Copernicus, met de zon rustend in het midden; daarna kreeg je het oneindige heelal van Giordano Bruno, dat helemaal geen middelpunt meer had. Al die universums waren eeuwig en onveranderlijk, maar sinds kort leven we in het explosieve, gewelddadige heelal van je pleegvader, dat plotseling een beginpunt heeft. Dan krijg je zo'n postmodern spektakel, dan spat alles in stukken en brokken uit elkaar. Alles explodeert momenteel, tot en met de wereldbevolking, en dat komt allemaal door de dolzinnige ontwikkeling van de techniek. Er is opeens een heel andere tijd aangebroken, die ik gelukkig niet meer mee hoef te maken.'

Nadenkend keek Quinten even uit het raam.

'Maar een beginpunt is toch ook een soort vast punt? Wat is er nou vaster dan een beginpunt? Dat zou u dan toch eigenlijk een vooruitgang moeten vinden op het vorige heelal, dat geen middelpunt meer had.'

'Ja,' zei Themaat, 'zo kun je het natuurlijk ook zien.'

'Ik herinner mij trouwens opeens wat Max een keer zei: dat de mens ongeveer net zo veel kleiner is dan het heelal als het kleinste deeltje kleiner is dan de mens.'

Gedurende een paar seconden hield meneer Themaat zijn grote, starende ogen op hem gevestigd.

'Dus toch? Staat hij dus toch in het midden? Dat hadden ze moeten weten.'

'Wie?'

'Wel, Plato, Protagoras, Vitruvius, Palladio, – al die mannen.' Een beetje steunend ging hij weer liggen, en het bleef even stil. 'Ik moet de laatste weken steeds aan de muziek denken, Kuku. De platoonse harmonie der sferen is al sinds Newton uit de wereld verdwenen, uit de muziek zelf verdween de harmonie met Schönberg, ten tijde van Einstein. Maar net als die verdraaide zuilen daar in die catalogus is ook de tonaliteit op het ogenblik aan het terugkeren, – alleen is de muziek intussen van een zegen een plaag geworden. Wij hebben het hier nog betrekkelijk rustig, hier blaffen alleen de honden, maar in de stad is er niet meer aan te ontkomen, overal is muziek, tot in de liften en de w.c.'s; uit de auto's komt muziek en op de steigers heeft elke bouwvakker zijn draagbare radio aan, zo hard hij kan. Overal is het zoals het vroeger alleen op de kermis was. Maar al die harmonische muzieken bij elkaar vormen nu een kakofonie, waar Schönbergs relativistische dodekafonie niets bij was. En die alomtegenwoordige kakofonie is het, waar die nieuwerwetse kakofonische architectuur de uitdrukking van is. Die bom waar je het een keer over had, Quinten, is ontploft. Dit wilde ik nog even zeggen, maar misschien moet je het liever meteen vergeten. Ik ben trouwens moe geworden, ik denk dat ik mijn ogen maar even dichtdoe.'

*

De voordracht had Quinten aangegrepen: het had een beetje geklonken als een testament. Opeens had hij weer zo veel nieuwe dingen gehoord, dat hij het nog niet kon overzien. Terwijl hij in de hal de trap op ging, overwoog hij dat er toch altijd nog meer van de wereld was te weten dan hij wist. Natuurlijk kon je niet alles weten, en dat was ook nergens voor nodig, maar een boel mensen wisten vermoedelijk niet eens wat er allemaal te weten was. Die leefden en gingen dood zonder dat iemand hun ooit had verteld, dat er ook nog dit of dat te weten viel wat zij misschien graag hadden geweten. Alleen, als je eenmaal dood was, wat maakte het dan nog uit? Dan had je net zo goed niet geboren kunnen zijn geweest. De meeste mensen wilden trouwens misschien helemaal niks weten. Die wilden alleen maar heel rijk worden, of veel eten, of naar voetballen kijken en dat soort dingen. Of elkaar zoenen.

In zijn kamer bleef hij weifelend staan en keek naar het zwarte foedraal met zijn moeders cello, rechtop tegen de muur. Nog nooit had hij het opengemaakt; altijd had hij het gevoel gehad, dat het ongepast was dat gewoon uit nieuwsgierigheid te doen. Maar als ooit het ogenblik was gekomen, dan nu. Misschien was het wel voor het eerst sinds zestien jaar, dat het licht er weer op zou schijnen. Of nee, zijn vader had er natuurlijk wel eens in gekeken. Voorzichtig legde hij het foedraal op de grond, knielde, ontgrendelde de twee sloten en sloeg langzaam het deksel open.

Ofschoon hij wist dat het instrument er in zat, was de aanblik toch een schok voor hem. Mat en stoffig lag het achterover in het donkerrode fluweel, waarvan de randen door motten waren aangevreten. Het had de vorm van een mens, met brede heupen, een taille en een bovenlichaam met schouders; aan het uiteinde van de lange hals vormden de schroevenkast en de krul een klein hoofd, als dat van een struisvogel. De symmetrische klankgaten aan weerszijden van de kam leken op de afdrukken van voeten. Voorzichtig nam hij het uit de kist, – op de bodem was de bekleding vrijwel volledig weggevreten, – en plechtig droeg hij het naar zijn bed. Hij ging er naast zitten, als naast een mens, en stil bleef hij er naar kijken. Misschien was het wel meer zijn moeder dan zijn moeder nu was. Hij keek naar de snaren, waarover haar vingers hadden gegleden, naar de zijbanden, die zij tussen haar dijen had gehad, – alles bewaarde meer herinneringen aan haar dan zij aan zichzelf.

Na een tijdje stond hij op en ging naar de voorkamer. Sophia was bezig het glas van de ingelijste foto's op de schoorsteenmantel te poetsen, en hij vroeg haar, of hij haar centimeterlint even kon krijgen; toen zij zei, dat zij dat al een tijdje kwijt was, ging hij naar Theo Kern en leende een duimstok. Nauwkeurig mat hij vervolgens de lengte van de a-snaar, van het zadel tot de kam: 62 centimeter. Nu moest hij haar tokkelen, maar dat hij na al die tijd weer geluid uit de cello ging halen, was een besef dat hij eerst even moest overwinnen. Met de nagel van zijn wijsvinger trok hij aan de snaar en luisterde naar de zingende klank. Hij fronste zijn wenkbrauwen.

Volgens hem was het een halve toon te laag. Met zijn blokfluit controleerde hij het: hij had gelijk, het was een as. Ofschoon het er niet toe deed, probeerde hij de snaar te stemmen, maar de schroef was niet in beweging te krijgen. Daarop bepaalde hij met de duimstok het midden van de snaar, 31 centimeter, zette een wijsvinger op dat punt en sloeg haar met de andere weer aan. Toen hij dezelfde as hoorde, die tegelijk niet dezelfde as was, richtte hij zich op en keek met een extatische lach om zich heen. Het was waar! Pythagoras! Plato! Hij had een klank uit het midden van de wereld opgevangen!

Plotseling liet hij alles liggen zoals het lag en rende de trap af naar de hal. Beneden rukte Korvinus zijn deur open en snauwde, dat er ook nog andere mensen woonden en of het misschien wat minder kon, maar hij keek hem zelfs niet aan. Hij holde over het voorplein, – waar Nederkoorn Evert Korvinus leerde autorijden in zijn jeep, met Arend op de achterbank, – over de twee bruggen en toen naar de rechthoekige, door bos omsloten weide achter Klein Rechteren. Daar liet hij zich in de greppel vallen en keek hijgend en bezweet naar de rode koe, die, met malende kaken, even zijn blik beantwoordde en dan gerustgesteld zijn maaltijd hervatte. De lucht was nog steeds betrokken, maar nu met vreemde, gejaagd voortbewegende wolken, donkerpaars in het midden maar licht aan de randen; het leek of zij loodrecht uit de diepte omhoog kwamen. Toch was het windstil en benauwd waar hij zat.

Opgewonden keek hij naar de donkere bomen die de weide omzoomden, naar de grazende koe tussen de twee elzen en naar de drie keien die op hun volmaakte plekken lagen, als in een japanse tuin. Hij wist plotseling zeker dat hij was voorbestemd voor iets ontzagwekkends – het was of hij een boodschap had gekregen, een opdracht tot iets waartoe alleen hij in staat was! Maar wat was het? Hoe kwam hij dat te weten? Had het iets te maken met die heel andere tijd, die volgens meneer Themaat was aangebroken? Op dat moment verscheen aan de overkant een hert tussen de bomen, het bleef staan en keek uit over de weide, – meteen daarna, niemand zou het geloven, begon plotseling een harde wind in Quintens gezicht te waaien, zodat het hele bos van de ene seconde op de andere begon te ruisen als de zee en tussen de stammen vandaan hoge golven bladeren de weide op rolden, waarop het hert met sprongen in de duisternis verdween.

48
Snelheden

Toen Ferdinand Verloren van Themaat begin december voor onbepaalde tijd in een psychotherapeutisch centrum werd opgenomen, in Apeldoorn, hakte Elsbeth de knoop door en verhuisde ook naar die stad, waarop Korvinus onmiddellijk hun appartement bij het zijne inlijfde. Van toen af werd Paco niet meer op het voorplein aan de ketting gelegd. Zo naderde het jaar 1985.

De sloper bewoonde nu de hele benedenverdieping, wat tot gevolg had dat de andere bewoners geen gebruik meer mochten maken van de voordeur: hij wenste geen geloop door zijn afdeling. Van toen af moesten zij via de vroegere leveranciersingang aan de zijkant, door het fietsenhok, de kelders en over de voormalige personeelstrap aan de achterkant van het kasteel. Net als de kelderruimten stond dat trappenhuis sinds tientallen jaren vol rommel, doorgeroeste emmers, kapotte stoelen, rollen tapijt; als zij daar last van hadden moesten zij het maar opruimen, en wie het niet beviel kon ook zijn hielen lichten. Op weg naar de zolder mocht alleen Nederkoorn de oude, nu afgesloten trap naar de eerste verdieping blijven gebruiken.

Proctor werd tot razernij gebracht door deze maatregel. Tot nu toe leek het of de huiselijke veranderingen eigenlijk aan hem voorbij waren gegaan, natuurlijk omdat hij met zijn gedachten bij zijn grote boek over Vondels *Lucifer* was; maar nu kwam hij op een middag plotseling naar beneden gestormd met een bijl en begon brullend op de nieuwe tussendeur in te hakken. Het kostte Clara, Sophia en Selma een uur om de bevende vertaler weer wat tot rust te brengen. Hij liet zich niet naar de achterdeur verwijzen, herhaalde hij onophoudelijk, terwijl hij een glas water dronk; sinds twintig jaar ging hij door de voordeur en zo'n patser moest niet denken dat hij hem naar de achterdeur kon sturen. Geen dag langer bleef hij hier!

Iedereen rekende op een verschrikkelijk antwoord van Korvinus, maar hij reageerde met verbazingwekkende terughouding; nog dezelfde dag liet hij de deur repareren en met geen woord kwam hij er op terug. Volgens Max was de verklaring, dat hij zijn doel stap voor stap dichterbij zag komen en steeds minder hoefde te doen om het moreel te breken; nu en dan plotseling de elektriciteit of het water afsluiten was voldoende. Quinten veronderstelde, dat hij misschien ook werd belemmerd door de vriendschap tussen Arend Proctor en zijn zoon Evert, die onafscheidelijk waren.

'Mijn hut hebben ze ook kapotgemaakt, die twee,' zei hij.

'Hoe weet je dat zij het waren?' vroeg Sophia.

Quinten haalde zijn schouders op.

'Dat weet ik niet. Maar het is zo.'

Ofschoon Marius Proctor had aangekondigd, geen dag langer te zullen blijven, bleef hij vervolgens toch: de bijlslagen hadden zijn wilskracht kennelijk opgebruikt. Hij vertrok pas nadat in de nieuwjaarsnacht de politie had aangebeld op het bordes. Er was een ernstig ongeluk gebeurd. Na te veel gedronken te hebben in een disco, hadden de twee vrienden een auto gestolen, waren op een verijsde landweg geslipt, uit de bocht gevlogen en tegen een boom gesmakt. Evert Korvinus, die achter het stuur zat, was levensgevaarlijk gewond maar zou het misschien overleven. Arend Proctor was dood.

Het bericht deed Groot Rechteren schudden op zijn psychische grondvesten. De hele nieuwjaarsdag waren Sophia en Selma bezig met het bijstaan van Marius en Clara, die geen van beiden overweg konden met hun vertwijfeling. Max wist van jongs af aan, dat alles nu eenmaal elk ogenblik kon gebeuren, maar ook hij was de hele dag van streek: plotseling was er weer de herinnering aan een ander auto-ongeluk, zeventien jaar geleden. Korvinus liet zich niet zien. Zijn vrouw – die plotseling Elsa bleek te heten – probeerde via Sophia met Arends ouders in contact te komen; maar Proctor riep tegen Clara dat hij haar zou vermoorden als zij haar te woord zou staan. Arend was dood, maar haar eigen zoon leefde, en bovendien had zij nog een tweede! Met overslaande stem hoorde Quinten hem schreeuwen, dat het leven een mestvaalt was, het sloeg allemaal nergens op, het bestaan was één zinloze bende!

Terwijl hij op de hal stond te luisteren, vroeg Quinten zich af hoe je dat kon zeggen. Misschien zei je zulke dingen alleen als er iemand doodging, of als je zelf doodging, maar had je dan gelijk of juist geen gelijk? School de uiteindelijke waarheid in de dood of in het leven? Als je het leven zinloos vond, moest je dan de dood niet juist zinvol vinden? Het leek wel of Proctor alles door elkaar haalde. Als hij Arends dood zinloos vond, dan moest hij toch zeker het leven zinvol vinden! Wat gaf het anders dat Arend dood was? Waarom schreeuwde hij dan zo? Misschien hing het er van af, wat voor soort iemand je was. Zijn eigen vader, van wie hij nu drie jaar niets had gehoord, had misschien even min begrepen hoe het in elkaar zat. Ook zelf moest hij denken aan het ongeluk van zijn moeder, en aan de dood van tante Helga, maar verder liet het gebeurde hem onberoerd: hadden ze zijn hut maar niet moeten vernielen.

Die nacht kon hij niet slapen van het gejammer boven zijn hoofd. Hij kwam uit bed en ging voor het raam staan. Bevroren lag de slotgracht in het ijskoude licht van de sterren. Plotseling nam het gebrul en kabaal in Proctors werkkamer uitzinnige vormen aan, – even later zag hij papieren langs zijn raam dwarrelen, gevolgd door paraplu's en nog meer papieren, soms met pakken tegelijk, die in de lucht uit elkaar vielen.

*

Nadat de Proctors een week na Arends begrafenis waren vertrokken, breidde Nederkoorn zijn woning uit met de hunne. Van toen af zaten Max' en Theo's appartementen ingeklemd tussen die van het gespuis, als tussen de kaken van een serpent. Maar Max en Sophia waren het er over eens dat zij, uit solidariteit met Theo en Selma, nu zelf niet meer weg konden. Evert Korvinus bleek een dwarslaesie te hebben en was van zijn middel af verlamd, de rest van zijn leven moest hij in een rolstoel zitten, zoals Sophia van zijn moeder hoorde. De sloper zou de komende tijd dus wel een toontje lager zingen en niet proberen ook het laatste jaar van hun huurbescherming te vergallen – al was het maar omdat Elsa Korvinus nu bovendien het spreekverbod had doorbroken.

Max, volledig in beslag genomen door zijn werk aan quasar MQ 3412, die zich steeds raadselachtiger bleek te gedragen, verheugde zich op het vooruitzicht van een jaar rust, – maar dat was hem niet gegund. Al sinds maanden was Ada's toestand geleidelijk aan het verslechteren. Eerst waren er problemen met de spijsvertering: dan weer was zij geconstipeerd, dan weer had zij diarree; vervolgens ontwikkelde zich een chronische nierbekkenontsteking, als gevolg van haar blaascatheter. Maar op een siberische dag in februari, toen op Groot Rechteren de oliekachels ook in hun hoogste stand de kamers niet warm kregen, kwam Sophia uit Emmen terug met een veel ernstiger tijding. Zij was naar de directrice gegaan om te spreken over de schimmel in Ada's mond; zij had toen te horen gekregen, dat Ada vermoedelijk binnenkort naar het ziekenhuis overgebracht zou moeten worden. Ook tussen haar maandelijkse perioden door waren er vloeiingen opgetreden, volgens de controlerend geneesheer zag het er naar uit dat zij baarmoederkanker had.

Terwijl zij dit vertelde, had haar gezicht weer die maskerachtige uitdrukking die Max zo goed van haar kende. Dat Ada – dat wil zeggen haar armzalige lichaam – gedurende al die zeventien jaren dus nog steeds elke maand ongesteld was geworden, schokte hem meer dan het bericht van haar ziekte. Dat was eerder iets hoopvols: de opmaat naar het einde van haar absurde bestaan. Zwijgend bleef hij Sophia aankijken. Na een tijdje vroeg hij:

'Zou dit het uur van de waarheid zijn?'

Sinds Onno en hij hun dwaze acties hadden ondernomen, ten tijde van Ada's keizersnede, hadden zij nooit meer over euthanasie gesproken. Met Sophia had hij er geen enkele keer over gepraat, ofschoon het ook haar natuurlijk bezighield. Zij gaf geen antwoord, maar aan haar ogen zag hij dat ook zij het zo voelde.

Tien dagen later, in de auto met haar op weg naar het ziekenhuis van Hoogeveen, kwam het even min ter sprake. Toen hij het portier afsloot en in de krakende sneeuw om zich heen keek, verwonderde het hem dat alles hier nog net zo was als die avond van het ongeluk, die rampzalige zevenentwintigste februari, waarop Onno en hij in Dwingeloo hun gemeenschappelijke conceptie hadden gevierd. Ook herinnerde hij zich opeens de taxichauffeur, die hem niet mee had willen nemen naar Leiden, waar Sophia weduwe was geworden. Dat Ada hier nu voor de tweede keer naar binnen was gebracht, gaf hem het gevoel van een cirkel die zich sloot – en zich sluitende cirkels waren altijd het signaal van ingrijpende kenteringen. Hij was blij dat hij 's avonds had afgesproken met Tsjallingtsje.

Kloosterboer, de arts die Sophia had uitgenodigd om te komen, bevestigde de diagnose. Naast elkaar zaten zij voor zijn bureau en keken naar de jonge gynaecoloog, die er met zijn kortgeknipte blonde haar en zijn helblauwe ogen eerder uitzag als een tennisleraar.

'Hoe ver is het?' vroeg Sophia.

Hij knikte.

'Er zijn uitzaaiingen. Opereren heeft geen zin meer.'

'Stel je voor,' zei Max.

De dokter vestigde zijn ogen op hem.

'Hoe bedoelt u?'

'Een vrouw die sinds zeventien jaar in coma ligt en als een plant leeft, die ga je toch niet opereren. Ook al had het zin, dan nog had het geen zin.'

Kloosterboer kruiste zijn armen.

'Laten wij elkaar van meet af aan goed begrijpen, meneer Delius. Als het zin had, zouden we het doen.'

Max en Sophia keken elkaar even aan.

'En nu?' informeerde Sophia. 'Chemotherapie? Bestraling?'

'Dat ook weer niet.'

'En pijnstillers?' vroeg Max. 'Het zou mij interesseren of u haar ook pijnstillers geeft.' Hij zag dat Kloosterboer die vraag niet goed kon gebruiken, want er kwam niet meteen antwoord. 'Ik bedoel, als u haar geen pijnstillers geeft, wat is dan eigenlijk uw positie? Hoe klopt dat met elkaar?'

Het gezicht van de dokter verstrakte.

'Ik heb alle begrip voor uw opvattingen, en voor uw situatie, maar ik kan hier absoluut niet op ingaan. U moet mij ook begrijpen.'

'Dat doen wij ook,' zei Sophia en stond op.

Kloosterboer rolde zijn stoel naar achteren.

'Ik zal u naar de kamer van uw dochter brengen.'

'Doet u geen moeite. Wij vinden de weg.'

Terwijl zij door de gangen liepen, zei Max dat die Kloosterboer natuurlijk een christelijke fundamentalist was, hoe vlot hij er ook uitzag.

'Misschien is hij alleen maar jong,' opperde Sophia, 'en bang voor zijn carrière.'

Ja, zij kende de medische wereld natuurlijk beter dan hij. Uit zijn ooghoeken keek hij even naar de rechte, grijzende abdis aan zijn zijde, van wie hij nog steeds niets begreep. Zij ging steeds meer op haar moeder lijken. Nu moest er toch eindelijk over gesproken worden. Hij verlangzaamde zijn pas.

'Vertel, Sophia, wat moet er nu volgens jou gebeuren?'

'Dat moet Ada's man beslissen.'

Hij schudde zijn hoofd.

'Dat moet Ada's moeder beslissen. Ik herinner me trouwens, dat Onno je dat ook heeft geschreven.'

'Wat heeft hij dan geschreven?'

'Dat Ada vlees van jouw vlees is, en dat jij het laatste woord hebt als er beslissingen over haar genomen moeten worden. Daar kan hij niets anders mee bedoeld hebben dan een situatie zoals we die nu hebben.'

Zij bleef staan en keek recht in zijn ogen.

'Ze zijn van plan haar langzaam dood te laten gaan, maar ik vind dat er een eind aan gemaakt moet worden. Heel actief – met een morfine-infuus. Maar daar hoeven we hier niet op te rekenen. Hier gaat de staf er op zijn best over vergaderen of ze zullen abstineren, maar –'

'Abstineren?'

'Stoppen met haar voeding. Maar dat zullen ze niet doen, want wat er dan gebeurt is verschrikkelijk om aan te zien voor het personeel. Dan droogt ze langzaam uit, net zo lang tot ze een skelet is.'

Max gruwde.

'Met andere woorden,' zei hij, 'ze moet hier weg, naar een verlichter ziekenhuis, waar ze niet zo bang zijn dat het in de krant komt. In Amsterdam.'

'Als ze haar ten minste laten gaan, als dat hun eer niet te na komt. Leer mij ziekenhuizen kennen. Ze hoeft trouwens niet eens naar een ziekenhuis, elke behoorlijke huisdokter doet het, dat weet iedereen, de officieren van justitie ook, maar daar wordt niet over gepraat.'

Hij keek haar aan.

'Bedoel je, dat we haar dus naar het kasteel moeten halen?'

'Natuurlijk niet,' zei zij onmiddellijk. 'Met Quinten...'

'En wat doen we met hem? Moet hij weten wat er aan de hand is?'

Onzeker keek Sophia hem aan.

'Wat heeft het voor zin, zijn leven daarmee te belasten?'

In de conversatiekamer zaten patiënten en verplegers naar de uitzending van een schaatswedstrijd te kijken; iemand wees hun de zaal waar Ada lag. Max wist niet meer wanneer hij haar het laatst had opgezocht, misschien vier of vijf jaar geleden, misschien nog langer, – maar wat hij nu te zien kreeg, bij het raam, verborgen achter een scherm, zag hij voor het eerst. Hij verstarde.

In het witter dan witte sneeuwlicht deed haar hoofd hem denken aan een opengesneden cocosnoot, die hij jaren geleden, nog in Amsterdam, eens had vergeten weg te gooien en die bij zijn terugkeer van vakantie nog op de schaal lag. Haar stoppelige haar was grijs geworden, een doods grauw, dat haar vermagerde, vlekkerige gezicht omlijstte, de neusvleugels rood en ontstoken van de sonde. Dat er een lichaam onder het laken lag, was nauwelijks nog te zien. Haar dorre witte handen leken op vogelklauwen; alle vingertoppen waren omzwachteld met verband.

'Dit heb je me nooit verteld,' zei hij ontzet.

'Je hebt er nooit naar gevraagd.'

Hij betrapte zich op de gedachte, dat het nu onmiddellijk afgelopen moest zijn hiermee, binnen vijf minuten, – hij keek naar het ontluisterde overschot in het ijzeren bed, terwijl vergeelde beelden als voorbijwaaiende herfstbladeren door zijn herinnering stoven: bij haar ouders thuis in de opkamer, de cello tussen haar benen, die vingertoppen op de snaren, in naakte kleermakerszit tegenover hem op zijn bed, met haar benen om zijn heupen in de warme, nachtelijke zee... Met schokkend middenrif wendde hij zich af en keek uit het raam naar de verblindende sneeuw, waar de zon op scheen.

*

Nooit eerder was hij zo vervuld geweest van zijn werk als het afgelopen anderhalf jaar. 's Morgens, als hij nog niet wakker was maar ook niet meer sliep, precies op die grens, verscheen onmiddellijk MQ 3412 in zijn brein, – maar in de gestalte van een chaotisch kluwen gegevens, diagrammen, spectra, radiokaarten, röntgenopnamen door satellieten, onzinnige interpretaties, grillige fantasieën, alles onherstelbaar verward en in de knoop, als een knot wol waarmee de poes had gespeeld, en bovendien omgeven door een halo van doem: het was allemaal fout, hij zat op een volslagen verkeerd spoor, het was hopeloze onzin. Maar dat depressieve ontwaken kende hij langzamerhand van zichzelf, het was begonnen toen hij er een gewoonte van had gemaakt elke avond nog een fles wijn te drinken, de laatste tijd soms ook twee, – en als hij ging slapen was hij er nu juist van overtuigd, op de drempel te staan van een wereldschokkende ontdekking. In de loop der jaren had hij geleerd zich niets van dat alles aan te trekken. Op het moment dat hij de gewrichten van zijn duimen had laten knakken en de dekens wegsloeg, was de grootste somberheid al geweken.

Ook op maandag 11 maart 1985 ging het zo. Die ochtend zouden de eerste gegevens van de Very Long Baseline Interferometry binnenkomen, de telescoop zo groot als de hele aarde. Met de technici hadden ook een paar jonge astronomen uit Leiden de nacht wakend doorgebracht in Westerbork; maar zelf belde hij niet eens op, aan het ontbijt bladerde hij eerst nog slechtgehumeurd het ochtendblad door. Tsjernenko was dood; al vier uur later had het Centraal Comité in het Kremlin een opvolger gekozen, een zekere Gorbatschow, maar die zou natuurlijk ook niets veranderen; er zou nooit meer iets veranderen, de Koude Oorlog was eeuwig. Door zijn hoofd spookte nog het restant van een droom, – een beeld van Ada: als op een bepaald soort opengewerkte tekeningen van motoren zweefden haar organen buiten haar lichaam in de lucht, zodat het tegelijk een momentopname leek van een explosie.

'Ik ga vanavond bij Tsjallingtsje eten,' zei hij en stond een beetje kreunend op.

'Kom je nog thuis?' vroeg Sophia.

'Misschien wel, misschien niet,' zei hij. 'Ik zie wel.' Met een hand streek hij in het voorbijgaan even over Quintens schouders en zei: 'Doe je best.'

48 SNELHEDEN

Terwijl hij door de wazige voorjaarsochtend naar Westerbork reed, luisterde hij naar Schuberts *Unvollendete*, onder Böhm. Nog steeds was het onverwoestbaar mooi, maar wel kende hij elke noot er van, zoals langzamerhand van bijkans alle muziek.

Eenmaal in de drukke terminal was zijn inzinking geweken en hij keek weer net zo nieuwsgierig naar de computeruitdraaien die Floris hem gaf als toen hij half zo oud was, – alleen bestonden er toen nog geen computeruitdraaien. Wat zijn belangstelling betrof, leek er geen tijd te verstrijken. Wat daarentegen allereerst met het verstrijken van de tijd had te maken, was de quasar, – en met de eerste oogopslag zag hij, dat er iets totaal mis was.

'Veel succes,' zei Floris sarcastisch. 'Je kunt het net zo goed meteen in de prullenmand gooien.'

Omdat Quinten zich immers al op twaalfjarige leeftijd uitvinder van de historioscoop mocht noemen, had Max hem eens het portret van een quasar geschetst: een geheimzinnig, superzwaar object aan de limiet van het waarneembare heelal, dat even veel energie uitzond als duizend melkwegstelsels van elk honderd miljard sterren, terwijl de quasi-ster toch veel kleiner was dan ook maar één sterrenstelsel. Vermoedelijk zat er een zwart gat in, het monsterachtigste van alle hemelverschijnselen. De verst bekende quasar, OQ 172, was ruim vijftien miljard lichtjaar verwijderd; daaraan kon je dus zien, hoe het heelal vijf miljard jaar na de Big Bang was, toen nog maar een kwart zo groot als nu. Een oude leidse studievriend van hem – die nu op Mount Palomar in Californië werkte – was die afstand in de vierdimensionale ruimte-tijd te weten gekomen door de roodverschuiving van de waterstoflijnen in het optische spectrum. Als er een straaljager aankwam, had Max Quinten uitgelegd, werd het geluid van zijn motoren hoger, en als hij over je heen was gevlogen werd het lager: eerst haalde hij zijn geluidsgolven een beetje in, waardoor ze korter werden, daarna rekte hij ze uit, waardoor ze langer werden. Dat de sterkste spectraallijn van OQ 172 een enorm eind van het ultraviolet in de richting van de langere golflengten van het rood was verschoven, tot in het midden van het zichtbare spectrum, betekende dat het ding zich in het uitdijend heelal met ruim negentig procent van de lichtsnelheid verwijderde.

Quinten had zich maar matig geïnteresseerd getoond, – uiteindelijk, overwoog Max, was hij toch een echte alfa, net als zijn vader. Bovendien weigerde MQ 3412 zich te voegen naar het patroon van de bijna tweeduizend quasars, die nu bekend waren. En de VLBI bleek nu aan een ernstige kinderziekte te lijden, vermoedelijk een defect bij de onzegbaar nauw luisterende communicatie tussen de honderden spiegels in tientallen landen op verscheidene continenten, of misschien was ergens iets mis met een atoomklok, zodat de zaak niet absoluut synchroon in de computer was gestopt. Max keek naar de meetresultaten als naar een ongelooflijke goocheltruc, waarvan men de verklaring eigenlijk niet zou willen weten. Dit keer had MQ 3412 besloten, zich met oneindige snelheid voort te bewegen, zoals bleek uit het desolate radiospectrum.

'Anders gezegd,' zei Max, 'onze tachyonische vriend bevindt zich met een energie van nul op alle punten van een lijn tegelijkertijd.'

'Daar zou A. Einstein van opgekeken hebben,' zei Floris.

De rest van de dag bracht hij door met vergaderen, telefoneren, tot in Australië, het lezen en verzenden van faxen en het overleggen met de ingenieurs. Eén van hen opperde, dat de fout misschien bij hen lag. In de bodem onder Westerbork werd gas gewonnen, waardoor minieme verzakkingen plaatsgevonden konden hebben, zodat de spiegels niet meer zuiver in het lood stonden; een paar maanden geleden was bij Assen een kleine aardbeving geregistreerd, met een kracht van 2,8 op de schaal van Richter. Er werd besloten, alles opnieuw te ijken en contact op te nemen met de Gasunie in Groningen. Het frappeerde Max dat een gebeurtenis diep in de aarde, in het Perm, mogelijkerwijs het zicht op de rand van het heelal verstoorde.

Tegen de avond trok hij zich terug in zijn kleine werkkamer om de gegevens nog eens op zijn gemak te bekijken, maar er was geen touw aan vast te knopen. Het was alsof een aap achter een schrijfmachine had geprobeerd een sonnet te schrijven. Maar ook moest hij denken aan een revolutionair experiment, dat drie jaar geleden in Parijs was genomen. Het ging terug op een fundamenteel gesprek in de jaren dertig tussen Einstein en Bohr, dat wil zeggen tussen de relativiteitstheorie en de quantummechanica, die het nooit goed met elkaar hadden kunnen vinden. Einsteins gedachtenexperiment werd in 1982 getest en het gelijk bleek bij Bohr te liggen. Ook toen leek er sprake te zijn van instantane, oneindig snelle signalen, dat wil zeggen sneller dan het licht; aangezien niemand er aan twijfelde dat dat onmogelijk was, duidde dat dus op iets in de werkelijkheid dat niemand had voorzien. Kon dat hier iets mee te maken hebben? Maar hoe? Misschien zou er pas uitsluitsel komen met de ruimte-VLBI, schotelantennes op satellieten, waardoor een telescoop met een doorsnee van honderdduizend kilometer zou ontstaan, – maar dat duurde nog tien jaar en dan was hij vermoedelijk gepensioneerd.

Om hem heen waren tafels, kasten en planken net zo overladen met stapels paperassen als bij zijn collega's, met dit verschil, dat bij hem de orde onmiddellijk zichtbaar was. Eén muur werd ingenomen door een groen schoolbord, waarop formules en diagrammen stonden in verschillende kleuren krijt, – niet schots en scheef neergekalkt in geniale razernij, met slordig uitgeveegde plekken, maar in een harmonische compositie, als een kunstwerk.

Hij deed de papieren in een map, steunde zijn kin op zijn handen en keek uit het open raam. Aan elke kant werd zijn uitzicht afgesloten door het reusachtige, zwarte staketsel van een spiegel. Er werd geijkt. In de volkomen stilte hoorde hij met korte tussenpozen het zachte zoemen van het mechanisme, waarmee de aswenteling van de aarde werd gecompenseerd, om het waargenomen object vast te houden. Wat was dat voor sinistere ironie, dat onder het voormalige kamp Westerbork *gas* bleek te worden gewonnen? Werd de werkelijkheid soms bestuurd door een duivels brein? Het begon al te schemeren, maar in de verte liepen nog steeds bezoekers over het terrein, – niet om naar de telescopen te kijken, maar naar iets dat er niet meer was. Hadden de onmiddellijk betrokkenen niets meer van het kamp willen weten, in de nieuwe joodse generatie begonnen de laatste tijd stemmen op te gaan om het in zijn oorspronkelijke staat te herstellen. De slagboom stond alweer op zijn oude plaats en bij het stootblok was een wachttoren gerestaureerd. Er werd zelfs al voor gepleit om de sterrenwacht te verdrijven. Mocht dat werkelijk doorzetten, dan zou hij een ingezonden brief naar het Nieuw Israelietisch Weekblad sturen en de Synthese Radio Telescoop prijzend een 'jodensterren-wacht' noemen, en dat zij alleen mocht verdwijnen als na de totale restauratie van kamp Westerbork ook de drieënnegentig treinen weer aan de Boulevard des Misères zouden verschijnen, om de mensen terug te brengen uit het gas.

49
De Westerbork

Zijn verhouding met Tsjallingtsje had in de loop der jaren het bedaarde karakter van een huwelijk aangenomen. Als zij klaarkwam riep zij weliswaar nog steeds 'O God!', maar de kantoorboekhandel, waarboven zij had gewoond, was overgenomen door een groot uitgeversconcern, dat haar verdieping nodig had voor de opslag van afgeprijsde engelse kunstboeken. Hij had er voor gezorgd, dat zij in een rustiek, Hans-en-Grietjeachtig huis aan de rand van het dorp Westerbork kon trekken, waar een verlegen elektronicus uit Dwingeloo tot zijn pensioen jonge boerenknechten had ontvangen. Daarbij had hij ook het einde van Groot Rechteren in gedachten gehad en het moment dat Quinten het huis uit zou gaan, waarna de wegen van Sophia en hemzelf zich zouden scheiden. Achter in de verwilderde tuin stond over de hele breedte een houten schuur, veel te groot eigenlijk voor die plek, maar zij zou verbouwd kunnen worden tot een studio voor hemzelf; ook nu al zat hij er soms als hij ongestoord wilde werken. Met Tsjallingtsje had hij daar nooit over gesproken, zelf had zij even min ooit iets in die richting geopperd; maar omdat zij wist, dat hij had beloofd het kind van zijn vriend groot te brengen, die bovendien zelf sinds vier jaar was verdwenen, wist zij natuurlijk ook dat daarna een nieuwe situatie zou ontstaan.

In Dwingeloo had zij gehoord van het fiasco met de VLBI, en

kennelijk om hem te troosten was de tafel feestelijk gedekt; in een koeler stond zelfs champagne. Zij droeg een felrode kamerjas tot op de grond, waardoor zij nog groter leek, en ofschoon zij even groot was als hij omarmde zij hem als de grotere de kleinere: zij met haar armen om zijn nek, hij met zijn handen op haar hoge heupen, wat meteen een verandering tot gevolg had in zijn chemische huishouding.

'Jij weet ten minste wat een ontgoochelde onderzoeker toekomt,' zei hij en trok zijn jasje uit. Hij liet zich op de bank vallen en met een glas roze champagne in zijn hand vertelde hij over het wereldwijde astronomische debâcle, dat tonnen had gekost, misschien wel miljoenen. 'Maar is het eigenlijk niet schitterend, dat dat mogelijk is? Er hadden duizend peuterspeelzalen van gebouwd kunnen worden, en als het experiment was gelukt had nog steeds niemand er iets aan gehad. Dat dat allemaal nog altijd kan, verzoent mij een beetje met het mensdom. Het betekent, dat homo sapiens sapiens zijn nieuwsgierige kindertijd nog steeds niet is ontgroeid. Pas als het zo wordt, dat de kippigheid definitief toeslaat en het belang van de dingen wordt gezien als een functie van hun nabijheid, gaat het echt de verkeerde kant op. Moet je mij horen: ik spreek alsof het gedrukt staat.'

'Je bedoelt, de mens moet verder kijken dan zijn neus lang is.'

'In mijn geval is dat eigenlijk nauwelijks mogelijk.'

Misschien was het ook de manier waarop zij in de lach schoot, die hem voor haar innam. Hij kon zich niet herinneren dat hij Sophia ooit echt had zien lachen, en Ada eigenlijk even min; maar Tsjallingtsjes strenge gezicht was steeds bereid om van de ene seconde op de andere volledig te verschieten in iets totaal anders, alsof in een donkere kamer het licht werd aangedaan. Misschien was het talent tot lachen eigenlijk wel de ware geest, meer dan het vermogen tot intellectuele krachttoeren.

Terwijl zij in de keuken bezig was, keek hij met gekruiste armen naar het avondblad dat half opgevouwen naast hem op de bank lag. Zonder het aan te raken, las hij de koppen over de veranderingen in

Moskou. Ook daar was kennelijk sprake van zoiets als een roodverschuiving, – of eerder van het omgekeerde, een politieke violetverschuiving: er bewoog iets met grote snelheid op het mensdom af, aangezien de uitdijing van het politieke heelal was overgegaan in contractie. Hij voelde zich moe. Hij legde zijn benen op de bank, en toen hij zijn ogen even sloot zag hij meteen weer de absurde meetresultaten voor zich. Misschien kwam het door de champagne, maar om een of andere reden kreeg hij plotseling het gevoel, dat er toch een zin in verborgen lag.

Ook aan tafel viel het hem weer op, dat Tsjallingtsje boven haar budget had ingekocht. Er waren oesters, waarbij zij de champagne opdronken; toen zij vervolgens uit de keuken kwam met reerug en hem een fles Volnay gaf om te ontkurken, wist hij zeker dat er meer aan de hand was.

'Zeg het maar, Tsjal,' zei hij, terwijl hij met haar aanstootte, 'wat is het? Ben ik een datum vergeten?'

Over haar glas heen bleef zij hem aankijken. Zij slikte even; hij zag dat het haar moeite kostte om te zeggen wat zij zeggen wilde.

'Ik hoop niet dat je boos op me wordt, Max, maar ik zou nu juist zo graag willen dat er een datum kwam, die we niet zouden vergeten.'

'Je spreekt in raadselen.'

'Ik wil een kind van je.'

Onbeweeglijk beantwoordde hij haar blik. Als een vuurpijl die door een open raam naar binnen was gevlogen, ricocheerden de woorden door zijn hoofd. Hij had al eerder vermoed dat haar dat bezighield, maar dat zij er zo direct en beslist mee te voorschijn zou komen had hij niet verwacht. En nog eer hij zelf wist wat zijn reactie was op de mededeling, was hij opgestaan en bij haar neergeknield, had zijn armen om haar middel geslagen en zijn gezicht in haar schoot verborgen. Tsjallingtsje begon te huilen. Zij nam zijn linkerhand en drukte haar lippen op de palm, terwijl zij met haar andere hand door zijn dikke grijzende haar streek. Max' hoofd liep om. Natuurlijk! Zo moest het! En het was alsof in het tumult een stem onafgebroken zei: 'Alles wordt rechtgezet. Alles wordt rechtgezet'. Hij wilde nadenken, helderheid scheppen in zichzelf, liefst was hij nu door de openstaande deuren de tuin ingelopen, maar hij kon het feestelijke diner natuurlijk niet laten staan.

Hij keek op.

'Zeg eens eerlijk. Ben je zwanger?'

'Natuurlijk niet, waar zie je me voor aan? Denk je soms dat ik je aan het chanteren ben? Maar ik wil een kind van je, ook als jij het niet wilt. Ik ben nu zesendertig en elk jaar wordt het kritischer, zoals je misschien weet. Als ik nog een paar jaar wacht, kan ik alleen nog mongooltjes baren.'

'Ik ken anders een heel aardig mongooltje.' Omdat de harde cocosmat pijn begon te doen aan zijn knieën, ging hij op zijn hurken zitten. 'Dus het is: een kind met mij er bij of zonder mij er bij, maar in elk geval een kind.'

'Ja.'

'En als ik het nu niet had gewild, wat dan? Had je dan een ander genomen?'

Zij sloeg haar ogen neer.

'Dat weet ik niet. Zoiets moet je me niet vragen.'

'En je beseft natuurlijk ook, dat ik zeventig ben als jouw kind achttien wordt?'

'Geen idealer vader dan een grootvader, dat weet toch iedereen.'

'Wel, dat is dan duidelijk.' Hij stond op, sloeg zijn armen om haar grote lichaam en kuste haar. 'Laat je spiraaltje maar weghalen morgen. En dan wil je natuurlijk ook trouwen.'

'Dat kan mij niet schelen. Voor mij hoeft het niet.'

'En je vader, de predikant?'

'Volgens mij gelooft die al lang niet meer aan God.'

'In wat voor wereld leven wij?' riep Max, met het gevoel of hij Onno's toon citeerde.

In één teug dronk hij zijn glas leeg, zoals men water drinkt, schonk zich weer in en terwijl zij aten bespraken zij de consequenties van hun besluit. Als alles goed ging, zou Quinten volgend jaar eindexamen doen en misschien ergens gaan studeren, ook al had hij nooit iets van zo'n voornemen laten blijken; tegelijk kwam dan een eind aan hun respijt op het kasteel. Ook Sophia had nooit gezegd wat zij daarna van plan was, maar zoals hij haar kende wist zij al lang wat zij ging doen.

'Drink niet zo veel,' zei Tsjallingtsje, terwijl zij een nieuwe fles op tafel zette.

'Natuurlijk drink ik veel. Ik ben zelfs van plan veel te veel te drinken vanavond. Besef je wel, dat ik net zo goed voor het eerst vader word als het ons lukt?' Met allebei zijn handen wreef hij over zijn gezicht. Opeens was de wereld veranderd. Al die zeventien jaren die hij met Sophia en Quinten had doorgebracht, leken plotseling voorbijgewaaid als een zucht van de wind. Alles begon opnieuw, maar nu op een rechtschapen, ondubbelzinnige manier. Hij stond op en wankelde even.

'Wil je geen koffie?'

'Neem mij niet kwalijk, ik moet even alleen zijn. Ik ga naar de schuur.'

'Nu naar de schuur? Je bent aangeschoten, Max, waarom ga je niet boven zitten?'

'Laat mij nu maar.'

Hij gaf een kus op haar voorhoofd, deed de serredeuren open en met de fles en zijn glas ging hij de tuin in. De avond was gevallen, boven de bomen stond de maan in haar derde kwartier. Halverwege het slingerende pad tussen de struiken steunde hij even met de bodem van de fles op de reusachtige zwerfsteen, die zich daar uit de aarde omhoog had gewerkt en die tot zijn middel kwam; toen hij zichzelf weer in de hand had, deed hij in de schuur de onbeschermde lamp aan en liet zich met een zucht in de versleten rieten stoel zakken. De deur liet hij openstaan. Ooit was de grote ruimte misschien gebruikt voor een of andere opslag, of als werkplaats; misschien had er eens een timmerman gewoond in Tsjallingtsjes huis. Op ooghoogte zaten een paar kleine ramen.

Hij schonk zich in en verbaasde zich over de raadselachtigheid van het bestaan. Het was of Tsjallingtsjes zes woorden, dat zij een kind van hem wilde, zijn bestaan een nieuwe impetus hadden gegeven, zoals een zweepslag een tol uit zijn jeugd. Sinds hij, in dienst van Onno, met Quinten en Sophia op Groot Rechteren woonde, had zijn persoonlijke leven uitsluitend nog in het perspectief van het verleden gestaan; nu was het of zij hem honderdtachtig graden had gedraaid, zodat hij opeens met zijn gezicht naar de toekomst was gekeerd - waar hij weliswaar niets concreets onderscheidde, aangezien zij nog niet bestond, maar die toch ergens hing als een donkere ruimte-tijd vol krioelende mogelijkheden. Met één klap had zij het einde ingeluid van de verknoopte situatie, waarin hij zeventien jaar had geleefd. Een baby in een box. Quintens box moest nog ergens in het opslaghok staan, samengeklapt, net als zijn uit elkaar genomen ledikantje. Het was hem of het vooruitzicht van een kind, dat zonder twijfel het zijne zou zijn, Quinten nu ook definitief tot Onno's zoon maakte. In de krant had hij gelezen, dat het sinds kort mogelijk was door middel van DNA-onderzoek ondubbelzinnig het vaderschap te bepalen, maar zijn angsten van vroeger waren sinds lang geweken. Uiterlijk leek Quinten op geen van hen beiden, alleen op Ada, zoals zij ooit was geweest; en de alfa-achtige aard van zijn interesses wees veel meer in Onno's richting dan in die van hemzelf. Dat muziek hem weinig leek te zeggen, bevestigde dat alleen maar; hij had zelfs geen geluidsinstallatie in zijn kamer. Misschien leek de onbegrijpelijke jongen wel op niemand die ooit had geleefd. Toen de roerloze, langzaam vergaande gruwel in het ziekenhuisbed voor zijn ogen verscheen, wreef hij met beide handen over zijn gezicht, alsof het beeld op zijn huid kleefde. Hij nam een slok en had het gevoel, dat hij in staat zou zijn eigenhandig een einde te maken aan het bestaan van die levende dode. Maar hoe? Met een mes? En waarom niet met een mes? Waarom, vroeg hij zich af, zou in de wereld een kreet van afschuw opstijgen als bleek, dat in een of ander ziekenhuis terminale patiënten naar de kelder werden gebracht, waar zij door middel van een guillotine werden onthoofd? Of waar zij op een binnenplaats een nekschot kregen?

Alleen door de associatie met executies? Of omdat daardoor al te duidelijk zou worden, dat doden doden was en niet iets anders, zoals 'inslapen'? Misschien was het uiteindelijk allemaal een kwestie van woorden. *Endlösung* hadden de duitsers de massamoord op de joden genoemd. Wat was mooier dan de 'eindoplossing' van iets, het definitieve resultaat, de beslissende uitkomst van de staartdeling op nul? Het was bijkans zoiets als de *Theory of Everything* van de natuurkundigen. Met half geloken ogen keek hij naar het roestige rood in zijn glas en dacht aan Onno. Daar zou hij met hem over willen praten, over de taal als vermomming van de werkelijkheid. Vermoedelijk zou hij het meteen van de hand wijzen als een afgezaagd onderwerp, waar alleen pubers als hij zich nog het hoofd over braken, maar er vervolgens toch een paar onverwachte dingen over zeggen. Waar was Onno? Wat deed hij op dit ogenblik? Dacht hij nu misschien ook aan hem? Misschien. Maar misschien ook niet. Misschien had hij hen volledig uit zijn bewustzijn verbannen – niet alleen hem, maar ook Quinten en Ada en Sophia. Misschien leefde hij niet eens meer. Misschien was hij ergens op Kreta in een grot gekropen, waar men over vijftig jaar zijn botten zou vinden, die men aanvankelijk zou aanzien voor die van de schrijver van de Diskos van Phaistos, tot men met de C14-methode zou ontdekken, dat hier alleen sprake kon zijn van een nederlands politicus, vermoedelijk van calvinistische komaf.

Tsjallingtsje had de televisie ingeschakeld, maar zonder het licht aan te doen; de weerschijn van het beeld flakkerde door de kamer alsof er onafgebroken kleine ontploffingen gaande waren. Hij had het gevoel dat hij haar nu eigenlijk niet alleen mocht laten, maar hij wilde nog nadenken, – of liever: voortdrijven op zijn gedachten, als op een luchtbed in zee. Thuis zat Sophia nu ook alleen in de kamer, net als Quinten ongetwijfeld in de zijne. Iedereen zat alleen in een kamer. De laatste tijd maakte hij zich een beetje ongerust over Sophia: soms zat zij urenlang bewegingloos in een stoel voor zich uit te staren, haar handen in haar schoot; als hij er iets van zei, schrok zij op en keek hem aan alsof zij zich er zelf niet van bewust was. Van zijn vroegere vakanties herinnerde hij zich franse en italiaanse families, 's avonds aan lange tafels onder pathetisch verwrongen olijfbomen, zelf bomen, met oeroude overgrootvaders en overgrootmoeders en al hun vertakkingen van kinderen, kleinkinderen, achterkleinkinderen, neven, nichten en ontelbaar aangetrouwd volk, tot en met zuigelingen aan de borst, de tafels overdekt met spijzen en wijn: dat kende hij allemaal niet. Alleen Onno's familie, dat ging een beetje in die richting. Maar die vakanties waren lang geleden, nog uit de tijd van zijn fatale sportwagen. Sinds hij met Quinten en Sophia op het kasteel woonde, waren zij zelden naar het buitenland gegaan. Om de paar jaar een keer naar Zuid-Frankrijk of Spanje, in een opwelling, als het weer er aanleiding toe gaf; mooier dan op Groot Rechteren konden zij het immers niet treffen. Zelf had hij geen behoefte aan reizen, elk jaar moest hij voor zijn werk wel een paar keer naar een conferentie ergens ter wereld, en altijd was hij blij als hij terug was. Misschien had dat ook te maken met het feit, dat hij nooit had weten door te dringen tot de echte top van het internationale astronomendom. Weliswaar kende hij iedereen, en iedereen kende hem en waardeerde hem om zijn werk, maar tijdens het officiële slotdiner zat hij toch nooit aan de ronde hoofdtafel bij de burgemeester of de minister, zoals zijn collega Maarten Schmidt van CalTech.

Terwijl hij zijn glas weer volschonk, met één oog dicht, ten einde geen glas vol te schenken dat er niet stond, dacht hij aan de eerste keer dat hij naar het zuiden was geweest, een paar jaar na de oorlog. De overweldigende indruk die het licht daar op hem had gemaakt, de kleur van de Middellandse Zee, die hij later terug had gezien in het blauw van Quintens ogen. Op zijn studentenkamer in Leiden zag hij die kleuren soms vóór zich, vlak na het ontwaken maar nog eer hij zijn ogen had geopend, – deed hij ze open, dan werd het verdrongen door de grauwe hollandse ochtend. Toen hij de tweede keer aan de Rivièra was, had hij iets bedacht om die schok goed te maken. Als hij daar wakker werd, met zijn ogen nog dicht, stelde hij zich voor dat hij weer in een verregend Leiden was en dat de herinnering aan het mediterrane tafereel vernietigd zou worden als hij ze opendeed. Maar dan deed hij ze open en het was er werkelijk! De zee van lapis lazuli, een gelukzalig wonder! Instantane verplaatsing, sneller dan het licht! De zee... 's Nachts was de zee zwart – maar daaraan wilde hij niet denken. Hoe heette zij toch alweer? Marilyn. Haar machinepistool. God en de uitvinding van het centraalperspectief; het verdwijnpunt, waar zich sinds de vijftiende eeuw niets meer doorheen kon wringen, noch van de ene kant, noch van de andere. Zij moest nu ook een jaar of veertig zijn en zat natuurlijk al lang weer in de Verenigde Staten, ergens in een provinciaal nest, waar zij lerares kunstgeschiedenis was en moeder van drie kinderen, getrouwd met een brave advocaat die een beroerte zou krijgen als hij hoorde van haar revolutionaire verleden. Plotseling zag hij in een nog veel verder verleden de slaapkamer van zijn moeder voor zich: de openstaande laden en kasten, haar kleren in een stapel op de grond. Dat zou nooit ophouden. Zoals Onno placht te zeggen: familie duurt het langst. Tsjallingtsje wist niets van al die dingen; misschien moest hij haar langzamerhand eens iets vertellen over de grootmoeder en de grootvader van het kind, dat zij van hem wilde hebben. Hoe zou het moeten heten? Octave? Octavia? Naar Onno's een-staat-tot-twee van het eenvoudigste, volkomen consonante interval? Het geslacht scheen je tegenwoordig al te kunnen vaststellen tijdens de zwangerschap, door middel van een ultrasone echo, – eigenlijk net zo'n nieuw principe als Quinten nodig had voor zijn 'historioscoop'. Door de openstaande deur keek hij naar het huis. De televisie was uit, boven in de slaapkamer brandde licht. Zij lag in bed te lezen, in *De gebroeders Karamazow*, dat hij haar had voorgeschreven, en wachtte tot hij kwam.

Langzaam zonk zijn hoofd voorover en zijn oogleden zakten even dicht. Met een schok kwam hij tot zichzelf en zuchtte een paar keer diep. Geur van geteerd hout. Hij schonk zijn glas nog eens vol en liet zich onderuit glijden; met zijn achterhoofd tegen de rugleuning staarde hij door de schuur. Het was of hij zijn leven voelde als een groot ding waar hij zijn armen omheen kon slaan, als om een veel te grote hond op zijn schoot. Alles nam onafgebroken toe, alles werd meer en meer en steeds ingewikkelder, zoals een eikel een ijl, symmetrisch kiemplantje baarde, dat uitgroeide tot een knoestige, verwrongen eik, die in niets herinnerde aan zijn bijkans mathematische oorsprong. En toch had hij ooit die vorm bezeten. Hoe kon het een in het ander overgegaan zijn? En als dat niet te zeggen was, hoe kon die overgang dan plaatsgevonden hebben? De problemen, overwoog hij, scholen niet in wat er gebeurde, want dat was eenvoudig wat er gebeurde, maar hoe datgene wat er gebeurde denkbaar was. Het heelal was ontstaan uit een homogene oorsprong – hoe kon het er nu dan zo uitzien als het er uitzag, met de verdeling van de sterrenstelsels zoals die was en niet anders? Waarom was niet alles homogeen gebleven? Waarom was de aarde anders dan de zon? En de zon anders dan een quasar? Hoe kon hier een stoel staan en daar een hark liggen? Hoe kon hij zelf bestaan en anders zijn dan Onno? Hoe kon hij nu iets anders denken dan daarnet en straks weer iets anders dan nu? Wat was er gebeurd onderweg? Of was de oorsprong misschien toch niet homogeen geweest? Natuurlijk kende hij de theorieën, over initiële quantumfluctuaties, maar verklaarden die werkelijk het verschil tussen hem en Onno? Hij keek naar de planken van de schuur, zij leken op elkaar, maar zo waren zij gemaakt. Bovendien waren zij niet precies gelijk: de ene was wat breder dan de andere, wat donkerder, wat lichter, en het leek of in één plank iets gekerfd stond. Hij kneep zijn ogen samen, maar hij kon niet zien wat het was. Omdat hij vond dat hij het weten moest, kwam hij kreunend uit zijn stoel en ging er heen. Het waren letters en cijfers, dun en bijna onleesbaar; hij leunde met een hand tegen de plank en legde de andere over een oog.

Gideon Levi. 8.3.1943.

Hij legde ook de andere hand tegen de plank en liet uitgeput zijn hoofd hangen. De loods stamde uit Westerbork. Tweeënveertig jaar geleden had een jongen dat er in gesneden met zijn zakmes. Nadat hij was vergaan in het gas, had iemand de barak opgekocht en hier in zijn tuin neergezet. Door het kleine raam, dat hij nu ook begreep, keek hij naar het huis. Hij wilde Tsjallingtsje op de hoogte stellen, en dat de schuur meteen morgen afgebroken moest worden; maar het licht in de slaapkamer was uit. Bleek maanlicht hing tegen de gevel. Hij keek om zich heen. De ruimte was te klein om als woonbarak gediend te hebben; misschien was het een schooltje geweest, of de naaikamer. Misschien was zijn moeder hier eens aan het werk gezet. Steun zoekend bij de planken zocht hij zijn weg terug naar de stoel, waar hij zich met een zwaai in liet vallen en de fles omgekeerd boven zijn glas hield.

Vervolgens moest hij even geslapen hebben. Hij werd wakker doordat het koud en vochtig was geworden in de schuur; toch stond hij niet op om de deur dicht te doen. Het was over twaalven, hij wist dat hij dronken was en naar bed moest, maar hij had het gevoel dat zijn hersens onder of achter zijn dronkenschap ongehinderd hun werk deden, – misschien zelfs minder gehinderd dan wanneer hij nuchter was. Met gesloten ogen, een beetje naar voren en naar achteren wiegend in zijn stoel, dacht hij terug aan de computeruitdraaien van die middag. Was het resultaat echt zo onzinnig? Hij zag de vellen nauwkeurig voor zich, alsof hij ze werkelijk voor ogen had. En opeens was het of er een groot licht in hem werd ontstoken: hij begreep alles! In een ondeelbaar moment was alles bij elkaar gekomen – maar wat was het? Hij wist het antwoord, maar het leek of dat even moeilijk was te ontrafelen als de vraag. Die zogenaamd oneindige snelheid van MQ 3412 was geen fout, zoals al zijn collega's in de hele wereld nu dachten, maar zij onthulde een constellatie die in niemands hoofd opkwam! Het was als met de ontdekking van de penicilline door Fleming: zijn assistent had een petrischaal met een stafylococcenculture weggezet om in de vuilnisbak te gooien, aangezien zij verschimmeld was; maar zelf keek hij nog eens goed en zag, dat de bacteriën niet het penicillium hadden aangetast, maar het penicillium de bacteriën – wat vervolgens miljoenen mensen het leven redde en hem de Nobelprijs opleverde. De Nobelprijs! Er bestond geen Nobelprijs voor astronomie, maar wel voor natuurkunde. Zijn gedachten dwaalden af naar Stockholm, waar hij in rok op dat podium zou staan, op die cirkel met de ingeschreven N, in zijn handen de gouden medaille, ontvangen uit handen van de koning, – of op zijn minst wachtte nu toch ook op hem een eredoctoraat, in Uppsala…

Hij zette deze fantasieën van zich af en dwong zich, zo goed en zo kwaad als het ging zijn ontdekking te doordenken. De vermeende oneindige snelheid duidde op een perspectivische vertekening! Het was als met het verdwijnpunt: op de horizon kwamen de rails bij elkaar, daar kon dus geen trein doorheen, want hij zou vernietigd worden in dat punt – en aan gene zijde er van was niets meer. En toch kwamen er treinen doorheen, zowel van de ene kant als van de andere. Quasar MQ 3412 was helemaal geen quasar! Of misschien was hij een quasar maar zag iedereen hem aan voor iets dat hij niet was, aangezien een ander object in een geodetisch rechte lijn achter hem zat, nog veel verder weg, dat door hem werd afgedekt. Misschien bevatte dat geen zwart gat, maar de oersingulariteit zelf: het punt aan het firmament, waar de Big Bang nog was te zien! Misschien had de VLBI de afgelopen nacht signalen opgevangen die van gene zijde dwars door dat verdwijnpunt heen waren getunneld, – of liever: door het verschijnpunt! Ook zwarte gaten, waar theoretisch geen informatie uit kon komen, bleken bij nader inzien immers zo lek als een mandje. In een negatieve ruimte-tijd waren opeens al die oneindigheden zichtbaar geworden, waarop de theoretici onveranderlijk stootten in hun mathematische beschrijvingen. Korter dan 10^{-43}ste seconde na het moment 0, de Plancktijd, was het hypermicroscopische heelal een theoretisch gekkenhuis; voor het moment zero kwamen de berekeningen uit op een paradoxaal heelal met een omvang van nul, een mathematisch punt dus, en tegelijk van oneindige dichtheid, oneindige kromming van de ruimte-tijd en oneindig hoge temperatuur. Daar stortten zowel de algemene relativiteitstheorie als de quantumtheorie in elkaar. Iedereen was het er over eens, dat een nieuwe, overkoepelende theorie nodig was om verder te kunnen praten; het opduiken van oneindigheden werd altijd beschouwd als een teken, dat er iets fundamenteel mis was met de theorie, – maar zij bestonden dus werkelijk, vierentwintig uur geleden waren zij waargenomen! Alleen dacht niemand er aan om het zo te interpreteren: de hele kosmologie was het slachtoffer van gezichtsbedrog! En het zou toch ook eigenlijk idioot zijn als het begin van het heelal *niet* gepaard ging met oneindigheden. Als iets ontstond uit niets, dan was dat toch een oneindig andere affaire dan wanneer iets ontstond uit iets anders, – de onbegrijpelijkheid was toch juist de *essentie* van het feit, dat de wereld er was en niet niet! Hij richtte zich op. Nu moest hij gaan slapen en dit morgen onmiddellijk uitwerken en zo snel mogelijk publiceren, eer een ander op hetzelfde idee kwam.

In plaats van op te staan hield hij de fles nog eens boven zijn glas. Toen er niets meer uit kwam wilde hij haar neerzetten, waarop zij uit zijn vingers viel. Hij strekte een arm uit om haar op te rapen, maar verder dan dat kwam hij niet. Terwijl hij zijn arm liet hangen, zakte zijn kin op zijn borst. Plotseling schoot hem te binnen, dat sinds een paar maanden zo'n nieuwe theorie opwinding veroorzaakte in de natuurkunde, aangezien zij misschien eindelijk de quantummechanica en de relativiteitstheorie met elkaar kon verzoenen: de grote unificatie – de langgezochte Theorie Van Alles! Deze zomer zou in Bari een grote conferentie er aan worden gewijd – moest hij daar niet heen? Tot dusver waren elementaire deeltjes, zoals elektronen, altijd als puntvormig beschouwd, nuldimensionaal, wat natuurlijk ook weer betekende dat hun energie in dat punt oneindig groot was, en daarmee dus ook hun massa; zonderling genoeg had niemand zich ooit veel zorgen gemaakt over die oneindigheden, maar langzamerhand verbaasde hij zich niet meer over dat soort gesjoemel en selectieve verontwaardiging: in de wetenschap was het niet anders dan in de politiek. De nieuwe theorie opperde, dat elementaire deeltjes niet nul- maar eendimensionaal waren: superkleine snaren in een tiendimensionale wereld. Niet alleen alle deeltjes, ook de vier fundamentele natuurkrachten en de zeventien natuurconstanten zouden verklaard kunnen worden uit de trillingstoestand van verder volkomen identieke snaren. Snaren!

Het monochord! Pythagoras! Kwam de wetenschap uit waar zij was begonnen? Was het wezen van de wereld muziek? Het beeld van Ada verscheen voor zijn ogen, de cello tussen haar gespreide benen. 'Alle dingen zijn getallen,' had Pythagoras gezegd. 10 was voor hem het heilige getal, dat je op je vingers kon natellen, net als de tien geboden en de tien dimensies van de supersnaartheorie. 10 was 'de moeder van het universum', en uit lang vervlogen jongenslectuur herinnerde hij zich opeens Pythagoras' mystieke tetractys, de viervuldigheid, de symbolische uitbeelding van de spreuk 'Een, twee, drie, vier', waarmee zijn volgelingen de eed aflegden:

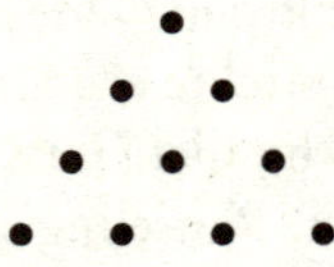

Als rechtgeaarde griek, dacht Max, moest Pythagoras natuurlijk niets hebben van voltooide oneindigheden, ook al was hij met zijn beroemde stelling op de irrationale getallen gestuit, – maar zelf had hij die nu nodig om de waarnemingen van de VLBI te interpreteren, dat wil zeggen het ontstaan van de wereld: de Big Bang als oneindige muziek! Opeens tilde hij zijn hoofd op en deed zijn ogen open. Omdat het licht hem hinderde, kwam hij wankelend overeind, deed de lamp uit en liet zich weer in de stoel vallen.

Was het mogelijk, dat de wiskunde daarvoor al klaarlag? Toen Einstein een niet-euclidische, vierdimensionale meetkunde nodig had voor zijn gekromde ruimte-tijd, bleek die al tientallen jaren eerder door Gauß en Riemann te zijn opgesteld. Als de wereld in eerste en laatste instantie gerealiseerde oneindigheid was, kon hijzelf dan misschien te rade gaan bij Cantor, de grondlegger van de verzamelingenleer? Cantor! De Zanger! Als student had hij zich een tijdje beziggehouden met diens schokkende theorie van de transfiniete kardinaalgetallen, het oneindige aantal voltooid oneindige getallen, maar dat was lang geleden. Hij herinnerde zich de duizelingen, die hem hadden bevangen bij zijn bezoek aan die huiveringwekkende, orphische schola cantorum: zijn alefs, $\aleph_0$, $\aleph_1$,... Zijn Absoluut Oneindige Ω. Hij moest zich daar onmiddellijk weer in verdiepen, maar tegelijkertijd op zijn tellen passen, want Cantor was er zelf ook krankzinnig van geworden. Omdat hij zich interesseerde voor de man die zich in zulke regionen had gewaagd, had hij een biografie van hem gelezen, die hij zich beter herinnerde dan de wiskunde. Regelmatig werd hij opgenomen in het gesticht; oorspronkelijk had hij musicus willen worden, violist, maar naar zijn zeggen had God zelf hem geroepen en hem zijn leer geopenbaard. Net als voor Pythagoras was voor hem de wiskunde tegelijk metafysica: alle getallen waren dingen. Hij was paranoïde en leed aan zware depressies, was geïnteresseerd in theosofie, vrijmetselarij, de leer van de rozekruisers en schreef een pamflet, waarin hij aantoonde dat Christus de natuurlijke zoon was van Jozef van Arimathea, terwijl hij bovendien lezingen hield over Bacon en onomstotelijk bewees, dat hij de stukken van Shakespeare had geschreven...

In de donkere loods had Max zijn ogen nu wijd open. Steeds weer bracht hij mechanisch het lege glas naar zijn mond en zette het terug; het leek alsof in de duisternis de alcoholnevels afnamen, maar tegelijk wist hij dat dat niet zo was. Hij zag ineens een enerverende tekening voor zich uit een nog verder verleden, terwijl hij zich meteen herinnerde waar zij vandaan kwam: uit de vertaling van een populair boek van Gamow, *One, Two, Three... Infinity*, dat hij op zijn zeventiende had gelezen en dat een rol had gespeeld bij zijn besluit om sterrenkundige te worden. Gamow, had hij later geleerd, was de eerste geweest die de theorie van de Big Bang wetenschappelijk aanvaardbaar had gemaakt en in 1948 de echo er van had voorspeld, de kosmische achtergrondstraling die in 1964 werd waargenomen, wat de theorie definitief vestigde. Zijn eigenhandige tekening in het boek toonde een topologische vervorming van een man die op de aarde wandelde en de sterrenhemel bewonderde:

alles was binnenstebuiten gekeerd. Waren in werkelijkheid de organen opgesloten in het lichaam, dat omgeven was door het universum, – met alleen een doorgang van die buitenwereld via de mond, het maag-darmkanaal en de anus, – nu was het inwendige veranderd in het uitwendige: zijn ingewanden strekten zich als uitgewanden onbegrensd uit, terwijl het heelal met planeten en sterren en spiraalnevels het inwendige van de man was geworden, alwaar hij nog steeds buitenstebinnen op de aarde wandelde en waar zijn ogen nog steeds naar keken. Wie was die verdraaide man? Hijzelf, zoals hij door het verschijnpunt in de negatieve ruimte-tijd aan gene zijde van de Big Bang keek? God? Of was het misschien een vrouw? Was het Ada, met in haar buik het gezwel, dat de plaats van Quinten had ingenomen? Of was het zijn eigen moeder, met hem in de hare? De moeder van het universum... Ada en Eva... vrouwen... alleen vrouwen...

Weer had hij geslapen. Toen hij wakker werd, voelde hij zich moe en gelukkig. Hij was nu in de vijftig en nog steeds hield hij zich bezig met dezelfde dingen als toen hij zeventien was. Was er sindsdien eigenlijk ooit iets gebeurd in zijn leven? Er was geen breuk, zoals bij Onno; de jongen die hij was geweest, hoefde zich niet voor hem te schamen. Hij stond op en dacht weer aan het kind, dat Tsjallingtsje van hem wilde. Natuurlijk: Octavia! Vannacht kon hij haar niet meer maken, daar was hij te dronken voor; bovendien zat het spiraaltje nog in de baarmoeder. Hij deed de deur open en met de klink in zijn hand bleef hij staan. Waar was Onno? Wie was Onno geworden? Hoe was het mogelijk, dat hij zo volledig van zijn kind kon afzien? En die arme Quinten zelf – wie was nu verder weg voor hem, zijn moeder of zijn vader?

Het huis was donker, stil lag de tuin in het maanlicht. Janáček, dacht hij. *Ein Märchen.* Zich dwingend niet te wankelen liep hij over het pad naar de zwerfkei, waar hij op ging zitten om een pauze te nemen. De maartnacht was koel en vochtig. Was het onzin wat hij allemaal bij elkaar had gedacht? Had de VBLI echt de oersingulariteit gezien, misschien zelfs dwars er doorheen gekeken, in een andere, tijdloze wereld, die dus groter was dan het heelal? Vergat hij niet iets? Hoe dronken was hij eigenlijk? Hoe kon aangetoond worden, dat het allemaal niet zo was? Als er sprake was van zoiets, moest er in elk geval een enorme roodverschuiving zijn opgetreden, – zo groot, dat zij in niemands hoofd opkwam. Het maximum dat tot nu toe was gemeten, bij OQ 172, had een waarde van 3.53; daar was de lyman-α-lijn in het zichtbare licht terechtgekomen. Voor MQ 3412 werd nu ergens tussen 4 en 5 gezocht, maar misschien moest je bij 20 kijken, of bij 50. Of bij 100! Niemand die bij zijn verstand was zou daar zoeken, zelfs Maarten niet. Waar zat je met zo'n verschuiving? Hij probeerde het uit te rekenen, maar daar was hij niet meer toe in staat. Ergens op de kortegolfband vermoedelijk. Misschien had een of andere radioamateur wel eens een singuliere stem opgevangen: 'Ik ben de Heer uw God!' – waarna hij verveeld verder had gedraaid omdat hij dacht, met een etherzonderling te maken te hebben! Kennelijk geen tweede Mozes!

Max hief zijn armen op, legde zijn hoofd in zijn nek en begon luid te lachen.

*

De daverende slag, waarmee op hetzelfde moment een verblindend witte vuurbol als een raket uit de hemel de kei trof, waarop hij zat, verschroeide alle bomen en planten in de tuin, versplinterde de ramen van Tsjallingtsjes huis, de gordijnen vlogen in brand en de explosie schrikte het hele dorp op uit zijn slaap. Overal begonnen honden te blaffen, hanen kraaiden, in paniek gingen tot in de verre omtrek de lichten aan en uit de ramen begonnen mensen tegen elkaar te roepen dat het natuurlijk een gasontploffing was. De volgende dag bleek zelfs de zwerfsteen voor een deel verdampt.

Zo haalde Max ten slotte toch de wereldpers – maar niet door zijn kosmologische vermoeden, dat bleef onbekend, alleen dankzij het ongelooflijke toeval dat hij zich op de plaats had bevonden waar hij was geweest. Voor zo ver bekend, deelde hij zijn lot uitsluitend met een zeventiende-eeuwse franciscaner monnik in Milaan. De voltreffer had minder van de onfortuinlijke nederlandse astronoom overgelaten dan er van een mier rest in de klap van twee vuurstenen.

Deskundigen veronderstelden, dat de meteoriet vuistgroot was geweest. Er werden alleen minieme fragmenten van teruggevonden, waaruit opgemaakt kon worden dat het hier een steenmeteoriet betrof, een achondriet, ruim vier miljard jaar oud, vermoedelijk afkomstig uit het gebied tussen Mars en Jupiter.

Volgens internationaal gebruik werd het hemellichaam vernoemd naar het dichtstbijzijnde postkantoor: *De Westerbork.*

50
Het besluit

Vier dagen later, bij de begrafenis op het kerkhof van Westerbork, – onder de tonen van Janáčeks *Märchen*, – durfde Quinten zich niet af te vragen, wat er in de kist zat die in de aarde afdaalde. Omgeven door astronomen en technici keek hij even naar Sophia, die arm in arm stond met Tsjallingtsje. Zat er wel iets in? Maar wat er was gebeurd, drong eigenlijk pas een maand later met een schok tot hem door.

Sophia en hij waren door Theo en Selma Kern uitgenodigd, met pasen bij hen te komen eten. Sophia had voor de wijn gezorgd, en rond een grote schaal *pot-au-feu* met mierikwortel spraken zij over het reusachtige paasvuur, dat de baron vroeger elk jaar had aangericht op het terrein bij Klein Rechteren, – een traditie, die na zijn dood door niemand was voortgezet. Volgens Kern was de reden dat er verder geen landadel in de buurt woonde; die zat zuidelijker, in Overijssel en Gelderland. Gevers was de noordelijkste edelman geweest. Sinds de oude barones onlangs met Rutger en zijn gordijn van honderd vierkante meter was ingetrokken bij haar dochter in Den Haag, die daar een florerende schoonheidssalon voor de betere kringen bezat, zou het gepeupel binnenkort ook wel op Klein Rechteren verschijnen en het naar de verdommenis helpen.

'Ik ben een simpele man uit het volk,' zei hij, 'mijn grootmoeder was nog water-en-vuurvrouw in Utrecht, met zand op de vloer, maar als de keuze gaat tussen de adel en het geldschorem, dan hoef ik niet lang na te denken. De adel is natuurlijk ook schorem, iedereen is schorem, maar die lui hebben ten minste stijl.'

'Je wordt oud, Theo,' zei Selma.

'Nou en of. En dat is maar goed ook.'

Quinten keek naar hem. Als een knoestige, ondergesneeuwde denneappel zat de beeldhouwer in zijn stoel; zijn blote rechtervoet lag op een witlinnen poef, de enkel opgezwollen en het vel paarsig, alsof hij in een pot met bramen had getrapt. Had de adel stijl? Quinten moest denken aan de pet van meneer Roskams vader, die hij had moeten begraven van Rutgers grootvader. Ja, misschien was dat stijl, – maar dan toch van een bepaald soort. Anderzijds had de baron hem een hoop geld nagelaten omdat hij het graf van Deep Thought Sunstar had verzorgd en Rutger weven had geleerd. Misschien was het zo, dat de aristocratie echt dacht dat er twee soorten mensen bestonden: aan de ene kant zij zelf, met aan het hoofd de koningin, aan de andere kant gewone burgermensen, – op dezelfde manier als je mannen en vrouwen had. Daar zou hij met zijn vader over willen praten, maar die was verdwenen.

'Herinner je je nog de paaseieren,' vroeg Selma, 'die Arendje en jij altijd gingen zoeken onder de rododendrons?'

Hoe zou hij zoiets kunnen vergeten? Meteen voelde hij weer de takken op zijn rug terwijl hij over de aarde kroop, over de vochtige, verdorde bladeren, waartussen plotseling een frisse kleur oplichtte, volmaakt gevormd, zoals wanneer hij een bevrijdende inval kreeg als hij over iets nadacht. De agitatie, dat Arendje meer eieren zou vinden dan hijzelf...

'De mooiste heb ik altijd bewaard,' zei Sophia. 'Zal ik ze eens halen?'

Toen zij de kamer uit was, zei Theo tegen Selma:

'Weet je wat Max ooit eens tegen mij heeft gezegd? «Een kip is het middel, waarmee een ei een ander ei voortbrengt.» Ik weet niet meer in welk verband, maar dat heb ik nooit vergeten.'

'Die arme Max...' zuchtte Selma.

Even later zette Sophia een grote, ouderwetse snoepgoedfles met een brede hals en een schroefdeksel op tafel. Terwijl zij vertelde dat de fles nog afkomstig was uit de nalatenschap van haar moeder, staarde Kern naar de kleurige inhoud en het leek of hij zijn ontroering nauwelijks meester kon blijven.

'Die zijn stuk voor stuk hier in deze kamer beschilderd, Kuku,' zei hij, 'terwijl jullie in bed lagen. Door ons allemaal hier op het kasteel.'

Nadat Selma de borden had afgeruimd, legde Sophia de eieren voorzichtig één voor één op tafel. Quinten wist niet dat zij ze had bewaard, maar hij herkende zijn vondsten bijna zonder uitzondering. Zorgvuldig rangschikte hij ze onder elkaar, in vier rijen van acht. Kern haalde zijn voet van de poef, zette een stalen leesbril op en boog zich naar voren.

'Kun je zien, wie welke beschilderd heeft?'

Oplettend soort bij soort zoekend, begon Quinten de eieren van plaats te verwisselen. Plotseling kreeg hij het gevoel, dat hij ze eerder in acht verticale rijen van vier moest bekijken dan in vier horizontale van acht. Je had Kern, Max, Proctor, Themaat en Spier en hun vijf vrouwen, dat waren tien mensen; maar Elsbeth Themaat en Judith Spier zouden wel niet meegedaan hebben, die kwamen nooit boven. Het zou mooi zijn als er van elk vier eieren waren, maar van meneer Spier was er maar één: op de verder onbeschilderde witte schaal stond aan de ene kant met sierlijke rode streken *A?*, aan de andere met blauwe *Q?*. Die *A* sloeg natuurlijk op *Arendje*, maar nu moest hij plotseling aan *Ada* denken. Themaat schreef hij drie eieren toe, met bleke, geometrische patronen: ruiten, cirkels, driehoeken. De sombere, donkerbruine, soms zelfs zwarte met zigzaggende bliksemschichten waren natuurlijk van Proctor, terwijl het vermoedelijk Max was die zich had bepaald tot egale, heldere kleuren, die nu ook op een of andere manier zijn dood bevatten. Over het werk van Kern kon geen misverstand bestaan: vakkundig gepenseelde clownsgezichten, bloemen en dierenkoppen. Ook

Clara had het hem makkelijk gemaakt met afbeeldingen van paraplu's in alle stadia van opengeklaptheid. Met Selma en Sophia had hij meer moeite. De resterende eieren waren allemaal abstract versierd, met puntjes, strepen en stroken. Hij besloot dat de mooie van Selma waren en die met de vloekende kleuren van Sophia.

Zwijgend keken de anderen naar wat hij deed. Nadat hij de eieren ten slotte per persoon had gerangschikt, zei Kern:

'Je hoeft eigenlijk niets meer te zeggen.' Hij bleef er een tijdje naar kijken, sloeg toen zijn ogen op en zei tegen de twee vrouwen, terwijl hij naar de constellatie op tafel wees: 'Dat is wat er over is van onze gemeenschap.'

Op hetzelfde moment besefte Quinten, dat dat de waarheid was. Na de dood van Max waren alleen deze drie oude mensen nog over, van wie zijn grootmoeder met haar tweeënzestig jaar de jongste was. Boven zat Nederkoorn, beneden Korvinus, en binnenkort zou het helemaal afgelopen zijn. Wat moest hij hier eigenlijk nog langer? Alles om hem heen was weggeslagen, iedereen was dood, vertrokken, onbereikbaar, zelfs Kerns duivenkooien waren sinds een half jaar leeg. Opeens stond hij op en ging zonder iets te zeggen naar zijn kamer.

Hij zette zijn bronzen kistje op tafel. Omdat de sleutel van het hangslot op een dag was verdwenen tussen de losse bakstenen achter de oliekachel, had hij een stevige paperclip rechtgebogen en er volgens de lessen van Piet Keller een loper van gemaakt. Voorzichtig ontvouwde hij zijn vaders brief en keek naar de laatste zin, al luidde zij niet anders dan hij wist: *Vergeef mij en zoek mij niet, want je zult mij niet vinden.* Dat hij hem niet moest zoeken, was dus niet zoiets als een laatste wens! Er stond eigenlijk helemaal niet dat hij het niet wilde, alleen dat hij zich de moeite kon besparen aangezien het geen resultaat zou hebben. Hij keek naar het foedraal met zijn moeders cello. Nu wist hij het zeker. Hij ging weg. Hij ging zijn vader zoeken.

*

'Maar waar wil je hem dan zoeken?' vroeg Sophia de volgende ochtend aan het ontbijt. 'Hij kan toch overal zijn. Weet je wel, hoe groot de wereld is?'

'Hij is in elk geval op aarde. Dat sluit alvast een hoop andere plekken uit.'

'Dat is waar,' zei Sophia. Er verscheen een glimlach op haar gezicht en zij keek hem hoofdschuddend aan. 'Je hebt hem al bijna gevonden, nietwaar?'

'Ja,' knikte Quinten en beantwoordde haar blik, maar zonder lachje.

Zij zaten op het balkon. Voor het eerst dit jaar was het een milde voorjaarsochtend, beneden in de slotgracht vierden de eenden rumoerig de wisseling van het seizoen.

'Maar stel je voor, je vindt hem en hij wil niets van je weten? Besef je wel goed, wat er met hem is gebeurd? Hij is een ander geworden. Ik dacht ook eerst dat het allemaal wel mee zou vallen en dat hij wel weer zou komen opdagen, maar het is nu al vier jaar geleden. Hij weet toch waar hij jou kan bereiken en dat heeft hij toch nooit gedaan?'

'Als hij mij ziet en hij wil nog steeds niets meer met mij te maken hebben, dan weet ik dat. Dan is hij echt een ander geworden, zoals u zegt, en een ander interesseert mij niet. Een ander is niet mijn vader. Dan ben ik er ook mee klaar.'

'En je school,' vroeg Sophia, zonder op te kijken van de appel die zij schilde, 'hoe is het daarmee?'

'Ik weet genoeg. De belangrijkste dingen die ik weet, heb ik trouwens niet op school geleerd.'

'Maar Quinten, je zit nu in de vijfde, je bent er bijna, nog een jaar en je hebt je eindexamen. Ben je niet bang, dat je vreselijke spijt krijgt als je het gymnasium niet afmaakt? Dat bepaalt je hele leven. Je wilt toch gaan studeren, neem ik aan?'

Quinten keek naar de kale bomen aan de overkant. Nog steeds kon hij dwars door het bos heen kijken; straks zou het weer een ondoordringbare wand vormen. In de verte reed een auto over de weg naar Westerbork. Ook zijn vader had hem eens gevraagd, wat hij 'worden' wilde. 'Architect' had Max toen gezegd, – maar het idee, dat hij de rest van zijn leven dit of dat zou doen, en niet iets anders, was nog steeds een denkbeeld dat hem idioot voorkwam. Hij was niet geboren om zekerheid te verwerven; dat moesten anderen maar doen. Op hem wachtte iets heel anders, dat was de zekerheid die hem een half jaar geleden op de weide bij Klein Rechteren deelachtig was geworden.

'Ik denk het niet,' zei hij.

Sophia probeerde het nog eens.

'Volgende maand word je pas zeventien. Zet nu nog één jaar door, dan ben je achttien; daarna kun je een jaarlang doen wat je wilt. Of twee jaar. Dan kun je altijd nog beslissen of je wilt studeren of niet. Maar als je nu stopt, dan heb je het nu beslist.'

'Ik ga papa zoeken,' zei Quinten.

Hij had te doen met zijn grootmoeder. Om zich een houding te geven stond zij op, veegde met een hand de kruimels en broodresten in haar andere hand en gooide ze over de balustrade, wat in de diepte onmiddellijk gesnater ontketende. Ook zij was alleen. Haar dochter was getroffen door een verschrikkelijk ongeluk, haar huisgenoot gedood door een meteoriet en nu werd zij ook nog verlaten door haar kleinzoon. Wat moest zij verder? Over een paar maanden zou zij bovendien op straat staan, – met al haar spullen, en die van haar dochter, en die van Max. Hij ging naar haar toe, legde zijn handen op haar schouders en gaf een kus op haar voorhoofd, waarbij een vreemde, zuurzoete geur in zijn neus drong. Meteen daarop drukte zij haar kruin even tegen zijn borstbeen, wat hem deed denken aan Gijs, de bok van Verdonkschot. Toen zij haar gezicht ophief, was het nat van de tranen. Het was voor het eerst dat hij haar zag huilen.

'Oma!'

'Let er maar niet op. Wanneer wilde je gaan?'

'Zo gauw mogelijk.' Pas terwijl hij dit zei, werd het ook voor hemzelf definitief.

Sophia beheerste zich alweer.

'Maar waarheen dan toch, Quinten? Welke kant op? Je kunt toch niet zo maar in de eerste de beste trein stappen?'

'Misschien is dat ook een methode. Maar ik ga morgen eerst naar papa's advocaat. Die weet toch waar hij zit?'

'Maar hij zal het je niet zeggen. Die heeft zijn beroepsgeheim.'

'Ik kan het in elk geval proberen. Misschien laat hij toch iets los, of misschien ontglipt hem iets waar ik wat aan heb. En zou het niet kunnen, dat tante Dol ook meer weet dan we denken? Misschien kan ik trouwens het beste eerst naar haar toe gaan.'

Met rode ogen bleef Sophia hem aankijken. Opeens kon zij haar tranen weer niet bedwingen; haar gezicht vertrok, zij ging zitten, legde haar handen over haar ogen en zei met hoge, bijkans zingende stem:

'Quinten... er gaat iets vreselijks gebeuren als je weg bent...'

Nooit eerder had hij haar zo meegemaakt. Radeloos ging hij tegenover haar zitten.

'Hoe komt u daar nu bij?'

'Ik weet het niet...' fluisterde zij met schokkende schouders, 'dat voel ik.'

'Wat een onzin! Niemand weet wat er gaat gebeuren. Ik ben misschien een paar maanden weg en ik houd u van alles op de hoogte. Daarna kan ik ook altijd weer naar school. Of anders doe ik staatsexamen.'

Ook zelf geloofde hij daar niet in, en hij zag dat Sophia het even min geloofde. Met een servet tegen haar ogen bleef zij nog even zitten en ging plotseling met afgewend gezicht naar binnen.

Quinten keek naar de appelschil op haar bord: één lange, ononderbroken spiraal, zoals zij altijd deed. Je zou hem zo lang kunnen maken als je wilde, dacht hij, – oneindig lang, als je maar smal genoeg schilde. Diep ademde hij de zachte lucht in. Het was afgelopen, eigenlijk was hij hier al niet meer; maar tegelijk leek het of alles zich door dat besef heviger aan hem voordeed dan ooit eerder, zoals met kerstmis de opgebrande, kwijnende kaarsen in de boom tot slot nog eenmaal opvlamden en dan doofden, de grond overdekt met de kleurige papieren van de uitgepakte cadeaus. Van Max had hij op *Heiligabend* altijd in zijn kamer moeten blijven tot de kerstboom was versierd en de kaarsen waren aangestoken. 'Kom maar!' Uit het harde elektrische licht van zijn kamer naar het warme kaarslicht – een donkere wereld uit het diepe verleden... Hij stond op en ging naar de natuurstenen balustrade. Diep in het bos kraste een uil. Op een kunstmatig eilandje aan de overkant hadden de meedogenloze meerkoeten een nieuw nest gebouwd, waar verder iedereen met een eerbiedige boog omheen zwom. Dat zijn onbewogen grootmoeder nu ineens zo moest huilen! Maar moest hij daarom hier blijven? Moest hij haar nu verzorgen, zoals zij hem al die jaren had verzorgd? Zijn besluit stond vast, hij ging weg. Hij ging zijn vader zoeken. Diep in zichzelf voelde hij de onwrikbare zekerheid, dat niets of niemand hem daarvan kon weerhouden.

'Quinten?'

Via Max' slaapkamer, waar diens opgemaakte bed al was verstard tot een onaanraakbaar museumstuk, ging hij naar die van Sophia. Geknield zat zij op de grond, voor de opengetrokken onderste la van de commode. In haar handen had zij een minuscuul kompas, veel kleiner dan dat op de rand van Max' schrijftafel, de doorsnee was nog geen twee centimeter.

'Neem dit mee,' zei zij en gaf het hem, in haar ogen alweer die koele, afstandelijke blik. 'Het is van je opa geweest. Hij droeg het altijd als we gingen wandelen op de heide, in de jaren na de oorlog. Die was toen nog groot.'

De wijzer zat vast, maar na het verschuiven van een pinnetje aan de zijkant kwam hij wiebelend in beweging: hij functioneerde nog. Door het ringetje was een zwartleren veter gehaald en zonder iets te zeggen liet hij Sophia het instrument om zijn hals leggen. Opgelucht besefte hij, dat zij zich bij zijn vertrek had neergelegd. Hij had opa Brons nooit gekend, voor hem hoorde hij eerder bij de geschiedenis dan bij hemzelf, zoals het meeste in die overvolle la. Ofschoon zij niet op slot was, had hij er nooit in gegrasduind; hij wilde ook niet, dat iemand zijn neus in zijn eigen spullen stak. Hij bukte zich en nam een geel kaartje uit de chaos van foto's, brieven, mappen, poppen, meisjesboeken, een wollen konijn.

'*Bewijs van aanmelding,*' las hij, '*als bedoeld in artikel 9, eerste lid, van de Verordening No. 6/1941 van den Rijkscommissaris voor het bezette Nederlandsche gebied, betreffende den aanmeldingsplicht van personen van geheel of gedeeltelijk joodschen bloede.*' Hij draaide het om. '*Haken, Petronella. Aantal joodsche voorouders in den zin van art. 2 der Verordening: een.*' Vragend keek hij Sophia aan.

'Dat is van mijn moeder,' zei zij. 'Haar grootmoeder van moederskant was joods.'

'Dat wil zeggen – ' begon Quinten.

'Ja, dat jij ook joods bloed hebt.'

'Dat hebt u mij nooit verteld!'

'Het mag ook geen naam hebben. Reken maar uit.'

'Mijn overgrootmoeder een kwart, u een achtste, mama een zestiende, en ik een tweeëndertigste.' Hij legde het kaartje terug en zei: 'Nee, veel is anders. Wist Max dit?'

'Ik heb er eerlijk gezegd nooit meer aan gedacht.'

*

Zijn oom en tante konden alleen herhalen, dat zij even min wisten waar Onno uithing. Als enige van de familie had ook Dol destijds een brief van hem gekregen, daarna had ook zij niets meer gehoord; even min had hij ooit langs een of andere weg iets uit zijn opgeslagen spullen willen hebben. Alleen eenmaal – nu ook alweer anderhalf jaar geleden – had Giltay Veth hun geschreven, dat Onno wilde dat de bul van zijn eredoctoraat naar Uppsala werd geretourneerd.

Dat hadden zij gedaan, al wisten zij de reden niet, even min als de advocaat.

Het was hun laatste dag in het villadorp bij Rotterdam, midden in de verhuizing konden zij hem nog net ontvangen. Zijn oom Karel, de chirurg, had de messen definitief uit handen gelegd en zij gingen permanent in hun tweede huis op Menorca wonen, waar Quinten in de zomervakanties een paar keer had gelogeerd. In de onttakelde voorkamer, met plastic bekers mineraalwater zittend op dichtgespijkerde kisten, herhaalde zich het gesprek dat hij met Sophia had gevoerd: over het afbreken van zijn studie, en of hij wel zeker wist dat het verstandig was wat hij wilde, en waar hij dan ging zoeken. Hij kreeg het gevoel, dat Onno al bijna uit hun leven was verdwenen. Zijn spullen waren al een paar weken geleden weggehaald door een inboedelopslagbedrijf; zij lagen nu in een pakhuis in het havengebied. Sophia was daarvan op de hoogte geweest, maar kennelijk had zij hem niet willen belasten met die boodschap. Terwijl hij op het perron wachtte op de trein naar Amsterdam, weerklonk in zijn hoofd onafgebroken de uitdrukking, die zijn oom had gebruikt voor zijn vader: *drop out.*

In de hal van het advocatenkantoor achter het Rijksmuseum stond *Mr. J.C.G.F. Giltay Veth* tussen een lange reeks andere namen. De drager er van kwam hem zelf halen: een dikke, vriendelijke man van begin vijftig, met een kleine leesbril op de onderste helft van zijn neus. In de lift naar de bovenste verdieping vertelde hij, dat hij zijn vader al kende sinds zijn studietijd. Ofschoon Onno op een verschrikkelijke manier uit de hoek kon komen, had hij later zelden nog zo gelachen als met hem. Zijn kamer zag uit over de hele binnenstad. Hij wees Quinten het paleis op de Dam in de verte, waarop Atlas de gouden wereldbol in zijn nek torste, – als iemand, dacht Quinten, die zelf dus buiten de wereld was.

Toen een zwart meisje in een witte jas thee neerzette, gingen zij tegenover elkaar zitten aan een lange tafel, waarvan de helft werd ingenomen door stapels mappen en dossiers.

'Ik moet je nog condoleren met de dood van je pleegvader,' zei

Giltay. 'Ik las het in de krant. Je houdt het toch niet voor mogelijk, zoiets.' Sprakeloos schudde hij even zijn hoofd. 'Ik heb er natuurlijk niets mee te maken, maar is alles goed geregeld met de nalatenschap, voor zo ver je weet?'

'Dat zou u mijn grootmoeder moeten vragen. Ik geloof dat er problemen zijn omdat hij helemaal geen familie had.'

'Zeg alsjeblieft tegen je grootmoeder, dat zij altijd contact met mij kan opnemen als zij hulp nodig heeft. Dat kost haar niets. Ik weet zeker, dat ik daarmee in de geest van je vader handel.'

Strak keek Quinten hem aan.

'Heeft u het mijn vader dan niet laten weten?'

Giltay hield een klontje suiker in zijn thee en wachtte tot het zich had volgezogen.

'Nee.' Hij liet het klontje los. 'Ik kan alleen in uiterste gevallen contact met hem opnemen.'

'Dus hij weet helemaal niet dat Max dood is?'

'Dat zou ik je niet kunnen zeggen. Misschien heeft ook hij het ergens in de krant gelezen.'

'Hij is dus niet in Nederland?'

Even verscheen er een lachje op Giltay's gezicht, maar het verdween meteen; ernstig roerde hij gedurende een paar seconden in zijn kopje.

'Ik begrijp waar je heen wilt, Quinten. Eerlijk gezegd had ik je bezoek al veel eerder verwacht. Ik wist dat je hier op een dag tegenover mij zou zitten; dat heb ik destijds ook tegen je vader gezegd. Maar als je nu van mij wilt weten waar hij is, dan kan ik je dat niet vertellen.'

'Ik zweer, dat ik nooit tegen iemand zal zeggen dat ik het van u weet. Ik kan hem toch zogenaamd toevallig ergens tegen het lijf lopen. Zulk toeval bestaat toch? Mijn pleegvader is door een meteoriet getroffen, dat is toch zeker nog veel toevalliger?'

'Absoluut,' knikte Giltay. 'Alleen, de kwestie is niet dat ik het weet en het je niet mag zeggen, maar ik weet het echt niet. Ik heb niet het flauwste benul.'

'Hoe kan dat nou? In zijn afscheidsbrief aan Max schreef mijn vader, dat hij in noodgevallen altijd via u te bereiken was.'

'Dat is ook zo. Maar alleen via-via. Er zitten nog twee adressen tussen. Het eerste is dat van een collega van me – in het buitenland, ja, dat had je goed begrepen. Maar die weet alleen een postbus in weer een ander land. Dat kan dus ook Nederland zijn, maar net zo goed Paraguay. Stel je voor, jij krijgt mij zo gek dat ik jou vertel wie die collega is, wat niet het geval zal zijn, dan nog zal die meneer jou niet verder helpen, want die heeft geen boodschap aan jou. Nog helemaal afgezien van het feit, dat het enige dat hij weet alleen dat postbusnummer is in een ander land dan het zijne.' Hij legde zijn handen op elkaar en keek Quinten aan. 'Vergeet het, jongen. Je vader heeft zijn sporen grondig uitgewist. Er is iets vreselijks met hem gebeurd; je moet er van uitgaan, dat hij niet meer leeft. Ik ben precies van je situatie op de hoogte. Ik weet van het afschuwelijke lot dat je moeder heeft getroffen, ik weet wat er met je vader is gebeurd en onlangs weer met je pleegvader, maar je moet je er bij neerleggen. Er zijn jongens wier ouders zijn vermoord, of zijn omgekomen bij een vliegtuigramp, het is allemaal even weerzinwekkend, maar zo zit het leven blijkbaar in elkaar. Probeer het van je af te zetten, laat je leven er niet door bepalen.'

Quinten maakte een onhandig gebaar en zei:

'Als ik wist dat mijn vader echt dood was, zou er niets aan de hand zijn. Maar hij is niet dood, hij is ergens op aarde en op dit moment doet hij dit of dat. Misschien zit hij de krant te lezen, of drinkt hij ook een kop thee.' Hij stokte. 'Dat wil zeggen... bent u er eigenlijk wel zeker van, dat hij nog leeft?'

Giltay knikte.

'Als het anders was, zou ik dat weten en jij dus ook.'

'Dan ga ik hem zoeken.'

De telefoon ging, en zonder af te wachten wie er aan de lijn was zei de advocaat:

'Ik wil nu niet gestoord worden.' Hij legde de hoorn op de haak, kruiste zijn armen en leunde achterover. 'Niemand kan je tegenhouden. Maar heb je je ook afgevraagd, of je daarmee in de geest van je vader handelt?'

Hij had het aldoor over de *geest* van zijn vader. Quinten haalde Onno's brief uit zijn zak en las de laatste zin voor. Toen hij zijn interpretatie had ontvouwd, - dat het geen verbod op zoeken was, maar alleen een aankondiging van de nutteloosheid daarvan, - verscheen er een glimlach op Giltay's gezicht.

'Je zou een goed jurist zijn, Quinten.'

'Er staat wat er staat.'

'Geen speld tussen te krijgen. Maar er staat ook, dat je hem niet zult vinden. Hoe dacht je het aan te pakken?'

'Dat weet ik nog niet. Ik had gehoopt dat u mij op een spoor zou zetten, maar ik vind wel iets anders.'

Giltay haalde zijn wenkbrauwen op.

'Is dat, waarom je hier bent gekomen?'

'Ja, waarvoor anders?'

'Ik dacht dat je misschien geld nodig had voor je speurtocht.'

'Ik heb geld zat.'

'Zo?'

'Ik heb veertigduizend gulden geërfd.'

'Veertigduizend gulden?' herhaalde Giltay en deed zijn leesbril af. 'Van wie?'

Nadat Quinten hem had verteld waaraan hij dat had verdiend, bleef Giltay hem een tijdje nadenkend aankijken.

'Er wordt jou veel afgenomen, maar er komt ook veel naar je toe. God weet, misschien lukt het je werkelijk om je vader te vinden, al is het mij een raadsel hoe dat zou moeten.'

'Misschien zijn nog steeds niet alle wonderen de wereld uit,' zei Quinten.

*

Zo fijn was de motregen, dat de druppels stil leken te staan in de lucht en zijn gezicht nog natter maakten dan een echte bui. De twee elzen, de drie keien, alles op de weide achter Klein Rechteren droop van het water, dat nergens vandaan leek te komen. De rode koe was er niet. Was dat een goed teken of een slecht teken? Een goed teken natuurlijk, want anders zou zij er zijn. Nu moest hij bepalen, in welke richting hij zijn vader moest zoeken. Langzaam, met wijd open ogen, draaide hij met de klok mee om zijn as en probeerde te registreren of hij op een bepaald moment iets bijzonders voelde. Hij voelde niets, terwijl hij in een bepaalde stand toch met een zekerheid van honderd procent exact in de richting van zijn vader had gekeken. Dat kwam hem onbegrijpelijk voor. Hij probeerde het nog eens, nog langzamer en met gesloten ogen, maar weer leidde het tot niets. Wat nu? Hij knoopte zijn hemd open en haalde het kleine kompas te voorschijn. Weer maakte hij een langzame omwenteling van driehonderdzestig graden, terwijl hij zijn ogen onafgewend op de naald hield gevestigd. Wiebelend draaide zij over de schaal van het noorden naar het westen en via het zuiden terug naar het noorden, zonder dat zij opeens bijzonder gedrag vertoonde.

Verbaasd gaf hij het op. Het was raadselachtig, maar zo ging het dus niet. Hij stopte het kompas weg en keek uit over de weide, terwijl hij zijn innerlijke zekerheid plotseling voelde wankelen. Was het dus onmogelijk? Misschien moest hij het op de omgekeerde manier proberen. Waar zou zijn vader in elk geval *niet* heen zijn gegaan? Niet naar Afrika vermoedelijk, vast ook niet naar het oostblok of naar China of ergens anders in Azië. Dat scheelde al een boel, maar dan had je in elk geval nog steeds heel Europa en Noord- en Zuid-Amerika. Hij sprak alle talen, dus voor hem was dat geen probleem. Misschien zat hij wel in een klooster, waar hij nooit meer uit kwam, – hij had toch geschreven, dat hij een heremiet was geworden? Of in een zelfgebouwde hut op een onbewoond eiland, gekleed in palmbladeren, of ergens in een grot in de bergen. Op Kreta misschien, waar die Diskos van Phaistos vandaan kwam? Moest hij dus naar Kreta? Maar zelfs als hij wist dat hij in New York zat, dan nog zou hij hem daar niet kunnen vinden. Er was geen beginnen aan. Maar wat dan? Morgen was de paasvakantie afgelopen – moest hij dus gewoon maar weer naar school? Dat was ook ondenkbaar, daarvoor was er intussen te veel met hem gebeurd: je kon van een losgelaten steen niet verlangen, dat hij halverwege als een jojo naar je hand terugkeerde.

Zo nat alsof hij zich in het zweet had gewerkt keek hij naar de bosrand, en plotseling begon hij te rillen. Misschien was er een methode waarmee hij, omgekeerd, zijn vader naar Nederland kon lokken: door op een of andere manier voor te wenden dat hij was ontvoerd – door onder te duiken en schrikaanjagende brieven met opgeplakte letters te versturen. Dan zou hij misschien verschijnen met het losgeld, ergens bij een betonnen pijler onder een viaduct...

Het was of de illusie, dat hij zijn vader kon vinden, opeens was weggevaagd door deze duivelse inval. Hij draaide zich om en begon langzaam terug te lopen naar het kasteel. Het was natuurlijk uitgesloten, dat hij zo'n streek zou uithalen, – maar hij ging nu in elk geval weg hier, op reis, dat kon niet anders meer. Waarom zou hij niet naar Italië gaan? Daar was hij nooit geweest. Naar de Veneto. Eindelijk met eigen ogen de bouwwerken van Palladio bekijken. Geld zat. Zijn schetsen en plattegronden van de Burcht, de SOMNIUM QUINTI, moest hij dan natuurlijk meenemen. Wie weet wat hij er nog aan kon toevoegen!

Uit de diepte

VIERDE DEEL
Het einde van het einde

Derde intermezzo

–Ik dacht al, dat het er niet meer van kwam.

–Ik heb u toch meteen aan het begin gezegd, dat de opdracht is volbracht?

–Het zal door je meeslepende verteltrant komen. Zo gaat het nu eenmaal bij een goed verhaal: dat onderga je niet als een verslag achteraf van wat er is gebeurd, maar het gebeurt als het ware in het vertellen zelf.

–In mijn geval is daar ook niet zo veel verschil tussen.

–Ja, jij bent het noodlot van die mensen, en om je de waarheid te zeggen sta ik er nu en dan werkelijk van te kijken. Wat een rampspoed! Neem dat einde van Max Delius – was dat niet een erg draconische maatregel?

–Wat wilt u? Hij stond op het punt ons te ontdekken!

–Hij stond op de drempel, dat ontken ik niet, hij loerde als het ware al door het sleutelgat – maar hij was ook dronken. Als hij de volgende ochtend wakker was geworden uit zijn roes, had hij het beslist allemaal als piramidale onzin verworpen. Hij was toch een vakman en geen bedenker van science fiction!

–Daarom juist. Ik vond dat wij geen enkel risico mochten lopen. Stel je voor, hij had zichzelf ernstig genomen en hetzelfde doorzettingsvermogen bezeten als zijn zoon. Een erg grote naam had hij niet te verliezen in de astronomie, misschien was hij bereid geweest, op dat keerpunt van zijn leven va banque te spelen. En onze laatste strohalm is toch het geloof van de mensen; op het moment dat ons bestaan een wetenschap wordt, laten ze zich helemaal niets meer aan ons gelegen liggen. Dan halen ze hun schouders op en zeggen: «Nou en?» Bovendien worden ze altijd gevaarlijk als ze andersoortige wezens ontdekken, of wat ze daarvoor aanzien. Toen ze de indianen hadden ontdekt, deden ze daar een tijdje heel geestdriftig over, maar vervolgens kon het ze niets meer schelen en ze roeiden ze uit. Of denk eens aan wat ze tot de huidige dag met dieren uithalen.

– Hou maar op. Dat stadium van het «Nou en?» hebben ze sowieso al vrijwel bereikt. En aan onze uitroeiing zijn ze ook al geruime tijd bezig, zonder het te weten, – ongeveer net zo lang als aan die van de indianen. Was je er helemaal niet op verdacht, dat Delius je eens voor zo'n verrassing zou plaatsen?

– Natuurlijk. Ten slotte moest juist hij de vader zijn van onze agent, en gezien de wetten van de erfelijkheid lag het dus voor de hand, dat ook hij in het bezit zou zijn van bijzondere gaven. In zekere zin had hij die te danken aan zijn zoon.

– De triomf van de causa finalis over de causa efficiens.

– Ook een manier om je uit te drukken, al zou misschien niet iedereen dat onmiddellijk begrijpen. Bovendien was zijn dood noodzakelijk om onze man eindelijk weg te krijgen uit Nederland. Ook daar was al die kaalslag voor nodig.

– Ja, Nederland is een bijzonder land, maar ook los van onze afgezant is het op een gegeven moment welletjes. Soms vraag ik mij af of het eigenlijk wel tot de werkelijkheid behoort. In het mensenjaar 1580 publiceerde een zekere Joannis Goropius een boek waarin hij aantoonde, dat Adam en Eva nederlands hadden gesproken in de hof van Eden, – en inderdaad, Nederland is het paradijselijke ideaal van de wereld, zo zou elk land willen zijn, zo vredelievend, zo democratisch, verdraagzaam, welvarend en geordend, maar ook zo gelijkgeschakeld, provinciaal en saai – al schijnt daar de laatste jaren verandering in te komen.

– Denk bij voorbeeld aan wat Onno Quist is overkomen.

– Ik denk altijd aan alles tegelijkertijd, beste vriend. Ik denk nu bij voorbeeld ook aan het feit, dat jij hem dat natuurlijk hebt laten overkomen. Ik verdenk je er zelfs van, dat jij die verziekte sfeer in Amsterdam hebt laten ontstaan waarin zijn Helga kon overkomen wat haar is overkomen.

– Dadelijk zult u de noodzaak daarvan wel inzien. Ik heb alleen ingegrepen als het strikt nodig was, ik ga altijd zo zuinig mogelijk met mijn middelen om, maar ik moet nu eenmaal werken met dat taaie rubber, waarvan mensen zijn gemaakt. Als het nog onze gewoonte was het woord tot hen te richten, zou alles een stuk eenvoudiger zijn, – maar u hebt het al aangestipt: sinds die dromers zichzelf wijs hebben gemaakt, dat dat niet uit den hoge kwam maar uit hun eigen diepte, zijn wij daar mee gestopt.

– Tegen onze zin.

– Net had u het over de causa finalis. Ook wij zijn om te beginnen natuurlijk uitgegaan van de theoretisch eenvoudigste manier, waarop ons doel bereikt kon worden. Namelijk dat onze man daarheen ging waar wij hem hebben wilden en dat hij daar deed wat wij hem wilden laten doen. Maar terugrekenend doken er steeds nieuwe hindernissen op, die dat doel steeds moeilijker bereikbaar maakten, – net zo lang tot wij, al improviserend, die ingewikkelde route van efficiënte oorzakelijkheden vonden, die de enig mogelijke bleek. Dat was niet bij benadering zo gecompliceerd als onze inspanningen om hem in de geest en het vlees te krijgen, maar toch nog ingewikkeld genoeg. Bij mij op de afdeling vergelijken wij het wel eens met de loop van een rivier. De eenvoudigste manier voor de Rijn om van zijn bronnen in de Alpen naar Hoek van Holland te gaan, is natuurlijk een rechte lijn van zo'n zevenhonderd kilometer lengte; maar in werkelijkheid is hij twee keer zo lang, want daar dwingt het landschap toe. Op dezelfde manier was de route van onze man door het menselijke landschap bizar en kronkelig en nu en dan nogal gewelddadig, net als bij voorbeeld de toestand in Schaffhausen; maar – om van beeldspraak te veranderen – u kunt niet iemand als timmerman aanstellen en tegelijkertijd verbieden, dat er bomen worden gekapt. Zeg, we gaan toch niet weer hetzelfde gesprek voeren, hoop ik?

– Eeuwig en altijd zal hetzelfde gesprek over de noodzaak van het kwaad in de wereld worden gevoerd, – dat ontzaglijke vraagstuk van de theodicee, waarop de mensheid sinds eeuwen haar tanden stukbijt. Maar ja, het graan moet nu eenmaal met dorsvlegels geslagen worden, eer het kan veranderen in heilig brood.

– Tegenwoordig gebeurt het ook wel met maaidorsmachines. Dat zijn gevaartes van soms zeven meter breed, met zescilinder dieselmotoren, die als voorwereldlijke sprinkhanen over de akkers kruipen. Aan de voorkant van die combines worden de halmen opgevreten, waarna in de draaiende dorstrommel de korrels worden losgeschud; vervolgens scheidt een compressor het kaf van het koren met perslucht. Op die manier gaat het ook heel goed.

– Daar zeg je het. Maar het is precies die machine zelf, die het nog veel grotere, radicale kwaad vertegenwoordigt. Dat technologisch-luciferische kwaad staat niet in optimistische dienst van de Chef in de beste aller mogelijke werelden, zoals het voorzienige onheil dat jij moet aanrichten, maar het voedt zich met hem, het verteert hem en neemt zijn plaats in, zoals een virus de leiding usurpeert in een celkern: een vileine putsch, een infame coup d'état. Kanker! Koningsmoord!

– Windt u toch niet altijd zo op. Het is nu eenmaal zo. Wij zijn te kort geschoten, wij hebben de menselijke mogelijkheden onderschat, de kracht van zijn geest even zeer als de zwakte van zijn vlees en daarmee zijn ontvankelijkheid voor satanische inblazingen, – maar uiteindelijk is hij toch onze eigen creatuur, en wat wij hebben onderschat is dus eigenlijk onze eigen creativiteit. Wat wij hebben gemaakt, is meer gebleken dan wij dachten dat wij hadden gemaakt. Uiteindelijk zit in ons falen dus een compliment aan ons eigen adres: onze creativiteit is groter dan wij zelf zijn!

– Ook jouw optimisme is kennelijk onverwoestbaar, net als dat van Leibniz. Wat jij, ondanks al je vakbekwaamheid, blijkbaar in laatste instantie toch bent, is een onverantwoordelijke bohémien, een artistieke

losbol, die denkt: God zegene de greep. Maar misschien zou je je kunnen afvragen of het inderdaad niet juist de afglans van de Chef is, die onze creativiteit groter doet zijn dan onszelf.

– Aha! Maar als dat zo is, dan is ons succesrijke falen ook niet onze verantwoordelijkheid, maar die van de Chef. Inclusief 's mensen vatbaarheid voor de duivel en daarmee dus de ondergang van de Chef zelf, zoals u mij die daarstraks zo welsprekend hebt geschetst. Dan heeft hij met de mens zijn eigen graf gegraven.

– Dit gesprek begint een wending te nemen, die mij absoluut niet bevalt. Ik hoop waarachtig niet, dat jouw nabijheid tot de mensen en je gemanipuleer met het kwaad je ook nader tot Lucifer-Satan heeft gebracht.

– Dan zou ik mij niet zo inspannen. Maar als ik heel eerlijk mag zijn: ik heb ook wel een beetje met hem te doen. Uiteindelijk is ook hij maar een arme drommel, die niet anders kan zijn dan hij is. Wij spelen nu eenmaal met wit, en hij met zwart. Als er iemand is die eeuwig tot de hel is veroordeeld, dan is hij het toch.

– Niets dat hij liever wil!

– Ja, ook dat nog. Dat is zijn hel in de hel.

– Toe maar. Het is alsof op aarde iemand zou beweren, dat hij wiens naam ik niet noem ook maar een arme stumper was en zelf eigenlijk zijn beklagenswaardigste slachtoffer.

– Het is ook niet aan mensen om dit soort dingen te beweren. Aan hen wel het allerlaatst.

– Ik ben blij dat je het zegt, want je functie hing opeens aan een zijden draad.

– Daar had ik al zo'n gevoel van.

– Laten we het hier maar bij laten, eer het uit de hand loopt. Het is natuurlijk treurig dat het allemaal zo ver heeft moeten komen, maar tegelijk brand ik langzamerhand van nieuwsgierigheid om te horen, hoe je het ten slotte voor elkaar hebt gekregen. Ga door. Ik luister.

51
De Gouden Muur

Om de beslissende gebeurtenis mogelijk te maken, was het noodzakelijk Onno Quists gemoed wat te verzachten na al die jaren van eenzaamheid, – ook daarom stuurde ik hem uit de heuvels een verdwaalde jonge raaf. Op een zonnige dag rond het middaguur daalde hij plotseling neer in het open dakraam, schudde zijn veren, vouwde zijn vleugels, draaide een keer om zijn as en wandelde naar binnen, alsof hij daar zelf ook woonde.

Perplex keek Onno op van zijn aantekeningen.

'Wat kom jij doen?' vroeg hij. Omdat hij de hele ochtend nog niets had gezegd, schraapte hij even zijn keel.

De raaf vestigde een oog op hem en kraste.

'*Cras?*' herhaalde Onno. 'Ja, jij spreekt natuurlijk latijn. «Morgen»? Wat is er morgen?'

De vogel sprong van de vensterbank op de tafel, roerde een paar keer met zijn staartpennen door de chaos van papieren, liet wat ontlasting vallen en begaf zich vervolgens naar een bord, waarop nog wat broodresten lagen. Met harde tikken van zijn snavel, blauwzwart als vulpeninkt, werkte hij ze naar binnen en keek Onno weer aan, alsof hij wilde weten of dat alles was. Nadat hij zich had volgegeten, sprong hij op de vensterbank, spreidde zijn vleugels en verdween, – maar de volgende middag was hij er weer, op hetzelfde uur.

Daarmee was zoiets als een vriendschap begonnen. Nooit eerder had Onno iets met dieren te maken gehad; in zijn gedachtenwereld kwamen zij niet voor, van huis uit was hij van mening dat zij geen ziel bezaten, maar al na een paar dagen betrapte hij zich er op dat hij onrustig begon te worden als de vogel zich had verlaat. Al droeg hij sinds zijn vertrek uit Holland geen horloge meer, dankzij de kerkklokken wist hij altijd hoe laat het was. Toen de raaf eens een dag oversloeg, kon hij zich niet meer concentreren, keek treurig naar het onaangeroerde bord vogelvoer en leunde elke tien minuten naar buiten om de hemel af te speuren.

'Zo ga je niet om met mensen, Edgar,' zei hij de volgende dag met verwijtend schuddende wijsvinger, 'ook niet als vogel. Je laat een gastheer niet met het eten zitten. Ik vertrouw er op, dat het niet meer voorkomt.'

Terwijl zijn nachtzwarte bezoeker door de kamer scharrelde, over de stoelen, tussen de rommel onder het bed, was hij onafgebroken aan het krassen en kwekken, en Onno kreeg de indruk dat hij langer bleef als ook hijzelf veel praatte. Van toen af maakte hij er een gewoonte van om te spreken tijdens zijn aanwezigheid. In het begin ging hem dat slecht af; behalve een paar woorden in een winkel, een restaurant of in zijn bank had hij sinds vier jaar niets meer gezegd. Maar spreken kan zo min verleerd worden als fietsen of zwemmen, en juist hij zou nog eerder het fietsen verleren dan het spreken; zwemmen kon hij niet.

'Je vraagt je natuurlijk af, Edgar, wat ik hier nu alsmaar aan het doen ben. Dat zal ik je zeggen. Ik bereid een brief aan mijn vader voor. Maar het is een beetje een vreemdsoortige brief, want zelfs als ik hem op papier krijg zal ik hem niet kunnen versturen. Kafka heeft ook eens een brief aan zijn vader geschreven, Max heeft mij die ooit voorgelezen, lang geleden, in verre, onschuldige dagen, maar de arme Franz-Josef K.u.K. heeft hem nooit op de bus durven doen. Mijn eigen probleem is ernstiger, want wat is het adres van een dode? Misschien weet jij dat, als zwarte vogel; jammer genoeg kun je het mij niet zeggen. Maar juist omdat het onzinnig is, wil ik het doen. Aangezien uiteindelijk alles onzinnig is, het hele leven en de hele wereld, heeft van de weeromstuit alleen het onzinnige nog een soort zin. Kun je dat begrijpen? Als alles absurd is, dan is binnen dat absurde uitsluitend het absurde niet absurd! Waar of niet? Heb je wel eens van Camus gehoord? Dat was de filosoof van het absurde, en die is bij een absurd auto-ongeluk om het leven gekomen. Voor veel mensen was dat een bevestiging van zijn stelling, dat alles absurd is. Maar voor de filosoof van het absurde is een absurde dood natuurlijk een uiterst zinvol einde! Denk daar maar eens diep over na. Alles is nog veel absurder dan hij dacht. Nu ben je natuurlijk ook nieuwsgierig naar wat ik mijn dode vader absurdsgewijs wil laten weten. Dat gaat over de aard van de macht. Ik heb de laatste jaren een paar dingen bedacht, waarover ik zijn onmogelijke oordeel wil horen. Het is nogal sinister, waarbij je het woord *sinister* niet met 'links' moet vertalen, maar politiek eerder met 'rechts': dan krijg je *dexter*. Een ander verschil met Kafka is, dat het mij niet lukt mijn opvattingen op een rij te krijgen. Het wordt geen ordelijk na-elkaar, het blijft een chaotisch naast-elkaar. Als ik vroeger een artikel of een toespraak schreef, wetenschappelijk of politiek, dan was het altijd of mijn gedachten op een of andere manier genummerd waren, zodat ik meteen de volgorde van de zinnen wist. Maar dat kostelijke vermogen ben ik kwijtgeraakt. Nu heb ik het gevoel, dat ik een legpuzzel zo groot als de kamer moet maken, terwijl alle stukjes egaal wit zijn, – of nee, zo zwart als jij, Edgar. Moet je kijken wat daar ligt. Duizenden notities. Heel persoonlijke, over Koos en Dorus en Bart Bork, maar ook heel algemene, over de vraag hoe macht mogelijk is en weet ik wat allemaal. Elke dag wordt die berg hoger, maar denk je dat ik daarmee dichter bij mijn doel kom? Met elke notitie raak ik verder er vandaan! Dat spul heeft het karakter van een boom, die zich onophoudelijk vertakt, uitspruit, doorgroeit, terwijl ik nu juist de stam moet zien te vinden en de plek waar hij uit de grond komt. Elke keer als ik aan mijn brief wil beginnen, moet ik eerst al die aantekeningen weer doornemen, om vaart te krijgen, maar dat leidt nooit tot een eerste zin, alleen tot nieuwe aantekeningen. Een heleboel zijn intussen alweer onleesbaar geworden – omdat zij in de zon hebben gelegen, of omdat ik er koffie of cola over heb gemorst, of omdat zij met jam aan elkaar kleven, of omdat jij je uitlogende behoefte er op hebt gedaan, die zo wit is als je zelf zwart bent. Dat neem ik je niet kwalijk, hoor, geneer je niet, zo is de natuur.'

*

Een paar weken later had de situatie zich omgekeerd: Edgar kwam niet meer eens per dag op bezoek, maar nu en dan ging hij het huis uit. Veranderd van een gast in een commensaal, sliep hij meestal in een hoek van de kamer tussen de kleren, die daar op de grond lagen. De eerste keer dat het tamme dier fladderend op zijn schouder sprong en zich met zijn snavel aan zijn oorschelp vasthield, wilde Onno hem in een reflex van zich af duwen, maar hij was blij dat hij het niet had gedaan, want een tweede keer was dan natuurlijk niet gekomen. Elke dag kreeg Edgar nu fragmenten te horen, dan weer deze, dan weer die, – en plotseling kreeg Onno het gevoel, dat dat voorlezen hem in de buurt van een structuur begon te brengen, waardoor hij een begin kon maken met schiften en organiseren.

'Moet je luisteren,' zei hij, achter zijn tafel zittend, zijn leesbril op zijn neus, 'neem dit. Dit is heel belangrijk. Misschien zou mijn patriarchale tractaat hiermee moeten beginnen. *De Gouden Muur* staat er boven. *Vóór de Gouden Muur is het een geïmproviseerde janboel, daar krioelt het volk in de luidruchtige chaos van het dagelijks leven, en dat daar niet alles in het honderd loopt is te danken aan de wereld achter de Gouden Muur. Als het oog van de cycloon ligt daar de wereld van de macht, in mysterieuze stilte, beheerst, betrouwbaar, overzichtelijk als een schaakbord: een soort gelouterde wereld van platoonse Ideeën. Dat althans is het beeld dat de machtelozen vóór de*

Gouden Muur er van hebben. Het wordt bevestigd door de donkere pakken, de geruisloze limousines, de bewaking, het protocol, de perfecte organisatie, de fluwelen rust in de paleizen en ministeries. Maar wie eenmaal werkelijk achter de Gouden Muur is geweest, zoals u en ik, die weet dat dat alleen schijn is en dat het daar in de besluitvorming net zo'n geïmproviseerde janboel is als er vóór, bij de mensen thuis, op de universiteit, in ziekenhuizen of bij bedrijven. Nooit heb ik daarvan een sterker beeld gekregen dan in het oudheidkundig museum van Caïro. Als staatssecretaris werd ik daar ooit rondgeleid door mijn egyptische collega. We bekeken de schatten uit het graf van Toet-ankh-Amon, al die schitterende dingen die daar eerbiedig uitgestald waren. Maar er hingen ook een paar grote foto's van de situatie, waarin de grafkelder was aangetroffen. Alle spullen op en onder elkaar, als oude rotzooi op een vliering, en die bende was niet alleen door rovers aangericht. Ook de houten schrijnen, waarin de sarcofaag zat, waren ruw en verkeerd in elkaar gezet; het granieten deksel van de sarcofaag paste niet en was doormidden gebroken bij het neerlaten. Hetzelfde beeld vertoonden die armzalige menselijke resten, die achter dat onbeschrijflijk prachtige gouden masker van de farao vandaan waren gekomen. Dat het achter de Gouden Muur net zo'n armzalige uitdragerij is als er vóór, dat weten alle politici, veel ambtenaren en sommige journalisten, maar van de machteloze burgers weet vrijwel niemand het. Wie mocht ontdekken – wat vrijwel onmogelijk is – hoe beleid wordt gemaakt, die zal zijn verdere leven moeten slijten met een fundamenteel gevoel van onveiligheid. Dat toch ook achter de Gouden Muur niet alles in het honderd loopt, is dus een wonder: het duidt op een nog weer hogere macht. Voor u is dat geen probleem, voor u is dat God. Maar voor mij is helaas zelfs het functioneren van de samenleving geen godsbewijs. Hoe is het dan mogelijk, dat zij toch functioneert tot nu toe? U zult het niet geloven, maar ik weet het. Dat komt door het bestaan van die Gouden Muur zelf. Die is zelf de hoogste macht. Wacht eens even, hier hoort dan natuurlijk ook dat citaat van Shakespeare, waarmee een van zijn sonnetten begint. Waar is het? Hier: *From what power hast thou this powerful might?* Dat gaat over de liefde, maar ook de

Gouden Muur heeft iets met liefde te maken. Kijk eens wat we hier hebben: *Van welke aard is de Gouden Muur? De machtelozen denken, dat zij bestaat uit de gestolde majesteit van de machtigen, die in sommige gevallen immers zelfs vereerd worden: de Bevrijder, de Koning, de Leider. Maar in werkelijkheid is zij geen produkt van de machtigen, maar van de machtelozen zelf: zij is de uitkristallisatie van hun eigen verering, ontzag en vrees. Maar als de machtelozen dus in feite niets anders vereren dan hun eigen verering, alleen ontzag hebben voor hun eigen ontzag en alleen hun eigen vrees vrezen, waardoor zij tegelijk op afstand worden gehouden van de macht, wat blijft er dan over voor de machtigen? Wat zijn zij dan? Is iemand eenmaal door de Gouden Muur gedrongen, wat ziet hij dan? Niets bijzonders. Gedoe van gewone mensen, niet interessanter en ook niet anders van aard dan dat van de machtelozen. Zij oefenen de macht niet uit op een of andere «machtige», onontkoombare, als het ware wiskundig zekere manier, zoals de machtelozen denken, maar even rommelig en improviserend als elke machteloze zijn zaakjes bereddert. Dorus en Frans hebben een kabinet geformeerd tijdens een etentje, Churchill en Stalin hebben de Balkan verdeeld bij een borrel. En toch... zij moeten een of ander surplus bezitten, dat de machtelozen ervaren, want niet iedereen kan machtverwervend door de Muur dringen.* Dat wil zeggen, Edgar, ook die «powerful might» van Shakespeare's Dark Lady was in zekere zin niet haar kwaliteit, want die bezat zij niet voor alle mannen. Haar antwoord op zijn vraag, waar zij die vandaan had, moet dus zijn: «From you yourself, Billy». Hij verleende haar die macht over hem - hoewel... Ja, daar zeg ik het weer: hoewel... en toch... Waaruit bestaat dat surplus? Niet uit intelligentie, want overal zijn altijd ook onzegbare stommelingen aan de macht geweest; ook bestaan er altijd superintelligente mensen, die nooit aan de macht komen, zelfs al zouden zij dat ondanks hun intelligentie willen. Ook de «Wille zur Macht» is dat surplus niet, want er zijn ontelbare mensen die het willen en wie het nooit zal lukken, net zo als er mensen aan de macht komen die het nooit gewild hebben, maar die er tot hun eigen verbazing heen gestuwd zijn. Het politieke instinct dan, zul je misschien zeggen; maar er zijn veel mensen met politiek instinct, die het nooit verder brengen dan tot wethouder in een plattelandsgemeente. «Charisma» dan? Dat is alleen maar een grieks woord dat «gave» betekent, «genade»: daarmee wordt de vraag niet beantwoord maar gesteld. Nee, er is iets in het spel, dat niemand weet, behalve ik. Maar nu eerst dit even opschrijven, eer ik het vergeet: *De hele maatschappij is natuurlijk als een spons doordrenkt met allerlei vormen van macht, tussen man en vrouw, in het onderwijs, bij het bedrijfsleven, jegens dieren, nergens is geen macht, – maar wat is* politieke *macht? Politieke macht is, dat iemand dingen kan bewerkstelligen waar hij geen weet van heeft; dat hij in een positie verkeert, waarin hij kan beslissen over het lot van mensen, die hij niet kent. Soms zelfs over zaken van leven en dood, en niet zelden over zijn eigen dood heen. De machtelozen zien de machtige, maar hij hen niet. Dat geldt niet alleen voor Caesar, Napoleon, Hitler of Stalin, maar ook voor onze eigen brave hollandse gezagdragers, voor Koos en Dorus, en voor u natuurlijk, en ooit ook een beetje voor mijzelf.* Ik weet niet hoe het is bij de raven, maar zo is het in elk geval bij de mensen. Politieke macht is abstract, die pas buiten het gezichtsveld van de machtige concreet wordt. Maar wat is nu hun surplus, waardoor zij aan de macht zijn? Wat heeft Dorus gemeen met Hitler? Wat Koos met Stalin? Ik zal je eens wat onthullen, waarvan je zult opkijken. In de dagen van mijn eigen macht had ik eens een diner op het Elysée; tegenover mij zat een franse professor in de sociologie. Na de tafelrede van Giscard d'Estaing vertelde hij, dat een paar van zijn studenten tijdens de verkiezingsstrijd de affiches met de portretten van Giscard en Mitterrand hadden opgehangen in een of ander achterlijk boerendorp in Thailand. De bevolking had nooit van ze gehoord en niemand kon lezen wat er verder op die plakkaten stond. Op de dag van de presidentsverkiezingen lieten zij ze stemmen, en wat denk je? De uitslag kwam nauwkeurig overeen met die in Frankrijk. Daar lachten we toen om, de professor beschouwde het als een goede grap en ik geloof niet dat hij ooit de vreselijke consequentie er uit heeft durven trekken; maar ik moest er plotseling aan denken toen ik zelf in de gaten kreeg hoe het zit met de macht. Luister hier eens naar: *Als jongen vereenzelvigde ik macht met bezit. Mijn boeken waren van mij, maar vervolgens in hogere mate van u, en in nog hogere mate van de burgemeester; daarna was alles voor de tweede keer van u, als minister-president, maar uiteindelijk was alles in Nederland van de koningin. Als wethouder dacht ik, dat politieke macht uitsluitend de macht van het woord was. Wie de beste ideeën had en ze het beste kon uitspreken, had de grootste macht. Nu weet ik, dat het pas in de derde plaats om ideeën en woorden gaat, en ook pas in de tweede plaats om wie ze spreekt, om de persoon. Zelfs dat vinden de meeste mensen al vreselijk ondemocratisch, maar het is nog veel erger. Macht is de macht van het vlees. Macht is puur lichamelijk. Nog nooit heeft iemand dat onder ogen durven zien. Niemand verwerft macht door wat hij zegt, zijn politieke program is bijzaak, net als wie hij is; een ander kan met hetzelfde program komen en er gebeurt niets. Iemand verwerft uitsluitend macht omdat hij de vleselijke constitutie heeft van iemand die macht verwerft. Als hij iets anders zou zeggen, het tegendeel bij voorbeeld, in een andere partij of beweging, dan zou hij ook macht verwerven. U zou altijd macht hebben verworven, Vader, ook bij de katholieken of de communisten. De machtige is iemand die macht verwerft omdat zijn fysiek een geheim bevat, waardoor anderen zeggen: «Ja, dat is onze man» – of vrouw natuurlijk. Het surplus is uitsluitend dit ene ding: het lichaam.* Ik bedoel, de politiek is geen branche van de economie, zoals Marx dacht, of van de theologie, zoals mijn vader dacht, of van de sociologie, zoals nog weer anderen denken, maar van de biologie. Dat is wetenschappelijk bewezen door die keuterboertjes in Thailand. Ik lees vrijwel nooit een krant, Edgar, ik weet absoluut niet meer wat er aan de hand is in de wereld, ik heb geen televisie, geen radio en zelfs geen telefoon, – maar als ik aan een kiosk een foto zie van Margaret Thatcher, die het tegenwoordig in Engeland voor het zeggen schijnt te hebben, dan weet ik het meteen: doortrapte erotiek. Een burgerlijke Cleopatra. Natuurlijk is ze intelligent en doortastend en wat je maar wilt, maar dat zijn andere engelse vrouwen ook, die het nooit verder brengen dan chef-inkoopster bij Harrods. Hoe zit dat? Neem Hitler. Freud heeft gedemonstreerd, dat je de ziekte niet vanuit de gezondheid moet begrijpen, maar de gezondheid vanuit de ziekte. Op dezelfde manier moet je Hitlers absolute macht niet vanuit min of meer normale machtsstructuren proberen te begrijpen, want dat lukt je nooit, maar omgekeerd. Met Hitler kun je Margaret en Dorus verklaren, Hitler niet met Margaret of Dorus. Stel, Hitler had niet bestaan maar iemand anders had vanaf zijn geboorte in Braunau precies dezelfde dingen gezegd en gedaan als hij, - en zulke mensen waren er, - dacht je, dat alles dan tot het bittere einde precies zo zou zijn gegaan als het is gegaan? Natuurlijk niet! Hoe lang had die ander het volgehouden? Al ergens in het begin van de jaren twintig zou Röhm of Strasser hem op een gegeven moment hebben afgebekt: «Halt' endlich deine große Klappe!» Maar hij was niet iemand anders, hij was die donkere man met dat verbeten gezicht en die «Basiliskenblick», zoals Thomas Mann het eens heeft genoemd, met dat bleke voorhoofd, die fanatieke jukbeenderen, die strakke wangen en de geknepen lippen. Dat uiterlijk was goed voor drieëndertig procent van zijn werking, en alle neo-nazi's zijn er nog steeds verliefd op. Ook Salvador Dalí heeft eens gezegd: «Ik houd van zijn rug». Dat kun je afdoen als de surrealistische opmerking van een spaanse gek, maar het duidt ook op een besef van de allesbepalende lijfelijkheid. En wat denk je van een opmerking, die Heidegger eens maakte tegen Jaspers, toen die zich afvroeg hoe zo'n onbeschaafd sujet als Hitler Duitsland kon regeren, - waarop Heidegger zei: «Beschaving doet er niets toe... kijk eens naar zijn prachtige handen». Verder beschikte hij over die door merg en been gaande stem, die alles wat hij zei tot iets heel anders maakte dan wanneer een ander hetzelfde had gezegd. De oratorische werking van zijn woorden op de massa's kun je rustig voor een tweede drieëndertig procent op het conto van dat geluid schrijven. In een of ander boek heb ik eens een röntgenfoto van zijn schedel gezien, waarbij werd opgemerkt dat hij uitzonderlijk grote voorhoofdsholten had, met een buitengewone resonantie. En de derde drieëndertig procent van zijn macht kwam voor rekening van zijn onvergelijkelijke motoriek. Aan de ene kant zijn huiveringwekkende woede-uitbarstingen achter de katheder, aan de andere kant zijn misschien nog huiveringwekkender zwijgen: zijn maskerachtige gezicht, de precisie van zijn houding, de spanning van ook de kleinste beweging. De manier waarop hij bij een parade zijn groet bracht, met die lichte welving van zijn pols, de stand van zijn duim, de manier waarop hij zijn hand terugbracht naar zijn koppel – dat had allemaal beheksende kracht. Alles voor de spiegel ingestudeerd natuurlijk; daar bestaan foto's van. Sommige dirigenten hebben het ook, die absolute beheersing, als die van een kolibrie, die vliegend stilstaat in de lucht en zijn snavel roerloos gevestigd houdt in de stamper van een bloem. Een «fleur du mal» in dit geval. Zeg, je voelt je toch niet gepasseerd als ik zo'n klein vogeltje noem? Hier heb ik trouwens iets, dat er bij hoort: *Door zijn totale fysieke discipline kon Hitler de even totale janboel van zijn gedachtengoed ingang doen vinden. En zijn fysieke discipline zette zich voort in zijn monsterachtige parades en* Aufmärsche, *die hij allemaal zelf ensceneerde en die niets anders waren dan reproducties van zijn lichaam. Hij was eigenlijk een bewegingskunstenaar, een danser, een balletmeester van de dood. De choreografie van die grote fascistische Dodendansen kwam minder voort uit het pruisische militarisme dan uit het expressionisme, uit het theater van Piscator, uit het ballet van Mary Wigman, de lerares van Leni Riefenstahl, die de gruwelijke fascinatie van zijn neurenbergse* Kundgebungen *heeft vastgelegd in haar even gruwelijk-fascinerende film* Triumph des Willens. *Het was het huwelijk van classicisme en expressionisme, van Apollo en Dionysus: de* gerealiseerde tragedie, *in de zin van Nietzsche. Nooit, zo lang de mensheid bestaat, is de schone vorm zo misbruikt en in dienst gesteld van het kwaad. Hitler was zelf de eigenlijke «ontaarde kunstenaar». En de werking van al die creaties was uiteindelijk niet esthetisch maar erotisch, net als die van Hitler zelf.* Wat hij te vertellen had, wat hij politiek wilde, al dat schandaligs, maakte niet meer uit dan het resterende procent van zijn macht. Maar dat het allemaal gebeurde, dat het allemaal werd uitgevoerd door mensen die van huis uit niet slechter waren dan andere mensen, dat er zes miljoen joden gingen sterven, en nog vijftig miljoen anderen, onder wie acht miljoen van degenen die hem toegejuicht en voor hem geparadeerd hadden, dat kwam door die fysieke negenennegentig procent. Dat was het enorme surplus waarover hij beschikte; het was zijn unieke lichaam dat zijn macht absoluut maakte. Daarom ook is hij onmogelijk door een acteur uit te beelden; zelfs als in een film alleen zijn rug wordt getoond, is het al totaal mis. Misschien is dat nog het beste bewijs voor mijn stelling. Maar achter zijn Gouden Muur hing ook deze door de Voorzienigheid gezondene onderuitgezakt met taart en koffie in een gebloemde fauteuil en bracht de avond en de halve nacht door met oeverloos gezwets, zoals we weten uit de memoires van zijn architect, Albert Speer. En die kon het weten, want iedereen was verliefd op Hitler, maar Hitler was verliefd op Speer, – vermoedelijk nog meer dan op Eva Braun. Het duitse volk dacht, dat die *Übermensch* met zijn triomferende wil onafgebroken hard werkte voor het heil van de natie, maar hij voerde vrijwel niets uit, hij sliep een gat in de dag en tot frustratie van zijn ministers en generaals aarzelde hij eindeloos eer hij een beslissing nam. Maar intussen! Speer vertelt, dat die bohémien in de tweede helft van de jaren dertig begon te versomberen; tijdens ontvangsten op zijn buitenverblijf in de Alpen begon hij zich af te zonderen en staarde op een hoek van het terras over de bergen, waarop Speer dacht: – Als dat maar geen oorlog wordt. Moet je je toch voorstellen! Eén individu versombert en dat kan oorlog betekenen! En verdomd, het werd oorlog. Hoe is het in godsnaam mogelijk? Door zijn lichaam, Edgar, door zijn toevallige lichaam en door niets anders. Hij was een natuurverschijnsel. Alle machtigen zijn natuurverschijnselen en in die zin «Übermenschen», – maar dat «über» zetelt niet in hun geest, maar in hun vlees. Met schoonheid heeft het niets te maken, je kunt best klein zijn met een buikje, zoals Napoleon, of half invalide, zoals Kennedy, of een hoofd hebben als Dorus; maar het moet er zijn, die onbenoembare lichaamsgeur, allemaal hadden en hebben ze het in meerdere of mindere mate: Stalin meer dan Trotzky, Reagan meer dan Carter, en noem ze allemaal maar op uit alle landen en eeuwen, al die Dark Ladies van de macht. Men wil ze aanraken, hun vlees voelen. Is het niet verschrikkelijk? Het is net als bij sekteleiders en bij alle andere verleiders. En nog verschrikkelijker is, dat het niet anders kan en dat het ook zo moet zijn. Want, luister: *Heerschappij is onontbeerlijk omdat zij de spil is van het leven zelf. In elke cel wordt macht uitgeoefend: door het DNA-molecule in de kern. Daar zetelt het erfelijke materiaal, dat de lakens uitdeelt. Vanaf de eerste levende cel, via dierengemeenschappen tot de huidige staten heeft de macht haar lichamelijke aard behouden, want alleen zo is zij mogelijk: de conditie van de lichamelijkheid is macht en de conditie van de macht lichamelijkheid. Heel lang is de macht daarom erfelijk geweest. De eerste capitano van een dynastie had zelf de fysieke machtspresentie van iemand als Hitler, Stalin, Mussolini, Churchill, Fidel Castro of Napoleon; daarna was het voldoende om vlees van zijn vlees te zijn. (Bij ons zit het trouwens ook in de familie.) In Nederland hangt in alle ministers- en burgemeesterskamers en rechtszalen het portret van de koningin, maar u en ik weten wie in de werkkamer van de koningin hangt: Willem van Oranje. Ook al die eerstelingen heten trouwens in veel talen «geboren» leiders. Oorlogen waren eeuwenlang* dynastieke *oorlogen, net als bij de maffia, waarbij het om de belangen van vorstelijke* families *ging, dus om lichamelijkheid, – precies als republikeinse oorlogen hun oorsprong hadden in de lichamelijkheid van nieuwe machthebbers. Waar de vorstenhuizen verdwenen, werd de continuïteit alleen nog gedragen door de ambtenarij, die uit de hofhouding is voortgekomen en die sinds Babylon en het oude Egypte nooit een breuk heeft gekend. Ambtenaren zijn eeuwig, zij overleven farao's, koningen en presidenten, maar zonder leider gaat het niet; ambtenaren zonder leiding zijn kleren zonder keizer. Daarop kon een verenigd Europa wel eens stranden. Belangrijker dan de bekwaamheid van een leider is het feit, dat hij er is. Met een onbekwame leider gaat het slecht, maar zonder leider verzinkt alles in abstracte willekeur, waaruit onherroepelijk een nieuwe leider opduikt – want dat is, het optimisme van de anarchisten ten spijt, het fundamentele DNA-principe.* Dat principe beheerst trouwens niet alleen het leven, maar alles wat er is. Aan de eerste levende cel gaat het eerste atoom vooraf, dat ook een kern heeft, met quarks en kernkrachten. Ook het zonnestelsel heeft een kern: de lichtende zon oefent met haar aantrekkingskracht heerschappij uit over de doffe planeten. Geen speld tussen te krijgen, Edgar. Maar als het dus zo gesteld is met zowel de dode als de levende materie, bedenk ik mij nu, met alles kortom, moeten we de Big Bang dan misschien zien als «kern» van het heelal? Dat had ik vroeger met Max besproken. Nu heb ik het alweer over Max – wie dat was, vertel ik je een andere keer wel eens. Ook een verleider in elk geval. En nu dit: *Overal heerst het «Führerprinzip»: er moet macht zijn, ook in democratische samenlevingen, en die macht kan alleen lichamelijk zijn. In de godsdienst is dat al lang bekend, en de eerste die het heeft geformuleerd was Johannes: «Het Woord is vlees geworden».* Weet je wat Jezus Christus zei? «Neemt, eet, dit is mijn lichaam.» *Hoc est enim corpus meum.* Als je het opeet, dan eet je God en je wordt verlost: dat superleiderschap gaat nog een flinke stap verder dan dat van Hitler, maar het principe is hetzelfde. Denk aan de heiligenrelikwieën, die door de gelovigen aanbeden worden. Een holle kies van Sint-Petrus in een gouden schrijn! Een teennagel van Sint-Paulus! Lichaam, lichaam, lichaam! Maar macht kan alleen macht zijn bij de gratie van een Gouden Muur. Om zijn macht te consolideren, moest ten slotte ook de plaatsbekleder van de naakte Christus zich als paus in vol ornaat terugtrekken achter de Gouden Muur van het Vaticaan. En daar begint het probleem. Voor het eerst in de geschiedenis van de mensheid is de Gouden Muur het aan het begeven. Ooit, aan het begin der tijden, is zij opgetrokken door de machtelozen met het materiaal van hun eigen verering, ontzag en vrees, maar nu begint zij onheilspellende scheuren te vertonen, als een middeleeuws kasteel, waardoor iedereen naar binnen kan gluren. *U was in uw tijd nog «Zijne Excellentie de Minister-President, Prof. Mr. Dr. H.J.A Quist», nu zou u voor iedereen «Henk» zijn – wat u zelfs voor ons niet was, alleen voor moeder.* Doordat zij zien dat het in de zalen van dat kasteel net zo'n keet is als overal, verliezen de machtelozen in snel tempo de verering voor hun eigen verering, het ontzag voor hun eigen ontzag en de vrees voor hun eigen vrees, waarmee tegelijk het gezag van de machtigen wordt ondermijnd en de kracht van hun lichamelijkheid naar het belachelijke afglijdt. Daarmee slaan in de machtelozen zelf alle ingebouwde zekeringen door. Wat kan het ons ook eigenlijk allemaal verdommen! Waarom zouden wij die openbare telefoon daar niet in elkaar rammen? Ja, waarom eigenlijk niet? Kan je lachen. Is ergens politie te zien? Nee, nergens. Ook niet in onszelf. Dus nu vernielen wij hem. Vinden wij leuk. Waarom vinden wij dat leuk? Zo maar. Waardoor is dat plotseling gekomen, na al die aeonen? Misschien heeft het iets te maken met de techniek, ik weet het niet; de techniek is in elk geval het enige, dat zich opeens net zo snel ontwikkelt. Ik begrijp het verband niet, en ik raak in verwarring door het feit, dat ook die telefoon bij de techniek hoort, – maar als het zo is, dan ziet de toekomst er onaangenaam uit. Als het zo doorgaat, dan verpulvert het sociale contract en dan wordt geleidelijk de hele samenleving stukgeslagen, dan begint alles in kernloze anarchie te verzinken, wat tegen het kernachtige beginsel van het zijnde is. Bovendien gelooft in het westen vrijwel niemand nog aan een wrekende God, in het oosten zal dat ook niet lang meer duren, en over vijfentwintig jaar gelooft net zo min nog een hond aan Allah, wanneer ze daarginds ook allemaal een ijskast en een auto hebben. Hoe kan dan een invasie van fascistische tyrannen voorkomen worden, die zich in de lege kernen zullen nestelen als kankervirussen? Het antwoord heb ik hier opgeschreven, Edgar. Ik durf het bijna niet hardop voor te lezen, en het is maar goed dat mijn vader het nooit onder ogen zal krijgen. *Als jongen – in een tijd die nog de uwe was – is het mij eens overkomen, dat in het plantsoen mijn bal op het gras rolde. Omdat het verboden was over het gras te lopen, wachtte ik zeker vijf minuten tot er op een bepaald moment helemaal niemand meer was te zien; pas toen durfde ik met bonkend hart over het lage hekje te stappen, de paar passen over het gras te doen en zo snel ik kon terug te springen. Die remming, dat bon-*

kende hart, daar gaat het om. Voelde ik mij onvrij? Niet in het minst. Je mocht nu eenmaal niet over het gras lopen. Ik voel mij momenteel ook niet onvrij omdat ik niemand mag doodslaan. Dat mag nu eenmaal niet. Hoe voorkom je, dat op een dag iedereen iedereen doodslaat zonder bonkend hart? Hoe krijgen we het hart weer aan het bonken? Alleen door het forceren van ontzag. Ik zeg «ontzag» – niet angst als uitvloeisel van een of ander dictatoriaal regime, maar ontzag om het ontzag: een nieuwe Gouden Muur omwille van de Gouden Muur. Dit kan uitsluitend door middel van het autoritaire bewind van een verlicht despoot, – met de nadruk op «verlicht». Iemand van wie iedereen weet, dat voor hem het belang van zijn medeburgers voorop staat, waardoor hij dus tegelijkertijd de volstrekte democraat is. Iemand als Pericles, kortom. Maar hoe institutionaliseer je dat? Hoe weet je van te voren, dat de despoot inderdaad verlicht is? Al Plato worstelde met dat probleem, maar binnen vijfentwintig jaar moet hij nu door middel van DNA-analyse te selecteren zijn, – analoog aan de manier, waarop in Tibet de nieuwe dalai lama wordt opgespoord onder de baby's in de dorpen. De vraag is alleen: hoe komen we zonder ongelukken die laatste vijfentwintig jaar door? Ik voorvoel onafzienbare veranderingen, gevolgd door verschrikkelijke rampen. Dat democratische instituut zal overigens niet lang hoeven te functioneren, een eeuw misschien; aan de hand van de tien geboden zal daarna iedereen genetisch tot een behoorlijk mens worden geïncarneerd en de overheid zal bestaan uit een computernetwerk, met als dominus mundi een mongooltje, of een steen. Ooit was de koning vorst bij de gratie Gods, dan zal de technologie de goddelijke almacht hoogst persoonlijk zijn. Tegen die tijd zal geen telefooncel meer kapotgemaakt worden en niemand zal meer over het gras lopen, ook niet als zijn bal daar ligt. Vermoedelijk zal niemand dan nog ballen. Is het niet verschrikkelijk? Het is maar goed, dat mijn zoon dit nooit onder ogen zal krijgen. Ja, Edgar, ik had ook nog een zoon. Quinten heette hij. Jammer dat je hem nooit zult ontmoeten, over hem zal ik je ook nog vertellen. Maar nu eerst mijn brief. Het is allemaal nog niet volkomen helder, maar als ik nu gewoon maar eens begon: *Hoogvereerde Vader!*'

Met klapperende vlerken sprong Edgar op zijn schouder.
'*Cras. Cras.*'

52
Italienische Reise

Toen op 11 mei 1985 voor het eerst een paus naar Nederland vloog, reed onder hem, op aarde, de trein met Quinten naar het zuiden. En dan ook onderaards, door Alpentunnels, waarachter plotseling Italië zich ontvouwde: blauw en groen en dalend, zoals wanneer hij op Groot Rechteren uit de kille kelders in de warme zon op het voorplein kwam. Sophia had hem naar het station gebracht, hem met een versteend gezicht omhelsd, maar meteen na het afscheid was zij uit zijn gedachten verdwenen; onderweg had hij niet gelezen, niet geslapen, alleen onafgebroken uit het raam gekeken, naar al die ontelbare steden en dorpen in Duitsland en Zwitserland, waar zijn vader kon zijn. Maar toen hij in Milaan in het gedrang op de perrons zijn aansluiting zocht, was ook dat geweken en geleidelijk nam een opwindend gevoel van vrijheid bezit van hem, dat zich verhevigde tot geluk toen hij bij Mestre over de spoordijk de zee op reed en in de verte Venetië op het water zag liggen – een wazig blauw fantoom, alsof aan de horizon de hemel iets was opgetild en door die spleet een blik vrijgaf op een andere wereld. Was het een fata morgana? Lag daar de Burcht?

Toen hij met zijn blauwgrijze nylon rugzak uit het station kwam, bleef hij staan. Op de brede treden van het bordes en op het voorplein zaten honderden jonge mensen in de zon, aan de overkant stond een witte kerk, daartussen leek het of het water van het Canal Grande werd omgeroerd door een reusachtige, onzichtbare, witte vogelveer: alles bewoog, het was alsof het het licht zelf was dat golfde en waaide en blikkerde in de zon, gondels, vaporetti, water-taxi's, overal deinen en roepen, alles schuimend als een overslaande golf in de branding. Tegelijk kreeg hij de indruk dat ook op hemzelf, zoals hij daar stond, meer ogen werden gevestigd dan thuis altijd al gebeurde. Hij ging naar een eenvoudig hotel in de buurt, de afgelegen volkswijk Cannaregio, waar weinig toeristen kwamen. In de boog boven de toegangsdeur stonden hebreeuwse letters, waarvan de meeste niet meer te onderscheiden waren. Zijn raam zag uit op een kleine binnenplaats met rookkanalen en afbladderend pleister, het bed nam vrijwel de hele kamer in beslag en de douche was op de gang, maar hij had verder geen ruimte nodig: daar had hij de stad voor.

Al na een paar dagen was Nederland zo ver weg, dat het leek of hij er nooit was geweest. Zijn moeders lichaam in haar witte bed, Max' lege graf, zijn verdwenen vader, het was of dat allemaal niet meer zijn leven was. Hij bemoeide zich met niemand, de hele dag was hij in gesprek met de dingen, zwierf van vroeg tot laat door de doolhof van stegen, kanalen, bruggen, donkere poorten, verstilde pleinen, at hier een tortellini, daar een bord spaghetti, ging kerken en musea in en uit en stond zichzelf toe te verdwalen. Duurde het hem te lang, dan wierp hij even een blik op het kleine kompas om zijn nek, met in zijn hoofd de plattegrond van Venetië: die twee ontspannen in elkaar grijpende handen, gescheiden door het Canal Grande. Dat labyrinthische deed hem soms denken aan zijn droom, net als de afwezigheid van bomen en planten en van wielen. Ook ontdekte hij achter de Piazza San Marco een kerk, San Moisè, waarvan de zwarte façade van onder tot boven was overdekt met een barok eczeem van beelden en ornamenten; als hij er vlakbij ging staan en zijn hoofd in zijn nek legde, kon het een fragment zijn van de Burcht. Het hoogaltaar was een woest monument, geheten: *De heilige Mozes ontvangt op de Sinaï de Tafelen der Wet.*

Maar verder was zijn Burcht, waar hij steeds de enige was, eerder het tegendeel van Venetië. Niet alleen door de vloed van mensen, die zich over steeds dezelfde mierenpaden verplaatste en die hij al snel wist te vermijden, vooral doordat het geen binnen-zonder-buiten was maar eerder een buiten-als-binnen. Elke keer als hij uit de doolhof via een poort of een nauw straatje op het plein van de heilige Marcus kwam, was dat als een paukenslag. Die reusachtige, met marmer belegde feestzaal, de hemel tot plafond, door Tiepolo beschilderd met echte blauwe lucht en gevederde wolken! Al dat lichte en zwevende, of het nu byzantijns, gothisch of renaissancistisch was, de filigrane arabesken van de basiliek, de vier paarden die haar door de eeuwen trokken, het roze, gisteren voltooide dogenpaleis met zijn galerij van sleutels, de baarden als balustrades, de stelen als pilaren, de gothisch geperforeerde ogen die de eigenlijke bouwmassa leken te dragen, – dat zoiets bestond! En aan het eind van de Piazzetta, als een poort naar het grote buiten, de wijde wereld, stonden de twee kolossale zuilen van rood en wit graniet, met op de kapitelen de gevleugelde leeuw en een patroonheilige op een krokodil, waartussen eeuwenlang de doodvonnissen waren voltrokken. Zelfs misdadigers was hier toegestaan in schoonheid te sterven: het laatste dat zij hadden gezien, was het levende water van de lagune – en de kerk op het kleine eiland aan de overkant: Palladio's San Giorgio Maggiore.

Daar was het dan eindelijk, nu niet meer in de boeken van meneer Themaat, maar in de zon en de adriatische zeewind. De witmarmeren gevel met de twee in elkaar geschoven tempelfronten, harmonisch als een fuga; daarachter het kale schip in rode baksteen, met op het kruispunt de grauwe koepel. Natuurlijk nam hij ook de vaporetto om alles van dichtbij en van binnen te bekijken, waarbij hij over de plek voer waar de doge eeuwenlang elk jaar een ring in het water had geworpen, om zijn huwelijk met de zee te bezegelen. Hoe kon hij zo gefascineerd zijn door Venetië, terwijl die stad zo weinig met zijn Burcht had te maken? Welbeschouwd hoorden ook Palladio's strenge symmetrieën hier helemaal niet thuis, want in Venetië was alles nu juist asymmetrisch. De piazza was geen rechthoek maar een trapezium, de basiliek stond niet in de as, de ramen van het dogenpaleis weerspiegelden elkaar niet. Was hij een wet op het spoor? Kon het zo zijn, dat de schoonheid geometrisch en muzikaal berekenbaar was, maar dat de volmaaktheid daar vervolgens toch weer van afweek? Zoals een rechte lijn langs een liniaal altijd in mindere mate een rechte lijn was dan wanneer Picasso haar zonder liniaal trok? Was er verschil tussen een dode en een levende lijn? Moest hij misschien kunstgeschiedenis gaan studeren? Maar je kon niet studeren zonder eindexamen; bovendien interesseerde de kunst hem helemaal niet om de kunst, maar om wat er achter lag.

Op hemelvaartsdag maakte hij een excursie naar het vasteland, naar Vicenza. In een groep van voornamelijk engelsen bezichtigde hij het Teatro Olimpico met zijn sprookjesachtige binnen-zonder-buiten, en al die andere kerken en paleizen, die hij zo goed kende uit de bibliotheek op Groot Rechteren, bij de P van Palladio, en die nu niet meer ingelijst waren door het stille wit van de bladzijde, maar die naast andere gebouwen bleken te staan, in bepaalde straten, vol kabaal van auto's en scooters, waar op de pleinen oude heren stilstonden en verontwaardigd tegen elkaar praatten, om vervolgens gearmd verder te wandelen, waar fruitvrouwen schreeuwden en jonge pizzabakkers lachend hun wentelende deegschijven de lucht in gooiden, ten einde de natuurwetten in de geest van Galilei en Newton het werk te laten doen. Op de terugweg deed de bus nog twee palladiaanse buitenhuizen aan. Iets buiten Vicenza eerst de Villa Rotonda: een stenen visioen op de top van een groene heuvel, met zijn ronde centraalbouw ook weer een nazaat van het romeinse Pantheon, maar nu voorzien van vier toegangsportalen met trappen en griekse tempelfronten, naar elke windstreek één, – zoals ook in families bepaalde eigenschappen soms plotseling verdubbeld of verviervoudigd terugkeerden.

Daar, wandelend over het marmer, tussen *trompe-l'œil*-fresco's van pilasters en godengestalten, waardoor hier het binnen een buiten leek, viel hem voor het eerst de donkerblonde vrouw in het gezelschap op. Terwijl hij keek naar een afbeelding van Diana, op jacht met een ontblote borst en een zwarte hond, voelde hij opeens haar ogen op zich gevestigd. In een lange witte jurk, met los opgestoken haar en iets voorover gebogen hoofd, wat haar glimlach en de blik van haar grote bruine ogen nog zinnelijker maakte, stond zij aan de andere kant van de rotonde, bij een afbeelding van een protserige Hercules. Het was hem onaangenaam, het haalde hem uit zijn concentratie en hij probeerde het te negeren; maar ook terug in de bus, waar hij op de voorste bank zat, merkte hij dat zij onafgebroken naar zijn achterhoofd keek. Zij was vijftien of twintig jaar ouder dan hij, maar al was zij jonger geweest, dan nog had het hem niet geschikt. Dat soort dingen bestond niet voor hem. Hij wist dat voor veel jongens en meisjes niets anders bestond, dat het vooral voor Max en allicht ook voor zijn vader bestond; van zijn oma was hij minder zeker, en aan zijn moeder wilde hij niet denken in dit verband. Hemzelf zei de seksualiteit even weinig als sport, – tot nu toe ten minste. Hij vond het iets voor mensen die zich wilden voortplanten, maar daar had hij geen behoefte aan. Hij had genoeg aan zichzelf.

In de namiddag reden zij vanaf Padua over de provinciale weg langs de Brenta, omzoomd door die onwerkelijke, poëtische vegetatie die alleen rivieren om zich heen scheppen, waardoor zij in onbedorven ogen heilig zijn. Niet ver van haar monding, als besluit van de excursie, werd gestopt bij de Villa Foscari, bijgenaamd La Malcontenta. Omdat hij zich artistiek overvoerd voelde, en ook om de vrouw te ontlopen, sloeg hij alleen even een snelle blik op het interieur en ging vervolgens onder een treurwilg in het gras liggen, aan de rand van het water.

Dat zij naar hem toe zou komen, had hij niet verwacht. Plotseling liet zij zich frontaal naast hem neer, in de kleermakerszit, op een manier die hem deed denken aan de trekpop die hij ooit had gehad: als je aan het touwtje in het kruis trok, vlogen de armen en benen omhoog. Zij zat zo dicht bij hem dat hij haar rook: een geur die hem deed denken aan herfstbladeren en die misschien niet uit een flesje kwam. Om haar hals en haar polsen had zij wel twintig gouden kettingen en armbanden.

'Spreek je engels?' vroeg zij lachend in het engels, maar met een soort duits accent. Toen hij rechtop ging zitten en knikte, legde zij een hand met lange, slanke vingers en rode nagels hoog op zijn dij, niet meer dan een centimeter verwijderd van zijn geslacht, boog zich naar voren en streek met haar andere hand door het haar op zijn achterhoofd. 'Weet je eigenlijk wel, hoe goed die witte lok jou staat?'

Eer hij haar van zich af kon duwen, wat hij trouwens misschien niet had gedurfd, waren alle handen verdwenen. Daarop kwam haar rechterhand weer naar voren.

'Marlene,' zei zij. 'Marlene Kirchlechner.'

'Quinten Quist.'

Hij drukte haar hand en wilde de zijne terugtrekken, maar zij hield hem vast.

'Je hand is gespannen,' zei zij, terwijl zij hem bleef aankijken. 'Het is net alsof je de mijne niet echt wilt aanraken. Ontspan hem eens.'

Op hetzelfde moment besefte hij dat zij gelijk had. Hij ontspande zijn spieren en voelde pas toen opeens de warme palm van de hare tegen de zijne, wat tot zijn schrik niet alleen warmte in zijn hand tot gevolg had maar in zijn hele lichaam. Kennelijk zag zij wat er gebeurde, want terwijl zij zijn hand losliet boog zij haar hoofd naar voren en keek hem aan met dezelfde blik als daarstraks in de Villa Rotonda. Binnen een minuut was zij er in geslaagd, hem volledig in verwarring te brengen. Hij wilde haar hand weer vasthouden en tegelijk wilde hij dat niet willen. Maar de aanrakingen waren nu opeens achter de rug.

'Hoe oud ben je, Quinten?'

'Over twee weken word ik zeventien.'

Even stokte zij en bleef hem aankijken.

'Ben je met je ouders in Venetië?'

'Nee,' zei hij kort. 'Ik ben alleen.'

'Ik ook,' zei Marlene Kirchlechner. Zij woonde in Wenen, vertelde zij; elk jaar in mei kwam zij hierheen, naar de plek waar zij op huwelijksreis was geweest met haar man, - op het Lido, in Hotel Excelsior, altijd in dezelfde suite met uitzicht op zee. 'Wat let je?' zei zij, terwijl zij naast elkaar op de voorste bank van de autobus over de dijk naar Venetië reden, naar het Piazzale Roma, het eindpunt van alle gemotoriseerd verkeer. 'Kom mee. Er is een prachtig zwembad; in heel Venetië vind je geen zwembad. Je kunt ook blijven als je wilt. Waar logeer jij?'

Quinten begreep, dat plotseling ongekende avonturen in het verschiet lagen, zoals in het soort romans dat Clara Proctor altijd las. Hier was een rijpe, knappe, wellustige vrouw, kennelijk ook nog stinkrijk, die hem onder haar hoede wilde nemen, - maar tegelijk wist hij, dat dat allemaal niet voor hem was weggelegd. Hij had het gevoel, dat hij zich niet mocht laten meeslepen door toevallige ontmoetingen, al was hem niet duidelijk waarvan hem dat zou afleiden, want hij had niets bepaalds te doen. Hij deed maar wat; hij had evengoed ergens anders kunnen zijn.

Toen hij zei dat hij liever naar zijn eigen kamer ging, stond zij er op een eind met hem mee te wandelen; zij was nooit in Cannaregio geweest, straks nam zij wel een watertaxi naar het Lido. Onderweg praatte zij onafgebroken over zichzelf, over de wijngaarden van haar man in de Wachau aan de Donau, waarover zij nu de leiding had; gelukkig vroeg zij hem niet naar zijn eigen omstandigheden. Bij de deur van zijn hotel, onder het wasgoed dat in de steeg als guirlandes van de ene kant naar de andere hing, wilde hij afscheid nemen; maar zij stelde voor ergens nog iets te drinken. Een pittige prosecco van Conegliano-Valdobbiadene bij voorbeeld, die onmiddellijk naar je hoofd steeg: als je ergens was, moest je altijd wijn uit de streek drinken. Quinten dronk nooit wijn, maar ook hij had dorst. Op zoek naar een terras, een zeldzaamheid in deze buurt, kwamen zij via een houten brug en een lage, donkere *sotoportego* terecht op het binnenplein van het zestiende-eeuwse ghetto, waaraan alle latere ghetto's hun naam dankten. De huizen waren hoger dan in de rest van de stad en er stonden zelfs een paar bomen, zoals verder vrijwel nergens in Venetië. Bij een ronde waterput met een marmeren deksel gingen zij op een bank zitten. De meeste luiken waren gesloten; in veel plantenbakken stonden draaiende, papieren molentjes. Behalve de duiven in nissen en op de verweerde vensterbanken was nergens iemand te zien, – en in de invallende schemering keken zij een tijdje zwijgend naar de grote stilte, die over de stenen hing.

Plotseling legde mevrouw Kirchlechner haar wang tegen zijn schouder en begon te snikken.

'Wat is er?' vroeg hij geschrokken.

Met haar grote ogen hulpeloos verdronken in het water keek zij naar hem op, alsof hij haar vader was.

'Ik weet niet wat me bezielt... Ik ben verliefd op je, Quinten. Meteen toen ik je zag, was het alsof ik een goudstuk in de modder zag liggen. Eerst dacht ik dat het een bevlieging was, dat heb ik wel vaker; maar nu ik besef, dat ik je natuurlijk niet meer zal zien, merk ik dat het iets heel anders is. Ik val helemaal niet op jonge jongens, als je dat misschien denkt. Dit is mij nog nooit overkomen. Mijn man was twee keer zo oud als ik, maar ik ben nu meer dan twee keer zo als oud jij. Waarom ben je geen zesentwintig, of zesenzestig voor mijn part? Zestien! Dat kan toch helemaal niet, ik lijk wel gek!' Plotseling stond zij op, nam zijn gezicht tussen haar handen en gaf een kus op elk van zijn ogen. 'Vaarwel, engel... het ga je goed.'

Eer hij iets kon zeggen, zag hij haar witte gestalte over de campo waaien, als een laken dat zich van de wasknijpers had bevrijd, en in de donkere poort verdwijnen.

Ontdaan bleef hij naar het zwarte gat kijken. Wat had hij aangericht? Moest hij haar achterna? En dan? Nee, zo was het natuurlijk het beste. Dat soort vrouwen bestond nu eenmaal in de grote wereld; daar moest je aan wennen. Terwijl in de verte winkelluiken ratelden, die omlaag getrokken werden, liep hij terug naar zijn hotel. Hij hield zijn mond onder de kraan en gooide met twee handen water in zijn gezicht. Op bed wilde hij nog wat in zijn reisgids lezen, maar hij viel vrijwel meteen in slaap – waarin hij niet werd bezocht door de *somnium quinti*, maar door brand...

Eerst woont hij op de zolderverdieping van een hoog huis, zoals die in het ghetto, waarvan de vierkante schoorstenen langs de buitenmuren lopen. Hij schreeuwt uit het raam dat de brandweer gewaarschuwd moet worden, waarop iedereen naar boven kijkt en zijn schouders ophaalt. Niets aan de hand, zal wel meevallen, paniekzaaierij. Als de woning in lichterlaaie staat, alle balken veranderd zijn in architraven van vuur, blijkt hij ergens in een souterrain te wonen. Plotseling begint ook daar rook op te kringelen tussen de plavuizen, en weer luistert niemand naar hem, zodat alles in vlammen opgaat...

Hij werd wakker van de honger. Buiten was het donker geworden; het was tien uur. Hij liet zijn duimen knakken en geradbraakt stond hij op. In een klein restaurant bij het Canal Grande at hij een bord ravioli, omgeven door buurtbewoners en gondeliers in gestreepte kielen, iedereen luid pratend in een taal die soms aan italiaans deed denken. Nu en dan verscheen de weense Marlene voor zijn ogen. In Excelsior, omgeven door sheiks, japanse grootindustriëlen en amerikaanse oliebaronnen, zat zij nu natuurlijk kreeft en kaviaar te eten onder kristallen kroonluchters; maar het was of zijn droom al een barrière had opgeworpen, waardoor zij definitief tot het verleden behoorde. Dankzij de baron was hij zelf gelukkig ook rijk. Hij veroorloofde zich een tweede espresso, legde vijfhonderd lire overtip op de rekening en slenterde nog even de stad in.

In dat uitgestorven, middernachtelijke Venetië, alle luiken dicht, de terrassen opgeruimd en nergens een uitgaansleven, bleef hij staan op een brug over een smal kanaal. Links en rechts rezen verweerde huismuren met regenpijpen op uit het roerloze zeewater; iets verder, over een zijkanaal, was een tweede brug; aan het eind werd het uitzicht afgesloten door de verfijnde achterkant van een gothisch palazzo, die natuurlijk eigenlijk de voorkant was. Hij keek naar de groen bealgde treden, die overal uit donkere bogen met traliehekken naar het water leidden en zich onder water voortzetten. De volkomen stilte. Was zijn moeder ooit hier geweest? Zijn vader? Max? Plotseling vulde de stilte zich met een nauwelijks hoorbaar ruisen, even later gleed onder de brug waarop hij stond een gondel te voorschijn, de glimmende hellebaard op de voorplecht. Drie zwijgende, japanse meisjes verschenen en dan de gondelier, zich oprichtend en met een minieme duw van zijn riem de gondel iets naar de kant sturend, waar hij met een onzegbaar volmaakte beweging – een eenheid vormend met de gondel, het water, de stilte, de stad – even zijn voet tegen een huis zette om snelheid te bewaren.

Op dat moment zag Quinten op de andere brug een witte glimp van Marlene Kirchlechner, onmiddellijk verdwijnend toen zij merkte dat hij haar had gezien. Zijn ogen vergrootten zich. Terwijl hij sliep had zij al die tijd op hem gewacht, hem gevolgd naar het restaurant, weer gewacht en hem weer gevolgd! Het was duidelijk: hij moest meteen weg uit Venetië – liefst vanavond nog.

*

Misschien was het de klank van haar naam, *Florence*, waardoor hij had verwacht dat die stad nog zilveriger en verstilder zou zijn. Maar hij kwam terecht in een lawaaiige, stinkende heksenketel van verkeer, dat hij was ontwend na vijf dagen Venetië. Was daar bovendien alles licht en open, hier was alles zwaar, gesloten. De functie van de zee, die Venetië voldoende beschermde, werd hier vervuld door dikke muren, kolossale steenblokken, tralies, gebouwen als forten; het moois was vrijwel uitsluitend binnenshuis, in paleizen en musea. Maar juist waarin Florence verschilde van Venetië had het iets van de Burcht: dat verzoende hem een beetje met zijn teleurstelling.

Omdat alle betaalbare hotels vol waren, moest hij genoegen nemen met een morsig logement, waar hij met zeven anderen een kamer deelde, meest studenten maar ook een paar oudere mannen; behalve een bed had hij alleen nog een stoel tot zijn beschikking, waarop hij naar het crucifix boven de deur kon kijken. Omgeven door internationaal gesnurk dacht hij voor het eerst terug aan zijn kamer op Groot Rechteren. Of bestond die niet meer? Had Korvinus intussen alles ingepikt? Zo vlug ging dat natuurlijk niet. Hij had het gevoel, dat hij sinds maanden van huis was, maar het was nauwelijks een week. Uit Venetië had hij niets van zich laten horen en hij nam zich voor, zijn oma zo gauw mogelijk te schrijven. Maar niet alleen dat hij geen brief schreef, ook als hij op straat langs een standaard met ansichtkaarten kwam – *Piazza della Signoria*, *Palazzo Pitti*, *Ponte Vecchio*, *Battistero* – maakte een onoverwinnelijke weerzin zich van hem meester, die hem belette er een te kopen en alleen maar *Groeten uit Florence* er op te schrijven.

Wel schafte hij zich in de Uffizi een reeks kaarten aan, om op de stoel naast zijn bed te zetten. In de cataract van kunstschatten, uitgestort in die onbedaarlijke museale straat, werd hij getroffen door een annunciatie van Leonardo da Vinci: een engel, die enigszins sluipend de maagd Maria naderde, met voorover gebogen hoofd en de schuldbewuste blik van iemand, die weet dat het niet deugt wat hij van plan is. Geen wonder dat Maria leek te denken: «Wie ben jij? Wat moet jij hier?» Op het gymnasium had Quinten geleerd, dat *annuntiare* 'aankondigen' betekende: de engel zou haar aankondigen dat zij, op een later tijdstip, bevrucht zou worden door de Heilige Geest; maar volgens hem was hier veel meer aan de gang dan alleen maar een 'aankondiging' – dit was de gebeurtenis zelf. Zodadelijk zou hij haar bespringen. Want waarom was Jozef er niet bij? Die had toch ook het recht om zeker te weten, dat zijn verloofde hem niet had bedrogen met de glazenwasser? Elke vrouw kon wel beweren, dat zij uit pure vroomheid in verwachting was geraakt. Ook in de andere zalen begon hij uit te kijken naar annunciaties, maar op geen enkele was Jozef van de partij. Die sukkel was kennelijk in de timmermanswerkplaats, waar hij in het zweet zijns aanschijns het dagelijks brood verdiende, met het maken van kruisen voor de romeinen misschien, terwijl thuis zijn aanstaande naar engelachtige verleiderspraatjes luisterde en zich liet gaan met een afgezant van God. Plotseling herinnerde hij zich nu ook een reliëf van de annunciatie op de voorkant van de Rialtobrug in Venetië. Op de linkerpijler, bij het begin van de overspanning, zag je de engel Gabriël, op het hoogste punt van de boog de duif die hij had opgegooid, en op de rechterpijler Maria, in overgave de Heilige Geest afwachtend. Die duif was dus niets anders dan het heilige zaad van de engel!

Wat had hij hier graag met zijn vader over gesproken. Zou hij het met hem eens zijn geweest? Misschien had hij uitbeeldingen van de annunciatie instemmend 'religieuze peepshows' genoemd; of misschien had hij ontzet uitgeroepen: 'Die schandelijke gedachte zal jou den kop vermorzelen!' Hij schoot in de lach. Dat laatste leek hem nog het waarschijnlijkst.

Ronddwalend tussen de beeldhouwwerken in het Museo Bargello, de tweede dag van zijn verblijf, moest hij plotseling denken aan Theo Kern, die hier natuurlijk ook was geweest, om te leren hoe zijn collega's de overtollige steen hadden verwijderd. Door de ramen van het oude paleis zag hij nu en dan de florentijnen op straat en in de walmende autobussen, en hij vroeg zich af, hoeveel van hen al die schitterende dingen hier ooit hadden bekeken. Wie van hen wist, dat in hun stad de renaissance was uitgevonden? Misschien bestreek het geheugen van de meeste mensen op de wereld niet meer dan hun eigen leven; misschien beseften zij helemaal niet, dat zij duizend jaar na duizend jaar geleden leefden. Tussen hun geboorte en hun dood zaten zij gevangen in een geblindeerde cel; voor hen was alles zo als het altijd was geweest. Dat was natuurlijk niet zo, – maar in zekere zin was het ook weer wel zo, want zo was het duizend jaar geleden ook voor bijna iedereen geweest, en tweeduizend jaar geleden, en tienduizend. Door gewoon maar te leven, te werken, lol te maken, te eten, zich voort te planten, waren juist zij dus eigenlijk veel eeuwiger dan al die onsterfelijke meesterwerken van al die unieke individuen!

Bij een willekeurige sculptuur bleef hij staan en dacht: – Neem dat ding daar. Wat was het? Een beeldschone, naakte jongeling, zijn rechterhand op zijn kruin, zijn linker op die van een grote adelaar, die aan zijn voeten zat en aanhankelijk naar hem opkeek. *Benvenuto Cellini, 1500-1571. 'Ganymedes'.* Die mythe kende hij niet, maar dat deed er niet toe; hij wist in elk geval dat er een oud verhaal achter zat. Achter alles zat een verhaal. Alleen wie alle verhalen kende, kende de wereld. En het kon haast niet anders of achter de hele wereld met al haar verhalen zat ook weer een verhaal, dat dan dus ouder was dan de wereld. Dat verhaal zou je te weten moeten komen!

'Heb jij daarvoor geposeerd?'

Hij schrok op. Een lange man, die hem vaag bekend voorkwam, keek hem met een lachend gezicht aan, maar die lach beviel hem niet. Hij was een jaar of vijftig, kalend, met fletse ogen, een spitse neus en dunne lippen; uit zijn naar binnen opgerolde mouwen staken twee bleke armen met om elke pols een gouden kettinkje. Opeens herinnerde Quinten zich wie hij was: hij sliep bij hem in dezelfde kamer, aan de andere kant van het middenpad.

'Nee,' zei hij stuurs.

'Ik zag je reisgids op je stoel liggen, daarom weet ik dat jij ook hollander bent. Ik heet Menne.'

Quinten knikte, maar hij was niet van plan zijn eigen naam te noemen. Wat wilde die vent? Had hij hem soms ook gevolgd? Menne keek heen en weer tussen hem en het beeld.

'Jullie lijken sprekend op elkaar, weet je dat? Jij hebt vast net zulke puntborstjes en zulke mooie benen. Alleen jouw ogen zijn veel mooier. En dan dat kleine piemeltje, ik wed dat jij een veel grotere hebt. Waar of niet? Zeg eens eerlijk...' Een beetje hijgend boog hij zich naar hem toe. 'Heb je er al haar op? Speel je er wel eens mee? Vast wel, hè?'

Quinten kon zijn oren niet geloven. Wat een viespeuk! Zonder iets te zeggen wendde hij zich af en ging de zaal uit.

'Doe niet meteen zo op je teentjes getrapt,' riep de man hem achterna. 'Het was maar een grapje. Laten we een cappuccino gaan drinken.'

Zodra hij op de trap was, sprong hij met drie treden tegelijk naar beneden, naar buiten, en rende kriskras door een paar stegen om zich van hem te ontdoen. Het bleek overbodig: natuurlijk omdat die Menne wist, dat hij hem aan het eind van de dag weer zou aantreffen in het logement. Toen hij om elf uur naar bed ging, was hij er gelukkig nog niet. Wie weet, misschien was hij vertrokken.

Maar midden in de nacht werd hij wakker van een hand, die onder de deken tussen zijn benen rondwoelde. De kerel zat op de rand van zijn bed, stinkend naar alcohol en met zijn gulp opengeknoopt, waaruit een dikke penis stak zo blauwig wit als waspoeder en waaraan hij met zijn andere hand rukte met een snelheid, die Quinten deed denken aan de zuigerstang van Arendjes locomotief, als hij hem op volle kracht over de rails joeg. Het ding was ook een beetje krom – van al dat rukken natuurlijk.

'Donder op, vuilak!' zei hij.

'O lieveling, lieveling,' fluisterde Menne, 'laat me even, laat me even, het is zo gebeurd...'

Hij probeerde zijn lippen op die van Quinten te drukken, en voor het eerst van zijn leven balde Quinten nu zijn vuist, haalde uit en sloeg zo hard hij kon met de knokkels in het schemerende gezicht. Kreunend stond zijn minnaar op en liet zich voorover op zijn eigen bed vallen, waar hij met schokkende rug bleef liggen. Hij huilde zeker.

Niemand had iets gemerkt. Gedurende een paar seconden bleef Quinten verdwaasd luisteren naar het snurken om hem heen. Hij begreep, dat hij voor de tweede keer uit een stad werd verjaagd. Nijdig kwam hij uit bed, kleedde zich aan, pakte zijn spullen in zijn rugzak en legde de ansichtkaarten met de annunciaties in zijn reisgids. Bij de portier, die op een bank van bruin kunstleer de Osservatore Romano las, rekende hij af en liep door de koele, nachtelijke straten naar het station. In de hal ging hij tussen tientallen andere jonge mensen op de grond zitten en probeerde nog wat te slapen.

53
De schaduw

Ook als Onno 's ochtends boodschappen ging doen, placht Edgar op zijn schouder te zitten. In de winkels werd er al geen aandacht meer aan besteed. Op straat spreidde de vogel soms plotseling zijn vleugels, zette zich af en na een klap op Onno's kruin vloog hij naar een dakgoot, of verdween achter de huizen, maar altijd kwam hij terug. Onno was meer aan hem gehecht dan hij zichzelf wilde bekennen, – misschien om zich te pantseren tegen de mogelijkheid, dat hij op een dag niet terug zou komen. Stel je voor, een of andere schoft schoot hem neer! Het mensdom bevatte ten slotte zulk uitvaagsel, dat het zich schamen moest tegenover de dieren, die geen van allen kwaad kenden en om die reden gedood moesten worden.

'Natuurlijk bestaan er fatsoenlijke mensen,' zei hij op straat tegen Edgar, zonder aandacht te besteden aan de blikken die de voorbijgangers op hem wierpen, – 'ik schat ze op acht procent van de mensheid. Maar een andere acht procent bestaat altijd en overal uit het grootst denkbare tuig, dat tot alles in staat is. Als ze de kans krijgen, zullen ze allereerst die goede acht procent uitroeien. De rest is niet goed en niet slecht, die draait met alle winden mee. De eerste en de dertiende, daar moet je op letten; de andere elf doen er niet toe. Dat wil zeggen, de eerste moet zien dat hij ze aan zijn kant krijgt, om die dertiende er onder te houden, want voor hetzelfde geld lopen ze achter *hem* aan. In het beste geval hangt die dertiende zich ten slotte op, zoals Judas, of hij wordt opgehangen, zoals in Neurenberg, of hij komt voor het vuurpeloton, zoals in Scheveningen; maar altijd pas na gedane arbeid, als het er eigenlijk niet meer toe doet. Mijn hoofd loopt alweer om, Edgar. De greep van de eerste is tolerant aan het verslappen, overal verkent de dertiende zijn grenzen, kijkt hoe ver hij kan gaan, snijdt dan weer hier de bank in een trein open, vernielt dan weer daar een telefooncel. Dat is wat er nu aan de gang is, Edgar, in een wereld zonder God en met een Gouden Muur die op instorten staat. Ik heb er zelf aan meegewerkt. *Mea culpa, mea culpa, mea maxima culpa.* En als hij al voor de rechter komt, dan verschijnt onmiddellijk een psychiater als *advocatus diaboli*, die zijn gedrag verklaart uit oorzaken. Zielige jeugd, veel geslagen, gescheiden ouders. Maar oorzakelijke verklaringen kunnen nooit rechtvaardigingen zijn van gedrag. De mens is geen machine, en ook niet eenvoudig een dier, zoals jij, – en zelfs van jou ben ik niet zeker. Daarom moet gedrag niet causaal maar finaal getoetst worden. Mag ik even een wetenschappelijke toon aanslaan? Uit de causale beschrijving is het morele oordeel verdwenen, en dat residu wordt vervolgens juridisch gepresenteerd als verzachtende omstandigheden, met strafvermindering tot resultaat. Maar dat betekent natuurlijk ontkenning van de menselijke vrijheid. Op zo'n manier wordt de mens ontmenselijkt door hem zijn verantwoordelijkheid te ontnemen. Vaag herinner ik me, dat in het vonnis van Max' vader ook zoiets stond; dat heerschap was in zijn jeugd misschien ook ooit verraden door zijn moeder. Strafonthouding is een onmenselijke straf. Bovendien is het een ontoelaatbare belediging van mensen, die net zo'n rotjeugd hebben gehad en die *geen* misdaden plegen. Die zouden volgens hetzelfde principe dus eigenlijk *beloond* moeten worden door de overheid. Dat zou de staat duur komen te staan. Maar als dit niet wordt ingevoerd, dan eist de rechtvaardigheid dat psychiaters de rechtszaal uit worden geranseld, net als de wisselaars uit de tempel. Nee, wat de rechter nodig heeft, is een hand van ijzer, zoals Götz von Berlichingen. Als je niet over het allerzoetste vlees van de Messias beschikt, kun je het kwaad alleen hardhandig met het kwaad bestrijden. In dienst van het goede moet je dan noodzakelijk en tragischerwijs het kwaad tot jezelf toelaten, maar die prijs heb je te betalen. «Niemand kan onschuldig regeren» – dat zei Saint-Just al, eer hij zelf onder de guillotine kwam.'

De blikken die de voorbijgangers wierpen op die zonderling, met onverstaanbare keelklanken in zichzelf pratend, lieten hem onverschillig. Hij hoorde niet meer bij de mensen, hij dacht alleen nog over hen na, zoals een ornitholoog over vogels. Toen hij een druk, vierkant plein overstak, met volle caféterrassen aan de voet van oranjegepleisterde huizen, wipte Edgar op de grond en mengde zich tussen de duiven, die geschrokken plaatsmaakten voor zijn zwarte gestalte.

'Goed idee, Edgar. Laten we hier in de zon eens op ons gemak dertien mensen inspecteren.'

Hij ging zitten op de trappen van een fontein en zette zijn plastic boodschappentas naast zich neer. Uit het bekken verrees een gebeeldhouwd voetstuk met waterspuwende dolfijnen, waarop een obelisk stond, een meter of zes hoog, overdekt met hiëroglyphen, bekroond door een goudkleurige ster, waaruit een bronzen kruis ontsproot.

'Dertien mannen, wel te verstaan, – als heer laat ik vrouwen er buiten. Je weet wat Weininger zei: *Das Weib ist die Schuld des Mannes.* Hitler was een man, maar door middel van vrije verkiezingen is hij uitsluitend aan de macht gekomen dankzij de verliefde duitse vrouwen; laten we dat nu maar met de democratische en feministische mantels der liefde bedekken. Neem hem,' zei hij en duidde met zijn hoofd naar een gesoigneerde, grijzende heer met een krant onder zijn arm en zijn jasje los over zijn schouders. 'Nette man, procuratiehouder bij een middelgrote bank, referendaris op een of ander departement. Betrouwbaar, beetje ijdel, in elk geval niet de eerste en niet de dertiende. En die daar even min,' zei hij en volgde met zijn ogen een man in een overall, die tijdens het lopen een of ander machineonderdeel bestudeerde, dat gerepareerd of vervangen moest worden. 'Die doet zijn werk. Die heeft het te druk om te moorden of wonderen te verrichten. Maar daar staan er twee te praten, van wie de ene mij absoluut niet bevalt. Dat lachje deugt niet. Ook dat gezicht is mij net iets te bleek en te glad.'

De man was eind twintig en merkte onmiddellijk dat hij werd bekeken. Meteen verdween het lachje zo totaal, alsof er een schakelaar werd omgedraaid, en een koude, dreigende blik bleef op Onno gevestigd. Onno wendde zijn ogen af.

'Verdomd, Edgar, volgens mij hebben we daar een dertiende. Kijk maar niet, want hij is gevaarlijk. Hij is gevaarlijk omdat hij zijn emoties kan besturen, zoals een ander zijn auto; en datgene waarmee hij ze bestuurt, is zelf geen emotie. Hopelijk komt hij ook zelf vandaag nog onder een auto. Laten we liever eens zien wie we daar hebben,' zei hij en keek naar een jongen, die schuin het plein overstak, staan bleef en met open mond het gebouw aan de overkant in zich opnam.

Op hetzelfde ogenblik stokte Onno's adem. Hij begon te trillen en langzaam kwam hij overeind.

*

Het Pantheon! Daar stond het in het echt! Het was Quinten alsof het niet waar was wat hij zag. De romeinse tempel van alle goden, twintig eeuwen oud: grauw en kaal, van onder tot boven afgekrabd door barbaren, keizers en pausen stond hij daar als een ding dat niet alleen stamde uit een andere tijd, maar ook uit een andere ruimte, – zoals soms overdag opeens een onrustbarend beeld opdook uit een droom van de voorafgaande nacht.

M•AGRIPPA•L•F•COS•TERTIVM•FECIT

De Quadrata! Daar waren ze, die schitterende, bezielde letters op de architraaf boven de acht zuilen, onder de twee driehoekige tympanons, waar Palladio zo goed naar had gekeken: Marcus Agrippa, de zoon van Lucius, zou dit tijdens zijn derde consulaat hebben gemaakt; maar in werkelijkheid was het keizer Hadrianus, zoals meneer Themaat hem had geleerd. Hoe zou het gaan met meneer Spier, daar in zijn Pontrhydfendigaid? Links en rechts van het portaal en de ronde achterbouw met de koepel waren metersdiepe sleuven gegraven tot op het romeinse straatniveau, waardoor de tempel uit de aarde leek te verrijzen, zoals de zwerfkeien in Drenthe. Aan de voorkant, wist hij, lagen de toegangstreden nog onder het asfalt verborgen. Langzaam liep hij langs de rij wachtende paardenkoetsjes naar de schaduw van de hoge, rechthoekige porticus, gestut door nog eens acht zuilen, - bij elkaar zo veel zuilen als hij jaren telde. Er stond al een groepje bezoekers te wachten. Even later werd één van de meer dan zeven meter hoge bronzen deuren op een kier gezet door twee mannen, die daar al hun kracht voor nodig hadden.

Toen hij over de drempel stapte, benam de kolossale, lege ruimte hem de adem. Als in het ondoordringbare binnenste van een kristal hing het schaduwloze licht op de blonde marmeren vloer, tegen de zuilen en nissen en kapellen, waar de trotse romeinse goden waren vervangen door deemoedige christelijke heiligen. In plaats van door een sluitsteen werd het hoogste punt van de koepel ingenomen door de blauwe lucht, een rond gat met een doorsnee van bijna tien meter, waardoor een schuine straal zonlicht stond als een obelisk, een verblindend ei producerend op een beschadigd fresco. De koepel met het gat deed hem denken aan een iris met een pupil: de tempel was een oog, waar hij zich binnenin bevond. Van buiten af moest het gat zwart zijn. Het gebouw was een observatorium. Wat had meneer Themaat toch weer gezegd? Dat het Pantheon weliswaar niet *het* gebouw was, want dat bestond niet, maar het was 'goede tweede' en je kon het zien als een afbeelding van de wereld. Misschien had hij daarmee niet eenvoudig de natuur bedoeld, de aarde, de maan, de zon, de sterren, maar alle andere werelden ook, zoals bij voorbeeld die van de getallen, en die van de meetkundige figuren, en die van de muziek. Het gebouw was trouwens ook een klok – een zonnewijzer, die de tijd niet met een schaduw aanwees maar met het licht zelf. Hij ging in het midden van de ruimte staan, recht onder de opening, en haalde zijn kleine kompas te voorschijn. De toegang lag precies op het noorden.

Hij keek in de richting die de naald aanwees, waar zijn aandacht werd getrokken door een verlopen gestalte, die hem bij de bronzen deuren aanstaarde. Hij was groot en zwaar en droeg een donkere bril; op zijn schouder zat een zwarte kraai, nee, het leek wel een raaf. Een onverzorgde grijze baard verborg ook de rest van zijn gezicht; zijn lange haar was op zijn achterhoofd tot een staart bij elkaar gebonden, zijn groezelige hemd stond half open en hing uit zijn broek, zodat zijn navel zichtbaar was; zijn blote voeten staken in versleten sportschoenen. Quinten schrok. Toch hopelijk niet alweer? In Venetië die weense, in Florence die zwijnjak en nu weer een zwerver – het werd er niet beter op. Geërgerd wilde hij zich afwenden, maar op dat moment sprong de ebbenhouten vogel van de man zijn schouder, beschreef klapwiekend een cirkel door de tempel, ging even op de richel zitten waar de koepel rustte op de rotonde, vloog vervolgens krassend omhoog en verdween door de blauwe opening.

Iedereen in het Pantheon keek hem na, japanners namen nog snel een foto, en Onno wist meteen dat hij niet terug zou komen. Het was niet zijn bedoeling geweest Quinten aan te spreken, hij wilde hem uitsluitend even zien, hij had de vogel terug willen roepen, maar hij was bang geweest dat Quinten zijn stem zou herkennen. Nu had hij Edgar zelfs niet vaarwel gezegd, – en opeens was hij weer zo totaal verlaten, dat hij het niet uithield.

Toen Quinten de sjofele figuur trillend op zich toe zag komen, met een stok, was hij het liefst met een boog om hem heen gelopen en naar buiten gerend; maar hij besloot, hem duidelijk te zeggen dat hij niet van hem was gediend – als hij ten minste frans, duits of engels sprak – en dan waardig de tempel te verlaten. Toen de man tegenover hem stond, nam hij zijn zonnebril af.

Quinten voelde zich veranderen in een beeld van zichzelf. Zijn ademhaling viel stil, zijn hart, zijn hersenen, zijn darmen; even werd hij van marmer terwijl hij in Onno's ogen keek, die hij zo goed kende en waaruit tegelijk een heel ander dan zijn vader hem leek aan te kijken. Toen vielen zij in elkaars armen en bleven een paar seconden roerloos in omhelzing staan.

'Papa...' snikte Quinten.

Zoekend keek Onno om zich heen.

'Ik moet even zitten.'

Hand in hand liepen zij naar een houten bank, een paar meter verwijderd van de sarcofaag met Rafaëls botten, waar zij elkaar sprakeloos bleven bekijken. Enerzijds had Quinten het gevoel, dat het niet waar kon zijn dat zijn vader daar nu plotseling zat, anderzijds was het vanzelfsprekend dat hij hem had gevonden, zelfs al had hij hem niet gezocht. Wat zag hij er verwaarloosd uit! Geldgebrek kon het niet zijn, toch leek het of hij volkomen aan lager wal was geraakt. Oom Karel had gelijk gehad: de dood van tante Helga had een *drop out* van hem gemaakt. Was het eigenlijk wel goed wat er nu gebeurde?

Ook Onno was volledig in verwarring. Hij besefte, dat hij zijn hele leven weer op losse schroeven had gezet met zijn opwelling. Door Quinten aan te spreken, had hij iets onherroepelijks gedaan: het was natuurlijk uitgesloten dat hij straks weer voorgoed afscheid van hem zou nemen, maar even ondenkbaar was het dat hij zijn vroegere bestaan weer zou opvatten. Tegelijk voelde hij iets van opluchting, dat alles opeens anders was dan de afgelopen vier jaar. Toen hij uit Nederland vertrok, was Quinten een jongen van twaalf geweest; nu zat daar bijkans een man. Voor het eerst schaamde hij zich. Hij sloeg zijn ogen neer en wist niet wat hij moest zeggen.

Quinten zag het en vroeg:

'Zal ik weggaan?'

Onno schudde zijn hoofd.

'Het is nu zoals het is,' zei hij zacht. 'Quinten... hoe gaat het met je? Wat zie je er goed uit. Je bent twee hoofden groter geworden.'

'Dat zal wel, ja.'

'Sinds wanneer ben je in Rome?'

'Sinds gistermiddag.'

'Ben je met de hele klas hier? Ik kwam hier ook voor het eerst toen ik in de zesde zat.'

'Ik ben in de derde blijven zitten, dus ik zit eigenlijk pas in de vijfde. Maar ik ga niet meer naar school.'

Onno, die zelf zo veel meer had laten afweten, begreep dat hij daar geen commentaar op kon leveren: precies door het feit dat hij er niet van op de hoogte was, had hij zijn recht van spreken verloren. Bovendien hoorde hij in Quintens stem een soort vastbeslotenheid, die bij voorbaat elke aanmerking van de hand wees. Hij wilde naar Ada informeren, maar misschien leefde zij niet meer.

'Ik geloof nog steeds niet dat wij hier nu opeens zitten, Quinten.'

'Misschien is het wel niet zo.'

Er verscheen een glimlach op Onno's gezicht.

'Misschien dromen we wel. Alle twee dezelfde droom.' Aarzelend keek hij hem aan. Hij moest naar Ada informeren. 'Hoe is het met mama?'

'Nog hetzelfde, voor zo ver ik weet. Ik heb haar ook heel lang niet gezien.' Hij wilde niet over zijn moeder praten; ook voelde hij opeens irritatie over het feit, dat zijn vader er naar moest vragen. Zij had wel dood kunnen zijn. Of was zij misschien dood intussen? Zijn oma wist nog steeds niet waar zij hem bereiken kon. Dadelijk wilde hij natuurlijk ook weten hoe het met Max ging, en dan moest hij vertellen wat er was gebeurd. Om het gesprek een andere wending te geven, vroeg hij: 'Waarom loop je met een stok?'

Onno nam de stok op zijn schoot en keek er naar. Het was een ruw bijgesneden, knoestige tak, het onbeschermde uiteinde veranderd in een verweerde kwast; de gebogen handgreep was kunstig bewerkt tot een slangenkop.

'Mooi, hè? Gevonden bij een uitdrager.' Langzaam draaide hij zijn gezicht naar Quinten en zei: 'Ik heb anderhalf jaar geleden een lichte hersenbloeding gehad.' En toen hij zag dat Quinten schrok: 'Maak je niet ongerust, het is achter de rug. Maar het gebeurde heel diep, op een riskante plek, in de thalamus, zoals het daar heet. Een paar centimeter verder naar voren en ik had in een rolstoel gezeten, – volgens de neuroloog mocht ik van geluk spreken. Ken je dat? Als je onder de tram komt en je been wordt er af gereden, moet je blij zijn dat niet allebei je benen er af gereden zijn. Altijd als je iets ernstigs overkomt, moet je van geluk spreken en blij zijn.'

'Deed het erge pijn?'

'Helemaal niet. In het echt gaan de dingen altijd anders dan je je hebt voorgesteld. Zal ik het vertellen?'

Quinten schokte even met zijn schouders. Hij wilde het eigenlijk niet weten, maar hij wilde de vraag naar Max zo lang mogelijk uitstellen.

Op een koude, winterse dag, zei Onno, liep hij niet ver hier vandaan op straat. Opeens voelde hij dat iets hem boven het hoofd hing. Het was alsof hij niet meer helemaal was waar hij was, zijn linkerhand begon te tintelen, even later ook zijn linkervoet. Het was een gevoel of hij een paar steentjes in zijn schoen had, maar na een minuut zat zijn hele linkerschoen vol steentjes en al die steentjes bij elkaar vormden zijn linkervoet. Nog weer een minuut later begreep hij, dat er iets totaal niet in orde was. Zijn hele linkerbeen, zijn linkerzij en de linkerkant van zijn gezicht waren gevoelloos geworden. Omdat het allemaal links was, dacht hij aan zijn hart, maar hij had geen pijn in zijn borst, wel een beetje in zijn hoofd, maar zo weinig dat je er nog geen aspirientje voor zou innemen. Nu en dan moest hij blijven staan. Toen hij aan zijn pols voelde, ging zijn hart zo te keer dat het niet te tellen was. Hij probeerde zijn linker handschoen uit te trekken, maar hij droeg nooit handschoenen, hij merkte dat hij bezig was aan zijn vingers te trekken. Aan de gezichten van de mensen die hem tegemoet kwamen, probeerde hij af te lezen of er iets vreemds aan hem was te zien; maar hij zag niets bijzonders. Toch wist hij dat hij nu in een andere wereld verkeerde dan zij, hij ging op de stoeprand zitten en een vrouw vroeg of zij een ambulance moest bellen. Hij zei dat dat niet nodig was, maar zij deed het toch; even later werd hij met gierende sirenes naar het hospitaal gebracht. Daar schoven ze hem in een soort reusachtige, draaiende bakoven, voor scanning foto's van zijn hersens. Drie dagen later was hij weer thuis.

'Ik mocht alleen niet meer roken en drinken. Ja, drie glazen wijn per dag, maar dan ben je toch eigenlijk al geheelonthouder. De linkerkant van mijn lichaam is nog steeds een beetje gevoelloos en ik ben vrijwel constant duizelig als ik loop. Misschien gaat het over op den duur; maar als je ouder wordt, gaan de dingen meestal niet meer over. Daarom loop ik nu dus met een stok. Het kan ook zonder, maar ik voel me er veiliger mee.'

'Hoe kwam het, dat je opeens die bloeding kreeg?'

'Daar heb ik een vermoeden van. Herinner je je nog, dat ik mij vroeger bezighield met het ontcijferen van archaïsch schrift? Ik heb ooit een theorie over het etruskisch gepubliceerd, waar ik toen nog een eredoctoraat voor heb gekregen.'

'Ja, tante Dol zei laatst, dat ze dat terug moest sturen van je.'

'Dol...' herhaalde Onno en zweeg even. 'Hoe is het met Dol?'

'Ze wonen tegenwoordig op Menorca.'

Melancholiek keek Onno door de ruimte, die zich steeds meer vulde met toeristen.

'Je weet misschien ook, dat ik me na dat etruskisch ging bezighouden met de Diskos van Phaistos, maar daar kwam ik niet uit. Ik ben in de politiek gegaan om voor mezelf een smoes te hebben, dat ik daar niet verder aan kon werken. Maar in de politiek ging het ook niet goed, en toen tante Helga stierf zag ik het helemaal niet meer zitten. Dat heb ik jullie allemaal geschreven. Ik wilde voorgoed weg – maar waarheen? Toen dacht ik: ik ben terug op mijn uitgangspunt, vermoedelijk zal ik nooit meer iets willen, maar helemaal zeker weet je het nooit. Behalve de dood is niets definitief in het leven, – dat zie je nu maar weer. Dus ik dacht: als ik ooit nog iets doe, dan moet ik doorgaan waar ik ben opgehouden, bij die Diskos. Dat schrift was nog steeds niet ontcijferd. Mijn oude aantekeningen waren eigenlijk het enige dat ik had meegenomen uit Amsterdam, al begreep ik ze al bijna niet meer. En omdat ik toch ergens heen moest, bepaalde het tegelijk mijn bestemming. Rome dus. Nergens vind je zo veel materiaal op dat gebied als hier. In Londen misschien ook, maar daar regent het meestal.'

'Natuurlijk!' riep Quinten. 'Dat had ik dus ook kunnen bedenken! Ik heb alleen aan Kreta gedacht.'

Hij keek Quinten aan.

'Wilde je mij zoeken?'

'Ja natuurlijk. Vind je het gek?'

Onno sloeg zijn ogen neer. Op een of andere manier moest hij al die jaren dizzy zijn geweest van de klap, als een bokser die in de touwen hing en onafgebroken werd bewerkt door zijn tegenstander, ook al kwam de scheidsrechter met zijn vlinderdasje nu en dan tussenbeide. De gedachte aan Quinten had hij nooit werkelijk tot zich toegelaten. Al sinds diens geboorte had hij zichzelf wijsgemaakt, dat de jongen dan lijfelijk zijn zoon mocht zijn en die van Ada, maar dat hij in feite toch van de eerste dag af de zoon van Max en Sophia was geweest. Wat een vergissing! Wat een afschuwelijke leugen! Van minuut tot minuut leek het of er meer korsten van hem afvielen, als van een *croûte* die uit de oven kwam.

'Nee, ik vind het niet gek.' Hij keek hem weer aan. 'Heb je Giltay Veth opgezocht?'

'Allicht. Maar daar werd ik ook niet wijzer.'

Onno zweeg even, – maar toen dwong hij zich te zeggen:

'Vergeef je me, Quinten?'

Quinten keek hem strak aan met zijn azuren ogen.

'Ik heb niets te vergeven.'

Het was Onno of hij tegenover zijn vader zat, – alsof zijn zoon zijn meerdere was, tegen wie hij niets had in te brengen.

'Ik was je aan het vertellen wat misschien de reden was van mijn hersenbloeding,' ging hij verder. 'Die linguïstische spullen slingerden ergens in mijn kamer rond en ik heb er nooit naar omgekeken. Maar op een ochtend, ook zo'n anderhalf jaar geleden, ging ik naar de markt op het plein bij mij om de hoek om iets te eten te halen. Ik kocht een moot San Pietro, dat is zonnevis, ik weet het nog precies; ik zie nog hoe de visvrouw het in een krant verpakt met haar rode, opgezwollen handen. Sinds ik weg was uit Holland las ik nooit meer een krant, maar toen ik de vis thuis uitpakte, zag ik opeens mijn eigen naam staan, – gespeld als *Qiuts*. Als jij later beroemd bent en in de krant staat, zul je dat ook merken: het is net of de letters van je naam van het papier naar je ogen springen. Het bericht ging over mijn vroegere concurrent Pellegrini, die hier in Rome professor was en die nooit iets in mijn etruskische theorie had gezien. Hij had destijds zelfs brieven naar Uppsala geschreven om mijn eredoctoraat te verhinderen, zoals ik toen van de rectrix daar hoorde. En nu las ik, dat hij op zijn oude dag in Toscane op bezoek was in het nieuwe landhuis van zijn zoon, ergens bij Arezzo, waar hij door de tuin wandelde en plotseling door de grond zakte. En wat denk je? Hij was in een etruskische grafkamer gevallen. Hij had zijn heup gebroken, maar het eerste wat hij zag op een stèle was een nieuwe *bilingue* – dat is eenzelfde tekst in twee talen, in dit geval het etruskisch en het phoenicisch. Daaruit bleek, dat *il professore islandese Qiuts* het in elk geval bij het verkeerde eind had gehad. Daarmee was er dus helemaal niets meer over van mijn leven.'

'Behalve ik dan toch.'

'Ja,' zei Onno en wendde zijn ogen af. 'Behalve jij natuurlijk. Maar verder niets. En ik wist ook, dat niemand in het vak mij meer ernstig zou nemen als ik met een oplossing voor de Diskos van Phaistos kwam. Mijn aantekeningen heb ik toen dus allemaal weggegooid, honderden bladzijden, het werk van jaren. Het meest geschokt was ik misschien nog door een opmerking van Pellegrini. Toen de journalist hem vroeg, hoe het toch godsmogelijk was dat juist hij in die kelder was gevallen, zei die oude schoft: «Kwestie van talent.» Hij had gelijk. Ik heb geen talent. De volgende dag kwam toen dat incident in mijn slaapkamer.'

'In je slaapkamer? En net zei je dat het op straat gebeurde.'

'Dat is wat «thalamus» betekent: «slaapkamer», «bed», «huwelijksbed».'

Quinten keek naar het verblindende ei: het had het fresco verlaten, was iets gezakt en naar rechts opgeschoven, naar een kapel met een terracottakleurige annunciatie. Het was vol geworden, maar nog steeds was het even stil, alsof het geluid van de stemmen als rook door de lichtopening werd weggezogen. Quinten zuchtte diep. Er bleef zijn vader weinig bespaard, er moest hem veel vergeven worden. Ging dat bij iedereen zo? Was dat, hoe het leven in elkaar zat? Als alles ten slotte op niets uitliep, wat had je er dan eigenlijk aan? Stond hemzelf dus ook zoiets te wachten? Die gedachte kwam hem belachelijk voor. Natuurlijk niet! Hij wist niet wat hij ging doen, maar als hij eenmaal een besluit had genomen, dan zou hij dat tot een goed einde brengen, niets of niemand zou hem daarvan weerhouden, dat stond absoluut zeker voor honderd procent vast!

'Ben je niet bang dat het nog een keer gebeurt?'

'Een hersenbloeding?' Onno haalde zijn schouders op. 'Dan gebeurt het maar. Ik houd mij niet zo bezig met mijn lichaam, ik heb altijd het gevoel gehad dat dat iemand anders is. Een soort huisdier.' Hij keek even naar boven, naar de schijf licht, waardoor Edgar was verdwenen.

'En wat doe je nu de hele dag?'

'Niets. Slapen. Aantekeningen maken. Een beetje nadenken, maar het is allemaal even verschrikkelijk wat ik denk.' Hij keek hem aan. 'Ik besta niet meer, Quinten. Ik heb ooit eens een verhaal gelezen over een vrouw zonder schaduw, maar ik ben een schaduw zonder man.'

Zo was het. Quinten kon zich bijna niet voorstellen, dat daar de man zat die vroeger op dezelfde vraag als een profeet zijn wijsvinger boven zijn hoofd zou hebben geschud en geroepen: 'Ik wijd mij aan de geest! De roep tot de afgrond!' Hij wilde hem naar de raaf vragen, die daarstraks door de blauwe pupil was weggevlogen, maar op hetzelfde ogenblik opende ook Onno zijn mond. Quinten hield zich in en wist dat het nu kwam.

'Is Max ook in Rome?'

Quinten antwoordde niet, maar bleef hem recht aankijken.

'Waarom zeg je niets?'

Huiverend zag Quinten, dat Max' dood nu ook zonder woorden tot zijn vader doordrong, zoals water door rots sijpelt.

'Wanneer?' stamelde hij ten slotte.

'Een paar maanden geleden.'

'Hoe?'

'Getroffen door een meteoriet.'

Zwijgend bleef Onno door de fluisterende ruimte kijken. Was het misschien dit bericht, de mogelijkheid van dit bericht, waarvoor hij vier jaar geleden was gevlucht, aangezien hij niet ook dat nog zou kunnen verdragen? Maar nu zonk het in hem weg als een maaltijd die hij had genoten – misschien omdat hij Quinten voor Max had teruggekregen? Na een minuut haalde hij diep adem en zei:

'Ook hij dus.'

'Wat «ook hij dus»?'

'Gebrek aan talent.'

*

Die avond, in de jeugdherberg, toen Quinten de slaap niet kon vatten, zag hij onafgebroken een tekening voor zich uit een boek, dat hij eens van Max had gekregen voor zijn verjaardag: het ene moment deed zij zich voor als de contour van een vaas, het volgende als de profielen van twee gezichten, die elkaar aankeken: onophoudelijk wisselden ruimte en materie van plaats, materie werd ruimte, ruimte materie. Toen hij eindelijk in slaap viel, was het gezicht van zijn vader verdwenen, en dat van hemzelf ook, – alleen wat tussen hen in was restte: die vaas, gevuld met vloeibare lucht, blauw water in de buurt van het absolute nulpunt...

54
De stenen van Rome

De volgende ochtend ging hij naar het adres, dat Onno hem had opgegeven. De Via del Pellegrino was een hoge, smalle, bochtige straat, uitmondend op de Campo de' Fiori, een groot plein waar markt werd gehouden. Op de hoek bij een café lag een stapel vuilnis, maar toch was het geen achterbuurt; oranje- en roodgepleisterde gevels, veel winkels met tweedehands meubels, afgewisseld door uitstallingen van plastic keukengerei, een werkplaats voor pianoreparaties, een kleine kruidenier. Tegenover een klokkenwinkel was een onderdoorgang, behangen met spiegels in gouden lijsten; geflankeerd door twee antieke, uitgesleten zuilen, waarvan het grootste deel nog in de grond moest steken, leidde de poort naar een intieme binnenplaats, met rondom planten in grote potten en geparkeerde scooters en motorfietsen. Onder feestversiering van drogend wasgoed was een timmerman aan het werk, uit de geopende luiken weerklonken stemmen en muziek. Met grote ogen nam hij alles in zich op. Dit was dus die plek in de wereld, die hij al die jaren had gezocht en die hier onafgebroken had bestaan. Nu hij hier was, kwam het hem onbegrijpelijk voor dat hij niet eerder had geweten dat hij hierheen had moeten gaan.

Over de buitentrap die zijn vader hem had beschreven, kwam hij in een hevig tochtend trappenhuis, gevuld met het kabaal van spelende kinderen, nu en dan onderbroken door 'Paolo!' of 'Giorgio!' schreeuwende moeders. Op de bovenste verdieping stond de deur van zijn vaders kamer half open. Aarzelend bleef hij op de drempel staan.

'Papa?'

'*Entrez!*'

Voorover gebogen, met naakt bovenlijf, stond hij aan een fonteintje zijn tanden te poetsen. Zijn lange haren hingen los, zijn baard zat in de war; nu was nog duidelijker hoe zwaarlijvig hij was geworden.

'Goede morgen,' zei hij via de kleine scheerspiegel, met het witte schuim op zijn lippen. 'Maak het je gemakkelijk, zou ik willen zeggen, maar dat zal niet gaan hier.'

De wanorde verbaasde Quinten niet. Het bed deed tegelijk dienst als kleerkast, uit kartonnen dozen puilde ondefinieerbare rommel; de chaos rondom een gasstel in een hoek van de kamer riep nauwelijks het denkbeeld van een keuken op. Nergens een telefoon of een radio, laat staan een televisietoestel. Hij wierp een blik uit het zolderraam boven de werktafel. Een rimpelend meer van roestbruine dakpannen, televisieantennes, kerktorens, afgetekend tegen de diepblauwe lucht. In de verte zag hij nog juist de reusachtige engel op de top van het Castel Sant' Angelo, aan de overkant van de Tiber. De vensterbank was overdekt met een dikke laag vogelmest.

'Wat een rotzooi overal. Zal ik eens opruimen?'

'Daar is geen beginnen aan. Maar ga je gang. Gooi alles maar weg.'

Over Max werd niet meer gesproken. Terwijl Onno vertelde over Edgar, die hem de laatste tijd gezelschap had gehouden, ordende Quinten de tafel, vulde twee vuilniszakken met afval en verzamelde de vuile kleren, die overal rondslingerden.

'Waarom heb je hem Edgar genoemd?'

'Naar Edgar Allan Poe natuurlijk. Die heeft een beroemd gedicht geschreven over een raaf: *The Raven.*' Hij richtte zich op, keek in de ronde spiegel, die aan een spijker tegen de muur hing en zei: '*«Other friends have flown before – on the morrow* he *will leave me as my Hopes have flown before.» Then the bird said, «Nevermore».* Toch heeft hij me verlaten en ik heb zo'n gevoel dat hij niet terugkomt. Misschien is hij geschrokken van dat Pantheon. Maar ik heb mij er al mee verzoend, want ik heb jou voor hem teruggekregen.' En in ruil voor Max, dacht hij, maar dat hield hij voor zich.

Allebei voelden zij elkaars onzekerheid met de nieuwe situatie, maar geen van beiden kon woorden vinden om er over te spreken. Zij brachten de was naar de wasserij, een paar huizen verder, en gingen op de hoek op het caféterras zitten. In het midden van het stampvolle, rechthoekige plein, stond een somber standbeeld van een monnik met een opgezette kap.

'Wie is dat?' vroeg Quinten.

'Giordano Bruno.'

Quinten knikte.

'Die het heelal oneindig heeft gemaakt.'

'Heeft Max je dat verteld?'

'Nee, meneer Verloren van Themaat.'

'En dat heb je onthouden.'

'Ja, waarom niet? Ik vergeet bijna nooit iets.'

In gedachten keek Onno een tijdje naar het standbeeld.

'Daar op die plek hebben ze hem als ketter verbrand.' Met zijn stok wees hij naar de drukte tussen de kramen. 'Weet je wat dat allemaal is? Dat is allemaal ook wat het niet is.'

'Dat begrijp ik niet.'

'De wereld is nu voorgoed ook de Maxloze wereld.'

Quinten wist, dat Max meer voor hem had betekend dan voor hemzelf; dat lang geleden een vriendschap tussen hen had bestaan van een soort, die hij zelf nooit met iemand had gehad of zou hebben. Uit zijn ooghoeken keek hij naar zijn vader. Zijn hoofd was iets naar voren gezonken; de nabijheid van het behaarde gezicht met de zonnebril had iets onvatbaars, alsof het tegelijk onbereikbaar ver weg was.

De ober kwam uit het café en groette Onno als een oude bekende, waarbij hij hem 'signor Enrico' noemde. Terwijl hij met een vochtige doek het tafelblad afnam, wierp hij met licht opgetrokken wenkbrauwen een blik op Quinten.

'Dit is mijn zoon, Mauro,' zei Onno in het italiaans. 'Quintilio.'

Mauro gaf hem een hand, zonder dat de ironische uitdrukking van zijn gezicht week. Het was te zien dat hij het maar half geloofde: de oude zonderling had het natuurlijk aangelegd met een lustknaap, op de Via Appia, – maar dat was hem gegund.

'Iedereen kent mij hier als meneer Enrico,' zei Onno, toen Mauro naar binnen was. 'Enrico Delius,' zei hij met iets schroomvalligs in zijn stem. 'Ze denken dat ik een oostenrijker uit Tirol ben.'

Quinten knikte met een gezicht, alsof dat allemaal vanzelfsprekend was.

'Naar mij keek hij nogal raar, die Mauro.' Hij vertelde over de avances, die hem in Venetië en Florence deelachtig waren geworden, waarop Onno vroeg:

'Heb je in Nederland geen grote liefde achtergelaten?'

'Nee,' zei Quinten kortaf.

Dat bestond niet voor hem en hij wilde er ook niet over praten. Onno wilde zeggen dat hij dat dan maar zo moest laten, aangezien elke liefde onherroepelijk het begin was van een verscheurend einde; maar hij besloot, Quinten niet te belasten met zijn somberheid. Die hoorde niet bij het begin maar bij het eind van een leven. Zwijgend bleven zij naar het gewoel op de markt kijken. Toen de ober *caffè latte* en croissants bij hen neerzette, zei Onno:

'Ik zou wel weer eens zin hebben in croquetten.'

'Ik vind dit veel lekkerder. Oma moest ons zo eens aan het ontbijt zien zitten.'

'Heb je haar al laten weten, dat wij elkaar zijn tegengekomen?'

'Nee. Ik heb nog helemaal niets van mij laten horen.'

'Misschien moet je het voorlopig maar voor je houden.'

'Waarom?'

'Ik weet niet... Anders komt het natuurlijk ook bij je ooms en tantes terecht, en ik weet niet of ik dat al wil.'

Quinten knikte. Ook hem beviel het, een geheim met zijn vader te delen. Onno leunde op zijn knieën en doopte zijn brood in de koffie. Nog steeds kon hij de weg niet vinden in zichzelf, maar plotseling vroeg hij:

'Wat zou je er van zeggen, Quinten, als je bij mij introk? Ik weet niet hoe lang je in Rome wilt blijven, maar het is toch onzin om ergens in een hotel te zitten, terwijl je bij mij kunt wonen?' En toen Quinten verrast opkeek: 'Laten we een kampeerbed gaan kopen, dan haal je je spullen op en dan is dat probleem ook de wereld uit.'

Een brede lach verscheen op Quintens gezicht. Eindelijk was het zover: hij woonde bij zijn vader!

*

Nooit eerder had hij Onno zo lang achter elkaar meegemaakt. Elke dag gingen zij nu samen de stad in. Toen hij voor het eerst op het Sint-Pietersplein kwam, werd hij getroffen door de obelisk in het middelpunt van Bernini's omarmende zuilengalerijen, meer nog dan door de ontzagwekkende gevel van de basiliek, die ook weer aan het Pantheonprincipe gehoorzaamde.

'Ja, wat zeg je me daarvan?' zei Onno. 'Een egyptische obelisk in het hart van de christenheid. Hier hebben ze Petrus ondersteboven gekruisigd, in het Circus van Nero. Overal in Rome vind je altijd ook een obelisk.'

'Misschien,' zei Quinten, 'heeft dat iets te maken met de egyptische ballingschap, waar Mozes de joden uit heeft bevrijd.'

'Wie zal het zeggen?' zei Onno met een lach. 'Maar dat verband is dan toch alleen te begrijpen met jouw onnavolgbare manier van denken.'

Quinten keek naar de lange schaduw die de obelisk wierp, als een zonnewijzer, en toen naar de onbeschreven schachten.

'Er staat niets op. Jij zou er eigenlijk iets op moeten schrijven.'

Onno vestigde zijn ogen op het gladde graniet, wees met zijn stok naar de top en vervolgens bij elk woord iets lager:

'*Paut neteroe her resch sep sen ini Asar sa Heroe men ab maä kheroe sa Ast auau Asar*. Dat betekent – '

'Dat wil ik niet weten. Daarvoor klinkt het veel te mooi.'

Ook voor Onno was het allemaal weer nieuw. Vroeger was hij herhaaldelijk in Rome geweest, – de laatste keer als staatssecretaris: voorafgegaan door motoragenten met sirenes had een regeringsauto hem toen dwars door alle rode stoplichten van het vliegveld naar het Quirinaal gebracht; maar sinds hij er woonde, had hij zijn buurt niet verlaten.

In de kolossale basiliek hielp hij Quinten met het vertalen van de reusachtige woorden, die in een cirkel in de koepel boven het hoogaltaar stonden:

TV ES PETRVS ET SVPER HANC PETRAM
AEDIFICABO ECCLESIAM MEAM

'Daar staat dus op het eerste gezicht: «Jij bent Petrus en op deze Petrus zal ik mijn kerk bouwen». Maar je moet weten, dat *petra* een grieks woord is dat «rots» betekent. Het graf van Petrus zou onder dit altaar liggen, en daar is dus de kerk op gebouwd, – niet alleen dit gebouw, maar de katholieke kerk in het algemeen. De pausen beschouwen zich als zijn opvolgers.'

Zij bezochten de vaticaanse musea en de kostelijke schrijn van de Sixtijnse Kapel, waar alleen gefluisterd mocht worden, maar waar de kardinalen achter hun Gouden Muur natuurlijk schreeuwden en tierden als zij een nieuwe paus uit hun midden moesten kiezen, voor zover zij ten minste niet kwijlend in slaap waren gesukkeld. Bij de aanblik van Michelangelo's *Schepping van Adam*, die in helle kleuren uit de donkerbruine kaarswalm van eeuwen te voorschijn was gekomen, herinnerde Onno zich plotseling de communistische neonversie op de Rampa in Havana, achttien jaar geleden, toen alles was begonnen. Maar daar sprak hij niet over.

'Had Adam volgens jou een navel?' vroeg Quinten, toen zij weer buiten kwamen. 'Hij had toch geen moeder?'

'Het is maar goed dat jij geen hollandse dominee bent. Om dat soort vraagstukken hebben ze elkaar eeuwenlang verketterd.'

Quinten nam hem ook mee naar allerlei plekken waar hij nooit was geweest, zoals naar de Aventijn: 'om door het sleutelgat te kijken'. In een stille buurt, aan de steil naar de Tiber afdalende rand van de heuvel, lag een rechthoekige, aan drie kanten ommuurde uitstulping van de straat, beschaduwd door cypressen en palmen. Een plein kon de Piazza de' Cavalieri di Malta nauwelijks genoemd worden, de ruimte leek eerder een onvoltooide tempel. Er was niemand, en Quinten werd onmiddellijk bevangen door een huivering, waarvan hij de oorsprong wist: de Burcht. Onno zag dat hem iets overkwam, maar hij vroeg er niet naar; Quinten zei alleen, dat het een ontwerp was van Piranesi. Terwijl Onno op een stenen bank ging zitten om zijn duizeligheid wat te laten wijken, begon Quinten langs de vier of vijf meter hoge muur te lopen, terwijl hij even een blik op zijn kompas sloeg. Aan de lange zuidkant en de kortere westkant werd zij onderbroken door obelisken, stèles, plaquettes en geheimzinnige ornamenten in zo'n vreemdsoortige stijl, of onstijl, dat hij het nauwelijks kon geloven. Lieren, bollen, punten, helmen, kruisen, zwaarden, vlerken, pansfluiten. Aan de noordkant liep de muur uit in de toegangspoort tot het klooster van de Maltezer Ridders: een breed decorstuk, dat hem op het eerste gezicht aan Palladio deed denken, maar dat op het tweede gezicht even bizar was als de andere bouwsels, met zijn maniëristische versieringen, blinde nissen als ramen en de rij grote urnen op het dak. Het gewijde domein ademde de sfeer van de *Carceri*, die meneer Themaat hem had laten zien, Piranesi's oneindige kerkers, maar tegelijk die van zijn droom, – dat alles nu hecht samengevat in een rechthoekig stramien. Hij bukte zich en keek door het beroemde sleutelgat van de poort. Ver weg, nauwkeurig in de as van een lange, zorgvuldig geknipte haag van laurierbomen, was de koepel van de Sint-Pieter te zien. Ja natuurlijk, voor veel mensen was dat *het midden van de wereld*, maar niet voor hem.

Hij wilde zijn vader wenken, maar toen hij hem eenzaam aan de overkant zag zitten met zijn stok, als een dakloze alcoholicus die zich voedde uit vuilnisbakken, hield hij zich in. Warm lag het verlaten plein in het omfloerste licht van de lentezon. Het lot had hen ten slotte bij elkaar gebracht, maar nu het zover was leek het of hij meer contact had met de stenen van Rome dan met zijn vader. Ook 's avonds in de Via del Pellegrino spraken zij weinig, en nooit over vroeger; dat alles was op een of andere manier aan de andere kant van een barrière, die zij geen van beiden wilden overwinnen. Maar toch wist hij zeker dat zij bij elkaar moesten blijven, als twee compagnons die aan elkaar overgeleverd waren.

Zij keken naar elkaar. Er schuilt iets onverbiddelijks in die jongen, dacht Onno. Iets onmenselijks. Een vleug interstellaire kou.

*

Op de Piazza Venezia regelde een politieman met een witte helm het verkeer met zo'n fascinerend-feilloze motoriek, dat Onno moest denken aan zijn theorie over de lichamelijkheid van de macht. Maar om zich niet te laten intimideren, hief hij zelf op de stoeprand zijn knoestige stok in de lucht, waarop zij zich lachend door de voortrennende auto's een weg baanden naar de overkant, als door een trompetterend vluchtende kudde olifanten. Een paar minuten later waren zij afgedaald in de stille kuil van het verleden.

Het Forum Romanum, die langgerekte strook witte en roodbruine ruïnes, stukken en brokken, onkruid, afgeknapte zuilen, keien, gaten, restanten muur, alles verpletterd door de vlakke hand van de tijd, was voor Onno een mistroostig beeld van zijn eigen leven – maar op Quinten had het een heel andere uitwerking. Het areaal riep een vreemde agitatie op in zijn borst, zoals andere jongens die misschien kregen bij een luchtvaartshow, met laag overgierende formaties straaljagers. Weer deed het hem denken aan de Burcht, maar nu aan wat er na het wakkerworden van over was in zijn herinnering. Hij naderde iets, ergens lag iets op hem te wachten! Maar waar? Wat was het? Langs de rand van de open kelder dreunde het verkeer over de Via dei Fori Imperiali, aan de andere kant verhief zich de sombere, dreigende helling van de Palatijn, waar de keizerpaleizen hadden gestaan; de zon draaide om de zuil van Phokas en uur na uur dwaalden zij door het delicate puin. Na de schuimige lichtheid van Venetië, dat als een kurk op het water dreef, en na de massieve geslotenheid van Florence, waren hier de dingen zo zwaar, dat zij meters diep in de grond waren weggezakt. Luisterend naar Onno, de gids van het Istituto Poligrafico dello Stato in zijn linkerhand, de wijsvinger van zijn rechter op de bladzijde, drongen de stenen in Quintens ogen, wrikkend, verschuivend, zich rangschikkend. Comitium. Regia. Een mislukt geproportioneerd bakstenen gebouw, dat bij de triomfboog van Septimus Severus lelijk in de weg stond en nodig opgeruimd moest worden, bleek plotseling de Curia te zijn, de romeinse senaat; de oorspronkelijke bronzen deuren zaten volgens de gids nu in de basiliek van het Lateraan.

'Wat is het Lateraan?' vroeg hij.

'In de middeleeuwen woonden daar de pausen, eer ze naar het Vaticaan verhuisden.'

'Daar moeten we ook heen.'

'Natuurlijk,' zei Onno. 'Je zegt het maar. Het is niet ver hier vandaan, - daarginds, achter het Colosseum. Het oorspronkelijke paleis bestaat overigens niet meer.'

Met iedere stap over de grote keien van de Via Sacra, de Heilige Weg, lag het forum in een andere eeuw. Elke afgeknapte zuil, vertelde Onno, ieder brok metselwerk, elk stuk marmer dat zich in het droge gras door de zon liet beschijnen, was onophoudelijk door de tijd heen en weer geschoven in duizenden publikaties, tot het zijn plek in de geschiedenis aangewezen had gekregen: begin van de jaartelling, derde eeuw na, zesde eeuw voor, renaissancistisch, middeleeuws. Een monsterachtige ruïne, die Quinten had aangezien voor iets uit de Tweede Wereldoorlog, was opeens de basiliek van Maxentius. De drie resterende zuilen van de tempel van Vespasianus, met nog een brok architraaf er op: Onno stak zijn hand er naar uit en zei, dat dat het volmaakte beeldmerk was van de antieke oudheid. Het ronde, loodrecht doormidden gehakte en voor de helft door de tijd weggeblazen Vestatempeltje. De triomfboog van Titus, die de Via Sacra op haar hoogste punt overwelfde, tegenover het Colosseum.

Onno wees Quinten op een fries in de tunnel van de boog, dat de terugkeer van Titus' triomferende troepen uit Jeruzalem uitbeeldde, na de verovering van de stad in het jaar 70. Titus was de zoon van keizer Vespasianus, die hij een paar jaar later opvolgde. Ondanks beschadigingen was het reliëf een meesterlijke uitbeelding van de soldaten, die over deze zelfde straat waar zij nu stonden het forum opmarcheerden, vol beweging en alsof de muziek en de toejuichingen nog te horen waren, boven hun hoofden de trofeeën uit de verwoeste joodse tempel: de zilveren trompetten, de gouden tafel van de toonbroden, de gouden, zevenarmige kandelaar.

'Wat zijn «toonbroden»?'

'Offers,' zei Onno. 'Twaalf ronde, ongedesemde broden, in twee stapels van zes. Elke sabbath werden ze vervangen en de oude werden dan door de priesters opgegeten. In het christendom vind je dat op een andere manier terug. Christus zei, dat hij zelf heilig brood was.'

'Echt waar? Zei hij dat hij van brood was? Dan moest hij zelf dus zeker ook opgegeten worden?'

'Zo is het. Dat is nog steeds het hoogtepunt van de katholieke mis.'

'Maar dan zijn de katholieken dus kannibalen!'

'Dat zei je grootvader ook altijd, maar kannibalen zijn menseneters, terwijl de katholieken zichzelf tegelijk zien als god-eters.'

'Bij de kannibalen is het misschien ook zoiets.'

'Best mogelijk. Maar omdat de katholieken uiteindelijk alleen brood eten, en geen mensen, zijn ze toch meer een soort gesublimeerde kannibalen, – of misschien moet je zeggen: getranssubstantieerde kannibalen. Het vreemde is overigens, dat je dat magische eten van de god in de joodse godsdienst niet aantreft. Dat schijnt uit Egypte te stammen, uit de cultus van Osiris, die trouwens ook is opgestaan uit de dood. In de tempel van Jeruzalem werden verder alleen lammeren geofferd, en Christus zei dat hij zelf ook een offerlam was. Bovendien vergelijkt hij zijn eigen lichaam met de tempel zelf.'

'Dat gebouw heeft kennelijk indruk op hem gemaakt.'

'Dat kun je wel zeggen.'

Als het Pantheon een beeld was van de kosmos, dacht Quinten, was de tempel van Jeruzalem blijkbaar een beeld van de mens. Samen waren zij alles.

'En die kandelaar?'

'Dat was het heiligste voorwerp van de joden. De menorah. God heeft Mozes in hoogsteigen persoon gezegd, hoe hij gemaakt moest worden.'

'En dat namen die romeinen gewoon mee?'

'Je ziet het. Overigens is hij hier niet helemaal correct afgebeeld, maar om een of andere reden heeft Israel deze afbeelding tot staatssymbool gemaakt.'

Quinten bleef even naar het bijna manshoge ding kijken.

'Waar is hij nu?'

'Dat weet niemand. Vermoedelijk geroofd, door de vandalen in de vijfde eeuw. Dat waren germanen, die in Noord-Afrika een eigen staat hadden gesticht. Daar komt ons woord «vandalen» vandaan.' Terwijl hij het zei, voelde hij plotseling een grote vermoeidheid in zich opstijgen.

Losse kapitelen, plavuizen, uitgesleten treden, inscripties, holen... Overal wilde katten die elkaar beloerden. Hier was eens het middelpunt van de wereld geweest, overwoog Quinten, waarheen alle wegen leidden, niet alleen die van Titus uit Jeruzalem, nu ook die van hemzelf uit Westerbork, – maar dat was toch nog iets anders dan het *midden* van de wereld. Of niet? Aan de andere kant van het forum, bij 'de zwarte steen', Lapis Niger, bleef hij staan.

Een geheim! Niemand wist de betekenis van dat vierkante blok marmer daar in de diepte, als in een navel. Volgens zijn gids had het misschien iets te maken met de omverwerping van de etruskische heerschappij, misschien was het een graf: van Romulus, de mythische eerste koning, uit de achtste eeuw voor Christus. Al in de tijd van Julius Caesar was de plek heilig. Hij ging een paar treden af, elke trede een eeuw dieper het verleden in, en knielde neer bij een verweerde, rechthoekige steen onder de Lapis Niger, waar resten van archaïsche inscripties in stonden. Hij wilde zijn vader vragen of hij het lezen kon, maar Onno was boven gebleven.

'Papa?' riep hij. 'Kom eens kijken. Wat staat hier?'

Uit de hoogte keek Onno op hem neer, met een mouw zijn voorhoofd afvegend.

'Vermoedelijk een of andere rituele wet. Het is heel vroeg latijn, maar bijna niet meer te lezen. Alleen dat wie die plek schendt, vervloekt is. Kom dus maar gauw boven.'

'Waarom kom jij niet even beneden?'

'Ik ben mij er van bewust dat ik je erfelijk belast heb, Quinten, maar ik wil niets meer te maken hebben met schrift. Dat moet je begrijpen. Laten we gaan. Ik ben duizelig.'

*

De volgende dag, pinksterzondag, was het weer omgeslagen. Donkerpaarse wolken dreven snel over de stad en in de verte hing nu en dan zacht dreunen. Na het ontbijt bij Mauro wilde Quinten meteen naar San Pietro in Vincoli, gehaast, alsof hij daar een afspraak had waarvoor hij niet te laat mocht komen. De middeleeuwse kerk stond op de plek van de romeinse prefectuur, waar Petrus en Paulus in de ketenen waren geslagen, aan een stil, besloten plein, niet ver van het Forum; de zwarte ingang deed hem denken aan een muizengat.

Ofschoon er geen dienst aan de gang was, zaten overal op de banken mensen in gebed verzonken. Zoekend keek hij in de schemering om zich heen – en tegen de rechter zijbeuk ontdekte hij toen opeens de gestalte waarmee hij al zo lang een afspraak had. Perplex keek hij naar het restant, dat was overgebleven nadat Michelangelo het overtollige marmer had weggehakt: de gehoornde *Mozes*, die hij zo goed kende van de foto in het atelier van Theo Kern, met een punaise tegen een balk geprikt, één en al kracht en veel kolossaler dan hij zich had voorgesteld, de uitdrukking van zijn gezicht nog veel woedender, zijn geaderde hand emotioneel in zijn baard klauwend. Bij een standaard met een telefoon stonden een jongen en een meisje met hun oren bijkans tegen elkaar, de hoorn er tussenin, en keken naar de ziedende gestalte.

'Hij is verdraaid boos,' zei Quinten zacht.

Onno moest lachen.

'«Vertoornd» heet dat, en daar had hij reden voor.'

'Hoe dan?'

Met iets van verontrusting keek Onno hem aan.

'Weet jij eigenlijk wel iets van de bijbel?'

'Een beetje maar. Van het Oude Testament haast niks.'

'Geeft niet. Daar heb je je vader voor, die kent hem uit zijn hoofd, – althans, vroeger was dat zo, daar hebben duizenden uren bijbellezing door mijn vader en op school en op catechisatie voor gezorgd. Blijkbaar weet je in elk geval, dat Mozes het joodse volk uit de egyptische ballingschap heeft geleid. Daarna zwierven die vluchtelingen veertig jaar door de woestijn, op zoek naar het beloofde land. Meteen aan het begin van die periode gaf Jahweh hem op de berg Horeb veertig dagen en nachten lang allerlei instructies, – zoals bij voorbeeld over die zevenarmige kandelaar, die je gisteren hebt gezien op de triomfboog van Titus. Tot slot kreeg hij – '

Plotseling stond een lichtflits in de kerk, onmiddellijk gevolgd door een harde, felle donderslag, die dreunend over de stad wegrolde als een ijzeren kogel zo groot als de koepel van het Pantheon. Verbluft keek Onno Quinten aan en zei: 'Dit is wel zeer toepasselijk.'

Quinten leek niet te begrijpen wat hij bedoelde.

'Wat kreeg hij tot slot?'

'Tot slot kreeg hij de tien geboden mee, die Jahweh met zijn eigen vinger op twee stenen tafelen had geschreven. Zeg, van de tien geboden heb je toch hopelijk wel eens gehoord? De decaloog?'

'Natuurlijk. «Gij zult niet doden».'

'Dat is alvast een foute, christelijke vertaling. «Gij zult niet moorden» staat er: *Lo tirtsach*. Doden mag, onder omstandigheden. Maar goed, hij was dus ruim een maand weg geweest, de joden dachten dat hem iets was overkomen en intussen aanbaden ze het gouden kalf in plaats van Jahweh. Daar werd Mozes zo woedend om, dat hij die stenen kapotgooide. Dat is het moment, dát Michelangelo heeft uitgebeeld.'

Quinten keek naar de platen onder Mozes' arm, die hij altijd had aangezien voor mappen, zoals die waarin Theo Kern zijn tekeningen bewaarde.

'En toen?'

'Ja, toen moest hij dus weer naar boven, met twee nieuwe tafelen, die hij dit keer zelf moest bekostigen. Als ik me goed herinner, is het niet helemaal duidelijk in de bijbel of God de tien geboden die tweede keer ook weer zelf schreef of dat hij ze toen alleen maar dicteerde. Laten we het daar maar op houden. Als ik schrijver was, zou ik ook geen zin hebben twee keer hetzelfde te doen.'

'En die gekke horentjes op zijn hoofd? Wat betekenen die?'

'Ook een foute vertaling.'

'Ook een foute vertaling?'

'Toen hij de tweede keer van de berg kwam, straalde zijn gezicht zo verschrikkelijk omdat hij met God had gesproken, dat hij een sluier moest dragen. Maar het hebreeuwse woord voor «stralend» kun je ook vertalen als «gehoornd», alleen slaat dat natuurlijk nergens op.'

Quinten knikte nadenkend en keek naar het beeld.

'Dat wil dus zeggen, dat we die horentjes eigenlijk weg zouden moeten hakken.'

Ontdaan keek Onno hem aan.

'Je hebt een blik in je ogen, alsof je er toe in staat zou zijn.'

'Ja, waarom niet? Het is toch een taalfout?'

'Maar wel een van marmer.'

Quinten had het gevoel, dat alles geleidelijk bezig was bij elkaar te komen, maar wat was het? Terwijl hij opkeek naar de marmeren woesteling, voelde hij zijn vaders ogen op zich gevestigd.

'Waarom kijk je zo naar me?'

'Geloof jij eigenlijk aan God, Quinten?'

'Nooit over nagedacht. En jij?'

'Sinds ik er over nagedacht heb niet meer.'

'Hoe oud was je toen je er over begon na te denken?'

'Ongeveer zo oud als jij nu.' Voor Onno's ogen verscheen een scène van vijfendertig jaar geleden, in zijn ouderlijk huis, in de voorkamer met de Statenbijbel op de standaard. Nadat hij zijn zondagse kleren had aangetrokken, had hij zijn vader plechtig er van op de hoogte gesteld, dat hij lang had geaarzeld tussen de zin 'Ik geloof niet, dat God bestaat' en de zin 'Ik geloof, dat God niet bestaat' – en dat hij, als gelovige, zich had bekeerd tot de tweede zin. De bliksemende ogen van zijn vader, zijn huilende moeder... maar sinds hij het als ongelovige op de eerste zin hield, wilde hij niet meer denken aan dat verleden.

'En wat staat er nu op je programma?' vroeg hij.

De donderslag van daarstraks was blijkbaar tegelijk het begin en het einde geweest van het onweer, de zon begon door te breken, nu en dan waaide een vlaag helder licht door de kerk.

'We zouden toch nog naar het Lateraan gaan?'

Gedurende een paar seconden bleef Onno hem aankijken.

'Wat zoek je toch, jongen?'

Quinten haalde zijn schouders op.

'Niets. Ik ben gewoon een toerist.'

55
De plek

Toen hij tien minuten later op de Piazza San Giovanni in Laterano uit de taxi stapte, kon Quinten zijn ogen niet geloven. Staande naast de kathedraal, bij het achthoekige baptisterium van Constantijn, keek hij met wapperende haren over het weidse plein. Daar was het! Piranesi's ingelijste ets, die bij meneer Themaat op de grond tegen de boekenkast had gestaan! Hij had het kunnen weten, maar geen moment had hij verwacht dat hier nu werkelijk aan te treffen: de torenhoge obelisk, als een raket die op het punt stond naar de maan te worden gelanceerd; honderd meter verder dat renaissancegebouw van twee verdiepingen, waarin het Sancta Sanctorum was opgenomen, de huiskapel van de middeleeuwse pausen, en de Heilige Trap uit het praetorium van Pontius Pilatus in Jeruzalem. De zanderige vlakte had plaatsgemaakt voor asfalt, waarover het verkeer raasde, maar met haar grauwe wolkenflarden, afgewisseld door plekken blauw, leek zelfs de lucht nu op die van de prent.

Onno keek op naar de obelisk. Ook hij was hier nooit eerder geweest; met zijn hoofd in zijn nek, nadenkend door zijn baard strijkend, tuurde hij naar de hiëroglyphen.

'Kun je het lezen?'

'Ik ben het een beetje kwijt, merk ik. Het ziet er uit als een ceremonieel tractaat over het eeuwige leven van farao Thoetmozes de Derde.'

'Dus ook weer een Mozes.'

'Maar dan wel een paar honderd jaar ouder dan de joodse. Dit,' zei hij en strekte zijn wijsvinger uit, 'is beslist het oudste artistieke monument op europese bodem. We hebben het nu over zo'n drieëneenhalf tot vierduizend jaar geleden.'

Onno legde hem uit, dat *Mozes* een egyptische naam was die 'kind' betekende, 'zoon'. Omdat de farao alle nieuwgeboren joodse jongetjes liet vermoorden, had Mozes' moeder haar baby in een biezen mandje tussen het riet van de Nijl gelegd; dat was gemaakt van papyrusstengels, aangezien krokodillen een afschuw hadden van papyrus. Mozes' zuster zag, dat hij werd gevonden door de dochter van de farao, waarop zij de prinses zei dat zij een goede min wist voor de vondeling, namelijk haar moeder. Aldus geschiedde. De prinses noemde het kind '*Kind*', en zonder dat verder iemand het wist werd Mozes dus opgevoed door zijn eigen moeder. Meer dan duizend jaar later, zei Onno, als het spiegelbeeld van die gebeurtenis, vluchtten Maria en Jozef nu juist met hun zoon naar Egypte om Herodes' kindermoord in Bethlehem te ontlopen, – en zoals Mozes' pleegmoeder in werkelijkheid zijn echte moeder was, zo was Jezus' wettige vader niet zijn echte vader.

'In dat soort kringen zijn de familieverhoudingen vaak een beetje gecompliceerd.'

'De annunciatie,' knikte Quinten.

'Gij zegt het. *Thoetmozes* betekent dus «kind van de god Thoth». Dat was de uitvinder van het schrift.'

'Je trekt een gezicht alsof je dat echt gelooft.'

Onno haalde zijn schouders op.

'Ook een gewezen cryptograaf moet toch een god hebben? Wat betekent trouwens «echt geloven»? Ken je dat verhaal van Niels Bohr, de grote natuurkundige? Dat heeft Max me eens verteld. Een ander groot natuurkundige, Wolfgang Pauli of zo iemand, kwam eens op bezoek in het buitenhuis van Bohr en zag dat hij een hoefijzer boven zijn voordeur had gespijkerd. «Professor!» zei hij. «U? Een hoefijzer? Gelooft u daaraan?» Waarop Bohr zei: «Natuurlijk niet. Maar weet u, Pauli, ze zeggen dat het ook helpt als je er *niet* aan gelooft».' Hij lachte, en Quinten zag dat dat ook was omdat hij terugdacht aan de manier, waarop Max hem die anekdote had verteld. 'Wist je trouwens, mijn kind, dat het woord «obelisk» het eerste woord was dat je spreken kon? Daar bij het graf van dat paard, op Groot Rechteren.'

'Deep Thought Sunstar,' zei Quinten in gedachten. Hij kon het zich niet herinneren, maar het plotselinge opdoemen van het kasteel hier op dit plein, uit de mond van zijn vader, gaf hem eenzelfde gevoel als wanneer hij op een winterdag een glas warme melk dronk. 'Soms,' zei hij, terwijl zij naar de zijingang van de kathedraal liepen, 'heb ik het idee, dat de wereld wel heel ingewikkeld is, maar dat daarachter iets verborgen zit dat heel eenvoudig is en tegelijk niet te begrijpen.'

'Zoals?'

'Ik weet niet... Een bol. Of een punt.'

Onno keek hem even van opzij aan.

'Heb je het nu over verhalen, zoals die van Mozes, of over de werkelijkheid?'

'Is daar dan zoveel verschil tussen?'

Misschien, dacht Onno, was een verhaal nu juist het absolute tegendeel van de werkelijkheid; maar hij had het gevoel, dat hij Quinten daarmee niet in verwarring mocht brengen.

'En die bol, of dat punt, verleent die de werkelijkheid zin?'

'Zin? Wat bedoel je daarmee?'

Onno zweeg. De gedachte, dat wat dan ook de wereld zin zou geven, was hem vreemd. Zij was er, maar het was zinloos dat zij er was. Zij had er evengoed niet kunnen zijn. Bij Quintens bol moest hij denken aan die aanvankelijke, glanzende bol, die in Los Alamos was opgepoetst door jonge soldaten, die 's avonds gingen dansen met hun meisje. Hoe verhield de smeulende chaos in Hiroshima zich tot dat platonische lichaam? Het een kon niet met het ander begrepen worden, terwijl het er toch uit voortkwam. Hoe kon een mens begrepen worden uit een bevruchte eicel? Hoe kon wat dan ook begrepen worden? De werkelijkheid was geen syllogisme à la 'Socrates is een mens – Alle mensen zijn sterfelijk – Dus Socrates is sterfelijk', maar eerder iets als: 'Helga is een mens – Alle telefooncellen zijn vernield – Dus Helga moet sterven'. Of als: 'Hitler is een mens – Alle joden zijn beesten – Dus alle joden moeten sterven'. Die onbegrijpelijke logica, die alles beheerste, zowel het goede als het kwade als het neutrale, moest Quinten zelf maar ontdekken. Hij vond niet dat het op zijn weg lag, de zuiverheid van die jongen te vertroebelen. Wie zelfs niet wist wat er met 'zin' werd bedoeld, moest die staat van ongereptheid maar zo lang mogelijk bewaren.

In de volle aartsbasiliek – 'moeder en hoofd van alle kerken in stad en wereld' – was een mis aan de gang, opgedragen door een kardinaal in het paars; op hun tenen liepen zij naar voren. Het kille barokinterieur stelde Quinten teleur; van het middeleeuwse gebouw uit de tijd van keizer Constantijn was net zo min iets over als van het oude pausenpaleis. Alleen het hoogaltaar met zijn gothische overkapping vond hij mooi en geheimzinnig. Bovenin de ranke kooi op palen, achter tralies, stonden beelden van Petrus en Paulus; er onder zouden zich hun hoofden bevinden. Hij keek op uit zijn gids.

'Waren het vrienden, die twee?' fluisterde hij.

'Niet dat ik weet. Als je met zulke dingen bezig bent als zij, is er denk ik geen plaats voor vriendschap. In het religieuze bedrijf zal het wel net zo zijn als in de politiek.'

Quinten vestigde zijn ogen weer op het gesloten, beschilderde deel van het ciborium, waar de relikwieën in zaten. Het was hem of hij de twee schedels al zag liggen.

'Daar zou ik wel eens een kijkje in willen nemen.'

'Dat zal je niet lukken, vriend.'

Blitzlicht flitste: iemand nam een foto van dat opvallende tweetal, die landloper met die wondermooie jongeling. Met paniek in zijn ogen draaide Onno zich om. Een japans meisje met een zwarte regenmuts op haar hoofd; zij wandelde alweer verder, alsof het was toegestaan zich eenvoudig iemands beeld toe te eigenen. Even later hield een koster haar staande en wees met schuddend hoofd op haar toestel.

'Waarom schrik je daar zo van, papa?'

Onno maakte een hulpeloos gebaar.

'Neem me niet kwalijk, een stomme reflex. Elk nederlands roddelblad zou haar graag duizend gulden geven voor die foto. Dat soort reacties krijg je als je je jarenlang voor iedereen hebt verstopt.'

'Maar dat is toch eigenlijk al niet meer zo?'

'Nee, Quinten, dat is niet meer zo. Maar hoe het dan wèl is, weet ik eerlijk gezegd ook niet. We zullen wel zien.' Hij wilde er niet over nadenken; liefst zou hij voorgoed op deze manier met Quinten zijn dagen doorbrengen in de Eeuwige Stad. 'Waar gaan we nu heen?'

'Naar de overkant.'

De reusachtige bronzen deuren van de romeinse Curia, die nu de centrale ingang vormden, waren gesloten; door een zijdeur kwamen zij buiten. Quinten draaide zich even om en keek naar boven. Scherp afgetekend tegen de lucht, op de daklijst van de basiliek, stond een rij enorme gestalten opgewonden te gebaren, alsof er iets buitengewoons ging gebeuren.

Schuin staken zij het drukke, winderige plein over en op het bordes van het gebouw met het Sancta Sanctorum bleef Quinten staan en keek door de openstaande deuren naar binnen. Recht voor hem, aan de andere kant van een hoog portaal, lag de Heilige Trap.

*

Een huivering beving hem. Met in zijn rug het kabaal van het verkeer, keek hij in een wereld waarin het zo stil was als in een aquarium. Op de zwak stijgende treden, nog geen drie meter breed, knielden tien of twaalf mannen en vrouwen, met gebogen hoofd biddend, hun rug en schoenzolen naar hem toe. Zij hadden de roerloosheid van mensen op een roltrap, maar de trap rolde niet, de trap stond stil; nu en dan werkte iemand zich moeizaam naar de volgende trede. De muren en de halfronde zoldering waren overdekt met vrome fresco's; de architect had het trappenhuis perspectivisch zo geconstrueerd, dat het leek of het een horizontale, lange gang was naar gene zijde, met in het verdwijnpunt de navel van een gekruisigde Christus. De trap was bedekt met hout, maar smalle spleten in de optreden toonden het marmer, waarover de verdachte gelopen zou hebben.

'Nu ben jij het die de indruk maakt of je wordt beroerd door de transcendentie,' zei Onno ironisch, toen zij naar binnen gingen. 'Vertel me niet dat je echt gelooft, dat die trap afkomstig is uit Pilatus' Burcht Antonia.'

Het vallen van het woord 'Burcht', op dit moment, gaf Quinten een lichte schok.

'Zoals die mensen daar? Helemaal niet. Of liever, ik vraag me helemaal niet af of het echt is. Maar ik weet niet...' zei hij en keek om zich heen, 'ik heb het gevoel, dat hier een verhaal wordt verteld.'

Bij een stokoude pater achter een tafel kocht hij een brochure over het gebouw. Terwijl hij geld neertelde, tikte een tweede oude pater hard met een munt van honderd lire tegen het glas van een loket en maakte een onverbiddelijk gebaar naar een man, die in korte broek het heiligdom dacht te kunnen betreden. Ook hij had op de borst van zijn zwarte pij een embleem van een wit hart met daarin de letters JESU XPI PASSIO, bekroond door een kruis.

'Je bedoelt,' vroeg Onno met gedempte stem, terwijl zij langzaam naar de trap liepen en op gepaste afstand bleven staan, 'het verhaal van «Wat is waarheid?», handen wassen in onschuld, «Ecce homo» en dat allemaal?'

Dat verhaal kende Quinten alleen vaag. Hij haalde adem om iets te zeggen, stokte en schudde zijn hoofd, – het was hem zelf niet duidelijk wat hij bedoelde.

'Ik weet het niet, laat maar. Een verhaal in elk geval, waar ook die mensen een deel van zijn,' zei hij en knikte naar de knielenden, 'die daar biddend naar boven kruipen, naar die ypsilon.'

'Ypsilon?'

'Die gekruisigde Christus op dat fresco aan het eind. Die heeft toch de vorm van een Y?'

'Verdraaid,' zei Onno. 'De Letter van Pythagoras.' Prijzend keek hij naar Quinten. 'Goed gezien. Weet je dat dat gaffelkruis ook op het ceremoniële bisschopsgewaad staat? Misschien heb je een ontdekking gedaan.'

Quinten had niet naar hem geluisterd.

'Ik heb het gevoel, dat dit gebouw zelf op een of andere manier een verhaal vertelt.'

'Je spreekt in raadselen. Maar dat is hier misschien gepast.'

'Laat mij nu eerst dit even lezen.'

Bij een pilaster ging Quinten op de marmeren vloer zitten en sloeg de brochure open, maar meteen riep een gebroken stem dat hij moest opstaan. Een tweede pater, even oud en in het zwart als de andere, zat midden in de voorhal op een rechte houten stoel en bewoog verwijtend een witte wijsvinger heen en weer. Terwijl Onno zich verwonderde over de gejaagdheid die plotseling in Quinten gevaren leek te zijn, ging hij de beelden en schilderingen in het portaal bekijken. Quinten las onderwijl de korte tekst, die werd besloten door achtentwintig, bij de treden behorende gebeden.

Na een paar minuten keek hij op.

'Papa?'

'Ja?'

'Ik weet er nu alles van.'

'Dat is veel.'

'Het zit zo in elkaar, dat die trap volgens een middeleeuwse legende in de vierde eeuw door keizerin Helena uit Jeruzalem naar het Lateraan zou zijn gebracht. Dat was de moeder van Constantijn.'

'Ik weet het. Getrouwd was hij met een zekere Fausta, – de vrome christenkeizer heeft haar naderhand nog laten vermoorden.'

Met een scheve glimlach keek hij Quinten aan.

'Toen de pausen uit de ballingschap in Avignon terugkwamen, in de veertiende eeuw, was het paleis voor een groot deel uitgebrand en toen namen ze het Vaticaan als hoofdkwartier. In de zestiende eeuw liet Sixtus V het Lateraan afbreken, op de pauselijke kapel na, daarboven. De architect,' zei hij en keek in de brochure, 'Domenico Fontana, verplaatste de trap toen hierheen. Om een of andere reden is dat 's nachts gebeurd, bij het licht van fakkels.'

'Het kon kennelijk het daglicht niet velen.'

'De treden werden van boven naar beneden neergelegd, anders zouden de arbeiders er op moeten gaan staan.'

'Lijkt me correct.'

Met een zwaai van zijn arm keek Quinten om zich heen.

'Moet je je voorstellen: alles weg, dat enorme paleis, waar al die pausen duizend jaar gewoond hebben, - alleen nog die kapel met die trap hier. Het gebouw is als een huls er omheen gezet.'

'Wat is daar zo vreemd aan? Zo zit heel Rome in elkaar.'

'Maar die kruipende mensen dan? Het is toch niet gewoon een soort museum, zoals verder overal? Er is hier toch nog steeds iets aan de gang? Het is net of daarboven een toneel is, waar een mysteriespel opgevoerd moet worden. Moet je kijken, dat raam met die tralies, onder dat schilderij met de kruisiging, waarheen ze op weg zijn. Het lijkt wel het raam van een gevangeniscel. Kom, laten we gaan kijken.'

'Zeg, je verwacht toch hopelijk niet dat ik geknield die trap op ga?'

'Hier opzij zijn nog twee gewone trappen. Aan de andere kant trouwens ook.'

Terwijl zij in het marmeren trappenhuis aan de linkerkant naar boven gingen, verheugde Onno zich in Quintens geestdrift. Welke jongen interesseerde zich tegenwoordig nog voor iets anders dan voor technische dingen, pretmaken en geld? Hij deed hem aan zichzelf denken toen hij even oud was en zich ook begroef in studies, waar zijn vriendjes stomverbaasd tegenover stonden. Nee, het was nooit anders geweest, jongens als Quinten en hijzelf waren altijd uitzonderingen. Maar als je zelf zo'n uitzondering was, dan duurde het vijfentwintig jaar eer het tot je doordrong dat niet iedereen uitzonderlijk was, en dat besef kwam dan als een grote teleurstelling, - terwijl de niet-uitzonderlijken nu juist dachten, dat de uitzonderlijken zich onafgebroken arrogant van hun uitzonderlijkheid bewust waren. Het tegendeel was het geval. Zij verachtten de anderen niet, zij overschatten hen. Het waren de niet-uitzonderlijken, die zich onafgebroken bewust waren van de uitzonderlijkheid van de uitzonderlijken. Het was als met het misverstand tussen hond en kat. Als een hond bang was legde hij zijn staart tussen zijn benen, maar was hij vrolijk, dan kwispelde hij je de aangename geur van zijn achterste tegemoet; maar een kat kwispelde juist als zij bang was, aangezien haar ontlasting stonk. De kwispelende hond sprong naar voren om te spelen met de kwispelende kat, die op haar beurt dacht dat zij werd aangevallen en hij kreeg een bloedige haal over zijn neus, - die taalverwarring baarde de onverzoenlijke vijandschap tussen die twee. Uit zijn ooghoeken keek hij even naar Quinten. Bij het bestijgen van de treden deinden zijn haren als zwart satijn.

Terwijl Onno weifelend bleef staan op de overloop, waar de vijf trappen uitkwamen, liep Quinten meteen door naar het punt waar de middelste uitmondde, de heilige. De gelovigen, die nu uit de diepte naar hem opstegen, hielden het hoofd prevelend gebogen en besteedden geen aandacht aan hem. Hij draaide hun zijn rug toe, bukte zich en keek door de meer dan vingerdikke, in een marmeren omlijsting gevatte tralies.

*

Het Sancta Sanctorum. De overgang was nog groter dan daarstraks die van het plein naar het voorportaal, - in de schemerende kapel was het zo stil als in een spiegel, en het eerste waaraan hij dacht was het gezicht van zijn moeder in haar bed. Zijn hart begon te bonken. De kleine ruimte was hoog en volkomen vierkant, ongeveer zeven bij zeven meter, overweldigend uitademend wat er allemaal *niet* meer was: de honderdzestig pausen, die hier gedurende tien eeuwen dagelijks hadden gebeden. Het was of de tijd er uit was verdwenen. In het midden van de ingelegd marmeren vloer, tegenover het altaar, stond een bidstoel. Het altaar bevond zich onder het uitgebouwde, hogere deel van de achterwand, die werd gestut door twee porfieren zuilen. Op de lijst boven de vergulde kapitelen stond over de volle breedte:

NON•EST•IN•TOTO•SANCTIOR•ORBE•LOCVS

Hij wenkte zijn vader.

'Hoe zou je dat vertalen?' fluisterde hij.

'Quinten,' zei Onno streng, 'je hebt vijf jaar gymnasium. Dat kun je best.'

'Er is niet,' probeerde Quinten, 'in het geheel... heiliger... wereldplek?'

'Meeslepend proza. Je zou natuurlijk ook kunnen zeggen: «Nergens ter wereld is een heiliger plek». Alleen omdat die pausen hier hebben gezeten? Lijkt me lichtelijk overdreven.'

Quinten wees hem op de grote icoon, die op het altaar stond: een triptiek met opengeslagen zijpanelen. De voorstelling was bijna niet te onderscheiden in het schemerende licht, maar hij vertelde wat hij zojuist had gelezen: de beeltenis van de allerheiligste verlosser op het middenpaneel, *acheiropoèton*, was niet geschilderd door mensenhand, maar door een engel. Alleen het op zijde geschilderde hoofd was niet overdekt door verguld, zwaar bewerkt zilver, maar ook dat hoofd was niet het oorspronkelijke; dat zat er onder. Het paneel werd overwelfd door een halfrond baldakijn, bekroond door twee vergulde engelen.

'Ja, Quinten,' zei Onno met een lachje, 'we zijn niet meer in Nederland.' Hij legde zijn hand op de tralies. 'Naar mijn smaak lijkt het hier trouwens eerder een folterkerker. Moet je kijken, tussen die gedraaide zuiltjes boven het altaar: daar zitten ook twee getraliede ramen. Van daaruit werden de heilige vaders natuurlijk in de gaten gehouden als ze zaten te bidden. En het onderste deel van dat altaar zelf, ook één en al tralie. Moet je die sloten zien.'

Quinten keek naar de hangsloten, die hem nog niet waren opgevallen. Het bovenste was een reusachtig ijzeren ding, een schuifhangslot zo groot als een brood, – op het moment dat hij het zag, werd hij overweldigd door ontzetting. Waar was hij? Droomde hij? Was hij in zijn droom? Met grote ogen keek hij zijn vader aan.

'Wat is er met je?' vroeg Onno geschrokken. 'Je bent opeens doodsbleek.'

'Ik weet niet...' stamelde hij.

Was dat verdwenen lateraanse paleis zijn Burcht? Was hij ter plekke? Die trap, vier maal zeven treden, die kapel, zijn moeder... In verwarring wendde hij zich af van de tralies en ontmoette even de blik van een oude vrouw, die de achtentwintigste trede had genomen, kreunend overeind kwam, een kruis sloeg, even naar hem glimlachte en over een dij wrijvend naar de andere trap ging.

'Laten we hier weggaan,' zei Onno. 'Het is ongezond hier. Je moet iets eten.'

Quinten schudde zijn hoofd.

'Dat is het niet...' Het was uitgesloten, dat hij zijn vader zou vertellen wat er in hem omging, want dat was diep geheim. 'Misschien is het niet die kapel die achter tralies zit, misschien zijn *wij* het die achter die tralies zitten...' Met grote ogen keek hij om zich heen. 'Ik weet zeker dat hier iets heel vreemds aan de hand is, ik kan niet zeggen waarom, maar ik moet en ik zal er achter komen.'

Doordringend nam Onno hem gedurende een paar seconden op. Er lag plotseling een harde glans in Quintens ogen. Onno knikte, steunde op zijn stok en keek rond of ook hij iets zocht. Zijn draaierigheid was heviger dan anders; misschien kwam het door de trappen.

'Ik weet niet waar je op doelt, maar mij is intussen ook iets raars opgevallen.'

'Wat dan?'

'Die kapel heet toch *Sancta Sanctorum*, nietwaar?' En toen Quinten knikte: 'Juist, en dat begrijp ik eigenlijk niet.'

'Waarom niet?'

'Dat betekent dus «Heilige der Heiligen».'

'Nogal wiedes.'

'Maar die uitdrukking komt op die manier helemaal niet voor in de christelijke eredienst.'

'In welke dan wel?'

'Alleen in de joodse.'

56
Schriftgeleerdheid

'Hoe daar dan?'

'Laten we hier niet blijven staan,' zei Onno, 'in het zicht van die mensen.'

Zij liepen terug. Links van het Sancta Sanctorum, waar zich een renaissancistische kapel met twee kleine altaren bevond, genoemd naar San Silvestro, gingen zij op een van de donkerbruine koorbanken zitten, die drie muren in beslag namen. Onno zag, dat Quinten nauwelijks kon afwachten wat hij te zeggen had; zijn anders zo zachte gezicht stond strak als een zeil in een storm. Hij begreep het niet en het maakte hem ongerust. Misschien had hij zijn opmerking beter voor zich kunnen houden.

'Wat bezielt je opeens, Quinten?'

'Vertel!'

Terwijl het Onno verbaasde dat iemand zoiets niet wist, legde hij hem uit, dat in de joodse eredienst het Heilige der Heiligen een ruimte was in de voormalige tempel van Jeruzalem. Dat was een rechthoekig complex, dat uit drie delen bestond - of eigenlijk uit vier. Eerst kreeg je de Voorhof, waar geen heidenen mochten komen, alleen joden, dat wil zeggen joodse mannen. Daar stond het brandofferaltaar. De toegang tot het eigenlijke tempelgebouw werd geflankeerd door twee pilaren: Jachin en Boas.

Rechthoekig? Zoals zijn moeders bed? Had hij daar niet al eens over gesproken met meneer Themaat?

'Pilaren met namen?' vroeg hij, terwijl hij ook even dacht aan de twee zuilen op de Piazzetta in Venetië. 'Waarom was dat?'

Onno zuchtte.

'Vaak sta ik zelf versteld van mijn kennis, maar ik weet nog steeds niet alles. Wel weet ik, hoe je alles kunt opzoeken, en dat is een heel bruikbaar alternatief voor alles weten. Als je naar binnen ging,' vervolgde hij, de pilaren de pilaren latende, 'kwam je via een portaal in het schemerdonkere Heilige. Althans, wanneer je een priester was; anders kwam je er niet in. In dat Heilige stonden het reukofferaltaar en de zevenarmige kandelaar en de tafel met de toonbroden. De achterste ruimte had de vorm van een kubus, waar een groot gordijn voor hing. Daarbinnen was het altijd totaal donker. Dat was het Heilige der Heiligen. Daar mocht alleen de hogepriester eenmaal per jaar komen, op Grote Verzoendag.'

Opgewonden strekte Quinten zijn rug.

'Dat lijkt wel de situatie hier! Buiten op het plein staat die obelisk van Thoetmozes, dat is dus de Voorhof, dan krijg je een portaal, dan de Heilige Trap, dat is dus het Heilige, en dan het Sancta Sanctorum! Het is geen kubus, maar wel vierkant.'

'Maar dat is juist het vreemde,' zei Onno en vertrok zijn gezicht een beetje. 'In het christendom is het Heilige der Heiligen nooit iets architectonisch', zoals bij de joden; christenen gebruiken dat begrip alleen symbolisch. In de evangeliën staat bij voorbeeld, dat in de tempel het voorhangsel tussen het Heilige en het Heilige der Heiligen scheurde op het moment dat Jezus stierf, – «openspleet» staat er eigenlijk in het grieks, – en dat werd dan zo uitgelegd, dat Christus met zijn kruisdood en opstanding het Heilige der Heiligen, dat wil zeggen de hemel, constant toegankelijk had gemaakt voor iedereen, als een soort superhogepriester. Bij christenen is het nooit een aards gebouw.'

'En in dat joodse Heilige der Heiligen? Wat stond daar?'

'De ark des verbonds.'

*

Een voorbijsloffende pater wierp even een blik naar hen, legde een vinger op zijn lippen en verdween door een kleine deur tussen de koorbanken.

'Wat was dat voor ding?' vroeg Quinten zacht.

Met een zucht keek Onno hem aan en zei:

'Aan de ene kant vind ik het verschrikkelijk, dat de jongelui van tegenwoordig vrijwel niets meer weten, aan de andere kant prijs ik jullie gelukkig, dat je al die ballast niet meer met je mee hoeft te dragen. Maar het bloed kruipt kennelijk toch waar het niet gaan kan. De ark des verbonds was een gouden kist, het allerheiligste dat de joden hadden: zoveel als de troon van Jahweh. In een bepaald opzicht was het zelfs Jahweh zelf.'

'En gisteren zei je, dat die kandelaar het heiligste voorwerp van de joden was.'

'Ten tijde van Vespasianus en Titus was dat ook zo. Kom, laat ik het je dan meteen helemaal uitleggen.'

Onno stak één vinger van zijn linkerhand op en drie van zijn rechter en zei, dat Quinten vier dingen moest onderscheiden: het tabernakel en drie achtereenvolgende tempels in Jeruzalem. Toen Mozes in de woestijn de tien geboden kreeg, gaf Jahweh hem ook opdracht een tabernakel te maken, met alle maten exact er bij. Dat was toen alleen nog maar een demonteerbare tent, die ze konden meenemen op hun omzwervingen, maar ook die bestond al uit een Voorhof, een Heilige en een Heilige der Heiligen. Ook hoe de ark er uit moest zien, kreeg Mozes heel precies te horen; dat was allemaal in de bijbel na te lezen. Op het gouden deksel stonden twee gouden engelen met uitgespreide vleugels, het gezicht naar elkaar toe. Opzij zaten gouden ringen voor twee stokken, zodat de kist meegedragen kon worden. Een paar honderd jaar later, ongeveer duizend vóór Christus, bouwde koning Salomo volgens hetzelfde principe zijn tempel in Jeruzalem. In het Heilige der Heiligen daarvan werd de ark geflankeerd door twee reusachtige engelen van vijf meter hoog, ook weer met gespreide vleugels.

'Waar waren die eerste twee engelen toen gebleven?'

'Dat weet ik niet, Quinten,' zei Onno en zuchtte weer. 'Luister nu toch even. De tempel van Salomo werd verwoest door Nebukadnezar en van dat ogenblik af is de ark verdwenen. Nog weer later, in de zesde eeuw vóór Christus, werd op dezelfde plek de tweede tempel gebouwd, die van Zerubbabel, zonder ark dus. Dat gebouw raakte in verval, Herodes brak het af en bouwde de derde tempel. De joodse overlevering maakt overigens geen verschil tussen de tweede en de derde tempel, aangezien de rabbijnen Herodes de eer niet gunnen, want die collaboreerde met de romeinen. Voor hen is de derde nog steeds de tweede, door Herodes verbouwd tot een enorm gevaarte, ook weer op dezelfde plek. Maar die tempel heeft niet langer dan een paar jaar bestaan: hij werd door Titus verwoest, zoals je weet. Uit berichten van ooggetuigen blijkt, dat het Heilige der Heiligen ook toen weer leeg was.'

'Dat kan niet kloppen,' zei Quinten en strekte zijn wijsvinger uit naar de twee kleine altaren, waarachter zich het Sancta Sanctorum bevond, 'want de ark des verbonds is daarbinnen.'

Sprakeloos keek Onno hem gedurende een paar seconden aan.

'Zo mag ik het horen!' lachte hij toen. 'Generaties theologen, rabbijnen, historici en archaeologen hebben vastgesteld, dat de ark sinds de babylonische ballingschap is verdwenen, maar professor doctor meester ingenieur Q. Quist weet het beter. Luister, ik vind het ook eigenaardig dat die kapel Sancta Sanctorum heet, maar misschien moeten we dat toch niet al te letterlijk opvatten.'

'Die kapel heet niet alleen zo, er staat ook nog dat op de hele wereld geen heiliger plek is. Daar is niets figuurlijks aan.'

'Allemaal waar. Maar hoe verklaar je dan, dat op de triomfboog van Titus wel de kandelaar te zien is, en de tafel van de toonbroden, maar niet de ark? Als Titus die ook had meegenomen, dan was die toch in de allereerste plaats afgebeeld?'

'Daar kan toch een reden voor zijn?'

'Zoals?'

Quinten haalde zijn schouders op.

'Ik weet niet... Misschien waren Titus en Vespasianus toch een beetje bang voor die god van de joden en leek het ze veiliger om niet te veel ophef te maken van die ark.'

'Op zichzelf niet zo'n gekke gedachte,' zei Onno met een korte beweging van zijn hoofd. 'Voor ons is dat moeilijk voor te stellen, wij zijn de erfgenamen van dat joodse monotheïsme, dat maar één god erkent en daarnaast geen andere; dat is zelfs de inhoud van het eerste gebod. Maar als de romeinen een vijand versloegen, namen ze niet alleen hun soldaten gevangen, maar soms lijfden ze ook hun goden in bij hun eigen pantheon. Maar stel dat het zo is als je zegt, hoe ging het dan verder?'

'Wel, nogal wiedes,' zei Quinten. 'Titus heeft de ark meegenomen, maar haar niet in die optocht laten zien. Vespasianus heeft haar toen in het keizerlijk paleis verborgen, waarna Constantijn haar later in het diepste geheim aan de pausen heeft gegeven. Die hebben haar toen hiernaast ergens achter die tralies verstopt. Dat is tegelijk de reden, waarom die kapel gespaard moest blijven bij de afbraak van het Lateraan.'

'Niet slecht gevonden,' knikte Onno. 'Maar die architect, Domenico Fontana, was daar dus van op de hoogte, – anders had hij met dit gebouw niet de tempel geciteerd, met die Scala Santa. Nee, zelf wist hij natuurlijk van niets, maar wel zijn opdrachtgever, Sixtus V.'

'Kennelijk.'

'Maar was dat dan niet rijkelijk riskant, in combinatie met de naam van de kapel en dat opschrift? Zou dat nooit iemand eerder op het idee hebben gebracht, dat hier dus de ark Gods is?'

'Heb jij er dan wel eens over gehoord?'

'Dat niet,' zei Onno en zweeg even. 'Het is waar, sommige ideeën zijn zo vanzelfsprekend, dat je bijna niet kunt geloven dat niemand er eerder op is gekomen. Eeuwenlang geloofde iedereen, dat de Ilias een mythe was; maar met Homerus in de hand begon

Schliemann eenvoudig te graven en prompt vond hij Helena's Troje. Dat was kennelijk net zo iemand als jij. Hadden we maar alvast die historioscoop van jou, dan konden we het gewoon even controleren in het verleden.' Geamuseerd keek hij Quinten aan. 'Heb je er eigenlijk wel een voorstelling van, wat het zou betekenen als het waar is wat je zegt?'

'Hoe dan?'

Onno draaide zich naar hem toe.

'De *ark*, Quinten! De hele wereld zou op zijn kop staan als plotseling zou blijken, dat die nog bestaat en dat zij hier in Rome is. Dat zou nog weleens hele rare consequenties kunnen hebben.'

Maar dat aspect interesseerde Quinten niet. In gedachten staarde hij naar de muur waarachter het Sancta Sanctorum lag en vroeg: 'Hoe groot was die ark?'

'Het spijt me, dat weet ik niet uit mijn hoofd. Mozes heeft op de Horeb honderden maten en voorschriften onthouden zonder ze te noteren, maar zo'n geheugen heb zelfs ik niet.'

'Maar dat kunnen we nagaan.'

'Natuurlijk, alles is altijd na te gaan. Je hebt het maar voor het zeggen. Staat allemaal in de torah.'

'In de wat?'

'In de torah. De Wet. De pentateuch, op z'n grieks. De eerste vijf bijbelboeken, die Mozes geschreven zou hebben: Genesis, Exodus, Leviticus, Numeri, Deuteronomium. Ik kan het allemaal nog opdreunen, maar jij hebt er natuurlijk nooit van gehoord.'

'Wel van Genesis,' zei Quinten en stond op. 'Dan moeten we dus zien, dat we ergens een bijbel op de kop tikken.'

'Dat moet lukken in Rome.'

'Zullen we eens kijken of we er omheen kunnen lopen?'

De middeleeuwse kapel lag inderdaad in het centrum van het renaissancegebouw, als de reactorkern in een kernreactor. Ook aan de achterkant was een gewijde ruimte, aan de rechterkant bevond zich de kapel van San Lorenzo. Toen zij daar aankwamen, bleef Quinten geschokt staan en keek naar een deur, die ook hem leek aan te kijken.

Het midden van de wereld! Een bronzen, dubbele deur uit de vierde eeuw, die toegang moest geven tot het Sancta Sanctorum. In de twee bovenpanelen zaten ronde versieringen, als irissen met een pupil. Zij waren afgesloten door twee zware schuifhangsloten onder elkaar, even groot als dat aan het altaar, op een neus en een mond lijkend. De brede, marmeren deurpost werd bekroond door twee korte pilasters, die een tympanon droegen; in de ruimte er onder stond:

SIXTVS•V•
PONT•MAX•

Dat 'Pont. Max.' de afkorting was van *pontifex maximus*, de pauselijke titel 'Grote Bruggenbouwer', wist Quinten natuurlijk; toch keek hij getroffen naar Max' naam, die hier opeens was verschenen boven dat bronzen gezicht, dat hij kende uit zijn Burcht. Hij beantwoordde de vertrouwde blik van de deur en dit keer voelde hij geen angst.

Plotseling wendde hij zich tot Onno.

'Wat zat er eigenlijk in?'

'Waarin?'

'In die ark des verbonds.'

'De twee stenen tafelen van Mozes, met de tien geboden er op.'

*

De volgende ochtend namen zij de bus naar de Via Omero, waar het Istituto Storico Olandese was gevestigd. Aanvankelijk had Onno geaarzeld er heen te gaan, misschien zou hij zijn naam moeten opgeven en men zou hem herkennen: destijds had hij het in zijn portefeuille gehad en de subsidie beknot, om geld vrij te maken voor Max' dertiende en veertiende spiegel. Anderzijds wist hij, dat een willekeurige staatssecretaris niet alleen pas na jaren was vergeten, maar vaak al terwijl hij nog in functie was. Wie eenmaal staatssecretaris was geweest, of zelfs minister, die koesterde zichzelf en zijn familie voor alle eeuwigheid in die glorie, maar verder wist over het algemeen niemand het meer. En misschien was dat in orde zo; omdat alles zich altijd herhaalde, zou politiek zonder het slechte geheugen van de mensheid helemaal niet mogelijk zijn. Bovendien kon het hem eigenlijk niet zoveel meer schelen als hij herkend werd.

In de stille leeszaal, waar een paar studenten over hun paperassen gebogen zaten, ging Onno naar de bibliothecaresse, een buitengewoon kleine, grijzende dame, die op haar tenen en met een potlood tussen haar tanden voor een uitgetrokken kaartenbak stond. Met geweld moest hij het beeld van Helga verdringen, eer hij kon vragen of zij een nederlandse bijbel ter inzage had.

Zij sloeg een korte blik op zijn slonzige verschijning en zei:

'Dan bent u hier aan het verkeerde adres. Misschien op de ambassade.'

'Weet u het zeker?' vroeg Quinten.

Zij keek naar hem op, en Onno zag haar op hetzelfde moment veranderen, zoals een landschap verandert wanneer de zon doorbreekt.

'Je trekt een gezicht alsof er haast bij is,' zei zij met een lach.

'Dat is ook zo.'

'Wacht. Misschien weet ik iets.'

Toen zij verdwenen was, zei Onno:

'Wat heb jij toch met vrouwen, wat ik niet heb?'

Quinten keek hem zo verwonderd aan, dat het Onno beter leek het maar bij die opmerking te laten. Een paar minuten later kwam zij terug met een kleine bijbel, die zij Quinten overhandigde.

'Alsjeblieft. Voor jou. Die lag in het nachtkastje van een gastenkamer. Volgens mij kijkt nooit iemand er in, dus zo is hij beter besteed.'

'Het zou ook ongelooflijk zijn,' zei Onno met een strenge blik, 'een nederlandse instelling zonder bijbel in huis!'

In het nabijgelegen park, de Villa Borghese, gingen zij op een bank zitten. De stilte tussen de bomen en de gazons, nog verdiept door het verre gedruis van het verkeer rondom, had een air van tijdloosheid. De zachtgroene sluier die het voorjaar over alles had gelegd, als een kind dat tegen de ruit had geademd, deed Quinten denken aan Groot Rechteren, – en even vroeg hij zich verbaasd af, wat het met elkaar had te maken: die natuur en de dingen waar zij nu mee bezig waren.

'Over wat voor soort verbond gaat het eigenlijk allemaal?' vroeg hij, terwijl Onno met over elkaar geslagen benen in het bedrukte sigarettenpapier bladerde.

'Over dat tussen God en Israel, het zogenaamde Oude Verbond. Met Christus kreeg je later het Nieuwe, tussen God en degenen die aan Christus geloofden. Volgens de christenen was het Oude Verbond daarmee vervuld en overwonnen.'

'En wat vonden de joden daarvan?'

'Ja, wat denk je? Die waren daar niet erg over gesticht. Jezus van Nazareth was een rabbijn, die zei dat hij de Messias was, maar de andere rabbijnen beschouwden dat als godslastering. Rabbi's onder elkaar, begrijp je wel. Volgens hen moest de echte Messias nog komen, en dat vinden ze nog steeds.' Onno legde een hand op zijn kruin. 'Goeie genade, mijn vader moest mij zo eens horen.' Plotseling verstarde hij en staarde voor zich uit met een blik, die Quinten niet begreep.

'Wat is er?'

Onno keek hem even aan, reikte hem toen de bijbel en zei:

'Hou vast, ik moet even iets in orde maken.'

Verbaasd zag Quinten dat zijn vader een envelop uit zijn binnenzak haalde, uit zijn broekzak een doos lucifers en de envelop aan een hoek aanstak.

'Wat doe je?'

'Ik post een brief.'

Hij draaide de brandende envelop net zo lang tussen zijn vingers tot hij haar niet meer kon vasthouden. De verkoolde resten, die op de grond waren gevallen, draaide hij met zijn hak de aarde in en verstrooide ze met zijn stok, tot er niets meer van te zien was. Verbijsterd keek Quinten toe.

'Let er maar niet op en vraag verder niets.' Onno nam de bijbel weer over en zocht in Paulus' Brief aan de Hebreeën de passages, waarvan hij zich het bestaan herinnerde. 'Dat is lang geleden, mijn zoon, dat ik mij aan de bijbelstudie heb gewijd. Goddank is het de Statenvertaling, in de tale Kanaäns, en niet zo'n nieuwerwetse versie van de God-is-doodtheologie.'

Terwijl nu en dan een dame met een kind of een heer met een hond passeerde over het pad, of een jogger langsdraafde, las hij Quinten voor over Christus, die niet was ingegaan 'in het heiligdom, dat met handen gemaakt is, hetwelk is een tegenbeeld van het ware, maar in den hemel zelven, om nu te verschijnen voor het aangezicht van God voor ons'.

'«Christus»,' reciteerde hij met gedragen stem, '«de Hoogepriester der toekomende goederen, gekomen zijnde, is door den meerderen en volmaakten tabernakel, dat is, niet van dit maaksel, noch door het bloed van bokken en kalveren, maar door Zijn eigen bloed, eenmaal ingegaan in het heiligdom, eene eeuwige verlossing teweeggebracht hebbende». Hier staat dat hij de mens ingewijd heeft «door het voorhangsel, dat is, door Zijn vleesch». Toe maar, toe maar. En hier gaat het over «de ware tabernakel, welken de Heere heeft opgericht, en geen mensch». Volgens mij behelst dat allemaal ook een verbod, ooit nog eens met mensenhanden een aards Heilige der Heiligen te bouwen.'

'Terwijl toch,' zei Quinten, 'daarginds een christelijk gebouw staat dat Sancta Sanctorum heet en de heiligste plek op aarde is.'

'Dat bedoel ik.'

'Dus misschien is het helemaal niet zo christelijk. Dat wil zeggen, wel christelijk maar tegelijk ook niet christelijk.'

Onno knikte.

'Ik heb je punt begrepen, maar wat wil je nu verder?'

Quinten wees op de bijbel.

'Kijk eens bij de ark des verbonds. Ik wil weten hoe groot hij was.'

Onno sloeg het boek Exodus op en hoefde niet lang te zoeken. Het was hem of hij bij het zien van al die namen en wendingen weer de geur van zijn ouderlijk huis rook.

'Twee en een halve el lang, anderhalve el breed en anderhalve el hoog.'

'En hoe groot is een el?'

'Wel, van je elleboog tot de top van je middelvinger, dus zeg maar vijftig centimeter.'

'Dus één meter vijfentwintig lang, vijfenzeventig centimeter breed en vijfenzeventig centimeter hoog.'

'Daar zal het ongeveer op neerkomen.'

Quinten keek door het heuvelige park, maar wat hij zag was uitsluitend het zware hangslot.

'Volgens mij is dat ook de maat van het altaar in het Sancta Sanctorum.'

'Laten we hopen,' zei Onno met een lachje, 'dat het iets groter is, want anders past de ark er niet in.'

'Waarom lach je nou?'

'Omdat alles altijd klopt – als je maar wilt. Denk maar eens aan die malle Proctor, op het kasteel. Weet je nog? Moet je kijken, ik heb één, twee, drie, vier, vijf, zes, zeven knopen aan mijn overhemd; de bovenste staat open. Dat klopt dus met de zes scheppingsdagen en de sabbath.'

'Maar iets kan toch ook *echt* kloppen?'

'Natuurlijk.'

'Waarom zitten er anders zulke dikke tralies voor dat altaar? En op dat baldakijn er boven zitten toch twee engelen met gespreide vleugels? We zijn toch iets op het spoor, papa! *Non est in toto sanctior orbe locus* – dat zou toch ook in de tempel van Jeruzalem gestaan kunnen hebben!'

Onno sloeg de bijbel dicht, keek Quinten ernstig aan en maakte een gebaar.

'Ja.'

'Nou dan! Ik moet weten wat daar aan de hand is.'

'Waarom toch, Quinten?'

'Dat weet ik niet,' zei Quinten met iets ongeduldigs in zijn stem, terwijl hij dacht aan *het midden van de wereld.*

57
Ontdekkingen

De herkomst van de gedrevenheid, die zich van Quinten had meester gemaakt, was Onno een raadsel. Max en Sophia hadden de jongen agnostisch opgevoed, de bijbel kende hij nauwelijks en religies hadden hem nooit geïnteresseerd, voor zo ver hij wist. Als het nu nog een soort godsdienstwaanzin was, dan kon hij het begrijpen; maar daar had het kennelijk niets mee te maken. Dat de ark des verbonds zich in het Sancta Sanctorum zou bevinden, was bovendien natuurlijk klinkklare nonsens, – Quintens redenering had de geestdrift van de jeugd en de schoonheid van de eenvoud, maar zelf kende hij de valstrikken van dat soort simpele conclusies maar al te goed. Zo zaten de dingen vrijwel nooit in elkaar; er dook altijd iets op dat de schone eenvoud plotseling veranderde in een ontmoedigende chaos, waar alleen met de grootste moeite weer een orde in te ontdekken viel, die dan altijd veel gecompliceerder bleek. Maar dat hij Quintens theorie als larie beschouwde, weerhield hem er niet van zich gedurende een paar dagen in de literatuur te verdiepen, – of misschien was het juist de kennelijke onzinnigheid van het project die hem aantrok: in een onzinnige wereld was alleen het onzinnige zinnig, zoals hij in de brief aan zijn vader had geschreven.

Omdat de meeste boeken die hij moest raadplegen gesteld zouden zijn in het italiaans, het latijn, het grieks en het hebreeuws, ging Quinten zijn eigen gang, terwijl hij zelf de volgende ochtend op onderzoek uitging in de Biblioteca Nazionale. Met een oude lap poetste hij min of meer zijn schoenen, stopte zijn hemd behoorlijk in zijn broek en voor het eerst sinds jaren deed hij een das om.

Meteen die eerste dag, al na een paar uur, drong tot hem door wat hij wel had vermoed: dat door de eeuwen heen de geschriften over de tempel van Jeruzalem en de ark des verbonds net zo'n onafzienbaar conglomeraat vormden als Rome zelf, waar het één op het ander was gebouwd en het meeste nog onder de grond zat. Hij kon niet nalaten wat te grasduinen in de ontelbare rabbijnse commentaren, en een vluchtige blik te werpen op wat Philo over de ark had geschreven, en in de middeleeuwen Thomas van Aquino, in de renaissance Pico della Mirandola, Francesco Giorgi, Campanella, in de zestiende en de zeventiende eeuw Fludd en Kepler en zelfs Newton, tot en met de verwaterde opvattingen van moderne vrijmetselaars, rozekruisers en anthroposofen. Het bestaan van al die speculaties deed hem nog sterker beseffen, wat een opschudding er zou ontstaan als de ark inderdaad te voorschijn kwam, - maar verder was het allemaal veel te interessant. Uit ervaring wist hij, dat hij nooit tot een eind zou komen als hij daar verder op inging. Via lemma's in joodse encyclopedieën, niet alleen hebreeuwse, langs noten, verwijzingen, bibliografieën moest hij strak het spoor volgen, draven als een politiehond met zijn neus over de grond, niet op- of omkijken, alles links laten liggen wat niet onmiddellijk het doel diende. En dat doel was niet religieus- of metafysisch-symbolisch, maar heel concreet: bestond de ark nog - en zo ja, waar was zij dan?

De volgende ochtend vlooide hij met behulp van een concordantie op de bijbel alle verwijzingen naar de ark na, eerder tweehonderd dan honderd; en 's middags boog hij zich met Quintens ogen over de geschiedenis van het lateraanse paleis, de basiliek en het Sancta Sanctorum. Toen de bibliotheek die avond sloot, had hij een paar ontdekkingen gedaan waarvan Quinten zou opkijken; maar hij besloot, daar pas met hem over te spreken als hij de zaak min of meer rond had. Op het laatste moment had hij in de systematische catalogus nog een veelbelovende italiaanse titel gevonden over de schat van het Sancta Sanctorum, en omdat hij weinig zin had weer naar dezelfde bibliotheek te gaan, belde hij eerst het kunsthistorisch instituut aan de Via Omero; daar bleek het ook voorradig, in het duitse origineel zelfs. Pas onderweg merkte hij, dat hij ook nu weer een das had omgedaan.

Toen de bibliothecaresse hem zag, trok er een lach over haar gezicht.

'Heeft u uw vrome metgezel vandaag thuisgelaten?'

'Dat is mijn zoon. Die zwerft ergens door de stad, op zoek naar de geheimen van de oudheid.'

'Gefeliciteerd. Zo'n mooie jongen heb ik nog nooit gezien. Sprekend Johannes de Doper op dat schilderij van Leonardo da Vinci.' Zij stak haar hand uit en zei: 'Elsa Schulte.'

Onno schrok. Hij nam zijn stok in zijn andere hand, schudde de hare en wilde 'Enrico Delius' zeggen, maar eer hij het wist had hij gezegd:

'Onno Quist.'

Hij besefte dat hij nu definitief een gat had geslagen in zijn isolement, maar er verscheen geen teken van herkenning op Elsa Schulte's gezicht. Het boek waar hij om had gevraagd lag al op de leestafel: *Die römische Kapelle Sancta Sanctorum und ihr Schatz: Meine Entdeckungen und Studien in der Palastkapelle der mittelalterlichen Päpste*, in 1908 gepubliceerd door een zekere Grisar, een oostenrijkse jezuïet. Hij kwam nu alles te weten, – ook, dat het altaar één meter achtenveertig lang was, vijfennegentig centimeter breed en achtennegentig centimeter hoog, zodat de ark er vrij nauwkeurig in gepast zou kunnen hebben. Maar zij zat er niet in. Zelf had hij daar natuurlijk geen moment aan getwijfeld, en hij zag er tegenop het Quinten straks te moeten vertellen. Tussen de middag at hij twee panini's in de kantine en keerde terug om zijn aantekeningen te ordenen. Langzamerhand voelde hij zich als een student die voor zijn krankzinnige professor onderzoek moest doen, en die nu ongetwijfeld zou zakken voor zijn doctoraal, aangezien zijn resultaten niet strookten met de overspannen verwachtingen. Maar tegelijk vervulde het dwaze werk hem met nostalgische herinnering aan de dagen van de Diskos van Phaistos.

Een uur later kwam plotseling een intellectueel uitziende heer op hem af. Hij keek even naar Onno's stok, die op de stoel naast hem lag, en vervolgens naar de staart in zijn nek. Met een strak gezicht zei hij:

'Dag meneer Quist. Nordholt. Ik ben de directeur hier.'

'Ik weet het,' knikte Onno en keek hem over zijn leesbril aan. Hij wist het omdat hij hem destijds zelf had benoemd.

'Het doet mij genoegen, dat u zo vriendelijk bent gebruik te maken van ons instituut. Ons budget is sinds een aantal jaren door de toenmalige staatssecretaris drastisch gekort, er zijn ontslagen gevallen, maar hopelijk vindt u toch wat u zoekt.' Met een korte hoofdknik draaide hij zich om en verdween.

Weer was een rekening vereffend. Onno had geen gelegenheid gekregen om nog iets te zeggen, maar wat had hij moeten zeggen? Dat de directeur maar eens in Westerbork moest gaan kijken? Dat dankzij zijn financiële besnoeiing op de buitenlandse culturele instituten het heelal twee keer zo groot was geworden? Dat dat een vriendendienst was geweest? In elk geval zou het bericht van zijn aanwezigheid in Rome nu snel tot Nederland doordringen; misschien hing Nordholt op dit moment al aan de telefoon, om te melden dat Quist, je weet wel, ja die, volkomen aan lager wal was geraakt. Onno haalde zijn schouders op en boog zich weer over zijn boek, maar hij kon zich niet meer concentreren. Hij zette zijn bril af, stond op, keek een tijdje uit het raam en slenterde naar een ronde leestafel in de hoek, waar internationale kunstperiodieken uitgestald lagen en ook een paar nederlandse kranten en weekbladen.

Staande las hij, dat gisteren in Rome het proces was begonnen tegen een turk, die vier jaar geleden een moordaanslag had gepleegd op de paus. 'Ik ben Jezus Christus,' had hij uit zijn zwaargetraliede kooi geroepen, – 'het einde van de wereld is nabij!' Dat hij dit nu via een hollandse krant moest vernemen. Hij bladerde nog wat verder, ging verbaasd zitten, en voor het eerst sinds vier jaar nam hij kennis van de situatie in Nederland en de wereld.

Toen hij een uur later opkeek en besefte waar hij was, had hij het gevoel of hij terugkeerde uit de dood. Niets was meer hetzelfde. Uit politieke commentaren bleek dat Dorus' kabinet, waarin hij minister van Defensie zou zijn, niet langer dan negen maanden had bestaan; daarna waren Koos en de sociaaldemocraten er uit gelopen, of er uit gepest, waarop het nog een tijdje had voortgemodderd, en inmiddels was Dolf premier. Dolf! Natuurlijk! Door Dorus tergend een 'Ausputzer' genoemd, een term uit de wielersport naar hij had begrepen, en ook door Koos altijd onderschat. Hij gunde het hem; tijdens die gruwelijke boottocht, de laatste dag van zijn vorige leven, had hij als enige even zijn hand op zijn schouder gelegd. Ja, zo gingen die dingen, – ze hadden de voordeur in de gaten gehouden, de heren, maar niet de achterdeur: de klassieke fout. Maar niet alleen in Nederland was de politieke toestand veranderd. Was hij minister van Defensie geworden, dan had hij te maken gekregen met massale demonstraties tegen de plaatsing van amerikaanse kruisraketten; maar in de Sovjet-Unie bleek sinds een paar maanden een nieuwe secretaris-generaal het voor het zeggen te hebben, – een man van zijn eigen leeftijd, niet met de gebruikelijke kop van beton, maar met een helder, menselijk gezicht en een kalme, vastberaden blik.

Plotseling bekroop hem het gevoel, dat de wereld aan een metamorfose was begonnen. Hoe moest hij zich die voorstellen? Naderde misschien het einde van de Koude Oorlog? Die gedachte was natuurlijk absurd, in oost en west werd nog volop bewapend, maar het was hem of hij zojuist naar de wereld had gekeken als een schaker, die bij de eerste blik op een partij van twee anderen onmiddellijk een mogelijke afloop zag, die de twee spelers zelf nog ontging. Hij sloeg de kranten en tijdschriften dicht en staarde uit het raam. Was het denkbaar, dat in het jaar 2000 de communistische partij in de Sovjet-Unie verboden zou zijn? Natuurlijk was dat ondenkbaar, maar stond misschien het ondenkbare op het punt te gebeuren? Was zijn gevoelloze linkerkant – als gevolg van een rechtse doorbraak in zijn hoofd – misschien een politieke profetie? Hij verbaasde zich over die inval; was hij bezig Quintens manier van denken over te nemen? Tegelijk verzoende die gedachte hem een beetje met zijn ongerief. Lenin, herinnerde hij zich, had op ongeveer dezelfde leeftijd ook een hersenbloeding gehad, maar die had zijn rechterkant verlamd.

*

Diezelfde dag was Quinten voor de derde keer naar het gebouw met het Sancta Sanctorum gegaan, dat hij intussen bijna zo goed kende als zijn kamer op Groot Rechteren. De vertederde blikken die de paters passionisten uit hun ooghoeken op hem wierpen – als hij weer met zijn mooie blauwe ogen door de tralies naar het vergrendelde pauselijk altaar staarde, of wanneer hij in een van de zijkapellen devoot in zijn kleine bijbel bladerde met zijn smalle handen – merkte hij niet op. De onmiddellijke nabijheid van een geheim, waar hij in een halve minuut omheen kon lopen maar dat tegelijk zo onbereikbaar was als overdag zijn droom van de Burcht, sloot hem volledig af van wat er om hem heen gebeurde. Het was moeilijk te schatten van een afstand, maar het kwam hem voor dat de ruimte onder het altaarblad groot genoeg was om de ark te bevatten. Hij merkte dat het moeilijk was om goed naar iets te kijken; maar intussen had hij gezien, dat achter de tralies een bronzen deur zat, ook weer vergrendeld met een groot hangslot. Nooit eerder was hij zo zeker van iets geweest als nu: daar binnenin werd iets buitengewoons bewaard, – hij voelde het met alles wat hij was, zoals een kompasnaald de pool voelt. Nadat de paters tegen vijven de bezoekers met plechtstatige gebaren hadden gemaand te vertrekken, liep hij op het plein een paar keer om het complex heen en keek naar de vierkante buitenmuren van de kapel, ingesloten door Fontana's iets lagere nieuwbouw. Op het kleine grasveld aan de zijkant stookten tamils een vuurtje; een half ontklede man met één arm stond zich te wassen, waar iemand in een geparkeerde auto een foto van nam, met een telelens.

Op weg naar huis ging hij ook nog eens naar de triomfboog van Titus op het Forum Romanum. Met samengeknepen ogen probeerde hij te onderscheiden of de ark misschien op het reliëf had gestaan en ooit opzettelijk was weggehakt door een paus. De scherpe schaduwen die de zon nu wierp, maakten het tafereel nog veel levendiger en geïnspireerder dan toen hij het voor het eerst had gezien. Vlakbij hing het gedruis van auto's en bussen, – maar de opwinding en het kabaal van de zegevierende intocht, bijna twintig eeuwen geleden hier op deze plek, klonken er ook nu weer doorheen als een echt onweer in een schouwburgzaal, waar een pastorale scène werd gespeeld. De verbeten gezichten van de soldaten, elk met een lauwerkrans, boven hen de geagiteerde beweging van regimentsstandaarden, de buitgemaakte kandelaar op hun schouders, de zilveren trompetten, de tafel van de toonbroden. Iedereen deed wat, droeg wat, alleen de laatste gestalte liep er wat verloren bij; als enige was zijn hoofd vrijwel helemaal verdwenen. Het reliëf was verweerd, er ontbraken details en de uitlaatgassen zouden nog meer laten verdwijnen, maar van een verdonkeremaande ark geen spoor.

Toen hij thuiskwam, lag Onno op zijn matras en las de International Herald Tribune. Met zijn hand op de klink bleef Quinten staan.

'Sinds wanneer lees jij de krant?'

Onno liet het blad zakken, keek hem over zijn leesbril aan en zei: 'Ik ben neergedaald, Quinten.'

Hij vertelde wat hem was overkomen in het instituut en dat het nu wel gauw afgelopen zou zijn met zijn anonieme bestaan, maar dat hij in ruil daarvoor de wereld had herontdekt.

'Ik had niet gedacht, dat dat ooit nog eens zou gebeuren. Ik dacht dat ik tot mijn dood zou rouwen, en zonder jouw komst naar Rome was dat ook zo geweest, maar het moest kennelijk zo zijn.'

'Het is in elk geval zo,' zei Quinten, die op de stoel aan Onno's werktafel was gaan zitten.

Onno vouwde zijn handen op de krant en keek een tijdje naar een grote zwarte veer uit Edgars vleugel, die op de vensterbank in een lege inktpot stond.

'Weet je wat misschien het vreselijkste is van alle gezegden? «De tijd heelt alle wonden». Maar het is waar. Er blijft altijd een litteken, dat misschien pijn doet als het weer omslaat; maar de wond is op een dag geheeld. Als jongen van een jaar of acht ben ik eens gestruikeld met zo'n gebogen, puntig nagelschaartje in mijn handen, dat drong diep in mijn knie en ik weet nog precies hoe ik gilde van de pijn. Net als iedereen heb ik dus een litteken op mijn knie, maar ik zou je nu niet kunnen zeggen, op welke. Jij hebt beslist ook littekens, waarvan je je de wonden niet meer kunt herinneren. Daar zit toch iets afschuwelijks in. Dat betekent toch, dat die wonden er achteraf evengoed niet geweest hadden kunnen zijn. Wat mij is gebeurd, is een bagatel naast wat veel andere mensen is overkomen, in de oorlog bij voorbeeld, en die wond is blijkbaar geheeld – maar je moeder blijft in coma en tante Helga blijft dood. Daar klopt toch iets niet.'

Quinten raakte in verwarring van die woorden, en toen Onno het zag richtte hij zich een beetje op en lachte.

'Luister maar niet naar je oude vader. De mensheid zou helemaal niet kunnen bestaan als het anders was, en voor de dieren vormt het al helemaal geen probleem. Als we binnenkort alle raadsels hebben opgelost, zullen we altijd nog het raadsel van de tijd overhouden. Dat zijn we namelijk zelf. Daarom lees ik nu die krant hier. Ik heb niet de indruk, dat je geïnteresseerd bent in de wereldpolitiek, maar zal ik je eens vertellen wat ik heb ontdekt?'

'Ja,' zei Quinten. 'Maar niet wat je hebt ontdekt in de wereldpolitiek.'

Onno haalde even diep adem, gooide de krant op de grond en kwam van de matras.

'Laat mij daar eens bij.' Quinten stond op en leunde tegen de vensterbank, Onno ging achter zijn aantekeningen zitten. 'Ik ben een hoop wijzer geworden, maar ik betwijfel of je daar blij mee zult zijn.' Als iemand die een spelletje patience gaat spelen, spreidde hij zijn notities in vier lange rijen over de tafel uit, kruiste zijn armen en bleef er gedurende een paar seconden naar kijken. 'Waar zal ik beginnen?'

'Bij het begin.'

'Mag het ook het vermoedelijke einde zijn?' Hij nam een blaadje op. 'Volgens II Koningen, hoofdstuk 25, vers 9 werd de tempel van Salomo geplunderd en in brand gestoken door de babyloniërs, samen met heel Jeruzalem. De algemene opvatting is, dat ook de ark daarbij verloren is gegaan. Dat wist je dus al. De zevenarmige kandelaar en al die andere dingen werden later opnieuw gemaakt, maar de ark niet. Als je je bijbeltje opslaat bij Jeremia 3, vers 16, dan lees je daar dat Jahweh de profeet had laten weten, dat niemand meer over de ark des verbonds mocht spreken, dat niemand er meer aan mocht denken, dat niemand haar mocht zoeken en dat er geen nieuwe gemaakt mocht worden. Dat is de laatste vermelding van de ark in het Oude Testament.'

'Maar als niemand haar mocht zoeken,' zei Quinten, 'dan betekent dat toch dat zij niet weg was, ook al stond zij niet meer in de tweede en de derde tempel.'

'Dat zou je kunnen concluderen. En dan word je gesteund door een paar apocriefe teksten. Bij voorbeeld door de zogenaamde Syrische Apocalypse van Baruch. Daarin staat, dat bij de nadering van de babyloniërs een engel uit de hemel neerdaalde in het Heilige der Heiligen en de aarde beval, de ark te verslinden. Dat zou betekenen, dat zij in Jeruzalem nog steeds op de plek van de tempel in de grond zit. Vervelend is alleen, dat dat verhaal pas een eeuw na Christus is geschreven, dus zelfs na de vernietiging van de tempel van Herodes door de romeinen. Daarop sluit misschien een legende aan, die ik in de rabbijnse literatuur heb gevonden. Na de verwoesting van Salomo's tempel zou een priester in de ruïne twee verhoogde tegels hebben gezien in de vloer; op het moment dat hij dat had verteld aan een collega viel hij dood neer. Dat was dan het bewijs, dat de ark niet was geroofd of verbrand, maar dat zij op die plek begraven lag. Een ander mooi verhaal staat in het tweede boek van de Makkabeeën. Daar kun je lezen, dat dezelfde Jeremia van daarnet de ark op bevel van Jahweh heeft meegenomen en verborgen.'

'Echt?' vroeg Quinten gespannen. 'Waar?'

'In een grot van de Nebo. Dat is de berg van waar Mozes aan de overkant van de Jordaan het beloofde land zag liggen, dat hij om een of andere reden zelf niet binnen mocht gaan van Jahweh.'

'En is daar nooit naar gezocht?'

'Natuurlijk. Meteen al. De mensen die bij hem waren, wilden de weg naar de grot merken en tekenen, maar ze konden hem niet meer vinden. Toen Jeremia daarvan hoorde, gaf hij ze op hun donder en zei, - even kijken... waar heb ik het? Er bestaat alleen nog een griekse tekst van, maar je kunt merken dat hij uit het hebreeuws is vertaald. Hier, ik vertaal maar even voor de vuist weg: «Deze plek zal geen mens vinden of kennen, eer Jahweh zijn volk weer samenbrengt en genadig zal zijn. Dan zal hij het openbaren».' Geamuseerd keek hij naar Quinten, die in zijn bijbel bladerde. 'Je zou inderdaad zeggen, dat dat moment nu gekomen is met de staat Israel. Jammer is alleen weer, dat ook dat verhaal pas zo'n honderdvijftig jaar voor Christus is opgeschreven.'

'Ik kan dat boek van de Makkabeeën nergens vinden.'

'Klopt, want het staat er niet in. Het is ook een apocrief boek, maar dat zegt niet zo veel; het had net zo goed canoniek kunnen zijn. Dat is allemaal nogal arbitrair bepaald door die concilies. Omgekeerd had die brief van Paulus aan de Hebreeën, weet je nog, waarin Christus wordt vergeleken met de tempel, evengoed apocrief kunnen zijn, want die is natuurlijk helemaal niet geschreven door Paulus, maar door een alexandrijnse volgeling van Philo.'

'Wie is dat nu weer?' vroeg Quinten, zonder er met zijn gedachten bij te zijn. Hij probeerde te beseffen wat al die gegevens voor hem inhielden.

'Een joods geleerde, Philo Judaeus, tijdgenoot van Christus, die de joodse godsdienst wilde combineren met de griekse filosofie. Interessante man. Maar laten we niet afdwalen, want dan zakken we steeds dieper weg in het historische drijfzand. Goed. Als dat nu dus allemaal waar is, en als volgens jou de ark op dit moment in het Sancta Sanctorum zit verstopt, hoe zouden de romeinen er dan aan gekomen moeten zijn? Is het niet een beetje erg onwaarschijnlijk, dat zij die grot in de Nebo ontdekt zouden hebben?'

'Ja,' zei Quinten. 'Dat is zo. Maar waarom heet het dan «Sancta Sanctorum»? Waarom zou het dan de heiligste plek ter wereld zijn? Je zegt toch zelf, dat dat heel wonderlijk is?'

'Wacht nu even, want we zijn er nog niet. Het meest waarschijnlijke is dus, dat de ark niet op de boog van Titus staat omdat de romeinen haar eenvoudigweg niet hadden. Al eerder was Pompejus het Heilige der Heiligen trouwens al eens binnengedrongen en had daar niets gezien. En dat wordt allemaal bevestigd door Flavius Josephus, – dat was een joodse schrijver in romeinse dienst, een soort collaborateur dus eigenlijk. Die heeft de hele joodse oorlog van nabij verslagen, tot en met dat defilé over het forum, met de tafel van de toonbroden en de zevenarmige kandelaar en al die dingen; hij noemt ze in precies dezelfde volgorde als ze op de triomfboog staan. In zijn jonge jaren heeft hij trouwens dienst gedaan in de tempel van Herodes, en ook volgens hem was het debir volkomen leeg.'

'Het debir?'

'Zo heet het Heilige der Heiligen in het hebreeuws. Wel is het zo, dat hij er zelf natuurlijk nooit in heeft gekeken; daar mocht alleen de hogepriester komen. Wel, dat is allemaal de ene kant van de zaak. Maar!' zei Onno, stak een wijsvinger op en zette zijn andere op een vel met aantekeningen. 'Want, troost je, er is altijd een maar in het leven, Quinten. De andere kant van de zaak – en dat zal je valse hoop geven – is een tekst uit de twaalfde eeuw, van een zekere Johannes Diaconus. Daarin verschijnt voor het eerst de term «Sancta Sanctorum». Maar die heeft dan nog geen betrekking op de pauselijke kapel, maar op een relikwieënschat die zich onder het hoogaltaar van de oude lateraanse basiliek zou bevinden.'

'Dat altaar met de hoofden van Petrus en Paulus in het plafond?'

'Ja, maar dan in de diepte. En wat zou zich daar volgens de diaken bevinden? Niet alleen Mozes' biezen mandje, de voorhuid van Christus en nog alle mogelijke andere zeldzaamheden, maar ook – let op: *arca fœderis Domini.* Wat zeg je me daarvan?' zei Onno en leunde achterover met de tevredenheid van een gulle gever. 'Gods ark des verbonds.'

Perplex keek Quinten hem aan.

'Waarom valse hoop? Dan zijn we er toch!' Opgewonden vroeg hij: 'Sinds wanneer wordt de pauselijke kapel «Sancta Sanctorum» genoemd?'

'Ook dat weet ik. Sinds het eind van de veertiende eeuw.'

'Nou dan! Dat betekent dus, dat de ark ergens tussen elfhonderd en veertienhonderd van de basiliek naar de kapel is gebracht. De naam ging gewoon mee.'

'Op zichzelf helemaal niet zo gek wat je zegt. In de dertiende eeuw werd de kapel volledig gerestaureerd en de relikwieën zijn er gedurende die maanden uitgehaald; daarna zou ook de ark er bij gedaan kunnen zijn. Alleen vergeet je dan weer de kleinigheid, dat de ark op zijn best ergens in een grot in Jordanië ligt. Zij is nooit in Rome geweest.' Met allebei zijn handen maakte Onno een berustend gebaar. 'Zie toch in, dat het allemaal op een middeleeuwse legende berust. Wat denk je van die voorhuid en dat biezen mandje?'

Beslist schudde Quinten zijn hoofd.

'Kan allemaal wel zijn, en hoe het gegaan is weet ik ook niet, maar ik weet zeker dat de ark daar in het altaar zit.'

'En ik,' zei Onno, terwijl hij zich nu voelde als een chirurg die zonder verdoving het mes in zijn patiënt moest zetten, 'weet nog zekerder van niet.'

'Hoe kun je dat zo zeker weten?'

'Omdat ik weet wat er in zit,' zei Onno, zonder Quintens ogen los te laten.

Ongelovig beantwoordde Quinten zijn blik.

'Wat dan?'

'Niets.'

'Niets?' herhaalde Quinten na een paar seconden.

'Een lege kast.'

'Hoe weet je dat?'

'Omdat het altaar in 1905 is opengemaakt en leeggehaald. Hier,' zei Onno en pakte het boek dat hij van het instituut had geleend, – met opgave van zijn adres, dat nu dus ook niet lang meer geheim zou blijven, – 'hierin vind je precies beschreven en gefotografeerd wat er allemaal in zat. Daar waren buitengewone dingen bij, de navelstreng van Christus bij voorbeeld, en een stuk van het kruishout, maar geen ark. In opdracht van de paus heeft deze professor Grisar uit Innsbruck alle spullen persoonlijk naar de vaticaanse bibliotheek gebracht, waar je ze morgen kunt gaan bekijken in de kapel van Pius V.'

Quinten bladerde er even in, sloeg een blik op een afbeelding van de versierde schrijn en legde het terug op tafel. Het interesseerde hem nu niet.

'Toch,' zei hij, 'heet die kapel «Sancta Sanctorum». Toch zitten er twee engelen boven het altaar. Toch staat er boven het altaar geschreven, dat er geen heiliger plek op de wereld is.'

'Je laat niet los, hè?' lachte Onno. 'Je vertrouwt meer op je intuïtie dan op de feiten. Dat beschouw ik als een heroïsche eigenschap, maar je kunt het natuurlijk ook te gek maken. Je wilt toch hopelijk niet zeggen, dat er sprake is van een komplot, – dat bij voorbeeld dit hele boek alleen maar is geschreven om te verbergen, dat de ark wel degelijk in het altaar zit.'

'Natuurlijk niet,' zei Quinten. 'Ik ben niet gek.'

'Maar wat ben je dan? Een dromer misschien? Vergeet het nu, je intuïtie is wat dit betreft weerlegd. Een andere keer zat je er niet ver naast. Laatst opperde je, dat Vespasianus misschien bang was voor de god van de joden en de ark daarom in zijn paleis had verborgen. Van een ark was dus geen sprake, maar gisteren las ik bij Flavius Josephus, dat hij na de grote triomftocht over het forum wel het gordijn van het Heilige der Heiligen naar zijn paleis had laten brengen.'

'Wat raar,' zei Quinten achterdochtig. 'En niet die kostbare gouden dingen – die kandelaar en de tafel van de toonbroden?'

'Nee, die werden tentoongesteld in een tempel. Alleen het purperen voorhangsel en de joodse Wet.'

'De joodse Wet?' Quinten haalde zijn wenkbrauwen op. 'Wat was dat?'

'Dat is een benaming van de torah, de vijf boeken van Mozes. Hij wordt ook wel de Wetgever genoemd.'

Quinten dacht even na.

'Hoe moet je je die Wet voorstellen?'

'Daar heb je toch wel eens een afbeelding van gezien? Een grote boekrol, zoals je die ook nu nog in de ark van elke synagoge vindt.'

'Hoe groot?'

'Ik neem aan, dat de torahrol uit de tempel van Herodes heel groot zal zijn geweest. Misschien wel anderhalve meter lang.'

Quinten knikte.

'Dat gevaarte werd dus ook meegedragen in die processie over het forum.'

'Allicht. Volgens Josephus kwam de joodse wet als laatste trofee voorbij.'

'Zo?' zei Quinten. 'En als dat ding zo belangrijk was voor de keizer dat hij het in zijn paleis opnam, belangrijker zelfs dan de menorah, waarom is het dan niet te zien op de boog van Titus?'

'Hoe weet je zo zeker, dat het daarop niet te zien is?'

'Omdat ik er daarstraks nog geweest ben. Maar er is mij wel iets anders opgevallen,' zei Quinten, plotseling gejaagd. 'De laatste figuur, helemaal links, een man zonder gezicht, die dus eigenlijk die boekrol zou moeten dragen, staat er bij alsof hij niets te doen heeft, met kaarsrecht neerhangende armen. Zo,' zei hij en deed het voor. 'Zijn linkerhand kun je niet zien; maar als je goed kijkt, zie je dat hij in elk geval iets in zijn rechterhand houdt, iets zwaars en rechthoekigs, dat ongeveer tot zijn elleboog komt.' Hij nam het boek van de tafel en liet het tegen zijn dij op zijn gebogen vingers rusten. 'Zal ik je eens vertellen, wat hij dus bij zich heeft?'

'Ik ben benieuwd.'

'Mozes' twee stenen tafelen met de tien geboden.'

58
Voorbereidingen

Verbluft staarde Onno hem aan.

'*Dat* was die zogenaamde «joodse Wet»!' riep Quinten vol vuur. 'Hoe groot waren die stenen tafelen?'

Onno boog zich over een aantekening.

'Volgens R. Berechiah, een rabbijn uit de vierde eeuw, zes tefah lang en twee tefah breed.'

'En hoe groot was een tefah?'

'Een handbreedte.'

'En hoe breed is een hand?' zei Quinten, terwijl hij naar die van zichzelf keek. 'Acht centimeter? Dat wil dus zeggen: achtenveertig bij zestien centimeter! Dat klopt dus precies!'

'Maar die meneer Berechiah heeft ze nooit gezien.'

'Alles is nu toch duidelijk, papa!' Gepassioneerd begon Quinten door de kamer heen en weer te lopen. 'Luister...' zei hij, zijn ogen op de vloer gericht. 'Jeremia heeft de ark meegenomen en verborgen in een grot, maar dat hoeft niet te betekenen dat hij die stenen tafelen er in heeft laten zitten. Of staat er in dat boek Makkabeeën, dat die ook moesten verdwijnen?'

'Nee.'

'Goed, dus heeft hij ze er uit gehaald. En ze zijn gezien door die priester uit die rabbijnse legende, die dacht dat het verhoogde tegels waren. Ze zijn bewaard en later hebben ze in het Heilige der Heiligen van de tweede en de derde tempel gelegen. Het zou toch ook te dol zijn als dat eeuwenlang echt helemaal leeg was geweest! Een hogepriester die daar ieder jaar op Grote Verzoendag plechtig door het voorhangsel naar binnen gaat – en dan niks? Een lege kubus? Die zou daar toch zeker voor gek staan. Net alsof God niet bestond. Dan zou de tempel al die eeuwen toch eigenlijk in een soort coma hebben gelegen – net als mama.'

'Wat zeg je nu toch voor iets verschrikkelijks, Quinten?' vroeg Onno ontzet.

'Bij wijze van spreken natuurlijk. Laat me nu even, anders raak ik de draad kwijt. In het Heilige der Heiligen lagen dus altijd die twee tabletten met de tien geboden. Net als voor de ingang van de Voorhof die twee pilaren stonden. Flavius Josephus had zich maar wat wijs laten maken door de hogepriesters, toen hij schreef dat het debir leeg was. Samen met het voorhangsel werden ze uit Jeruzalem meegenomen. Toen kreeg je dus de intocht hier in Rome. Zijn daar nog andere ooggetuigenverslagen van?'

'Nee.'

'En hoe betrouwbaar is die Flavius Josephus?'

'Niet zo vreselijk betrouwbaar.'

'Nou, dan denk ik dat hij in al dat tumult en gedrang zelf niet alles precies heeft kunnen zien; maar naderhand, toen hij er over ging schrijven, heeft hij ook gebruikt wat hij hoorde van anderen. En die zeiden dus iets vaags over een «joodse Wet», die aan het eind van de stoet was meegevoerd; dat waren romeinen, die hadden geen benul van de joodse godsdienst. Maar hij als jood dacht toen meteen aan de torahrol uit de tempel. De tien geboden kwamen natuurlijk niet in zijn hoofd op, want voor hem waren die met de ark verdwenen. Maar Vespasianus was beter geïnformeerd. Goud had hij zat, dat zei hem natuurlijk al lang niets meer. Hij liet alleen naar zijn paleis brengen, wat iets met het allerheiligste had te maken, – dat was het voorhangsel en die zogenaamde «joodse Wet». Een boekrol die alleen in het Heilige van de tempel werd gebruikt, hoorde daar niet bij; het was natuurlijk wel een bijzonder ding in dit geval, maar niet iets unieks, – je zegt zelf, dat zo'n rol in elke synagoge is te vinden. Nee, het was het oorspronkelijke manuscript van de decaloog, door Mozes zelf genoteerd op de berg Horeb in de Sinaï-woestijn. De beeldhouwer van dat reliëf was kennelijk beter op de hoogte.' Quinten wierp even een blik op zijn vader, die hem met ronde ogen door de kamer volgde. 'En verder ging het dan zo als ik dacht dat het met de ark was gegaan. Constantijn bekeerde zich tot het christendom en deed de twee stenen cadeau aan de paus van zijn dagen, die ze in de schatkamer onder het hoogaltaar van zijn basiliek verborg. Dat kwam daardoor «Sancta Sanctorum» te heten; en die Johannes Diaconus schreef toen over de *arca fœderis Domini*, omdat hij de klok had horen luiden maar niet wist waar de klepel hing. Hij had niet de ark onder het hoogaltaar van zijn kerk, maar wel de inhoud van de ark. In de dertiende eeuw werd de pauselijke kapel gerestaureerd, en na afloop werden ook Mozes' stenen tafelen daarheen overgebracht, waarna de naam «Sancta Sanctorum» op die kapel overging. En toen Grisar in 1905 het altaar openmaakte, heeft hij die twee platte stenen gewoon over het hoofd gezien, net als Pompejus toen hij in het Heilige der Heiligen was en net als Flavius Josephus tijdens de optocht in Rome, en net als iedereen die tot nu toe naar dat reliëf op de boog van Titus heeft gekeken. Die liggen er dus nog steeds.'

Met een triomfantelijke schreeuw maakte Quinten opeens een luchtsprong en liet zich ruggelings op zijn matras vallen, waar hij uitgelaten met zijn benen in de lucht spartelde, plotseling weer overeind stond, met zwevende danspassen naar de vensterbank liep, er met een draaiende sprong op ging zitten en Onno met zijn handen tussen zijn knieën aankeek.

De schemering was gevallen. Het raam stond open en Onno zag alleen Quintens zwarte silhouet afgetekend tegen de purperen avondhemel, waarin de eerste sterren al waren verschenen.

'Een verleidelijke bewijsvoering,' zei hij. 'Ik houd van zulk soort redeneringen. Ja, zo zou het gegaan kunnen zijn. Maar misschien is het niet zo gegaan.'

'En òf het zo gegaan is!' Nu Quintens mond niet was te zien, leek het of zijn stem hoger klonk dan anders. 'De mensen die sinds eeuwen daar in dat Sancta Sanctorum die Scala Santa opkruipen, knielen voor iets heel anders dan ze denken waarvoor ze knielen.'

Onno knikte weemoedig.

'Het is of ik mijzelf hoor, Quinten. Maar ik ben ook eens buitengewoon zeker geweest van een hypothese – totdat op een dag iemand in Arezzo door de grond zakte.'

'Dat jouw hypothese niet waar was, betekent toch zeker niet dat geen enkele hypothese ooit waar is?' zei Quinten verontwaardigd.

'Natuurlijk niet.' Onno maakte een wegwerpend gebaar. 'Luister maar niet naar mij.'

'Breng er dan eens iets tegenin.'

'Er is niet zoveel tegen in te brengen, geloof ik. Waarom mochten gedurende de tweede en de derde tempel alleen de hogepriesters weten, dat Mozes' stenen tafelen er in lagen? Die wetenschap zou toch motiverend hebben gewerkt op de joden?'

'Omdat,' zei Quinten onmiddellijk, 'Jeremia eigenlijk een beetje gesjoemeld had. God had hem de ark laten begraven en gezegd, dat niemand er meer aan mocht denken. Over de tafelen had hij niets gezegd, die heeft Jeremia er op eigen houtje uitgehaald, en het is natuurlijk de vraag of dat in de geest van God was. Voor alle zekerheid lieten de hogepriesters dat onder de zwijgplicht vallen.'

'Goed,' zei Onno geamuseerd. 'Laten we het dan eens samenvatten. Op grond van een aantal hebreeuwse, griekse en latijnse teksten heb je een theorie opgesteld, en we nemen aan dat die theorie consistent is. Maar de grote vraag blijft dan toch nog steeds, of zij waar is. Het is een hele stap van de literatuur naar de werkelijkheid, Quinten. En dat is alleen vast te stellen door in dat altaar te kijken. Dat kan alleen met toestemming van de paus, zoals ik van Grisar weet. En die toestemming krijg je nooit – niet omdat jij het bent, maar die zou niemand krijgen op grond van jouw theorie. Stel, je schrijft de paus wat je hebt ontdekt. Er worden hem natuurlijk veel eigenaardige brieven geschreven, die hij nooit onder ogen krijgt, iedere gek schrijft altijd brieven aan de paus; maar via kardinaal Simonis, de aartsbisschop van Utrecht, tegenover wie ik eens heb gezeten tijdens een galadiner op het paleis Noordeinde, en met wie ik goed kon opschieten, zou ik er nog wel voor kunnen zorgen dat je brief ook werkelijk op zijn schrijftafel terechtkomt. Goed. Papa Woytila leest je verhaal met zijn slimme oogjes. Je zou eigenlijk zeggen, dat hij natuurlijk al lang weet dat de stenen tafelen in dat altaar zitten. Via de camerlengo – dat is de kardinaal-schatbewaarder, die in de periode tussen twee pausen de dienst uitmaakt – zouden de pausen dat geheim natuurlijk allemaal aan elkaar doorgegeven moeten hebben, net zoals vroeger de joodse hogepriesters. Volgens je eigen theorie moet die continuïteit in elk geval tot de dertiende eeuw hebben bestaan, toen de stenen tafelen uit de basiliek naar de kapel werden overgebracht. Maar ik weet zeker dat de huidige paus het niet weet, want aan het begin van de twintigste eeuw wist Pius X het al niet meer. Anders had hij Grisar nooit toestemming gegeven, dat altaar open te maken; hij kon op zijn vingers natellen, dat hij daarna onherroepelijk geconfronteerd zou worden met joodse aanspraken en alle opschudding die dat met zich mee zou brengen. Die onwetendheid hoeft op zichzelf niet tegen je theorie te pleiten, want sinds de dertiende eeuw kan bij voorbeeld best eens een camerlengo gestorven zijn tussen twee pausen in, of samen met zijn heilige vader vermoord, waarmee de draad dus verbroken was. En misschien stond het trouwens ook wel ergens zwart op wit, in een schenkingsakte van Constantijn, die dan in Avignon is weggeraakt, want leer van mij dat het altijd en overal een grote bende is. Maar die joodse aanspraken, Quinten, dat is het hachelijke punt. Door het bestaan van de staat Israel hebben die intussen ook nog een politieke dimensie gekregen, en onze Johannes Paulus piekert er natuurlijk niet over zich in een wespennest te steken. Hij heeft het druk genoeg met het frustreren van het communisme in Oost-Europa, zoals ik vandaag heb begrepen. Ook al zou hij je theorie totale kolder vinden, dan nog zou hij niet het miniemste risico willen lopen dat je gelijk hebt. Waarom zou hij? Hij heeft er alleen maar iets bij te verliezen. Stel je voor, de stenen zouden inderdaad te voorschijn komen. Wat dan? Teruggeven aan de joden? Zo'n superheilig relikwie? De Heilige Stoel heeft Israel zelfs niet erkend. Niet teruggeven? Vervolgens weer over de christelijke wortels van het antisemitisme te horen krijgen? Over de slappe houding van Pius XII jegens de nazi's? Over duitse oorlogsmisdadigers die na de oorlog asiel kregen in katholieke kloosters? Protesten van de joodse lobby in de Verenigde Staten? Diplomatieke problemen met Washington? Vervloeking van de paus door de opperrabbijn? Landing van israelische parachutisten op de Piazza San Giovanni in Laterano, om de tien geboden te kidnappen en naar Jeruzalem terug te brengen? Aansluitend triomfalisme van het ultra-orthodoxe jodendom tegenover de islam? Verjaging van de moslims van de Tempelberg? Oprichting van een vierde tempel voor de tafelen? Uitroeping van *el Jihad* - de Heilige Oorlog? Raketaanval van iraanse fundamentalisten op Tel Aviv? Uitbreken van de Derde Wereldoorlog? Nee, jongen, neem nu maar van mij aan, dat ook de beroemdste en katholiekste archaeoloog ter wereld die toestemming niet zou krijgen. In een beleefde brief zou hem namens zijne heiligheid worden meegedeeld, dat professor Hartmann Grisar S.J. destijds het altaar al met de uiterste grondigheid heeft onderzocht en dat daarin nu niets meer aanwezig is. Vergeet het. Dat ding gaat in geen duizend jaar meer open.' Onno zweeg. Hopelijk had hij Quinten nu eindelijk op andere gedachten gebracht. 'Overigens... Grisar vermeldt, dat hij zijn toestemming kreeg op 29 mei 1905 - en daarnet zag ik op de Herald Tribune dat dat vandaag precies tachtig jaar geleden is.'

Het bleef stil.

'Dan word ik dus morgen zeventien,' zei Quinten verbaasd.

Ook zelf had hij geen moment aan zijn verjaardag gedacht. Sinds hij weg was uit Nederland, had voor hem de tijd het oneindige karakter van vroegere zomervakanties aangenomen.

'Welja!' riep Onno. 'Dat kan er ook nog bij! De tekenen zijn gunstig - en dat gaan we straks vieren, klokslag twaalf uur bij Mauro op de hoek. Zeg maar wat je hebben wilt, je krijgt het ongezien.'

Na een paar seconden kwam Quintens stem uit de zwarte vensteropening, waarin zijn contour bijna niet meer te onderscheiden was van de sterrennacht achter hem:

'Je hulp.'

'Mijn hulp? Waarbij?'

'Bij het aan het daglicht brengen van de tien geboden.'

*

'Lieve Quinten,' zei Onno na enkele ogenblikken met gespeelde berusting, 'zelfs als grap lijkt mij dit niet geslaagd. Je gaat me toch niet vertellen, dat je werkelijk speelt met de gedachte aan geweld?'

'Ja. Dat wil zeggen... ik speel niet. En geweld? Nee. Althans... wanneer alles wat zonder toestemming gebeurt geweld is, dan wel, ja.'

Onno tastte over de tafel, vond een doos lucifers en stak een kaars aan. Toen hij Quintens gezicht zag, met twee kleine vlammen in zijn donkere ogen, wist hij dat het hem ernst was. Dat was toch ondenkbaar! Zelf had hij zich tot nu toe willoos laten manipuleren door zijn even aanstekelijke als onverbiddelijke geestdrift, maar dit was toch werkelijk het moment om een streep te trekken.

'Het is nu mooi genoeg geweest, Quinten,' zei hij beslist. 'Je moet ook van ophouden weten. Het begint langzamerhand trekken van een obsessie te vertonen. Luister, ik ken die opwinding en spanning van een nieuwe theorie precies, vooral als je haar zelf hebt opgesteld; ik heb daar ook geen voetbalwedstrijden of oorlogen voor nodig. Maar je dreigt nu over een grens heen te gaan, en dat kon wel eens totaal verkeerd aflopen, – in de gevangenis namelijk. En ik denk dat ik je italiaanse gevangenissen niet kan aanbevelen.'

Omdat hij het koud begon te krijgen in zijn rug, kwam Quinten van de vensterbank en deed het raam dicht.

'Zijn de tien geboden het risico van de gevangenis niet waard?'

'Ja!' riep Onno en hief allebei zijn armen op. 'Als je het zo vraagt – natuurlijk! Levenslang! De brandstapel!'

Quinten lachte kort.

'Zeg eens eerlijk, papa. Denk je dat het een waanidee is?'

'Ik weet het eigenlijk niet,' zuchtte Onno. 'Er schiet me nu weer een anekdote van Max te binnen over Niels Bohr. Toen iemand eens een nieuwe natuurkundige theorie had ontvouwd, zei Bohr: «Uw theorie is krankzinnig, maar niet krankzinnig genoeg om waar te zijn».' Ironisch keek hij Quinten aan. 'Wat dat betreft, staat de jouwe er uitstekend voor.'

'Dus zij is vrijwel zeker waar.'

'Dus zij is vrijwel zeker waar. *Credo quia absurdum.*'

Onno voelde, dat hij alweer terrein verloor. Hij stond op en begon door de kamer heen en weer te lopen op zijn versleten bruine pantoffels met de ingetrapte hielen, zonder stok, bij het omdraaien even steun zoekend. Hoe moest hij het in hemelsnaam aanpakken? Als het nu ging om het Goud van de Romanovs, of om de Schat in het Zilvermeer, – maar de stenen tafelen der Wet! Wist Quinten eigenlijk wel waar hij het over had? God bestond natuurlijk niet, en Mozes had misschien ook nooit bestaan, maar de tien geboden bestonden: dat was aan geen twijfel onderhevig. Van de andere kant leek het alsof het bestaan van de decaloog – de fundering van alle moraal – enerzijds uitkristalliseerde in God, anderzijds in Mozes, en daar tussenin dan ook nog in die stenen tafelen. Was het misschien zo, dat primair niet de dingen bestonden, maar de relaties tussen de dingen? Schiep de liefde de verliefden, en niet andersom? Kon vervolgens ook de liefde zelf de gestalte aannemen van een steen, of van twee stenen?

'Waar denk je aan?'

Onno bleef staan en zocht naar woorden. Quinten keek naar hem, de helft van zijn gezicht in de zwarte schaduw die het kaarslicht wierp. De rust, die de jongen uitstraalde, maakte hem plotseling woedend.

'Verdomme, Quinten, je lijkt wel niet wijs, jij!' viel hij uit. 'Wat haal je toch in je hoofd? Hoe stel je je dat voor? Hoe wou je in die kapel komen? En dan in dat altaar? Wou je soms al die tralies doorzagen? Lees Grisar! In de zestiende eeuw had je de Sacco di Roma, toen werd de kapel geplunderd door franse troepen, maar ze konden er alleen in door de paters te dwingen de deur open te maken. Maar van het altaar hadden ze de sleutels niet, en op een andere manier viel er niet bij te komen. Anders hadden in 1905 al die gouden en zilveren schatten er niet meer in gezeten. En jij denkt dat wel te kunnen? Zonder dat iemand het merkt?'

'Ja.'

'Hoe dan?'

'Door die sloten open te maken.'

'En dat kan jij?'

'Ja.'

'Zonder sleutels?'

'Ja.'

'Terwijl het overal ritselt van de paters en die heilige trap vol mensen is?'

'Maar 's nachts niet. We laten ons natuurlijk insluiten.'

'We? Denk je nu werkelijk, dat ik me leen voor zo'n krankzinnige onderneming?'

'Ik hoop het.'

'Dat is toch zeker allemaal elektronisch beveiligd!'

'Dat is het niet.'

'Hoe weet je dat?'

'Dat heb ik gecontroleerd.'

'En weet jij misschien toevallig ook, hoe nummer acht van die tien geboden luidt?'

'Nee.'

'Gij zult niet stelen.'

'Ik beschouw het niet als stelen.'

'Als wat beschouw jij het dan?'

'Als een inbeslagneming.'

'Een inbeslagneming – hoe verzin je het in hemelsnaam!' Radeloos maakte Onno een halve draai om zijn as en zei smekend: 'Quinten, maak me niet ongelukkig. Tot ik je een dag of tien geleden ineens zag lopen bij het Pantheon, leefde ik hier als een soort Lazarus in het graf van iemand anders, om mij zo maar eens uit te drukken. De enige met wie ik al die tijd heb gesproken, was die brave Edgar. Jij hebt me uit die put gehaald, en daar ben ik je dankbaar voor. Maar wat je nu wilt, gaat toch echt alle perken te buiten! Je laten insluiten in het Sancta Sanctorum om te kijken of de stenen tafelen van Mozes er in zitten! Terwijl ik het zeg, kan ik mijn eigen oren niet geloven. Stel je voor, de carabinieri stormen opeens binnen met getrokken pistolen: jeugdige kunstrover op heterdaad betrapt in heiligdom! Ik zie het al staan in La Stampa.'

'Kunstrover?' herhaalde Quinten. 'En je zegt zelf, dat er volgens Grisar niets meer in dat altaar zit.'

'Beroep jij je tegenover de politie maar op de archaeologische literatuur. Besef jij eigenlijk wel, wat politie is? Er staat trouwens iets *op* dat altaar, dat vergeet je gemakshalve: die acheiropoèton, – Christus door engelenhand geschilderd en meer dan duizend jaar lang door de ene paus na de andere in processie door de straten van Rome gedragen – je mag blij zijn als ze je niet ter plekke doodslaan. Er zijn dingen op de wereld waar je maar beter uit de buurt kunt blijven.'

Quinten bleef hem even aankijken.

'Goed,' zei hij. 'Dan doe ik het alleen.' Hij deed het licht aan, ging op de rand van de tafel zitten en sloeg het boek van Grisar op.

Vertwijfeld besefte Onno, dat niets Quinten zou weerhouden van zijn onzalige plan. Wat was dat voor kracht die hem dreef? Die ijzeren onverzettelijkheid, waarmee hij alles aanpakte, had hem in zekere zin al sinds zijn geboorte met stomheid geslagen. Wat moest hij nu? Als hij het hem alleen liet doen, zou hij hem natuurlijk kwijtraken, – terwijl, realiseerde hij zich opeens, zij elkaar gevonden hadden dankzij diezelfde furie. Mocht je iets afwijzen waaraan je je leven had te danken? Bovendien had hij het allemaal zelf aangehaald met zijn opmerking, dat het christendom geen architectonisch Heilige der Heiligen kende. Het begon hem te dagen, dat hij aan het verliezen was. Steunend liet hij zich op de matras zakken en legde zijn kin op zijn gevouwen handen. Hij kon niet tegen zijn zoon op. En wat had hij, welbeschouwd, eigenlijk te verliezen? Er was natuurlijk geen denken aan, dat Quinten ook maar één van die sloten kon kraken. Misschien zouden zij bij zijn onzinnige poging worden betrapt en inderdaad in het cachot belanden - wat dan nog? Na hun theorie te hebben ontvouwd en naar meewarig hoofdschudden te hebben gekeken, zouden zij er ook weer uit komen. Het zou ongetwijfeld in de krant staan. De paus zou zich hullen in stilzwijgen, overal ter wereld zouden rabbijnen hun wenkbrauwen optrekken over zoveel mesjoggaas en de oude Massimo Pellegrini zou voor de televisie verklaren, dat hij weliswaar altijd had geweten dat Qiuts een talentloze beunhaas was, maar niet dat hij zich inmiddels had ontwikkeld tot een geestesgestoorde, die zelfs zijn minderjarige zoon betrok in zijn even onzinnige als gevaarlijke gedachtenspinsels. Vervolgens kwam de nederlandse ambassade in actie, waarna zijn voormalige collega op het ministerie van cultuur hen geruisloos op het vliegtuig naar Nederland zette, en daarmee was de zaak van de baan - maar Quinten zou hij hebben behouden. Hij besloot, het spel dan in godsnaam maar mee te spelen.

Hij draaide zijn hoofd naar hem toe.

'En als ze er nu niet liggen, Quinten? Daar bestaat toch ook een minieme kans op.'

'Dan niets. Dan maak ik de zaak weer dicht en we gaan weg,' zei Quinten zonder op te kijken. 'Maar ze liggen er.'

'En wat doe je in dat geval?'

'Dan neem ik ze natuurlijk mee, wat dacht jij? Niemand die het ooit zal weten. Je zei zelf, dat dat altaar in geen duizend jaar meer opengaat, maar ook dan zal niemand ze missen, want niemand weet dat ze er in hebben gezeten.'

Perplex keek Onno naar hem.

'Nu begrijp ik er helemaal niets meer van. Je doet een wereldschokkende ontdekking, die je onsterfelijk zou maken, en je houdt dat geheim?'

'En je zegt zelf, dat er anders misschien oorlog van komt?'

'Dat is waar. Maar wat ben je dan van plan er mee te doen?'

Die vraag overviel Quinten. Verbaasd keek hij op. Daar had hij nog geen moment aan gedacht.

'Dat weet ik niet,' zei hij met een hulpeloze klank in zijn stem. Na een paar seconden schokte hij met zijn schouders en boog zich weer over het boek. 'Dat zie ik dan wel weer.'

*

De ochtend daarop – Quinten was jarig – lazen zij naast elkaar aan tafel Grisars minutieuze verslag, bekeken de foto's en tekeningen en gleden met hun wijsvingers over de plattegronden. Aangevuld met Quintens eigen waarnemingen in de kapel stelden zij een plan op, dat volgens Quinten niet mislukken kon. Volgens Onno daarentegen kon alles altijd mislukken, zelfs de mislukking, – waarop hij even achterover leunde en Quinten vertelde over het fenomeen van de mislukte mislukte zelfmoord: de bedoeling was, door een mislukte zelfmoordpoging de aandacht te trekken, maar dat mislukte doordat onverhoopt de zelfmoord lukte.

'Is er iets treurigers denkbaar?' vroeg hij lachend.

Dat hij helper zou zijn bij Quintens dolzinnige onderneming was niet met zoveel woorden bezegeld, maar Quinten leek er uiteindelijk niet aan te hebben getwijfeld, – en sinds hij zich ten einde raad dan maar in dat avontuur had gestort, maakte zoiets als een vaderlijke lichtzinnigheid zich van hem meester. Dat de stenen tafelen in dat altaar zouden liggen was natuurlijk monumentale onzin, de hele onderneming zou uitlopen op een gruwelijke anticlimax, aangezien zij zelfs die eerste deur niet open zouden krijgen, en die klap zou nog hard aankomen, – maar wie had een zoon met zulke fantastische aspiraties? Wat wilden andere zonen? Apparatuur. Geld. Lol. Wie had een zoon, die de decaloog wilde?

Omdat het reliëf in de boog van Titus nogal hoog zat en niet goed bekeken kon worden, gingen zij 's middags naar de Piazza Monte Citorio, waar tegenover het parlement een grote boekhandel was. Toen zij langs het Pantheon kwamen, bleef Onno plotseling staan en vroeg:

'Moet je je grootmoeder niet even bellen?'

'Nee,' zei Quinten meteen.

'Maar Quinten! Zij zit nu helemaal alleen op dat kasteel en zij weet ook dat je jarig bent. Wat mij betreft mag je zeggen, dat je bij mij woont. Kun je je niet voorstellen dat zij zich ongerust maakt? Je bent nu al drie weken van huis.'

'Jij was wel langer van huis zonder te bellen.'

Die opmerking snoerde Onno de mond; gedurende de rest van de wandeling sprak hij niet meer. Quinten had hem misschien vergeven, maar vergeten zou hij nooit iets. Ook dat hij Quinten zo lang in de steek had gelaten, verplichtte hem natuurlijk tot medewerking aan zijn gril.

In de boekhandel vonden zij op de kunsthistorische afdeling een lijvig standaardwerk over het monument, waarin een reeks gedetailleerde foto's stond van het reliëf. Aandachtig bestudeerde Onno de gezichtloze man, uiterst links.

'Ja,' zei hij ten slotte. 'Als je het wilt zien, dan kun je zien dat hij iets plats met zich meedraagt.'

'Zei ik het niet?'

'Absoluut.'

Op de Via del Corso namen zij de bus en gingen naar het Sancta Sanctorum, om de openingstijden te weten te komen en hun plan aan de werkelijkheid te toetsen. Het leek of de knielende gelovigen op de trap nog steeds dezelfden waren; even onveranderd was het in de stille kapel. Tevreden keek Onno naar de machtige tralies en sloten: wat franse plunderaars vierhonderdvijftig jaar geleden niet was gelukt, zou ook Quinten nu niet lukken. Maar Quinten keurde het altaar geen blik meer waardig; kennelijk was hij intussen zo zeker van zijn zaak, dat hij alleen nog was geïnteresseerd in technische details. Alsof hij de plafondschilderingen bewonderde, liet hij Onno zien, dat nergens camera's waren aangebracht. Het heiligdom werd kennelijk uitsluitend beschouwd als een pelgrimsoord en niet als een museum; het bovennatuurlijke schilderij van de verlosser op het altaar mocht dan wonderbaarlijk zijn, overwoog Onno, in de kunsthandel was het natuurlijk geen cent waard. Toen de oude, als olijfbomen kromgegroeide paters Quinten weer zagen, verscheen er een vertederde glans op hun gezicht; misschien wisten zij zelf niet, waaraan hij hen herinnerde.

'Die zijn allemaal doof,' fluisterde Quinten.

'Laten we het hopen.'

Toen zij weer buiten waren, stelde Onno voor dat zij er nu verder niet meer over zouden praten.

'Het is net als bij een examen: de laatste dag moet je niets meer uitvoeren en alles van je af zetten, zodat je geest op krachten kan komen. Nu gaan we je verjaardag vieren; achter de Piazza Navona weet ik een behoorlijk restaurant. Morgen doe jij je criminele inkopen, ik zal me nog wat oriënteren over de tien geboden, en om de tijd te doden gaan we ze overmorgen halen. Akkoord?'

Natuurlijk zag Quinten de ironische trek in de mondhoeken van zijn vader, maar dat hinderde hem niet.

'Afgesproken,' zei hij.

59
Antichambreren

De avond van de volgende dag, vrijdag, vonden zij nog een tafeltje op een terras tegenover het Pantheon, waar zij gingen eten. Het plein was gevuld met flanerende romeinen; jeugdige toeristen in spijkerbroeken vormden blauwe tuilen op de treden van de fontein met de obelisk, waar Onno tien dagen geleden zijn plastic tas met boodschappen had laten staan. Toen de schemering viel en van alle kanten het geratel weerklonk van stalen rolluiken, die voor de winkeletalages werden neergelaten, leek het of de tempel – geraffineerd belicht door schijnwerpers op de omringende daken – geleidelijk begon te fosforesceren van zijn reis door de dag, door al die honderdduizenden zondoorschenen dagen. Kort daarop fladderden een paar kleine vleermuizen rondom de antieke muren, als verkoolde papiersnippers van een verre brand. Wat Quinten nooit had gezien op de foto's en tekeningen van meneer Themaat, zag hij nu opeens: het bouwwerk leek op een verweerde doodskop, met de koepel als het schedeldak, het tympanon als het driehoekige gat van de neus en de zuilen als een rij tanden.

Ofschoon Quinten er geen enkele keer naar had gevraagd, veronderstelde Onno dat hij natuurlijk meer wilde weten van de tien geboden, die hem plotseling zo obsedeerden, want verder dan 'Gij zult niet doden' had hij het kennelijk niet gebracht. Tijdens het eten, terwijl duiven tussen hun voeten de broodkruimels oppikten, liet hij hem delen in wat hij daar inmiddels over wist. Om te beginnen werd in de hebreeuwse bijbel helemaal niet gesproken over de 'tien geboden', maar over de 'tien woorden': *asereth ha'dewarim* – wat overeenkwam met de griekse vertaling: *deka logoi.* Op elk van de twee stenen tafelen waren vijf 'woorden' geschreven. Traditioneel luidde het eerste gebod: 'Ik ben Jahweh, uw god, en gij zult geen andere goden naast mij hebben'. Maar dat 'gij zult' stond er eigenlijk niet in het hebreeuws; het eerste woord luidde: 'Gij hebt natuurlijk geen andere goden naast mij'. Door nog eens goed naar de tekst te kijken, vertelde Onno, had hij ontdekt dat de decaloog niet het karakter had van een wetboek, maar eerder van een handleiding voor goede manieren: 'Zoiets doe je niet'. Spaghetti at je niet met behulp van een lepel, om te zwijgen over een mes. Ook was het belangwekkend om te constateren, dat Jahweh niet zei dat er buiten hem geen andere goden bestonden, maar alleen dat je die niet aanbad, – waarmee hij dus eigenlijk hun bestaan juist bevestigde. Het tweede woord had trouwens ook een dubbele bodem. Dat het onbetamelijk was om beelden te maken, was alleen in schijn een antikunstzinnig oordeel, want het was afkomstig van degene die zelf mensen had gemaakt naar zijn beeld, – typisch de opmerking van een artist, die niet alleen de beste wilde zijn maar ook de enige; meteen daarop zei hij dan ook, dat hij een jaloerse god was. Het derde woord, dat je zijn naam vanzelfsprekend niet zomaar gebruikte, en het vierde, dat je natuurlijk de rustdag in ere hield, hadden ook betrekking op de verhouding van de mens tot Jahweh. Het vijfde, dat je allicht je vader en je moeder eerde, vormde de overgang naar de woorden op de tweede steen, die de verhouding van de mensen onderling regelden, – maar tegelijk hoorde het nog op de eerste steen, want het ouderschap was een afbeelding van Jahwehs schepperschap.

'Dat was althans het commentaar van Philo, en je begrijpt, mijn zoon, dat ik daar als één man achter sta.'

De losse toon klonk niet van harte, – allebei dachten zij op hetzelfde moment aan Ada, daar ver weg in het noorden in haar witte bed. De kleine ober op plateauhakken, die een beetje op Goebbels leek en die de wereld inkeek met een blik of hij haar liever vandaag dan morgen wilde vernietigen, ruimde de tafel af en zette koffie voor hen neer. De paardenkoetsjes voor het Pantheon waren verdwenen en bij de kiosk waren de krantenstandaards binnengehaald; ook het uur van de vleermuizen was voorbij, zij hadden plaatsgemaakt voor zwaluwen, die rondom de tempel en over het plein scheerden met een geluid alsof er kleine messen werden geslepen: *Itis... itis...* Zwijgend luisterde Quinten naar zijn vaders uiteenzetting, maar met zijn gedachten was hij er niet bij. Onno vergiste zich met zijn veronderstelling, dat hij was geïnteresseerd in de tien geboden: niet zij hielden hem bezig, alleen de tafelen waarop zij geschreven stonden, die concrete stenen dingen, die een paar kilometer verderop op hem lagen te wachten – tot morgennacht.

Moord, vervolgde Onno na een tijdje, was volgens het zesde woord *not done*, volgens het zevende echtbreuk, volgens het achtste diefstal, volgens het negende kwaadspreken en volgens het tiende pogingen om andermans eigendom te bemachtigen. Dat tweede vijftal vertegenwoordigde in laatste instantie niets anders dan de oeroude, universele 'gouden regel': *Wat gij niet wilt dat u geschiedt, doe dat ook een ander niet.* Volgens Hillel, wist Onno te melden, een legendarisch joods wetgeleerde uit de tijd van Herodes, kwam daar zelfs de hele torah op neer, alle vijf bijbelboeken van Mozes dus, met hun 613 regelgevingen. Voor het jodendom waren die tien niet belangrijker dan de 603 andere, – dat werden zij pas voor het christendom. Veel van die andere geboden werden toen zelfs verboden, zoals de besnijdenis, die werd vervangen door de doop. Onno schoot in de lach. Hij moest opeens denken, zei hij, aan zijn dominee op catechisatie, veertig jaar geleden in Den Haag. Terwijl die vertelde, dat joodse jongetjes in het verbond met God werden opgenomen door ze een sneetje in hun voorhuid te geven, had hij met zijn wijsvinger een kleine, verticale beweging gemaakt over zijn borstbeen. Hij dacht dat dat de 'voorhuid' was – een dominee! Stel je toch voor in wat voor wereld die hollandse calvinisten leefden!

Met de top van zijn ringvinger tipte hij even aan zijn tong, pikte een broodkruimel van het tafelblad en stopte hem in zijn mond. Doordat Quinten niet reageerde op zijn exposé, begon hij te beseffen dat hij alleen uit beleefdheid luisterde, maar dat verhinderde hem niet om verder te gaan. Het was zijn eer te na, van nu af uitsluitend technisch assistent van zijn zoon te zijn; misschien had hij voor Quinten als historisch-theologisch adviseur aan zijn plicht voldaan, maar dat belette hem niet om te zeggen wat hij nog te zeggen had.

Toen een geleerde Christus eens vroeg, ging hij verder, wat volgens hem het grootste gebod was in de Wet, zei hij dat dat de liefde voor God was; en het tweede gebod, gelijk aan het eerste, was dat je je naaste moest liefhebben als jezelf. Blijkbaar ging hij er van uit, dat iedereen zichzelf liefhad, mensenkennis was niet zijn sterke punt: wat dat betreft was het wachten nog op een andere jood, uit Wenen. Wie zichzelf niet liefhad of zelfs haatte, mocht volgens die tweede stelling in dezelfde mate dus ook zijn medemens haten, je mocht moorden als je dan ook maar zelfmoord pleegde, zoals Judas en Hitler. Van de hel had hij kennelijk geen verstand, en dat sprak eigenlijk vanzelf: ten slotte was hij het wezen, dat God liefhad als zichzelf. Maar het diepzinnige van zijn antwoord was het is-gelijkteken, dat hij zette tussen de vijf geboden op de eerste steen en die op de tweede; op een dag formuleerde hij trouwens zelfs een positieve versie van de gouden regel: 'Wat gij wilt dat u geschiedt, doe dat een ander; want dat is de Wet en de Profeten'.

'Dat is de Wet en de Profeten...' herhaalde Quinten, terwijl er iets van blijdschap op zijn gezicht verscheen.

De geheimzinnige wending beviel hem. Hij keek naar zijn vader. De werking van zijn verstand deed hem denken aan de bliksemsnelle zwenkingen waarmee een ijshockeyer zijn tegenstanders omspeelde, de puck het doel in joeg, met gierende schaatsen achter het net om stoof en baldadig zijn stick omhoog hief. Hij was al bijna weer de oude. Ook verder leek het of de afgelopen tien dagen de voorafgaande vier jaren volledig hadden uitgewist; geen van beiden kon zich eigenlijk nog voor de geest halen, hoe het al die tijd was geweest. Onno vroeg zich af, wat het dan voor zin had gehad. Even beantwoordde hij Quintens blik, maar meteen sloeg hij zijn ogen neer. Hij dacht aan het gesprek dat zij hadden gevoerd bij de obelisk van Thoetmozes: over de bol en het punt. Zelfs al had het leven zin, overwoog hij, wat was daarvan dan de zin? En als dat een woordenspel was, gold dat dan niet ook al voor de vraag naar de zin van het leven? Was dat misschien de reden waarom Quinten niet wist, wat er met 'zin' werd bedoeld?

Zij stonden pas op toen Goebbels de stoelen onder hen vandaan haalde en van de Piazza della Minerva langzaam twee gierende auto's van de stadsreiniging naderden, als krabben, met sproeiend water en draaiende bezems. De schijnwerpers waren al een tijdje gedoofd, het Pantheon was teruggestuurd in de grauwe nacht. Zwijgend wandelden zij naar huis door de smalle, donkere straten, afgewisseld door verlaten pleinen, waar bebaarde, marmeren gestalten verstard waren tijdens hun woeste krachtsinspanning om zich te ontworstelen aan de zwaartekracht. Misschien, dacht Quinten, keek niemand nu naar het Pantheon, - hoe was het mogelijk, dat het dan kon bestaan? Zou, om de wereld bij elkaar te houden, eigenlijk niet iemand onafgebroken naar alles moeten kijken?

*

Volgens plan ontwaakte hij pas tegen de middag, want van slapen zou voorlopig niets meer komen; maar Onno was onophoudelijk wakker geschrokken. Elke keer staarde hij met kloppend hart en wijd open ogen in het duister, zich wanhopig afvragend, waarin hij zich begeven had. Als iemand hem dit ooit had voorspeld, had hij zo'n gek dan niet de rest van zijn leven gemeden? Die zaterdagmiddag spraken zij weinig met elkaar. Het was saai, grijs weer, Onno probeerde de krant te lezen, maar naar mate het later werd, nam zijn onrust toe. Hij hoopte op iets dat er tussen zou komen, een aardbeving, oorlog, het einde der tijden, maar de werkelijkheid had besloten zich niets aan te trekken van hun voorgenomen expeditie.

Quinten daarentegen verbaasde zich over zijn eigen rust. Het was hem alsof hij straks alleen maar een routineus karwei moest opknappen, zoals de hond uitlaten, of de verwarming lager zetten, - terwijl hij tegelijkertijd het gevoel had, of zijn hele leven op deze dag had aangestuurd. Dat hij vannacht zou doordringen tot *het midden van de wereld*, waarvan hij eens zo was geschrokken in zijn droom, boezemde hem geen angst in. Was het centrum van zijn geheime Burcht misschien gevaarlijker dan de werkelijkheid? Als een sliert zeewier begon de titel van een boek - of was het een toneelstuk? - door zijn gedachten te zweven: *Het leven een droom...* Ook herinnerde hij zich dat Max eens had gezegd, dat je niet kon bewijzen dat je niet droomde als je wakker was, want in een droom wist je soms ook zeker, dat je wakker was en niet droomde. Als de werkelijkheid dus een droom kon zijn, kon dan misschien een droom ook werkelijkheid worden?

Tegen de avond leunde hij met gekruiste armen op de vensterbank en keek naar de bronzen engel op het Castel Sant' Angelo, die plotseling, toen de zon als een stralende sinaasappel onder de bewolking vandaan kwam, begon te blinken als een gouden visioen.

'We moeten gaan,' zei hij en draaide zich om.

Onno was in slaap gevallen.

'Wat, wat?' zei hij en richtte zich steunend op van zijn matras. 'Nee toch? We gaan het toch niet echt doen?'

'Nou en of. Het is half zes. Over twee uur gaat het Sancta Sanctorum dicht.' Van zijn kampeerbed nam Quinten de kleine rugzak van felrood canvas die hij gisteren had gekocht en al uren geleden had gepakt. 'Kom je? Of blijf je liever slapen?'

'Natuurlijk bleef ik liever slapen,' zei Onno nors en strompelde naar de kraan. 'Ik droomde net van een ideale wereld zonder misdaden, zonder geboden en zonder al te ondernemende jongens.'

Nadat zij bij Mauro elk nog een half stokbrood met ham hadden gegeten, met alleen een espresso er bij, en nog eens voor het laatst naar de w.c. waren geweest, stelde Onno voor een taxi aan te houden, maar dat leek Quinten onverstandig: als het verkeerd uitpakte, zou de chauffeur hun signalement weten. Op de Corso Vittorio Emanuele namen zij de bus en stapten uit bij de basiliek. Terwijl zij langs de obelisk naar de ingang liepen, hief Onno zijn stok in de lucht en zei:

'Ave, Pharao, morituri te salutant.'

In zijn andere hand had hij de platte, stevige vliegtuigkoffer van grijze kunststof, waar straks de stenen tafelen van Mozes in moesten.

Het Sancta Sanctorum was drukker dan de afgelopen dagen – misschien omdat het morgen zondag was. Het korzelige gezicht van de oude pater, die klaarzat om nijdig met zijn munt tegen het glas te tikken, werd verhelderd door een glimlach toen hij Quinten zag.

'Die lieve oude baas,' zei Onno, 'ga jij nu dus bestelen.'

'Ik ga iets halen, waarvan hij niet eens weet dat hij het heeft.'

'En je denkt, dat dat geen stelen is? Misschien is het nog wel erger. Zoiets doe je niet. Dat is niet eens een kwestie van mozaïsche moraal, maar van opvoeding.'

'Had jij mij maar moeten opvoeden,' zei Quinten eer hij het wist. Meteen had hij spijt dat hij dat er uit had geflapt. 'Neem me niet kwalijk, zo bedoelde ik het niet.'

Onno knikte zonder hem aan te kijken.

'Laat maar. Je hebt gelijk.'

Nee, hij was geen dief, overwoog Quinten, hij had nog nooit iets gestolen. Hij wilde die stenen toch niet voor zichzelf hebben! Als hij ze eenmaal had, zou hij ze even min zelf hebben als die paters ze nu hadden. Diezelfde passionisten zouden hem beslist beter begrijpen, – of nee, die waren natuurlijk alleen in die orde getreden om in de hemel te komen, die verwachtten een dikke beloning. Zelf verwachtte hij niets, en zijn vader probeerde alleen maar tot het allerlaatst, hem van zijn voornemen af te brengen. Maar als hij geen dief was, wat was hij dan?

Om het volledige vertrouwen van de paters te winnen, en om bij een eventueel debâcle hun vroomheid te kunnen aanvoeren, had Quinten Onno overgehaald via de Heilige Trap naar boven te gaan. Zij doorkruisten het portaal en wachtten bij de onderste trede op hun beurt, als voor een kassa.

'Zodadelijk,' zei Onno zacht, 'val ik hier dus op mijn knieën, en vanuit de calvinistische hemel zal mijn vader toornend op mij neerzien, zittend aan de rechterhand Gods, en vervolgens bewusteloos uit zijn stoel glijden. Allemaal jouw schuld.' En toen er plaats was vrijgekomen en hij inderdaad neerknielde, steunend op zijn stok, boog hij zijn hoofd en mompelde: 'Vergeef mij, vader, want ik weet niet wat ik doe. Dat weet alleen uw kleinzoon.'

Het klonk als een gebed, en Quinten had moeite een lachje te onderdrukken. Steeds vaker kwam dat oude mengsel van grappen en ernst terug, dat hij zo goed kende van vroeger. Of beter: het was nu juist geen mengsel, het ene was tegelijk het andere, – de grappen waren ernst, zonder daardoor minder grappen te zijn. Misschien had niemand dat ooit begrepen, behalve Max; misschien had daarop hun vriendschap berust.

Ook zelf knielde hij met gevouwen handen op de eerste trede. Hij was niet zover gegaan de achtentwintig officiële gebeden uit zijn hoofd te leren, maar om nu een kwartier lang uitsluitend zinloos zijn lippen te bewegen, leek hem ook ridicuul; dus begon hij maar latijnse verbuigingen te prevelen:

'Hic, haec, hoc. Hic, huius, hoc. Hic, huic, hoc. Hunc, hanc, hoc. Hoc, hac, hoc. Hi, hae, haec. Horum, harum, horum. Horum, his, horum. Hos, has, haec. Hos, his, haec.'

De met hout beklede treden waren laag en breed; de twee volgende waren leeg, op de vierde knielden een non en een zware, boerse man. Zijn schoenzolen, die Quinten voor ogen had, hadden dikke ribbels waartussen kleine steentjes geklemd zaten. Liefst had hij een mes uit zijn rugzak gehaald om ze er uit te wippen, waarop ze twee meter weggesprongen zouden zijn. Toen de non en hij zich moeizaam opwerkten naar de volgende trede, als invaliden, klauterden ook Onno en hijzelf omhoog. Uit zijn ooghoeken zag hij zijn vader onhandig scharrelen met zijn stok en zijn koffer.

Na vijf of zes treden, die elk werden gekust door de non, wist hij geen voornaamwoorden meer, waarop hij werkwoorden begon te vervoegen:

'Capio, capis, capit, capimus, capitis, capiunt. Capiam, capias, capiat, capiamus, capiatis, capiant. Capiebam, capiebas, capiebat, capiebamus, capiebatis, capiebant. Caperem, caperes, caperet, caperemus, caperetis, caperent. Capiam, capies, capiet, capiemus, capietis, capient.'

Naar mate hij hoger kwam, werden de werkwoorden onregelmatiger en geleidelijk begon hij in een lichte trance te raken. Hoe was het toch weer? Deponentia, semideponentia... Volebamus, ferebatis, ferrebaris... Door een klein glasvenster in het hout waren vaalbruine vlekken te zien op het witte marmer: Christus' bloed natuurlijk. Conficit, confecit, confectus...

Boven, bij het getraliede raam van de kapel, tegenover het altaar, kwamen zij overeind.

'Als wij nu nog niet verpletterd worden door de kracht van Gods rechterhand,' zei Onno, 'dan is het ontologische bewijs geleverd, dat hij niet bestaat.'

Het was zeven uur. Het laatste half uur zwierven zij tussen de toeristen en gelovigen door de kapellen, waar het geleidelijk leger begon te worden; onder aan de Heilige Trap had al een pater postgevat om verdere beklimming te voorkomen.

'We kunnen nog weg,' zei Onno zonder hoop.

'Maar dat doen we niet. Laten we onze posities maar innemen.'

Zij gingen naar de rechter zijkapel, waar nu alleen nog een ouder, kennelijk duits echtpaar was; allebei droegen zij groene loden jassen en keken naar het fresco van de heilige Lorenzo boven het altaar. Zodadelijk, wist Quinten, zou een pater de ronde doen om de achtergeblevenen met zalvende gebaren tot vertrekken te manen.

Zelf zou de pater daar niet op wachten, maar wat later kwam hij terug voor een laatste controle. Mocht hij verschijnen eer het echtpaar was verdwenen, ook dan was er geen probleem: zij zouden wachten tot zij alleen waren en dan snel onzichtbaar worden, – er was geen communicatie tussen de pater hierboven en die aan de voet van de vier profane trappen. Maar het werd hun makkelijk gemaakt. Terwijl zij bij de buitenmuur stonden, tegenover de bronzen deur met de hangsloten, die naar het Sancta Sanctorum leidde, keek de man in de loden jas plotseling op zijn horloge, zei verschrikt: 'Good heavens!' – en nam zijn vrouw haastig aan haar arm mee.

Meteen toen zij uit het zicht waren, draaiden Quinten en Onno zich om, trokken de zwartfluwelen gordijnen van een biechtstoel open en glipten er in.

*

De sloffende sandalen van de pater waren gekomen en gegaan, vijf minuten later wederom gekomen en gegaan, de buitendeuren waren met donderslagen gesloten, het licht was uitgedraaid en in de totale duisternis van hun hok luisterden zij naar de geluiden. Nadat de leken op straat waren gezet, werd beneden bij de ingang de gewijde sfeer geleidelijk vervangen door een knallende ruzie in het italiaans. Een gedaanteverwisseling scheen zich meester te maken van de geestelijken. Onno kon niet verstaan wat al die kijvende oude stemmen zeiden, maar dat het gebeurde beschouwde hij als een bevestiging van zijn theorie van de Gouden Muur: ook achter die van de Kerk was het net als overal, en in zekere zin was dat in orde, want daarmee bewezen die gepassioneerde grijsaards in hun zwarte jurken dat zij religieuze vaklui waren en geen vrome amateurs. Na een minuut of tien keerde de rust terug. Murmelende stemmen in de verte, kennelijk op de uiterste trap aan de andere kant, die uitkwam bij de kapel van San Silvestro; het slaan van de deur daar, die toegang gaf tot het convent.

Stilte.

Onno zat met zijn stok tussen zijn benen op het bankje van de priester, zijn handen gevouwen op de slangenkop, en het was hem of hij een rol speelde in een absurd toneelstuk. Dit kon toch geen werkelijkheid zijn. Onder het bankje stond de koffer. Als iemand hem met een vlindernet en een lege jampot er op uit had gestuurd om een basilisk te vangen, had hij zich niet dwazer gevoeld. Hierheen had die zwoele cubaanse nacht van achttien jaar geleden – toen Ada hem had verleid – hem ten slotte gebracht: met zijn zoon in een romeinse biechtstoel, opgesloten naast de heiligste plek ter wereld, aangezien daar, volgens diezelfde dwingeland, Mozes' stenen tafelen der Wet werden bewaard. Die zaten net zo min in dat altaar als de krant van gisteren, – of misschien ook wel: nooit zouden zij het weten. De spanning die hij voelde kwam uitsluitend voort uit onzekerheid over de afloop van hun bizarre insluiperij.

Ook Quinten was daar niet zeker van; maar hij twijfelde er geen moment aan dat hij die kapel binnen kon dringen, om daar vervolgens de tafelen aan te treffen. Die lagen eenvoudig op hem te wachten. In zijn helft van de nauwe kast was de situatie ongemakkelijker: er was alleen een knielbank, waarop hij was gaan zitten. Van elkaar gescheiden door een tussenschot met een getraliede, ruitvormige opening hoorden zij elkaar ademen.

'Kun je mij horen, mijn zoon?' fluisterde Onno.

Voorzichtig draaide Quinten zich om en bracht zijn mond naar het rooster.

'Ja.'

'Tevreden, dat je eindelijk je zin hebt?'

'Ja.'

'Wat zou...' – 'Ada' lag op Onno's lippen – 'Max zeggen als hij ons hier zo zag zitten?'

'Dat kan ik niet verzinnen.'

'Weet je wat ik denk? Dat hij de slappe lach had gekregen.'

Onno dacht aan Max' lachaanval in Havana, toen zij hadden ontdekt op wat voor conferentie zij terecht waren gekomen. Daar op dat eiland was niet alleen Quinten verwekt maar ook de kiem gelegd van zijn eigen politieke ondergang. Het gezicht van Koos, op de boot naar Enkhuizen: 'Hoe dom ben jij eigenlijk, Onno?' Diezelfde dag de dood van Helga... Ada... En ook Quinten dacht aan Max, zo totaal uit de wereld verdwenen alsof hij er nooit was geweest. Zijn lege kist in de aarde. Zijn moeder...

'Misschien,' fluisterde Onno, 'komt het doordat het hier zo donker en zo stil is, maar ik moet aldoor aan je arme moeder denken.'

'Ik ook.'

'Weet je nog, dat wij haar samen hebben opgezocht?'

'Natuurlijk. Toen werden we achterna gezeten door de politie.'

'Ja, vaag staat me zoiets bij.'

Quinten aarzelde, maar even later zei hij toch:

'Diezelfde avond had ik voor het eerst een heel fantastische droom.'

'Weet je dat ook nog? Het is bijna tien jaar geleden.'

'Ik zei toch, dat ik bijna nooit iets vergeet.'

'Wat droomde je dan?'

'Zeg ik niet,' zei Quinten en wendde zijn hoofd een beetje af. 'Iets met een gebouw.' – *Het midden van de wereld.* Hij dacht aan de doodsangst waarmee hij wakker was geworden na het horen van die bedaarde, hese stem, hoe hij vervolgens radeloos had rondgetast door net zo'n duisternis en stilte als die waarin hij zich nu bevond – maar ofschoon hij nu niet droomde, en ofschoon het feit dat hij hier nu was alles had te maken met die droom, voelde hij geen spoor van angst. 'Alleen op het allerlaatst werd het ineens een nachtmerrie. Ik wist helemaal niet meer waar ik was, ik begon geloof ik te schreeuwen, en pas toen oma uit Max' slaapkamer kwam en het licht aandeed, zag ik dat ik op de drempel van haar kamer stond.'

Onno's adem stokte. Kwam Sophia 's nachts uit Max' slaapkamer? Wat had dat te betekenen? Hij had het gevoel dat hij er eigenlijk niet naar mocht vragen, maar hij kon zich niet inhouden:

'Sliepen Max en oma dan bij elkaar?'

'Nooit iets van gemerkt. Misschien hadden ze nog even zitten praten, kan mij wat schelen. Wees eens stil...'

Ver weg weerklonk een zachte, zangerige stem: uit de refter vermoedelijk, waar een pater een stichtelijke tekst voorlas, terwijl de anderen zwijgend een appel en een ei aten en niet luisterden.

Liefst had Onno nog gevraagd wat Sophia die nacht aan had gehad, maar hij wist genoeg. De smeerlap. Natuurlijk. Die schrok nergens voor terug – zelfs niet voor die kille, duizend jaar oudere Sophia Brons. Hoe had hij ooit anders kunnen denken! Maar had hij ooit anders gedacht? Hij had er nooit over *willen* denken, omdat hij natuurlijk wel vermoedde dat er iets was tussen die twee daar op dat eenzame kasteel met zijn lange nachten, maar dat had hij zichzelf niet willen toegeven. Waarom eigenlijk niet? Wat was er op tegen? Omdat Max' aanbod zijn zoon op te voeden een daad van pure, zelfopofferende vriendschap had te zijn? Hoe zuiver waren zijn eigen motieven als het er op aankwam? Ook besefte hij met een schok, dat zijn schoonmoeder dus onlangs – zonder dat iemand het wist – voor de tweede keer weduwe was geworden, op haar tweeënzestigste.

'Als we hier ooit levend uit komen,' fluisterde hij, 'moeten we meteen contact opnemen met je grootmoeder.'

'Mij best,' zei Quinten onverschillig.

Alles wat hierna kwam, lag voor hem als aan de andere kant van een berg, waarvan hij nu alleen nog de kam zag: daarachter kon de zee zich bevinden, of een stad, of een woestijn, of een met nevel gevulde afgrond. Hij had het gevoel dat hij tot nu toe alles zelf had gedaan, en het belangrijkste moest hij nog doen in de volgende paar uur, – daarna, dat wist hij zeker, zouden de gebeurtenissen zelf hun beloop nemen en dan zou hij wel zien waar hij terechtkwam. Langzaam soesde hij weg, terwijl toch zijn oren niets ontging, zoals een duttende hond...

'Quinten?'

'Ja?' Hij keek op het lichtgevende kinderhorloge, dat hij gisteren voor een paar duizend lire had gekocht, met een heen en weer wiebelende Mickey Mouse als secondenwijzer. Het was bijna negen uur.

'Sliep je?'

'Een beetje.'

'Je bent volkomen rustig, nietwaar? Er kan jou niets gebeuren.'

'Volgens mij niet.'

'Ik wou dat ik dat ook kon zeggen, ik sterf duizend doden en ik heb het benauwd.'

'Waarom maak je me wakker?'

'Ik wist niet dat je sliep.'

'Wat wou je dan zeggen?'

'Ik denk aldoor aan Max,' zei Onno. 'Heb jij ooit een boezemvriend gehad?'

'Een boezemvriend?'

'Nee dus. Een boezemvriend is iemand aan wie je zelfs vertelt wat je nooit aan iemand zou vertellen.'

'Bedoel je een geheim?'

'Ik weet niet wat jij nu met een geheim bedoelt, maar ik bedoel iets schandelijks, iets waar je je zo voor schaamt, dat niemand het mag weten.'

'Zoiets heb ik niet.'

'Echt niet?'

'Wat zou dat dan moeten zijn? Ik heb natuurlijk wel een geheim dat ik nooit aan iemand zal vertellen, maar niet omdat ik mij er voor schaam.'

'Ook niet,' vroeg Onno na een aarzeling, 'aan je moeder?'

'Aan niemand.'

Quinten zweeg. Had zijn vader niet zelf gezegd, dat zijn moeder eigenlijk 'niemand' was? Dus juist door zijn geheim aan niemand te vertellen, vertelde hij het eigenlijk aan zijn moeder. Moest hij dit nu tegen zijn vader zeggen? Die zou het meteen begrijpen, maar dan had hij natuurlijk iets van het geheim verraden. Was uiteindelijk zijn moeder misschien het geheim?

Plotseling werd de stilte verbroken door gestommel in de verte.

'Daar heb je ze,' fluisterde Quinten.

Alles verliep volgens verwachting. In de kapel van San Silvestro kwamen de paters nu bij elkaar voor de completen, daarna zouden zij gaan slapen. Een paar minuten later weerklonk gezang van oudemannenstemmen.

Met gesloten ogen, dichtgedrukt door de duisternis, luisterden Onno en Quinten naar het dunne gregoriaans, dat als een zilveren spinneweb in de ruimte hing. Voor Onno ging er een wanhopige eenzaamheid van uit, een metalen vrieskou, die door een kier regelrecht uit de middeleeuwen naar binnen leek te stromen, – maar voor Quinten riep het door zijn harmonische eensgezindheid het beeld op van tien of vijftien mannen, die bij een schipbreuk ten onder gingen maar elkaar tot het laatst toe vasthielden. De psalmen, die de nacht mogelijk moesten maken, werden alleen even onderbroken door een kort kapittelgebed.

Na een kwartier was de deur naar het convent weer gesloten.

'Kwart over negen,' fluisterde Quinten. 'Om tien over tien dus.'

Over een kwartier zouden de paters in bed liggen en om ongeveer kwart voor tien zouden zij in slaap zijn gevallen. Omdat Onno zich had herinnerd, ooit eens iets over periodiciteit van de slaap te hebben gelezen, had hij er, op aandringen van Quinten, in een universiteitsboekhandel een studie op nageslagen. Behalve de fantastische perioden van 'paradoxale slaap', – die van de dromen, waaruit makkelijk te ontwaken viel, – bestond slaap uit vier graden van diepte. De eerste en langste periode van de diepste slaap trad vijfentwintig minuten na het inslapen op en duurde zelf ook ongeveer vijfentwintig minuten. De tweede periode kwam zeventig minuten later, duurde niet langer dan tien minuten maar werd al na minder dan een half uur gevolgd door de nog kortere derde en laatste. Voor Quinten was dat genoeg om te besluiten, alleen gedurende die vierde, diepste, droomloze fase te werken, waaruit slapers alleen met moeite gewekt konden worden. Bij elkaar had hij daarmee drie kwartier tot zijn beschikking. Dat moest voldoende zijn.

60
Het commando

'Tien over tien.'

Toen Mickey Mouse tot op de seconde nauwkeurig die tijd aangaf, stond Quinten op en schoof geruisloos het gordijn opzij. Door de drie gebrandschilderde ramen zorgde de straatverlichting er voor, dat het juist niet helemaal donker was. Op het altaar brandde een rood lampje. Snel en onhoorbaar liep hij op zijn zachte dievenschoenen achter het Sancta Sanctorum om naar de koorkapel aan de andere kant, maar ook daar was het licht uit; bij de deur naar de sacristie hurkte hij neer en loerde om de hoek: niemand was in stil gebed achtergebleven, alleen een zurige geur gaf aan dat er oude mannen waren geweest. Terug in de kapel van San Lorenzo zag hij de schim van Onno, die pijnlijk over zijn linkerbeen wreef. Quinten nam zijn rugzak uit de biechtstoel, gaf zijn vader de zaklantaarn en liep tussen de rijen bidbanken door naar de tegenoverliggende, dubbele deur met de twee ogen, die toegang gaf tot het Sancta Sanctorum.

Als een arts, die de pols voelt van zijn patiënt, legde hij even zijn hand op het bovenste schuifhangslot, dat de neus vormde van het bronzen gezicht. Vervolgens knielde hij, gespte de rugzak open en spreidde op de grond voorzichtig een zeemleren doek uit, waarin tien of twaalf lange stalen pennen zaten, van verschillende afmetingen, glimmend van de olie. Met de lantaarn in haar laagste stand lichtte Onno hem bij. Thuis had hij Quinten bezig gezien met zijn toebereidselen en die waren hem zo ridicuul voorgekomen, dat hij het te pijnlijk had gevonden om er naar te informeren, – maar wat hij nu zag, vervulde hem met verbijstering. Quinten stak een hamer met een rubberen kop in zijn broekriem en als een professionele inbreker zocht hij een paar pennen bij elkaar, die in het H-vormige sleutelgat pasten. Terwijl hij ze, met een oor tegen de deur leunend, langzaam in het kolossale slot schoof, wendde hij zijn ogen af om zich volledig te concentreren op wat zijn handen in het inwendige voelden. Opeens herinnerde Onno zich iets uit zijn vroege jeugd, nog voor de oorlog: de fotograaf op het scheveningse strand. Nadat hij achter zijn driepoot even de dop van de lens had gehaald, stak hij zijn armen in de twee zwarte mouwen die van zijn grote kiekkast neerhingen en verrichtte daarbinnen geheimzinnige handelingen die het daglicht niet mochten zien, terwijl hij zijn ogen net zo blind op de horizon gevestigd hield als Quinten de zijne nu op de onzichtbare plafondschilderingen. Terwijl zijn bewegingen nog miniemer en nauwkeuriger werden, deed Quinten zijn ogen dicht en zijn lippen weken een beetje van elkaar. Ten slotte trok hij de hamer uit zijn broekriem, keek nu heel precies naar wat hij deed en gaf een korte, doffe klap op de pennen. In het binnenste van het slot weerklonk een stroeve klik. Met een lachje keek hij op naar zijn vader en trok voorzichtig de zware beugel uit de doos en de deurringen.

'Dat is één,' fluisterde hij.

Met open mond keek Onno hem aan. Quinten had hem verteld over Piet Keller, de slotenmaker op Groot Rechteren, waar hij als kleine jongen vaak was binnengelopen; maar het had hem uitgesloten geleken dat dat na zoveel jaar nog kon leiden tot wat hij nu zag: het geopende slot. Terwijl Quinten geen tijd verloren liet gaan en meteen het onderste slot onder handen nam, besefte Onno dat alles nu op slag veel gevaarlijker was geworden. Mochten zij van te voren of achteraf worden ontdekt, dan zouden zij hebben gezegd, dat zij uit devotie de nacht wilden doorbrengen in de nabijheid van de acheiropoèton; hij was er van overtuigd geweest dat zij, na wat vergeefs gepruts aan het slot, niet verder gekomen zouden zijn dan de kapel van San Lorenzo. Maar intussen was het slot geforceerd en in het tweede staken ook al de pennen. Zijn aanvankelijke luchthartigheid was op slag verdwenen, – maar in dit stadium kon Quinten natuurlijk helemaal niet meer worden tegengehouden. De enige manier om er nog een eind aan te maken, was door nu meteen naar de deur van het convent te lopen, er met zijn stok tegen te slaan en de paters uit de vierde kelderverdieping van hun slaap te halen. Maar dan zou hij zijn zoon definitief hebben verloren.

Toen ook het tweede slot met een klik zijn meerdere had erkend, was er nog steeds geen onraad geweest. Quinten keek op zijn horloge: zeven minuten voor half elf. In het brons van de rechter deurhelft zaten op onbegrijpelijke plekken een paar sleutelgaten; bij Grisar had hij gelezen, dat de deur van oorsprong romeins was, hopelijk waren het loze relicten uit die tijd. Behoedzaam drukte hij op de linkerhelft – onmiddellijk gaf zij mee...

Het midden van de wereld!

Hij nam zijn rugzak, en bijgelicht door zijn vader stapte hij over de drempel. Liefst had hij het plechtiger gedaan, langzaam, schrijdend als een pontifex maximus, – maar nu het zover was had hij opeens haast: er restten nog twaalf minuten voor het eerste deel van de operatie. Ging het misschien altijd zo? School het echte werk in de voorbereidingen en was de eigenlijke prestatie niet meer dan een toegift? Terwijl hij door een gang van ongeveer vier meter lengte liep, die in de kapel uitmondde, schoot hem een chinees sprookje te binnen dat Max hem eens had verteld: de keizer had een tekenaar opdracht gegeven een haan te tekenen, waarop deze had gezegd dat hij daar tien jaar voor nodig had; na tien jaar op kosten van de keizer te hebben geleefd en elke dag duizend hanen te hebben getekend, ging hij weer naar het paleis; toen de keizer informeerde of hij de tekening bij zich had, vroeg de tekenaar om potlood en papier en tekende met één lijn een haan, waarop de domme keizer zo woedend werd dat hij de tekening verscheurde en de tekenaar liet onthoofden.

De lage, smalle gang, de anderhalf duizend jaar oude verbinding met het voormalige pausenpaleis, leek aan het eind op te springen in de hoge, vierkante ruimte van de gothische kapel. Zonder op of om te kijken liep Quinten naar het altaar en knielde neer met zijn gereedschap. Onno volgde hem met de lantaarn, en ofschoon hij niet had gedronken kreeg hij geleidelijk een gevoel of hij beneveld was. *Non est in toto sanctior orbe locus.* Wat er nu allemaal gebeurde, ging zo ver over de schreef dat hij het nauwelijks kon bevatten. Vermoedelijk droomde hij. Anders dan de paters bevond hij zich in het stadium van de paradoxale slaap: dadelijk zou hij wakker worden, badend in het zweet, zoals dat heette, Edgar zou op de vensterbank zitten en de zon was opgegaan over een nieuwe, warme dag in Rome, vol politiek, toerisme en wat er vierentwintig uur later allemaal nog meer vergeten zou zijn voor alle eeuwigheid. Hij keek even achterom en zag het tralievenster nu van de binnenkant, in vaag schemerlicht, dat door de ramen op de begane grond over de Heilige Trap naar boven kwam.

'Hou die lamp stil,' fluisterde Quinten op bevelende toon.

De toegangsdeur van de kapel werd vermoedelijk nog regelmatig gebruikt, maar de sloten van de traliedeuren voor het altaar waren sinds 1905 niet meer open geweest. Er restten nog ruim tien minuten voor de eerste fase, maar hij hoefde zich niet te dwingen kalm te blijven, want dat was hij. Hij had gezien dat de twee onderste hangsloten, niet groter dan een hand, een conventionele constructie hadden en alleen bestand waren tegen geweld, niet tegen overleg: uit de vijf simpele lopers, die hij een smid achter het Pantheon had laten maken, koos hij meteen de goede. Zonder veel inspanning klikten de sloten open, kennelijk waren zij in de dagen van Grisar gerestaureerd; dat zou dus ook wel gelden voor het monsterachtige schuifhangslot. Voor het eerst zag hij het nu van dichtbij. Hij glimlachte en dacht: – Wat een engel. Het vergrendelde een zware ijzeren stang, die over de volle breedte het openen van de traliedeuren onmogelijk maakte. Een paar minuten later, na een tik met de rubberen hamer, had ook dit exemplaar gecapituleerd.

Met een kleine spuit deed hij snel nog wat olie in de vier scharnieren, stopte het gereedschap in zijn rugzak en zette hem naast het altaar.

'Help eens,' fluisterde hij.

Onno legde zijn stok op de pauselijke bidbank – en voorzichtig, om geen geluid te maken, schoven zij de stang uit de twee ringen en vlijden haar neer op de uitgesleten, marmeren trede, waarop gedurende duizend jaar honderdzestig pausen dagelijks de mis hadden opgedragen.

Quinten keek op zijn horloge.

'Vijf over half elf. Het is tijd.'

*

Na de sloten van de toegangsdeur provisorisch te hebben opgehangen, ging Quinten in de kapel van San Lorenzo tegenover het altaar op een bidbank liggen en meteen voelde hij zich wegzinken...

De roodbruine wand, op leesafstand voor zijn ogen, is in het midden iets donkerder, zodat het lijkt of hij in een tunnel kijkt. Even later kolkt daar een klein, violet kluwen, als een draaiende knot wol, niet groter dan een knikker; kort daarop ontpelt het zich gedurende een moment tot de accuraat getekende snoet van een aap, ook heel klein, en is meteen verdwenen, terwijl alweer een nieuw kolkje opduikt, zich ontwikkelend tot een kleine monsterbek met scherpe tanden, weer net zo nauwkeurig geëtst... Ook in zijn halfslaap is hij volledig bij bewustzijn, – geboeid kijkt hij naar de vertoning die zich voor zijn ogen ontrolt: hoe het vervluchtigt en wordt vervangen door een vis, een vrouwengezicht met verwarde haren, een raar varken, een kat, een pot, een man met een doorgroefd voorhoofd en een baard, alles elke keer haarscherp, als op een foto. Waar komt dat allemaal vandaan? Hij fantaseert het niet, hij heeft de verschijningen nooit eerder gezien en hij heeft geen idee wat de volgende zal zijn. Bestonden zij al eer hij ze zag? Bestaan ze nog als hij ze niet meer ziet? Het doet hem denken aan schilderijen van Jeroen Bosch, die dus ook niets heeft verzonnen, alleen alles goed onthouden. Maar dan begint er iets te veranderen. De wand, zo'n vijfendertig centimeter bij hem vandaan, wordt geleidelijk doorzichtig, zoals hij eens met Max en Sophia in het Holland Festival heeft gezien, bij een opera van Mozart, *Die Zauberflöte*, – toen een van voren belicht gaasdoek, dat de hele toneelopening afsloot, langzaam van achteren werd belicht, waardoor geleidelijk een enorme ruimte met perspectivische decors à la Bibiena zich ontvouwde...

Ook Onno had de biechtstoel niet meer opgezocht; met Quinten aan zijn ene kant en zijn stok aan de andere, staarde hij in het donker en luisterde naar de geluiden, met gestrekte benen, zijn handen gevouwen in zijn nek. Een zacht zoemen omgaf het gebouw, het zaterdagavondverkeer; ver weg hoorde hij de sirene van een ambulance, of van een politieauto. De romeinen gingen uit. Overal waren de restaurants en de cafés en de theaters vol, rondom bloeide de stad, – maar hier zaten zijzelf nu, tijdens hun metafysische *commando raid*, als een ongeloofwaardig anachronisme op jacht naar de tafelen van een Wet, die niet alleen niemand meer iets kon schelen, maar waar de meeste mensen al nooit meer van hadden gehoord. Hij keek opzij naar Quinten, die, diep ademend, nu op zijn beurt afdaalde naar het vierde stadium van zijn slaap, terwijl de paters passionisten begonnen op te stijgen naar droomrijker regionen. Onno zuchtte diep. Zijn hele leven zou hij het geluid van die klikkende sloten niet meer vergeten. Wanneer ooit nog iemand hem zou zeggen, dat dit of dat onmogelijk was, dan zou hij *klik!* horen en hem vierkant in zijn gezicht uitlachen.

Nu en dan soesde hij minutenlang weg. In het convent werd een w.c. doorgetrokken, het was over elven, het leek wel of de slaaptheorie waar was. Hij dacht aan de rigide manier waarop Quinten zijn schema er op had afgestemd, tot op de minuut, alsof het wiskunde betrof in plaats van psychologie. Van wie had hij die exacte instelling? Niet van hem. Zelf was hij er van overtuigd, dat, buiten de wiskunde, nooit iets klopte; trouwens, ook in het hart van de wiskunde zelf scheen iets niet helemaal in orde te zijn. Alles was altijd een rommeltje. Misschien was die indrukwekkende neiging afkomstig van Ada, uit de muziek, die immers in zekere zin hoorbare wiskunde was. Maar de technische triomfen, die Quinten tot nu toe had gesmaakt met al die sloten, hadden zijn verwachtingen natuurlijk nog veel overspannener gemaakt; straks zou de ontgoocheling des te harder aankomen. Niks geen tafelen der Wet in het altaar. Leegte. Stof. Misschien een kort briefje van Grisar, met de groeten uit 1905...

Quinten sloeg zijn ogen op, liet zijn duimen knakken en kwam overeind. Tien over half twaalf. Buiten weerklonk het stampen van harde muziek, kennelijk uit een stilstaande auto met het portier open. Zijn vader sliep; voorover leunend op de volgende bank, zijn hoofd op zijn gekruiste armen, ademde hij diep rochelend door zijn mond. Quinten schudde aan zijn schouder.

'Wakker worden!'

Kreunend richtte Onno zich op.

'Zijn we hier nog steeds?'

Even later strompelde hij achter Quinten aan, met het gevoel of hij nu pas begon te dromen. Bij de deur draaide Quinten zich om en fluisterde:

'Heb je de koffer bij je?'

De koffer! Zonder iets te zeggen ging Onno naar de biechtstoel, waar hij nog onder het bankje stond. Quinten had inmiddels het slot van de toegangsdeur getild en terug in de kapel bleek de olie haar werk te hebben gedaan: geruisloos gingen de traliehekken van het altaar open.

Nu vertoonden zich twee bronzen deuren, met op de bovenpanelen afbeeldingen van Petrus en Paulus; ook hieraan zat weer een slot met een zware beugel. Voor het eerst kon hij het goed zien. Het leek een afwijkend type, maar tot zijn opluchting zag hij dat het een klassiek sleutelslot was. Toen het aan geen van zijn lopers gehoorzaamde, zocht hij een sperhaak uit de rugzak en stak hem in het sleutelgat. Na wat proberen duwde hij er mee op de slotschoot, zodat de sluitstift tegen de raamtongen van de klavieren werd gedrukt; vervolgens lichtte hij met een tweede haak behoedzaam de klavieren uit, net zo lang tot de stift in de verbindingsgleuven trad en de schoot kon schuiven. Hij trok de beugel uit het slot naar voren, schoof hem uit de vier bronzen ringen en legde hem op de trede, naast de drie die er al lagen.

'Ziezo,' fluisterde hij en keek op zijn horloge. 'Nog twee minuten. Daar gaan we.'

Met beide handen trok hij de deuren open.

Van de afbeelding in het boek van Grisar herkende ook Onno meteen de bewerkte, cypressenhouten relikwieënschrijn. Ofschoon meer dan elfhonderd jaar oud, zag hij er zo fris uit alsof hij pas onlangs door de meubelmaker was afgeleverd. Op de bovenlijst werd in het latijn vermeld, dat de kast afkomstig was van Leo III, onwaardig dienaar Gods; maar de tekst werd onderbroken door een houten schild, waarop in gouden letters stond:

SCA
SCO RV

Een rijkelijk analfabetische afkorting van *Sancta Sanctorum.* Het was te zien dat het opschrift later was aangebracht: toen de relikwieën uit de lateraanse basiliek hierheen waren gebracht en de kapel die naam had gekregen.

Omdat Mozes' tafelen der Wet er van toen af in zaten? Onno keek naar Quinten. Quinten keek naar de vier vierkante, versierde deurtjes, die er uitzagen als bagagekluizen op een station. Aan elk deurtje zat een kleine ring om het open te trekken. Alles was weer beveiligd met sloten, maar hij zag onmiddellijk dat zij niet vergrendeld waren. Hij tuitte zijn lippen en trok het linker bovendeurtje open. Terwijl het zilverbeslag van de acheiropoèton op het altaar fonkelde, richtte Onno de lichtbundel er in. Het vak was leeg. Quinten trok het rechter bovendeurtje open: leeg. Het linker benedendeurtje, het rechter benedendeurtje: alles leeg.

Quinten keek op zijn horloge. Vijf voor twaalf. Hij stond op en zei:

'We moeten gaan.'

Toen hij aanstalten maakte om de kapel te verlaten, fluisterde Onno:

'Moeten we niet opruimen hier? Dit kunnen we toch zo niet achterlaten?'

'Over een half uurtje komen we terug.'

Onno verstarde.

'Om wat te doen? Ze zijn er niet, Quinten. Je hebt je vergist. Tot nu toe is alles goed gegaan, laten we er nu een eind aan maken.'

Quinten legde een vinger op zijn lippen, – en voor de zoveelste keer besefte Onno, dat hij niets in te brengen had.

*

Voor de tweede keer terug in de kapel van San Lorenzo, in het donker naast elkaar op een bank, dacht Onno aan de bende die zij hadden aangericht: gekraakte sloten, openstaande deuren, rondslingerend gereedschap. Stel je voor, een slapeloze passionist zou zijn brevier ter hand nemen, biddend door het gebouw gaan wandelen en vervolgens die chaos in het heiligdom zien! Maar meer nog kwelde hem de vraag, hoe hij Quinten kon bijstaan. Om redenen die hem duister waren, had die jongen zo veel geïnvesteerd in dit avontuur, dat hij kennelijk niet kon verkroppen dat het allemaal voor niets was geweest. Hoe kon hij hem bijbrengen, dat het zo nu eenmaal ging in het leven? Als je zeventien was, dacht je dat de wereld uit dezelfde substantie bestond als je eigen theorieën, zodat je dus ook greep op haar had en haar naar je hand kon zetten. Maar iedereen kreeg op een dag de bittere waarheid te verwerken, dat het zo niet in elkaar zat; de wereld was soep en het denken meestal een vork: tot smakelijk eten leidde dat zelden. Vandaag had het uur van dat inzicht voor Quinten geslagen, – op een andere manier dan voor de meeste jongens, dat was waar, maar het kwam op hetzelfde neer.

'Quinten?'

'Ja?'

'Wat wil je nu nog?'

'Nog eens goed kijken.'

'We hebben toch goed gekeken.'

'Maar nog steeds niet beter dan Grisar. Of dan Flavius Josephus.'

Onno zuchtte gelaten. Meteen stootte hij weer op dat graniet. Zijn wijze lessen kon hij voor zich houden; het was alsof de vader van Freud zijn zoon er van probeerde te overtuigen, dat het onderbewustzijn niet bestond, – en het was zeer de vraag of het bestond. Tegelijk gaf het hem een voldaan gevoel: Quinten beschikte nog over het soort onbedorven zelfvertrouwen, dat hij zelf al lang had verloren – als hij het ooit had bezeten; ook daar was hij niet zeker van. Hij moest helemaal niet proberen hem te bepraten, hij moest die beker nu tot de bodem toe ledigen. Bovendien zou hijzelf anders de rest van zijn leven te horen krijgen, dat de tafelen misschien toch in dat vermaledijde altaar lagen.

Op hun ascetische britsen stegen de paters intussen gedurende korte tijd op naar het tweede stadium van hun slaap, om vervolgens weer terug te zinken naar het vierde. Om kwart over twaalf nam Quinten de lantaarn en zei:

'Nu gaat het gebeuren.'

Allebei hadden zij intussen het gevoel dat zij thuis waren in de kapel, die zij steeds weer in en uit liepen. Quinten hurkte neer, zette de lantaarn tegen de marmeren trede, steunde zijn ellebogen op zijn knieën, legde zijn handen tegen zijn wangen en keek geconcentreerd naar de schrijn. Binnen tien minuten moest het nu achter de rug zijn.

Dat de vier vakken leeg waren had hem niet verbaasd, want dat wist hij. Waar konden verder nog twee platte stenen zijn verstopt? Eigenlijk alleen *achter* de schatkist. Aan de achterkant was het altaar tegen de muur gebouwd, van die kant viel er niet bij te komen. Maar de kast moest er natuurlijk uit kunnen: ooit was hij er ook in gezet. In het midden van de onderlijst viel hem nu een ring op, kennelijk bedoeld om het hele geval naar voren te trekken; maar dat was onmogelijk, aangezien de marmeren pijlers van het altaar de zijkanten van de kast blokkeerden. Dat betekende dus, dat de schrijn niet in het altaar was geschoven, maar dat het altaar om de schrijn heen was gebouwd. En dat was al gebeurd rond het jaar 800, terwijl de tafelen der Wet pas vier eeuwen later uit de basiliek hierheen waren gebracht. Anders gezegd: achter de kast konden zij niet zijn. Dus? Dus moesten zij er onder liggen.

De kast rustte niet op de grond, er was een smalle spleet. Blijkbaar stond zij op poten, maar ook die werden door de pijlers aan het gezicht onttrokken. Quinten ging op zijn buik liggen, legde zijn wang op de trede en liet de lantaarn er onder schijnen. Had Grisar dit ook gedaan? Wat voor reden zou hij daarvoor gehad moeten hebben? Er lag allerlei moeilijk te onderscheiden rommel, scherven, stukken en brokken, restanten misschien van metselwerkzaamheden. Aan weerszijden werd de schrijn niet gestut door poten maar door platte stenen.

Verstard bleef Quinten er naar kijken, terwijl hij het bloed uit zijn gezicht voelde wegtrekken. Uit zijn rugzak haalde hij een lange loper en legde de baard om de achterkant van de rechter steen; helpend met zijn vlakke hand, die net door de spleet kon, probeerde hij of er beweging in was te krijgen. Knersend over gruis schoof de steen naar voren. Hij stutte helemaal niets!

'Papa...' fluisterde hij toonloos. 'Ik heb ze.'

61
De vlucht

Toen Onno de langwerpige, grauwe, bijkans zwarte steen uit de spleet zag opdoemen, herinnerde hij zich gedurende een kort moment hoe hij als kleine jongen soms achter de brievenbus was gaan staan tegen de tijd dat de postbode kwam: de zich plotseling openende klep, de uit het niets naar binnen vallende post.

Hij begon te beven.

'Je bent krankzinnig!' fluisterde hij, terwijl het leek of hij schreeuwde. 'Dat is onmogelijk! Laat zien!'

'Niet nu,' zei Quinten beslist. 'Geef de koffer.'

'Laat zien of er iets op staat!'

'Straks. Schiet op.'

Met trillende handen gaf Onno hem de koffer en Quinten liet de sloten openklikken. De steen was lichter dan hij dacht, maar toch bijkans zo zwaar als een trottoirtegel; voorzichtig vlijde hij hem tussen de kranten, die hij er thuis in had gelegd, – de *Corriere della Sera*, *La Stampa*, de *Herald Tribune*. Toen Onno ook de tweede steen zag verschijnen, begon zijn hoofd om te lopen. Het was toch ondenkbaar, dat dat werkelijk Mozes' tafelen der Wet zouden zijn! Dat was toch het allerondenkbaarste! Het waren natuurlijk gewoon twee oude vloerstenen, Quinten zag wat hij wilde zien, hij was uitsluitend bezig zijn eigen kater groter en groter te maken!

Quinten liet de sloten van de koffer weer klikken, zocht zijn gereedschap bij elkaar en stopte het in de rugzak. Terwijl hij er mee in zijn handen stond, liet hij zijn ogen even over de schrijn dwalen, opende toen het rechter bovendeurtje en legde zijn rugzak in het vak.

'Voor de eerlijke vinder,' zei hij en deed het deurtje dicht. 'Over duizend jaar.'

Daarop sloot hij ook de bronzen deuren, nam de grote beugel van de treden, schoof hem door de ringen en drukte hem met een harde klik in het slot. Vervolgens ging het traliehek dicht, - twee klikken van de hangsloten en ook dit was vergrendeld. Samen met Onno schoof hij de ijzeren stang weer door de ringen en hing het grote schuifhangslot er aan. Toen hij de delen uit alle macht in elkaar drukte, produceerde het zo'n doordringend schelle klik, dat het was alsof iemand met een hamer op een aambeeld sloeg. Onno bleef luisteren of iemand het had gehoord, maar Quinten gaf hem de koffer en duwde tegen zijn rug.

'Meteen weg nu, voordat er iemand komt.'

Snel gingen zij door de smalle gang naar de kapel van San Lorenzo, waar Quinten de toegangsdeur achter zich dicht deed en de twee sloten aanbracht, wat ook weer gepaard ging met harde klikken.

'Zo,' zei hij en luisterde. 'Nu kan ons niet veel meer gebeuren.'

Met zijn linkerhand wees Onno op de koffer in zijn rechter.

'Als hier inderdaad de tien geboden in zitten, wat God verhoede, dan kan ons meer gebeuren dan jij in je stoutste dromen hebt kunnen vermoeden, beste vriend. Dat zou explosiever zijn dan een atoombom.'

'Alleen als jij je mond niet kunt houden. Niemand zal het ooit weten.'

Wat wist zijn vader van zijn stoutste dromen? Alleen dankzij zijn droom van de Burcht had hij de tafelen uit *het midden van de wereld* gehaald - waarmee hij als het ware de angel uit de SOMNIUM QUINTI had getrokken. Die angel zat nu in die koffer.

Toen in het convent alles stil bleef, gingen zij weer op een bank tegenover het altaar zitten. Het wachten was nu op de volgende ochtend. Dan was het zondag, het zou druk worden. Hun plan was om een kwartier of een half uur na het openstellen van het Sancta Sanctorum eenvoudig weg te gaan: geen pater zou het opvallen dat zij vertrokken zonder te zijn gekomen, - aangezien zij vertrokken, waren zij blijkbaar ook gekomen. Maar dat hij de hele nacht in onzekerheid zou verkeren over de inhoud van de koffer, was voor Onno een onverdragelijk vooruitzicht.

'Ik moet het nu zien, Quinten,' fluisterde hij. 'Anders word ik gek.'

'Dan word je maar gek. Stel je voor, er komt iemand en ziet ons met een zaklantaarn naar die dingen turen. We hadden toch afgesproken, dat we hier uit vroomheid zijn? Als er iemand komt, gaan we op onze knieën en dan zitten we te bidden. Die lantaarn moet trouwens ook nog weg. Waar laten we die? Waarom heb ik daar niet aan gedacht?'

'Is er werkelijk iets, waaraan jij niet hebt gedacht?' vroeg Onno met lichte spot in zijn stem; maar meteen daarop keek hij onzeker om zich heen in het donker. 'Ik heb trouwens ook aldoor het gevoel, dat ik iets mis.'

'Wat dan?'

'Ik weet het niet...' Opeens voelde Onno zich verstijven. 'Mijn stok! Quinten! Ik heb mijn stok in de kapel laten liggen. In de haast, toen we die ijzeren stang –'

Quinten was al opgestaan, had de lantaarn gegrepen en rende onhoorbaar naar het tralievenster aan het hoofd van de Heilige Trap. Hij scheen naar binnen. Als in aanbidding lag zijn vaders stok op de pauselijke bidstoel tegenover het altaar: de punt op de knielbank, de handgreep tegen het zijden kussen met de kwasten. Hij knikte. Dit was onherroepelijk. De lantaarn had nu ook haar dienst gedaan en op de terugweg verborg hij haar achter een biechtstoel tegen de muur.

'Ja,' zei hij, toen hij weer naast Onno zat. 'Zo is het dus nu. Dat verandert ons hele plan.'

'Quinten...'

'Laat maar, het is mijn schuld, ik heb je opgejaagd, het heeft geen zin om er over na te praten. Wij moeten hier nu in elk geval weg zijn eer iemand het ontdekt.'

Onno voelde een zweetdruppel uit zijn oksel langs zijn zij lopen.

'En hoe wou je er uit komen? We zitten als ratten in de val.'

Quinten dacht even na.

'Er is maar één manier. Hoe laat zijn straks die getijden... hoe heten zij alweer?'

'De metten. Meestal om een uur of vier.'

'Dan gaan we gewoon naar die andere kapel en we zeggen dat we in slaap zijn gevallen, en of we er alsjeblieft uit mogen.'

'En als ze vragen, wat er in die koffer zit?'

'Waarom zouden ze dat vragen? Er valt hier toch verder niets te stelen? Trouwens, wat dan nog? Twee vieze stenen.'

'Laten we bidden, dat het inderdaad alleen twee vieze stenen zijn,' fluisterde Onno. 'Maar daarmee zijn we er niet. Morgenochtend ontdekt een pater opeens mijn stok in het Sancta Sanctorum – en dan? Wat gebeurt er dan? Aan de olie op de scharnieren ziet de politie, dat wij ook in het altaar zijn geweest. Ze maken het open, en vinden je rugzak. Verder is het leeg, – maar wie weet er zo gauw nog, dat het al tachtig jaar leeg is? De paters misschien, maar die hebben er geen belang bij dat dat bekend wordt, gezien de roep van hun kapel. Ze geven ons signalement en morgenavond verschijnen de compositietekeningen van onze gezichten op de vaticaanse televisie, samen met een close-up van de stok. Vader en zoon: heiligschenners. Tien miljoen lire beloning. Wat doet Mauro dan? Signor Enrico uit Tirol! En Nordholt? Die begrijpt opeens waarom ik dat boek heb geleend, en op het instituut heeft hij nu mijn adres. Hij heeft nog een appeltje met mij te schillen, maar vermoedelijk zal hij voor alle zekerheid eerst de ambassade bellen om advies. In overleg met Den Haag zullen ze hem wel zeggen, dat hij zich voorlopig op de achtergrond moet houden.'

'En ik word herkend door die smid, waar ik die spullen heb laten maken. Hij keek al een beetje raar toen ik het hem liet doen.'

Onno draaide zijn hoofd naar hem toe.

'Ik kan je gezicht niet goed zien, maar het lijkt wel of je lacht.'

'Dat is ook zo.'

'Wat valt er in godsnaam te lachen?'

'Ik weet niet... Misschien het vooruitzicht op de reis.'

'De reis? Welke reis?'

'Onze reis natuurlijk. Wat denk je van de religieuze volkswoede? Hoe kunnen we ons nog op straat vertonen, hier in het hol van de leeuw? Voordat het Sancta Sanctorum morgenochtend opengaat, moeten we het land uit zijn – het dondert niet waarheen.'

*

Omdat de heilige Benedictus van Nursia had begrepen, dat al dat gedroom in de paradoxale slaap de monnik gemakkelijk in de netten van de vleselijke bekoring kon verstrikken, en dat het daarom ten minste eenmaal per nacht drastisch onderbroken diende te worden door de distels en doornen van het gebed, begon het convent tegen vieren tot leven te komen. Gestommel; in de kapel van San Silvestro ging het licht aan, waarvan de weerschijn ook bij henzelf de duisternis verbrak. Opgelucht dat het eindelijk zover was, gingen zij overeind zitten. Al die uren hadden zij met steeds grotere tussenpozen besproken wat hun straks te doen stond, waarheen zij moesten vluchten, – maar volgens Quinten zou dat vanzelf wel blijken, en ook Onno had ten slotte gezegd dat zij er beter mee konden ophouden, want het was daarmee als met schaken: vaak dacht je heel lang na over de goede zet, en als je hem ten slotte had gevonden en je deed hem, wist je dat hij fout was. Dat was nu eenmaal het fundamentele verschil tussen denken en doen. Daarop had Quinten gezwegen. Zijn eigen ervaring was anders. Als hij had nagedacht en vervolgens iets deed, was dat nooit fout maar altijd goed; dat de decaloog nu in de vliegtuigkoffer zat, was daarvan het bewijs. En straks zou het ook allemaal in orde komen. Over de tabletten, en wat er mee moest gebeuren, hadden zij niet meer gesproken.

Toen in de stad geleidelijk ook in de laatste nachtclubs de muziek ophield, vulde het gebouw zich weer met de archaïsche, gregoriaanse eenstemmigheid. Terwijl hij er naar luisterde, werd Quinten plotseling getroffen door het besef, dat oude kunstwerken altijd ook oude dingen waren: oude bakstenen, oud marmer, oude verf, – maar dat oude muziek tegelijkertijd steeds gloednieuw was, want uit levende kelen komend. Verder konden alleen oude verhalen ook nieuw zijn. Natuurlijk omdat muziek en verhalen niet in de ruimte maar alleen in de tijd bestonden.

'Wij zijn nu wakker geworden,' zei hij, voor het eerst niet meer fluisterend. Kreunend rekte hij zich uit. 'Verbaasd kijken we rond waar we zijn. In het Sancta Sanctorum! Nee maar! Hoe is het mogelijk! Kennelijk zijn we in slaap gevallen. Kom op, we gaan.'

'Het zal moeten,' zuchtte Onno.

'Jij doet het woord. En geef mij die koffer, anders vergeet je hem nog.'

Terwijl zij door de achterste kapel liepen, waar het al lichter was en het gezang luider, voelde Onno zich als een amateurtoneelspeler, die in het Royal Shakespeare Theatre op moest in de rol van King Lear. Zij sloegen de hoek om en bleven staan.

In de koorbanken draaide een dozijn oude gezichten boven zwarte pijen hun kant op, de nocturne over de verrijzenis bestervend in de monden. Niemand vertoonde een teken van schrik, er was alleen milde verwondering; bij het zien van Quinten verscheen hier en daar een glimlach. Quinten begreep, dat hij nu dit wapen in de strijd moest werpen. Met zijn vrije hand wreef hij over zijn ogen en wilde doen alsof hij gaapte, maar meteen gaapte hij werkelijk: de stilte vulde zich met de lange, aandoenlijke gaap van een stralende jongen.

'Vergeef ons, fraters,' zei Onno in het italiaans, 'dat wij u storen bij uw nachtwake. Mijn zoon en ik zijn hier gisteren in slaap gevallen. De hele dag hebben wij door uw wondermooie stad gezworven en doodmoe gingen wij even in een biechtstoel zitten om uit te rusten. En pas zojuist – '

Met zijn handen in elkaar, zoals andere mensen alleen doen in een stoel met armleuningen, gebogen, zijn hoofd scheef op zijn romp, kwam een grijsaard naar voren, die zich met zwakke stem voorstelde als padre Agostino, de rector. Hij deed zijn handen even uit elkaar en toen weer in elkaar en zei:

'De gast is Jezus Christus. Wilt u misschien iets eten? Een kop koffie?'

Van zijn stuk gebracht keek Onno hem aan. Zoveel vrome eenvoud en goedheid maakten hem weerloos. De broeders waren bestolen, hopelijk alleen van twee waardeloze stenen, en nooit zouden zij iets missen; maar over een paar uur zouden zij ontdekken, dat zij belogen waren door twee inbrekers, die hun heilige kapel hadden ontwijd. Niets wilde hij liever dan een kop koffie, maar hij had het gevoel dat hij pas werkelijk een doodzonde zou begaan als hij het aannam; bovendien moesten zij zo snel mogelijk maken dat zij wegkwamen. Hij zei dat zij hun niet langer tot last wilden zijn, waarop de rector een resignerend gebaar maakte, zijn linkerhand even boven Quintens kruin liet zweven en hem met de rechter zegende. Daarop strekte Onno zijn hand uit ten afscheid, maar op dat gebaar week de rector verschrikt achteruit, naar de hand kijkend alsof hij met een mes werd bedreigd. Meteen daarop nam een andere pater hen mee naar de deur van het convent, terwijl alle hoofden glimlachend knikkend met hen mee draaiden.

In de witgepleisterde kloostergang, waar een portret van de paus hing, zei de pater met een verontschuldigend gebaar:

'Neemt u de rector maar niet kwalijk. U mag hem niet aanraken. Padre Agostino denkt sinds een paar maanden, dat hij van boter is.'

Even later verlieten zij het bedevaartsoord via de dienstingang.

*

Diep de nachtlucht inademend liepen zij het plein op. Bij de obelisk draaide Quinten zich om en keek nog even naar het gebouw, als om afscheid te nemen.

'Dat is nu de heiligste plek ter wereld niet meer,' zei hij.

De suggestie, dat nu hijzelf dus die heiligste plek zou zijn, was zo schokkend dat Onno niet wist wat hij moest zeggen. Hij stak zijn hand op en hield een taxi aan; daarmee voegde de chauffeur zich bij het gezelschap dat hen straks zou herkennen, maar tegen die tijd zaten zij al hoog en breed in het buitenland. Hij gaf zijn adres op, Quinten nam de koffer op zijn schoot, en zwijgend van hun vrijheid genietend raasden zij naar het Colosseum en over de weidse Via dei Fori Imperiali naar de Piazza Venezia. Toen zij de bocht om gierden, riep Onno plotseling uit:

'Van boter! Hoe haal je het in godsnaam in je hoofd!'

'Vind je dat zo gek?'

'Jij niet dan?'

'Helemaal niet. Juist logisch.'

'Natuurlijk,' zei Onno met opgetrokken wenkbrauwen, 'dat lijkt me echt iets voor jou om te begrijpen. Leg mij dan maar eens uit, dat dat niet seniel is maar logisch.'

'Omdat Christus zei, dat hij van brood was.'

Onno antwoordde niet. Hij keek naar buiten, naar de verlaten trottoirs van de sombere Corso Vittorio Emanuele. Hoe werkte het brein van die jongen? Was hij eigenlijk wel een mens? De rector, die zichzelf op Christus had gesmeerd tot een boterham – in wat voor hoofd kon zo'n gedachte opkomen? In wat voor wereld leefde hij? Was het misschien zelfs waar, wat hij zei? Had voor iemand als de oude padre de theologie ook een psychologische dimensie, waarvan de psychologie geen weet had?

Op de binnenplaats aan de Via del Pellegrino waren alle ramen donker. Zachtjes gingen zij de trappen op, en toen zij boven in zijn kamer waren, zei Onno:

'En nu wil ik het meteen zien.'

Quinten keek op zijn Mickey Mouse.

'Daar hebben we geen tijd voor, je moet je spullen uitzoeken. Wat neem je allemaal mee?'

'Niets. Alleen mijn paspoort en wat kleren.'

'En al die aantekeningen daar?'

'Die hebben hun dienst gedaan. Ik zal een briefje neerleggen voor de huisbaas, dat ik een paar weken op reis ben. De huur is twee maanden vooruitbetaald; als ik dan nog niet terug ben, zal hij wel zorgen dat de boel wordt opgeruimd.'

'Als je maar opschiet, binnen een paar uur moeten we weg zijn uit Italië.'

'Vijf minuten!'

'Dan zet ik snel nog even koffie.'

'Niets ter wereld waar ik meer behoefte aan heb! En bereid je voor op de grootste ontgoocheling van je leven, Quinten.' Onno nam de koffer en legde hem op de tafel onder het raam. 'Kan het allemaal nog idioter? Dank zij mijn stommiteit moeten we nu het land uit vluchten – en waarom? Om niets!' Te vergeefs probeerde hij de sloten open te krijgen. 'Hoe werken die krengen?'

Met een papieren koffiefilter in zijn hand kwam Quinten uit de provisorische keuken, liet de sloten openspringen en ging meteen terug. Het was Onno een raadsel. Alles had die jongen in het werk gesteld om die dingen in zijn bezit te krijgen, – en nu hij ze had, was hij enerzijds er van overtuigd dat het de tafelen der Wet waren, anderzijds leken ze hem onverschillig te laten. Hij deed het deksel omhoog, trok de bureaulamp omlaag, zette zijn leesbril op en vouwde de kranten open.

Met de eerste oogopslag zag hij, dat het allemaal niet zo eenvoudig was. Het oppervlak bestond aan alle kanten uit een grauwe koek, die uit gestolde tijd zelf leek te bestaan. Zat er iets onder? Met de nagel van zijn duim krabde hij er aan, waardoor iets van de korrelige substantie losliet. Dit was werk voor een archaeologisch laboratorium, maar van Quinten had hij begrepen dat de stenen daar nooit terecht zouden komen. Zij hadden ongeveer de afmetingen die rabbi Berechiah had opgegeven, zonder ze ooit te hebben gezien. Met op elkaar geklemde lippen leunde hij achterover. Was het werkelijk denkbaar, dat deze dingen hier het origineel waren van al die afbeeldingen, die in elke synagoge boven de ark waren te zien? De tafelen der Wet: symbool van de joodse godsdienst, zoals de menorah dat was van de joodse staat en de *Magen David* – het 'schild van David' – van het zionisme. Was het werkelijk denkbaar, dat deze dingen die hier nu op tafel lagen ooit in de ark des Verbonds hadden gelegen, jarenlang meegesjouwd waren door de woestijn, eeuwenlang in het Heilige der Heiligen van de drie tempels waren bewaard, vervolgens door Titus... Was het denkbaar, dat Quinten toch gelijk had? Verborg Mozes' handschrift zich onder die korst? Die tekens, vierduizend jaar geleden als resultaat van een of andere inspiratie in de steen gekrast? Plotseling begon zijn hart te bonzen. De oudst bekende inscripties van kanaänitisch schrift waren afkomstig uit ongeveer duizend voor Christus; het schrift van Mozes zou dus nog eens duizend jaar ouder zijn. Ongetwijfeld lag het dicht tegen de egyptische hiëroglyphen aan – had misschien ook de Diskos van Phaistos er iets mee te maken? Dat schrift stamde uit dezelfde tijd! Opeens dacht hij aan het teken, dat wel iets op een draagstoel leek – was dat misschien de ark? Hoe klein de kans ook was dat Quinten gelijk had, onomstotelijk moest worden vastgesteld dat het niet zo was! Maar hoe? Wat was hij van plan?

Bij het horen van een krakend geluid in zijn nek keek hij geschrokken om. Met in zijn andere hand een schaar hield Quinten lachend zijn paardestaart omhoog. Tot die metamorfose hadden zij besloten, opdat niemand op het vliegveld zich hen zou herinneren bij het verschijnen van hun signalement – om vervolgens te vertellen waarheen zij waren vertrokken. Quinten trok het elastiekje van de vlecht, waarbij wat verknoopte grijze haren er in bleven hangen, nam zijn eigen haar van achteren bij elkaar en bond het er omheen. Op hetzelfde ogenblik zag Onno een jongen veranderen in een man, zoals soms bij een scènewisseling op een film de rol van een jonge acteur plotseling is overgenomen door een oudere. Hij kon zich niet herinneren, ooit Quintens oren te hebben gezien.

'Drink je koffie,' zei Quinten. 'Maar houd je hoofd stil.'

Als een echte kapper hield hij de kam ondersteboven in zijn linkerhand, de duim van zijn rechterhand door het ene oog van de schaar, door het andere niet de middel- maar de ringvinger, nu en dan ook snelle knippen in de lucht makend. Na elke knip beantwoordde zijn vader meer aan de herinnering die hij van hem had: binnen vijf minuten was de zwerver al grotendeels geweken voor de gezagdrager, die hem op Groot Rechteren nu en dan had opgehaald met de auto. Onderwijl keek hij soms even over zijn schouder naar de tafelen der Wet, zoals een kapper een blik slaat in het geïllustreerde tijdschrift dat de klant op zijn schoot heeft.

'Je baard moet je zelf maar doen,' zei hij en klopte de haren van zijn kleren.

Toen Onno naar de wastafel ging om zich te scheren, boog Quinten zich over een hoek van een van de stenen, waar hem een kleine, glanzende plek was opgevallen. Hij likte even aan de top van zijn middelvinger en wreef er over, waarop een diepblauwe gloed zich vertoonde. Hij richtte zich op. De twee stenen waren van saffier. Het waren edelstenen. Omdat één gram vijfduizend gulden kostte, lag hier dus voor honderden miljoenen, misschien wel een miljard. Het leek hem beter, dat niet aan zijn vader te vertellen. Hij dacht even na en haalde toen uit zijn blauwe nylon rugzak de beige envelop met het opschrift SOMNIUM QUINTI, die hij al die weken niet had geopend, aangezien hij niet meer van de Burcht had gedroomd en er niets aan de plattegronden viel toe te voegen. Hij legde haar bij de stenen en deed de koffer dicht.

*

Toen zij rond zes uur in een taxi via de Porta San Paolo en de pyramide van Cestius de stad uit reden, begon het al licht te worden. Onno droeg weer het grijze pak, waarin hij vier jaar geleden uit Nederland was gekomen; met welbehagen onderging hij de koele lucht tegen zijn wangen en in zijn nek. Hoe kon een mens zich zo laten dichtgroeien! Hij herinnerde zich een gesprek, dat hij lang geleden tijdens het congres in Havana had gevoerd met een man, die tien jaar in een stalinistisch werkkamp had gezeten. Het ging over baarden, naar aanleiding van Fidel Castro en zijn vrienden, en hijzelf had gezegd dat hij alleen dan een baard zou laten staan, wanneer hij ooit eens in de gevangenis terecht zou komen. Waarop de ander hem een tijdje zwijgend had aangekeken en gezegd: 'Wanneer jij in de gevangenis terechtkomt, scheer je jezelf vier keer per dag'.

De hemel begon zich rood te kleuren, alsof achter de horizon langzaam de klep van een oven werd geopend. Het was zondag, er was weinig verkeer.

'En als het eerste het beste vliegtuig nu naar Zimbabwe gaat?' vroeg Onno.

'Dan gaan we naar Zimbabwe. Geld zat.'

'Het gaat niet om geld, ik trakteer trouwens. Maar we hebben toch tijd genoeg om iets uit zoeken? Ik ga liever naar San Francisco dan naar Zimbabwe. Waarom moet het met alle geweld van het toeval afhangen?'

'Dat weet ik niet,' zei Quinten ongeduldig. 'Dat vind ik.'

'En als we dan in Zimbabwe zijn – wat dan?'

Quinten haalde zijn schouders op en keek naar buiten. In de verte was de koepel van de Sint-Pieter al bijna verdwenen. Hier en daar stonden grote, postmoderne gebouwen in het land, zoals hij die in de catalogus van meneer Themaat had gezien. Hij wist het werkelijk niet. Hij wist alleen, dat hij van nu af niet meer moest ingrijpen. Van nu af moest alles worden bepaald door de omstandigheden, zoals een skiër zich aanpaste aan het terrein, bomen en ravijnen ontweek en niet moest proberen naar boven te glijden.

Toen zij op Leonardo da Vinci uit de taxi stapten, verscheen de zon boven het land en overgoot de toestellen op de platforms plotseling met verblindend goud, dat even later veranderde in zilver. Het was al druk. In de rumoerige vertrekhal zei Onno, zijn koffer op wieltjes achter zich aan trekkend:

'Moet je kijken: allemaal dieven, die er vandoor gaan met hun buit.'

Quinten droeg de koffer met de stenen; hij had zijn rugzak om. Voor het grote bord met de vertrektijden bleven zij staan en keken omhoog naar de bestemmingen van de eerstvolgende paar uur: Buenos Aires, Frankfurt, Santo Domingo, Londen, Caïro, Wenen, Nicosía, New York, Singapore, Sydney, Amsterdam...

'En als het nu Amsterdam wordt?' vroeg Onno.

'Dan is het dus Amsterdam.'

Achter de balie, waar last minute tickets werden verkocht, zat een meisje met haar naam op een badge: *Angiolina.* Kennelijk was zij afkomstig uit het diepe zuiden, haar haren waren zwarter dan zwart, op haar bovenlip hing een donkere schaduw. Onno zei, dat zij in een opwelling hadden besloten een paar weken op reis te gaan en dat zij graag wilden boeken.

'Natuurlijk,' zei zij en schikte haar zijden sjaaltje, dat volgens Quinten achterstevoren om haar nek zat. Zij nam haar ballpoint. 'Wat is uw bestemming?'

'Dat mag u zeggen. Wij willen vertrekken met het eerstvolgende toestel, waarin nog plaats is.'

'Zo zou ik ook willen leven,' zei zij met een gezicht waaruit bleek, dat niets haar meer verbaasde. Zij wierp een blik op de klok en keek naar haar monitor. 'Wenen lukt niet meer. Dat wordt dan Caïro, of Santo Domingo. Misschien kunt u nog net die engelse chartermachine van acht uur tien naar Nicosía halen.'

'Twee enkele reis Nicosía,' zei Onno snel, eer het toch Santo Domingo zou worden.

'Nicosía?' herhaalde Quinten. 'Waar ligt dat?'

'Op Cyprus. Mooi eiland. Veel te zien.'

'Uw paspoorten, alstublieft.' Terwijl zij de tickets in orde begon te maken, vroeg zij: 'Wilt u ook een reisverzekering?'

Met een lachje keek Onno opzij.

'Hebben wij een reisverzekering nodig, Quinten?'

'Natuurlijk niet.'

'Wij vertrouwen op ons goede gesternte, Angiolina.'

Zij knikte.

'Om twaalf uur twintig plaatselijke tijd is er een korte tussenstop in Tel Aviv.'

Onno keek weer naar Quinten, die zijn blik zwijgend beantwoordde. Hij wendde zich tot Angiolina, en zei:

'Maakt u er maar twee Tel Aviv van.'

62
Derwaarts

'We gaan ze dus terugbrengen,' zei Quinten, nadat hij zijn instapkaart had gekregen.

Onno gaf geen antwoord. Hij voelde aankomen, dat het allemaal nog niet was afgelopen. De incheckbalie was in een uithoek van de hal, afgezet met dranghekken. Carabinieri met machinepistolen en kogelvrije vesten slenterden twee aan twee over het marmer; ook andere mannen, in burger, leunden hier en daar tegen de pilaren. Buiten, vlak voor het hoge raam, stond een pantserwagen van de politie op de stoep. Het was druk: voornamelijk oudere vakantiegangers voor Cyprus, kennelijk bij elkaar horend, zoals ook aan hun bonte vrijetijdskleding was te zien; de reizigers voor Tel Aviv waren herkenbaar aan iets afwezigs op hun gezicht. Na de afzetting te zijn gepasseerd, werd iedereen afzonderlijk ondervraagd aan een rij ijzeren tafels.

'Laten we hier gaan zitten tot we aan de beurt zijn,' zei Onno. 'Ik ben langzamerhand doodmoe en ik sta te tollen, zo zonder stok.'

Bezorgd keek Quinten hem aan. Pas nu besefte hij, dat hij geen moment rekening had gehouden met de gezondheidstoestand van zijn vader.

'Misschien moet je straks eens een paar dagen rust nemen.'

'Goed idee, Quinten. Israel lijkt me echt een land om rust te nemen. Heb je al bedacht wat we zeggen als we die koffer open moeten maken?'

'Nee.'

'Alles komt vanzelf in orde, nietwaar?'

'Ja.'

'Dus als ze vragen wat dat voor stenen zijn, dan zeggen we: «De tafelen van Mozes».'

'Ja, waarom niet? Niemand zal het geloven en dan liegen we niet.'

'Maar als ze uitgelachen zijn, zullen ze het nog eens vragen.' Zuchtend keek Onno hem aan. 'Het ziet er naar uit, dat we de keus hebben tussen de gevangenis en het gekkenhuis.' Het denkbeeld, dat er ook maar de geringste kans was dat die stenen inderdaad waren wat Quinten veronderstelde, kwam hem inmiddels weer volslagen dwaas voor.

'Heb je dan nog een beter idee?' vroeg Quinten.

'Ik heb altijd nog een beter idee. Weet je wat we gaan zeggen? Dat het kunst is. Artistieke creaties van een modern kunstenaar. Dat durft niemand te betwijfelen, de beeldende kunst heeft zich zo onkwetsbaar weten te maken als – zeg eens wat... als Siegfried. Zelfs de politie kan daar niet meer aan tornen.'

Quinten keek naar de patrouillerende agenten.

'Moet je zien: bij alle balies is het rustig, alleen hier lijkt het wel oorlog. Wat is dat toch met de joden?'

Onno knikte.

'Na al die duizenden jaren begint hun bestaan steeds duidelijker de trekken van een godsbewijs te vertonen.'

Die opmerking deed Quinten denken aan wat mevrouw Korvinus eens had beweerd. De dag na Max' dood, vertelde hij, had hij Nederkoorn in de hal tegen mevrouw Korvinus horen zeggen, dat wat hem betrof alle joden op zo'n manier vanuit het heelal gestenigd mochten worden, – waarop zij had geantwoord, dat zij nog steeds werden gestraft omdat zij Christus hadden gekruisigd.

'Het is maar goed dat jij weg bent uit dat kasteel,' zei Onno met vertrokken gezicht. Omdat hij er niet zeker van was, dat die antisemitische dooddoener geen wortel had geschoten in Quinten, besloot hij onmiddellijk de bijl er in te zetten. 'De joden hebben Christus helemaal niet gekruisigd, Quinten, de romeinen hebben Christus gekruisigd. De kruisdood was de romeinse straf voor zware misdadigers. Daar, die orthodoxe joodse meneer, met die baard en die zwarte hoed op zijn achterhoofd, – als jij tegen mij zegt: «Vermoord hem», en ik vermoord hem, ben jij dan zijn moordenaar en ik niet? Ik hoef toch niet te doen wat jij zegt? Als ik nu helemaal in je macht zou zijn, dan was het wat anders; maar dat ben ik niet. Je kunt zoveel zeggen. De joden riepen: «Kruisig hem», maar Pilatus deed het. Hij had toch ook voet bij stuk kunnen houden, daar boven aan die heilige trap, en zeggen: «Donder toch op, ik pieker er niet over, want hij is onschuldig»? Hij was toch de baas? Maar ja, hij was verantwoordelijk voor de rust in het bezette gebied, hij wilde geen problemen met de keizer hier in Rome, allemaal begrijpelijk, zo gaat dat in de politiek, – maar waarom moesten later wel de nazaten van die schreeuwlelijks vervolgd en uitgeroeid worden en niet de nazaten van de feitelijke moordenaars, dat wil zeggen de italianen? Ook Petrus en Paulus zijn nog gekruisigd door de romeinen, en zonder dat de joden er om vroegen. Maar niet alleen dat het italiaanse volk niet de gaskamers in hoefde, tot voor kort waren zelfs Christus' plaatsbekleders op aarde vrijwel uitsluitend italiaanse nazaten van de romeinen. En de pausen zetelen nog steeds in Rome, net als de romeinse keizers. Eigenaardig allemaal, nietwaar? Gods wegen zijn ironisch, zullen we maar zeggen. Ik dacht vroeger ook, dat de jodenhaat alles met Christus had te maken, maar dat is niet zo; die was er ver vóór Christus ook al, er worden alleen steeds nieuwe redenen voor bedacht: dat ze rijk en patserig zijn, dat ze arm en smerig zijn, dat ze aan de touwtjes van het plutocratische grootkapitalisme trekken, dat ze revolutionairen zijn en het communisme op hun geweten hebben, dat ze geen vaderland bezitten, dat ze hun vaderland herinrichten, – alles is goed, als het maar slecht is. Dat het elkaar tegenspreekt doet er niet toe, want de haat is primair. En dat die haat er altijd is geweest, is voor antisemieten vervolgens ook weer een bewijs, dat hij toch ergens op moet berusten.'

Op weg naar de startbaan draaide een taxiënd vliegtuig hun zijn achterkant toe en braakte gedurende een paar seconden een oorverdovend kabaal uit. Quinten wachtte even.

'En waar berust hij op?'

Onno legde zijn hand op de koffer, die Quinten op zijn schoot had.

'Hierop. Als daar ten minste in zit wat jij denkt. Op het feit, dat de god van de joden zijn volk had geheiligd door een contract met ze te sluiten, waar verder geen enkel volk zich op kan beroemen. Kennelijk is dat voor veel mensen een ondragelijk besef. Geef mij dat ding trouwens maar, ik doe het woord als het nodig is.' Hij stond op. 'Denk er om, jij weet van niets, jij mag alleen maar mee.'

Aan de tafels, een paar meter van elkaar, werden zij afzonderlijk ondervraagd door de veiligheidsbeambten, Quinten in het engels, Onno in het italiaans. Of die koffers en die rugzak hun eigendom waren. Of zij zelf hun bagage hadden ingepakt. Of zij die sinds het inpakken uit het oog hadden verloren. Of iemand hun iets had meegegeven. Op de vraag wat hij in Israel ging doen, zei Quinten dat hij zijn vader gezelschap hield en dat hij de heilige plaatsen wilde bezoeken, terwijl Onno zei:

'Voor zaken.'

'Wat voor zaken?'

'Met matig succes probeer ik als kunsthandelaar aan de kost te komen.'

De beambte bekeek de twee koffers van alle kanten, plakte er rode stickers op, gaf Onno's ticket en paspoort terug en liet hem met een kort handgebaar passeren.

'Als we de koffer inchecken,' zei Onno, toen zij als laatsten in de rij voor de balie stonden, 'breken de stenen misschien, er wordt natuurlijk mee gesmeten op het platform. Maar als we hem als handbagage meenemen, moeten we hem vrijwel zeker openmaken. Wat doen we?'

'Handbagage.'

'Natuurlijk,' knikte Onno, – en hij kon zich niet weerhouden er met een lachje aan toe te voegen: 'Het eerste stel is ten slotte ook al aan stukken gegooid.'

Ook achter de paspoortcontrole, bij de volle wachtkamer van hun uitgang, stonden weer zwaarbewapende politiemannen en allerlei personen wier functie niet onmiddellijk duidelijk was. Voorovergebogen voor het scherm van het detectie-apparaat zat een dikke vrouw in een blauw uniform, achter haar keek een blond meisje met gekruiste armen toe. Onno legde de koffer op de lopende band, waarna hij onder de rubberen flap in het inwendige verdween. Even later stopte de band. Misschien komt hij er nooit meer uit, dacht Quinten, – langzaam vervaagde nu het röntgenbeeld en verdween van het scherm; ook nadat de machine tot de laatste schroef uit elkaar was genomen, zou niets van de koffer teruggevonden worden.

Toen hij na een halve minuut aan de andere kant onder de rubberen flap te voorschijn gleed, kwam het meisje naar voren en nodigde Onno met een messcherpe glimlach uit, de koffer open te maken. Aan haar accent hoorde hij meteen, dat zij niet italiaans was maar israelisch. Quinten hielp hem met de sloten, en tot zijn verwondering zag Onno bovenop een envelop van de *Westerbork Synthese Radio Telescoop* liggen, met een astronomische spiegel als logo. Het meisje legde de envelop opzij en vouwde de kranten open.

'Wat is dit in hemelsnaam?' Met gespreide vingers hief zij haar handen in de lucht en keek met een vies gezicht naar de grauwe stenen. Zij tilde er één op en vroeg: 'Wat is het voor spul? Het is lichter dan je zou denken. Lava?'

'Misschien een of andere kunststof,' zei Onno zo goed en zo kwaad als het ging in het oudhebreeuws. 'Moderne kunst in elk geval. Een creatie van een veelbelovende jonge duitser: Anselm Buchwald. Een atmosferische evocatie van de graallegende.'

Zij keek op en zei in het ivriet:

'Mij lijkt het eerder een atmosferische evocatie van het Derde Rijk.'

'Wie weet, misschien komt dat op hetzelfde neer.'

Onderzoekend nam zij hem op met haar groene ogen.

'U spreekt hebreeuws als Jeremia.'

'Zegt u liever: als Job,' zei Onno met gespeelde treurnis. 'De Heer heeft gegeven en de Heer heeft genomen: de naam des Heren zij geloofd!'

Nadat zij waren doorgelaten, vroeg hij Quinten wat er in die envelop zat.

'Geheim,' zei Quinten nors.

Onno schudde zijn hoofd.

'Je moet niet zulke onverwachte dingen doen. Alsof we niet al problemen genoeg hebben.'

*

'Ziezo,' zei Quinten met een lach, toen zij los van de grond waren, 'wij zijn weg.'

'Als ze in Tel Aviv ten minste niet op ons staan te wachten,' zei Onno en trok een bedrukt gezicht. 'Het is nu kwart over acht. Die pastoors hebben mijn stok vermoedelijk al ontdekt, of anders gebeurt dat binnen een uur, padre Agostino verandert van schrik in gorgonzola en over twee uur geeft Angiolina een nauwkeurige beschrijving van die zonderlinge vader en zoon, die met het eerste het beste vliegtuig wilden vertrekken; en van die israelische agente horen ze, dat dat tweetal toch wel iets heel raars bij zich had,' zei hij en wees omhoog, naar het bagagevak. 'Over drie uur, als we landen, ligt er op het vliegveld een verzoek tot uitwijzing, en met hetzelfde toestel worden we onder bewaking via Cyprus naar Rome teruggestuurd, waar we tot onze dood zullen wegkwijnen in een kelder van de Engelenburcht, rinkelend met onze ketenen en aangevreten door de ratten.'

'Dan zouden ze iets heel bijzonders mislopen in het Heilige Land,' zei Quinten. 'Bovendien vergeet je het tijdsverschil.'

Vragend keek Onno hem aan.

'Hoezo vergeet ik het tijdsverschil?'

'In Israel is het toch een uur later dan in Italië?'

'Nou en?'

'In dat uur hebben we dus niet bestaan. Maar als je een uur niet hebt bestaan, kan niemand je meer vinden, volgens mij.'

Gelaten bleef Onno even toezien hoe Quinten zijn Mickey-Mousehorloge een uur vooruit zette, kruiste toen zijn armen en keek voor hem langs naar buiten. Het toestel liet de aarde kantelen en met een weidse zwaai kwamen zij over Ostia boven de zee, die in het strijklicht van de ochtendzon glinsterde als een verouderende huid. Ten overstaan van Quintens onkwetsbaarheid voelde hij zich als een vogel, die met zijn snavel een brandkast probeert te kraken. Hij moest zich aan hem overgeven, zoals Quinten zelf zich had overgegeven aan... ja, waaraan eigenlijk? Aan iets, dat hij vermoedelijk zelf niet kende.

'Weet je intussen al, wat je van plan bent te gaan doen in Israel?'

'Dat zien we wel.' Quinten wist het werkelijk niet. Hij wist alleen, dat alles vanzelf in orde zou komen.

'Uit een van mijn vorige levens ken ik daar een collega,' probeerde Onno nog eens voor het laatst, zonder veel hoop, 'die ons een stuk verder zou kunnen helpen – als hij ten minste nog leeft. Ze hebben daar fantastische laboratoria, waar ze de stenen schoon kunnen maken; wat dat betreft zijn ze nergens beter uitgerust dan in Israel. Alle israeli's zijn archaeologen, elke potscherf die ze vinden is een politiek argument voor de rechtvaardiging van hun staat.'

'En de Derde Wereldoorlog dan?'

'Het zou natuurlijk in het diepste geheim moeten gebeuren.'

'En die collega van jou... hoe heet hij?'

'Dat weet ik niet meer. Ja: Landau. Mordechai Landau.'

'Als die ziet, dat hij de authentieke tien geboden voor zich heeft, zou hij dan zijn mond houden?'

Onno zuchtte diep.

'Hij zou onmiddellijk de minister-president bellen.'

'Nou dan.'

Onno zweeg. Hij gaf het op. Het was duidelijk, hij zou zelfs nooit zeker weten dat de twee stenen *niet* die van Mozes waren. Quinten zou ze misschien verbergen in een grot aan de Dode Zee, bij Qumran, die allemaal al tientallen keren waren doorzocht en waar niemand meer zou zoeken; of ze ergens begraven, in de Negev, op een plek die hij ook zelf niet terug zou kunnen vinden. Israel was klein, met de bus was je binnen een paar uur overal, – tegenwoordig zelfs in de Sinaï-woestijn. Daar kon hij ze terugleggen op de berg Horeb en meteen doorrijden naar Egypte, waarmee de bijbelse cirkel rond was. Dan kon hij zich ten slotte laten insluiten in de koningskamer van de pyramide van Cheops, waar hijzelf zich tijdens zijn officiële bezoek eens heen had geworsteld door hete, muffe gangen, en in de lege, zwarte sarcofaag gaan liggen; volgens de pyramidioten heersten daar beslist bovennatuurlijke krachten, die hem als Henoch van de aarde zouden wegnemen. Onno maakte zijn veiligheidsriem los en zette zijn leuning iets naar achteren. Hij moest zich er bij neerleggen, dat de hele episode het karakter zou aannemen van een droom, waar hij zelfs niet met fatsoen over zou kunnen praten, zonder voor gek te worden versleten.

Het ontbijt, dat zij voorgezet kregen, leek van dezelfde substantie als het plastic bestek, waarmee zij het eten moesten. Quinten hielp zijn vader met het openen van de doorzichtige verpakkingen, – niet omdat hij het niet zelf zou kunnen, maar omdat hij het kennelijk niet wilde kunnen en zich een soort razernij van hem meester dreigde te maken, waarbij hij zelfs zijn tanden in het plastic zette, wat uitsluitend tot een nederlaag van de tanden kon leiden.

'Dit soort eten is het einde van de menselijke beschaving,' mopperde hij, draaiend met zijn grote lichaam achter het neergeklapte tafeltje.

'Maar intussen vliegen we,' zei Quinten met volle mond.

Toen hun overzichtelijk geordende tabletten waren veranderd in weerzinwekkende stapels afval, die glimlachend in stalen wagentjes werden geschoven, drukte hij zijn voorhoofd tegen het raampje. Ruimte. Wereld. Als onregelmatige, grijsbruine vetvlekken dreven de eerste griekse eilanden in de zee, boven zijn hoofd lagen de tien geboden, op de terugweg: het was hem of hij van zijn geboorte af naar deze situatie had toe geleefd. Wat kon er nu nog komen? Er zou natuurlijk nog iets komen – maar dan? Gewoon verder leven? Terug naar Nederland en tachtig jaar worden? Hieraan terugdenken als aan een incident uit een ver verleden, een onbekende gebeurtenis uit de vorige eeuw? Plotseling overviel hem het gevoel, dat dit misschien zijn laatste dagen waren op aarde; maar dat beklemde hem niet. Misschien had iedereen iets bepaalds te doen in zijn bestaan en was zijn leven daarmee vervuld. Dat kon ook iets heel onbelangrijks zijn, of schijnbaar onbelangrijks, bij voorbeeld iemand ongevraagd helpen zonder dat die ander het wist. Iedereen moest eigenlijk zijn verleden napluizen om te kijken of zoiets al was gebeurd; anders moest hij het langzamerhand maar eens doen.

In de diepte zag hij een ragfijne witte komeet in het blauwe water: een schip, zelf te klein om te zien, dat in tegenovergestelde richting voer. Waren zo de tafelen en de menorah en al die dingen uit de tempel naar Rome gebracht door Titus, of waren zij over land gekomen? Pas toen hij het al aan Onno had gevraagd, zag hij dat hij hem wakker had gemaakt.

'Neem me niet kwalijk.'

'Geen minuut rust gun je me,' zei Onno klaaglijk en trok zijn das los. 'Hoe de buit werd vervoerd! Geen idee. Ik zou het voor alle zekerheid over land doen. Eigenlijk vind ik, dat juist jij dit soort dingen intussen zou moeten weten. Maar je studeert niet, jij, je doet alleen maar.'

'Is dat soms niet genoeg?'

'Al veel te veel! Maar je hebt gelijk, studeren kan iedereen, daar heb je andere mensen voor, zoals mij. Toen ik op mijn bescheiden manier in de politiek zat, wist ik daar ook minder van dan politicologen, die meer wisten dan Hitler en Stalin bij elkaar, maar die geen greintje macht hadden en ook nooit zouden krijgen. Alleen gaat het bij jou nog een stap verder. Jij bent er onwrikbaar van overtuigd, dat je momenteel de stenen tafelen der Wet naar Israel aan het terugbrengen bent, – ik kan het nog steeds bijna niet uit mijn mond krijgen, – maar volgens mij weet jij zelfs niet, hoe jouw auteur daar op die berg in de Sinaï zijn inspiratie ontving. Dat heb jij nooit nagelezen in de bijbel.'

'Nee,' zei Quinten, – terwijl hij dacht: het zijn geen stenen maar saffieren tafelen. 'Hoe ging dat dan?'

'Zoals het hoort. In een vulkanische enscenering van donder en bliksem, rook, aardbevingen, schetterende bazuinen, de stem van Jahweh zichtbaar in een donkere wolk.'

'Zichtbaar? Een zichtbare stem?'

'Ja, volgens Philo was dat het echte wonder. Jahweh sprak zichtbare woorden, in letters van licht, die nergens op geschreven stonden. Dat is wat Mozes pas te doen kreeg. Die zichtbare stem van God, zei Mozes later, was het grootste wonder sinds de schepping van de mens.'

Ook toen Onno was uitgesproken, voelde Quinten dat hij hem van opzij bleef aankijken. Vermoedelijk wilde hij eigenlijk vragen, of hij nog steeds van mening was dat hij die stenen nu bezat; maar kennelijk had hij de moed opgegeven. Quinten beantwoordde zijn blik en zei:

'Nu is de Francis Bacon dus het Sancta Sanctorum.'

'De Francis Bacon?'

'Heb je dat niet gezien toen we instapten? Zo heet dit vliegtuig.'

Toen zij over de Peloponnesus vlogen, werd ook Quinten slaperig. Met zware oogleden keek hij naar de grote zwarte vlieg die tegen het raampje zat. Zo snel had zij nog nooit gevlogen zonder te vliegen, – hoe moest zij nu weer thuiskomen? Omdat het dier hem afkeer inboezemde, verjoeg hij het met een handgebaar, waarna het een paar rijen verder neerstreek op de schouder van de orthodoxe meneer, die zijn hoed had opgehouden. Langzaam zakten zijn ogen dicht, terwijl het dreunen van de motoren veranderde in magistrale harmonieën van reusachtige orkesten...

De stem van de gezagvoerder haalde hem uit zijn slaap. In het engels zei hij, dat aan de rechterkant nu Kreta te zien was. Voor Onno langs keek hij naar het sombere, violette gebergte in de verte, maar Onno deed zijn ogen niet open.

'Papa. Kreta.'

'Wil ik niet zien,' zei Onno, met opzij gedraaid hoofd en nog steeds met gesloten ogen. 'Ik haat Kreta.'

Een paar minuten later zwakte het geluid van de motoren plotseling af en in zijn oren voelde Quinten, dat het toestel begon te dalen. Heel kort opende zijn vader één oog, sloot het weer en zei:

'*Luhot ha'eduth* ruiken de stal.'

'Wat zeg je nu weer?'

'«De tafelen van het testimonium». Ook een aanduiding van het pact.'

Met een ruk wendde Quinten zijn hoofd af en keek met grote ogen door het vliegtuig, zonder iets te zien. Het was hem of dat woord, *testimonium*, ook diep in hemzelf zat, als een geslepen, vonkende diamant in de blauwe aarde.

*

In Lod, op de luchthaven Ben Gurion, was het vol politiemannen en gewapende veiligheidstroepen, die Onno aan Havana herinnerden, achttien jaar geleden, toen al deze mannen nog met rammelaars in de wieg lagen; maar niemand had het op hen voorzien. De vakantiegangers voor Cyprus, die hadden geapplaudisseerd na de landing, waren in het toestel achtergebleven. Aan lange tafels werd hun bagage weer geïnspecteerd, voor de derde keer gekeken of zij op de foto's in hun paspoorten leken, de koffer moest weer open en

Parsifal moest weer te hulp komen. Naast hen stond de orthodoxe man, die ook even een ongeïnteresseerde blik op de stenen wierp.

'Hij moest eens weten,' zei Quinten.

'Pas op,' zei Onno zacht. 'Ook in het buitenland moet je er altijd rekening mee houden, dat iemand je verstaat. Zeker in Israel.' Toen zij eindelijk toestemming hadden gekregen om te vertrekken en hij geld had opgenomen, – shekels, naar zijn zeggen ook in oudtestamentische tijden al het betaalmiddel, – vroeg hij: 'En nu?'

'Nou, nogal wiedes. Nu gaan we naar buiten.'

Het was bijna één uur, op het plein voor de aankomsthal hing een zinderende hitte, de mensen hadden nauwelijks nog schaduwen aan hun voeten. Door de drukte van auto's en bussen liepen zij naar een laag, wit kantoor voor toeristeninformatie en hotelreserveringen.

'Als ik nu aan één ding behoefte heb,' zei Onno, 'is het een geciviliseerd bad. Besef je wel, dat we sinds vierentwintig uur niet uit de kleren zijn geweest? Voel jij je niet smerig?'

'Gaat wel.'

'*Sherut?*' riep een man met een keppeltje op zijn kruin, die aan het trottoir haastig koffers in een klein busje laadde. '*Yerushalayim?*'

Er waren nog twee plaatsen vrij in zijn shuttle naar Jeruzalem, en Onno had langzamerhand begrepen, dat hier nu eenvoudig ingestapt moest worden. Op de achterste bank kwamen zij terecht naast een grijzende dame, die l'Express las; alle anderen waren intellectueel uitziende mannen, amerikanen, in overhemden met korte mouwen, sommigen met een vlinderdas. Toen de chauffeur de motor had gestart, draaide hij zich om en informeerde naar welk hotel men wilde. De dame ging naar het King David, de amerikanen moesten naar het Hilton. Toen Onno niet onmiddellijk antwoordde, vroeg hij ongeduldig:

'Ook naar het Hilton?'

Onno maakte een gebaar, dat het dat dan maar moest zijn, en even later reden zij de dorre, met stenen bezaaide heuvels in.

Tijdens de rit van drie kwartier spraken zij niet. Ook Onno was nooit in Israel geweest, maar het was hem of hij het metafysische geweld, dat hier sinds vierduizend jaar had gewoed en nog steeds woedde, aan het landschap kon afzien. Dat was natuurlijk een romantische gedachte, voortkomend uit wat hij wist van de geschiedenis, uit bijbellezingen van zijn vader en de dominee en uit zoetige catechisatieprenten uit zijn vroege jeugd, met brekende wolken die waaiers van heilige stralenkransen doorlieten; ook voor hem was Israel altijd 'het beloofde land' geweest, maar dat hij het onder deze omstandigheden te zien zou krijgen, was nog het ongelooflijkste van alles: in gezelschap van zijn zoon, die een koffer op zijn schoot had waarin de tafelen der Wet zouden zitten. Het was of in het verzengende licht, niet verstoord door enige nederlandse wolk, de tijd zelf in elkaar kronkelde als een insekt in een vlam. Geleidelijk werden de heuvels geaccidenteerder, hier en daar stonden zij in bloei en in de berm van de vierbaansweg lagen nu en dan wrakken van kapotgeschoten trucks en pantserwagens, geconserveerd met roestbruine menie. De chauffeur meldde, dat zij afkomstig waren uit de oorlogen van 1948 en 1967; maar zij hadden ook kunnen stammen van de kruisvaarders, de romeinen, de babyloniërs...

De toren van het Jerusalem Hilton, elk balkonhek bespannen met een israelische vlag, stond in het westelijk deel van de stad, in een nieuwe, onpersoonlijke buurt, - dat het ooit anders was geweest, bewezen de opgravingen die er naast aan de gang waren. In de koele, weidse lobby, omgeven door kleine winkels, meldden de amerikanen zich bij opgetogen dames achter een tafel met vlaggetjes en papieren; een bord op een ezel heette de deelnemers aan de internationale conferentie voor de irrigatie van de Negev hartelijk welkom. Aan de balie legde Onno hun paspoorten neer en vroeg om twee kamers. Misschien omdat hij zag dat het nederlandse paspoorten waren, verwees de receptionist hem in het engels naar de tafel van de waterbouwkundigen.

'Nee, daar horen wij niet bij.'

'Waarom niet?' vroeg Quinten.

'In godsnaam!' zei Onno en hief zijn armen op. 'Niet weer! Je lijkt Max wel!'

'Hoezo?'

'Dat vertel ik je nog wel eens.'

Maar verder was er niets vrij, alle hotels zaten vol; er werden momenteel vier of vijf congressen gehouden in Jeruzalem. Alleen in de oude stad was misschien nog iets te krijgen, maar daar liet de veiligheid natuurlijk te wensen over. Toen Onno zei, dat zij niet zo gauw bang waren en trouwens ergens onderdak moesten vinden, telefoneerde de receptionist een paar keer en noteerde naam en adres van een hotel.

Nadat zij in de bar iets hadden gegeten, – waarbij Quinten een glas melk bij zijn broodje ham werd geweigerd, – bracht een taxi hen naar het oostelijk deel van de stad. Aan het eind van een brede winkelstraat met verkeersopstoppingen ging het geleidelijk omlaag, en even later verschenen in de hoogte, aan de andere kant van een begroeid dal, meer een sleuf eigenlijk, de massieve muren van het oude Jeruzalem. Er achter, in een stortvloed van zonlicht, stonden ontelbare torens, in hun midden een gouden en een zilveren koepel.

Quinten boog zich diep over zijn koffer naar voren om het beter te kunnen zien door de voorruit.

'Moet je kijken,' zei hij zacht. 'Daar heb je het. Het bestaat echt.'

*

Ofschoon de arabier op zijn kameel van dezelfde orde was als de zware, zandgele stenen van de stadsmuur waar hij langsreed, toeterde de chauffeur hem opzij, reed door de Jaffa Poort en stopte op een klein plein. Daar stonden zij even later in het gewoel van toeristen, palestijnse handelaren met hoofddoeken, rooms-katholieke monniken en nonnen, grieks-orthodoxe, armeense, koptische priesters in exotische gewaden, vrome joden in kaftans, militaire patrouilles van jongens en meisjes, behangen met uzi's en kalaschnikofs. Beierende kerkklokken en het geschreeuw van de kooplui vermengden zich tot een rumoer, dat de twee doffe dreunen waarmee in de verte een straaljager de geluidsbarrière doorbrak, moeiteloos in zich opnam.

Hotel Raphaël, vermoedelijk in geen reisgids vermeld, lag onaanzienlijk ingeklemd tussen een geldwisselkantoor en een kruidenier, die op straat zijn kisten en zakken met kruiden had uitgestald als het palet van Carpaccio: vermiljoen, roestbruin, terracotta, korenblauw, olijfgroen, saffraangeel. De receptie bestond uit een geribbelde houten toonbank in een smalle gang, die aan het eind met een paar stenen treden overging in wat kennelijk de lounge annex ontbijtzaal was; onderuitgezakt op een stoel met een gescheurde plastic leuning zat een man van in de zestig naar de televisie te kijken, die werd gevoed door een V-vormige kamerantenne. Hij legde zijn sigaret in een asbak en stond op.

'Quist?' vroeg hij met een melancholieke lach. 'Shalom.' En toen in het engels: 'Mijn collega heeft u aangekondigd.' Hij gaf hun een hand en stelde zich voor als Menachem Aron.

Hij had het zich niet makkelijk gemaakt. Op zijn hoofd zat een pruik van te dik en te egaal kastanjebruin haar, waar bij zijn oren zijn eigen rossig-grijze haar onderuit kwam; bovendien was op de kruin dan weer een lichtblauw keppeltje gespeld, wat in dit geval liturgisch misschien niet strikt noodzakelijk was, – tenzij hij er rekening mee hield, overwoog Onno, dat God misschien niet zag dat hij een pruik droeg. Aron legde twee formulieren op de balie en vroeg, hoeveel nachten zij zouden blijven.

Zwijgend keek Onno naar Quinten.

'Twee?' vroeg Quinten. 'Drie?'

'Ik zeg niets. Het is jouw onderneming, jij moet het weten.'

'Twee dan.' Dat moest voldoende zijn.

'Douche is op de gang,' zei Aron, terwijl hij de kamersleutels voor hen neerlegde.

'Ik weet niet wat jij doet,' zei Onno, 'maar ik ga meteen naar bed, ik kan niet meer. Hij wees op de koffer. 'Wat denk je... zullen we vragen of hij een kluis heeft?'

Aron verdween door een deur achter de balie en kwam even later terug met een smalle ijzeren la, waarin een portefeuille paste. Toen hem was uitgelegd waar het om ging, vroeg hij Quinten hem te volgen. In een rommelig kantoortje, ook in gebruik als opslag van kratten met lege flessen, keek een meisje op van haar schrijfmachine en knikte Quinten toe met een blik, die hem een beetje onzeker maakte. Haar zwarte haar was heel kort geknipt, zoals dat van zijn moeder. In de hoek stond een manshoge groene brandkast uit vervlogen tijden; op het midden van de deur zat een merk van zwaar koperbeslag: *Kromer*. Meteen had hij gezien, dat het gevaarte een ouderwets letterslot had, zoals dat al lang niet meer in gebruik was. Aron zette een knie op de betegelde vloer en draaide de knop vier keer heen en weer, er voor zorgend dat de combinatie onzichtbaar bleef voor zijn gast. Toen de kolossale stalen deur, wel vijfentwintig centimeter dik, langzaam openzwaaide, zag Quinten dat er plaats was voor wel honderd geboden.

'Zwaar,' zei de hotelhouder, terwijl hij de koffer op de onderste plank legde, maar hij vroeg niet verder. Nadat hij de deur met een dreunende slag had gesloten, gaf hij de knop twee keer een zwiep met de zijkant van zijn hand. 'Zo goed?'

'Ja.'

Het meisje draaide zich om en vroeg iets in het ivriet, misschien alleen om Quinten weer te kunnen zien, met de witte lok in zijn zwarte staartje. Maar Aron waakte over zijn dochter en beduidde Quinten, dat hij terug kon gaan naar de balie.

Daar was intussen iets gebeurd. Met open mond stond Onno op de drempel van de conversatiekamer, zijn ogen kennelijk gericht op de televisie. Met een bevelend gebaar ter hoogte van zijn heup beduidde hij Quinten, dat hij stil moest zijn. Quinten ging naar hem toe en keek ook naar het scherm: opnamen van een geëxalteerd biddende en zingende menigte op een plein, de meesten knielend, met gespreide armen, hun gezichten extatisch ten hemel geheven; tussen hen in stonden karren van pizzaverkopers. De hebreeuwse commentaarstem verstond hij niet. Toen de camera zwenkte, zag hij opeens waar het was: bij het Sancta Sanctorum! De overvolle Heilige Trap, de kapel, door de tralies een close up van zijn vaders stok op de pauselijke bidstoel tegenover het altaar! Even later verscheen een oude vrouw in beeld, opgewonden gebarend, met overslaande stem pratend in het italiaans, waarvan hij alleen het woord 'miracolo' verstond, gevolgd door een bedachtzaam formulerende, hebreeuws ondertitelde priester, maar niet die van boter. Nadat nog eenmaal de stok met de slangenkop was getoond, sloot de israelische nieuwslezer het onderwerp af met een ironische blik naar de kijkers.

Sprakeloos liet Onno zich op een stoel zakken.

'Vertel!' zei Quinten. 'Wat is er gebeurd?'

'Ik word gek. Vanochtend is mijn stok ontdekt - door die oude vrouw. Zoals elke zondag kwam zij als eerste de Heilige Trap op en ze alarmeerde de passionisten. Toen ze hun verbijstering zag, begon ze te schreeuwen dat er een wonder was gebeurd, niemand kon immers in die kapel komen. Binnen een uur had het nieuws zich door de stad verspreid en van alle kanten begonnen de mensen toe te stromen. Wat denk je? Ze geloven dat mijn stok de staf van Mozes is, waarmee hij water uit de rots heeft geslagen. Het bewijs is de handgreep in de vorm van een slangenkop: aan het hof van de farao heeft Mozes zijn staf eens op de grond gegooid en die veranderde toen in een slang. Tegelijk zeggen ze, dat de paradijsslang nu de acheiropoèton aanbidt in het pauselijke Heilige der Heiligen, en dat dat duidt op het einde van de erfzonde en de wederkomst van Christus. Op het ogenblik schijnen er opstoppingen te zijn op alle toegangswegen naar Rome.'

Het duurde even eer Quinten kon zeggen:

'Maar die paters weten toch, dat het jouw stok is?'

'Dus die laten het kennelijk zo,' knikte Onno. 'Zij hebben niet goed opgelet, en het is niet hun belang dat dat bekend wordt. Bovendien vinden zij die opwaardering van hun kapel natuurlijk prachtig.'

'En als Mauro je stok herkent?'

'Dan durft hij niets te zeggen. Misschien laat hij zich zwijggeld geven. Niemand kan nu meer terug.'

'En waarom kwam daarnet de rector niet aan het woord? Kan er niet toch meer aan de hand zijn?'

'Misschien wordt padre Agostino straks wel heilig verklaard. Patroonheilige van het zuivelbedrijf.'

'Wie was die geestelijke aan het slot?'

'Kardinaal Sartolli, de aartspriester van San Giovanni in Laterano. Die hield zich diplomatiek op de vlakte. Hij zei dat de Kerk zich natuurlijk verheugde in de vroomheid van het volk, maar dat het wachten nu was op een officiële reactie uit het Vaticaan.' Onno keek naar hem op. 'Quinten! Wat hebben we aangericht!'

Quinten bleef hem nog even aankijken – en plotseling, als geveld door de bliksem, viel hij op de grond van het lachen.

63
Het midden van het midden

'Ik heb jou nog nooit zo zien lachen,' zei Onno de volgende ochtend tijdens het ontbijt, nadat hij Quinten uit de Ha'aretz het laatste nieuws over de toestand in Rome had voorgelezen: uit de hele wereld stroomden inmiddels de pelgrims naar het Sancta Sanctorum, de Piazza San Giovanni in Laterano was afgezet voor alle verkeer, net als de Heilige Stoel onthield het Opperrabbinaat in Jeruzalem zich van commentaar.

'Is het dan niet om je gek te lachen? Al die biddende mensen, terwijl er nu juist niets meer te aanbidden is? Alleen die malle wandelstok van jou.'

Onno vouwde de krant op.

'Goed. We hebben de tien geboden dus geruild voor mijn wandelstok, en jij gaat ze terugbrengen.' Over zijn leesbril keek hij Quinten aan. 'Of zouden die twee stenen misschien net zoiets zijn als die aanbeden staf van Mozes?'

'Hoe kom je daarbij?' zei Quinten verontwaardigd. 'Jouw stok is toch niet de staf van Mozes?'

Onno knikte en lepelde zwijgend zijn ei leeg.

'Maar ik neem aan, dat de safe van Hotel Raphaël niet hun laatste bestemming is.'

'Allicht niet.'

'Ik kon niet zo goed slapen, zoals je misschien begrijpen zult, en ik heb maar weer eens geprobeerd mij in jou te verplaatsen... ik weet dat dat onmogelijk is, maar waarom zou een mens niet ook het onmogelijke proberen... en ik denk, dat je ze precies daar wilt afleveren, waar Titus ze vandaan heeft gehaald. Of heb ik het mis?'

'Ik weet het niet,' zei Quinten. Zelf had hij er nog niet over nagedacht, – het zou wel blijken, – maar misschien was het een goed idee.

'Dat is dus op de plek, waar de tempel van Herodes heeft gestaan.'

'Maar,' vulde Quinten aan, 'dan toch op de plek waar het Heilige der Heiligen heeft gelegen.'

Zuchtend veegde Onno zijn mond af.

'Natuurlijk, je kunt niet exact genoeg zijn. Dat wordt dus weer *lernen.* Ik had niet gedacht, dat ik dankzij jou zo veel aan de weet zou komen.' Met een ondragelijk knersend geluid schoof hij zijn stoel achteruit en stond op. 'Zullen we de situatie dan maar eens gaan opnemen?'

Quinten verbaasde zich een beetje over het initiatief, dat zijn vader plotseling ontplooide. Het leek of hij haast kreeg; misschien vond hij, dat er langzamerhand een punt gezet moest worden achter de hele affaire, na wat er nu in Rome gaande was. Maar ook zelf was hij nieuwsgierig naar de plek, waar al die tempels hadden gestaan. In de deuropening wees Aron hun de smalle straat, die zij moesten nemen: steeds rechtdoor, dan kwamen zij vanzelf uit bij de tempelberg Moriah, een wandeling van tien minuten.

Na de koele nacht was de hitte alweer rijzende. Het stampvolle straatje, versierd met drogend wasgoed, zoals alle straatjes rondom de Middellandse Zee, was het begin van de soek: een onafgebroken aaneenschakeling van minuscule winkels met souvenirs, aardewerk, bonte stoffen, glanzend suikergoed, ondefinieerbare werkplaatsen, koperslagerijen, een kapper, maar vooral van schreeuwende kooplui die de toeristen hun waar probeerden aan te smeren. Ook drongen elke tien meter mannen met hoofddoeken zich op als gids; bij het horen waar zij vandaan kwamen, riepen zij zonder uitzondering in het nederlands:

'Allemachtig achtentachtig!'

Onno bleef staan bij een uitstalling van wandelstokken met handgrepen van primitief houtsnijwerk.

'Als ik deze eens nam,' zei hij en wees op een slangenkop. 'Dat zou pas de duivel verzoeken zijn.'

'Daar zou ik maar mee oppassen in Jeruzalem.'

'Veertig shekel,' zei de handelaar en trok de stok te voorschijn.

Omdat hij ze allemaal even lelijk vond, schudde Onno zijn hoofd en liep door. Maar de man bleef hen volgen en na een paar stappen was de prijs gezakt tot dertig shekel, tot vijfentwintig, tot twintig.

'Nog even,' zei Onno, 'en we krijgen hem voor niets.'

'Als we gewoon blijven doorlopen, worden we vanzelf miljonair,' voegde Quinten er aan toe, – terwijl hij even dacht aan de vermomde hotelhouder, die geen idee had dat zijn brandkast tijdelijk was veranderd in de ark des verbonds en voor een miljard gulden aan saffier herbergde.

Voor tien shekel kocht Onno een zware stok met een onbewerkte handgreep, bijkans een knuppel, door de koopman gedienstig uit zijn werkplaats gehaald. Opgelucht dat hij weer steun had, liep hij verder. De wandeling had nu al een kwartier geduurd, maar een tempelberg was nog nergens te bekennen. Verderop werd de straat overwelfd door bogen, even later kwamen zij terecht in de schaduwen van een overvolle, labyrinthische bazaar, waarin van rechtdoor lopen geen sprake meer kon zijn. Toen Quinten op een straathoek keek waar zij waren, las hij:

'Via Dolorosa.'

'Ja, zo gaat dat hier. De kruisweg van onze heer en heiland.' Met zijn stok wees Onno naar een reliëf boven een kerkdeur. 'Dit is de plek van de vierde statie, waar Jezus zijn moeder ontmoette. Maar,' zei hij en keek naar links en naar rechts, 'dat betekent dat aan het eind van deze route Golgotha is, waar de Grafkerk overheen is gebouwd; en aan het begin moet dan Pilatus' Burcht Antonia zijn, waar de Heilige Trap vandaan komt. Die kant moeten we dus op, want die vesting stond volgens mij ook op de tempelberg.'

Op dat moment trok Quinten hem plotseling aan zijn arm een winkel met sieraden in.

'Wat is er?'

'Daar heb je tante Trees.'

Achter een man die een dichtgeklapte rode parasol boven zijn hoofd hield, liep zij te midden van een groep witharige dames, allemaal net zo op elkaar lijkend als hun gebloemde jurken. Gebukt weggedoken volgde Onno haar met zijn ogen. Hij voelde iets van ontroering.

'Wat is ze oud geworden,' zei hij zacht, 'dat karonje. Maar nog steeds even vroom. Die gaat straks haar hand steken in het gat, waarin het kruis van Jezus Christus heeft gestaan.'

'Of had je haar willen ontmoeten?' vroeg Quinten. 'Ze had jou nu natuurlijk ook herkend.'

'Ik weet het eigenlijk niet.' Kreunend richtte Onno zich op. 'Ik heb geen idee meer wat ik met mijn leven aan moet, maar ik kan natuurlijk niet blijven doen alsof alles nog net zo is als vroeger. Daar heb jij wel voor gezorgd.'

Onderdanig hield de winkelier hun een zilveren ketting met een kleine davidster voor, – of wat voor zilver moest doorgaan. Onno keek in de ogen van de oude arabier, die op zijn hoofd een klutje van verfijnd wit kant droeg.

'Dit zullen we moeten kopen,' zei hij.

Hij betaalde de onzinnige prijs die hem werd gevraagd en deed de ketting om Quintens hals. Quinten voelde er even aan en vroeg:

'Mag je dat dragen als je geen jood bent?'

'Alleen als je het hebt gekregen van je vader. Dat staat vast wel ergens in de talmoed.'

Een paar huizen verder kochten zij bij een krantenstal een plattegrond, die hun snel de weg terugwees naar de joodse wijk. De overgang was herkenbaar aan een soort grens, gevormd door soldaten, die zich aan weerszijden van de smalle straat stonden te vervelen. Bij het afdalen van een brede trap passeerden zij kort daarop weer een groep militairen; in de schaduw, naast zendapparatuur met een lange antenne, zaten zij ontspannen op stoelen, automatische geweren schietklaar op hun schoot.

'God en geweld,' zei Onno, 'zo is het hier sinds vierduizend jaar.'

De trap maakte een rechte hoek – en tegelijkertijd bleven zij staan.

*

Even deed de situatie Quinten denken aan Venetië, als hij uit de wirwar van stegen op de Piazza San Marco kwam. Maar daar heerste de kunst, de schoonheid, vol wind en zee en van een zwevende lichtheid, – hier was iets heel anders gaande: het was niet mooi, het was verpletterend. Hij kreeg het gevoel of het tafereel dat hij zag niet alleen was waar het was, maar ook in hemzelf, als een pit in een vrucht, – zoals gisteren in het vliegtüig het woord *testimonium*. Heet als een oven, gevuld met gezoem van stemmen, geluid van trommels en exotische, hoge trillers uit vrouwenkelen strekte een groot plein zich voor hem uit, aan de overkant afgesloten door de massale, gele Klaagmuur. Zij vormde geen afscheiding tussen twee ruimtes, zoals een stadsmuur, zij had het karakter van een rotswand. Op het terrein er boven straalden de gouden en de zilveren koepel, die hij vanuit de taxi al had gezien; daar vandaan kwam het elektronisch versterkte jammeren van een moëddzin. In deze stad lagen de godsdiensten niet alleen naast elkaar, hier waren zij ook nog bovenop elkaar gestapeld.

'Die muur,' zei Onno, 'is het enige restant van het tempelcomplex van Herodes. Die heeft daarboven op dat plateau gestaan. Voor zo ver ik weet heet zij niet «klaagmuur» omdat er sinds eeuwen wordt geklaagd om de jodenvervolgingen, zoals om Auschwitz en de gaskamers, maar om de verwoesting van de tempel door de romeinen. Zal je aanspreken.' Hij wierp een ongemakkelijke blik op Quinten. 'Er wordt gebeden om zijn herbouw en de komst van de Messias.'

Quinten keek naar boven. Hier en daar op de muur zat een soldaat met een geweer.

'Hoe komen we daar?'

Duizelig begon Onno de laatste treden af te dalen.

'Nu ik eenmaal in Jeruzalem ben, wil ik eerst hier beneden even rondkijken. Besef je wel wat dit allemaal voor *mij* betekent? Gedurende mijn hele jeugd is deze poespas er bij mij met de voorhamer ingeslagen. Mijn zuster loopt hier ook niet toevallig rond.'

De stemming aan de voet van de muur was eerder feestelijk dan klaaglijk. Met hekken was daar een deel van het plein voor mannen gereserveerd, een kleiner gebied voor vrouwen; bij de toegang kregen zij een papieren keppeltje uitgereikt – misschien gevouwen in gevangenissen, door palestijnen – en gedurende een half uur mengden zij zich in het religieuze gewoel. Over de volle breedte van de muur, waaruit trossen onkruid groeiden, stonden gelovigen met hun gezicht naar de kolossale blokken, de twee onderste rijen bruin verkleurd van de handen en lippen, die er gedurende twintig eeuwen op gedrukt waren. Orthodoxen in kuitbroeken, met ronde hoeden en pijpekrullen langs hun wangen gingen zich te buiten aan vreemdsoortig schokkende bewegingen, als ledenpoppen, intussen in boeken lezend; oude mannen met grijze baarden zaten met hun gezicht naar de muur op stoelen, ook lezend. Toen Quinten er op begon te letten, zag hij dat alles betrekking had op lezen. De spleten tussen de stenen waren gecementeerd met ontelbare opgevouwen papiertjes, natuurlijk beschreven met wensen.

'Zo is het,' zei Onno. 'Je bent hier in de wereld van het boek. Ik stam er zelf ook uit. Misschien moet je blij zijn dat jou dat bespaard is gebleven, maar misschien ook niet.'

Hier en daar stonden tafels met boeken, waar soms even in werd gebladerd; nu en dan nam iemand een exemplaar mee naar de muur. Door een stenen boog in de linkerhoek van het plein deed Quinten een paar passen in een donkere ruimte, die hem even aan zijn Burcht deed denken en waar nog veel meer boeken op planken stonden. Plotseling verscheen uit de krochten een kleine, rommelige processie: mannen in gebedskledij, met doeken over hun hoofden, droegen een opengeklapte houten kast het licht in. Zij bevatte twee grote, beschreven rollen.

'Daar heb je dan de «joodse wet»,' zei Onno met ironische nadruk en keek Quinten van opzij aan. 'Dat is de torah.'

Natuurlijk hoorde Quinten de ondertoon in zijn stem, maar hij negeerde het. Onderweg aangeraakt en gekust werden de rollen naar de afscheiding van het vrouwenareaal gebracht, waaruit weer die hoge trillers opstegen. Het was een of andere inwijding van een jongen van een jaar of twaalf; mannen met witte keppeltjes en zwarte baarden wonden een geheimzinnig lint om zijn blote linkerarm en op zijn voorhoofd werd een vreemd, science-fictionachtig blokje bevestigd, terwijl een patriarchale rabbijn in een goudkleurige toga uit de meegebrachte torah las. Uitgelaten vrouwen en meisjes wierpen zuurtjes over de omheining.

'Wat zit er in dat blokje?'

'Tekst. Geboden.'

Quinten voelde zich jaloers. Aan hemzelf was nooit zo veel aandacht besteed. Waarom wel die jongen en hij niet? Alleen omdat hij joods was en hijzelf niet? Maar daar stond tegenover, dat hij op eigen houtje iets had ontdekt waarvan die jongen en al die mensen hier nooit hadden gedroomd!

'Zullen we nu naar boven gaan?'

Aan de rechterkant van de muur leidde een geasfalteerd pad met een flauwe bocht omhoog; langs een onafgebroken rij fotograferende en filmende toeristen kwamen zij uit bij een poort, waar politiemannen met machinepistolen over hun schouders alle tassen inspecteerden. Grotere bagage moest achtergelaten worden.

'Zie je hoe het hier in elkaar zit?' vroeg Onno zacht, terwijl zij op hun beurt wachtten. 'Aan alle kanten steile muren met zwaarbewaakte poorten. Beneden is de heiligste plek van de joden, hierboven sinds meer dan duizend jaar de derde heilige plek van de islam, als ik het goed heb, – na Mekka en Medina. Die toestand is een soort religieuze kernbom: als dat op elkaar botst, wordt de kritische massa overschreden en dan explodeert de hele wereld. De israeli's hebben dat goed begrepen en jij komt er nooit doorheen met je stenen, ook al weet niemand waar jij die in je oneindige optimisme voor aanziet. Dat zogenaamde «terugbrengen» van jou kun je vergeten, want je hebt hier niet te maken met een stel slaperige oude paters van boter. Als je niet Nebukadnezar of Titus heet, zul je iets anders moeten verzinnen.'

Ongeduldig schokte Quinten met zijn schouders.

'Ik zie wel.'

Hij voelde zich gespannen. In de poort stond een tafel waar vrouwen met te blote benen grauwe rokken tot hun enkels moesten aantrekken; toen hij aan de andere kant uit de schaduw kwam, bleef hij getroffen staan en keek over de uitgestrekte, stille tempelesplanade. De atmosfeer van afwezigheid deed hem even denken aan zijn weide bij Groot Rechteren, met de rode koe, de twee elzen en de drie zwerfkeien. Niet alleen waren er veel minder mensen dan beneden op het plein, de stilte had ook een vreemd, afwachtend karakter, als de seconden die verstreken tussen een bliksemflits en de donderslag... of was het alleen de uitputting van het verleden – van alles wat zich op deze vlakte door de eeuwen heen had afgespeeld aan godsdienst, moord en verwoesting? Honderd meter verder, iets links van het midden, op een verhoogd terras, stond een breed heiligdom in schitterend blauwe en groene kleuren: een achthoekige onderbouw, bekroond door de gouden koepel, als een tweede zon gevat in de wolkenloze lucht. Op de top stond een maansikkel. Uit de cypressen en de olijfbomen, die hier overal uit hun schaduwen verrezen, kwam getsjilp van vogels; één kant bood een weids uitzicht op een begroeide, met kerken, kloosters, kapellen en begraafplaatsen overdekte heuvel.

Quinten wierp een blik op de plattegrond en wees naar de poëtische helling.

'Dat is de Olijfberg.'

'Mijn god,' zei Onno, 'ook dat nog. Je had gelijk: alles bestaat echt.'

Aarzelend kwam een oude, magere heer op hen af, conventioneel gekleed in een grijs pak met wit overhemd en een das; op zijn wang zat een miniem plukje watten. Hij kuchte even achter zijn hand, alsof hij lang niet gesproken had, en zei toen in het engels, met hese stem:

'Mijn naam is Ibrahim, ik ben dichter en ik woon sinds drieënzestig jaar in Jeruzalem. Met mij komt u in een uur meer te weten dan zonder mij in een week.'

Onno schoot in de lach.

'Aangezien wij geen toeristen zijn, bent u precies degene die wij nodig hebben.'

Ibrahim ging meteen aan het werk. Hij draaide zich half om en wees naar de grote moskee met haar zilveren koepel, waar zij vlakbij stonden en die Quinten toch nog niet was opgevallen. Er voor stond een groep arabische schoolmeisjes met witte hoofddoeken en met jurken over hun lange broeken.

'Al-Aqsa,' zei hij.

'«Verste punt»,' knikte Onno.

Verbouwereerd keek Ibrahim hem aan.

'Dat weet u?'

'Maar niet, waarom het zo heet. Verste punt van waar? Van de andere kant van de aarde?'

'Het verste punt dat de Profeet ooit heeft bereikt. Op een nacht lag hij te slapen bij de Ka'aba in Mekka – '

'Wat is dat?' vroeg Quinten, onwillekeurig aan Onno.

'De heiligste plek van de islam, maar veel ouder dan de islam. Een grote kubus met een zwarte steen: vermoedelijk een meteoriet.'

'...toen een paard met het gezicht van een vrouw en de staart van een pauw hem bliksemsnel naar Jeruzalem bracht. Beneden aan de Klaagmuur maakte hij het vast en kwam over dezelfde weg als u naar boven, waarna hij zijn nachtelijke reis naar de hemel ondernam.'

'We nemen aan, dat hij dat droomde?' vroeg Onno voorzichtig.

'Er zijn geleerden die dat aannemen,' knikte Ibrahim. 'Er zijn ook geleerden, die aannemen dat hij wel lijfelijk hierheen is gekomen, maar dat zijn hemelreis een visioen was.'

'En u als dichter, wat neemt u aan?'

'Dat er geen verschil is tussen droom en daad natuurlijk,' zei Ibrahim met een lachje. 'De dromen van een dichter zijn zijn daden.'

'Bravo, meneer Ibrahim!'

'Is Mohammed precies van die plek opgestegen?' vroeg Quinten en duidde met zijn hoofd naar de moskee.

Ibrahim wees naar het bouwwerk met de gouden koepel.

'Van die plek. Niet opgestegen overigens, maar geklommen, via een ladder van licht. Daar is hij trouwens ook weer naar beneden gekomen, en eer het dag werd had al-Buraq hem weer naar Mekka gebracht.'

'De bliksem?' vroeg Onno. 'Op een paard heen en op de bliksem terug?'

'Zo heette dat paard: De Bliksem.' Ibrahim maakte een uitnodigend gebaar. 'Zullen we eerst de moskee bezichtigen? Dit gothische portaal is er negenhonderd jaar geleden door de kruisvaarders tegenaan gebouwd; die hebben er tijdelijk een kerk van gemaakt die ze Templum Salomonis noemden.'

Quinten wierp een ongeïnteresseerde blik op de spitsbogen.

'En de echte joodse tempels – waar hebben die gestaan?'

Ibrahim wees weer naar de gouden koepel.

'Daar.'

'Ook daar?' vroeg Quinten met opgetrokken wenkbrauwen.

Met donkere ogen keek Ibrahim hem aan en schraapte zijn keel weer.

'Daar is alles.'

'Dat is veel, meneer Ibrahim,' zei Onno.

'U weet toch wat de joden plegen te zeggen: «Joden overdrijven altijd, arabieren liegen altijd» – oordeelt u zelf. Voor de moskee hebt u kennelijk geen belangstelling.'

Langs een verdiept bekken voor rituele wassingen, omringd door stenen leunstoelen, liepen zij rechtdoor naar de brede trap die een meter of vier omhoog naar het terras leidde; boven aan de treden stond een losstaande arcadenrij van vier verweerde bogen. Quinten vond het koepelbouwwerk afwerender worden naar mate het dichterbij kwam, zoals een vuurtoren, die ook alleen uit de verte gezien wil worden. De onderste helft van de basis, bekleed met wit marmer, ging over in uitbundig gekleurde tegelornamenten, bij de daklijst bekroond door koranverzen in decoratief arabisch schrift. Ibrahim vertelde, dat de dom meestal werd aangezien voor een moskee, maar dat was het niet, het was een schrijn, in de zevende eeuw gebouwd door kalief Abd al-Malik, - maar, dacht Quinten, terwijl hij bij de ingang zijn schoenen uittrok, dan toch naar het ontwerp van een christelijk architect, want dat achthoekige leek hem niet erg mohammedaans. De octogoon was de vorm die doopkapellen hadden, zoals hij die in Florence en Rome had gezien; van meneer Themaat herinnerde hij zich, dat dat in verband stond met de 'achtste dag': de opstanding van Christus - die hier ook ergens in de buurt had plaatsgegrepen. Maar over dit gebouw had meneer Themaat hem nooit iets verteld.

Op kousevoeten gingen zij over de tapijten naar binnen. Na een paar passen bleef Quinten staan. Zijn adem stokte. Kon het waar zijn wat hij zag?

*

Een steen. In het midden van de schemerige ruimte, binnen de kring zuilen die de koepel droeg, omheind door een houten balustrade, bevond zich niets anders dan een reusachtige rotspartij, manshoog, met een grillig oppervlak. Terwijl hij er naar bleef kijken, voelde hij zijn vaders ogen op zich gevestigd, maar hij beantwoordde zijn blik niet. De enigszins trapeziumvormige steen was goudgeel, zoals heel Jeruzalem; kennelijk was het de top van de tempelberg. Hoe zwaar kon iets zijn? Tijdens de afgelopen drie weken was alles zwaarder geworden: na Venetië's lichtheid de sombere gevels van Florence, dan de weggezakte romeinse ruïnes, daarstraks die enorme blokken van de Klaagmuur, en nu stond hij oog in oog met het allerzwaarste: de aarde zelf – maar tegelijkertijd, had Max hem eens verteld, was die eigenlijk gewichtloos, zoals zij in een baan om de zon zweefde. Het was heilig hier – of werd dat gevoel alleen veroorzaakt door de manier waarop de plek werd gepresenteerd, als een edelsteen in een gouden vatting? Kon je op die manier van alles iets heiligs maken? Waarom waren er niet meer dan twee of drie toeristen? In de brede gaanderij aan de andere kant van de arcadencirkel zaten hier en daar arabische vrouwen op de grond, met afgewende gezichten, in lange witte gewaden die ook hun hoofd bedekten.

Op een hoek van de balustrade stond een hoge opbouw in de vorm van een toren, waarin volgens Ibrahim drie baardharen van de Profeet werden bewaard. Vervolgens wees hij op een holte in de steen en zei:

'Dit is zijn voetafdruk, toen hij zich afzette voor de nachtreis. En hier,' vervolgde hij en wees op een aantal brede ribbels in de zijkant van de steen, 'ziet u de vingerafdrukken van de aartsengel, die de rots tegenhield, want die wilde mee naar de hemel. Dat was Gabriël, zoals u hem noemt, die de Profeet de koran heeft gedicteerd.'

Quinten liet zijn ogen over de steen dwalen.

'En hier,' vroeg hij, 'stonden dus ook de tempels van Salomo, Zerubbabel en Herodes?'

'Dat neemt men aan.'

'Maar dat kan toch makkelijk vastgesteld worden? Waarom gaan de joden niet een beetje graven hier in de buurt?'

Ibrahim legde zijn voorhoofd in ironische rimpels.

'Omdat onze religieuze autoriteiten niet graag zien, dat de joden een beetje gaan graven hier in de buurt.'

'En dat doen ze dan ook niet?'

'Tot nu toe niet.'

'Je zou het tot op zekere hoogte zelfs kunnen bewijzen vanuit het Nieuwe Testament,' zei Onno in het nederlands. 'Herinner je je die tekst in de koepel van de Sint-Pieter: «Jij bent Petrus en op deze rots zal ik mijn kerk bouwen»? Christus zei dat vermoedelijk dus met heel bepaalde accenten: «Jij bent Petrus en op *deze* rots zal *ik* mijn tempel bouwen». Dat wil zeggen,' zei Onno en wees op de rots, 'in onderscheid tot de tempel op deze rots.'

Ibrahim wachtte beleefd tot Onno was uitgesproken. Quinten zag, dat hij het onprettig vond buitengesloten te worden, en terwijl zij langzaam verder liepen, met de wijzers van de klok mee, vroeg hij:

'Was hier het Heilige der Heiligen?'

'Volgens sommigen. Volgens anderen was dit de plek van het brandofferaltaar.' Hij wees naar een lichtschijnsel, dat aan de andere kant uit de rots opsteeg. 'Daar zit een gat in de steen, dat uitkomt in een grot; misschien dat daardoor het bloed van de offerdieren wegstroomde. In dat geval zou het Heilige der Heiligen meer naar het westen hebben gelegen.'

Quinten tastte onder zijn hemd naar zijn kompas, waarbij hij eerst zijn nieuwe davidster voelde. De ingang waardoor zij waren binnengekomen, lag precies op het zuiden, in één lijn met de Al-Aqsa-moskee, die natuurlijk op Mekka was georiënteerd. Het westen was dus in de richting van de Klaagmuur, het oosten in de richting van de Olijfberg. Ook daar had de kapel portalen.

'Maar,' zei hij, terwijl zij verder liepen, 'Mohammed kwam voor zijn hemelreis toch vast niet naar juist deze plek omdat hier de joodse tempels hadden gestaan?'

'Nee,' zei Ibrahim met een glimlach. 'Zo liggen de verhoudingen nog steeds niet.'

'Waarom dan wel?'

'Om een reden die ook in verband staat met de bouw van de joodse tempels op deze plek.'

'En die was?' vroeg Onno. Het was of de inquisitore manier,

waarop Quinten weer eens de onderste steen boven wilde hebben, ook op hemzelf oversloeg.

Een beetje verwonderd keek Ibrahim van de een naar de ander.

'Dit lijkt een kruisverhoor.'

'Dat is het ook,' zei Onno gedecideerd.

'Er zijn allerlei overleveringen verbonden met deze plaats,' zei Ibrahim vormelijk. 'Bent u tevreden met vier? De eerste is, dat koning David op deze rots de engel zag staan die op het punt stond Jeruzalem te verwoesten. Toen dat gevaar was afgewend, bouwde hij hier een altaar. Salomo, zijn zoon, richtte hier vervolgens de eerste tempel op.'

'En de tweede overlevering?'

'Die zegt, dat nog weer duizend jaar eerder de aartsvader Jakob hier droomde van de ladder naar de hemel, waarlangs de engelen neerdaalden en opklommen.'

Onno hief een arm op en reciteerde:

'«En hij vreesde, en zeide: Hoe vreeselijk is deze plaats! Dit is niet dan een huis Gods, en dit is de poort des hemels!» Dat is nederlands,' voegde hij er in het engels aan toe.

'Mooie taal,' zei Ibrahim, 'lijkt wel iets op arabisch. Even gutturaal.'

'Klopt. Uw collega's krijgen er niet genoeg van om «Allemachtig achtentachtig» te zeggen.'

Verwijtend keek Ibrahim hem aan.

'Dat zijn niet mijn collega's,' zei hij met een stem, die plotseling nog iets heser leek.

Op hetzelfde ogenblik had Onno spijt van zijn opmerking. Misschien was Ibrahim inderdaad een dichter die aan de kost kwam als gids, en niet een gids die in zijn vrije tijd abominabele gedichten schreef.

Inmiddels waren zij om de noordelijke, smalle zijde van de rots heen gelopen, waar ook overal vrouwen in het wit zaten. Met elke stap en elk woord twijfelde Quinten er minder aan, dat hier het Heilige der Heiligen had gelegen.

‘En waarom,’ vroeg hij, ‘sliep Jakob juist hier?’

Ibrahim streek even met de palm van zijn hand over zijn dunne grijze haar.

‘Omdat hier nog eerder al iets anders was gebeurd. Dit is namelijk bovendien de plek waar zijn vader, Isaäc, geofferd zou worden door zijn grootvader, Abraham.’

‘Welja,’ zei Onno, weer in het nederlands.

‘Maar op het laatste ogenblik werd hij weerhouden door een aartsengel.’

‘Gabriël?’ vroeg Quinten.

Ibrahim maakte een twijfelend gebaar.

‘Michaël, als ik mij goed herinner. Toen was de rots in zekere zin dus ook al een altaar: voor mensenoffers. Dat was de reden waarom de Profeet juist hierheen kwam, – of liever: waarom Gabriël hem juist hierheen bracht op zijn paard. Toen hij aankwam, werd hij op deze plaats welkom geheten door Abraham, Mozes en Jezus.’

‘Ja,’ zei Onno, ‘wij nemen alles wat u zegt natuurlijk voetstoots aan, want zo zijn wij nu eenmaal. Maar langzamerhand word ik toch werkelijk benieuwd naar de vierde overlevering, want ik bespeur een stijgende lijn in de gebeurtenissen zoals u ze vertelt, meneer Ibrahim.’ Hij stokte even. ‘Wat hoort mijn oor plotseling uit mijn eigen mond? Ibrahim? Bent u genoemd naar Abraham?’

Ibrahim maakte een kleine buiging.

‘Mijn vader heeft mij die eer aangedaan.’ Aan de oostkant, waar de steen lager was en een vrouw in het wit biddend zat weggekropen in een nis, als een nachtvlinder, met haar rug naar hen toe, bleef hij staan. ‘Jeruzalem is natuurlijk het joodse middelpunt van de wereld,’ zei hij en strekte zijn arm uit, ‘maar al vanaf de oudste tijden was deze rots voor de joden het midden van het midden.’

*

'Het midden van het midden?' herhaalde Quinten met grote ogen.

'Deze rots,' zei Ibrahim plechtig, 'droeg niet alleen de tempels, volgens de joden is hij de funderingssteen van het hele wereldgebouw. Hier is de schepping van hemel en aarde begonnen – van dit punt is het eerste licht uitgegaan.'

De Big Bang dus, dacht Onno; jammer dat Max dit tastbare bewijs voor die theorie niet meer mocht beleven, – de godsdienst als religieuze achtergrondstraling... Ongerust keek hij naar Quinten. Er broeide weer wat in dat hoofd; maar wat het ook was, zelf deed hij niet meer mee.

Misschien omdat hij de sceptische uitdrukking op Onno's gezicht had gezien, richtte Ibrahim zich nu alleen nog tot Quinten.

'In deze steen komen hemel en aarde en onderwereld bij elkaar. Zo lang God hier gediend wordt, houdt hij de verwoestende wateren van de onderwereld tegen, die in de dagen van Noach losgebroken zijn.'

'Maar hij wordt hier dus niet meer gediend.'

'Niet op de manier van de joden.'

Quinten zuchtte diep. Het stond nu absoluut vast, dat hier het Heilige der Heiligen was geweest. Hij was plotseling nog een stap verder gekomen dan *het midden van de wereld* – hij was zijn droom voorbij. Hier in dit midden van het midden had de ark des verbonds gestaan en later hadden de tafelen der Wet op deze rots gelegen. Liefst zou hij er op klimmen om te kijken of ergens een uitsparing was gehakt, door Jeremia, waar zij in gelegen konden hebben. En op hetzelfde moment zag hij die plek, vlakbij, aan de rand van de rots, waar de witte vrouw zat te bidden: een rechthoekig gat van twintig bij vijftig centimeter, waar de tafelen precies in zouden passen.

Ibrahim zag hem er naar kijken en zei:

'Dat is de voetafdruk van Idris, de bijbelse Henoch.'

'Papa...' zei Quinten en wees er naar zonder iets te zeggen.

Onno had het meteen begrepen en verdraaide wanhopig zijn ogen.

'Wanneer houd jij nu eindelijk eens op met die hemeltergende onzin, Quinten? Hebben we ons niet al genoeg in de nesten gewerkt?' Plotseling werd hij woedend. 'Zie toch eindelijk in, dat je alleen nondescripte rommel uit Rome hebt meegebracht, een paar oude dakpannen, en dat gat is nog eerder de voetafdruk van Henoch dan wat jij er nu voor aanziet. Schoenmaat achtentachtig!'

'Misschien is het allebei.'

'Quatsch, Quatsch, Überquatsch! En nu wil ik meteen weg hier, ik ben het zat. We gaan,' zei hij tot Ibrahim.

'Wilt u niet ook nog de grot, de Bron der Zielen – '

'We gaan.'

Onno's uitval liet Quinten koud. Hij had de tafelen der Wet in zijn bezit en eeuwenlang hadden ze in dat gat gelegen, in de totale duisternis van het debir, volkomen onopvallend, helemaal aan de zijkant. Toen zij door het oostelijke portaal buiten kwamen, in de hitte en het verblindende licht op de witmarmeren plavuizen van het tempelterras, zei hij:

'Ik ben heus niet van plan ze daar terug te leggen.'

'Dat zal je ook niet lukken.'

'Dat weet ik niet, maar dan zouden ze meteen de volgende dag gevonden worden door de arabieren, en dat zou misschien een nog grotere ramp zijn dan wanneer de joden ze in handen kregen.'

'Je ziet maar wat je doet, ik wil er in elk geval geen woord meer over horen. En ik zou maar oppassen als ik jou was. Als het je wens is vermoord te worden door schuimbekkende muzelmannen, dan moet je hier iets ondernemen. Je speelt met vuur, jij.'

Ibrahim, die zich wellevend op de achtergrond had gehouden, nam zijn taak weer op en wees naar een kleine zilveren koepel, die vlak voor het portaal in de steigers stond, omgeven door een schutting. Dat was de 'Kettingkapel' – zo genoemd naar een zilveren ketting die koning David er in had gehangen, een geschenk van de engel Gabriël: loog men terwijl men haar vasthield, dan viel er een schakel af. Onno luisterde niet meer, hij geloofde het langzamerhand wel, maar Quinten keek even door een kier naar binnen. De bovennatuurlijke leugendetector was een miniversie van de Rotsdom, maar rondom open; de bodem was bezaaid met scherven, kapotte stenen, stukken en brokken, gereedschap, gebutste blikken, plastic flessen en lappen; in het midden stond een elektrische steenzaag. Er was niemand aan het werk. Ten noorden van de rotskoepel bevonden zich nog meer kleine bouwsels, maar ook hij vond dat hij genoeg had gezien. Hij ging naar Onno; boven aan de oostelijke trap van het tempelterras keek hij in de schaduw van de arcaden uit over de Olijfberg.

Ibrahim was onvermoeibaar.

'Daar,' zei hij op de toon van een trotse eigenaar en wees naar de voet van de heuvel, 'is de Hof van Gethsemane, waar Jezus Christus –'

'Ik weet het, ik weet het.'

'Daarginds is het graf van zijn moeder, en daar op de top... ziet u die kleine koepel? Daar is hij ten hemel gevaren.'

Onno voelde zich duizelig en leunde zwaar op zijn stok.

'Hopelijk,' zei hij tegen Quinten, 'hebben ze hier in Jeruzalem een functionaris die het verticale verkeer regelt, om opstoppingen te voorkomen.'

Quinten schoot in de lach; hij was blij dat de woedeaanval was overgedreven. Ofschoon zijn vader zich er misschien weer aan zou ergeren, vroeg hij aan Ibrahim:

'Weet u ook, waar het kampement van Titus was?'

Ibrahim wees naar de noordelijke flank van de Olijfberg.

'Daar ergens. De veroveraars van Jeruzalem zijn altijd uit het noorden gekomen.'

Quinten keek om zich heen en vouwde de plattegrond open. Dat betekende dus, dat de tafelen der Wet en de menorah en al die dingen langs deze zelfde weg uit de tempel waren gedragen, hier het terras af en dan door het Kidrondal naar de overkant. Schuin tegenover hem, in de oostelijke muur van het plateau, omgeven door gras en bomen, viel hem nu een vreemd poortgebouw op: diep verzonken in de grond, met een dubbel schip, bekroond door twee lage torens met platte koepels; de beide doorgangen waren dichtgemetseld. Op het front met de kantelen stonden israelische soldaten met groene baretten.

'Wat is dat voor poort?'

'Ah!' zei Ibrahim en hief allebei zijn handen op. 'De Gouden Poort! Volgens de joden is dat de poort, waardoor God ooit naar hun tempel is gekomen om daar zijn troon te bestijgen. Hij moet gesloten blijven tot de komst van de Messias, aan het einde der dagen. Daarom wil elke vrome jood liefst ginds op de helling van de Olijfberg worden begraven.'

Met zijn stok wees Onno naar de soldaten op het dak.

'De Messias wordt meteen neergeknald.'

Er verscheen een scheve glimlach op Ibrahims gezicht.

'Dat niet alleen, de Messias heeft nog een tweede probleem. Aan de andere kant van de muur zijn moslimgraven en dat is onrein, daar mag hij niet overheen lopen.'

'Wat een rotstreek,' zei Quinten, 'om die daar aan te leggen.'

'Zo zie je maar,' lachte Onno, 'hier gaan ze over lijken – of juist niet; hoe moet je het zeggen?'

'Voor de christenen,' meldde Ibrahim nog, 'is de Gouden Poort een symbool van Maria, door wie Jezus in de wereld kwam, en die vóór, tijdens en na zijn geboorte maagd bleef: gesloten, om zo te zeggen.'

Die woorden maakten Quinten een beetje onzeker. Hij wierp een schuwe blik op de geheimzinnige poort en dacht even aan zijn moeder; om zich een houding te geven keek hij op de plattegrond, die hij nog opengevouwen in zijn handen had. Opeens viel hem op, dat het hele tempelplein de vorm had van een trapezium en het verhoogde terras met de rotskapel ook. Hij liet het zijn vader zien.

'Wat is daar zo bijzonder aan?'

'Nou, dat die steen van daarnet ook een trapezium is.'

'Ja,' zei Onno, 'dat is dus zo.'

Quinten wist ook niet, wat hij er van moest denken. Had de rots model gestaan voor het terras en het plein? Ook de Piazza San

Marco in Venetië had de vorm van een trapezium, - dat had hij zo mooi gevonden. Hadden alle trapeziumvormige dingen door toedoen van die vorm iets met elkaar te maken? Of alle bolvormige? Had een oog iets te maken met de zon? Ja natuurlijk, alles. En met een voetbal? De bol, de cirkel, de achthoek, het vierkant, de ellips, de rechthoek, de driehoek, de kubus, de pyramide - al die figuren, waarmee meneer Themaat hem voor het eerst vertrouwd had gemaakt, wat was hun eigen boodschap? Wat waren zij van zichzelf? Bestonden zij ergens in het echt? Misschien daar waar ook de muziek vandaan kwam? Hij keek weer op de kaart en zag, dat niet de Rotsdom maar de Kettingkapel precies in het midden van het tempelplein stond.

'Om je de waarheid te zeggen,' zei Onno, terwijl hij zijn ogen liet dwalen over de Olijfberg, de berg Scopus, de berg Zion, 'ben ik zoetjesaan onpasselijk van al die metafysica hier. Het wordt trouwens veel te heet. Wat zou je er van vinden als we de bus namen en iets gingen drinken in het westen, in de nieuwe stad? Daar kan ons niets meer gebeuren, denk ik.' Hij draaide zich om. 'Waar is onze dichter gebleven? We moeten hem nog betalen.'

'Daar gaat hij.'

Met zijn handen op zijn rug, zijn hoofd een beetje schuin, als een echte heer, zagen zij Ibrahim nog juist de noordelijke trap van het tempelterras afdalen.

64
Chawah Lawan?

Bij een druk kruispunt stapten zij uit en staken over naar een winkelpromenade, waar op een beschaduwd terras juist een tafeltje vrij kwam.

'Ziezo,' zei Onno, over zijn linkerdij wrijvend, 'hier kunnen we eindelijk een normaal gesprek voeren.'

De priesters en orthodoxen waren uit het straatbeeld verdwenen, zelfs de toeristen hadden grotendeels plaatsgemaakt voor winkelende vrouwen, werklui en groepen scholieren. Ofschoon er ook geen arabier was te zien, zaten op de rand van een grote plantenbak toch weer mannelijke en vrouwelijke soldaten in volle wapenrusting.

'Hoe komt het,' vroeg Quinten, 'dat die Ibrahim zoveel wist van al die bijbelse figuren? Mohammedanen hebben toch de koran?'

Gedurende een paar seconden keek Onno hem aan.

'Is dit wat jij verstaat onder een normaal gesprek?'

'Wat is er zo abnormaal aan? Het is toch een gewone vraag? Het bestaat toch allemaal?'

'Goed, ik zal je antwoorden,' zei Onno gelaten. 'De bijbel en de koran dekken elkaar voor een groot deel. Volgens de islam bezit Allah in de hemel het originele exemplaar van de heilige schrift; de torah en de evangeliën zijn daar corrupte edities en vervalsingen van; alleen de koran is een onbedorven kopie.' Knikkend keek hij Quinten aan. 'Ja, je moet maar durven: je grootvader en je vader uitroepen tot je zoon en je kleinzoon... Zo. En zouden we nu misschien van onderwerp kunnen veranderen? Of heb je helemaal geen orgaan meer voor de alledaagse werkelijkheid?'

'Dit *is* voor mij de alledaagse werkelijkheid.'

'Daar ben ik ook bang voor. Maar heb je nooit het gevoel, dat dat voor andere mensen wel eens doodvermoeiend kon zijn op den duur?'

'Van nadenken en iets leren word je toch zeker niet moe? Ik word alleen moe als ik me verveel.'

'Ik geef toe,' zei Onno, 'verveling krijgt weinig kans in jouw buurt.' Hij keek om zich heen. 'Je hebt natuurlijk gelijk, het bestaat allemaal, maar niet alles bestaat op dezelfde manier. Heb jij eigenlijk ooit wel eens geluisterd naar de gesprekken van andere mensen? Hier op dit terras kun je ze nu niet verstaan, maar mensen hebben het meestal over mensen, - over hun familie en kennissen, of over mensen op hun werk, of mensen in de politiek en de sport, en meestal over zichzelf.'

'En als *ik* nu eens doodmoe werd van zulk soort geklets? Als ze het over dingen hebben, gaat het bijna altijd over dingen die je hebben kunt, zoals auto's, en geld. Ik heb het nooit over mensen, en over mezelf ook niet, en ook niet over wat ik heb.'

'Nee, jij hebt het over trapezia, of over heilige stenen, - en dan gaat het je niet om die stenen, maar om hun heiligheid, om wat ze betekenen. Jou gaat het alleen om betekenissen en samenhangen. Ik geef toe, misschien heb ik je daarmee opgescheept, het concrete is ook niet mijn eigen sterke punt; maar zo abstract als met jou is het met mij toch niet gesteld. Heb jij die rots daarstraks eigenlijk wel goed bekeken? Weet je van wat voor soort steen hij is? Graniet? Kalksteen?'

'Waarom zou ik hem goed bekijken als hij niets betekent? Er zijn zoveel rotsen.'

'Hoor je wat je zegt? Als een rots iets betekent hoef je hem niet goed te bekijken, en als hij niets betekent ook niet. Jij hoeft dus eigenlijk nooit iets goed te bekijken. Ben jij eigenlijk wel van deze wereld?'

Quinten gaf geen antwoord. Niemand wist wie hij was – ook hij zelf niet. Wat was 'deze wereld'? De voetballende jongens in Westerbork, die waren van deze wereld, – maar het gevoel dat zij kregen als zij een doelpunt maakten, kreeg hij als hem iets interessants te binnen schoot. Al deze mensen hier, die zaten te kletsen over andere mensen of over dingen die je hebben kon, zoals die twee witharige dames aan het volgende tafeltje: daar had hij allemaal niets mee te maken. Kon hij dus het beste maar in een klooster gaan? Passionist worden? Bij de Klaagmuur een zwart lint om zijn arm laten binden? Toen dacht hij aan zijn eigen bezit, de tafelen met de tien geboden, waarvan hij toch maar had gezien dat zij van saffier waren, – het *testimonium*, dat tegelijk ook niet zijn bezit was en dat hij vandaag of uiterlijk morgen op een of andere manier uit handen zou geven. Daarna had hij hier niets meer te zoeken, ook niet in een klooster. Gisteren, in de Francis Bacon...

Zijn gedachten werden onderbroken door een meisje, dat de bestelling kwam opnemen. Hij wees naar het naburige tafeltje, waar een oude dame, die met de rug naar hen toe zat, een oranje drank voor zich had staan.

'Wat is dat?'

'Wortelsap.'

'Wortelsap? Nooit gedronken.'

'Nemen dus,' zei Onno. 'Wil je niet iets eten? Hoe laat is het?'

'Kwart voor twaalf. Ik heb geen trek.'

Nadat Onno een kop koffie voor zichzelf had besteld, vroeg hij:

'Zullen we straks naar een postkantoor gaan en oma Sophia bellen? Dat hadden we ons in het Sancta Sanctorum voorgenomen.'

'En wou je haar dan alles vertellen?'

'Stel je voor! Dat zou vermoedelijk kortsluiting in de telefooncentrale veroorzaken. Alleen een teken van leven geven. Ik weet niet wat je verder nog van plan bent, maar het zal er toch op neerkomen dat we ten slotte teruggaan naar Nederland.'

'Ja?' vroeg Quinten. 'En dan?'

Onno zuchtte.

'Dat is mij ook een raadsel. Toen ik daarstraks tante Trees zag in de Via Dolorosa, was dat voor mij een signaal dat die wereld weer op mij af komt. Maar wat moet ik daar doen? Voor jou is dat geen probleem, jij bent zeventien, jij kunt nog alle kanten op; maar ik kan nergens meer bij aanknopen. Ik ben eigenlijk alleen nog een soort wandelende toren van Babel. Wat moet zo iemand? Bij ons in de familie wordt iedereen oeroud, ik kan toch niet nog veertig jaar blijven rondzwerven over de wereld.'

Hij had zijn stok tussen zijn gespreide benen gezet, zijn handen op de greep en steunde daar zijn kin op, terwijl hij naar de voorbijgangers keek. Die houding vond Quinten veel te ouwelijk en hij vroeg:

'Kun je niet iets heel nieuws aanpakken?'

'Iets heel nieuws... noem mij eens iets heel nieuws.'

'Of iets heel ouds,' zei Quinten. 'Wat wou je worden toen je klein was?'

Onno legde zijn wang op zijn handen en keek Quinten nadenkend aan.

'Wat wou ik worden toen ik klein was...'

'Ja. Het allereerste dat je worden wou.'

'Het allereerste dat ik worden wou...' herhaalde Onno weer, met iets zangerigs in zijn stem, als bij een litanie. Hij tilde zijn hoofd op. 'Poppendokter.'

'Poppendokter?' herhaalde Quinten nu op zijn beurt. 'Wat is dat voor iets?'

'Iemand, die kapotte poppen repareert.' Sinds bijkans een halve eeuw had Onno er niet meer aan gedacht, maar nu hij het zei begreep hij opeens, dat dat natuurlijk iets had te maken met zijn moeder, die hem jarenlang als meisje had uitgedost.

'Nou,' zei Quinten, 'dan word je toch zeker poppendokter!'

Op hetzelfde ogenblik zag Onno zichzelf zitten in een kleine winkel in de amsterdamse binnenstad, in een nauwe dwarsstraat, omgeven door schappen met honderden roze glanzende poppen, haperende oogleden herstellend, nieuwe mama-stemmetjes installerend...

'Ik zal er eens over nadenken,' zei hij. 'Wat zou Lazarus hebben gedaan, nadat hij was opgewekt uit de doden?'

'Staat dat niet in de bijbel?'

'Volgens mij niet. Vaag herinner ik me een legende, dat hij naar Marseille ging waar hij de eerste bisschop werd.'

'Misschien zeurde hij alsmaar iedereen aan zijn hoofd over zijn ervaringen in de dood.'

'Dan zouden we daar toch iets van moeten weten. Volgens mij heeft hij er nooit over gesproken.' Hij draaide zijn hoofd naar Quinten. 'Net zo min als ik ooit zal kunnen spreken over een bepaalde ervaring.' Toen Quinten niet reageerde, zei hij: 'In elk geval moeten we onderdak hebben in Amsterdam. De eerste paar weken kunnen we in een hotel wonen, maar dan moet ik iets huren of kopen. Ik zal dadelijk meteen Hans Giltay bellen. Die zal ook opkijken.'

Quinten wist dat hij niet mee zou gaan, maar dat kon hij niet zeggen. Wat moest hij antwoorden als zijn vader zou vragen, waarom niet? Dat wist hij zelf niet. Niet omdat hij het niet wilde, maar omdat het niet zou gebeuren.

'Tante Dol zei dat je spullen zijn opgeslagen in Rotterdam, in het havengebied.'

'Daar wil ik niets meer van hebben,' zei Onno onmiddellijk, terwijl op hetzelfde ogenblik de donkerbruine chinese kamferkist voor zijn ogen verscheen, rondom versierd met zwaar houtsnijwerk, waarin sinds zeventien jaar Ada's kleren lagen.

'Mama's cello,' zei Quinten, 'staat nu op mijn kamer in Groot Rechteren.'

Onno knikte en zweeg.

Het meisje zette hun bestelling voor hen neer. Quinten nam een slok van zijn wortelsap en tot zijn verbazing smaakte het naar wortels – of liever: tot zijn verbazing kon de smaak van wortels zich ook zonder hard geknak en gekraak voordoen. Hij wilde dit tegen zijn vader zeggen, maar zag toen dat de verbazing zich ook van hem had meester gemaakt.

'Moet je kijken,' zei Onno perplex en wees naar het donkerbruine koekje van gebrande suiker en pinda's, dat naast zijn koffie op het schoteltje lag. 'Een kletskop! Weet je nog? Die we altijd kregen bij oma To. Die zo'n herrie maken in je mond.' Behoedzaam nam hij het ronde, bruine koekje tussen zijn vingers, tilde het met twee handen op als een priester de hostie en het lag op zijn lippen om te zeggen «Moeder! Hoc est enim corpus tuum!» – maar hij riep alleen begeesterd: 'Een kletskop!'

Daarop greep de verbazing nog verder om zich heen. Aan het volgende tafeltje waren de twee oude dames bezig te vertrekken; één wachtte al op straat, de andere – gekleed in een romig witte japon met mouwen tot iets over haar elleboog – stond nog af te rekenen met het meisje en draaide glimlachend haar hoofd even om naar Onno.

'Een «kletskop»,' zei zij met een sterk hebreeuws accent in het nederlands, 'dat woord heb ik lang niet gehoord.'

Quinten keek haar niet aan, zijn aandacht werd getrokken door het blauwe nummer op haar gerimpelde onderarm: *31415*. Toen zij weg waren, opende Onno zijn mond om iets te zeggen, maar Quinten vroeg:

'Zag je dat nummer op haar arm? Ik dacht dat alleen schorriemorrie zich laat tatoeëren.'

Gedurende een paar seconden bleef Onno star in Quintens ogen kijken.

'Had zij een nummer op haar arm?' vroeg hij, alsof hij niet kon geloven wat hij had gehoord.

'Drie één vier één vijf. Wat is er? Wat kijk je raar.'

Onno begon te trillen, waarbij hij het gevoel had of dat trillen uit zijn stoel kwam, uit de aarde, als bij een beginnende aardbeving. Hij liet Quintens ogen niet los.

'Wat is er, papa?' vroeg Quinten ongerust. 'Waarom zeg je niks?'

Wat hij had gezien, en wat Quinten niet had gezien, was de kleur van haar ogen, – dat onbeschrijflijke lapis lazuli, dat hij gedurende zijn hele leven maar eenmaal had gezien bij een mens: bij Quinten. Hij had hem willen zeggen dat zij net zulke ogen had als hij, maar toen Quinten hem over haar tatoeage had verteld, over dat nummer, dat men in Auschwitz kreeg, veroorzaakte dat onmiddellijk kortsluiting in zijn hoofd. Zag hij spoken? Hij wilde niet denken wat hij dacht, het was te vreselijk, niet te overzien, hij probeerde het van zich af te zetten, het te pakken en te vertrappen, als een horzel; maar het was er en het week niet. Hij moest er over nadenken, het kapotdenken, nu meteen, maar niet met Quinten er bij, – hij moest alleen zijn. Nooit mocht Quinten weten wat hij dacht. Met een zwaai, zich vastgrijpend aan zijn stoel, stond hij op.

'Ik wil weg, ik ga naar het hotel. Blijf jij maar hier, ik zie je straks wel.'

Quinten stond ook op.

'Toch niet iets met je hersens? Moet ik een dokter bellen?'

'Er is niets met mijn hersens, – dat wil zeggen... Vraag alsjeblieft niets meer.'

'Ik ga met je mee.'

Quinten rekende af met de dienster, die het tafeltje van de twee dames nog afruimde, en nam Onno bij zijn arm. Aan het eind van het voetgangersgebied hield hij een taxi aan en hielp hem er in. Tijdens de korte rit spraken zij niet; hij voelde dat zijn vader een strijd leverde, die hij niet begreep. Had hij toch weer een kleine beroerte gehad, maar wilde hij het niet weten? In elk geval mocht hij hem niet alleenlaten. Langs de muur van de oude stad reden zij weer naar de Jaffa Poort en stapten uit op het plein, dat al zo vertrouwd was alsof zij er sinds weken woonden.

'Gids nodig? Gids nodig? Waar komt u vandaan?'

Aron kwam te voorschijn uit het kantoortje en legde de sleutels op de balie, met een gezicht dat leek te zeggen dat niets in de wereld hem nog verbaasde, aangezien alles nu eenmaal was zoals het was en altijd zou zijn zoals het zijn zou. Via bochtige trappen, onderbroken door verwaarloosde gangen met treden op en treden af, bereikten zij hun kamers op de derde verdieping, aan de achterkant van het hotel. Quinten maakte Onno's deur open en gaf hem de sleutel.

'Ik ben hiernaast,' zei hij. 'Als je me nodig hebt, roep je me maar.'

'Je hoeft voor mij niet in het hotel te blijven. Ga gerust de stad in, er is genoeg te zien. Tot straks.'

'Rust maar een beetje uit.'

Toen hij over de drempel was gestapt, draaide Onno zich om en zij keken elkaar even aan, alsof elk nog een woord van de ander verwachtte; maar dat bleef uit.

*

Binnen ging Onno meteen op het bed liggen, legde zijn stok naast zich op de grond, sloot zijn ogen en vouwde zijn handen op zijn borst. Zo opgebaard kwamen onmiddellijk zijn gedachten weer op gang.

Hij zag haar weer voor zich op het terras, haar hoofd omdraaiend. 'Een «kletskop» – dat woord heb ik lang niet gehoord.' Die unieke ogen... 31415... Hoe oud was zij? Eind zeventig? Bijna tachtig? Was het ondenkbare werkelijk denkbaar? Had hij Max' moeder gezien? Eva Weiß? Kon het waar zijn, dat zij nog leefde? Hij probeerde zich haar trouwfoto voor de geest te halen, die op Max' 'ereplank' in Groot Rechteren had gestaan, op de schoorsteenmantel. Dat portret uit de jaren twintig was natuurlijk zwartwit geweest; hij herinnerde zich alleen, dat Max de ogen van zijn vader had gehad en de neus en de mond van zijn moeder. Ook 31415 had een geprononceerde neus, maar dat was niet zo bijzonder in deze buurt, bij de joden noch bij de arabieren; ook haar mond had misschien iets van zinnelijkheid bewaard. Maar als het zo was, dan moest hij ook de onvoorstelbare consequentie onder ogen zien. Dan was Quinten niet zijn zoon, maar die van Max. Dan had Ada hem bedrogen met Max. Dan had Max hun vriendschap verraden. Hij walgde van zichzelf. Wat waren dat voor hersenschimmen? Stel, Max' moeder had Auschwitz overleefd, dan was zij toch onmiddellijk naar Nederland teruggekomen om haar zoon op te sporen, en via het Rode Kruis had zij die binnen de kortste keren gevonden bij dat pleeggezin. Maar dat waren katholieken, – was het denkbaar, dat zij Max in die chaotische dagen hadden weten achter te houden, omdat hij anders joods zou worden opgevoed, waarmee zijn ziel verloren was gegaan voor de eeuwigheid? Dat was een paar keer voorgekomen; eenmaal zelfs met een ontvoering naar een klooster. Nee, hij herinnerde zich dat Max hem had verteld dat hij zelfs geen kruis hoefde te slaan voor het eten. Een andere mogelijkheid was, dat de duitsers haar hadden verteld dat ook haar zoon op transport was gesteld naar een vernietigingskamp, net als haar ouders. Terug in Nederland had zij dan geïnformeerd of iemand van hen was teruggekeerd. Dat was niet het geval. Maar haar zoon was uitsluitend niet teruggekeerd omdat hij nooit was gedeporteerd. Misschien had zij dat te weten kunnen komen bij het Rijksinstituut voor Oorlogsdocumentatie, de administratie werd in de oorlog natuurlijk nauwgezet bijgehouden door de Joodse Raad; maar omdat zij jarenlang in de overtuiging had geleefd, dat ook hij naar Polen was gebracht, kwam zij niet op dat idee. Vervolgens zou zij niets meer te zoeken hebben gehad in Nederland, waar uitsluitend afschuwelijke herinneringen lagen, en zij was naar Israel geëmigreerd. Maar wacht, Max' pleegouders hadden van hun kant natuurlijk ook geïnformeerd of zijn moeder was teruggekomen en blijkbaar hadden zij nee te horen gekregen. Hoe was dat dan mogelijk? Alles was altijd mogelijk. Misschien hadden zij geïnformeerd naar *Eva Delius*, terwijl Max' moeder zich had laten registreren als *Eva Weiß*, omdat zij het woord 'Delius' niet meer uit haar mond kon krijgen. Als dat zo was, moest het te achterhalen zijn bij Oorlogsdocumentatie. En alles kon ook heel anders zijn gegaan, met denken was de werkelijkheid niet te reconstrueren; hij moest er eenvoudig achter zien te komen of die mevrouw van daarstraks Eva Weiß was geweest. Dat moest mogelijk zijn, zo groot was Israel niet. Maar als zij het werkelijk was, dan had zij vermoedelijk haar naam verhebraïseerd, dan heette zij nu Chawah Lawan. Bovendien, in 1945 was zij nog geen veertig geweest; zo'n aantrekkelijke vrouw met zulke mooie ogen was natuurlijk hertrouwd, en inmiddels was zij een weduwe met een andere naam. Hij moest nu dus meteen opstaan en naar de Burgerlijke Stand gaan, en naar dat holocaustmuseum, Yad Vashem, waar alle miljoenen doden gedocumenteerd waren; misschien hadden ze daar ook de duitse nummerregistratie uit Auschwitz. Maar hij stond niet op, hij bleef liggen in zijn hete kleine kamer zonder airconditioning. Had zij nog een kind gekregen? Waarschijnlijk niet meer. Haar enige zoon was nu werkelijk dood – had zij daarnet naast haar enige kleinzoon gezeten? Had Quinten naast zijn grootmoeder gezeten? Hij betrapte zich er op, dat hij alleen vasthield aan die speculaties om het belangrijkste te omzeilen. Met gesloten ogen fronste hij even zijn wenkbrauwen. Was Max er toe in staat geweest? Natuurlijk, die was tot alles in staat; om vrouwen zou hij zelfs God verraden hebben. Maar Ada? Hij dacht terug aan die nacht in Havana, bijna achttien jaar geleden, toen volgens hun berekening Quinten was verwekt. 's Avonds laat haar schim in de deuropening van zijn hotelkamer... Waar kwam zij vandaan? Hij deed zijn ogen open. Verdomd, daar had je het! Zij was met Max naar het strand geweest, zonder hemzelf, want hij was haar aan het bedriegen met María, die revolutionaire weduwe, – dat wil zeggen: hij had zich door haar laten verleiden, zoals Ada hem diezelfde nacht ook weer had verleid, volkomen tegen haar passieve natuur in! Hij ging overeind zitten, terwijl een flard van de Matthäus Passion in hem opdook, waarin Ada had meegespeeld: '*Was dürfen wir weiter Zeugnis?*' Had zij met Max een soort herhalingsoefening bedreven, een wat actief uitgevallen nostalgie, waarna zij zich bij hem was komen schoonwassen – zich in werkelijkheid bezoedelend met María? Max' was in dat geval de sterkere geweest: zij kon immers niet zwanger worden, zij gebruikte de pil, maar zijn zaad was net zo brutaal als hijzelf en had zich daar niets van aangetrokken. Dat verklaarde toch eigenlijk alles! Maandenlang moest hij in angst hebben gezeten dat het kind op hem zou lijken, en zijn aanbod om het groot te brengen was niet eenvoudig een daad van vriendschap geweest, maar een boetedoening, – en in zover toch ook weer een daad van vriendschap. Tegelijk had hij daarmee hemzelf opgezadeld met schuldgevoel omdat hij zijn eigen zoon niet opvoedde, die misschien zijn eigen zoon niet was, en die hij later bovendien volledig in de steek had gelaten! Met opzij gedraaid hoofd keek hij uit het raam naar de blauwe lucht, waarin het onzichtbare geluid van kerkklokken en koerende duiven hing. Wat nu? Mocht dat allemaal waar zijn, dan was die oude dame identiek met Eva Weiß; maar misschien was het niet waar. Had Max geweten dat Quinten zijn zoon was? Quinten leek op geen van beiden, maar misschien had Max toch iets gemeenschappelijks tussen hemzelf en Quinten ontdekt. Wist Sophia het dus misschien ook? Er had zich toch kennelijk iets afgespeeld tussen die twee! Of misschien had Sophia iets gemeenschappelijks tussen Max en Quinten ontdekt, iets onopvallends, een zeldzame kleinigheid, maar had zij hem dat niet verteld. En aangezien zij het ook niet aan hem, Onno zelf had verteld, zou zij dat ook nu niet doen. Wie was er trouwens gebaat bij die wetenschap? Quinten het allerminst. Jarenlang had hij zijn vader gezocht, terwijl die misschien elke avond tegenover hem aan tafel had gezeten, en die al die tijd ook in de praktijk als zijn vader had gefunctioneerd. De enige die er vreugde aan zou beleven, was Chawah Lawan. Het bericht, dat haar zoon niet op zijn negende was vergast maar een vooraanstaand astronoom was geworden, pas onlangs op zijn eenenvijftigste overleden, zou haar natuurlijk in een onmogelijk mengsel van blijdschap en vertwijfeling storten; misschien had zij de fantastische melding van zijn dood hier zelfs in de krant gelezen, verwijzend naar 'een nederlands astronoom te Westerbork', zonder zijn naam, want zo beroemd was hij nu ook weer niet. Maar als zij die boodschap overleefde, zou zij vervolgens in de ogen van haar kleinzoon kijken als in een spiegel. Alleen door de identiteit van die mevrouw 31415 vast te stellen, kon hij achter de waarheid komen, – en misschien was het tegenwoordig ook mogelijk langs medische weg. Jarenlang had hij geen krant gelezen, maar het zou hem niet verbazen als al dat DNA-onderzoek intussen had geleid tot betrouwbare bepalingen. Maar dan zou ook Quinten bloed of speeksel moeten afstaan, – een gebeurtenis, die natuurlijk op zichzelf al een vergiftigende uitwerking op hem zou hebben, ook al kwam hijzelf als vader uit zo'n test te voorschijn. En bovendien: wilde hij het eigenlijk weten? Na de ramp met Ada, de dood van Helga en zijn politieke en wetenschappelijke catastrofes zou hij ten slotte misschien ook geen zoon meer hebben. Was het dan niet beter om de ogen van die jeruzalemse dame uit zijn herinnering te bannen? Wat was waarheid? Als hij niets ondernam, zou verder niemand ooit nog op zulke onzalige ideeën komen en alles zou blijven zoals het was: Quinten zou de vader houden die hij had gezocht en gevonden, en zelf bezat hij een zoon zoals Max hem al die tijd had bezeten: de zijne en niet de zijne...

Hij draaide zijn benen van het bed, nam zijn stok en stond op. Hij ging naar Quinten, die zich natuurlijk nog steeds ongerust maakte. Hij zou hem zeggen, dat hij misschien een lichte zonnesteek had gekregen op de tempelberg, maar dat alles nu weer in orde was.

65
De Wetnemer

Nadat hij Onno had weggebracht, was Quinten naar zijn eigen kamer gegaan. Ook tegen zijn deurpost zat een wit kokertje, een mezoezah, dat volgens zijn vader een opgerold stukje perkament bevatte met geboden uit de torah. Hij raakte het even aan, sloot de deur achter zich en deed werktuiglijk het schuifslot met de kleine ketting dicht.

Het was heet. Hij trok alles uit, gooide zijn kleren op het bed, legde zijn horloge en zijn kompas op de wastafel en friste zich op. Het raam stond open, maar niemand kon hem begluren; aan de achterkant van het hotel lag een binnenplaats, aan drie kanten omgeven door veel lagere huizen. Zonder zich af te drogen knoopte hij de handdoek om zijn heupen, knielde voor het raam op de grond en kruiste zijn armen op de vensterbank. Loom liet hij zijn ogen dwalen over de oude stad, waaruit het bronzen geluid van kerkklokken opsteeg; de tempelberg lag aan de andere kant. Op het dak weerklonk gekoer van duiven. Een blik op de wiebelende wijzer van zijn kompas leerde hem, dat recht vóór hem het noordwesten was. Hij besefte, dat aan de andere kant van de zacht glooiende heuvels in de verte – achter de zee, Turkije, de Balkan, Oostenrijk, Duitsland – het bed met zijn moeder stond. Daar was natuurlijk niets veranderd, hij was nauwelijks vier weken van huis. Werkelijk? Waren het geen vier jaar? Veertig? Hoe zou het met oma Sophia zijn? Zij dacht natuurlijk, dat hij nog steeds in Italië door kerken en musea zwierf. Leefde meneer Themaat nog, van wie hij zoveel had geleerd? Hij moest eens weten wat hij intussen had uitgevoerd. Wat zou hij gezegd hebben? 'Goedzo, Kuku, *you did it again!*' En Piet Keller? Zonder hem was het allemaal niet mogelijk geweest. Woonde meneer Spier nog in Wales, in die plaats met al die rare letters? En Clara en Marius Proctor, en Verdonkschot met zijn Etiënne, en Rutger met zijn hele grote gordijn, - waar waren ze allemaal? Bestond Groot Rechteren nog, of zat het kasteel intussen vol schurken met zwarte laarzen? Theo Kern was er vast nog wel, op zijn paarse voeten. Ook aan Max dacht hij even, maar op een andere manier. Ofschoon hij zijn leven lang met hem onder één dak had gewoond, kon hij zich hem om een of andere reden niet goed voor de geest halen. Vergeten was hij niets, - een van zijn oudste herinneringen was, dat Max hem voor de vleugel op schoot nam en hem allerlei accoorden liet horen, - maar het was of alles zich onder water afspeelde: zichtbaar en vlakbij, maar toch in een ander element. Misschien was dat water de oorlog, die altijd om hem heen hing. In grote trekken wist hij wat Max was overkomen: een andere, onvoorstelbare wereld, waarmee hij geen enkele binding had; ook met zijn vaders familie had hij weinig affiniteit, maar dat was uiteindelijk toch ook zijn eigen familie. Joden en jodenmoordenaars - die gruwelijke echtverbintenis was hem zo vreemd als de geschiedenis van de azteken, ook al bewaarde hij nu de joodse wet beneden in de brandkast. Dat had niet te maken met het feit, dat hij zelf voor een tweeëndertigste joods was, zoals hij had ontdekt, want dat was wel een erg slappe concentratie, nauwelijks meer dan drie procent, - maar met zijn droom over de Burcht. Max daarentegen was voor vijftig procent joods; zou hij wel eens in Israel zijn geweest? Had hij wel eens door de straten van Jeruzalem gelopen? Eén of twee keer per jaar had hij zijn koffers gepakt voor een conferentie in het buitenland, tot in Amerika, Japan en Australië, maar Quinten kon zich niet herinneren ooit iets over Israel te hebben gehoord. Misschien deden ze hier niet erg aan sterrenkunde.

Max, Sophia, zijn moeder, zijn vader... het was hem of hij afscheid nam van dat alles. Slaperig liet hij zijn kin op zijn armen zakken en keek naar de droge, zonovergoten hellingen, die zich achter de lager gelegen nieuwe stad roerloos uitstrekten tot de horizon. Het leek of de glooiende lijnen, waarmee de bloeddoordrenkte aarde zich aftekende tegen de blauwe lucht, niet waren ontstaan door geologische gebeurtenissen, maar waren getekend door een bezielde hand. Hij was opgedroogd, de zinderende hitte die over de stad en het land hing, legde zich weer om hem heen... en plotseling tilt hij verwonderd zijn hoofd op. Er is geen geluid meer te horen. De kerkklokken zwijgen, misschien omdat een of ander heilig uur is verstreken, of aangebroken; maar ook uit de ramen rondom de binnenplaats komen geen stemmen meer. Zelfs het duivengekoer is verdwenen. Het lijkt of de wereld in een diepe slaap is gevallen – de huizen, het landschap, de lucht... Wat is er opeens aan de hand met alles? Slaapt zijn vader hiernaast nu ook? Nergens beweegt nog iets, ook het hete trillen op de daken is geweken. Hij krijgt het gevoel of hij niet naar de werkelijkheid kijkt, maar naar een ouderwets, geschilderd panorama, zoals het Panorama Mesdag in Den Haag, waar hij eens met zijn tante Dol is geweest; in dat duinlandschap hing net zo'n ademloze stilte als hier nu. Alles wat hij ziet bestaat, en tegelijk bestaat het niet... Alleen met hemzelf is niets veranderd, hij hoort zijn hartslag en het suizen van bloed in zijn oren.

Maar dan gebeurt er toch iets. In de blauwe koepel van de lucht verschijnt opeens een klein zwart punt, alsof er een gat in valt, – niet ver boven de horizon, in de richting van Tel Aviv. Het beweegt een beetje op en neer en langzaam wordt het groter. Maar plotseling lijkt het veel dichterbij, alsof het iets is dat nadert: geleidelijk neemt het gestalte aan, rekt in de breedte uit tot een zwarte streep, waarvan de uiteinden plechtstatig omhoog en omlaag gaan. Is het een vogel? Maar dan wel een grote. Met een snelle beweging komt hij overeind en spert zijn ogen open. Edgar! Het is Edgar! Hij is al boven het steile dal en komt recht op het hotel af. Is het echt denkbaar, dat hij Onno's spoor helemaal uit Italië hierheen heeft gevonden? Dat kan toch zeker niet! Maar geen mens begrijpt vogels; niemand weet, hoe zij hun weg soms over de halve wereld vinden. Als hij boven de stadsmuur is, staakt Edgar zijn wiekslagen en met gespreide vleugels gaat hij over in een sierlijke duikvlucht. Even later landt hij met vooruitgestoken poten op de vensterbank, schudt zijn veren, vouwt zijn vleugels, draait een keer om zijn as, tilt zijn staart op, laat wat ontlasting vallen en kijkt hem met één oog aan.

'Je moet hiernaast zijn,' zegt Quinten, die een stap achteruit heeft gedaan. Hij wijst opzij. 'Volgende raam.'

Meteen verbaast hij zich over zijn stem. Anders hoort hij het geluid altijd van twee kanten: door zijn oren en van binnenuit; nu blijven zijn woorden gesmoord hangen in de diepte van zijn borst, alsof zijn oren zijn dichtgestopt. Ook Edgars aankomst vond in volledige stilte plaats. Al had de vogel zijn woorden gehoord, dan nog had hij ze niet verstaan; in elk geval trekt hij zich er niets van aan. Met een fladderende sprong wipt hij op de grond en hipt met iets onmiskenbaar nuffigs naar de deur.

'Natuurlijk,' zegt Quinten, 'wat je wilt. Via de gang kan ook. Wat een verrassing zal dat zijn voor papa.'

Maar als hij over de drempel stapt, stokt hij. Er is geen gang meer. De tegenoverliggende muur heeft plaatsgemaakt voor een balustrade met amforavormige spijlen, waarachter zich een onafzienbare, met trappen en galerijen volgebouwde ruimte uitstrekt. Hij draait zich om. Niet alleen de deur van zijn vaders kamer is verdwenen, ook die van hemzelf, de hele muur is weg: ook aan die kant zijn nu in de verte, in de hoogte en de diepte eindeloze vluchten zuilengangen, nissen, portalen, gewelven... Is dit een droom? Hij staat op een smalle loopbrug, die uit een gebeeldhouwd raamkozijn met een tympanon komt; verderop, gedragen door caryatiden, verdwijnt zij in de schaduw van een hoge porticus. Met een diepe zucht kijkt hij om zich heen. In al haar zoete gelukzaligheid, warm als zijn eigen lichaam, omsluit eindelijk de Burcht hem weer. Keer op keer heeft hij aan haar gedacht, in Venetië, in Florence, in Rome, in Jeruzalem, maar nu zij er zelf is doet zij hem niet aan iets anders denken: zij is wat zij is, zoals ook de zon niet iets anders nodig heeft om gezien te kunnen worden. Maar zonlicht hangt er niet om hem heen, ook niet eenvoudig maanlicht, eerder zoiets als het 'asgrauwe licht', dat vlak vóór of na nieuwe maan is te zien op het maanoppervlak naast de dunne sikkel, en dat soms niet asgrauw is maar eerder marmergrijs, - veroorzaakt, zoals Max hem op een winterse avond eens heeft uitgelegd op het balkon van zijn slaapkamer, door weerkaatst zonlicht van de aarde, en het is helderder naar mate die kant van de aarde bewolkter is.

Edgar schuifelt ongedurig heen en weer op de balustrade, met scheefgehouden kop naar beneden kijkend, of naar boven, of allebei tegelijk; hij spreidt zijn vleugels en duikt omlaag, stijgt op, zweeft over een rij massale steunberen, verdwijnt in de verte achter de pijlers van een bakstenen boog, zwenkt in de diepte om een kolossale zuil met een uitbundig kapiteel; op de melkwitte schacht staan onder elkaar de letters XDX. Het is of het spoor van zijn zwierige verkenningsvlucht in de ruimte blijft hangen als een zwart lint. Als hij genoeg heeft gezien, strijkt hij aan het eind van de loopbrug neer, draait zijn kop honderdtachtig graden naar achteren en woelt met zijn snavel tussen zijn veren, onderwijl één vleugel met gespreide pennen uitstrekkend. Quinten krijgt de indruk, dat dat uitsluitend gebeurt om de tijd te doden - dat de vogel op hem wacht. Als hij bij hem is, begint Edgar als een gids voor hem uit te hippen en te fladderen. De colonnade eindigt bij een brede, marmeren trap, die geflankeerd door beelden omlaag leidt naar een gecompliceerd samenstel van blinde arcaden en smalle, soms overkapte stegen, uitmondend in een reeks pontificale zalen. Als die op hun beurt overgaan in een binnenstraat met links en rechts overweldigende, door pilasters van elkaar gescheiden gevels, druipend van de ornamenten, heeft Quinten alle gevoel van tijd en richting verloren. Maar hij heeft ook geen behoefte aan tijd en richting. Liefst liep hij voorgoed achter Edgar aan, hier in dit doodstille, verzaligde wereldgebouw, dat alleen voor hem is gemaakt. Bij een wenteltrap rondom de gemetselde blokken van een metersdikke pilaar ontdekt Edgar plotseling een truc: met zijn klauwen en zijn snavel om de ronde leuning laat hij zich in een uitgelaten spiraal naar beneden glijden, met zijn vlerken zijn evenwicht bewarend. Lachend, met twee treden tegelijk de trap af springend, probeert Quinten hem bij te houden. Na vijf omwentelingen beneden aangekomen, blijft hij draaierig staan en kijkt zoekend rond. Waar is Edgar gebleven? Is hij speels geworden? Heeft hij zich verstopt?

Met een schok ziet Quinten waar hij zich bevindt, maar hij voelt geen angst. Nee, dit is geen droom. Al het andere is een droom, Israel, Italië, Nederland, – de Burcht is het enige, dat werkelijk bestaat. Tegenover hem, een meter of zeven bij hem vandaan, staat de dubbele, ruitvormig met ijzeren staven beslagen deur van het midden van de wereld wijd open; het zware, verroeste schuifhangslot ligt op de grond. Zwart als de rugzijde van een spiegel zit Edgar op de drempel, als een wachter, en kijkt hem recht aan op een manier, die niets met speelsheid heeft te maken. Als hij langzaam naderbij komt, ziet hij achter hem de groene brandkast uit het hotel.

Edgar draait zich om, vliegt met een paar korte wiekslagen op de safe en begint zijn snavel te slijpen tegen de rand, – maar ook zonder dat begrijpt Quinten, wat hem te doen staat. Met een lichte huivering stapt hij over de drempel. De ruimte heeft de vorm van een kubus, een meter of tien lang, breed en hoog; ofschoon de muren geen openingen hebben, hangt er hetzelfde schemerachtige licht als overal. Er is verder niets dan de brandkast in het midden. Bij de knop van het letterslot knielt hij neer en neemt hem tussen zijn vingers. Over de combinatie hoeft hij niet na te denken – er is er maar één die in aanmerking komt: J, H, W, H. Hij trekt de immense deur open en neemt de koffer van de onderste plank. Als hij de sloten open heeft laten springen, is het eerste dat hij ziet de beige envelop met het opschrift SOMNIUM QUINTI. Met iets van vertedering neemt hij haar op. Dit hier is nu de plek om de plattegronden bij te werken, maar tegelijk zou het zoiets zijn als wanneer een wiskundige zijn eigen vingers natelde en het resultaat noteerde. Hij vouwt de kranten open, tilt de grauwe tafelen er uit en vlijt ze behoedzaam naast elkaar op de stenen vloer. Vervolgens legt hij de envelop terug, schuift de koffer weer op zijn plaats en doet de kluisdeur dicht, wat dit keer geluidloos gebeurt. Zoals hij Aron heeft zien doen, geeft hij de knop ten slotte twee keer een zwiep met de zijkant van zijn hand. Zonder dat hij weet wat er verder moet gebeuren, neemt hij de twee zware stenen onder zijn gestrekte armen in zijn handen en staat op, wat voor Edgar het teken is om op zijn schouder te springen.

Maar als hij over de drempel stapt, grijpt wederom een verandering plaats. Geschrokken blijft hij staan, Edgar naast zijn oor, de leerachtige klauwen met de harde nagels op zijn vel. De steenmassa's om hem heen zijn bezig hun substantie te verliezen: het is of zij van hout worden... en dan van beschilderd linnen... en dan van brussels kant, waar hij dwars doorheen kan kijken... alles verpulvert en vervluchtigt, daglicht begint door te dringen, en even later is alleen nog gedurende een moment een trillend nabeeld van de Burcht over, – maar juist dat geeft hem plotseling een besef van de afmetingen die zij had: een blok van wel duizend kilometer naar het oosten, tot Baghdad, duizend kilometer naar het westen, tot Libië, duizend kilometer naar het noorden, tot de Zwarte Zee, duizend kilometer naar het zuiden, tot Medina, en tweeduizend kilometer in de hoogte, tot de eerste stralingsgordels... Met Edgar en de twee tafelen staat hij plotseling buiten in de zon en ziet onmiddellijk waar hij is: in het Kidrondal.

Tegenover hem, in de hoogte, boven de tempelmuur uit komend, glanst de gouden koepel van de Rotsdom; achter hem is de Olijfberg. De afstand die hij in de Burcht heeft afgelegd, moet ongeveer dezelfde zijn als die van het hotel hierheen. Hij voelt zich ongemakkelijk met alleen de handdoek om zijn lendenen, maar nog steeds is de wereld even stil en bewegingloos als daarstraks. Staat ook de zon stil aan het firmament? Dat kan natuurlijk niet, dan zou alles verbranden, – om dat te begrijpen, heeft hij Max niet nodig. Is er misschien geen tijd verstreken tussen daarstraks en nu? Maar als dit geen droom is, wat is 'nu' dan? Zijn oog valt op de

Gouden Poort, die hier iets uit de muur naar voren steekt. De soldaten op het dak zijn verdwenen; de twee hoge doorgangen staan open. Moet hij nu dus daar doorheen gaan en de tien geboden teruglegggen op de rots? Maar tegen zijn vader heeft hij gezegd dat hij dat niet van plan was, aangezien niemand ze in handen mag krijgen. Aan de kant van de tempelberg is de poort trouwens dichtgemetseld. Toch valt er niets anders te doen dan die kant op te lopen: hij zal wel zien. Na een paar passen blijft hij staan. De oneffen grond is bezaaid met stenen, die pijn doen aan zijn blote voeten, vooral omdat hij nu veel zwaarder is met de tafelen onder zijn armen. Zoekend kijkt hij rond of ergens een paar oude lappen of palmbladeren liggen, – het mooiste zou natuurlijk zijn als er een paar schoenen stond. Dan ziet hij in zijn ooghoeken plotseling iets bewegen. Rechts, in de verte, uit het noorden, nadert in galop een wit paard door de sleuf langs de muur, met wapperende manen en golvende staart. Met open mond kijkt Quinten naar de verschijning in het verstarde landschap. Vlak voor hem gaat de schimmel op zijn achterbenen staan en beweegt met rondvliegend speeksel zijn hoofd op en neer, alsof hij iets wil bevestigen. En op hetzelfde ogenblik weet Quinten, wat het paard bevestigt.

'Deep Thought Sunstar!'

Er knapt iets in hem. Snikkend wil hij zijn armen om zijn nek slaan, maar de twee stenen beletten het hem; als hij het dier een zoen op zijn snoet geeft, knielt het neer als een kameel. Terwijl Edgar zich met zijn snavel vasthoudt aan het staartje op zijn achterhoofd, klimt Quinten op de bezwete rug; met snelle, korte bewegingen komt Deep Thought Sunstar overeind en zet zich stapvoets in beweging naar de Gouden Poort. Zijn naakte bovenlichaam gestrekt, de raaf op zijn schouder, de stenen in zijn handen, kijkt Quinten met een glimlach om zich heen naar de sprookjesachtige heuvels en de naderende tempelmuur. Titus moest hem nu eens zien, en de paus, en de opperrabbijn! Voorzichtig loopt Deep Thought Sunstar even later tussen graven door en laat zich bij de poort weer door zijn benen zakken. Als hij is afgestapt, gaat het paard meteen weer staan en draaft terug naar het dal; ook Edgar spreidt daarop zijn vleugels, geeft er een klap mee op zijn kruin en gaat het achterna. Treurig ziet Quinten hen kleiner worden: de schimmel in galop, de raaf er boven, de ene zo wit als de andere zwart... Als zij zijn verdwenen, heerst overal weer roerloosheid.

Met een zucht draait hij zich om en gaat het poortgebouw in. Ook de andere kant is nu geopend. Met een plechtig gevoel doorkruist hij de schemerende ruimte, waarin hier en daar een paar zuilen staan; het lijkt of er een licht ruisen hangt, als van de zee in een schelp. Buiten vangt de zon hem weer op en langzaam bestijgt hij de treden, die naar het niveau van de esplanade leiden. Daar blijft hij staan en kijkt rond. Het terrein is ongeveer even groot als dat van Westerbork. Geen levende ziel te bekennen. Alles is er alleen voor hem, de hele wereld is er nu alleen voor hem en wacht op hem. Over het gras loopt hij naar de brede trap van het tempelterras. De arcadenrij, die haar bovenaan afsluit, heeft hier vijf bogen; onder de middelste blijft hij weer staan. Recht vóór hem is de kleine Kettingkapel met haar zilveren koepel, vlak er achter de gouden Rotsdom: een kind met zijn vader. De restauratiewerkzaamheden aan het kleine heiligdom zijn intussen achter de rug: dwars door de rondom open ruimte kan hij in het donkere inwendige van de Rotsdom kijken. Hij haalt diep adem en begint naar dat zwarte gat te lopen, zonder zijn ogen er van af te wenden.

Maar als hij het middelpunt van de Kettingkapel passeert, omringd door de dubbele rij zuilen, is het eindelijk zover: – ik neem hem de zaak uit handen. Opeens hoort hij een zacht knisteren en blijft staan. Verwonderd kijkt hij om zich heen, maar het geluid is vlakbij. Het lijkt wel of het uit de stenen tafelen komt. Links en rechts steunt hij ze op zijn heupen en verbijsterd kijkt hij naar wat er gebeurt. Het is of de grauwe korst leeft, zij beweegt, smelt, iets wil zich er onder vandaan worstelen, zich bevrijden; even later ziet hij over het hele oppervlak kleine, glazig-doorschijnende wezens verschijnen, zij maken zich los uit de koek van duizenden jaren, springen er af en zwermen om hem heen. Letters! Het zijn letters!

Letters van licht! Op hetzelfde moment zijn de saffieren platen zo zwaar geworden, dat hij ze niet meer kan houden – terwijl ook de handdoek van zijn heupen glijdt, ontglippen zij hem en vallen geruisloos aan scherven op de marmeren plavuizen. Maar dat kan hem niet schelen, hij moet de letters hebben, zij mogen niet ontkomen! De tien woorden! Gij steelt niet! Gij moordt niet! Met allebei zijn handen graait hij er naar, maar de zwerm stijgt op in de koepel, naar het groene, vijfbladerige klaverblad op het hoogste punt, dwarrelt daar rond als vlinders, duikt omlaag, fladdert naar de Rotsdom en verdwijnt door de zwarte ingang. Wanhopig holt hij er achteraan.

Binnen, in de schemering, dansen de letters glinsterend op en neer boven de heilige rots. Wat moet hij in hemelsnaam beginnen? Plotseling voelt hij, dat er ogen op hem zijn gevestigd. De vrouw in het wit, die zat te bidden in de nis, heeft zich omgedraaid en kijkt hem met glanzende ogen aan, als een hert. De doek is van haar hoofd gegleden, haar gezicht ingelijst in een vierkant van zwart haar. Hij verstijft. Is dit dus toch een droom?

'Mama!' roept hij – maar geen geluid verlaat zijn mond.

Waar hij staat, zitten ook de andere vrouwen nog in de gaanderij en kijken hem aan met hertenogen, – met een sprong staat hij op de rots: Ada's rondom! Alle vrouwen zijn zijn moeder! Langzaam spreidt hij zijn armen, legt zijn hoofd in zijn nek en ziet de arabesken op de binnenkant van de koepel: een netwerk van ontelbare, in elkaar gevlochten cijfers 8, – en op dat moment omhult Mozes' letterzwerm zijn naakte lichaam met zo'n oneindig, verblindend Licht, dat het er in vergaat als het schijnsel van een kaars in dat van de zon...

*

Op de gang klopte Onno aan. Toen er ook na de tweede keer geen antwoord kwam, deed hij zacht de deur open; maar na een decimeter werd zij tegengehouden door het kettingslot. Door de kier zag hij alleen een deel van de wastafel, waarop Quintens horloge en kompas lagen.

'Quinten?' vroeg hij. 'Slaap je?' Weer bleef het stil. Hij bukte zich en probeerde door het sleutelgat te kijken, maar dat was onmogelijk. Daarop riep hij luid: 'Quinten!' en sloeg drie keer met zijn stok tegen de deur.

Er gebeurde niets. Wat was er aan de hand? Hij moest in zijn kamer zijn, van buitenaf kon het kettingslot niet dichtgemaakt worden. Er was iets totaal niet in orde! Terwijl Onno het bloed naar zijn hoofd voelde stijgen, zette hij zijn stok als een hefboom in de kier en rukte er aan met al zijn kracht, zodat de ketting uit de spijl vloog en de deur tegen de muur smakte. Niemand. Op het bed lagen de kleren die hij vanochtend had gedragen; ook zijn onderbroek. Ontzet keek Onno naar het open raam. Was er iets rampzaligs gebeurd? Had Quinten misschien dezelfde gedachten als hijzelf gehad over die mevrouw 31415 en in een vlaag van verstandsverbijstering... Maar dat zou hij dan toch gehoord moeten hebben! Met een paar passen was hij bij de vensterbank, die een beetje besmeurd was met vogelpoep, en keek naar beneden. Op de binnenplaats was een oude vrouw bezig een berg linnengoed in grote waszakken te proppen; liggend op een stenen bank las een slanke, rossige vrouw een boek, met haar andere hand werktuiglijk een kinderwagen heen en weer bewegend. Hij keek naar links en rechts en omhoog langs de buitenmuur, – nergens een brandladder of regenpijp, waarlangs hij naar buiten had kunnen klauteren. Waarom zou hij trouwens naakt naar buiten klauteren? Hij keek nog in de muurkast en onder het bed, en bleef toen wankelend in het midden van de kamer staan. Nu moest hij dit heel precies onder ogen zien. Als Quinten niet hier was, en als hij niet door de deur weggegaan kon zijn, en even min via het raam, dan leidde dat tot maar één conclusie: er was iets onmogelijks gebeurd.

Dat het er op uit zou draaien, dat Quinten op een dag iets onmogelijks deed, had hij sinds zijn geboortedag geweten. Dat hij inderdaad de tafelen der Wet uit het Sancta Sanctorum gehaald zou hebben, was op een haar na niet onmogelijk, – maar met zijn eigen verdwijning uit deze kamer was nu het echte onmogelijke gekomen. Terwijl het onmogelijke toch onmogelijk was! Onno dacht aan de stenen, die Quinten gisteren in de kluis had gelegd: had dat iets met elkaar te maken? Bewees het onmogelijke het bijna onmogelijke?

Nog eenmaal keek hij om zich heen, alsof Quinten plotseling toch weer verschenen kon zijn, en ging naar beneden. De receptie en de lounge waren verlaten; hij drukte op de knop van een ouderwetse bel die op de toonbank stond. Even later verscheen uit de deur achter de balie een meisje met kortgeknipt zwart haar.

'Shalom.'

'Mijn zoon,' zei Onno, zich op hetzelfde moment verbazend over dat woord, 'heeft hier gisteren een koffer in de safe gelegd. Heeft hij die het afgelopen uur misschien weggehaald?'

'Ik heb uw zoon vandaag jammer genoeg nog niet gezien.'

'En meneer Aron?'

'Mijn vader is vanochtend vroeg naar Bethlehem vertrokken, op ziekenbezoek bij mijn grootmoeder. De brandkast is sinds gisteren niet meer open geweest. Als u wilt, kunt u zichzelf overtuigen.'

Hij volgde haar naar het kantoortje, waar zij neerknielde bij de brandkast en aan het letterslot draaide. Zij trok de deur open en wees op de koffer, die op de onderste plank lag. Onno keek er een paar seconden naar, en zei toen:

'Mag ik hem even hebben?'

Zij overhandigde hem – maar op het moment dat hij hem aanpakte, was het alsof de koffer de lucht in wilde, alsof hij hem tegen het plafond zou smijten, zo licht was hij. De stenen waren er uit!

'Wat doet u?' vroeg het meisje met een lach.

'Ik ben duizelig,' zei Onno en tastte om zich heen. Haastig gaf zij hem een stoel en met de koffer op schoot ging hij zitten. Ook dit was onmogelijk. Zo min als Quinten uit zijn kamer konden de stenen uit die kluis zijn verdwenen. Ofschoon hij wist dat het zinloos was, vroeg hij: 'Kent nog iemand anders de combinatie van dat slot?'

Geschrokken keek zij hem aan.

'Alleen mijn vader en ik. Denkt u dat u iets mist?'

Onno schudde zijn hoofd. Met trillende vingers, tegen beter weten in, begon hij aan de sloten te frunniken, waarop zij zich naar voren boog en ze open liet springen. Op de envelop, die hij gisteren al bij de controle op het vliegveld in Rome had gezien, zag hij nu staan: SOMNIUM QUINTI. Quintens droom? Was het misschien een afscheidsbrief, die hij al eerder had geschreven? Hij haalde de papieren er uit, maar het waren uitsluitend architectonische schetsen en labyrinthische plattegronden, met hier en daar bijschriften als *Loopbrug*, *Wereldmidden*, *Wenteltrap*. De enige verklaring van het onverklaarbare... plotseling greep hij met beide handen naar zijn hoofd. Hij kon er niet meer over nadenken! Quinten was misschien niet zijn zoon, of misschien toch zijn zoon, maar nu was hij weg, voorgoed weg, van de aardbodem verdwenen, niemand wist waarheen. Hij was door hem verlaten, zoals hijzelf eens hem had verlaten, – maar hij zou hem nooit terugvinden, zoals Quinten hem had teruggevonden. Hij was nu werkelijk in de situatie, waarin hij zich vier jaar geleden kunstmatig had geplaatst: hij had niemand meer...

'Bent u wel in orde?'

'Nee,' zei hij en zocht gejaagd in zijn binnenzak, 'helemaal niet... Ik moet...' Met bevende handen begon hij in een notitieboekje te bladeren. 'Kan ik hier opbellen?'

'Natuurlijk.' Het meisje nam de koffer van zijn schoot en wees hem de telefoon op het kleine bureau, naast de schrijfmachine. 'In de stad?'

'Naar het buitenland.'

'Dan stel ik even de teller in.' Zij drukte op de knop van een zwart kastje aan de muur, deed de brandkast dicht en zei: 'Ik zal u alleenlaten.'

*

'Met Sophia Brons.'
'Met Onno.'
'Met wie?'
'Met Onno. Onno Quist.'
'Met Onno? Hoor ik dat goed? Ben jij dat, Onno?'
'Ja.'
'Dit kan toch niet waar zijn. Zeg het nog eens.'
'U spreekt met Onno, met uw schoonzoon.'
'Onno! Hoe is het mogelijk! Ik wist, dat je op een dag weer zou opduiken! Waar bel je vandaan? Ben je in Nederland?'
'Ik bel uit Jeruzalem.'
'Jeruzalem! Is dat waar je al die jaren hebt gezeten?'
'Nee. Ik begrijp dat ik veel te verklaren heb, en dat zal ik ook doen, maar ik bel nu omdat –'
'Het is ongelooflijk dat je juist nu belt... alsof je het hebt gevoeld...'
'Wat gevoeld?'
'Onno...'
'Wat is er dan?'
'Bereid je voor op een schok, Onno. Ik kom net van Ada's crematie. Ik heb mijn jas nog aan... Onno? Ben je daar nog?'
'Neemt u mij niet kwalijk, mijn hoofd loopt om, het is allemaal... Is Ada net gecremeerd?'
'Ik denk dat ze nu haar as in de urn doen. We hoeven er niet om te treuren, het had al veel en veel eerder gebeurd moeten zijn.'
'Ja.'
'Dat arme kind... maar nu is alles achter de rug. Na meer dan zeventien jaar – het is toch godgeklaagd.'
'Ja.'
'Je wilt Quinten natuurlijk spreken, maar hij is er niet. Ik was de enige daarstraks. Sinds een paar weken zit hij in Italië, hij heeft nog

niets van zich laten horen. Intussen is hij jarig geweest, maar ik heb geen idee waar hij uithangt. Hij weet nog van niets.'

'Moeder... dat is waarom ik u bel. Over Quinten.'

'Over Quinten? Wat bedoel je?'

'We hebben elkaar ontmoet. Toevallig. In Rome.'

'Jullie hebben elkaar ontmoet? Dat meen je niet! Wanneer? Waarom weet ik dat niet? Was hij niet ontzettend blij? En wat doen jullie nu in Jeruzalem?'

'Er is intussen heel veel gebeurd, ik kan het u nu niet allemaal uitleggen, het is trouwens niet uit te leggen, maar...'

'Maar? Waarom zeg je niets meer? Is er soms iets met Quinten?'

'Ja.'

'Wat dan? Onno! In godsnaam! Toch niet ook dood?'

'Ik weet het niet. Hij is weg.'

'Weg? Heb je de politie ingeschakeld?'

'Dat heeft geen zin.'

'Hoe weet je dat? Sinds wanneer is hij weg?'

'Sinds een uur.'

'Sinds een uur? Zeg je «Sinds een uur»? Ben je soms een beetje overspannen, Onno?'

'Dat ook. Ik begrijp dat het idioot klinkt, maar...'

'Schei alsjeblieft uit. Als hij sinds een uur weg is, komt hij over een uur ook weer terug. Ik ken de zwerftochten van die jongen, als peuter was hij altijd al zoek. Neem iets kalmerends in, of probeer wat te slapen. Je moet me vergeven, mijn hoofd staat nu naar andere dingen. Ik moet je iets zeggen wat jij moet weten, maar wat verder nooit iemand mag weten.'

'Ik kan u bijna niet meer verstaan.'

'Ik moet zacht praten, want ik word tegenwoordig misschien afgeluisterd door dat tuig hier op het kasteel. Binnenkort trek ik in Westerbork gelukkig bij iemand in, bij de vroegere vriendin van Max. Je hebt natuurlijk gehoord wat er allemaal is gebeurd.'

'Ja.'

'Luister goed, Onno. Vraag je je niet af, hoezo Ada opeens is gestorven?'

'U bedoelt...'

'Ja. Dat bedoel ik. In je afscheidsbrief schreef je, dat Ada vlees van mijn vlees was en dat ik het beslissende woord over haar had. Ze was er verschrikkelijk aan toe op het laatst, niet meer om aan te zien. Haar nieren werkten niet meer, ze had een uitgezaaide baarmoederkanker, ik zal je de details besparen. Ze was helemaal wit geworden. Maar het was niet het soort ziekenhuis, waarin beslissende woorden werden gesproken; ik moest het zelf doen.'

'Hoe?'

'Met een overdosis insuline. Dat heb ik haar afgelopen zaterdagavond tijdens het bezoekuur gegeven, om een uur of half acht, onder het laken, in haar linker dij. Niemand had het in de gaten. Pas gisterenochtend werd ontdekt, dat ze was overleden. 's Nachts om een uur of half een moest de dood zijn ingetreden, hoorde ik toen ze me opbelden. Dat wil zeggen: voor zo ver de dood niet al sinds jaar en dag was ingetreden. 's Middags kreeg ik haar in het mortuarium te zien. Ik moest aan een hertenwelpje denken, zo klein was ze geworden.'

'En vandaag is zij al gecremeerd? Vandaag is het pas maandag. Is dat niet erg vlug?'

'Dat is iedereen natuurlijk opgevallen. Ik heb je advocaat Giltay gebeld, hij zei dat er volgens de Wet op de lijkbezorging een minimum was van zesendertig uur. Daar hebben ze zich precies aan gehouden in het ziekenhuis. Ik denk dat ze argwaan hadden, net als Giltay trouwens. Misschien hebben ze bij de lijkschouwing het gaatje in haar dij ontdekt en wilden ze het bewijs dat er rare dingen bij hen konden gebeuren zo snel mogelijk uit de wereld hebben. Vandaag stond er een berichtje in de krant: dat mevrouw Q. na zeventien jaar een natuurlijke dood was gestorven.'

'Wacht even... dit is... dit is toch niet mogelijk... Ik moet het opschrijven. Zaterdagavond hebt u haar dus die injectie gegeven. Toen was het half acht. Die nacht om half een is zij gestorven. 's Ochtends is zij naar het mortuarium gebracht, en daar heeft zij gisteren gelegen. Vanochtend is zij gekist en toen naar het crematorium gebracht. Daar is zij een uur geleden verbrand.'

'Ja. Wat is er zo belangrijk aan die tijdstippen?'

'Wat... hoe kan... Ik...'

'Onno? Hallo! Onno? Hoor je me? Ben je daar nog?'

'Er gaat iets mis in mijn hoofd, Sophia, ik voel het... Ik kan niet meer schrijven... mijn hele linkerkant... Anderhalf jaar geleden heb ik ook...'

'Lieve hemel, Onno! Waar ben je?'

'Hotel Raphaël...'

'Laat onmiddellijk een dokter bellen. Ik neem het eerstvolgende vliegtuig. Ik kom jullie halen.'

Epiloog

– Genoeg nu! Je moet ook van ophouden weten. Denk aan het woord van Goethe: 'In der Beschränkung zeigt sich erst der Meister'.

– Maar voor alle zekerheid heeft hij ook gezegd: 'Daß Du nicht enden kannst, das macht Dich groß'.

– Ja, zo zijn ze, die schrijvers. Altijd van twee walletjes eten. Je hebt je opdracht volbracht en ik heb zeshonderdzesenzestig vragen over je machinaties, maar ik zal ze niet meer stellen. Hoofdzaak is, dat we nog juist op tijd het testimonium terug hebben. Waar is onze man nu?

– Teruggekeerd in het Licht.

– Zeg langzamerhand maar gerust: in de Schemering. En wat is er gebeurd met de scherven van de twee tafelen?

– Opgehaald door de Gemeentereiniging van Jeruzalem. Samen met al die andere rommel die in de Kettingkapel lag naar een vuilstortplaats gebracht.

– Het testimonium zelf is trouwens ook een chaos. Het ziet er uit als de omgevallen letterkast van een zetter.

– Wanneer u dan toch aardse beeldspraak gebruikt, kiest u dan liever een wat modernere: als gewiste *soft ware.*

– Dat is het taalgebruik van een wereld, waaraan wij nu juist geen boodschap meer hebben. De saffieren tafelen der Wet waren dan zeker de hard ware*?*

– Als het ware.

– Ja, sinds Bacon spreekt de duivel engels. Dat wordt de wereldtaal. Laten wij ons daarom tot latijn bepalen: consummatum est. *Het is volbracht. Ik ben aan het eind van mijn krachten. Wij hebben afgedaan. De wereld heeft afgedaan. De mensheid heeft afgedaan. Alles heeft afgedaan – behalve Lucifer. Wat wij nooit voor mogelijk hadden gehouden, is gebeurd: de tijd heeft vat op ons gekregen. De tijd – dat was Lucifers geheime wapen. Het enige dat ons na meer dan drieduizend jaar overbleef, was de terugname van die tien woorden. Een machteloos gebaar natuurlijk: zoals een bedrogen meisje haar verlovingsring terug krijgt. Schrale troost, symbolische handeling, melancholisch afscheid. De decaloog was het ultieme ding op aarde: het contract van de Chef met de mensheid, afgesloten met haar zaakwaarnemer, het joodse volk, vertegenwoordigd door zijn leider Mozes in de rol van notaris. Van nu af heeft Lucifer vrij spel. Laat hij de mensdingen maar halen, het kan mij ook eigenlijk niets meer schelen.*

– Misschien verschijnt er op aarde iemand, die alles weer in orde brengt.

– Die zou dan toch hier vandaan moeten komen, maar hier kan niets meer vandaan komen. In Moskou heeft sinds kort een verlicht personage het voor het zeggen, – in het positieve de grootste man uit 's mensen twintigste eeuw, zoals hij wiens naam ik niet noem dat was in het negatieve, – binnen vijf jaar wordt de Berlijnse Muur gesloopt, Rusland zal zijn koloniën verliezen, de hele wereld zal juichen van geluk om het aanbreken van een nieuwe tijd... en dan zal in de bevrijde gebieden de ultieme, bloeddorstige achterlijkheid de dienst weer uitmaken, volksverhuizingen zullen op gang komen, in Sarajevo zullen de schoten weer knallen, en bij het naderen van het derde millennium gaat die weerzinwekkende twintigste eeuw wegens overdonderend succes in reprise.

– Dat kan ik niet geloven.

– Je zult leren het te geloven. En dat is allemaal nog het oude, de politiek, dat betekent niets. Opkomst en ondergang van wereldrijken is er altijd geweest. De politiek is de rimpeling van de golven in de storm,

die geen enkele invloed heeft op de golven, want die komen heel ergens anders vandaan, – die komen van de maan. Los van de oude rampen verschijnen nu ook de verwoestende vloedgolven van het nieuwe: met hun baconiaanse beheersing van de natuur zullen de mensen uiteindelijk zichzelf nucleair opstoken, verbranden via het gat dat zij in de ozonlaag hebben geslagen, oplossen in de zure regen, braden in het broeikaseffect, elkaar dooddrukken door hun aantal, zichzelf ophangen aan de dubbele helix van het DNA, stikken in hun eigen afval: in Satans stront, want uit liefde voor de mensheid heeft dat sekreet zijn pact niet afgesloten, alleen uit haat jegens ons. De hel zal losbreken op aarde en de mensen zullen nog wel eens terugdenken aan de goede oude tijd, toen zij nog naar ons luisterden, – en ook dat vermoedelijk niet meer. Zelfs tragisch zal het niet meer zijn, alleen nog miserabel. Het is hopeloos. Vergeet het.

– En als ze te weten komen wat wij hebben gedaan, zou hun dat niet tot inkeer brengen? Daar kan ik voor zorgen. Er is momenteel één mens op aarde, die op de hoogte is.

– *Dat heb je al eens eerder geopperd. Maak je toch geen illusies. Als ze er achter komen, zal geen hond het geloven. Het bericht zal hier en daar vermeld worden; misschien zullen een paar duizend rechtvaardigen, een paar honderd theologen en tien archaeologen in alle staten raken, maar vervolgens zal het overspoeld worden door de onophoudelijke cataract van andere berichten, en een paar maanden later zal het vergeten zijn. Nee, schei toch uit, het is afgelopen.* Finis comœdiae.

– We kunnen het toch proberen!

– *Nee, zelfs die wetenschap gun ik dat verraderlijke kroost van ons niet meer.*

– Beluister ik u goed? Verkeert Onno Quist in gevaar als hij het verder vertelt?

– *Dat dient voorkomen te worden. Gooi ook hem in dat geval maar een steen naar zijn hersens, net als Max Delius. Stil eens... Ik word geroepen. Ik moet verslag uitbrengen van je verhaal.*

– Laten we dan iets anders verzinnen, we moeten vechten tot het allerlaatst – het kan nog steeds! Liever mislukken dan het hoofd in de schoot leggen! Kunnen we niet achter dat pact aan dat Lucifer met Bacon heeft gesloten? Geeft u mij onmiddellijk een nieuwe opdracht!

– *Die tijd is voorbij. Je gaat met pensioen. Bedankt voor alles, ook namens de Chef. Adieu.*

– Dan doe ik het op eigen houtje! Hoort u mij? Ik laat het er niet bij zitten! Wat verbeelden ze zich wel! Wie denken ze eigenlijk dat ze zijn, die parvenu's! Geef antwoord!

Inhoud

EERSTE DEEL: HET BEGIN VAN HET BEGIN

TWEEDE DEEL: HET EINDE VAN HET BEGIN

DERDE DEEL: HET BEGIN VAN HET EINDE

VIERDE DEEL: HET EINDE VAN HET EINDE

VAN HARRY MULISCH VERSCHEEN

POËZIE
Woorden, woorden, woorden, 1973
De vogels, 1974
Tegenlicht, 1975
Kind en kraai, 1975
De wijn is drinkbaar dank zij het glas, 1976
Wat poëzie is, 1978
De taal is een ei, 1979
Opus Gran, 1982
Egyptisch, 1983
De gedichten 1974-1983, 1987

ROMANS
archibald strohalm, 1952
De diamant, 1954
Het zwarte licht, 1956
Het stenen bruidsbed, 1959
De verteller, 1970
Twee vrouwen, 1975
De Aanslag, 1982
Hoogste tijd, 1985
De ontdekking van de hemel, 1992
De Procedure, 1998
Siegfried, 2001

VERHALEN
De kamer, 1947
(in Mulisch' *Universum*, de romans)
Tussen hamer en aambeeld, 1952
Chantage op het leven, 1953
De sprong der paarden en de zoete zee, 1955
Het mirakel, 1955
De versierde mens, 1957
Paralipomena Orphica, 1970
De grens, 1976
Oude lucht, 1977
De verhalen 1947-1977, 1977
De gezochte spiegel, 1983
De pupil, 1987
De elementen, 1988
Het beeld en de klok, 1989
Voorval, 1989
Vijf fabels, 1995
Het theater, de brief en de waarheid, 2000

THEATER
Tanchelijn, 1960
De knop, 1960
Reconstructie, 1969
(in samenwerking met Hugo Claus e.a.)
Oidipous Oidipous, 1972
Bezoekuur, 1974
Volk en vaderliefde, 1975
Axel, 1977
Theater 1960-1977, 1988

STUDIES, TIJDSGESCHIEDENIS, AUTOBIOGRAFIE ETC.
Manifesten, 1958
Voer voor psychologen, 1961
De zaak 40/61, 1962
Bericht aan de rattenkoning, 1966
Wenken voor de Jongste Dag, 1967
Het woord bij de daad, 1968
Over de affaire Padilla, 1971
De Verteller verteld, 1971
Soep lepelen met een vork, 1972
De toekomst van gisteren, 1972
Het seksuele bolwerk, 1973
Mijn getijdenboek, 1975
Het ironische van de ironie, 1976
Paniek der onschuld, 1979
De compositie van de wereld, 1980
De mythische formule, 1981
(samenstelling Marita Mathijsen)
Het boek, 1984
Wij uiten wat wij voelen, niet wat past, 1984
Het Ene, 1984
Aan het woord, 1986
Grondslagen van de mythologie van het schrijverschap, 1987
Het licht, 1988
De zuilen van Hercules, 1990
Op de drempel van de geschiedenis, 1992
Een spookgeschiedenis, 1993
Twee opgravingen, 1994
Bij gelegenheid, 1995
Zielespiegel, 1997
Het zevende land, 1998